imaginist

想象另一种可能

理
想
国

imaginist

天堂篇
Paradiso

La Divina Commedia

Dante Alighieri

神曲

[意] 但丁·阿利格耶里 著
黄国彬 译注

海南出版社
·海口·

本书由台北九歌出版社有限公司授权出版

图字：30-2021-081 号

图书在版编目（CIP）数据

神曲 . 天堂篇 /（意）但丁 · 阿利格耶里（Dante Alighieri）著；黄国彬译注 . -- 海口：海南出版社，2021.9（2021.12 重印）

ISBN 978-7-5730-0235-8

Ⅰ . ①神… Ⅱ . ①但… ②黄… Ⅲ . ①诗歌－意大利－中世纪 Ⅳ . ① I546.23

中国版本图书馆 CIP 数据核字 (2021) 第 185202 号

神曲 · 天堂篇

SHENQU · TIANTANG PIAN

作　　者　［意］但丁 · 阿利格耶里
译　　注　黄国彬
责任编辑　刘　逸　陈泽恩
特约编辑　闫柳君　廖畅畅　张俊明
装帧设计　陈威伸
封面插画　［法］古斯塔夫 · 多雷
内文制作　陈基胜
海南出版社 出版发行
地　　址　海口市金盘开发区建设三横路2号
邮　　编　570216
电　　话　0898-66822134
印　　刷　山东韵杰文化科技有限公司
版　　次　2021 年 9 月第 1 版
印　　次　2021 年 12 月第 2 次印刷
开　　本　880mm × 1230mm　1/32
印　　张　48.125
字　　数　1845千字
书　　号　ISBN 978-7-5730-0235-8
定　　价　266.00元（全三册）

目 录

天堂结构图

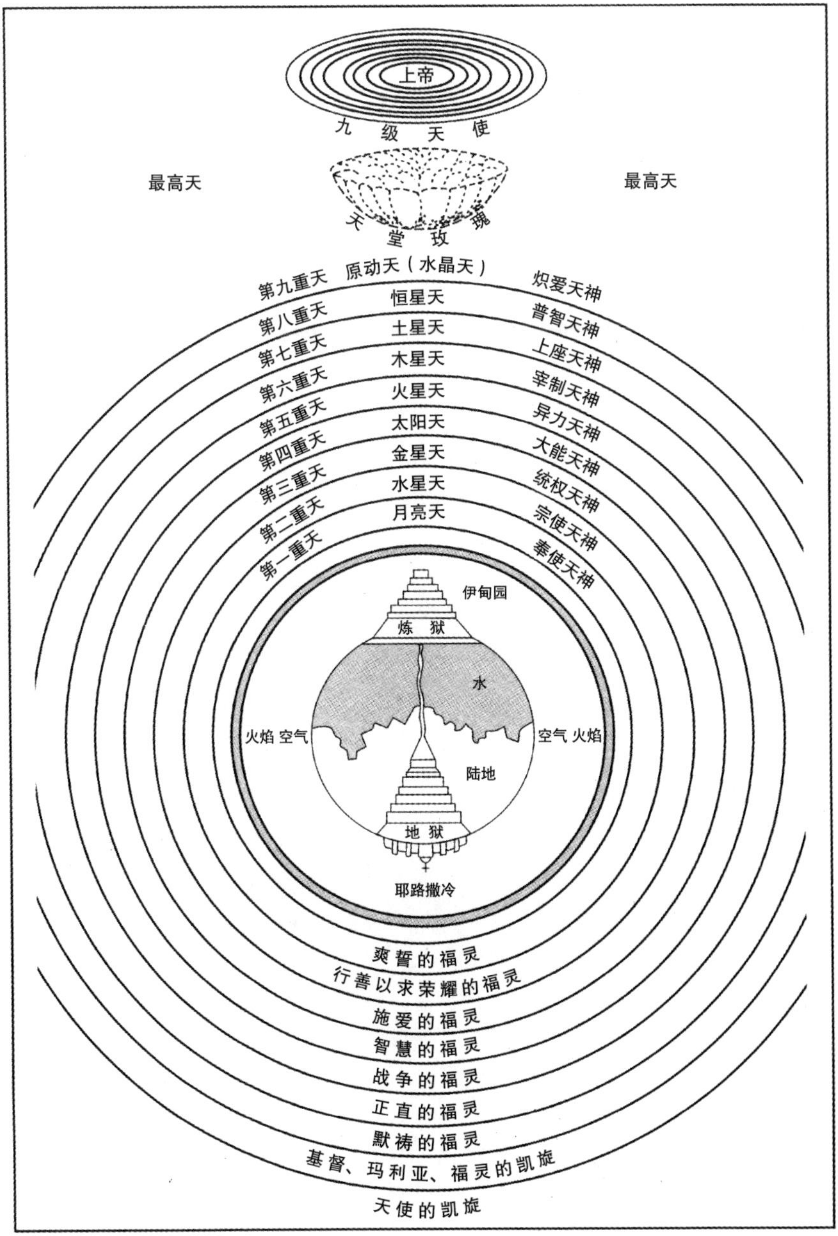
上帝
九级天使
最高天
最高天
天堂玫瑰
第九重天 原动天（水晶天） 炽爱天神
第八重天 恒星天 普智天神
第七重天 土星天 上座天神
第六重天 木星天 宰制天神
第五重天 火星天 异力天神
第四重天 太阳天 大能天神
第三重天 金星天 统权天神
第二重天 水星天 宗使天神
第一重天 月亮天 奉使天神
伊甸园
炼狱
水
火焰 空气
空气 火焰
陆地
地狱
耶路撒冷
爽誓的福灵
行善以求荣耀的福灵
施爱的福灵
智慧的福灵
战争的福灵
正直的福灵
默祷的福灵
基督、玛利亚、福灵的凯旋
天使的凯旋

第一章

但丁向阿波罗祈呼，以求取大能去吟咏天堂经验。然后随贝缇丽彩逼视太阳，并在凝望贝缇丽彩的刹那间跟她一起从伊甸园向天堂的声籁和大光明飞升，速度之快，闪电也绝难比拟。贝缇丽彩不等但丁开口发问，就向他解释统御诸天的法度。

万物的推动者，其荣耀的光亮
　照彻宇宙；不过在某一区
　会比较弱，在另一区比较强。
此刻我置身神光最亮的区域，
　目睹了那里的景象，再降回凡间，
　就不能——也不懂得——把经验重叙。
因为，我们的心智朝着欲念
　靠近时，会潜入极深处行进，
　使记忆无从追随而落在后面。
尽管如此，能够在我内心

珍藏的天国印象是我的题材，
此刻就要让我在诗中歌吟。
尊贵的阿波罗呀，让我按尊意承载
你的大能，去完成最终的任务，
把那株受你钟爱的月桂赢来。
迄今，借帕那索斯山一峰之助，
我就能胜任；进了最后的竞技场，
我此刻需要两座山峰来共辅。
光临我怀呀，让你的灵气翕张，
就像你昔日把马胥阿斯
拔离他的肢体，如拔剑于鞘囊。
神圣的大能啊，只要你给我赏赐
力量的部分，让我以文字写出
至福国度留在我脑中的影子，
你就会看见我走向你的宠树，
以叶子为冕。你和此诗的题材，
会使我受得起那些树叶的焘覆。
父哇，这些叶子很少人攀摘，
帝王和诗人都鲜获此叶的殊荣——
是人心歪邪之过；真是可哀。
佩内奥斯之枝把人心鼓动，
再叫人馨香求之，桂叶就会
使德尔佛伊之神欣悦盈衷。
星火之后，会有烈焰跟随；
在我后面，也许有别的人祈祷，

以更佳的言辞请克拉峰顾垂。
尘世之灯循多处向凡人俯照；
但四圈交叉成三个十字的地方，
是最佳的途径。在那里升高，
可以和较佳的景星辉映发光；
调和尘世之蜡，在蜡上戳印时，
也更能准确地重现原来的图章。
那盏灯，靠近该处上升，叫白日
覆盖了那边，而这边则是夜晚；
地球这时是黑白两半相峙。
这时，我看见贝缇丽彩娴然
向左边转身，眸子直望太阳；
苍鹰瞵日呀，也不像此刻的凝盼。
像反射中第二道光线发亮，
从第一道光线再度上凌；
或像朝圣的人想重返故乡；
贝缇丽彩的行动，由我的眼睛
注入我的心，叫我照样上瞻，
向太阳逼视，乖离常人的反应。
那里，人类的力量多方面超凡，
获此地得不到的天赋。这种天赋，
来自上主给人类创造的地产。
瞻日的时间虽短，却够我目睹
它的火花向四周闪耀生辉，
如沸腾的熔铁自烈火涌出；

刹那间，仿佛是白昼与白昼暐暐
　　相迭；仿佛具有大能的神灵
　　以第二个太阳把高天点缀。
贝缇丽彩静立着，目不转睛，
　　仰望着永恒的转轮；我的视线
　　也从上方移回，在她身上凝定。
注视着她，我的精神陡变，
　　就像格劳科斯，因尝了仙草
　　而化为神祇，置身于其他海神间。
超凡的经验非文字所能宣告，
　　对将来借神恩登仙的人，就只书
　　实例吧，算暂把经验向他们传报。
大爱呀，你统御诸天，以光芒来帮扶，
　　使我向上方飞升。飞升的，是最迟
　　获你创造的部分吗？只有你清楚。
转轮渴求你，因你而运行不止。
　　你调协和谐的声籁，并播诸九天。
　　当转轮以声籁叫我向它凝视，
一大片天空，仿佛叫太阳的光焰
　　烨烨燃亮，面积之广，要超过
　　大雨或河流所扩阔的任何湖面。
声籁的新奇和大光明的昭焯，
　　燃起我从未有过的强烈心意，
　　驱我求索声光的原来处所。
贝缇丽彩了解我，一如我了解自己：

为了平息我激动的心境，
不等我开口发问，就朱唇柔启，
说："你本身胡思乱想，灵性
变得迟钝了，结果视线模糊。
你不再乱想，真相才看得分明。
此刻，你以为自己立足于尘土；
其实不然：闪电从居所飞脱，
也绝难比拟你此刻归家的速度。"
贝缇丽彩含着笑，向我扼要地解说。
她虽然为我释除了最初的狐疑，
但接着，我就受缚于更大的困惑。
于是我说："大诧中获得启迪，
我已经心满意足。但现在又纳罕，
我怎能凌越这些轻清的物体。"
她听后，发出一声慈怜的嗟叹，
眼睛望着我，样子就像慈母
回望神智昏迷的儿子一般。
然后对我说："无论任何事物，
都有本身的秩序。宇宙大千
与神相仿，也全靠这一法度。
在这里，高等创造物都能亲眼
看永善之征；而宇宙这个系统，
也为恒善这一目标而创建。
万物的本性，在我提到的秩序中，
因命分不同，乃有不同的倾向：

或远离物源，或靠近物源而聚拢。

因此，物性乃越过生命的大洋，
航向不同的港口。每一种物性，
都乘着天赋的本能浮过海疆。

这一本能，使火焰向月亮飞凌；
这一本能，是凡躯心中的原动力；
这一本能，使泥土归一紧凝。

这张强弓，不仅把无智之裔
向目的射出，而且也射出具有
悟性、具有仁爱之心的个体。

天道在这样调节万物的时候，
还以其光芒使天穹永享安详。
天穹内，最快的天体运转急骤。

此刻，弓弦正以巨大的力量
射向欣悦的目标，载着我们，
赴约般向着该处高腾飞扬。

由于物质迟钝，不善于屈伸，
物件的形状与工匠最初的意图
往往彼此相违。实际上，凡人

跟其他生物有时也如此：由劲弩
射出后，因为本身有能力拐弯，
往往会偏离正轨而走上歧路。

就像我们会看见火焰从云端
下坠，最先的冲动受偷乐诱惑
而拐向歪径，也会堕返尘寰。

此刻，要是我的猜想没有错，
　你无须感到惊奇；你的上升
　就像高山的溪流向山脚飞堕。
你脱离了羁绊而仍不上腾，
　反而值得惊诧；就像凡间
　有烈火静止，不向上飞迸。”
贝缇丽彩说完，再仰脸朝天。

注释：

1. **万物的推动者**：指神。但丁流放于韦罗纳时，曾获该城领主坎·格兰德·德拉斯卡拉（Can Grande della Scala）照顾，因此把《天堂篇》献给他。但丁曾致信这位恩公（见 *Epistole*, XIII），谈到《天堂篇》第一章。参看 Campi, *Paradiso*, 3-4。

4. **神光最亮的区域**：指最高天（一译“净火天”），也就是第十重天，是上帝、天使、福灵所居，里面充盈着上帝的光芒和荣耀，所以说“神光最亮”。其余的九重天都由最高天包覆。参看 Venturi, Tomo III, 3。所谓“净火”，并不是物理世界的火，而是燃烧的仁慈和大爱。参看《天堂篇》第三十至三十三章；*Epistole* XIII, 66-68; *Convivio*, II, III, 8。《天堂篇》第三十章第三十九行说最高天是“最大的天体”（“maggior corpo al ciel”），是“纯光的天堂”（“pura luce”）。

5–6. **目睹了……重叙**：指旅人但丁所见，超乎凡间的一切经验，非言语所能形容。在《天堂篇》第三十三章，但丁再度强调这点。

7. **欲念**：指接近上帝、目睹圣光的欲念。Venturi（Tomo III, 4）的说法是：“Al suo oggetto il più desiderabile, alla prima verità, al suo fine, a Dio.”（“接近〔心智〕最可欲的对象，接近第一真理，接近其目标，即接近上帝。”）

13–15. **尊贵的阿波罗呀……赢来**：阿波罗是太阳神和诗歌之神，是诗的灵感所自来。但丁要完成《神曲》，要靠阿波罗的助力。**你钟爱的月桂**：仙女达芙涅（Δάφνη，Daphne，希腊文是“月桂”的意思）为阿波罗所爱，逃避阿波罗时被父亲变为月桂，此后成了阿波罗的圣树。在古希腊，月桂象征殊荣；以月桂编造的冠冕（桂冠），只颁给诗人和胜利者。但丁在这里求阿波罗赐他灵感和笔力，让他获月桂的殊荣，流露了十足的信心。达芙涅（Δάφνη，Daphne），一说是河神之女。《变形记》第一章四五二至五六七行、《希腊道里志》、米尔顿的作品都提到这位仙女。在这里，但丁祈呼的对象是阿波罗，与《地狱篇》第二章第七行、《炼狱篇》第一章第八行的祈呼对象（缪斯）有别；表示歌吟天堂时，需要更有力的神祇来帮助。

16. **帕那索斯山**：Παρνασσός（Parnassus），希腊的一座高山，在福基斯境内，名字来自海神波塞冬和一个仙女所生的儿子。此山是阿波罗、九缪斯、狄奥尼索斯的圣山，是诗歌的泉源。

18. **两座山峰**：Venturi（Tomo III, 5）指出，但丁也许以两座山峰代表"哲学"（"filosofia"）和"神学"（"teologia"）。

20. **马胥阿斯**：Μαρσύας（Marsyas），弗里基亚的一个牧神。有关马胥阿斯的神话有多个版本。其中之一说雅典娜发明了笛子，声音美妙；可惜吹奏时面孔扭曲，遭赫拉和爱神讪笑。于是，雅典娜把笛子丢掉，落入了马胥阿斯手中。马胥阿斯拾得弃笛，竟敢向阿波罗挑战，要跟他比试乐音的高下。阿波罗怡然"应战"，条件是：落败者要遭胜利者剥皮。在这场比赛中，马胥阿斯吹笛子，阿波罗奏竖琴，由九缪斯任评判。在第一回合，胜负不分。到了第二回合，阿波罗要跟马胥阿斯比乐器倒吹或倒弹的本领。由于竖琴可以倒弹，笛子不可以倒吹，结果马胥阿斯输了，遭阿波罗活活剥皮。这一故事，见奥维德《变形记》第六卷三八三至三九一行。

21. **拔离……鞘囊**：这行比喻残忍而生动，写阿波罗活剥马胥阿斯的情景。

23. **力量的部分**：这里极言阿波罗神通广大。意为：但丁只要得到阿波罗神力的一部分，即能胜任诗艺的最高挑战。

24. **至福国度**：指天堂。**影子**：指天堂经验的万一。但丁的意思是：只要他能够复述天堂经验的万一，就于愿已足。但丁在这里强调，自己笔下的文字，难尽天堂之美。这一主题，在《天堂篇》结束时再度出现（见第三十三章）。

25. **你的宠树**：指阿波罗所宠的月桂。

28. **父**：指阿波罗。阿波罗是诗歌之神，但丁是诗人。所以阿波罗是但丁之父。

31. **佩内奥斯之枝**：佩内奥斯（Πηνειός，Peneius 或 Peneus，一译"珀纽斯"），色萨利（一译"色萨利亚"）的河神，奥克阿诺斯（Ὠκεανός，Oceanus）和忒提斯（Τηθύς，Tethys）之子，达芙涅之父。为了救女，佩内奥斯把女儿变成月桂，因此月桂又称“佩内奥斯之枝”。**把人心鼓动**：指月桂使人产生祈求之心。

33. **德尔佛伊之神**：指阿波罗。德尔佛伊（Delphi，Dephoi），一译“得尔斐”，位于帕那索斯山腰，名字源出阿波罗之子德尔福斯（Δελφός，Delphus）。在希腊神话中，德尔佛伊是大地的中央，上有阿波罗神庙。

36. **克拉峰**：帕那索斯山有两座山峰。一座属阿波罗；一座属九缪斯。克拉，原为希腊城镇，在德尔佛伊西南，阿波罗神谕之所由出，因此常指德尔佛伊或阿波罗本身；在这里则指帕那索斯山二峰之一。

37. **尘世之灯**：指太阳。**多处**：原文“diverse foci”，指太阳在地平线上升的地方。太阳在地平线上升的实际方位，每天都有差别。

38. **四圈交叉成三个十字**：指春分时，赤道圈（意大利文 equatore，英文 equator）、黄道圈（意大利文 eclittica，英文 ecliptic）、分至圈（意大利文 coluro，英文 colure）与地平圈相交，成为三个十字。这时候，太阳位于白羊宫（Aries），其上升方位最为吉祥。所以如此，是因为基督教传统中，春分点是上帝创世和圣母无罪成胎的时刻。诗中所写的时间虽在春分点之后，但大致仍算春分，因此但丁的说法可以成立。太阳、四圈、三十字，在这里都有象征意义：太阳象征上帝；四圈象征四枢德；三十字象征三超德。七德和谐相契，对于待救的凡人最为吉祥，太阳所发的光芒也最明亮。这一刻，太阳正从东方的水平线上升，但丁和贝缇丽彩正置身炼狱山之巅。

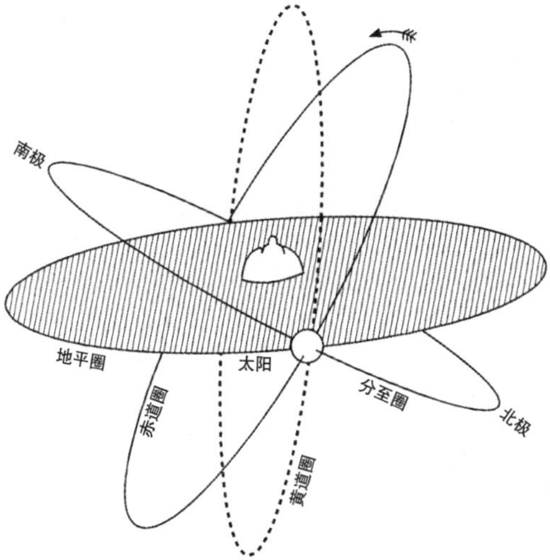

40.　**较佳的景星**：指白羊座。但丁时期的人相信，白羊座能给人间带来瑞祥。

41–42.　**调和尘世之蜡……图章**：在这一天，太阳调和凡间的德能，最为有效。太阳在这里象征上帝。

43–44.　**那盏灯……夜晚**："那盏灯"，指太阳。意为，太阳"靠近该处上升"时，炼狱（位于南半球）是白天，北半球是黑夜。

45.　**地球……相峙**：指南半球是正午；北半球是午夜。旅人但丁进地狱、登炼狱、升天堂的时间，分别是傍晚、黎明、正午。诗人但丁安排旅人但丁在正午（一日之中光芒最盛的时刻）飞升天堂；并让他飞升前向神力无边的阿波罗祈呼，都有象征目的。至于傍晚象征黑暗，是地狱之始；黎明象征光明，是炼狱之始；正午象征圣境，是天堂之始；也不言而喻。

46–47.　**贝缇丽彩娴然 / 向左边转身**：但丁和贝缇丽彩一直面向东方。此刻，贝缇丽彩转左，望向北边的太阳。

48.　**苍鹰瞵日……凝盼**：据说众鸟当中，只有老鹰可以张眼向太阳逼视。在这里，贝缇丽彩瞵日之举，远远胜过老鹰。

49–54.　**像反射中……反应**：但丁受了贝缇丽彩的影响，也望向太阳；而这种做法，大乖凡躯的一般反应，因为一般凡躯，绝不能直视太阳。这里所用的比喻（光线反射、朝圣者重返故乡）都与天堂有关：天堂是光芒之源；但丁此刻要重返天堂，瞻望圣光。

55–57.　**那里……地产**：**那里**：指伊甸园，也就是第五十七行所说的"上主给人类创造的地产"。在伊甸园里，人类获得神恩，能够做凡人不能做的事。**此地**：指人类始祖堕落后的凡尘。

58–63.　**瞻日的时间……点缀**：在这里，但丁以超拔的想象，让读者感受凡目无从得睹的奇景。此刻，旅人但丁的视力仍然有限，不能长时间凝望太阳。尽管如此，他已看到了太阳的真光。因为此刻，但丁虽未觉察，但已经向太阳高速飞升，快如闪电，刹那间看见炯光陡增。

65.　**永恒的转轮**：指旋动的诸天。

68–69.　**格劳科斯……其他海神间**：Γλαῦκος（Glaucus），是玻奥提亚（Βοιωτία, Boeotia）的一个渔夫。有一天，看见自己捕来的鱼，跌落草地后纷纷返回大海。于是，他知道触鱼的草是仙草。结果拔草咀嚼，不自主地游进了大海，因奥克阿诺斯和忒提斯之力而化为海神。参看《变形记》第十卷八九八至九六八行。

70.　**超凡**：超越凡人的境界或层次。

73–74.　**以光芒来帮扶，/ 使我向上方飞升**：上帝的恩宠由贝缇丽彩施布，帮但丁飞升天宇。

74–75. **飞升的，是最迟 / 获你创造的部分吗？**：灵魂的创造迟于肉体，是“最迟 / 获〔上帝〕创造的部分”。此刻，但丁不知道，飞升天宇的光是自己的灵魂，还是灵魂和肉体一起。在《圣经 · 哥林多后书》第十二章第二至四节，圣保罗有同样的疑问。

76. **转轮……运行不止**：“转轮”指旋动的诸天。诸天能够运行，是因为受了大爱推动。原动天（Primum Mobile）为了接近最高天，乃以极速绕最高天运行，然后把动量以及和谐的天籁传给其下诸天。

79–81. **一大片天空……湖面**：此刻，天空被太阳的光芒照亮，面积大增，就像雨后的湖面因河水灌注而扩阔。古人相信，月亮和地球之间有一重火焰天。因此有些论者认为，但丁此刻正高速穿过火焰天，所以眼前的光芒大增。这重火焰天，Chiappelli（345）称为“sfera del fuoco”（火天）；Villaroel（*Paradiso*, 8）称为“fuoco leggeri”（轻火）。不过其他论者有不同的看法，认为光明大增，是因为但丁正高速飞向太阳。参看 Singleton, *Paradiso 2*, 17。

85–87. **贝缇丽彩……朱唇柔启**：贝缇丽彩像维吉尔一样，也知道但丁心中所想。

92. **闪电从居所飞脱**：闪电从天上下击。

93. **归家**：指但丁返回最高天，快逾电闪。在《神曲》里，但丁一直强调，最高天是福灵（包括但丁本人）的家，是他们最后的归宿。

97. **大诧**：指极度的诧异。但丁有这样的反应，是因为听到了新奇的声籁，看到了昭焯的大光明（见本章八二至八四行）。

99. **我怎能凌越这些轻清的物体**：关于这行，论者有两种解释。其一是：我以血肉之躯，怎能飞凌空气和火焰天？其二是：我怎能凌越上面的诸天？参看 Singleton, *Paradiso 2*, 22。

103–105. **无论任何事物，/……这一法度**：上帝创造了和谐而统一的法度，使宇宙与自己相仿。这种说法，源出阿奎那 *Summa theologica*, I, q.47, a.3, resp.: “Ipse ordo in rebus sic a Deo creatis existens unitatem mundi manifestat.”（“上帝创造的万物井然有序。这秩序本身，显示宇宙统一浑成。”）“法度”，在原诗是“forma”，相等于英语的 form。

106–107. **在这里，高等创造物……永善之征**：“高等创造物”，指具有心智的创造物，即天使和人类。只有天使和人类，才能瞻想上帝创世的用意和匠心。**永善**：指上帝。

109–111. **万物……聚拢**：万物获上帝所赐的恩宠有多有寡；获赐的恩宠越多，与上帝的距离越近。因此，万物乃有不同的禀赋和倾向，在生命的大海里，航向不同的目标（一一三行的“港口”）。这里所谓的“万物”，包括有生之物和无生之物。

115–117. **这一本能……紧凝**：这三行强调，万物都有上帝所赋的本能。据中世纪的说法，月亮和地球之间有一重火焰天（见七九至八一行注）；凡间的火焰，都有升入火焰天的本能。动物所有的行为，以至泥土紧凝的特性，都取决于这一本能。

118–120. **这张强弓……仁爱之心的个体**："强弓"，指本能（也就是上帝植于万物的爱）。本能叫万物返回本源，就像强弓把箭射向鹄的。**具有／悟性、具有仁爱之心的个体**：指天使和人类。

121–122. **天道……安详**：指上帝的意旨和大爱使最高天永享安详。最高天是第十重天，其余的九重天（"天穹"），都由第十重天包笼。大爱使最高天永享安详，也就"使天穹永享安详"。

123. **最快的天体**：指第九重天，即原动天（Primum Mobile）。在所有运行的诸天中，原动天的速度最高。

124–126. **此刻……飞扬**：这几行继续引申一一八至一二〇行的弓箭意象。**弓弦**：指爱，即人类要接近上帝、返回上帝身边的本能。在这个比喻中，射手是上帝。**目标**：指最高天，也指上帝。返回上帝身边后，人类才会得到最终的安宁。

127–135. **由于物质……堕返尘寰**：贝缇丽彩在这里用了工匠抟土、强弓射箭、电闪堕地三组意象来阐发强弓失准的原因：人类由上帝创造，本来美善无瑕，可惜自由意志选择时会出错（指犯罪），结果人类在重返上帝的过程中就会失去本性，走上歧途。情形就像陶人埏埴：陶器（"物件"）与陶人（"工匠"）"最初的意图""相违"，咎在泥工而不在工匠；又像火焰，按本性应该向上方飞凌，一旦有了偏差，就会违背本性，如闪电从天上堕回地面。

136–141. **此刻……飞进**：贝缇丽彩的意思是：旅人但丁，摆脱了罪恶的羁绊后向最高天飞升，犹如水之就下，至为自然。但丁此刻不向最高天飞升，反而会像烈火在地面静止，叫人惊诧。

142. **贝缇丽彩……朝天**：诗人但丁，在一章之末写贝缇丽彩"仰脸朝天"，强调了《天堂篇》的升天主题，同时也赋作品以强烈的电影效果。

第二章

但丁告诫读者，升天的旅程从未有人尝试过；如无准备，最好回航。祈呼了阿波罗、弥涅尔瓦、九缪斯后，但丁就和贝缇丽彩一起升入月亮天。但丁问贝缇丽彩，月亮的黑点是什么。贝缇丽彩就但丁的问题详加辨析，并说明诸天如何操作运行。

你们哪，置身于一叶小小的舢舨，
　为了亲聆乐曲，在后面跟随
　我的船，听它唱着歌驶过浩瀚。
回航吧，重觅你原来的水湄，
　别划进大海；因为，跟不上我，
　你们会在航程中迷途失坠。
迎我的水域，从来没有人去过。
　阿波罗在导航；弥涅尔瓦把惠风扇鼓；
　九缪斯为我指引大小熊星座。

至于其余的少数，把脖子伸出，
　及时吃到了天使的美点——那喂养
　凡人、却不能叫他们厌饫的食物……
你们哪，诚能在深广的海疆
　驾船前进，在海浪平伏前
　沿着我的航迹驱动帆樯。
光荣的阿尔戈船英雄曾航过水天，
　往科尔基斯。他们见伊阿宋犁地，
　也不会像你们此后那么惊羡。
人类生来就一直希望去归依
　天国。这情操，正在把我们负载
　向上，速度几乎像目扫天际。
我望着向上盱衡的贝缇丽彩，
　一刹那，疾矢已中靶飞射脱弦——
　一刹那（过程也许就这么快），
我已经置身异界，目光一瞬间
　叫一幕奇景吸引。我的念头
　瞒不了贝缇丽彩。于是，美艳
而欣悦的她，怡然向我回眸。
　“怀着感激思念上主吧，”她说，
　“上主把我们带到了众星之首。”
这时，我觉得光云把我们覆裹，
　致密、坚稳、光滑，皓辉静舒，
　与阳光照射的钻石相若。
这颗永恒的珍珠，把我们接入

体内，就像一滴晶莹的水，
接入一线光芒后仍完整如故。
我要是形体（凡间不能够领会
哪一种物体能容纳外来的物体。
形体入形体，正是这样的行为），
我们想目睹上主本质的心意
就更炽，因为，在上主的本质中，
我们的本质与上主浑然相系。
在那里，信仰变成了可睹的颜容；
没有经过论证，却不言而喻，
就像第一真理为大家所信从。
我答道：“娘娘啊，现在，我的微躯
怀着极大的虔敬，感谢上主
使我从凡尘之界向天宇飘举。
不过，请见告，这个形体的黵黕——
上面的黑点——是什么？凡人述说
该隐，也因为受黑点影响之故。”
贝缇丽彩笑了笑，然后说：“如果
意识之匙不能够解惑，以致
凡间众庶对事物判断出错，
从这一刻开始，惊诧之矢
肯定不该再刺你。你感官是凭，
也可以看出，理智插的是短翅。
你呀，也说说自己的看法给我听。”
我答道：“这上界的斑驳景象，

我猜是物质厚薄不均的阴影。”

贝缇丽彩说：“你这样子估量，
是大错特错了。你仔细听我
反驳辩释，看法就会不一样。

第八重天，展示的光芒极多。
这些光芒，就本质和亮度而言，
都能以不同的样貌闪烁。

斑影若仅是物质厚薄的体现，
所有的光芒就只有一种效能；
或深浅不一，或浑然遍布其间。

各种不同的效能所以形成，
一定有不同的原理；依你的推判，
就只有一种原理称得上完整。

此外，你问月面何以会昏暗。
如果原因是物质稀薄，这个行星，
有的地方就空空如也。不然，

物质在这个行星上分布的情景，
就像分布在体内的瘦肉和脂肪；
或像卷帙，书页的层次分明。

第一种情形，会在日食中显彰，
因为这时候，月球会像任何
稀薄的物质，漏出太阳的光芒。

事实既不是这样，就得看另一个
假设了。如果我能够把它攻破，
你的看法就证明有差讹。

如果轻清的阳光不能穿过，
　月面该有界限把物质分开，
　不让异物穿过月球去闪烁；
阳光就会从月面反射回来，
　像彩色照落藏铅玻璃的俄顷，
　经玻璃反照，还原为最初的状态。
好啦，你会说：那一位置的光明，
　显得比其他地方阴暗，是因为
　它在更远的距离向我们反映。
如果你愿意实验，就可以摧毁
　这个论点，不再受它的拘牵。
　(实验这泉源，恒为众艺的溪水。)
你找来三面镜子，使其中两面
　与你等距，而第三面离你
　最远，在中间对着你的视线。
然后，你向着镜子，在背后燃起
　一朵火焰，把三面镜子照亮，
　让光芒受众镜反射照向你自己。
离你最远的光芒，就大小来讲，
　虽然和第一二朵有所分别，
　可是论强度，却会完全一样。
被暖光照射，雪的本体就融解，
　失去原先的颜色和寒冷属性。
　现在，像属性在雪的本体泯灭，
你的心智也同样空灵澄明。

让我在里面点燃强光吧！这强光，
会熠熠生辉，映入你的眼睛。
为圣宁天堂所围绕的下方，
有一个天体在运转；万物的本质
都在这个天体的大能里潜藏。
其下的一重天，焕然把大观展示，
把本质分配与大千万物。万物
与该天有别，又为该天所包持。
其他诸天，循不同的径途
引导本身所具的独有资禀，
叫它们完成使命，把事功撒布。
宇宙怎样操作，你已经看清：
宇宙这些机关，就这样一级
推动一级，自上而下地运行。
现在请注意，看我怎样从这里
走向你所寻求的真理之中。
这样，你才能单独涉水前移。
神圣的转轮能够有力量旋动，
是受了福灵的原动力运转，
就像锤艺，靠铁匠方能为功。
天宇因众星添彩而华丽炳焕。
它由深邃的神灵旋动，从神灵
取象为钤印，而使该形象复传。
一如灵魂在你的尘躯内充盈
四肢百骸，四肢百骸为配合

各种功能而具有各种特性，

天使也把本身的美善之德，
以众星为媒介去播扬添增；
本身呢，则运行于和谐的轨辙。

不同的德能，与珍贵的天体组成
不同的合金；德能赋天体以活力，
并像灵魂与人体，紧结为同盟。

德能禀承了天使欢悦的元气，
与天体结合后再由天体散布，
一如灵活的两瞳闪传欣喜。

由于这个缘故，光的亮度
互殊，与光质的稀稠并不相干。
这，就是化生之理：看禀赋

是优是劣而产生光明和黑暗。

注释：

1–6. **你们哪……失坠**：诗人但丁在明告读者，他即将吟诵的篇章，非浅人所能领略；能力不足的读者，最好趁早回航，不然就会"迷途失坠"。参看 Anonimo fiorentino, Tomo 3, 37。

7. **迎我的水域，从来没有人去过**："迎我的水域"，指《天堂篇》所写。但丁的意思是：他的天堂境界，从来没有人写过。米尔顿在《失乐园》第一章的开头，也说过类似的话，强调《失乐园》的题材，从来没有人以韵文或散文写过。见 *Paradise Lost*, I.16: "Things unattempted yet in prose or rhyme."（"散文或韵文都未写过的题材。"）

8. **弥涅尔瓦**：原文"Minerva"，即希腊神话中的智慧女神雅典娜。在《神曲》里，但丁一再向缪斯、阿波罗等众神祈呼求助，表示自己所写的题材，光凭人力难以胜任。但丁在这里同时向阿波罗（象征想象力）、弥涅尔瓦（象征智慧）、九缪斯（象征诗歌和文艺）祈呼，表示《天堂篇》的宏构前所未有，需要最大的神力帮忙。有关史诗作者（如荷马、维吉尔）的祈呼传统，参看拙文《以方应圆——从〈神曲〉汉译说到歌洲史诗的句法》（见拙著《语言与翻译》，页四七至七二）。

9. **九缪斯**：司文艺、诗歌的九位女神。

大小熊星座：原文的“Orse”是复数，指大熊座和小熊座。古人航海，要靠星星（尤其是小熊座内的北极星）指引方向。但丁在这里举大小熊座为导航星座的代表，继续把前文的航海意象扩而充之。

10. **其余的少数**：指能够随但丁航过浩瀚海疆的人。

11–12. **天使的美点……食物**：“天使的美点”，指智慧。智慧这种食物，分量无论多大，都不会叫吃者厌饫。凡间的人，得睹神的圣颜，才会真正餍足。参看《圣经·诗篇》第七十八篇（拉丁通行本《圣经》第七十七篇）第二十五节：“panem angelorum manducavit homo...”（“各人吃大能者的食物……”）。

13. **你们哪**：指第十行的“其余的少数”。

16. **阿尔戈船英雄**：英文 Argonauts，希腊文 Ἀργοναῦται，指伊阿宋和他的伙伴。这些英雄寻找金羊毛时，所乘的船叫“阿尔戈号”（Ἀργώ），因此称为“阿尔戈船英雄”。“阿尔戈号”由阿尔戈斯（Ἄργος）获雅典娜之助建成，因此以其名为船名。金羊毛是科尔基斯（Κολχίς，Colchis）国王埃厄忒斯（Αἰήτης，Aeetes）献给战神阿瑞斯（Ἄρης，Ares）的祭物，挂在科尔基斯的圣林里。由于金羊毛有毒龙看守，生人难以接近。有关伊阿宋的典故，参看《地狱篇》第十八章八三至九六行和本章第十七行注。

17. **科尔基斯**：阿尔戈船英雄寻找金羊毛时，曾到过科尔基斯。**伊阿宋**：伊阿宋（希腊文 Ἰάσων，拉丁文 Iason，英文 Jason），希腊神话中的英雄。其父埃宋（Αἴσων，Aeson）的色萨利王位，本该由他继承，却遭叔父佩利阿斯（Πελιάς，Pelias）篡夺。为了取回王位，伊阿宋必须满足佩利阿斯所提出的条件：盗来科尔基斯圣林的金羊毛。**犁地**：在希腊神话中，伊阿宋曾制伏两条口喷烈火的恶龙，并且驱恶龙犁地。参看《变形记》第七卷一〇〇至一五八行。

21. **速度……目扫天际**：指但丁和贝缇丽彩升天的高速。

23. **疾矢已中靶飞射脱弦**：但丁把疾矢脱弦、飞射、中靶的三个步骤颠倒描述，目的在于强调三个动作同时发生，强调旅人但丁和贝缇丽彩飞升天堂的迅疾。这种把过程先后倒置的描述法，修辞学称为“以后为先”法（ὕστερον πρότερον，hysteron proteron；拉丁文praeposteratio）。参看 Sapegno, *Paradiso*, 23; Singleton, *Paradiso 2*, 43。

30. **众星之首**：指月亮。在托勒密天文体系中，月亮最接近地球，所以称为“众星之首”。

31–36. **这时……完整如故**：这几行描写但丁进入月亮的经过。**永恒的珍珠**：指月亮。这意象诉诸读者感官，具体而鲜明。**仍完整如故**：指但丁和贝缇丽彩进入月亮时，没有引起任何干扰，一如光芒穿过水滴。

37–42. **我要是形体……浑然相系**：意思是：如果我是形体……我们要目睹上主本质的心意就更强烈。在凡间，物质不相入定律牢不可破；按照该定律，此刻的奇景不可能发生。但丁不明白，自己进入了月亮，月亮何以仍完整如故；也不知道，自己进入月亮时有没有形体。诗人的言外之意是：进入月亮而月亮仍完整如故，就像基督（神性）披上血肉体（人性）一样不可思议。

43–45. **在那里……信从**：在凡间未经证验的信仰，到了天堂却成了可睹的现实；就像第一真理或自明之理，不容置疑，无须证验。

49–51. **这个形体的黯黩——/……之故**：古代的欧洲人相信，该隐犯了罪，要在月亮背负荆棘，结果形成了月亮的阴影。在本章第二十九行，贝缇丽彩叫但丁“怀着感激思念上主”。四六至五一行是但丁回应贝缇丽彩的叮嘱。

53–57. **意识……短翅**：这几行强调凡人的智力和感官有局限，无从认识天道的深远。

58. **你呀……给我听**：Singleton（*Paradiso 2*, 49）指出，诗人但丁安排贝缇丽彩说这句话，目的是让旅人但丁说出错误的想法，再由贝缇丽彩加以纠正。

64–69. **第八重天……遍布其间**：指恒星所组成的一重天。这几行的意思是：第八重天有许多星体，本质和状貌互殊。如果这些星体的差异由物质的厚薄造成，那么，所有星体的力量、效能、属性应该一样：唯一的分别只在于多寡。事实呢，却并非如此（也就是说，分别不在于多寡）。各星体有不同的颜色，就证明这一想法错误。

70–72. **各种不同……完整**：这几行的意思是：星体有不同的效能，一定基于不同的原理。可是，按照你（旅人但丁）的说法，就只有一种原理（即“物质的厚薄决定一切”）。

73–78. **此外……分明**：贝缇丽彩继续驳斥但丁的猜想。

79. **第一种情形，会在日食中显彰**：如果月亮“有的地方……空空如也”（第七十五行），月食时，阳光就会穿过“空空如也”的部分；事实呢，却并非如此。

82–83. **另一个 / 假设**：指本章七五至七八行的假设（"不然，/……层次分明"）。

83–84. **如果……差讹**：如果两个假设（七五至七八行）都被攻破，但丁的厚薄论就不能成立。

85–90. **如果……状态**：如果阳光不能穿过任何部分，就证明月亮到处都有物质，第七十五行的假设（"有的地方就空空如也"）就不能成立。**藏铅玻璃**：指镜子。在古代的欧洲，镜子（"玻璃"）的后面都涂铅（"藏铅"）。

91–105. **好啦……完全一样**：贝缇丽彩指出，三面镜子之中，其中两面和火焰（如烛光）的距离相等，第三面放得较远，结果观者所见的火焰虽有大小之分，火焰的亮度却毫无二致。这一论点，以现代科学来衡量，当然不能成立。现代人都知道，从地球观天，星体会有光暗之别，有时是因为这些星体离地球有近有远。

106–109. **被暖光……空灵澄明**：这几行的意思是：雪的本体（substance）是水，其颜色、寒冷只是偶有属性（accidental attributes）。现在，你像融雪一样，返回了本真，不为偶有属性所缚，能够领悟永恒的真理了。

110. **这强光**：指上帝的真光。

112. **圣宁天堂**：原文为"ciel de la divina pace"，指最高天（Empireo）。最高天是上帝所居，是安宁的极致，因此是"圣宁"的"天堂"。

113. **一个天体**：指原动天（Primum Mobile）。

114. **都在这个天体的大能里潜藏**：最高天的大爱把大能传诸原动天，使原动天成为万物（包括其余的八重天和地球）本质之源。在《天堂篇》第二十七章一〇六至一四八行，贝缇丽彩会详论原动天的本质。

115–117. **其下的一重天……包持**：在原动天之下是第八重天，即恒星天。恒星天把原动天所传的大能（本质）再传给众恒星和行星。众恒星和行星，都为恒星天（"该天"）所包持。

118–120. **其他诸天……撒布**：指第八重天之下的七重天，都循不同的途径，按本身的特质影响凡间。

121–123. **宇宙……运行**：这几行所写，是托勒密的天文体系。**机关**：指上面提到的诸天。

125. **你所寻求的真理**：指但丁在四九至五一行所提出的疑问。

126. **单独涉水前移**：指不需贝缇丽彩之助而得到结论。

127–129. **神圣的转轮……为功**：**神圣的转轮**：指诸天。**福灵**：指九级天使（天主教称为"天神"）。每一级天使掌控并推动一重天。九级天使有高低之分，由低至高，意大利文依次为 Angeli, Arcangeli, Principati; Podestadi, Virtudi, Dominazioni; Troni, Cherubi, Serafi。参看 Chiappelli, 352；《天堂篇》第二十八章九八至一三九行及有关注释。天使的大能来自上帝的圣智。天使推动诸天，犹如铁匠运锤。

130. **天宇**：指恒星天。恒星天里遍布恒星，因此但丁说“因众星添彩而华丽炳焕”。

131. **神灵**：指普智天神（Cherubi）的心智。恒星天由普智天神推动，同时也从这些天神的心智取象，一如盖在纸上或蜡上的图章以钤印为本。

133–135. **一如……特性**：灵魂把功能传给身体各部分（“四肢百骸”），借身体各部分彰显其特性。

136–138. **天使……轨辙**：**天使**：普智天神（“天使”）把恒星天运转，并且把本身的特性传给众星，就像灵魂把功能传诸四肢百骸，本身完整和谐，不受任何影响。

139–141. **不同的德能……同盟**：不同的德能由天使的神灵散播后，就与“珍贵的天体”（包括恒星和行星）结合，一如灵魂与人体结合，赋人体以生命。

142. **天使欢悦的元气**：天使欢悦，是因为他们能安享上帝所赐的真福。

146. **稀稠**：指上文（第六十行）所提到的“厚薄”。

145–148. **由于这个缘故……黑暗**：这几行的意思是：决定明暗的，是天使所传的德能，并非物质的稠稀。

第三章

但丁看见了月亮天的光灵，并遵照贝缇丽彩的吩咐跟琵卡尔妲说话。但丁询问琵卡尔妲，在天堂处于较低位置的光灵，会否盼望向高处飞升。琵卡尔妲回答说，天堂的光灵都安于其所，不会有非分之想。解释完毕，再向但丁介绍康斯坦丝。

那太阳，初度以爱使我的胸间
　充满温暖。经过反复辩证，
　她向我展示了妙理可爱的一面。
而我，想承认自己已获启蒙，
　信念牢固，就抬起头来，高度
　刚好让我向上方传达心声。
不过这时，出现了另一些景物，
　令我全神贯注地凝视谛观，
　结果竟忘了把心迹表露。
当玻璃透明而光洁，当净水不转，

月亮天

这时，许多/面孔正这样显现，仿佛要自陈。

（《天堂篇》，第三章，一五至一六行）

穆默而清澄，水底不至于隐没
于深处，玻璃或水面就缓缓
映出我们的容颜；只是轮廓
并不清晰，双眸要辨认，比辨认
白额上的珍珠还难。这时，许多
面孔正这样显现，仿佛要自陈。
昔日，有人错恋过泉中之影；
我呢，却向相反的谬误窜奔。
我觉察这些颜貌时，以为是水镜
反映的形象，马上回头向后面
望去，看倒影属于哪些神灵；
却什么也看不到。于是，向前
直望入向导的光辉。而向导这时
正蔼然微笑，圣眸焕发着美嫣。
“请不要惊奇；我在笑你幼稚
如孩提的思想，”向导对我说，
“仍没有信心在真理驻足栖迟；
却一如以往，把你向空虚倒拖。
你眼前所见，都是真实的人物，
因未能履誓而置身这处碧落。
那么，跟他们交谈，听他们倾诉
以征信吧。真光给他们安宁，
不让他们离开，走其他路途。”
我闻言，几乎叫迫不及待的心情
压倒；马上转向神态最渴望

说话的幻影。“精魂哪，你注定
安享天福，在永生的光中亲尝
甘甜，”我说，“不过，这味道如非
这样亲尝，就绝难领会欣赏。
那么，请惠然告诉我，你是谁，
叫什么名字，何以在这里栖身。”
灵魂听罢，微笑着欣然答对：
“我们的仁爱不会把有心人
关在门外，一如神的慈煦，
要天庭大众怀相同的慈忱。
我在凡间是个童贞修女，
此刻虽美艳胜昔，你也认得出；
如果你仔细地回忆须臾，
就知道我是琵卡尔妲，一如
其他的蒙恩光灵，置身这里，
在最慢的天体中齐享天福。
我们的感情，寓于圣灵的欣喜，
也只会在圣灵的欣喜中燃烧，
并乐于依循他的纲纪。
此处的地位，看来并不算高。
我们身在这里，是因为以前
许愿而不履；有时更是空唠叨。”
于是我说：“你们神奇的容颜，
闪耀着无从名状的圣光，使你们
甩去旧貌，叫我们无从复辨。

因此，我见了你，也不能速认。
可是，此刻我得到你提点，已能
清晰地回想你的旧颜和前身。
不过告诉我，在这里乐享永生，
你们想不想升到更高的高度，
以扩大视境，使圣宠添增。”
琵卡尔妲微笑了一下（一如
众魂），再欣然回答我的问题，
仿佛焕然获太初的爱焰鼓舞：
“兄弟呀，我们的意志因明爱之力
而安恬，只企求本身所获的一切，
不再渴望其他的任何东西。
神把我们安排在这一境界；
如果我们想置身更高的天区，
欲念就不再与神的意旨相谐。
如果心怀明爱是这里的定律
（细忖明爱的本质，你就会明白），
我们的欲念不可能跟神旨龃龉。
反之，我们能处于至乐状态，
全因为我们恒留神的意旨里，
结果众愿合一而凝聚起来。
因此，在天国，我们的地位一级
接一级，上上下下都会像统御
我们意志的君王一样欣喜。
君王的意志是我们的安宁所居；

也是大海：所造的一切和自然
化生的万物都向它奔赴而去。”

于是，我清楚知道，尽管至善
降恩时各处有不同的沾濡，
天堂的境界却遍布整个霄汉。

有时候，我们饱啖了甲种食物，
仍会对乙种食物垂涎欲吃，
结果致谢时仍索求乙种口福。

我的情形也如此：说着话打手势，
务求明白，她当年投梭而未能
完成的布，是怎样的物质。

“有一位女士，德配神恩，一生
美善，”琵卡尔妲说，“结果升了天，
并令下界的女子出家崇奉。

这些女子与那位新郎同眠
同醒。那位新郎，接受所有
以真爱向他许下的誓言。

为了追随该女士，年轻的时候
我就出家，以她的衣裳裹身，
并且答应对教会尽忠职守。

然后，惯于趋恶而避善的人
把我从愉快的修道院掳拉。
神会明白，我后来活得多可恨。

在我的右边，还有另一道光华
向你展现，并且在我们的天宇

挟全部的光芒烨烨焕发。
她的情形，也像我刚才的自叙：
她以前是修女，遮阳的神圣头巾
也这样从她的头上被夺去。
不过，尽管她被迫违背良心，
违背合乎仪则的礼法而还俗，
心中的头巾却一直把她系引。
这光华呢，由崇高的康斯坦丝显露。
康斯坦丝为施瓦本的第二股惊飙
生下第三个——也是最末的——君主。”
琵卡尔妲说完了这番话，就袅袅
唱起“万福玛利亚”。一边唱，一边
隐退，如水中重物，沉没于深渺。
我的视线一直跟随在后面，
到眼前踪影消失于视域之外
才回转，移向它更加渴望的容颜——
全神贯注地凝看贝缇丽彩。
贝缇丽彩的光华直射我双眸。
刹那间竟叫我双眸无法张开，
叫我该提问时却未能启口。

注释：

1–2. **那太阳**：指贝缇丽彩。**初度以爱……充满温暖**：指贝缇丽彩小时候叫但丁一见倾情，"胸间充满 / 温暖"。当时，但丁不过九岁。参看 *Vita Nuova*，II。

3. **妙理可爱的一面**：指贝缇丽彩的答案（回答月亮何以有黑点这一问题）。参看《天堂篇》第二章六一至一四八行。

17. **有人错恋过泉中之影**：**有人**：指那喀索斯（Νάρκισσος，Narcissus）。那喀索斯是个美男子，出生时，先知忒瑞西阿斯（Τειρεσίας，Tiresias）预言，只要看不到自己的颜容，就可以安享上寿。那喀索斯长大后，为许多仙女爱恋追求，却无动于衷。一个叫厄科（Ἠχώ，Echo）的仙女，单恋那喀索斯而得不到响应，结果憔悴而死，化为一缕回声。其余的仙女也爱而不得，一一遭拒，于是一起向上天投诉。上天派报应女神涅梅西斯（Νέμεσις，Nemesis）施展神通，令那喀索斯在泉边俯首，得睹自己的倒影，为水中的美貌吸引，产生强烈的爱恋，不能自已，最后憔悴而死，化为一株水仙。参看奥维德《变形记》第三卷三三九行及其后的描写，《地狱篇》第三十章一二八行注。

18. **我呢，却向相反的谬误窜奔**：那喀索斯以幻象为真人而犯错；但丁以真人为幻象，所犯的错误与那喀索斯所犯的相反。

19–21. **我觉察……神灵**：但丁以为眼前的人物是倒影，于是回头，看倒影是"哪些神灵"所投。

23. **向导的光辉**：指贝缇丽彩的双眸。

29–30. **你眼前所见……这处碧落**：在但丁眼前出现的福灵，其实已经置身于最高天。不过他们也能在其余的诸天出现。至于何以如此，参看《天堂篇》第四章二八至六三行的解释。

32. **征信**：指证验所见是真人，并非倒影。

36. **精魂**：原文（第三十七行）为"ben creato spirito"，直译是"精美地受造的灵魂"。称之为"精"，是因为这些灵魂能享天福，是众魂的首选。

40–41. **那么……栖身**："你是谁，/ 叫什么名字，〔你们〕何以在这里栖身"的原文是"del nome tuo e de la vostra sorte"。在意大利文里，句子前半部的"tuo"（"你的"）是单数，到了后半部变为复数"vostra"（"你们的"），把焦点由一个福灵移到所有的福灵身上。为了照顾汉语习惯，汉译没有把这一转变译出。

42. **灵魂**：指第四十九行的琵卡尔妲。

49. **琵卡尔妲**：Piccarda Donati，西莫内·多纳提（Simone Donati）的女儿，佛雷塞·多纳提（Forese Donati）和科尔索·多纳提（Corso Donati）的姐妹。出家当修女后，遭科尔索掳走，被迫嫁给翡冷翠黑党显贵罗塞利诺·德拉托萨（Rossellino della Tosa），毁弃出家诺言。科尔索迫琵卡尔妲嫁人，完全为了个人的政治利益。由于琵卡尔妲·多纳提和但丁的妻子杰玛·多纳提（Gemma Donati）是堂亲，佛雷塞是但丁的朋友，科尔索是但丁的政敌，琵卡尔妲于一二八八年被迫嫁人的事件，给但丁的印象极深。参看 Sapegno, *Paradiso*, 38; Pasquini e Quaglio, *Paradiso*, 32-33; Singleton, *Paradiso 2*, 67。此外，《炼狱篇》第二十四章八二至八七行，曾提到科尔索。

51. **最慢的天体**：指月亮天。月亮离原动天最远，因此转动得最慢。

52–54. **我们的感情……纲纪**：意为：我们因圣灵的欣喜而欣喜，我们依循圣灵所订立的秩序，福乐与圣灵的意志相符。这几行回应了本章第四十一行但丁的提问："何以在这里栖身。"

57. **许愿而不履**：琵卡尔妲许了愿要出家，结果却离开修院，嫁给罗塞利诺，未能履诺。**空唠叨**：指徒然许愿，许愿后没有履行。

64. **这里**：指月亮天。

65–66. **你们想不想……扩大视境，使圣宠添增**：意为：你们是否希望向更高的一重天飞升，在更近的距离瞻视上帝，以获取更厚的圣宠？

67–68. **琵卡尔妲……（一如 / 众魂）**：琵卡尔妲和其他福灵见但丁问得幼稚，不禁莞尔。

69. **太初的爱焰**：指上帝的大爱。

70–72. **兄弟呀……任何东西**：这几行指出：福灵知足，安于上帝的分配，再无他求；此刻所获之恩，就是他们想要的一切。**明爱**：原文"carità"，指福灵对上帝的敬爱。参看 *Enciclopedia dantesca*, I, 831-33,"carità"条。

74–75. **如果我们……欲念就不再与神的意旨相谐**：意为：福灵如果有非分之想（"想置身更高的天区"），其欲念就不再与神的意旨相谐；欲念不与神的意旨相谐，他们就不会快乐。

76. **如果……定律**：这行的意思是：在这里，如果深爱上帝是必然。

77. **明爱的本质**：明爱的本质是：施爱者必定以受爱者为本，也就是说，依循受爱者的意旨去施爱。在这里，施爱者是福灵，受爱者是上帝。

81. **结果众愿合一而凝聚起来**：结果，我们的愿望和神的意旨合而为一；神的意旨就是我们的愿望。参看第八十五行。

82–84. **因此……欣喜**：天堂的福灵都安于其位，并因此而感到欣喜。

85. **君王的意志是我们的安宁所居**：原文"E'n la sua volontade è nostra pace"，是《神曲》的名句，也是琵卡尔妲论述的要旨。**君王**：指上帝。

原文“sua”（“他的”），回应第八十四行的“re”（“君王”）；为了照顾汉语的说话习惯，译文补入了主词，以“君王的”代替“他的”。

86–87. **也是大海……奔赴而去**：上帝的意旨是大海；由上帝直接创造的天使和人，以至大自然“化生的万物”，都以上帝的意志为意志，一如众水奔流，以大海为目标。

88–90. **于是……霄汉**：于是，但丁知道，众灵的福分有别；上帝降恩，也有深浅之分；不过至福之境遍布诸天。

91–93. **有时候……乙种口福**：但丁因问题（六四至六六行）得到了答案（得到了“甲种食物”），想向琵卡尔妲致谢；致谢时又希望得到“乙种食物”（即下一个问题的答案）。“下一个问题”，指九五至九六行所述：“她当年投梭而未能 / 完成的布，是怎样的物质。”

95–96. **她当年投梭……物质**：这两行是比喻，意思是：你当年未能履行的是什么愿。

97. **一位女士**：指圣嘉勒。一一九四年生于意大利阿西西（Assisi），力倡艰苦俭朴；一二一二年与圣方济创立圣嘉勒修会（ordine delle Clarisse），供女性出家修行。卒于一二五三年八月。

98. **升了天**：原文（第九十七行）“inciela”（不定式 incielare），为但丁所创，直译是“使上天堂”“使升天”。

100. **这些女子**：指出家的女子。**新郎**：指耶稣。“新郎”这一比喻，经常在《圣经 · 新约》里出现。参看《马太福音》第九章第十五节，《马可福音》第二章第十九节，《约翰福音》第三章第二十九节。

103. **该女士**：指圣嘉勒。

104. **她的衣裳**：指修女的衣裳。

106. **惯于趋恶而避善的人**：指琵卡尔妲的兄弟科尔索 · 多纳提及其黑党随从。参看本章第四十九行注。

108. **神会明白……多可恨**：上帝洞悉一切，包括琵卡尔妲的思想和感受，因此会明白，琵卡尔妲被迫出嫁后活得多痛苦。

109. **另一道光华**：指本章一一八行的康斯坦丝。天堂的福灵在安享天福时都发出烨烨的光华。

111. **挟全部的光芒烨烨焕发**：也就是说，这位福灵的光华最盛。

112. **她的情形……自叙**：意为：她也像我（琵卡尔妲）一样，出了家当修女，却遭人以暴力掳走，结果不能履愿。

113. **神圣头巾**：修女所戴的头巾。

117. **心中的头巾……系引**：虽然还了俗，在形式上没有戴头巾，心中仍然头巾是念；也就是说，精神上依然是个修女，依然想念基督。

118. **康斯坦丝**：Konstanz，诺曼王朝罗哲尔（Roger，意大利文 Ruggero）

二世的女儿，生于一一五四年，卒于一一九八年。是普利亚和西西里王国最后的一个继承人，德意志国王兼神圣罗马帝国皇帝亨利六世（Heinrich VI，一一六五年至一一九七年）之妻，腓特烈二世（Friedrich II，一一九四年至一二五〇年）之母。出家当修女后，遭帕勒尔摩（Palermo）大主教瓜尔提耶里·奥菲阿米利奥（Gualtieri Offiamilio）掳走，于一一八五年嫁与施瓦本（德文 Schwaben，英文 Swabia）公爵亨利（日后的亨利六世）。

119–120. **施瓦本的第二股惊飙……君主**："施瓦本"，德文 Schwaben，中世纪德国西南部的一个公国（又称"公爵领地"），是现代德国巴登至符腾堡（Baden-Württemberg）和巴伐利亚的一部分（参看 *The Random House Dictionary of the English Language*"Swabia"条）。意大利文叫 Soave，又称 Svevia。最初由神圣罗马帝国皇帝红胡子腓特烈一世（Friedrich I Barbarossa）统领。红胡子的儿子亨利六世继承父位后，成为神圣罗马帝国皇帝，同时也管辖施瓦本。其子腓特烈二世，是施瓦本王朝（Swabian Dynasty）的第三任（即最后一任）君主，卒于一二五〇年；在但丁心目中，是神圣罗马帝国最后的一位合法皇帝。这里以"惊飙"形容施瓦本王朝，目的在于强调其凌厉、疾速、短暂。

122. **万福玛利亚**：原文（一二一至一二二行）"Ave/Maria"，拉丁文，是天主教《圣母经》的第一句。

124–126. **我的视线……才回转**：但丁的视线一直在后面追随琵卡尔妲的踪影，到琵卡尔妲完全消失为止。**它更加渴望的容颜**："它"，指但丁的视线。"它更加渴望的容颜"，指贝缇丽彩的容颜。但丁对贝缇丽彩的渴念，甚于对琵卡尔妲。

128–130. **贝缇丽彩……启口**：这几行强调，贝缇丽彩的光华炫眸。

130. **叫我该提问时却未能启口**：但丁想发问，却因贝缇丽彩的光华炫目而未能启口。

第四章

但丁听了琵卡尔妲的话后，心中即产生两个问题：第一，上帝的圣裁为何把月亮天的光灵贬到较低的位置？第二，柏拉图认为，人的灵魂来自星星；人死后，灵魂就向星星回归。这一说法是否正确？贝缇丽彩知道但丁心中所想，不等他发问，就先答第二个问题。回答第一个问题时，贝缇丽彩说明绝对意志和相对意志的分别。然后，但丁问贝缇丽彩，有爽誓言的人可否以善行补赎过失。

两份食物，吸引力相同，自由人
　置身中间，与二者等距，一定
　饿死了也吃不到其中一份。
一只羔羊，站在同样可惊、
　同样凶残的饿狼间，结果也相同；
　一如猎犬，在两只母鹿间久停。
所以，在同等的犹疑间，因无从

反应而缄口，我也不会自谴
或自矜，因为一切都在命中。
我没有作声，不过我渴望之念
早已和心中的疑问绘在脸上，
比直说的话语还热切明显。
昔日，但以理使巴比伦的君王
尼布甲尼撒息怒，不敢虐杀无辜。
贝缇丽彩的行动，与但以理相仿。
她说：“我很明白，两种意图
怎样牵引着你，你的心力
自我羁牵，不能把信息表露。
你的论点是：‘正确的意志不移，
他人的暴力凭什么理由
贬损我，把我蒙恩的地位降低？’
同时，灵魂看来都在遵守
柏拉图的规则，能一一返回众星，
也难免在你心中产生疑窦。
这些问题，都压落你的心灵，
而且重量相等。因此，驳斥
较毒的一点，是最先的使命。
与神相契得最密的六翼天使，
以至摩西、撒母耳或者约翰
（无论是哪一位约翰）——告诉你，甚至
玛利亚本人的席位也是一般：
不会排列在众灵以外的天国，

福乐也不会更绵长或者更短暂。
大家都使第一圈显得更昭焯，
并且按本身感受大爱的程度
各取所需，享受甜蜜的生活。
他们在这里出现，并非要宣布
月亮天是他们所有，而是要说明，
他们的级别，在天堂最不显殊。
我这样说话，要你们以心智倾听，
是因为经验要由感官掌握，
才能更进一步传达给悟性。
因此，《圣经》要把福音传播，
也这样俯就你们的智力；说上主
有手脚时，经义会另有寄托。
神圣的教会，也借人的貌图
向你们描绘加百列、米迦勒，以及
另一位，也就是使托比康复的人物。
蒂迈欧关于灵魂的推断辨析，
跟这里的实际情形相乖。
他似乎相信，自己的话是真理。
他相信，灵魂因天性而化为形态，
就会离开自己所属的星星。
因此他说，灵魂会重返故宅。
他的看法和他所述的情景
也许不一样，可能包含另一层
意思；我们不应该当作笑柄。

如果他的意思是：日后重升
　转轮的，是天力的荣辱，其弓弩
　也许有射中某点真理的可能。
这个法则一度被曲解，几乎
　误导了天下，叫人偏歪间称这些
　行星为朱庇特、墨丘利、马尔斯一族。
另一个问题，也使你疑惑不解，
　不过其毒害较小；即使有恶意，
　也不会诱你离开我而歧径是蹀。
我们公正的天律，在凡人眼里
　显得偏差而乖戾，只证明凡人
　有虔信，不表示他们有异端邪迹。
不过，既然你有足够的慧根，
　能善于贯通天道而达于晓畅，
　我自当按你的意愿把道理阐陈。
如果暴力发生时，受害的一方
　没有帮助施暴的人作孽，
　这些灵魂仍不能把过失推搪。
因为，意志不动摇，就不会熄灭；
　反而会像火焰：即使遭风暴
　扭曲一千回，也不会转趋歪斜。
意志一屈从，不管是多是少，
　就已经支持了暴力，一如这些人，
　遇到暴力时没有向圣地潜逃。
如果她们的意志完好坚贞，

一如劳伦斯在烤架上忍受烈焰，
或如穆克乌斯要己手遭焚，
她们获释后，就会获意志驱牵
而重返正道，不再遭暴力劫掳。
不过，这样的坚志实在罕见。
这番话，如果你能够正确领悟，
就可以把刚才的论点驳倒，
把萦绕你怀中的困惑消除。
不过，此刻的路上，另一种阻挠
又在你眼前横亘；你要自己
去克服？耗尽了体力还是徒劳。
刚才，我已经叫你认真注意：
安享至乐的灵魂不会说谎，
因为它始终紧靠着第一真理。
可是，据你听琵卡尔妲的摹状，
康斯坦丝一直对头巾有感情，
仿佛我所说的是相反情况。
兄弟呀，自古以来，为摆脱险境，
曾经有许多人违背良心，
做出他们不应该做的劣行；
就像阿尔克迈翁，为了孝敬父亲、
遵守父训而杀害亲母，
结果为了尽孝而孝心丧尽。
现在，我要你深思，并且记住，
暴力一旦跟意志串通起来，

犯罪之后，其咎就无从免除。
绝对意志容不得这样的祸害。
相对意志，由于怕罹殃蒙耻
而退缩，结果对罪恶默许宽贷。
因此，琵卡尔妲指的是绝对意志；
我所指的，是相对意志。我们
所说的话，都完全符合事实。”
一切真理，从圣河的源头涌喷。
圣河流出后，就如此漾出柔波，
解答了我心里的两种提问。
“为大爱所钟的女士呀，”我接着说，
“您神圣超凡，纶音充溢了我的心，
且给我温暖，我越听生气就越多。
我的敬爱即使深挚盈襟，
也不能一一报答您的恩情；
但愿有能的智者会补我赤贫。
我十分清楚，我们的悟性
获至理启迪才感满足；至理
之外，再没有任何真理能飞凌。
一到达至理，悟性就会栖息，
如兽之归穴。悟性做不到这点，
所有的愿望都是白费的力气。
因此，从真理的根部，怀疑繁衍
如嫩芽萌发；我们一山接一山
攀向峰顶，是受了本性的驱遣。

正因为这样啊，娘娘，我才敢
　怀着恭敬的心意向您发问，
　请您就另一问题启我愚暗。
我想知道，有爽誓言的人
　满足天律时，可否以善行补凑，
　让天平的誓言不减半分。”
贝缇丽彩怡然望着我，眼眸
　充满爱辉。那眼眸，神圣脱俗，
　使我的目力溃败间慌忙遁走，
结果眼睛下望，神志迷糊。

注释：

1–12. **两份食物……热切明显**：在中世纪，有所谓“布里丹驴子”（“Ass of Buridan”）的诡论：在两捆吸引力相等的草料间，驴子会选择无从。但丁按这个诡论的模式，举了三个新的例子：自由人有自由意志，但是在两份食物之间，欲念相等，结果会失去选择的能力；羔羊在两只饿狼中间，对两者的惊怖程度相等，结果意志会瘫痪，不能反应；猎犬在两只母鹿间，处境与自由人相同，也会无从取舍。此刻，但丁有两个疑问，重要性相同，结果不知道先问哪一个。

13–14. **昔日……无辜**：巴比伦国王尼布甲尼撒因手下的哲士不能释梦，要把他们处死。但以理释梦成功，救了这些哲士。参看《圣经·旧约·但以理书》第二章第一至四十五节。

15. **贝缇丽彩的行动，与但以理相仿**：贝缇丽彩像但以理一样，既知道疑问是什么，也知道怎样解答。

16–18. **她说……表露**：贝缇丽彩知道但丁心中想什么。**两种意图**：指但丁有两个疑问，但不知道应该先问哪一个。

19–24. **正确的意志不移……产生疑窦**：这几行写但丁的两个疑问。第一个疑问是：如果行善的意志不移，不受外力影响，外力为什么能把事功减少？这一疑问，就《天堂篇》第三章琵卡尔妲和康斯坦丝的处境而发：两者在意志和精神上都忠于自己。她们履诺不成，是因为遭暴力干扰。那么，她们为什么要受贬而身处最高天的最低位置？第二个疑问是：在《蒂迈欧篇》(*Timaeus*）里，柏拉图指出，人的灵魂来自众星，死后也向众星回归。在基督教发展的初期，也颇有一些基督徒相信这种说法。公元五四〇年，这一说法在君士坦丁堡被正统教会扬弃。到了但丁时期，正统基督徒都认为，人的灵魂直接由上帝创造，无须轮回。但丁见琵卡尔妲身在月亮天（见《天堂篇》第三章)，觉得情景和柏拉图的说法相符，于是心生第二个疑问。参看 Mazzini，426。

26–27. **驳斥 / 较毒的一点……使命**：但丁的两个疑问，以正统的基督教准则衡量，都是异端，都含有毒素。不过柏拉图的学说（上面提到的第二个疑问）“较毒”，因此贝缇丽彩首先要驳斥“较毒的一点”。

28–36. **与神相契……生活**：所有的福灵，包括最接近上帝的一些，都在最高天享受天福；享福的时间没有久暂之分。至于天福的厚薄，则视福灵的能力而定。因此，在《天堂篇》第三章八八至八九行，琵卡尔妲说：“至善 / 降恩时各处有不同的沾濡。”**六翼天使**：天使中最高的一级。**摩西**：《圣经 · 旧约》中的第一位先知。**撒母耳**：《圣经 · 旧约》中的先知。**约翰 /（无论是哪一位约翰）**：指使徒约翰和施洗约翰（亦译“洗者若翰”“若翰 · 保弟斯大”)。**玛利亚**：圣母玛利亚，是人类最崇高的代表。**福乐也不会更绵长或者更短暂**：最高天的福灵所享的福乐都永恒不变；既然是“永恒不变”，就不再有长短、久暂之分。**第一圈**：指最高天。从神的居所算起，最高天是第一重天，所以称为“第一圈”。**大爱**：上帝之爱。

37–39. **他们在这里出现……显殊**：琵卡尔妲、康斯坦丝都是最高天的福灵，此刻在月亮天出现，是要向但丁说明，在最高天里，她们的地位最低。**这里**：指月亮天。**并非要宣布 / 月亮天是他们所有**：并非要宣布，天堂是他们长期置身的区域。

40–42. **我这样说话……悟性**：贝缇丽彩为了让但丁明白高妙的道理，只好以人间语言、人间经验，循感官途径传给他的悟性。**要你们以心智倾听**：原文为“al vostro ingegno”。“vostro”是复数，直译是“你们的”，因此对象是一般人，并不限于旅人但丁。由于汉译的需要，译者译“al vostro ingegno”时用了凯特福德（J.C.Catford）所谓的翻译移位（translation shift）技巧，译文再没有“你们的”，而只有“你们”。有关翻译移位技巧，参看 Catford, *A Linguisitc Theory of Translation*:

An Essay in Applied Linguistics。

43–45. **因此……寄托**：《圣经》传达神道，也要用凡人所能了解的语言："说上主 / 有手脚"，只是为了方便理解，并非说上主真的"有手脚"。换言之，《圣经》所说，除了字面意义，还有精神意义和象征意义。

46–48. **神圣的教会……人物**：教会为了让教众理解圣道，也要依靠凡人所能了解的语言和比喻。**加百列**：英语 Gabriel，又译"加俾额尔"，天使之一。曾向玛利亚预言，耶稣会由她诞生。见《圣经·旧约·但以理书》第八至九章；《圣经·新约·路加福音》第一章。《次经》（又叫《伪经》）称加百列为天使长。参看《基督教词典》页二三八至二三九。**米迦勒**：英文 Michael，天使名，亦译"米额尔"。《圣经·旧约·但以理书》第十章第十三节、第二十一节称他为"大君"，即天使长，是以色列人的护守天使。在《圣经·新约》的《犹大书》和《启示录》出现，是天主教圣教会的护守天使。参看《基督教词典》页三四五。**另一位……人物**：指天使长拉斐耳（英文 Raphael）。拉斐耳曾经使托比的父亲恢复视力。参看《圣经次经·托比传》第十一章第一至十五节。

49. **蒂迈欧关于灵魂的推断辨析**：参看但丁在二二至二四行所提的问题。在柏拉图的《蒂迈欧篇》里，蒂迈欧是书中主角，曾就灵魂问题加以"推断辨析"。参看 Mazzini，427。

50. **跟这里的实际情形相乖**：意为：跟月亮天的情形有别。

52–53. **他相信……星星**：蒂迈欧相信，灵魂出于天性，会离开星星，进入肉体。

54. **灵魂会重返故宅**：指人死后，灵魂会返回星星。

55–57. **他的看法……笑柄**：意为：柏拉图的说法，也许有另一层意义：这层意义，字面也许没有直接表达，因此不应该视为笑柄。参看 *Convivio*, IV, XXI, 2-3。

58–60. **如果他的意思是……可能**：意为：如果柏拉图的意思是，人死后，星星对他的影响力（不管是好是坏）就会重返星星；那么，在某一方面，柏拉图也许说得有理。在这里，但丁再度运用弓弩意象。**转轮**：指旋转的诸天。

61–63. **这个法则……马尔斯一族**：柏拉图的学说被世人曲解，结果大家赋行星以各个神祇的名字；并且认为，凡间的命运由这些行星决定。"朱庇特"（拉丁文 Iuppiter，英文 Jupiter）、"墨丘利"（拉丁文 Mercurius，英文 Mercury）、"马尔斯"（拉丁文和英文均为 Mars）是罗马神话中的神祇，相等于希腊神话中的宙斯、赫尔梅斯、阿瑞斯。贝缇丽彩在这里说"几乎 / 误导了天下"，而不说"误导了天下"，是因为她觉得，希伯来人有《圣经》为据，没有被误导。也就是说，被误导的只是天下的大部分，尚不算全部。

64. **另一个问题**：指本章一九至二一行的问题。

65–66. **不过其毒害较小……歧径是蹀**：本章一九至二一行的问题，毒害较小，是因为这一想法不会把但丁带进歧途，叫他相信异端，远离贝缇丽彩（也离开贝缇丽彩所代表的信仰）。

67–69. **我们公正的天律……邪迹**：凡人质询天律是否公正时，其质询之举，已表示他相信天律。因此他们就个别事例提出疑问，并不表示他们否定基督教信仰。

71. **贯通天道而达于晓畅**：指明白贝缇丽彩在六七至六九行所说的道理。

73–90. **如果暴力……困惑消除**：在这里，贝缇丽彩就本章一九至二一行的问题作答。以今日的标准衡量，贝缇丽彩对意志的要求未免过于严苛。

77–78. **反而会像火焰……也不会转趋歪斜**：火焰遭风吹，刹那间会摇摆偏斜。可是风一停，就会恢复本性：竖直向上。

80. **这些人**：指琵卡尔妲、康斯坦丝，以至月亮天的其他福灵。

81. **遇到暴力时没有向圣地潜逃**：指琵卡尔妲和康斯坦丝遇到暴力，本来可以逃回修院，可是她们没有这样做。

83. **劳伦斯**：指圣劳伦斯。圣劳伦斯是西班牙人，早期罗马教会的副主祭（意大利文 diacono，英文 deacon），因拒绝把教会的财宝交出，于公元二五八年遭活活烧死，成为殉教者。

84. **穆克乌斯**：盖约·穆克乌斯·斯开沃拉（Gaius Mucius Scaevola），罗马人，克鲁西乌姆（Clusium）的拉尔斯·坡塞纳（Lars Porsena）包围罗马时，奉命行刺坡塞纳而事败。接受火刑时毫不畏缩，把右手伸入火中受烧，结果感动了坡塞纳而获释。但丁在其他著作里，也提到这位义士。参看 *Convivio*, IV, V, 13; *Monarchia*, II, V, 14。

85–86. **她们获释后……劫掳**：意为：琵卡尔妲和康斯坦丝如果有完好坚贞的意志，获释后就会重返修院。她们获释后，却没有这样做，因此地位受到影响，在最高天里，要降到最低的一级。

91–93. **不过……徒劳**：贝缇丽彩看得出，此刻，但丁心中又产生另一疑惑，不能独力解答；即使要独力解答，也会徒费精神。

96. **第一真理**：指上帝。

98. **康斯坦丝一直对头巾有感情**：康斯坦丝被掳后，一直以修院为念。**头巾**：头巾为修女所戴，在这里象征修女身分。参看《天堂篇》第三章一一七行。

103–105. **就像阿尔克迈翁……丧尽**：阿尔克迈翁为了报父仇而杀害母亲，是"为了尽孝而孝心丧尽"。参看《炼狱篇》第十二章四九至五一行及

也物使得你施爱无方，
是因为这光芒的余辉，经凡心
辉，透过该物向外面显彰。
知道，因爽誓而义务未尽，
否有别的善行把结局扭转，
止刑法向灵魂追由究因。”
丽彩的话是这一章的开端。
后，像不愿在中间停顿的人，
继续把神圣的法旨向我述传：
在洪德浩荡中创世施恩，
众生厚惠。而其中一种，
能体现其至善，也最获他爱珍。
是：意志的自由。独获天宠
得此自由的，是一切智慧之灵。
去如此；现在的情形也相同。
按照这样的理据和实情，
果你允诺时获神的允诺，
约的珍贵处就昭然彰明。
人神立约有这样的效果：
述的珍宝，会成为献神的牺牲；
牺牲的行为皆完成于自我。
他物怎会有补赎的可能？
果你打算善用所献的东西，
就等于要赃物把善事完成。
的要点，你可以确信无疑。

有关注释，《地狱篇》第二十章第三十四行注。一〇五行原文（“per non perder pietà, si fé spietato”）的“pietà”和“spietato”，在语音上互相呼应，在语义上也正反相成，大概受了奥维特《变形记》第九卷四〇七至四〇八行影响：“Ultusque parente parentem/natus erit facto pius et sceleratus eodem...”（“儿子杀母为父亲报仇，/一举尽孝，并丧尽孝心……”）

108. **犯罪**：Singleton（*Paradiso 2*，93）指出，这里所谓的“犯罪”，是指对神犯罪。

109–114. **绝对意志……符合事实**：亚里士多德和阿奎那把意志分为绝对意志（意大利文 voglia assoluta，拉丁文 voluntas absoluta，英文 absolute will）和相对意志（意大利文 volontà condizionata，拉丁文 voluntas secundum quid，英文 conditioned will）。所谓“绝对意志”，即原文第八十二行的“volere intero”（汉译“意志完好坚贞”），第八十七行的“salda voglia”（“坚志”）。绝对意志绝不会与邪恶妥协。就绝对意志而言，琵卡尔妲和康斯坦丝被掳后仍心系修院；可是就相对意志而言，两人都屈从于暴力，结果违反了绝对意志。由于琵卡尔妲所指的是绝对意志，贝缇丽彩所指的是相对意志，两人的话都符合事实。参看 Singleton, *Paradiso 2*, 90-94; Sapegno, *Paradiso*, 53-54; 阿奎那 *Summa theologica*, I-II, q.6, aa.4-6。

115–117. **圣河的源头……提问**：“圣河的源头”，指上帝。贝缇丽彩的真理来自上帝，此刻就像圣河源头的“柔波”，解答了但丁的提问。在《神曲》里，贝缇丽彩是智慧、启迪的象征。

118. **为大爱所钟的女士**：指贝缇丽彩。贝缇丽彩为上帝的大爱所钟，所以称为“为大爱所钟的女士”。

123. **有能的智者**：指上帝。

125. **获至理启迪**：获上帝启迪。

125–126. **至理 / 之外……飞凌**：没有任何真理能超越上帝的至理。

127. **一到达至理，悟性就会栖息**：一到达上帝的至理境界，悟性就得到完全的满足，不再有别的渴求。这行回应第三章第八十五行：“君王的意志是我们的安宁所居”（“E'n la sua volontade è nostra pace”）。

128–129. **悟性做不到这点，/……白费的力气**：这句话的言外之意是：悟性必能做到这点，即原文“e giugner puollo”（直译是“而它〔悟性〕能达到它〔至理〕”）所指。亚里士多德和经院哲学家都认为，“上帝和大自然不会徒劳”。既然人类生来有求知之心，他们必能达到所求之知。这一论点，阿奎那的说法可以代表：“si intellectus rationalis creaturae pertingere non possit ad primam causam rerum, remanebit inane desiderium naturae."（"如果理性创造物的心智不能达到事物的初始因，天生的渴念就终归枉然。"）参看 Sapegno, *Paradiso*, 55; Singleton, *Paradiso 2*, 95。

130–132. **因此……驱遣**：上帝赐人类以探索之心、求知之欲。结果，探索之心和求知之欲会把人类向上推动，直达上帝的至理。

135. **另一问题**：指但丁在一三六至一三八行所提的问题。

137. **天律**：上帝的律法。**可否以善行补凑**：意为：誓言未履（也就是于天律有亏），爽誓的人可否以善行补偿。关于这点，阿奎那也有论及。参看 *Summa theologica*, II-II, q.88, aa.10-12。

138. **天平**：指上帝的天平，在这里比喻上帝的圣裁。

第五章

贝缇丽彩论述誓约的本质和
并训诲世上的基督徒，行事要谨
区凝盱间跟但丁升上了水星天。
向他们疾趋。但丁跟其中一个光
天出现。

"我以温煦的爱焰照耀你。
这经验在凡间是见所未见
把你两眼回望的能力剥夺
请不要惊奇；因为，这种爱
发自完美的炯目；完美的
观照时，会走向所见的美
此刻，在你心里，我已经目
永恒的光芒辉耀。仅是这
一经目睹，就永点爱的情

不过，既然圣教有赦免之举，
跟我所说的事实抵触对立，
你就得坐下来，在桌前稍候须臾，
因为你所吃的食物坚硬，
需要多一点帮忙才容你摄取。
真相我现在就展示；请专心聆听，
并且牢记在心，因为聆听后
而不牢记，知识就不会成形。
上面提到的牺牲存在与否，
取决于两个要素：其一是牺牲
本身；其二是盟约的订立遵守。
第二个要素，经立约人践盟，
才可以解除。而这一点，我早已
详加解释，再没有半点模棱。
你也知道，希伯来人要奉命献祭
这习俗，从古代一直流传到今天——
尽管祭品可以由他物代替。
至于第一个要素，也就是先前
说到的牺牲本身，即使转化为
别的祭品，牺牲也不会有污点。
不过谁也不可以任意卸推
肩上的责任，除非白色的钥匙
和黄色的钥匙能转动追随。
任何形式的交换都没有价值，
除非被弃的祭物含括于新祭物，

一如数目四为数目六所包持。
因此，任何事物的价值一超出
他物的价值，比所有他物都贵重，
就不能由另一种开支来偿补。
世人哪，立誓可不是轻率的行动。
要守信，但是不要像耶弗他奉献
第一件祭品时那样乖戾是从。
当时，耶弗他应该说‘是我失言’；
不该犯更大的过错去守信。此外，
希腊的大统帅也同样愚蠢痴癫，
要伊菲格涅亚为自己的美貌伤怀。
结果呢，不论是智者还是愚人，
闻及这祭礼都感到哀戚不快。
基督徒哇，你们行事要谨慎沉稳；
不要像羽毛，随风向飘忽不定；
也不要以为，凡是水都可以洁身。
你们有《新约》，也有《旧约》这圣经，
有教会这个牧者给你们指导。
这一切，就足以拯救你们的魂灵。
如果邪恶的贪婪把你们诱召，
就要当男子汉，别当糊涂的羊群，
让你们当中的犹太人讥嘲。
不要像愚蠢的羔子，放荡不驯，
抛下母羊的奶而独自他去，
任性地玩耍间给自己招来厄运。”

上述就是贝缇丽彩的话语。
　之后，她露出渴望的神态，
　回眸向宇宙最亮的光区凝盱。
我满心好奇，这时再难以等待；
　正要再发问，见贝缇丽彩变容
　肃穆，只好把心中的问题按下来……
霎时间，我们射入了天堂的第二重，
　速度快如疾矢：击中了鹄的，
　弦线仍在弓上不停地颤动。
只见我所尊敬的娘娘，在这里
　升入该区的光芒时欣悦无限，
　结果连行星也变得明亮无比。
假如连星星也会輾然开颜，
　生来就跟随万变而变化的我
　会如何，读者轻易就可以想见。
鱼塘平静而清澈的时候，如果
　有东西掉进去，鱼儿就会游过来，
　以为它们的食物跌落了清波。
千多名光灵，也以这样的姿态
　向我们疾趋。每个光灵都说道：
　“看哪，他会增加我们的仁爱。”
每个光灵朝我们疾趋时，都杲杲
　发出明亮的光辉。光辉中，
　只见光灵露出至乐的样貌。
读者诸君哪，试想这里的述颂

如果刚开始就中止，你们追索
下文的渴念会变得如何厚浓。
同时，你们也可以想见，这一伙
光魂昭然在我的眼前出现后，
我多想听他们讲述现状的本末！
“你呀，为善而生；凡躯的争斗
还未结束，天恩就惠然让你
到这里向着永胜的御座凝眸。
我们获圣光点燃；这圣光，充弥
整个宇宙。既然你满腔热忱，
想知道我们的情形，请悉随尊意。”
那群虔诚的光灵中，有一个人
对我说。接着，贝缇丽彩也鼓励我：
“放心说吧；他们可靠如众神。”
“我了然见你在光窝里安坐；
知道那是汲自你双眸的炯辉。
因为，你微笑时，光芒就闪烁。
不过，善魂哪，我不知道你是谁。
这天体，借另一天体的光芒避开
凡目；上面何故有你的席位？”
于是，我这样发问，对象是刚才
跟我说话的光灵。光灵闻言，
变得更明亮，远胜先前的状态。
浓厚的雾气会使太阳的光线
变柔；雾气一旦被高温咬啃，

水星天

千多名光灵，也以这样的姿态 / 向我们疾趋。

（《天堂篇》，第五章，一〇三至一〇四行）

太阳就在过盛的炯光里隐潜。
欢乐陡增间，圣魂也蓦地隐身
自己的辉芒中，不让我得睹；
然后，炯焰紧裹间向我条陈
下一章诗歌所咏的事物。

注释：

1–6. **我以温煦……美善前**：在这里，贝缇丽彩说明但丁的目力何以“溃败”（见《天堂篇》第四章一四一行）。**完美的炯目**：指贝缇丽彩的双眸。得睹上帝的福灵都获上帝的炯光照耀，因此目力会增强。贝缇丽彩获上帝照耀时，充满了圣智和大爱。然后，圣智和大爱从贝缇丽彩的双眸舒辉，以炯光征服但丁的双眸。**所见的美善**：指上帝。

7–9. **此刻……情愫**：但丁与最高天的距离越来越近，而且有贝缇丽彩在辉耀，心中乃闪现上帝的炯光。因此贝缇丽彩说：“在你心里，我已经目睹 / 永恒的光芒辉耀。”这种炯光，能永燃大爱（“永点爱的情愫”）。

10–12. **如果他物……显彰**：如果外物使凡人爱而不得其所，那是因为炯光的余辉透过外物闪耀，未能为人类（“凡心”）准确理解，结果人类遭外物误导，爱而不得其法，爱而不得其所。这种“错爱”，是一切罪恶之源。参看阿奎那 *Summa theologica*, II, I, q.73, art.8, ad.2。

18. **神圣的法旨**：指贝缇丽彩传达上帝法旨的话。

22. **意志的自由**：即自由意志。

22–23. **独获天宠 / 而得此自由的，是一切智慧之灵**：独获上帝宠爱、独获上帝赐予自由意志的，只有天使和人类（“一切智慧之灵”）。参看 *Monarchia*, I, XII, 6。

26–27. **如果……彰明**：凡间的人许愿（“允诺”）时，一经上帝接受，就等于跟上帝订立了盟约。那么，所许的愿如何珍贵，就不言而喻。

29. **上述的珍宝**：指第二十二行所说的“意志的自由”。**会成为献神的牺牲**：一个人许愿（“允诺”）时，等于把自由意志献给上帝，向上帝敬奉牺牲。

30. **而牺牲的行为皆完成于自我**：而牺牲的行为，皆由自由意志来决定。

31. **那么……可能？**：贝缇丽彩言下之意，是他物无从补偿未履的诺言。

32–33. **如果……完成**：意为：如果你视自己对上帝的奉献为工具，然后加以利用，就等于要赃物做善事。也就是说，此举不会见容于天律。

34. **道理的要点**：指未履之诺，没有其他事物可以代替的论点。**你可以确信无疑**：你可以确信这论点。

35–36. **圣教有赦免之举，/……对立**：意为：神圣罗马天主教会有赦免之举（指赦免爽誓行为）。而这一做法，跟我刚说过的道理互相矛盾。

37–39. **你就得坐下来……摄取**：但丁在这里用了食物意象："爽誓""补赎""圣教有赦免之举"等观念，都是坚硬的食物，但丁需要帮忙才能消化、吸收。参看 Rossi e Frascino, *Paradiso*, 68。

46–47. **第二个要素……才可以解除**：意为：盟约订立后，不可违背；履行后方可解除。

47–48. **我早已 / 详加解释**：指贝缇丽彩早已在本章三一至三三行详加解释。

49–51. **希伯来人……代替**：《圣经·旧约》规定，希伯来人要向耶和华献祭。不过祭品可以由别的祭品代替。关于希伯来人的献祭规矩，参看《圣经·利未记》第二十七章。

56. **肩上的责任**：献祭的责任。

56–57. **除非……追随**：意为：除非获教会准许。有关"白色的钥匙 / 和黄色的钥匙"，参看《炼狱篇》第九章一一七至一二六行。

59. **除非……新祭物**：意为：除非代替之物包含被替的祭品。

61–63. **任何事物……偿补**：原来的祭品如果在价值上超过其他物品，其他物品就不能代替原来的祭品。

65–66. **不要像耶弗他……乖戾是从**：《圣经·旧约》人物耶弗他，因为有求于耶和华而承诺把最先从他家门出来……接他的，"献上为燔祭"。耶弗他到达家门时，最先出来的，竟是他的独生女。为了守信，耶弗他杀害了女儿（"乖戾是从"）。事见《圣经·旧约·士师记》第十一章第三十至四十节。

68. **犯更大的过错去守信**：指耶弗他为了"守信"而杀害自己的女儿（"犯更大的过错"）。

69–70. **希腊的大统帅……伤怀**：在特洛亚战争中，希腊盟军的大统帅阿伽门农（Ἀγαμέμνων，Agamemnon）为了叫月神阿尔忒弥斯（Ἄρτεμις，Artemis）息怒，答应以当年国内最美丽的初生婴儿为祭品，结果要杀害自己的女儿伊菲格涅亚（Ἰφιγένεια，Iphigenia）。伊菲格涅亚的故事有不同的版本，其中包括《埃涅阿斯纪》第二卷一一六至一一九行，《变形记》第十二卷二四至三四行。但丁采用的版本出自西塞罗的著作。参看 Cicero, *De officiis*, III, xxv, 95。**为自己的美貌伤怀**：但丁把有关耶弗他女儿的细节挪用到伊菲格涅亚身上。参看 Mattalia, *Paradiso*, 89-90; Sapegno, *Paradiso*, 64; Singleton, *Paradiso 2*, 107; Sisson, 664。

75. **也不要以为，凡是水都可以洁身**：基督教洗礼用的水可以洁身，也就是说，可以洗去原罪。但贝缇丽彩提醒基督徒，不是所有的水都可以洁身的。言下之意是：许愿而不履，不是任何行动都可以获上帝宽宥的。参看 Sapegno, *Paradiso*, 64。

79. **邪恶的贪婪**：叫人偏离正道的贪婪。

81. **让你们当中的犹太人讥嘲**：犹太人（希伯来人）对立誓、献祭的做法有详细而严格的守则（参看本章四九至五〇行）。如果基督徒像糊涂的羊群，在立誓、献祭等事宜上被人诱召，就会遭犹太人讪笑。

82–84. **不要……厄运**："羔子"（羔羊）象征教众；"母羊"象征教会和《圣经》的教诲。

87. **回眸……光区凝盱**：贝缇丽彩向太阳和最高天凝望。凝望间，已经和但丁升向水星天。在炼狱山顶，贝缇丽彩凝望着太阳，就与但丁飞升到月亮天。参看《天堂篇》第一章六四至九三行。

89. **变容**：指颜容变得更美丽。贝缇丽彩在天堂高飞时，越是接近上帝，颜容就越美丽。现在，她由月亮天飞升向水星天，颜容也经历这样的变化。不过，Mattalia（*Paradiso*，91）指出，在升天过程中，改变的是但丁，而非贝缇丽彩。也就是说，但丁越接近上帝，视力就越趋康强，结果就越能看到贝缇丽彩之美。

91. **天堂的第二重**：指水星天。

92–93. **速度……颤动**：这一射箭意象，强调贝缇丽彩和但丁飞升之速，和《天堂篇》第二章二三至二六行的意象相近。参看《天堂篇》第二章第二十三行注。

96. **结果……明亮无比**：水星因贝缇丽彩光临，变得明亮无比。

97–99. **假如连星星……可以想见**：假如不朽的星星也因贝缇丽彩而变亮，"跟随万变而变化"的但丁会怎样变化，"就可以想见"了。

100–102. **鱼塘……清波**：在这里，但丁再度借凡间的日常经验摹状天堂里难以描摹之景。

105. **看哪，他会增加我们的仁爱**：Singleton（*Paradiso 2*，109）指出，在天堂，爱的分量会随受爱者的数量增加。现在天堂多了个但丁，福灵就多了个施爱的对象，结果所施之爱也更多。因此光灵说"他会增加我们的仁爱"。Pasquini e Quaglio（*Paradiso*，64）的看法也相同。参看《炼狱篇》第十五章四九至七八行。不过也有论者认为，能增加光灵仁爱的是贝缇丽彩，不是但丁。参看 Sapegno, *Paradiso*, 66。这里的译文用"他"而不用"她"，是因为译者觉得，Singleton 的说法较可信。

106–108. **每个光灵……样貌**：Singleton（*Paradiso 2*, 109）指出，在月亮天里，但丁描写了光灵的具体样貌。在水星天里，光灵的"样貌"渐渐隐没在至善至圣的炯光中。此后，则连依稀的"样貌"也会隐没；在但丁眼前出现的，全是不折不扣的光灵。

109–111. **读者诸君哪……厚浓**：但丁的意思是：如果我的叙述现在就终止，你们追索情节的欲望一定无以复加。

114. **现状的本末**：指光灵本身的状况。

115. **你**：指但丁。在这里，光灵开始向但丁说话。

115–116. **凡躯的争斗 / 还未结束**：但丁仍是血肉之躯，在尘世的争斗还未结束。基督教传统认为，尘世的一生是一场斗争。参看《圣经·约伯记》第七章第一节："Militia est vita hominis super terram."（"人在世上岂无战争吗？"）。

116–117. **天恩……凝眸**：**天恩**：指上帝的恩典。**永胜的御座**：指上帝的御座。这两行的意思是：你（但丁）尚未辞世，就获赐天恩，有机会飞升天堂，目睹上帝的御座。

118. **圣光**：指上帝的炯光。

120. **请悉随尊意**：意为：请随便发问吧，我们会给你圆满的解答。

121. **一个人**：指查士丁尼（生平见《天堂篇》第六章一〇至一二行注）。

123. **如众神**：这些光魂获上帝的圣光照耀，已经在分享神性。

124. **光窝**："光窝"意象，既强调光芒盛大，又象征光魂安舒，如鸟儿稳憩窝中。

125. **知道……炯辉**：光灵的光芒是发自他们眼睛的炯辉。

128–129. **这天体……凡目**：水星（"这天体"）最接近太阳，在强大的阳光中"消失"，凡目再无从得睹；因此说，"借另一天体"（太阳）"的光芒避开 / 凡目"。在《筵席》中，但丁曾这样提到水星："la più picciola stella del cielo"（"天上最小的星星"）；"più va velata de li raggi del Sole che null'altra stella"（"其轨迹被太阳的光芒覆蔽，甚于其他任何星子"）。参看 *Convivio*, II, XIII, 11。

130–131. **刚才 / 跟我说话的光灵**：指一二一行的"一个人"，即查士丁尼。

132. **变得更明亮……状态**：光灵越是施爱，就越趋明亮。此刻，查士丁尼在蔼然流露慈爱，因此"变得更明亮"。参看本章一〇五行注。

133–138. **浓厚的雾气……炯焰紧裹间**：太阳在雾气中变柔，就可以让凡目谛观。太阳的光芒太盛，热力太强，雾气就会蒸发消散；强光中，太阳就不会让凡目直视，结果等于在炯光中隐藏（“太阳就在过盛的炯光里隐潜”）。说话的光灵也如此：为了回答但丁，慈爱增加，所发的光芒变盛，结果全部隐身于光芒里，叫但丁欲睹无从。

第六章

光灵告诉但丁，他是查士丁尼。然后借罗马帝国的鹰徽，详述罗马帝国的历史，并谴责圭尔佛和吉伯林党。结尾时谈到罗密欧的伟业懿行。

“在上古，有英雄娶拉维尼亚为妻，
　神鹰曾依循天运随他西行。
　自君士坦丁逆向把神鹰迁徙，
百年过后再经过百多年，神鹰
　依旧留在欧洲的边缘地带，
　靠近当日起飞前栖止的山岭。
神鹰以圣翅把天下荫庇覆盖，
　并加以统辖。在那里，神鹰多度
　易手，最后落到我的手上来。
我是查士丁尼，是罗马的君主，

因为受了大爱的意志驱遣，
乃把律法的缛文虚礼废除。

我全心做这项工作之先，
相信基督有单性，而没有双性，
并乐于保持这样的一种信念；

幸亏最高的牧者给我引领，
劝喻我回归真理。这牧者名叫
阿格丕，是上蒙天佑的豪英。

我顺从了他所信仰的教条，
而且看得明确清楚，一如
你看矛盾：是非间不会有混淆。

前进的旅程中，当我跟教会同步，
上主就欣然施惠，给我灵感，
让我从事伟业时全力以赴；

军事呢，我交给贝利萨留负担。
上天的右手给他极大的助力，
让我明白，我不该继续征战。

好啦，你刚才提出的第一个问题，
就答到这里吧。不过，为了阐解
旨要，我还得加以补充分析。

这样，你才会明白，两大派别，
不管是占有还是反对，都同样
有理，违背了圣旗而偏向歪斜。

你看，从帕拉斯辟土开疆，
并为之牺牲的一刻起，怎样的勇武

才能为旗帜建立尊崇的形象。
你知道，这旗帜在阿尔巴的领土
留驻了三百多年，到了最后期，
三人与三人，仍为它互相杀戮。
你知道，萨比奴斯的妇女遇袭，
到卢克瑞提亚蒙耻期间，神鹰
随七王征服邻邦时有什么事迹。
你知道，它获显赫的罗马人高擎，
向布伦诺斯、皮洛斯和其他豪强、
其他部族进攻时大显威灵，
让托夸图斯，让名系乱发的勇将
昆提乌斯和德基乌斯、法比乌斯两族
名垂后世，叫我乐意去颂扬。
波河呀，你从阿尔卑斯的高岩流出，
阿拉伯人曾随汉尼拔越高岩
而过；其气焰却为神鹰所慑服。
神鹰看斯克皮奥和庞培少年
出英雄；对俯瞰你出生的小山，
却展现了麻木不仁的一面。
然后，整个天堂要人间艾安，
正想叫世界沐于天国的和风，
凯撒按罗马的意旨把神鹰独占。
从瓦尔河到莱茵河，神鹰掠地攻城，
有伊泽尔、卢瓦尔、塞纳等川渎
以至为罗讷河注水的众谷作见证。

它离开拉温纳、跃过鲁比科的征途，
由于腾迈飞超，则没有史笔
或唇舌能够在后面追随记述。
神鹰麾大军向西班牙进袭，
续攻杜拉佐，向法萨罗斯鞭挞，
结果，灼热的尼罗河也感到悲戚。
从安坦德洛斯和斯摩伊斯出发，
神鹰再凯旋，得睹赫克托尔的墓冢，
然后再振羽，叫托勒密惊怛。
从那里，神鹰电闪般向约巴斯下轰，
再回翼向你们的西边远征，
听庞培的军号喧嚣雷动。
神鹰和下一位旗手怎样获胜，
有布鲁图、卡西乌在地狱吠说；
莫德纳和佩鲁贾也感到苦疼。
被神鹰追击，克蕾婀帕特拉求解脱，
要借蛇吻而猝然惨死。到现在，
她仍因此鸟而潸然悲惙。
神鹰随旗手向红海之滨飞迈；
神鹰和旗手给天下带来了太平，
使两面门神的庙宇久锁不开。
给我灵感去复述往事的神鹰，
有凡间的王国统辖，在日后和过去，
战绩都威震遐迩。可是，眼明
而心正的人看了神鹰飞翔于

第三位君王的手中，上述的战绩
就黯然失色，显得微小而空虚。

因为，给我启迪的永生公理
裁定，在这位君王的手中，此鸟
会荣光赫赫，使上天的震怒平息。

现在，且惊听下面的一段叙描：
神鹰后来随提图斯疾驰，叫惩治
古罪之举受惩治而把罪愆除掉。

之后，当伦巴第族的后裔以牙齿
啮咬圣教，查理大帝又在
鹰翼下打败敌人，拯教会于劣势。

上述的被控者及其所作之歹，
你现在可以审裁了。就是这一帮
留下的过错，使你们罹灾受害。

一批人以黄色的百合花对抗
大众的鹰旗；另一批据鹰旗为已有。
真不知较重的罪责落在哪一方。

保皇党啊，保皇党要追求成就，
也该举另一旗号哇；把公理和鹰旗
割裂的，总非旗手中的优秀。

这个新沙尔，休想借教皇党之力
击倒鹰旗；更勇猛的狮子，也曾遭
鹰爪剥皮。沙尔呀，要小心怵惕。

过去，曾经有女儿一再号啕，
为的是父亲犯了错；别以为天主

会放弃神鸟来换取百合的旗号。
给这个小星增添姿彩的人物
都是好灵魂。他们在世间用功，
是为身后的荣名大展鸿图。
他们的欲念这样在凡间上冲，
这样子偏离正道，真爱的光芒
向上飞腾时，力量就不够集中。
不过，我们应得与所得的奖赏
相称，正是我们欢乐的一部分。
我们哪，觉得奖赏的大小切当。
就这样，永恒的公理使我们
心中的情愫变得甜蜜，以免
它遭到扭曲而向邪恶展伸。
嗓子互殊，歌声会更加美甜；
我们的生命有不同的地位，
婉妙的和谐就播遍这些转轮间。
罗密欧有伟业懿行，却得到坏回馈。
他过去所发的光辉，此刻正在
我所谈论的珍珠里闪闪生辉。
不过，他虽遭普罗旺斯人陷害，
害人者却不得好果。把人家的善举
拿来害己，是在走歧路作歹。
雷蒙·贝朗热有四个女儿；众女
都是王后。他这样风光，全因
流浪的穷汉罗密欧不辞劳劬。

后来，贝朗热由于谗佞是信，
竟要这位正人点数算账——
罗密欧欠十缗，就还十二缗。
最后在穷困老迈中远走他方。
世间如果知道，罗密欧乞讨
面包碎片时心地如何高尚，
一定会加倍颂扬他的节操。”

注释：

1. **英雄**：指埃涅阿斯。**拉维尼亚**：意大利文 Lavina，拉丁文 Lavinia，《埃涅阿斯纪》中的女子，父亲是拉丁乌姆（Latium）王拉丁诺斯（Latinus），母亲是阿玛塔（Amata）。最初许配与鲁图利安人（拉丁文 Rutuli，英文 Rutulians）的君王图尔诺斯（Turnus）。图尔诺斯被杀后，嫁给埃涅阿斯。
2. **神鹰……西行**：“神鹰”，罗马帝国的旗帜。即本章第三十三行（原文第三十二行）的“圣旗”（“sacrosanto segno”）。罗马帝国旗帜的徽号是雄鹰，所以说“神鹰”。**依循天运随他西行**：依照太阳运行（“天运”）的方向（由东至西）跟随埃涅阿斯（“他”）从特洛亚西征意大利。整句的意思是：特洛亚陷落后，埃涅阿斯西遁，在意大利建立罗马帝国，娶拉维尼亚为妻。
3. **自君士坦丁逆向把神鹰迁徙**：意为：自从君士坦丁（公元三〇六年至三三七年为罗马帝国君主）于公元三三〇年把罗马帝国的首都由罗马向东（“逆向”）迁往拜占庭。
4. **百年过后再经过百多年**：经过二百多年；也就是说，由公元三三〇年至五三六年。
5. **欧洲的边缘地带**：指拜占庭，即君士坦丁堡。君士坦丁堡位于欧洲东缘。
6. **靠近当日起飞前栖止的山岭**：指靠近特洛亚的山岭。换言之，埃涅阿斯东征前，罗马帝国（当时仍未成立）的神鹰仍在东方。

7. **神鹰以圣翅把天下荫庇覆盖**：意为：罗马帝国把整个天下荫庇。

8. **在那里**：在拜占庭。

8–9. **神鹰多度 / 易手**：指罗马帝国的君权多次转换。

9. **我**：指第十行的查士丁尼。

10–12. **我是查士丁尼……废除**：查士丁尼（Flavius Anicius Justinianus），生于公元四八二年，卒于公元五六五年，于公元五二七年至五六五年任罗马帝国君主。在位期间，编修罗马律法，因此罗马的律法以他为名。但丁说他“把律法的缛文虚礼废除”，与史实略有出入，因为查士丁尼功在编修，不在废除。**大爱的意志**：指三位一体中圣灵的意志。

14–15. **相信基督有单性……信念**：据传说，查士丁尼曾相信优迪克主义（Eutychianism）和基督一性论（Monophysitism），认为基督只有神性，没有人性。不过根据史实，相信这异端的是查士丁尼的妻子西奥多拉（Theodora），不是查士丁尼本人。参看 Singleton，*Paradiso 2*，114。优迪克主义为“早期基督教神学基督论学说之一。其创始人为君士坦丁堡郊区隐修院院长优迪克（Eutyches，三七八年至四五四年）。反对君士坦丁堡教会主教聂斯托利（Nestorius，约三八〇年至四五一年）所提出的基督二性二位论。主张基督的神人二性在结合之后，人性已被神性所吞没，因而只有一个本性，即神性，故基督与人不是同类。……被称作极端的一性论。……因违反关于基督一位二性的正统教义而于公元四五一年被查尔西顿大公会议（Council of Chalcedon）判为异端”（《基督教词典》页六〇七）。基督一性论，是“基督教神学基督论学说之一。主张耶稣基督的人性完全溶入其神性，即三位一体真神中的基督只有一个本性，而不是像公元四五一年查尔西顿大公会议所说的兼有神人二性。反对正统教派所主张的基督神人二性虽互相联合，但仍继续互不混淆地并存之说。公元五世纪中叶，君士坦丁堡附近隐修院院长优迪克和亚历山大里亚宗主教迪奥斯哥劳斯所倡导，公元四五一年被查尔西顿大公会议定为‘异端’。今亚美尼亚教会、科普特教会、叙利亚教会、埃塞俄比亚教会等仍信奉此学说”（《基督教词典》页二三二至二三三）。

16–18. **幸亏……豪英**：幸亏教皇（“最高的牧者”）给我引领。阿格丕一世（Agapetus I）于五三五年至五三六年任教皇，出使君士坦丁堡时劝君士坦丁信仰基督教正统教义（即基督兼具神性和人性的观点）。在《炼狱篇》第三十一章一二一至一二六行，鹰狮所象征的就是基督的二元性。

20–21. **一如 / 你看矛盾……不会有混淆**：一如两个对立的命题（如“甲是乙”；

"甲不是乙"），其中必有一对一错，是非至为明显，彼此不会混淆。

24. **伟业**：指编修罗马律法的工作。

25. **贝利萨留**：拉丁文 Belisarius。查士丁尼手下名将，约生于公元四九〇年，卒于公元五六五年。公元五三三年至五三四年攻非洲的汪达尔（Vandal）王国，并从哥特人（Goths）手中收复意大利。就上下文的描写判断，但丁似乎不知道贝利萨留曾涉嫌阴谋夺权，于公元五六二年遭查士丁尼囚禁，出狱后忧郁而死。详见 Sapegno, *Paradiso*, 73; Singleton, *Paradiso 2*, 116-17；《世界历史词典》和《辞海》"贝利萨留"条。

28. **你刚才提出的第一个问题**：即但丁在《天堂篇》第五章一二七行所提的问题。

31. **两大派别**：指拥护罗马帝国君主的吉伯林党和拥护教皇的圭尔佛党。

32. **不管是占有还是反对**：意为：不管是占有还是反对罗马帝国。拥护罗马帝国的吉伯林党，在光灵查士丁尼眼中，其实是拥帝国而自重；因此本章一〇一行说："另一批据鹰旗为己有"（"e l' altro appropria quello a parte"）。

32–33. **都同样 / 有理**：原文（第三十一行）"con quanta ragione"，有讽刺意味，因此译为"都同样 / 有理"，而不译为"都同样 / 理亏"。

34. **帕拉斯**：拉丁乌姆王厄万得尔（Evander）的儿子，在埃涅阿斯与鲁图利安人（Rutuli）的战争中，支持埃涅阿斯，结果被图尔诺斯杀死。后来，埃涅阿斯杀了图尔诺斯，为帕拉斯复仇。参看《埃涅阿斯纪》第十卷四七九至四八九行，第十二卷九四五至九五二行。

35. **为之牺牲**：为罗马的神鹰军旗（即罗马帝国）牺牲。

36. **旗帜**：指罗马帝国的军旗，即本章第二行的"神鹰"。

37. **阿尔巴**：全名阿尔巴隆噶（Alba Longa），意大利拉丁乌姆的一个古城。埃涅阿斯在拉维尼阿姆（Lavinium）立国。卒后，儿子阿斯卡纽斯（Ascanius）继位，迁都阿尔巴隆噶，国祚长逾三百年。阿斯卡纽斯又名埃涅阿斯·西尔维奥斯（Silvius）。参看《埃涅阿斯纪》卷一。

38–39. **到了最后期，/ 三人与三人，仍为它互相杀戮**：罗慕路斯（Romulus）创建罗马，传到后来，罗马三个荷拉提（Horatii）子孙打败了阿尔巴三个库里阿提（Curiaii）子孙，夺取了阿尔巴，奠定了罗马的至尊地位。所以说"三人与三人，仍为它（神鹰）互相杀戮"。

40. **萨比奴斯的妇女遇袭**：萨比奴斯（拉丁文 Sabinus，英文 Sabine，一译"萨宾"）族，意大利的一个部族，居于罗马东北的亚平宁山脉，约于公元前二九〇年被罗马人征服。罗马第一个君王罗慕路斯（Romulus）曾布下圈套，邀萨比奴斯人观看竞技，趁男人看得入神之际掳走萨比奴斯的妇女，引起萨比奴斯族反抗。

41. **卢克瑞提亚：**Lucretia，科拉提努斯（Collatinus）之妻，遭罗马骄王（直译是“高傲者”）塔昆尼乌斯（Tarquinius Superbus，约公元前五三四年至公元前五〇九年，一译“塔克文·苏佩布”）的儿子塞克斯图斯（Sextus Tarquinius）奸污而自杀，公元前五一〇年导致罗马的君主制结束。参看《地狱篇》第四章一二七至一二八行注。

42. **七王：**罗马的七个君王，以罗慕路斯（也是埃涅阿斯后裔）为首，其后的六个君王是他的后代。

44. **布伦诺斯：**Brennus，公元前四世纪高卢族（Gaul）的一个酋长。**皮洛斯：**Πύρρος（拉丁文及英文 Pyrrhus），公元前三世纪希腊西北部厄佩洛斯（Ἤπειρος，Epirus）的君王，与罗马人为敌。

46. **托夸图斯：**Titus Manlius Torquatus，罗马将军，打败了罗马的敌人高卢族和拉丁族。参看 *Convivio*, IV, V, 14。

46–47. **名系乱发的勇将／昆提乌斯：**Lucius Quintius Cincinnatus，罗马有危机时正在务农，因国家的需要出任执政官（拉丁文及英语均为 dictator，一译“独裁官”），公元前四五八年征服意大利中部的埃奎族（拉丁文 Aequi，意大利文 Equi，英文 Aequians）。Cincinnatus 一名，源出拉丁文 cincinnus（“乱发”“鬈发”之意），与昆提乌斯的头发有关。参看 *Convivio*, IV, V, 15。

47. **德基乌斯：**单数 Decius，复数 Decii，罗马家族，父亲、儿子、孙子都为国捐躯。**法比乌斯：**一译“非比阿斯”，单数 Fabius，复数 Fabii，罗马有名的贵族家庭，在罗马史上有显赫的军功，其中以抵抗汉尼拔（Hannibal）的大法比乌斯 Quintus Fabius Maximus（Cunctator）最著名。大法比乌斯在第二次布匿战争（公元前二一八年至公元前二〇一年）中任执政官，以拖延战术与汉尼拔周旋，主张速战的人讥他为“Cunctator”（“拖延者”）。公元前二一六年，罗马人在坎尼战役中大败，其战术方获国人重视。

49. **波河：**原文“Po”，意大利主要河流，发源于阿尔卑斯山。

50. **阿拉伯人：**原文（第四十九行）“Arabi”。当为“迦太基人”之误。但丁时期，迦太基领土已为阿拉伯人所拥有，一般人把迦太基当作阿拉伯，但丁跟随流行的说法，乃有混淆。**汉尼拔：**拉丁文 Hannibal，迦太基领袖，曾率军越过阿尔卑斯山攻打罗马，公元前二〇二年在第二次布匿战争中被大斯克皮奥（Publius Cornelius Scipio Africanus）打败。参看《地狱篇》第三十一章一一六至一一七行注。

52. **斯克皮奥：**意大利文“Scipione”，拉丁文 Scipio，又译“西庇阿”“斯奇皮奥”，罗马望族。共和国时代出了不少名将，其中以大斯克皮奥和小斯克皮奥最为有名。这里指大斯克皮奥（Publius Cornelius Scipio Africanus，公元前二三六年至公元前一八四年），十七岁（公元前二一八年）即在提基奴斯（Ticinus）有战功。前二〇五年任执政官，前二〇六年进军非洲迦太基本土（在今日的突尼斯），前二〇一年在扎马（Zama）战役中打败了汉尼拔，前二〇一年结束第二次布匿战争，获封“阿非利加斯克皮奥”称号。参看《世界历史词典》页二一六。**庞培**：生于公元前一〇六年，卒于公元前四十八年。二十五岁之前即有战功，征伐西西里、西班牙、非洲等地，克敌制胜，声名显赫，最后败在凯撒手中。

53. **俯瞰你出生的小山**：指山城翡耶索雷（Fiesole），下瞰翡冷翠（但丁的出生地），是喀提林纳（Lucius Sergius Catilina，又译“喀提林”）叛变失败后逃匿之所，最后遭罗马摧毁。喀提林纳则于公元前六十二年战死。

57. **凯撒**：Gaius Julius Caesar（公元前一〇〇年至公元前四十四年），古罗马著名的统帅，废除共和，建立罗马帝国，遭布鲁图等人刺杀。**把神鹰独占**：独揽大权。

58–60. **从瓦尔河……见证**：这几行写凯撒在公元前五十八年至公元前五十年征伐高卢（Gaul）族的战功。瓦尔河（Var）、莱茵河（德文 Rhein，英文 Rhine）、伊泽尔河（Isère）、卢瓦尔河（Loire）、塞纳河（Seine）、罗讷河（Rhône）都是欧洲的河流，其位置概括了高卢（Gaul）的版图，也就是罗马帝国的部分疆土，约等于今日的法国、比利时、荷兰、意大利北部。

61. **它离开……征途**：凯撒违抗元老院之命，于公元前四十九年越过鲁比科河（拉丁文 Rubico，英文 Rubicon，一般英汉词典音译为“鲁比孔河”），引起罗马内战。鲁比科河位于拉温纳（Ravenna）和里米尼（Rimini）之间。这里的“它”，仍指本章第二行的“神鹰”。

64. **向西班牙进袭**：公元前四十九年，凯撒打败了西班牙的敌对势力。

65. **杜拉佐**：意大利文 Durazzo，即昔日伊利里亚（Illyria）的杜拉克乌姆（Dyrrachium），凯撒在这里包围庞培。**法萨罗斯**：Φάρσαλος（拉丁文 Pharsalus 或 Pharsalos），希腊神镇，位于塞萨利亚（Θεσσαλία，拉丁文 Thessalia，另一译名“色萨利”源出英文“Thessaly”），凯撒大败庞培之地。

66. **结果……悲戚**：埃及有尼罗河，天气炎热。庞培大败后，逃往埃及，遭埃及王托勒密十二世（Ptolemaios XII，又称 Ptolemaeus XII 或 Ptolemy XII）谋杀。因此查士丁尼说：“灼热的尼罗河也感到悲戚。”

67–68. **从安坦德洛斯和斯摩伊斯出发**：昔日特洛亚陷落，神鹰跟随埃涅阿斯从该地的安坦德洛斯和斯摩伊斯出发，飞往意大利；现在，神鹰随凯撒旧地重临。**安坦德洛斯**：意大利文“Antandro”，希腊文Ἄντανδρος，拉丁文Antandros，特洛亚的一个港口，埃涅阿斯东征时从这里启航。**西摩伊斯**：希腊文Σιμόεις，拉丁文Simois，安坦德洛斯附近的一条河流，汇入斯卡曼德洛斯河（Σκάμανδρος，拉丁文Scamander）。特洛亚的多场战役都在这里展开。凯撒循海路追击庞培时，曾到过特洛亚一带。参看《法萨罗斯纪》（*Pharsalia*）第九卷九五〇行及其后的描写。

68. **赫克托尔**：Ἕκτωρ（Hector），特洛亚英雄，普里阿摩斯之子，死于阿喀琉斯之手。葬于特洛亚。参看《埃涅阿斯纪》第五卷三七一行："...ad tumultum, quo maximus occubat Hector..."（“……在显赫的赫克托尔躺卧的墓旁……”）

69. **叫托勒密惊怛**：凯撒从托勒密十二世手中夺过埃及政权，送与克蕾婀帕特拉（Cleopatra，又译“克勒奥帕特拉”“克娄巴特拉”）。托勒密是克蕾婀帕特拉的兄弟，战败逃走时溺毙。

70. **神鹰电闪般向约巴斯下轰**：指凯撒以电闪的速度击败努米底亚（Numidia）王约巴斯。约巴斯曾保护凯撒的敌人，因此招凯撒之怒。约巴斯，希腊文为Ἰόβας，拉丁文和意大利文均为Iuba。

71. **你们的西边**：指西班牙，是庞培的残余势力所在。

72. **庞培的军号**：庞培战败后，儿子在西班牙召集残余，抵抗凯撒，在姆恩达（Munda）败绩。

73. **下一位旗手**：指屋大维（Gaius Octavius，公元前六十三年至公元十四年），凯撒的甥孙（为凯撒妹妹的女儿所生）。后来成为凯撒的养子兼继承人。凯撒遇刺后改名盖约·尤里乌·凯撒·屋大维安努（Gaius Julius Caesar Octavianus），是罗马帝国的第一位皇帝，有“奥古斯都”（“Augustus”）的称号。拉丁文Augustus，是“崇高”、“神圣”的意思。详见《世界历史词典》页六六五“奥古斯都”条。

74. **布鲁图、卡西乌**：刺杀凯撒的罗马人，在希腊马奇顿的腓力比（Φίλιπποι，Philippi）被屋大维打败。参看《地狱篇》第三十四章六十五、六十七行注。

75. **莫德纳**：Modena，安东尼的城堡，后来被屋大维攻陷。**佩鲁贾**：Perugia，意大利城堡。屋大维在这里打败安东尼的兄弟。

76–77. **被神鹰追击……惨死**：安东尼在艾提乌姆（Actium，另一译名“阿克兴”，并非拉丁文发音）被屋大维打败后，其情妇克蕾婀帕特拉勾引屋大维不遂，借蛇吻自杀身亡。参看《地狱篇》第五章第六十三行注。

78. **此鸟**：仍指神鹰。

79. **神鹰……飞迈**：屋大维征埃及，军威直达红海。

80–81. **神鹰……久锁不开**：每逢罗马对外有战事，两面门神（Janus）的庙宇就会打开，表示庙中的神祇已随军出征；到所有战事结束，庙门才会关上。据历史记载，罗马共和时期，神庙关过两次；奥古斯都时期，神庙关过三次。在奥古斯都治下，四海艾安，两面门神的庙宇久锁不开，史称"罗马的和平"（"Pax Romana"）。

82. **往事**：指上述的罗马史事。

83. **凡间的王国**：指罗马帝国。

85–86. **看了神鹰飞翔于 / 第三位君王的手中**：意为：看了罗马帝国在第三位君王治下。"第三位君王"，指罗马帝国的皇帝提比留（Tiberius Claudius Nero Caesar，公元前四十二年至公元三十七年），公元十四年至三十七年在位，是莉维亚（Livia Drusilla）和提比留 · 克劳狄斯之子。莉维亚于公元前三十八年改嫁奥古斯都后，提比留为奥古斯都收养，成为继承人。

88. **永生公理**：原文"viva giustizia"（直译是"活的公理"，指上帝的神圣公理。

89–90. **此鸟 / 会荣光赫赫，使上天的震怒平息**：上帝为了洗赎亚当之罪（也为全人类赎罪），让独生子基督降世，受犹太人出卖，最后被钉在十字架上。上帝因亚当犯罪而震怒；平息上帝（"上天"）震怒的大事（指基督受难），在"第三位君王"（提比留）治下发生，时维公元三十四年。罗马帝国在提比留任内有这样的大事发生，所以说"此鸟 / 会荣光赫赫"。

92–93. **神鹰……除掉**：其后，提图斯（Titus）于公元七十年至七十九年任罗马帝国皇帝；于公元七十年摧毁耶路撒冷，惩罚犹太人杀害基督之罪。在整个过程中，人类的原罪（"罪愆"）得以洗脱（"除掉"）。**古罪**：指亚当偷吃禁果之罪。**惩治 / 古罪之举**：指犹太人的行动。该行动导致基督受难；基督受难，亚当偷吃禁果之罪乃受到惩治。**叫惩治 / 古罪之举受惩治**：指提图斯摧毁耶路撒冷，惩治犹太人害死基督之罪。有关提图斯攻陷耶路撒冷，为基督报仇的说法，参看《炼狱篇》第二十一章八二至八四行及该章第八十三行注。

94–96. **之后……劣势**：之后，日耳曼伦巴族的伦巴德末代国王德西迪里（Desiderius，七五七年至七七四年在位）入侵意大利，威胁天主教。教皇阿德里安一世（Adrian I）于公元七七三年向法兰克王查理（即日后的查理大帝）求救。查理应教皇之请，打败了德西迪里，灭伦巴德王国，拯救了教会。公元八〇〇年，查理大帝获加冕，成为神圣罗马帝国皇帝。在但丁的心目中，查理大帝是神鹰的新旗手。

97. **上述的被控者**：指本章三一至三三行所提到的吉伯林党和圭尔佛党。

100–101. **一批人……大众的鹰旗**：圭尔佛党联合法国势力与罗马帝国对抗。法国的徽号是黄色百合花（"i gigli gialli"；法语称"fleur-de-lis"，没有"黄色"一词），教会的徽号是白色和金色，圭尔佛党的徽号也是百合。参看Torraca，686-87。**大众的鹰旗**：指鹰旗属于天下，不属于某党某派。

101. **另一批据鹰旗为己有**：指吉伯林党假公济私，把罗马帝国的鹰旗当作党旗。

103. **保皇党**:指吉伯林党。在这里,为了强调原文的"lor arte"(直译是"他们的技艺")，原文的"Ghibellin"没有译作"吉伯林党"。

106. **这个新沙尔**：指沙尔二世（Charles II），即安茹伯爵沙尔（Charles d'Anjou）的儿子，一二四三年出生，一二八九年加冕为那波利国王，一三〇九年卒。一三〇〇年,沙尔二世是意大利圭尔佛党的领袖。"沙尔",意大利文"Carlo",法文Charles,与英文的拼法相同而发音有别。Charles按英语发音一般译为"查理"或"查理斯""查尔斯"，按法语发音该译为"沙尔"。参看《炼狱篇》第七章一一三行注，第七章一二六行注，第二十章七九至八一行注。

108. **沙尔呀，要小心怵惕**：查士丁尼在警告沙尔。

109–110. **过去……父亲犯了错**:查士丁尼提醒沙尔，他本人犯错，会祸及儿女。

110–111. **别以为……旗号**：意为：别以为天主会把罗马帝国的神圣治权转交给法国。查士丁尼对但丁的第一个问题，至此回答完毕。

112. **给这个小星……人物**:"小星",指水星。太阳系中,水星是最小的行星,最接近月亮和地球；出现在水星天的福灵，在世间都汲汲于荣名。这行开始回答但丁的第二个问题:"上面何故有你的席位？"参见《天堂篇》第五章一二九行。

115–117. **他们的欲念……不够集中**：水星天的福灵，在凡间汲汲于荣名，远离天道，所获的天恩较少，结果真爱的光芒上腾时就有所不及。

118–120. **不过……切当**：福灵认为，他们所得的天福恰到好处，不少也不多。而这一境界，是他们快乐的原因之一。

121–123. **永恒的公理……展伸**：指上帝的公理（"永恒的公理"）让福灵安于所得，不再有非分之想。

124–126. **嗓子互殊……转轮间**：在天堂，福灵有不同的地位，诸天（"转轮"）的和谐反而变得更婉妙；就像嗓子不同，合唱的歌声会变得更甜美。

127. **罗密欧……回馈**："罗密欧"，Romieu de Villeneuve（公元一一七〇年至一二五〇年），本为浪游之人，居无定所，当了普罗旺斯伯爵雷蒙·贝朗热四世〔Raymond Bérenger（Berengar）IV〕的管家后，行事有方，结果主人的四个女儿都嫁给了君王，获得理想的归宿。但也因此而招忌，被普罗旺斯贵族诬以侵吞公款之罪，最后以穷愁老迈之身，离开贝朗热府第。贝朗热为人豪爽慷慨，热心扶掖文人，却未能与罗密欧善始善终，殊为可惜。罗密欧故事有多个版本。但丁所述，出自 Giovanni Villani 的 *Cronica di Giovanni Villani*。参看 Singleton, *Paradiso 2*, 126-27。

129. **我所谈论的珍珠**：指水星天。参看《天堂篇》第二章第三十四行。

130. **普罗旺斯人**：指诬陷罗密欧的普罗旺斯贵族。

131. **害人者却不得好果**：原文为"non hanno riso"（直译是"笑不出"，意义跟英语的"do not have the last laugh"相近）。贝朗热卒后，四女贝阿特丽丝（Beatrice）嫁给法国的安茹伯爵沙尔一世，普罗旺斯也因贝阿特丽丝的继承权，落入安茹伯爵之手。在安茹伯爵的统治下，昔日陷害罗密欧的贵族并不好过（"不得好果"）。有关安茹伯爵的生平，参看《炼狱篇》第二十章六一至六二行注。

131–132. **把人家的善举 /……走歧路作歹**：一心陷害善人，反而害了自己，等于自走歧路。

133–142. **雷蒙·贝朗热……他的节操**：贝朗热的大女嫁法国的路易九世，二女嫁英国的亨利三世，三女嫁亨利三世的兄弟理查德（Richard of Cornwall），四女嫁安茹伯爵沙尔一世。谈到这十行时，维拉罗厄尔（Villaroel）指出："Dante, è evidente, parla di sé《attraverso》Romeo"（"但丁显然要借罗密欧来自况"）。参看 Villaroel, *Paradiso*, 53。

第七章

查士丁尼和其他光灵隐没于远方后，贝缇丽彩开始解答但丁的疑问：谈到基督为了救赎人类而道成肉身，然后为人类受难的道理；并且说明，物质何以会衰败腐朽，灵魂为何有复活的可能。

"Osanna, sanctus Deus sabaòth,
superillustrans claritate tua
felices ignes horum malacòth!"
那个光灵，凝聚了两重光华，
开始在我眼前歌唱；一边唱，
一边随自己的歌声旋耍。
他和其余的光灵飘舞回荡，
火花激射般在我的视域里
迅疾无比地隐没于远方。
"告诉她，告诉她呀，"我满腹狐疑，

心中说，“娘娘以甘甜的露水
给我解渴；该求她阐说分析。”
可是，我对娘娘是无限敬畏，
听到 Be 和 ice 就低首下心，结果
像瞌睡的人让头颅下垂。
不一会，贝缇丽彩就唤醒我，
微笑的脸容神采焕发，足以
叫人在烈火中欣然。她说：
“据我毫厘不爽的判断估计，
此刻你正在思索：公正的惩罚
公正地受惩罚，究竟是什么道理。
不过，我马上会叫你豁然通达。
请听我讲；我的话会为你揭开
大义，让你得以在眼前细察。
那个非胎生的人不知自爱，
拒绝让意志接受羁勒的控引；
自己罹灾时也连累百代罹灾。
因此，人类在世间为病患所侵，
千百年来一直有严重的过错，
到圣子愿意下凡才能够更新。
纯真的天性离开了造物主而堕落。
这天性，全因永恒的大爱施恩
而浑然和圣子复合为形魄。
现在，请你为接着的论点凝神。
这天性，与创造者凝聚为一后，

就像初生时一样美善纯真。
可是，真理之道，它没有遵守，
而且它背弃了永生。就因为
己过，天性被逐出乐园的门口。
那么，如果十字架所治之罪，
视乎本性犯了多少尤愆，
这样的惩罚就最合公正的法规。
同理，那人虽与这本性紧连，
但是鉴于他本身受难的规模，
再大的冤情也无从与之争先。
可见一件事会有不同的结果：
一人之死，叫神和犹太人高兴；
叫大地震动，也叫天门开豁。
现在，要是有人说，公正的法庭
后来使公正的惩罚得到惩罚，
你就不应该觉得深奥难明。
不过，此刻我见你心绪杂沓，
纠缠成结，思念与思念相交，
正亟待别人解开纷繁的乱纱。
你说：‘你讲的道理，我已经明了；
不过上帝拯救我们时，何以
偏要用这种方法，我仍未知晓。’
兄弟呀，这意旨有深隐的道理；
谁不让自己的心灵在爱焰中
成长，谁就看不透其中的奥秘。

不过，既然许多人搭箭弯弓，
都鲜能准确地射中这目标，
我就告诉你，这方法何以最合用。
神圣的至善把一切妒恨摒弃掉；
本身则炽热地燃烧，灿然
闪烁间让永恒的华彩辉耀。
物体如果能直接生自圣善，
就永不磨灭，因为，圣善盖了章，
留下的印记就永不消残。
直接由圣善诞生的灵体自上苍
下泻后，就绝对自由，因为，次等
物体不能凌驾于他们之上。
圣善的喜悦，随他们的忠忱添增，
因为，由圣焰辉耀的万物，越跟
圣焰相仿佛，体内的辉光越旺盛。
上述所有的禀赋，世间的人
都全部拥有；缺少了任何一种，
都会从原来的高贵本性下沉。
只有罪恶能使人变成仆从，
使他和至高的善性迥异，
得不到善光照耀而失去显荣，
此后休想朝昔日的尊严回徙——
除非他填平过失所挖的缺口，
以公正的惩罚抵赎放荡和不羁。
你们的本性，在最初的源头

全部堕落后，就远离崇高的异禀，
也远远离开了天堂的范畴。

这些异禀（细思后你就会看清），
再不能借其他方法去回赎。
要失而复得，必须走下列途径：

由上帝本身把宏恩广布，
去饶恕凡人；或由凡人自己
设法，以行动补赎以前的愚鲁。

此刻，请你集中双眸的视力，
向永恒意旨的深渊凝神，
并尽量专注，听我条分缕析。

人类有先天的局限，绝不能胜任
自赎的重责，因为，他们在事后
谦顺自贬而向低处下沉，

也不能和昔日好高的逆反相侔。
由于这个缘故，人类自赎
自救的能力，就完全受到掣肘。

因此，上主就要循自己的道路
使人类复活，再度获得全生——
我是说，只循一途，或两途兼顾。

善行生于心中的善性；它越能
把心中的善性彰显说明，
就越能使行善者的喜悦添增。

因此，留印世间的圣善之灵
也乐于用尽己法，把你们救离

困厄，使你们再度升向福境。
这行动，发自高明光大的天机，
最终的黑夜和太初的白昼间，
循上述两途的伟业都无与伦比。
因为，上主借本身的奉献
助人类自救，会胜过他单独恕罪。
这样做，他更能展示本身的恩典。
同时，除非圣子可以不辞卑微
而化为肉身，否则，其他途径
在救赎罪愆时都有所欠亏。
现在，为了满足你求知的心情，
我再为你解释一个论点，
让你跟着我把事物看得分明。
你说：‘我看见水分、空气、火焰、
泥土和这些原素组成的物体
腐朽衰败，只维持短暂的时间；
而这一切，都是神造的东西。
如果你刚才所说的话没有错，
这些物体就不该衰败颓圮。’
好兄弟，此刻把你焘覆的天国
至纯至清。天国和天使一族，
可说神造时就一直完美超卓。
可是，你刚才列举的原素，
以及由这些原素组成的物体，
其形态都是神造的力量所赋。

物体的本质，源自神造的伟力；
　物体之上，众星在旋绕运行；
　而众星同样由伟力赋予灵气。
每一只牲畜、每一株植物的性灵，
　都借圣光的照耀和旋动往返
　从将形的组合里吸取生命。
但是，你们的灵魂却直接由至善
　呼出，获赐对至善钟情之心，
　自此之后，永远唯至善是盼。
如果你记得，人类最早的双亲
　由上帝创造时，血肉怎样形成，
　你还可以从上面的道理申引，
你们死后，为何有复活的可能。”

注释：

1–3. **“Osanna……malacòth”**：**Osanna**：和散那，希伯来文，歌颂上帝的赞美呼声，相等于拉丁文的 Salve。**sanctus Deus**：拉丁文，意为“神圣的（sanctus）上帝（Deus）”。**sabaòth**：希伯来文，“千军”“万军”之意，在这里是属格（genitive case）。**superillustrans**：拉丁文现在式分词（present participle），意为“加倍照耀”。**claritate**：拉丁文，claritas（光辉）的夺格（ablative case）。**tua**：拉丁文，tu（你）的夺格。claritate tua 意为：“以你的光辉”。**felices ignes**：拉丁文，宾格，意为“幸福的（felices）火焰（ignes）”，指天使。**horum**：拉丁文，属格，意为“这些”。**malacòth**：希伯来文，mamlacoth 之误。mamlacoth 为复数，意为“国度”。这三行的意思是：“和散那，万军的神圣上

帝，/ 你以光辉加倍照耀 / 这天国的福焰。”

4. **那个光灵**：指查士丁尼。**凝聚了两重光华**：凝聚了凡间皇帝和天上福灵的光华。

10. **我满腹狐疑**：但丁听了查士丁尼在第六章八八至九三行的话，心中充满困惑：既然基督受难是上帝对原罪的公正惩罚；那么，公正的惩罚为何要受惩罚呢？也就是说，为什么“叫惩治 / 古罪之举受惩治”呢？

11. **娘娘**：指贝缇丽彩。**甘甜的露水**：指贝缇丽彩的话。

12. **解渴**：指满足但丁求知的渴念。

14. **听到 Be 和 ice 就低首下心**：“Be”是 Beatrice（贝缇丽彩）的第一个音节；“ice”是 Beatrice 最后的两个音节。这行的言下之意是：但丁对贝缇丽彩无限敬畏；仅听“贝缇丽彩”一名的部分音节，就已经低首下心。

19. **据我……估计**：在《神曲》中，诗人但丁一再指出，贝缇丽彩和维吉尔都能洞悉旅人但丁的思想。

20–21. **公正的惩罚 /……什么道理**：原文为“come giusta vendetta giustamente/ punita fosse...”这两行回应第六章九二至九三行。参看本章第十九行注。

24. **大义**：指基督教的大道理。

25. **那个非胎生的人**：指亚当。亚当由上帝直接创造，并非胎生。在《天堂篇》第十三章第三十七行、第二十六章第九十二行，但丁提到亚当时都没有径呼其名。

25–27. **不知自爱，/……罹灾**：亚当不知自爱，不接受羁勒的控引而偷吃禁果，违背上帝的圣谕；结果不但本身受害，也祸及子孙。

30. **到圣子……更新**：到圣子（基督）降生为凡人，披上血肉之体去救赎原罪，人类的处境才会改变。“圣子”，原文是“Verbo di Dio”。参看《圣经·约翰福音》第一章第一节。

31. **纯真的天性**：指堕落前的人性。亚当和夏娃由上帝创造时，人性纯真无瑕。

32. **永恒的大爱**：指神的大爱。

39. **乐园**：指伊甸园。

40–42. **十字架所治之罪，/……法规**：十字架所治之罪，是人性（本性）所犯之罪，由基督代为承受。因此，这一过程最符合公正的法规。

43–45. **那人……争先**：基督（“那人”）虽然披上了血肉体，有了人性，替人类受罪，但基督是神，遭犹太人钉死，冤情之大，无与伦比（“再大的冤情也无从与之争先”）。

46. **一件事**：指基督受难这事件。

47–48. **一人之死……开豁**：基督之死，叫上帝高兴，是因为这一牺牲救赎了人类；叫犹太人高兴，是因为犹太人包藏祸心，有意陷害基督；叫大地震动，是因为上帝见独生子被犹太人钉死而赫然发怒；叫天门开豁，是因为人类的原罪已经洗脱，天门可以打开，让人类有机会飞升天堂。有关基督受难时大地震动的记载，参看《圣经·马太福音》第二十七章第五十一节。

49–51. **公正的法庭 / 后来……深奥难明**：意为：提图斯（Titus）治下的罗马帝国（"公正的法庭"）后来惩罚犹太人（"使公正的惩罚得到惩罚"），也就不难理解了。

52–57. **不过……"我仍未知晓"**：贝缇丽彩知道但丁的心中想什么。

62. **这目标**：指第六十行的"奥秘"。

63. **这方法**：指基督自我牺牲以拯救世人的方法。

64. **神圣的至善……摒弃掉**：神圣的至善没有杂质，至为精纯，自然也容不了妒恨。

65–66. **本身……辉耀**：神圣的至善向外抒发，成为宇宙所有的美善。

67. **直接生自圣善**：直接由上帝创造（如天使和人类）。

69. **留下的印记**：指上帝的印记。

71. **绝对自由**：有自由意志。

71–72. **次等 / 物体**：天使和人类以外的有生或无生之物。

73. **圣善的喜悦……添增**：天使或人类，越是忠于上帝，上帝就越喜悦。

74. **圣焰**：即上帝的大爱。

75. **辉光**：指上帝的炯光。

76. **上述所有的禀赋**：指不朽、自由、与上帝相仿的三种特性。Sapegno（*Paradiso*, 92）称为："immortalità, libertà, conformità a Dio"；Pasquini e Quagfio（*Paradiso*, 93）称为"immortalità, libertà, conformità a Dio"；Villaroel（*Paradiso*, 58）称为"immortalità, libertà, somiglianza a Dio"；Mattalia（*Paradiso*, 129）没有确指："concessioni privilegiate in rapporto alla maggior parte degli altri esseri, ad esclusione degli angeli"（"指其他大部分生物〔天使除外〕所无的独特禀赋"）。

80. **使他和……迥异**：人类本来由上帝按本身的样貌创造，可是犯了原罪之后，就不再像上帝（"和至高的善性迥异"）。

85–86. **你们的本性，在最初的源头 / 全部堕落后**：意为：自从人类的始祖亚当堕落后。亚当是人类的元祖，是人性的源头；亚当堕落，等于所有的人性堕落。原文（第八十六行）的"seme"（"种子"），汉译时有所改动，变为"源头"。在关人性在源头堕落的说法，参看《圣经·罗马人书》第五章第十二节。

95.　**永恒意旨的深渊**：“永恒意旨”，指上帝解决救赎问题的决定。上帝的决定深不可测，人类无从得窥，所以称为“深渊”。

98–100.　**他们在事后/……相侔**：人类犯罪后（“事后”），即使谦顺自贬，其谦顺自贬的行为也无从补偿他昔日的骄傲（“好高的逆反”）。所谓“好高的逆反”，指人类的始祖不守本分，一心要当上帝。参看《圣经·创世记》第三章第四至五节：“Dixit autem serpens ad mulierem: Nequaquam morte moriemini; scit enim Deus quod in quocumque die comederitis ex eo, aperientur oculi vestri, et eritis sicut dii scientes bonum et malum.”（“蛇对女人说：‘你们不一定死；因为神知道，你们吃的日子眼睛就明亮了，你们便如神能知道善恶。’”）。

103.　**上主就要循自己的道路**：上主要循的道路包括怜悯和公正。参看《圣经·诗篇》第二十五篇（拉丁通行本《圣经》第二十四篇）第十节：“Universae viae Domini misericordia et veritas requirentibus testamentum eius et testimonia eius.”（“凡遵守他的约和他法度的人，/耶和华都以慈爱诚实待他。”）。

105.　**只循一途，或两途兼顾**：指原谅人类的原罪（对人类表示怜悯）或依照天律加以审裁（对人类坚持公正）；或两种途径同时采用。

106–108.　**善行……添增**：善行越能彰显行善者心中的善性，就越能叫行善者喜悦。

109.　**留印世间的圣善之灵**：把本身特性印落世间（也指整个宇宙）的上帝之灵。

112.　**这行动……天机**：搭救人类的过程高明而光大，是上帝的行动。

113.　**最终的黑夜和太初的白昼间**：在最后审判（“最终的黑夜”）和上帝创世（“太初的白昼”）之间。

114.　**循上述两途……无与伦比**：循上述两途（参看一〇五行注）完成的任何伟业都比不上搭救人类的行动。

115–120.　**因为……欠亏**：上主献出本身，替人类赎罪，会胜过单方面宽恕人类；因为这一行动既能满足天律的公正要求（惩罚原罪），又表现了神圣的悲悯。要满足天律，途径只有一条：由圣子基督不辞卑微，化为肉身，代人类受罪。

122.　**一个论点**：指本章六七至六九行所言。

124–125.　**你说**：贝缇丽彩知道但丁要问什么，因此不等他启口，就开始解答。就贝缇丽彩而言，但丁未“说”，就等于“说了”。**水分、空气、火焰、/泥土**：在古代的西方，一般人相信万物由四种原素（水分、空气、火焰、泥土）组成。

135.　**其形态都是神造的力量所赋**：其形态都是间接的禀赋（参看《天堂篇》

第二章一一八至一二〇行)，来自第二原因（单数 causa seconda；复数 cause seconde)，诸如诸天的影响（“神造的力量”)，而诸天又由天使推动。

136–138. **物体的本质……灵气**：宇宙所有的物质都由上帝创造，在混沌中有待天使透过星星赋予形态（“灵气”)。换言之，这些物质的形态，不像天使和人类，并非由上帝直接创造。

139–141. **每一只牲畜……吸取生命**：星星（“圣光”）的力量施诸原素的组合，从中吸取生命，然后把生命赐予牲畜、植物。原素的组合可以产生各种形态（“将形”)，不过要经星星施力才会出现，成为动物或植物的灵性。这些物体不像天使，并非由上帝直接赋形，因此会腐朽、溃散。

142–144. **但是……唯至善是盼**：但是，人类(“你们”)的灵魂，却直接由上帝(“至善”)创造(“呼出”)，并且因上帝的安排，永远要接近上帝，喜爱上帝。人类的灵魂由上帝直接创造，因此不会腐朽、溃散。参看《炼狱篇》第十六章八五至九三行，第二十五章五二至六〇行。

145–148. **如果你记得……复活的可能**：亚当、夏娃（“人类最早的双亲”）由上帝直接创造，其肉体只因犯了罪才腐朽。因此，按照“上面的道理”(由上帝直接创造的生物不会腐朽，而且有自由意志)，最后审判结束，人类就“有复活的可能”。参看《圣经 · 创世记》第二章第七节和第二十二节，《圣经 · 哥林多前书》第十五章第五十一至五十三节。

第八章

但丁和贝缇丽彩升到了金星天，看见众光灵以或高或低的速度绕圈旋转。但丁向沙尔·马特询问有关禀赋的道理。沙尔·马特为但丁详细解答；告诉但丁，天性往复环回，传给凡躯时精妙灵巧，但不是出于遗传，对门庭、宗族不分彼此。

凡间曾相信，塞浦路斯的美女
　放射着痴情，在第三本轮运行。
　这种想法，危及世间的秩序，
结果古代的民族不了解实情，
　不但奉祀她，为她高声歌颂，
　借此把荣耀献给她的芳名，
而且对蒂婀妮和丘比特尊崇
　（后者是其子，而前者是其母）。
　他们说，丘比特曾伏在蒂朵怀中。

这位美女，本章借她来起步；
　世人则拿了她的名字，与忽前
　忽后地追求太阳的星星比附。
向星子上飞时，我未能觉察分辨；
　但置身其中，贝缇丽彩更秀美，
　确切地证实，我置身星子中间。
如火星点点，闪烁在火焰之内，
　又如歌声里有另一歌声缭绕，
　一声在持续，另一声在进退翻飞，
只见光芒里有别的光芒以或高
　或低的速度绕圈旋转，其速度，
　相信取决于获睹的圣容有多少。
谁见过这些神圣的光芒倏忽
　向我们疾趋，终止了他们先在
　尊崇的六翼天使间展开的回舞，
谁就会觉得，疾风从冷云击下来，
　不管可见与否，都显得缓慢，
　仿佛在下降途中遇到了障碍；
而在前面出现的光灵，则翕然
　齐唱“和散那”，叫我听出了神，
　此后时刻都渴望重听一番。
接着，一个光灵靠近了我们，
　独自对我们说：“大家都愿意
　效劳，好让你得到快乐的时辰。
我们跟三品天神在同一轨

运行，节奏和渴望也完全相同。
在凡间，你曾对这些天神敬启：
‘你们哪，运用心智，把第三天推动’；
我们怀着仁爱，要稍微静止
去为你效劳，也会乐在其中。”
于是，我的眼睛肃然仰视，
望着我所尊敬的娘娘。娘娘
给我的眼睛信心，表示支持。
我得到这样的鼓励后，就再度开腔，
望着乐助的光灵说：“请问您是谁？”
说时激动的挚情随声音上扬。
我一说话，光灵更感欣慰，
结果在我眼前刹那间烨烨
扩大，闪耀出更璀璨的光辉。
状貌改变后，光灵说：“我获下界
挽留的时间颇短，否则世途
就不会有那么多的罪孽。
我在幸福中隐身，你无从得睹。
因为幸福绕着我发光聚集，
使我像蚕，让自己的柔丝裹覆。
你对我很忠诚，而且忠诚得有理。
我如果活得久一点，我的爱心
向你展现时，就远胜枝情叶意。
在罗讷、梭赫格二河合流处的河滨，
罗讷之水在奔流。左岸所在，

曾等我这个君主依时来临，
像奥索尼亚之角那样期待
（该角紧靠巴里、噶耶塔、卡托纳，
特伦托、韦尔德二河在那里入海）。
另一顶王冠，这时也光彩焕发，
照落我前额。王冠所属的国度，
由离开德国的多瑙河灌溉拍打。
引起民怨的暴政，如果没激怒
帕勒尔摩，令它高喊‘杀了这一伙’，
由我传接的沙尔和鲁道尔夫一族，
仍会获美丽的特里纳克里亚求索
而成为该国的君王。该国的土地，
叫最受热风骚扰的海湾漂濯；
而在帕奇诺、佩洛罗之间的邦畿
都黧然变黑（其所以如此，并非
因提风挣扎，而是因硫黄涌起）。
如果我弟弟明白暴虐之累，
见了卡塔卢尼亚人就会窜逃，
不让他们贪婪的穷困戕贼。
因为，他自己也好，别人也好，
都实在要小心，以防止更重的负担
压落他那艘不胜负荷的小舠。
他祖先的性情宽宏美善，
本身却卑下猥琐。他的辅弼
不该是贪夫，只顾把私囊填满。”

水星天——沙尔·马特

在罗讷、梭赫格二河合流处的河滨，/

罗讷之水在奔流。左岸所在，/ 曾等我这个君主依时来临……

（《天堂篇》，第八章，五八至六〇行）

“主公啊，你的话使我深感欣喜。
　这欣喜向你展现处，是众善的始终。
　由于我相信，这欣喜对我、对你
都同样明显，我对它的尊崇
　就更深。同样宝贵的，是你向上主
　凝望，就看到欣喜所示的仪容。
你给我欣喜后，请把真相说清楚，
　因为，你的话使我产生了疑窦：
　甘甜的种子结果，为什么会变苦？”
我说完，光灵就答道：“要是我能够
　把道理向你表明，你背后的答案
　就会了然映入你的眼眸。
你此刻攀升的国度，全部由至善
　运转充塞；至善把自己的天命
　化为力量，让宏大的天体去蕴含。
在自美自善的心灵中，不但物性
　获得妥善的安排，万物的显荣，
　也和物性一起获得照应。
结果，不管是什么，从这张弓
　射出，就会直赴预定的目标，
　一如准确的飞矢，把鹄的击中。
要不是这样，你此刻攀跻的碧霄，
　就会和目前有别；引起的后果
　就是混乱，而不是天机的灵巧。
可是，除非太初的天机出了错，

令旋动众星的天使充满缺点，
否则就不会发生这样的灾祸。
要我进一步展示吗？其中的理念。”
我答道：“不，不必了。天道有所需
——依我看来——天性就不会有亏欠。”
光灵说：“那么，请告诉我，失去
公民的地位，凡人是否更惨？”
“当然，”我答道，“这点不需要证据。”
“凡人要不是生活各异，承担
互殊，就不能成为公民。情形
如果像尊师所录，就应该是这般。”
光灵论述着，把道理向我阐明，
然后总结说：“因此，你们的行动
乃需性质互异的本根相应。
结果就有梭伦、泽尔士的不同；
有麦基洗德，有工匠精于技艺，
在空中飞翔时看儿子把性命断送。
天性往复环回，成为印记，
盖落血肉之蜡时精妙灵巧，
对于门庭宗族却不分此彼。
于是，以扫仍是胚胎中的根苗，
就有别于雅各；奎里奴斯的父亲
卑微，乃有战神降子的论调。
神圣的天运如果不另加控引，
禀性诞生后，总会与祖宗

依循相同的道路发展前进。
背后的道理，你已经在眼前看通。
为了说明你如何讨我欢喜，
请用下面的推论把身体裹笼。
如果禀性处于相违的境地，
如种子离开适合自己的土壤，
以失败收场，就殆无疑义。
假如尘寰在下界辨思有方，
专心致志于天性所奠的基础，
并加以发扬，世人必定会寿昌。
可惜天生就喜欢佩剑之徒，
被你们扭曲拖曳，拉进了教会；
适宜传道的，你们却奉为君主。
结果你们的道路背离了正轨。”

注释：

1. **塞浦路斯的美女**：指维纳斯（Venus），在这里指金星。维纳斯，相等于希腊神话中的阿芙萝狄蒂（Ἀφροδίτη，Aphrodite），是爱与美之神，金星以她为名。维纳斯在海上出生后，获西风神斯德费洛斯（Ζέφυρος，Zephyrus）送往塞浦路斯，因此称为“塞浦路斯的美女”。参看 Chimenz，684。斯德费洛斯又译“仄费洛斯”，是英文 Zephyrus 的译音。参看《希腊罗马神话词典》页四三一。
2. **第三本轮**：原文（第三行）“terzo epiciclo”。金星绕地球运行的同时，本身也在旋转。这本身的旋转称为“本轮”，大约相等于现代天文学中的“自转”。月亮和水星的自转，分别是第一、第二本轮；金星紧跟第一、二本轮之后，位居第三，所以称“第三本轮”。

3. **这种想法……秩序**：这种想法错误，因此危及世间的秩序。

7. **蒂婀妮**：Διώνη（Dione），阿芙萝狄蒂的母亲。**丘比特**：拉丁文和意大利文均为 Cupido，英文 Cupid，又译“库比特”，相等于希腊神话的厄洛斯（Ἔρως，Eros），是赫尔梅斯（Ἑρμῆς，Hermes）和阿芙萝狄蒂之子（一说是战神阿瑞斯和阿芙萝狄蒂之子），在欧洲传统中是个瞎眼小神，手持弓箭，到处向人神乱射。人神中了箭，就会痴痴迷迷，被爱情俘虏。赫尔梅斯，相等于罗马神话中的墨丘利，是奥林坡斯众神的使者。

9. **丘比特曾伏在蒂朵怀中**：Dido，迦太基的创建者兼女王，埃涅阿斯的情人。后来遭埃涅阿斯抛弃，绝望中自焚而死。有关“丘比特曾伏在蒂朵怀中”的故事，参看《埃涅阿斯纪》第一卷六五七至六六〇行，七一五至七一九行。

10. **本章……起步**：意为：本章写金星天，以维纳斯（金星）开始。

11–12. **忽前／忽后地追求太阳的星星**：指金星。金星在本轮上转动，有时快，有时慢；结果有时会超越太阳，有时会落在太阳之后。黎明和黄昏，金星都在地平在线出现。黎明在太阳之前出现，是为启明星（Lucifero）；黄昏在太阳之后出现，是为黄昏星（Espero）。参看 Sapegno, *Paradiso*, 100。在原文“...de la stella/che'l sol vagheggia or da coppa or da ciglio”里，“'l sol”（“太阳”）可以是宾语，也可以是主语，论者有不同的诠释（参看 Mattalia, *Paradiso*, 138; Pasquini e Quaglio, *Paradiso*, 104; Singleton, *Paradiso 2*, 149）。这里的汉译以“'l sol”（“太阳”）为宾语。

13–15. **向星子上飞时……星子中间**：但丁没有觉察，自己已升入金星天；见贝缇丽彩比刚才更美，才知道身在何处。《神曲》一再强调，贝缇丽彩向上飞升时，越是接近最高天，颜貌就越美丽。有关这一变化，参看《天堂篇》第五章第八十九行注。

16–21. **如火星点点……圣容有多少**：但丁以火焰和音乐意象写所见的光芒。火芒在绕圈旋转，速度的高低，视乎光灵所睹的圣颜（上帝的容颜）有多少。音乐意象，取材自意大利意乐术语。意大利音乐有所谓“canto fermo”（英文 plain-song，即“平歌”，又称“单旋律圣歌”，即基督教仪式中没有伴奏的齐唱乐），由一人主唱，一人或一人以上用和音伴唱。和音时而远，时而近，时而扬起，时而隐退，就像但丁眼前所见。在这里，但丁用读者熟悉的经验为喻，诗中的情景显得更逼真。有关“canto fermo”的解释，参看 Sinclair, *Paradiso*, 126。

23–24. **他们先在 / 尊崇的六翼天使间展开的回舞**：这些光芒的回舞，始于最高天。"六翼天使"（原文第二十七行的"Serafini"）在天使中地位最高，最接近上帝。

25–27. **疾风……障碍**：亚里士多德认为，冷热空气与云相遇，就会产生风；可见的风，就是闪电。参看 Chimenz, 686。

31. **一个光灵**：指沙尔 · 马特（Charles Martel），法国沙尔二世（Charles II d'Anjou）的长子，生于一二七一年，卒于一二九五年。一二九〇年加冕为匈牙利君王，但没有即位。沙尔 · 马特本该继承其父，成为那波利和普罗旺斯之君，惜先于其父而卒，未能继位。一二九四年三月，沙尔 · 马特到过翡冷翠，可能与但丁认识。有关沙尔二世的生平，参看《天堂篇》第六章一〇六行注。在这里，旅人但丁还不知道光灵就是沙尔 · 马特，因为光灵到了第四十九行才自我介绍。法国历史上有两个沙尔 · 马特。另一个约生于六八八年，卒于七四一年，是查理大帝的祖父，曾任法兰克王国墨洛温王朝宫相。后来大权在握，成为法兰克王国的实际统治者。参看 Toynbee，144；《世界历史词典》页四七九。

34. **三品天神**：意大利原文"Principi"，即"Principati"（Pasquini e Quaglio, *Paradiso*, 105）；英语 Principalities；又译"统权天神"。"天神"，即天使。三品天神司金星天。

35. **渴望……相同**：指沙尔 · 马特要接近上帝之心，与三品天神相同。

36. **在凡间……敬启**：但丁早期写过一首诗歌（意大利文叫 canzone），致三品天神。本章第三十七行是该诗首句。

37. **你们哪，运用心智，把第三天推动**：原文为"Voi che'ntendendo il terzo ciel movete"。三品天神运用心智（"intendendo"），即能推动"第三天"（金星天）。参看 *Convivio*，II。

40–41. **于是……尊敬的娘娘**：但丁希望向光灵发问，于是肃然仰视，求贝缇丽彩恩准。

41–42. **娘娘 / 给我的眼睛信心，表示支持**：贝缇丽彩以眼神允许但丁向光灵发问。

46–48. **我一说话……光辉**：光灵见问，感到欣喜，其光辉刹那间扩大、增强。

49–50. **我获下界 / 挽留的时间颇短**：指沙尔 · 马特在世的时间不长。

52–54. **我在幸福中隐身……裹覆**：金星天的所有光灵（包括沙尔 · 马特）全部隐身光中，但丁无从得睹。参看《天堂篇》第五章一〇六至一〇八行注。

56–57. **我如果……枝情叶意**：意为：我在凡间如果活得久一点，我向你展现的，会是爱心的果实，不仅是枝情叶意。

58–60. **在罗讷……来临**：罗讷河（Rhône）和梭赫格河（Sorgue）合流后，左岸就是普罗旺斯。这三行间接指出，说话的人是沙尔·马特。普罗旺斯本属贝朗热。贝朗热的四女嫁给安茹伯爵沙尔一世后，沙尔一世成了普罗旺斯的合法继承人。沙尔·马特是沙尔一世之孙；如非早卒，本该成为普罗旺斯的君主。参看《炼狱篇》第二十章六一至六二行注，《天堂篇》第六章一三一行注。

61. **奥索尼亚之角**：原文“corno d'Ausonia”。“奥索尼亚”是意大利古代的名字。“奥索尼亚之角”指那波利王国。按理，沙尔二世卒后，儿子沙尔·马特是该国的合法继承人。

62. **巴里**：Bari，意大利城市，在那波利王国之东。**噶耶塔**：Gaeta，意大利城市，在那波利王国之西。参看《地狱篇》第二十六章九一至九三行注。**卡托纳**：Catona，意大利城市，在那波利王国之南。三个城市并举，勾出了那波利王国的版图。

63. **特伦托**：Tronto，意大利河流，在那波利王国之东。**韦尔德**：Verde，意大利河流，即今日的利里河（Liri），在那波利王国之西。

65–66. **王冠所属的国度，/……灌溉拍打**：指匈牙利。沙尔·马特是匈牙利国王的外甥。匈牙利国王于一二九〇年卒，无嗣。一三一〇年，沙尔·马特成为匈牙利君主。

67–75. **引起民怨的暴政……（因硫黄涌起）**：这九行的意思是：如非沙尔一世的暴政引起民怨，西西里仍会由我的子孙统治。

68. **帕勒尔摩**：Palermo，西西里首都。法国人王沙尔一世（即安茹伯爵）在西西里推行虐政，民怨沸腾，于一二八二年三月三十日，引起西西里晚祷起义，法国人被赶出西西里，王权遂落入阿拉贡佩德罗三世手中。参看 Toynbee, 638-39,“Vespri Siciliani”条；《炼狱篇》第七章一〇三至一〇四行注；同章一一二行注，一一三行注。

69. **由我传接……一族**：沙尔·马特是沙尔一世的孙子，德意志国王、神圣罗马帝国皇帝、哈布斯堡（Hapsburg）王朝建立者鲁道尔夫一世（Rudolf I，一二一八年至一二九一年）的女婿。“鲁道尔夫”，又译“鲁德福”或“鲁多尔夫”。

70. **特里纳克里亚**：Trinacria，指西西里。

73. **而在……邦畿**：指西西里岛。**帕奇诺**：Pachino（Pachynus），指帕萨罗角（Cape Passero），在西西里岛东南端。**佩洛罗**：Peloro（Pelorus），即法罗角（今日的 Punta del Faro，英文 Cape Faro），在西西里岛东北端。

72. **最受热风骚扰的海湾**：指西西里岛东南的海湾，最受热风吹袭。“热风”，原文（第六十九行）“Euro”（拉丁文 Eurus），即 scirocco（音译“西洛可风”，从撒哈拉吹向地中海的焚风）。参看 Toynbee，255，“Euro”

条；《意汉词典》页七〇四。

75. **提风**：意大利原文（第七十行）“Tifeo”，希腊文 Τυφών（拉丁文 Typhon），又称 Τυφωεύς（拉丁文 Typhoeus），又译“堤丰”“提福奥斯”或“提法翁”。巨神之一，地神盖亚之子，半人半兽，口喷火焰，高于群山，头颅可以触到天上的星星，两手张开可以直达东西两极，手指是一百条恶龙，下身为群蛇盘绕。与奥林坡斯山诸神大战时，除了宙斯和雅典娜，其余诸神都为之胆丧，要变成动物窜逃。提风以大山掷向宙斯，宙斯以雷电还击。二神肉搏时提风把宙斯的镰刀夺去，割下他的肌腱，把他禁锢在山洞里。其后宙斯获赫尔梅斯和潘救出，以雷电打败提风，把他压在埃特那（Αἴτνη，Etna 或 Aetna，汉译“埃特那”据拉丁文发音译成；按希腊文原音可译为“埃特涅”）山之下。埃特那的火焰是提风所喷。参看 Grimal, *A Concise Dictionary of Classical Mythology*, 446-47; Toynbee, 607-08, “Tifeo”条；《希腊罗马神话词典》，页一〇五至一〇六。

76–78. **如果我弟弟……戕贼**：沙尔的弟弟罗伯尔（Robert）于一二八八年至一二九五年曾代父亲沙尔二世在卡塔卢尼亚当人质。一三〇九年即那波利王位后，委任贪婪的卡塔卢尼亚人掌政。卡塔卢尼亚，意大利文“Catalogna”，西班牙文 Cataluña，在西班牙东北，但丁时期是阿拉贡王国的一部分。参看 Toynbee, 155, “Catalogna”条。

81. **那艘不胜负荷的小舠**：指罗伯尔所继承的王国，在政治上已经困难重重，再有额外危机，小船（王国）就不胜负荷。“舠”，小船。

82. **他祖先的性情宽宏美善**：但丁对沙尔·马特的父亲罗伯尔并无好感：“他祖先”，大概指沙尔·马特的祖父沙尔一世。参看《炼狱篇》第二十章七九至八一行注。

85–90. **“主公啊……仪容”**：沙尔·马特的话给但丁欣喜。这欣喜，沙尔能在凝视上帝（“众善的始终”）时看见。沙尔所见，像但丁所见一样明显。由于这缘故，这感情更为但丁所珍惜。

93. **甘甜的种子……变苦**：意思是：好父亲为什么会出坏儿子？

95. **道理**：人品的好坏并非遗传，而是神力借星子发生影响的结果。

97. **至善**：指上帝。

99. **天体**：指诸天。诸天能影响人的质量。

100. **自美自善的心灵**：指上帝的圣心。

103–105. **结果……击中**：诸天（“这张弓”）无论怎样运作，结果都会按上帝的天机达到最佳目的。

109. **太初的天机**：原文（一一一行）“primo”，指上帝。“primo”，Bosco e Reggio（*Paradiso*, 130）和 Sapegno（*Paradiso*, 108）解作“Primo

Motore"("第一原动力");Mattalia(*Paradiso*,150)和 Villaroel(*Paradiso*,68)解作"Primo Intelletto/primo intelletto"("太智")。二说皆通。而所谓"太智",就是"太初的天机"。

113. **"不,不必了"**:但丁明白了个中道理,因此说"不,不必了"。

113–114. **天道……亏欠**:天道有宏谟,天性(大自然)就会与之配合,不会有所欠缺。

115–116. **失去 / 公民的地位**:不再是社会成员。

120. **尊师**:指亚里士多德。基督降临前的哲学家当中,以亚里士多德最获但丁尊崇,无异是但丁的老师。有关亚里士多德的论点,参看 *Convivio*, IV, IV, 1-2, 5。

122–123. **你们的行动 /……相应**:凡人的活动要发自不同的性情。

124. **梭伦**:Σόλων(Solon,约公元前六三八年至约公元前五五九年),古希腊雅典的政治家、立法者,是希腊七贤之一,对雅典的法律改革有重大贡献。作品包括哀体诗《萨拉米颂》。**泽尔士**:指泽尔士一世(Xerxes I,一译"薛西斯一世",约公元前五一九年至公元前四六五年),公元前四八六年至公元前四六五年为古波斯国王,大流士一世之子。公元前四八〇年,在希波战争中挥军攻希腊,开始时获胜,其后大败。参看《世界历史词典》页四三九。

125. **麦基洗德**:撒冷王兼至高神的祭司。参看《圣经·创世记》第十四章第十八节。

125–126. **有工匠精于技艺,/……断送**:指代达罗斯(Δαίδαλος,Daedalus)。是希腊神话中的巧匠、建筑师、发明家。为了逃出克里特,以蜡和羽毛制成翅膀,装在自己和儿子伊卡洛斯(Ἴκαρος,Icarus)肩上,飞离迷宫。伊卡洛斯在空中飞翔时,因太近太阳而翅膀融化,结果坠海而死。参看《地狱篇》第十七章一〇九行注。

127–129. **天性……此彼**:诸天运行间,不会按家族分播优劣的素质。

130–131. **以扫……雅各**:以扫和雅各是孪生兄弟,但两人的禀赋互异。参看《圣经·创世记》第二十五章第二十一至二十七节。

131–132. **奎里奴斯……论调**:奎里奴斯(Quirinus),即罗马的建造者罗慕路斯(Romulus),与瑞慕斯(Remus)孪生。其父出身卑微,结果世人附会,说他是战神马尔斯之子。

133–135. **神圣的天运……前进**:神的安排如果不加以调控,儿子在禀性上总会像父亲。

136. **背后的道理……看通**:意为:刚才看不到的道理,此刻你看通了。此行回应本章九五至九六行:"你背后的答案 / 就会了然映入你的眼眸。"

137–138. **为了说明……裹笼**：沙尔·马特对但丁有好感，特地为他进一步推论。“把身体裹笼”是衣服意象，表示推论像大衣一样，使但丁所穿的衣服更齐全。参看 Vandelli, 779; Sapegno, *Paradiso*, 109。

139–141. **如果……疑义**：如果禀性和环境相违（命运与之相乖），如种子处于不适当的土壤，结果就不会理想。

142–144. **假如……寿昌**：假如尘世注意禀性所奠的基础，然后加以发扬，众人就会有好结果。

145–146. **可惜……教会**：但丁在这里指谁，迄今没有定论。有的论者认为指路易（Louis），即沙尔和罗伯尔的弟弟。路易是教会成员，后来获祝圣的殊荣。参看 Bosco e Reggio, *Paradiso*, 132; Vandelli, 779; Sisson, 675。

147. **适宜传道的……君主**：有的论者认为，但丁在这里指沙尔的弟弟罗伯尔。参看本章七六至七八行注；Pasquini e Quaglio, *Paradiso*, 111; Mattalia, *Paradiso*, 153-54; Sisson, 675; Singleton, *Paradiso 2*, 160。

第九章

但丁对沙尔·马特的妻子克蕾门丝说话；告诉她，沙尔·马特预言自己的后代会遭欺绐。不过这些预言，目前要暂时保密。沙尔·马特离开但丁后，库妮姹上前跟但丁说话，承认自己受了金星的影响而犯错，预言特雷维索近海沼泽区的未来。然后，另一个光灵佛尔格向但丁解释，喇合何以会在金星天出现；并且谴责翡冷翠和教会的劣迹，预言上帝将要把教会的罪恶清除。

秀妍的克蕾门丝呀，你的至爱
　沙尔向我解释后，就继续告诉我，
　他的苗裔会遭到怎样的欺绐。
“请暂时保密，让岁月流转。”他说。
　因此，我只能告诉你：你们有冤情；
　但恶人日后要泫然补赎过错。
这时候，圣光里面的生魂，已经
　转向为他灌注光芒的太阳，

以太阳为普济万物的善性。
傲慢的众生啊，你们迷失了方向，
让心思背离善性向他物竞奔，
并仰着额崇拜虚荣的力量。
啊，光灵丛中又有另一人
向我移来。从亮度陡增的外晕看，
她对我也怀着殷勤和热忱。
贝缇丽彩的眸子，像过去一般
向我凝望，满怀亲切地鼓励我，
叫我随自己的意愿与光灵交谈。
“天佑的光灵啊，本人的愿望，”我说，
“请你尽快满足，并且证明，
我的思念可以映进你的心魄。”
我尚未认识的光芒，这一顷
离开了光域深处，不再歌唱，
闻言后，以乐于助人的语调回应：
“意大利堕落的领土中，有一个地方，
位于布兰塔、皮阿瓦二河的源头
和里阿尔托之间。这片土地上，
有一座小山。小山并不峻陡，
却出过一个霹雳火。霹雳火曾降落
山脚，对周围的地区大肆践蹂。
我跟霹雳火由相同的根苗萌茁，
名叫库妮妲。在此焕发光明，
是因为这颗星的辉芒征服了我。

不过，我乐于原谅自己的报应，
也不以这处境为苦——其中原委，
世间的俗人也许不容易弄清。
这颗珍贵的宝石在烨烨生辉。
它置身于天穹，位于我身边，
留在世间的大名会长悬不坠，
足以再维持五个世纪之年。
你看，一个人的确要出人头地，
让此生过后，来生仍然赫显。
这一点，今日的愚人却没有牢记；
他们被塔里亚门托、阿迪杰闭锁，
虽遭挞伐仍然顽固执迷。
不过，漂浴维琛扎的绿水清波，
快遭帕多瓦的鲜血在沼地染污，
因为帕多瓦人悖逆，悍拒合作。
在西雷和卡雅诺二河的汇流处，
有人趾高气扬地称霸作恶。
可是，罗网已准备把他围捕。
菲尔特罗还要哀悼它渎神的牧者
所犯的罪孽。这罪孽阴险深重，
马尔塔犯人都不会有此前科。
世间要有一个巨大的木桶，
才能把费拉拉人的鲜血盛载；
要逐升称量，会累坏劳动的役工。
上述的牧者，为人异常慷慨，

为了忠于党而大量捐血。这份
礼物，会迎合该国的生活节拍。
上面的镜子，你们叫上座天神，
严明的上帝从那里向我们照覆。
因此我应该把这些事直陈。”
说到这里，她不再作声，似乎
把目标移到了别的事物，因为
她已经加入刚才环回的队伍。
另一种欣悦，我早已觉得珍贵；
这时更像精美的红宝石，煌煌
在我眼中因阳光照耀而生辉。
在天上，光芒因欣悦而畅旺，
如凡间因欣悦而添笑；可是，地狱里，
亡魂的外表因心伤而黯然无光。
“上帝无所不见，”我说，“至于你，
幸福的光灵啊，因上帝之见而自见；
一切愿望都被你昭然洞悉。
虔诚的炽爱，以六翼兜帽覆脸。
你的声音和这些炽爱的颂曲，
恒叫天堂欢悦。但我的渴念
为什么不能因你的声音厌饫？
如果我中有你，如你中有我，
我就不会等待你提问的语句。”
“环绕世界的海洋，”光灵对我说，
“把大水泻入世间最大的峡谷。

这个峡谷，涌溢着浩瀚的洪波，
在不同的涯岸间，逆太阳的征途
席卷而去，使先前的水平线
变成天顶，在先前的地点冒出。
我曾在埃布罗和马格拉河之间
居于谷滨。马格拉河流程不长，
分隔热那亚、托斯卡纳为两边。
在布日伊和我出生的地方，
日落和日出的时间几乎相同。
我的出生地以鲜血蒸热了海港；
大众叫我佛尔格（这些大众
都知道这个名字）。天堂这一带
和我，彼此以特征向对方传送。
在古代，贝罗斯之女曾经伤害
西凯奥斯和克瑞乌萨；罗多佩的公主
遭德摩佛昂欺骗。只要我仍在
头发变白之前，这些荡妇，
以至那个把伊奥蕾紧搂怀中的
阿尔基得斯，都逊于我的热度。
不过在这里，我们无悔而欢乐，
不是因罪愆（我们的记忆已涤清
罪愆），而是因大能先定彝则。
在这里，我们谛视为宏功伟景
增妍的天机，并认识美善。凭借
这美善，上界乃绕着下界运行。

不过你在这天体萌生了一些
　愿望；为了叫愿望全部得偿，
　我必须把道理说得更深切。
我身边的光辉，像太阳的炯芒
　在清澈的水里闪晃。你想知道，
　隐身光辉的人来自何方。
告诉你，是喇合恬然置身于杲杲
　炯光。她加入我们的行列后，
　就在最高的一级留下记号。
到了这重天，地球就不再抛投
　影子。基督得胜，喇合就升上
　这里，时间上早于其他朋俦。
基督的胜利显赫，由两只手掌
　赢来；以喇合为胜利的纪念，
　留在某一重天也十分恰当，
因为，约书亚首次在圣地荣显，
　曾获得喇合帮助。不过圣地
　简直触不到教皇意识的边沿。
造物主的第一个叛徒，因妒忌
　而使世界罹忧。你的故城——
　由这个叛徒种植的一支苗裔——
出产散布的花朵叫鬼厌神憎。
　这花朵，把绵羊和羔羊带进歧途，
　因为牧者变得饿狼般凶猛。
由于这花朵，福音和硕学鸿儒

都遭到冷落，受青睐的只有教令。
这情形，教令的页边就让人得睹。
教皇和枢机也为这勾当而心倾；
拿撒勒——天使加百列展翅的地方——
不再有他们的思念光临驻停。
梵蒂冈和其他蒙选的罗马坟场，
葬过追随彼得的士卒。上述
情形虽坏，各坟场和梵蒂冈
很快就会把奸宄的罪恶清除。”

注释：

1. **秀妍的克蕾门丝**：意大利文“Clemenza”，法文 Clemence。沙尔·马特的妻子和女儿都叫克蕾门丝（Clemence）。妻子是哈布斯堡（Hapsburg）王朝建立者鲁道尔夫一世的女儿，卒于一二九五年。女儿生于一二九〇年，卒于一三二八年。但丁所写的旅程发生于一三〇〇年。当时，沙尔的女儿仍然在世。这里的克蕾门丝究竟指谁，一直未有定论。一三〇九年，沙尔·马特的兄弟罗伯尔篡夺了那波利王位，沙尔儿子的继承权落空。就一至二行的“你的至爱 / 沙尔”（原文第一行的“Carlo tuo”）一语看，指沙尔之妻的可能性较大；但是就第四行“请暂时保密”和第五行“你们的冤情”两句话来判断，指沙尔女儿也不是没有可能。参看 Bosco e Reggio, *Paradiso*, 139; Mattalia, *Paradiso*, 155; Singleton, *Paradiso 2*, 161-62; Vandelli, 780。原文第一行的“Carlo”，是法文“Charles”的意大利文说法。
2. **解释**：解答了但丁的疑问。
3. **他的苗裔……欺绐**：指沙尔·马特的儿子，遭沙尔兄弟罗伯尔夺去那波利王位的继承权。
5. **你们有冤情**：指沙尔儿子受骗的遭遇。

6. **泫然**：指恶人要流泪。

7-9. **这时候……善性**：这时候，沙尔·马特已经远离但丁，和其他光魂一起歌颂上帝（“为他灌注光芒的太阳”）。

21. **映进你的心魄**：透过上帝，映进你的心魄。因为光灵可以凝望上帝，从上帝那里看到但丁的思念。

25–27. **有一个地方，/……里阿尔托之间**：指意大利东北特雷维索（Treviso）近海沼泽区。该地区位于阿尔卑斯山和威尼斯之间。**布兰塔**：Brenta，意大利河流，发源于阿尔卑斯山。参看《地狱篇》第十五章第七行。**皮阿瓦**：Piava，意大利河流，发源于阿尔卑斯山，流经威尼斯，注入威尼斯海湾。**里阿尔托**：Rialto，意大利岛屿，威尼斯城主要建在里阿尔托岛上。

28. **一座小山**：指罗马诺（Romano）山，在巴萨诺（Bassano）附近，是埃泽利诺（Ezzelino）家族的城堡所在。

29. **霹雳火**：指埃泽利诺三世（一一九四年至一二五九年），中世纪意大利的一个暴君，为人凶残；其统治范围包括特雷维索及威尼斯部分地区。在《地狱篇》第十二章一〇九行，埃泽利诺又叫“阿佐利诺”（“Azzolino”）。

31–32. **我跟霹雳火……库妮妶**：库妮妶（Cunizza）是吉伯林党人埃泽利诺三世（Ezzelino III）的姐妹，生于一一九八年，卒于一二七九年。为人放荡，情夫颇多，其中包括埃泽利诺宫廷中的吟游诗人索尔德罗（Sordello）。晚年皈依大主教，在翡冷翠生活。但丁年幼时可能见过她。有关索尔德罗的生平，参看《炼狱篇》第六章第五十八行注。

33. **是因为这颗星的辉芒征服了我**：“这颗星”，指金星，即爱神之星。库妮妶被爱神之星征服，因此行为放荡，情夫特多。

34–36. **不过……弄清**：库妮妶在凡间受了金星的影响，行为放荡，结果受到报应，只能升到金星天。但是她原谅了导致这报应的行径，因为该行径变成了她对上帝之爱，让她在金星天享福。参看本章一〇三至一〇五行。

37. **这颗珍贵的宝石**：指马赛的佛尔格（Folquet）。参看本章第九十四行注。

40. **足以……之年**：由光灵说话的年份（一三〇〇年）算起，还可以维持五百年。原文的“s'incinqua”（不定式 incinquarsi），是但丁所创，*Dizionario Garzanti della lingua italiana*, 835 的定义是：“ripetersi cinque volte”（“本身重复五次”），意为“五倍”。

42. **让此生……赫显**：让凡间的一生结束后有显赫的声名留下。

43. **今日的愚人**：指特雷维索（Treviso）近海沼泽区（意大利人称为“Marca Trevigiana”）的居民。

44. **他们……闭锁**：指特雷维索近海沼泽区。该区的东界是塔里亚门托河（Tagliamento），西界是阿迪杰河（Adige，原文"Adice"是但丁时期的拼法）。二河之名，就足以标出该区的东西边界。

46. **漂浴维琛扎的绿水清波**：**维琛扎**：Vicenza，意大利北部城市，在韦罗纳东北，帕多瓦西南。**漂浴维琛扎的绿水清波**：指流过维琛扎的巴奇利奥内河（Bacchiglione）。该河的积水在维琛扎一带形成沼泽区。

47. **快遭……染污**：**帕多瓦**：Padova，意大利城市，在维琛扎东南。一二三七年，罗马诺的埃泽利诺四世（Ezzelino IV）获腓特烈二世和吉伯林党之助，侵占该城；一二五六年被城中的圭尔佛党和威尼斯人驱逐，卒于一二五九年。其后，帕多瓦人宣布独立，并于一二六五年侵占维琛扎，一三一四年遭坎·格兰德·德拉斯卡拉（Can Grande della Scala）逐出该城。当时，坎·格兰德在维琛扎代表神圣罗马帝国。四六至四七行的意思是：流过维琛扎的巴奇利奥内河，就要被帕多瓦人的鲜血染污。参看 Singleton, *Paradiso 2*, 165。但丁认为，帕多瓦之败，是应得的惩罚。参看 Sapegno, *Paradiso*, 116。

48. **因为……悍拒合作**：帕多瓦人属圭尔佛党，悍拒服从吉伯林党的坎·格兰德。

49. **西雷和卡雅诺二河的汇流处**：西雷（Sile）和卡雅诺（Cagnano）是意大利北部的两条河，在特雷维索（Treviso）汇流。卡雅诺的现代名字是波特尼噶（Botteniga）。

50. **有人**：指里扎尔多·达卡米诺（Rizzardo da Camino）。特雷维索的领主，属吉伯林党，格拉尔多·达卡米诺（参看《炼狱篇》第十六章第一二四行注）的儿子，卓凡娜·维斯康提（Giovanna Visconti）的丈夫，尼诺·维斯康提（参看《炼狱篇》第八章第五十三行注，第七十一行注）的女婿。施政暴虐，因勾引阿尔特尼耶罗·德利阿佐尼（Alteniero degli Azzoni）的妻子，在宫内下棋时被刺杀。有些论者认为，里扎尔多之死，由圭尔佛党的阴谋导致。参看 Sisson，676。

51. **可是……围捕**：指阿尔特尼耶罗·德利阿佐尼已布下罗网，准备派人刺杀里扎尔多·达卡米诺。

52–53. **菲尔特罗……所犯的罪孽**：费拉拉（Ferrara）的吉伯林党人谋反，要推翻教皇在费拉拉的代理皮诺·德拉托萨（Pino della Tosa）。事败，求庇于菲尔特罗（原文"Feltro"，即今日的 Feltre）主教（"牧者"）阿列山德罗·诺维洛（Alessandro Novello）。一三一四年，阿列山德罗·诺维洛出卖了这些吉伯林党人，把他们交给皮诺·德拉托萨，结果吉伯林党人全部问斩。这一行动，在但丁心目中，是渎神行动，令人发指。阿列山德罗·诺维洛原籍特雷维索。

54. **马尔塔**：Malta，教皇的监狱，位于波尔塞纳湖（Bolsena）比森提纳（Bisentina）岛上，专门用来囚禁犯罪的高级教士（如主教等）。

56. **费拉拉人**：指上述被出卖的费拉拉人。

58. **上述的牧者**：指阿列山德罗·诺维洛。

59. **党**：指圭尔佛党。**捐血**：此语有讽刺意味。

60. **生活节拍**：指败坏的风尚。也有讽刺意味。

61. **上面的镜子**：指天使的睿智，反映上帝圣裁之光。**上座天神**：原文"Troni"，英文 Thrones，天使中的第三级，掌土星天，司上帝的圣裁。库妮姹从上帝的镜子瞻视未来，得知以后的事情。

66. **环回的队伍**：指跳舞的众光灵。库妮姹跟但丁说话前，正与别的光灵一起跳舞。

67. **另一种欣悦**：指第三十七行的"这颗珍贵的宝石"。

68. **红宝石**：原文（第六十九行）"balasso"，产于今日的伊朗。

70–72. **在天上……无光**：在天堂，光灵要表示欣悦，就会增亮；在人间，人类要表示欣悦，就会欢笑；在地狱，阴魂要表示伤心，就会变暗。

73–75. **"上帝无所不见……昭然洞悉"**：上帝无所不见；光灵凝望上帝，就能见上帝所见，因此但丁的一切愿望都为库妮姹洞悉。**因上帝之见而自见**：原文"s'inluia"（不定式 inluiarsi），反身动词，是但丁所创，*Dizionario Garzanti della lingua italiana*, 866的定义是："entrare in lui"（"进入他"）。

76. **虔诚的炽爱……覆脸**：指炽爱天神。炽爱天神有六翼，因此说"以六翼兜帽覆脸"（有关天使的六翼，参看《圣经·以赛亚书》第六章第二节）。"兜帽"（原文〔第七十八行〕"coculla"）是西方僧侣所戴的头巾和所穿的僧袍；这里用作比喻。炽爱天神，意大利文的复数为 Serafini，单数 Serafino；在《天堂篇》原文第二十八章第九十九行为"Serafi"，单数 Serafo；英文 Seraphim 或 Seraphs，单数 Seraph。有些译者，按英语发音译为"撒拉弗"。

80. **我中有你**：原文（第八十一行）"t' inmii"（不定式 inmiarsi），反身动词，为但丁所创，*Dizionario Garzanti della lingua italiana*, 866 的定义为："entrare in me"（"进入我"）。**你中有我**：原文（第八十一行）"m'intuassi"（不定式 intuarsi），反身动词，为但丁所创，*Dizionario Garzanti della lingua italiana*, 893 的定义为："entrare in te; penetrare, leggere nel tuo pensiero"（"进入你；深入并阅读你的思想"）。

82. **环绕世界的海洋**：指大西洋。中世纪的欧洲人相信，大西洋是世界最大的海洋，覆绕世界。**光灵**：指第三十七行的佛尔格（参看第九十四行注）。

83. **世间最大的峡谷**：原文（第八十二行）"La maggior valle"，指地中海。中世纪的欧洲人，相信地中海的广度足以环绕地球圆周的四分之一，覆盖经线九十度（Singleton, *Paradiso 2*, 168）。

84–87. **这个峡谷……冒出**：在这里，但丁引用了天文学的一些概念。在地球上的某一点划一大圆，穿过该点的天顶（zenith）、天底（nadir）和南天极（south celestial pole）、北天极（north celestial pole），该大圆是该点的子午圈（meridian）。在该点的天顶和天底中间划一大圆，以九十度和子午圈相交，该大圆是该点的地平圈（horizon）。大西洋的海水流入地中海的直布罗陀海峡时，其天顶在直布罗陀，其地平圈切过耶路撒冷的天顶；到了地中海东极，其子午圈则在耶路撒冷，其地平圈则切过直布罗陀的子午圈。这四行的意思是：地中海（"这个峡谷"）在西边始于直布罗陀海峡，向东方（"逆太阳的征途"）伸展，直达耶路撒冷。耶路撒冷的天顶，从直布罗陀看是水平线；直布罗陀的天顶，从耶路撒冷看也是水平线。参看 Singleton, *Paradiso 2*, 168。Pasquini e Quaglio（*Paradiso*, 123）和 Sapegno（*Paradiso*, 118-19）都指出，但丁引述当代的地理知识并不正确；地中海由东至西，只伸展四十二度。

88. **埃布罗**：Ebro，西班牙河流。**马格拉河**：Macra，今日称"Magra"，意大利河流，是利古里亚（Liguria）和托斯卡纳（Toscana）的分界。热那亚（Genova，"热那亚"为英文 Genoa 的译音）是利古里亚的一个城市。两河之间是地中海岸。《地狱篇》第二十四章一四六行曾提到"马格拉谷"。

89. **谷滨**：指地中海岸。

91. **布日伊**：法文 Bougie（贝贾亚的旧称），意大利文（第九十二行）"Buggea"，北非城市，在阿尔及利亚；与法国马赛（Marseille）大致位于同一子午圈。**我出生的地方**：指法国马赛。

92. **日落和日出的时间几乎相同**：布日伊和马赛几乎在同一经线，因此日落和日出的时间几乎相同。

93. **我的出生地以鲜血蒸热了海港**：凯撒和庞培内战期间，凯撒的舰队血战庞培的军队后，方攻陷马赛。参看 *Pharsalia*, III, 572-73: "Cruor altus in unda/Spumat, et obducti concreto sanguine fluctus."（"他们的鲜血如大浪滔天，/ 血污覆盖了海面。"）

94. **佛尔格**：原文"Folco"，又称 Folchetto，法文 Folquet。佛尔格，普罗旺斯的行吟诗人（troubadour），约于一一六〇年生，卒于一二三一年。在世时进出欧洲宫廷，见宠于当时的王侯，其中包括英国金雀花王朝国王"狮心王"理查一世（一一五七年至一一九九年）。年轻时生活放荡，因情人之死而出家，成为西多会（Cistercian）僧侣。一二〇五年任图卢兹（Toulouse）主教，镇压阿尔比派（Albigensians）不遗余力。在罗马教廷眼中，阿尔比派是有害的异端。参看 Pasquini e Quaglio, *Paradiso*, 124; Toynbee, 286; Singleton, *Paradiso 2*, 169。

95. **天堂这一带**：指金星天。

96. **和我……传送**：意为：金星天接受我的光亮，犹如我在凡间接受金星的影响。

97. **贝罗斯之女**：指蒂朵（Διδώ，Dido）。**贝罗斯**：Βῆλος（Belus），古代巴比伦国王。详见《地狱篇》第五章六一至六二行注。

97–98. **曾经伤害 / 西凯奥斯和克瑞乌萨**：意思是：蒂朵爱上了埃涅阿斯，既对不起亡夫西凯奥斯（Sichaeus），也对不起埃涅阿斯的亡妻克瑞乌萨（Creusa）。

98–99. **罗多佩的公主 / 遭德摩佛昂欺骗**：忒修斯的儿子德摩佛昂（Δημοφών，Demophon，或 Demophoön）在特洛亚战争后回国，途中受色雷斯国王款待，并与其女菲利丝（Φυλλίς，Phyllis）相爱。其后，菲利丝因遭德摩佛昂抛弃而自缢身亡。色雷斯王的宫殿建于罗多佩山附近，因此菲利丝又称"罗多佩的公主"。

99–100. **只要我仍在 / 头发变白之前**：意为：只要我仍然年轻。

101–102. **以至……阿尔基得斯**：阿尔基得斯（Alcides），即赫拉克勒斯，名字源出其祖父阿尔凯奥斯（Ἀλκεύς，Alceus）。因爱上伊奥蕾（Ἰόλη，Iole），妻子德伊阿尼拉（Δηιάνειρα，Deianira）为了挽回丈夫的心，把毒衣给丈夫穿上，阿尔基得斯因而丧命。

103. **我们无悔而欢乐**：光灵无须再忏悔，因为他们的罪愆已经涤尽。他们获大能安排，在这里安享天福，因此"无悔而欢乐"。

104–105. **我们的记忆已涤清 / 罪愆**：光灵的记忆经忘川洗涤后，再无罪愆。

105. **而是因大能先定彝则**：因神圣的力量（"大能"）预先安排，让光灵在金星天享福。

106–108. **在这里……运行**：在金星天，光灵能够谛视上帝功业的宏谟，看天机为宇宙添美，并看美善推动诸天绕地球运行。

110. **愿望**：指但丁求知之心。

115. **喇合**：喇合（一译"辣哈布"），耶利哥（一译"耶里哥"）的妓女，因拯救约书亚（一译"若苏厄"）的两个使者，耶利哥陷落时得以免祸。参看《圣经·约书亚书》第二章、第六章。

116–117. **她加入……记号**：喇合死后，升到了金星天，成为那里最亮的光灵。

118–119. **到了这重天……影子**：古代的阿拉伯天文学家，认为地球在太空的锥体（cone）投影，到了金星就消失。因此在金星天以后，但丁所见，将是更纯、更净的光。

119–120. **基督得胜……朋俦**：喇合是最先飞升金星天的人。喇合升天，象征基督的胜利（指基督拯救地狱的亡魂成功）。参看《地狱篇》第四章四六至六三行。

121–122. **基督的胜利显赫……赢来**：在十字架上，基督的双掌被钉。基督在地狱的胜利，由被钉的双掌赢来。

125–126. **不过……边沿**：指教皇完全把圣地忘记，结果阿卡（Acre，或 Akko）于一二九一年落入撒拉逊人（Saracens）手中，基督教势力尽失。

127. **造物主的第一个叛徒**：指早晨之子（Lucifer，又译"明亮之星"），堕落后称"撒旦"。

128. **使世界罹忧**：指撒旦引诱亚当、夏娃偷吃禁果，给人类带来无穷的灾祸。**你的故城**：指但丁的故城翡冷翠。

129. **由这个叛徒……苗裔**：指翡冷翠是撒旦所种的植物。在这里，但丁对翡冷翠提出了强烈的谴责。

130–132. **出产……凶猛**：翡冷翠所铸的弗罗林（英文 florin，意大利文 fiorino）金币（"你的故城〔一二八行〕……出产散布的花朵"），于一二五二年发行，上有鸢尾花图案。这种金币（象征不正当的财富），使神职人员（"牧者"）变得贪婪（"饿狼般凶猛"），结果信众（"绵羊和羔羊"）都走入了歧途。

133–135. **福音……得睹**：指教皇的权力独大，所发的教令繁多，结果人人都只读教令，《圣经》本身和通晓《圣经》的人反而遭到冷落。这一现象，光从教令页缘上的注释、笔记就可以看出。当时，滥颁教令的教皇包括格列高利九世、卜尼法斯八世、克莱门特五世。

137. **拿撒勒**：Nazareth，加利利的一个小城，在巴勒斯坦北部。在这里借指圣城。**天使……地方**：天使加百列在拿撒勒向玛利亚宣布，她会由圣灵感孕而生耶稣。因此，拿撒勒是圣母领报之地（参看《圣经·路加福音》第一章二十六至三十八节）。在欧洲的基督教图画里，加百列向圣母报喜时都轻舒两翅，以示尊敬。但丁可能受了这类图画的影响，结果以"展翅"代表报喜行动。

139. **梵蒂冈**：意大利文"Vaticano"，英文 Vatican，又译"梵谛冈"；在罗马，天主教教廷的所在地。**蒙选的罗马坟场**：指彼得的追随者被迫害、折磨、虐杀的地方。这些基督徒殉教后，卜葬之地也有荣光，所以说"蒙选"。

142. **很快……清除**：这行是佛尔格的预言。有的论者认为，预言指卜尼法斯于一三〇三年死亡。参看 Chiappelli, 387; Sapegno, *Paradiso*,

123。另一些论者则认为，这行只是泛指，预言教会脱离秽行。参看 Bosco e Reggio, *Paradiso*, 152; Pasquini e Quaglio, *Paradiso*, 127; Vandelli, 789-90。

第十章

诗人但丁赞叹上帝的大能，赞叹由大能创造的秩序，然后继续记天堂之旅：不知不觉间，旅人但丁到了太阳天；发觉比太阳还亮的光灵，组成光冕把他和贝缇丽彩围在中央；并一边歌唱，一边旋绕。其中一个光灵托马斯·阿奎那，逐一为但丁介绍同伴。这些同伴都是智者，在凡间是神学家、哲学家、学问家。

太初的大能非言语可以说明。
　他和圣子恒在散发着大爱。
　他怀着大爱，于凝望圣子的俄顷
井然创造了万物，使它们存在
　运行于心间或空间；结果把心意
　移向这秩序的，都能领略其神采。
那么，读者呀，请你跟我一起，
　把视线仰向众巨轮，去凝视两种
　运行的方向互相交击的轨迹，

并且从那里欣赏大师的神工。
　　大师心中对神工十分钟爱，
　　目光一刻都没有向他方移动。
请看圆圈从那里倾斜侧摆。
　　为了提供世间所需的行星，
　　这个圆圈把众行星承载。
这些行星的轨迹如非斜倾，
　　天穹的许多功能就徒然虚旋，
　　下界的伟力就几乎全部失灵。
圆圈如果偏离垂直线太远
　　或者太近，在世界上方和下方，
　　运行的秩序就变得残缺不全。
此刻，读者呀，请你留在座位上。
　　如果你想疲累前饱餐欢忭，
　　请你把初啖的食物再度品尝。
请随便享用；我已摆好了盛宴。
　　我获任文书，要传抄的义理
　　此刻夺去了我所有的思念。
自然界最伟大的管事辅弼，
　　把天堂的尊贵特质印落凡尘，
　　且以光芒为我们划分朝夕。
这时，它与上面提到的部分
　　会合，循螺形旅程旋转进发，
　　每天都在更早的时刻现身。
我虽然跟它一起，却没有觉察

自己在上升，就像一个人在思念
涌起之前，浑然不觉的刹那。
贝缇丽彩带着我，沿美善向前
迈进，由于速度迅捷，其行动
再也不能由时间量度规限。
在我进入太阳的地方，在光中
闪耀的光灵一定焕发着炯芒，
不以色彩，而以纯光显殊荣。
我即使用尽灵巧，借助常方，
也不能以言辞帮人去追摹；不过
这伟景值得我们去信仰渴望。
假如我们的想象低下愚拙，
升不了这么高，谁也不必惊讶；
凡眸哇，从来未见过胜日的灼烁。
在这一高度，至尊之父的第四家
就恒受父荫，看圣灵如何彰显，
圣子如何诞生于父德之下。
接着，贝缇丽彩说：“快感谢恩典，
天使之日的恩典。凭借其洪恩，
你才能上升，看感官之日的容颜。”
我听了这番话，心中充满了热忱，
要立刻膜拜上帝，要全心全意
向他皈依；那急于奉献的精神，
凡间的诚心绝难与之伦比。
我的情意完全向上帝倾注，

不觉把贝缇丽彩盖在遗忘里。
贝缇丽彩微笑着，不以为忤，
双眸在粲然含喜，夺目的光辉
使我凝神聚思间分心四顾。
只见胜日之光在纷耀，烨烨炜炜，
组成了光冕把我们围在中央，
声音比容颜的光彩更叫人陶醉。
有时候，当空中有雾气弥漫升降，
我们也会看见丽酡的爱女
披着类似的光晕环腰发亮。
我所亲历的天庭有许多宝王。
这些宝玉，珍贵而华丽，不可以
从天上的王国运走。那些光侣
所唱的歌，就是这一类珠玑。
有谁不插翼飞向崇高的上方，
谁就要等哑巴向他报喜。
那些热烈的太阳一边歌唱，
一边绕我们运行，如众星簇拥
固定的天极；如是运行了三趟，
就像跳着舞的女子，舞兴尚浓
而骤停，并且静下来凝神倾听；
到新的旋律扬起才继续舞动。
光灵中，有一个人这样陈情：
“圣宠点燃了真爱，然后一边
施爱，一边增长；它的光明

在你的生命中弘扬辉显，
　把你引领到升天之阶。有谁
　从阶上下降，就一定再度升天。
因此，谁不以瓶中之酒施惠，
　去给你解渴，就像水之奔腾
　向下，结果却拒绝向大海回归。
这秀妍的女士使你有能力飞升
　天宇。你想知道，脉脉把女士
　围绕的花环用什么花朵编成。
多明我圣洁的羔羊群中，有一只
　就是我。沿着多明我的道路前行，
　只要不迷途，就有美食可吃。
在右边，紧靠我的这一位光灵，
　是科隆的阿尔伯特。他是我师父
　兼弟兄。托马斯·阿奎那是我的姓名。
其余的光灵，如果你也想认出，
　请望着神佑的光冕听我讲说，
　同时按次序环顾冕中的人物。
另一朵火焰，是格拉蒂安焯焯
　在微笑。格拉蒂安对两个法庭
　都善于辅助，结果取悦于天国。
接着，是另一位叫队伍生色的光灵
　伯多禄。她跟那穷寡妇一起
　把财宝向神圣的教会孝敬。
第五朵呢，众焰之中数他最美丽，

散发着慧爱，叫所有身处
下界的凡人都渴望听他的消息。
光焰中的崇灵，曾经获上帝灌输
高度智慧。如真理真的可靠，
世间再没有智者会如此颖悟。
你看，他旁边的明烛也炯炯燃烧。
明烛仍是凡躯时，对天使性情、
职务的了解，比任何人都高超。
在另一朵小焰中微笑的光灵，
是那位捍护基督时代的勇将，
奥古斯丁借用过他的拉丁文述评。
要是你一直驱策自己的想象，
跟随我的赞美扫视光焰，
这时必急于认识第八位贤良。
第八位圣魂，正在光焰的中间
欣然观赏万善，对善听的人
说明，世俗怎样去招摇撞骗。
灵魂被撵后，他在尘世的肉身
躺在下界的金顶教堂。他殉教
被逐，乃向这永宁骞翥投奔。
再过去，请看另几朵炯焰辉耀，
分别由伊西多尔、比德、理查德发出。
理查德凭借沉思而迥出尘表。
看完另一朵，现在你向我回顾。
该位光灵，思想严肃，心底

总觉得死亡来时不够迅速。
这永恒的炯光发自西舍尔的灵体。
这光灵，在草料街教书的时候，
曾经论析过叫人憎恨的道理。”
上帝的新娘起床，唱着晨讴
向郎君求爱时，洪钟就会唤醒
我们，以甲部分向乙部分拉掊，
丁当丁当地发出悦耳的锵鸣，
叫怀善之心刹那间充满虔爱。
光灵说完，也是同样的情景：
我看见辉煌的转轮中节合拍，
盘旋时歌声接着歌声，和谐
动听处别的地方都无从度猜，
除了在欣悦化为永乐的境界。

注释：

1–6. **太初的大能……其神采：太初的大能**：指上帝。Sinclair 指出，大能（圣父）和大智（圣子）抒发神圣的大爱（圣灵），创造了万物。参看 Sinclair, *Paradiso*, 156。**存在 / 运行于心间或空间**：指无论是心智还是空间的事物或活动，都由上帝创造。**其神采**：指上帝（“太初的大能”）的神采。

8. **众巨轮**：指诸天。

8–9. **两种 /……轨迹**：指黄道（意文 eclittica，英文 ecliptic）和天赤道（意文 equatore celeste，英文 celestial equator）相交处，也就是春分点和秋分点。

10.　**大师**：指上帝。

13.　**请看圆圈……侧摆**：意为：请看黄道在白羊座与天赤道相交成斜角。**那里**：指春分点。

14–15.　**为了……承载**：意为：为了影响世间的运程，黄道（“这个圆圈”）承载了《天堂篇》所描写的行星和太阳。

20.　**在世界上方和下方**：在北半球和南半球。

21–22.　**运行的秩序就变得残缺不全**：意为：诸天调控尘世的秩序时就会淆乱。

22.　**请你留在座位上**：请你继续读我的作品。

25.　**盛宴**：指《天堂篇》是读者的盛宴。

26.　**要传抄的义理**：要向读者传递的义理。

27.　**此刻夺去了我所有的思念**：此行极言但丁用心之专，用力之勤，也强调《天堂篇》对作者挑战之大。

28.　**自然界最伟大的管事辅弼**：指太阳。

29.　**把天堂……凡尘**：太阳接受了上天的大能，然后传诸凡间。

31–32.　**与上面提到的部分 / 会合**：与春分点（l’equinozio di primavera）——即八至九行的“两种 / 运行的方向互相交击的轨迹”——会合。这时，白羊座位于春分点；与春分点会合，就是与白羊座会合。

32.　**循螺形旅程旋转进发**：根据托勒密的天文体系，太阳绕地球运动时，所循的是螺形轨迹。

34–35.　**我虽然……上升**：意为：我虽然和太阳一起，却不觉自己曾经上升。此刻，但丁已经由第三重天升到第四重天，也就是太阳天。在太阳天停留的，全是智者。

35–36.　**就像一个人……刹那**：一个人运思时，会浑然不觉；到思念成形，才觉察自己刚才在运思。

39.　**再也不能由时间量度规限**：意为：再也无从以时间量度。但丁飞升天宇的行动，凌越时间之外。

42.　**而以纯光显殊荣**：这行回应《天堂篇》第九章一一八至一一九行。此刻，但丁所见全是纯光。

44.　**也不能……追摹**：也不能用言辞去形容，然后让人借言辞想象当时的情景。

48.　**凡眸哇……灼烁**：凡人的眼睛从未见过比太阳更亮的光芒。换言之，但丁此刻所见，比太阳还要亮。

49.　**至尊之父的第四家**：指太阳天的众光灵。他们是圣父（“至尊之父”）的第四家。太阳天的光灵，亮度都胜过太阳。圣父第四家的成员，都是智者。

50–51.　**看圣灵……父德之下**：看圣子和圣灵如何诞生。在这里，圣父向光灵展现三位一体的奥秘。

53. **天使之日**：指上帝。参看 *Convivio*, III, XII, 7: "Nullo sensibile in tutto lo mondo è più degno di farsi essemplo di Dio che'l sole."（"在整个宇宙之中，再没有任何可感的物体，能像太阳那样，足以象征上帝。"）。

54. **感官之日**：指物理世界的太阳。如非借上帝的洪恩，但丁不可能直望太阳，更不可能升入太阳天。

61. **不以为忤**：贝缇丽彩乐于见但丁把"情意完全向上帝倾注"（第五十九行），不会因但丁遗忘了她而感到不快。

63. **使我……四顾**：使但丁从专注中收回心神，观察其他景物。

64. **胜日之光**：众光灵比太阳还要亮，因此称为"胜日之光"。

66. **声音……陶醉**：光灵所唱的歌（"声音"）比他们的光华（"容颜"）更叫人陶醉。

68. **丽酡的爱女**：指月亮。丽酡的女儿是月神，因此但丁以"丽酡的爱女"代表月亮。

69. **披着……发亮**：雾气中，月亮有时会披着类似的光环。

75. **谁就要……报喜**：指但丁所见非语言或文字所能形容。

76. **那些热烈的太阳**：原文"quelli ardenti soli"，指众光灵。**热烈**：原文"ardenti"，指光灵充满了炽爱。

79–81. **就像跳着舞的女子……舞动**：这几行的比喻，写但丁时期意大利的一种舞蹈：一群女子手拉手围着圈，其中一人站着，带头唱完舞曲（ballata）的第一节，大家就随着绕圈舞动，同时重复舞曲的第一节；唱完第一节再停下，倾听带头的女子唱第二节，然后重复刚才的动作。参看 Sapegno, *Paradiso*, 133; Singleton, *Paradiso 2*, 182。

82. **有一个人**：指托马斯·阿奎那。参看本章第九十九行，《炼狱篇》第二十章第六十九行注。

83–84. **一边 / 施爱，一边增长**：这是《天堂篇》的一个重要主题：仁爱越是外施，就越会增长。

86–87. **有谁 / 从阶上下降……升天**：这两行暗示但丁会再度升天。参看《炼狱篇》第二章九一至九二行注。在《圣经》中，圣保罗也是两度升天。

88–90. **因此……回归**：意为：有谁不满足你的求知欲（"不以瓶中之酒施惠，/ 去给你解渴"），谁就像趋下之水拒绝归海。言下之意，是人人都会向你施惠。

91. **这秀妍的女士**：指贝缇丽彩。

92–93. **你想知道，脉脉把女士 / 围绕的花环用什么花朵编成**：这两行是个比喻，意思是：你想知道，绕着贝缇丽彩跳舞的众光灵是谁？

94–95. **多明我……就是我**：托马斯·阿奎那在自我介绍。**多明我圣洁的羔**

羊群：指多明我会（意大利文 ordine dominicano，英文 Dominican Order）。

96. **美食**：指精神的美食。

98. **科隆的阿尔伯特**：又叫大阿尔伯特（Albertus Magnus），一一九三年生于劳因根（Lauingen），一二八〇年卒于科隆（德文 Köln，英文 Cologne），在意大利帕多瓦、波隆亚（Bologna）等地受教育，是多明我会修士，托马斯·阿奎那的老师。学问渊博，有“通儒”（“Doctor Universalis”）之称。曾在科隆、巴黎等地任教。一二六〇年获任里根斯堡（Regensburg）主教。著作丰繁，对神学和亚里士多德的学说都有研究。作品包括《神学大全》（*Summa theologica*）。对阿奎那、但丁都有极大影响。一九三二年在谥圣礼中成圣，称圣阿尔伯特。参看 Toynbee, 20-21, “Alberto di Cologna” 条；Bosco e Reggio, *Paradiso*, 165-66; Sapegno, *Paradiso*, 134; Singleton, *Paradiso 2*, 184-85；《宗教词典》页五八至五九，“大阿尔伯特” 条；《基督教词典》页九〇至九一，“大阿尔伯特” 条。

99. **托马斯·阿奎那**：有关阿奎那生平，参看《炼狱篇》第二十章第六十九行注。

104. **格拉蒂安**：意大利文 Francesco Graziano，《神曲》原文 “Grazian”（拉丁名 Franciscus Gratianus），十一世纪末生于意大利托斯卡纳的基乌西（Chiusi），本笃会修士、学者、神学家，对教会法（canon law）尤有研究。曾设法调和教会和世俗的律法。约卒于一一六〇年。作品包括巨著《教会法规歧异类解汇编》（*Concordia discordantium canonum*，又称《格拉蒂安教令集》）。参看 Toynbee, 331, “Graziano” 条；《宗教词典》页八六六，“格拉蒂安” 条。**两个法庭**：指教会法庭和俗世法庭。

107–108. **伯多禄……孝敬**：伯多禄·洛姆巴尔多（Pietro Lombardo），约于一一〇〇年生于意大利诺瓦拉（Novara），先后在波隆亚和巴黎受教育，其后在巴黎任神学教授、主教，卒于一一六四年。在著作《教理四书》（*Sententiarum libri quatuor*）中，把自己的神学知识比作《圣经》中寡妇的奉献。参看《圣经·路加福音》第二十一章第一至四节。参看 Bosco e Reggio, *Paradiso*, 167; Sapegno, *Paradiso*, 135; Singleton, *Paradiso 2*, 186-87。

109–111. **第五朵呢……消息**：第五朵光焰是所罗门。古代的神学家有过这样的辩论：所罗门王天生异禀，行为却淫乱不羁。这样的人，死后会上天堂呢，还是落地狱？结果未有定论。所以这里说：“叫所有身处 / 下界的凡人都渴望听他的消息”（叫凡间的人想知道，所罗门此刻在天堂享福，还是在地狱受罪）。但丁把所罗门王安置在天堂，立场如何，已经不言而喻。在基督教传统中，所罗门的《雅歌》是喜歌，赞颂基督与教会的婚礼，所讲是情爱；其《箴言》《传道书》是智慧之书，所讲是智慧。因此诗中说“散发着慧爱”。

112–114. **光焰……颖悟**：耶和华曾经指出，所罗门的智慧前无古人，后无来者。参看《圣经 · 列王纪上》第三章第十二节：“Dedi tibi cor sapiens et intelligens, in tantum ut nullus ante te similis tui fuerit nec post te surrecturus sit.”（“赐你聪明智慧，甚至在你以前没有像你的，在你以后也没有像你的。”）。**如真理真的可靠**：如果《圣经》的记载真的可靠。

115–117. **你看……高超**：这里所说的光灵（“明烛”）是大法官丢尼修（Dionysius the Areopagite，按照原文发音，该译为“狄奥尼修斯”）。丢尼修在雅典因圣保罗而皈依基督教，其后任雅典主教。著有《天阶体系》（*De coelesti hierarchia*），对天使的性质、职权、等级有详细研究。参看《圣经 · 使徒行传》第十七章第三十四节，《天堂篇》第二十八章一三〇至一三二行。和合本《圣经》的“亚略巴古的官丢尼修”，是英文“Dionysius the Areopagite”的汉译，译得并不理想。《基督教词典》（页一一〇）把“Areopagite”译为“亚略巴古人”，读者会不明所以，也值得商榷。按“Areopagite”为“古希腊雅典最高法院的法官”（《英华大词典》页六五），可意译为“大法官”，不必音译。

118–120. **在另一朵……述评**：这三行究竟指谁，论者有不同的说法。有的认为指奥罗西 · 保罗（Orosius Paulus），有的认为指马里乌斯 · 维托里奴斯（Marius Victorinus）。奥罗西 · 保罗是西班牙五世纪的基督教学者兼史家，生于塔拉戈纳（Tarragona），曾到北非希波（Hippo）师事奥古斯丁，并代奥古斯丁出使巴勒斯坦，控告、审问异端分子。在耶路撒冷期间，曾跟随哲罗姆习《圣经》。著作《驳异教徒七书》（*Historiarum adversum paganos libri VII*），是奥古斯丁《论上帝之城》（*De civitate Dei*）的延续。参看《宗教词典》页一〇三八。维托里奴斯译过柏拉图的著作，译本曾为奥古斯丁引用。**奥古斯丁**：Aurelius Augustinus（公元三五四年至四三〇年），拉丁教父、神学家、哲学家，“上承希腊、罗马”传统，对中世纪基督教思想有重要影响。早年生活“放荡不羁”，“受过新柏拉图主义和摩尼教的影响”，后来受“安布罗斯（Ambrosius）的启发和引导”而“皈依基督教”。“曾在迦太基和米兰教授修辞学”。著有《忏悔录》《论三位一体》《论上帝之城》等书（见《基督教词典》页二四）。

124–129. **“第八位圣魂……投奔”**：波伊提乌（Anicius Manlius Severinus

Boethius），罗马政治家、哲学家，公元四七〇年在罗马生于富贵之家，才德兼备。对希腊的哲学、神学、几何、音乐著作都有研究，受当时统治意大利的东哥特人（Ostrogoths）的君主狄奥多里克（Theodoricus 或 Theodoric，一译"西奥多里克"，约四五六年至五二六年）器重。由于才华出众，为人正直而招人忌恨，结果遭人诬陷谋反。因狄奥多里克误信谗言而被投狱中，五二六年遭折磨惨死。葬于意大利帕维亚（Pavia）金顶圣彼得教堂（San Pietro in Ciel d' Oro），即诗中的"金顶教堂"（"Cieldauro"）。在基督教传统中，波伊提乌是殉教者，因此又叫圣塞维里奴斯（Saint Severinus）。波伊提乌的著作《论哲学之欢慰》（*De consolatione philosophiae*）对但丁有颇大影响。参看 *Convivio*, II, XV, 1。**万善**：指上帝。**灵魂被撵后**：指波伊提乌的灵魂被逐出肉体。波伊提乌遭折磨惨死，所以说"灵魂被撵"。**永宁**：指天堂。

131. **伊西多尔**：全名 Isidorus Hispaniensis。西班牙塞维利亚（Sevilla，译为"塞维亚"，更接近原文发音）主教兼神学家，约生于五六〇年，卒于六三六年。中世纪前期的拉丁教父，其《语源》二十卷（*Etymologiarum sive Originum libri XX*）是科学知识类书，对中世纪有颇大影响。参看《宗教词典》页四四一。**比德**：Bede 或 Baeda，一译"伯达"，英国有名的僧侣、神学家兼史家。约生于六七三年，卒于七三五年。在世时，大部分时间都在贾罗（Jarrow）修院从事研究、著作，其《英吉利教会史》（*Historia ecclesiastica gentis Anglorum*）在英国历史学上有重要地位。有"教会博士"之称。**理查德**：Richard de St.Victor。生年不详。苏格兰人，十二世纪的哲学家、神学家、神秘主义神学家。曾于巴黎大学受教育。其后入巴黎圣维克多（St.Victor）隐修院，成为雨格的弟子。一一五九年任该院副院长，一一六二年任院长，对《圣经》有深入研究。强调信、望、爱。卒于一一七三年。其著作曾为阿奎那引用，其中以《论三位一体》最有名。

132. **理查德……尘表**：理查德是神秘主义神学家，有"静观大师"（Magnus Contemplator）之称。

133–138. **"看完另一朵……叫人憎恨的道理"**：指西舍尔（Siger）。西舍尔是巴拉邦（Brabant）人，十三世纪的神学家兼哲学家，生于一二二六年，巴黎大学教授。阐发阿威罗伊（Averroës，即阿拉伯哲学家伊本·路西德）的泛神论，在天主教会眼中是异端，被驱逐出教。阿奎那对他的学说驳斥最力。约卒于一二八三年。**草料街**：原文"vico de li strami"。巴黎大学神学院所在地。**叫人憎恨的道理**：指西舍尔阐发的泛神论。

139. **上帝的新娘**：指教会。

140. **郎君**：指基督。

148. **欣悦化为永乐的境界**：指天堂。原文“dove gioir s’insempra”中的“s’insempra”（不定式 insemprarsi）为但丁所创，*Dizionario Garzanti della lingua italiana*, 873 的定义是“eternarsi”（“变为永恒”）。

第十一章

但丁慨叹凡间的种种竞奔，庆幸自己能摆脱羁绊而翛然飞升天宇。然后，托马斯·阿奎那说出但丁心中的两个疑惑；解释第一个疑惑前，先称颂圣方济，并声讨多明我会的堕落。

多糊涂哇，凡躯俗骨的心机！
　它的论证也真多错漏不足，
　只徒然叫你向下方倒飞鼓翼！
有人追求法律；有人向《格言录》
　钻研；有人当神父，为教堂献身；
　有人治民，依仗的是诈伪或勇武；
有人抢劫；有人为国事竞奔；
　有人碌碌于感官之乐而不能
　自拔；也有人甘于在怠惰浮沉。
我呢，摆脱了这一切而翛然飞升，

和贝缇丽彩一起置身于高天，
充满荣耀，获天国欢迎而上腾。
当所有的光灵返回了起点，
也就是他们在圆圈出发的地方，
他们就止步，如烛台上的烛焰。
然后，前些时对我说话的光芒
燃得更澄明。光芒里，我听到光灵
微笑着说话，笑声中带着欢畅：
“他的光芒，我能够烨烨反映。
同样，我对着永恒的炯光凝眸，
就知道你的思维怎样成形。
你感到困惑不解，希望我能够
以明确详细的语言，清楚阐释
我刚才的话，好让你理解接受，
知道我为什么说‘有美食可吃’；
说‘再没有智者会如此颖悟’。
在这里，必须分清两者的要旨。
那新郎大喊间，以圣血迎娶了新妇。
为了叫新妇坚定，更忠贞地委身
心爱的情郎，天道特别眷顾，
派遣了两位巨擘陪伴她，担任
向导，在她的左右侍候随行。
天道管治天下时，以天意为本。
这种天意，所有神创的眼睛
都无从窥测；哪一双眸子要探看，

未望到底蕴就已经瞀乱昏荧。
两位向导中，一位爱心内燃
如炽爱天神；另一位充满智慧，
光耀凡界时，如普智天神一般。
先说第一位吧。——不过无论称颂谁，
其余的一位也同时受到称颂，
因为他们的努力殊途而同归。
真福的乌巴尔多所选的山中
有河水发脉。该河与图皮诺河间
有肥沃的土坡从高山下冲；
其冷暖传得到阳光之门那边，
让佩鲁贾去感受。在山的另一麓，
诺切拉、瓜尔多因桎梏而泣涕涟涟。
就在这一面，在山势最缓的坡度，
有一轮旭日升起，照亮了尘寰，
就像这太阳，有时从恒河涌出。
那么，谁要把此地的名字述传，
就别说‘俺上徙’，因为这说法欠周详；
称为‘东方’，才能把意义说完。
还没有升得太高，这个太阳
就叫大地勃然感到了鼓舞，
从他的洪范伟德吸取了力量。
因为，年轻时，他就违抗严父，
去深爱一位淑女。这淑女和死神
一般，永远见拒于世人的牖户。

然后，这太阳直趋教廷的大门，
et coram patre 迎娶了这位淑女；
此后，感情一日比一日坚贞。
这新娘，自从第一位丈夫被夺去，
一千一百多年来都卑贱寒微，
新郎出现前没有求婚的爱侣。——
尽管大家听过，有一个权贵，
叫天下震恐，说话时却发觉新娘
无恙，有阿米克拉斯相随；
尽管新娘坚贞无畏，敢升向
十字架，从玛利亚站立之处
上攀，与基督一起去承受祸殃。
恐怕太隐晦了，这样的描述。
那么，告诉你，在我冗长的话语里，
两个情侣就是圣方济和穷苦。
他们的和谐、他们脸上的欣喜
叫人相亲，叫人惊异，且和颜
相望，让圣洁的思念在心中升起。
结果可敬的贝尔纳多首先
脱掉鞋子，朝着那崇高的安宁
奔驰，奔驰间自以为落后不前。
真是富而无闻哪，且果实充盈！
艾吉迪奥脱鞋，西尔维斯特罗也脱鞋；
都踵武新郎，都因为新娘而高兴。
然后，这身为父亲的家长就告别

故土，跟妻儿出发，走向远方，
身上都系着一条粗绳为纽结。
身为皮耶特罗 · 贝尔纳多内之子，这家长
并没有心存怯懦而耻于仰脸，
也不怕样子可笑而遭讪谤；
反之，他在教皇英诺森面前
以王者风范披露坚定的决心，
首次为修会取得认可的印鉴。
之后，当追随他的贫穷教民
越来越多（他奇异的生平
最好在天堂的荣耀里颂吟），
他神圣的愿望获永恒的圣灵
再度加冕。至于加冕的盛典，
则由洪诺留三世代为执行。
之后，受了殉教般的渴念驱遣，
他到傲慢的苏丹跟前传布
基督及其门徒的大义微言。
当他发觉听讲者太不成熟，
不相信基督，为避免白费力气，
乃重耕意大利富饶的田土，
在特韦雷和阿尔诺河间遁迹
巉岩，获基督赐赠最后的印章。
两年内，印章都留在他的肢体。
因神的安排，他行大善于四方。
他做人谦卑，结果得到了神恩。

当神欣然接他上天堂受赏，
他就向弟兄（如向合法的继承人）
托付自己最疼的贤妻淑女，
叫他们敬爱她，以忠悃和坚贞。
之后，光辉的灵魂就安然飘举，
离开贤妻的怀抱重返天国，
不需要棺木装载自己的凡躯。
那么，试想想，谁有这样的气魄，
足以跟他一起，沿正确的航路
在远海之上控引彼得的巨舶？
我们的主教，就能当这样的佐辅。
由此，你可以看出，按他的指挥
跟随在后的，都带着珍贵的货物。
不过，他的羊群越来越馋嘴，
想啖噬新的食品，结果要走到
遥远的野地，在那里迷途忘归。
绵羊背离牧者后到处乱跑，
越是跑得远，一旦重返旧地，
能带回羊圈的乳汁就越稀少。
诚然，也有羊儿怕遭到侵袭
而紧跟牧者的；可惜数目有限，
一点点布料就够他们裁法衣。
好了，我的话如果清楚显浅，
如果你倾听时一直聚精会神，
而又能回味我的一语一言，

你该满足了求知愿望的一部分，
　看到了那株树怎样遭到侵蚀，
　也明白我的补足何以会直陈：
'只要不迷途，就有美食可吃。'"

注释：

4–5. **向《格言录》/ 钻研**：希波克拉底（Ἱπποκράτης，Hippocrates）的《格言录》(*Aphorisms*)，是习医者所读的课本。

10. **摆脱了这一切**：指但丁摆脱了凡尘的羁绊（即四至九行的各种活动）。

16. **前些时对我说话的光芒**：指托马斯·阿奎那。

19. **他的光芒**：指上帝的光芒。

20–21. **同样……成形**：阿奎那凝望上帝的圣光，就可以看见但丁的思维，而且知道思维的成因。

25. **'有美食可吃'**：即第十章第九十六行所说。

26. **'再没有智者会如此颖悟'**：即第十章一一四行所说。原文为："non surse il secondo"。指所罗门王。

28. **那新郎**：指基督。**大喊间**：耶稣在十字架上受难时，曾经大声喊叫。参看《圣经·马可福音》第十五章第三十七节，《圣经·马太福音》第二十七章第四十六节："Et circa horam nonam clamavit Iesus voce magna dicens: Eli, eli, lamma? sabacthani? hoc est: Deus meus, Deus meus, ut quid dereliquisti me?"（"约在申初，耶稣大声喊着说：'以利！以利！拉马撒巴各大尼？'就是说：'我的神！我的神！为什么离弃我？'"）。

31. **两位巨擘**：指圣方济（San Francesco）和圣多明我（San Domenico）。

34. **所有神创的眼睛**：指天使和人类的眼睛。

37. **一位爱心内燃**：指圣方济（又称"方济各"或"弗朗西斯"）。

38. **炽爱天神**：最高的一级天使，代表爱。但丁对天使的描写，受托马斯·阿奎那的影响极大。参看 *Summa theologica*, I, q.63, a.7, ad.I: "Seraphim autem interpretatur *ardentes*, sive *incendentes*."（"而炽爱天神指燃烧着爱的天使或点燃着爱的天使。"）

39. **普智天神**：第二级天使，代表智慧。参看 *Summa theologica*, I, q.63, a.7,

ad I: "Cherubim interpretatur *plenitudo scientiae.*"（"普智天神的意思是：智慧充盈。"）。

43–51. **真福的乌巴尔多……涌出**：这九行描写圣方济的出生地翁布里亚（Umbria）的阿西西（Assisi）。圣乌巴尔多·巴尔达西尼（Ubaldo Baldassini）隐修的地方在古比奥（Gubbio）山区，是基阿朔（Chiascio）河的发脉处。基阿朔河是图皮诺（Tupino，今日叫 Topino）河的支流，汇入图皮诺河后，再流入特韦雷（Tevere）河。基阿朔河和图皮诺河之间，是苏巴西奥（Subasio）山西边的山坡（"有肥沃的土坡从高山下冲"）。这山坡（"就在这一面"）的坡度较缓，与西边的佩鲁贾（Perugia）相对。阿西西就位于这坡度较缓的山坡上。圣方济是阿西西人，在诗中是"一轮旭日"，就像物理世界的太阳。佩鲁贾最靠近苏巴西奥山的一边，是阳光之门（Porta Sole）。苏巴西奥西坡的冷暖流先传到阳光之门，再让佩鲁贾去感受。苏巴西奥的东麓是诺切拉（Nocera）和瓜尔多（Gualdo）二城，在佩鲁贾的高压统治下要"泣涕涟涟"。佩鲁贾当时属法国安茹（Anjou）家族，由圭尔佛党掌政。托马斯·阿奎那身在太阳天，所以说"这太阳"（第五十一行）。恒河在耶路撒冷的正东。春分时，太阳从恒河上升。

52–54. **那么……说完**：阿西西（Assisi）的旧名是 Ascesi，是意大利语"ascendere"（意为"登高"，"升高"）的远过去时（passato remoto）第一人称，意为"我已经上升"。参看 Sapegno, *Paradiso*, 147; Pasquini e Quaglio, *Paradiso*, 156。汉译"俺上徙"设法保留原文的音义。不过托马斯·阿奎那认为，圣方济既然是太阳，说"俺上徙"还未能尽道圣人的高明光大，说"东方"（"Oriente"）才能强调圣方济的特点，因为东方是太阳的上升处。参看《圣经·路加福音》第一章第七十八节："Visitavit nos oriens ex alto..."（"叫清晨的日光从高天临到我们……"）。

55–57. **还没有……力量**：年轻的时候，圣方济的才德已影响了世界。

58–63. **因为……坚贞**：圣方济的全名是卓凡尼·弗兰切斯科·贝尔纳多内（Giovanni Francesco Bernardone），阿西西羊毛商皮耶特罗·迪贝尔纳多内（Pietro di Bernardone）之子，一一八二年出生。圣方济出身富裕之家，年轻时生活放荡，大病后突然顿悟，向往穷苦（"深爱一位淑女"）；二十四岁决定出家，遭其父极力反对。后来，其父向主教求助。结果圣方济在主教和父亲面前（拉丁文"et coram patre"是"并在父亲面前"的意思）脱下衣服，系上麻绳，毅然出家，一二〇九年获教皇英诺森三世（Innocent III）批准，成立方济各托钵修会，也就是小兄弟会（Friars Minor）。卒于一二二六年。一二二八年获教皇格列高利九世祝圣。参看《基督教词典》页一四八。

64–66. **这新娘……爱侣**：穷苦（“这新娘”）的第一位丈夫是基督。基督卒后，一千一百多年来（也就是圣方济出家前），都没有人向穷苦求婚。

67–69. **尽管……相随**：阿米克拉斯是个穷苦的渔夫，凯撒（“一个权贵”）敲他的门时，他一点惊惧也没有。

70–72. **尽管……祸殃**：尽管穷苦有勇气陪伴基督。六四至七二行的意思是：尽管穷苦（“新娘”）有种种优良品质，一千一百多年来，都没有人向她求婚。

74–75. **那么……穷苦**：但丁的修辞法，有时单刀直入，如《地狱篇》第一章的开头；有时迂回曲节，如阿奎那在上面形容圣方济的话。

76. **他们的……欣喜**：圣方济（夫）和穷苦（妻）相处和谐，脸上都露出欣喜的神情。

79. **贝尔纳多**：贝尔纳多（Bernardo），阿西西昆塔瓦雷（Quintavalle）的富商，是圣方济的第一名弟子。一二〇九年把所有财产变卖，收益全部捐给穷人。

80. **脱掉鞋子**：圣方济不穿鞋子；贝尔纳多要出家追随他，因此脱掉鞋子。

81. **奔驰间自以为落后不前**：形容贝尔纳多急于追随圣方济。

83. **艾吉迪奥**：原文“Egidio”，圣方济的第三个弟子，卒于一二七二年。**西尔维斯特罗**：原文“Silvestro”，圣方济的第四个弟子，约于一二四〇年卒。

85. **身为父亲的家长**：指圣方济。圣方济有了信徒，就像一家之主。

86. **妻**：比喻圣方济所娶的穷苦。

88. **皮耶特罗·贝尔纳多内**：圣方济的父亲（参看本章五八至六三行注），属中产阶级，社会地位不高；但是圣方济没有因此而感到怯懦羞耻。

90. **样子可笑**：圣方济的打扮，在俗人眼中会显得滑稽。

91. **教皇英诺森**：指英诺森三世（Innocent III），一一九八年出任教皇，一二一六年卒。

93. **首次……印鉴**：指圣方济修会获教廷认可。

94. **贫穷教民**：指圣方济的追随者。当时，方济各会的修士称为“阿西西穷汉”（“Poveri d'Assisi”）。

97–99. **他神圣的愿望……代为执行**：一二二三年，方济各修会获教皇洪诺留三世确认。这是第二次确认，所以说“再度加冕”。

100–105. **之后……田土**：一二一九年，圣方济到埃及向苏丹传道，无功而还。

106–108. **在特韦雷……肢体**：圣方济返回意大利后，在阿尔诺河上游和特韦雷河之间的维尔纳山（Monte della Verna）隐居。一二二四年，基督显圣，把圣疤（“最后的印章”）留在他手脚和身上。圣疤在他身上留了两年，直到他去世（一二二六年）为止。所谓“圣疤”（stigmata），是留在修士、修女、第三级教士（tertiaries）身上的标志，像耶稣在十字架上所受的伤痕。据说是神迹宠幸的结果。

113. **贤妻淑女**：指穷苦。

116–117. **离开……自己的凡躯**：圣方济临终时，叫人把他的衣服脱去，让他赤裸裸地躺在石地上（“不需要棺木装载自己的凡躯”），以便从穷苦（“贤妻”）的怀抱返回天堂。

120. **远海**：原文“alto mar”，指风浪大而又不易航行的海域。**彼得的巨舶**：指天主教会。

121. **我们的主教**：指圣多明我。

122–123. **由此……货物**：意思是：从圣方济的事迹，你可以看出圣多明我的优点。跟随他（圣多明我）的，都有好功德（“带着珍贵的货物”），能够飞升天堂。

124. **他的羊群**：指多明我会的信众。

125. **新的食品**：原文（一二四行）“nova vivanda”，指世俗所贪的财货。

127. **牧者**：指圣多明我。

132. **一点点……法衣**：由于紧跟圣多明我的信众不多，拿一点点的布料去裁法衣，就够所有的信众穿了。

136. **你该……一部分**：但丁要获得解答的问题（本章二五至二六行），只解答了一半，所以说“你该满足了求知愿望的一部分”。

137. **那株树**：指多明我会。**遭到侵蚀**：遭多明我会的信众侵蚀。

138. **我的补足**：指第十章第九十六行（“只要不迷途，就有美食可吃”）的条件分句“只要不迷途”（原文“u'ben s'impingua se non si vaneggia”中的“se non si vaneggia”）。

139. **‘只要……可吃’**：这行重复第十章第九十六行。

第十二章

托马斯·阿奎那说完了话，第一环光灵再度旋转；一圈尚未结束，第二环光灵已经成形，绕着第一环，以旋动向旋动、歌声向歌声答复。两环光灵翕然共停间，方济各会修士波拿文都拉开始说话，赞颂多明我会的领袖圣多明我；然后声讨方济各会的堕落，并向但丁介绍第二环的光灵。

那朵真福的光焰，话刚说完
　（即最后一字的语声刚出），
　神圣的圆轮再度开始旋转。
圆轮旋转着，一圈尚未结束，
　另一轮已经环绕着把它围起，
　以旋动向旋动、歌声向歌声答复。
那歌声，由美妙悦耳的神笛
　奏出，远胜我们的缪斯和美人鱼，
　一如光源，非反照所能比拟。

太阳天——荣耀的光灵

就这样，无始无终的玫瑰，徐徐 /

编成双环，围绕着我们旋转，/ 让外环回应内环的歌声、步履……

（《天堂篇》，第十二章，一〇至一二行）

就这样，无始无终的玫瑰，徐徐
编成双环，围绕着我们旋转，
让外环回应内环的歌声、步履；
就像朱诺的侍女，应主人的呼传，
令两道平行而同色的弯弧
在薄云中拱现；外弯生自内弯，
叫凡间的人预言：由于上主
和挪亚立了盟约，此后的大地
再不遭洪水淹没。因单思之苦
而飘忽的仙女曾怃然消逝，如水汽
在阳光下蒸发。上述的外虹
由内虹衍生时，与仙女的回声无异。
焰歌中，光映着光在欣然旋动，
组成盛大的庆典。当全部庆典
与舞蹈倏地停歇，快乐而雍容，
翕然和谐地停歇于相同的时间，
就像双目，按心意掀动之际，
在同一刹那间开启或紧掩，
在煌煌新光之一的核心里，
有声音响起，叫我转过身来，
如罗盘的指针向北辰摆移。
声音说：“使我变得美善的敬爱，
正叫我谈谈另一位导师的言行。
这位导师，使吾师也大受举抬；
提此即提彼，乃是地义天经。

由于二人为同一目标而奋斗，
二人的荣耀该一起焕发光明。
基督的军队再度武装的时候，
付过高昂的代价；跟随军旗
前进的寥寥士卒，都趑趄缓走；
而永远统治天下的皇帝，
见士卒遇险就给予援手，非因
士卒嘉善，只因为帝恩要携提。
同时，正如上述，皇帝还引进
两名卫士去援助新娘，以言行
召集偏离正道的各地教民。
在西欧的一个区域，泠泠
吹起柔和的西风，掀开新绿，
让欧洲重新披上；其西的沧溟
浪涛拍岸，太阳飞越了广宇，
有时会在浪后隐没，不让
任何人得窥。从浪涛拍岸处东去
不远，卡雷鲁艾噶静据一方，
在天宠中受大盾保护。大盾里，
狮子既是臣下，又是君王。
基督教多情的臣子，就在该地
诞生。他是圣教的卫士。对同袍
宽厚大方；对敌人毫不姑息。
自成形的一瞬起，他的头脑
已经生气勃勃，充满了力量；

身在母体，即叫母亲传预兆。
在洗礼盆前，他跟信仰
结为夫妻，为彼此带来救赎。
当婚礼结束，赐双方以祯祥，
在仪式中代他做主的贤妇
做了个梦，看见圣果丰登，
日后会成为他和子孙所出。
上天要让他名实相配，乃显圣
赐他嘉名。他完全向上主献身，
名字也以主名的所有格见称。
他叫多明我，在我的心目中，身分
跟园丁无异。挑选他的是基督。
他在基督的花园负佐从责任。
他的确像使者，服侍的大宅属基督，
初显的爱心以基督的第一义
为对象。该条教义导源于基督。
曾经多次，他默然卧地不起，
叫保姆发现时并没有入睡，
仿佛在说：‘这是我此来的目的。’
他父亲菲力斯呀，是福有攸归！
他母亲卓凡娜呢，也名实相符；
名随义立时，名实都没有相违！
今人为了世俗的名利而苦读
那奥斯提亚人和塔德奥的著作；
多明我却热爱真真正正的甘露，

很快就成了大师，学问渊博，
开始巡视葡萄园。园里，种植者
一旦失职，葡萄很快就零落。
之后，多明我向宗座申请许可，——
并非许可他把两份或三份公费
当六份去施舍，或谋取第一个空额，
non decimas, quae sunt pauperum Dei,
而是许可他抵抗世俗的邪说，
以捍卫种子。绕你的二十四株芳卉，
就由该种子萌生。教廷的宗座
曾善待正直的穷人；却因座中人
顽劣（不是因宗座本身）而堕落。
其后，既富学问，又怀热忱，
多明我以使徒的身分出击，
恍如湍流从高山的涌泉下奔，
捣向异端的荆棘，猛烈无比。
荆棘丛中，阻力最大的地方
所受的攻袭轰捣最是凌厉。
之后，众溪以他为源头汤汤
涌出，天主教的果园得以灌溉，
让园中的树苗茁长得葱苍。
神圣教会自卫时有战车承载；
战场平乱时也乘战车。如果
二轮之一有上述的雄才，
你就明白，另一轮是如何超卓。

另一个车轮，我来这里之前，
托马斯已经有美词加以评说。
不过，由该轮的辋缘之顶在路面
印下的轨迹，已经被人抛弃；
原来有酒石的地方遭霉菌覆掩。
圣方济之家，出发时循他的足迹
一直向前方迈进；现在却掉头
而行，结果先行者与后来者对踢。
不久，因耕作失误而造成的歉收
就会出现。届时，毒麦必埋怨
谷仓拒绝让它们进入门口。
我当然承认，有谁把我们的书卷
一张张地翻查，仍会找到内容
如下的一页：‘我依然完好健全。’——
并非由卡萨雷或阿夸斯帕塔提供；
两地的人诠释教规的角度，
是一个太狭窄，一个太宽松。
我是波拿文都拉的活灵魂，故土
是巴约瑞卓。我位居要津之际，
左手的事物总到最后才看顾。
伊鲁米纳托和奥古斯丁在这里；
他们是赤脚的穷修士，系绳于身
以结交上帝，而且是最早的一批。
圣维克多的雨格正伴着他们。
有书蠹彼得，和西班牙彼得同伙。

后者以十二册小书辉耀于凡尘。
有先知拿单、大主教克里索斯托。
也有安瑟伦和多纳图。后者
曾经屈尊为第一要艺而述作。
赫拉班也在这里。在我左侧
发光的是约克姆——卡拉布里亚的住持。
他获赋异禀，有先知的才德。
托马斯兄弟热诚的礼赞、正直
得体的言辞使我大为感动，
不得不颂扬这位杰出的勇士。
这批光灵的反应也跟我相同。”

注释：

1. **那朵真福的光焰**：指托马斯·阿奎那。

3. **圆轮**：指光灵的舞蹈。

7. **美妙悦耳的神笛**：原文（第八行）“dolci tube”，指唱歌的众光灵。

8. **美人鱼**：原文“serene”（serena 的复数）。但丁在这里不用常见的“sirene”（sirena 的复数），大概是为了避免引起贬义联想，因为“sirene”是半人半鸟的海上女妖塞壬（Σειρῆνες，Sirens），唱歌时能令航海者触礁身亡。

10. **无始无终的玫瑰**：在这里，但丁把光灵比作玫瑰。由于光灵永生，所以说“无始无终”。

13. **朱诺**：英语 Juno（拉丁文 Iuno），在罗马神话中相等于希腊神话的赫拉。**朱诺的侍女**：即彩虹女神伊丽丝（Ἶρις，Iris）。海神陶玛斯（Θαύμας，Thaumas）和厄勒克特拉（Ἠλέκτρα，Electra）的女儿。《变形记》第一卷二七〇至二七一行这样形容彩虹女神：“nuntia Iunonis

varios induta colores/concipit Iris aquas alimentaque nubibus adfert.”（“朱诺的使者伊丽丝，穿着 / 多彩的长袍，吸起水分往云里输送。”）。

14. **两道……弯弧**：指两道平行而同色的彩虹。据希腊神话的说法，彩虹女神伊丽丝到凡间传递朱诺的信息时，就会在天空留下彩虹。

16–18. **由于上主 /……淹没**：在《圣经·创世记》第九章第八至十七节里，上主和挪亚订了盟约，此后不再叫洪水淹没大地。

18–20. **因单思之苦 /……蒸发**：希腊神话中的仙女厄科，因单恋那喀索斯而憔悴死去，剩下一缕飘忽的回声。参看《天堂篇》第三章第十七行注。

20–21. **上述的外虹 /……无异**：但丁时代的人相信，两条彩虹同时出现时，外虹是内虹的反映或回声。

31. **声音**：指圣波拿文都拉（Bonaventura，约一二一七年至一二七四年）。波拿文都拉，原名卓凡尼·迪菲丹扎（Giovanni di Fidanza），在意大利托斯卡纳巴约瑞卓（Bagnoregio）出生。加入方济各会，后来成为著名的神学家、经院哲学家。一二三六年至一二四二年在巴黎求学，其后任哲学兼神学教授。一二五六年至一二七四年任方济各会总会长，一二七二年任枢机主教。著有《圣方济传》《彼得·郎巴德〈箴言四书〉注疏》《论三位一体的奥秘》等书。有“天使博士”（“doctor seraphicus”）之称。详见 Toynbee，105，“Bonaventura”条；《基督教词典》页六五。

32. **另一位导师**：指多明我（Domingo de Guzman，一一七〇年至一二二一年，一译“多米尼克”）。西班牙贵族，约于一一七〇年在布尔戈斯（Burgos）出生。年轻时即有贤德，攻击心目中的异端，不遗余力。一一九六年入奥斯马隐修院。一二一五年在法国图卢兹创立多明我会（亦称“布道兄弟会”）。一二一六年获教皇洪诺留三世（Honorius III）承认。曾代表教皇英诺森三世到法国的郎格多克（Languedoc）排斥“异端”。一二二一年卒于波隆亚。一二三四年获教皇格列高利九世祝圣，成为圣多明我。详见 Toynbee，232，“Dominico”条；《基督教词典》页一二五。

33. **吾师**：指圣方济。**大受举抬**：阿奎那因为敬爱自己的老师圣多明我，在上文称赞波拿文都拉的老师圣方济，使圣方济“大受举抬”。参看第十一章四〇至四一行。

37–38. **基督的军队……代价**：基督的军队因人类犯罪而溃散，需要基督本身在十字架上受难（“付过高昂的代价”）才能再度武装起来。

38. **军旗**：指十字架。

40. **永远统治天下的皇帝**：指上帝。

41–42. **非因 /……嘉善**：非因基督教（“士卒”）值得上帝给予援手。

43. **正如上述**：指阿奎那在第十一章二八至三二行所说。

44. **两名卫士**：指圣方济和圣多明我。

46–54. **在西欧……又是君王**：这九行写圣多明我的出生地。

46. **西欧的一个区域**：指西班牙。

46–47. **泠泠 / 吹起……西风**：西班牙在欧洲西部，是西风所自起。

48. **其西的沧溟**：指大西洋。

49–51. **太阳……得窥**：指夏至的时候。**广宇**：原文（第五十行）“lunga foga”，意为“漫长的旅程”。夏至时，太阳在天宇的旅程特别长（因此白昼也特别长）。

52. **卡雷鲁艾噶**：Caleruega，卡斯蒂利亚（Castilla）的一个村落，圣多明我的出生地。

53. **在天宠中**：原文（第五十二行）“fortunata”。卡雷鲁艾噶是圣多明我的出生地，所以说“在天宠中”。

53–54. **受大盾保护……又是君王**：卡斯蒂利亚王的盾上刻有纹章，上面绘有两只狮子、两座城堡。城堡在上的一边，狮子在下；狮子在上的一边，城堡在下。卡雷鲁艾噶受卡斯蒂利亚王保护，所以说“受大盾保护”。

55. **多情的臣子**：指圣多明我。圣多明我对基督教之多情，犹圣方济对穷苦之多情（参看《天堂篇》第十一章五八至七五行）。

56–57. **对同袍 / 宽厚大方**：对同属基督队伍的人（“同袍”）宽厚大方。

58–60. **自成形的一瞬起……预兆**：据传说，多明我母亲怀胎时，梦见一只黑白二色的狗，口衔火炬。于是后人附会，说黑白是多明我修会的服色。口衔火炬，象征多明我以火炬照亮世界。而拉丁文 Dominicani（英语 Dominicans，指多明我会修士）一词，又与 Domini（上主的）和 canes（群狗）附会；指基督教徒对异端残酷无情，一如上主的群狗。参看第五十七行：“对敌人毫不姑息”。

61–62. **在洗礼盆前……救赎**：但丁再度按天主教传统，以结婚意象写圣多明我。参看《天堂篇》第十一章六一至六二行。

64–66. **在仪式中……子孙所出**：据传说，圣多明我的教母（“在仪式中代他做主的贤妇”），梦见多明我额上有一颗星（象征多明我以基督的真理启迪世界，照亮世界）。

69. **名字也以……自称**：多明我的拉丁名字是 Dominicus，即 Dominus（主；上主）的属格，意思是“上主的”“属于上主的”，象征多明我“完全向上主献身”（第六十八行）。《炼狱篇》第十三章一〇九至一一〇行所举，也是以名写人的一个例子。

70–72. **他叫……责任**：圣多明我是“基督的花园”（指教会）的园丁。

74–75. **初显的……源于基督**："基督的第一义"，有不同的说法。一般论者认为指《圣经 · 马太福音》第五章第三节："beati pauperes spiritu, quoniam ipsorum est regnum caelorum."（"虚心的人有福了！ / 因为天国是他们的。"）。参看 Bosco e Reggio, *Paradiso*, 199; Chiappelli, 400; Mattalia, *Paradiso*, 224; Pasquini e Quaglio, *Paradiso*, 174; Sapegno, *Paradiso*, 163-64; Vandelli, 816; Villaroel, *Paradiso*, 400; Singleton, *Paradiso 2*, 212; Sisson, 684-85。在《神曲》中，基督神圣无匹，因此"基督"一词只与"基督"押韵（七一、七三、七五行："sì come de l'agricola che Cristo/.../Ben parve messo e famigliar di Cristo; /.../fu al primo consiglio che diè Cristo."）。在《天堂篇》第十四章一〇四、一〇六、一〇八行，第三十二章八三、八五、八七行，押韵的情形也相同。

78. **'这是我此来的目的'**：这行遥应《圣经 · 马可福音》第一章第三十八节："ad hoc enim veni"（"因为我是为这事出来的"）。多明我的意思大概是：我来到世上，不是为了享福，而是为了受苦、奋斗（躺在地上保持警醒，而不是躺在床上入睡）。

79. **菲力斯**：原文"Felice"，圣多明我父亲的名字，意为"幸福"。**福有攸归**：指圣多明我的父亲有这样的麟儿，名副其实，是真正的"幸福"。

80. **卓凡娜**：原文"Giovanna"，圣多明我母亲的名字，希伯来原文的意思是"Domini gratia"（"神恩"）。指多明我母亲有这样的麟儿，是名副其实的"卓凡娜"。参看 Sapegno，*Paradiso*，164。

83. **奥斯提亚人**：指恩里科 · 达苏萨（Enrico da Susa），一二六一年至一二七一年任奥斯提亚（Ostia）枢机主教（cardinal bishop）。一二七一年卒。曾注释罗马教皇的教令（decretals）。**塔德奥**：所指是谁，迄今未有定论。一说指翡冷翠人塔德奥 · 达尔德罗托（Taddeo d'Alderotto）。达尔德罗托是医生，有著作论述希波克拉底和盖仑（Claudius Galenus 或 Galen）。卒于一二九五年。参看 Chiappelli, 400; Sapegno, *Paradiso*, 164; Villaroel, *Paradiso*, 101-02。一说指塔德奥 · 德佩坡利（Taddeo dei Pepoli）。德佩坡利是教会法（canon law）和法理学的专家，与但丁同时。参看 Singleton, *Paradiso 2*; Sisson, 685。

84. **真真正正的甘露**：指真正的智慧。

86. **葡萄园**：指教会。

88. **宗座**：指教廷中教皇的权位。当时的教皇是英诺森三世。多明我要成立修会，乃于一二〇五年到罗马教廷申请许可。

89–90. **把两份……去施舍**：意为：只把慈善公费的三分之一或二分之一施舍给穷人；剩下的拿来中饱私囊。**谋取第一个空额**：意为：谋取第一个肥缺。

91.　　**non decimas，quae sunt pauperum Dei**：拉丁文，意为“不是为什一税；什一税属于上帝的穷人”。所谓“什一税”，是“欧洲中世纪基督教会向当地居民普遍征收的一种宗教捐税”（《基督教词典》，页四六四）。

92.　　**许可他……世俗的邪说**：许可他（多明我）布道，抵抗当时的邪说。所谓“邪说”，主要指普罗旺斯的阿尔比派（Albigensian）“异端”。

93.　　**种子……芳卉**：“种子”，指基督教正确的信仰；围绕但丁的二十四位光灵（“芳卉”），由这一“种子”萌生。

94–95.　**教廷的宗座/……穷人**：“曾”字译原文的“fu gia”。“fu”（“是”）是essere的远过去时（passato remoto）；言下之意，指现在的宗座不再善待穷人。

95–96.　**却因座中人/……堕落**：宗座本身依然如故；也就是说，一直完好无损；只是占据宗座的人败坏堕落，今日的教会才变得这么窳劣。在这里，但丁是影射教皇卜尼法斯八世。

98.　　**使徒的身分**：多明我要成立修会，向教廷申请，于一二一六年获教皇洪诺留三世批准。因此他传道时，有了使徒（多明我会修士）身分。

101.　　**阻力最大的地方**：指普罗旺斯。在天主教会眼中，普罗旺斯的阿尔比派是最顽强的异端。一二〇五年至一二一四年，多明我一直在驳斥阿尔比派，务必要他们改邪归正。

103–104.　**众溪……涌出**：多明我修会的数目越来越大。就像多条溪流，从“源头”（多明我）涌出。

105.　　**让园中……葱苍**：指天主教徒的信仰更趋坚定，就像树苗变得更苍翠、更繁茂。

106.　　**战车**：原文“biga”，指两轮战车。两轮象征圣方济和圣多明我的两个修会。

107.　　**平乱**：指平定异端。

109.　　**另一轮**：指圣方济。

111.　　**托马斯**：指托马斯·阿奎那。**美词**：指《天堂篇》第十一章托马斯·阿奎那对圣方济的称颂。

112.　　**该轮**：指方济各修会。**辋缘之顶**：象征圣方济或方济各会早期的会士胜过来者。

113.　　**已经被人抛弃**：指方济各修会后来的修士，不再遵循前人的道路。

114.　　**原来……覆掩**：酒桶有酒石，表示桶中的酒是好酒；有霉菌，表示桶中的酒是坏酒。

115.　　**圣方济之家**：指方济各修会。**他**：指圣方济。

116–117.　**现在……对踢**：指方济各修会分成两派：属灵派（意大利文

Spirituali，英文 Spirituals）和住院派（意大利文 Conventuali，英文 Conventuals）。属灵派坚持托钵传统，严守原始会规；住院派主张修士在修院中生活，不再托钵行乞。两派互相冲突倾轧，惊动了多任教皇。最后，住院派于一三一七年至一三一八年获教皇约翰二十二世支持。结果属灵派遭到谴责，要另外成立"小兄弟会"（"Fraticelli"）。

119. **毒麦**：比喻方济各会的坏修士。有的论者认为，"毒麦"指一三一八年方济各修会一批被开除教籍的修士。参看 Villaroel, *Paradiso*, 103; Sinclair, *Paradiso*, 182; Singleton, *Paradiso 2*, 216。

120. **谷仓**：比喻天堂。Pasquini e Quaglio（*Paradiso*，177）称为"regno dei cieli"。参看《圣经·马太福音》第十三章第二十四至三十节：

> "Simile factum est regnum caelorum homini qui seminavit bonum semen in agro suo... 'Sinite utraque crescere usque ad messem: et in tempore messis dicam messoribus: Colligite primum zizania, et alligate ea fasciculos ad comburendum: triticum autem congregate in horreum meum.'"
>
> "天国好像人撒好种在田里，……'容这两样一齐长，等着收割。当收割的时候，我要对收割的人说，先将稗子薅出来，捆成捆，留着烧；惟有麦子要收在仓里。'"

121. **我们的书卷**：指方济各修会。

122. **一张张地翻查**：指检视方济各修会的个别修士。

122–123. **仍会找到……'我依然完好健全'**：意为：仍会找到遵循修会昔日美德的修士。**"我依然完好健全"**：这是方济各修会的会规。

124–126. **并非由……宽松**：卡萨雷（Casale）的乌贝尔提诺（Ubertino）是方济各会属灵派领袖，生于一二五九年，卒于一三三八年。阿夸斯帕塔的马特奥·本提维亚（Matteo Bentivegna d'Acquasparta）于一二八七年任方济各修会的总会长，后来任枢机主教。前者主张狭义诠释修会的规条，后者主张广义诠释。争持中，后者获胜。结果方济各会渐渐败坏。卡萨雷是意大利北部的一个城镇，距都灵（Torino）不远。阿夸斯帕塔是翁布里亚（Umbria）的一个村子。

127. **波拿文都拉**：参看第三十一行注。

129. **左手的事物**：指世俗的事物（即富贵）。参看《圣经·箴言》第三章第十六行。

130. **伊鲁米纳托**：Illuminato，意大利里埃提（Rieti）人，圣方济早期弟子。**奥古斯丁**：Augustin，圣方济早期弟子，阿西西人。一二一〇年加入方济各修会。

131. **系绳于身**：圣方济的追随者都以粗绳系身。参看《天堂篇》第十一章第八十七行。

133. **圣维克多的雨格**：Hugues de St-Victor，十二世纪伊普雷（Ypres，或Ieper，一译"伊普尔"，即今日比利时的伊珀尔）的神秘主义神学家，原籍日耳曼，约生于一〇九七年，卒于一一四一年。曾在巴黎附近的圣维克托（St-Victor）修院学校任校长。是贝尔纳（明谷的）的好友。受柏拉图和奥古斯丁影响。强调"救赎"观念，认为信仰先于理性，超越理性的真理是最高的真理。著作等身，其中包括《基督教奥迹论》《箴言总述》等。对托马斯·阿奎那有颇大影响。参看《基督教词典》，页六一五；Bosco e Reggio, *Paradiso*, 204; Toynbee, 626, "Ugo da San Vittore"条；Singleton, *Paradiso 2*, 219-20。

134. **书蠹彼得**：意大利文"Pietro Mangiadore"，拉丁名 Petrus Comestor，意为"书蠹"。因酷爱读书得名。法国特鲁瓦（Troyes）人。圣维克多修院的牧师会成员。卒于一一七九年。参看 Bosco e Reggio, *Paradiso*, 205; Sapegno, *Paradiso*, 169; Singleton, *Paradiso 2*, 220。**西班牙彼得**：Petrus Hispanus。约于一二二五年在里斯本出生，卒于一二七七年。曾任大主教；一二七六年任教皇，成为约翰二十一世（Joannes XXI）。在医学、逻辑方面都有著作。

135. **十二册小书**：指西班牙彼得的《逻辑小全》（*Summulae logicales*）。该书共有十二册（原文"dodici libelli"的直译是"十二本小书"）。

136. **先知拿单**：一译"纳堂"。《圣经·旧约》的先知。大卫杀害部将乌利亚，霸占其妻拔示巴。拿单奉耶和华之命谴责大卫。其后，扶立所罗门为王。参看《圣经·撒母耳记下》第十一至十二章。**大主教克里索斯托**：约翰·克里索斯托（John Chrysostom）。希腊名字 Χρυσόστομος，意为"金口"，指他能言善辩。约生于三四五年，是君士坦丁堡的大主教，卒于四〇七年。著有大量布道文。参看 Toynbee, 205-06, "Crisòstomo"条；Singleton, *Paradiso 2*, 221。

137. **安瑟伦**：意大利文"Anselmo"，拉丁文 Anselmus，英文 Anselm。一〇三三年生于意大利阿奥斯塔（Aosta）。神学家、经院哲学家、唯实论者、本笃会修士，一〇九三年至一一〇九年任坎特伯雷大主教。认为信仰是理解的基础。卒于一一〇九年。著作丰富，其中包括《独白篇》（*Monologion*）、《证道篇》（*Proslogion*）等。**多纳图**：全名埃利乌斯·多纳图（Aelius Donatus），四世纪的罗马学者，精于语法，哲罗姆（Hieronymus，约三四二年至四二〇年）的老师。对维吉尔有深入研究。其《语法艺术》（*Ars grammatica*）在中世纪甚受欢迎。

138. **第一要艺**：在中世纪，语法是七艺中的第一艺。

139. **赫拉班**：全名 Rabanus（或 Hrabanus）Maurus Magnentius。生于七七六年，卒于八五六年。德国史学家、神学家，本笃会修士，迈因茨（Mainz）大主教。曾评注《圣经》。Pasquini e Quaglio（*Paradiso*，179）称之为“poligrafo”（“多产作家”）。

140. **约克姆**：意文名字“Giovacchino”，英文名字 Joachim。约于一一四五年生于意大利卡拉布里亚（Calabria）的切利科（Celico），约卒于一二〇二年。曾任卡拉布里亚科拉佐（Corazzo）修道院院长。本身是西多会修士（Cistercian），支持教会改革，对方济各会的属灵派有深远影响。曾著书评述《圣经·启示录》，预言新世界会来临，遭教会（尤其是波拿文都拉）大力攻击。

142–143. **托马斯……言辞**：指托马斯·阿奎那在上一章称赞圣方济的话。

144. **这位杰出的勇士**：指圣多明我。

145. **这批光灵**：指波拿文都拉所介绍的十一位光灵。

第十三章

但丁先以星座比喻两环光灵。然后，托马斯·阿奎那再度说话，解答但丁在第十一章所想的第二个疑问。阿奎那指出，人类最高的智慧已经由上帝给了亚当和基督；上帝给所罗门的，只是王者之智。因此，阿奎那说“再没有智者会如此颖悟”（第十一章第二十六行），是相对于其他君王而言，并不是指全人类。换言之，君王之中，以所罗门最智慧。接着，阿奎那劝世人不要贸然立论；同时列举例证，强调上帝的观点非世人所能窥测。

有谁想彻底领悟我此刻所睹，
　就请他想象（并在我述说的时候，
　把心目所见，岩石般牢牢记住）
十五颗大星把天域的每一陬
　照亮。那辉耀穹苍的盛大光芒，
　足以把空间所有的翳障射透。
请他想象北斗：在白昼，在晚上，

我们的天穹给七星充裕的胸襟，
在斗柄运转时让它们大小如常。
请他想象尖角之口：轴心
所在处是角顶，而第一轮则运转
不息，绕着轴心让大能牵引——
想象这一切在穹苍组成两环
星宿，一如米诺斯的女儿感到
死亡的冷冽时所编的双重星冠。
其中一环的光芒为另一环裹包；
两者转动时依循特定的轨辙，
一环在前，另一环在后旋绕。
要揣度真星宿，揣度双环舞如何
绕着我们的立足点运行，这样
去推求，真像的影子就庶几可得。
因为实况远超凡人的估量，
一如九重天，运转比诸天迅疾，
非格阿纳河的流速所能想象。
那里不歌颂巴克科斯，不歌颂神祇
阿波罗；只歌颂三位一体的神性，
颂神性、人性共存于一人的肉体。
齐声歌唱和旋绕之舞既竟，
圣洁的光灵就望向我们这边，
欣然为另一项工作让歌舞暂停。
然后，正当众光灵和翕一片，
一光打破了寂静。该光的内部

曾讲述神的穷汉一生良贤。
该光说 :“我既然打了第一捆谷,
打下的颗粒也已贮藏了起来,
慈爱此刻正叫我打另一束。
一条肋骨从一个人的肢骸
取出,获得赋形,成为妖娆
美丽的容颜,因口馋叫举世蒙灾,
去付出沉重的代价。另一人,长矛
洞穿了胸膛后,把过去和未来救赎,
并抵尽秤上的罪愆。两者的怀抱,
你相信获创造他们的大能灌注
光芒 ;你相信,这光芒无与伦比,
是人性所能臻达的最高限度。
因此,我刚才的话叫你惊奇。
我刚才说 :世间再没有第二人,
能跟第五朵光焰的慧善匹敌。
现在我给你答案。你张眼凝神,
就得睹你的信仰和我的描述
相迭于真理,仿佛向圆心齐奔。
无论朽或不朽,宇宙万物
都只是一个理念所放的华彩。
该理念,是充满大爱的天父所出。
涌自光源的活光既不会离开
光源,也不会摆脱跟光源、理念
一起结合成三位一体的大爱。

如明镜映耀，由于本善的驱遣，
　　活光把光芒聚集于九个实体，
　　本身则始终如一，状态不变。

由九个实体向最末的力量推移，
　　按次第下降，形成千态万殊，
　　结果只发挥短暂而偶然的效力。

所谓‘偶然的效力’，指后天所出
　　所产的万物——诸天运转飞扬，
　　靠种子或非种子创造的万物。

万物的蜡模以及塑模的力量
　　不会始终如一；由理念之钤
　　盖压，光芒透射时就有弱有强。

结果乃有以下的情形出现：
　　同一种树木，果子有坏有好；
　　你们出生，也就有愚鲁俊彦。

如果蜡料被塑得完美可靠，
　　而诸天的伟力又盛大无俦，
　　钤印的光辉就会展露全貌。

不过大自然总使这光辉打折扣，
　　操作运转时，情形跟工匠相同：
　　虽有技艺，但也有震颤的双手。

可是，炽热的大爱如果推动
　　太初的大能，使其证明的灵光
　　化为钤印，就可竟完美之功。

尘土一度有生命的属性而不枉

至善的名声，就是这个道理。
童贞女妊娠，也是相同的情况。
因此，我赞成你刚才的命题：
上述二人的禀赋，他人不能够
获得，过去和将来都无从盼企。
好啦，要是我谈到这里就住口，
你就会提出质疑而这样问我：
‘那么，另一个怎会没有匹俦？’
如果你要把隐晦的道理窥破，
就请你想想，他是何许人；获吩咐
‘你可以求’时，有什么东西想求索。
我的话并不艰涩；你听后该清楚，
我所指的是君王。他祈求智慧，
好让自己有充足的条件当人主；
而不是要得知，在这重高天，运推
天体的威灵有多少；不是要得知，
necesse 和偶然前提有没有 necesse 追随；
si est dare primum motum esse；也不是
要得知，处于一个半圆形里面，
三角形能否避得过直角的控持。
你记住这一点以及我先前所言，
就明白我的意矢所射的侯鹄
是王者之智，即前述的无匹睿见。
而‘没有’一词（你如果辨得清楚，
就会明白），只可以形容君王

（君王虽多，贤君却寥寥可数）。
这样去理解我所说的情况，
我的话就跟你的信仰相契，
形容元祖和至乐时并无差爽。
请让这一点成为重铅，长系
你的双足，逼你像倦魂缓行，
明理前说‘是’说‘否’都不会太急。
因为说‘是’也好，‘否’也好，不分清
皂白就贸然武断，结果必然
与傻瓜为伍，沦为极劣的心灵。
理由在于：论断时匆匆批判，
往往会在理念上倾向偏差；
结果感情会成为理智的羁绊。
一个人要网真理而不得其法，
比徒然解缆出海要糟得多，
因为他归时会异于启航的刹那。
关于这一点，世间的证据昭焯：
巴门尼德、梅里索斯、布里松
和许多乱闯的人都属这一伙；
撒伯里乌、阿里乌也相同。
还有众笨伯，把《圣经》歪曲，
如剑刃照人时歪曲正常的面孔。
世人哪，你们也不要太自信，匆遽
就评这评那，像一些蠢人，五谷
在田中未熟，就认为可以收蓄。

因为，我见过状如荆棘的丛树，
　首先在整个冬天都显得凶硬，
　其后却能在顶端让玫瑰冒出。
我也见过船只，平稳而轻灵，
　在海上的整个航程不倚不偏，
　却在最后入港时翻沉殒命。
万能夫人和先生啊，你们看见
　甲在强抢，乙在奉献时，别以为
　你们所见就是圣父的观点；
因为甲可以上升，乙可以下坠。

注释：

3.　**心目**：因为是想象，所以说“心目”（心中之目）。

4–24.　**十五颗大星……所能想象**：这节以二十四颗亮星比拟围着但丁舞蹈的两环光灵，写光灵的光芒如何盛大。二十四颗亮星，是十五颗大星和大熊座、小熊座的九颗星。

4.　**十五颗大星**：根据中世纪流行的天文学（即托勒密天文学），天域的一等星（即最亮的星星）共有十五颗。

8.　**七星**：大熊星座由七颗星组成。在北半球仰观，这七颗星永远不会消失。大熊星座，意大利语称“Orsa Maggiore”或“Carro”（直译是“四轮运货大马车”）；英语称“Wain”（直译也是“四轮运货大马车”），因为古代的意大利人和英国人，都觉得大熊星座形如车子。细加区分，大熊星座叫“Gran Carro”（“大型四轮运货大马车”）；小熊星座叫“Piccolo Carro”（“小型四轮运货大马车”）。此外，大熊星座的北斗七星又称“the Big Dipper”（直译是“大勺”）；小熊星座的七颗主星又称“the Little Dipper”（直译是“小勺”）。

10.　**尖角之口**：小熊座的形状像尖角，最亮的两颗星在角尖，角尖的最末处是北极星，天轴（意大利文 asse celeste，英文 celestial axis）以北极星为中心。形成尖角之口的两颗星，离北极星最远。

11. **第一轮**：指诸天每日由东向西的旋绕。

12. **大能**：神的力量。

13. **这一切**：指上述的二十四颗星。

14–15. **一如米诺斯的女儿……双重星冠**：米诺斯（Μίνως，Minos）的女儿阿里阿德涅（Ἀριάδνη，Ariadne）遭忒修斯抛弃后，被酒神狄奥尼索斯娶为妻子。酒神为了让她与不朽的星子一起辉耀，把她的后冠送到天上，成为北冕座（Corona Borealis）。参看《变形记》第八卷一六九至一八二行。不过《变形记》原文没有提到阿里阿德涅"感到 / 死亡的冷冽"（"sentì di morte il gelo"）。有关米诺斯的生平，参看《地狱篇》第五章第四行注。

19. **真星宿**：原文（一九至二一行）"vera/costellazione"。指二十四名光灵。称为"真"，是因为众光灵所发的光是真光。

23. **九重天**：指原动天（Primum Mobile）。原动天的速度比其余运行的诸天都高。

24. **格阿纳河**：Chiana，托斯卡纳郡的一条河，水流缓慢。

25. **巴克科斯**：Βάκχος（Bacchus），即酒神狄奥尼索斯。

25–26. **不歌颂神祇 / 阿波罗**：原文为"non Peana"。"Peana"是唱给阿波罗的颂歌，也是阿波罗的另一个称号。

27. **颂神性……肉体**：歌颂神性和人性共存于基督的肉体。

28. **齐声……既竟**：意为：歌声和舞蹈同时停止的时候。

29. **圣洁的光灵**：指二十四名光灵。

30. **欣然为另一项工作……暂停**：为了跟但丁和贝缇丽彩谈话，欣然让歌舞暂停。

32. **一光**：指托马斯·阿奎那的光灵。

33. **神的穷汉**：指圣方济。

34. **打了第一捆谷**：指阿奎那解答了但丁的第一个疑问。但丁有两个疑问。分别由《天堂篇》第十章第九十六行的"只要不迷途，就有美食可吃"和一一四行的"世间再没有智者会如此颖悟"引起。参看《天堂篇》第十一章二五至二六行，一三三至一三九行。

37–40. **一条肋骨……沉重的代价**：意为：夏娃由亚当的肋骨造成，样貌美丽，因贪吃禁果（"口馋"）而叫所有后代（"举世"）"蒙灾"。

40. **另一人**：指基督。

41. **把过去和未来救赎**：意为：把基督受难前和受难后的所有人类救赎。参看《天堂篇》第七章一一二至一二〇行。

42. **抵尽秤上的罪愆**：指赎尽人类的罪恶。

43–48. **你相信……匹敌**：既然亚当和基督的智慧（“光芒”）“无与伦比”，为什么我刚才又说“世间再没有第二人，/ 能跟第五朵光焰（即所罗门王的光焰）的慧善匹敌”呢？

50–51. **就得睹……齐奔**：意为：就得睹真理。真理如圆心，只有一个；圆周的每一点都向圆心奔赴。

52. **朽或不朽**：天使、诸天、人类的灵魂直接由上帝创造，都长存不朽；其余的万物并非由上帝直接创造，都短暂可朽。这里概括了宇宙里有生命和无生命的万物。

53. **一个理念**：指道，即圣子。

54. **充满大爱的天父所出**：言下之意是：天父创造万物，是出于大爱。

55. **涌自光源的活光**：指圣子。**光源**：指圣父。

57. **结合成三位一体**：原文“s'intrea”（不定式 intrearsi），是但丁所创的词，直译是“成为三位一体之一”（指圣灵与圣父、圣子结合）。“intrearsi”的定义是：“unirsi come terzo a qlcu, porsi come terzo tra altri due”（*Dizionario Garzanti della lingua italiana*, 891）。**大爱**：指圣灵。圣灵与圣父（“光源”）、圣子（“理念”）结合为三位一体。

58. **如明镜映耀**：九级天使反映圣子的光芒，然后传诸万物。**本善**：圣父的理念，是自然而然的善，不假外求，所以称为“本善”。

59. **九个实体**：指九级天使。

61–63. **由九个实体……偶然的效力**：九级天使透过诸天把大能传送，创造了宇宙的千态万殊。大能传到最低层次，就创造出短暂而偶然的生物（如动物）、无生物（如植物），以及较粗糙的物质（如矿物）。

67–72. **万物的蜡模……愚鲁俊彦**：万物的质地不同，是因为诸天传递的力量互异。情形就像蜡模受钤印盖压一样：由于蜡模和钤印盖压的力量都有分别，结果乃有各种形态。

76–78. **不过大自然……震颤的双手**：不过诸天（“大自然”）传递神的理念时，效果不会十全十美，就像工匠施工时双手会震颤，不能把理想付诸实现。

79–81. **可是……完美之功**：可是，如果圣灵（“炽热的大爱”）推动圣父（“太初的大能”），使圣子（“证明的灵光”）成为塑造万物的钤印，受造的生物就会十全十美（如天使和诸天）。

82–84. **尘土……情况**：亚当和基督都有人的属性（“尘土……有生命的属性”）；由于两人获圣父直接赋生，所以十全十美，不愧是神的创造（“不枉 / 至善的名声”）。**至善**：指十全十美的生灵。至于亚当堕落后不再完美，则属后话。

85–87. **你刚才的命题：/……盼企**：指本章四三至四五行。**上述二人**：指亚当和基督。

90. **另一个**：指所罗门王。

92. **他**：指所罗门王。

92–93. **获吩咐 / '你可以求' 时……求索**：所罗门王梦见神问他想要甚么；所罗门王就回答说，他想要智慧。于是，神就给他智慧。参看《圣经·列王纪上》第三章第五至十二节。在该章第十一至十二节里，神这样说：

> Quia postulasti verbum hoc, et non petisti tibi dies multos, nec divitias aut animas inimicorum tuorum, sed postulasti tibi sapientiam ad discernendum iudicium, ecce feci tibi secundum sermones tuos, et dedi tibi cor sapiens et intelligens, in tantum ut nullus ante te similis tui fuerit nec post te surrecturus sit.
>
> 你既然求这事，不为自己求寿、求富，也不求灭绝你仇敌的性命，单求智慧可以听讼，我就应允你所求的，赐你聪明智慧，甚至在你以前没有像你的，在你以后也没有像你的。

95. **我所指的是君王**：指所罗门王。

97–102. **不是要得知……控持**：不是要问神学问题（推动诸天的天使有多少）、辩证问题（必然和偶然的问题能否导致必然的结论）、哲学问题（有没有不倚靠其他动力的原动力）、几何问题（半圆中，以直径的两端和圆周的任何一点绘画一个三角形，靠近圆周的角是否可以不成直角；也就是说，在半圆中，是否可以绘画一个非直角三角形）。

103. **我先前所言**：指第十章一一四行："世间再没有智者会如此颖悟"。

104. **我的意矢所射的侯鹄 / 是王者之智**：意思是：我所指的是王者之智。但丁在这里再用射箭意象。

106–108. **而 '没有' 一词……（寥寥可数）**：托马斯·阿奎那的意思是：我说"世间再没有智者会如此颖悟"，指没有君王像所罗门那么颖悟；不是指所有人类都比不上他（也就是说，不是以亚当、基督跟所罗门比较）。在原文中，"surse"是"出现"的意思。为了照顾汉语习惯，在这里没有直译，而代之以"没有"。

111. **元祖**：指亚当。亚当是人类最早的始祖。**至乐**：原文"nostro Diletto"（直译是"我们的快乐"），即基督。基督能拯救世人，所以是"我们的快乐"。

112–113. **请让这一点……缓行**：托马斯·阿奎那叫但丁就这一事例吸取教训：

此后，在彻底明白道理前不要急于下结论。

123. **因为他归时会异于启航的刹那**：他启航时的不足，不过是未获真理；可是，启航后，网取真理而不得其法，归航时不但得不到真理，而且会得到谬误，结果比启航时更糟，无异是徒然出海。一二一至一二三行用了捕鱼意象，把真理比作鱼。

125. **巴门尼德**：Parmenides，公元前五世纪希腊哲学家，约于公元前五一三年生于意大利埃利亚（Elea），是埃利亚学派代表。受过毕达哥拉斯派的影响，本身又影响了柏拉图的理念论。其学说与赫拉克利特的学说相反，认为“万物的本原不是物质，而是抽象的永恒的存在：‘存在’不生不灭，无始无终，绝对静止。……人们所感知的事物的运动和变化，是虚妄的，不可思议的……”（《世界历史词典》，页一〇〇）。卒年不详。著有诗篇《论自然》。**梅里索斯**：Melissus，公元前五世纪的希腊哲学家，萨摩斯（Σάμος，Samos）人，巴门尼德的弟子。**布里松**：Bryson，希腊哲学家，一说是欧几里德的弟子，曾设法以圆求方（意大利文称“quadratura del circolo”），即求与圆面积相等的正方形。亚里士多德曾提到他。有关以圆求方的比喻，参看《天堂篇》第三十三章一三三至一三五行。

127. **撒伯里乌**：Sabellius，基督教眼中的散播异端者。生于北非利比亚。由于反对三位一体的说法，被开除教籍。约卒于公元二六五年。**阿里乌**：Arius（约二六〇年至三三六年），亚历山大里亚的长老，擅长修辞、诗歌，阿里乌派（Arians）的创始人，基督教眼中的散播异端者。认为圣子和圣父不是同性、同体，圣子低于圣父，是圣父的从属；圣灵则是圣子所造，地位又低于圣子。其学说影响颇大。公元三二五年，其学说被尼西亚大公会议定为异端，本人则遭流放，卒于君士坦丁堡。参看《基督教词典》，页五。

129. **如剑刃照人时歪曲正常的面孔**：剑刃照人，不若镜子，会把真貌歪曲。

139. **万能夫人和先生**：原文为“donna Berta e ser Martino”（直译是“贝尔妲女士和马丁诺修士”），指一般的女人和男人，尤指浅薄多言的人，与中文的“张三、李四”，英文的“Tom, Dick, and Harry”相近。在这里，托马斯·阿奎那用来讽刺信心过多、未经深思就遽下定论的人，译为“万能夫人和先生”效果较佳。

第十四章

贝缇丽彩代但丁向托马斯·阿奎那提出另一个问题：光灵和肉体复合后，视觉如何禁得住强光？两环光灵闻言，显得更加欣喜。接着，所罗门在内环回答但丁。之后，但丁在两环光灵外看见另一些光芒围成第三环，炜炜发亮时叫他睁不开眼睛。转瞬间，但丁已经跟贝缇丽彩升到了火星天；看见两道炯芒组成十字闪现出基督，里面有光芒相奔相遘。面对这样的美景，但丁不禁说："在那一刻之前，任何东西／都未以那样的甜链把我捆绕。" 此言一出，发觉自己贬低了贝缇丽彩的美目。

水在圆盆里波动；击水的力量
　内发，就由中央传向周围；
　外发，就由周围传向中央。
我所说的这个形象比对，
　因托马斯、贝缇丽彩的对答
　类似，才突然向我的心中下坠。

当时，托马斯的活焰刚罢，
　贝缇丽彩正欣然启口，声音
　用以下的言辞把意思抒发：
“虽然这个人没有借话语向您
　明说，也未曾这样想；可是，他必须
　为了另一真理探索至核心。
请告诉他，在您的实体寄寓，
　并且在里面绽放的光芒，是否
　永远像目前一样，长驻不去。
如果长驻不去，请您启口
　告诉他，一旦你们再一次现身，
　光芒怎能不伤你们的眼眸。”
绕着圆圈旋动跳舞的一群人，
　因兴酣而趋前退后时，常会一起
　提高嗓子，并加快步伐前臻。
同样，恳切而虔诚的祷告说毕，
　两个神圣的圈子在旋转
　和天籁中，也显得更加欣喜。
有哪一个人，因凡躯卒于尘寰，
　再活于天上而伤悲，他就未曾
　见过永恒甘霖的醒神浇灌。
那一体二性三位在天国永生，
　以三位二性一体永统天国；
　围封万物，本身却不受围封。
三位二性一体由每个光魄

歌颂了三遍；音调之美，足以
赞颂各种美德而赞得其所。
同时，我听到较小的那个圆圈里，
最神圣的光辉发出谦逊的声音，
也许像天使对玛利亚传递信息。
该声音答道：“天堂宴乐不尽，
我们的热情就永不休止地放出
这样的光裳，把我们裹在中心。
光裳的辉煌视乎热情的强度；
热情的强度取决于识见的深浅；
识见呢，则系乎功德以外的洪福。
肉身一旦变得圣洁而荣显，
然后再披在灵魂上，我们的身体
就变得完整，因完整而更显美妍；
至善无条件赐给我们的熠熠
光芒，也就因此而增加。这光芒，
能让我们有资格向至善凝睇。
结果，识见增加是顺理成章；
识见所燃的热情也会转浓；
热情所发的光辉会更加盛昌。
当煤球把火苗熊熊向四方传送，
本身的白热会发出更亮的炯焰，
结果其形状会保持原先的颜容。
此刻围着我们的光辉，有一天
也会黯然失色；目前被泥土

掩埋的肉体，会辉耀得更赫显。
这种光芒并不会给我们辛苦，
因为身体的器官届时会转强，
能承受所有悦目娱心的事物。”
两队歌咏者闻言，仿佛要争相
回应，都迫不及待，齐声说“阿门！”
显然要展示想念遗体的模样。
其所以如此，也许不是为本身，
而是为了父母，为他们变成
永恒的光焰前一度爱过的人。
看哪，在我们周围，亮度均等，
倏地亮起一环辉彩，仿佛
地平乍明，比旧焰还要炜盛。
一如黄昏刚临，众星初出，
开始在天空隐隐约约地闪现，
在视域里显得若有若无，
我似乎目睹新的光灵在眼前
渐趋清晰，在其他两个圆圈外
围成另一个圆圈，闪耀着炯焰。
多么真纯哪，圣灵放射的光彩！
这光彩，白炽间又何其迅疾，炜炜
发亮时晃得我的双眸睁不开！——
贝缇丽彩的笑颜却让我得窥。
那笑颜，美得叫记忆无从追拟，
注定与难以描摹的景物隐退。

火星天

我了然觉察，在这一时辰，/ 我被星子赤热的微笑擎高。/
那星子，此刻红得比平时更甚。
（《天堂篇》，第十四章，八五至八七行）

那笑颜，使我的双眸恢复了视力
　而再度仰望，得睹自己一个人
　和娘娘升到了更高的福禧。
我了然觉察，在这一时辰，
　我被星子赤热的微笑擎高。
　那星子，此刻红得比平时更甚。
于是，我全心全意向上帝燔烧
　祭品，说着万众同说的语言，
　向新的恩典献上该献的回报。
燔祭之礼在我的胸间结束前，
　我已经知道，祭品受到接纳，
　而且明白，那是吉祥的奉献；
因为在两道炯芒里，有光华焕发，
　那么红，那么亮，叫我忍不住欢呼：
　“辉耀光灵的太阳啊，真是伟大！”
由于大小星星点缀的缘故，
　银河的白芒会在天极间晃闪，
　叫大智也为之迷惑糊涂。
那两道辉光，就像镶星的河汉，
　在火星深处组成那尊贵的标记，
　如四个象限在圆圈相聚一般。
至此，记忆压倒了我的文笔；
　因为那十字熠烁，闪现出基督，
　叫我找不到事物堪与比拟。
不过，谁拿起十字架跟随基督，

光十字

至此，记忆压倒了我的文笔；/ 因为那十字燿烁，闪现出基督，/

叫我找不到事物堪与比拟。

（《天堂篇》，第十四章，一〇三至一〇五行）

谁就会原谅我遗漏部分的情景
(当他们目睹银晓闪烁出基督)。 108
十字的此端到彼端，由底部到巅顶，
光芒在烨烨移动，彼此相逢
再继续前移时放出更大的光明。 111
在凡间，人类利用智巧和才能
遮光成阴，以保护自己；有时候，
光线会镂过阴影；长短不等， 114
或直或斜的微粒会显现，游走
变化于光中，速度有徐有疾。
十字里的光芒，也这样相奔相迈。 117
然后，如提琴、竖琴，声调和翕，
多条弦线齐鸣着悦耳的丁当，
没有让闻者听出调子的真意， 120
一曲旋律，就在我眼前的光芒
凝聚，从十字响起，在我听出
颂歌的内容前已使我陶醉欢畅。 123
我知道，那是赞美的高度发抒；
因为我听到“起来”“克敌”等口号，
情形与听而不明的人相仿佛； 126
结果我的爱心变得更崇高。
在那一刻之前，任何东西
都未以那样的甜链把我捆绕。 129
我的话，似乎过于大胆无礼，
贬低了那双美目给我的欣忭

（美目让吾愿凝望间获得安憩）。 132

不过，有谁知道，众美的活钤
越是上升就越有力量，知道
我在那里尚未向活钤回眄， 135

谁就会宽饶我为了自求宽饶
而自控的罪状，知道吾言属实；
因为，上文并没有把圣欣摒抛； 138

它越是向上，就越向完美高驰。

注释：

1–6. **水在圆盆……下坠**：阿奎那在圆周说话；说完之后，身在圆心的贝缇丽彩开始回答。话语的一来一往，就像盆中圆周的水（阿奎那说话）先由外发的力量击打，涟漪由外向内；然后，圆心的水（贝缇丽彩说话）由内发的力量击打，涟漪由内向外。一〇至一八行，是贝缇丽彩的话。

10–12. **“虽然……核心”**：贝缇丽彩能洞悉但丁的思维，不等他说话或动念，就可以代他向托马斯·阿奎那发言。

13–18. **“请告诉他……眼眸”**：但丁未发的问题是：“最后审判结束，所有的灵魂就会跟卒前的肉体合而为一。天上的福灵，届时也会跟自己的肉体相聚。福灵此刻所绽的大光比太阳还亮。那么，如果这大光在灵魂和肉体相聚时仍然留驻不去，肉眼如何能抵受呢？”这个问题，但丁还没有用言语发问，思念还没有想到，贝缇丽彩就预先请阿奎那为但丁解答。

22. **恳切而虔诚的祷告**：指贝缇丽彩的问题。

24. **天籁**：指光灵的歌声。

27. **永恒甘霖**：指上帝的恩泽。

28. **一体二性三位**：原文为“uno e due e tre”。神是一体而有二性（指基督的神性和人性）、三位（圣父、圣子、圣灵）。

29. **以三位二性一体**：原文为“in tre e 'n due e 'n uno”，在次序上刚好

与第二十八行的“uno e due e tre”相反；在句法和音律上产生回环效果，象征上帝始卒若环，无始无终。这一效果，与“在天国永生”/“永统天国”（“sempre vive”/“regna sempre”）的颠倒，以至第三十行的“围封万物，本身却不受围封”（“non circunscritto, e tutto circunscrive”）相辅相成，充分说明，但丁如何叫形式（包括语音、语义、词序、句法）与内容配合。

30. **围封万物，本身却不受围封**：上帝包笼一切，本身却不受任何事物包笼。Momigliano（*Paradiso*, 667）指出，这行原文所表达的意思，也出现于 *Convivio*, IV, IX, 3。不过 *Convivio* 的句子是概念，这行却是诗。

32. **歌颂了三遍**：上帝是三位一体，所以“歌颂……三遍”。“三”在《神曲》中有重要的象征意义。但丁以“三”韵体（terza rima）写“三”位一体，实非偶然。

34. **较小的那个圆圈**：指由众光灵组成，处于内部的圆圈。

35. **最神圣的光辉**：最明亮的光辉。指所罗门王的光灵。

36. **天使对玛利亚传递信息**：指天使加百列向玛利亚报告圣子降临的喜讯。参看《圣经·路加福音》第一章第二十八节。在《天堂篇》第十章一〇九行，托马斯·阿奎那这样形容所罗门王的光灵：“第五朵呢，众焰之中数他最美丽”（“La quinta luce, ch'è tra noi più bella”）。

37–39. **“天堂宴乐不尽/……中心”**：意为：只要天堂存在，我们的炽爱（“热情”）就会放出光芒，如衣裳把我们裹在中心。

40. **辉煌**：指亮度。

41. **识见的深浅**：指认识上帝，得瞻圣颜的程度。

42. **识见呢……洪福**：福灵认识上帝圣颜的深浅，视乎上帝所赐恩典的厚薄，并非取决于福灵本身的功德。

43–45. **肉身一旦……更显美妍**：灵魂一旦披上肉体，就变得更美妍。

46. **至善**：指上帝。

46–47. **无条件赐给我们的熠熠/光芒**：指上帝所赐的恩典，也就是荣耀之光。有了这光芒，福灵就可以凝睇上帝。

51. **光辉**：即第三十九行的“光裳”。

55. **此刻围着我们的光辉**：指第三十九行的“光裳”。

56–57. **目前……赫显**：意为：目前葬在凡间的肉体，一旦与灵魂相会，所发的光会比此刻的“光裳”明亮。

59–60. **因为身体……事物**：意为：届时，器官转强，肉体自然能承受大光。参看《圣经·哥林多前书》第十五章第四十三至四十四节。

61. **两队歌咏者**：指围着但丁和贝缇丽彩唱歌的光灵。

63. **想念遗体**：指光灵急于跟凡间的肉体相聚。

67–68. **亮度均等，/ 倏地亮起一环辉彩**：意为：倏地亮起一环辉彩，辉彩的亮度均等。

69. **地平乍明**：指日出的时候。**比旧焰还要炜盛**：比原来的两环光灵还要明亮。

82–84. **那笑颜……福禧**：但丁凝望着贝缇丽彩的笑颜，就跟她一起升到了第五重天（即火星天）。第五重天高于第四重天，因此是"更高的福禧"。火星天的福灵，在凡间曾为基督教的信仰而斗争。

86. **星子**：指火星。

87. **红得比平时更甚**：红是火星的颜色。参看 *Convivio*, II, XIII, 21；《炼狱篇》第二章一四至一五行。火星此刻在欢迎贝缇丽彩和但丁，因此"红得比平时更甚"。

89. **万众同说的语言**：指感恩的默祷。

91. **在我的胸间**：因为是默祷，所以说"在我的胸间"。

96. **"辉耀光灵的太阳"**：指上帝。原文"Eliòs"是希腊文 ἥλιος（太阳）和希伯来文 Ely（上帝）的混合。在《天堂篇》第九章第八行；第十章第五十三行；*Convivio*, III, XII, 6，但丁都以太阳比拟上帝。参看 Singleton, *Paradiso 2*, 248。

97–99. **由于……迷惑糊涂**：银河的现象，曾叫许多天文学家迷惑，不敢肯定真相何在。

100–102. **那两道辉光……相聚一般**：指两道辉光，在火星天里组成一个正十字（"正十字"，英文叫"Greek cross"）。圆圈中两条直径以直角相交，把圆圈均分为四个象限（quadrants），就是希腊十字（四边的长度相等）。

103–108. **至此……（……闪烁出基督）**：意思是：至此，我已不能用文字描述记忆中的经验。目睹过同一景象的人，知道该景象无从描述，就会原谅我的不足。**谁拿起十字架跟随基督**：参看《圣经·马太福音》第十章第三十八节，第十六章第二十四节。本章第一〇四、一〇六、一〇八行，再以"基督"（"Cristo"）一词互相押韵。参看第十二章第七一、七三、七五行。

109. **十字的此端到彼端**：在十字架平伸的横臂上，从这边到那边。

112–117. **在凡间……相奔相还**。这六行以凡间光线中微尘的移动比拟十字中的光灵。参看 Lactantius, *De ira Dei*, X, 9; Lucretius, *De rerum natura*, II, 114-20。**遮光成阴，以保护自己**：指建造屋宇，以御阳光。这几行的原文，在节奏上或快或慢，欲行又止，与词义紧密配合，把光灵移动的景象写得逼真传神："così si veggion qui diritte e torte, /

veloci e tarde, rinovando vista, /le minuzie de'corpi, lunghe e corte, / moversi per lo raggio onde si lista/tal volta l'ombra che, per sua difesa, / la gente con ingegno e arte acquista." 在译文中，译者也设法以节奏保留同样的效果。

124–126. **我知道……相仿佛**：但丁不知道歌声在唱什么，但就"起来"("Resurgi")、"克敌"("Vinci") 等字眼看，歌声显然在赞美基督战胜死亡而复活。参看 Pasquini e Quaglio, *Paradiso*, 210。

129. **甜链**：原文"dolci vinci"，是修辞学所谓的矛盾修饰法（英语叫 oxymoron）。

131. **那双美目**：指贝缇丽彩的双眸。

133. **众美的活钤**：指贝缇丽彩的双眸。

135. **我在那里……回眄**：但丁到了火星天后，还没有凝望贝缇丽彩的眼睛。

136–137. **谁就会宽饶……自控的罪状**：但丁自控罪状（一三〇至一三二行），目的是为了解释，自己并没有犯这样的罪状（为了"自求宽饶"）。谁听了解释，谁就会明白，但丁并没有"贬低〔贝缇丽彩的〕美目给〔他〕的欣忭"（一三一行）；明白真相后，就会"宽饶〔但丁〕自控的罪状"。但丁的意思复杂，所用的句法也相当迂回："escusar puommi di quel ch'io m'accuso/per escusarmi"。

138. **上文并没有把圣欣摒抛**：意思是：我在上面说"在那一刻之前，任何东西 / 都未以那样的甜链把我捆绕"（一二八至一二九行）时，并没有拿"甜链"跟"圣欣"（指贝缇丽彩的美目所赐的欣悦）比较，没有说"圣欣"比不上"甜链"。

139. **它**：指"圣欣"。

第十五章

十字架里的光灵暂停歌唱。一颗亮星从伸向右方的一端射向十字的脚底。光芒是但丁的高祖卡查圭达，以拉丁语跟但丁说话。但丁起初不明白卡查圭达所说；到卡查圭达的话语降向较低的高度，才进入理解范畴。但丁感谢卡查圭达的盛意，并请他赐告大名。卡查圭达回答了但丁的问题，然后称赞古代的翡冷翠。

真纯而正确地抒发时，爱总会
　化为善意，一如贪婪之心
　总会化为恶念。那具娓娓
鸣奏的里拉琴，因善意支配而妙音
　停歇。那善意，也令圣弦沉寂。
　天庭的右手，把圣弦放松或拉紧。
这些光灵，对于正当的求祈，
　怎会充耳不闻呢？他们翕然
　沉默，是促我把祷告明提。

不管是谁，为了爱一些短暂
　易逝的东西而永远抛弃大爱，
　都必然要历尽无穷的悲惨。
有时候，当夜空明净，毫无云霾，
　广漠中会突然有炯焰划过，
　倏地把凝定不动的目光引开，
仿佛一颗星子由原位移挪；
　不过光亮只闪耀于短暂的瞬息，
　原来的天域没有一颗星会失脱。
十字架的情形也如此：那座熠熠
　发光的星宿中，一颗亮星从伸向
　右方的一端射向十字的脚底。
那宝石，没有脱离饰带而飞扬，
　却沿着径向的直线激射而去，
　如光焰在雪花石膏后发亮。
要是最伟大的诗人所言不虚，
　在极乐之境，安基塞斯的灵魂哪，
　认出了儿子时也这样蔼然来聚。
“O sanguis meus, O superinfusa
　gratia Dei, sicut tibi cui
　bis unquam coeli ianua reclusa?”
光芒说话时，我静听话里的信息，
　然后向尊贵的娘娘回顾，
　结果对双方都感到惊愕不已。
一抹微笑从贝缇丽彩的妙目

亮起，使我觉得，我的双眸
触到了天堂和恩典的最深处。
然后，悦目动听的光灵再启口，
去补充刚才所说；补充的话语
深奥，超出了我的理解范畴。
光灵要隐晦，并不是故弄玄虚，
而是必须如此；因为其道理
不是凡智的靶标所能臻趋。
在炽情的强弓松弛之际，
光灵的话语就降向较低的高度，
让凡人之智明白他的信息。
我首先了解的，是下面的陈述：
“感谢你呀，三位一体的神明；
感谢你赐我后代这样的洪福。”
接着他说：“那部伟典大经，
其白纸黑字永不改变。因阅览
该书，我的心早有乐饥之情。
此刻呀，孩子，在光中跟你言谈，
你已经满足这心情。真感谢她，
助你插翼飞到这么高的霄汉。
你相信自己的思念萌发
衍生自太始之神，再传送给我，
如五六在识者心中由‘一’字配搭。
因此你不问我是谁，不问这一伙
怡悦的光灵中，我为什么最忭欢，

快乐为什么显得比别人多。
你的想法没有错，因为不管
大小，这里的众生都同照一镜。
他们的思念未起，就昭然外传。
我在神圣的大爱中永远警醒。
那大爱，给我甜蜜的渴求。现在，
为了叫大爱更感满足充盈，
请让声音把意欲、渴念说出来；
说时要自信、欢欣，且从容不迫。
我的答案已注定向你揭开。”
我回望贝缇丽彩，见她不待我
说话已经会心，并且以微笑
鼓励我，使愿望之翼为之展扩。
于是我这样说：“你们得瞄
太初的均衡，爱念和智慧就浑然
在各人的体内获得均调。
因为，以光热照你们，使你们充满
暖和的太阳均衡无比；万物
要跟它并论相提，都无从附攀。
不过凡人的心意和智能，获赋
羽翼时强弱有别；其中的道理
何在，你们已看得清清楚楚。
由于这缘故，我这个凡人的躯体
也察觉这种分别。为此，我必须
靠内心感谢高祖接我的盛意。

光辉的黄晶啊，你使这珍宝更具
华彩。我恳切求你赐告大名。
这样，我就会感到满足欢愉。”
“我的枝苗哇，等待你的心情
已经是欣慰。我，是你的根。”
这几句话，是他最初的回应。
然后他说：“有这样的一个人，
为汝族立名。百多年了，他身处
第一层，绕着高山而旋转竞奔。
他是我儿子，也是你的曾祖父。
真是恰当不过了，由你以行动
去缩短他那漫长无尽的劳苦。
端朴的翡冷翠，曾在古老的围墙中
静伫。上午九点和下午三点，
围墙仍把祷告向该城传送。
该城没有头饰，也没有项链；
没有绣花的裙子，也没有腰带
比系带的人更吸引视线。
女儿出生，还不会给父亲带来
惶恐惊慌，因为年龄和嫁妆
都不会擅自乖离恰当的常态。
房子呢，都住人，不会有空置情况。
撒达纳帕鲁斯还未到该城
去展示，寝室能建得多堂皇。
你们的乌切拉托约山峰，还未能

凌驾蒙特马洛。前者发迹
和没落，都要比后者胜一等。
我看见贝林绰内·贝尔提以骨器
和皮带系身，其妻离开镜前，
脸庞也没有脂粉所添的妍丽。
我还看见涅尔利、维基奥两贤，
都乐于穿着没有衬里的皮服。
他们的妻子则安于绩麻纺棉。
幸福的女子呀，她们都知道故土
是卜葬之所；知道法国这异邦
还不会叫谁忍受空床的孤独。
有的妇女，会专心坐在摇篮旁
逗弄孩子，所说的儿语，爸爸、
妈妈初当父母时都喜欢吟唱。
有的妇女，以纺纱杆牵线抽纱，
把故事传奇向家人述说；
说特洛亚，说翡耶索雷和罗马。
见了婵格拉、拉坡·萨尔特勒洛，
那个时代的人会吃惊，与今人
看见科内丽亚和肯肯纳图斯相若。
听到大喊时，玛利亚就让我投身
上述那个忠诚的族群，上述
那个温暖的住处。以市民身分
生活时，我不但安宁，而且幸福。
在你们那座古老的洗礼堂里，

我同时成了卡查圭达和基督徒。
莫伦托和艾里塞奥是我的兄弟。
吾妻从帕多河谷的故土于归，
并且把她娘家的姓氏赐你。
之后，我追随康拉德皇帝的军队，
成为骑士，得到他的拔擢。
我功劳卓著，蒙受他的恩惠。
我跟着他，与异法的邪恶相搏。
由于牧者玩忽职守，维护
异法者把你们的权利篡夺。
圣地之上，我由卑劣的信徒
解放而离开虚伪多诈的人间。
（多少生灵，因溺于人间而蒙污！）
殉教之后，我直趋这里的安恬。”

注释：

1. **真纯而正确地抒发时**：意为：按照上帝的意旨抒发时。
2. **善意**：指十字架上福灵的善意。

3–4. **那具娓娓 / 鸣奏的里拉琴**：指一起唱歌的福灵。**里拉琴**：原文“lira”，英文 lyre，古希腊的七弦竖琴，又译“里拉”。参看《天堂篇》第十四章一一八至一一九行，《天堂篇》第二十三章一〇一行。

5. **圣弦**：指唱歌的众光灵。
6. **天庭的右手**：指上帝的意旨。
11. **大爱**：有适当对象的爱，包括对上帝的爱。
14. **炯焰**：指流星。

20. **星宿**：指光灵所组成的十字架。**一颗亮星**：指但丁的高祖卡查圭达（Cacciaguida）。十二世纪上半叶的意大利人。生平事迹仅见于《神曲》。

22. **那宝石**：指第二十行的“亮星”。**饰带**：但丁时期，镶有宝石的丝带是流行的饰物。在这里，饰带指十字架。

23. **沿着径向的直线**：光灵由十字架的右端射向中心（圆心），再由中心沿竖直的一臂下射，以迎接但丁。十字架的形状是个正十字，因此中心就是圆心；而十字架的左、右、上、下四臂，相等于圆圈的直径。参看第十四章一〇〇至一〇二行注。

24. **如光焰……发亮**：如光焰在雪花石膏的屏风后发亮。这一比喻，直接有力，视觉效果鲜明，是《神曲》的一大特色。

25. **最伟大的诗人**：指维吉尔。在《筵席》里，但丁说过：“Virgilio, lo maggiore nostro poeta”（“维吉尔，我们最伟大的诗人”）。参看 *Convivio*, IV, XXVI, 8。“诗人”在原文（第二十六行）是“musa”，可译为“缪斯”。指维吉尔能启发别的诗人（包括但丁），像缪斯一样给诗人灵感。

26–27. **在极乐之境……蔼然来聚**：在《埃涅阿斯纪》第六卷六八四至七〇二行里，维吉尔描写过安基塞斯在地狱和儿子埃涅阿斯相会。

28–30. **“O sanguis meus……ianua reclusa？”**：拉丁文，意为：“啊，我的骨肉！啊，沛然 / 涌溢的神恩！天门两度为你 / 重开。有谁得过这样的殊遇呢？”天堂现在为但丁开门，将来（即但丁卒后）还会再开一次。但丁在这里再度明言，自己死后会升天。参看《地狱篇》第三章八八至九三行注，《天堂篇》第十章八六至八七行。在这里，诗人但丁安排卡查圭达说拉丁文，是为了使话语显得更庄重。参看 Tommaseo, *Paradiso*, 213。

36. **天堂**：指至福。

42. **不是……臻趋**：意为：不是凡智所能理解。在这里，但丁再用射箭意象。

43. **炽情**：指光灵对上帝的敬爱和感谢之情。

47. **三位一体的神明**：指上帝。

48. **我后代**：指但丁。**洪福**：指上帝让但丁以凡俗之躯升天的恩典。

49. **伟典大经**：指上帝记载未来之书。看了这部“伟典大经”，就能预知未来。

50. **其白纸黑字永不改变**：意为：其内容永不改变，一切都有安排。

50–51. **因阅览 / 该书……乐饥之情**：光灵因阅览上帝的未来之书，知道但丁会以凡躯飞升天堂，因此一直渴望这一天来临。从卡查圭达的观点看，未能跟但丁会面是饥（原文第四十九行的“digiuno”），但饥中又有期待之乐。

53. **她**：指贝缇丽彩。

54. **助你插翼**：指贝缇丽彩助但丁飞升天宇。

55–57. **自己的思念……配搭**：人的思念源自上帝，都投射到上帝的全知里，一如万象映入镜中。天上的福灵凝望上帝，人类所思所想，就无所遁隐。人类的思维生自上帝，犹所有数目（包括五与六，以至无穷）生于一。凝望上帝，就洞悉万事、万物。这一主题，英国十七世纪的诗人约翰·德恩（John Donne）在作品中（Sermon xxiii）曾经提过，称为"格列高利的狂想"（"Gregory's wild speculation"）："Qui videt videntem omnia, omnia videt."（"目睹目睹万物者，目睹万物。"）。参看 Singleton, *Paradiso 2*, 255 引 Norton。

56. **太始之神**：指上帝。上帝是一切的开始，所以称"太始之神"（原文为"quel ch'è primo"）。

62. **镜**：指上帝。上帝是全知，众生的思念未形诸言语或文字，就昭然投射全知中。全知如镜，思念一经反映，就清晰（第六十三行的"昭然"）外传。参看《圣经·诗篇》第一百三十九篇第二节。

69. **我的答案已注定向你揭开**：从上帝的全知中，卡查圭达看得到但丁已形或未形的思念，知道自己会如何回答。

72. **使愿望之翼为之展扩**：由于贝缇丽彩鼓励但丁发问，但丁想发问的愿望变得更强烈。

74. **太初的均衡**：指上帝。

74–75. **爱念和智慧……获得均调**：福灵与凡人不同：他们的爱念和智慧平衡配合，不会有分外的渴求；意之所之，智必紧随。**爱念和智慧**：原文（第七十三行）为"L'affetto e'l senno"。

77. **太阳**：指上帝。

79. **心意和智能**：原文为"voglia e argomento"，等于第七十四行的"爱念和智慧"（"L'affetto e'l senno"）。

81. **你们已看得清清楚楚**：福灵凝望上帝的全知，就完全明白，凡人的心意和智能获赋羽翼时，何以强弱有别。

82–83. **我这个凡人……这种分别**：意思是：但丁身为凡躯，觉察到"心意"要做的事（向光灵致谢），"智能"无从胜任。

83–84. **我必须 /……盛意**：我的谢意，不能以言语向你表达，只好靠内心的思念传递。

85. **黄晶**：一种名贵的宝石。原文"topazio"（英文 topaz），在这里指卡查圭达。**这珍宝**：指众光灵所组成的十字架。

88–89. **"我的枝苗……是你的根"**：卡查圭达是但丁的高祖，但丁是卡查圭达的玄孙，所以有枝苗和根的比喻。

91–94. **“有这样的一个人……曾祖父”**：卡查圭达的儿子是但丁的曾祖父，其名字“阿利格耶罗”（Alighiero，或 Allagherius）得自母亲（即卡查圭达的妻子），后来成为但丁家族的名字“阿利格耶里”（Alighieri）。但丁的曾祖父在炼狱的第一平台赎罪（背着巨石绕山“竞奔”），迄今已超过一百年。但丁本人曾自认骄傲（参看《炼狱篇》第十三章一三六至一三八行及该三行的注释）；此刻借高祖之口，说明曾祖在惩罚傲魂的地方受罚，似乎有意强调，自己的“骄傲”性格，出自家传。

95–96. **真是恰当不过了……劳苦**：但丁能借祈祷缩短曾祖在炼狱的刑期。有关祈祷能缩短刑期的说法，参看《炼狱篇》第十一章三四至三六行。

97–148. **端朴的翡冷翠……这里的安恬**：在这数十行里，卡查圭达详细描述了古代的翡冷翠，并自叙生平。

97. **古老的围墙**：古代的翡冷翠，四边都有围墙，约建于公元九世纪，即查理大帝时期。一一七三年和一二八四年，围墙曾先后扩建。

98–99. **上午九点……传送**：古老的围墙附近有寺院（Badia）教堂，每天把崇拜时间的钟声向翡冷翠传送。**上午九点**：原文为“terza”。**下午三点**：原文为“nona”。

100–102. **该城……吸引视线**：指翡冷翠的居民打扮朴素。

103–105. **女儿出生……常态**：女儿长大出嫁，年龄不会太小，嫁妆也不会太豪奢。

106. **房子呢……情况**：房子物尽其用，不会太多（“空置”），造成浪费。

107. **撒达纳帕鲁斯**：Sardanapalus，亚述（Assyria）王，生时豪奢挥霍。

109–111. **你们的……胜一等**：这三行的意思是：当时，翡冷翠仍没有胜过罗马；一旦胜过罗马（指日后的翡冷翠此罗马更堕落），也会比罗马倾颓得更快、更惨。**乌切拉托约**：Uccellatoio，翡冷翠北边的高地。旅人从北方南下，到了乌切拉托约，就可以看见翡冷翠。**蒙特马洛**：Montemalo（今日的 Monte Mario），在罗马北边。旅人从北方南下，来到蒙特马洛，就会看到罗马。但丁以两座山代表两座城市，用了修辞学所谓的换喻（metonymy）。换喻又称“转喻”。

112. **贝林绰内·贝尔提**：Bellincione Berti，属拉维亚尼（Ravignani）家族，瓜尔德拉达（见《地狱篇》第十六章第三十七行）的父亲，以贤德驰名。

115. **涅尔利**：Nerli，翡冷翠贵族，属圭尔佛党。**维基奥**：Vecchio，即维基厄提（Vecchietti）家族，属翡冷翠的圭尔佛党。

118–120. **幸福的女子呀……孤独**：在但丁时期，许多翡冷翠人为了发财，常到法国经商，结果要留下妻子忍受空床的孤独。卡查圭达的言外之意是：古代翡冷翠的男人，不会这么市侩。

121–126. **有的妇女……罗马**：指古代翡冷翠的妇女有贤德，守妇道，讲故事时也讲古代的古事。古代的故事在这里有褒义。

127–129. **见了……相若**：这几行的意思是：古代的翡冷翠尚贤，见到今日的坏人会吃惊；今日的翡冷翠趋恶，见到古代的贤人会讶异。

127. **婵格拉**：Cianghella，翡冷翠女子，嫁伊莫拉（Imola）的利托·德利阿利多西（Lito degli Alidosi）。名声极坏，尚奢侈，不守妇道。约卒于一三三〇年。**拉坡·萨尔特勒洛**：Lapo Salterello，翡冷翠人，律师、法官、诗人，与但丁同庚，且同属白党。黑党胜利后遭放逐。因贪赃枉法而臭名昭彰。

129. **科内丽亚**：意文 Corniglia，拉丁文 Cornelia，古罗马女子，以贤淑坚毅著称。参看《地狱篇》第四章一二八行注。**肯肯纳图斯**：Lucius Quintius Cincinnatus，即昆提乌斯。参看《天堂篇》第六章四六至四七行注。

130. **听到大喊时**：意为：圣母玛利亚听到卡查圭达母亲临盆时高呼（“大喊”），就让卡查圭达在翡冷翠出生。在古代的意大利，妇女临盆，感到痛苦时就会呼喊玛利亚。参看《炼狱篇》第二十章一九至二一行。

131. **上述那个忠诚的族群**：指古代的翡冷翠社会。

134–135. **在你们……基督徒**：指卡查圭达在翡冷翠的圣约翰洗礼堂受洗。参看《地狱篇》第十九章第十六行。

136. **莫伦托**：Moronto。生平不详。**艾里塞奥**：Eliseo。生平不详。

137. **帕多河谷**：val di Pado，指波河（Po）河谷，但丁高祖母的故乡。

138. **并且把她娘家的姓氏赐你**：参看本章九一至九四行注。

139. **康拉德皇帝**：康拉德三世，施瓦本（德文 Schwaben，英文 Swabia）腓特烈公爵之子。生于一〇九三年，卒于一一五二年。一一三八年至一一五二年任神圣罗马帝国皇帝，与法王路易七世率领十字军东征（一一四七年至一一四九年），无功而还。不过有的论者认为，康拉德应该指撒利科（Salico）的康拉德二世，但丁一时笔误，把两者混淆。参看 Bosco e Reggio, *Paradiso*, 258-59; Mattalia, *Paradiso*, 293; Sapegno, *Paradiso*, 204-05; Vandelli, 853。

142–144. **我跟着他**：指卡查圭达跟随康拉德的十字军东征。

142. **异法**：指伊斯兰教。“法”，原文（一四三行）“legge”，直译是“法律”，“法令”。

143. **牧者**：指教皇。

144. **你们的权利**：指基督徒在圣地耶路撒冷的管治权。

145–148. **圣地之上……安恬**：卡查圭达在十字军东征的战役中阵亡。在基督教眼中，这是殉教行为，殉教者可以直接升天（“直趋这里的安恬”）。

第十六章

但丁身在天堂，仍为自己的血统感到自豪；于是对世人拥血统自重的做法不再讶异。之后，但丁询及卡查圭达的宗辈和翡冷翠的历史。卡查圭达回答了但丁的问题，叙说城中家族的兴衰，并慨叹翡冷翠不再淳朴安恬。

多可怜哪，血统上的尊荣。
　在下界，我们的感情萎靡。
　由于这缘故，世人借你自重，
我也绝不会感到讶异惊奇；
　因为，在欲望不歪的地方——
　我是指天堂——我仍因你而自喜。
诚然，你是一件易缩的衣裳，
　要我们天天把料子添补，
　时间才不致挥剪在四周奔忙。
我以一个“您”字再开始陈述。

这个字先由罗马使用；不过
到了后来，其子孙却鲜能踵武。
站得稍远的贝缇丽彩见我
这样，就莞尔一笑，如书中侍女
以轻咳叫莨妮维尔别再犯错。
“您是我的显考，”我的话语
开始了，“我说话的勇气，全是
您赏赐。是您，把我的地位抬举。
我的心，有快乐之泉纷纷涌至，
充盈间见本身能受这样的经验
而不垮，不禁欢喜得难以自持。
那么，告诉我吧，亲爱的祖先，
您的宗辈又是谁？历史的记载中，
是哪些岁月标志您的童年？
告诉我，圣约翰的羊圈里，当时一共
有多少信徒。信徒里，哪些家族
特别显赫，得享上位的尊荣。”
我说完这番恳切的话，就目睹
光芒转亮，一如火中之煤，
受到风吹而红焰喷薄欲出。
我眼前的光芒变得更炳蔚；
所发的声音也更柔和更动听——
不过所说并不是现代语汇。
他答道：“从‘万福玛利亚’响起的俄顷
到吾母生下我，摆脱怀胎的艰辛，

卡查圭达

“您是我的显考，”我的话语 / 开始了，“我说话的勇气，全是 / 您赏赐。是您，把我的地位抬举。”

（《天堂篇》，第十六章，一六至一八行）

这朵火焰一再向狮子运行，
要在狮爪下复燃而一再重临，
已达五百八十次。此刻，吾母
已经成圣，在安享神的福荫。
你们每年举行的大赛中，角逐
争先者一进最后一区，首先
经过的是我和吾祖诞生之处。
关于吾祖，你只须知道这一点；
至于他们是谁，原籍在何地，
沉默不语会胜过开口明言。
当时，从战神到施洗约翰的区域里，
可以荷戟带箭的人口总数，
是今日人口总数的五分之一。
坎皮、切塔尔多、费格内已玷污
今人的血统；当年的市民，却连
最卑下的工匠也纯度十足。
啊，仅是邻居就好了，上面
所提的人。愿城界设在噶鲁佐
和特瑞斯皮亚诺，古城里边
没有他们；也不受臭气折磨！
臭气发自阿古利奥内的粗鄙之辈，
也发自西雅人，那精于欺诈的家伙。
要是世间最堕落的那些丑类
没有像后母那样对待凯撒，
而像生母那样体贴入微，

那个转籍翡冷翠、靠交易暴发
致富的人，就得回西米封提。
在那里，他祖父曾四出贩卖踩踏。
丑类像生母，蒙特穆洛此际
仍会是伯爵所有；阿科内教区
仍会有切尔基族；格瑞维河谷之地
也许仍有博恩德尔蒙提。人口杂聚，
永远是该城种种祸患的症结，
一如身体，受损于过度的饱饫；
瞎眼公牛和瞎眼羔羊蹉跌
坠地时，公牛会跌得更狼狈。常常，
一剑之快会胜过五剑齐切。
卢尼和乌比萨利亚两个城邦
怎样先灭？请你想一想；并看
格乌西和西尼噶利亚如何后亡；
再倾听望族怎样衰落溃散，
就不会感到难以置信而惊奇：
因为呀，城邦的寿命也有涯畔。
你们的事功都会毁灭坍圮，
就像你们；只不过人命易灭，
事功难毁，这道理才会隐匿。
命运使翡冷翠升沉起跌，
一如月亮的天穹转动运行，
把海岸覆盖又展现，永不休歇。
翡冷翠的大人物，由于声名

被时间掩埋，我把他们的事迹
告诉你，你也不必讶异吃惊。 87
我见过乌基，见过卡特利尼、
菲利皮、格瑞奇、奥曼尼等望族
（还有阿尔贝里基），都今非昔比。 90
也见过众世家，隆盛而高古：
阿尔卡、桑奈拉两族的显要，
索尔达涅里、阿尔丁基、波斯提基之属。 93
当年的城中有一道门。门表
仰向拉维亚尼家。圭多伯爵和日后
继贝林绰内大名的，都是其根苗。 96
这道门，目前已经邪恶纷凑。
纷凑的邪恶是闻所未闻，而且
压力极大，快要倾船覆舟。 99
当时，普列萨一族已经了解
为政之道；而噶利盖约的家里，
镀金的剑柄和圆头在彰显勋业。 102
深灰的毛皮直纹和萨克提、卓基、
菲凡提、巴鲁奇、噶利以及因斗量
赧颜的家族，当时都显赫无比。 105
卡尔富奇一族的祖先也同样
隆盛。西兹伊和阿里古奇两族，
则早已受到汲引而有禄可享。 108
因傲慢垮台的家族呢，我也曾目睹。
当年哪，他们真煊赫！而那些金球

也使翡冷翠的盛业吐艳于各处。
今天，有人趁教座空置，就强留
枢机议会内，借此以贪污自肥。
他们的祖先当年也是俊秀。
另一个家族，全是傲慢之辈，
对逃亡者扮恶龙，见人张牙
或露出钱包，就嫣然跟羔羊相类。
这家族虽强，出身却卑微低下；
结果乌贝提诺·多纳托不喜欢
当连襟，让岳父把他系向该家。
卡庞萨科已从翡耶索雷的冈峦
降落市场里；朱达和因凡噶托
已成为好市民而嘉名远传。
一个离奇的事实，我也要跟你说：
翡冷翠城中，通往内区的一道门，
曾以佩拉家族的名字扬播。
以前，有一个显赫的男爵，其精神、
英声是圣多马节纪念的对象。
这男爵的纹章华丽，承袭的人
都获殊遇，蒙他以军功嘉奖。
尽管以边饰围绕纹章的，目前
已投向大众，不再像以往那样。
瓜尔特罗提和伊姆坡图尼当年
也住在城中。要是他们没有
新邻居，所住的街道会更加安恬。

另一家族，给你们带来哀愁，
　且因义愤叫你们丧失性命，
　结果把你们幸福的生活夺走；
本身呢，却和同伙荣耀得膺。
　博恩德尔蒙特呀，你倒霉——竟摆脱
　该族的婚礼，只知谗言是听！
当年，你首次进城的时候，如果
　上帝把你投掷到埃玛河里，
　今日受苦的人会快乐得多。
不过在和平日子将尽之际，
　翡冷翠人把牺牲向那块守卫
　桥梁的残石奉献，也十分得宜。
跟这些家族以及其他显贵，
　我得睹翡冷翠一片升平安恬，
　没什么理由要哭泣伤悲。
跟这些家族一起，我有幸看见
　翡冷翠人言行正直，得享殊荣，
　使百合花徽在矛上永不倒掀，
不受党派分裂的影响而变红。”

注释：

1–6. **多可怜哪……因你而自喜**：但丁不相信血统或出身能提高一个人的地位。这一论点，他在别的作品（如*Convivio*）里曾加以申述。诗人但丁觉得，在凡间，借血统而自重还可以理解；到了天堂（“欲望不歪的地方”），见了高祖卡查圭达，知道他有显赫的历史后，也以血统为荣，回顾时就不禁有惭愧之感。

7–9. **诚然……奔忙**：血统像易缩的衣裳，若无贤德，随着岁月增加，时间就会在周围把它剪掉（“奔忙”）。

10–15. **我以一个“您”字……犯错**：意为：但丁以敬称“您”（“voi”）跟卡查圭达说话，显示他仍重视凡间的血统；否则，他会以“你”（“tu”）称呼受话人（addressee）。贝缇丽彩见但丁仍受凡尘的虚荣羁绊，不禁莞尔。据说凯撒凯旋，罗马人以拉丁语复数的“vos”（“你们”）而不用单数“tu”（“你”）称呼他。此后，“vos”成了拉丁语的敬称，相等于汉语的“您”；进了意大利语，就是“voi”。不过这一传统，日后的罗马人没有遵循（“其子孙却鲜能踵武”）。在《神曲》里，获但丁以“voi”（包括属格“vostro”）称呼的，只有法里纳塔·德利乌贝尔提（Farinata degli Uberti）（《地狱篇》第十章）、卡瓦尔坎特（Cavalcante）（《地狱篇》原文第十章五一、六三、九四、一一〇行）、布鲁涅托·拉提尼（Brunetto Latini）（《地狱篇》原文第十五章）、库拉多·马拉斯皮纳（Currado Malaspina）（《炼狱篇》原文第八章一二一行）、教皇阿德里安五世（Adriano V）（《炼狱篇》原文第十九章一三一行）、圭多·圭尼泽利（Guido Guinizelli）（《炼狱篇》原文第二十六章一一二行）、贝缇丽彩。在《天堂篇》第三十一章七九至九〇行（原文则由第八十一行的“tue”〔“你的”〕开始，至第九十行），但丁以“tu”（“你”）称呼贝缇丽彩，是罕有的例外。**如书中侍女／以轻咳……别再犯错**：在古法语传奇《湖上骑士兰斯洛特》（*Lancelot du Lac*）里，亚瑟王的王后莨妮维尔与亚瑟王的骑士相恋。女侍德马尔欧（Dame de Malehaut）听到王后示爱，以咳声提醒她，叫她检点。但丁以德马尔欧比喻贝缇丽彩，是为了指出，他本人以血统自重，在天堂并不恰当。有关莨妮维尔的传奇，参看《地狱篇》第五章一二八行注，一三七行注。

20. **这样的经验**：指但丁与高祖相会的经验。

25. **圣约翰的羊圈**：指翡冷翠。翡冷翠的主保圣人（patron saint，一译“守护神”）是施洗约翰，因此翡冷翠称为“圣约翰的羊圈”。

27. **上位**：显赫的位置。

33. **不是现代语汇**：指卡查圭达所说的话，不属但丁时期的意大利语汇。有些论者认为，卡查圭达一直跟旅人但丁说拉丁语，一如第十五章二八至三〇行所录。不过为了方便读者，诗人只好用意大利语表达。也有论者认为，卡查圭达此刻所说并非拉丁语，而是古代的翡冷翠语。参看 Bosco e Reggio, *Paradiso*, 262-63; Sapegno, *Paradiso*, 210; Singleton, *Paradiso 2*, 269。

34. **"从'万福玛利亚'响起的俄顷"**：指天使加百列向玛利亚宣布，她会由圣灵感孕而生耶稣的俄顷。参看《圣经·路加福音》第一章第二十六至二十八节。在基督教传统中，这俄顷在三月二十五日，也就是翡冷翠新年的开始。在这里，卡查圭达以圣母领报（Annunciation）的一天为公元元年的开始。

36. **这朵火焰**：指火星。**狮子**：指狮子座（Leo）。

37–38. **要在狮爪下复燃而一再重临，/ 已达五百八十次**：据 Alfragano 计算，火星重返狮子座一周，需时六百八十七日。按这一数目计算，卡查圭达的出生年份是公元一〇九一年。参看 Bosco e Reggio, *Paradiso*, 263; Sapegno, *Paradiso*, 210。

40–42. **你们每年……诞生之处**：这三行间接点出卡查圭达的出生地点。每年六月二十四日，即圣约翰日（giorno festivo di San Giovanni），翡冷翠会举行大赛（其中包括赛马），沿阿尔诺河奔跑，赛程中的最后一区叫"圣皮耶罗门"（Porta San Piero）。圣皮耶罗门是德利斯佩兹阿利路（Via degli Speziali）的路口，是艾利塞伊（Elisei）家族（即卡查圭达的家族）所在。参看 Bosco e Reggio, *Paradiso*, 263-64; Sapegno, *Paradiso*, 210; Singleton, *Paradiso 2*, 270。

43–45. **关于吾祖……明言**：论者指出，但丁不知道卡查圭达的其他数据，因此安排卡查圭达这样说。参看 Villaroel, *Paradiso*, 131。

46–48. **当时……五分之一**：当时，由阿尔诺河旧桥（Ponte Vecchio）旁的战神马尔斯雕像到圣约翰（San Giovanni，也可按意大利文译为"圣卓凡尼"）洗礼堂（也就是说，从城南到城北），整个翡冷翠古城的人口是现在（但丁时期）的五分之一。在但丁时期，翡冷翠的人口约为三十万。一般论者（如 Bosco e Reggio, *Paradiso*, 264-65; Sapegno, *Paradiso*, 211）所引的数字，都以 Giovanni Villani 的 *Cronica di Giovanni Villani*, VIII, 39 为准。有关战神雕像，参看《地狱篇》第十三章一四五行注，一四六至一五〇行注。

49. **坎皮、切塔尔多、费格内**：都是翡冷翠附近的村庄。坎皮（Campi）在比森兹奥河谷（Val di Bisenzio），位于翡冷翠西北约十英里；切塔尔多（Certaldo）在艾尔萨河谷（Val d' Elsa），位于坡吉邦西（Poggibonsi）

西北约八英里；费格内（Fegghine，即今日的 Figline），在阿尔诺河谷（Valdarno），位于翡冷翠东南十七英里。参看 Singleton, *Paradiso 2*, 271 及该页之前的地图。

52–53. **啊，仅是邻居就好了，上面 / 所提的人**：意为：如果坎皮、切塔尔多、费格内的村人（“上面 / 所提的人”）仅是邻居，而不在翡冷翠城内就好了。言下之意是：这样，他们就不会玷污今人的血统。

53–55. **愿城界设在噶鲁佐 / 和特瑞斯皮阿诺……没有他们**：意为：但愿翡冷翠的边界在噶鲁佐和特瑞斯皮阿诺。这样，“上面 / 所提的人”就会被摒于边界外，不会在城中（城中就“没有他们”）。**噶鲁佐**：Galluzzo，托斯卡纳的村落，在翡冷翠以南通往锡耶纳的路上。**特瑞斯皮阿诺**：Trespiano，托斯卡纳的村落，在翡冷翠以北通往波隆亚的路上。两个村落都比坎皮、切塔尔多、费格内更接近翡冷翠；如能成为边界，在地理上，坎皮、切塔尔多、费格内的村人就被摒诸界外，不致玷污翡冷翠。

56. **阿古利奥内的粗鄙之辈**：指阿古利奥内（Aguglione）的巴尔多（Baldo）。巴尔多又称 Baldo d'Aguglione，在翡冷翠任过要职，包括政法界官员，订立翡冷翠法制时出过力，曾参与尼科拉 · 阿查约利（Niccola Acciaioli）诈骗翡冷翠的行动，是个狡诈的政客。一三一一年，修订放逐令（Ordinamenti），赦免流放在外的翡冷翠人时，故意漏去但丁。但丁此后的悲惨遭遇，不能不归咎于巴尔多。参看 Bosco e Reggio, *Paradiso*, 265; Sapegno, *Paradiso*, 211; Singleton, *Paradiso 2*, 272。阿古利奥内（Aguglione），是翡冷翠以南佩萨谷（Val di Pesa）的一座城堡。

57. **西雅人，那精于欺诈的家伙**：指西雅（Signa）人卜尼法兹奥 · 莫鲁巴尔迪尼（Bonifazio Morubaldini，又称 Bonifazio Morubaldini da Signa）。是个律师，精于欺诈贪污。一三一〇年觐见教皇克莱门特五世（Clement V），设法反抗神圣罗马帝国皇帝亨利七世。有的论者认为，但丁所指，是 Fazio dei Morubaldini。参看 Villaroel, *Paradiso*, 132; Singleton, *Paradiso 2*, 272。西雅是托斯卡纳的一个村子，在翡冷翠以西约十英里。

58–63. **要是……踩踏**：意为：如果教会的教士（“世间最堕落的那些丑类”）没有反对（“像后母那样对待”）神圣罗马帝国及其君主（“凯撒”），而对帝国友善（“像生母那样体贴入微”），利坡 · 维鲁提（Lippo Velluti）就不会来翡冷翠致富，而要返回老家，像他的祖父那样到处贩卖谋生。**西米封提**：Simifonte（今日称 Semifonte），是艾尔萨河谷（Val d'Elsa）的一个城堡，原属阿尔贝提伯爵（Conti Alberti）家族，在翡冷翠西南，是利坡 · 维鲁提的老家。一二〇二年遭翡冷翠人摧毁。

利坡·维鲁提原籍西米封提，出身寒微，到翡冷翠后发迹。

64–67. **丑类像生母……博恩德尔蒙提**：如果教会的人善待帝国（“丑类像生母”），今日的蒙特穆洛、阿科内教区、格瑞维河谷就会有不同的结果。卡查圭达所提到的三个大族，是翡冷翠纷争的“始作俑者”。**蒙特穆洛**：Montemurlo，皮斯托亚（Pistoia）和普拉托之间的城堡，自公元十一世纪即为圭多伯爵（Conti Guidi）的家族所有。圭多伯爵抵御不了皮斯托亚，把城堡卖与翡冷翠。**阿科内教区**：piovier d'Acone，翡冷翠附近的村子，在西耶维河谷（Val di Sieve），是切尔基（Cerchi）家族的故乡。切尔基家族出身寒微，移居翡冷翠后发迹，变为大家族。一二一五年，翡冷翠分裂为圭尔佛党和吉伯林党时，切尔基家族支持圭尔佛党。圭尔佛党分裂为白党和黑党后，切尔基家族成为白党的领袖。“piovier”，pioviere的缩写，即现代意大利语的piviere，指教区长（pievano）的管辖区。Bosco e Reggio（*Paradiso*, 266-67）指出，“piovier”源出拉丁文“plebs”（“平民”）。**格瑞维河谷**：Val di Greve（原文“Valdigrieve”）。格瑞维（Greve）是阿尔诺河的支流，在翡冷翠以南。河谷的蒙特博尼（Montebuoni）是博恩德尔蒙提（Buondelmonti）家族的城堡所在。一一三五年，城堡被翡冷翠人摧毁，博恩德尔蒙提家族被迫移居翡冷翠，后来成为圭尔佛党的领袖。十三世纪，翡冷翠人分裂为圭尔佛和吉伯林两大党，博恩德尔蒙提要负上部分责任。

69–72. **一如身体……五剑齐切**：卡查圭达用比喻说明人多杂聚的弊端，说明人多城大未必好。

73. **卢尼**：Luni，意大利北部埃特鲁斯（Etruria）古城，但丁时期已经毁灭。**乌比萨利亚**：Urbisaglia，意大利北部古城，但丁时期已经毁灭。

75. **格乌西**：Chiusi，一译“基乌西”，古代叫Clusium，在格阿纳河谷（val di Chiana），但丁时期已经式微。Chiana，又译“基阿纳”。**西尼噶利亚**：Sinigaglia，又称Senigallia，在安科纳（Ancona）西北。但丁时期已经式微。

81. **事功……隐匿**：事功延续的时间比人的寿命长，因此“事功都会毁灭坍圮”（第七十九行）的道理不易得见（会“隐匿”）。

82–84. **命运……永不休歇**：命运使翡冷翠升沉，犹如月亮牵引潮汐。

88–90. **乌基、卡特利尼、菲利皮、格瑞奇、奥曼尼、阿尔贝里基**：Ughi、Catellini、Filippi、Greci、Ormanni、Alberichi，都是翡冷翠古代的望族，在但丁时期已全部式微、没落。

92–93. **阿尔卡、桑奈拉、索尔达涅里、阿尔丁基、波斯提基**：Arca、Sannella、Soldanieri、Ardinghi、Bostichi，古代翡冷翠的大族，在但丁时期已湮没无闻。

94. **一道门**：指圣皮耶罗门（原文 Porta San Piero）。在 Bosco e Reggio, *Paradiso*, 268,"San Piero" 为"S. Pietro"。其余注者（如 Pasquini e Quaglio, *Paradiso*, 247; Sapegno, *Paradiso*, 214; Villaroel, *Paradiso*, 134）的拼法，都为"San Piero"。

95–96. **拉维亚尼……根苗**：拉维亚尼（Ravignani）是古代翡冷翠的大族。家长为贝林绰内·贝尔提（Bellincione Berti）。贝尔提是瓜尔德拉达（Gualdrada）的父亲，圭多·圭拉（Guido Guerra）的岳父。参看《天堂篇》第十五章一一二行注。

97–99. **这道门……倾船覆舟**：一二八〇年，切尔基家族买下了圭多伯爵在皮耶罗门的邸宅，一三〇〇年仍住在那里。切尔基家族是圭尔佛白党的领袖，是翡冷翠党争的重要人物。但丁遭到流放，切尔基家族难辞其咎。参看本章六四至六七行注，《地狱篇》第六章第六十一行注。**邪恶纷凑**：指切尔基家族的邪恶纷凑。**倾船覆舟**：指翡冷翠有大危机，会像船一样翻沉。

100. **普列萨**：Pressa，翡冷翠大族，属吉伯林党，一二五八年遭放逐。

101. **噶利盖约**：Galigaio，翡冷翠噶利盖（Galigai，Galigaio 的复数）望族成员，属吉伯林党，一二五八年遭放逐。

102. **镀金的剑柄和圆头**：指噶利盖约曾是骑士，其徽记为金剑之柄和圆头。

103. **深灰的毛皮直纹**：指皮利（Pigli）家族。该家族的纹章有深灰的毛皮直纹。**萨克提**：Sacchetti，翡冷翠大族，属圭尔佛党。**卓基**：Giuochi，翡冷翠家族，属吉伯林党。

104. **菲凡提**：Fifanti，翡冷翠家族，属吉伯林党。一二五八年遭放逐。**巴鲁奇**：Barucci，翡冷翠家族，属吉伯林党。**噶利**：Galli，翡冷翠家族，属吉伯林党。

104–105. **因斗量 / 赧颜的家族**：指格阿拉蒙特西（Chiaramontesi）家族。该家族的成员负责监督盐政，却于一二九九年，为了私利，擅自改动量盐器，因此称"因斗量 / 赧颜的家族"。参看《炼狱篇》第十二章一〇一至一〇二行注。

106. **卡尔富奇**：Calfucci，翡冷翠世家，出自多纳提（Donati）一族。其后湮没无闻。

107. **西兹伊**：Sizii，翡冷翠望族，属圭尔佛党。**阿里古奇**：Arrigucci，翡冷翠望族，属圭尔佛党。

109. **因傲慢垮台的家族**：指乌贝尔提（Uberti）家族，曾反抗翡冷翠政府。法里纳塔（Farinata）是该族的代表人物。参看《地狱篇》第十章。

110–111. **那些金球 /……吐艳于各处**：指拉姆贝尔提（Lamberti）家族。该族盾上的蓝底有一个金球。其成员包括莫斯卡（Mosca）。参看《地狱篇》

第二十八章一〇六行。

112–113. **今天……贪污自肥**：指翡冷翠的维斯多米尼（Visdomini）和托星基（Tosinghi）家族。翡冷翠主教的职位空置时，两个家族曾乘虚而入，借故留在枢机议会（consistoro）中侵吞公款。

115–117. **另一个家族……跟羔羊相类**：指阿迪玛里（Adimari）家族。其成员包括多银翁菲利波（Filippo Argenti）。菲利波为人凶恶（“扮恶龙”），但见了更恶的人或钱财就变得温和（“见人张牙……嫣然跟羔羊相类”）。阿迪玛里家族属圭尔佛党，与多纳提（Donati）家族有夙怨。贝林绰内·贝尔提（Bellincione Berti）的两个女儿，一个嫁乌贝提诺·多纳提（Ubertino Donati），一个嫁阿迪玛里家族的成员。参看《地狱篇》第八章第六十一行注，《地狱篇》十六章第四十一行注。

119–120. **结果……该家**：贝林绰内·贝尔提把另一个女儿嫁给阿迪玛里家族，乌贝提诺·多纳提（即多纳托）不高兴，因为这样一来，他就要跟阿迪玛里家族的成员连襟。

121. **卡庞萨科**：Caponsacco（复数 Caponsacchi）一族，由翡耶索雷迁到翡冷翠。

122. **朱达**：Giuda，指翡冷翠朱迪（Giudi，Giuda 的复数）家族，属吉伯林党，有显赫的历史。**因凡噶托**：Infangato，指因凡噶提（Infangati）家族，属吉伯林党。

124–126. **一个离奇的事实……佩拉家族的名字扬播**：翡冷翠的一道城门，曾以佩拉（Pera）家族命名，叫“佩鲁扎门”（Porta Peruzza）。至于“事实”何以“离奇”（一二四行），论者有不同的说法。有的论者认为，一般人不相信佩拉家族有这么悠久的历史，会觉得这事实离奇。参看 Mattalia, *Paradiso*, 317; Singleton, *Paradiso 2*, 281-82。

127. **显赫的男爵**：指乌戈·迪布兰德布尔戈（Ugo di Brandeburgo），是十世纪托斯卡纳的一个男爵。一〇〇一年卒于圣托马索（San Tommaso）节（十二月二十一日）。

129–130. **这男爵……嘉奖**：詹多纳提（Giandonati）、普尔奇（Pulci）、德拉贝拉（Della Bella）、涅尔利（Nerli）、甘戈兰迪（Gangolandi）、阿雷普里（Alepri）等家族，后来承袭了乌戈的纹章，并获封为骑士而晋身贵族。参看 Villaroel, *Paradiso*, 136。“Gangolandi”，Sapegno, *Paradiso*, 215 为“Giangalandi”；Pasquini e Quaglio, *Paradiso*, 250 为“Gangalandi”。

131–132. **尽管……那样**：尽管承袭其纹章的家族中，詹诺·德拉贝拉（Giano della Bella）于十三世纪末成了大众的领袖（“投向大众”），不再和贵族同一阵线（“不再像以往那样”）。**以边饰围绕纹章的**：詹诺·德拉贝拉的纹章有金色的边饰围绕。参看 Villaroel, *Paradiso*, 136。

133–135. **瓜尔特罗提……安恬**：瓜尔特罗提（Gualterotti）和伊姆坡图尼（Importuni）两个家族，当时居于圣使徒街（Borgo dei Santi Apostoli）。后来，博恩德尔蒙提（Buondelmonti）一家也搬了进来。在古代的翡冷翠，瓜尔特罗提和伊姆坡图尼两个家族都有名望，后来也转投大众。

136–138. **另一家族……夺走**：博恩德尔蒙提家族的博恩德尔蒙特（Buondelmonte de'Buondelmonti）与阿米德伊（Amidei）家族（"另一家族"）的一个女子订婚，后来见异思迁，娶了多纳提家族的一个女子，于一二一五年被阿米德伊家族杀死，导致日后翡冷翠圭尔佛和吉伯林两党之争。因此，"另一家族"（阿米德伊）给翡冷翠带来忧愁，叫翡冷翠丧失生命，把翡冷翠人的幸福生活夺走。参看《地狱篇》第十三章一四五行注，第二十八章一〇六行注。一三六、一三七、一三八行的"你们"，指翡冷翠或翡冷翠人。

139. **同伙**：指乌切利尼（Uccellini）和格拉迪尼（Gherardini）家族。

140–141. **博恩德尔蒙特呀……谗言是听**：指博恩德尔蒙特听信瓜尔德拉达·多纳提（Gualdrada Donati）的建议（"谗言"），撕毁与阿米德伊女子的婚约，与多纳提家族的一个女子结婚。

142–144. **当年……快乐得多**：艾玛河（Ema）是翡冷翠附近的一条河，在该城南部的山丘发脉，流入格瑞维河（Greve）。当年，博恩德尔蒙提家族进翡冷翠时，先要渡过这条河。这三行的意思是：当年，博恩德尔蒙特进城时，如果被上帝掷进河里，今日受苦的人就不会受苦了。

145–147. **不过……十分得宜**：意为：在翡冷翠的和平即将结束之际，该城把牺牲（博恩德尔蒙特的生命）向战神残缺的雕像奉献，也十分恰当。阿尔诺河旧桥的战神雕像旁，是博恩德尔蒙特被杀的地点。参看《地狱篇》第十三章一四五行注、一四六至一五〇行注，《地狱篇》第二十八章一〇六行。

153. **使百合花徽在矛上永不倒掀**：百合花是翡冷翠的市徽。"百合花徽""倒掀"，指翡冷翠被打败；"永不倒掀"，指翡冷翠在战争中永无败绩。

154. **不受党派分裂的影响而变红**：一二五一年，皮斯托亚（Pistoia）之役后，圭尔佛党把吉伯林党逐出翡冷翠，把市徽的红底白百合改为白底红百合。卡查圭达时期，翡冷翠仍未分裂，市徽的白百合仍未由白变红。Bosco e Reggio（*Paradiso*, 274）指出，百合由白变红，也象征血染翡冷翠。

第十七章

但丁在旅途中听到有关自己的预言。为了求证，乃请卡查圭达就预言申说。卡查圭达告诉但丁，他会遭到放逐；同时告诉他，放逐期间，他的恩公是谁。然后，卡查圭达叮嘱但丁把所见在《神曲》里记叙。

古代那个青年，听了对自己
　不利的消息，就向克吕美涅求证。
　今日，他仍叫为父的对儿子猜疑。
我的情形也相同。而那盏圣灯——
　那为我移位的光芒——和贝缇丽彩
　也觉察我求证之念在胸中萌生。
于是，娘娘对我说："放开胸怀，
　展示渴望的火焰吧，让它清楚
　无误地盖着里面的钤印吐出来。
我这样说，非因你的话会增补

我们所知；是因为要你练习
渴思的表达，让甘泉为你倾注。”
“我亲爱的主根哪，你这样上移，
望着没有过去和未来的一点，
在偶发事件尚未成形之际，
就看见偶发事件出现在眼前，
如尘世的心智看见三角形里头，
两个钝角不可以同时出现。
疗魂的山上，我跟维吉尔行走。
同时，也跟他一起降落
死亡世界。我们前进的时候，
尽管我觉得自己志不可夺，
能面对不测的打击，庄重的话音
仍然把我的未来向我申说。
因此，知道什么样的命运在靠近
我身边，我就会夙愿得偿；
心里有准备，利矢就慢些来临。”
我向刚才对我说话的光芒
这样祈告。这样一来，我也按
贝缇丽彩的意思说出了愿望。
上帝的羔羊，能洗去罪恶的污染。
他遇害之前，世间的愚夫愚妇
被困于隐晦的言词。我说完
上述的一番话，满怀慈爱的先祖
却用清晰而明确的语言回答；

说话时，在微笑中亦藏亦露：
“你们的物质篇章外，事物要偶发，
也没有任何延续舒展的空间；
在永恒的天视中，却清晰如画。
可是，必然性跟天视并没有关连；
都像随水流下冲的舟楫映入
眼睛，不会因眼睛才如此显现。
一如动听的旋律从风琴飘出，
悠悠扬扬传入我的耳朵，
你的未来从天视映进我双目。
由于残酷阴险的后母嫁祸，
希波吕托斯要离开雅典。像他
一样，你也要离开翡冷翠的城郭。
这件事已有人决定，有人策划，
且即将付诸行动；在整天买卖
基督的地方，主谋人正想尽办法。
像平时一样，喧呶的大众会责怪
含冤的一方。不过，日后公理
会施以报应，证明有公理存在。
所有最为你疼爱珍重的东西，
你注定要留下。这种经验，
是放逐之弓射出的第一枝箭镝。
你要领略别人的面包有多咸；
而且要感受，在别人的楼梯举步
上落，行程是如何辛酸多艰。

不过，在你肩上，最重的包袱
却是同伴。他们邪恶而愚笨，
会陪着你一起，堕进那深谷。 63
他们会忘恩负义，对你既凶狠
又狂暴。可是，不久之后，因愚行
而额角发红的是他们，不是你本人。 66
以后，他们的行为会清楚证明，
他们愚蠢如禽兽；你自成一派，
反而能把自己的节操外映。 69
伦巴第那位大公的殷勤和蔼，
是供你投靠的第一家旅馆。
他的梯顶，是神鸟振翅所在。 72
这位大公会对你既厚且宽：
其他人是先求后赐；你们之间，
却是恳求比赐予来得晚。 75
你会看见大公跟另一人出现。
在世间，那人的功勋会驰誉四海，
因为出生时，他带有这颗星的重钤。 78
此刻，世人还未认识这英才，
因为目前他仍然年轻，绕他
运行的轮子，迄今只转了九载。 81
不过加斯科尼人尚未欺诈
高贵的亨利，这英才已贱视劳苦
和金钱，让光辉从气魄里迸发。 84
他的慷慨，他的宽宏大度，

注定为大众知晓，使他的仇人
也不得不劳动唇舌加以传述。
你不妨仰望他，仰望他赐你洪恩。
由于他，许多人的命运会变易；
富人和穷人，彼此会交换身分。
关于他的这一点，你要在心里
铭记，不要宣扬。”接着，他预言
未来；目击者听了也会惊奇。
然后说：“孩子呀，我在上面
所讲，解释了预言；所述的陷阱，
未来几年转完了就会彰显。
不过对于同乡，你不必悻悻，
因为他们的险诈会受到惩罚；
其后，你却会得享绵长的寿命。”
圣洁的光灵按我安排的棉纱
以纬配经，然后表示工作
已经完成，没有再继续说话。
于是，像犹豫的人感到困惑，
渴求意向正确、慈爱得体
而又明智之士的指导，我说：
“先祖哇，我很清楚，时间在策骑
朝着我急奔而来，要趁我毫无
准备之际给我最沉重的打击。
因此我应该以先见自我保护。
这样，即使至爱的故土被夺，

我也不致因诗歌而走投无路。
我曾在苦难无边的下界走过，
也在高山之上，获我的娘娘
用双眸把我从丽峰上挪，
然后到达天宇而跨光飞扬。
如果我复述途中获悉的资料，
许多人会亲尝苦药于口腔；
我这个真理之友如果胆小，
鉴古的后人回顾这段时间，
我就会在他们当中亡夭。”
当初，我在烨烨的光芒里发现
宝藏在微笑。这时候，光芒熠熠
闪晃，如金镜抛射着太阳的炯焰；
然后答道：“良心由于自己
或他人的可耻行为而暗黑，
无疑会觉得你的话语严厉。
但是，你得抛却所有的虚伪，
把你所见的圣景公开；让他们
抓痒吧，那些身患疥癣的丑类！
因为，你的话初尝时即使十分
涩苦，一旦聆听者能加以消化，
就会得到极滋补的食物养身。
你的呼喊要像强风吹刮，
给最高的山峰最重的轰袭。
能做到这点，荣耀不可谓不大。

由于这缘故，在这些运转的天体里，
　在那座山上，在愁谷所处的下方，
　只有著名的灵魂才展示形迹。
因为，范例的来历如果隐藏
　或无人知晓，而别的证据又模糊
　不彰，信念在听者的心上
就无从建立，更不能加强巩固。”

注释：

1–3.　**古代那个青年……猜疑**：“那个青年”，指神话人物法厄同（Φαέθων，Phaethon）。法厄同是阿波罗和克吕美涅（Κλυμένη，Clymene）的儿子。遭人抢白，说他不是阿波罗之子。于是向母亲求证，并按母亲的吩咐，直接问阿波罗，而且要驾驭阿波罗的日车，以便向世人证明，他们是父子关系。阿波罗一时心软，把日车借给儿子。结果因法厄同驭术不精，日车出轨，几乎把大地烧焦，法厄同本人也被宙斯殛死。参看《变形记》第一卷七四八至七六一行，第二卷三〇一至三一八行。**叫为父的……猜疑**：叫所有的父亲不敢随便答应儿子的要求。

4.　**我的情形也相同**：在地狱和炼狱，不同的亡魂曾在不同的场合预言但丁的未来。此刻，但丁急于向卡查圭达求证，要知道预言是否属实，情形就像法厄同昔日向阿波罗求证一样。有关亡魂的预言，参看《地狱篇》第十章七九至八一行，第十五章六一至七二行，第二十四章一四二至一五一行；《炼狱篇》第八章一三三至一三九行，第十一章一三九至一四二行。**那盏圣灯**：指卡查圭达。在《天堂篇》第十五章，卡查圭达为了跟但丁说话，曾经从十字架的右臂飞射到十字架的下方。参看《天堂篇》第十五章一九至二七行。

7.　**娘娘**：指贝缇丽彩。

7–9.　**“放开胸怀……吐出来”**：贝缇丽彩叫但丁说出心里的话。

12.　**甘泉**：指答案。

13. **主根**：指卡查圭达。**你这样上移**：指卡查圭达身在天堂。“上移”，原文“insusi”（不定式 insusarsi），是但丁所创之词，意为“levarsi in alto, andare in su”（*Dizionario Garzanti della lingua italiana*, 878）。

14. **没有过去和未来的一点**：指上帝。原文（一七至一八行）“il punto/a cui tutti li tempi son presenti”，直译是“在该点，/ 一切时间都是现在”。在上帝之内，过去、现在、未来都聚于一点，也就是聚于现在，再没有过去和未来。在《天堂篇》第二十八章，上帝出现时，是极小的一点光芒，所以说“一点”。参看该章一六至二一行。

15–16. **在偶发事件……在眼前**：上帝是全知。凡间未发生的偶发事件，都昭然在他的圣目之前展现。

17–18. **如尘世的心智……同时出现**：在几何学里，一个三角形不可能包含两个钝角。上帝预见偶发事件的能力，是绝对的，不容置疑的，就像“一个三角形不可能包含两个钝角”的命题一样肯定。

19. **疗魂的山**：指炼狱。亡魂经过炼狱之旅后，就变得更康强，能够飞升天堂，所以说“疗魂”。

21. **死亡世界**：指地狱。

23–24. **庄重的话音 /……向我申说**：参看本章第四行注。

26. **夙愿**：指但丁想预知自己未来的愿望。这愿望一直藏在但丁心中，所以说“夙愿”。

27. **“心里……来临”**：心里有了准备，利箭来袭时，就不致猝不及防。

28. **刚才对我说话的光芒**：指卡查圭达。

31. **上帝的羔羊**：指基督。

33. **隐晦的言词**：预言都借隐晦之词传达。基督遇害前，异教徒都听信各种预言。

36. **微笑中亦藏亦露**：卡查圭达的光灵隐身光中（“亦藏”），同时又以光芒显示其福乐（“亦露”），因此说“微笑”。

37–38. **“你们的……空间”**：指凡间的偶发事件，只在凡间发生；要在凡间以外发生，绝不可能（“没有任何延续舒展的空间”）。

39. **天视**：指上帝的眼光、上帝的视域。在上帝的视域中，凡间的偶发事件都无所遁隐。

40–42. **可是……显现**：凡间的偶发事件，虽然都清晰地映入上帝眼中，没有过去和未来；可是这些事件所以发生，非因获睹于上帝，一如沿水流下冲的舟楫，其行止不受观者影响。换言之，上帝不会干扰人的自由意志。

43–45. **一如……我双目**：凡间的过去和未来映入神的视域，再从神的视域映入卡查圭达的眼睛。在这里，但丁以听觉（音乐意象）写视觉。

46–47. **由于……离开雅典**：希坡吕托斯（Ἱππόλυτος，Hippolytus），忒修斯之子，跟母亲希坡吕忒（Ἱππολύτη，Hippolyta）狩猎。因崇奉阿尔忒弥斯（Ἄρτεμις，Artemis）而冷落阿芙萝狄蒂（Ἀφροδίτη，Aphrodite）。阿芙萝狄蒂怀恨在心，令希坡吕托斯的后母菲德拉（Θαίδρα，Phaedra）爱上希坡吕托斯，并且要跟他欢好。见拒后，向忒修斯诬告希坡吕托斯企图强奸。忒修斯信以为真，把希坡吕托斯逐出雅典，然后请海神波塞冬（Ποσειδών，Poseidon）把他杀掉。波塞冬按忒修斯的吩咐，遣海怪惊吓希坡吕托斯的马，令他从马车堕下身亡。参看《变形记》第十五卷四九七至五二九行。希坡吕托斯之死，是因为"父亲轻信谗言，后母阴险狡诈"（"credulitate patris, sceleratae fraude novercae"）。见奥维德《变形记》第十五卷四九八行。但丁原文第四十七行的"per la spietata e perfida noverca"，与奥维德的"sceleratae fraude novercae"意思相近。

49–51. **这件事……想尽办法**：一三〇〇年春，教皇卜尼法斯八世在罗马（"整天买卖 / 基督的地方"）设法对付翡冷翠的白党。但丁属白党，因卜尼法斯的险诈而见逐。但丁的天堂之旅发生于一三〇〇年。这时候，教皇即将把奸计付诸实行；所以说"即将付诸行动"。有关卜尼法斯如何买卖基督，参看《地狱篇》第十九章五二至五七行。

62. **同伴**：指白党的其他成员。

63. **那深谷**：指遭到流放的悲惨命运。

65–66. **可是……不是你本人**：但丁流放后不久，即与白党的其他成员分裂。一三〇四年，这些成员曾企图返回翡冷翠，却没有成功。**额角发红**：指白党的其他成员会为自己的行径感到羞赧。

70–72. **伦巴第……振翅所在**：伦巴第大公巴尔托洛美奥·德拉斯卡拉（Bartolomeo della Scala），是韦罗纳（Verona）的领主，卒于一三〇四年三月七日，是但丁流放后投靠的第一人（等于"但丁的第一家旅馆"）。其家族的纹章是一只神鹰栖止在梯上。

75. **恳求比赐予来得晚**：指巴尔托洛美奥不待但丁恳求，就会赐予。这行形容巴尔托洛美奥慷慨豪爽，是但丁对恩公的称颂。

76. **另一人**：指巴尔托洛美奥的弟弟坎·格兰德·德拉斯卡拉（Can Grande della Scala），原名坎·弗兰切斯科·德拉斯卡拉（Can Francesco della Scala），生于一二九一年，卒于一三二九年。继其兄成为韦罗纳领主。于一三一一年获神圣罗马帝国皇帝委任为代表。

78. **因为……重钤**：坎·格兰德在火星（战神马尔斯）的月份（一二九一年三月）出生，有战神的印钤。日后，其显赫的军功证明战神的印钤发挥了作用。

80–81. **因为……九载**：卡查圭达说话时（一三〇〇年），坎·格兰德只有九岁。换言之，从坎·格兰德出生时算起，“绕他 / 运行的轮子”（指诸天）“只转了九载”。

82–83. **加斯科尼……亨利**：克莱门特五世是加斯科尼人，原名贝特洪·德戈（Bertrand de Got），一三〇五年至一三一四年任教皇，把教廷迁到阿维雍（Avignon），成为法王腓力四世的傀儡。对神圣罗马帝国皇帝亨利七世阳奉阴违。有关克莱门特的描写，参看《地狱篇》第十九章。

83–84. **贱视劳苦 / 和金钱**：指坎·格兰德有军功，不怕劳苦，不吝啬金钱。

95. **预言**：指但丁在地狱和炼狱所听到的预言。参看本章第四行注。**陷阱**：参看本章四九至五一行。

99. **绵长的寿命**：既可指但丁的阳寿绵长，能看到坏人受惩；也可指他的诗名历久不坠。二说皆通，但以第一说较可信。

100–102. **圣洁的光灵……说话**：指卡查圭达诠释了但丁所问的预言，就沉默不语。但丁在这里用了棉纱意象，表现手法较迂回。

110. **至爱的故土**：指翡冷翠。

112. **苦难无边的下界**：指地狱。

113. **高山**：指炼狱山。**我的娘娘**：指贝缇丽彩。

114. **丽峰**：指炼狱山之巅，即伊甸园。因为山峰有美好的伊甸乐园，所以说“丽”。

115. **跨光**：由此星（“光”）飞到彼星。因为星星都是光，所以说“跨光”。

117. **苦药**：在地狱和炼狱的旅途中，但丁有不少惨痛经历。如果把这些经历复述，许多人会有亲尝苦药的感觉。

118–120. **“我这个……亡夭”**：意为：但丁如果不如实描写，诗名就会在后世湮没；如实描写，又怕得罪于人，失去翡冷翠后再失去其他容身之所，结果会“走投无路”（一一一行）。因此他不知道是否该如实书写。

121–122. **当初……微笑**：但丁初见卡查圭达时（“当初”），卡查圭达（“宝藏”）曾发出光辉。参看《天堂篇》第十五章二二至二四行和同一章第八十五行。

122–123. **这时候……炯焰**：卡查圭达欣然，正准备回答但丁，因此所发的光芒更亮，如金镜抛射着阳光。

125. **他人的可耻行为**：指亲属的可耻行为。

137. **那座山**：指炼狱山。**愁谷**：指地狱。

139–142. **“因为……巩固”**：意思是：在诸天、炼狱、地狱出现的灵魂都有声名，否则，他们（“范例”）所示的真理就不能叫听者信服。不过 Singleton（*Paradiso 2*, 302）指出，这几行只是卡查圭达的说法，因为在《神曲》里，有些人物的声名并不显赫。

第十八章

但丁感到困扰，于是望入贝缇丽彩的双眸寻求安慰。之后，卡查圭达为但丁介绍在凡间捍卫过基督教的人物。接着，在凝望贝缇丽彩的刹那，但丁跟她升上了木星天，看光灵组成《所罗门智训》第一章第一节的一句话；然后看他们移位，组成神鹰的徽号。目睹这圣景，但丁忍不住厉责罗马教廷的腐败，声讨败坏的教皇约翰二十二世。

这时候，那面幸福的镜子已经
　欣然在独自沉思。我呢，也一样
　陶然自忖，以甘美把涩苦减轻。
然后，领我走向上帝的娘娘
　对我说："想别的事吧。此刻我就在
　纠错者的身边；这点你倒要想想。"
我听到给我安慰的慈爱
　声音，就转过身来。我在圣眸里

看到的大爱，这里不再交代；
这不仅因为说话时，我对自己
欠信心，也因为没有神的引导，
心灵就不能重返这么高的情意。
那一霎的经验，我只能这样奉告：
当我向着贝缇丽彩凝目，
我的心摆脱了其他欲念的困扰。
因为永恒的欣悦已直接照覆
贝缇丽彩，再从秀美的双眸
以重现的景象给我满足安舒。
贝缇丽彩粲然把我征服后，
就这样对我说："你转身听听——
天堂啊，不光在我的眸子里头。"
在凡间，情感如果集中而凝定，
把一个人的精神全部挟夺，
有时候，眼神就会如实反映。
我回望时，只见圣光灼灼，
情形也如此。熊熊炯焰里，我看出
光灵尚有别的话要跟我说。
接着就听到："这棵树从顶部
下生，其果常熟，其叶不谢。
在第五层，也就是这里，光族
都享着天福。他们身在下界，
还未升天时，大名传扬于四方，
足以增益诗人的创作盛业。

因此，请注视十字的两臂伸张。
　每一位光灵，轮到我点名的俄顷，
　就会像天火在云中疾闪光芒。”
接着，声音一说出约书亚之名，
　我就见一道光芒以高速
　飞射过十字，几乎是声起光停。
听到鼎鼎大名的马卡比被呼，
　又见另一道炯光疾旋而去，
　跟悦于鞭子的陀螺相仿佛。
查理大帝和罗兰也这样飞履；
　我的眼神紧跟着他们急掠，
　如猎者之眸追随着猛隼飙举。
接着，是威廉和任努阿德和公爵
　戈弗利把我的视线飞快地曳过
　十字；是霍贝·圭斯卡的飞跃。
然后，和我谈话的光灵离开我，
　返回炯焰丛里，并向我表现，
　天堂的歌者中，他是何等超卓。
然后，我身子移动，转向右边
　凝望贝缇丽彩，等待她示意，
　等她以话语或手势给我差遣；
发觉她的双眸明澈无比，
　充满了欣悦之情；其颜容，比过去
　或最近的任何时刻都秀丽。
一个人行善，从中得到的欢愉

会越来越多；欢愉中，他会
天天感到自己的美德在骞举。
这时候，我的情形也相同：得窥
仙貌增妍时，也感到与诸天
运转的旅程扩大了圆弧的范围。
肌肤白皙的女子，一旦赧颜
摆脱了羞态的拖累，刹那间会恢复
原来的容貌。我转身回望时，眼前
出现的变化也相同：把我纳入
怀里的第六颗星星，温和而洁白，
以同一颜色映进我双目。
在宙斯的愉快火炬里，挚爱
在闪烁，然后把我们的言语
在我眼前逐一地摹写编排。
如群鸟从水湄起飞向空中跃趋，
仿佛因食料丰美而不胜欢忭，
一时圆，一时以其他形状相聚，
烨烨众光里，圣洁的光灵在翩翩
飞舞歌唱，歌唱间依次聚成
D 形、I 形、L 形后继续蹁跹。
起初，他们随自己的歌声飞腾，
再组成其中一个字母，
然后稍微驻足，不再作声。
飞马女神哪，你给天才倾注
荣耀，让他们成为高寿的耆英。

木星天

烨烨众光里，圣洁的光灵在翩翩 / 飞舞歌唱……

（《天堂篇》，第十八章，七六至七七行）

他们也靠你赐城邦同样的鸿福。
请你以灵光照我，让我说明
所见的字母是什么样的形体。
在下面数行，让你的大能显灵！
光灵组成字母时，总数是五乘七，
其中有元音，有辅音。我逐一察看
这些字母，揣摩表面的信息。
“DILIGITE IUSTITIAM”，整幅图案
由一个动词、一个名词开头；
“QUI IUDICATIS TERRAM”则让我后览。
接着，第五字的 M 中，光灵聚集后
井然排列，结果那一刻的木星，
就像银底凸显出黄金的雕镂。
我看见其他光灵向 M 字的峰顶
下降，并且在那里驻足歌唱——
相信在赞美招引他们的善灵。
然后，如燃烧的柴火被击，木上
迸起无数的火星（愚夫愚妇
习惯凭火星预卜休咎否臧），
逾千点光芒从 M 字之顶再度
飘起，或强或弱地向上方腾骞；
高度呢，看太阳这火源如何遣布。
每个光灵回到自己的立足点，
我就看见一只神鹰的头颈
在突出的烈火图案中显现。

在那里绘图的画师，不靠谁引领——
　他由自己引领。从他那里，
　我们看得出大能为鸟巢赋形。
其余有福的光灵，在 M 字聚集，
　先组成百合，并显得满足快活；
　此刻一移动就把图案补齐。
美哉星星，宝石何其亮啊何其多！
　他们已向我展示，凡间的公道
　是你装饰的天穹所带来的成果。
你的运行和力量由大灵启肇。
　下界有一个地方，乌烟涌起，
　遮暗了你的光芒。我谨此祈告，
求大灵俯察这个地方，对庙里
　买卖的勾当再发雷霆。那庙宇，
　有神迹和殉道者筑成墙壁。
天军哪，我的思念在向你凝聚。
　请你为下界的迷途者祈祷。他们
　给人带坏了，都在歧路上前趋。
以前，战争的武器一向是剑刃；
　今天，战争的武器是到处把面包
　扣发——扣发慈父普施的洪恩。
那个家伙呀，起稿只为了易稿。
　你记住，彼得和保罗仍活着。遭你
　蹂躏的葡萄园，获他们以生命殉道。
你当然可以说：“此刻，我已经属意

一心要离群索居的圣者。当年，
舞蹈把他向殉难之局牵羁。
渔夫或波罗，我都不再去认辨。”

注释：

1. **那面幸福的镜子：**指卡查圭达。卡查圭达反映上帝的圣智、圣思、圣光，因此称为“镜子”；身在天堂蒙恩，所以说“幸福”。

3. **甘美：**在上一章，卡查圭达预言但丁会有诗名，其敌人会遭惩罚。这一预言是“甘美”。**涩苦：**在上一章，卡查圭达预言但丁会遭放逐。这一预言是“涩苦”。

4. **领我走向上帝的娘娘：**指贝缇丽彩。

6. **纠错者：**指上帝。

12. **心灵……情意：**指但丁的心灵无从追忆当时的情意。《天堂篇》第一章七至九行有类似的说法。

18. **重现的景象：**指贝缇丽彩双眸中的永欣和圣美。这永欣和圣美来自上帝，由贝缇丽彩的双眸反映。

20. **“你转身听听”：**贝缇丽彩叫但丁转身听卡查圭达说话。

25–27. **我回望时……跟我说：**但丁回望时，发觉卡查圭达精神贯注，要跟他说话的热情集中而凝定，结果要说话的欲念全部反映在熊熊炯焰里。

28. **这棵树：**指天堂。

28–29. **从顶部 / 下生：**指由上帝赋生。上帝在上，诸天在下，所以说“从顶部下生”。

30. **第五层：**指树的第五层，即火星天。

31–33. **他们身在下界……创作盛业：**这些光灵在世时都有大名，是诗人的重要题材。

36. **天火：**指闪电。

37. **约书亚：**以色列领袖，继承摩西，带领以色列人到达迦南地。参看《圣经 · 申命记》第一章第三十八节，《炼狱篇》第二十章一〇九至一一一行，《天堂篇》第九章一二四至一二五行。从这一行的约书亚

木星天

天军哪，我的思念在向你凝聚。/ 请你为下界的迷途者祈祷。他们 / 给人带坏了，都在歧路上前趋。

（《天堂篇》，第十八章，一二四至一二六行）

开始，卡查圭达所点的光灵，都是神的卫士。

39. **几乎是声起光停**：指卡查圭达的声音刚起，光芒的飞射已结束。但丁在这里极言光灵速度之高，与卡查圭达的声音同起同止。

40. **马卡比**：指犹大·马卡比（Judas Maccabaeus，又译“玛加伯”“马加比”），是公元前二世纪领导以色列人反抗叙利亚侵略的领袖。于公元前一六〇年遭叙利亚人杀害。参看《圣经次经·马卡比传上》第二章第六十六节至第九章第二十二节。

43. **查理大帝**：Charlemagne，又称“查理曼”，法兰克王国加洛林王朝国王，约生于公元七四二年，卒于公元八一四年。于公元八〇〇年的圣诞节由教皇利奥三世（Leo III）加冕，成为神圣罗马皇帝。在位期间，法兰克王国扩张为查理帝国，幅员极广：东达易北河和波希米亚，南至埃布罗河（Ebro）和意大利中部，西濒大西洋，北临北海。查理大帝在世时极力捍卫基督教；卒后，于一一六五年获教皇谥圣。参看《地狱篇》第三十一章一六至一八行注。**罗兰**：查理大帝的外甥兼勇将，与撒拉逊人战斗时全军覆灭。参看《地狱篇》第三十一章一六至一八行注。

46. **威廉**：William of Orange，奥伦治（Orange）公爵，生年不详，卒于公元八一二年。既是历史人物，也是中世纪古法语武功歌（chanson de geste，一译“英雄史诗”）的主要人物；任努阿德（Renouard）皈依基督，完全归功于他。为了捍卫基督教，曾在法国南部力战撒拉逊人。**任努阿德**：Renouard，传奇中的撒拉逊人，因威廉而皈依基督教。于公元八世纪末九世纪初与威廉一起抵抗撒拉逊人。

46–47. **公爵 / 戈弗利**：戈弗利（Godfrey）公爵，布伊雍（Bouillon）人，生于一〇六一年，卒于一一〇〇年。一〇九六年任十字军的首位领袖，捍卫圣城有功，成为基督徒中的第一个耶路撒冷王。其事迹是法国史诗的题材。

48. **霍贝·圭斯卡**：Robert Guiscard，一〇一五年生于诺曼底，卒于一〇八五年。诺曼人（Normans）领袖，从撒拉逊人手中夺回意大利南部的土地。参看《地狱篇》第二十八章第十二行注。

49. **和我谈话的光灵**：指卡查圭达。

50–51. **并向我表现，/ 天堂……何等超卓**：指卡查圭达加入光灵的队伍中，继续歌唱，让但丁知道，他的歌艺如何超卓。

57. **最近**：指但丁和贝缇丽彩进了火星天后的时间。

62. **仙貌增妍**：指贝缇丽彩的美颜变得更美。

62–63. **也感到……范围**：这时，但丁和贝缇丽彩已升到更广、更大的木星天（第六重天），所以说“感到……扩大了圆弧的范围”。

64–69. **肌肤白皙的女子……映进我双目**：但丁由红色的火星进入木星，发觉木星温和而洁白。这由红变白的过程，就像皮肤白皙的女子因害羞而脸红；脸红过后，皮肤再恢复白皙。参看 Fraticelli, 610。这一比喻，大概出自《变形记》第六卷四五至四九行：

> sola est non territa virgo,
> sed tamen erubuit, subitusque invita notavit
> ora rubor rursusque evanuit, et solet aer
> purpureus fieri, cum primum Aurora movetur,
> et breve post tempus candescere solis ab ortu.
> 只有那少女〔指阿拉克涅〕没有惊恐。
> 不过赧颜一现即逝间，她的脸颊
> 仍不禁泛起红晕，就像天空
> 在曙光初露的俄顷变赤，
> 片刻后，因太阳上升而转白。

70. **宙斯的愉快火炬**：指木星。原文"giovial facella"。"giovial"（"gioviale"的缩略）是意大利语 Giove（宙斯）的形容词，意为"di Giove"（"宙斯的"），在这里也有"愉快"之意。因为据欧洲传说，在宙斯之星（木星）之下出生的人，性情开朗而愉快。木星的英文名字是 Jupiter，直译是"朱庇特"。

70–71. **挚爱 / 在闪烁**：指光灵在闪烁。

71. **我们的言语**：指意大利语的字母。

79. **随自己的歌声飞腾**：众光灵唱着歌，按歌声的节奏跳舞。

82. **飞马女神**：原文"diva Pegasea"，指缪斯。至于指哪一位缪斯，但丁没有明言。有些论者（参看 Sinclair, *Paradiso*, 264）认为指史诗女神卡莉奥佩（Καλλιόπη, Calliope），有的论者（参看 Singleton, *Paradiso 2*, 309）认为指专司木星天的欧忒尔佩（Εὐτέρπη, Euterpe）。Chiappelli, 430; Mattalia, *Paradiso*, 353; Pasquini e Quaglio, *Paradiso*, 294; 都没有专指哪一位缪斯。有关其他说法，可参看 Bosco e Reggio, *Paradiso*, 305; Sapegno, *Paradiso*, 234; Vandelli, 882。在希腊神话中，佩尔修斯（Περσεύς，Perseus）杀了梅杜萨（Μέδουσα，Medusa）后，把她的头颅割下，鲜血流滴处生出双翼飞马帕伽索斯（Πήγασος，Pegasus）。后来，帕伽索斯蹄蹴处，赫利孔（Ἑλικών，Helicon）山涌出希波克瑞涅（Ἱπποκρήνη，Hippocrene）泉（希腊文是"马泉"之意），为缪斯所钟爱。因此，这里的"diva Pegasea"也就指缪斯。帕伽索斯

(Πήγασος) 之名，源出希腊文 πηγή (泉水)，因为梅杜萨在泉水 (πηγαί, πηγή 的复数) 旁被杀。有关卡莉奥佩的典故，参看《炼狱篇》第一章七至一一行注。

82–83. **你给天才……耆英**：缪斯给诗人灵感，让他们写下不朽的作品，卒后声名长留，等于把他们的生命延长，使他们成为耆英。

84. **他们也靠你……鸿福**：诗人借缪斯所赐的灵感歌咏城邦，城邦也因而不朽（得到“鸿福”）。

88–89. **光灵……辅音**：光灵一共组成三十五个元音和辅音字母。

91–93. **“DILIGITE IUSTITIAM” …… 后览**：整幅图案以一个动词 (“DILIGITE”) 和一个名词 (“IUSTITIAM”) 开头 (二字的直译是“热爱”“正义”)，以“QUI IUDICATIS TERRAM”（直译是“审裁凡尘的人”）结尾。四个词都是拉丁文，出自《所罗门智训》（天主教思高圣经学会本《圣经 · 智慧篇》）第一章第一节，意为“世上的统治者们，热爱正义吧”（赵沛林等译，《圣经次经 · 所罗门智训》）。思高本《圣经》为:“统治世界的人，你们应爱正义……” 木星天司公义，因此在里面出现的都是正直的光灵。参看 *Convivio*, IV, XVII, 6。

94. **第五字的 M 中**：原文“ne l'emme del vocabol quinto”。“emme”是 M 字母的意大利语称呼，这里指“TERRAM”最末的一个字母“M”。由于 M 是 Monarchia（“帝制”或“帝国”）的第一个字母，在这里也代表帝制、帝国。但丁相信，帝制是凡尘最稳定、最理想的统治体制。他在这里强调 M，流露了心中的政治理念。有关但丁对帝制的看法，参看《炼狱篇》第十六章一〇六、一〇七、一〇九至一一〇、一一〇至一一二行的注释和他的《帝制论》(*Monarchia*)。

96. **银底**：木星色白，所以说“银底”。参看本章第六十八行。

97–99. **我看见……善灵**：但丁看见其他光灵从最高天下降，停驻在 M 的上方，形成一个百合徽号（参看本章一一三行)，同时以歌声赞美上帝（“善灵”)。百合是法国卡佩王朝和翡冷翠圭尔佛党的徽号。

101–102. **愚夫愚妇 / 习惯……否臧**：在古代的意大利，迷信的人喜欢在冬天的夜晚敲击柴火，按迸发的火星卜休咎、臧否。

105. **高度呢……遣布**：光灵上升的高度，完全遵照上帝（“太阳这火源”）的意旨。

107. **神鹰**：指罗马的徽号，象征神圣罗马帝国。

109. **在那里绘图的画师**：指上帝。

110–111. **从他那里，/ 我们……赋形**：鸟儿不必教导，就有天赋的造巢本能。这种本能，彰显了潜藏在万事万物的创造力。而这种创造力，全部来自上帝。参看 Venturi, Tomo III, 254。

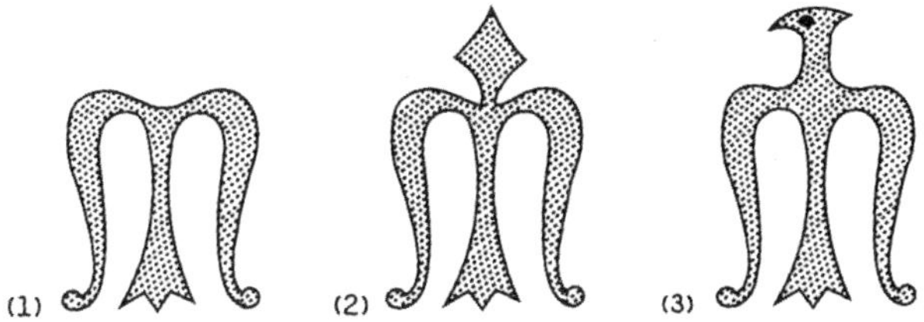

众光灵组成 M、百合、神鹰过程示意图

114. **一移动就把图案补齐**：指光灵由百合变为神鹰，不需太多的动作。图案由百合变为神鹰，象征无论是教皇党（圭尔佛党）或法国卡佩王朝的势力，最后都会退下，把位置让给神圣罗马帝国。

115. **星星**：指木星。**宝石**：指众光灵。

116–117. **他们已向我展示……所带来的成果**：指光灵组成拉丁句子"DILIGITE IUSTITIAM QUI IUDICATIS TERRAM"，显示人间的公道来自木星天。参看本章九一至九三行注。

118. **大灵**：指上帝。

119. **一个地方**：指罗马教廷。**乌烟涌起**：指教廷贪污腐败。

120. **遮暗了你的光芒**：遮暗了木星所象征的公道。

121–122. **对庙里 / 买卖的勾当再发雷霆**：据《圣经》记载，耶稣曾把庙里买卖的人赶走。参看《圣经·马太福音》第二十一章第十二节："Et intravit Iesus in templum Dei; et eiiciebat omnes vendentes et ementes in templo, et mensas numulariorum et cathedras vendentium columbas evertit..."（"耶稣进了神的殿，赶出殿里一切做买卖的人，推倒兑换银钱之人的桌子，和卖鸽子之人的凳子……"）在这里，但丁求基督再度发怒。参看但丁在《地狱篇》第十九章九〇至一一七行对尼古拉和其他神棍的斥责，《天堂篇》第二十七章四〇至六〇行彼得对教廷的声讨。

122. **那庙宇**：象征基督教。

124. **天军**：指木星天中的光灵。

126. **给人带坏了**：给教会的牧者带坏了。

128–129. **今天……把面包 / 扣发**：今天，教皇以圣事（sacrament，又称"圣礼"）为武器，以褫夺教权的禁令（interdict）剥夺异己享受圣事的权利。

129. **慈父**：指上帝。**普施的洪恩**：圣事是人人都可以享受的恩典，由上帝向所有基督徒普施。

130. **那个家伙**：指教皇约翰二十二世（Joannes XXII），一三一六年至一三三四年在位。**起稿只为了易稿**：一三一七年（当时，但丁正在创作《神曲》），教皇约翰二十二世剥夺坎·格兰德的教籍。约翰二十二世常常滥发开除教籍的公告；为了敛财，又常把这些公告撤销。在这里，但丁对这一劣行加以声讨。参看 Bosco e Reggio, *Paradiso*, 309。有关其他说法，可参看 Mattalia, *Paradiso*, 361; Sapegno, *Paradiso*, 236; Vandelli, 886。

131. **彼得和保罗仍活着**：指彼得和保罗仍在信徒的心中活着。言下之意是：有一天，这些信徒会向你施罚。

132. **葡萄园**：指教会。参看《天堂篇》第十二章八五至八七行。**他们**：指彼得和保罗。**获他们以生命殉道**：彼得和保罗都为了教会而牺牲性命。

133–134. **属意/一心要离群索居的圣者**："离群索居的圣者"指施洗约翰。翡冷翠的弗罗林（fiorino）金币铸有施洗约翰像。后来，约翰二十二世在阿维雍（Avignon）自铸金币，以弗罗林金币为模子。说教皇约翰二十二世"属意……离群索居的圣者"，指教皇只顾敛财，"属意"铸有施洗约翰像的弗罗林金币。**离群索居**：施洗约翰，曾在旷野居住。参看《圣经·路加福音》第一章第八十节。

135. **舞蹈把他向殉难之局牵羁**：指施洗约翰被莎乐美（Salome）陷害。莎乐美是希罗底的女儿，于希律王生日时在众人面前跳舞，令希律王杀了施洗约翰，把首级放在盘子上送给她。参看《圣经·马太福音》第三章第一节，第十四章第一至十二节。

136. **渔夫**：指彼得。彼得跟随耶稣前是个渔夫。教皇约翰二十二世不说"彼得"（"Pietro"），而说"渔夫"（原文"pescator"），有轻蔑的意思。**波罗**：原文"Polo"，Paulo（保罗）的另一说法。教皇约翰二十二世不说"保罗"（Paolo），而说不太庄重的"波罗"，也有轻蔑的意思。

第十九章

由光灵组成的鹰徽舒张双翅，然后发言，说自己唯正义是趋，所以升到了木星天的荣光。但丁告诉鹰徽，他心中有一个疑问，一直望人解答而不得要领。鹰徽不待但丁明言，已知道他要问什么：一个人，思想行为都循规蹈矩，只因出生的地方无人传播福音，卒前没有领洗，结果被判有罪；这样无辜的人遭罚，上帝的公理又何公之有？对于但丁的疑问，鹰徽没有直接回答；只是厉斥其非，强调上帝的圣裁非俗人所能诠释。然后，鹰徽逐一声讨下界的坏君王。

共聚的光灵享受着甜蜜的欢畅。
　他们组成的美丽景象在我
　眼前出现，双翅正烨烨舒张。
每个光灵，像一颗红宝石闪烁，
　里面有太阳的光辉燃烧不停，
　向我的眸中反射，炯炯灼灼。

现在，我要用文字描绘的情景，
　从未经言语传达或笔墨呈现；
　即使想象，也不曾给它赋形；
因为，我目睹并听到鹰喙在发言。
　当声音说“我”和“我的”两个词语，
　所指是“我们”“我们的”两个意念。
鹰喙说：“我由于虔诚，唯正义是趋，
　结果获抬举，升到这里的荣光——
　超出了欲望祈求的最高品序。
在凡间，我的不朽事迹已显彰，
　结果连坏人见了也要称道；
　可惜没有获他们延续加长。”
像同一股热，来自众炭的燃烧，
　眼前的图案里，怀着仁爱的光魂
　以同一个声音把信息昭告。
我答道：“百花呀，你们永不消损，
　又恒绽欣悦；你们把所有香气
　凝聚，再散发浑似一体的芳醇。
呼出芬芳救我吧！大斋之礼
　已经长时间叫我挨饿受苦。
　我在凡间哪，找不到食物充饥。
我十分明白，上帝公平的法度
　要由另一层天穹鉴照反映；
　你们这一层，却能直视而无阻。
你们知道，我是怎样凝神要聆听

鹰徽

共聚的光灵享受着甜蜜的欢畅。/ 他们组成的美丽景象在我 /
眼前出现，双翅正烨烨舒张。

（《天堂篇》，第十九章，一至三行）

　　你们。你们也知道，哪种疑难，
　　我一直望人解答而不得要领。”
像头罩里钻出的猎鹰一般，
　　两翅拍击间头颅仰伸奋振，
　　整饬着羽毛随时要高骞舒展，
眼前的徽记振翼翘首，为神恩
　　颂赞间结为一体；所唱的光辉
　　歌曲，高天的享福者才听得明审。
接着，徽记说：“向八极伸出圆规，
　　划出世界的范围，然后在里面
　　创造各种显隐之物的那一位，
不会因自己的大能像印钤
　　盖在一整个宇宙之上，其道
　　就失去充溢无穷的力量而收敛。
第一个天使，就是明证。他骄傲，
　　地位处于所有造物的峰顶，
　　却因为不愿等光而下堕早夭。
由此可见，所有次一等的生灵，
　　都是浅小的容器，载不下至善。
　　至善以本身量本身，没有止境。
一切事物，都为大智所充满；
　　我们的视力，只会是大智照向
　　万方的众光之一。大智既沛然
充溢于无穷，我们的视觉力量
　　就不会禀性短小，无从知悉

其源头远远超越所见的视疆。
因此，你们凡界获赐的视力
穿入无始无终的正则时，情形
就像眼睛在深海里潜移。
在岸边，海底让眼睛看得分明；
水一深就隐没。其实海底无殊；
只是被深水掩藏，眼睛看不清。
在永无阴霾的晶空，光芒在流布；
此外再没有光，到处都是黑暗——
躯体的阴影或躯体本身的流毒。
藏匿之所此刻已开启，坦然，
把所藏的万世公理向你揭掀。
就这一公理，你多次提出诘难。
你说过：‘有一个人，在印度河边
出生。那里，基督的福音无人
传播，也无人记述或宣之于言。
按照伦理道德的准则衡审，
这个人的思想行为都蹈矩循规；
既不出恶声，生活也守纪安分；
只因死前未领洗，欠信仰之惠
而遭定罪，公理又何公之有？
他只是没信教，究竟有什么大罪？’
你到底是谁？想坐在椅子上头，
隔着千万里之遥当起法官来！
因为呀，你的眼光短小如豆。

要是你们得不到《圣经》当主宰，
不管是谁，跟我这样子诡辩，
都会有充分理由去妄疑瞎猜。
凡尘的众生啊，你们的心灵真粗浅。
太初的意志，本身自然而善，
本身是至善，永不从本身乖偏。
唯此志是遵的，都正直不凡。
这意志，不让后创之善去牵驭；
却烨烨外铄，是后善之所以然。”
母鹳喂饱了幼雏，就会飘举
而起，绕着鹳巢盘旋；而幼雏
吃饱了食物后，则会仰首上盱。
当时，天堂的情形也如此：我举目
仰望，获洪福庇佑的徽记则盘旋
回翔，双翅由众志鼓动而骞翥。
徽记盘旋着歌唱，然后说：“永远
正确的公理对于凡人，就像
我为你唱的歌，非你所能释诠。”
圣灵的璀璨火焰停止了宣讲
不久，那个令天下对罗马人
尊崇的徽记再度有声音上扬。
声音说：“能上登这个国度的莘莘
光灵，在尘世间都相信基督——
或先于，或后于基督被钉的时辰。
你看，许多人在呼喊：‘基督哇基督！’

不过他们在最后审判的一刻，
会比不识基督的更远离基督。
当众魂分成两路（一路振翮
往恒富，一路下沉向永穷），这些
基督徒会遭埃塞俄比亚人谴责。
你们的君王行径卑鄙，罪孽
都录在那册书里。波斯人得睎
翻开的书页，对他们能不攻讦？
这本书会展示阿尔贝特的事迹
（其中包括即将命笔的行动；
该行动令布拉格王国荒芜颓圮）。
这本书会展示降临塞纳河的惨痛
（惨痛随伪造货币的人来犯；
这个人，最后会死于野猪的进攻）。
这本书会展示叫人口渴的傲慢
（傲慢使苏格兰人、英格兰人发狂，
使两者难以守着本分而心安）。
会展示西班牙王和波希米亚王
如何淫逸放荡（后者从不懂
什么叫荣光，也从不希求荣光）。
会展示耶路撒冷瘸子的事功：
用一个‘一’字记录其优点；其恶行，
则用一个‘千’字来描述形容。
会展示一个懦夫的贪婪之情
和胆小性格。懦夫会管治火之岛；

岛上有安基塞斯享过遐龄。 132
为了表明这个人地位不高，
有关的文字记录会残缺不全；
内容虽多，句子却简短稀少。 133
他叔父和哥哥行径卑秽，昭宣
劣迹让天下目睹；令赫赫家族
和两顶王冠受到污辱而含冤。 138
葡萄牙和挪威的两个家伙，这本书
也会介绍。此外还会有拉沙王。
他因为得睹威尼斯钱币而蒙污。 141
幸福的匈牙利呀，但愿她一改旧况，
不再遭恶人虐待！幸福的纳瓦拉呀，
但愿她以周围的群山为武装！ 144
要在这方面取得鉴戒，大家
得记住，尼科西亚、法马古斯塔曾经
呻吟呼号在他们的禽兽之下。 147
这禽兽，和上述一类并行。”

注释：

7–9. **现在……赋形**：但丁的意思是：他即将描写的景象，前人的文字、言语都未曾表达过，想象也从未赋予形态。

10. **我目睹……发言**：参看《圣经·启示录》第八章第十三节：“vidi et audivi vocem unius aquilae volantis per medium caeli...”（“我又看见一个鹰飞在空中，并听见它大声说……”）

13. **我**：神鹰虽然由许多光灵组成，说话时却如一体，因此用“我”（原文第十四行的“io”）为主词，而不用“noi”。光灵如一体，象征他们的意志统一而和谐。

22. **百花**：指众光灵。

25. **大斋之礼**：指但丁在凡间有疑问，却一直得不到解答，仿佛经历隆重的斋戒。

29. **另一层天穹**：指土星天(第七重天)。土星天由上座天神掌管。参看《天堂篇》第九章六一至六二行。

30. **你们这一层**：指木星天。**却能直视而无阻**：其余诸天，要借土星天才能看到“上帝公平的法度”（第二十八行）；木星天却能直观上帝，从中看到“公平的法度”，无须循间接途径。

34. **头罩**：猎鹰的主人出猎，把猎鹰释放前，会先用头罩把它盖住，以免它遭受干扰。

37. **徽记**：指众光灵所组成的神鹰徽号。

40–42. **向八极……那一位**：指上帝。

43–45. **不会……收敛**：上帝创世，会施展大能。大能施展后，仍无穷无尽，不会因创世而减少。**其道**：指上帝最早的创意。

46. **第一个天使**：指明亮之星或早晨之子（Lucifer），即撒旦堕落前的称呼。参看《地狱篇》第三十四章第十八行注。

47. **地位……峰顶**：撒旦是第一位天使，在所有的造物中地位最高。

48. **不愿等光而下堕早夭**：撒旦太骄傲，不愿等上帝圣光的启迪，结果堕入地狱而“早夭”，无从安享天福。

49. **次一等的生灵**：次于撒旦的生灵。

50. **至善**：指上帝的至善。

51. **至善以本身量本身**：至善无穷大，只有本身能量度本身，不受任何事物、想象或思维量度。

52. **大智**：指上帝的圣智。

55–57. **我们的视觉力量/……视疆**：意为：我们的视力不会不知道，无穷的圣智（“其源头”）远远超越我们所见。

59. **无始无终的正则**：原文（第五十八行）为“giustizia sempiterna”。指上帝无始无终的圣理、法则。参看拉丁通行本《圣经·诗篇》第三十五章第七节（钦定本第三十六篇第六节）：“Iudicia tua abyssus multa.”（“你的判断如同深渊。”）

61–63. **在岸边……眼睛看不清**：指上帝的圣思深不可测。参看《天堂篇》第七章九四至九五行。

64–66. **在永无阴霾的晶空……流毒**：在上帝的晶空，真理之光在流布。光明如非来自上帝，就不是真光，只是黑暗，是感官所引起的无知（“躯体的阴影”）或罪孽（“躯体本身的流毒”）。

67. **藏匿之所**：指上帝的公理隐伏之处。上帝的圣裁藏于无底的深邃，此刻向但丁展现（“开启”）。

68. **万世公理**：原文“la giustizia viva”，指上帝的天律和圣裁。由于天律和圣裁永远不变，万古常新，所以称“万世”。

69. **就这一公理，你多次提出诘难**：参看本章二五至二七行。

76–77. **只因死前……何公之有？**：只因死前没有信仰基督而遭定罪；那么，上帝的公理何公之有？

79–80. **你到底是谁……当起法官来**：这几行是神鹰对但丁的训斥，上承《圣经·罗马人书》第九章第二十节：“O homo, tu quis es, qui respondeas Deo?”（“你这个人哪，你是谁，竟敢向神强嘴呢？”）

82–84. **要是你们……妄疑瞎猜**：神鹰代表上帝的公理，在这里斥责但丁，劝凡间的人相信《圣经》，以《圣经》为依归，不该寻根究底；否则，诡辩会没完没了。

86. **太初的意志**：指上帝的意志。

89–90. **这意志……所以然**：上帝的意志不会受后创之善左右制宰；反而会自发光华，创造所有的后善（“是后善之所以然”）。这句话的言外之意是：凡尘之善（包括伦理道德）要服从上帝的至善。上帝的圣裁是一切公理（包括人间公理）的源头，只能由圣裁本身来衡量评鉴（即第五十一行的“至善以本身量本身”）。

96. **双翅由众志鼓动而骞翥**：神鹰的双翅因众光灵的意志鼓动而上飞。

97–99. **“永远/正确的公理……释诠”**：凡人无从理解上帝的圣裁，犹但丁此刻不能明白神鹰所唱的歌。

100. **圣灵的璀璨火焰**：指组成神鹰徽号的众光灵。

101–102. **那个舍天下……徽记**：指神鹰。神鹰象征罗马帝国。罗马帝国东征西讨，武功显赫，天下的人见了这徽号，都会尊崇罗马人。所以说“令天下对罗马人/尊崇”。

105. **或先于……时辰**：在基督受难前或受难后相信基督。

107–108. **不过他们……更远离基督**：参看《圣经·马太福音》第七章第二十二至二十三节。一〇四、一〇六、一〇八行都以“基督”（“Cristo”）与“基督”（“Cristo”）押韵。《天堂篇》第十二章七一、七三、七五行，第十四章一〇四、一〇六、一〇八行，押韵的方式也相同。

110. **恒富**：指永远在天堂享福。**永穷**：指永远在地狱受刑。地狱的亡魂远离天堂，所以“永穷”。

110–111. **这些/基督徒会遭埃塞俄比亚人谴责**：意为：这些基督徒，只有基督徒之名，其实连非基督徒（“埃塞俄比亚人”）也不如，非基督徒也有资格谴责他们。在这里，“埃塞俄比亚人”的意义和一一三行的“波斯人”相近。

113. **那册书**：指载录上帝圣裁之书。《圣经·启示录》第二十章第十二节也提到此书：“Et vidi mortuos magnos et pusillos stantes in conspectu throni; et libri aperti sunt, et alius liber apertus est, qui est vitae: et iudicati sunt mortui ex his quae scripta erant in libris secundum opera ipsorum.”（“我又看见死了的人，无论大小，都站在宝座前。案卷展开了，并且另有一卷展开，就是生命册。死了的人都凭着这些案卷所记载的，照他们所行的受审判。”）。**波斯人**：指不信基督的人。

115. **阿尔贝特**：指奥地利国王阿尔贝特一世。阿尔贝特一世是波希米亚王瓦茨拉夫二世（Václav II 或 Wenceslaus II）的妻舅，一三〇四年进侵波希米亚王国。参看《炼狱篇》第六章第九十七行注。从阿尔贝特开始，但丁逐一列举“行径卑鄙”的“君王”（一一二行）。原诗一一五至一四一行，每三行为一单位，共九个单位，每个单位第一行的开头分别为“Lì si vedrà...”“Lì si vedrà...”“Lì si vedrà...”“Vedrassi...”“Vedrassi...”“Vedrassi...”“E...”“E...”“E...”是修辞学所谓的“首语重复法”（anaphora），即“一个单词或短语出现在连续数句或数行的开头”（《新英汉词典》，页三九）。同时，九个单位的第一个字母，组成 LVE。在意大利文里，V 和 U 相通；LVE 就是 LUE，是“公害”的意思（参看 Bosco e Reggio，*Paradiso* 327-28）。但丁以这种修辞法在二十七行里面概括坏君王的例子，表现了不少心思。可惜这一效果，是翻译理论所谓的“不可译”（untranslatability）；结果译者只能在第一至第六个单位保留首语重复法：“这本书……”“这本书……”“这本书……”，“会展示……”“会展示……”“会展示……”。

116. **命笔**：驱使但丁挥笔去记述。

117. **布拉格王国**：即波希米亚王国。布拉格是波希米亚的首都，在伏尔塔瓦（Vltava）河两岸。

118–120. **这本书……（……野猪的进攻）**：法国卡佩王朝国王腓力四世（美男子）（Philippe IV le Bel，公元一二八五年至一三一四年），一三〇〇年侵占佛兰德斯。一三〇二年在库尔特雷（Courtrai）战役中败北后，铸伪币以筹集军费，给巴黎（“塞纳河”）带来“惨痛”。一三一四年，腓力四世出猎时因坐骑遭野猪惊吓，堕马而死。参看《炼狱篇》第七章一〇九行注。

121–123. **这本书……（……而心安）**：英王爱德华一世（Edward I，一二三九年至一三〇七年）曾入侵苏格兰，与威廉·华莱士（William

Wallace)、罗伯特·布鲁斯（Robert Bruce）交战。其后，爱德华二世又与布鲁斯相争。“口渴的傲慢”，指双方由于傲慢而动怒，结果感到“口渴”，不再满足于本国的幅员。

124. **西班牙王**：指卡斯蒂利亚费迪南德四世（Ferdinand IV）。费迪南德于一二九五年至一三一二年任卡斯蒂利亚（Castilla）和莱昂（León）国王。一二九六年从撒拉逊人手中夺回直布罗陀，之后再无作为。**波希米亚王**：指瓦茨拉夫二世（Václav II 或 Wenceslaus II）。一三〇四年，奥地利国王阿尔贝特一世进侵波希米亚，瓦茨拉夫二世无力抵抗。

127. **耶路撒冷瘸子**：原文“Ciotto di Ierusalemme”。指安茹的沙尔二世（Charles II d'Anjou），那波利和耶路撒冷君王，普罗旺斯伯爵。其耶路撒冷君权传自父亲沙尔一世。沙尔二世由于腿瘸，乃有“瘸子昂（“Ciotto”）的绰号。“Ciotto”是意大利语中的古词，相等于现代意大利语的“zoppo”。参看《炼狱篇》第七章一二六行注，《炼狱篇》第二十章七九至八一行注。

128. **用一个“一”字记录其优点**：“一”字，原文为“I”，是罗马数目字中的“一”。这行指沙尔二世乏善可陈。

129. **则用一个“千”字……形容**：“千”字，原文为“emme”，意大利字母“M”的名称，也是罗马数目字中的“千”。这行指沙尔二世的恶行多不胜数，要用“千”字来形容。

130–131. **会展示一个懦夫……火之岛**：指费德里戈二世（“懦夫”），即佩德罗三世的三子。一二九六年至一三三七年任西西里国王（参看《炼狱篇》第七章一一九行注）。曾与那波利的沙尔二世争战，其后娶其女为妻。由于沙尔二世是圭尔佛党的领袖，神圣罗马帝国皇帝亨利七世卒后，费德里戈即背离吉伯林党。但丁不值费德里戈所为，因此说他是“懦夫”，“贪婪”而“胆小”。**火之岛**：西西里有火山，因此称为“火之岛”（“l'isola del foco”）。

132. **岛上有安基塞斯享过遐龄**：埃涅阿斯的父亲安基塞斯卒于西西里岛，在那里安享遐龄。参看《埃涅阿斯纪》第三章七〇七至七一五行。

135. **内容虽多……稀少**：意为：恶行虽多，记录恶行的句子却稀少。表示费德里戈二世“地位不高”（一三三行）。

136. **他叔父**：指巴利阿里群岛（Baleares）国王海梅（Jaime）。海梅是阿拉贡海梅一世的次子，佩德罗三世的弟弟。为了争夺巴伦西亚（Valencia），一二八四年与法王腓力三世联手攻打阿拉贡国王佩德罗三世，结果败绩。**哥哥**：指阿拉贡国王海梅二世，佩德罗三世的次子。参看《炼狱篇》第七章一一九至一二〇行注。

138. **两顶王冠**：指巴利阿里群岛和阿拉贡的王冠。

139. **葡萄牙和挪威的两个家伙**：指葡萄牙勃艮第王朝国王迪尼斯（Diniz，公元一二六一年至一三二五年）和挪威国王哈康五世（Haakon V）。迪尼斯是阿尔丰沙三世（Alfonso III）的儿子，在位期间（一二七九年至一三二五年），"削弱教会势力"，对农业、贸易、文化都有贡献，是位出色的君主。有"农夫国王"（O Rei Lavrador）之称（见《世界历史词典》页四〇三）。但丁何以对他抑贬，迄今没有定论。其中一说是：但丁以为他没收圣殿骑士的财产，据为己有；同时对妻子不忠；且与继承人交战；因此加以挞伐。参看 Singleton, *Paradiso 2*, 327-38; Sisson, 703。哈康五世于公元一二九九年至一三一九年任挪威国王，在位期间与丹麦交战。

140. **拉沙王**：指斯特凡·乌罗什二世（Stevan Uroš II，一二七五年至一三二一年），塞尔维亚国王，斯特凡·乌罗什一世之子。在位期间，与希腊、土耳其交战。仿威尼斯钱币铸造伪币，对威尼斯和波隆亚的兑换造成混乱。"拉沙"（"Rascia"）是塞尔维亚中世纪的名称。参看 Bosco e Reggio, *Paradiso*, 330; Sapegno, *Paradiso*, 249; Toynbee, 537; Singleton, *Paradiso 2*, 328-29。

141. **他因为……蒙污**：斯特凡·乌罗什二世因得睹威尼斯钱币而铸造伪币，结果声名"蒙污"。

142–143. **幸福的匈牙利呀……虐待**：匈牙利在名义上属沙尔·马特（Charles Martel，一译"查理·马特"，一二七一年至一二九五年），其后遭安德鲁三世（Andrew III）篡夺。安德鲁三世于一三〇一年卒后，匈牙利再度落入安茹家族手中，由沙尔·马特的儿子统治；也就是说，落入了法国国王腓力四世的势力范围。由于但丁极度痛恨腓力四世，这句的言下之意是：一三〇一年后，匈牙利未能"一改旧况"，仍然"遭恶人虐待"。神鹰说话时（一三〇〇年），匈牙利在安德鲁治下。参看《天堂篇》第八章六五至六六行注。

143–144. **幸福的纳瓦拉呀，/……为武装**：纳瓦拉（Navarra）本是独立国家，由女王胡安娜（Juana）统治。胡安娜嫁法国国王腓力四世，一三〇五年卒，其子路易一世成为纳瓦拉国王。一三一四年，腓力四世卒，路易一世继位为法国国王，成为路易十世，纳瓦拉乃与法国合并。"周围的群山"，指比利牛斯山脉西部。神鹰言下之意是：尽管纳瓦拉有比利牛斯山脉环抱，仍不能抵御法国的兼并。

146. **尼科西亚、法马古斯塔**：尼科西亚（Nicosia）和法马古斯塔（Famagusta，但丁原文为"Famagosta"）是塞浦路斯的两个城镇，一三〇〇年由法国吕辛雍（Lusignan）的亨利二世统治。亨利二世为人放荡，统治不得人心，卒于一三二四年。亨利二世与法国的卡佩王朝有亲属关系，因此神鹰的意思是：在法国人统治下，命运如何，尼科西亚和法马古斯塔的经验可资借鉴。

148. **这禽兽**：指亨利二世。**上述一类**：指上文所提的坏君王。

第二十章

鹰徽发言完毕，变得更明亮，并且开始唱歌。接着，有声音从鹰颈升起，叫但丁注视鹰眼；然后，声音逐一介绍组成鹰眼的六个光灵：瞳孔是大卫；从最接近鹰喙的一边数起，组成眼眉的五个光灵，依次是罗马皇帝图拉真、犹大王希西家、罗马皇帝君士坦丁、西西里和普利亚国王威廉二世、特洛亚人里佩乌斯。但丁感到奇怪：图拉真和里佩乌斯并非基督徒，怎么也能升天？鹰徽知道但丁心中所想，就告诉但丁：图拉真和里佩乌斯两人，去世前已经坚信基督。解释完毕，鹰徽就强调上帝的圣恩深邃，如何运作，连徽内的福灵也无从得窥。

把全世界照亮的那个天体，
　从我们的半球下沉，白昼
　就会从大地各处销光匿迹。
在白昼消失之前，天空全由
　该天体燃亮。这时，它突然会重现：
　一光熠耀于密密的众光里头。

当凡世及其诸王的旗号发言
完毕，当圣喙沉默不语，我在
脑海里想起上述天空的幻变。
因为这时，所有活着的光彩
变得更明亮，并且开始唱歌；
歌声甫起，就逸出我的记忆外。
温柔的崇爱呀，你让微笑掩遮；
升自众笛时，却那么炽热辉煌。
笛子呀，只容圣思的气息来充塞！
那些名贵的宝石烨烨发光，
在我眼前镶于第六朵炯焰。
当宝石沉默，不再像天使歌唱，
我仿佛听见溪水潺潺在石间
下泻，粼粼的清漪莹澈而澄明，
把山顶充沛的水源向人展现。
一如声音的抑扬在诗琴之颈
形成，又如气流吹入风笛，
在其孔洞化为调子的重轻，
光鹰的喃喃从鹰颈悠悠升起，
不再让我等候。从声音听来，
鹰颈仿佛是一个中空的形体；
低语在颈部化为声音，离开
喙部时变成言语。那些言语，
一如我心中所写，心中所待。
“凡鹰中，专司视觉的器官能直觑

鹰徽

因为这时，所有活着的光彩 / 变得更明亮，并且开始唱歌；/

歌声甫起，就逸出我的记忆外。

（《天堂篇》，第二十章，一〇至一二行）

太阳。我的这一部分，”声音说，
“你现在必须目不转睛地仰盱。
构成吾形的，是众多的烈火。
说到这些烈火，在我的头颅中
烨烨闪烁的眼睛，地位最超卓。
在中间照耀的火焰是我的瞳孔。
这火焰是歌者，颂唱时受感于圣灵；
曾经把约柜从甲城向乙城运送。
现在，他知道付出了多少才情
去创作《诗篇》，得到了什么好处。
他所得的好处，按功劳来决定。
五朵火焰组成我眼眉的弯弧。
五朵火焰中，最接近喙部的一朵，
曾经安慰那失去儿子的寡妇。
现在，经历了这么幸福的生活
和相反的境况，他已经知道，
不跟随基督，要尝多大的苦果。
在我所说的弯弧里面，在升高
上翘的部分，紧跟着另一朵火焰；
这火焰，以衷心忏悔把死亡暂挠。
现在，他知道，恰当的祷告在凡间
令今天的事情在明天发生，
永恒的天律也不曾因此而改变。
接着的一朵，为了对牧者献奉，
带着律令和我，变成了希腊人。

　他用意虽好，却以恶果为收成。
现在，他知道，他的善行之根
　所生的恶果虽然摧毁了世界，
　对于他本人，却没有损害半分。
你还看得见另一位，随弯弧下斜——
　是威廉，因沙尔、费德里戈的折磨
　而哭泣的土地正为他悲切。
现在，他知道明君怎样能荣获
　天宇的大爱。这一点，他仍借颜面
　所发的光华向众眸昭告申说。
哪一个人，在误入歧途的凡间，
　会信特洛亚的里佩乌斯在圆弧，
　在里面成为第五朵神圣的光焰？
现在，凡间看不到的圣恩洪福，
　他已经了解得颇深——尽管他视疆
　有限，不能看到圣恩最深处。”
云雀飞到了高空，首先会嘹亮
　歌唱，然后沉默，因余音动听
　娱心而怡然感到满足昂扬。
这时候，鹰徽也露出同样的神情。
　鹰徽呀，由永恒的欢欣印就；遵照
　这欢欣的意旨，万物乃得以成形。
此刻，我个人之于疑惑困扰，
　虽然像彩色玻璃之于色彩，
　却已忍受不了默等的煎熬；

沉重的疑惑把我的嘴唇冲开，
　猛然逼出“怎么可以呢？”这问题。
　众光听罢，辉煌地闪晃起来。
接着，鹰眼更亮得炯炯熠熠；
　享受神恩的徽号开始回答我，
　以免我继续受惊诧之情牵羁：
“我知道，上述的事物由我陈说，
　所以你相信；却不谙背后的情形，
　结果获信的事物仍在藏躲。
你是这样的一个人：事物之名
　能够牢牢地掌握；名外之实，
　却要别人指陈才能够看清。
Regnum celorum 愿意受暴力控持——
　也就是炽爱和殷切期望的迫挟。
　二者夹攻，能征服神圣的天志。
这种征服，跟人际的征服有别：
　天志被征服，是因为有意被征服；
　它被征服后，又以至善征服世界。
眉内，第一和第五个光灵映入
　你的眸子，叫你惊诧，皆因
　你看见他们装饰着天使的国度。
他们离体前已经对基督坚信；
　非你所想的异教徒。他们分别
　坚信，苦足将临或苦足已临。
一个人进了地狱，回心的境界

就永难重返。上述的光灵之一
却重返血肉，殷望得到了酬谢。
殷望把力量给予祷告，求上帝
使他从死亡复活而重返阳间，
让他的意志随着感召而奋起。
我所描述的光灵，辉煌赫显；
重返血肉之后，在短暂的时空
相信有人能给他帮助。这信念，
使他在真爱的火焰之中
燃得更炽盛；结果到了第二度
崩殂，乃能分享这庆典的光荣。
另一个人，凭借圣恩的帮助，
在下界专慕正义。因此上帝
施恩后再施恩，让他张开双目，
凝望我们未来的救赎，并得以
成为信徒。从那时开始，再容忍
不了异教的恶臭，进而诟詈
信奉异教的徒众。上述的圣恩
涌自深邃的源泉；泉底的流波，
芸芸众生的视力都无从得臻。
刚才的三位女士，你已经见过
（在右轮之侧出现）。洗礼开始前
千多年，她们就为这光魂洗濯。
宿命啊，你的根本与众生之眼
相距太远了；原因呢，是这些

眼睛看不到第一原因的全面。
你们这些凡躯呀，请不要苟且
判断；因为，连得睹上帝的我们，
也认不全所有选民的行列。
而这一局限，是我们的福分：
圣善中，我们的善会变得完美；
我们的意愿会以神愿为根本。”
上面所述，是神圣的光徽
给我的妙药。光徽所以这样做，
是为了治好我视力的短小卑微。
出色的诗琴弹奏者把琴弦弹拨，
会使之颤动去伴随出色的歌手，
让歌曲变得更加动听袅娜。
鹰徽说话时，在我的记忆里头
也如此：两朵幸福的光芒随话语
闪着小小的火焰，恰恰像双眸
眨动着，开合间有一致的秩序。

注释：

1. **把全世界……天体**：指太阳。
2. **从我们的半球下沉**：从我们的地平线下沉。

5–6. **这时……里头**：中世纪的天文学家相信，群星的光全部来自太阳。因此群星在天空出现时，等于太阳（“它”）突然出现。天上所有的星星（“密密的众光”），只反映太阳的辉耀。参看《天堂篇》第二十三章二九至三〇行。

7. **凡世及其诸王的旗号**：象征凡尘权力（指罗马帝国）及帝国君主的鹰徽（“旗号”）。

8. **圣喙**：指鹰徽的喙。

10. **活着的光彩**：指组成鹰徽的光灵。

12. **逸出我的记忆外**：指圣景的境界太高，但丁的记忆不能捕捉。参看《天堂篇》第一章五至六行。

13. **温柔的崇爱**：原文为“dolce amor”。论者有两种解释。一说指光灵对上帝的敬爱。参看 Pasquini e Quaglio, *Paradiso*, 329; Villaroel, *Paradiso*, 163-64。一说指上帝的慈爱，在这里由光灵反映。参看 Porena, 798; Sapegno, *Paradiso*, 253。按照文意，第二说比较可信。**让微笑掩遮**：以圣欣覆裹。

14. **众笛**：指光灵组成的鹰徽所发出的声音。

16. **那些名贵的宝石**：指组成鹰徽的光灵。

17. **第六朵炯焰**：指第六颗行星，即木星。

22. **诗琴**：原文“cetra”，一译“齐特拉琴”（《意汉词典》），是欧洲古代的一种乐器。

23. **风笛**：原文（第二十四行）“sampogna”，又作“zampogna”。

31–32. **专司视觉的器官……太阳**：“专司视觉的器官”，指眼睛。据说鹰眼能逼视太阳。

32. **我的这一部分**：我（即鹰徽）的眼睛。

34. **烈火**：指光灵。

38. **歌者**：指大卫。大卫是《圣经·诗篇》的作者。

39. **曾经……运送**：大卫把神的约柜从阿比拿达的家运往耶路撒冷。参看《圣经·撒母耳记下》第六章第一至九节。

40–41. **现在……好处**：现在，大卫知道，歌颂上帝会得到什么好处。

44. **最接近喙部的一朵**：指图拉真，罗马皇帝。参看《炼狱篇》第十章七三至九六行注。

45. **曾经安慰……寡妇**：参看《炼狱篇》第十章七三至九六行及其注释；此外，参看本章一〇六至一〇八行。

46–48. **现在……苦果**：图拉真入过地狱，现在身处天堂，知道不信基督和相信基督有什么分别。

50. **另一朵火焰**：指犹大王希西家。

51. **这火焰……暂挠**：先知以赛亚预言犹大王希西家即死。希西家向耶和华祷告，结果寿命延长了十五年。参看《圣经·列王纪下》第二十章第一至七节。

52–54. **现在……改变**：现在，图拉真知道，即使祈祷把事情推迟，上帝的天律也没有改变，因为在上帝的安排中，祈祷是天命的一部分。参看《炼狱篇》第六章二八至四二行；*Summa theologica*, II, II, LXXIII, 2。

55. **接着的一朵**：指君士坦丁大帝。

55–56. **为了对牧者奉献，/……希腊人**：传说君士坦丁大帝，因教皇西尔维斯特一世治好了他的麻风而迁都拜占庭，把帝国西部的世俗统治权及罗马以外的一些教区赠予西尔维斯特一世及其继承人。拜占庭是希腊的城市，所以说"变成了希腊人"。参看《地狱篇》第十九章一一五至一一七行注。

57. **恶果**：但丁相信，由于教会得到了财富和权力，结果败坏贪污，世俗世界和精神世界也彼此混淆。因此君士坦丁的赠礼是"恶果"。

60. **没有损害半分**：尽管君士坦丁的行为造成了祸害，他本人仍进了天堂，没有受损半分。

62. **威廉**：意文 Guiglielmo，英文 William，即 William the Good。指威廉二世，诺曼人，一一六六年至一一八九年任西西里和普利亚（即那波利）国王，行仁政，有"仁君"（英文 the Good，意文 il Buono）之称。其父威廉一世，为人残忍，有"暴君"（the Bad）之称。

62–63. **因沙尔……悲切**：沙尔：指安茹的沙尔二世。参看《天堂篇》第十九章一二七行注。**费德里戈**：指阿拉贡的费德里戈二世。参看《天堂篇》第十九章一三〇至一三一行注。一三〇〇年，普利亚和西西里分别由沙尔二世和费德里戈二世统治，人民遭受了不少祸害。以前，在威廉治下，两国幸福得多；此刻由暴君统治，都要"哭泣"。"哭泣"的同时又想起威廉昔日的仁政，于是产生怀念之情，深感"悲切"。

64–66. **现在……昭告申说**：现在，威廉知道，当仁君会获天堂宠爱。此刻所发的光华，就昭然说明了这点。

67–69. **哪一个人……光焰？**：在不走正路（"误入歧途"）的凡尘，有谁会相信，里佩乌斯也能进天堂，成为第五朵光焰？**里佩乌斯**：意大利文原文 Rifeo，拉丁文 Ripheus，是特洛亚战争中阵亡的特洛亚人。见《埃涅阿斯纪》第二卷四二六至四二七行："cadit et Rhipeus, iustissimus unus/ qui fuit in Teucris et servantissimus aequi."（"里佩乌斯也倒下。特洛亚人当中 / 数他最公道，也最热爱正义。"）。在同卷三三九行、三九四行，里佩乌斯也有出现。里佩乌斯地位不高，生于基督降生前，没有机会皈依基督，因此世人难以相信，他会进天堂。这几行的言外之意是：只要为人正直，即使没机会皈依基督，也可进天堂。上帝的圣裁，尘眸无从窥测。

70. **现在**：本章第四十行开始，四十六行、五十二行、五十八行、六十四行、七十行，都以“现在”（“ora”或“Ora”）一词开头，是修辞学所谓的“首语重复法”（意大利语 anafora，英语 anaphora）。

71–72. **视疆 / 有限……最深处**：里佩乌斯是创造物，视境有限，不能看到神思最隐秘的深处。参看《天堂篇》第十九章五八至六三行。

76. **这时候……神情**：神鹰说完了话，想起有关圣恩的最后几句，仍感欣悦，就像云雀唱完了歌而怡然自得（“露出同样的神情”）。

77. **永恒的欢欣**：上帝的欢欣。

79–80. **我个人……色彩**：但丁的疑惑虽在他的颜容上清楚展现，无须直说，一如彩色透过玻璃外彰，但仍忍不住沉默。参看 *Convivio*, III, VIII, 9-11; *Convivio*, III, IX, 10。

90. **结果……藏躲**：意为：结果你所信的事物仍隐而不显。也就是说，但丁信其然而不知其所以然。

92. **名外之实**：拉丁文 quidditas，意大利文 quiditate，英文 quiddity，汉译“本质”“实质”，是经院哲学的概念。参看 Porena, 803。

94–96. **Regnum celorum……天志**：天国乐于让凡人的炽爱和殷切的期望征服。**Regnum celorum**：拉丁文，意为“天国”（“celorum”又作“coelorum”）。出自《圣经·马太福音》第十一章第十二节：“Regnum coelorum vim patitur et violenti rapiunt illud.”（“天国是努力进入的，努力的人就得着了。”）。同一句也见于《圣经·路加福音》第十六章第十六节。不过和合本《圣经》的汉译，未能传递拉丁原文的矛盾修辞法。拉丁原文的意思是：“天国乐于遭强暴。”**神圣的天志**：指上帝的意志。

99. **它被征服后**：天志被“炽爱和殷切期望”（第九十五行）征服后。

100. **第一和第五个光灵**：指图拉真和里佩乌斯。

103. **他们……坚信**：意为：他们卒前已坚信基督。

104–105. **他们分别 / 坚信……已临**：里佩乌斯相信基督会降临，并在十字架上被钉；图拉真相信，基督已经降临，在十字架上被钉。**苦足**：原文“piedi”，指基督被钉的脚。这里以“苦足”代基督，以局部代表全部，是修辞学上的举隅法（又称“提喻法”），意文 sineddoche，英文 synecdoche。

106–108. **一个人……酬谢**：一个人进了地狱，就永难重返容许悔过（“回心”）的人间；图拉真是个例外。参看《炼狱篇》第十章第七十六行，第二十四章第八十四行。**殷望得到了酬谢**：指教皇格列高利一世切望图拉真重返阳间，结果祈祷得到了上帝的酬谢，图拉真终于复活。参看 *Summa theologica*, III, suppl., q.LXXI, 5。

109–117. **殷望……这庆典的光荣**：殷切的期望（期望图拉真复活）使祈告更有力量，结果图拉真复活，返回阳间，充满对上帝的爱（“真爱”），并开始信仰基督，再卒时得以飞升天堂，分享那里的永欣（“这庆典”）。

118. **另一个人**：指里佩乌斯的光灵。

118–124. **凭借圣恩……异教的徒众**：里佩乌斯卒前，基督尚未降世，但获上帝的厚恩（“施恩后再施恩”）和启迪（“让他张开双目”）而专慕正义，相信人类可以获救，结果不再容忍异教。根据阿奎那的说法，得救者所靠的信仰，既可外铄，也可内发。参看 *Summa theologica*, II, II, q.II 7: “multis gentilium facta fuit revelatio de Christo...Si qui tamen salvati fuerunt quibus revelatio non fuit facta, non fuerunt salvati absque fide Mediatoris; quia etsi non habuerunt fidem explicitam, habuerunt tamen fidem implicitam in divina providentia, credentes Deum esse liberatorem hominum secundum modos sibi placitos et secundum quod aliquibus veritatem cognoscentibus Spiritus revelasset.”（“基督的启示会施诸许多异教徒……不获这种启示的人当中，如果有人终于获救，也不是因为他们不靠中介信仰而获救；他们即使得不到外铄的信仰，也有内发的信仰——相信神圣的天道，相信上帝是人类的拯救者。这种信仰是什么方式的信仰，要看上帝的意旨如何，看圣灵赐他们多少慧根，让他们认识真理。”）。

126. **芸芸众生的视力都无从得臻**：指上帝的圣恩深不可测，非人智所能窥探。

127. **刚才的三位女士**：指《炼狱篇》第二十九章一二一至一二九行的三超德（tre virtù teologali）：信德（Fede）、望德（Speranza）、爱德（Carità）。这三位女士，曾在象征花车（carro mistico）的右轮旁出现。

128–129. **洗礼开始前/……洗濯**：意为：约翰为耶稣施洗前千多年，信、望、爱（由三位女士象征）就为里佩乌斯施洗了。参看 Porena, 804。

130. **宿命**：原文“predestinazion”，指上帝的预先安排，又译“命运”或“预选”。**根本**：最终的根源。

132. **第一原因**：原文“la prima cagion”，英文 the First Cause，又译“上帝”或“第一推动力”。参看 *Convivio*, III, VI, 5: “Dio è universalissima cagione di tutte le cose...”（“上帝是宇宙万物的第一推动力……”）。

134. **我们**：Sapegno（Paradiso，261）指出，在一三四至一三八行，神鹰说话时不再用第一人称的单数，而用第一人称的复数“我们”（“noi”），表示所指不仅是木星天的光灵，也包括天堂的所有福灵。

135. **所有选民**：指天堂的所有福灵。

136. **而这一局限，是我们的福分**：光灵不觉得一三四至一三五行所提到的局限是局限；相反，他们会因这局限感到幸福。参看《天堂篇》第三章七〇至七二行，七九至八七行。

138. **我们的意愿会以神愿为根本**：参看《天堂篇》第三章第八十五行："君王的意志是我们的安宁所居"（"E' n la sua volontade è nostra pace"）。

141. **我视力的短小卑微**：指但丁听神鹰说话前，未知神道如何深邃，未知图拉真和里佩乌斯何以能置身天堂，就胆敢质询上帝的圣裁。神鹰说话，是为了治好他的无知。

142. **诗琴弹奏者**：原文"citarista"，指弹奏诗琴（cetra）的人。参看本章第二十二行注。

146. **两朵幸福的光芒**：指图拉真和里佩乌斯。

147–148. **恰恰像双眸 / 眨动着……秩序**：双眸开合时，动作完全一致；闪烁的火焰也如此。参看《天堂篇》第十二章二六至二七行。

第二十一章

但丁和贝缇丽彩到了土星天，也就是第七重天。贝缇丽彩不再微笑，因为但丁的视力再不能承受她微笑时的光华。这时，但丁见一张梯子上凌高天，上面有数不尽的光灵沿梯级下降。其中一个是伯多禄·达米安。但丁问他，天乐在这里何以声噤。达米安说，福灵知道但丁承受不了这里的天声，所以停止了歌唱。然后，达米安开始声讨今日的牧者。最后一句说完，有更多的小光辉下降旋动，围着达米安聚拢，止步且高呼。巨响中，但丁目瞪口呆，完全不明所以。

这时候，我的眼睛已经再度
　凝望着娘娘的面庞；我浑然忘我；
　全神贯注，摆脱了万念的束缚。
娘娘没有微笑，却这样对我说：
　“要是我微笑，你的结局就会像
　瑟美蕾一样：刹那间化为烬末。

贝缇丽彩

这时候，我的眼睛已经再度 / 凝望着娘娘的面庞……

（《天堂篇》，第二十一章，一至二行）

因为，你已经看见，我昳丽漂亮，
在这座永恒的宫殿里越是沿阶梯
向上，美颜发出的光华就越强。
这样的美颜，如果不加以调剂，
你这凡躯的力量一触其光辉，
就会像树枝被一刃响雷擘劈。
我们已升到第七朵光芒的方位。
这光芒，此刻在热狮的胸膛下面
生辉，混着其勇力向下界悬垂。
让精神贯注，在后面紧跟两眼；
再以两眼为镜，以便有人物
在这面大镜出现时加以彰显。”
于是，我把精神转移到另一处。
有谁知道，在享福的容颜上，
什么样的美食喂养着我的双目，
知道如何把二喜衡量得恰当，
谁就会明白，服从指引我登跻
上升的天堂向导是何等欢畅。
绕着世界旋转的是水晶天体，
上面有为人熟悉的君主之名。
在这位君主的治下，万邪灭熄。
水晶里，我看见一张梯子在上凌
高天，梯身闪晃着太阳的金光。
我的视力却攀不到梯顶。
同时，我还看见数不尽的光芒

沿着梯级下降，叫我以为，
天穹所有的光华在向下流淌。
出于自然的习性，黎明在光辉
初露时，穴乌会一同起飞，去晒暖
冷羽。然后，有的一去不归；
有的飞回起点；另一些则缓缓
打着圈，盘旋不去。沿梯子滂沱
下泻的光华，也是这样的景观。
在我眼前出现的，是相同的动作：
闪烁的光华在一起下降，一触附
某一梯级，就如穴乌散扩。
有一朵，最接近我们时驻足，
光辉夺目，叫我在心中暗忖：
“你表示的仁爱，我已经看得清楚。”
我应否说话，怎么说话，都依遵
娘娘的吩咐。我等待着，但不见
动静，只好强忍着没有发问。
天主能烛照一切；娘娘以慧眼
瞻望天主间，明白我何以沉默，
就对我说：“你尽管满足渴念。”
“我的德性，”我闻言就这样说，
“未足以使我蒙受你的启迪；
不过，享福的活灵啊，是娘娘让我
提问。你隐身在自己的欣悦里，
就看在她分上，告诉我，什么原因

土星天

水晶里，我看见一张梯子在上凌／高天，梯身闪晃着太阳的金光。／

我的视力却攀不到梯顶。

（《天堂篇》，第二十一章，二八至三〇行）

叫你这样近距离向我徙移。

天堂动听的交响在这一轮声噤
音沉；在下面各轮却虔诚嘹亮——
道理何在呢，也请你启迪我心。”

“你的听力平凡，跟视力一样，
所以这里没有人歌唱，”光灵说，
“原因跟贝缇丽彩不微笑相像。

我沿着圣梯一级级地降落
这个地方，是为了向你欢迎，
以话语，以覆盖我的辉光炯火。

我来得快，非出于特炽的深情。
煌煌的光焰已为你阐申，
上面烧得同样旺——甚至更彪炳。

正如你所见，众职由深慈派分；
深慈使我们敏于服务天志。
那天志，负起管治天下的责任。”

“圣灯啊，”我说，“我已经看得确实，
知道这个宫廷里，自由之爱
怎样服从永恒天道的操持。

不过有一点我还是不太明白：
这件事，为什么你的同伴不去做；
却偏偏是你，注定要获得遣派？”

话语的最后一字我还没有说，
光芒就把中央当作圆心
团团旋转，恍如飞快的石磨。

然后，里面的慈爱发出了声音：
“上主的辉芒向我的身体聚集，
穿越这裹着我的光明之锦，
其力量跟我的视力合而为一，
把我高高擎起，让我看见
至尊的本质——那辉芒之所由起。
结果，我得以欣然发出炯焰；
因为我的视力无论多澄明，
炯焰都会以相等的亮度彰显。
不过，天堂里，最获宠照的光灵——
最能凝望上主的六翼天使，
也不能满足你的求知心情；
因为呀，你所求的答案，一直
深隐在天律的深渊，所有众生
穷目力去探索，都越不了雷池。
回到凡间之后，你要当见证，
向人类复述这些话。这样，他们
就不再妄图向这一目标攀登。
心灵在这里发光；在凡间却蒙尘。
那么，试问获天堂收纳尚无从
完成的事功，下界又怎能胜任？”
他的话，大大约束了我的行动。
结果我不再探询；只是问他
姓甚名谁，问时卑微而谦恭。
“夹在意大利东西两边的海涯，

离你的故乡不太远，有巉岩耸起，
高得连下方的响雷也难以到达。
巉岩耸成卡特里亚这个山脊。
山脊之下，有圣修院一座，
以前专用来行钦天大礼。”
到了第三次开腔，光灵这样说。
然后继续陈述：“在那个地方，
我服侍上帝，练就了坚贞的气魄。
结果有橄油调剂的食物品尝，
就可以从容度过暑热和酷寒；
光靠冥想，就感到满足开朗。
那所隐修院，给诸天的出产
一向丰盛；此刻却荒芜冷清，
相信转眼间就会弱点尽展。
在那里，我以伯多禄·达米安为名；
在亚德里亚海之滨——在圣母
之家，却是罪人伯多禄在修行。
当我在凡间的生命快要结束，
有人邀请我，把大帽盖落我的头。
戴帽的众人，后来越来越可恶。
圣灵的巨皿，在矶法之后
也跟着来临。他们赤着脚，身体
消瘦，所有旅馆的残羹都接受。
今日的牧者，却处处要找凭依：
两边要扶持，前边要有人带路

（他们太胖了），后边要有人抬起。 132
他们用大披风把坐骑盖住，
一皮乃盖着走动的牲畜一对。
耐性啊，你竟要忍受这样的痛苦！” 135
此语一出，只见更多的小光辉
从梯上一级一级地下降旋动，
每旋一次，都变得更加瑰玮。 138
一朵朵的光辉围着光灵聚拢，
止步且高呼；呼声洪亮无比，
非尘物所能摹状。雷音的巨响中， 141
我目瞪口呆，完全不明其所以。

注释：

1–2. **这时候……忘我**：但丁再度凝望贝缇丽彩的面庞；由于太专注，到了浑然忘我之境。

6. **瑟美蕾**：Σεμέλη，Semele，希腊神话中卡德摩斯（Κάδμος，Cadmus）和哈尔摩尼亚（Ἁρμονία，Harmonia）的女儿。宙斯爱上了瑟美蕾，答应满足她的任何要求。赫拉出于妒忌，使瑟美蕾求宙斯展现全部神貌。宙斯被迫以神貌出现，所发的雷电把瑟美蕾烧成了灰烬。酒神狄奥尼索斯是瑟美蕾与宙斯所生的儿子，曾入阴间把母亲救上天堂。在天上，瑟美蕾的名字是忒奥妮（Θυώνη，Thyone）。参看《变形记》第三卷二五三至三一五行。

7–9. **因为……就越强**：指贝缇丽彩越是向最高天飞升，颜貌就越美丽。参看《天堂篇》第八章一三至一五行，第十四章七九至八一行，第十八章五五至五七行。**永恒的宫殿**：指天堂。

13. **第七朵光芒的方位**：指水星天。

14–15. **这光芒……悬垂**：土星干而冷，狮子座干而热。此刻，两者会合，在一起影响下界。在《筵席》中，但丁曾提到土星："Giove è stella di temperata complessione, in mezzo de la freddura di Saturno e de lo calore di Marte."（"木星的成分中和，介乎土星的寒冷与火星的灼热之间。"）。见 *Convivio*, II, XIII, 25。此外，参看《炼狱篇》第十九章第三行，《天堂篇》第二十二章一四五至一四六行。土星和狮子座的性质相混，等于沉思与勤快两种性情结合。参看 Sapegno, *Paradiso*, 266。

18. **这面大镜**：指土星。土星闪闪发光，所以称为"镜"。

20–24. **有谁知道，在享福的容颜上，/……欢畅**：意为：有谁知道，但丁凝望贝缇丽彩的美颜（"享福的容颜"）是什么样的享受，"谁就会明白，服从……向导是何等欢畅"。

22. **二喜**：凝望贝缇丽彩的容颜是一喜；服从她的指示，把视线转向土星是另一喜（参看二三至二四行）。

25. **绕着世界旋转**：指土星绕着地球旋转。**水晶天体**：指土星。土星闪闪生光，所以说"水晶天体"。

26–27. **上面……万邪灭熄**：水星的名字源出罗马神话中的神祇萨图诺斯（拉丁文 Saturnus，英文 Satum）。相等于希腊神话中的克洛诺斯，朱庇特（宙斯）的父亲。萨图诺斯把生下的儿女全部吞掉，只剩朱庇特、尼普顿（波塞冬）、普路托。后来被朱庇特推翻。萨图诺斯是播种和收获之神，在一般描写中，总是手握长柄镰刀。治内天下太平，称为黄金时代。参看《地狱篇》第十四章第九十六行注，《炼狱篇》第二十八章一三九至一四〇行。

28. **水晶里**：指土星里。

28–30. **我看见……梯顶**：这里描写的梯子，源出《圣经·创世记》第二十八章第十二节："Viditque in somnis scalam stantem super terrram, et cacumen illius tangens caelum, angelos quoque Dei ascendentes et descendentes per eam."（"〔雅各〕梦见一个梯子立在地上，梯子的头顶着天，有神的使者在梯子上，上去下来。"）。在意大利文学中，这类描写极多。参看 Sapegno, *Paradiso*, 267。《天堂篇》第二十二章七〇至七二行也提到这张梯子。梯子在这里象征默祷。默祷能通向天堂，直达神的天听。

35. **穴乌**：原文"pole"（pola 的复数），是威尼托（Veneto）方言，又称 mulacchie。穴乌又叫"寒鸦"，是类似乌鸦的鸟，学名 *corvus monedula*，体黑，产于欧洲。根据本文努托（Benvenuto）的看法，穴乌灵快，又喜欢独处，最适宜象征默祷或沉思。参看 Sapegno, *Paradiso*, 267-68。

49–50. **天主……何以沉默**：上帝能烛照全人类已形或未形的思想。贝缇丽彩瞻望上帝，即能看到但丁想什么，知道他何以沉默。参看《天堂篇》第九章七三至七五行。

51. **满足渴念**：参看《天堂篇》第十五章五二至五三行，第十九章二五至二六行。

55. **欣悦**：指福灵向但丁展示的光芒。

58. **天堂动听的交响**：指土星天以下诸天的歌声。**这一轮**：这一重天。

61–63. **"你的听力平凡，"……相像**：但丁的听力平凡，不能承受这里的歌唱，因此光灵停止歌唱，怕歌声摧毁但丁的听力；一如贝缇丽彩不再微笑，怕微笑时所发的光华会摧毁但丁的视力。

68. **煌煌的光焰**：指其他光灵所发的光芒。

69. **上面……彪炳**：意为：上面的光焰跟我的光焰一样旺，甚至有过之而无不及。

70. **众职**：各光灵的职能、任务。**深慈**：指上帝的慈爱。上帝的慈爱深不可测，所以说"深慈"（原文"l'alta carità"）。

71. **天志**：指上帝的意志，也就是天命。光灵以服务天志为乐；迎接但丁的光灵，执行上帝给他派遣的任务时，已经在享受至乐。参看《天堂篇》第三章七三至七八行。

72. **天下**：原文（第七十一行）"mondo"。在这里指宇宙。

73. **"圣灯"**：但丁对光灵的称呼。参看《天堂篇》第二十三章第二十八行。

74. **这个宫廷**：指天庭，也就是天堂。参看《地狱篇》第二章一二五行，《天堂篇》第三章第四十五行，第十章第七十行，第二十四章一一二行。

74–75. **自由之爱/……操持**：自由之爱乐于受天道操持。

77. **这件事**：指欢迎但丁的任务。

80–81. **光芒……石磨**：光灵听了但丁的问题，乐于回答，所以"团团旋转，恍如飞快的石磨"。参看《天堂篇》第十二章第三行，第十八章第四十二行。

84. **裹着我**：原文"m'inventro"，为但丁所创的新词，由"in"（在……里）和"ventre"（内部）构成。《天堂篇》原文第七章第六行的"s'addua"；第九章第七十三行的"s'inluia"，第八十一行的"m'intuassi"和"t'inmii"；第十章一四八行的"s'insempra"；第二十二章第一二七行的"t'inlei"——这些也是但丁自创的新词，可参看。

87. **至尊的本质**：指上帝。**那辉芒**：指第八十三行"上主的辉芒"。

88. **结果……炯焰**：光灵因得睹上帝而欣悦；因欣悦而发出炯焰。

89–90. **因为……彰显**：光灵的视力（指得睹上帝的程度）和光芒的亮度成

正比。参看《天堂篇》第十四章四〇至四二行。

91. **最获宠照的光灵**：最获上帝的恩光照耀的光灵。指圣母玛利亚。圣母玛利亚最接近上帝，最清楚上帝的圣思，是最获神宠的人。

92. **最能凝望上主的六翼天使**：指最能看到上主意旨的六翼天使。参看《天堂篇》第四章第二十八行。六翼天使是最获神宠的天使。

99. **就不再妄图向这一目标攀登**：就不再设法找上述问题（为什么光灵各有遣派）的答案。

101–102. **"获天堂收纳……胜任？"**：意为：获上帝恩宠而飞升天堂的光灵尚且不能回答上述问题，凡人又怎能回答呢？

103. **约束了我的行动**：指但丁听了光灵的话，不再追问上帝意旨之所以然。参看《天堂篇》第二十四章第六行，第二十五章五六至五七行。

106–107. **"夹在……耸起"**：指亚德里亚海和第勒尼安海之间的亚平宁山脉，离翡冷翠（"你〔但丁〕的故乡"）不太远。

108. **高得……到达**：响雷在云中形成。亚平宁山脉高出云端，所以说"高得连下方的响雷也难以到达"。

109. **卡特里亚**：原文"Catria"，亚平宁山脉的一座山，位于古比奥（Gubbio）和佩尔戈拉（Pergola）之间，是翁布里亚（Umbria）和近海沼泽区毗连处，海拔一千七百米。

110. **圣修院**：指榛泉圣十字修道院（Santa Croce di Fonte Avellana）。属本笃会（Benedictine Order）。据说但丁曾在这里住过。

111. **钦天大礼**：对天主所行的大礼。原文"latria"，源出希腊语 λατρεία。大概来自奥古斯丁的《论上帝之城》（*De civitate Dei*）、托马斯·阿奎那的《神学大全》（*Summa theologica*）或中世纪的字典。参看 Pasquini e Quaglio, *Paradiso*, 354-55; *A Lexicon Abridged from Liddell and Scott's Greek-English Lexicon*, 407, "λατρεία"条："*...hired labour, service, servitude: esp.the service of the gods, worship.*"

118–119. **给诸天的出产 / 一向丰盛**：一向为天堂出产获上帝圣宠的许多福灵。隐修院的修士，生时虔敬，唯上帝的意旨是遵，卒后乃飞升天堂。

121. **伯多禄·达米安**：意大利文原文"Pietro Damiano"，拉丁文 Petrus Damiani，约于一〇〇七年生于拉温纳的卑微人家，年轻时学文学和法理学，不久即名成利就，三十岁出家当僧侣，一〇四三年当榛泉圣十字修道院院长，一〇五七年成为奥斯提亚（Ostia）主教。一〇七二年卒于法恩扎（Faenza）。在著作中宣扬苦行，抨击世俗的败坏风尚。服务过多任教皇，致力于教会改革。他出于谦逊，签名时常写"Petrus peccator"（"罪人伯多禄"）。参看 Bosco e Reggio, *Paradiso*, 359; Mattalia, *Paradiso*, 414-46; Sapegno, *Paradiso*, 272-73; Toynbee, 212,

"Damiano, Pietro"条；Singleton, *Parardiso 2*, 355。

122–123. **圣母／之家**：指波尔托（Porto）的圣玛利亚（Santa Maria）修道院。

123. **却是罪人伯多禄在修行**：论者对这一行有两种诠释：第一种诠释是：罪人伯多禄另有其人，并非一二一行的伯多禄·达米安。第二种诠释是：罪人伯多禄和一二一行的伯多禄·达米安是同一人；也就是说，到了圣母之家，达米安改用另一名（Petrus peccator）。参看 Bosco e Reggio, *Paradiso*, 359; Pasquini e Quaglio, *Paradiso*, 355-56; Sapegno, *Paradiso*, 272-73; Villaroel, *Paradiso*, 177; Chiappelli, *La Divina Commedia*, 446; Vandelli, 916-17; Singleton, *Paradiso 2*, 354-55; Sisson, 706; Musa, *Paradise*, 255-56。这里的汉译像原文一样，可以容纳两种诠释。

124–125. **当我在凡间……我的头**：在尘世的最后岁月，达米安获任为枢机主教，戴上枢机主教的大帽（"有人邀请我，把大帽盖落我的头"）。

126. **戴帽的众人……越可恶**：后来继承主教之位的人，每况愈下，变得越来越窳劣。

127. **圣灵的巨皿**：原文"il gran vasello/de lo Spirito Santo"（原文一二七至一二八行），指圣保罗。圣保罗有"vas electionis"（"我所拣选的器皿"）之称。见《圣经·使徒行传》第九章第十五节。在《地狱篇》原著第二章第二十八行，"vas electionis"译为"Vas d'elezione"（"获选的器皿"）。**矶法**：原文"Cefàs"，出自阿拉米语（Aramaic）的 cephas（希伯来文也用此词），指彼得。彼得的拉丁名字 Petrus（磐石）译自 cephas。参看《圣经·约翰福音》第一章第四十二节："Intuitus autem eum Iesus, dixit: Tu es Simon filius Iona; tu vocaberis Cephas, quod interpretatur Petrus."（"于是领他去见耶稣。耶稣看见他，说：'你是约翰的儿子西门，你要称为矶法〔"矶法"也就是"彼得"〕。'"）。此外，参看《圣经·哥林多前书》第三章第二十二节，第九章第五节，第十五章第五节；《圣经·加拉太书》第二章第九节。

129. **所有旅馆……都接受**：指彼得和保罗生活清苦，甘于化缘度日。此行与一三〇至一三二行形成鲜明对比。参看《圣经·路加福音》第十章第五至八节："'In quamcumque domum intraveritis..., in eadem manete edentes...Et in quamcumque civitatem intraveritis, et susceperint vos, manducate quae apponuntur vobis.'"（"'无论进哪一家……，你们要住在那家，吃喝他们所供给的……无论进哪一城，人若接待你们，给你们摆上什么，你们就吃什么。'"）此外，参看《圣经·哥林多前书》第十章第二十七节。

130. **今日的牧者**：指今日的教皇。

131. **两边要扶持**：教皇的两边有搀扶者（意大利文称为"braccieri"）搀扶。

132. **后边要有人抬起**：教皇华丽的长袍拖地，后面的衣裾要有随从抬起。替教皇抬长袍的，意大利文叫 caudatario（复数 caudatari）。

134. **一皮……一对**：教皇的披风太大、太豪华，教皇坐在马上，披风就覆盖了"两头牲畜"（指教皇和他的坐骑）。但丁借伯多禄·达米安之口称教皇为"牲畜"，鄙夷之情可见一斑。教皇的大披风以毛皮为衬里，所以说"一皮"。

135. **耐性**：指上帝的耐性。**忍受……痛苦**：忍受教皇的败坏堕落所带来的反感。

136–138. **此语一出……瑰玮**：达米安的慨叹一出，其余的光灵以增光方式表示同意，结果所发的光芒变得更明亮、更璀璨（"更加瑰玮"）。

139. **一朵朵的光辉围着光灵聚拢**：指其他光灵围着达米安的光灵聚拢。

140. **高呼**：众光灵"高呼"，是祈求上帝惩罚败坏的神职人员。

141. **雷音的巨响**：指其他光灵的高呼。由于声音洪亮，所以说"雷"，说"巨"。

142. **完全不明其所以**：但丁完全不明白呼声要表达什么。

第二十二章

惊恐间，但丁转向贝缇丽彩。贝缇丽彩安慰但丁，并且预言，他会看到败坏的牧者受惩。然后，圣本笃的光灵前趋，向但丁自我介绍。但丁求本笃揭开面纱。本笃说，到了天堂，这一愿望就会得偿。接着，本笃指出，他留在凡间的戒律再无人遵守，隐修院变成了匪窟。话语说毕，就和同伴旋风般向高处上冲。但丁和贝缇丽彩也升到了恒星天，进入双子星座。贝缇丽彩告诉但丁，他已经逼近至福之疆；叫他在上趋至福前俯眺下方的景物。但丁遵照指示回望了七重天，发觉地球微不足道。

在惶骇得难以自持间，我马上
　转向向导，就像受惊的小孩，
　总奔向最能给他信心的地方。
贝缇丽彩则像母亲，赶快
　安慰苍白气喘的儿子，声音
　一如过去，总能叫儿子舒怀。

她说 ：“不知道你身在天堂吗？如今，
在完全圣洁的天堂，一切按义诚
行事。这一点，难道你没有留心？
这一声呼喊已经吓得你发愣，
那么，此刻你可以想象，你会
怎样受震于歌声和我的笑声。
要是你明白他们的祷告，是谁
会受到惩罚，呼声已向你说清楚。
这结局，去世前你注定会得窥。
上界之剑出击时，不会过速，
也不会过缓。有这种感觉的人，
不是畏剑，就是望利剑来杀戮。
现在，你且回身向着他们，
只要按我的指示凝望，就可以
把许多显赫的灵魂看个逼真。”
我按照她的指示回望之际，
只见千百个小光球彼此以辉芒
照耀对方，并因此变得更美丽。
我站在那里，就像一个被欲望
鞭策的人压制欲望，不敢
发问，生怕一发问就显得孟浪。
然后，在那丛珍珠中，最璀璨、
最硕大的一颗走到了前头
来自我介绍，使我意足心满。
我听到珍珠之内说 ：“要是你能够

像我，看得见慈爱在我们中间
燃烧，你就会把观感宣之于口；
为了不让你久久等候而拖延
鸿图，我现在就回答你的问题。
这问题，由你紧藏在胸怀里面。
有一座高山，山坡是卡西诺所倚。
山顶之上，曾经人来人往。
那些人行为堕落，只走斜蹊。
是我，最先把救世主之名带上
山顶。救世主哇，把真理带到
人间；真理把我们高举向上方。
然后，上天的洪恩向我垂照，
使我把周围的城镇，从诱夺
世人的邪教异端里引向节操。
在凡间的时候，这一朵朵的火
都是默祷之士，热力把他们
燃亮，并生出圣洁的奇葩硕果。
马卡里乌斯、罗穆阿尔度斯二人
都在这儿；还有我的弟兄，修院里
足不出户，心怀坚定的热忱。”
我答道：“你跟我说话，表现了厚意
隆情。在你们所有的火焰中，我看到——
并觉察——你们显示的仁爱心迹。
这一切，把我的信心大大提高，
就像太阳对玫瑰一样：使它

绽放时尽量舒展众瓣的娇娆。
因此我求你揭开自己的面纱，
让我得瞻尊颜——大爷呀，告诉我，
我的恩典会不会这么浩大。”
“兄弟呀，你的宏愿，”光灵对我说，
“会在最高的一重天得偿。那里，
我和别人的愿望都会结果。
那里，每一个愿望都完美无比，
而且成熟齐全。只有在该处，
每一部分的位置都始终如一。
该处不在空间，两极俱无，
我们的梯子一直通到上面；
因此，你的眼睛就无从得睹。
族长雅各，倒见过梯子之巅
直达该处。当时，梯子以满载
天使的形象出现于他的眼前。
可是，今天谁也不提起脚来，
从地面攀梯而上；我的戒律
徒然留了下来，叫纸张蒙哀。
修道院的墙壁已经不像过去，
此刻变成了匪窟。神圣的僧衣
是布囊，腐烂的粗粉在里面堆聚。
靠高息的高利贷榨取暴利，
也不像盗用圣果那样令天主
怫然。那圣果，叫僧侣意乱心迷；

因为呀，凡是教会所有，全部
归于借上帝之名去祈求的人，
不归于僧侣的亲戚或更坏的从属。

凡人的肉体呀，真是柔弱得很；
即使善始于下界，也不能由嫩栎
萌芽，维持到巨栎结果的时辰。

彼得立教，没有金银去仗依；
至于我本人，只靠斋戒和祈祷；
而方济开宗，则凭谦卑兼克己。

要是你细察诸派怎样启肇，
再看它们走了哪一条歧途，
你就会见到由白变黑的寝貌。

尽管如此，上帝驱约旦河裹足
后退，驱大海分擘窜逃的事功，
比这里获得救援要神奇瞩目。”

光灵说完，就向同伴丛中
后退；他的同伴则聚拢在一起；
然后，旋风般全部向高处上冲。

和蔼的娘娘用一个手势示意，
就令我跟着光灵沿梯子上翔——
我的本性在服从她的神力。

在下界，我们按自然的定律下降
或上升。那里，任何高速都不能
和我当时的飙举齐观等量。

读者呀，但愿有一天，我能够重登

那里的凯旋圣境！为了这一天，
我常常槌着胸，为悔过而痛哭失声。
你还来不及把手指抽离火焰
并插进去，我已经看见紧随
金牛的星座，而且置身在里面。
啊，辉煌的双星，你的光辉
充满了大能；我的才华——别理
其性质如何——都是这大能的厚馈。
凡界众生的父亲，跟你们一起
显现、一起隐退的时候，我在
托斯卡纳的空气里开始呼吸。
然后借着天赐的恩典，我前来
这里，进入把你运转的高轮，
并蒙天恩向你们的天域遣派。
此刻，对着你们，我的灵魂
虔诚地赞叹，求你们给它力量，
让它受使命召唤时不觉疲困。
“现在，你已经逼近至福之疆，”
贝缇丽彩说，“你的眼睛必须
变得更澄明，视力要比过去强。
因此，趁你未向这境界前趋，
请你俯眺下面的景物，留意
我置于你脚底的，是多大的寰宇。
这样，你的心就可以充满欣喜，
向胜利的一群自荐。他们

正穿越浑圆的太清前来这里。”
我随着视线一层层地探伸，
回望了七重天，发觉我们的小球
微不足道，不禁笑意难忍。
以地球的一切为至小的末流，
是最佳的观点；驰思凡界
之外的，其为人才算正直无咎。
我还看见丽酡的女儿烨烨
发光，只是没有了阴影。那阴影，
曾令我以为月面有稀稠之别。
许佩里昂啊，你儿子脸上的光明，
我可以逼视了；我还可以目睹
迈雅和蒂婀妮在附近绕圈运行。
在那里，看得见主神宙斯在其父
及其子之间折衷；这些天体
移位时，我也看得清清楚楚。
七个天体把本身的体积
向我展示，同时也让我看到
它们的速度和彼此之间的距离。
我跟着永恒的双子星座旋绕，
得睹叫我们发狂的小小打谷场，
由丘陵以至河口都无从遁逃。
然后，我两眼再朝着美目上望。

注释：

2. **向导**：指贝缇丽彩。

2–3. **就像受惊的小孩，/……地方**：参看《炼狱篇》第三十章四三至四五行。

8. **义诚**：原文（第九行）"buon zelo"，指正直而富公义之心。众光灵听到达米安斥责教皇，不值他们所为，产生强烈的义愤，因此高声呼喊。

10–12. **这一声……笑声**：贝缇丽彩解释，但丁此刻承受不了歌声和笑声，因此众光灵和贝缇丽彩收歌敛笑，天堂乃变得寂静。参看《天堂篇》第二十一章四至十二行、五八至六三行。

15. **这结局……得窥**：第二十一章结尾所述的教皇，在但丁去世前会受到惩罚；至于受罚者是谁，论者有不同的说法，迄今尚无定论。参看 Steiner, *Paradiso*, 296。不过，正如帕斯圭尼（Pasquini）等人所说："La profezia è intenzionalmente generica"（"预言没有确指，是出于刻意安排"）。参看 Pasquini e Quaglio, *Paradiso*, 366。

16. **上界之剑**：指上帝的惩处，也就是天罚。

17–18. **有这种感觉的人，/……来杀戮**：害怕天罚的，觉得上帝之剑出击过速；望上帝早日施罚的，觉得上帝之剑出击过缓。

28. **珍珠**：指小光球。

28–29. **最璀璨、/最硕大的一颗**：指圣本笃（Benedictus，一译"本尼狄克"），出身意大利斯波莱托（Spoleto）的贵族家庭，公元四八〇年在翁布里亚（Umbria）的诺尔齐亚（Norcia）出生，卒于公元五四三年。少年时期即厌恶教廷败坏，隐居罗马附近的苏比亚科（Subiaco）山洞，苦行潜修，追随者极众。其后任维科瓦洛（Vicovaro）隐修院院长。由于他订立的规则太严，门徒不服，于是离开隐修院，到卡西诺山摧毁阿波罗和丘比特的神庙，在原址建立天主教隐修院，提倡苦行克己。后来，隐修院规模渐大，发展为本笃会，也就是天主教的第一个修会。参看 Bosco e Reggio, *Paradiso*, 371-72; Mattalia, *Paradiso*, 422; Pasquini e Quaglio, *Paradiso*, 367-68; Sapegno, *Paradiso*, 178-79; Vandelli, 921, Singleton, *Paradiso 2*, 359-60; Toynbee, 89, "Benedetto" 条。

35. **鸿图**：指但丁飞升天堂的主要目标，即享见天主。

37. **有一座高山**：指开罗山（Cairo）的支脉卡西诺山（Monte Cassino），在拉齐奥（Lazio）和坎帕尼亚（Campania）之间。**卡西诺**：Cassino，是卡西诺山麓的一个乡镇。

38–41. **山顶之上……山顶**：卡西诺镇的人曾相信异教。卡西诺山顶有阿波罗和维纳斯的圣林。后来给本笃摧毁。本笃到了卡西诺镇后，建立了基督教信仰，把基督（“救世主”）之名带到山顶。

41. **真理**：指上帝之道。

42. **真理……上方**：指真理把基督的信众带往天堂的永福。

47. **热力**：对上帝的炽爱。

48. **圣洁的奇葩硕果**：指圣洁的思想和行动。

49. **马卡里乌斯**：Macarius，基督教史上有多个马卡里乌斯。但丁究竟指谁，难以确定。论者指出，最著名的马卡里乌斯有两个。一个叫大马卡里乌斯，又叫埃及人马卡里乌斯；一个叫小马卡里乌斯，埃及亚历山大人。前者卒于三九〇年，后者卒于四〇四年。都是圣安东尼（Antonius，约二五一年至约三五六年）的门徒，是东方寺院制度的代表。参看 Bosco e Reggio, *Paradiso*, 372-73; Mattalia, *Paradiso*, 423-24; Pasquini e Quaglio, *Paradiso*, 369; Sapegno, *Paradiso*, 279; Vandelli, 922; Singleton, *Paradiso 2*, 361。**罗穆阿尔度斯**：拉丁名字 Romualdus，意大利文“Romoaldo”，拉温纳奥内斯提（Onesti）家族出身，约生于九五六年，卒于一〇二七年，一〇一八年创立卡马尔多利（Camaldoli）修会，是本笃会改革后的一个修会，注重沉思默祷。《炼狱篇》第五章第九十六行所提的卡马尔多利修道院，就由罗穆阿尔度斯创立。参看 Bosco e Reggio, *Paradiso*, 373; Singleton, *Paradiso 2*, 361; Toynbee, 551。

51. **心怀坚定的热忱**：抵抗世间邪恶的热忱坚定。

55–57. **这一切……娇娆**：《地狱篇》第二章一二七至一二九行有类似的意象。此外，参看 *Convivio*, IV, XXVII, 4。

58. **面纱**：指覆裹光灵的炯芒。

62. **最高的一重天**：指最高天。

63. **我和别人的……结果**：意为：我和别人的愿望都会实现。

65–66. **只有在该处，/……始终如一**：在但丁的理念中，未臻完美的天体才会转动。最高天一切完美，无须运转，因此位置始终如一。参看 *Epistole*，XIII，71-72: “Omne quod movetur, movetur propter aliquid quod non habet...Omne ergo quod movetur est in aliquo defectu, et non habet totum suum esse simul. Illud igitur celum quod a nullo movetur, in se in qualibet sui parte habet quicquid potest modo perfecto, ita quod motu non indiget ad suam perfectionem.”（“一切转动的物体之所以转动，是因为有所欠缺……。因此，一切转动之物都有某种缺陷，本身并不完全。所以不为任何事物所转动的一重天〔即最高天〕，本身的每一部分都应有尽有，而且都臻完美，结果无须向完美趋臻而转动。”）

67. **该处不在空间，两极俱无**：最高天在空间之外，没有两极（也就是说，不会像其他天体一样转动)。"空间",原文"loco",是亚里士多德学说中的"空间":"spazio contenente un corpo"("包含一个物体的空间")。参看 Pasquini e Quaglio, *Paradiso*, 370。"两极俱无",原文是"non s'impola"。"impola"(不定式 impolarsi),意为"ha due poli fermi intorno ai quali girare"("有静止的两极,并绕着该两极旋转")。参看 *Dizionario Garzanti della Lingua Italiana* "impolasi"条。此词为但丁所创,在但丁作品中只出现过一次。

68. **我们……上面:**"梯子"既指但丁眼前的梯子,同时也象征瞻想、沉思、默祷;表示人智光靠推理或逻辑到不了天堂("上面");要到达天堂,必须靠瞻想、沉思、默祷。

70–72. **族长……眼前:**这三行写以色列三大圣祖之一的雅各梦见天梯的经历。参看《圣经·创世记》第二十八章第十二节:"Viditque in somnis scalam stantem super terram et cacumen illius tangens coelum; angelos quoque Dei ascendentes et descendentes per eam."("〔雅各〕梦见一个梯子立在地上,梯子的头顶着天,有神的使者在梯子上,上去下来。")。

73–74. **可是……攀梯而上:**可是,今天谁也不愿意放弃尘世的欲念,去瞻想、沉思、默祷,以求天堂的永福。

74–75. **我的戒律/……蒙哀:**指本笃会的教规,再没有人遵守,徒耗印刷用的纸张。

76–77. **修道院……匪窟:**参看《圣经·马太福音》第二十一章第十三节:"Domus mea domus orationis vocabitur; vos autem fecistis illam speluncam latronum"("'我的殿必称为祷告的殿,/你们倒使它成为贼窝了。'")。

77–78. **神圣的僧衣/……堆聚:**神职人员所穿的衣服,徒有庄严的外表;衣服里面却腐败不堪。

80. **圣果:**指教会的收入。

82–84. **因为呀……从属:**参看《天堂篇》第十二章八九至九一行。在《帝制论》中,但丁也说:"Poterat et vicarius Dei recipere non tanquam possessor, sed tanquam fructuum...pro Christi pauperibus dispensator."("……可以代上帝收取,其身分并不是圣果的占有人,而是圣果的分配人,负责把圣果分配给基督的穷人。")。参看 *Monarchia*, III, X, 17。**更坏的从属:**指神职人员的情妇和私生子。参看 Bosco e Reggio, *Paradiso*, 375。

85–87. **凡人的肉体呀……时辰:**指凡人的肉体柔弱,即使善于开始,也鲜克有终,维持的时间还没有栎树由萌芽到结果的时间(约二十年)那么长。参看 Bosco e Reggio, *Paradiso*, 376; Pasquini e Quaglio,

Paradiso, 371-72；《天堂篇》第二十七章一二一至一三八行；*Monarchia*, I, XV, 3-5。

94–95. **上帝驱约旦河……事功**：指上帝命约旦河后退、红海分擘的事功，会比上帝改造败坏的教会要神奇。也就是说，上帝要改造教会，实在很容易。参看《圣经·约书亚记》第三章第十四至十七节，《圣经·出埃及记》第十四章第二十一至二十九节。《圣经·诗篇》第一一四篇（拉丁通行本《圣经》第一一三篇）第三节说："mare vidit et fugit; Iordanus conversus est retrorsum."（"沧海看见就奔逃；/ 约旦河也倒流。"）。

99. **高处**：指最高天。

102. **我的本性**：指但丁本身的重量。**服从她的神力**：贝缇丽彩用一个手势，就能叫但丁上翔，可见她的力量如何神奇超凡。

104–105. **那里……齐观等量**：《天堂篇》第一章九二至九三行已经提过但丁升天的高速。

107. **凯旋圣境**：指天堂。"凯旋"二字使人想起得胜的教会（Chiesa trionfante）。

108. **为悔过而痛哭失声**：深切悔过，才有上天堂的机会。

109–110. **你还来不及……并插进去**：但丁再以先后倒置法，强调飞升天堂的高速：飞升的起止同时。参看《天堂篇》第二章第二十三行及其注释。

110–111. **紧随 / 金牛的星座**：指黄道上紧随金牛座的星座，即双子座。

112–114. **啊，辉煌的双星……厚馈**：每年五月二十一日至六月二十一日，双子座与太阳会合。而但丁恰在这段时间出生。中世纪的人相信，在双子座之下出生的人，都长于学问、才智、文艺。因此但丁认为，自己的才华是双子座所赋。

115. **凡界众生的父亲**：指太阳。

115–116. **跟你们一起 /……隐退的时候**：指太阳与双子座会合的时候。

116–117. **我在 /……开始呼吸**：意为：我在托斯卡纳出生。

119. **高轮**：指恒星天。

120. **你们的天域**：指双子座所占的天域。

123. **受使命召唤时不觉疲困**："使命"，指天堂经验中最难描写的部分。但丁求双子星给他力量，让他描写天堂经验中最困难的部分时能胜任自如。

127. **前趋**：原文"t'inlei"（不定式 inleiarsi），是但丁所创的词。参看第九章七三至七五行注。见 *Dizionario Garzanti della lingua italiana*, 866, "inleiarsi"条："verbo coniato da Dante col significato di 'entrare in lei'."（但丁所创的动词，"进入某人、某物"的意思。）。

129. **我置于你脚底的**：指落在下面的诸天。贝缇丽彩带但丁上飞，诸天一个个的落在下面，所以说“置于你〔但丁〕脚底”。

131. **胜利的一群**：指天堂的福灵。天堂的福灵都歌颂基督的胜利，所以说“胜利的一群”。参看《天堂篇》第二十三章一九至二一行。

132. **浑圆的太清**：指凹面的天空。“太清”，原文“etera”，源出拉丁文 aethera，即 aether 的宾格。aether 出自希腊文 αἰθήρ，指天上最清、最纯的物质。

133–134. **我随着……我们的小球**：但丁下望诸天，由上至下，依次是土星天、木星天、火星天、太阳天、金星天、水星天、月亮天，最后看到了地球（“我们的小球”）。

136–138. **以地球……无咎**：这三行驰思天外，卑视尘寰。Bosco e Reggio, *Paradiso*, 380; Sapegno, *Paradiso*, 285; Pasquini e Quaglio, *Paradiso*, 375; Vandelli, 928 都指出，这思想遥应西塞罗（Cicero）的著作：“si tibi〔sedes hominum〕parva, ut est, videtur, haec caelestia semper spectato, illa humana contemnito.”（“如果你觉得人间渺小〔事实也的确如此〕，就恒望诸天，卑视尘寰吧。”）

139. **丽酡的女儿**：指月亮。参看《炼狱篇》第二十章一三一行，《天堂篇》第十章第六十八行。

140–141. **只是没有了阴影……稀稠之别**：在这里，但丁指出自己的谬误。参看《天堂篇》第二章五九至六〇行。

142. **许佩里昂**：Ὑπερίων（Hyperion），巨神乌拉诺斯和盖亚的儿子，忒亚（Θεία，Theia）的丈夫，太阳神和月亮女神的父亲。根据某些版本，许佩里昂和太阳神同为一神。**你儿子**：指许佩里昂的儿子，即赫利奥斯（Ἥλιος，Helios），也就是太阳神，是许佩里昂和忒亚所生。有时候，赫利奥斯也是太阳本身。由于神话有不同版本，太阳和太阳神常有不同的名字和身分，有时相互重叠，甚至彼此混淆。参看齐默尔曼著（张霖欣编译）的《希腊罗马神话辞典》页一六五“赫利奥斯”条。《变形记》第四卷一九二行称太阳为“Hyperione nate”（“许佩里昂之子”），二四一行称太阳为“Hyperione natus”（“许佩里昂之子”）。不过“nate”是呼格，“natus”是主格。

143. **我可以逼视了**：意为：我可以直望太阳了。但丁此刻目力大增，已能抵受太阳的强光。

144. **迈雅**：Μαῖα（Maia），巨神阿特拉斯（Ἄτλας，Atlas）和普勒奥涅（Πληιόνη，Pleione）的女儿，与宙斯生墨丘利（即水星）；在这里代表水星。**蒂婀妮**：Διώνη（Dione），乌拉诺斯和盖亚（一说奥克阿诺斯和忒提斯）的女儿，与宙斯生爱神维纳斯（即金星）。“蒂婀妮”

在这里代表金星。

145. **主神宙斯**：指木星。宙斯，罗马神话叫“朱庇特”，也是木星的名字。参看《天堂篇》第十八章六七至六九行。**其父**：指土星。土星得名于宙斯之父萨图诺斯（拉丁文 Saturnus，英文 Saturn）。

146. **其子**：指火星。火星得名于战神马尔斯（拉丁文和英文均为 Mars）。战神马尔斯是朱庇特的儿子。**折衷**：土星性冷；火星性干；木星热而湿。木星能以其热调和土星之冷；以其湿调和火星之干；所以说“折衷”。参看 *Convivio*, II, XIII, 25。

148. **七个天体**：指月亮、水星、金星、太阳、火星、木星、土星。

152. **叫我们发狂的小小打谷场**：“小小打谷场”指地球。地球叫人类争权夺利，以致发狂。但丁在这行嘲讽人类愚不可及。但丁之前，也有作者描写地球渺小。譬如罗马哲学家波伊提乌（Boethius），就曾经称地球为“angustissima area”（“微不足道的打谷场”）。见 *De consolatione philosophiae*, II, pr.7。在《帝制论》里，但丁也称地球为“areola ista mortalium”（“凡人的那个小地方”）。见 *Monarchia*, III, XVI, 11。

154. **美目**：指贝缇丽彩美丽的眼睛。

第二十三章

贝缇丽彩在恒星天等待。不久，但丁见天空越来越亮，转眼间充满了光彩，得胜的教会出现，基督如太阳照亮信众。但丁遵贝缇丽彩的吩咐，望向她的容颜，发觉她美得不可名状。接着，但丁再遵贝缇丽彩的吩咐，望向得胜的教会，发觉基督已高升，一群群的光灵由灼灼的光辉照亮；光辉来自何处，却无从看清。光灵之中，以圣母玛利亚的光华最盛；一把火炬从天而降，形成一个王冠，在她周围盘旋翱翔。之后，玛利亚随基督升上了高天，众光灵悠然唱起“Regina celi”。

一只鸟儿，整夜在钟爱的树枝间
　栖息巢内，看顾可爱的幼雏；
　由于景物被周围的黑暗所掩，
黎明将临的时候，为了让双目
　重睹心爱的样貌，为了找喂养
　幼雏的食物——她乐于接受的辛苦——

会一边期待，一边望向
树隙，凝眸等待破晓的时分，
看心中渴望的太阳放亮。
我的娘娘也如此：伫立凝神，
回首望着天际。在她顾盼
所及的下方，太阳凌空的驰奔
显得较慢。见了她翘企的容颜，
我变成了另一人：一方面满怀
渴思；一方面憧憬渴思已实现。
不过一霎的时间流逝得极快——
我是说，期待间，很快就看见天空
越来越亮，转眼间充满了光彩。
贝缇丽彩说："这就是信从
基督的胜利之军；是全部
果实——收成自诸天的旋转运动！"
说时，满脸仿佛叫红光布覆；
眸中更是欢欣的神情盈满，
令我词穷间只好略而不述。
一如满月的夜里，晴空朗然，
特丽维亚微笑时，上下四方
是永恒仙女点缀着深邃的霄汉，
我看见千千万万的明灯之上，
一个太阳照亮了每盏灯火，
就像凡间的炜日给众星光芒。
透过活光，发亮的灵体熠烁

闪耀，夺目的炯辉皓皓杲杲，
叫我的眼睛承受不了其昭焯。
贝缇丽彩呀，是和蔼可亲的向导。
她对我说："把你征服的力量，
万物都无从抵挡其分毫；
里面的智慧和大能，为凡界到天疆
开辟了多条道路。这些道路，
自古以来就为人类所渴想。"
天火脱云，劲窜着霍霍疾舒
劲射，到云间再没有空隙容纳，
就会一反常态向地面击扑。
我的心，当时也如此：因盛宴而扩大；
到了后来，竟越出本身的界限。
结果怎样，自己也无从忆察。
"张开眼睛吧，看看我的真颜。
你目睹了这些景象，现在
已经够康强，能凝望我的笑脸。"
我像入睡的人从梦中醒来，
忘了刚才梦中所见的情景，
竭力去回忆追记，却终归失败。
就在这时，我听到上述的邀请。
这邀请，值得衷心感谢，此后
在记述过去的书中永远留名。
珀琳妮亚和姐妹，以最丰稠、
最香甜的奶汁哺育了许多诗宗。

可是这一刻，即使他们都能够

吟唱，助我歌颂那圣洁的笑容，
歌颂笑容使圣洁的面庞发光，
实况的千分之一也欲说无从。

由于这缘故，要描绘天堂的实况，
这首圣诗也只好跳过障碍，
与行人看见道路被阻时相仿。

不过，有谁想到这沉重的题材，
体察负荷题材的平凡双肩，
双肩在担下颤抖，就不会遭责怪。

无畏的船首破浪驶过的海面，
并不是小舟可以航行的旅程；
贪生怕死的船夫，也休想履险。

“怎么只望着我的脸庞发愣，
而不转身看看美丽的花园？
在基督的灵光下，百花萌生。

园里是玫瑰；玫瑰里，获得成全
而化为肉身的是圣道。园里是百合；
百合的芬芳叫众人正道是选。”

贝缇丽彩说。我呢，则急于立刻
服从她的意愿，乃再度全力
叫柔弱的眼睛去应付困厄。

太阳的光线澄澈地透过云隙
下泻时，在阴影里，我的眼睛
曾见过繁花点缀着草地。

这时，我则看见一群群的光灵，
璀璨夺目，由灼灼的光辉照亮；
光辉来自哪里呢，却无从看清。
仁慈的大能啊，你把自己的形象
印落他们身上。我的俗眼
太弱，你就高升，让我去瞻仰。
美丽的花朵呀，令名无论在白天
或黑夜都被我呼唤，此刻正叫我
凝神向着最亮的炯焰谛鉴。
这颗活星，在天堂之上胜过
众星，就像她胜过凡人一样。
她在我双目映出了形状和规模，
就有一把火炬从高天下降，
转动之间形成了一顶王冠，
同时在她的周围盘绕翱翔。
下界的旋律，听来无论多婉转、
多醉魂，方诸盘绕的竖琴娓娓
而发的乐音，都显得吵耳，像撕穿
云层的焦雷在轰然填填虺虺。
那里拉，正为美丽的蓝宝石加冕。
蓝宝石呢，则为最亮的天穹点缀。
“我是天使之爱，至高的欢忭
让我环绕。那欢忭，由母腹飘出。
母腹是旅馆，住着我们的渴念。
天堂的圣母哇，我会围着你旋舞，

到你随儿子进入最高天，叫那里
变得更神圣，我才会驻足。”
至此，盘绕的旋律就像火漆
一般封了起来。其余的光芒，
则使玛利亚的名字回荡不息。
宇宙诸天运行旋绕间，有君王
以大袍覆裹。这大袍，在神的吐纳、
神的大能中最为炽烈盛昌。
可是这一刻，大袍向内的一匝
仍遥不可及；在我置身的一点
眺望，其外在形貌仍无从观察。
因此，我的视力未能让双眼
追随戴冕的炯焰。那炯焰，这时
正跟着自己的后裔升向高天。
婴儿吃完了奶，内在的心智
会燃烧成外在的火焰，结果
会伸出双手，向妈妈。白焰炽炽，
这时显示的形象也相同：每一朵
炯焰都上扬着火舌，向我表明，
它对玛利亚的敬爱深厚昭焯。
然后，众焰在我的视域里暂停，
把“Regina celi”之歌悠然唱起，
动听得叫欣悦永留我的心灵。
这样的丰登啊，竟可以这样储积！
储积于这么富有的谷仓。凡界中，

这些谷仓是善于播种的黔黎。
在巴比伦流放时，他们目空
黄金，以眼泪取得这些珍宝，
然后在这里的永生中享用。
掌握这殊荣之匙的长老
和古今贤人，获圣子庇荫而胜利
凯旋。这位圣子，地位崇高，
母为玛利亚，父为至尊的上帝。

注释：

1–9. **一只鸟儿……太阳放亮**：这九行是典型的但丁意象：透明易感，叫读者具体地领会作者要表达的主题。

2. **可爱的幼雏**：原文"dolci nati"，上承维吉尔的《农事诗集》（*Georgics*）第二卷第五二三行："interea dulces pendent circum oscula nati..."（"这时候，可爱的幼雏引喙受吻……"）。

3. **景物被周围的黑暗所掩**：原文"la notte che le cose ci nasconde"，上承维吉尔《埃涅阿斯纪》第六卷二七二行："et rebus nox abstulit atra colorem"（"黑夜把万物的颜色盗去"）。

11–13. **在她顾眄/……显得较慢**：太阳在地平线时，速度显得较高；到了中天，速度显得较低。参看《炼狱篇》第三十三章一〇三至一〇五行。

15. **一方面……已实现**：此行强调但丁迫不及待的心情。

16. **一霎**：指但丁回顾下方到天空放亮所占的时间。"一霎"，形容时间之短。

20. **基督的胜利之军**：指获得基督拯救的众光灵，包括基督生前在地狱边境徘徊的贤人。说"胜利"，是因为基督为众灵赎罪，战胜了魔鬼。

20–21. **全部/果实……运动**：诸天旋转运动，给凡间积极的影响，产生善人。善人此刻都成了天堂的福灵，即诸天旋转运动的全部成果。

24. **词穷**：此语强调最高境界的经验，但丁的文字无从描写。

26. **特丽维亚**：原文"Trivia"，月亮和狩猎女神狄安娜（拉丁文 Diana，即希腊神话中的阿尔忒弥斯）的另一称呼，在这里指月亮。参看《埃涅阿斯纪》第六卷第十三行、第三十五行，第七卷五一六行、七七四行；《变形记》第二卷四一六行。

27. **永恒仙女**：指群星。

29. **一个太阳**：指基督。**每盏灯火**：指每个光灵。参看《天堂篇》第二十一章第七十三行。

30. **凡间的炜日……光芒**：但丁时期的人相信，众星因太阳的辉耀才会发光。

31. **发亮的灵体**：指基督。

37. **智慧和大能**：指基督的智慧和大能。参看《圣经·哥林多前书》第一章第二十四节："Christum Dei Virtutem et Dei Sapientiam."（"基督总为神的能力，神的智慧。"）。

37–39. **"为凡界……渴想"**：亚当犯罪后，人类进天堂之路即被封闭。基督降生，为人类重辟尘世到天堂之路。基督降生前，许多亡魂留在幽域（即地狱边境或地狱外缘）等待（"渴想"）基督救赎他们。参看《炼狱篇》第十章第三十六行。

40–42. **天火脱云……向地面击扑**：但丁时期的人相信，热蒸汽充塞云堆，云堆容纳不下时就迸射而出，成为闪电。参看《地狱篇》第二十四章一四五至一五〇行，《炼狱篇》第二十一章第五十二行，第三十二章一〇九至一一二行，《天堂篇》第一章第九十二行。

43. **盛宴**：指但丁眼前的盛景。

44–45. **到了后来……无从忆察**：但丁经历了超凡的盛景后，无从忆察事情的经过。参看 *Epistole*, XIII, 78-79。

46–48. **"张开眼睛吧……笑脸"**：这三行是贝缇丽彩的话。在《天堂篇》第二十一章，贝缇丽彩告诉但丁，她何以不微笑。Bosco e Reggio, *Paradiso*, 385-86, Sapegno, *Paradiso*, 292 都指出，贝缇丽彩到了水星天之后，一直没有微笑过，因为她知道，但丁承受不了她微笑时所发的光华（"真颜"）。此刻，但丁目睹了"基督的胜利之军"（第二十行），视力加强，不再是凡躯的视力，已能承受这光华。

49–51. **我像……失败**：参看《天堂篇》第三十三章五八至六六行。

52. **上述的邀请**：指贝缇丽彩在第四十六行的邀请（"看看我的真颜"）。

54. **记述过去的书**：指记忆之书。参看 *Vita Nuova*, I: "In quella parte del libro de la mia memoria"（"在我记忆之书的那一部分"）；*Rime*, LXVII, 59: "nel libro de la mente"（"在回忆之书里"）。

55. **珀琳妮亚**：Πολύμνια（拉丁文 Polyhymnia，英文 Polyhymnia 或 Polhymnia），

九缪斯之一，是宙斯和记忆女神谟涅摩辛涅（Μνημοσύνη，Mnemosyne）的女儿，司圣歌（一说司抒情诗）、舞蹈、修辞。有的版本说珀琳妮亚即卡莉奥佩（Καλλιόπη，Calliope）。**姐妹**：指九缪斯的其余八位。

58. **圣洁的笑容**：指贝缇丽彩的笑容。

62. **圣诗**：指《神曲》，原文"sacrato poema"。《天堂篇》第二十五章第一行称为"poema sacro"（"圣诗"）。Bosco e Reggio（*Paradiso*, 387）认为专指《天堂篇》。**只好跳过障碍**：指难以形容的经验（"障碍"），这首诗只好略而不提（"跳过"）。

64–66. **不过……责怪**：这几行是比喻：天堂的题材是重担，但丁的才华是双肩。担子太重，双肩不能胜任，知情的人就会体谅。贺拉斯（Quintus Horatius Flaccus）在《诗艺》里说过类似的话："Sumite materiam vestris, qui scribitis, aequam Viribus, et versate diu, quid ferre recusent, Quid valeant humeri."（"要选择能力可以胜任的题材，并详加斟酌：双肩能胜任的有多重；不能胜任的又有多重。"）参看 *Ars poetica*, 38-40。

67–69. **无畏的船首……休想履险**：这三行回应《天堂篇》第二章一至七行。

71. **美丽的花园**：指在基督的光华下辉耀的众光灵。参看《天堂篇》第十九章二二至二三行，《天堂篇》第二十三章二八至三〇行。在宗教的象征文学中，以天堂比作花园，福灵比作百花，至为普遍。参看 Sapegno, *Paradiso*, 293-94。Vandelli（935）则要读者注意，希腊文的 παράδεισος（相等于意大利文的 Paradiso），本来就是"花园"的意思。"παράδεισος"的定义，可参看 *A Lexicon Abridged from Liddell and Scott's Greek-English Lexicon*, 521: "a park or pleasure-grounds; an Eastern word used in the *Septuagint* for the garden of Eden."（"公园或游乐场；源自东方，在《七十子译本》〔即希腊旧约圣经中〕，指伊甸乐园。"）

73. **玫瑰**：指象征圣母玛利亚的玫瑰（Rosa mistica）。这里指贞女玛利亚本身。

73–74. **获得成全／而化为……圣道**：基督（"圣道"）由玛利亚生下，成为肉身。参看《圣经·约翰福音》第一节第十四行："et Verbum caro factum est"（"道成了肉身"）。

74. **百合**：指基督的众使徒。

75. **百合的芬芳**：指使徒的嘉言懿行。

77–78. **乃再度……困厄**：但丁在上文（第三十三行）说过："我的眼睛承受不了其昭焯"。现在为了服从贝缇丽彩的吩咐，再设法凝望眼前的光灵。

79–81. **太阳的光线……点缀着草地**：但丁先写人间，以常见的经验帮助读者体会天堂的景物（八二至八四行）。

83. **由灼灼的光辉照亮**：原文“fulgorate di su da raggi ardenti”。参看 *Summa theologica*, I, a.XII, 5:“Ipsum intelligibile vocatur lumen vel lux. Et istud lumen est de quo dicitur quod claritas Dei illuminabit eam（*Apocal.*, XXI, 23）, scilicet societatem beatorum Deum videntium. Et secundum hoc lumen efficiuntur deiformes, idest Deo similes.”（“可感之物的本身称为光芒或光焰。〔《启示录》〕说到‘神的荣耀光照’，指的就是这种光芒。受“神的荣耀光照”的，是向神默祷的众福灵。借着这种光芒，福灵得臻神形；换言之，是与神相仿。”）**照亮**：原文“fulgorate”，意为“（由光辉）照亮”。“raggi”一般指“光芒”，不过“fulgorate”已暗含光辉，因此译文不再用“光芒”一词。在有些版本（如 Petrocchi, Bosco e Reggio, Sapegno, Singleton）里，“fulgorate”由“folgorate”取代。“folgorate”的不定式是 folgorare，与名词 folgore（闪电）同源，意为“打闪”；转义是“闪亮”，“闪耀”（《意汉词典》页三一四），明示或暗含强烈的闪电意象。其他版本（如 Barbi et al., Mattalia, Chiappelli, Sinclair, Vandelli）都作“fulgorate”。*Dizionario Garzanti della lingua italiana*, 722 引述但丁原文第八十三行时，也采用“fulgorate”。其定义为“render fulgido”（“使发光”）;“illuminare”（“照亮，照明”）。译者认为，基督拱照，虽然大光炜炜，但不应像电闪那样凌厉苛酷，因此翻译时取“fulgorate”而舍“folgorate”。

84. **光辉来自哪里呢，却无从看清**：这里的光源是基督，不过但丁一时还看不到光辉所自来。**光辉**：原文“fulgori”（“fulgore”的复数），意为“闪光”，“光辉”。有的版本（如 Bosco e Reggio，Sapegno，Singleton）以“folgori”（“folgore”的复数）代替“fulgori”。“folgori”意为“闪电”。译文没有采取，原因和第八十三行的注释所说相同。

85. **仁慈的大能**：指基督的大能。

85–86. **把自己的形象 / 印落他们身上**：基督把自己的形象（“光芒”）印在福灵身上。本文努托（Benvenuto）说：“sigillas fulgore tuo.”（“你以光辉盖印。”）参看 Sapegno, *Paradiso*, 294。印钤意象在《神曲》里一再出现，这里又是一例。参看《天堂篇》第七章一〇九行，第十章第二十九行。

86–87. **我的俗眼 / 太弱……瞻仰**：意为：但丁的肉眼在近处承受不了基督的盛大光华，基督就升上最高天，让但丁隔着足够的空间仰瞻。

88. **美丽的花朵**：指圣母玛利亚。在本章第七十三行，贝缇丽彩已提到圣母玛利亚（“园里是玫瑰”）。在罗马天主教的启应祷文中，玛利亚称为“象征的玫瑰”（“Rosa mistica”，也可译为“神秘的玫瑰”）。参看 Sinclair, *Paradiso*, 338。

90. **最亮的炯焰**：指圣母玛利亚所发的光华。福灵当中，以圣母玛利亚的光华最盛大。

91. **这颗活星**：指圣母玛利亚。在天主教礼拜仪式中，玛利亚又称为“星”（拉丁文“stella”）、“晨星”（拉丁文“stella matutina”“maris stella”）。

94–96. **就有一把火炬……翱翔**：“一把火炬”（原文“una facella”），一般论者认为指六翼天使（又称“炽爱天神”）加百列。加百列下降，是为了重现圣母领报（Annunciation）的过程。有的论者则认为，下降的是六翼天使之一；至于是六翼天使的哪一位，但丁没有明言。有的论者则认为，下降的天使不是一位，而是一群。他们组成一把火炬，向圣母礼拜。参看 Bosco e Reggio, *Paradiso*, 389; Chiappelli, *La Divina Commedia*, 455; Sapegno, *Paradiso*, 295; Pasquini e Quaglio, *Paradiso*, 392; Villaroel, *Paradiso*, 191-92; Vandelli, 936; Sayers, *Paradise*, 263; Singleton, *Paradiso 2*, 378; Musa, *Paradise*, 279-80。在《天堂篇》第三十二章九四至九六行，加百列再度出现。三种说法都言之成理，不过就结构和诗艺而论，加百列出现一次（也就是说，在第三十二章才出现），可以让故事渐渐升向高潮，效果会更佳。

98. **盘绕的竖琴**：指第九十五行的“王冠”。天使组成的王冠在齐声歌唱，所发的乐音比凡间所有的旋律都动听。就艺术效果而言，众天使一起歌唱会远胜于一位天使独唱。

101. **美丽的蓝宝石**：指圣母玛利亚。

102. **最亮的天穹**：指最高天。

103. **至高的欢忭**：指圣母玛利亚的欢忭。

105. **母腹是旅馆**：玛利亚的子宫（“母腹”）怀过基督，就比喻而言，是基督的“旅馆”。**我们的渴念**：指基督，形容天使对基督的炽爱强烈。

109–110. **至此，盘绕的旋律……封了起来**：意为：至此，天使所唱的歌曲沉寂。

110–111. **其余的光芒，/……回荡不息**：其余的光灵，都高声齐唱玛利亚之名。

112. **宇宙诸天**：指七个行星天和一个恒星天。**君王**：指上帝。

113. **大袍**：指第九重天，即原动天（Primum Mobile）。

113–114. **这大袍……炽烈盛昌**：诸天之中，原动天最接近上帝所居的最高天，所以在他的吐纳和大能中最为炽烈盛昌。参看《天堂篇》第二十九章一三九至一四一行；此外，参看 *Convivio*, II, III, 8-9: “fuori di tutti questi, li cattolici pongono lo cielo Empireo, che è a dire cielo di fiamma or vero luminoso...E questo è cagione al Primo Mobile per avere velocissimo movimento; ché per lo ferventissimo appetito ch'è'n ciascuna parte di quello nono cielo, che è immediato a quello, d'essere congiunta con ciascuna parte di quello divinissimo ciel quieto, in quello si rivolve con tanta desiderio, che la sua velocitade è quasi incomprensibile."（"在所有的这些〔天穹〕外，天主教人士还设想了一个最高天，即净火天或真光天……原动天的极速由最高天而来。属于第九层的原动天与最高天紧贴。由于原动天的每一部分都炽然要与至圣的宁静天合而为一，结果这一重天怀着炽情疾旋于最高天内，速度之快，简直难以想象。"）

115–117. **大袍向内的一匝/……无从观察**：此刻，但丁置身于恒星天，已被原动天（"大袍"）裹笼；不过原动天的内凹面离但丁太远，展示的形貌仍无从得睹。

119. **那炯焰**：指圣母玛利亚。

120. **自己的后裔**：指玛利亚的儿子，即基督。**高天**：指最高天。

121. **婴儿**：婴儿或幼雏意象，在《神曲》里一再出现。参看《炼狱篇》第三十章四三至四五行，《天堂篇》第三十章八二至八五行，本章一至六行。

123. **向妈妈**：这行以俗世意象间接点出了玛利亚的母性。

125. **炯焰**：指众光灵所发的炯焰。

128. **"Regilla celi"**：拉丁文。原文的"celi"又作"coeli"；"Regina celi"是"天后"的意思。这两个拉丁词是天主教赞美诗中对经（antiphon）的开头，复活节在教堂诵唱。对经的其余部分如下："Regina coeli, laetare, alleluia!/Quia quem meruisti portare, alleluia!/Resurrexit sicut dixit, alleluia!/Ora pro nobis Deum, alleluia!/Gaude et laetare, Virgo Maria, alleluia!/Quia surrexit Domius vere, alleluia!"

130. **丰登**：此词强调光灵所享天福之厚。

131. **谷仓**：指众福灵。

131–132. **凡界中，/……黔黎**：指福灵在凡界神道是遵。参看《圣经·加拉太书》第六章第七节（拉丁通行本《圣经》第八节）："Quae enim seminaverit homo，haec et metet."（"人种的是什么，收的也是什么。"）

133. **在巴比伦流放时**：指以色列人在巴比伦当俘虏时。参看《圣经·诗篇》第一三七篇（拉丁通行本《圣经》第一三六篇）第一节："Super flumina Babylonis illic sedimus et flevimus, cum recordaremur Sion."（"我们曾在巴比伦的河边坐下，/一追想锡安就哭了。"）在基督教传统中，"在巴比伦流放"，象征尘世生命。天堂的福灵活在凡尘，就像希伯来人在巴比伦流放。

133–134. **目空 / 黄金**：指天上的福灵在世时，轻视物质上的安舒。

134. **以眼泪取得这些珍宝**：以凡间的苦难（"眼泪"）取得天堂的福乐（"这些珍宝"）。

136. **掌握这殊荣之匙的长老**：指圣彼得。天国的钥匙由圣彼得掌管。参看《地狱篇》第十九章第九十一行；《马太福音》第十六章第十九节："Et tibi dabo claves regni caelorum."（"我要把天国的钥匙给你。"）

137. **古今贤人**：指基督降生前和降生后的贤人，即《旧约》和《新约》中的诸圣。这些贤人，最后会在最高天出现。**圣子**：指基督。

137–138. **胜利 / 凯旋**：指基督战胜尘世的各种诱惑（"胜利"），返回天堂（"凯旋"）。

第二十四章

贝缇丽彩请光灵让但丁分享天堂的真理。圣彼得闻言，从光灵群中射出，回答贝缇丽彩，然后考问但丁有关信德的问题。见但丁的回答完满，就表示欣悦，唱着歌祝福他；一连三次，围着他旋绕。

“兄弟呀，你们获上帝挑选，
　出席神圣的羔羊所设的盛大
　晚餐。羔羊喂你们，让你们心愿
永足。这个人，既然蒙神恩提拔，
　能先尝你们餐桌的落地余屑
　而不必等死亡排期才出发，
他那无穷的渴念，请你们理解。
　请稍稍沾濡他。他朝思暮想的甘露
　涌自流泉——你们长饮的圣液。”
贝缇丽彩说完，欢欣的光族

就绕着不同的极点组成圆圈，
光华夺目，情形和彗星相仿佛。
时钟的全部机件里，齿轮回旋，
在观者看来，第一轮好像
静止，最后一轮却在飞卷。
那些圆舞歌唱团也如此：洋洋
舞动着，以不同的速度，或疾
或徐地让我把他们的财富估量。
视域中，只见最富有的光灵里
有一朵极为欢愉的炯焰射出，
比其余的光芒都清亮明晰。
这光灵，围着贝缇丽彩，一连三度
在旋绕；并且唱了一首歌，歌曲
神奇得连神思也无法向我复述。
因此，我的笔只好略而不叙。
我们的描摹（尤其是言语），色彩
太鲜艳，绘不出歌声褶子的萦纡。
“圣洁的姐妹呀，你以虔诚的神态
向我们祈祷。你热切的爱心，
把我从那个美丽的圈子召来。”
那朵圣焰静止了，不再前进，
就向着我的娘娘呼出信息；
信息的内容就如上文所引。
贝缇丽彩答道：“永光啊，是你——
崇高的人杰，获救主交付他带来

凡间的钥匙，把这里的至乐开启。
这个人的信念，请随意审裁——
小问题、大问题都不妨问他。依凭
这信念，你曾经徒步走过大海。
他的爱心、希望、信仰贞定
与否，都瞒不过你；在你的来处，
万象皆显，真相你早已洞明。
不过，既然这天国按诚信取录
公民，这个人也就有责任发言，
去讲述天国，使天国的荣耀流布。”
老师提出问题供学生答辩——
不是裁决——之前，学生会保持
沉默，并做好准备。我发言之前，
也是这样：贝缇丽彩说话时，
我设法收集自己的理据，以响应
老师，以便答问时能够称职。
“说吧，笃信基督的，把道理说明。
何谓信德？”我闻言，仰起头来，
首先望向那发出声音的光灵，
再转向贝缇丽彩。贝缇丽彩
立刻以眼神向我示意，叫我
把内心之泉的流水倾泻向外。
“我能向首席百夫长自白，”我说，
“皆拜恩泽之赐。但愿这恩泽
使我表达意思时措词稳妥。”

我还说："你跟亲爱的兄弟驱策
罗马呀，老爹，向正教之路奔驰。
正如他真诚之笔所写：信德
是所望之事的担保，也是
未见之事的确证。在我看来，
这一论点就是信念的本质。"
然后，我听见："道理你已经明白——
要是你洞达保罗把信德先后
与担保、确证并论的原因所在。"
我说："天上的事物奥邃深幽，
慨然在这里展现真相。这真相
藏而不露，下界的凡眸看不透，
其本质仅仅存在于人的信仰。
凡间的宏愿，就以信仰为基础。
因此，信仰乃有了实体的质量。
我们申论时，也必须从信仰起步，
无须看别的实据才去推理。
因此，信仰又带有确证的面目。"
之后，我听见："下界所得的教义，
如果都能够这样加以理解，
诡辩者的小聪明，就无所施其技。"
燃烧的爱说完，并没有停歇，
就继续说："这枚硬币的合金
和重量已经检验得详细确切；
不过，告诉我，它可是你荷包的钱银。"

我答道："是的，而且浑圆生辉。
对于币值，我没有半点疑心。"
然后，那朵闪耀的光芒炜炜
由深处传出声音："这珍贵的宝石，
一切美德以之为基础，为依归——
你怎么得来的？"我说："那些羊皮纸——
旧的、新的——都有圣灵在上面
倾泻滂沛的甘霖。这甘霖，不啻
演绎推理，已厘然为我证验
这宝石；结果和这颗宝石相形，
别的论证都显得模糊粗浅。"
之后，我听见："你竟能这么肯定，
相信新旧命题都无可置疑。
你为何觉得两者都出自圣灵？"
我说："证据来自命题后的奇迹。
证据宣示了真理；奇迹呢，物象
休想靠炼铁锤砧去伪造模拟。"
光芒答道："告诉我，是谁对你讲，
奇迹的确发生过；你唯一的证据
还未确定，还有待证明估量。"
"天下皈依基督的信仰而不需
奇迹。"我说，"这，就是大奇迹，
使别的奇迹变得轻微如羽。
因为，贫困饥饿时，你走进田野里
播下良种。良种长成了葡萄树；

此刻却变成了荆棘满地。”
这话说完，崇高而神圣的天都，
层层都响彻了《赞美颂》，其音调
全按高天之上的旋律唱出。
那大人，在诘问的枝桠间，从这条
到那条带着我这样移动；到后来，
我们终于靠近了树枝之杪。
大人说：“天恩对你的心宠爱
有加，而且到目前为止，都能
让你的口适当而得体地张开，
使我对出口的话表示赞成。
不过，此刻你必须表白信仰；
并且说明，这信仰怎样产生。”
“神圣的长老哇，你所相信的景象，
跟你所见的相同，结果你奔赴
坟墓时，比年轻的捷足还强，”
我说：“你是要我在这里清楚
说明，我的速信是什么本体；
并且问我，皈依这信仰的缘故。
我的答复是：我相信一个上帝，
唯一的、永恒的上帝。他能够巋然
凭大爱、凭圣愿使诸天运行不息。
我这一信仰的证据，不但
有物理和玄学为本，而且得到
真理的支持。真理像甘霖一般，

借摩西、借先知、借《诗篇》从这里滔滔
　下泻；有你们，受燃烧的圣灵感动
　而命笔；有福音传导甘霖的灏灏。
同时，我相信永恒的三位，一同——
　我相信——有一个本体，既是三，又是一，
　单数、复数的系词都能够包容。
奥玄而神圣的本质是我的主题。
　这一本质，福音书的教理已经
　多次像印记盖在我的脑海里。
这是开端，也是闪现的火星。
　火星后来扩展为炽盛的炯焰，
　在我心中像天星放出光明。”
主人见仆从走到自己面前，
　报告可悦的消息，等仆从报告
　完毕，就会拥抱他，表示欢忭。
使徒的光焰也如此：待我按照
　他的吩咐说完，就唱着歌
　祝福我，且一连三次，围着我旋绕。
我的答复，竟使他这么快乐！

注释：

1–4. **“兄弟呀……心愿 / 永足”**：这几行是贝缇丽彩对众光灵所说的话。众光灵是出席天堂盛宴（安享天堂永福）的宾客。参看《圣经 · 路加福音》第十四章第十六节：“Homo quidam fecit cenam magnam et vocavit multos.”（“有一人摆设大筵席，请了许多客。”）；《圣经 · 马太福音》第二十二章第十四节：“Multi enim sunt vocati, pauci vero electi.”（“因为被召的人多，选上的人少。”）《圣经 · 启示录》第十九章第九节：“‘beati qui ad cenam nuptiarum Agni vocati sunt...’”（“‘凡被请赴羔羊之婚筵的有福了！’”）；《圣经 · 约翰福音》第六章第三十五节：“Dixit autem eis Iesus: Ego sum panis vitae; qui venit ad me non esuriet...”（“耶稣说：‘我就是生命的粮。到我这里来的，必定不饿……’”）。据但丁的儿子皮耶特罗（Pietro）所说，贝缇丽彩说话的主要对象是基督的十二使徒。参看 Bosco e Reggio, *Paradiso*, 397; Mattalia, *Paradiso*, 401; Sapegno, *Paradiso*, 301; Vandelli, 940; Singleton, *Paradiso 2*, 383。

2. **神圣的羔羊**：指基督。参看《圣经 · 约翰福音》第一章第二十九节：“Ecce agnus Dei; ecce qui tollit peccatum mundi.”（“看哪，神的羔羊，除去世人罪孽的！”）

4. **这个人**：指但丁。

4–6. **既然……才出发**：指但丁获上帝恩准，卒前飞升天堂，先尝盛宴的一点半点（“先尝……余屑”）。参看《炼狱篇》第三十二章七三至七五行；《天堂篇》第三十章一三四至一三五行；《圣经 · 马太福音》第十五章第二十七节：“‘et catelli edunt de micis, quae cadunt de mensa dominorum suorum.’”（“‘但是狗也吃它主人桌子上掉下来的碎渣儿。’”）

7. **无穷的渴念**：指但丁对天堂食物的渴念（见本章第五行）。

8. **甘露**：指天堂的真理。

9. **流泉**：指上帝的圣智。

11. **极点**：定点，指光灵的福乐。

12. **情形和彗星相仿佛**：彗星有光尾；光灵有欣喜发而为光，与彗星无异。

14. **第一轮**：Singleton（*Paradiso 2*, 385）指出，在时钟的机件里，第一轮最大，也转得最慢。

17–18. **或疾 / 或徐地……估量**：在天堂，光灵所获的圣宠越厚，就越显得欢欣，旋转的速度也越高。但丁凭光灵的旋转速度，就能估量其所获圣恩（“财富”）的厚薄。**以不同的速度**：原文“differente—/mente”，一词跨越第十六和第十七行，成为诗律中（prosody）所谓的“enjambment”（也作“enjambement”）。一词跨行，在诗中增加了节奏的延宕，也表现了光灵舞姿的婀娜。

19. **最富有的光灵**：指旋转得最快的一组光灵。这组光灵获圣欣最厚，因此说“最富有”。“最富有”，原文“carezza”（Sapegno 和 Vandelli 的版本为“bellezza”）。

20. **有一朵**：指圣彼得。

21. **比其余……清亮明晰**：圣彼得的光灵比其余的光灵清亮明晰，是因为他的欣悦最大。

24. **神思**：指接收外物形象，然后把形象传诸心智的官能。在《炼狱篇》原文第十七章第二十五行，《天堂篇》原文第十章第四十六行，第三十三章一四二行，但丁分别用了“fantasia”、“fantasie”（fantasia 的复数）、“fantasia”，意义也相同。参看 *Convivio*, III, IV, 9-11。但丁的想象不能全部接收经验，也就无从向他的心智传递该经验。参看 Bosco e Reggio, *Paradiso*, 399; Pasquini e Quaglio, *Paradiso*, 403; Singleton, *Paradiso 2*, 386。

26–27. **我们的描摹……萦纡**：这两行是绘画意象，指有的经验（如二二至二四行的歌声）极其细致，非语言所能形容。意大利绘画有所谓“chiaroscuro”（明暗对照法）；音乐的抑扬顿挫，称为“chiaroscuro musicale”（可直译为“音乐的明暗”）。可见视觉和听觉经验彼此相通。

28. **“圣洁的姐妹”**：第二十二行的光灵（圣彼得）对贝缇丽彩的称呼。

30. **那个美丽的圈子**：指众光灵组成的圆圈（第十一行）。

32. **呼出**：原文“lo spiro”。参看《天堂篇》第二十六章第三行。

35. **崇高的人杰**：指圣彼得。原文（第三十四行）“gran viro”的“viro”源出拉丁文的“vir”（“男子”“男子汉”“大丈夫”）。但丁在这里用拉丁词，使彼得显得更崇高、更庄重。

35–36. **获救主……开启**：基督（“救主”）把钥匙带到凡间，交与彼得，让他把天堂的至乐开启给此后的福灵。参看《天堂篇》第二十三章一三六行。

37–38. **这个人的信念……不妨问他**：贝缇丽彩请彼得考核但丁的信念。

38–39. **依凭 / 这信念……走过大海**：参看《圣经·马太福音》第十四章第二十八至二十九节：“Respondens autem Petrus dixit: Domine, si tu es, iube me ad te venire super aquas. At ipse ait: Veni. Et descendens Petrus de navicula, ambulabat super aquam ut veniret ad Iesum.”（“彼得说：‘主，如果是你，请叫我从水面上走到你那里去。’耶稣说：‘你来吧。’彼得就从船上下去，在水面上走，要到耶稣那里去。”）在《马太福音》

第十四章第三十至三十一节里，彼得“因见风甚大，就害怕，将要沉下去”，向耶稣呼救，被耶稣责为“小信的人”。但丁在这里只取故事的部分，来说明自己的论点。

40. **爱心、希望、信仰**：指基督徒的三超德：爱德、望德、信德。

41–42. **都瞒不过你……洞明**：彼得像天堂的其他福灵一样，能目睹上帝，从上帝那里看到但丁的思想、感觉。贝缇丽彩请他考问，纯粹是仪式，因为彼得早已知道，但丁会怎样回答。参看《天堂篇》第十五章六一至六三行，第十七章三七至三九行，第二十六章一〇六至一〇八行。

43–44. **不过……公民**：天国取录公民前，要考核他们的诚信。

54. **那发出声音的光灵**：指圣彼得。

57. **内心之泉的流水**：指但丁心中的思想。

58. **首席百夫长**：“百夫长”，意文“primopilo”（原文第五十九行），罗马军队的首领。在古罗马，战阵分三列，最前列的是矛士（hastati），第二列是前锋（principes；最初是最前列，其后退居第二列），第三列是精锐（triarii）。第三列精锐的第一分队叫 primus pilus；该分队的首领叫 primipilus, primus pilus, 或 centurio primi pili，也就是“百夫长”，在战争中负责掣举该分队的第一面军旗，出击时负责投掷第一矛。称彼得为“首席百夫长”，极言彼得在基督军旅中地位崇高。

59. **恩泽**：指上帝的恩泽。

61. **亲爱的兄弟**：指圣保罗。

63. **他真诚之笔**：指圣保罗真诚之笔。基督教相信使徒书信是保罗所写。参看《圣经·彼得后书》第三章第十五节：“sicut et carissimus frater noster Paulus, secundum datam sibi sapientiam, scripsit vobis.”（“就如我们所亲爱的兄弟保罗，照着所赐给他的智慧写了信给你们。”）

63–65. **信德 / 是所望之事……确证**：信德是望德的基础，也是未由感官所察的事物的证明。参看《圣经·希伯来书》第十一章第一节：“Est autem fides sperandarum substantia rerum, argumentum non apparentium.”（“信就是所望之事的实底，是未见之事的确据。”）

70–73. **“天上的事物……人的信仰”**：天堂的永生（“事物”）“奥邃”，借上帝的恩泽慨然向但丁展示：在凡间却无人得睹（凡人只能信而望之）。

74. **宏愿**：盼得享天堂永福的愿望。托马斯·阿奎那说：“dicitur fides esse substantia rerum sperandarum, quia scilicet prima incohatio rerum sperandarum in nobis est per assensum fidei, quae virtute continet omnes res sperandas. In hoc enim speramus beatificari...”（“称信仰为所望之事的担保，是因为所望之事的第一基础，靠我们的首肯在心中奠定。

这一信仰，实际包含了为我们盼望的所有事物。我们也的确借着这一过程，希望得到永福……”）。参看 *Summa theologica*, II, II, 4, 1。

77. **实据**：指感官可以看到的事物。

82. **燃烧的爱**：指圣彼得。

83–84. **“这枚硬币的合金 / 和重量”**：指但丁信仰的本质和价值。

85. **“它可是你荷包的钱银”**：意思是：这就是你本身的信仰（“钱银”）吗？

86–87. **“是的……没有半点疑心”**：但丁继续引申钱币意象，强调自己信仰之坚。

88. **那朵闪耀的光芒**：指圣彼得。

89. **“这珍贵的宝石”**：指信仰。

91–92. **“那些羊皮纸——/ 旧的、新的”**：指《圣经 · 旧约》和《圣经 · 新约》。

93. **滂沛的甘霖**：指圣灵充沛的灵感，遍布《圣经 · 旧约》和《圣经 · 新约》。

95. **这颗宝石**：指信仰。

98. **新旧命题**：指《圣经 · 新约》和《圣经 · 旧约》。

100. **奇迹**：指《圣经》所述的奇迹。

101–102. **奇迹呢……伪造模拟**：《圣经》所载的奇迹，大自然（“物象”）无从施工（“炼铁锤砧”）去伪造。

103–105. **“告诉我……估量”**：彼得这样问，是为了进一步考核但丁的诚信。

106–107. **“天下……大奇迹”**：但丁的论点源出奥古斯丁的《论上帝之城》：“hoc nobis unum grande miraculum sufficit, quod eis terrarum orbis sine ullis miraculis credidit...”（“全天下无需任何奇迹就信仰〔基督〕，这现象，在我们看来，就是一大奇迹……”）参看 *De civitate Dei*, XXII, V。

110. **“良种”**：指基督的福音。

111. **“此刻……满地”**：指教会走入了歧途，结果基督教变了质。

112. **天都**：指天堂。

113. **《赞美颂》**；拉丁文“Te Deum”，基督教赞美上帝的古老诗歌。但丁说毕，光灵齐声唱起圣歌，赞美上帝。

115. **那大人**：原文“quel baron”，指圣彼得。**诘问的枝桠**：但丁把圣彼得的考问比作树木一棵。

117. **靠近了树枝之杪**：指到了问题之末。

118. **“天恩”**：上帝的恩典。

124. **“神圣的长老”**：指圣彼德。

124–126. **“你所相信的景象……还强”**：彼得在凡间的时候，相信有天堂；现在置身天堂，所见和昔日所信相同。由于这一信念，他在尘世听闻耶稣升天后，首先进入墓穴，早于较年轻的约翰。参看《圣经 · 约翰福音》第二十章第三至九节：“Exiit ergo Petrus et ille alius discipulus, et venerunt ad monumentum. Currebant autem duo simul, et ille alius discipulus praecucurrit citius Petro, et venit primus ad monumentum..., non tamen introivit. Venit ergo Simon Petrus sequens eum, et introivit in monumentum, et vidit linteamina posita; et sudarium, quod fuerat super caput eius, non cum linteaminibus positum, sed separatim involutum in unum locum. Tunc ergo introivit et ille discipulus, qui venerat primus ad monumentum, et vidit et credit. Nondum enim sciebant Scripturam, quia oportebat eum a mortuis resurgere."（"彼得和那门徒就出来，往坟墓那里去。两个人同跑，那门徒比彼得跑得更快，先到了坟墓，低头往里看，就见细麻布还放在那里，只是没有进去。西门·彼得随后也到了，进坟墓里去，就看见细麻布还放在那里，又看见耶稣的裹头巾没有和细麻布放在一处，是另在一处卷着。先到坟墓的那门徒也进去，看见就信了。因为他们还不明白圣经的意思，就是耶稣必要从死里复活。）此外参看 *Monarchia*, III, IX, 16。

128. **速信**：指但丁出于自愿，不需实证的热切信仰。**本体**：经院哲学的术语，拉丁文 forma。

132. **圣愿**：神圣的意愿。Mattalia（*Paradiso*，467）指出，一三〇至一三二行浓缩了基督教的重要教义：上帝只有一位（"唯一的"）；上帝无始无终（"永恒"）；上帝本身不受任何外力转动（"巋然"），却"凭大爱、凭圣愿"转动诸天。

134. **有物理和玄学为本**：有科学和思辨哲学为依据。阿奎那从物理和思辨哲学（玄学）观点提出五个论据，证明有神存在（*Summa theologica*, I, q.II, a.3; *De veritate Catholicae fidei contra Gentiles seu Summa philosophica*, I, 13）：不假设有第一动力、第一动因、第一必然、第一善性、第一智能，就不能解释宇宙之所以然。但丁深受阿奎那的影响，所指大概也是这些论点。参看 Singleton, *Paradiso 2*, 395; Sapegno, *Paradiso*, 310。

136. **摩西**：指《圣经·旧约》中的第一至第五卷，即《摩西五经》（亦译《梅瑟五书》），又称《律法书》，据说出自摩西之手。**先知**：指《圣经·旧约》中的历史书（《约书亚记》、《士师记》、《撒母耳记》〔上、下〕、《列王记》〔上、下〕，共六卷）和先知书（《以赛亚书》）。就先知书而言，犹太教、天主教、基督教的分法都不同，这里只采其中一说。**《诗篇》**：据说是大卫所作。参看《圣经·路加福音》第二十四章第四十四节："Haec sunt verba quae locutus sum ad vos, cum adhuc essem vobiscum, quoniam necesse est impleri omnia quae scripta sunt in lege Moysi et prophetis et psalmis de me."（"'这就是我从前与你们同在之时所告诉你们的话说：

摩西的律法、先知的书，和诗篇上所记的，凡指着我的话都必须应验。'")

137–138. **有你们……灏灏**："你们"，指耶稣的使徒，包括彼得。他们所写（"命笔"）的著作包括《使徒行传》、使徒书信、《启示录》。"受燃烧的圣灵感动"，指圣灵在圣灵降临节以火焰的形态显现（"舌头如火焰显现"），降临使徒的事件。参看《使徒行传》第二章第一至四节。**福音**：指《圣经·新约》的四部福音（《马太福音》《马可福音》《路加福音》《约翰福音》）。一三六至一三八行所列，概括了整部《圣经》。**甘霖的灏灏**：指上帝真理的充沛淋漓。

141. **单数、复数的系词都能够包容**：原文为"che soffera congiunto 'sono' ed 'este'"。上帝是三位，又是一体，因此在意大利文（或拉丁文）里，可以跟单数第三人称系词"este"和复数第三人称系词"sono"（不定式 essere）同用。"este"在早期的意大利语中，相等于 è(是)，源出拉丁文 est(sum 的单数第三人称)。Sapegno(*Paradiso*, 310）指出，十三世纪托斯卡纳的著作，仍用"este"一词。

142. **奥玄而神圣的本质**：指三位一体的义理。

143–144. **这一本质……脑海里**：指福音书一再阐发三位一体的义理，给但丁深刻的印象。参看《圣经·马太福音》第二十八章第十九节，《圣经·哥林多后书》第十三章第十四节（拉丁通行本《圣经》第十三节），《圣经·约翰福音》第十四章第十六节、第二十六节，《圣经·约翰一书》第五章第七节。

145–147. **这是开端……放出光明**：但丁的信德，始于三位一体这教理；最后得以发扬，成为炽盛的炯焰，如天上的星星在他心中发光。

151. **使徒的光焰**：指圣彼得的光焰。

153. **且一连三次，围着我旋绕**：这行描写圣彼得对但丁的祝福。圣彼得对贝缇丽彩祝福时，也是这样（参看本章二二至二三行）。

第二十五章

但丁希望有一天能返回故土，在洗礼堂中戴上诗人的桂冠。接着，圣雅各的光灵飘到，考问但丁有关望德的三个问题：希望是什么；怎样降临他身上；怎样在他心中萌发。贝缇丽彩代但丁回答了第一道问题后，留下第二、三道给但丁回答。但丁回答完毕，“Sperent in te”的歌声响自上方。之后，圣约翰的光灵趋前，靠近圣彼得和圣雅各。面对约翰的光灵，但丁凝神注目，看约翰的肉体是否像传说所言，已经随灵魂升天。结果两眼眩然，再看不到景物。约翰叫但丁不要徒劳，说自己的肉体仍在下界；并且告诉但丁，能带着肉体升天的，只有基督和圣母玛利亚。但丁回望贝缇丽彩，却不见她的踪影。

我的圣诗，由天地一起命笔，
　多年来使我消瘦。那些人的残忍，
　一直把我与美丽的羊圈隔离。
在那里，我是羔羊，可以安眠栖身。
　群狼仇视我，此刻向羊圈进侵。

圣诗如打败残忍，到了该时辰，
我会以诗人身分凯旋，声音
和皮毛都异于往昔。在圣水器
之侧，我会戴上桂冠头巾。
因为在那里，我得以皈依向上帝
引荐众生的宗教。彼得围绕
我额前运转，就是这个道理。
接着，一道光芒向我们飘到，
来处是光灵之圈，曾产生硕果。
基督的代表中，这硕果结得最早。
之后，我的娘娘欣然提醒我：
“看这位爵爷。为了他，凡间的善信
到加利西亚朝拜神圣的场所。”
一只飞翔的鸽子向同伴靠近，
就会流露挚爱，并且一边
盘旋，一边发出咕咕的声音。
我眼前的景象也如此：一位荣显
而崇高的王侯获另一位迎接，
一起歌颂着共享的天国盛宴。
不过，当欢欣的相迎停歇，
他们就 coram me 同时沉默，
所发的炯光叫我难以窥瞥。
贝缇丽彩嫣然而笑，说：
“显赫的生灵啊，我们天庭的洪恩，
已经由你用文字记录传播；

请你让希望在高天回响奋振。
　　这能力，你肯定有——当耶稣深宠
　　三使徒，你一直是希望的化身。”
“仰起头来呀，让信心充满胸中。
　　从凡界到这里的一切，都必然
　　在我们的光辉里成熟丰隆。”
贝缇丽彩说完，第二朵火焰就灿灿
　　发出上述的慰勉。于是，我仰望
　　刚才把我的双眸压低的两座山。
“我们的圣皇，由于恩泽深广，
　　在你寿终前决定容许你亲赴
　　内廷，目睹他手下公侯的情状。
这样，圣殿的真相一旦得睹，
　　你和别人的希望就会增强。
　　那希望，是下界的真爱所由出。
那么，你说说，希望是什么；怎样
　　降临你身上，在你心中萌发。”
　　这番话，仍由第二朵火焰宣讲。
慈悲的娘娘一直把我牵拉，
　　教我鼓翼向眼前的高度飞升；
　　此刻不等我启口，就代我回答：
“战争教会的众男儿当中，不可能
　　有更富希望的人。关于这点，
　　照耀众灵的太阳已录有明证。
因此，他获得准许，从埃及那边

来到耶路撒冷，在战斗任务
完成之前，能亲自看到天颜。

另外两点，你问时不在乎找出
答案；而在乎让此人阐发，
希望这美德怎样获你爱护。

这两点对他并不难，也不会使他
矜夸；因此我就留给他本人，
请上帝施布恩典帮助他回答。”

一如学生回答老师的提问，
随时乐意就本身的专长表态，
好让自己的优点得以展陈，

我说：“所谓‘希望’，是毅然期待
未来的荣耀。它由神的恩德
以及一个人所积的事功带来。

照耀我的光芒来自赫赫
群星；不过最先把光芒滴至
我心的，是歌颂至尊的至尊歌者。

在圣咏中，他这样说：‘凡认识
你名号的，必仰望你’；笃依
正教如我的，谁不会圣名是持？

和他的甘霖一起，使徒书里，
你也把你的甘霖洒满了我，
然后再由我洒向别人的身体。”

我说话的时候，疾光霍霍，
在那炯焰的活核里一直颤动，

就像电闪急促地不断晃烁。
然后说：“你喜爱的美德，始终
跟随着我，直到我离开战场，
戴上棕榈冠。这美德，仍叫我烘烘
倾心。此情叫我再向你舒张。
此刻，我倒想听你说明，
希望对你承诺的，是什么奖赏。”
“蒙上帝视为朋友的英灵，
其目标都获《新约》和《旧约》楬橥。
这目标，为我指出了何奖可膺。
以赛亚说：人人都在本土
获两重衣服去覆盖身体。
他们的本土，是这里的永生之福。
令弟在著述中更提到白衣，
并把同样的启示向我们明言；
明言时，比以赛亚说得更清晰。”
我的话声刚落，就首先听见
“Sperent in te”响自上方，
而所有歌者也响应于高天。
之后，众光里，一光杲杲增芒。
巨蟹座有这样的一颗光晶，
冬季就会有一个月是白昼长长。
这时候，只见增亮的炯芒盈盈
趋前，靠近两朵大光，就如
一个欣喜的少女起立，婷婷

步进舞蹈的行列——不是要借故
矜夸；只是向新娘致敬。两朵
大光，则用炽爱随歌声旋舞。
第三朵光芒加入了歌声的圣火，
我的娘娘就聚精会神地凝望，
完全像新娘一般，娴静而沉默。
“当年，在我们那只鹈鹕的胸膛
倚伏的就是他。是他，在十字架前
获得甄选，负责把重任担当。”
我的娘娘说出了上述的美言。
不过说话后，目光和说话前相同：
依然凝神望着同一个焦点。
面对第三朵光芒，我像仰空
观看日偏食的人，劳累地注目
凝神间，设法窥太阳的真容。
结果呢，两眼再也看不到景物。
这时，光芒说：“何必在这里寻觅
虚无，叫眼睛受强光炫射之苦？
我的肉体是泥土，埋葬在泥土里。
我们的人数和永恒的名额相等前，
它还会跟其余的肉体一起。
在至福的庭院里，只有光焰
两朵，曾披着双袍飞升天国。
这一信息，你务必带回凡间。”
熊熊的火焰之圈，因这番申说

而歇舞，由三位一体的呼息
所发的美妙和音也同时沉默；
情形就像划动的众桨，在水里
一直拍击，为避免劳累或凶险，
全部在一声唿哨中停歇沉寂。
我回望贝缇丽彩——哦，两眼
却不能视物，不禁忧虑惶恐。
我置身福界，而且在她身边，
竟会在刹那之间欲睹无从！

注释：

1. **圣诗**：原文“poema sacro”，指《神曲》。有的论者认为专指《天堂篇》。参看 Pasquini e Quaglio, *Paradiso*, 421。称为圣诗，是因为作品以神和天堂为题材。参看《天堂篇》第二十三章第六十二行。

2. **那些人**：既可泛指但丁的敌人，也可专指翡冷翠的黑党。

3. **美丽的羊圈**：指但丁的故城翡冷翠。在那里，但丁度过了天真无邪的童年，一如纯洁的羔羊。**隔离**：把但丁逐出翡冷翠。

5. **群狼**：指凶恶的翡冷翠人。参看《炼狱篇》第十四章第五十一行。

7. **以诗人身分凯旋**：但丁流放在外，一直希望以诗人身分重返翡冷翠（“凯旋”）；可惜终其一生，都未能如愿。

7–8. **声音 / 和皮毛都异于往昔**：指回归翡冷翠时但丁会有新的风格（“声音”），题材异于往昔（以宗教为焦点），风格更加成熟（“异于往昔”）。**圣水器**：指圣约翰洗礼堂，在翡冷翠，是但丁小时候领洗之所。参看《地狱篇》第十九章第十六行。

9. **桂冠头巾**：指大诗人的荣耀。

10–11. **向上帝 / 引荐众生的宗教**：指天主教。

11–12. **彼得……运转**：参看《天堂篇》第二十四章一五二至一五三行。

15. **基督的代表中……最早**："基督的代表"，指教皇。天主教视圣彼得为首任教皇。"硕果"，形容彼得地位尊崇，事功显赫。

17–18. **"看这位爵爷……场所"**：指雅各（大），即大雅各。雅各又称"雅各伯（大）""雅各（长）"，父亲为渔夫西庇太（Zebedee）。和弟弟约翰经施洗约翰引荐，追随耶稣，是耶稣最喜爱的门徒之一。据说曾经在西班牙传布福音，其后返回耶路撒冷，约于公元四十四年遭犹太的希律王（即希律·安提帕一世）杀害。卒后，遗体在一次神迹中移到了加利西亚(Galicia)首府圣地亚哥·德孔波斯特拉(Santiago de Compostela)。据说公元八三五年，有教徒获天上的星光带领，到达该处，发现了雅各的圣物。因此该地的拉丁文名称为Campus Stellae（星原），西班牙语叫Compostela。在中世纪的欧洲，往圣地亚哥·德孔波斯特拉朝圣的人极伙。参看《基督教词典》页五六四；Bosco e Reggio, *Paradiso*, 414; Sapegno, *Paradiso*, 315; Singleton, *Paradiso 2*, 400-01。

22–23. **一位荣显/而崇高的王侯**：指圣雅各。

23. **获另一位迎接**：获圣彼得迎接。

26. **coram me**：拉丁文，"当着我""在我面前"的意思。Singleton (*Paradiso 2*，402）指出，但丁在《神曲》用拉丁文，是为了给作品增添庄严的色彩。这情形，颇像出色的汉语作家在白话中使用文言，创造特别效果。同样，在《天堂篇》第十五章二八至三〇行，但丁先让卡查圭达说拉丁文，到了四四至四五行，但丁再这样形容卡查圭达："che'l parlar discese/inver lo segno del nostro intelletto."（"话语就降向较低的高度，/让凡人之智明白他的信息。"）所谓"降向较低的高度"，是指卡查圭达所说的话，已经进入人智的理解范围。既然进入了人智的理解范围，话语就用意大利文，而不再用拉丁文表达。

29. **显赫的生灵**：指圣雅各。

29–30. **我们天庭的洪恩，/……记录传播**：参看《圣经·雅各书》第一章第十七节："Omne datum optimum, et omne donum perfectum desursum est, descendens a Patre luminum, apud quem non est transmutatio nec vicissitudinis obumbratio."（"各样美善的恩赐和各样全备的赏赐都是从上头来的，从众光之父那里降下来的；在他并没有改变，也没有转动的影儿。"）

31–33. **"请你……化身"**：耶稣在三大事件中，只让三个爱徒（彼得、雅各、约翰）在场。这三大事件为：耶稣使睚鲁的女儿复活，耶稣改变形象，耶稣在客西马尼祷告。第一事件载于《圣经·路加福音》第八章第四十至五十六节；第二事件载于《圣经·马太福音》第十七章第一至九节，《圣经·路加福音》第九章第二十八至三十六节；第三事件载于《圣经·马可福音》第十四章第三十二至四十二节。Benvenuto 指出，在这些事件中，三个门徒代表了三超德：彼得代表信德（la fede），雅各代表望德（la speranza），约翰代表爱德（la carità）。因此，贝缇丽彩在诗中说："你〔雅各〕一直是希望的化身。" 参看 Campi, *Paradiso*, 524-25; Sapegno, *Paradiso*, 317。

34. **仰起头来……充满胸中**：但丁被彼得和雅各所发的炯光照得难以睁眼（第二十七行），因此雅各（即第三十七行所说的"第二朵火焰"）鼓励但丁，叫他抬头。

35–36. **从凡界……成熟丰隆**：从凡间来到天堂的，起先会在圣光中目眩。但视力会渐渐增强，在我们（既可以专指三大门徒，也可以泛指众福灵）的光辉中成熟，获得承受炯光的力量。

37. **第二朵火焰**：指圣雅各的光焰。

39. **刚才……两座山**：指彼得和雅各。两位光灵的炯光太盛，如大山下压，结果但丁连眼睛也睁不开。这意象出自《圣经·诗篇》第一百二十一篇（拉丁通行本《圣经》第一百二十篇）第一节："Levavi oculos meos in montes, /unde veniet auxilium mihi."（"我向山举目；/ 我的助力就从那里来。"）和合本《圣经》的汉译为："我要向山举目；/ 我的帮助从何而来？" 这一译法和拉丁通行本《圣经》有别。《英译钦定本圣经》中，这两句为："I will lift up mine eyes unto the hills, from whence cometh my help." 和合本《圣经》由英译本转译，译者把关系副词 "whence" 当作疑问副词，结果与英译本、拉丁文本有别。天主教思高圣经学会译释的《圣经》（《圣咏集》第一二一篇第一节），意思大致与和合本同："我举我目向圣山瞻望，/ 我的救助要来自何方？" 参看 Campi, *Paradiso*, 525。

40. **我们的圣皇**：指上帝。

42. **内廷**："l' aula più secreta"，指天堂最隐秘的地方，即天堂的核心。**公侯**："conti"，但丁继续用封建制度的职衔，引申第十七行"爵爷"（"barone"）的比喻。

49. **慈悲的娘娘**：指贝缇丽彩。

50. **眼前的高度**：指天堂。

52. **战争教会**：指战争的教会，意大利文 "La Chiesa militante"，英语 Church Militant。指身在凡间，长期与肉欲、邪恶，与基督的敌人（魔鬼）作战的基督徒。与得胜的教会（la Chiesa trionfante，英文 Church Triumphant）相对。得胜的教会，指身在天堂，战胜了肉欲、邪恶，也战胜了基督敌人的基督徒。参看 *The Random House Dictionary of*

the English Language（second edition, unabridged）, 371。

53. **希望**：指三超德中的望德。

54. **照耀……明证**：上帝（"照耀众灵的太阳"）的圣智中，已有这一事实（指但丁比教会的其他男儿都富望德）的记录。福灵瞻望上帝，即可得睹。Vellutello 指出，诗人但丁要贝缇丽彩代旅人但丁回答，是为了不让旅人但丁自伐其功。参看 Sapegno, *Paradiso*, 318。

55. **埃及**：指凡尘。在希伯来人眼中，埃及和巴比伦都是异教之地；与撒路撒冷之别，犹凡尘与天堂之别。

56. **耶路撒冷**：指天堂。《圣经》经常以埃及（希伯来人流放的地方）比喻尘世，耶路撒冷比喻天堂。参看《圣经·加拉太书》第四章第二十六节；《圣经·希伯来书》第十二章第二十二节；《圣经·启示录》第三章第十二节，第二十一章第二节和第十节；《炼狱篇》第二章第四十六行；*Convivio*, II, I, 7; *Epistole*, II, 5; XIII, 21。**战斗任务**：指但丁在凡间与邪恶、与基督之敌战斗的任务。参看《圣经·约伯记》第七章第一节："Militia est vita hominis super terram."（"人在世上岂无争战吗？"）

57. **天颜**：指天堂的真貌。

64–66. **一如……展陈**：有关学生答问的比喻，参看《天堂篇》第二十四章四六至四八行。

67–69. **"所谓'希望'……事功带来"**：这一定义源出中世纪基督教神学家彼得·郎巴德（Petrus Lombardus，约一一〇〇年至一一六〇年）的 *Sententiarum libri quatuor*, III, 26: "Spes est certa exspectatio futurae beatitudinis, veniens ex Dei gratia et ex meritis parecedentibus."（"希望是对未来至福的肯定期待，来自神恩和过去的事功。"）参看 Sapegno, *Paradiso*, 319。

70. **照耀我的光芒**：指真理之光。是比喻。

71. **群星**：也是比喻，指《圣经》和教父等人。参看《圣经·但以理书》第十二章第三节："Qui autem docti fuerint fulgebunt quasi splendor firmamenti; et qui ad iustitiam erudiunt multos quasi stellae in perpetuas aeternitates."（"智慧人必发光如同天上的光；那使多人归义的，必发光如星，直到永永远远。"）

72. **歌颂至尊的至尊歌者**：指以《诗篇》歌颂上帝（"至尊"）的大卫（"至尊歌者"）。

73–74. **'凡认识 / 你名号的，必仰望你'**：参看《圣经·诗篇》第九章第十节（拉丁通行本《圣经》第十一节）："Et sperent in te qui noverunt nomen tuum."（"认识你名的人要倚靠你。"）

74–75. **笃依 / 正教如我的**：意为：像我一样相信基督的。

75. **圣名是持**：认识上帝之名。

76. **他**：指大卫。**甘霖**：指启示。**使徒书**：指《圣经·雅各书》。参看该书第五章第七至八节："Patientes igitur estote, fratres, usque ad adventum Domini. Ecce agricola exspectat pretiosum fructum terrae patienter ferens donec accipiat temporaneum et serotinum. Patientes igitur estote et vos et confirmate corda vestra; quoniam adventus Domini adpropinquavit."（"弟兄们哪，你们要忍耐，直到主来。看哪，农夫忍耐等候地里宝贵的出产，直到得了秋雨春雨。你们也当忍耐，坚固你们的心，因为主来的日子近了。"）

78. **然后再由我洒向别人的身体**：然后再由我（但丁）在诗中，把雅各和大卫的甘霖（启示）洒给别人。

79–81. **我说话的时候……晃烁**：光灵听了但丁的答复，感到欣喜而晃烁。原文的"电闪"，意大利文是"baleno"。参看《圣经·马可福音》第三章第十七节："Boanerges, quod est filii tonitrui..."（"还有西庇太的儿子雅各和雅各的兄弟约翰〔又给这两个人起名叫半尼其，就是雷子的意思〕……"）**活核**：光焰的核心。那里的炯光最强，因此称"活核"。

82. **你喜爱的美德**：指信德。

83. **直到我离开战场**：意为：直到我离开尘世。尘世是基督徒与邪恶、与基督之敌斗争的战场。"离开战场"就是离开尘世。雅各约于公元四十四年遭希律王杀害而殉教，"离开战场"。参看《圣经·使徒行传》第十二章第二节。

84. **戴上棕榈冠**：指殉教。殉教在基督徒眼中代表胜利。雅各殉教，得以戴上象征胜利的棕榈冠。

85. **再向你舒张**：再向你说话。

89. **其目标**：指天堂。

90. **何奖可膺**：这里的"奖"，指天堂的永福。阿奎那在《神学大全》里说："Obiectum spei est beatitudo aeterna."（"希望的目标是永恒的至福。"）见 *Summa theologica*, II, II, q. XVII, 2。

91–92. **以赛亚说……覆盖身体**：参看《圣经·以赛亚书》第六十一章第七节："Propter hoc in terra sua duplicia possidebunt, laetitia sempiterna erit eis."（"在境内必得加倍的产业；/ 永远之乐必归与你们〔拉丁文的"eis"不是"你们"，而是"他们"的意思〕。"）但丁把"duplicia possidebunt"（"必得加倍的产业"）译为"vestita/...di doppia vesta"（"获两重衣服去覆盖身体"），意义与拉丁通行本《圣经》有出入。**本土**：指天堂。天堂是一切福灵的故乡，所以称"本土"。**两重衣**

服：Benvenuto 称为“luce animae et corporis”（“灵魂和肉体的光辉”）。参看 Sapegno, *Paradiso*, 321。

93. **永生之福**：原文“dolce vita”。这个词组在《天堂篇》原文第四章第三十五行也曾出现，汉译“甜蜜的生活”（译文第四章第三十六行）。

94. **令弟**：指雅各的弟弟约翰。

94–96. **令弟在著述中……更清晰**：约翰在《圣经·启示录》第七章第九节说：“vidi turbam magnam, quam dinumerare nemo poterat ex omnibus gentibus et tribubus et populis et linguis: stantes ante thronum et in conspectu Agni, amicti stolis albis, et palmae in manibus eorum...”（“见有许多的人，没有人能数过来，是从各国、各族、各民、各方来的，站在宝座和羔羊面前，身穿白衣，手拿棕榈枝……”）Sapegno（*Paradiso*, 321）指出，原文第九十五行“Le *bianche stole*”（译文第九十四行的“白衣”）“是福灵发光的肉体”（“sono i corpi luminosi dei beati”）。参看《炼狱篇》第一章七四至七五行。

98. **Sperent in te**：拉丁文，意为“要倚靠你”，英译是“Let them hope in thee”，出自《圣经·诗篇》第九章第十节（拉丁通行本《圣经》第十一节）。参看本章七三至七四行注。“Sperent”是拉丁文不定式 sperare（希望，仰靠）的复数第三人称虚拟式。

99. **所有歌者**：指围成光环舞蹈的光灵。参看《天堂篇》第二十四章第十六行。

100. **一光**：指圣约翰的光灵。

101. **光晶**：原文“cristallo”，指光芒的亮星。

101–102. **巨蟹座……白昼长长**：在黄道带上，摩羯宫（Capricornus）和巨蟹宫（Cancer）的位置相对。每年十二月二十一日到一月二十一日，太阳位于黄道摩羯宫。日落时，巨蟹座就上升；日出时，巨蟹座就下沉。但丁在这里假设，如果巨蟹座有眼前所见的“光晶”为其中的一颗星，太阳西沉后，光芒大增的巨蟹座就会像另一个太阳，把黑夜照耀得如同白昼。结果一天二十四小时再没有黑夜，整个冬季就会变成长长的白昼。

103–108. **这时候……旋舞**：彼得、雅各、约翰三大使徒，代表信德、望德、爱德这三超德向贝缇丽彩致敬，回应了《炼狱篇》第二十九章一二一至一二九行。在《炼狱篇》的片段里，绕圈向贝缇丽彩舞蹈的是三超德本身。

104. **两朵大光**：指彼得和雅各的光灵。

110. **我的娘娘**：指贝缇丽彩。

112–114. **“当年……把重任担当”**：“鹈鹕”，又名“塘鹅”，学名 *Pelecanus*

onocrotalus。传说中，鹈鹕以胸中的血饲养幼雏。这一无私行动，象征爱的伟大。因此基督教把基督比作鹈鹕。参看《圣经·诗篇》第一〇二篇第六节（拉丁通行本《圣经》第一〇一篇第七节）："Similis factus sum pellicano deserti..."（"我如同旷野的鹈鹕……"）在最后的晚餐中，约翰听到有人要出卖耶稣，曾挨近（"倚伏"）耶稣的怀。参看《圣经·约翰福音》第十三章第二十三节："Erat ergo recumbens unus ex discipulis eius in sinu Iesu, quem diligebat Iesus."（"有一个门徒，是耶稣所爱的，侧身挨近耶稣的怀里。"）耶稣在十字架上，曾吩咐约翰照顾玛利亚。参看《圣经·约翰福音》第十九章第二十六至二十七节："Cum vidisset ergo Iesus matrem, et discipulum stantem, quem diligebat, dicit matri suae: Mulier, ecce filius tuus. Deinde dicit discipulo: Ecce mater tua. Et ex illa hora accepit eam discipulus in sua."（"耶稣见母亲和他所爱的那门徒站在旁边，就对他母亲说：'母亲，看，你的儿子！'又对那门徒说：'看，你的母亲！'从此，那门徒就接她到自己家里去了。"）"获得甄选……把重任担当"，指约翰获耶稣挑选，负起照顾耶稣母亲玛利亚的责任。

122–123. **何必在这里寻觅 / 虚无**：关于约翰升天这一事件，有颇为流行的一则传说：约翰的精神和肉体同时飞升天堂。旅人但丁也相信这一传说，因此在天堂见了约翰的光灵，就"劳累地注目 / 凝神"（一一九至一二〇行），要看（"寻觅"）他的肉体。约翰就告诉他，传说并不可靠，但丁要"寻觅"的目标还未升天，此刻只是"虚无"。参看《圣经·约翰福音》第二十一章第二十至二十三节。因为根据基督教的说法，最后审判前，灵魂和肉体同时升天的，只有基督和圣母玛利亚。

124–126. **我的肉体……一起**：约翰的肉体仍然埋葬在尘世，到获选升天的人数相等于坏天使的数目（"永恒的名额"），也就是最后审判之后，肉体才会飞升天堂，与灵魂相会。所谓"坏天使"，指背叛上帝，被逐出天堂的天使。但丁认为，坏天使的数目，约为好天使数目的十分之一。参看 *Convivio*, II, V, 12。

127–128. **在至福的庭院里……飞升天国**：在天堂（"至福的庭院里"），只有基督和玛利亚（"光焰 / 两朵"），曾带着灵魂和肉体（"曾披着双袍"）飞离凡尘。灵魂和肉体各为一袍。带着两者升天，就是"披着双袍"。参看本章第九十二行。

131. **三位一体**：指彼得、雅各、约翰三个使徒。由于三位光灵的声音和谐一致，所以说"一体"。这里的"三位一体"，有别于圣父、圣子、圣灵的三位一体。

133–135. **情形就像……停歇沉寂**：Vandelli，961 指出，这比喻源自 Statius, *Thebais*, IV, 805 以下；同书 VI, 796 以下；Ariosto, *Orlando Furioso*, XVIII, 143。

136–139. **我回望……无从**：《天堂篇》第二十五章以这样的悬疑结束，叫读者欲罢不能。但丁的叙事技巧，于此可见一斑。

第二十六章

圣约翰考问但丁有关爱德的问题；问他的灵魂以什么为鹄的，谁引导他向鹄的奋进。但丁回答完毕，高天响起仙音，贝缇丽彩随着众光灵唱起“圣哉！圣哉！圣哉！”的诗篇，但丁的视力也恢复过来，而且胜于往昔。接着，亚当的光灵出现；不待但丁发问，就回答但丁的问题：上帝何时把亚当安置在伊甸园，他在园里逗留了多久，何以会触犯天怒，所说是哪一种语言？

我正因视力丧失而犹豫震惊，
　那强光，灭了我的视力后突然
　呼出声音，迫使我凝神倾听。
“你的目力，在我体内销殚，”
　声音说，“恢复原状前，你大可以
　借言语达意，补偿一时的伤残。
说吧！你的灵魂以什么为鹄的。
　你可以放心；此刻，你只在强光中

恒星天

“说吧！你的灵魂以什么为鹄的。/ 你可以放心；此刻，你只在强光中 /
目眩，并没有真正丧失视力。”

（《天堂篇》，第二十六章，七至九行）

目眩，并没有真正丧失视力。
因为，在这个圣境中带你飞动
攀升的女士，眼中有大能，神奇处
跟昔日亚拿尼亚的妙手相同。”
“但愿她迟早医好我的双目。
当年，她熊熊烧进来，使我燃烧
不息时，这双眼睛是入门之途。
大爱以高声或低声向我教导
百典；而满足天庭的至善，是所有
教导的终极、所有教导的始肇。”
我因强光猝耀而惊惶的时候，
获一个声音安慰而镇定。这声音，
此刻叫我再产生说话的念头。
因为声音说：“可是呀，你还要更细心，
用更密的筛子筛理由：你还须
说明，谁引导你的弓向鹄的奋进。”
我闻言答道：“凭借哲学的论据，
凭借从这里降落人间的威灵，
大爱都须复印于我的凡躯。
因为，凭借本身所有的善性，
善端一为人知悉，就会燃点
大爱。善性越多，大爱越光明。
至尊的本体里，善性至为明显。
本体外的诸善，只是一道微熹
从它的光辉外射。谁的慧眼

看得出支撑这一论点的真理，
谁的精神就会充满爱忱，
宁弃其他事物而直趋该本体。
为我的心智说明这道理的人，
也曾为我揭示那太初之爱。
这种爱，从所有永恒的物质展伸。
这道理，至真的作者也说得明白。
他的声音，自述间对摩西说：
‘我会让你来目睹众善所在。’
而你，在大福音里开始传播
信息，就为我说明，凡间宣布
天机时，你的福音比谁都昭焯。”
接着，我听见：“借人间心智的颖悟，
按照符合人心的权威感召，
你怀着至高的爱意敬仰上主。
不过你还得说说，你可曾感觉到
别的力量牵你向上主，让你
能详细叙述所有爱齿的啮咬。”
此刻，基督之鹰的神圣心意
并不隐晦；反之，我已经明白，
他要怎样引导我表露心迹。
于是我继续说：“所有牵带
人心走向上帝的啮咬奔竞
而来，一起造就了我的敬爱。
因为世界的本性、我的本性、

基督为了救我而忍受的死亡、
信众和我一起期待的永宁，
加上我刚才提到的启悟炯光，
把我从乖戾之爱的大海救出，
然后安置于公义之爱的岸上。
永恒的园丁有一座花园。荫覆
全园的绿叶都为我所爱；深浅
则看众叶如何获善于上主。”
我的话声一落，整个高天
就仙音回荡；我娘娘也随着众灵
唱起“圣哉！圣哉！圣哉”的诗篇。
一个人，因强光的照耀而惊醒，
视觉的精灵就会向炯芒奔赴，
炯芒则射过层层薄膜。从睡境
骤醒的人，见了眼前的景物
就退缩，因为这时候，他精神惝恍；
到辨析之力来助，才不再恍惚。
贝缇丽彩的双眸，所发的辉光
能照到千里外；这时也熠熠
驱散我眼中所有的翳障迷惘。
结果我的视力更胜于往昔。
这时候，当我愕然见身边闪出
第四朵火焰，就询问其来历。
我的娘娘说：“由太初的大能首度
创造的灵魂，在这朵火焰中

满怀爱敬地望向他的造物主。”
一阵强风吹过，树枝会抖动
摇摆，枝顶由高处向下弯曲，
然后凭自己的力量再度上耸。
娘娘说话时，我也是这样：惊惧
莫名后，说话的念头炽然烧起。
由于这缘故，信心也再度蕴蓄。
于是我说：“硕果呀，诞生时就已
成熟的只有你。元祖哇，所有新妇
都是你的女儿、你的儿媳。
我以最谦卑的态度求你讲述
至理。我的意愿你已经明白；
我不再多讲，想快点听你倾吐。”
有时候，一只动物会置身布袋；
窜动时，布袋就随着起伏；结果
其行动就会由袋内传到袋外。
上帝在太初创造的灵魂，对我
也是这样：透过裹魂的焰光
表示，他十分乐意向我陈说。
接着，他答道：“你不说自己的愿望，
我也看得分明，而且胜于
你自己熟悉了解的任何情况。
这愿望，至真之镜正向我栩栩
反映。至真之镜，能反映万殊，
却不容任何外物去反映窥觑。

你想知道，上帝在崇高的乐土
　安置我，究竟始于何时。这位
　女士，曾在乐土里教你踏足
这长梯。你还想知道，我游目乐土内
　有多久；天怒的真相是什么；由我
　创造、由我使用的是哪一语类。
孩子呀，告诉你，口尝该树的鲜果，
　本身并不是长期放逐的原因；
　僭越界限才是真正的过错。
在你娘娘差遣维吉尔的近邻，
　我等待这聚会，等了四千三百
　零二次日转，一直等到如今。
在凡间，我则见过太阳的光彩
　在本身的轨迹一再重返众光，
　先后的次数相等于九百三十载。
我说的语言，宁录的族人希望
　大展妄图前已经完全灭绝。
　那妄图，不过是无从实现的莽撞。
因为，任何由理智产生的谋略
　都不会持久；人的爱恶之情，
　会随天穹的运转而涌升减却。
人类说话的能力是天赋的资禀；
　不过怎样说，说时用何种语言，
　则由他们按自己的喜好决定。
在我坠落地狱受折磨之前，

I 是凡间对至善的称呼；把我
覆裹的欣悦就由这至善彰显。
后来，至善又称 EL——也恰当不过。
凡人的用语和树枝的叶子相仿佛：
按时序一一萌发，一一脱落。
我曾在凌海最高的高山居住，
蒙羞前生活纯洁，由第一小时
到跟着第六的小时，即太阳越出
九十度弧的时辰，都在那里栖止。

注释：

2.　**那强光**：指圣约翰的强光。参看《天堂篇》第二十五章一三六至一三九行。

4.　**“你的目力……销殚”**：指但丁的目力，因向圣约翰凝望而耗尽。

10–11.　**在这个圣境……女士**：指贝缇丽彩。

12.　**亚拿尼亚**：《圣经》中助保罗复明的人。参看《圣经·使徒行传》第九章第十七至十八节：“Et abiit Ananias, et introivit in domum; et imponens ei manus dixit: Saule frater, Dominus misit me Iesus, qui apparuit tibi in via qua veniebas, ut videas et implearis Spiritu Sancto. Et confestim ceciderunt ab oculis eius tamquam squamae, et visum recepit; et surgens baptizatus est.”（“亚拿尼亚就去了，进入那家，把手按在扫罗〔保罗的希伯来名字〕身上，说：‘兄弟扫罗，在你来的路上向你显现的主，就是耶稣，打发我来，叫你能看见，又被圣灵充满。’扫罗的眼睛上，好像有鳞立刻掉下来，他就能看见。于是起来受了洗。”）

14–15.　**当年……入门之途**：当年，贝缇丽彩的倩影进入但丁的神魂，燃起他的热烈爱情时，也取道双目。意大利的新风格诗人，尤其是卡瓦尔坎提（Cavalcanti），常常把眼睛视为爱情的入口。参看《炼狱篇》

第三十章四〇至四二行。

17–18. **满足……始肇**：满足上帝（"天庭的至善"），是所有教导的一切。阿奎那说："amor Dei quo diligitur ut beatitudinis obiectum, ad quod ordinamur per fidem et spem."（"对上帝之爱……上帝是永福，也因此成为爱的目标。我们受信德和爱德的推动而移向这一目标。"）见 *Summa theologica*, II, I, q.LXV, 5。**终极**：原文"O"，代表希腊文最后的一个字母 Ω（小写 ω），念 ὦμέγα（英译 omega）。有些《神曲》版本，如 Andrea Lancia, *L'Ottimo commento della Divina Commedia*（Pisa, 1827-29）；Pietro di Dante, *Petri Allegherii super Dantis ipsius genitoris Comoediam Commentarium*（Firenze, 1845）；Benvenuto, *Benvenuti de Rambaldis de Imola Comentum super D.Alagherij Comoediam*（Firenze, 1887）；Buti, *Commento di Francesco da Buti sopra la Divina Commedia di Dante*（Pisa, 1838-62），则不用"O"，而直接用 omega。参看 Sapegno, *Paradiso*, 327-28。**始肇**：原文"Alfa"，指希腊字母表中的第一个字母 A（小写 α），念 ἄλφα（英译 alpha）。参看《圣经·启示录》第二十二章第十三节："Ego sum Alpha et Omega, primus et novissimus, principium et finis."（"我是阿拉法，我是俄梅戛；我是首先的，我是末后的；我是初，我是终。"）参看《启示录》第一章第八节，第二十一章第六节；*Epistole*, XIII, 90。

20. **一个声音**：指圣约翰的声音。

23. **用更密的筛子筛理由**：此话是比喻。约翰的意思，是要但丁把理由说得更详细。

24. **谁引导……向鹄的奋进**：意为：谁引导你的灵魂去爱上帝。

25–26. **"凭借……威灵"**：意为：凭凡人的理智（如哲学家、神学家的著作）和神的启示（指《圣经》所载）。但丁在别的著作里也提到这两个途径。参看 *Monarchia*, II, I, 6。

27. **大爱**：指人心对上帝的爱。

29–30. **燃点 / 大爱**：燃点对上帝之爱。

31. **至尊的本体**：指上帝。

32–33. **本体外的诸善……外射**：指上帝以外的诸善，只是上帝至善的一小部分。参看《天堂篇》第十三章五二至五三行。

35. **充满爱忱**：指充满对上帝的爱忱。

36. **直趋该本体**：指直趋上帝。

37–39. **为我的心智……展伸**：亚里士多德指出，诸天都充满渴求，要极力接近上帝，也就是造物主（参看《天堂篇》第二十四章一三〇至一三二行）。按照但丁的理解，亚里士多德的诸天也包括推动诸天的天使。这种要直趋上帝的爱，天使和人类（“所有永恒的物质”）都有。“为我的心智说明这道理的人”确指何人，论者有不同的说法。参看 Mattalia, *Paradiso*, 493; Bosco e Reggio, *Paradiso*, 431; Pasquini e Quaglio, *Paradiso*, 443; Sapegno, *Paradiso*, 329; Singleton, *Paradiso*, *2*, 414。

40. **至真的作者**：指上帝本身。

41. **摩西**：摩西是《圣经·出埃及记》的作者，获上帝启示，在《圣经》中复述圣言。

42. **'我会让你来目睹众善所在'**：参看《圣经·出埃及记》第三十三章第十九节："Ego ostendam omne bonum tibi."（“我要显我一切的恩慈，在你面前经过。”）

43. **大福音**：指《圣经·约翰福音》。

45. **天机……比谁都昭焯**：《圣经·约翰福音》一开始就传播基督教义中最奥秘的信息（“天机”），包括上帝的至善、上帝创世的义理、三位一体的概念、基督降生的事实。参看《圣经·约翰福音》第一章第一至十六节："In principio erat Verbum, et Verbum erat apud Deum, et Deus erat Verbum... Omnia per ipsum facta sunt; et sine ipso factum est nihil quod factum est. In ipso vita erat, et vita erat lux hominum... Et Verbum caro factum est, et habitavit in nobis... Et de Plenitudine eius nos omnes accepimus, et gratiam pro gratia."（“太初有道，道与神同在，道就是神……万物是借着他造的；凡被造的，没有一样不是借着他造的。生命在他里头，这生命就是人的光。……道成了肉身，住在我们中间……从他丰满的恩典里，我们都领受了，而且恩上加恩。”）就这方面而言，《圣经·约翰福音》要胜过其他福音（“比谁都昭焯”）。

46. **我听见**：指但丁听见约翰的光灵说话。**人间心智的颖悟**：指哲学家的申论。

47. **符合人心的权威**：指《圣经》。《圣经》的道理和哲学家的申论吻合，所以说“符合人心”。

51. **爱齿**：指激起但丁去深爱上帝的力量。

52. **基督之鹰**：中世纪的基督徒常把约翰喻为鹰。《圣经·启示录》第四章第七节提到四个活物，其中之一就是飞鹰。其余三个是狮子、牛犊、人。四个活物代表福音的四个作者，其中的飞鹰代表约翰。奥古斯丁的 *In Ioann.*, XXXV 说："aquila ipse est Ioannes, sublimium praedicator..."（“鹰是约翰本身，传播崇高义理的教士……”）参看 Sapegno, *Paradiso*, 330。

56. **啮咬**：这一比喻是第五十一行的引申，仍然指激发但丁去深爱上帝的力量。

61.　**我刚才……炯光**：指二五至三六行所提到的启悟。

62　**乖戾之爱的大海**：指凡间错误的爱欲。参看《地狱篇》第一章二二至二七行，《炼狱篇》第十七章九一至一三九行。

63.　**公义之爱**：指正确的爱，也就是以上帝为对象的爱。

64.　**永恒的园丁**：指上帝。**花园**：指由基督救赎出来的世界。园丁和花园意象，源出《圣经·约翰福音》第十五章第一节："Ego sum vitis vera, et Pater meus agricola est."（"我是真葡萄树，我父是栽培的人。"）

65.　**全园的绿叶**：指上帝所造的万物。

65–66.　**深浅/则看……上主**：但丁指出，他爱上帝所造的万物；至于爱多还是爱少，则看各物所获的上帝之善的分量。上帝本身，我们则要完完全全、毫无条件地去深爱。

68.　**仙音回荡**：指最高天的福灵齐声颂唱。**我娘娘**：指贝缇丽彩。

69.　**圣哉！圣哉！圣哉！**：源出《圣经·以赛亚书》第六章第三节，写撒拉弗（即六翼天使）歌颂耶和华："Sanctus, sanctus, sanctus Dominus Deus exercituum, plena est omnis terra gloria eius."（"圣哉！圣哉！圣哉！万军之耶和华；他的荣光充满全地！"）在《圣经·启示录》第四章第八节，四个活物在宝座周围也"昼夜不住地说"："Sanctus, sanctus, sanctus Dominus Deus omnipotens, qui erat et qui venturus est."（"圣哉！圣哉！圣哉！/主神是昔在、今在、/以后永在的全能者。"）弥撒仪式第一部分结束时，教徒所唱的《三圣颂》（*Sanctus*）也有这样的颂赞。《三圣颂》的用词，出自《圣经·以赛亚书》第六章第三节。参看《基督教词典》四〇七页。

70–72.　**一个人……薄膜**：这三行写视力运作的过程：人的眼睛都有"视觉的精灵"（"lo spirto visivo"）。光线从外面射来，精灵就会从大脑沿神经奔向瞳孔，再迎向从外面射来的光线；光线则穿过眼睛一层接一层的薄膜，产生视象。参看 *Convivio*, II, IX, 4-5; III, IX, 7-9。

81.　**第四朵火焰**：指亚当的光灵。Bosco e Reggio（*Paradiso*, 434）认为，亚当的光灵在但丁失去视觉时来临。

82.　**太初的大能**：指上帝。

84.　**造物主**：指上帝。

91.　**硕果**：指亚当这样的人只有一个，因为亚当不是胎生，直接由上帝创造；而亚当之后的人都是胎生。

91–92.　**诞生时就已/成熟**：亚当由上帝创造出来的一瞬，就已经成年，无须像他的子孙，要经过婴孩期、童年期、少年期、青年期渐渐长大。

95.　**我的意愿……明白**：指亚当瞻视上帝，即能看见但丁的意愿。

99.　**其行动……传到袋外**：《天堂篇》第八章第五十四行，以另一意象（蚕茧）写炯光裹笼福灵。

100. **上帝……灵魂**：指亚当。

106. **至真之镜**：指上帝。

107–108. **至真之镜……窥觑**：上帝能映照宇宙万物；宇宙万物却无从映照上帝。也就是说，无穷可以包纳有限，有限不能承载无穷。类似的论点，《天堂篇》第十九章第五十一行曾以另一种说法表达："至善以本身量本身，没有止境。"

109–110. **上帝……何时**：意为：上帝究竟在何时创造我。**崇高的乐土**：指伊甸园。上帝创造了亚当后，把他放在伊甸园里。这里所谓"崇高"，既有比喻意义（伊甸园地位尊崇，高于尘世的任何地方），也有字面意义（伊甸园位于炼狱山之顶，在凡间海拔最高）。

110–111. **这位 / 女士**：指贝缇丽彩。

111–112. **踏足 / 这长梯**：踏足向天堂飞升之路。

112–113. **我游目……有多久**：我在伊甸园里逗留了多久。

113. **天怒的真相是什么**：上帝为什么对我发怒。

113–114. **由我 /……哪一语类**：伊甸园的动物，由亚当赐名。参看《圣经·创世记》第二章第二十节："appellavitque Adam nominibus suis cuncta animantia..."（"那人便给一切牲畜和空中飞鸟、野地走兽都起了名……"）这两行的意思是：由我创造、使用的是哪一种语言。

115–117. **口尝……过错**：亚当吃禁果的行为本身，并不是被逐出乐园的原因；真正的原因是，偷吃禁果，等于僭越上帝所定的界限。也就是说，亚当不守本分，犯了骄傲之罪。参看《圣经·创世记》第三章四至六节。因此，阿奎那说："primum peccatum hominis fuit in hoc, quod appetivit quoddam spirituale bonum supra mensuram, quod pertinet ad superbiam."（"人类的第一罪是僭越本分，贪嗜精神之善，而这一行为，属于骄傲罪。"）参看 *Summa theologica*, II, II, q. CLXIII, 1。

118. **在你娘娘……近邻**：在贝缇丽彩差遣维吉尔的地方，即幽域（地狱边境）。参看《地狱篇》第二章五二至六九行。

119. **这聚会**：指福灵在天堂相聚。

119–120. **四千三百 / 零二次日转**：四千三百零二年。

121–123. **在凡间……九百三十载**：在凡间，我看见太阳在黄道重返黄道十二宫（"众光"）各宫九百三十次（即九百三十年）。这样说来，由亚当出生到基督受难，为时共九百三十年加四千三百零二年，即五千二百三十二年（参看《炼狱篇》第三十三章六一至六三行）。由基督受难到但丁升天，为时一千二百六十六年（参看《地狱篇》第二十一章一一二至一一四行）。那么，由亚当出生到但丁升天，为时共六千四百九十八年。但丁心目中的年表如下：

亚当出生：公元前五一九八年。

亚当卒，降落幽域：公元前四二六八年。

基督进地狱拯救《旧约》诸圣：公元三十四年。

参看 Villaroel, *Paradiso*, 216; Sinclair, *Paradiso*, 380。关于亚当在尘世的寿命，《圣经·创世记》第五章第五节这样记载："Et factum est omne tempus quod vixit Adam anni nongenti triginta, et mortuus est."（"亚当共活了九百三十岁就死了。"）

124–125. **我说的语言……灭绝**：亚当的语言，在宁录族人（妄图建造巴别通天塔的族人）大展妄图前（建造巴别塔前）已经消失。据传说，巴别塔由宁录设计。参看《圣经·创世记》第十一章第四至九节，《地狱篇》第三十一章七七至七八行，《炼狱篇》第十二章三四至三六行。在《俗语论》中，但丁指出，上帝造人时，就造了语言；这一语言，永远不灭，代代相承。巴别塔的妄图失败后，这一语言成为希伯来文，也就是圣子基督的语言、圣父的语言。参看 *De vulgari eloquentia*, I, VI, 4-7。日后，但丁显然另有想法，因此这里所说与以前的论点有别。**宁录**：参看《地狱篇》第三十一章第七十六行注。

127–129. **任何由理智……减却**：人类既然受诸天影响而变化，其理智所产生的一切也就不会持久。参看《天堂篇》第五章九八至九九行。在《俗语论》里，但丁也说："...et homo sit instabilissimum atque variabilissimum animal, nec durabilis nec continua esse potest..."（"……由于人类是最反复、最易变的动物，〔语言〕就不能恒久不变……"）见 *De vulgari eloquentia*, I, IX, 6。此外，参看 Chimenz, 868。

130–132. **人类……决定**：参看 *Summa theologica*, II, II, q.LXXXV, 1："significare conceptus est homini naturale, sed determinatio signorum est ad placitum humanum."（"人类生来就会用符号表达自己的思想；至于用什么符号，则取决于其喜好。"）

134. **I**：I 或 J（念 Jah）相等于希伯来文的词首字母 *yod*，是 Jehovah（耶和华）的第一个字母，用来代表 Jah 或 Jehovah。犹太教的人对耶和华异常崇敬，除了在极隆重的场合，通常不会直接用 Jehovah 一词，而只用 I 或 J 来代替。到今日，"Jah" 仍是 "Hallelujah" 的一个音节：jah。参看 Chimenz, 868; Sayers, *Paradise*, 290; Sinclair, *Paradiso*, 380。**至善**：指上帝。

136. **EL**：希伯来名字，"伟大" 的意思，在古代指上帝。伊西多尔（Isidorus,

约五六〇年至六二六年）在 *Etymologiae*（《语源》）VII, I, 3 说："Primum apud Hebraeos Dei nomen *El* dicitur"（"在希伯来人的语言中，神的第一个名字是 El"）。根据但丁的 *De vulgari eloquentia*, I, IV, 4，亚当诞生，所说的第一个字就是 El: "Quid autem prius vox primi loquentis sonaverit, viro sane mentis in promptu esse non titubo ipsum fuisse quod Deus est, scilicet *El*, vel per modum interrogationis, vel per modum responsionis."（"我可以确信，就常理而言，第一个说话的人〔指亚当〕，不论是发问还是回答，所说的第一个字肯定相等于"上帝"，也就是 El。"）参看 Pasquini e Quaglio, *Paradiso*, 452; Sapegno, *Paradiso*, 336; Sayers, *Paradise*, 290; Singleton, *Paradiso 2*, 423。

137–138. **凡人的用语……——脱落**：这是但丁的语言学观点，意象出自贺拉斯的 *Ars poetica*（《诗艺》），60-62：

> ut silvae foliis pronos mutantur in annos,
> prima cadunt; ita verborum vetus interit aetas,
> et iuvenum ritu florent modo nata vigentque.
> 一如树林，在一年将尽时更换叶子；
> 早生的先落。言词也如此：老的死去；
> 新萌的像年轻人，朝气勃勃地开花。

139–142. **我曾在……栖止**：这几行答复但丁的第二个问题（一一二至一一三行）。亚当因偷吃禁果被逐前（"蒙羞前"），在伊甸乐园（"凌海最高的高山"）逗留了六个多小时，即由上午六时（神创造亚当的时间）到中午稍过，也就是太阳由第一个九十度弧（quadrant）进入第二个九十度弧的时间。亚当在伊甸园逗留的时间有多长，《圣经》没有明言。但丁在这里选了书蠹彼得（Petrus Comestor）*Historia scholastica, Liber Genesis* XXIV 的说法："Quidam tradunt eos fuisse in paradiso septem horas."（"有些人说，他们〔指亚当和夏娃〕在乐园里逗留了七小时。"）参看 Singleton, *Paradiso 2*, 424。有关书蠹彼得的生平，参看《天堂篇》第十二章一三四行注。关于炼狱山的伊甸园，参看《炼狱篇》第三章一四至一五行。

第二十七章

整个天堂开始高唱《圣三光荣颂》。彼得的光灵发出更盛的强光，彤然怒斥败坏的教皇。贝缇丽彩和其余的福灵闻言，也赧然变色。之后，彼得预言，天意会叫援救早日到达，并嘱但丁把这一信息向人世揭示。彼得说完了话，就和众福灵升上最高天；贝缇丽彩则叫但丁回望来处。但丁向来处俯眺完毕，再望向贝缇丽彩，跟她升到原动天。贝缇丽彩向但丁解释原动天的运作详情；并告诉他，凡界走上歧途，是因为无人管治。最后，贝缇丽彩进一步预言，大家期待的巨变就会出现。

“荣耀归于圣父、圣子、圣灵。”
　整个天堂开始高声歌唱，
　美妙的声音叫我酡然倾听。
我眼前所见，仿佛是遍布四方
　上下的微笑，结果陶醉的感觉
　借视、借听向我的内心流荡。

恒星天

“荣耀归于圣父、圣子、圣灵。”/整个天堂开始高声歌唱，/
美妙的声音叫我酡然倾听。
（《天堂篇》，第二十七章，一至三行）

啊，这欢欣！这无从表达的怡悦！
　这永生，因慈爱安宁而变得完整！
　这富足哇，不再遭渴念凌虐！
在我眼前，四朵光辉耿耿
　劲射着炯芒。最先来临的一朵，
　这时发出的亮光比刚才更旺盛。
那景象，就像木星和火星焯焯
　变成了鸟儿，刹那间彼此换羽，
　结果木星变得彤彤如烈火。
然后，在天堂负责把工作次序
　调配的天意，骤令天佑的合唱团
　肃静，四方不再飘扬起天曲。
这时候，我听到："我的颜色变换，
　你也不须要惊诧；在这一俄顷，
　你会看见众光的颜色改观。
在凡间占我宗座，借篡夺行径
　占我宗座、占我宗座的家伙，
　把我的墓地化为污水沟；邪佞
从这里下堕后，因沟里的血腥、秽浊
　而沾沾自喜。不过在圣子眼中，
　那宗座依然是无人填补的空廓。"
这时，我看见整个天堂彤彤
　流溢着光辉。那是太阳在黄昏
　和黎明直照云朵时所绘的嫣红。
而贝缇丽彩的容貌，在这一瞬

也改变了颜色，一如淑女，自己
无愧于心，却仅仅因为耳闻
他人的过失而变得腼腆不已。
情形又像——我相信——万能之主
受难时，天上的太阳被云层掩蔽。
然后，光灵继续说话，发抒
胸臆时声音和刚才大有分别；
其变化，和刚才的颜貌一样突出：
“我和利奴、阿拿克莱托的血液
哺育了基督的新娘，并不是企图
用这位新娘做获取黄金的媒介；
反之，为了享快乐永生之福，
西斯克特、庇护、卡利斯克特、乌尔班
潸然泪下后要忍受溅血之苦。
从来，我们都没有想过，要分散
基督的子民，要他们在我们
继承人的左右，各自把座位分占；
也没有想过，在日后某一时辰，
我所接的钥匙，会在军旗上
成为标志，向受洗者布阵；
没想到我的样貌，会刻于印章
去出卖特权，做撞骗的生意。
为此，我常常赧然迸发出怒芒。
在这里下望，见得到饿狼身披
牧者的外衣，在所有牧地来回。

上帝的防御呀，为何仍躺卧不起？
卡奥尔和加斯科尼的恶人，正准备
吸饮我们的血。美好的开端哪，
你竟然会堕落，面对可耻的结尾！
不过我知道，巍巍天意使罗马
靠斯克皮奥而世光不坠；须臾，
天意就会叫援救早日到达。
孩子呀，你负着凡俗之体，仍须
向下界回归。届时你务必开口；
我向你揭示的，你也要宣诸语句。”
苍穹的羯角被太阳照射的时候，
我们的天空就有凝结的水汽
飘落。这时，眼前的景象也相侔：
凯旋的水汽在飘飞，借着灿丽
多彩的以太冉冉向上方涌升。
那水汽，曾经在我们眼前聚集。
我的视线一直向上方飞腾，
追随着那些形态，到广漠太深窅、
太高远而仰望无从，才不再上登。
娘娘见我不再向上方凝眺，
就这样对我说：“且把视线向下方
纵抛，看你所绕的空间多敻辽。”
这时我发觉，由第一次下望
算起，我绕着第一带旋转的圆弧，
已凌越中间到末端的所有辽旷。

彼端，我看见尤利西斯的疯道路
越过加的斯；此端，则几达海隅
（那里，欧罗巴婉然让神牛背负）。
下方的尘寰，还有更广的地区
向我展示，可惜脚下的太阳
已经移过了一宫以上的青虚。
我的心，一直在追求我的娘娘
而常怀深情，这时挟空前的炽烈
引导我的目光向着她回翔。
如果天工或人巧设法诱劫
目光，并且借此去占据心灵，
所靠的无论是肉体或其摹写，
在我转向娘娘笑颜的俄顷，
这一切手段会变得毫无价值，
因为，神圣的欢欣正向我照映。
娘娘的目光把力量向我惠施，
把我拉出丽达漂亮的窠巢，
推着我向最快的天穹飞驰。
这重天，最接近圣恩而又最高；
由于各处相类，贝缇丽彩为我
选了哪部分，我也无从知道。
不过贝缇丽彩见我疑惑
索解，就怡然微笑，容颜仿佛
展示了神的欣喜。贝缇丽彩说：
“宇宙的本性使中心静止，使各处

　绕着中心旋转。这一本性，
　以这里为起点，向所有空间展舒。 108
这重天，除了燃点大爱的神灵，
　再没有别‘处’。这重天，由大爱推动，
　再把大能向诸天流泻下倾。 111
光明和大爱围着这一层，如同
　这一层围着诸天。了解这围绕
　之道的，只有围绕一切的神聪。 114
这一层的运动不需外力引导，
　诸天却随着这一层旋转不息，
　一如数目十，由二乘五始肇。 117
现在，时间怎样在这个花瓶里
　扎根，怎样在别的器皿里散布
　枝叶，你已经得到有关的启迪。 120
贪婪哪，你使凡间的众生陷入
　你的深渊，结果没有一个人
　能从你的浪涛里向上举目！ 123
人的意志本来能绽吐花芬，
　只不过淫雨绵绵，以致积水
　过多，摧毁了李子的康健之身。 126
信念和童真，只在小孩中得窥。
　之后，小孩的双颊尚未生须，
　这两种特性就已经一去不回。 129
有的人，牙牙学语时斋戒禁欲；
　之后，舌头一松就胡乱咽吞；

咽吞于那个月份也不再考虑。
有的人，牙牙学语时对母亲心存
敬爱，听母亲的话；有能力
说话啦，就想看母亲埋入土墩。
带来早晨、留下黄昏的神祇
有漂亮的女儿。白皙的洁肤
一见她，就会刹那间变成黑皮。
请注意，人类的家庭会走上歧途，
是因为凡间无人管治。想到
这一点，你就不会感到惊怵。
不过，整个一月份因下界干扰
百分之一而离开冬季之前，
这些高天就会把光芒遍照。
届时，大家期待已久的巨变
就会出现，使船头转为船尾，
使舰队沿正确航道驶过海面；
而嘉果，就会在丽花之后紧随。”

注释：

1. **“荣耀……圣灵”**：这是天主教堂崇拜仪式中的启应颂赞文《圣三光荣颂》（*Gloria Patri*）的开头。《圣三光荣颂》，又称“荣耀颂”，或称《小荣耀颂》，以别于《大荣耀颂》。《大荣耀颂》是《荣归主颂》（*Gloria in Excelsis*）和《赞美颂》（*Te Deum*）的合称。《圣三光荣颂》歌颂三位一体。原文为：“Gloria Patri et Filio et Spiritui Sancto, sicut erat

in principio et nunc et semper et in saecula saeculorum."

2. **整个天堂**：这里指第八重天，即恒星天。参看 Chimenz, 870。

4. **我眼前所见**：指参与合唱的所有福灵。

4–5. **遍布四方 / 上下的微笑**：指所有福灵对上帝的歌颂。

8–9. **这永生……凌虐**：福灵此刻到了真正富足的至高境界，既不患得，也不患失。**完整**：完美无瑕。参看《天堂篇》第二十二章第六十四行。

10. **四朵光辉**：指彼得、雅各、约翰、亚当的光辉。

11. **最先来临的一朵**：指彼得的光灵。

15. **结果……烈火**：木星色白，与火星交换颜色，乃由白变红。这里指圣彼得因下文所述的缘故开始发怒。有关木星和火星的颜色，参看《天堂篇》第十八章第六十八行和九十六行，《天堂篇》第十四章八六至八七行。

17. **天意**：上帝的意旨。

19. **我的颜色变换**：圣彼得因下文所述的缘由感到羞耻，所以脸色变红。

21. **众光……改观**：其余的光灵也改变了颜色。

22–23. **占我宗座……占我宗座、占我宗座**：圣彼得一再重复"占我宗座"，是为了强调心中的愤慨。"宗座"，指教皇的权位。在基督教传统中，圣彼得是第一任教皇。"借篡夺行径 /……的家伙"，指教皇卜尼法斯八世。参看 Chimenz, 871。

24. **我的墓地**：罗马有墓地纪念彼得及其他殉教的信徒。参看《天堂篇》第九章一三九至一四二行。
邪佞：指撒旦。

26–27. **不过在圣子眼中，/……空廓**：意为：凡间虽把卜尼法斯八世推选为教皇，但在基督眼中，卜尼法斯不配当教皇，因此宗座其实是空置。

28–30. **这时……嫣红**：对于卜尼法斯，整个天堂都引以为耻，因此所有福灵都赧颜，天堂也就变成嫣红。

31–32. **而贝缇丽彩……也改变了颜色**：贝缇丽彩也为之脸红。

35–36. **情形又像……掩蔽**：指基督受难时天象为之改变。参看《圣经·马太福音》第二十七章第四十五节："A sexta autem hora tenebrae factae sunt super universam terram usque ad horam nonam."（从午正到申初，遍地都黑暗了。"）《圣经·马可福音》第十五章第三十三节有同样的记载。此刻的情形，就像基督受难时一样。

39. **其变化……一样突出**：圣彼得的声音也有变化；变化之大，和颜貌的变化一样突出。

40. **利奴**：Linus，圣彼得的继承人，公元六十七年至七十六年任教皇。其后遭斩首殉教。**阿拿克莱托**：指阿拿克莱托一世（Anacletus I，一译“阿纳克雷一世”)。公元七十六年至八十八年任教皇。在古罗马皇帝杜米提安努(Titus Flavius Domitianus,一译“图密善”,公元五十一年至九十六年)统治期间殉教。

41. **基督的新娘**:指天主教会。

44. **西斯克特**:西斯克特一世(Sixtus I),罗马教皇,公元一一五年至一二五年在位。**庇护**:庇护一世(Pius I),罗马教皇,公元一四〇年至一五五年在位。**卡利斯克特**:卡利斯克特一世(Callistus I,又译“加里斯都一世”),罗马教皇,公元二一七年至二二二年在位。**乌尔班**:乌尔班一世(Urban I),罗马教皇,公元二二二年至二三〇年在位。四个教皇都是殉教之士。

46–48. **我们……分占**:意为:我们没有想过,要一部分基督徒(指圭尔佛党)坐在教皇右边,受他宠爱;另一部分(指吉伯林党)坐在教皇左边,遭他迫害。《圣经·马太福音》第二十五章第三十三节,提到牧羊人“把绵羊安置在右边,山羊在左边”,是这两行所本。

49–51. **也没有想过……布阵**:意为:也没有想过,基督交给我的钥匙,有一天会成为标志,在攻打基督徒的军旗上出现。一二二九年,教皇的军队向腓特烈二世(Friedrich II)出击,以钥匙为徽号,士兵称为“戴匙兵”(chiavisegnati)。有关圣彼得的钥匙,参看《炼狱篇》第九章一一七至一二〇行,《天堂篇》第二十四章三四至三六行,《圣经·马太福音》第十六章第十九节。

52. **我的样貌……刻于印章**:教皇的印章,刻有圣彼得的样貌。教皇以这个印章免罪。这里指教皇借免罪之举撞骗敛财。

56. **牧地**:指教会的公职。

58. **卡奥尔**:Cahors,法国南部城市,以高利贷活动著称,是教皇约翰二十二世(Joannes XXII,一三一六年至一三三四年在位)的老家。《天堂篇》第十八章一三〇至一三六行曾经提到他。**加斯科尼**:法语Gascogne,英语Gascony,一译“加斯科涅”。加斯科尼在法国西南部,是教皇克莱门特五世(Clement V,一译“克雷芒五世”)的老家。《地狱篇》第十九章八二至八七行和《天堂篇》第十七章第八十二行曾提到他。

59. **吸饮我们的血**:意思是:彼得等人殉教流血,现在供两个坏教皇吸饮。

59–60. **美好的开端哪,/……堕落**:教皇的职位,本来始于尊荣,结果却走向堕落。

62. **斯克皮奥**:指大斯克皮奥(Publius Cornelius Scipio Africanus,又译“大西庇阿”,公元前二三六年至公元前一八四年),古罗马统帅,曾打败汉尼拔,拯救了罗马。参看《地狱篇》第三十一章一一六至一一七行；*Convivio*, IV, V, 19; *Monarchia*, II, X, 7。

62–63. **须臾，/……到达**：但丁的预言隐晦，颇像《地狱篇》第一章一〇一至一〇二行，《炼狱篇》第三十三章四三至四五行。

64–65. **你负着凡俗之体……回归**：指但丁以凡躯升天，之后还要返回人间。

67. **苍穹……时候**：指冬天（十二月二十一至一月二十一日），太阳位于摩羯宫。这时，天空就会下雪。

70–71. **凯旋的水汽……涌升**：这两行描写光灵上升，其方向恰巧与雪飘相反。**以太**：原文"etera"（现代意大利语的拼法是 etere），即古人心目中的空气，大概相等于中国古籍所谓的太清。以太至纯、至清，光明剔透，位于大气层之上。

78. **看你所绕的空间**：指但丁绕着地球旋转所经过的空间。

79–84. **由第一次下望/……神牛背负**：在《天堂篇》第二十二章一二七至一五四行，但丁首次下望地球。从那时算起，他已经随双子星自东向西运行了九个度，经历了六个小时，也就是从耶路撒冷的子午线（"中间"）移到了直布罗陀，与西班牙的加的斯（Cádiz，意文 Gade）成正交，也就是垂直于加的斯上空。欧洲古代的地理学家，把当时人类所居的地面由赤道依次向北划分为七带（意文 clima，复数 climi）。第一带由恒河到加的斯，共一百八十度，耶路撒冷在两者中间。这时，但丁向西可以望出加的斯以外，看到大西洋，也就是尤利西斯要凌越的水域（"尤利西斯的疯道路"）；向东（"此端"），几乎可以看到腓尼基（Phoenicia），即诗中的"海隅"。太阳此刻已在腓尼基下沉，所以但丁说"几达"而不说"直达"。根据希腊神话，宙斯曾在腓尼基化为白牡牛（"神牛"），把腓尼基国王阿格诺尔（Ἀγήνωρ，Agenor）和忒勒法萨（Τηλέφασσα，Telephassa）的女儿欧罗巴（Εὐρώπη，Europa）掳到克里特岛（Κρήτη，Crete），然后与她交欢，生下三个儿子。参看《变形记》第二卷八三二至八七五行。有关"尤利西斯的疯道路"，参看《地狱篇》第二十六章一二四至一四二行。有关古代欧洲人所划分的七带，参看但丁的 *Convivio*, III, V, 12; *Questio de aqua et terra*, 53。

85. **尘寰**：原文（第八十六行）为"aiuola"，直译是"打谷场"，指地球。参看《天堂篇》第二十二章一五二行。

85–87. **还有……青虚**：黄道十二宫共占三百六十度，宫与宫之间相隔三十度。此刻但丁身在双子宫，太阳在白羊宫；双子宫和白羊宫之间是金牛宫。因此，太阳这时候位于但丁西边三十度以上，不能照亮东边；不然但丁还可以看到东边更多的土地。

91–96. **如果……照映**：这几行强调贝缇丽彩目光（"神圣的欢欣"）之美。

98. **丽达漂亮的窠巢**：指双子星座。宙斯爱上丽达（Λήδα，Leda），化为天鹅，把她强奸，结果丽达生蛋两枚，其一诞下海伦（Ἑλένη，Helen），其二诞下孪生兄弟卡斯托尔（Κάστωρ，Castor）和波吕丢克斯（Πολυδεύκης，Pollux）。兄弟二人死后，获父亲宙斯放在天上，成为双子星。丽达是忒斯庇奥斯（Θέσπιος，Thespius；一说忒斯提奥斯〔Θέστιος，Zhestius〕）的女儿，斯巴达国王廷达柔斯（Τυνδάρεως，Tyndareus）的妻子。有关丽达的传说，参看奥维德的《列女志》（*Heroides*）第十七卷五七至五八行；*The Concise Dictionary of Classical Mythology*, 241；《希腊罗马神话词典》页二二九。

99. **最快的天穹**：指原动天（拉丁文 Primum Mobile；意大利文 Primo Mobile），即第九重天，又叫"水晶天"（Cristallino）。原动天没有天体，也没有行星或恒星，最接近最高天，速度最高。原动天的动量传诸其下的八重天，八重天才能运转，所以称为"原动"。参看 *Convivio*, II, III, 8-9。

100. **最接近圣恩而又最高**：原动天直接由神推动，速度最高；由于最接近神，因此也最明亮。参看《天堂篇》第二十三章一一三至一一四行。

101–102. **由于各处……无从知道**：水晶天不像其下的八重天，没有行星，也没有恒星，到处一致。但丁进了原动天后，无从辨认方位，因此身在水晶天的哪一部分，也无从得知。

104–105. **容颜……欣喜**：从贝缇丽彩的微笑中，但丁仿佛看见了神的欣喜。

106. **中心**：指地球。在托勒密天文体系中，地球在宇宙的中心静止，九重天绕着地球旋转。参看 *Convivio*, II, XIV, 15。

108. **这里**：指原动天。

109–110. **这重天……别'处'**：除了最高天（"燃点大爱的神灵"），原动天再没有别的天把它包覆。"处"字要用引号，是因为最高天在时间和空间之外，并不是什么"处"；以"处"字形容，只是为了方便。"处"的意大利文为"dove"；拉丁文为"ubi"，是经院哲学的术语。

110–111. **这重天……流泻下倾**：神出于大爱，以大能推动水晶天；水晶天再把神的大能向其余诸天传播。参看 *Convivio*, II, III, 8-11。

112. **光明和大爱**：指最高天。最高天全是上帝的光明和大爱。

113–114. **了解这围绕/……神聪**：只有上帝能全部了解诸天运行、包覆的深奥原理。

115–117. **这一层……始肇**：原动天推动其余诸天，是诸天运行的标准，本身却不受诸天推动衡量。最高天由上帝至高的智慧包覆、掌控，充满大爱和光明，在时间和空间之外，因此不与诸天同等。其余八重天之于原动天，犹如数目"十"始于"五"（十的一半）和"二"（十的五分之一）一样。有关原动天的概念，参看 *Monarchia*, I, IX, 2。

118–120. **现在……启迪**：时间在凡目看不到的原动天（"这个花瓶"）里形成，然后在其下的行星（"别的器皿"）开枝散叶（"散布"），成为年、月、日、时、分、秒，一如植物的根长在花瓶里，在瓶外显现枝叶。参看 *Convivio*, II, XIV, 14-17。Benvenuto 称第九重天为"radix temporis"（"时间之根"）。参看 Singleton, *Paradiso 2*, 443。

121–123. **贪婪哪……举目**：这三行的中心思想和《炼狱篇》第十四章一四八至一五〇行所写的相通。

124. **人的意志**：指人的向善之心。

125–126. **只不过……康健之身**：参看《地狱篇》第十二章四九至五一行。

128. **之后……生须**：指小孩尚未成长。这一意象，曾于《炼狱篇》第二十三章一一〇至一一一行出现。

129. **这两种特性**：指第一二七行的"信念"和"童真"。

136–138. **带来早晨……黑皮**：这三行的意思迄今未有定论。大致指善或童真（"白皙的洁肤"）容易变恶（"变成黑皮"）。**带来早晨……神祇**：指太阳。**有漂亮的女儿**："女儿"指谁，也没有定论。或指象征引诱、使人变为畜生的克尔凯（Κίρκη, Circe）；或指曙光女神厄奥斯（Ἠώς, Eos，又称"Aurora"）；或指教会。有关各种说法，参看 Bosco e Reggio, *Paradiso*, 455-56; Mattalia, *Paradiso*, 523; Pasquini e Quaglio, *Paradiso*, 473; Sapegno, *Paradiso*, 348-49; Singleton, *Paradiso 2*, 444。

139. **人类的家庭**：指人类社会。

140. **凡间无人管治**：教会和帝国都不堪信靠，因此说"凡间无人管治"。

142–143. **不过……之前**：这行是但丁典型的曲笔。根据当时的儒略历，一年的时间跟标准年相较，长了百分之一日（这一错误，后来由教皇格列高利十三世纠正），也就是说，每过一百年，时间就会后移一日；不到九千年，一月份就会被推离冬天，成为春天。三行的意思不过是："不久"或"短期之内"。但丁的笔法可以如何迂回，在此可见一斑。

144–147. **这些高天……海面**：届时，诸天会影响凡间，使之离恶趋善，如舰队扭转航向。"巨变"的原文（"fortuna"）可解作"tempesta"（"暴风雨"）。参看 Rossi e Frascino, *Paradiso*, 374。

148. **而嘉果……紧随**：此行与本章一二四至一二六行对比，用的是果树意象。

第二十八章

但丁见贝缇丽彩的眸子映出炯光，于是回望，目睹一个极小的小点，辐射出无与伦比的强光。这个小点，就是上帝的圣光，是诸天的原动力。绕着圣光，九圈火焰在旋转，最接近圣光的一圈转得最快，速度比原动天还高；其余各圈的速度，取决于本身与第一圈的距离；距离越远，速度越舒徐。但丁感到奇怪：凡间所见诸天，以处于最外面的原动天转得最快；其余诸天，则越是向内，速度就越低，情形恰与眼前的圣景相反。于是，贝缇丽彩解释诸天运作的原理，详述天使的品级；指出丢尼修有关天使的命名和分类正确；格列高利另订的规模错误。

使天堂在我心中出现的人
　把真相揭露，让我得知可怜
　众生在现世的实况后，我就转身
回望，一如站立在镜前、后面
　有蜡烛映照的人，于真正的烛火
　进入视觉或思维前在镜中看见

光芒，于是回头，看镜子所说
是否真实，发觉前景和后景
像歌曲和韵律一样，互不相左。
我所记忆的，也是这样的实情。
那双美目，是爱神捕我的长绳。
我凝望美目，乃有上述的反应。
有谁集中谛视天穹的这一层
旋动，就会看到圣景。我再度
回首时，两眼恰巧与圣景相逢：
我看见一个小点，炯炯辐射出
强烈的光芒。观者被这样的强光
一烧，就得在刺眸的炯焰下闭目。
贴着这一点炯光并列成双，
如二星会合，凡眸中最小的星星，
体积也会像月亮那样粗壮。
水汽最浓时形成的晕轮雾影
受光源点染，会隔着固定的空间
把光源围绕。我眼前出现的情景
也如此：隔着差不多的距离，火焰
正绕着那点强光如圆圈疾旋，
快于绕世界转得最速的高天。
这个圆圈外是另一个圆圈；
第二圈又由第三、第四圈围绕；
第四圈外，是第五、第六个浑圆。
再向外，是巨大的第七圈向周遭

舒展，即使天后朱诺的使女
满成圆圈，也无从把它揽包。
第八、第九圈更庞大。每一圈在天宇
转动的速度，由该圈和首圈的距离
来决定：距离越远，速度越舒徐。
离纯光最近的，所发的炯焰最清晰。
这是因为，我相信，纯光倾泻
真如时，该圈最能够蒙受注浥。
我的娘娘见我大惑不解
而又急于求知，就说："那一点，
在牵引诸天，牵引大自然的一切。
看哪，核心的一圈就在你目前。
告诉你，该圈转得这么快，是由于
受到熊熊大爱的推动驱掀。"
我答道："要是宇宙排列的秩序
跟我所见的转轮相同，你向我
展示的圣景，已驱散我的疑虑。
不过，感官在凡界观察天国，
所见的情形却不同：天体的轨迹
离中心越远，所享的圣宠越多。
这座天使的圣殿，美妙神奇，
只以大爱和光明为界。假如
这座圣殿是我的愿望所诣，
我仍须继续聆听，复本和原图
为什么不按同一个模样形成。

这一点，我一直寻思都想不清楚。”
“要是你的手指欠灵巧，不能
解开这个结，你也不必惊愕。
此结无人去解，才这样紧绷。”
接着，娘娘继续说：“如果要获得
完满的答案，请记住我要说的话，
让你的智力观物时观得更透彻。
物质诸天，是狭小还是广大，
要看大能在诸天的物质里
流布分散时，分量是多还是寡。
善性越大，天恩越厚。物体
各部分同样完美时，越厚的天恩
需要越大的体积去接受承吸。
这重天，既然把宇宙的其余部分
疾卷着旋动，乃以大爱最充盈、
感悟最深微的圆圈为相应样本。
因此，如果你不以外在之形，
而以大能的多少为衡量标准，
然后测度眼前绕圈的光灵，
你就会看出，诸天都从属于转轮；
其大小和天使大能的强弱神奇
呼应，彼此配合得有条不紊。”
北风神从较柔的面颊把气息
吹出，空气的穹隆就会莹莹
保持明亮晴澈，而一度低迷

晦暗的雾霭，也会被吹散扫清。
　　于是，万里长空的所有方向，
　　就嫣然对我们微笑。我的情形
当时也是这样。我的娘娘
　　给我惠赐清晰的答案后，真理
　　就像星星，灿然在天空发亮。
我的娘娘把上述的话语说毕，
　　各个圆圈就闪闪发光，一如
　　铁水沸腾时精光晃烁着涌起。
每一点精光，都随着本焰飞舞。
　　精光之多，简直是亿亿万万，
　　超过了棋盘格子的几何级数。
我听见众天使向着定点，翕然
　　齐唱和散那。他们从太初到永远，
　　都旋于原位，并且由定点控揽。
我心中的疑问虽没有言宣，
　　却已叫娘娘发觉。“炽爱天神、
　　普智天神，”她说，“在首、二两圈。
他们以这样的高速随引力旋奔，
　　是要尽量仿拟定点；其效果，
　　要看他们能理解多高的圣恩。
充满慈爱、绕他们旋转的星火
　　叫上座天神——是反映圣裁的光灵。
　　在第一个三合一里，他们居末。
告诉你，他们都按本身的视境

水晶天

各个圆圈就闪闪发光，一如／铁水沸腾时精光晃烁着涌起。

（《天堂篇》，第二十八章，八九至九〇行）

谛观真理，并为此而感到欢欣。
在真理里，众志都获得安宁。
由此可见，能否享受到福荫，
不系于爱敬，而系于视力的浅深。
视力之后，才是爱敬这比邻。
视力的浅深，取决于各自的福分，
福分又生自洪恩和向善的渴想。
整个过程，就这样一级级地紧跟。
这个永恒的春天，不会遭白羊
摸黑劫掠。第二个三合一，也绚然
吐艳，绽放于这样的一个春疆。
他们不歇地唱着‘和散那’的颂赞。
三重旋律，回荡于三重欢欣里；
三重欢欣，则由三合一包含。
在这个结构中，品级也分高低：
首先是宰制天神；异力天神
居次；大能天神则是第三级。
末层之前，也有舞队在紧跟——
是统权天神、宗使天神在旋转。
在末层，则全是奉使天神在欣奔。
这些品级，都满怀惊喜地仰观，
同时又驾驭下方，结果在引控
之际，都被引向上帝的一端。
这些品级，丢尼修曾经思纵
天上，满怀热忱地探讨思索，

结果命名和分类时都与我相同。
后来，格列高利却另订规模。
由于这缘故，他在这重天一睁眼，
就不禁莞尔，哂笑自己的差错。
下界有一个凡人，能够展现
奥秘的真象，你也不必惊奇；
亲历这里的，曾向他揭示高天，
也揭示有关众圈的许多真理。”

注释：

1. **使天堂……出现的人**：指贝缇丽彩。“使天堂……出现”，原文(第三行)“' mparadisa”(不定式 imparadisare)，是但丁所创的词。参看《天堂篇》原文第三章第九十七行的“inciela”。

2–3. **可怜 / 众生**：原文（第二行）“miseri mortali”，上承维吉尔的“miseris mortalibus”。参看 *Aeneis*, XI, 182; *Georgica*, III, 66。

7–8. **看镜子所说 / 是否真实**：看镜子所反映的是否真正的实景。

11. **那双美目**：指贝缇丽彩的双眸。

13. **天穹的这一层**：指原动天。

14. **圣景**：指下文（一五至二一行）所述。有关“圣景”，论者有不同的诠释：有的说是实景；有的说是象征之景。不过就艺术效果而言，诠释为实景较能配合作品的上下文。

16. **小点**：指上帝所发的光芒。

19–21. **贴着这一点……粗壮**：但丁指出，他所见到的光芒，面积之小，亮度之强，所有的星星都无从比拟。

25. **差不多的距离**：即第二十三行的“固定的空间”。也就是说，“火焰”（第二十五行）和“强光”（第二十六行）的距离，相等于“晕轮雾影”（第二十二行）和“光源”（第二十四行）的距离。

27. **绕世界转得最速的高天**：指绕着地球（“世界”）旋转的原动天。有关原动天的描写，参看《炼狱篇》第三十三章第九十行；《天堂篇》第一章一二三行，第十三章第二十三行，第二十七章一〇六至一〇八行。

28–34. **这个圆圈……更庞大**：这几行写绕着上帝旋转的各级天使。“这个圆圈”，指第一级天使所组成的圆圈，也就是二五至二六行所写。**天后朱诺**：拉丁文 Iuno，英语 Juno，即希腊神话中的赫拉，也就是宙斯的妹妹兼妻子。按拉丁文发音，天后的名字可译为“优娜”。**天后朱诺的使女**：指彩虹女神伊丽丝（Ἶρις，拉丁文和英文 Iris）。伊丽丝是众神（尤其是宙斯和赫拉）的使女；这里借指彩虹。**满成圆圈，也无从把它揽包**：指第七级天使所围成的圆圈巨大，即使彩虹的两个半圆合成一圆，也容纳不下。

37. **纯光**：指上帝的光。参看 Bianchi, 591。

39. **真如**：指上帝最高的真理。这真理，是真理的极致。参看本章一〇七至一〇八行。

41–42. **“那一点，/……一切”**：这两行由但丁译自亚里士多德《形而上学》（XII，7）的拉丁译文：“Ex tali igitur principio dependet caelum et natura...”（“因此，天穹和自然界的运作，又取决于这一原理……”）参看 Bosco e Reggio, *Paradiso*, 464; Rossi e Frascino, *Paradiso*, 381; Sapegno, *Paradiso*, 355。

43. **核心的一圈**：指炽爱天神。炽爱天神，又译“撒拉弗”（英语 Serpah）或“色辣芬”（英语 Seraphim）。炽爱天神掌控原动天，最接近上帝，转动得最快，一如原动天最接近最高天，在诸天中速度最高。

45. **大爱**：指上帝之爱。

49–57. **“不过……想不清楚”**：从凡界观点看，诸天中，离中心（地球）越远，就越近上帝（接近最高天），所享的圣宠也越多；离中心越远，轨迹所绕的圈子越大，运转的速度也越高。可是，掌管诸天的天使，情形恰巧相反：越接近中心（上帝），所获的圣宠越厚，所绕的圈子越小，运转的速度越高。既然诸天的结构以天使为楷模，诸天（“复本”）和天使组成的圈子（“原图”）为什么不一致，（“不按同一个模样形成”）。**天使的圣殿**：指原动天。在原动天里，但丁看得见天使围成的圈子，所以称为“天使的圣殿”。**只以大爱和光明为界**：原动天之上，只有最高天；也就是说，以最高天为边界。最高天全是神的大爱和光明，所以说：“只以大爱和光明为界。”

60. **此结无人去解**：意为：在但丁之前，无人去理会这一问题（“此结”）。

70–71. **这重天……旋动**：九重天之中，原动天面积最广，速度最高，把其余八重天包覆疾旋。

71–72. **乃以大爱最充盈、/……为相应样本**：意为：乃以炽爱天神围成的圆圈为原图。

76. **诸天都从属于转轮**：诸天都与旋转如轮的圆圈相应。旋转如轮的圆圈，由众天使组成。

77–78. **其大小……呼应**：也就是说，最大的一重天（原动天）与大能最强的一圈天使（炽爱天神）相应；轨迹的面积次一等的，则与大能次一等的一圈天使相应……其余类推。

79–80. **北风神从较柔的……吹出**：在中世纪及其后的地图上，往往绘有四个风神的四张脸孔。四张脸孔都鼓着腮，由东、南、西、北四个方向吹气成风。北风神（又译"玻瑞阿斯"，希腊文 Βορέας，英文 Boreas）从口的中部（即正北）吹出北风，带来云，带来寒冷；其余的脸，从口的左边（即东北）吹出东北风；从口的右边（即西北）吹出西北风，也就是最柔和的风。不过这说法只是众说之一。风神的图像，也见于波提切利的名作《维纳斯诞生》（*Nascita di Venere*）和《春天女神》（*Primavera*）。参看 Bosco e Reggio, *Paradiso*, 466; Sapegno, *Paradiso*, 358; Pasquini e Quaglio, *Paradiso*, 486; Mattalia, *Paradiso*, 534; Villaroel, *Paradiso*, 230; Singleton, *Paradiso 2*, 454; Vandelli, 989。

80. **空气的穹隆**：指围绕地球的空气。

91. **每一点精光……飞舞**：每一个天使都随本身所属的圆圈（"本焰"）飞舞，速度、节奏和其余的天使一致。

92–93. **精光之多……几何级数**：天使之多，超过了棋盘的几何级数。但丁的这一比喻，出自东方的一个典故。传说波斯王为了酬答发明象棋的人，问他要什么。象棋的发明人要求波斯王给他下列数目的小麦：在棋盘的第一格放一粒麦子，在第二格放两粒，在第三格放四粒……如是以倍数一格接一格地递增，直到棋盘的最后一格，也就是第六十四格。波斯王不以为意，一口答应了。可是计算后，发觉倾全国仓库的小麦都不足以履诺。因为由棋盘的第一格按几何级数递增，到了第六十四格，所需的小麦数目，约等于十八万五千亿亿（"quasi diciotto quintillioni e mezzo"）粒（参看 Pasquini e Quaglio，487），以数学公式表达，是 2^{64}-1（参看 Sapegno，359）。本注释的数目，以意大利（而不是英国）方式计算。由于汉语的"兆"字古代指一万亿，现代指一百万；为了避免混淆，批注没有采用。**亿亿万万**：原文为"s'immilla"（第九十三行）。这个词像《天堂篇》第九章第四十行的"s'incinqua"和第十三章第五十七行的"s'intrea"一样，都是但丁所创。"s'immilla"的不定式为immillarsi，*Dizionario Garzanti della lingua italiana*（812）的定义是："moltiplicarsi a migliaia, crescere indefinitamente"（"自乘千万次，无限递增"）。

94. **定点**：指上帝。

95. **齐唱和散那**：意文原文(第九十四行)为"osannar"。"和散那"，又译"和散哪""贺三纳"，英语"Hosanna"，为"阿拉米文的音译，原意为'求你拯救'。最早见于《圣经·旧约·诗篇》第一一八篇第二十五节。在《圣经·新约》中演变为一个欢呼的感叹词"（《基督教词典》第一九八页），用来赞美上帝。

96. **旋于原位**：在本身所属圆圈中的位置旋转。

98. **炽爱天神**：原文（第九十九行）"Serafi"（单数Serafo），英语Serpahs或Seraphim（单数Seraph）。又译"撒拉弗"或"色辣芬"。有关九品天神（the nine choirs of angels），参看王昌祉著《天主教教义词汇》各有关词条。

99. 普智天神：原文"Cherubi"（单数Cherubo），英语Cherubim或Cherubin（单数Cherub）。

101. **仿拟定点**：指设法仿拟上帝。《圣经·约翰一书》第三章第二节，提到人必要像神："Carissimi, nunc filii Dei sumus: et nondum apparuit quid erimus. Scimus quoniam cum apparuerit, similes ei erimus: quoniam videbimus eum sicuti est."（"亲爱的弟兄啊，我们现在是神的儿女，将来如何，还未显明；但我们知道，主若显现，我们必要像他，因为必得见他的真体。"）

102. **要看……圣恩**：意为：越能理解神恩的天使，运行的速度越高。

103. **他们**：指第一、二圈的天使。

104. **上座天神**：意文"Troni"，英文Thrones。称为"上座"，是因为这一级天使恍如上帝的御座，是上帝审裁之所出。参看《天堂篇》第九章六一至六二行。**圣裁**：上帝的审裁。

105. **第一个三合一**：九级天使，分为三组，每组是一个三合一。

109–111. **由此可见……比邻**：但丁根据托马斯·阿奎那的神学理论，把视力的地位放在爱敬之上。

112. **各自的福分**：指光灵福分的厚薄。

113. **洪恩**：指上帝的恩典。**向善的渴想**：指光灵本身的向善之想。参看《天堂篇》第二十九章六一至六六行。

115–116. **这个永恒的春天……劫掠**：天堂的福境是永恒的春天，不会有秋冬。春天开始时，太阳在白羊宫，白羊座和太阳同降同升，因此在夜里看不见。到了秋天（九月二十一日至十月二十一日），太阳位于天秤宫，刚好与白羊宫相对。这时，白羊座可以在夜空看见。**劫掠**：指劫掠春天的绿叶、鲜花。也就是说，叫春天消逝，叫草木零落。**天堂的情形却不像凡间**：春天永恒不变，花朵和绿叶不会遭白羊座劫掠。

116. **第二个三合一**：指第二组天使。这组天使，也分三种。

120. **由三合一包含**：原文"s'interna"，不定式为internarsi，意为"farsi trino"（"组成三重"），为但丁所创之词。参看 *Dizionario Garzanti della lingua italiana*, 884。指天使的三重欢欣，包含在三重结构里。第十三章第五十七行的"s'intrea"（"一起结合为三位一体"），也是但丁所创之词。

122. **宰制天神**：原文"Dominazioni"，英文 Dominations。**异力天神**：原文"Virtudi"，英文 Virtues。

123. **大能天神**：原文"Podestadi"，英文 Powers。

124. **舞队**：指第七、八圈的天使。他们歌舞着颂赞天主，所以称为"舞队"。

125. **统权天神**：原文"Principati"，英文 Principalities。**宗使天神**：原文"Arcangeli"，英文 Archangels。

126. **奉使天神**：原文"Angelici"，英文 Angels。**欣奔**：原文"ludi"，有"游戏""欢庆""喜悦"之意。表示天使都乐于歌颂上帝。

127–129. **这些品级……上帝的一端**：天使分九品，每三品组成一个等级。炽爱天神、普智天神、上座天神、宰制天神、异力天神、大能天神、统权天神、宗使天神、奉使天神，分别统御原动天、恒星天、土星天、木星天、火星天、太阳天、金星天、水星天、月亮天。在 *Convivio* II, V, 7-11，但丁指出，三个等级依次瞻想三位一体的三位：第一级瞻想圣父的大能，第二级瞻想圣子的智慧，第三级瞻想圣灵的大爱。每一级的三种天使，又分别瞻想三位中每一位的本身及该位与其余两位的关系。各品天使，一方面影响次一品的天使，同时又仰瞻其上的一品。炽爱天神和奉使天神则属例外。炽爱天神是最高的一品，再无"其上"，因此直瞻上帝。奉使天神地位最低，因此再无"下方"可供"驾驭"。参看 Singleton, *Paradiso 2*, 458-59。有关天使的等级，托马斯·阿奎那的 *Summa theologica*，Prima Qu. cviii 和希腊的神学书 *De caelesti hierarchia*（《天阶体系》）都有论及。

130. **丢尼修**：Dionysius Areopagita，大法官，圣保罗在雅典所收的信徒，约公元六世纪人。著有 *De caelesti hierarchia*（《天阶体系》），论述天使的品级（《圣经·使徒行传》第十七章第三十四节曾提到丢尼修）。据说圣保罗进过天堂（参看《圣经·哥林多后书》第十二章第一至四节），丢尼修的天堂"真相"，由圣保罗传授。不过一般论者认为，有人伪托丢尼修之名写成《伪丢尼修丛书》（其中包括《天阶体系》

《教阶体制》《论神名》《奥秘神学》和十一封信)。参看《基督教词典》页一一〇至一一一。

133. **格列高利**：指教皇格列高利一世（Gregorius I），基督教拉丁教父，公元五九〇年至六〇四年在位。其《伦理丛谈》（*Moralium libri*）对天使的等级有不同的论述，其次序为：炽爱天神、普智天神、大能天神、统权天神、异力天神、宰制天神、上座天神、宗使天神、奉使天神。但丁写《神曲》前，曾采用这一说法。参看 *Convivio*, II, V, 6。参看 Bosco e Reggio, *Paradiso*, 471; Singleton, *Paradiso 2*, 460。

134–135. **由于这缘故……差错**：意为：格列高利一世升天后，看见了正确的天使品位、次序，也哂笑自己在凡间的错误论述。

136. **下界有一个凡人**：指丢尼修。

138. **亲历这里的**：指亲历这里的人，即圣保罗。参看《地狱篇》第二章第二十八行及该行的注释。

第二十九章

贝缇丽彩凝望上帝，知道但丁有未提的疑问。于是为他解惑，说明上帝为什么创造天使，怎样创造天使；叙述第一位天使如何背叛上帝；忠于上帝的天使此后处于什么样的福境。接着，贝缇丽彩就天使的禀赋进一步阐发，澄清凡间的谬误；同时斥责骗人的讲道者；指出天使禀赋之众多，超乎凡人的想象；上帝能按禀赋的不同而施光。结尾时强调上帝崇高广博，把自己无限擘分后仍浑然一体，与过去无异。

丽酡所生的两个孩子，被白羊
　和天秤覆盖时，会一起把地平
　拉成长带。一瞬间，天顶会等量
牵引他们，直到此端上凌，
　彼端下堕，双方变换半球间
　在带上失去平衡。在同样的俄顷，
贝缇丽彩露出光辉的笑颜，

同时在沉默不语的刹那，妙目
凝神，瞻望着把我震慑的一点。

然后说：“我不是询问，而是要宣布：
你想听什么。我看见你的心意
反映于所有 ubi 和 quando 的凝聚处。

永恒的大爱绽放于各种新爱里，
并非为了使本身的至善增多
（这种可能不会有）；真正的目的，

是让自己的光华四射，并且说
‘Subsisto’——按他的意旨，在他的永恒中，
超越时间和其他任何规模。

之前，他没有所谓的怠惰不动，
因为在上帝移过大水之前，
并没有所谓‘之前’或‘之后’的时空。

本质和物质，彼此独立或相连，
出生时，完全没有瑕疵的痕迹，
像三弦之弓射出的三枝飞箭。

同时，如玻璃、琥珀或水晶里
有一道光芒射入，由外界入内界，
在时间上完全没有空隙。

上主三种形态的创造，烨烨
飞射而出；出时已全部完成。
就肇始而言，三者并无分别。

而秩序也同时叫天使的级等
井然。这些天使是宇宙之巅；

纯粹的行动在他们体内萌生。
纯粹的潜能则处于最低的层面。
在中间，潜能和行动由一股力量
结合，此后永不松弛生变。
哲罗姆的著作已经向你们宣讲：
天使诞生后，经过漫长的远古，
上帝才创造世界的森罗万象。
不过我讲的真理，圣灵的文书
已经在多个篇章里记录传达；
你只要谛观，就可以看个清楚。
这一点，理智也颇能明察。
因为，按道理，推动诸天的力量
不可能忍受这么长久的匮乏。
此刻你已经知道，上帝怎样
创造——于何处何时创造——这些爱灵；
三朵火焰，已熄于你的渴想。
然后，由一数起，而二十未竟，
众天使的一部分，已经在这段时间
使你们最下层的要素动荡不宁。
其余的天使留了下来，欢忭
无比地展开你所见的巧艺。
他们旋转着，从不停止蹁跹。
最初，堕落由遭诅的傲慢引起。
你已经看见，那个傲慢的罪魁，
已经被全宇宙的重量压在地底。

你在这里见到的，谦虚而聪慧。
他们都感念至善；由于至善，
他们才能够秉持明睿的思维。
因此，他们的眼光乃入圣超凡，
借启迪之恩和本身之德而高凌，
结果意志变得充盈而稳安。
你不应再狐疑，反而该肯定：
有德方能蒙恩；德之多少，
则视乎心意能纳多大的恩情。
要是你领略我的话，就无须倚靠
其他帮助；此刻就可以清晰
而深入地思索这盛会的玄奥。
不过，既然在凡间的学校里，
老师所授的学说都认为，就禀性
而言，天使有意志，有悟性，有记忆，
我还得进一步解释，让你看清
纯粹的真理。这一真理，在凡间
因模棱学说的混淆而不再澄明。
过去、未来，尽展于上帝的圣颜。
这圣颜，天使凝望着就会欣喜，
其目光永不转移到别的焦点，
所以从未遭到新事物隔离。
由于这个原因，他们乃能
避免因概念分割而去回忆。
于是，凡间就有人睁着眼做梦。

他们或清心直说，或蓄意欺人——
后者比前者更可耻，更罪加一等。
在下界，你们推究哲理时，不肯
一以贯之，结果得意忘形，
只知道为了外表而倾倒劳神！
对于上界，即使这些行径
所招的愤慨，也比蔑视或曲解
《圣经》所引起的天怒来得轻。
你们没想到，耗了多少血液，
《圣经》才传诵凡间；也没有想到，
谦卑地亲近它，效果会多和谐。
为了炫才，人人都设法自造
歪论；结果是福音沉默无言，
而歪论却获传道者向世人详告。
有人说：基督受难时，月亮在高天
后退，把地球和太阳分隔于两方，
结果太阳的光芒射不到地面。
有人说：是光芒本身把自己隐藏，
结果西班牙人、印度人和犹太人
一样，都因日食而看不到光芒。
翡冷翠的拉波和宾多，人数莘莘，
也少于这些谬说。这些谬说，
由布道台经年向四方力陈，
可怜的羊群却懵然不知；结果
从牧场归来，只吃得虚风满肚。

以不察为借口，并不能为他们开脱。
基督可没有告诉第一代门徒：
‘去吧，去向世人传播大话吧’；
只为他们提供了真理的基础。
他们的双唇，也只把真理传达。
结果为点燃信仰而奋斗时，
他们以福音为盾矛向敌人攻伐。
今人呢，则插科打诨，靠惹人噗嗤
一笑来传道。只要惹笑的效果好，
他们就兜帽膨胀而踌躇满志。
不过，要是愚夫愚妇们知道，
恶鸟栖息在兜帽尖里，他们
就明白，牧者赦罪的能力多可靠。
由于这原因，愚行乃大盛于凡尘，
结果世人未得到确实的证据，
就朝着所有的承诺聚集飞奔。
圣安东尼的猪猡和更下流的其余
同类，就依靠这伎俩使用伪币，
结果都因这缘故养肥了身躯。
不过，离题太远了；我们且转移
目光，再度望向正直的道路，
以便在渐短的旅程掌握这时机。
就数量而言，天使的禀赋超乎
想象；种类之多，凡间的语言
和思想始终不能够形容测估。

但以理的揭示，如果加以细辨，
　你就会发觉，在他的千千万万里，
　明确的数目始终隐而不显。
太初的光源，把所有天使熠熠
　照亮，并一一跟他们相融；而受光
　方式的数目，跟光体的数目相匹。
由于情感按照受光的情状
　产生，光体内，大爱的温煦就有少
　有多，有炽热到微温等各种景况。
你看，永恒的至善多么崇高！
　多么广博！它呀，能够把自己
　无限擘分，向无数的镜子投抛；
本身却浑然一体，跟过去无异。”

注释：

1–6.　**丽酡所生的两个孩子……失去平衡**：太阳（丽酡所生的儿子）和月亮（丽酡所生的女儿），春分时位于黄道的白羊宫和天秤宫。在黎明或黄昏，两者会在地平线相对的两点分别上升、下沉。在升沉过程中的某一瞬，地平线会把太阳和月亮分成两半，就像一条长带把两者在中腰系住，为时约一分钟。这一刻，太阳和天顶的距离，相等于月亮和天顶的距离，就像天平的两端。这一意象，复杂而迂回，却有突出的文学效果：除了说明时间之短，也给场景、人物增添肃穆。**丽酡所生的两个孩子**：指阿波罗（太阳神）和阿尔忒弥斯（月神）。在这里借指太阳和月亮。

7–9.　**贝缇丽彩……一点**：贝缇丽彩凝视上帝的光芒（“把我震慑的一点”）的时间，相等于太阳和月亮在地平在线平衡的时间。也就是说，时间极短。

10–11. **我不是询问，而是要宣布：/ 你想听什么：**贝缇丽彩凝望上帝，知道但丁心中想什么，因此不是询问，而是宣布。

12. **ubi 和 quando 的凝聚处：**指上帝。上帝是永恒，没有过去，也没有未来。对于上帝，一切空间都是"此地"，一切时间都是"此时"；一切空间和时间都以上帝始，也以上帝终。ubi：拉丁文，疑问词"何处"、关系词"where"（汉语没有关系词，只可强译为"在那里"）的意思，借指空间。quando：拉丁文，"何时""当时"的意思，借指时间。

13. **永恒的……新爱里：**上帝的大爱绽放舒张，创造了众天使（"新爱"）。

16. **让自己的光华四射：**让自己的光华四射，并且让有知的创造物（天使）反映自己的光华。参看《天堂篇》第七章六四至六六行。

17. **Subsisto：**拉丁文，"我在"的意思，不定式为 subsistere。"subsisto"相等于英文的 I am（Singleton, *Paradiso 2*, 465）；不定式"subsistere"相等于意大利文的"esistere per se stesso"（Bosco e Reggio, *Paradiso*, 479）。

19. **之前……不动：**这句用来解答某些人的疑问："那么，上帝创世之前在做什么呢？""创世之前，上帝是否怠惰不动呢？"

20. **在上帝移过大水之前：**在上帝创世之前。参看《圣经·创世记》第一章第二节："Et Spiritus Dei ferebatur super aquas."（"神的灵运行在水面上。"）

21. **并没有所谓'之前'或'之后'的时空：**永恒之中，没有"之前"或"之后"。参看奥古斯丁的《忏悔录》第七卷第十五节："si autem ante caelum et terram nullum erat tempus, cur quaeritur, quid tunc faciebas? Non enim erat tunc, ubi non erat tempus."（"但是，如果在天地出现之前没有时间，那么，又何以要问，当时你在做什么？因为当时既没有时间，就没有'当时'。"）

22. **本质……相连：**"本质"独立，指纯粹的本质，即天使；"物质"独立，指纯粹的物质，指原始中浑然未判的原素；"彼此相连"，指本质和物质相连，即诸天。这一概念，源出亚里士多德。参看 Singleton, *Paradiso 2*, 467。"本质"遥呼第三十三行的"纯粹的行动"，"物质"遥呼第三十四行的"纯粹的潜能"，"相连"遥呼第三十五行的"潜能和行动"。

24. **像三弦之弓射出的三枝飞箭：**这行强调"本质""物质""本质和物质相连"在同一瞬直接由上帝创造，不分先后；而"三"字则呼应三位一体中的"三"。

25–30. **同时……并无分别：**上帝的创造过程，就像光芒进入玻璃、琥珀或水晶：由进入到全部（即本质、物质、本质和物质）完成，都在同一瞬；由开始到结束，并没有时间的先后；也就是说，不需任何时间。

31–32. **而秩序……井然**：天使由上帝创造的一瞬开始，其等级已井然形成。

32. **宇宙之巅**：由上帝创造的万物中，天使的等级最高，因此是“宇宙之巅”。

33. **纯粹的行动**：天使的本质十全十美，其力量所发挥的作用永无瑕疵。

34. **纯粹的潜能……最低的层面**：原始物质（“纯粹的潜能”）处于最下层。所谓最下层，就是尘世。

35–36. **在中间……生变**：在尘世和最高天之间，是运行的诸天（“一股力量”）把物质和本质相连。参看《天堂篇》第二十八章一〇〇行。物质和精神永在诸天中结合，不会改变。

37. **哲罗姆**：拉丁文原名为 Hieronymus。“哲罗姆”为英文 Jerome 的音译。约三四二年生于斯特利同城（今日的南斯拉夫境内），四二〇年卒。拉丁教父兼圣经学者。曾在罗马求学，其后习希腊文和希伯来文。于公元四〇五年据拉丁文《圣经》旧译本并参照《七十子希腊文本》和希伯来文本编译《圣经》新译本，即今日的拉丁通行本《圣经》。这一译本，于十六世纪定为天主教法定本圣经。参看《基督教词典》页六三一。

37–39. **已经向你们宣讲：/……森罗万象**：指上帝创造了天使后好久，才创造世界的说法。哲罗姆的这一说法，见于阿奎那的 *Summa theologica*, I, q.61, a.3。不过但丁并不同意哲罗姆的说法（参看四〇至四五行）。

40. **我讲的真理**：指贝缇丽彩所讲的创世过程（一三至三六行）。**圣灵的文书**：指《圣经》作者。《圣经》作者受圣灵感召而命笔，因此是“圣灵的文书”。上帝创造天使时同时创造天地，《创世记》第一章第一节已经说明：“起初，神创造天地。”由此可见，天地和天使同时由上帝创造，没有“漫长的远古”（第三十八行）把两个创造过程分隔。

43. **理智也颇能明察**：人的理智也颇能看出这一道理。

44–45. **推动诸天的力量/……长久的匮乏**：天使（“推动诸天的力量”）不可能长期没有诸天，也就是说，不可能等“漫长的远古”。

47. **爱灵**：指众天使。天使充满大爱，因此称“爱灵”。

48. **三朵火焰……渴想**：指但丁心中的三个疑问（“三朵火焰”）已获解答（“熄”掉）。

49–51. **然后……动荡不宁**：部分天使（指撒旦及其随从）由上帝创造后不过俄顷，就因叛逆之罪堕落大地，把大地扭曲。古希腊哲学家认为，世界由四元素（土、水、气、火）构成，而大地的泥土在元素中等级最低下，所以说“最下层”。有关天使的叛变，参看《地狱篇》第三十四章一二二至一二六行。“元素”又称“要素”。

52–53. **其余的天使……巧艺**：其余的天使继续忠于上帝，留在天堂，绕着他旋转（但丁“所见的巧艺”）。

55. **最初……引起**：明亮之星（撒旦堕落前的称呼）堕落的主因是傲慢。这傲慢叫人神共愤，因此说“遭诅”。

56. **你已经看见……罪魁**：指但丁已在地狱里见过撒旦。参看《地狱篇》第三十四章第二十行。

57. **已经……重量压在地底**：参看《地狱篇》第三十四章一一一行。

58. **你在这里见到的**：指留在最高天，服从上帝的众天使。

65–66. **德之多少，/……恩情**：天使的福分，由神旨注定。关于这点，参看*Summa theologica*, I, q.62, a.5, rep. ;《天堂篇》第十四章四六至四八行；第二十五章六八至六九行；第二十八章一一二至一一四行。

69. **盛会**：指众天使的庄严集会，即但丁眼前的众天使。

70. **凡间的学校里**：指凡间各派对天使的说法。参看《炼狱篇》第三十三章第八十六行。

72. **记忆**：其实，天使不必有记忆，因为记忆是概念，只有实景或实际情形消逝或过去才需要。天使凝望上帝的圣颜，过去的一切就在目前，因此不需记忆。阿奎那和大阿尔伯特，则认为天使有某一程度的记忆。

77. **这圣颜……欣喜**：天使直望上帝的圣颜，即能知道过去、未来，因此感到欣喜。

81. **因概念分割**：人类所以会忘记，是因为在他们的意识中，前起的概念会遭后至的概念阻障。

86. **一以贯之**：意为：遵循达到真理的途径。

87. **外表**：表象。

88. **上界**：天堂。

91. **耗了多少血液**：指为了传道而殉教的基督徒所耗的血液。

101–102. **结果……光芒**：结果，日食由极东伸展到极西。

103. **拉波和宾多**：意大利文为“Lapo”和“Bindo”。在中世纪的翡冷翠，“拉波”和“宾多”是男孩子最常用的名字。

106. **羊群**：指信众。参看《天堂篇》第十一章一二四至一二九行。

110. **‘去吧……大话吧’**：参看《圣经·马可福音》第十六章第十五节：“Et dixit eis: Euntes in mundum universum, praedicate Evangelium omni creaturae.”（“他又对他们说：‘你们往普天下去，传福音给万民听。’”）这行和《圣经》引文对照，有反讽效果，产生当代文学理论家茱莉亚·克里斯特瓦（Julia Kristeva）所谓的“互文关系”。

111. **提供了真理的基础**：参看《圣经·哥林多前书》第三章第十至十一

节："Secundum gratiam Dei quae data est mihi, ut sapiens architectus fundamentum posui...Fundamentum enim aliud nemo potest ponere praeter id quod positum est, quod est Christus Iesus."（"我照神所给我的恩，好像一个聪明的工头，立好了根基。……因为那已经立好的根基就是耶稣基督，此外没有人能立别的根基。"）

117. **兜帽**：指神职人员所穿僧衣的帽。

118. **愚夫愚妇**：指愚蠢的信众。

119. **恶鸟**：指魔鬼。在《地狱篇》第三十四章第四十七行，但丁提到魔鬼时，就以鸟的翅膀为喻。在欧洲，民间常把魔鬼比作乌鸦。

120. **就明白，牧者……多可靠**：这行有反讽意味，指神职人员（"牧者"）赦罪的力量不可靠。

124. **圣安东尼的猪猡**："安东尼"（Antonius，约二五一年至约三五六年），生于埃及中部，在天主教的心目中，是古代隐修制的创始人。安东尼曾在利比亚和尼罗河岸隐修。其象征是猪，表示圣人征服了肉欲的引诱。日后，猪的地位变得尊崇，结果安东尼信徒所养的猪，到处奔跑觅食，为患社会，谁也不敢干涉。这些信徒背离正道后，也明目张胆地使用伪币。这里的猪猡，也可以影射堕落的教士。详见《基督教词典》页十七；Toynbee, 46。

125. **这伎俩**：指教士所用的不正当手法（见一一五至一二〇行）。

126. **因这缘故**：因教士行骗，而信众又愚蠢，轻信谎言。

128. **正直的道路**：指有关天使的创造真相和但丁走向上帝的历程。

129. **渐短的旅程**：指但丁在原动天所剩的时间不多。

130. **禀赋**：原文"natura"，即第七十一行的"禀性"（原文也是"natura"）。**超乎**：原文"s'ingrada"，是但丁所铸的词，直译是"逐级上升"。

133–135. **但以理……隐而不显**：《圣经·但以理书》第七章第十节，提到天使的数目："millia millium ministrabant ei, et decies millies centena millia adsistebant ei."（"侍奉他的有千千，/在他面前侍立的有万万。"）但没有明确指出，天使的数目究竟有多少。

136. **太初的光源**：指上帝之光，也就是圣光。上帝永恒，无始无终，是一切光明的源头，所以说"太初的光源"。

137–138. **——跟他们相融……相匹**：上帝施惠圣光时，其分量要看每个天使能吸纳多少。

139–140. **由于情感按照受光的情状/产生**："情感"，原文（一四〇行）"l'affetto"，指天使对上帝之爱。"受光的情状"，原文"l'atto che concepe"，指认识上帝的行动。这句的意思是：天使爱上帝的程度，视乎圣恩给他多大的启迪。参看《天堂篇》第二十八章一〇九至一一一行。

140. **大爱的温煦**：指天堂的永福。

142. **永恒的至善**：指上帝。参看《炼狱篇》第十五章第七十二行；《天堂篇》第一章一〇七行，第十章第一行。

143–145. **"它呀……跟过去无异"**：永恒的至善向无数的天使（"镜子"）投射（"无限擘分"）后，再由这些天使反映，本身却不会改变，仍"浑然一体"，一如天使受创造之前（"跟过去无异"）。

第三十章

九圈炯焰渐渐熄灭。但丁随贝缇丽彩升入了最高天，发觉贝缇丽彩的美貌，诗歌再不能形容。接着，但丁获夺目的炯辉煌煌包裹，首先是失明，然后发觉眸中燃起前所未有的视力；看见一条光河，活光在里面灿灿激射起火星。但丁按贝缇丽彩的吩咐，弯身以双眸吸饮光浪，在睑檐触光的刹那，看见光河由长形的带状变为圆周，成为巨大无比的玫瑰，一瓣瓣地向高处扩展，上面坐着芸芸福灵，数目与凡间升天的信众相符。由于这里不再受自然法则的局限，距离不再成为视力的障碍，结果远近的景物同样清晰。贝缇丽彩带领但丁飞向灿金的核心，并且告诉他，天城的座位已不需多少新人去坐满。一张无人的大椅，此时正等待亨利七世莅临。然后，贝缇丽彩声讨教皇克莱门特五世，指他暗中与亨利七世为敌；最后注定要坠进叫巫师西门受罪的洞穴，把卜尼法斯八世向更深处按揿。

大约在六千英里以外的远方，

　　第六时在燃烧。在我们所处的空间，

地球的阴影差不多已经平躺。
这时候，在深窅莫测的中天，
已经出现了变化：一些星星，
陆续在穹隆深处消失隐潜。
在太阳最明亮的婢女盈盈
移近的刹那，天空就逐一关灯；
末了，最美的一盏也失去了光明。
胜利的光阵也如此：循永恒的旅程
绕光点旋舞间，渐渐在我眼前
熄灭。那光点，曾令我目眩不胜，
包敛光阵间仿佛被光阵包敛。
由于我一无所见而又爱意
满心，只好向贝缇丽彩回眄。
假如我把这一刻之前，我提及
贝缇丽彩的一切，组合成一部
颂赞，此刻，颂赞会显得无力。
我所见到的丽颜，不但超出
凡间的极限，而且，我相信，能够
全面欣赏的，只有创造者上主。
这一刻，是我必须认输的时候。
悲喜风格的诗人，叫题材的某一点
难倒，也不曾有我此刻的感受；
因为，如弱眸之于太阳的光焰，
一想起贝缇丽彩的婉丽笑容，
我的心灵本身就马上萎蔫。

从我看见她那天起，我一直歌颂
　不辍；即使在此刻之前的俄顷，
　我的赞美之歌仍不曾告终。
可是此刻，我却须在诗中骤停，
　再不能形容其美貌，情形一如
　所有的艺术家到了才尽之境。
那么，就让更强的号角奏出
　颂赞之音吧；经我以小号吹唱，
　我的艰难乐曲就快要结束。
这时候，以向导完成任务的音嗓、
　神情，贝缇丽彩说：“我们已离开
　最大的天体，到了纯光的天堂。
这是灵智之光，充满了大爱；
　是真善的大爱，充满了欢愉；
　是欢愉无限，超出所有的甜蜜外。
你会目睹天堂的两支车旅
　在这里出现。其中一支，会以
　最后审判时的形貌跟你共聚。”
视觉的精灵，霍然遭电闪轰击，
　就会向八方溃散，结果两眼
　连观看最清晰的景物也没有能力。
刹那间，我也是这样：活光在四边
　照着我，炯辉的光纱把我煌煌
　包裹着，其他景物再也看不见。
“以永宁赐这层天穹的大爱，总让

来者以这一方式接受欢迎，
好使蜡烛经得起爱焰的大光。”
寥寥数语，还未为我的心灵
充分掌握，我已经发觉自己
在超升，官能刹那间凌越了凡境，
眸中燃起前所未有的视力，
结果，无论是多明亮的光辉，
我的眼睛都不会承受不起。
这时，我看见一条光河，炜炜
闪着夺目的辉彩在奔涌，两岸
点缀着春花，绚丽得无比奇瑰。
从这条浩荡的大河中，活光灿灿
激射起火星，溅落两岸的花朵，
就像红宝石嵌落黄金一般。
然后，火星仿佛因馥郁而醉酡，
霍霍再跃入神奇绚丽的光澜里。
一星落，就有另一星射出流波。
“你目睹这景象，此刻心中已燃起
崇高的欲望，催你去探究原委。
欲望越高涨，我越会感到快意。
不过，你必须吸饮这河流的大水，
严重的口渴才会得到纾解。”
我眼中的太阳，这样对我训诲；
然后说：“这河流，与溅泻而出再溅泻
而入的黄晶以及繁花的笑容，

正朦胧让你向它们的真貌预瞥。
这，不是因景物本身欠盈充，
而是因为你本人尚有缺陷，
未具高超的视力把真貌看通。”
即使婴儿，因为醒来的时间
比平常迟了许多，而要急扑向
妈妈怀中喝奶，也不像我向前
弯身时那么快——为了把双眸洗亮，
以便鉴照得更明晰。我连忙俯首，
浸入滔滔流来的致善之江。
我的睑檐，刚在光浪里头
开始吸饮，整条光河仿佛
由长形的带状变成了圆周。
戴着面具的人，如果脱除
自己赖以隐藏而又不属于
自己的颜貌，就会有另一面目。
繁花、火星也如此：刹那间栩栩
化为更盛大的庆典，结果我看见
天庭尽展那列在两边的臣侣。
上帝的光华呀，借着你，我得以看见
至真的天国凯旋于至高的福境。
请赐我大能，让我描述所见！
光华烨烨辉耀于高天，向生灵
昭示造物主的圣颜。只有瞻望
圣颜，这些生灵才得到安宁。

那光华，以圆形向四方上下扩张；
面积太广了，圆周拿来做束绕
太阳的腰带，也会过于宽广。
整环庞大的光华，是炯芒一道，
反映于第九重天之顶。该重
高天的生命和大能，由炯芒始肇。
山坡长满了花草时，会从空中
倒映进山麓的湖水，仿佛要盼顾
自己的丽妆。眼前的景象也相同：
只见超过千层的光灵，粲然映入
光中，结构是一层绕着一层，
数目与凡间升天的信众相符。
如果最低的一层光灵都能
包容这样的大光，那么，这朵
玫瑰的最外瓣，是何等硕大无朋！
面对这朵玫瑰的高大广阔，
我的视力呀，不再眩惑，却可以
尽览至乐的本质、至乐的规模。
在这里，远近都不是增减的距离，
因为，在上帝直接统御的上苍，
自然的法则不再有作用可起。
永恒的玫瑰一层层向外、向上
舒张，朝着灿金的核心——那永行
春令的太阳——散发颂赞的芬芳。
我欲言又止间，贝缇丽彩已经

带着我飞向灿金，并且说 ：“你看，
这盛会多壮观！都是衣雪的福灵。
看哪，我们的天城旋动得多浩瀚！
看哪，我们的座位，福灵已齐集，
再不需多少新人去一一坐满。
你的视线，已经叫那张大椅
上面的王冠吸引住。你出席这场
喜宴前，显赫的亨利会魂莅
椅上。这位亨利，注定要当
下界的皇帝 ；而且意大利还未有
准备，他就去整理该国的宪章。
盲目的贪婪使你们跟婴孩相侔 ：
神志中了魔法，在饿得几乎
命丧的时刻把自己的奶妈赶走。
届时，神圣的教廷会由新头目
把持。这个人，明路和亨利相同 ；
暗中所走，却是一条邪途。
不过，上帝也不会让他久拥
圣职了，因为他注定被塞进
叫巫师西门受罪的那个穴洞，
把阿南夷人向更深处按揿。”

注释：

1–9. **大约……失去了光明**：指将近黎明的时间。从但丁置身的地方计算，六千英里以外是正午（“第六时”）。在但丁所处的地方观察，太阳把地球投入太空的圆锥形阴影，这时差不多贴住地平（“平躺”），与地平相叠成直线。但丁认为，地球的圆周是二万零四百英里，太阳每小时绕地球转动八百五十英里。如果正午仍在六千英里外，但丁所处的地方，与日出相距约为九百英里，也就是说，此刻是日出前一小时。这时，曙光女神（“太阳最明亮的婢女”）已经移近，天空的星星逐一熄灭（“关灯”）；最后连金星（“最美的一盏”）也消失（“失去了光明”）。有关但丁对地球圆周的看法，参看 *Convivio*, III, V, 11; IV, VIII, 7。有关金星的描写，参看《炼狱篇》第一章一九至二一行。

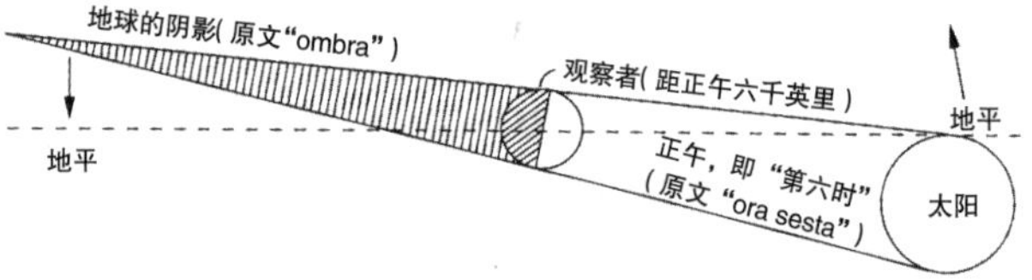

但丁心目中将近黎明的天空示意图

10. **胜利的光阵**：指围着上帝欣然旋转的九圈天使。**永恒的旅程**：指天使旋转时所循的圆圈。

11. **光点**：指上帝的圣光。

12. **目眩不胜**：参看《天堂篇》第二十八章一六至一八行。

13. **包敛光阵间……被光阵包敛**：上帝包敛一切；可是在但丁眼中，上帝仿佛被旋绕的天使包敛。参看《天堂篇》第十四章第三十行：“围封万物，本身却不受围封。”（“non circunscritto, e tutto circunscrive.”）

14. **一无所见**：指但丁再看不到任何景物。**爱意**：指但丁对贝缇丽彩的爱。

16–17. **假如……一切**：但丁曾多次颂赞贝缇丽彩。参看 *Rime*, *Convivio*, *Vita Nuova*。

23. **悲喜风格**：原文（第二十四行）“comico o tragedo”，按现代意大利语直译，是“喜剧作家或悲剧作家”。不过在但丁时期，“comico”的意义较广，指运用平易语言写作的人；“tragedo”指运用高华语言写作的人。“comico”和“tragedo”也可以形容平易风格和高华风格。参看 *De vulgari eloquentia*, II, IV; *Epistole*, XIII, 30。

24. **也不曾……感受**：此行强调，要形容贝缇丽彩之美是如何困难。

25–27. **因为……萎蔫**：形容但丁的心灵无从胜任贝缇丽彩的美颜，一如柔弱的眼睛胜任不了太阳的光焰。参看 *Vita Nuova*, XLI, 6; *Convivio*, III（“Amor che ne la mente ragiona”）, vv.59-60; *Convivio*, III, VIII, 14。

28. **从我看见她那天起**：指但丁九岁第一次遇见贝缇丽彩时开始（参看 *Vita Nuova*）。“看见她”，原文为“vidi il suo viso”。“viso”是“眼睛”的意思，也泛指贝缇丽彩的美颜。在《天堂篇》第十四章七九至八一行、第十八章八至一二行、第二十三章二二至二四行，但丁说过类似的话。在《天堂篇》第三十一章七九至九〇行，但丁再度歌颂贝缇丽彩。

32–33. **情形一如 /……才尽之境**：在《天堂篇》第十四章七九至八一行、第十八章八至一二行、第二十三章二二至二四行、五五至六三行，但丁也表示无力描写贝缇丽彩之美。

36. **我的……结束**：指但丁的《神曲》即将结束。

39. **最大的天体**：指原动天。**纯光的天堂**：指最高天。最高天在时间和空间之外，是精神天堂，不是物质天堂。参看 *Epistole*, XIII, 67-68。

43. **天堂的两支军旅**：指良善的天使和福灵。良善的天使战胜了叛逆的天使；福灵战胜了凡间肉欲的引诱，因此都是“军旅”。

44. **其中一支**：指众福灵。

45. **最后审判时的形貌**：指福灵的灵魂和肉体合而为一。最后审判结束，灵魂就会与肉体结合，不再分离。参看《地狱篇》第六章九六至九八行，《炼狱篇》第一章七四至七五行。

46–48. **视觉的精灵……没有能力**：有关视觉精灵的运作过程，参看《天堂篇》第二十六章七〇至七二行及其注释。

54. **“好使蜡烛……大光”**：参看《天堂篇》第十一章第十五行。但丁把进入最高天的福灵比作蜡烛。《圣经·箴言》第二十章第二十七节，也把“人的灵”比作“耶和华的灯”。

61–62. **这时……奔涌**：参看《圣经·但以理书》第七章第十节：“Fluvius igneus rapidusque egrediebatur a facie eius.”（“从他面前有火，像河发出。”）《圣经·启示录》第二十二章第一节：“Et ostendit mihi fluvium aquae vitae, splendidum tamquam crystallum, procedentem de sede Dei et Agni.”（“天使又指示我在城内街道当中一道生命水的河，明亮如水晶，从神和羔羊的宝座流出来。”）河在这里象征上帝的恩典。“奔涌”原文“fluvido”（意大利但丁学会版），有些版本（如 Petrocchi, Pasquini e Quaglio, Villaroel），作“fulvido”（意为“金色”）。

63. **春花**：正如下文所交代，这些春花是蒙上帝甄选的福灵。

65. **火星**：这些火星其实是天使，并非真正的火星。

66. **就像……一般**：参看《埃涅阿斯纪》第十卷一三四行：“qualis gemma

micat fulvum quae dividit aurum."（"就像嵌在黄金里的宝石闪烁。"）

67. **馥郁**：指福灵的馥郁。

71. **崇高的欲望**：指探索圣景的欲望。意思与《天堂篇》第二十二章第六十一行的"宏愿"相近。

75. **我眼中的太阳**：指贝缇丽彩。

82–85. **即使婴儿……那么快**：但丁以常见的景物为喻，向读者传递天堂经验。

87. **致善**：原文"s'immegli"，不定式 immegliarsi，意为"divenire migliore"（"趋善"），见 *Dizionario Garzanti della lingua italiana*, 812。是但丁所创之词。

88. **睑檐**：即睫毛，这里借指眼睛。形容眼睛一触光河，即有下文所写的变化。

95–99. **化为……所见**：原文九五、九七、九九行均以"vidi"为韵脚，译文三行之末，也以"见"字为韵脚，以传递相近的效果。

100. **生灵**：这里的"生灵"，包括天使和人类。

101–102. **只有瞻望/……安宁**：参看《炼狱篇》第三十章第九行；《天堂篇》第三章第八十五行；阿奎那 *Summa theologica*, II, I, q.v, 8: "Appetere beatitudinem nihil aliud est quam appetere ut voluntas satietur; quod quilibet vult."（"求福之念，莫高于求所愿得偿；这一愿望，人皆有之。"）奥古斯丁的《忏悔录》也说："Inquietum est cor nostrum donec requiescat in te."（"我们的心，非在你怀中休憩，就得不到安宁。"）见 *Confessiones*, I, I。

103. **圆形**：圆形无始无终，始于本身，也终于本身；在这里象征完美，象征永恒。

106. **炯芒**：指上帝的圣光。

107. **第九重天**：即原动天。

108. **高天的生命……始肇**：原动天的动力（生命和大能）来自上帝，再传向其下诸天。参看《天堂篇》第二章一一二至一二三行，第二十七章一〇六至一一四行。

112–114. **只见……相符**：但丁所见的圣景，像一个圆形剧场，向上方，也向四周舒展；里面所坐的光灵，相等于升天的人数。

115–117. **如果……硕大无朋**：这几行强调圣景广大无匹。最下一层的光芒，已经大于太阳；那么，其上各层的体积，就超乎想象了。

119. **我的视力呀，不再眩惑**：但丁的眼睛吸饮了光河后，能看到圣景的全部。

121–123. **在这里……不再有作用可起**：在最高天，一切自然和物理的法则不再有效，因此不再有远近之分。

124. **永恒的玫瑰**：据但丁的描写，这朵玫瑰的形状像个圆形剧场，一层层由核心向上、向外舒展。

125. **灿金的核心**：这里描写的玫瑰金黄（“灿金”）。玫瑰的核心，是雄蕊和雌蕊所在。而在这朵千瓣玫瑰中，核心是上帝。

125–126. **那永行 / 春令的太阳**：指上帝。

126. **散发颂赞的芬芳**：指众福灵歌颂上帝。但丁在这里仍用花朵意象。

129. **衣雪的**：原文“de le bianche stole”，直译是“穿白的”。参看《天堂篇》第二十五章第九十四行；《圣经·启示录》第三章第五节，第七章第九节，第七章第十三节：“Hi qui amicti sunt stolis albis, qui sunt et unde venerunt?”（“这些穿白衣的是谁？是从哪里来的？”）

130. **天城**：上帝之城。基督教常以耶路撒冷或罗马与之相比。参看《炼狱篇》第十三章第九十五行的“真城”（“vera città”）；《炼狱篇》第三十二章一〇二行的“这个罗马，是基督所在的城区”。（“...quella Roma onde Cristo è romano.”）《圣经·启示录》第二十一章第九至十节：“...Et venit unus de septem Angelis...Et sustulit me in spiritu in montem magnum et altum, et ostendit mihi civitatem sanctam Ierusalem, descendentem de caelo a Deo.”（“……七位天使中，有一位来……我被圣灵感动，天使就带我到一座高大的山，将那由神那里、从天而降的圣城耶路撒冷指示我。”）

132. **再不需多少新人去一一坐满**：参看但丁 *Convivio*, II, XIV, 13: “noi siamo già ne l'ultima etade del secolo...”（“我们已经在世界末期……”）言下之意是：由于世人邪恶，世界接近末日，此后有资格升天并置身千瓣玫瑰的人，已经不多。

134–136. **你出席这场 /……椅上**：意为：你到天堂安享天福前。参看《炼狱篇》第三十二章七三至七四行；《天堂篇》第二十四章一至三行；《圣经·启示录》第十九章第九节：“Et dicit mihi: Scribe: Beati，qui ad caenam nuptiarum Agni vovati sunt. Et dicit mihi: Haec verba vera Dei sunt.”（“天使吩咐我说：‘你要写上：凡被请赴羔羊之婚筵的有福了！’又对我说：‘这是神真实的话。’”）**亨利**：指神圣罗马帝国皇帝亨利七世(Heinrich VII)。约生于一二七五年，卢森堡伯爵，一三〇八年至一三一三年任德意志国王，一三〇八年至一三一三年任神圣罗马帝国皇帝（一三一二年加冕）。一三一〇年率军进入意大利，要行使皇帝之权，遭圭尔佛党反抗而失败。一三一三年八月卒于波恩康文托(Buonconvento)。参看 Bosco e Reggio, *Paradiso*, 503; Toynbee, 62;《世界历史词典》页三三四至三三五。

137–138. **而且意大利……该国的宪章**：言下之意是：意大利并不需要亨利七世。在凡间，但丁一直对亨利七世寄予厚望，盼他重振神圣罗马帝国的声威。

142–144. **新头目 /……一条邪途**："新头目"，指教皇克莱门特五世。有关克莱门特五世对亨利七世的阴险行径，参看《地狱篇》第十九章八二至八三行注，《天堂篇》第十七章八二至八三行注。其初，克莱门特五世公开支持亨利七世；到亨利七世亲临意大利行使皇帝之权时，却暗中作梗。

145–148. **"不过……按揿"**：这几行是预言，指出克莱门特五世注定要堕进地狱第八层第三个恶囊。参看《地狱篇》第十九章八二至八四行及八二至八三行注。**巫师西门**：参看《地狱篇》第十九章第一行及其注释。**阿南夷**：参看《炼狱篇》第二十章八五至九〇行及八六至八七行注。

第三十一章

但丁看见一朵白玫瑰，上面坐着蒙选的众福灵；无数天使在来回飞翔，传送上帝的炽爱和安宁。面对这样的圣景，但丁惊诧欢欣，如蛮夷初到罗马，因该城的宏伟而魄夺魂摇。在活光里，但丁向上方纵目，见福灵的容颜温恭而虔爱是从。然后回望，见到的不是贝缇丽彩，而是贝尔纳。询问贝缇丽彩的下落，知道她已经飞回玫瑰高处的座位。距离虽遥，容颜却清晰可见。于是，但丁向贝缇丽彩祈祷致谢；贝缇丽彩则嫣然望着但丁，然后转身向上帝回顾。贝尔纳告诉但丁，他此来是应贝缇丽彩的祈求，助但丁走毕完美的旅程。解释完毕，就吩咐但丁极目至夐至高处。但丁按吩咐举目，见圣母玛利亚在嫣然看众天使歌舞。贝尔纳见但丁全神贯注，于是也回首向圣母凝瞩，结果使但丁的仰瞻更充满渴望。

然后，一支神圣的军队，以一朵
　白玫瑰的形态向我显现。该军队
　是基督的新娘，以基督之血为媒妁。

最高天

然后，一支神圣的军队，以一朵 / 白玫瑰的形态向我显现。

（《天堂篇》，第三十一章，一至二行）

另一支则一边飞翔，一边瞻窥
歌颂上帝的荣光，以及使他们
升华的至善。他们哪，为上帝而陶醉。
一群飞舞的蜜蜂，会时而纷纷
钻进花丛中，时而飞回巢里，
勤劳地酿蜜。第二支劲旅的军阵
也如此：下翔间他们向巨花飞集，
再从艳丽的繁瓣飞回来处。
在来处，他们的爱心永不徙移。
他们的脸庞全部是活火布舒，
翅膀是黄金闪闪；脸翅之外，
则白得任何白雪都无从比附。
他们的翅膀左右鼓动时，扇来
炽爱和安宁，在降落巨花的刹那间，
一行接一行的传诸花中的同侪。
这么浩荡的军旅，虽然在高天
和巨花之间飞翔，眼前的视域
和光辉，却没有因此而受到遮掩。
因为，在整个宇宙之中，哪一区
值得圣光照耀，圣光就照到
哪里，任何事物都不能牵拘。
这个天国，欢欣而又可靠；
古往今来的人群在里面聚拢，
其视野、爱心受同一目标感召。
三位一体的大光啊，在一颗星中，

你向他们闪耀，使他们满足！
请看下界的暴风雨如何澒洞！
赫丽凯和爱子运行处，天天焘覆
同一个地区。该地区的蛮夷如果
南下，看见拉特兰宫上矗
霄汉，凌驾凡间的一切，魄夺
魂摇间，必定会愕然惊视罗马
及其宏伟的景物。那么，我超脱
人寰，飞升圣境，由时间抵达
永恒，由翡冷翠飞到健康
正直的人群里，一瞬间身历的惊诧，
会到达怎样的程度，就不言而彰。
其实在惊诧和欢欣之间，我已
甘心于无闻，甘心于缄口一旁。
然后，仿佛朝圣者环顾自己
曾许愿朝拜的神殿而感到鼓舞，
希望有一天能复述殿中的经历，
在活光里，我向着上方纵目，
视线一行接一行地移动于福灵中；
时而上，时而下，时而向四周盼顾。
只见众颜温恭而虔爱是从，
因圣光，因自己的笑容而更显璀璨，
一举一动都充满庄穆尊荣。
这时候，我的视线已经纵览
天堂的全貌，看到了它的大概，

不过还没有向局部凝看谛观；
于是回首，再一次热望满怀，
想询问我的娘娘，请她为我
把当时纠结于心的疑团解开。
然而所想和所见却彼此相左：
想见贝缇丽彩；却见到一位
长者，衣着和荣耀的同伴相若。
他的眸中和颊上，欣悦的柔辉
渥然静泛，神态温厚而和蔼；
慈父的身分，他可以当之无愧。
“她去了哪儿呢？”我问得迫不及待。
“为了解除你的渴思，”他说，
“贝缇丽彩把我从座中遣来；
你举目仰望，从最高——也是最末——
一圈数到第三圈，就会见到她。
她身怀懿德，因此在那里列坐。”
我不再言语，就向上方盱察，
见贝缇丽彩的头上，永恒的光芒
反射间聚成光冕向四方映发。
这时，凡眸向深海最深处潜藏，
再望向行雷的最高处，视域所及，
都不若此刻贝缇丽彩在天堂
高处和我在下方相隔的距离。
不过，远近都无妨了；她的颜容
下照时，中间已没有翳障遮蔽。

"娘娘啊，我的希望因你而丰隆。
当日，为了拯救我，你甘于
把自己的足迹留在地狱中。
这么多的事物，我已经全部窥觑。
凭借你的美善、你的大能，
它们的恩泽和力量我方能瞻盱。
是你，把我从奴役向自由提升——
为了这目标，只要是能力所及，
就依循所有的方法、所有的路程。
把你的洪恩哪，留在我体里；
这样，我的灵魂因你而康复后，
脱离肉体时就能取悦于你。"
我这样祈祷间，贝缇丽彩在上头
显得极遥远，可是仍嫣然望着我；
然后转身，向永恒的源泉回首。
"祈告和圣慈，"年长的圣者说，
"派我来助你走毕完美的旅途。
为了在此旅获得最终的成果，
请让双眸在这座花园里飞舞。
观览间，你的眼睛就会有力量
升入圣光，向更高处骞翥。
天堂之后，我一直敬爱渴仰。
她会赐我们一切大恩典，因为
我是贝尔纳，对她忠诚满腔。"
教徒从克罗地亚等边鄙来瞻窥

韦罗尼卡的汗巾时，一旦得睹
该圣物，凝视之间，历久的饥馁
会持续如故，心中会这样惊呼：
“我主哇，耶稣基督，唯一的真神，
这颜容啊，就是您当日的真面目？”
望着圣者的真慈，我这个人
也如此。这位圣者呀，在凡间已经
借冥思获得亲尝永宁的福分。
“蒙恩的孩子呀，要是你一直紧盯
脚下，”贝尔纳说，“目光不再他顾，
这欢欣之境，你就不能够洞明。
仰望众圈哪，极目至夐至高处，
你就会看见天后身在宝座上。
整个天国，都向她效忠臣服。”
于是我举目……在黎明的东方，
地平的光辉会使日落的一边
在夺目的炯芒下显得黯然不彰。
这时候，恍如从山谷攀向山巅，
我的眼睛在至夐至高的部分，
看见一朵光，远胜于周围的炯焰。
昔日，法厄同曾控辕失误。在我们
待辕的地方，光辉最是明亮；
左右两边，则渐渐显得昏沉。
和平的金火旗，也是这样的景象：
中间的光芒勃发；然后，亮度

天后

“你就会看见天后身在宝座上。/ 整个天国，都向她效忠臣服。”

（《天堂篇》，第三十一章，一一六至一一七行）

向两边减弱，渐渐逊于中央。
围着中央，逾千的天使在翔舞
展翅，像欣然庆祝盛典一般，
彼此的光华各异，职能互殊。
在那里，只见一位圣美，嫣然
微笑着看众天使歌舞。所有
圣者的眼睛，都欣然向她仰瞻。
不过，我即使言词富赡，能够
和想象为匹，也不敢妄图
把这种欢欣的万一宣之于口。
贝尔纳见我全神贯注，举目
仰瞻着暄然使他暖和的焰光，
就满怀敬爱，回首向天后凝瞩，
结果使我的仰瞻更充满渴望。

注释：

1. **神圣的军队**：指得胜的教会（意大利文 chiesa trionfante ；英文 church triumphant），即战胜了邪恶和基督之敌，此刻置身天堂的基督徒。在凡尘不断与邪恶和基督之敌斗争的基督徒，叫“战争的教会”（意大利文 chiesa militante，英文 church militant），与得胜的教会相对。

1–2. **一朵/白玫瑰**：指《天堂篇》第三十章一二九行所提到的“衣雪的福灵”。在该章里面，但丁把这些福灵比作玫瑰的花瓣。

2–3. **该军队/……为媒妁**：指基督以血救赎了天堂的福灵。参看《圣经·使徒行传》第二十章第二十八节：“Ecclesiam Dei, quam〔Christus〕acquisivit sanguine suo.”（“神的教会，就是他〔基督〕用自己血所买来的。”)

4. **另一支**：指众天使。

11. **艳丽的繁瓣**：指玫瑰中的福灵。**飞回来处**：飞回圣光。

12. **他们的爱心永不徙移**：天使对上帝的爱心永远不变。

13–15. **他们的脸庞全部是活火布舒，/……无从比附**：但丁的描写，响应《圣经》的类似片段。参看《圣经·以西结书》第一章第十三节："aspectus eorum quasi carbonum ignis ardentium etquasi aspectus lampadarum."（"至于四活物的形像，就如烧着火炭的形状，又如火把的形状。"）《圣经·但以理书》第十章第五节："...et renes eius accincti auro."（"……腰束乌法精金带。"）《圣经·马太福音》第二十八章第三节："aspectus eius sicut fulgur, et vestimentum eius sicut nix."（"他的相貌如同闪电，衣服洁白如雪。"）《圣经·启示录》第十章第一节："et vidi angelum fortem descendentem de caelo..., et facies eius erat ut sol."）（"我又看见另有一位大力的天使从天降下……，脸面像日头。"）此外，参看《炼狱篇》第二章一六至二四行，第八章三四至三六行，第十五章二二至三〇行，第十七章五二至五四行，第二十四章一三六至一三九行。

16–17. **扇来 / 炽爱和安宁**：从上帝那里扇来炽爱和安宁。

18. **花中的同侪**：指花中的福灵。

20. **眼前的视域**：指福灵仰瞻上帝的视域。

21. **光辉**：指上帝的炯光。

却没有因此而受到遮掩：天使全身透明，因此不妨碍视线。参看*Convivio*, III, VII, 5。

26. **古往今来的人群**：指《圣经·旧约》和《圣经·新约》里的福灵。

27. **同一目标**：指上帝。

28. **三位一体的大光**：原文为"trina luce"，指三位凝于一体（"光"）之中。

30. **请看……澒洞**：参看波伊提乌（Boethius）的《论哲学的慰藉》（*De consolatione philosophiae*, I, C.V: "O iam miseras respice terras...Homines quatimur fortunae salo."）（"啊，请看下界的痛苦……人类在遭命运之海颠簸。"）

31. **赫丽凯和爱子运行处**：指大熊星座和小熊星座运行处。**赫丽凯**：Ἑλίκη（Helice），希腊神话中的仙女，曾抚养宙斯。宙斯的父亲克洛诺斯（Κρόνος，Cronus，Cronos，Kronos）要惩罚她时，宙斯把她化为大熊星座。有的版本认为赫丽凯即卡丽丝酡（Καλλιστώ，Callisto）。参看《炼狱篇》第二十五章一三〇至一三二行的注释。**爱子**：指阿卡斯（Ἀρκάς，Arcas），阿卡狄亚王，为宙斯和赫丽凯所生。后来被宙斯化为小熊星座，位于大熊星座之后。

32.　**该地区**：大熊星座和小熊星座位于北方的天空。"该地区"指北方地区。

33.　**拉特兰**：罗马的宫殿，原属罗马皇帝，后来归教皇所有。参看《地狱篇》第二十七章第八十六行注。

34.　**凡间的一切**：指凡间的一切建筑物。

38–39.　**由翡冷翠……人群里**：但丁在这里以天堂和翡冷翠对比，间接抨击该城邪恶堕落。"健康 / 正直的人群"一语，暗示翡冷翠人不正直。

42.　**甘心于无闻**：指但丁甘心不听任何声音。

59–60.　**一位 / 长者**：指贝尔纳（明谷的），Bernard de Clairvaux（一〇九〇年至一一五三年），一译"伯尔纳多"（意大利语译音）。生于法国第戎（Dijon）附近的乡村枫丹（Fontaines），出身贵族家庭，曾在巴黎求学。一一一三年加入本笃会的西多（Cîteaux）会，一一一五年创立明谷隐修院。一一三〇年，支持教皇英诺森二世击败对手。一一四〇年参与桑城（Sen）会议，在谴责阿伯拉尔（Abelard）的行动中至为卖力。鼓吹第二次十字军东征，组建圣殿骑士团，致力隐修院改革。思想有神秘主义倾向；主张默想祈祷，借此与上帝契合。在 *Epistole*, XIII, 80 里，但丁曾提到他的著作。贝尔纳对建立玛利亚的崇奉贡献极大，有"圣母的掌上明珠""圣母娘娘的爱徒"之称。但丁在《天堂篇》让贝尔纳带引他直趋上帝，主要因为贝尔纳善于瞻想祈祷，而且为圣母所宠。有关其生平，参看 Sapegno, *Paradiso*, 397; Singleton, *Paradiso 2*, 525; Toynbee, 93-94;《基督教词典》页六六。但丁在天堂之旅中，到了最后一程需要贝尔纳引导，说明贝尔纳的力量高于贝缇丽彩，就像贝缇丽彩高于维吉尔一样。

60.　**衣着……相若**：这位长者（贝尔纳）与其他福灵一样，也穿白衣。参看《天堂篇》第三十章一二九行："都是衣雪的福灵。"

65.　**渴思**：指但丁最终的渴思，即渴思的极致：直接仰瞻上帝的圣光。

69.　**她身怀……列坐**：指贝缇丽彩坐在该圈，是因为她的懿德与该圈的地位相配。

74.　**行雷的最高处**：指大气层的最高处。大气现象（包括行雷）都在该处发生。此语极言但丁和贝缇丽彩相距之遥。

79–81.　**娘娘啊，我的希望因你而丰隆……地狱中**：但丁的希望，借贝缇丽彩之助而实现。当日，贝缇丽彩为了拯救但丁，曾亲临地狱，求维吉尔助但丁脱险，并带领他走上地狱和炼狱之旅。有关贝缇丽彩进地狱的描写，参看《地狱篇》第二章五二至一一八行。Singleton（*Paradiso 2*, 520）指出：旅人但丁，一直以意大利文的敬称"voi"对贝缇彩丽说话，在这里改用亲切的"tu"（原文"soffristi"的省略主词）。

85.　**是你**：意大利语用动词时，主词通常可省。在原文（"Tu m'hai di

servo tratto a libertate/per tutte quelle vie, per tutt'i modi/che di ciò fare avei la potestate."），但丁用了主词"Tu"（"你"），以强调语气，因此译文也保留主词，设法把强调语气译出。**从奴役向自由提升**：指贝缇丽彩助但丁摆脱罪恶。参看阿奎那 *Summa theologica*, II, II, q.CLXXXIII, 4: "quia homo secundum naturalem rationem ad iustitiam inclinatur, peccatum autem est contra naturalem rationem, consequens est quod libertas a peccato sit vera libertas...et similiter vera servitus est servitus peccati."（"因为按照与生俱来的理性，人爱好正义；罪恶呢，则违背这禀赋。因此，脱离罪恶的自由才是真正的自由；同理，受罪恶奴役是真正的奴役。"）

88–90. **把你的洪恩……取悦于你**：但丁请贝缇丽彩让这种真正的自由（"洪恩"）留在他体内。这样，他离开凡尘时，自由的灵魂（不受罪恶奴役的灵魂）就仍能取悦于贝缇丽彩。

93. **永恒的源泉**：指造物主上帝。

94. **祈告和圣慈**：指贝缇丽彩对贝尔纳的祈遣（"祈告"）和贝缇丽彩的慈爱（"圣慈"）。参看本章六五至六六行。**年长的圣者**：指贝尔纳。

97. **让双眸在这座花园里飞舞**：意为：让眼睛扫视整朵玫瑰（"这座花园"）。

100. **天堂之后**：原文"regina del cielo"，与拉丁文"Regina coeli"呼应，指圣母玛利亚。参看一一六行的"天后"。

102. **我是贝尔纳**：在第六十行，但丁以"长者"称呼贝尔纳；到这里才交代"长者"的名字，增加了作品的悬宕。

104. **韦罗尼卡的汗巾**：印有耶稣像的汗巾。据说耶稣往骷髅地途中，一个女子（有的版本说这个女子叫"韦罗尼卡"）把一条汗巾递给他揩汗。耶稣揩汗后，样貌留在汗巾上，成为"布上圣容"（见王毓华编著，《基督教词语英汉汉英对照手册》，页一二二）。这条汗巾，目前留在罗马圣彼得大教堂内，每年某些日子供各地信徒仰瞻。

110–111. **这位圣者呀……福分**：据说贝尔纳曾借默想（"冥思"）领略（"亲尝"）过天堂经验（"永宁的福分"）。

112. **一直紧盯 / 脚下**：这句话是比喻，指但丁只顾望着贝尔纳（"紧盯 / 脚下"），不仰瞻更高的圣境。

114. **欢欣之境**：指天堂福灵所处的至福之境。

116. **天后**：原文"regina"，指圣母玛利亚。参看本章一〇〇行。

119. **地平的光辉**：指日出的光辉。

124. **法厄同**：阿波罗之子，因擅自驾驶日车而闯祸，结果遭宙斯殛毙。有关法厄同的典故，参看《地狱篇》第十七章一〇六行注。**控辕失误**：指法厄同驾驶日车而失误闯祸。

124–25. **我们 / 待辕的地方**：指日出的地方。

127. **和平的金火旗**：意文"pacifica oriafiamma"，指天堂玫瑰最亮的部分。"金火旗"，法文 oriflamme，源出拉丁文 aurea（金）+flamma（火），是法国国王的军旗。这军旗红旗金杆，据说是天使加百列所赐。"和平"在这里有两重意义：既指充满天堂的和平宁谧，也指玛利亚为人类带来永宁。

128. **中间的光芒**：指玛利亚所发的红光最盛大。在这里，但丁以东方上升的太阳比喻玛利亚，强调其光华赫戏。

131. **展翅**：展翅是天使致敬的姿势。在这里，众天使向玛利亚致敬。

132. **职能互殊**：参看《天堂篇》第二十九章第五十三行。

133. **一位圣美**：指圣母玛利亚 .

140. **暄然使他暖和的焰光**：指圣母玛利亚。玛利亚有如"焰光"，能"暄然使"贝尔纳（"他"）"暖和"。

第三十二章

贝尔纳为但丁描述玫瑰：中间自上而下的一行福灵是界线。界线的一半以圣母玛利亚为首，其下是夏娃、拉结等希伯来妇女；另一半以施洗约翰为首，其下是方济、本笃等男性圣徒。界线这边的福灵，施信于基督降生前，下层是未曾领洗的小孩；界线另一边的福灵，施信于基督降生后，下层是已经领洗的小孩。之后，贝尔纳叫但丁凝望圣母玛利亚。但丁按吩咐上瞻，看到了最肖上帝的面貌；看见天使加百列唱着“Ave Maria，gratia plena”的赞歌向圣母致敬；听到回答赞歌的颂唱从四边响起。然后，贝尔纳向但丁介绍两边的福灵，并叫但丁以敬爱紧随他的祷告向圣母祈恩，以便望入上帝的大光耿耿。

那位瞻想者怡然自得，沉醉间
　欣然负起了老师训诲的职守，
　对我说出下列的一番圣言：
“由玛利亚缝合敷疗的伤口
　被另一人撕刺。那个人美丽

非常，此刻坐在玛利亚下头。
再向下，第三行的座位井然围集。
就在该行座位里，你可以目睹
拉结和贝缇丽彩坐在一起。
撒拉和利百加，犹滴和另一贤妇，
你也全部看得到。最后一位，
悔罪时喊‘Miserere mei’的歌者叫曾祖母。
这些先人，一个接一个相随。
我循一瓣瓣的玫瑰向下点名，
你就可以一层接一层的类推。
由第七行继续向下，情形
和一至七行相同：都是希伯来
妇女，一个接一个把瓣界分清；
因为，这些人都按照他们看待
基督的观点而成为一堵墙壁，
把神圣的梯阶在中间分开。
墙壁的一边，花朵在盛放，开启
所有的丽瓣；里面所坐的人，
都相信有一位基督会带来福禧。
墙壁的另一边，空置的座位列陈，
把一个个半圆切断。该边
所坐，都仰瞻基督来后的洪恩。
在此方，天堂娘娘的座位赫显
荣耀。该座位和其下的座位组成
鸿界，把众瓣分为左右两面。

在彼方，界线也如此：首先是毕生
圣洁的约翰。这大贤挨过荒野，
殉过教，然后有两年在地狱久等。
其下，则轮到别的人物去分界：
方济、本笃、奥古斯丁以及其他
圣者，一圈圈地从上方向这里排列。
你看，圣虑是何等深远宏大！
因为呀，信仰的两种形态，会莘莘
坐满这花园，数目没有等差。
两条界线，由一行座位中分。
请注意，该行之下的福灵，非因
本身的功德而列坐，而因他人
施功，在特殊的情况下到临。
因为，他们还未能真正按心性
选择，就已脱离躯体的拘禁。
你如果留神凝视，并且倾听，
就可以凭他们的脸颜以及
稚嫩的声音把他们的身分辨清。
你默不作声，却感到困惑不已——
是巧思以顽结捆住了你。不过，
我会为你把这个顽结开启。
这个天国，虽然十分广阔，
在里面，偶然却完全和饥渴、忧愁
一般，绝对不会有立足的处所。
因为，你所见到的一切，都由

永恒的天律订立，结果手指
能精确地穿进戒指里头。
因此，这群福灵，提前从人世
进入真生；在这里有高下之分，
非 sine causa，而是在依循天敕。
这个天国，凭借其君王的洪恩，
在大爱和至乐中安享永宁，
结果愿望再不敢向外延伸。
欣然眷注间，君王创造了众灵，
并且按自己的心意把恩典
布施。这一点，已经有事实证明。
这一点，《圣经》也说得清晰昭显。
在《圣经》里，孪生兄弟在母腹
动怒，就证明了这一观念。
由于这原因，至高的光华展舒，
为福灵加冕时，就得恰如其分，
按恩典所赐的发色把天福施布。
因此，这些人不靠德行蒙恩
就各居其位；彼此间唯一的分别，
是他们先天的目力有浅有深。
在上古之世，婴儿只要纯洁
无邪，而父母又对基督存信，
就可加入获上帝拯救的行列。
上古期结束，新的时代来临，
男孩就得行割礼，纯洁的翅膀

才能获得力量向高天奋进。
不过，到恩典时代降临了下方，
这样的纯洁如果不受基督
完美的洗礼，就只会在下面拖宕。
现在，请你凝望那张跟基督
最相像的容颜。该容颜的光明，
才能使你有目力看到基督。”
我举目凝望，只见神圣的光灵
在上面倾注欢欣，过去的一切
都不像我此刻所见：叫我息屏
神凝、充满惊诧间为我展揭
最肖上帝的面貌。这高天所在，
神圣的光灵生来就能够飞蹑。
那最先下降的光灵充满敬爱，
唱着“Ave Maria, gratia plena”，
在圣颜面前把翅膀展开。
刹那间，在至福的天庭里，回答
那神圣赞歌的颂唱从四边响起，
每张面庞都更加容光焕发。
“圣洁的长者呀，您按永恒的天意
列席福境；可是此刻，为了我，
却甘愿离开原位，下降到这里。
那位天使是谁呀？他双眸灼烁，
正充满喜悦地望着天后的眼睛；
敬慕之情，使他炽烈如火。”

我再度求圣者为我讲解说明。
　这时候，他因玛利亚而变得更璀璨，
　一如晨星因太阳而变得更晶莹。
圣者答道：“一切自信、风范，
　不管是天使或生灵所有，都叫他
　兼备了——这一安排至为完善。
因为，神子要忍辱负重，设法
　披上肉体时，就是他降落凡尘，
　把棕榈叶子亲自献给玛利亚。
我的话，此刻请你以视线紧跟。
　请注意显赫的贵族。他们的帝国
　极度公正，而且充满了慈恩。
列席上方的两位，由于宝座
　最接近天后，所以最是幸福。
　他们简直是玫瑰的两条根络。
坐在天后左边的，是人类的始祖。
　由于这位始祖鲁莽，依从
　口腹之欲，人类尝尽了痛苦。
在右边，你可以看见圣教的老祖宗——
　这朵美丽的鲜花有多条钥匙。
　这些钥匙，由基督向他传送。
坐在他旁边的，卒前就预知，
　漂亮的新娘会历尽惨痛的处境。
　这新娘，要借矛钉所加的羞耻
来迎娶。另一人的旁边，是那位首领。

在他的引导下，那些忘恩、善变
而又倔强的族人靠吗哪活命。
你看，安娜就坐在彼得对面。
她望着女儿，就已经十分知足；
唱着和散那，也不转动双眼。
面对人类全族的元始亲父，
坐着露妚。当日，你睫向灭亡时，
她曾遣你的娘娘救你于末路。
不过你神游灵境的时间在飞驰；
我们就谈到这里——出色的裁缝
总按布料的多少把裙子裁制。
下一刻，就该向太始的大爱盱衡，
以便你望向他的时候，能就
本身的力量望入大光耿耿。
为了不让你鼓翼时徒劳不休，
不让你一心前飞间向后面倒退，
就必须祈恩；祈恩的途径是祷求。
这大恩，由能够助你的天后施惠。
请你跟随我，在后面以敬爱紧靠，
不让你的心和我的话相违。”
接着，贝尔纳开始了下面的圣祷：

注释：

1. **那位瞻想者**：指贝尔纳。**沉醉**：沉醉于圣母玛利亚的圣美。

4–6. **“由玛利亚……下头”**：意为：玛利亚妊娠，诞下救世主基督，缝合、敷疗原罪所造成的伤口。该伤口由夏娃（“另一人”）造成（“撕刺”）。夏娃美丽非常，此刻坐在玛利亚之下。

9. **拉结**：亦译“辣黑耳”，《圣经》人物。拉班的次女，雅各的妻子。起先无子。向耶和华祈求而生约瑟。其后，生便雅悯时死于难产。在《圣经》中，拉结象征性格中沉静的一面，适宜瞻想。参看《炼狱篇》第二十七章一〇四至一〇五行和《地狱篇》第二章一〇二行注。

10. **撒拉**：《圣经》人物，亚伯拉罕之妻。见《圣经·创世记》第十七章第十五节。**利百加**：以撒之妻。见《圣经·创世记》第二十四章第六十七节。**犹滴**：以色列寡妇，杀死何乐弗尼，拯救了以色列人。事迹见《圣经次经·犹滴传》。参看《炼狱篇》第十二章五八至六〇行。**另一贤妇**：指第十一行的“最后一位”，即第十二行（“悔罪时……曾祖母”）所指，也就是路得。参看第十二行注。

12. **悔罪时……曾祖母**：指路得。路得为波阿斯之妻。生俄备得，俄备德生耶西，耶西生大卫。大卫是《圣经·诗篇》的作者，与拔示巴交欢，使她怀孕，然后杀害其夫赫人乌利亚。上帝因此而震怒，大卫就在《圣经·诗篇》第五十一章（拉丁通行本《圣经》第五十章）求情。其中一句是“Miserere mei”（拉丁文“求你怜恤我”的意思）。大卫诱奸拔示巴，然后杀害其夫的事，见《圣经·撒母耳记下》第十一至十二章。Singleton（*Paradiso 2*, 535）指出，但丁不说“路得”，而说“悔罪时……曾祖母”，是用了“迂回修辞法”（“circumlocution”）。

14. **我循……点名**：贝尔纳由本章一一八行开始点名。

16–21. **由第七行……中间分开**：与玛利亚同列，直接坐在玛利亚之下的（直到第七行），是希伯来妇女。这一列妇女，和对面一列（即玫瑰的另一边，即三一至三六行所写的）福灵（也是由上而下），组成两条分界线，把整朵玫瑰的福灵分成两半：一半在基督降临前相信基督会降临，另一半在基督降临后相信基督。也就是说，在希伯来妇女的左边，施洗约翰（又译“洗者约翰”或“若翰·保弟斯大”）、方济、本笃、奥古斯丁的右边，是《圣经·旧约》人物；在希伯来妇女的右边，施洗约翰、方济、本笃、奥古斯丁的左边，是《圣经·新约》人物。

18. **瓣界**：指一行行座位的界线，也就是第二十一行的“神圣的梯阶”。

19–20. **按照他们看待 / 基督的观点**：看他们相信未降临的基督还是相信已降临的基督。

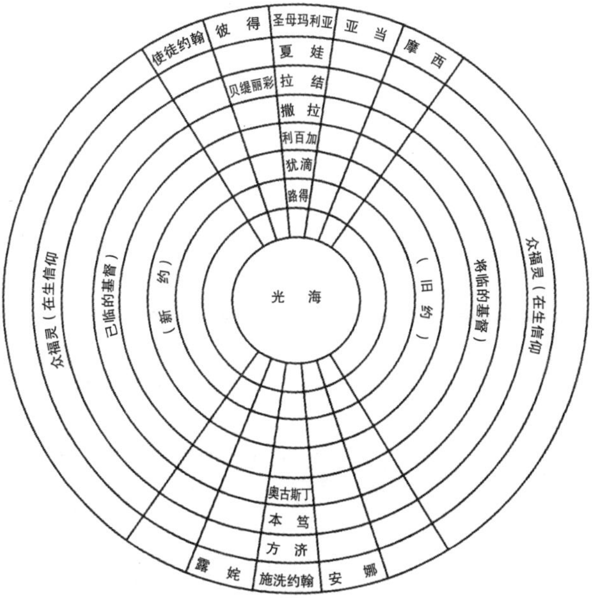

天堂玫瑰示意图

22. **墙壁的一边**：即玛利亚、夏娃、拉结……等人（“墙壁”）的左边，施洗约翰、方济、本笃……等人（也是“墙壁”）的右边。

23. **丽瓣**：指天堂玫瑰里的座位。

23–24. **里面所坐的人，/……带来福禧**：这些人都是《圣经 · 旧约》人物，相信基督会降临。这些人物所处的一边，福灵已满，再无空置的座位。

25. **墙壁的另一边**：指玛利亚、夏娃、拉结……等人（“墙壁”）的右边，施洗约翰、方济、本笃……等人（也是“墙壁”）的左边。这边尚有空置的座位。

28. **在此方**：在圣母玛利亚的一边。**天堂娘娘**：指玛利亚。

29. **该座位和其下的座位**：指玛利亚的座位及同一列中向下的座位。

31. **彼方**：玫瑰中与玛利亚相对的一边。

32. **圣洁的约翰**：约翰的父亲为祭司撒迦利亚，母为以利沙伯。撒迦利亚夫妻年老无子。其后，天使向撒迦利亚预告，说以利沙伯会生下一个儿子，成为弥赛亚的先驱，并吩咐撒迦利亚夫妻给儿子取名约翰。约翰为人圣洁，幼年即隐居旷野，以蝗虫、野蜜充饥。长大后，在约旦河畔讲道，并为人施洗，宣扬“天国近了，你们应当悔改”

的信息。一见耶稣，即视为弥赛亚。后来因抨击犹太君王希律 · 安提帕娶弟媳希罗底而遭杀害。参看 Bosco e Reggio, *Paradiso*, 527; Mattalia, *Paradiso*, 608; Toynbee, 321-22 "Giovanni[1]" 条；《基督教词典》四五八页。在《圣经 · 马太福音》第十一章第十一节里，耶稣这样提到约翰："Non surrexit inter natos mulierum maior Ioanne Baptista."（"凡妇人所生的，没有一个兴起来大过施洗约翰的。"）此外，参看《圣经 · 路加福音》第七章第二十八节。但丁的《神曲》处处都呈结构的对称。天堂玫瑰以玛利亚和约翰为首，中分《圣经 · 旧约》和《圣经 · 新约》人物，也是但丁匠心的安排：两者的一生，都横跨基督降生前和降生后的时间。有关约翰如何圣洁，参看《圣经 · 路加福音》第七章第二十八节："Spiritu Sancto replebitur adhuc ex utero matris suae."（"从母腹里就被圣灵充满了。"）**这大贤挨过荒野**：指约翰曾隐居旷野。

33. **殉过教**：指约翰因抨击犹太统治者希律 · 安提帕而遭杀害。**然后……久等**：基督受难后，即往地狱拯救亡魂。施洗约翰卒于基督受难前两年，也就是说，要在地狱边境（即幽域）等待两年，才获基督拯救。

35. **方济**：参看《天堂篇》第十一章五八至六三行注。**本笃**：参看《天堂篇》第二十二章二八至二九行注。**奥古斯丁**：《天堂篇》第十章一二〇行曾提到奥古斯丁。参看《天堂篇》第十章一一八至一二〇行注。

36. **向这里**：指从上而下，向贝尔纳说话的地方（玫瑰的核心）排列而来。玫瑰的核心在下方。

37. **圣虑**：指上帝的思虑。

38. **信仰的两种形态**：两种形态，一种是相信基督将临，另一种是相信基督已临。

40. **两条界线……中分**：在圆形玫瑰的横向中线，有一行座位把福灵中分。其下的福灵非因本身的信仰而获福，因为他们在心智成长前已离开凡尘。他们获福，是因为他们的父母信仰基督。换言之，这些福灵都是清白无罪的小孩。

44–45. **按心性 / 选择**：按自由意志选择。

45. **脱离躯体的拘禁**：指夭逝。

49–51. **你默不作声……开启**：贝尔纳看出了但丁心中的困惑：这些孩子，既然不因自己的事功而在玫瑰中列坐，地位何以有差等？

53. **偶然**：指偶然性或偶然事件。

54. **绝对……处所**：天国没有偶然，犹天国没有饥渴和忧愁一样。换言之，天国的一切早由上帝的天律订立。

56–57. **结果手指 /……戒指里头**：指一切都恰如其分，毫厘不爽，与手指戴上大小合度的戒指无异。

58–59. **提前从人世 / 进入真生**：指小孩夭逝，提前离开人间，来到天堂（“真生”）。天堂的永生才是真正的生命，所以称“真生”。**真生**：原文为“vera vita”。

60. **非 sine causa**：“sine causa”，拉丁文，直译是“没有”（“sine”）“理由”（“causa”）。“非 sine causa”，“不是没有理由”的意思。

62. **至乐**：福灵到达天堂前，最大的愿望是得瞻上帝的圣颜。现在宏愿得偿，是到了“至乐”之境。**永宁**：到了“至乐”之境，再无他求，乃得享“永宁”。

63. **愿望……延伸**：福灵的最终愿望已经达到，再不会有其他愿望。

65–66. **并且……布施**：参看彼得·郎巴德（Petrus Lombardus）《教父名言录》（*Sententiarum libri quatuor*）III, xxxii, 2: “Electorum ergo alios magis, alios minus dilexit ab aeterno.”（“因此，远自亘古，获选的福灵当中，有的获他的爱宠多些；有的获他的爱宠少些。”）转引自 Vandelli, 1029。

67–69. **这一点……这一观念**：意为：以撒的孪生儿子以扫和雅各，在母亲利百加之腹已经彼此相争；一个讨神厌，一个获神宠。原因何在，非凡智所能解释。参看《圣经·创世记》第二十五章第二十二至二十六节；《圣经·玛拉基书》第一章第二至三节：“Dilexi vos, dicit Dominus, et dixistis: In quo dilexisti nos? Nonne frater erat Esau Iacob? dicit Dominus; et dilexi Iacob, Esau autem odio habui...”（“耶和华说：‘我曾爱你们。’你们却说：‘你在何事上爱我们呢？’耶和华说：‘以扫不是雅各的哥哥吗？我却爱雅各，恶以扫……’”）对于这点，保罗有所阐发。参看《圣经·罗马人书》第九章第十至十六节。

70. **至高的光华**：指上帝的圣光。

72. **按恩典所赐的发色**：按上帝所赐的恩典。

75. **先天的目力**：指与生俱来、能瞻视上帝的目力。

76. **在上古之世**：原文“ne' secoli recenti”，指亚当到亚伯拉罕时期。根据各论者的诠释，自上帝创世之后，上古有两个时期：第一时期始于亚当，终于挪亚；第二时期始于挪亚，终于亚伯拉罕。原文的“recenti”是“最近”“新近”的意思，相对于上帝创世的时间而言。参看 Bosco e Reggio, *Paradiso*, 530; Sapegno, *Paradiso*, 409; Pasquini e Quaglio, *Paradiso*, 560; Singleton, *Paradiso 2*, 545。

79–81. **新的时代……向高天奋进**：大约到了亚伯拉罕时期，由于信仰渐弱，人类受肉欲引诱，婴孩出生就要行割礼，表示信仰上帝。参看阿奎那的 *Summa theologica*, III, q.LXX, a.2。

82.　**到恩典时代降临了下方**：指基督降临后。

84.　**完美的洗礼**：割礼是不完美的洗礼；真正的洗礼才算完美。**下面**：指幽域，即地狱边境。

85–86.　**那张跟基督／最相像的容颜**：指玛利亚的容颜。

88.　**神圣的光灵**：指天使。

89.　**上面**：指玛利亚的容颜。

92.　**最肖上帝的面貌**：指玛利亚的面貌。基督是三位一体中的第二位；玛利亚的面貌最肖儿子（基督）的面貌，等于最肖上帝的面貌。

93.　**神圣的光灵……飞蹑**：天使生来就能在高天飞翔（"飞蹑"）。

94.　**那最先下降的光灵**：指天使长加百列。参看《天堂篇》第二十三章九三至一一一行。

95.　**"Ave Maria, gratia plena"**：拉丁文。直译是："万福玛利亚，充满恩典。"这是圣母领报时，天使加百列所说的话。见《圣经·路加福音》第一章第二十八节："Et ingressus angelus ad eam dixit: Haue gratia plena, Dominus tecum: benedicta tu in mulieribus."（"天使进去，对她说：'蒙大恩的女子，我问你安，主和你同在了！'"）

96.　**在圣颜面前把翅膀展开**：指天使向玛利亚（"圣颜"）致敬。"把翅膀展开"是天使致敬的姿势，可以在基督教的图画中看到。参看《炼狱篇》第十章第四十行。在这里，圣母领报的情景再度展现。

102.　**这里**：指玫瑰的蕊心，也就是玫瑰的底部。

105.　**"使他炽烈如火"**：在《天堂篇》第二十三章第九十四行，但丁曾把加百列比作"火炬"。

108.　**晨星**：即金星。

112.　**神子要忍辱负重**：意为：基督要披上血肉之躯的重量。

113.　**他**：指加百列。

114.　**棕榈叶子**：棕榈叶子象征胜利。

115.　**我的话……紧跟**：意为：请你以视线跟着我的指示移动。

116.　**显赫的贵族**：指坐在玫瑰里的福灵。**帝国**：指上帝的天国。

119.　**天后**：指圣母玛利亚。

121.　**人类的始祖**：指亚当。

122–123.　**由于……痛苦**：由于亚当鲁莽，吃了禁果，犯了原罪，所有子孙都要受苦（"尝尽了痛苦"）。

124.　**圣教的老祖宗**：指天主教的第一位教皇彼得。

126.　**这些钥匙……向他传送**：参看《圣经·马太福音》第十六章第十九节；《地狱篇》第十九章九一至九二行，第二十七章一〇三至一〇五行；《炼狱篇》第九章一一七至一二〇行。

127–130. **坐在他旁边的……来迎娶**：指福音书作者约翰坐在彼得旁边。在《圣经·启示录》里，约翰预言教会将遭受种种苦难。**漂亮的新娘**：指教会。基督教传统常把教会比作基督的新娘。**矛钉**：基督要在十字架上被钉，并且遭利矛捅刺。参看《圣经·约翰福音》第十九章第三十四节："Sed unus militum lancea latus eius aperuit..."（"惟有一个兵拿枪扎他的肋旁……"）

130. **另一人**：指亚当。**那位首领**：指摩西。

131–132. **在他的引导下……活命**：摩西带领以色列人离开埃及，途中以吗哪为粮，才能活命。据《圣经·出埃及记》第十六章第十三至三十五节所载，以色列人获摩西带领，离开埃及往迦南地时，在旷野绝粮，幸好天降白霜似的食物（即"吗哪"）给他们充饥，达四十年之久。**吗哪**：一译"玛纳"；英语 Manna，拉丁语 Manna，希腊语 μάννα，希伯来语 Mān，阿拉伯语 Mann；源出阿拉米语（Aramaic）疑问句 *man hū*（"这是什么"的意思）。参看《基督教词典》页三三七；《圣经·出埃及记》第十六章第十三至三十五节；*The Shorter Oxford English Dictionary on Historical Principles*, "Manna" 条。

133. **安娜**：玛利亚的母亲。

136. **人类全族的元始亲父**：指亚当。

137. **露妩**：参看《地狱篇》第二章九七至九八行注。

137–138. **当日……末路**：指但丁被母狼逼得无路可逃（见《地狱篇》第一章五二至六〇行），露妩敦促贝缇丽彩营救但丁（见《地狱篇》第二章一〇三至一〇八行）。

139. **神游灵境**：原文"t'assonna"，不定式 assonnare, "provocare sonno, far addormentare"（"引起睡意，使人睡"）的意思，见 *Dizionario Garzanti della lingua italiana*, 153。但不是一般所谓的入睡，而是指但丁此刻脱离了凡躯束缚，神游窍外，飞升天宇。不过这珍贵的经验快要结束；不久，但丁就要重返尘世，再受肉体的羁绊。参看《天堂篇》第二十七章六四至六五行："孩子呀，你负着凡俗之体，仍须 / 向下界回归。"（"E tu, figliuol, che per lo mortal pondo/ancor giù tornerai."）；参看《天堂篇》第三十三章三一至三二行："足以求你用祷告给他帮忙，/ 把众霾驱离其肉体。"（"perché tu ogni nube li disleghi/di sua mortalità co' prieghi tuoi."）

140–141. **出色的裁缝 /……裁制**：意为：善于分配时间的人，就像出色的裁缝分配布料一样。

142. **太始的大爱**：原文"primo amore"，直译是"最初（或最早）的爱"，也就是上帝。参看《地狱篇》第三章第六行的"众爱所自出"（"primo

amore”),《天堂篇》第六章第十一行的“大爱”(“primo amor”),《天堂篇》第二十六章第三十八行的“太初之爱”(“primo amore”)。Sapegno(*Paradiso*, 413)指出,《地狱篇》第三章第六行的“众爱所自出”和《天堂篇》第六章第十一行的“大爱”,仅指“三位一体的第三位”(“la terza persona della Trinità”)。

143–144. **能就/本身的力量……耿耿**:能按照本身的能力、本身的福分望入圣光:能力和福分大的,望得深些;能力和福分小的,望得浅些。

146. **不让你……倒退**:参看《炼狱篇》第十一章一四至一五行:“没有甘露,人类在这个荒漠里/越是用力向前,就越会后折。”(“sanza la qual per questo aspro deserto/a retro va chi più di gir s'affanna.”)。

148. **天后**:指圣母玛利亚。

149. **请你跟随我,在后面以敬爱紧靠**:意为:以心(不是以口)在后面跟随我。

第三十三章

贝尔纳向圣母玛利亚祷告，求她给但丁帮忙，让但丁目睹至高的欣悦。圣母听了贝尔纳的祷告后，双眸向永光上驰，为但丁祈求最高的恩典。接着，贝尔纳叫但丁举目上瞻。但丁不等贝尔纳指示，已经抬头仰眺。因为这时候，他的视力已趋澄明，射入了崇高而自真的真光里，向着更深更高处骞举，最后看到了无穷的至善；看见光芒深处，宇宙万物合成三巨册，用爱来订装。凝望间，但丁的目力增强，见高光深邃无边的皦皦本体，出现三个光环；三环华彩各异，却同一大小；第二环映自第一环，第三环如一二环浑然相呼的火焰在流转。但丁向着第二环谛视有顷，在光环本身的华彩上，看到了人类的容颜。但丁苦苦揣摩，仍无法明白，人类的容颜怎能与光环相配而又安于其所。幸亏他的心神被灵光熛然一击，愿望乃垂手而得。至此，但丁的神思再无力上攀；其愿、其志，已见旋于大爱。那大爱，回太阳而动群星。

“童贞之母哇，你儿子也是你父亲；

　你比众生卑微，比众生高贵；

永恒的意旨以你为恒定的中心。
是你，使人性变得崇高巍岿，
使人类的创造者欣然愿意
受人类创造而不觉得卑微。
在你的体内，大爱再度燃起；
借着大爱在永宁中的温煦，
这朵花得以萌发这样的生机。
在这里，你是我们仁爱的火炬，
燃烧于正午；而在下面的凡间，
你是希望的源泉，永远丰裕。
圣母哇，你这么伟大，力量赫显，
谁想获得神恩而不向你祈求，
渴望就不会有翅膀去高骞。
不但祈求的人能获你援救，
常常，世人的祈求仍蕴藏于心，
你的仁爱已经沛然奔流。
你一身蕴含宽恕，蕴含悲悯，
蕴含荡荡洪恩；众生诸善，
都在你一人之身发挥净尽。
这个人，从宇宙最深的坑坎
来到这里，众魂一生的历程，
他已经一个接一个地细览。
现在，他求你惠然赐他大能，
使他的双眸凭借你的恩典
朝着至福继续向高处上升。

而我，要亲身目睹至福的欲念
也从未如此强烈。现在谨奉上
所有的祷告，盼祷告的诚虔
足以求你用祷告给他帮忙，
把众霾驱离其肉体，让他可以
目睹至高的欣悦在眼前显彰。
心想事成的天后哇，我还求你，
在他见过这么奇伟的景象后，
使他的心灵能康强如昔。
庇荫他，以免他受到俗念引诱。
看哪，贝缇丽彩跟芸芸福灵
正为我的祷告向你合手！”
为神所喜、为神所敬的眼睛
望着祷告者——目睹这神态，可知
虔诚的祷告使圣母何等高兴。
之后，圣母的双眸向永光上驰；
在所有生灵之中，再没有谁
能这样深入，并了然向永光谛视。
而这时候，我离欲望之最
已经越来越近，必须把内燎
心中的渴思推向至高的炯辉。
贝尔纳蔼然向我示意微笑，
示意我举目上瞻；不过我无须
等他指示，已经抬头仰眺。
因为这时候，我的视力已趋

澄明，射入了崇高而自真的真光，
此刻正向着更深更高处骞举。
从那时起，我的视力强旺，
所见的伟景，凡语再不能交代；
记忆呢，也禁受不住过盛的辉煌。
如睡者在梦中能视，一旦醒来，
梦中的深情成为仅有的残余，
其他印象，再不能重返脑海，
我的梦境，也几乎完全褪去；
不过梦境酝酿的甜蜜，仍然
继续在我的心里滴注凝聚，
一如雪上的痕迹，因日暖而消残；
又如一张张轻纤的叶子上，
西比拉的预言在风中飘散。
至尊之光啊，你如此迥出万方，
尘界无从想象；在我心眼前，
请你重展当时的部分炯芒，
并且把力量赐给我的语言，
使它能稍微向后世的人
转达你光辉的一点半点；
因为，稍微向我的记忆回臻，
在这些诗句里稍加传扬，
你的显赫就更易为人熟稔。
我承受的活光是那么明亮，
当时如果把眼睛移往他处，

相信眩惑间我会失去方向。
而我记得，正是为了这缘故，
我的勇气增加，凝注不敛，
直到无穷的至善得以目睹。
啊，我借着沛然流布的恩典，
大着胆谛视那永恒之光，
结果凝望全部消耗于炯焰！
在光芒深处，只见宇宙中散往
四方上下而化为万物的书页，
合成了三一巨册，用爱来订装。
各种实体和偶性，以及连接
两者的关系，仿佛熔在一起——
我现在描述的，只是大光的一瞥。
我相信，自己已目睹这总体
呈现的普遍形式，因为我复述
所见时，心中就更觉欣喜。
事后只一瞬，我仿佛已昏睡不寤，
印象比海王二十五个世纪前
惊视阿尔戈船倒影的故事还模糊。
就这样，我全神贯注，两眼
紧紧地凝视着，目不转睛，
越是凝望，心焰就越难收敛。
面对这样的光芒，一个人肯定
不会再愿意把双眸移开，
让视线在其他景物上暂停；

因为善性——愿望的目标所在——
全部聚在光中；万物在光中
就尽善尽美，不然就残缺衰败。
现在，即使把所余印象传诵，
我的言辞也短绌无能；舌头
仍在吮乳的婴儿会比我成功。
其所以如此，并非因为我双眸
凝视的活光不止有一个模样；
因为呀，活光始终是原有结构；
不过，凝望时我的目力增强，
本身有了变化，同一的外表
就在我眼前呈现不同的形象。
在高光深邃无边的皦皦
本体，出现三个光环；三环
华彩各异，却同一大小。
第二环映自第一环，灿然
如彩虹映自彩虹：第三环则如
一二环浑然相呼的火焰在流转。
言语呀，是那么贫乏，不能描述
我的情怀！我的情怀与所见
相比，说“渺小”仍与其小不符。
永恒之光啊，你自身显现，
寓于自身；你自知而又自明；
你自知，自爱，而又粲然自眄！
那光环，因你而诞生成形，

在你体内如反射的光芒；
当我的眼睛对着它谛视有顷，
在光环内，在光环本身的华彩上，
仿佛绘着我们人类的面容。
为了这缘故，我全神贯注地凝望。
像个几何学家把精神尽用，
企图以圆求方，苦苦揣摩
其中的规律，最后仍徒劳无功，
我对着那奇异的景象猜度，
一心要明了，那样的颜容怎么
与光环相配而又安于其所。
可是翅膀却没有胜任的劲翮——
幸亏我的心神获灵光燿然
一击，愿望就这样垂手而得。
高翔的神思，至此再无力上攀；
不过这时候，吾愿吾志，已经
见旋于大爱，像匀转之轮一般；
那大爱，回太阳啊动群星。

注释：

1–2. **童贞之母哇……高贵：童贞之母**：玛利亚以童贞之身生下基督，成为母亲，所以是“童贞之母”。**你儿子也是你父亲**：玛利亚生基督，是神的母亲。基督是神；神创造了玛利亚，因此又是玛利亚的父亲。

Sapegno（*Paradiso*, 416）指出，在基督教的礼拜仪式中，也有类似的说法："genuisti qui te fecit"（"你生下你的创造者"）；"Dei genitrix Virgo"（"神的童贞之母"）。**比众生卑微，比众生高贵**：玛利亚虔诚谦卑，因此比众生卑微；她是神的母亲，因此又比众生高贵。参看《尊主颂》（Magnificat），即《圣经·路加福音》第一章第四十六至五十五节。在这里，但丁指出，玛利亚一人而包含三种对立的特性；三种对立的特性，在一个人当中获得统一。关于这点，Benvenuto（Tomus Quintus, 507）说："colligit simul tres prerogativas, quibus beata Virgo superexcedit naturam humanam; unde videtur tripliciter implicare contradictionem per viam naturae."（〔玛利亚〕同时具备三种特性。借着这三种特性，超越了人性的局限。因此，就自然法则看来，玛利亚一人而包含三种对立特性。）参看 Sapegno, *Paradiso*, 416。本章第一行到三十九行，是贝尔纳对圣母玛利亚的祷告。

3. **永恒的意旨……中心**：上帝的圣虑（"永恒的意旨"），决定让玛利亚以童贞之身感孕而生基督。结果，玛利亚以一人之身，因感孕而洗脱了原罪，是原罪的终点；同时也开启了新纪元，让人类得救。这样看来，玛利亚是上帝圣虑的目标，早在太初，已经由上帝决定，所以说"永恒的意旨以你为恒定的中心"。这一意念，可与《圣经·箴言》第八章第二十二至三十节并观："Dominus possedit me in initio viarum suarum, antequam quidquam faceret a principio...Ab aeterno ordinata sum."（"在耶和华造化的起头，在太初创造万物之先，就有了我。从亘古……我已被立。"）

5–6. **使人类的创造者……不觉卑微**：神是人类的创造者，但基督借玛利亚童贞之身降生而成为人子，成为血肉之躯，又等于神接受人类创造。参看 *Convivio*, IV, V, 5。《圣经·约翰福音》第一章第十四节也说："Verbum caro factum est..."（"道成了肉身……"）彼得·达米安（Petrus Damianus，一〇〇七年至一〇七二年）有类似的说法："（Verbum）fit *factor* et *factura*, creans et creatura."（"〔道〕成为造物者兼造物；既创造，又受造。"）参看 Sapegno, *Paradiso*, 417; Mattalia, *Paradiso*, 624; Pasquini e Quaglio, *Paradiso*, 571。

7. **在你的体内，大爱再度燃起**：亚当犯了原罪后，上帝对人类的大爱受到损害；到玛利亚受圣灵感孕，为救赎人类而生下基督，这大爱才再度燃起。安布罗斯（Ambrosius，约三三九年至三九七年）有类似的说法："in Virginis utero...lilii floris gratia germinabat."（"在贞女的子宫里……百合的恩典萌芽。"）贝尔纳也说："Virginis alveus floruit..., inviolata integra et casta Mariae viscera...florem protulerunt."（"贞女的腹内开花……玛利亚圣洁而完好无玷的子宫……萌发了一朵花。")参看 Sapegno, *Paradiso*, 417。

8. **永宁**：最高天的永恒安宁。

9. **这朵花**：指众福灵所坐的洁白玫瑰。因为有上帝的"大爱在永宁中的温煦"（第八行），才有这朵玫瑰萌发，让众福灵在里面永享天福。

11. **燃烧于正午**：像正午的太阳一样炽盛。

12. **永远丰裕**：永不枯竭。

14. **谁想……祈求**：要获神恩，愿望必须由玛利亚转达。这也是贝尔纳学说的中心思想之一："nihil nos Deus habere voluit, quod per Mariae manus non transiret."（"神的意旨是：非经玛利亚之手，人类就一无所得。"）见 *In vigilia nativitatis*, III, 10（转引自 Pasquini e Quaglio, *Paradiso*, 572; Sapegno, *Paradiso*, 418）。也就是说，玛利亚是人神的中介。

17–18. **常常……奔流**：意为：世人未向你祈求，你已经有所回应，向他们施惠。

22. **这个人**：指但丁。**宇宙最深的坑坎**：指地狱。Anonimo fiorentino（Tomo 3, 609）认为指"罪恶"，有点牵强。

27. **至福**：原文"l' ultima salute"，指直接仰瞻上帝的福分。参看本章第三十三行的"至高的欣悦"（"'l sommo piacer"）；第四十六行的"欲望之最"（"fine di tutt' i disii"）。尤其是第二十二章一二四行："现在，你已经逼近至福之疆。"（"Tu se' sì presso a l' ultima salute."）。在 *Convivio*（IV, XII, 17）里，但丁提到"l' ultimo desiderabile"（"最终的欲求"）。参看 *Summa theologica*, I, q.XII, 1, 5: "In Deo...est ultima perfectio rationalis creaturae, quod est ei principium essendi...omne quod elevatur ad aliquid, quod excedit suam naturam, oportet quod disponatur aliqua dispositione, quae sit supra suam naturam...Cum igitur virtus naturalis intellectus creati non sufficiat ad Dei essentiam videndam, oportet quod ex divina gratia superaccrescat ei virtus intelligendi. Et hoc augumentum virtutis intellectivae illuminationem intellectus vocamus."（"有灵的生物，与神契合才能到达完美的极致；这一境界，是他们生存的首要目标。……凡是超越本身禀赋而飞凌某一境界的，必须获某一力量向这一境界推动，而该力量必须凌驾其所禀的能力。……由于受造的心智生来没有足够的力量瞻视上帝的本体，乃需靠神恩增加本身的理解力。这一理解力的增加，我们称为心智的感悟。"）由于这缘故，贝尔纳乃祈求上帝"赐〔但丁〕大能"（第二十五行）。

28–29. **而我……强烈**：贝尔纳本身，也曾充满瞻视圣颜的渴念（参看《天堂篇》第三十一章一一〇至一一一行）。不过当日的渴念，比不上此刻强烈，可见他如何关怀但丁。

31. **求你……帮忙**：此行再度强调，要获圣恩，必须由玛利亚代为祈求。

32. **众霾**：指凡俗之躯所造成的种种障碍。

33. **至高的欣悦**：参看《天堂篇》第八章第八十六行："这欣喜向你展现处，是众善的始终。"（在原诗为第八十七行："là' ve ogni ben si termina e s' inizia."）此外参看《炼狱篇》第三十一章第二十四行。

35–36. **在他见过……康强如昔**：使见过上帝（"这么奇伟的景象"）后的但丁康强依旧，不会重陷凡尘的罪恶。

40. **为神所喜……眼睛**：指玛利亚的眼睛。

43. **永光**：原文"etterno lume"，指上帝的圣光。

44–45. **在所有生灵之中……谛视**：玛利亚在所有的生灵（包括天使）中，地位最崇高，瞻视圣光时瞻视得最深入。

46. **欲望之最**：指得睹圣光的欲望。参看《炼狱篇》第三十一章二三至二四行："你曾让爱意把你向至善引牵。/至善外，再无他物值得你求索。"（"che ti menavano ad amar lo bene/di là dal qual non è a che s' aspiri."）阿奎那称这一欲望为"ultimus finis humanae voluntatis"（"人类愿望的最终目标"）；"ultimus finis humanae vitae"（"人类生命的最终目标"）。参看 *Summa theologica*, II, II, q.CXXII, 2; q.CLXXXIV, 1。

48. **推向至高的炯辉**：原文（第四十八行）为"finii"。Sapegno（*Paradiso*, 421）指出，在这里，"finii"不再是"结束"，而是"推向高峰""推向极致"的意思。Norton（253）、Sinclair（*Paradiso*, 481）译为"ended"，Sayers（*Paradise*, 344）译为"Quenched", Borchardt（464）译为"endigete"，与 Sapegno 的诠释有别。

53. **崇高而自真的真光**：指圣光。圣光是真光，其他众光只是真光的反映或外射。参看《诗篇》第三十六篇第九节。《约翰福音》第一章第九节称圣光为"vera lux"（"真光"）。圣光不假外求而自明、自真、自善、自美，也就是原文（第五十四行）所说的"da sé è vera"。参看阿奎那 *Summa theologica*, I, q.XVI, 5。

57. **记忆呢……辉煌**：指但丁的记忆再也不能胜任"所见的伟景"（第五十六行）。

66. **西比拉**：希腊文 Σίβυλλα，拉丁文 Sibylla，英文 Sibyl，一般指女预言家或女巫。在这里专指阿波罗在库迈（Κύμη, Cumae）的女祭司。埃涅阿斯曾求她指导，并获她陪伴进入地狱。西比拉的预言写在纤叶上，并且随风飘散。但丁的典故出自《埃涅阿斯纪》第三卷四四一至四五一行：

huc ubi delatus Cumaeam accesseris urbem
divinosque lacus et Averna sonantia silvis,
insanam vatem aspicies, quae rupe sub ima
fata canit foliisque notas et nomina mandat.
quaecumque in foliis descripsit carmina virgo,
digerit in numerum atque antro seclusa relinquit.
illa manent immota locis neque ab ordine cedunt;
verum eadem, verso tenuis cum cardine ventus
impulit et teneras turbavit ianua frondes,
numquam deinde cavo volitantiu prendere saxo
nec revocare situs aut iungere carmina curat...
到了那里，往库迈这个城镇，
往神湖，往林木萧瑟的阿维诺斯湖，
你就会见到一个神巫，在岩洞深处
吟诵命运，把符号和名字写在叶上。
这个女子，把写在叶上的所有诗句
井然有序地排列，并且收藏在洞中。
叶子留在那里，不会移离原位。
可是门枢一转，微飔轻轻一扬，
门开时纤叶被吹散，纷纷在洞里
飘荡，她也懒得去捕捉，懒得
把它们放回原位，或者把诗句重组。

67. **至尊之光**：指上帝的圣光。Torraca (946) 指出，这里的光，是光 (Luce) 本身，而不是光的反射。

69–75. **请你重展……熟稔**：Singleton（*Paradiso 2*, 574）指出，在《地狱篇》第二章第七行、《炼狱篇》第一章第八行，但丁祈呼的对象是缪斯；在《天堂篇》第一章第十三行，但丁祈呼的对象是阿波罗，因为缪斯的力量已不能帮他应付天堂这题材。此刻，到了天堂旅程的最后一刻，到了一切经验的最高峰，阿波罗也不能为功了；因此但丁要向上帝本身祈呼。Singleton 的论断，说明但丁能善用层层递进的手法。这一手法，在诗人选择向导时也可以看到：首先是维吉尔，然后是贝缇丽彩；到了最高天，逼近圣光，连贝缇丽彩也不能为功，要贝尔纳前来帮忙。**光辉的一点半点**：参看《天堂篇》第一章二二至二四行。这里极言但丁的经验非文字或语言所能形容。

79. **为了这缘故**：为了避免让眼睛他移而眩惑，失去获圣恩增强的视力。

80–81. **我的勇气……目睹**：天堂的圣光与凡界的阳光不同：逼视阳光，眼睛会眩惑；借圣恩凝望圣光，视力却会增强，能越望越深。关于这点，Benvenuto 有详尽的阐释。参看 Sapegno, *Paradiso*, 424。

82. **沛然流布的恩典**：指上帝的恩典。

84. **凝望全部消耗于炯焰**：指但丁用尽目力去凝望炯焰。

85–87. **在光芒深处……订装**：在上帝本体的深处，但丁看见时间和宇宙万物，以爱订装在一起，成为三位一体的巨册。也就是说，在神的本体中，书册统一而完整，浑然不可分割；离开神的本体，书册就成为书页，飘散于四面八方，化为宇宙万物。**合成了三一**：原文为"s'interna"（不定式 internarsi），是"farsi trino"（"变成三位一体"）的意思。参看 *Dizionario Garzanti della lingua italiana*, 884。

88. **实体**：指自身存在的一切，诸如天使、人、创造物。**偶性**：即偶有性，指自身不能存在而存在于实体的属性、形态。参看阿奎那 *Summa theologica*, I, q.IV, a.2: "Cum ergo Deus sit prima causa effectiva rerum, oportet omnium rerum perfectiones praeexistere in Deo secundum eminentiorem modum...Et sic quae sunt diversa et opposita in seipsis, in Deo praeexistunt ut unum..."（"所以说，由于神是万物的有效起因，万物的完美状态必须以更显著的方式首先存在于神。……因此，彼此相异、对立的万物，本来都是一体，预先存在于神……"）参看 Torraca, 947-48。

88–89. **连接 / 两者的关系**：原文"costume"，与拉丁文"habitus"同义，指实体和偶性的关系，也就是表现、倾向、性质。"实体""偶性""性质"等用语，源出亚里士多德学说。

90. **我现在描述的，只是大光的一瞥**：指但丁所述，不能道大光的万一。

91–92. **这总体 / 呈现的普遍形式**：指贯注万物的圣思，也就是造物主造物的统一意念。这一意念，存在于造物主的圣虑之中。宇宙万物、时间、空间，都源于这一总体。也就是说，但丁已看到上帝圣思中整个宇宙的构想。对凡眸而言，这一经验简直不可思议，非文字、言语所能描述。

93. **心中就更觉欣喜**：但丁目睹圣思，未知经验真确与否；不过由于心中"更觉欣喜"，于是知道，自己在诗中的复述正确，证明自己真的进入了圣虑的宏谟。参看 Norton, 255。

94–96. **事后只一瞬……还模糊**：这三行的意思，历来的论者有不同的说法，迄今尚无定论。较可信的诠释应该是：但丁所见的景象，远远超出了记忆的负荷能力；一瞬的经验，就叫他欲说无从，比海王二十五个世纪前惊见阿尔戈船倒影的故事还遥远模糊；回顾间，自己仿佛仍“昏睡不寤”。这一意念，本章五五至六六行已有交代。阿尔戈船求取金羊毛的故事，中世纪的人相信发生于公元前一二二三年。参看《地狱篇》第十八章八三至九六行及其注释，《天堂篇》第二章第十六、十七行注。

97–99. **就这样……收敛**：在原诗里，这三行的节奏一顿再顿，强调但丁在全神贯注，越是凝望，就越想凝望："Così la mente mia, tutta sospesa, /mirava fissa, immobile e attenta, /e sempre di mirar faciesi accesa." 译文也设法表现同样的效果。

100–102. **面对这样的光芒……暂停**：参看阿奎那 *Summa theologica*, I-II, q.5, a.4, resp.: "perfecta beatitudo hominis in visione divinae essentiae consistit. Est autem impossibile quod aliquis videns divinam essentiam velit eam non videre...Visio autem divinae essentiae replet animam omnibus bonis, cum coniungat fonti totius bonitatis."（"人的至福在于得睹神的本体。一个人一旦得睹神的本体，再也不想把目光他移。……得睹神的本体后，灵魂就会为万善所充盈，因为借着该经验，灵魂已经与众善之源合而为一。"）

103–105. **因为善性……衰败**：在上帝的圣光中，一切都尽善尽美；在上帝的圣光外，一切都残缺不全。参看 Boethius，*De Consolatione philosophiae*, III, pr.2: "Omnis mortalium cura...ad unum beatitudinis finem nititur pervenire. Id autem est bonum, quo quis adepto nihil ulterius desiderare queat. Quod quidem est omnium summum bonorum cunctaque intra se bona continens, cui si quid abforet, summum esse non posset, quoniam relinqueretur extrinsecus quod posset optari."（"人类都亟欲达到至福境界。那是他们唯一的目标。这境界就是至善；一旦到达这境界，就不可能有别的冀求。至善是众善的极致，其他诸善都包含在内。离开了该境界，就不再是至善，因为至善之外尚有可求。"）参看《天堂篇》第五章一至一二行，第二十六章三一至三三行。

106–107. **现在……短绌无能**：但丁要把圣景的全部宣诸言语，固然不能；要复述留在记忆中的剩余经验，也欲述无从。参看《地狱篇》第三十二章第九行。

107–108. **舌头……比我成功**：此语强调但丁所见的圣景无从宣叙。参看本章六七至七五行，一二一至一二三行。《天堂篇》第三十章八二至八五行也用了婴儿意象。

109–114. **其所以如此……不同的形象**：神的形象始终如故，一点也没有改变。不过但丁凝望时目力增强，眼前的景象乃有所变化，能看得更深、更多。参看阿奎那 *Summa theologica*, I, q.III, 7: "Cum in Deo non sit compositio quantitativarum partium, quia corpus non est; neque compositio formae et materiae...”（“上帝并非由可数的部分组成，因为上帝不是肉体；也非由形态或物质构成。……”）

115. **深邃无边**：在这一瞬，但丁已直接望入了三位一体的圣光深处，所以说“深邃无边”。**皦皦**：明亮的意思。

116. **本体**：原文（一一五行）“sussistenza”，指上帝本身，Sapegno（*Paradiso*，427）的解释是“essenza，sostanza”（相等于英语的essence，substance）。essence一般译“本体”“本质”；substance译“本质”“实体”“本体”。参看本章第八十八行及注释。**三个光环**：指象征上帝的三个位格：圣父、圣子、圣灵。上帝的位格，是“基督教基本教义之一，认为上帝具有理智和意志，能自由活动，与人类发生关系而具有位格和人称的神灵，是独一神。……这三个‘位格’各具有理智和意志，能各自活动，相互区别，但在本性和实体上毫无差异。”见《基督教词典》页四一七“上帝之位格”条。此外，参看*Enciclopedia dantesca*, vol.5, 718-21,“Trinità”条。

117. **华彩各异，却同一大小**：这一描写，充分体现了三位一体的特性（参看第一一六行注中有关“三个光环”的解释。

118. **第二环**：指圣子。**第一环**：指圣父。第二环是第一环的反映，指圣子生自圣父。根据《尼西亚信经》（*Nicene Creed*）的概念，圣子是“光明所生的光”（“lumen de lunine”）。参看Sapegno, *Paradiso*, 427；《基督教词典》页三六三“尼西亚信经”条。

119. **如彩虹映自彩虹**：《天堂篇》第十二章〇至一五行，描写了类似的彩虹意象。**第三环**：指圣灵。圣灵象征大爱，出自圣父和圣子，是圣父对圣子之爱、圣子对圣父之爱，如火焰从两者呼出。

119–120. **则如／浑然相呼的火焰在流转**：原文“parea foco/che quinci e quindi igualmente si spiri”。“相”是“quinci e quindi”的汉译，指圣父和圣子的大爱“呼”（“si spiri”）向彼此。Vandelli（1045）的解释是：“spirato, o procedente così dall’una come dall’altra Persona; egualmente dal Padre e dal Figlio.”（“由三位一体的第一位和第二位彼此相呼、相发；均等地由圣父和圣子呼出、发出。”）Singleton（*Paradiso 2*，582）指出，原文的“spiri”（汉译“呼”，不定式spirare）就像第十章第二行的“spira”（汉译“散发着”，不定式spirare），暗含“爱”的意思。有关圣父、圣子、圣灵的关系，参看《天堂篇》第十章一至四行，《天堂篇》第十三章五五至五七行。Sinclair（*Paradiso*, 486）指出：“The Father, the eternal Begetter of the Son, —the Son, the eternal Word of the Father, 至 the Spirit, the eternal Love, at once the Father’s and the Son’s.”

（“圣父是圣子的永恒创造者；圣子是圣父的永恒之道；圣灵是永恒的大爱，同时属于圣父和圣子。”）Singleton（*Paradiso 2*, 582）指出，意大利原文（一一六行）“giri”的单数“giro”，既指“圆圈”或“环”，也指“旋绕”（“circling”）；表示三位一体恒在运动，也就是说，三者是主动而非被动。在天堂，旋动是理性运行的表现。环或圆圈，象征永恒。“流转”的“火焰”象征大爱的施展。在读者眼前，三个光环同时在运转，无始也无终，而三环之中的第三环，则如“火焰”在“流转”。这样的描写，可谓匠心独运，变哲学、神学为至高的文学境界，非大师不能为。

121–123. **言语呀……不符**：但丁再度强调，所见的圣景（神的三位一体）无从表达。参看本章一〇六至一〇八行。“我的情怀”，指但丁写《天堂篇》的时候对天堂所见的回忆。但丁得睹圣光后，留在记忆里的，只是实景的极小部分，因此一〇六行说“所余印象”。“所余印象”和但丁目睹的实景相比，说“渺小”仍未能形容其渺小。换言之，但丁所能回忆的，简直是无物。

124–126. **永恒之光啊……粲然自哂**：指上帝自身显现，只有自己能包含自己，也只有自己能明了自己。这几行的原文“O luce etterna che sola in te sidi, /sola t'intendi, e da te intelletta/e intendente te ami e arridi!”一再把主题申述，在节奏和句法上往复循环，真正像三个光环在互旋，是意义、音声、韵律合作无间的典型例子。三行汉译，也设法表现同一效果。Torraca（950）指出，这里的呼语，涌溢自心底的惊奇之情。

124. **永恒之光**：指上帝三位一体的圣光。

124–125. **自身显现，/寓于自身**：指上帝自给自足，不假外求，自己包纳自己，不受任何事物包纳。参看《圣经·约翰一书》第一章第五节：“Et haec est adnuntiatio quam audivimus ab eo et adnuntiamus vobis: quoniam Deus lux est, et tenebrae in eo non sunt ullae.”（“神就是光，在他毫无黑暗。这是我们从主所听见、又报给你们的信息。”）；第七节：“...ipse est in luce”（“……神在光明中”）参看 Mazzini, 618。

125. **你自知而又自明**：原文“sola t'intendi, e da te intelletta”。参看《圣经·马太福音》第十一章第二十七节：“nemo novit Filium, nisi Pater; neque Patrem quis novit, nisi Filius.”（“除了父，没有人知道子；除了子……，没有人知道父。”）。《圣经·约翰福音》第十章第十五节：“novit me Pater, et ego agnosco Patrem...”（“……父认识我，我也认识父……”）。*Convivio*, II, V, 11:“〔La luce〕sola se medesima vede compiutamente.”（“只有〔圣光〕本身能看到本身的全部。”）。“自知”，指圣父全面了解圣子；“自明”，指圣子能全面了解圣父。圣父

奥秘渊深，只有圣子能全面了解圣父；圣子也奥秘渊深，只有圣父能全面了解圣子。关于这点，阿奎那（*Summa theologica*, I, q.34, a.I, ad 3）有类似的说法："Pater enim intelligendo se, et Filium, et Spiritum sanctum...concipit Verbum."（"因为，圣父在理解本身、圣子、圣灵间……产生了道。"）。

126. **自爱，而又粲然自哂**：指圣灵发出大爱，显露圣欣。**粲然**：原文"arridi"（不定式 arridere），是"微笑"的意思。

127. **那光环**：指生自第一环的光环，即第二环，也就是圣子基督。参看本章一一八至一一九行。

130–132. **在光环内……凝望**：但丁此刻在全神贯注，凝望在第二环显现的人类容颜，谛视道成肉身（基督披上血肉体而成为人）的至高奥秘。

134. **以圆求方**：原文"misurar lo cerchio"，指求与圆面积相等的正方形。这是自古以来都无从解答的数学难题，由古希腊人提出：设一圆形，半径为 r。作一方形，边长为圆形圆周率的平方根，面积与圆形相等。在这里，但丁旨在说明，凡智无从测度神智。"misurar lo cerchio"，意大利语又叫"il problema della quadratura del circolo"，英语为"square the circle"，引申为妄图做不可能的事情。参看 Mazzini, 618; Sayers and Reynolds, *Paradise*, 349。

137–138. **一心要明了……安于其所**：意为：一心要明白，人的容颜（即基督的容颜）何以能安处于第二个光环内。也就是说，人性何以与神性合一；基督何以既是神，又是人。参看《天堂篇》第二章四〇至四五行；Mazzini, 618。但丁认为，神性和人性合而为一的现象是个公理，不言而喻，也不必论证。**安于其所**：原文"s'indova"（不定式 indovarsi），是但丁所创，源出 dove（dove 本属副词，在这一结构中作名词用，是"地点"的意思）。dove 作名词用，已有先例可援。见《天堂篇》原文第三章第八十八行，第十二章第三十行。

139. **可是……劲翮**：但丁在这里再用翅膀意象，说明人的想象或理解有局限，无从明白道成肉身的奥秘。类似的翅膀意象，已见于《炼狱篇》第二十七章一二三行，《天堂篇》第二十五章第五十行。

140–141. **幸亏……垂手而得**：但丁的心智无从理解道成肉身的奥秘，幸亏神恩刹那间给他启迪，让他在直觉的视境中（"获灵光燿然一击"），像其他福灵一样，得享天悦，且终于了解基督教最博大、最高深的教义（人性和神性何以能合而为一；人类的容颜，何以能与第二个光环相配而又安于其所）。由于但丁获神恩启迪，飞臻这智慧境界时乃能快如电闪，毫不费力（"垂手而得"）。Torraca（951）引波拿文都拉的说法，指出基督披上血肉体如何神奇：基督是太始，也是终极；是最高，也是最低；是圆周，也是圆心；是阿尔法，也是奥梅伽；是果，也是因；是创造者，也是被造者。Singleton（*Paradiso 2*，585）指出，向上帝朝圣的人，拉丁文称为"viator"（"旅人"；获得永福的人，称为"comprehensor"〔"了悟者"〕。但丁借神恩之助，电光火石间由 viator 变为 comprehensor，达到了人智不能到达的奥境。

142. **高翔的神思**："神思"，原文为"fantasia"，一般意汉词典译为"想象""想象力"（见《意汉词典》页二九五至二九六）。不过，"想象"通常指"创造意象"的能力；在但丁的《神曲》里，"fantasia"却指"接收意象"的能力，是智力和可感事物的中介。也就是说，"fantasia"接收了可感事物的意象，再传给智力，让智力去理解。为了标示"fantasia"所指的不同功能，译为"神思"似乎更恰当。参看 Sapegno, *Paradiso*, 429; Torraca, 951-52。"神思"而称"高翔"，是因为它要接收的是至高的经验。参看《炼狱篇》第十七章第二十五行的"alta fantasia"（"高妙的神思"）。**至此再无力上攀**：但丁（*Convivio*, III, IV, 9）所说，可以解释"神思"为什么"无力上攀"："nostro intelletto, per difetto de la virtù da la quale trae quello ch'el vede, che è virtù organica, cioè la fantasia, non puote a certe cose salire（però che la fantasia nol puote aiutare, ché non ha lo di che）, sì come sono le sustanze partite a material..."（"智力所视，来自神思。这一能力是有机的能力。我们的智力缺乏这一能力，就不能升到理解某些事物的境界〔因为神思力穷，不能给予帮忙〕，一如实体脱离了物质……"）。到了这样的至高境界，但丁已不能用言语或文字来形容亲历的经验。

143–144. **吾愿吾志，已经 / 见旋于大爱**：但丁的愿望和意志，已经获上帝（"大爱"）旋动。参看阿奎那 *Summa theologica*, I-II, q.3, a.4, resp: "Sic igitur essentia beatitudinis in actu intellectus consistit; sed ad voluntatem pertinet delectatio beatitudinem consequens..."（"因此，至福的精髓在于理智的运动；不过随着至福而来的欣悦则属意志的范畴……"）。参看《天堂篇》第十五章七三至七五行，《天堂篇》第二十八章一〇九至一一一行。

144. **像匀转之轮一般**：但丁要瞻视圣光、享受圣光的愿望和意志已经达到，就像轮子获得平衡，在至高的视境（认识上帝）、至高的福慧、至高的欣悦中由外来的力量旋动，和谐而均匀。

145. **那大爱……群星**：指上帝的大爱推动太阳和群星（也就是宇宙万物）。上帝的大爱是万爱之始，把大能传诸所有天体，是所有天体的原动力。这行的原文为"l'amor che move il sole e l'altre stelle"，一方面与《天堂篇》第一章第一、二行的"La gloria di colui che tutto move/per

l'universo..."（"万物的推动者，其荣耀的光亮 / 照彻宇宙……"）相呼应，一方面像《地狱篇》和《炼狱篇》的末行一样，以"stelle"（"群星"）收结整行、整章，以至整篇。Bosco e Reggio（*Paradiso*, 554）征引 Castelli，指出这行的主题与《圣经·加拉太书》第二章第二十节相近："Vivo autem iam non ego, vivit vero in me Christus..."（"现在活着的不再是我，乃是基督在我里面活着……"）。提到《天堂篇》第三十三章时，艾略特说："《天堂篇》末章，在我看来，是有史以来诗歌所臻的顶点；也可以说，是任何时候，诗歌可臻的极致。"（"the last canto of the Paradiso...is to my thinking the highest point that poetry has ever reached or ever can reach..."）参看 Eliot, *Selected Essays*, 251。那么，读完本章，《神曲》读者已到达一切诗歌的珠穆朗玛峰之巅，可以一览万山小了。

参考书目

意大利语

但丁原著（按编者/注者/评者姓名字母序）

Barbi, M., E.G.Parodi, F.Pellegrini, E.Pistelli, P.Rajna, E.Rostagno, e G.Vandelli. Dante Alighieri. *Le opere di Dante: testo critico della Società Dantesca Italiana*. II edizione. Firenze: Nella sede della Società, 1960.

Beneforti, Celestina, a cura di. Dante Alighieri. *Inferno: canti scelti*. Classici Italiani per Stranieri. Roma: Bonacci Editore, 1996.

——, a cura di. Dante Alighieri. *Purgatorio: canti scelti*. Classici Italiani per Stranieri. Roma: Bonacci Editore, 1996.

——, a cura di. Dante Alighieri. *Paradiso: canti scelti*. Classici Italiani per Stranieri. Roma: Bonacci Editore, 1996.

Bianchi, Enrico, con il commento di. Dante Alighieri. *La Divina Commedia*. Firenze: Casa Editrice Adriano Salani, n.d.

Bosco, Umberto, e Giovanni Reggio, a cura di. Dante Alighieri.La Divina Commedia.3 vols.1: Inferno; 2: Purgatorio; 3: Paradiso.Firenze: Le Monier, 1979.

Camerini, Eugenio, a ura di. Dante Alighieri. *La Divina Commedia*. Illustrata da Gustavo Doré e dichiarata con note tratte dai migliori commenti. Milano: Casa Editrice Sonzogno, n.d.

Campi, Giuseppe, a cura di. Dante Alighieri. *Divina Commedia di Dante Alighieri*. 3 vols. *1: Inferno; 2: Purgatorio; 3: Paradiso*. Torino: Unione Tipografico-Editrice, 1888-1891.

Chiappelli, Fredi, a cura di. Dante Alighieri. *La Divina Commedia*. Terza edizione. Milano: U.Mursia, 1972.

Chiari, Alberto (introduzione e indice analitico di), e Giuseppina Robuschi (note di). Dante Alighieri. *La Divina Commedia*. n.p.: Bietti, 1974.

Chimenz, Siro A., a cura di. Dante Alighieri. *La Divina Commedia di Dante Alighieri*. Torino: Unione Tipografico-Editrice Torinese, n.d.

Fraticelli, Pietro, col comento di. Dante Alighieri. *La Divina Commedia*. Firenze: G.Barbera, Editore, 1892.

Garboli, Cesare, a cura di. Dante Alighieri. *La Divina Commedia*, le Rime, *i versi della Vita Nuova e le canzoni del Convivio*. Parnaso italiano: crestomazia della poesia italiana dalle origini al Novecento II. Quinta edizione. Torino: Giulio Einaudi Editore, 1954.

Grandgent, C.H., ed. and annotated. Dante Alighieri. *La Divina Commedia di Dante Alighieri*. Boston: D.C.Heath and Company, 1933.

Leonardi, Anna Maria Chiavacci, con il commento di. Dante Alighieri. *Commedia*. 3 vols.*1: Inferno; 2: Purgatorio; 3: Paradiso*. Milano: Arnoldo Mondatori, 1991-1997.

Mattalia, Daniele, a cura di. Dante Alighieri. *La Divina Commedia*. 3 vols.*1: Inferno; 2: Purgatorio; 3: Paradiso*. Milano: Biblioteca Universale Rizzoli, 1999.

Mazzini, Giuseppe, con un discorso di. Classici italiani. Dante Alighieri. *La Commedia*. Novissima biblioteca diretta da Ferdinando Martini. Serie I. Volume VII. Milano: Istituto Editoriale Italiano, n.d.

Momigliano, Attilio, commento di. Dante alighieri. *La Divina Commedia*. 3 vols.*1: Inferno; 2: Purgatorio; 3: Paradiso*. Firenze: G.C.Sansoni-Editore, 1971.

Moore, E., a cura di. Dante Alighieri. *Le opere di Dante Alighieri*. Quinta edizione. Oxford: Nella Stamperia dell'Università, 1963.

Niccolini, Gio. Batista, et al., ed. Dante Alighieri. *La Divina Commedia*. Firenze: Felice Le Monnier e Compagni, 1837.

Pasquini, Emilio, e Antonio Quaglio, a cura di. Dante Alighieri. *Commedia*. 3 vols. *1: Inferno; 2: Purgatorio; 3: Paradiso*. Italia: Garzanti, 1986.

Petrocchi, Giorgio. Dante Alighieri. 5 vols. *La Commedia*. Italia: Arnoldo Mondadori Editore, 1966.

Pietrobono, Luigi, a cura di. Dante Alighieri. *La Divina Commedia*. 3 vols. *1: Inferno; 2: Purgatorio; 3: Paradiso*. Quarta edizione. Torino: Società Editrice Internazionale, 1983.

Porena, Manfredi, e Mario Pazzaglia, a cura di. Dante Alighieri. Classici italiani, collana diretta da Walter Binni. *Dante: opere*. Bologna: Zanichelli, 1966.

Risset, Jacqueline (prefazione a *La Divina Commedia*) e Peter Dreyer (presentazione e commenti ai disegni di Botticelli). *La Divina Commedia Dante Alighieri: Illustrazioni Sandro Botticelli*. Paris: Diane de Selliers, Éditeur, 1996

Rossi, Vittorio, commentata da. Dante Alighieri. *La Divina Commedia: I L'Inferno*. Biblioteca classica italiana. Napoli/Geneva/Firenze/Città di Castello: Società Editrice Francesco Perrella, n.d.

Rossi, V., e S.Frascino, commentata da. Dante Alighieri. *La Divina Commedia di Dante Alighieri: Purgatorio*. Terza editione. Roma/ Napoli/Città di Castello: Società Editrice Dante Alighieri, 1956.

Rossi, V, e S.Frascino, commentata da. Dante Alighieri. *La Divina Commedia di Dante Alighieri: Paradiso*. Seconda editione. Roma/Napoli/Città di

Castello: Società Editrice Dante Alighieri, 1956.

Salinari, Carlo, et al., a cura di. Dante Alighieei. *La Divina Commedia*. 3 vols. *1: Inferno; 2: Purgatorio; 3: Paradiso*. Roma: Editori Riuniti, 1980.

Sapegno, Natalino, a cura di. Dante Alighieri. *La Divina Commedia*. 3 vols. *1: Inferno; 2: Purgatorio; 3: Paradiso*. Firenze: La Nuova Italia, 1997.

Steiner, Carlo, commento di. Dante Alighieri. *La Divina Commedia*. 3 vols. *1: Inferno; 2: Purgatorio; 3: Paradiso*. Torino/Milano/Padova/Bologna/Firenze/Pescara/Roma/Napoli/Bari/Palermo: G.B. Paravia & C., 1960.

Tommaseo, Niccolo. Dante Alighieri. *Commedia di Dante Alighieri*. 3 vols. *1: Inferno; 2: Purgatorio; 3: Paradiso*. Milano: Francesco Pagnoni, Tipografo Editore, 1869.

Torraca, Francesco, nuovamente commentata da. Dante Alighieri. *La Divina Commedia di Dante Alighieri.* Settima edizione riveduta e corretta. Milano/Genova/Roma/Napoli: Società Editrice Dante Alighieri, 1930.

Vandelli, G., curata da. Dante Alighieri. *La Divina Commedia: riveduta nel testo e commentata da G A. Scartazzini*. Quinta edizione. Milano: Ulrico Hocpli Editorc-Libraio dclla Rcal Casa, 1907.

Venturi, P. Pompeo, a cura di. Dante alighieri. *La Divina Commedia di Dante Alighieri*. 3 vols. *1: Inferno; 2: Purgatorio; 3: Paradiso*. Firenze: Presso Leonardo Ciardetti, 1821.

Villaroel, Giuseppe, a cura di. Dante Alighieri. *La Divina Commedia*. 3 vols. *1: Inferno; 2: Purgatorio; 3: Paradiso*. Milano: Arnoldo Mondadori Editore, 1985.

有关但丁生平、但丁作品的评论及工具书（按著者 / 编者姓名字母序；常见词典则按书名字母序）

Alighieri, Jacopo di Dante. *Chiose alla cantica dell'Inferno di D.Alighieri scritte da Jacopo Alighieri*, pubbli. per cura di Jarro (G.Piccini). Firenze: 1915.

Alighieri. Pietro di Dante. *Il《Commentarium》di Pietro Alighieri nelle redazioni Ashburnhamiana e Ottoboniana*. Trascrizione a cura di Roberto della Vedova e Maria Teresa Silvotti. Nota introduttiva di Egidio Guidubaldi. Firenze: Leo S. Olschki Editore, 1978.

——.*Petri Allegherii super Dantis ipsius genitoris Comoediam Commentarium*, a cura di V. Nannucci. Firenze, 1845.

Anonimo fiorentino. *Commento alla* Divina Commedia *d'Anonimo fiorentino del secolo XIV*. Stampato a cura di Pietro Fanfani. 3 vols. Bologna: Presso Caetano Romagnoli, 1866.

Barbero, E., compilato da. *Indice alfabetico della* Divina Commedia. Giusta il testo curato dal Cav. G. Campi. Torino: Unione Tipografico-Editrice, 1893.

Barbi, M. *Vita di Dante*. Firenze: G. C. Sansoni Editore, 1965.

Boccaccio, Giovanni. *Il comento alla* Divina Commedia *e gli altri scritti intorno a Dante*. A cura di Domenico Guerri. 3 vols. Bari: Gius, Laterza & Figli, 1918.

——.*La vita di Dante*. Ed. Macri-Leone. Firenze, 1888.

Croce, Benedettto. *La poesia di Dante*. Bari: Gius. Laterza & Figli, 1966.

Cusatelli, Giorgio. *Dizionario Garzanti della lingua italiana*. Milano: Aldo Garzanti Editore, 1980.

D I I Dizionario Inglese-Italiano. Italiano-Inglese. In Collaborazione con Oxford University Press. Oxford/Torino: Oxford University Press/ Paravia Bruno Mondadori Editore, 2001.

Enciclopedia dantesca. Ed. Umberto Bosco et al. 5 vols., appendice. Roma: Istituto della Enciclopedia Italiana, 1970-1978.

Esposito, Enzo. "Traduzioni di opere dantesche" , in Umberto Parricchi, a cura di, *Dante* (Roma: De Luca Editore, 1965), 257-72.

Fallani, Giovanni. *Dante: poeta teologo*. Milano: Marzorati-Editore, 1965.

Fubini, M., e Bonora, a cura di. *Antologia della critica dantesca*. Seconda edizione. Torino: Petrini, 1966.

Getto, Giovanni, a cura di. *Letture dantesche*. Seconda edizione. 3 vols. Firenze: Sansoni, 1968-1970.

Giannantonio, Pompeo. *Dante e l'allegorismo*. Firenze: Leo S. Olschki Editore, 1969.

Macchi, Vladimiro, realizzato dal Centro Lessicografico Sansoni sotto la direzione di. *Dizionario delle lingue italiana e inglese*. I grandi dizionari Sansoni. Parte Prima: italiano-inglese. Parte Seconda: inglese-italiano. Firenze: Sansoni Editore, 1989.

Merlante, Riccaxdo. *Il Dizionario della Commedia di Riccardo Merlante*. Prima edizione. Bologna: Zanichelli, 1999.

Montanari, Fausto. *Il mondo di Dante*. Roma: Edindustria Editoriale, 1966.

Montanelli, Indro. *Dante e il suo secolo*. Milano: Rizzoli, 1968.

Montano, Rocco. *Storia della poesia di Dante*. 2 vols. Napoli: Quaderni di Delta, 1962.

Nardi, Bruno. "Sviluppo dell'arte e del pensiero di Dante" , in *Dante*, a cura di Umberto Parricchi (Roma: De Luca Editore, 1965), 91-109.

Orlandi, Giuseppe. *Dizionario italiano-inglese. inglese-italiano*. Nuova edizione riveduta e corretta. Milano: Carlo Signorelli Editore, 1952.

Orlando, Ambrogio, a cura di. *La Commedia di Dante distribuita per materia*. Firenze: Sansoni, 1965.

Pagliaro, Antonino, a cura di. *La Divina Commedia nella critica: introduzione e saggi scelti ad uso delle scuole*. 3 vols. Messina/Firenze: Casa Editrice G. d'Anna, 1968.

Paratore, Ettore. "Dante e il mondo classico" , in *Dante*, a cura di Umberto Parricchi (Roma: De Luca Editore, 1965), pp. 109-129.

Parodi, E.G. *Poesia e storia nella* Divina Commedia: *studi critici*. Nuova biblioteca di letteratura, storia ed arte diretta da Francesco Torraca IX. Napoli: Società Anonima Editrice F. Perrella, 1920.

Parricchi, Umberto. *Dante*. Roma: De Luca Editore, 1965.

——.*Petri Allegherii super Dantis ipsius genitoris Comoediam Commentarium*, a cura di V. Nannucci. Firenze, 1845.

Petrocchi, P. *Novo dizionario scolastico della lingua italiana dell' uso e fuori d' uso*. Nova edizione riveduta da Manfredo Vanni. Milano: Garzanti Editore, 1954.

Pietrobono, Luigi. *Dal centro al cerchio: la struttura morale della* Divina Commedia. Seconda edizione. Torino: Società Editore Internazionale, 1956.

——.*Nuovi saggi danteschi*. Torino: Società Editrice Internazionale. Prati, Angelico. *Vocabolario etimologico italiano*. Torino: Garzanti, 1951.

Ricci, Lucia Battaglia. *Dante e la tradizione letteraria medievale: una proposta per la* 《Commedia》. Bibliotechina di studi, ricerche e testi. Collezione diretta da Giorgio Varanini. II. Pisa: Giardini Editori e Stampatori, 1983.

Sanctis, Francesco de. *Lezioni e saggi su Dante*. A cura di Sergio Romagnoli. Seconda edizione riveduta. Torino: Giulio Einaudi, 1967.

Scartazzini, G. A. *Enciclopedia dantesca: dizionario critico e ragionato di quanto concerne la vita e le opere di Dante Alighieri*. 3 vols. Milano: Ulrico Hoepli, 1896.

Villani, Giovanni. *Cronica di Giovanni Villani: a miglior lezione ridotta coll' aiuto de' testi a penna*. 8 vols. Firenze: Per Il Magheri, 1823.

Zingarelli, Nocola. *Vocabolario della lingua italiana*. Settima edizione. Bologna: Nicola Zanichelli Editore, 1950.

其他外语

《神曲》译本（按译者姓名字母序）

（一）英语译本

Anderson, Melville B., trans. Dante Alighien. *The Divine Comedy of Dante Alighieri*. World Classics Series. 3 vols. *1: Inferno; 2: Purgatorio; 3: Paradiso*. London: Oxford University Press, 1923-1929.

Bergin, Thomas G., trans. Dante Alighieri. *The Divine Comedy*. New York: Grossman Publishers, 1969.

Bickersteth, Geoffrey L., trans. Dante Alighieri. *The Divine Comedy of Dante Alighieri*. Aberdeen: Aberdeen University Press, 1955.

Binyon, Laurence, trans. Dante Alighieri. *The Divine Comedy*. In *The Portable Dante*. Ed. Paolo Milano. New York: The Viking Press, 1947.

Carlyle-Okey-Wicksteed, trans. Dante Alighieri. *The Divine Comedy of Dante Alighieri*. New York: Vintage Books, 1959.

Cary, Henry Francis, trans. Dante Alighieri. *The Vision of Dante*. Popular Edition. London/Paris/Melbourne: Cassell&Company Limited, 1892.

——, trans. Dante Alighieri. *Purgatorio and Paradiso*. New York: South Park Books, 1988.

Ciardi, John, tran. Dante Alighieri. *The Inferno*. New York: Mentor, 1982.

——, trans. Dante Alighieri. *The Purgatorio*. New York: Mentor, 1961.

——, trans. Dante Alighieri. *The Paradiso*. New York: Mentor, 1970.

Durling, Robert M., trans. Dante Alighieri. *The Divine Comedy of Dante Alighieri*. Vol.1: *Inferno*. New York: Oxford University Press, 1996.

Halpern, Daniel, ed. Dante Alighieri. *Dante's Inferno: Translations by Twenty Contemporary Poets*. Hopewell: Ecco Press, 1993.

Longfellow, Henry Wadsworth, trans. Dante Alighieri. *The Divine Comedy of Dante Alighieri*. 3 vols. *1: Inferno; 2: Purgatorio; 3: Paradiso*. London: George Routledge & Sons, Ltd.; New York: E .P. Dutton and

Company; 1900.

Mandelbaum, Allen, trans. Dante Alighieri. *The Divine Comedy of Dante Alighieri: A Verse Translation*. 3 vols. *1: Inferno; 2: Purgatorio; 3*; *Paradiso*. New York: Bantam Books, 1980-1984.

Musa, Mark, trans. Dante Alighieri. *The Divine Comedy*. 3 vols. *1: Inferno; 2: Purgatory; 3: Paradise*. London: Penguin Books.1984-1986.

Norton, Charles Eliot, trans. Dante Alighieri. *The Divine Comedy of Dante Alighieri*. Complete edition (3 vols. in one). Boston/New York/Chicago/Dallas/Atlanta/San Francisco: Houghton Mifflin, 1941.

Sayers, Dorothy L., and Barbara Reynolds. Dante Alighieri. *The Comedy of Dante Alighieri the Florentine*. 3 vols. Cantica I: *Hell*, trans. Dorothy Sayers; Cantica II: *Purgatory*, trans. Dorothy Sayers; Cantica III: *Paradise*, trans. Dorothy Sayers and Barbara Reynolds. Harmondsworth: Penguin Books, 1949-1962.

Sinclair, John D., trans. Dante Alighieri. *The Divine Comedy*. 3 vols. *1: Inferno; 2: Purgatorio; 3: Paradiso*. London: 1971.

Singleton, Charles S., trans., with a commentary. Dante Alighieri. *The Divine Commedy*. 3 vols. (6 parts). *Inferno 1: Text; Inferno 2: Commentary; Purgatorio 1: Text; Purgatorio 2: Commentary; Paradiso 1: Text; Paradiso 2: Commentary*. Bollingen Series LXXX. Princeton, New Jersey: Princeton University Press, 1989-1991.

Sisson, C.H., trans. Dante Alighieri. *The Divine Comedy*. Oxford: Oxford University Press, 1993.

Zappulla, Elio, trans. Dante Alighieri. *Inferno*. New York: Pantheon Books, 1998.

（二）法语译本

Fiorentino, Pier-Angelo, trans. Dante Arlghieri. *La Divine Comédie de Dante Alighieri*. Traduction nouvelle accompagnée de notes. Douzième édition. Paris: Librairie Hachette et Cie, 1881.

Masseron, Alexandre, trans. Dante Atighieri. *La Divine Comédie*. 3 vols. *1: Enfer; 2: Purgatoire; 3: Paradis*. Avec les desins de Botticelli. n.p.: Le club français du livre, 1954.

Montor, d'Artur de, trans. Dante Alighieri. *La Divine comédie*. n.p.: Paul Brodard: 1900.

Morel, C., ed. Dante Alighieri. *Les plus anciennes traductions françaises de la* Divine Comédie. Paris: Librairie Universitaire, 1897.

Risset, Jacqueline, trans. Dante Alighieri. *La Divine Comédie*. 3 vols. *1: L'Enfer; 2: Le Purgatoire; 3: Le Paradis*. Paris: G. F. Flammarion, 1992.

Rivarol.trans. Dante Alighieri. *L'Enfer*. Traduction de meilleurs auteurs anciens et modernes. Paris: Librairie de la bibliothèque nationale, 1880.

（三）德语译本

Borchardt, Rudolf, übersetzt von. Dante Alighieri. *Dantes Comedia Deutsch*. Stuttgart: Ernst Klett Verlag, 1967.

George, Stefan, übersetzt von. Dante Alighieri. *Dante göttliche Komödie*. Vierte erweiterte Auflage. Berlin: George, Bondi, 1925.

Gmelin, Hermann, übersetzt von. Dante Alighieri. *Die göttliche Komödie*. Italienisch und deutsch. 3 vols. *1: Die Hölle; 2: Der Läuterungsberg; 3: Das Paradies*. Stuttgart: Verlag von Ernst Klett, 1949.

Kannegießer, Karl Ludwig, übersetzt von. Dante Alighieri. *Die göttliche Komödie des Dante Alighieri*. 3 vols. Leipzig: Brockhaus, 1873.

Philalethes, übersetzt von. Dante Alighieri. *Dante's göttliche Komödie*. Berlin: Wilhelm Borngräber, n.d.

（四）拉丁语译本

Serravalle, Fratris Iohannis de. Dante Alighieri. *Translatio et comentum totius libri Dantis Aldigherii*. Cum textu italico Fratris Bartholomaei a

Colle nunc primum edita. Prati: Ex Officina Libraria Giachetti, Filii et Soc., 1891.

（五）西班牙语译本

Arce, Joaquín, trans. Dante Alighieri. *La Divina Comedia*. Barcelona: Ediciones Nauta, 1968.

Crema, Edoardo, trans. Dante Alighieri. *Dante*. Colección "Aniversarios Culturales". Caracas: Universidad Central de Venezuela, 1966.（节译）

Mitre, Bartolomé, trans. Dante Alighieri. *La Divina Comedia*. Traducción en verso. Biblioteca Mundial Sopena. Buenos Aires: Editorial Sopena, 1938.

（六）意大利威尼斯方言译本

De Giorgi, Luigi, Ricantata in dialetto veneziano. Dante Alighieri. *La* Divina Commedia *di Dante Alighieri*. Parma: Studio Editoriale della Stamperia Bodoniana, 1929.

（七）意大利罗马亚方言译本

Soldati, Luigi, tradotta in romagnolo da. Dante Alighieri. *La Comégia* (*La Divina Commedia*). Ravenna: Longo Editore, 1982.

但丁其余作品译本（按译者姓名字母序）

Cirigliano, Marc, trans. Dante Alighieri. *The Complete Lyric Poems of Dante Alighieri*. New York: The Edwin Mellen Press, 1997.（英语译本）

Marigo, Aristide. Dante Alighieri. *De vulgari eloquentia*. *Opere di Dante*, Volume VI. Ridotto a miglior lezione e commentato. Firenze: Felice le Monnier, 1938.（意大利语译本）

Reynolds, Barbara, trans. Dante Alighieri. *La Vita Nuova*. Harmondsworth: Penguin Books, 1969.（英语译本）

Rossetti, Dante Gabriel, trans.Dante Alighieri.The New Life.n.p.: The

National Alumni, 1907.（英语译本）

Shaw, Prue, trans. and ed. Dante Alighieri. *Monarchia*. Cambridge: Cambridge University Press, 1995.（英语译本）

Volpe, Angelo Camillo, trans. Dante Alighieri. *Monarchia*. Istituto di Filologia Romanza della R. Università di Roma. Studi e Testi. Modena: Società Tipografica Modenese, 1946.（意大利语译本）

其他参考书（按著者 / 编者姓名字母序；常见词典、学报则按书名字母序）

A Dicgonary of Philosophy. Ed. Jennifer Speake. London: Pan Books, 1979.

Aquinas, Thomas. *Summa contra Gentiles*. Libri quatuor. Roma: Typographia Forzanii et Socii, 1888.

——.*Summa theologica*. De Rubeis, Billuart et aliorum notis selectis ornata. Editio XXII. 5 vols. Roma: Domus Editorialis Marietti, 1940.

Augustinus, Aurelius〔Augustine, Saint〕. *Ad Marcellinum De civitate Dei contra paganos*〔*The City of God Against the Pagans*〕. With an English translation by George E. McCracken et al. 7 vols. Loeb Classical Library. London: William Heinemann; Cambridge, Massachusetts: Harvard University Press; 1957.

——.*Confessiones*〔*Confessions*〕. with an English translation by William Watts. Loeb Classical Library. London: William Heinemann; New York: G. P. Putnam's Sons; 1919.

Baldick, Chris. *The Concise Oxford Dictionary of Literary Terms*. Oxford/New York: Oxford University Press, 1990.

Barnes, John C., and Jennifer Petrie. *Word and Drama in Dante: Essays on the* Divina Commedia. Dublin: Irish Academic Press, 1993.

Barolini, Teodolinda. *Dante's Poets: Textuality and Truth in the* Comedy. Princeton, New Jersey: Princeton University, 1984.

——.*The Undivine Comedy: Detheologizing Dante*. Princeton, New Jersey:

Princeton University Press, 1992.

Benvenuto（da Imola）〔Benevenuti de Rambaldis de Imola〕. *Comentum super Dantis Aldighierij Comoediam*, nunc primum integre in lucem editum, sumptibus Guilielmi Warren Vernon, curante Jacobo Philippo Lacaita. 5 vols. Firenze〔Florentiae〕: Typis G. Barbèra, 1887.

Bergin Thomas G., ed. *From Time to Eternity: Essays on Dante's* Divine Comedy. New Haven: Yale University Press, 1967.

Biblia sacra.Juxta Vulgatam versionem. Rec. et brevi apparatu instruxit Robertus Weber〔Robert Weber〕. Stuttgart: Württembergische Bibelanstalt, 1969.

Biblia sacra vulgatae edtionis, Sixti V et Clementis VIII jussu recognita atque edita. London: S. Bagster, 1890.

Biblia sacra vulgatae editionis Sixti V Pontificis Maximi jussu recognita et Clementis VIII auctoritate edita. Nova editio accuratissme emendata. Archiepiscopo parisiensi approbata. Paris: Librairie Garnier Frère, 1922.

Boethius. *De consolatione philosophiae*. Ed. Georgivs D. Smith. Libri quinqve. Londini: Burns Oates & Washbourne Ltd., 1925.

——.*La consolazione della filosofia*〔*Philosophiae consolatio*〕. Introduzione, testo, traduzione e note a cura di Raffaello del Re. Scriptores Latini. Collana di scrittori latini ad uso accademico diretta da Antonio Traglia 8. Roma: Edizioni dell'Ateneo, 1968.

Boyde, Patrick. *Perception and Passion in Dante's* Comedy. Cambridge: Cambridge University Press, 1993.

Brower, Reuben A. *On Translation*. New York: Oxford University Press, 1966.

Cachey, Theodore J., Jr., ed. *Dante Now: Current Trends in Dante Studies*. Notre Dame/London: University of Notre Dame Press, 1995.

Caesar, Michael, ed. *Dante: The Critical Heritage 1314*(?)*-1870*. London/New York: Routledge, 1989.

Cassell, Anthony K. *Lectura Dantis Americana: Inferno I*. Philadelphia: University of Pennsylvania Press, 1989.

Cassell's German and English Dictionary. 12th ed. Ed. Harold T. Betteridge. London: Cassell and Company, 1968.

Cassell's Italian-English/English-Italian Dictionary. Prepared by Piero Rebora et al. 7th ed. London: Cassell and Company, 1967.

Cassell's Latin Dictionary: Latin-English/English Latin. By D. P. Simpson. New York: Macmillan Publishing Company, 1968.

Catford, J. C. *A Linguistic Theory of Translation: An Essay in Applied Linguistics*. London: Oxford University Press, 1965.

Chiarenza, Marguerite Mills. *The Divine Comedy: Tracing God's Art*. Boston: Twayne Publishers, 1989.

Cicero, *De officiis*. With an English translation by Walter Miller. Loeb Classical Library. New York: Macmillan Co., 1921.

Collins Mondadori Nuovo Dizionario: Inglese-Italiano. Italiano-Inglese. Glasgow/Italia: Harper Collins Publishers/Arnoldo Mondadori Editore, 1995.

Cook, Albert S., ed. *The Earliest Lives of Dante: Translated from the Italian of Giovanni Boccaccio and Lionardo Bruni Aretino*. New York: Haskell House Publishers Ltd., 1974.

Crespo, Angel. "Translating Dante's *Commedia: Terza Rima or Nothing*", in Di Scipio, Giuseppe, and Aldo Scaglione, ed., *The Divine Comedy and the Encyclopedia of Arts and Sciences: Acta of the International Dante Symposium, 13-16 November 1983, Hunter College, New York*. Amsterdam/Philadelphia: John Benjamins Publishing Company, 1988. pp. 373-85.

Cuddon, J. A. *The Penguin Dictionary of Literary Terms and Literary Theory*. 3rd ed. London: Penguin Books, 1992.

Cunningham, Gilbert F. *The Divine Comedy in English: A Critical*

Bibliography 1782-1900. New York: Barnes & Noble, Inc., 1965.

——.*The Divine Comedy in English: A Critical Bibliography* 1901-1966. Edinburgh/London: Oliver and Boyd, 1965.

Dante Studies: With the Annual Report of the Society. CXIII. Ed. Christopher Kleinhenz. Published for The Dante Society of America, Incorporated. Cambridge, Massachusetts. Albany, New York: State University of New York Press, 1995.

Dauphiné, James. *Le cosmos de Dante*. Les classiques de l'humanisme collection publiée sous le patronage de l'Association Guillaume Budé. Paris: Les Belles Lettres, 1984.

Deutsches Dante-Yahrbuch. 76. Band. Herausgegeben in Auftrag der Deutschen Dante-Gesellschaft E. V. von Rainer Stillers unter Mitarbeit von Thomas Brückner. Köln/Weimar/Wien: Böhlau Verlag, 2001.

Di Scipio, Giuseppe, and Aldo Scaglione, ed. *The* Divine Comedy *and the Encycopedia of Arts and Sciences: Acta of the International Dante Synposium, 13-16 November 1983, Hunter College, New York*. Amsterdam/Philadelphia: John Benjamins Publishing Company, 1988.

Doré, Gustave. *The Doré Illustrations for Dante's* Divine Comedy: *136 Plates by Gustave Doré*. New York: Dover Publications, Inc., 1976.

Dozon, Marthe. *Mythe et symbole dans la* Divine Comédie. Biblioteca dell'《Archivum Romanicum》. Firenze: Leo S. Olschki Editore, 1991.

Eliot, T. S. *Collected Poems: 1909-1962*. London: Faber and Faber Limited, 1963.

——.*Selected Essays*. London: Faber and Faber, 1951.

——.*On Poetry and Poets*. London: Faber and Faber, 1957.

Fay, Edward Allen. *Concordance of the* Divina Commedia. New York: Haskell House Publishers Ltd., 1969.

Foster, Kenelm, and Patrick Boyde, ed. *Cambridge Readings in Dante's Comedy*. Cambridge: Cambridge University Press, 1981.

Glare, P. G. W., ed. *Oxford Latin Dictionary*. Oxford: At the Clarendon Press, 1982.

Goethe. *Gedichte*. Herausgegeben und kommentiert von Erich Trunz. München: Verlag C. H. Beck, 1981.

Grandgent, C. H. *Dante*. London: George G. Harrap & Co., Ltd., 1920.

Haller, Robert S., trans. and ed. *Literary Criticism of Dante Alighieri*. Lincoln: University of Nebraska Press, 1973.

Horatius Flaccus, Quintus〔Horace〕. *Ars poetica*, in *Q. Horati Flacci opera*. Recognovit brevique adnotatione critica instrvxit, Edvardvs C. Wickham, editio altera cvrante, H. W. Garrod. Oxonii: E Typographeo Clarendiano, 1901.

Iannucci, Amilcare A., ed. *Dante: Contemporary Perspectives*. Major Italian Authors. Toronto/Buffalo/London: University of Toronto Press, 1997.

Isidorus〔Saint Isidore, Bishop of Seville〕. *Etymologiarvm sive originvm libri XX*. 2 vols. Oxonii: E Typographeo Clarendoniano, 1911.

Jacoff, Rachel, ed. *The Cambridge Companion to Dante*. Cambridge: Cambridge University Press, 1993.

Jacoff, Rachel, and William A. Stephany. *Lectura Dantis Americana: Inferno II*. Philadelphia: University of Pennsylvania Press, 1989.

Jakobson, Roman. "On Linguistic Aspects of Translation", in *On Translation*. Ed. Reuben A. Brower. New York: Oxford UP, 1966. pp. 232-39.

Jones, Peter V., and Keith C. Sidwell, *Reading Latin: Grammar, Vocabulary and Exercises*. Cambridge/New York/New Rochelle/Melbourne/Sydney: Cambridge University Press, 1986.

Juvenalis, Decimus Junius〔Juvenal〕. *Iuvenalis satvrae; Persi Satvrae*〔*Juvenal and Persius*〕. With an English translation by G. G. Ramsay. Loeb Classical Library. London: William Heinemann; New York: G. P. Putnam's Sons, 1928.

Lampe, G. W. H., ed. *A Patristic Greek Lexicon*. Oxford: At the Clarendon Press, 1961.

Lewis, C. S. *A Preface to Paradise Lost*. New York: Oxford University Press, 1961.

Lewis, Charlton T., and Charles Short, revised, enlarged, and in great part rewritten. *A Latin Dictionary*. Founded on Andrews' Edition of Freund's *Latin Dictionary*. Oxford: At the Clarendon Press, 1907.

Lichem, Klaus, und Hans Joachim Simon, herausgegeben von. *Studien zu Dante und zu anderen Themen der romanischen Literaturen: Festschrift für Rudolf Palgen zu seinem 75. Geburtstag*. Graz: Universitäts-Buchdruckerei Styria, 1971.

Liddell, Henry George, and Robert Scott. Revised and augmented by Sir Henry Stuart Jones. *A Greek-English Lexicon*. With a Supplement 1968. Oxford: At the Clarendon Press, 1968.

——.*A Lexicon: Abridged from Liddell and Scott's Greek-English Lexicon*. Oxford: Oxford at the Clarendon Press, 1989.

Lucanus, Marcus Annaeus 〔Lucan〕. *Pharsalia*. With an English translation by J. D. Duff. Loeb Classical Library. Cambridge, Massachusetts: Harvard University Press, 1988.

Millton, John. *Poetical Works*. Ed. Douglas Bush. London: Oxford University Press, 1966.

Moore, Edward. *Studies in Dante: First Series: Scriptural and Classical Authors in Dante*. Oxford: At the Clarendon Press, 1896.

——.*Studies in Dante: Second Series: Miscellaneous Essays*. Oxford: At the Clarendon Press, 1899.

——.*Studies in Dante: Third Series: Miscellaneous Essays*. Oxford: At the Clarendon Press, 1903.

——.*Studies in Dante: Fourth Series: Textual Criticism of the 'Convivio' and Miscellaneous Essays*. Oxford: At the Clarendon Press, 1917.

Nova vulgata bibliorum sacrorum edition. Vatican: Libreria Editrice Vaticana, 1979.

Ὅμηρος〔Homer〕. Ἰλιάς〔*The Iliad*〕. With an English Translation by A. T. Murray. 2 vols. Cambridge, Massachusetts: Harvard University Press, 1924.

——.*The Iliad*. Trans. E. V. Rieu. Harmondsworth: Penguin Books, 1950.

——.*The Iliad*. Trans. Martin Hammond. Harmondsworth: Penguin Books, 1987.

——.*The Iliad*. Trans. Robert Fagles. London: Penguin Books, 1991.

——.*Ὁμήρου Ὀδύσσεια*〔Homer's Odyssey〕. Ed. W. B. Stanford. 2 vols. London: Macmillan, 1967.

——.*The Odyssey*. With an English translation by A. T. Murray. 2 vols. Cambridge, Massachusetts: Harvard University Press, 1919.

——.*The Odyssey*. Trans. E. V. Rieu. Harmondsworth: Penguin Books, 1946.

Ovidius Naso, Publius〔Ovid〕. *Heroides and Amores*. With an English translation by Grant Showerman. Loeb Classical Library. Cambridge, Massachusetts: Harvard University Press, 1971.

——.*Metamorphoses*. With an English translation by Frank Justus Miller. Revised by G. P. Goold. 3rd ed. 2 vols. Loeb Classical Library. Cambridge, Massachusetts: Harvard University Press, 1977.

Pharr, Clyde. Revised by John Wright. *Homeric Greek: A Book for Beginners*. Norman: University of Oklahoma Press, 1985.

Pierre Grimal. *A Concise Dictionary of Classical Mythology*. Cambridge: Basil Blackwell, 1990.

Plinius Secundus, Gaius〔Pliny〕. *Naturalis historia*〔Natural History with an English Translation by H. Rackham〕. Loeb Classical Library. London: William Heinemann Ltd.; Cambridge, Massachusetts: Harvard University Press; 1938.

Reynolds, Barbara, ed. *The Cambridge Italian Dictionary*. 2 vols. Vol.1: Italian-English. Vol.2: English-Italian. Cambridge: Cambridge University Press, 1962.

Ricci, Lucia Battaglia. *Dante e la tradizione letteraria medievale ; una proposta per la* 《Commedia》. Bibliotechina di Studi, Ricerche e Testi. Collezione diretta da Giorgio Varanini. Pisa: Giardini Editori e Stampatori, 1983.

Saussure, Ferdinand de. *Cours de linguistique générale*. Ed. Rudolf Engler. 3 vols. Wiesbaden: Otto Harrassowitz, 1967-68.

Sayers, Dorothy L. *Further Papers on Dante*. London: Methuen & Co., Ltd., 1957.

Schult, Arthus. *Dantes* Divina Commedia *als Zeugnis der Tempelritter-Esoterik*. Aalen: Turm-Verlag Bietigheim/Württ, 1979.

Simonelli, Maria Picchio. *Lectura Dantis Americana: Inferno III*. Philadelphia: University of Pennsylvania Press, 1993.

Singleton, Charles. *Commedia; Elements of Structure*. Dante Studies 1. Cambridge: Harvard University Press, 1954.

——.*Journey to Beatrice*. Dante Studies 2. Cambridge: Harvard University Press, 1967.

Statius, Publius Papinius. *Thebais et Achilleis*. Recognovit breviqve adnotatione critica instrvxit H. W. Garrod. Oxonii: E Typographeo Clarendoniano, 1906.

——.*Thebais et Achilleis* 〔*Thebaid. Achilleid*〕. With an English translation by J. H. Mozley. 2 vols. Cambridge, Massachusetts: Harvard University Press, 1968.

Studi danteschi. Serie diretta da Francesco Mazzoni. Vol. 66. Publicati dalla Società Dantesca Italiana. Firenze: Lettere, 2001.

Suetonius. *De vita Caesarum* 〔*The Lives of the Caesars*〕. With an English translation by J. C. Rolfe. 2 vols. Loeb Classical Library. Cambridge,

Massachusetts/London, England: Harvard University Press, 1998.

The Concise Oxford Dictionary of Current English. 9th ed. Ed. Della Thompson. 1st ed. by H. W. Fowler and F. G. Fowler. Oxford: At the Clarendon Press, 1995.

The Concise Oxford French Dictionary. Compiled by Abel Chevalley and Marguerite Chevalley. Oxford: At the Clarendon Press, 1966.

The Holy Bible. Authorized King James Version. London: Collins, n.d.

The Oxford Spanish Dictionary: Spanish-English/English-Spanish. Ed. Beatriz Galimberti Jarman and Roy Russell (1st ed.); Carol Styles Carvajal and Jane Horwood (2nd ed., revised with supplements). Oxford: Oxford University Press, 2001.

The Oxford-Hachette French Dictionary: French-English. English-French. Ed. Marie-Hélène Corréard and Valerie Grundy. Oxford/New York/Toronto: Oxford University Press, 1994.

The Random House Dictionary of the English Language. Prepared by Stuart Berg Flexner et al. 2nd ed. Unabridged, 1987.

The Shorter Oxford English Dictionary on Historical Principles. Prepared by William Little et al. Oxford: Oxford at the Clarendon Press, 1970.

Toynbee, Paget. Revised by Charles S. Singleton. *A Dictionary of Proper Names and Notable Matters in the Works of Dante*. Oxford: At the Clarendon Press, 1968.

Vergilius Maro, Publius 〔Virgil〕. *P. Vergili Maronis opera*. Recognovit breviqve adnotatione critica instrvxit R. A. B. Mynors. Oxonii: E Typographeo Clarendoniano, 1969.

——.*Eclogae. Georgica.Aeneis*. 〔Eclogues. Georgics. Aeneid.〕 *I-VI*. With an English translation by H. Rushton Fairclough. Revised by G. P. Goold. Cambridge, Massachusetts: Harvard University Press, 1999.

——.*Aeneis* 〔*Aeneid*〕. VII-XII. With an English translation by H. Rushton Fairclough .Revised by G. P. Goold. Cambridge, Massachusetts:

Harvard University Press, 2000.

——.*The Aeneid of Virgil: Books I-VI*. Ed. T. E. Page. London: Macmillan, 1894.

Webster's Third New International Dictionary of the English Language Unabridged. Ed. Philip Babcock Gove et al. Springfield, Massachusetts: G. & C. Merriam Company, Publishers, 1976.

Wöhl, Jürgen *Intertextualität und Gedächtnisstiftung: Die* Divina Commedia *Dante Alighieris bei Peter Weiss und Pier Paolo Pasolini*. Frankfurt am Main/Berlin/Bern/New York/Paris/Wien: Peter Lang, 1997.

Wong, Laurence〔Huang Guobin〕. "The Translation of Poetry". *Translation Quarterly*. Nos. 3 & 4 (December 1997): 1-40.

——. "Translating Garcilaso de la Vega into Chinese: With Reference to His 'Égloga Primera'". *Translation Quarterly*. Nos. 21 & 22 (December 2001): 11-33.

Woodhouse, S. C., compiled. *English-Greek Dictionary: A Vocabulary of the Attic Language*. London: Routledge&Kegan Paul, 1932.

Wordsworth, Iohannes, and Henricus Iulianus White, ed. *Nouum Testamentum Latine: Secundum Editionem Sancti Hieronymi Ad Codicum Manuscriptorum Fidem*. Oxonii: E Typographeo Clarendoniano, 1911.

汉语（按作者／编者姓名汉语拼音序；常见的参考书、工具书按书名汉语拼音序）

《神曲》汉译本（按译者姓名汉语拼音序）

黄文捷译，但丁著，《神曲》，三册，《地狱篇》，《炼狱篇》，《天堂篇》，广州：花城出版社，二〇〇〇年七月第一版。

田德望译，但丁著，《神曲》，二册，《地狱篇》，《炼狱篇》，北京：人民文学出版社，一九九〇年至一九九七年。

王维克译，但丁著，《神曲》，北京：人民文学出版社，一九八〇年北京第二版。
朱维基译，但丁著，《神曲》，三册，《地狱篇》，《炼狱篇》，《天堂篇》，上海：上海译文出版社，一九八四年二月第一版。

参考书、工具书（按著者 / 编者姓名汉语拼音序；常见的参考书、工具书按书名汉语拼音序）

《辞海》，一九六五年新编本，香港：中华书局香港分局，一九六五年四月上海第一版。
《法汉词典》，《法汉词典》编写组编，上海：上海译文出版社，一九七九年十月第一版。
《汉语大词典》（海外版），罗竹风主编，第一至十二卷，香港 / 上海：三联书店香港分店 / 上海辞书出版社，一九八七年一月香港第一版。
《汉语大字典》，汉语大字典编辑委员会编，武汉：湖北辞书出版社，一九八八年。
黄国彬，《微茫秒忽》，香港：天琴出版社，一九九三年十二月。
黄国彬，《文学的欣赏》，台北：远东图书公司，一九八六年。
黄国彬，《语言与翻译》，台北：九歌出版社，二〇〇一年十月。
《基督教词典》，《基督教词典》编写组编，北京：北京语言学院出版社，一九九四年九月第一版。
刘涌泉、赵世开编，《英汉语言学词汇》，北京：中国社会科学出版社，一九七九年。
陆谷孙主编，《英汉大词典》，上、下卷，上海：上海译文出版社，一九八九年八月第一版。
缪鑫正等编，《英汉中外地名词汇》，香港：商务印书馆，一九七七年十一月初版。
秦似编著，《现代诗韵》，南宁：广西人民出版社，一九八七年。
《圣经》，思高圣经学会译释，香港：思高圣经学会，一九六八年。

《圣经》，新标点和合本，香港：联合圣经公会，一九九六年。
《圣经次经》，赵沛林、张钧、殷耀译，长春：时代文艺出版社，一九九五年十月第一版。
《世界地图册》，地图出版社编制，北京：地图出版社，一九七二年七月第二版。
《世界历史词典》，《世界历史词典》编辑委员会编（主编：靳文翰、郭圣铭、孙道天），上海：上海辞书出版社，一九八五年十二月第一版。
苏轼，《苏轼诗集》，全八册，〔清〕王文诰辑注，中国古典文学基本丛书，北京：中华书局，一九八二年二月第一版。
《外国地名译名手册》，中国地名委员会编，北京：商务印书馆，一九八三年九月第一版。
《外国神话传说大词典》，外国神话传说大词典编写组编，北京：中国国际广播出版社，一九八九年十二月第一版。
王昌祉编，《天主教教义词汇》，台中：光启出版社，一九六一年七月初版。
王毓华编著，《基督教词语英汉汉英对照手册》，北京：宗教文化出版社，一九九七年一月第一版。
《希腊罗马神话词典》，〔美〕J. E. 齐默尔曼著，张霖欣编译，王曾选审校，西安：陕西人民出版社，一九八七年三月第一版。
《现代汉语词典》，修订第三版，中国社会科学院语言研究所词典编辑室编，北京：商务印书馆，一九九六年七月。
《现代汉语词典》（繁体字版），中国社会科学院语言研究所词典编辑室编，香港：商务印书馆（香港）有限公司，二〇〇一年七月第一版。
啸声编，《〈神曲〉插图集》，上海：上海人民美术出版社，一九九四年十月第一版。
辛华编，《德语姓名译名手册》，北京：商务印书馆，一九七三年二月第一版。

辛华编,《西班牙语姓名译名手册》,修订第二版,北京:商务印书馆,一九七三年五月。
辛华编,《意大利姓名译名手册》,北京:商务印书馆,一九八一年十月第一版。
辛华编,《英语姓名译名手册》,修订第二版,北京:商务印书馆,一九七三年七月。
《新西汉词典》,北京外国语学院西班牙语系《新西汉词典》组编,北京:商务印书馆,一九八二年三月第一版。
《新英汉词典》,《新英汉词典》编写组编,香港:三联书店,一九七四年。
许邦信,《英汉天文学词汇》,第二版,北京:科学出版社,一九八六年。
叶叔华主编,《简明天文学词典》,上海:上海辞书出版社,一九八六年十二月第一版。
《意汉词典》,北京外国语学院《意汉词典》组编,北京:商务印书馆,一九八五年八月第一版。
《英汉哲学术语词典》,中国社会科学院哲学研究所《哲学译丛》编辑部编,〔出版地点未列〕:中共中央党校出版社,一九九一年十二月第一版。
《英华大词典》,修订第二版,郑易里等编,北京·香港:商务印书馆,一九八四年六月。
《中国大百科全书·天文学》,中国大百科全书出版社编辑部编,北京·上海:中国大百科全书出版社,一九八〇年十二月第一版。
《中国大百科全书·外国文学I》,中国大百科全书出版社编辑部编,北京·上海:中国大百科全书出版社,一九八二年五月第一版。
《中国大百科全书·外国文学II》,中国大百科全书出版社编辑部编,北京·上海:中国大百科全书出版社,一九八二年十月第一版。
《宗教词典》,任继愈主编,上海:上海辞书出版社,一九八一年十二月第一版。

imaginist

想象另一种可能

理
想
国

imaginist

炼狱篇

Purgatorio

La Divina Commedia

Dante Alighieri

神曲

[意] 但丁·阿利格耶里 著

黄国彬 译注

海南出版社

·海口·

本书由台北九歌出版社有限公司授权出版

图字：30-2021-081 号

图书在版编目（CIP）数据

神曲．炼狱篇 /（意）但丁·阿利格耶里（Dante Alighieri）著；黄国彬译注．-- 海口：海南出版社，2021.9（2021.12 重印）

ISBN 978-7-5730-0235-8

Ⅰ．①神… Ⅱ．①但… ②黄… Ⅲ．①诗歌－意大利－中世纪 Ⅳ．① I546.23

中国版本图书馆 CIP 数据核字 (2021) 第 185200 号

神曲·炼狱篇

SHENQU · LIANYU PIAN

作　　者　［意］但丁·阿利格耶里
译　　注　黄国彬
责任编辑　刘　逸　陈泽恩
特约编辑　闫柳君　廖畅畅　张俊明
装帧设计　陈威伸
封面插画　［法］古斯塔夫·多雷
内文制作　陈基胜

海南出版社 出版发行

地　　址　海口市金盘开发区建设三横路2号
邮　　编　570216
电　　话　0898-66822134
印　　刷　山东韵杰文化科技有限公司
版　　次　2021 年 9 月第 1 版
印　　次　2021 年 12 月第 2 次印刷
开　　本　880mm × 1230mm　1/32
印　　张　48.125
字　　数　1845千字
书　　号　ISBN 978-7-5730-0235-8
定　　价　266.00元（全三册）

目 录

炼狱结构图

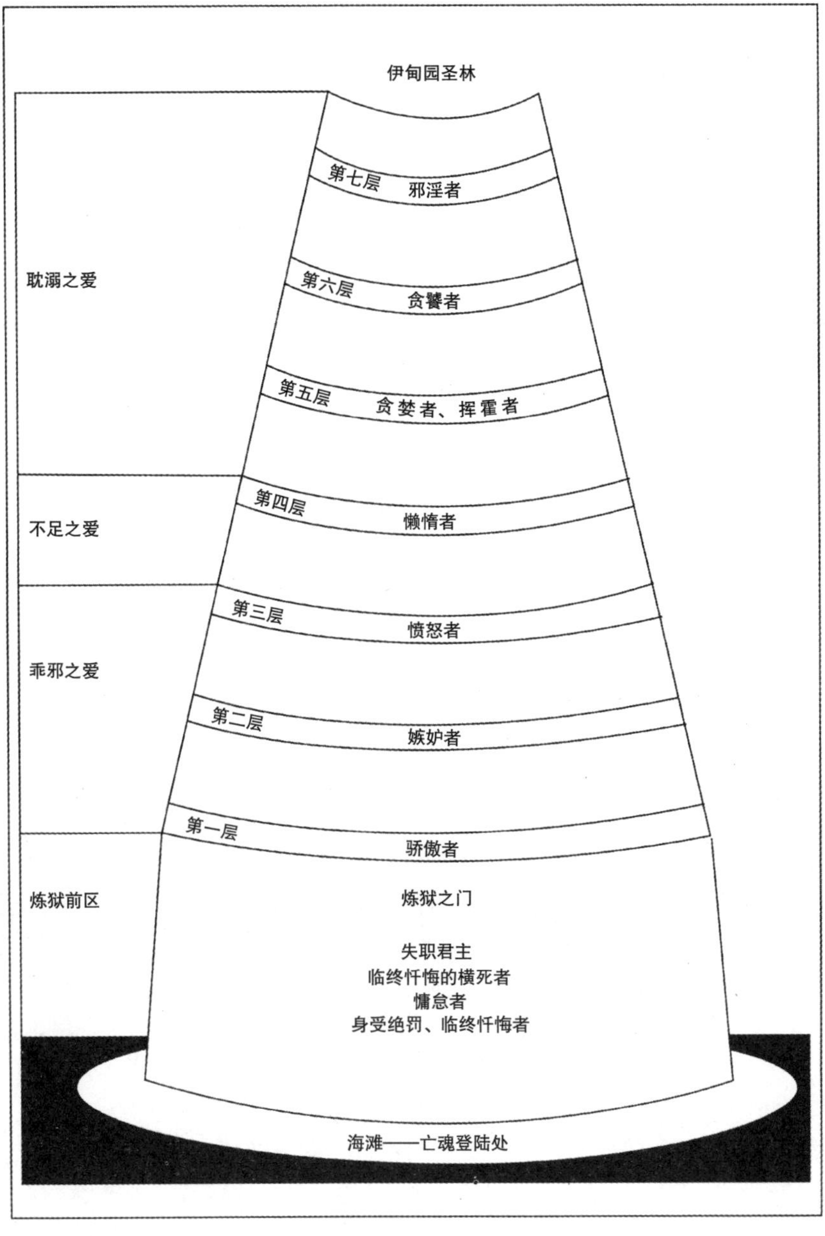

伊甸园圣林
耽溺之爱
第七层 邪淫者
第六层 贪饕者
第五层 贪婪者、挥霍者
不足之爱
第四层 懒惰者
乖邪之爱
第三层 愤怒者
第二层 嫉妒者
第一层 骄傲者
炼狱前区
炼狱之门
失职君主
临终忏悔的横死者
慵怠者
身受绝罚、临终忏悔者
海滩——亡魂登陆处

第一章

复活节清晨，但丁与维吉尔从地狱出来，看见了熨眸的蓝空和金星。转向右边，望向南方时看见四颗星；回身北望，看见守卫炼狱山的小加图。小加图询问但丁和维吉尔的身分，问他们怎能到达炼狱的山麓。维吉尔向小加图解释后，请求他放行。小加图见两人的旅程出于天意，答应了维吉尔的请求，说出登山之法后，就不见了影踪。维吉尔用露水为但丁洗脸，并按小加图的指示，以灯心草为但丁束腰。灯心草一经采撷，马上在被拔处复活。

现在，为了航过更美好的水域，
　我才智的小舟把风帆高张
　前进，留下了后面险恶的海区。
同时，我将为第二个国度歌唱。
　在那里，人的灵魂获得涤洗，
　然后取得条件而升登天堂。
在这里，请把诗歌复兴于死地，

因为呀，神圣的九缪斯，我属于你们。
在这里，卡莉奥佩呀，请你升起
片刻，用你当日的妙音，紧跟
我的歌。那妙音，可怜的众鹊听后
遭受打击，得不到神祇开恩。
地狱的死气，叫我的胸怀和双眸
受尽折磨。我从里面一出来，
东方那块蓝宝石的渥彩，就柔柔
在碧空澄澈的容颜上，自天顶一带
凝聚，一直向第一个圆圈流滴，
使我的双眸再度感到愉快。
那颗美丽的行星——情爱的推动力，
正使整个东方为之嫣然，
把和她会合的双鱼座遮蔽。
我转向右边，聚精会神地观看
另一极，并且在那里发现四颗星。
这四颗星，只有初民得觇；
天空仿佛因它们的光焰而欢庆。
北方的区域呀，你的匹偶先亡；
你丧失了机会，看不到这奇景。
当我从那几颗星收回目光，
稍稍转过身子，望向另一极，
即北斗七星消失的地方，
见身边有一个老者单独而立。
他的容颜所唤起的尊崇胸怀，

金星

那颗美丽的行星——情爱的推动力，/ 正使整个东方为之嫣然，/
把和她会合的双鱼座遮蔽。

（《炼狱篇》，第一章，一九至二一行）

小加图

见身边有一个老者单独而立。/ 他的容颜所唤起的尊崇胸怀，/

不逊于至孝儿子对父亲的敬意。

（《炼狱篇》，第一章，三一至三三行）

不逊于至孝儿子对父亲的敬意。
他披着长胡，中间夹杂着斑白。
他的头发，状貌和胡子相仿，
正分成两绺向胸膛前面垂下来。
那四颗神圣的星发出炯芒，
以光辉照耀着他的脸颊，结果
我仿佛看见他和太阳相望。
“你们是谁，逆着这秘河的水波
逃离那座天长地久的牢狱？——”
老人摇晃着两绺可敬的长胡说，
“那长夜深邃无底，叫黑暗恒聚
地狱的冥谷。你们从黑夜出来时，
谁是明灯？谁是引路的先驱？
难道深渊的律法已经废弛？
难道天上的意旨有了变化，
使遭罚的你们向吾崖攀陟？”
我的导师于是把我紧抓，
之后是言语、是两手、是手势并用，
叫我用双膝和额头把敬意表达。
然后说：“我来这里，非出于主动。
因从天而降的女士向我祈求，
我救了这个人，并且一路相送。
不过，既然你想进一步探究，
要切切实实了解我们的情况，
我自然不能把你的意思逆扭。

阳间的终夕，此人还未曾观望，
愚行却使他濒临终夕的边沿，
结果，他只能短暂地留在世上。

一如前述，我奉命来到他跟前，
把他拯救；而唯一可以依遵
采取的，只有我现在所走的路线。

我已经带他遍观有罪的群伦；
现在正打算让他看一看那批
在你眷顾下洗涤罪孽的灵魂。

我如何带他，有时间才说得详细；
总之，上方有一股力量，助我
带他来见你，向你领受教益。

现在，请让他此来得到福祚。
他来此，是为了寻自由。自由的宝贵，
为自由牺牲的人自能揣摩。

这道理你也明白。在乌提卡，你为
自由牺牲而不以为苦；衣褐
脱下后，到了大日子就烨烨生辉。

永恒的律法没有因我们而破格。
他是活的。米诺斯也管不了我。
你的玛克亚，眼睛充满了懿德。

我跟她同圈。她的眼神仍默默
求你呀，圣洁的襟怀，收她为妻。
那么，请看在她份上，对我们俯挪，

让我们走过你七个王国的土地。

要是你俯允的话，我会在下边
向她讲述你对我的好意。”
“我在彼方的时候，玛克亚的容颜，”
他听后说，“使我的眼睛欢欣。
对她的祈求，我都答以恩典。
现在，她是恶河另一边的居民，
再不能左右我；我离开的时候，
上天已颁布律法来约束牵禁。
但假如上天有女士叫你这样走——
一如你所说——就无须讲好话；
以她的名义求我就已经足够。
好啦，走吧。你得用灯心草把他
围捆——要柔滑的，并且替他洗脸，
好把上面的污秽全部滴刷；
因为，眼睛被一点点的雾气障掩，
就不宜接近第一位使者的身旁——
他与众使者居于天堂上面。
这个小岛，在基础周围的地方，
也就是接受波浪拍击的底部，
有灯心草在软泥之上茁长。
其他会变硬的草木，或者长出
叶子的植物，都不能在那里生存；
因为它们不在拍击下屈服。
这路线，归途中你们不要再依遵；
此刻上升的太阳，会带你们攀爬

这座山，指出哪里的斜坡较柔顺。”
老人说完，就不见了。我起立，不发
一语，然后身体紧紧地靠住
导师，两眼凝神注视着他。
导师对我说：“跟着我的脚步，
一起向后走吧，因为在这里，
平原会下降，止于斜坡穷尽处。”
晨曦正使破晓的黑暗披靡；
黑暗在前面逃逸；结果我看见
远处的大海在近岸的地方荡漱。
孤寂的平原上，我们在向前，
就像一个人迷途之后，重返
原路前感到自己在徒然颠连。
我们来到另一处，见露水未干，
在抵抗太阳。由于露水恰在
阴影里面，鲜有因蒸发而消散。
这时候，老师把两只手掌摊开，
然后柔柔地覆在青草上面。
他这个动作的意思我明白，
于是把沾泪的两颊靠向他面前……
我容颜的原色，曾被地狱隐藏；
经他一触，就全部在脸上重现。
之后，我们来到荒凉的涯岸旁。
那涯岸，从来不见有生人渡过
外面的水域而又可以回航。

维吉尔按另一人的指示捆束我。
　啊，真是不可思议！那株
　卑微的植物，一经维吉尔采掇，
马上在被拔的地方复活如故。

注释：

1.　**更美好的水域**：但丁离开了地狱，现在开始炼狱的旅程，所以说“更美好的水域”。在一至三行，但丁用了航海意象。

2.　**我才智的小舟**：但丁把自己的才智比作小舟，是自谦。《天堂篇》第二章一至一八行和《筵席》也用了航海意象。参看 *Convivio*, II, I, 1: “lo tempo chiama e domanda la mia nave uscir di porto.”（“时间在唤我，在呼召我的船离开港口。”）。

3.　**险恶的海区**：指地狱。

4.　**第二个国度**：指炼狱。炼狱的概念来自天主教，不为日后的新教所采用。称为“第二”，是相对于第一国度（地狱）和第三国度（天堂）而言。参看 Sapegno, *Purgatorio*, 5。

7–11.　**在这里……我的歌**：这几行是但丁对缪斯的祈呼。对缪斯祈呼，是欧洲史诗的一个公式，自荷马开始，一直为维吉尔、米尔顿等诗人沿袭。在《地狱篇》第二章七至九行、《天堂篇》第一章一三至二七行，但丁也分别向缪斯和阿波罗祈呼。在这里，由于题材比地狱更难，但丁要依靠掌管史诗的缪斯卡莉奥佩之助（“请你升起”）。**死地**：在这章之前，《神曲》吟诵的是地狱（“死地”）；现在不再吟诵地狱，因此说“复兴于死地”。参看 Venturi, Tomo II, 3-4。**卡莉奥佩**：Καλλιόπη（Calliope），宙斯和记忆女神谟涅摩辛涅（Μνημοσύνη, Mnemosyne）的女儿，有的神话说她是塞壬（Σειρῆνες，Sirens）、奥尔甫斯（Ορφεύς，Orpheus）、利诺斯（Λίνος，Linus）的母亲。奥尔甫斯是卡莉奥佩与阿波罗所生。**升起／片刻**：此刻是复活节，“升起”既指史诗缪斯升起，也暗指耶稣复活。布提（Buti）在 *Commento di Francesco da Buti sopra la Divina Commedia di Dante Alighieri* 一书里指出：“dice alquanto perché nella terza〔cantica〕al tutto si leverá.”（“〔但丁〕说‘片刻’，是因为到了第三篇〔指天堂〕，他的歌声才能完全升起。”）。参看 Bosco e Reggio, *Purgatorio*, 14。**那妙音……开**

恩：据奥维德《变形记》第九卷二九四至六七八行的叙述：马其顿国（Μακεδονία，Mocedonia）埃马忒亚（Ἠμαθία，Emathia）王庇厄洛斯（Πίερος，Pierus）有九个女儿，名字和九缪斯一样。这九个女儿胆敢向九缪斯挑战，要跟她们比赛唱歌。在这场比赛中，由一群仙女任评判。九缪斯派卡莉奥佩为代表，击败了庇厄洛斯的九个女儿，并且把她们变为聒噪的喜鹊。庇厄洛斯的九个女儿输后不服气，因此得不到缪斯原谅（"得不到神祇开恩"）。这一典故在《炼狱篇》第一章出现，有特别意义：《炼狱篇》强调谦卑，庇厄洛斯的九个女儿嚣张傲慢，其行为与谦卑形成强烈对比。参看本章一〇〇至一〇五行、一三三至一三六行所写的"灯心草"及有关注释。

15. **东方那块蓝宝石**：原文为"oriental zaffiro"，名贵宝石，天蓝色。据布提（Buti）的说法，产于东方梅迪亚（Media）的蓝宝石特别美丽。转引自 Sapegno, *Purgatorio*, 6。

16. **天顶**：原文为"mezzo"。有的论者（如 Singleton, *Purgatorio 2*, 7）认为，这一词该解作"空气"或"空间"。这一解释虽然也说得通，却不像"天顶"样，能给读者具体的空间感。

17. **第一个圆圈**：指水平圈。

19. **那颗美丽的行星**：指金星。**情爱的推动力**：金星把圣灵的大能传给地球的人类，人类乃按禀赋相爱。在《筵席》（*Convivio*, II, V, 13-14）中，但丁说：

> Per che ragionevole è credere che li movitori de la Luna siano de l'ordine de li Angeli...e quelli di Venere siano li Troni; li quali, naturati de l'amore del Santo Spirito, fanno la loro operazione, connaturale ad essi, cioè lo movimento di quello cielo, pieno d'amore, dal quale prende la forma del detto cielo uno ardore virtuoso, per lo quale le anime di qua giuso s'accendono ad amore, secondo la loro disposizione. E perché li antichi s'accorsero che quello cielo era qua giù cagione d'amore. dissero Amore essere figlio di Venere...
>
> 因此有理由相信，月亮的原动力是奉使天神……金星的原动力是上座天神。上座天神秉圣灵之爱而生，其运作（使金星天运行）与生俱来。金星天的运行充满了爱。其形态从这种爱获得炽情；下界的生灵再由这种炽情按本身的禀性燃起爱。古人认为下界之爱由金星天产生，因此说爱神是维纳斯（金星）之子……

21. **把和她会合的双鱼座遮蔽**：双鱼座先于白羊座升起，时间和金星相同。

此刻大约是日出前一个钟头，即复活节上午五时左右。不过据文献记载，公元一三〇〇年的春天，金星并不在双鱼座，但丁可能被当时通行的历书误导。参看 Sayers, *Purgatory*, 78。

22. **我转向右边**：指面向南极（Vandelli, 351）。

23. **另一极**：指南极。但丁是北半球的人，因此提到南半球时说“另”。**四颗星**：这“四颗星”象征四枢德（cardinal virtues）：智德（prudenza）、义德（giustizia）、勇德（fortezza）、节德（temperanza）。参看 Benvenuto, Tomus Secundus, 15。有的论者认为，但丁可能听过马可·波罗或其他旅行家提到南十字座（the Southern Cross），因此“四颗星”可能指“南十字座”。不过这一说法不为一般论者接受。对于这一说法，Porena 的驳斥最为有力。参看 Bosco e Reggio, *Purgatorio*, 15; Singleton, *Purgatorio 2*, 9-10。

24. **只有初民得觇**：伊甸园在炼狱山之顶。亚当和夏娃（“初民”）在伊甸园时，看得到这四颗星。两人犯了原罪，被逐出乐园后，这四颗星再无人得睹。

26. **北方的区域呀，你的匹偶先亡**：亚当和夏娃犯了原罪后，要移居北半球，不能再看见这四颗星，结果北半球等于丧失了匹偶。而丧失匹偶，等于丧失了四枢德。参看 Chimenz, 325; Vandelli, 351; Singleton, *Purgatorio 2*, 10。

29. **另一极**：指北半球，相对于但丁所在的南半球而言。

30. **即北斗七星消失的地方**：就北半球而言，北斗始终在地平之上；就南半球而言，北斗隐没在地平线之下。所谓“北斗七星消失的地方”，指北方的地平线。

31. **一个老者**：指小加图（Marcus Porcius Cato，公元前九十五年至公元前四十六年），古罗马政治家，大加图（Marcus Porcius Cato，公元前二三四年至公元前一四九年）的曾孙，斯多亚学派信徒，为人耿介正直，拥护共和。公元前六十二年任平民护民官。公元前六十三年，执政官西塞罗（Cicero）在元老院发表演说，揭露喀提林纳（Lucius Sergius Catilina）的政变阴谋。小加图支持西塞罗，认为策划政变的人应该处死。他反对凯撒、庞培、克拉苏三头同盟的政策。内战爆发后，他支持庞培，与凯撒为敌。法萨罗斯战役（公元前四十八年）后逃往北非，听到凯撒在塔普苏斯（Thapsus）打败了庞培的军队时，于乌提卡（Utica）自杀。在中世纪，小加图是正直不屈的典范。小加图为西塞罗、李维（Titus Livius Patavinus）、卢卡努斯（Marcus Annaeus Lucanus）所敬重。在《帝制论》和《筵席》中，但丁向他致以极大的敬意。参看 *Monarchia*, II, V, 15; *Convivio*, IV, V, 16; IV, VI,

9-10; IV, XXVII, 3。在《炼狱篇》里，小加图是炼狱的守护者。在历史上，小加图卒时未满五十。在这里称"老者"，是因为在但丁的心目中，老年始于四十六岁。参看《筵席》（*Convivio*, IV, XXIV, 4）；Chimenz, 325-26; Toynbee, 157-58,"Catone"条。

34–36. **他披着长胡……垂下来**：据卢卡努斯的《法萨罗斯纪》第二卷三七二至三七六行，古罗马的内战爆发后，小加图即不再剪发，也不再刮胡子。

40. **秘河**：指《地狱篇》第三十四章一三〇至一三二行所描写的溪水。有的论者（Chimenz, 326; Musa, *Purgatorio*, 11）认为这条河的水源是忘川，即勒忒河（Λήθη，Lethe）。有的论者（Mandelbaum, *Purgatorio*, 319）认为，"秘河"就是忘川。参看《地狱篇》第三十四章一三〇行注。

41. **天长地久的牢狱**：指地狱。小加图以为但丁和维吉尔都是地狱的阴魂。

46. **难道深渊的律法已经废弛**：地狱的律法规定，阴魂要永囚地狱，在那里永受苦刑；现在小加图见但丁和维吉尔两人在炼狱出现，以为地狱的律法失效。

51. **叫我用双膝和额头把敬意表达**：意思是：叫我下跪叩头。

53. **从天而降的女士**：指贝缇丽彩。参看《地狱篇》第二章五三至一一八行。

58. **阳间的终夕，此人还未曾观望**："阳间的终夕"，指阳间最后的一个晚上。整行的意思是：此人（旅人但丁）未死，仍然活着。

59. **愚行**：指但丁在阳间离开正道，有愚蠢的行为。参看《地狱篇》第一章二至三行。

60. **结果……世上**：但丁的愚行，几乎使他经历精神上的死亡。参看《地狱篇》第二章一〇六至一〇八行。

64. **有罪的群伦**：指地狱里有罪的阴魂。

66. **在你眷顾下洗涤罪孽的灵魂**：小加图负责看管炼狱，炼狱里涤罪的亡魂都由他眷顾。

68. **上方有一股力量**：指天上的力量，即上帝的力量。

71–72. **他来此……自能揣摩**：但丁来炼狱，是为了解脱罪孽的束缚而重获自由。小加图为了捍卫自由而献出生命，在但丁的心目中代表自由，最能体会自由的宝贵。参看《帝制论》（*Monarchia*, II, V, 15）。

73. **乌提卡**：原文第七十四行的"Utica"，北非城镇，小加图在这里自杀。参看 Toynbee, 632,"Utica"条。此外参看本章第三十一行注。

74–75. **衣褐/……烨烨生辉**："衣褐"（原文"vesta"〔第七十五行〕），指肉体。这两行的意思是：最后审判之后，小加图会升上天堂。有些论者指出，小加图并非基督徒，而且有自杀之罪，升天之说是个疑问。参看 Singleton, *Purgatorio 2*, 5-16。不过另一些论者认为，但丁在这方面有一贯的看法，能够自圆其说。参看 Sayers, *Purgatory*, 79。

77. **米诺斯也管不了我**："米诺斯"，地狱卫士，负责审判地狱第二层及其下的阴魂。参看《地狱篇》第五章四至一五行和第四行注。维吉尔在地狱边境（即幽域），不在地狱本身，因此米诺斯管不了他。

78. **玛克亚**：意大利文为"Marzia"，拉丁文为 Marcia，路克乌斯·马克乌斯·菲利普斯（Lucius Marcius Philippus）之女，小加图的第二位妻子，与小加图生下三个孩子之后，丈夫将她让给朋友霍廷修斯（Hortensius）为妻，并为他生子。霍廷修斯死后，玛克亚请求小加图再度娶她。参看《法萨罗斯纪》第二卷三二六至三四九行。玛克亚的事迹，但丁的《筵席》（*Convivio*, IV, XXVIII）也有详细的叙述。

79. **我跟她同圈**：指维吉尔和玛克亚同处地狱边境。

82. **七个王国**：指七层炼狱。

83–84. **要是你俯允……对我的好意**：如果小加图准许，维吉尔返回地狱边境后，会向玛克亚报告小加图的好意。参看《地狱篇》第四章一二八行。

85. **我在彼方的时候**："彼方"，指世上。整句的意思是：我仍然在生的时候。

88. **现在，她是恶河另一边的居民**："恶河"，指冥界五河之一的祸川，即阿刻戎河（参看《地狱篇》第三章）。**恶河另一边**：指地狱边境。

89–90. **再不能左右我**：意思是：玛克亚再不能影响我。**我离开的时候……约束牵禁**：基督往地狱拯救亡魂时，小加图也获救，成为受佑的灵魂之一。此后，根据上天的律法，获救的灵魂再不为地狱的罪魂所动，因为上帝的裁判绝对公平，绝对正确。

91–93. **但假如……就已经足够**：小加图的意思是：天上有女士（指贝缇丽彩）叫你到炼狱，你就不必讲好话，我也会遵命的。

94–95. **好啦……要柔滑的**："灯心草"象征谦卑；"柔滑的"象征顺从，与《地狱篇》第十六章一〇九行的"绳索"、一一一行的"纠结缠裹"对照。"绳索"可以象征力量，"纠结缠裹"可以象征机心。力量和机心可以捕捉"斑豹"（见《地狱篇》第十六章一〇八行）和"怪物"（见《地狱篇》第十六章一一二至一三六行），却不能助旅人但丁攀上炼狱山。

96. **污秽**：指地狱的污秽。参看《地狱篇》第九章八十二行："重浊的瘴气和烟雾"。

98. **第一位使者**：指炼狱的第一位天使，负责把守炼狱的入口。

100–105. **这个小岛……屈服**：这几行既写实，也象征："基础"是炼狱的最底部，象征卑下。"波浪拍击"象征神力威猛。在神力之下，只有柔顺的植物方能生长（“灯心草在软泥之上茁长”）；桀骜不驯、矜夸自大的植物（“变硬的草木”、“长出 / 叶子的植物”）“都不能……生存”。“灯心草”能够生存，是因为顺从上帝的力量和意旨（“在拍击下屈服”）。

107. **太阳**：象征上帝的启迪。

109–111. **我起立……两眼凝神注视着他**：但丁显出顺从的样子，随时按导师（维吉尔）的吩咐行动。

113. **一起向后走吧**：暂时向后的动作也象征谦卑。参看 Singleton, *Purgatorio 2*, 21。

119–120. **就像一个人……在徒然颠连**：开始时，但丁不能攀登炼狱山，因为他不够谦卑。缺乏谦卑，就只能“徒然颠连”。“迷途”一词，回应《地狱篇》第一章一至三行。

126. **他这个动作的意思我明白**：维吉尔“把两只手掌摊开，/ 然后柔柔地覆在青草上面”，表示他要用露水为但丁清洁面庞。在这里，露水象征上帝的慈恩。

127–129. **于是……重现**：但丁在地狱的旅程中流过泪，脸庞也遭污秽沾染，经维吉尔的手以露水一洗，恢复了原来的颜色。参看本章九五至九六行。

130–132. **之后……可以回航**：这场景与《地狱篇》第一章二二至二七行相近，同时也呼应《地狱篇》第二十六章有关尤利西斯的片段。该章一三三至一三五行所描写的山，就是炼狱山。这座大山，徒靠智巧、勇力的尤利西斯无从到达；依靠谦卑、顺从的但丁方能攀登。但丁写这几行的时候，可能受了《埃涅阿斯纪》第六卷四二四至四二五行启发：“occupat Aeneas aditum custode sepulto, /evaditque celer ripam inremeabilis undae.”（“守卫沉睡间，埃涅阿斯冲进了入口，/ 并窜离河岸。那条河呀，可往而不可返。”）。

133. **维吉尔按另一人的指示捆束我**：指维吉尔按小加图（“另一人”）的指示，用灯心草把但丁捆束。参看本章九四至九五行。在地狱里，维吉尔有足够的智慧引导但丁；在这里，他要仰仗小加图的“指示”。可见炼狱之旅需要更高层次的能力。在但丁即将升天的时刻，维吉尔更要把向导的任务让给贝缇丽彩。

135–136. **卑微的植物……复活如故**：“卑微的植物”，指本章一〇二行的“灯心草”。这两行的构思大概受了维吉尔《埃涅阿斯纪》的启发。在《埃涅阿斯纪》第六卷一四三至一四四行，摘去的金枝也会重生：“primo avulso non deficit alter/aureus, et simili frondescit virga metallo.”（“第一枝被折去，第二枝就萌生；/——也是金枝，长出同一金属的叶子。”）。

第二章

炼狱此刻是复活节的黎明。维吉尔和但丁在濒海处犹疑间，看见一位天使驾飞舟越海而来。但丁遵维吉尔的指示下跪，见船上屹立着天使，逾百个亡魂齐声唱着颂歌。众亡魂下船，向维吉尔和但丁问路。其中一个叫卡塞拉，在阳间是但丁的好友。卡塞拉走上来拥抱但丁，但丁回拥卡塞拉时，抱到的却是虚空。卡塞拉告诉但丁，亡魂如何获天使运载，然后应但丁的请求，唱起歌来。大家全神贯注间，响起小加图督促的声音。于是歌声骤停，众亡魂齐向山坡急奔。

这时候，太阳已经降到了水平线。
　那里的子午圈到达最高点的一刻，
　正好悬在耶路撒冷的中天；
而与太阳相对、在另一边运行的
　黑夜，正拿着胜昼时就从手上
　掉下来的那把天秤冒升自恒河。

结果，在我那里，美丽的曙光
　女神，因为年纪渐长，白里
　泛着玫瑰色的双颊就变成赤黄。
这时，我们仍在濒海处犹疑，
　就像考虑走什么途径的人，
　心神在前行，身体却留在原地。
之后，突然间，如将近黎明的时辰，
　低悬在西方海面之上的火星
　闪耀，红彤彤射穿浓厚的雾氛，
一道光，疾掠入眼帘——能再睹这奇景
　就好了——并射过海面，速度之快，
　远胜过任何方式的翱翔飞凌。
俄顷间，我把视线从光芒移开，
　去询问导师。一瞬后回视，只见
　光芒更亮更大，远胜于刚才。
然后，每一边都有白色出现——
　我也不知道是什么——然后，又有
　另一片白，慢慢地冒自光的下面。
这时候，我的老师仍没有开口。
　最初的两片白色变成了双翼。
　他清晰无误地认出了舵手之后，
就对我喊道：“快点，快点屈膝。
　是神的使者。把你的两手握抱。
　此后，你还会见到他的俦匹。
你看，他不屑以凡人的工具代劳；

天使之舟

他清晰无误地认出了舵手之后，/ 就对我喊道：

“快点，快点屈膝。/ 是神的使者。……”

（《炼狱篇》，第二章，二七至二九行）

他不用桨，也不需要什么帆；
凭两翼就越过了遥岸之间的广袤。
看他怎样把两翼举向霄汉，
一边在虚空中拍击着不朽的翅膀。
那翅膀，不会像凡羽那样变换。”
那神鸟越是接近我们这一方，
身上发出的光芒就越发耀眼，
叫吾眸不能在近处逼视盱张
而要下垂。神鸟抵达了岸边，
载他前来的船轻灵而迅疾，
海水沾不到船身的一点半点。
船尾上，天降的舵手在赫然屹立，
身体仿佛有至福在上面刻镂。
船里，逾百个亡魂坐在一起。
“In exitu Israel de Aegypto.”
船上所有的灵魂在齐声歌唱，
然后把圣诗的其余部分咏讴，
获天使把圣十字画在身上。
接着，全部从船上跳落海滩；
天使则以来时的高速回航。
留在海滩上的那群亡魂，茫然
感到陌生，惊诧地向四周环顾，
就像探究新的事物一般。
太阳正从八方把白天射出，
并且以一枝枝准确不失的利箭

天降的舵手

身体仿佛有至福在上面刻镂。

（《炼狱篇》，第二章，第四十四行）

从天空的中央把摩羯座驱逐。
这时，那些新来的人，仰脸
向着我们说 ：“两位如认识这一带，
请告诉我们上山的路线。”
维吉尔闻言，回答说 ：“你们大概
以为我们两个人熟悉此地。
但我们像你们一样，也是新来 ；
早你们半顷，才沿另一条险蹊
到达。那条险蹊，艰难崎岖，
使此刻的登山像游戏般容易。”
那些亡魂，看见我仍然在吁吁
呼吸，知道我是个活着的人，
不禁脸色苍白，神情讶瞿。
于是，如大众要聆听消息而纷纷
趋前，靠近带来橄榄枝的使者时
不怕践踏，人人都奋不顾身，
那些幸运的亡魂都拥挤而至，
每个人都凝神望着我的面孔，
仿佛忘记了要向美善竞驰。
我见一个人走上来，离开了大众，
张臂把我拥抱。他这么热情，
我不禁向他报以相同的行动。
除了皮相啊，都是虚幻的幽灵！
我一连三次，伸手搂他的背脊，
却一连三次，都是两手拊膺。

我猜，这时候，我一定是满脸惊疑。
　幽灵见我这样，就微笑着退后；
　而我，则仍然跟着他向前面进逼。
他柔声叫我停下来，别再空搂。
　这时，我认出了他。于是请他
　稍留片刻，跟我谈谈再走。
“我是凡躯时怜惜你，”他这样回答，
　“现在解脱了，仍怀当日的情操。
　那就留一会吧。不过，你来此干吗？”
“我的卡塞拉呀，我要再度回到
　这地方，”我说，“才会走上这旅程。
　你呢，怎会遭到这么久的阻挠？”
亡魂答道：“那甄选乘客和远征
　时间的，即使多次拒绝引渡我，
　也不会因此对我犯半点咎眚。
他的意旨有公正的意旨做规模。
　不过，三个月来，他一直在运走
　有意登船的亡魂，安舒而稳妥。
当时，我到了海岸，在特韦雷河口
　入海变咸的地方。由于这缘故，
　就获得这位天使惠然接收。
这一刻，天使已展翅向河口骞翥，
　因为，灵魂只要不曾向冥河
　下沉，总会全部聚集于该处。”
于是我说：“昔日，有一些情歌

常常使我的欲念平息。如果
新法下你可以吟唱，而你又记得 108
这些歌，就请你以歌声稍稍振作
我的灵魂吧；它跟我的肉体
来到这地方，已经气虚力弱。” 111
“爱情在我的心中与我论理。”
于是，他开始吟唱，音调之优美，
迄今仍在我脑里缭绕不已。 114
老师和我，以及亡魂的同辈，
都在那里显得无比的快乐，
仿佛其他事物再打动不了谁。 117
我们正在全神贯注，倾听着
他的歌声，那德高望重的老人
突然叫道：“懒灵魂哪，这算什么？ 120
真是玩忽职守，耽误了时辰！
快跑向那座山，去脱下你们的俗皮。
那俗皮，妨碍了上主向你们现身。” 123
群鸽觅食，静静地聚在一起，
到处啄着谷物、麦粒时，就不再
像平时那样，显得自信无比。 126
因某一事物出现而感到惊骇，
他们仓猝间会弃掉食物而飞遁，
叫更重要的考虑侵占胸怀。 129
在我眼前，那群刚出现的亡魂
也如此：都骤然停唱，向山坡趱赶，

像前行的人不知何路可遵。 132

我们离开的速度，也不比他们慢。

注释：

1–6. **这时候……升自恒河**：一至三行所写是北半球，时间是但丁旅程的第四天。在《神曲》里，但丁常以耶路撒冷为时间的定点。在北半球，东方的边陲是印度的恒河，西极是直布罗陀海峡（参看《地狱篇》第二十六章一〇六至一〇七行），炼狱与耶路撒冷相距一百八十度。此刻，耶路撒冷是黄昏六时，恒河是深夜十二时，炼狱是早晨六时，直布罗陀海峡是正午十二时。意大利比耶路撒冷慢三小时。春分之后，太阳位于白羊宫，黑夜位于天秤宫；秋分之后，黑夜离开天秤宫，由太阳取代。秋分之后，黑夜开始延长，白昼开始缩短（因此第五行说“胜昼”），天秤座离开黑夜（用但丁的说法，是天秤从黑夜的“手上／掉下来”）。此刻春分刚过，黑夜还没有“胜昼”，手里还握着天秤，所以说“正拿着胜昼时就从手上／掉下来的那把天秤”。第五、六行的意思是：“此刻，恒河是黑夜”。但丁大概为了押韵，不得不迂回其辞，从当时的春分预说到遥远的秋分。由此可见，即使但丁这样的巨匠，为了用三韵体（terza rima），有时也不得不叫诗意迁就韵脚。

7–9. **结果……变成赤黄**：在这里，但丁用拟人法描写曙光女神。随着太阳在地平线下面渐渐上升，天空由白里泛着玫瑰红的颜色变为赤黄。

13–15. **之后……雾氛**：在《筵席》第二章第十三节第二十一句（*Convivio*, II, XIII, 21）里，但丁引用了亚里士多德的说法，提到火星受水汽包裹时，水汽会自燃，使火星显得更红。“红彤彤”，指天使脸孔的光芒。不过，但丁暂时不说明，“红彤彤”的是什么，以增加诗的悬疑效果。

16–17. **能再睹这奇景／就好了**：这句是诗人在叙事时间外的赞叹。意思是：如果我能够再度置身炼狱，跟获救的灵魂一起就好了。这样，他就能涤罪，进入永生。

22. **每一边都有白色出现**：天使的白翅，在光芒两边出现。不过出于叙事的需要，但丁没有明言。

24. **另一片白**：指天使的白袍。**光的下面**：“光”，指天使脸庞所发的光。

27. **舵手**：即本章第四十三行的“舵手”，也就是天使。

30.　**他的俦匹**：指其他天使。

33.　**遥岸之间的广袤**：指罗马附近的特韦雷（Tevere）河口奥斯提亚（Ostia）岸边到炼狱海岸之间的旅程。新近辞世的亡魂，都在奥斯提亚岸边等远航的轮渡。

34.　**把两翼举向霄汉**：天使的体型如何硕大，由此可见一斑。

36.　**那翅膀……变换**：凡羽会脱落，然后重生；天使的羽毛不受这种局限。

37.　**神鸟**：指天使。《地狱篇》第三十四章第四十七行称撒旦为"鸟"（"uccello"），因为撒旦也是有翼的天使。

41–42.　**载他前来的……一点半点**：指天使不是凡躯，没有重量，站在船上，船身也不会浸到水里。

46.　**In exitu Israel de Aegypto**：《圣经·旧约·诗篇》第一一四篇（拉丁通行本《圣经》第一一三篇）第一节，汉译为"以色列出了埃及"；是感谢神恩的颂歌，写以色列人感谢上帝解放他们，让他们脱离奴役，离开埃及。在这里，船上的灵魂歌唱同一首歌，是为了感谢上帝把他们从罪恶和撒旦的奴役中解放出来，并让他们到达炼狱涤罪，获神恩眷顾。但丁的《书信集》第十三章第二十一句（*Epistole*, XIII, 21），曾提到《诗篇》的这一节：

> Nam si ad litteram solam inspiciamus, significatur nobis exitus filiorum Israel de Egipto, tempore Moysis; si ad allegoriam, nobis significatur nostra redemptio facta per Christum; si ad moralem sensum, significatur nobis conversio anime de luctu et miseria peccati ad statum gratie; si ad anagogicum, significatur exitus anime sancte ab huius corruptionis servitute ad eterne glorie libertatem.
>
> 因为，光按字面层次解释，〔这几行诗〕指以色列子孙在摩西时期逃出埃及；按寓言层次解释，指我们获基督救赎；按道德层次解释，指我们的灵魂从罪恶的愁苦中获得解脱，进入慈恩境界；按《圣经》的神秘层次解释，指圣灵从败坏的奴役中获解脱，在永恒的荣耀中得到自由。

《筵席》第二章第一节第七句（*Convivio*, II, I, 7）说："ne l'uscita de l'anima dal peccato, essa sia fatta santa e libera in sua potestate."（"灵魂一旦脱离罪恶，就会变得圣洁自由，恢复力量。"）。

49.　**获天使把圣十字画在身上**：指天使在众魂身上画十字，一方面为他们祝福；一方面向他们表示，他们已到达此行的目的地。

55–57.　**太阳……驱逐**：但丁在这里用了拟人法写太阳，使读者想起阿波罗。

摩羯座和白羊座彼此形成直角。黎明时，摩羯座在炼狱山的中天（“天空的中央”），这时偏离了子午圈，开始下斜，太阳则和白羊座从地平线下面升起，“把摩羯座驱逐”。

63. **但我们像你们一样，也是新来**：在地狱里，维吉尔一直是但丁可靠的向导，而且充满信心；在炼狱里，维吉尔自认“新来”，说明了他的局限。

64. **另一条险蹊**：指地狱的旅途。

65. **艰难崎岖**：原文“aspra e forte”，在《地狱篇》第一章第五行用来形容“selva selvaggia”（荒林）；在这里用来形容“险蹊”。由于实际意义有别，译成汉语时须按语境加以调整。

67–68. **看见我仍然在吁吁／呼吸，知道我是个活着的人**：在《地狱篇》第二十三章第八十八行，但丁用了类似的手法：阴魂发觉但丁的“喉咙在动”，知道但丁仍活着。在《炼狱篇》里，当太阳升起，亡魂就会凭影子推测旅人但丁的生死状况。

71. **带来橄榄枝的使者**：在古代，带来喜讯或和平信息的使者都携橄榄枝。

73. **幸运的亡魂**：亡魂有机会在炼狱涤罪，所以称为“幸运的亡魂”。

75. **仿佛忘记了要向美善竞驰**：亡魂此来的目的，是攀登炼狱山，趋向美善。可是见了但丁后，感到太兴奋，仿佛忘记了此来的目的。

76. **一个人**：指本章第九十一行的卡塞拉。卡塞拉是翡冷翠（一说皮斯托亚）的音乐家，但丁的好友，曾为但丁的诗歌配乐。参看 Bosco e Reggio, *Purgatorio*, 36-37; Sapegno, *Purgatorio*, 21; Vandelli, 364; Singleton, *Purgatorio 2*, 35-36。

79–81. **除了皮相啊……两手拊膺**：但丁一连三次想拥抱卡塞拉，搂到的都是虚空，两手只拍到自己的胸膛。论者（Bosco e Reggio, *Purgatorio*, 36; Sapegno, *Purgatorio*, 21; Vandelli, 364; Singleton, *Purgatorio 2*, 36-37）指出，这几行的描写受维吉尔《埃涅阿斯纪》第六卷七〇〇至七〇二行启发：

> ter conatus ibi collo dare bracchia circum,
> ter frustra comprensa manus effugit imago,
> par levibus ventis volucrique simillima somno.
> 埃涅阿斯三度张手要搂父亲的脖子，
> 却三度落空；幽灵从他的手里逃逸，
> 像一阵轻风，一场飞快消逝的梦幻。

而 Singleton（*Purgatorio 2*, 37）又指出，维吉尔的描写则受荷马《奥

德修纪》第十一卷二〇四至二〇八行影响：

Ὣς ἔφατ', αὐτάρ ἐγώ γ' ἔθελον φρεσὶ μερμηρίξας
μητρὸς ἐμῆς ψυχὴν ἑλέειν κατατεθνηυίης.
τρὶς μὲν ἐφωρμήθην, ἑλέειν τέ με θυμὸς ἀνώγει
τρὶς δέ μοι ἐκ χειρῶν σκιῇ εἴκελον ἢ καὶ ὀνείρῳ
ἔπτατ'.
她的话有如上述。我的心，
亟想搂住先母的幽灵。
我三次扑向她，内心叫我拥抱她，
她三次从我的臂里逃逸，如梦
又如影。

在地狱里，幽灵没有重量（参看《地狱篇》第八章二五至二七行，第二十四章第三十二行），却可触可摸（参看《地狱篇》第三十二章七七至七八行，第九十七行，一〇三行）；在炼狱里，亡魂既不可触，也不可感。

91–92. **我要再度回到 / 这地方……才会走上这旅程**：但丁来炼狱（"走上这旅程"），是为了拯救自己，死后到炼狱涤罪（"再度回到 / 这地方"）。

93. **你呢，怎会遭到这么久的阻挠**：但丁的意思是：你为何迟至现在，才到炼狱呢？卡塞拉迟来的原因，但丁没有交代。不过从这句话可以看出，卡塞拉大概卒于一三〇〇年之前。Bosco e Reggio（*Purgatorio*, 37）指出，关于卡塞拉迟来的原因，论者有不同的说法，但都不能令人满意。

97. **他的意旨**：指天使的意旨。天使的意旨绝对正确，即使多次拒绝卡塞拉，也不会有差忒。

98. **三个月来**：教皇卜尼法斯八世把一三〇〇年定为大赦年。这一年，天主教徒到指定的教堂礼拜，参与大赦仪式，即可免罪。教皇训令的生效日期，追溯到一二九九年圣诞。但丁和许多人一样，认为训令也适用于亡魂。但丁的炼狱之旅，约于教皇训令生效后三个月展开。有关卜尼法斯八世所颁的大赦年，参看《地狱篇》第十八章二八至三三行注。

100–101. **在特韦雷河口 / 入海变咸的地方**：指罗马附近奥斯提亚岸边，即特韦雷河口。

103. **这一刻，天使已展翅向河口骞翥**：指天使再度航向特韦雷河口运载亡魂。

104–105. **因为……该处**：意思是：人死后不到地狱，就到炼狱。在《地狱篇》第三章九一至九三行，卡戎所谓的“别的渡头”，就指奥斯提亚岸边；“轻一点的小舟”，则指运载亡魂到炼狱的船。

106. **情歌**：指按照普罗旺斯和意大利早期传统写成的诗歌。

108. **新法**：指卡塞拉目前所遵守的律法。

112. **爱情在我的心中与我论理**：原文“Amor che ne la mente mi ragiona”。《筵席》（*Convivio*）第二首诗的第一行。但丁在该书第三章提到这首诗。卡塞拉在世时，曾为这首诗配乐。Bosco e Reggio（*Purgatorio*, 38-39）认为，诗中所咏的女子，是人格化的哲学（Filosofia）。

113–114. **于是……不已**：《天堂篇》第二十三章一二八至一二九行描写了类似的经验。

119. **那德高望重的老人**：指《炼狱篇》第一章的小加图。

122. **俗皮**：原文“scoglio”，指蛇蜕下的皮，这里指凡人的躯壳。凡人的躯壳有罪而污秽，所以称“俗皮”。

124–129. **群鸽觅食……侵占胸怀**：但丁再用日常意象描摹炼狱经验。

第三章

众亡魂被小加图训斥后四处窜奔，维吉尔为此感到不安。但丁侧望，发觉只有自己的身影，心中吃惊。于是，维吉尔向他解释，亡魂没有投影的原因，并且指出，凡间的人要安于“知其然”。两人来到山麓的一陬，碰见另一群亡魂。这些亡魂，在世上曾被教会开除教籍。他们为但丁和维吉尔说明登山的途径。接着，亡魂之一的曼弗雷德与但丁说话，讲述生平，并请他向女儿康斯坦丝传递信息。

那些亡魂虽然逃跑得仓皇，
　在旷野上朝各个方向窜奔，
　再拥向有公理审查我们的山冈，
可是，我仍然紧挨着可靠的同路人。
　要是没有他，我哪里可以奔跑？
　有谁会带我向那座高山上臻？
我觉得他内心好像遭到啮咬。

啊，高贵而又纯洁的良知，
些微小错，就给你这么大的苦恼！
当老师的双足不再忙乱地窜驰，
不再使每个动作失去稳重，
我局促不安的心神，开始
跃跃欲试，向四周顾盼移动。
我转身前望，只见一座山坡，
巍峨无比地从大海直插青空。
在我后面，太阳赤红如火，
因前路被我遮断而投出人影，
光线停在我背上不能通过。
我转身向旁边侧望，心中吃惊，
生怕被遗弃，因为我当时发现，
只有我面前的地上有身影同行。
于是，我的安慰者向我这边
转身，对我说："怎么仍狐疑忐忑？
不相信我会引导你，跟你并肩？
我在吾躯内投过身影。此刻，
埋葬吾躯的地方已经日暝。——
吾躯是从布尔迪西卜葬那波利的。
现在，你见我前面没有投影，
情形就好像看见诸天不遮蔽
彼此的光芒，无须感到吃惊。
大能使这里的凡躯俗体
经受得起酷热和严霜之苦，

却不愿向我们昭示其中的玄机。

一体三位所走的那条道路
无尽无穷，有谁敢指望我们
以凡智去跨越，谁就是愚鲁之徒。

安于知其然吧，你们这些凡人。
如果你们早已把万物识遍，
又何须烦劳玛利亚去分娩妊娠？

你们已见过一些人在徒然想念。
按理，他们早已得到了安舒；
可是想念却变成了痛苦无限。

我是指亚里士多德和柏拉图
和很多别的人。”至此，维吉尔俯首，
没有再说话，显得心神恍惚。

这时，我们已到达山麓的一陬，
发觉那里的悬崖险峻嶙峋，
会叫灵巧的脚莫展一筹。

和它相比，图尔比亚和雷里切
之间最荒芜、最破败的崩谷，也会
畅通无阻，成为开阔的梯阶。

“此刻，谁知道这座山下降的方位？”
老师一边说，一边停下了脚步，
“好让无翼者也能攀上这陡陂。”

正当维吉尔的脸向下倾俯，
端详着道路，内心在左右忖度，
而我也绕过了巨石向上方举目，

炼狱山麓

突然间，我们的左边出现一伙 / 亡魂，举着步走向我们这边；/
但速度太慢了，不像向我们移挪。
（《炼狱篇》，第三章，五八至六〇行）

突然间，我们的左边出现一伙
　亡魂，举着步走向我们这边；
　但速度太慢了，不像向我们移挪。
我说："老师呀，请抬头望望你眼前。
　你看，要是你自己想不出办法，
　那边的人会给我们意见。"
维吉尔朝那边一望，就释然回答：
　"他们的步子太慢；我们往那边走。
　好孩子，可不要放弃希望啊。"
那群人和我们之间的距离，仍有
　善掷者一掷之遥——我是说，当我们
　两个向前面走了一千步之后——
就全部挨向峻崖那边，纷纷
　靠着坚岩驻足，彼此相傍，
　像感到困惑而停步张望的人。
"你们哪，都获善终，且蒙选于天堂，"
　维吉尔说，"我相信，安舒的福境
　正在等你们。就看在这福境份上，
告诉我们，这座山在哪里的地形
　倾斜得较缓，能让人向上登攀。
　一个人越明白，就越以失时为病。"
当一群小绵羊离开羊栏，
　一只、两只、三只起了步，同类
　就会羞怯地低着头，眼睛往下看；
领先的一只做什么，其余的就追随；

领先的一停，后至的就向前推拥，
戆直而温驯，不知道事情的原委。
只见那幸运的一群，行动也相同：
闻言后，领先的就走向我们这边，
神色谦和，走路的姿态庄重。
那些走在前面的人，一见
光线在我右边的地上被阻，
影子从我的身边投到崖壁前，
就停了下来，向后面退了几步。
所有在后面跟着前进的人，
不知发生了什么事，也照样踟蹰。
“各位不必问了。我告诉你们，
大家所见的这个人，是凡躯俗体，
阳光照落地面时被他擘分。
你们不要惊诧，也不必猜疑；
要是没有天上的大能支持，
他不会企图去攀登这堵崖壁。”
德劭的一群，等老师的话语停止，
就答道：“那就回头吧，请向前走。”
一边说，一边用手背打着手势。
然后，其中一人又这样启口：
“不管你是谁，离开前请回过脸
想想，在那边，你可见过我没有？”
于是我转身，凝视着他的容颜：
是个金发的俊男，器宇大方，

只是有一道眼眉被切成两边。
当我谦逊地告诉他，我未尝
在哪里见过他，他就说 :“你看这个——”
接着就展示胸口之上的旧伤。
然后笑着说 :“我是曼弗雷德，
康斯坦丝皇后是我的祖母 ;
因此我求你，返回阳的一刻，
就去找我的乖女儿，也就是生出
西西里和阿拉贡之尊的萱堂。
世上有谣诼，就把真相复述。
当日，吾躯受了两刀致命伤
而擘为两半，我就把自己交给
宽宏的神，一边涕泗浪浪。
真是可怕，我生时所犯的罪！
不过大慈大悲有广阔的襟怀 ;
投靠它的，它都会搂诸臂内。
科森扎的主教，受克莱门特指派，
当日曾经要把我猎捕追赶。
如果他细读过神的那页记载，
吾躯的骨殖，相信迄今仍安然
在本内文托附近的桥头
躺卧，由那堆沉重的石头照看。
可是，在蜡烛熄灭的时候，
吾骨被运出了国外，在韦尔德河
之滨遭暴雨冲洗、狂风鞭抽。

一个人尽管遭他们诅咒谴谪，
　但是，只要希望仍有绿意，
　永恒之爱重返时就不受阻遏。
不错，一个人跟神圣的教会为敌
　而死，即使在生命的尽头忏悔，
　也要被摒于这崖岸；在世上无礼
一年，死后到了这里，就得
　等三十年。刑期因虔诚的祈祷
　而缩短，则不在这规限之内。
现在，不知道你能否为我行行好，
　向我贤淑的康斯坦丝讲述，
　你怎样见到我，我又怎样在苦熬。
那边的人，能够给这边大帮助。”

注释：

3.　**公理审查我们：**灵魂是否得救，有公理来审查。

4.　**可靠的同路人：**指维吉尔。

6.　**那座高山：**指炼狱山。

7–9.　**他内心好像遭到啮咬。/……苦恼：**亡魂遭小加图斥责，维吉尔也感到内疚，自觉失职，没有叫旅人但丁掌握时间。诗人但丁在这里再度暗示，在地狱，维吉尔事事称职；到了炼狱，维吉尔也有局限了。

12.　**我局促不安的心神：**但丁因亡魂受责窜奔而感到不安。

16–18.　**在我后面……不能通过：**Singleton（*Purgatorio 2*, 44）指出，这时，但丁和维吉尔面向炼狱山（也就是向西），太阳从东方升起，但丁的身影就投到地上。

21.　**只有……同行：**但丁以身影显示凡躯与灵魂有别。

22. **我的安慰者**：指维吉尔。

25. **我在吾躯内投过身影**：指维吉尔生时的肉体也能投影。

25–26. **此刻，/……日暝**：意大利是埋葬维吉尔的地方，比耶路撒冷慢三小时。这时正值黄昏，大约是下午三时至六时。

27. **吾躯是从布尔迪西卜葬那波利的**：维吉尔于公元前十九年九月二十一日卒于布尔迪西（Brindisi，拉丁文 Brundusium 或 Brundisium）。后来，其骨殖由奥古斯都移葬阿普利亚（Apulia）的布尔迪西镇。

29–30. **诸天不遮蔽 / 彼此的光芒**：诸天的轨迹由空气、火、水、土之外的第五原质（quintessence）构成，不会阻挡光芒。参看 *Convivio*, II, VI, 9。

31–33. **大能……玄机**："大能"，指上帝的神力。"凡躯俗体"，指炼狱的亡魂。在这里，玄机尚未透露。到了《炼狱篇》第二十五章三四至一〇八行，斯塔提乌斯就会把"玄机"阐释。

34–36. **一体三位……愚鲁之徒**："一体三位"，指圣父、圣子、圣灵。这几行强调凡智有局限，无从探测神的意旨和大能。

37. **安于知其然吧，你们这些凡人**：原文为"State contenti, umana gente, al quia"。"quia"是拉丁文，"为什么"或"因为"的意思。亚里士多德提出两种论证。第一种是后天的，归纳的（a posteriori），从结果推断原因，得知事物是什么，也就是说，知道事物之"然"。这种论证称为"quia"。第二种是先验的，演绎的（a priori），从原因推断结果，得知事物何以会如此，也就是说，知道事物之"所以然"。这种论证称为"propter quid"。凡智既然不能知天道之"所以然"，只能知天道之"然"，就应该安分，不应僭越。这一论点，日后为经院哲学家（如托马斯·阿奎那）所继承。在《神学大全》（*Summa theologica*, I, q.32, a.I resp.）里，阿奎那说：

> Impossibile est per rationem naturalem ad cognitionem Trinitatis divinarum personarum pervenire. Ostensum est enim supra, qu.12, art.4, et 12, quod homo per rationem naturalem in cognitionem Dei pervenire non potest nisi ex creaturis. Creaturae autem ducunt in Dei cognitionem sicut effectus in causam.
>
> 借自然智慧不能思探三位一体。因为，正如上文（qu.12, art.4, et 12）所释，凡人不能借自然智慧，而只能借创造物去思探上帝。创造物引导我们认识上帝，犹结果导向原因。

维吉尔在这里指出，人智有所局限。一三二〇年，在《水土探究》（*Questio de aqua et terra*）第二十二节，但丁表达了相同的看法：

"Desinant ergo, desinant homines querere que supra eos sunt, et querant usque quo possunt..."（"那么，人类啊，不要，不要探究凌越你们的事物；只宜探究能力范围内的事物……"）。参看 Bosco e Reggio, *Purgatorio*, 50; Sapegno, *Purgatorio*, 28; Vandelli, 371; Singleton, *Purgatorio 2*, 47-49。

38–39. **如果……妊娠**：意思是：如果你们能识遍万物（包括上帝和天道），就无须玛利亚生下基督去拯救你们了。

40–42. **你们已见过……痛苦无限**：亚里士多德、柏拉图等人身在地狱边境，一直想认识上帝而不能。受佑的福灵则不同；他们的渴念会得到满足。**按理，他们早已得到了安舒**：意思是：地狱边境的人，如果也得到基督降临的启示，早该获基督拯救，无须受渴念之苦。他们既然出生于基督降临前，就没有这福分。参看《地狱篇》第四章二五至四二行。

44–45. **至此，维吉尔俯首，/ 没有再说话**：维吉尔谈到别的亡魂时，知道自己的处境相同，也要受永渴之苦，于是"俯首"，"显得心神恍惚"。

49. **图尔比亚**：原文"Turbia"。法国东南部的一个村庄，即今日尼斯（Nice）附近的拉图尔比（La Turbie），离地中海不远。参看 Toynbee, 622, "Turbia"条。**雷里切**：原文"Lerice"，今日叫 Lerici，意大利利古里亚（Liguria）海的一个港口，位于拉斯佩齐亚（La Spezia）湾东岸。参看 Toynbee, 387, "Lerice"条。两地之间的海岸地带，陡峭而崎岖，峻崖从海面直削而上，在但丁时期几乎无路可通。

54. **好让无翼者也能攀上这陡陂**：这行极言地形之险，插翼方能凌跨。

56. **内心在左右忖度**：维吉尔在盘算，路途该怎样走。

58–59. **突然间……走向我们这边**：这伙亡魂，在阳间曾被开除教籍（大主教称为"绝罚"，受绝罚的人称为"绝罚者"）。Singleton（*Purgatorio 2*, 51）指出，他们正逆着时针方向前进，从左边向但丁和维吉尔走来。逆时针方向，是炼狱旅程的正确方向。

68. **善掷者一掷之遥**：指善于掷石的人用手投掷一次的距离。

70–72. **就全部……张望的人**：在地狱，除了极少数的例外，但丁和维吉尔前进时总是向左，也就是说，顺时针方向；炼狱中，前进的方向恰巧相反，也就是说，两人该逆着时针方向朝右边走。众亡魂见但丁和维吉尔的前进方向不对，乃"感到困惑而停步张望"。参看 Singleton, *Purgatorio 2*, 52。这三行形容炼狱的亡魂胆小而羞怯，与地狱的阴魂有别。

73–77. **你们哪……向上登攀**：维吉尔要向亡魂问路，可见他到了炼狱，就有不足之处。

78. **失时**：指浪费时间，耽误旅程。

79–84. **当一群小绵羊……事情的原委**：这里的羊群意象响应七〇至七二行，

卄述，/ 你怎样见到我，我又怎样在苦熬：意思是：告诉康斯坦丝，
尔看见我在炼狱，并且要等候一大段时间才可以忏悔。
那边的人，能够给这边大帮助：根据基督教传统，世间（“那边”）
的生人，能够靠祈祷减轻亡魂的刑罚。Vandelli（378）和 Singleton
Purgatorio 2, 67-68）都把这一意念上溯至阿奎那的《神学大全》：
'Charitas, quae est vinculum Ecclesiae membra uniens, non solum ad
vivos se extendit, sed etiam ad mortuos..."（“慈爱是团结教会信众的力
量，不仅施诸生人，也施诸死者……”）。参看 *Summa theologica* III,
suppl., q.71, a.2, resp.

强调亡魂的谦卑。在《圣经》里，羊群意象一再出现，例如《圣经 · 路加福音》第十二章第三十一至三十二节就这样说：

Verumtamen quaerite primum regnum Dei et iustitiam eius, et haec omnia adiicientur vobis. Nolite timere, pusillus grex, quia complacuit Patri vestro dare vobis regnum.

你们只要求他的国〔和他的公义〕，这些东西就必加给你们了。你们这小群〔指羊群〕，不要惧怕，因为你们的父乐意把国赐给你们。

此外参看《圣经 · 约翰福音》第十章第一至十八节，《圣经 · 使徒行传》第二十章第二十八至二十九节。

87. **神色谦和，走路的姿态庄重**：无论在神色或姿态上，炼狱的亡魂都与地狱的阴魂有别。

89–90. **光线……崖壁前**：太阳从但丁和维吉尔的左边照来，但丁的影子就投向右边的崖壁。

98. **要是没有天上的大能支持**：在《神曲》里，维吉尔一再强调，旅人但丁的旅程获上天准许、支持、安排。

100. **德劭的一群**：原文为“quella gente degna”。也可译作“福有应得（或值得尊敬）的一群”。

101. **那就回头吧，请向前走**：亡魂指出，但丁和维吉尔的方向不对。这句话也有象征意义：维吉尔是凡智的楷模，却缺乏基督的启示，没有信德、爱德、望德，因此比不上谦卑的亡魂。

104. **离开前请回过脸**：从这句可以看出，但丁和维吉尔已经按照指示，转身朝正确的方向前进。参看 Singleton, *Purgatorio 2*, 55。

105. **在那边**：“那边”，指凡间。“在那边”，指亡魂辞世前。

107–108. **是个金发的俊男……切成两边**：指一一二行的曼弗雷德。曼弗雷德是阿普利亚（Apulia，即普利亚〔Puglia〕）和西西里国王，生于一二三二年，卒于一二六六年，腓特烈二世（参看《地狱篇》第十章一一九行）和波尼法兹奥 · 兰查（Bonifazio Lancia）伯爵之女比安卡（Bianca）的私生子。其后成为父亲的合法继承人。美姿容，常穿绿色的衣服，骄奢淫逸处一如其父，甚或过之。一二五〇年，腓特烈二世卒，曼弗雷德在西西里摄政；一二五八年获民众支持，成为该国君主；在同一年遭教皇亚历山大四世和乌尔班四世开除教籍，王位遭教会褫夺，奉与法王路易九世而遭拒，再奉与路易九世的兄弟安茹伯爵沙尔（Charles d'Anjou）。一二六六年一月六日，沙尔加冕，成为西西里国王，并率军前来，要夺取西西里。在本内文托

(Benevento）一役中，曼弗雷德抵抗沙尔时战败身死（参看《地狱篇》第二十八章第十三行注）。曼弗雷德卒后，但丁再不能寄望神圣罗马帝国去遏止教皇势力的膨胀。参看 Bosco e Reggio, *Purgatorio*, 55；Sapegno, *Purgatorio*, 33-34; Vandelli, 374-75; Singleton, *Purgatorio 2*, 56-59; Toynbee, 417-19,“Manfredi”条。

113. **康斯坦丝**：意文 Costanza，德文 Konstanz。康斯坦丝生于一一五二年，卒于一一九八年。西西里国王罗哲尔二世（Roger II，约一〇九三年至一一五四年）的女儿兼王位继承人，德意志国王、神圣罗马帝国皇帝亨利六世（Heinrich VI，一一六五年至一一九七年）的妻子，腓特烈二世的母亲。参看《天堂篇》第三章一〇九至一二〇行。参看 Bosco e Reggio, *Purgatorio*, 55; Sapegno, *Purgatorio*, 34; Vandelli, 375; Singleton, *Purgatorio 2*, 59-60; Toynbee, 203,“Costanza[1]”条。

115. **我的乖女儿**：指曼弗雷德与萨瓦（Savoie）贝阿特里克斯（Béatrix）所生的女儿康斯坦丝（一三〇二年卒）。一二六二年，康斯坦丝嫁西班牙阿拉贡的佩德罗（Pedro）三世，生阿方索（Alfonso，一二八五年至一二九一年为阿拉贡国王）、海梅（Jaime，一二八五年至一二九五年为西西里国王；一二九一年至一三二七年为阿拉贡国王）、费德里戈（Federigo，一二九六年至一三三七年为西西里国王）。佩德罗三世娶康斯坦丝后，于一二八二年得以即西西里国王之位。《炼狱篇》第七章一一九行，曾提到海梅和费德里戈。参看 Bosco e Reggio, *Purgatorio*, 55; Singleton, *Purgatorio 2*, 60。

116. **西西里和阿拉贡之尊的萱堂**：意为“西西里和阿拉贡国王的母亲”。

117. **世上有谣诼，就把真相复述**：这句的意思是：如果世人说我跟罪魂一起在地狱受天罚，就把真相告诉她（即“我的乖女儿”），说我已经得救，身在炼狱。

119-120. **我就把自己交给 / 宽宏的神**：指皈依上帝。参看《地狱篇》第二十七章第八十三行，本章一二三行。

121. **真是可怕，我生时所犯的罪**：据维兰尼（G.Villani）的《编年史》（*Cronica*, VI, 46）所载，曼弗雷德生时骄奢淫逸，与教会僧侣为敌。其对头甚至说他谋杀父亲、兄弟康拉德和两个侄儿，其后还企图杀害另一个侄儿康拉丁。参看 Vandelli, 374-75; Singleton, *Purgatorio 2*, 59。

124-132. **科森扎的主教……狂风鞭抽**：“科森扎”，意大利卡拉布里亚（Calabria）北部的一个城镇，离第勒尼安海（Tyrrhenian Sea）约十二英里。“科森扎的主教”，有的论者认为是红衣主教兼大主教巴尔托洛梅奥 · 皮亚泰里（Bartolomeo Pignatelli），有的认为是皮亚泰里的继承人托马索 · 丹伊（Tommaso d'Agni）。曼弗雷德在生时遭教皇克莱门特四世

开除教籍；卒后，安茹伯爵沙尔一世

只能把他葬在“本内文托附近（卡洛

行）。沙尔的军队经过时，都向曼弗

堆沉重的石头”（一二九行）之语。

雷德的骨骸掘起，“在蜡烛熄灭的时

教会领土外的韦尔德（Verde）河畔

定为异端邪说的追随者，其尸骨下

的那页记载：“那页记载”，原文为

容颜、脸孔”，也可解作“《圣经》的

帝的悲悯”。“如果他细读过神的那页

悯。曼弗雷德的意思是：科森扎主教

（Napoli）王国之外。**韦尔德河**：意大

姆布鲁伊尼（Sambruini）山脉，流入

分之三称为利里（Liri）河，与拉皮

利阿诺（Garigliano）河。

133. **诅咒谴谪**：开除教籍的惩罚，波拿文

都称为“诅咒”（“maledictio”）。参看

134. **只要希望仍有绿意**：意为：只要希望仍

希望。

135. **永恒之爱**：指神的恩慈。

136. **跟神圣的教会为敌**：不服从教会。

138. **被摒于这崖岸**：被摒于炼狱门外，等

138-140. **在世上无礼 / 一年……等三十年**：凡人

礼”）一年，到了炼狱就要等三十年，

固然是但丁的构思，但是在某一程度上

第六卷三二九至三三〇行启发：

> centum errant annos volitantque haec
> tum demum admissi stagna exoptata
> 〔亡魂〕在这里的河岸浪荡漂泊一
> 然后才获准重临他们思恋的水泽。

论者指出，曼弗雷德于一二五七年被

按照这一刑罚惩处，他要再等二百三十

Singleton, *Purgatorio 2*, 67。

140. **虔诚的祈祷**：指蒙恩者的祈祷，不是罪

143-144.

145.

第四章

但丁倾听曼弗雷德说话时，太阳已上升了五十度；经众亡魂提醒，才跟随维吉尔沿一条窄道上跻。途中，但丁感到困倦；获维吉尔激励后，来到一个平台之边；发觉太阳从左边照来，不禁大诧；经维吉尔解释后才明白个中道理。维吉尔见但丁惊叹山高，就告诉他，旅程中，越是向上攀爬，辛劳就越会减轻。语毕，两人听到一个声音。循声走去，发觉一块巨石后有一群亡魂在休憩；其中一人，显得慵怠劳累。于是，但丁上前跟他谈话，知道他叫贝拉夸，因命终时没有悔过，此刻要在炼狱的入口前滞留。贝拉夸的话语刚停，但丁发觉维吉尔已继续上攀，并促他启程。

当我们的某种官能，在经历
　某些痛苦，或经历某些快感，
　灵魂就会向这一官能凝集；
别的力量，它仿佛不能再照看。
　这一现象，否定了旧说，证明

人体内不会有多个灵魂点燃。
由于这缘故，我们凝望或谛听
某物时，灵魂会贯注地致志专心，
结果，我们再不觉时间在运行。
因为一种官能负责听声音，
另一种则把整个灵魂吸住。
前者宽舒，后者则会收紧。
这一点，我体验得清清楚楚。
我惊诧不已，倾听着幽灵说话，
太阳向上爬升了整整五十度，
我也没有为意。到我们抵达
某一点，听见众亡魂一起叫喊
“这就是你们的目的地”，才瞿然觉察。
葡萄成熟时，农夫往往会叉满
一叉荆棘，把树篱的缺口堵起来。
亡魂离开后，导师就爬攀
向上；我呢，则在他后面陟踩；
两个人，独自沿一条通道上跻。
那通道，比农夫堵塞的缺口狭窄。
一个人要往圣雷奥，要降落诺利，
或向比斯曼托瓦之巅攀陟，
靠双脚就行了；在这里却要插翼——
我的意思是，以热望的羽毛和疾翅
飞翔，跟着那位把希望和光辉
赐我的人，即引导我的老师。

攀登炼狱山

我们爬进那块裂开的石头内，/ 岩壁几乎紧贴着身体两侧。

（《炼狱篇》，第四章，三一至三二行）

我们爬进那块裂开的石头内，
　岩壁几乎紧贴着身体两侧。
　要匍匐过地面，就得用手用腿。
到了危崖较高一边的嵯峨，
　置身于没有障蔽的开阔山麓，
　我就问：“老师呀，该走哪一条路呢？”
维吉尔答道：“不要下退一步；
　仍然跟着我，攀向这座山的峰巅，
　到碰见英明的向导才可以驻足。”
山顶太高了，极目也无从得见。
　高峻的山坡，斜度也远远超过
　从九十度弧的中间向圆心划直线。
我感到困倦慵怠，于是这样说：
　“好父执呀，请你转过身来看看，
　你不等我，我就会一个人后堕。”
“好孩子呀，”维吉尔说，“请向那边登攀。”
　边说边指着比我稍高的平台——
　平台在另一边环绕着高山。
老师的话，激励了我的情怀。
　于是，我勉强后随，匍匐着攀跻，
　到脚踏平台之边才停下来。
在那里，我们一起坐下来稍息，
　向着东方，即我们攀登过的来路，
　因为，东望时我们总欣喜不已。
首先，我朝下方的海岸注目，

强调亡魂的谦卑。在《圣经》里，羊群意象一再出现，例如《圣经·路加福音》第十二章第三十一至三十二节就这样说：

Verumtamen quaerite primum regnum Dei et iustitiam eius, et haec omnia adiicientur vobis. Nolite timere, pusillus grex, quia complacuit Patri vestro dare vobis regnum.

你们只要求他的国〔和他的公义〕，这些东西就必加给你们了。你们这小群〔指羊群〕，不要惧怕，因为你们的父乐意把国赐给你们。

此外参看《圣经·约翰福音》第十章第一至十八节，《圣经·使徒行传》第二十章第二十八至二十九节。

87. **神色谦和，走路的姿态庄重**：无论在神色或姿态上，炼狱的亡魂都与地狱的阴魂有别。

89–90. **光线……崖壁前**：太阳从但丁和维吉尔的左边照来，但丁的影子就投向右边的崖壁。

98. **要是没有天上的大能支持**：在《神曲》里，维吉尔一再强调，旅人但丁的旅程获上天准许、支持、安排。

100. **德劭的一群**：原文为"quella gente degna"。也可译作"福有应得（或值得尊敬）的一群"。

101. **那就回头吧，请向前走**：亡魂指出，但丁和维吉尔的方向不对。这句话也有象征意义：维吉尔是凡智的楷模，却缺乏基督的启示，没有信德、爱德、望德，因此比不上谦卑的亡魂。

104. **离开前请回过脸**：从这句可以看出，但丁和维吉尔已经按照指示，转身朝正确的方向前进。参看 Singleton, *Purgatorio 2*, 55。

105. **在那边**："那边"，指凡间。"在那边"，指亡魂辞世前。

107–108. **是个金发的俊男……切成两边**：指一一二行的曼弗雷德。曼弗雷德是阿普利亚（Apulia，即普利亚〔Puglia〕）和西西里国王，生于一二三二年，卒于一二六六年，腓特烈二世（参看《地狱篇》第十章一一九行）和波尼法兹奥·兰查（Bonifazio Lancia）伯爵之女比安卡（Bianca）的私生子。其后成为父亲的合法继承人。美姿容，常穿绿色的衣服，骄奢淫逸处一如其父，甚或过之。一二五〇年，腓特烈二世卒，曼弗雷德在西西里摄政；一二五八年获民众支持，成为该国君主；在同一年遭教皇亚历山大四世和乌尔班四世开除教籍，王位遭教会褫夺，奉与法王路易九世而遭拒，再奉与路易九世的兄弟安茹伯爵沙尔（Charles d'Anjou）。一二六六年一月六日，沙尔加冕，成为西西里国王，并率军前来，要夺取西西里。在本内文托

（Benevento）一役中，曼弗雷德抵抗沙尔时战败身死（参看《地狱篇》第二十八章第十三行注）。曼弗雷德卒后，但丁再不能寄望神圣罗马帝国去遏止教皇势力的膨胀。参看 Bosco e Reggio, *Purgatorio*, 55 ；Sapegno, *Purgatorio*, 33-34; Vandelli, 374-75; Singleton, *Purgatorio 2*, 56-59; Toynbee, 417-19, "Manfredi" 条。

113. **康斯坦丝**：意文 Costanza，德文 Konstanz。康斯坦丝生于一一五二年，卒于一一九八年。西西里国王罗哲尔二世（Roger II，约一〇九三年至一一五四年）的女儿兼王位继承人，德意志国王、神圣罗马帝国皇帝亨利六世（Heinrich VI，一一六五年至一一九七年）的妻子，腓特烈二世的母亲。参看《天堂篇》第三章一〇九至一二〇行。参看 Bosco e Reggio, *Purgatorio*, 55; Sapegno, *Purgatorio*, 34; Vandelli, 375; Singleton, *Purgatorio 2*, 59-60; Toynbee, 203, "Costanza[1]" 条。

115. **我的乖女儿**：指曼弗雷德与萨瓦（Savoie）贝阿特里克斯（Béatrix）所生的女儿康斯坦丝（一三〇二年卒）。一二六二年，康斯坦丝嫁西班牙阿拉贡的佩德罗（Pedro）三世，生阿方索（Alfonso，一二八五年至一二九一年为阿拉贡国王）、海梅（Jaime，一二八五年至一二九五年为西西里国王；一二九一年至一三二七年为阿拉贡国王）、费德里戈（Federigo，一二九六年至一三三七年为西西里国王）。佩德罗三世娶康斯坦丝后，于一二八二年得以即西西里国王之位。《炼狱篇》第七章一一九行，曾提到海梅和费德里戈。参看 Bosco e Reggio, *Purgatorio*, 55; Singleton, *Purgatorio 2*, 60。

116. **西西里和阿拉贡之尊的萱堂**：意为"西西里和阿拉贡国王的母亲"。

117. **世上有谣诼，就把真相复述**：这句的意思是：如果世人说我跟罪魂一起在地狱受天罚，就把真相告诉她（即"我的乖女儿"），说我已经得救，身在炼狱。

119–120. **我就把自己交给 / 宽宏的神**：指皈依上帝。参看《地狱篇》第二十七章第八十三行，本章一二三行。

121. **真是可怕，我生时所犯的罪**：据维兰尼（G.Villani）的《编年史》（*Cronica*, VI, 46）所载，曼弗雷德生时骄奢淫逸，与教会僧侣为敌。其对头甚至说他谋杀父亲、兄弟康拉德和两个侄儿，其后还企图杀害另一个侄儿康拉丁。参看 Vandelli, 374-75; Singleton, *Purgatorio 2*, 59。

124–132. **科森扎的主教……狂风鞭抽**："科森扎"，意大利卡拉布里亚（Calabria）北部的一个城镇，离第勒尼安海（Tyrrhenian Sea）约十二英里。"科森扎的主教"，有的论者认为是红衣主教兼大主教巴尔托洛梅奥·皮亚泰里（Bartolomeo Pignatelli），有的认为是皮亚泰里的继承人托马索·丹伊（Tommaso d'Agni）。曼弗雷德在生时遭教皇克莱门特四世开除教籍；卒后，安茹伯爵沙尔一世不能把他的尸骸葬于教会土地，只能把他葬在“本内文托附近（卡洛雷〔Calore〕河）的桥头”（一二八行）。沙尔的军队经过时，都向曼弗雷德的坟头掷石致敬，乃有“那堆沉重的石头”（一二九行）之语。其后，科森扎主教下令把曼弗雷德的骨骸掘起，“在蜡烛熄灭的时候……运出……国外”，重葬于教会领土外的韦尔德（Verde）河畔。当时，教徒一旦被开除教籍或定为异端邪说的追随者，其尸骨下葬时，蜡烛必须熄灭。**细读过神的那页记载**：“那页记载”，原文为“questa faccia”，既可解作“神的容颜、脸孔”，也可解作“《圣经》的书页”或“《圣经》”，引申为“上帝的悲悯”。“如果他细读过神的那页记载”，就是说：如果他心生悲悯。曼弗雷德的意思是：科森扎主教没有怜悯之情。**国外**：指那波利（Napoli）王国之外。**韦尔德河**：意大利南部的主要河流，发源于萨姆布鲁伊尼（Sambruini）山脉，流入噶耶塔（Gaeta）湾，上游的四分之三称为利里（Liri）河，与拉皮多（Rapido）河会合后称为噶里利阿诺（Garigliano）河。

133. **诅咒谴谪**：开除教籍的惩罚，波拿文都拉（Bonaventura）和阿奎那都称为“诅咒”（“maledictio”）。参看 Singleton, *Purgatorio 2*, 64。

134. **只要希望仍有绿意**：意为：只要希望仍有生命，也就是说，只要仍抱希望。

135. **永恒之爱**：指神的恩慈。

136. **跟神圣的教会为敌**：不服从教会。

138. **被摒于这崖岸**：被摒于炼狱门外，等候忏悔时辰。

138–140. **在世上无礼 / 一年……等三十年**：凡人在世上反抗教会时，反抗（“无礼”）一年，到了炼狱就要等三十年，方有忏悔的资格。这种刑罚，固然是但丁的构思，但是在某一程度上，也受了维吉尔《埃涅阿斯纪》第六卷三二九至三三〇行启发：

> centum errant annos volitantque haec litora circum;
> tum demum admissi stagna exoptata revisunt.
> 〔亡魂〕在这里的河岸浪荡漂泊一百年，
> 然后才获准重临他们思恋的水泽。

论者指出，曼弗雷德于一二五七年被开除教籍，于一二六六年卒。按照这一刑罚惩处，他要再等二百三十六年才能进炼狱忏悔。参看 Singleton, *Purgatorio 2*, 67。

140. **虔诚的祈祷**：指蒙恩者的祈祷，不是罪魂本身的祈祷。

143–144. **讲述，/你怎样见到我，我又怎样在苦熬**：意思是：告诉康斯坦丝，你看见我在炼狱，并且要等候一大段时间才可以忏悔。

145. **那边的人，能够给这边大帮助**：根据基督教传统，世间（"那边"）的生人，能够靠祈祷减轻亡魂的刑罚。Vandelli（378）和 Singleton（*Purgatorio 2*, 67-68）都把这一意念上溯至阿奎那的《神学大全》："Charitas, quae est vinculum Ecclesiae membra uniens, non solum ad vivos se extendit, sed etiam ad mortuos..."（"慈爱是团结教会信众的力量，不仅施诸生人，也施诸死者……"）。参看 *Summa theologica* III, Suppl., q.71, a.2, resp.

第四章

但丁倾听曼弗雷德说话时，太阳已上升了五十度；经众亡魂提醒，才跟随维吉尔沿一条窄道上跻。途中，但丁感到困倦；获维吉尔激励后，来到一个平台之边；发觉太阳从左边照来，不禁大诧；经维吉尔解释后才明白个中道理。维吉尔见但丁惊叹山高，就告诉他，旅程中，越是向上攀爬，辛劳就越会减轻。语毕，两人听到一个声音。循声走去，发觉一块巨石后有一群亡魂在休憩；其中一人，显得慵怠劳累。于是，但丁上前跟他谈话，知道他叫贝拉夸，因命终时没有悔过，此刻要在炼狱的入口前滞留。贝拉夸的话语刚停，但丁发觉维吉尔已继续上攀，并促他启程。

当我们的某种官能，在经历
　某些痛苦，或经历某些快感，
　灵魂就会向这一官能凝集；
别的力量，它仿佛不能再照看。
　这一现象，否定了旧说，证明

人体内不会有多个灵魂点燃。
由于这缘故，我们凝望或谛听
某物时，灵魂会贯注地致志专心，
结果，我们再不觉时间在运行。
因为一种官能负责听声音，
另一种则把整个灵魂吸住。
前者宽舒，后者则会收紧。
这一点，我体验得清清楚楚。
我惊诧不已，倾听着幽灵说话，
太阳向上爬升了整整五十度，
我也没有为意。到我们抵达
某一点，听见众亡魂一起叫喊
“这就是你们的目的地”，才瞿然觉察。
葡萄成熟时，农夫往往会叉满
一叉荆棘，把树篱的缺口堵起来。
亡魂离开后，导师就爬攀
向上；我呢，则在他后面陟踩；
两个人，独自沿一条通道上跻。
那通道，比农夫堵塞的缺口狭窄。
一个人要往圣雷奥，要降落诺利，
或向比斯曼托瓦之巅攀陟，
靠双脚就行了；在这里却要插翼——
我的意思是，以热望的羽毛和疾翅
飞翔，跟着那位把希望和光辉
赐我的人，即引导我的老师。

我们爬进那块裂开的石头内，
　岩壁几乎紧贴着身体两侧。
　要匍匐过地面，就得用手用腿。
到了危崖较高一边的嵯峨，
　置身于没有障蔽的开阔山麓，
　我就问："老师呀，该走哪一条路呢？"
维吉尔答道："不要下退一步；
　仍然跟着我，攀向这座山的峰巅，
　到碰见英明的向导才可以驻足。"
山顶太高了，极目也无从得见。
　高峻的山坡，斜度也远远超过
　从九十度弧的中间向圆心划直线。
我感到困倦慵怠，于是这样说：
　"好父执呀，请你转过身来看看，
　你不等我，我就会一个人后堕。"
"好孩子呀，"维吉尔说，"请向那边登攀。"
　边说边指着比我稍高的平台——
　平台在另一边环绕着高山。
老师的话，激励了我的情怀。
　于是，我勉强后随，匍匐着攀跻，
　到脚踏平台之边才停下来。
在那里，我们一起坐下来稍息，
　向着东方，即我们攀登过的来路，
　因为，东望时我们总欣喜不已。
首先，我朝下方的海岸注目，

攀登炼狱山

我们爬进那块裂开的石头内，/ 岩壁几乎紧贴着身体两侧。

（《炼狱篇》，第四章，三一至三二行）

然后，仰望太阳时，瞿然发现，
太阳正从左边向我们晒曝。
我的反应，诗人了然在身边
目睹：面对光战车，我目瞪口呆。
那战车，正驰过我们北方的空间。
于是他说："如果双子星现在
跟那面带着光芒、在北方和南方
往复来回的镜子会合起来，
你就会看见黄道带发着红光，
旋转得更近大小熊座——除非其轨迹
有变，不再运行于原来的路线上。
如果你要思索其中的道理，
请专心致志，设想锡安山峰
和这座山同时屹立于大地，
在水平线上，两者的位置相等，
却处于不同的半球。法厄同当年
因驱车失败而遭殃。如果你能
按这点细加寻绎，你就会发现，
法厄同昔日的道路，要在这一头
越过此峰，那一头越过彼巅。"
"是的，老师，"我答道，"我的双眸
从未像现在那样看得清楚。
以前，我的才智似乎有缺漏。
我看得出，由于你提到的缘故，
天体运行的中圈在我们北方；

希伯来人向南方眺望炎土，
与中圈所隔的距离和我们相当。
这中圈，某一学科称为赤道；
太阳和冬季，总在它两旁。
不过，未知你能否惠然见告，
我们还要走多远。这座山亭亭
峭立，我的目力不能够登造。”
维吉尔闻言答道：“这座山的情形
是这样的：在山脚启程时艰难辛苦；
越是向上，辛劳就越会减轻。
因此，当你的上升路程，有如
一叶小舟顺水流而下那么
轻松，旅途显得畅快安舒，
你已经到达这条山径的终点了。
在那里，你就可以好好地休憩。
就答到这里吧。我的话都正确无讹。”
维吉尔刚把上述的话语说毕，
附近就响起一个声音：“我猜
在此之前，你得坐下来稍息！”
我们俩听了，都回过身来，
发觉左方有巨大的岩石横亘，
在此之前，都不觉得它存在。
我们走了过去，见那里有人
休憩，地点是岩石后的阴影内。
他们仿佛疲倦了，到该处养神。

临终忏悔者

我们走了过去，见那里有人 / 休憩，地点是岩石后的阴影内。/

他们仿佛疲倦了，到该处养神。

（《炼狱篇》，第四章，一〇三至一〇五行）

其中一个，显得慵怠劳累，
　正坐在那里，用两手抱着双膝，
　脸孔则在双膝之间低垂。
于是我说：“我的好先生啊，请你
　看看那个人。他样子怠倦无神，
　与慵懒为兄妹也不能跟此刻相比。”
那人闻言，就转身注视着我们，
　脸庞仅仅抬到了两股之上，
　然后说：“那就上去吧，你这个勇人！”
我这时认出了他；虽然疲倦难当，
　呼吸由于劳累而稍微加快，
　还是走向他蹲坐的地方。
我到了他身边，他头也不想抬，
　只是说：“有没有好好看清楚，日驭
　怎样从你的左肩驱战车而来？”
他慵懒的动作、草率的语句，
　叫我的嘴角微掀，莞尔不已。
　接着，我说：“贝拉夸，以后我无须
为你担忧了；不过告诉我，在这里
　坐着，是什么原因？等向导来引路？
　还是恢复了故态，一如往昔？”
亡魂说：“兄弟呀，往上也没有好处；
　神的使者正在入口前端坐，
　不肯放行，让我去承受痛苦。
我先要在外边等待，看穹苍绕着我

运行，久暂跟我的前生相同。
因为，命终时我仍然没有悔过。
祷告自蒙恩的心里升起，并从中
给我帮助，这处境才会改善。
祷告而不获天听，又有何用？”
这时候，诗人已在我前面上攀，
并且说：“来吧。你看，太阳已触着
子午线。这时候，在远方的海岸，
黑夜的脚已经践落摩洛哥。”

注释：

1. **某种官能**：指视、听、嗅、味、触五种官能之一。

4. **力量**：指人体的三种功能：生命、感觉、理智。传统哲学家认为，灵魂有三种力量：生长力量、感觉力量、心智力量；有时更称这三种力量为灵魂。参看 Sisson, *The Divine Comedy*, 580; Singleton, *Purgatorio 2*, 69。

5–6. **这一现象……点燃**：这几行在驳斥柏拉图学派的论点。柏拉图认为，人有多个灵魂，每一灵魂有一种力量。亚里士多德则认为，人只有一个灵魂，分司各种力量或功能（参看亚里士多德的《论灵魂》第三章第九节）。但丁则和阿奎那一样，都相信亚里士多德的说法。阿奎那在《驳异教徒大全》（*Summa contra Gentiles*, II, 58）里说：“Quod nutritiva, sensitiva et intellectiva non sunt in homine tres animae”（“人类并没有三个灵魂，分司长育、感觉、心智。”）。在《筵席》里，但丁也提到这三种功能：“vivere, sentire e ragionare”（“生长、感觉、论理”）。参看 *Convivio*, III, II, 11 和《炼狱篇》第二十五章五二至一〇八行。参看 Bosco e Reggio, *Purgatorio*, 64; Singleton, *Purgatorio 2*, 73-75。

10–12. **因为……收紧**：一个人仅运用听觉，他的灵魂仍然自由；如果他运用的功能是凝聚整个灵魂的一种（旅人但丁的注意力全部集中在曼弗雷德时，就运用了这种官能），就不觉时间流逝。在这里，但丁讲的是两种心智活动：一种是日常的官能活动；一种是全神贯注。在一般的官能活动中，其他官能仍会独立自主（知道时间在流逝）；全神贯注时，所有官能都集中在一点，再难兼顾其他事物。因此说“前者宽舒，后者则会收紧”。

13. **这一点，我体验得清清楚楚**：下文（一五至一八行）就叙述这种体验。

14. **幽灵**：指曼弗雷德。

15. **太阳向上爬升了整整五十度**：太阳每爬升十五度，就相等于一小时；爬升五十度，相等于三小时二十分钟。太阳由上午六时开始爬升，此刻是上午九时二十分。

18. **这就是你们的目的地**：在《炼狱篇》第三章七五至七七行，维吉尔向亡魂问路。在同一章一〇一行，亡魂给维吉尔和但丁指示。现在两人已到达登山旅程的起点，因此亡魂提醒他们。也就是说，维吉尔和但丁已到达“地形 / 倾斜得较缓”（第三章七六至七七行）之处。

19–20. **葡萄成熟时……堵起来**：葡萄成熟时，农夫为了防贼，就会把缺口堵起来。这一意象，也取自日常景物。

24. **那通道……狭窄**：Singleton（*Purgatorio 2*, 77）指出，这行既写实，也象征，回应《圣经·新约·马太福音》第七章第十三至十四节：

> “Intrate per angustam portam, quia lata porta et spatiosa via est quae ducit ad perditionem, et multi sunt qui intrant per eam. Quam angusta porta et arcta via est quae ducit ad vitam, et pauci sunt qui inveniunt eam!”
>
> “你们要进窄门。因为引到灭亡，那门是宽的，路是大的，进去的人也多；引到永生，那门是窄的，路是小的，找着的人也少。”

25–26. **圣雷奥**：San Leo，在昔日乌尔比诺（Urbino）公爵的领地，在圣马力诺（San Marino）附近，位于险峻的山巅。**诺利**：Noli，利古里亚（Liguria）城市，位于萨沃纳（Savona）以西，濒临热那亚（Genova）湾。在但丁时期，要到达诺利，只有两条途径：海路或后面陡峭的山径。**比斯曼托瓦**：Bismantova，昔日是一座城堡，位于险峻的山巅，在意大利艾米利亚（Emilia）大区，雷焦（Reggio）之南，卡诺萨（Canossa）附近。

42. **从九十度弧的中间向圆心划直线**：即四十五度。但丁和维吉尔此刻所攀的山坡非常陡峭，超过四十五度。

54.　**因为……欣喜不已**：这行有两重意义：（一）回看来路，知道刚才攀登的路途有多艰险，因而感到欣喜。（二）神的启示来自东方，望向东方，就会感到欣慰。参看 Bosco e Reggio, *Purgatorio*, 41。

57.　**太阳……晒曝**：在北半球，早晨过后不久，太阳应该从东南照来。可是但丁和维吉尔此刻在南半球；向东眺望，见太阳位于北方，从他们的左边照来。参看 Sapegno, *Purgatorio*, 42。

59.　**光战车**：太阳的战车。**目瞪口呆**：但丁见太阳出现在另一方位，感到惊诧。

61–66.　**如果双子星……路线上**：这几行的意思是：如果双子星座与太阳一起，那么，太阳此刻会在更北的天空照耀（更接近大熊座）。**双子星**：原文为"Castore e Polluce"，希腊神话中的卡斯托（Κάστωρ，Castor）与波吕丢克斯（Πολυδεύκης，Polydeuces）。宙斯化为天鹅，诱奸了丽达（Λήδα，Leda）后，丽达生下两只蛋。一只孵出海伦，一只孵出卡斯托和波吕丢克斯一对孪生兄弟。兄弟俩卒后，获宙斯安置在天上的群星间，成为双子星。**镜子**：指太阳。**黄道带**：在天文学上，"地球绕太阳公转的轨道平面与天球（celestial sphere）相交的大圆"（《中国大百科全书 · 天文学》，页一五四）称为"黄道"（ecliptic）。从托勒密天文学的观点看，这是太阳"环绕"地球一年的轨迹；从现代天文学的观点看，这是"太阳周年视运动轨迹在天球上的投影"（《中国大百科全书 · 天文学》，页三七九）。黄道两边各九度的天域称为"黄道带"。黄道带均分为十二宫（即均等的十二份），每宫三十六度，以宫里的星座命名。

68.　**锡安山峰**：巴勒斯坦地区耶路撒冷老城南部一山，在这里指耶路撒冷。耶路撒冷与炼狱山对极，两者之间有相同的地平线（或水平线）。

71–72.　**法厄同……遭殃**：参看《地狱篇》第十七章一〇六行注。

74–75.　**法厄同……彼巅**：黄道位于耶路撒冷（在北半球）和炼狱山（在南半球）之间。一年当中，太阳就在这南北两山之间或上或下地移动，有时靠近锡安山（这里指耶路撒冷，参见本章六八行注），有时靠近炼狱山。因此，法厄同的旅程在北边会经过锡安山，在南边则经过炼狱山。

80.　**天体运行的中圈**：指天赤道（也称"天球赤道"）。原文称"Equatore"，没有说明是地球赤道（equatore terrestre）还是天球赤道（equatore celeste），因此可以兼指二者。**在我们北方**：赤道在炼狱山的北方。

81.　**希伯来人**：这里指耶路撒冷人。**向南方眺望炎土**：望向赤道一带。

82.　**与中圈所隔的距离和我们相当**：赤道与北半球耶路撒冷的距离，相等于赤道与南半球炼狱山的距离。

83.　**某一学科**：中世纪的大学有所谓"四高科"（quadrivium）：算术、几何、音乐、天文。这里指天文。

84. **太阳和冬季，总在它两旁**：太阳移向南半球时，冬季就在北半球；移向北半球时，冬季就在南半球。换言之，冬季总在太阳的另一端；因此，但丁说："太阳和冬季，总在它（赤道）两旁"。

89–90. **在山脚启程时艰难辛苦；/ 越是向上，辛劳就越会减轻**：灵魂越是向上，罪孽就越因忏悔而减轻，身体下坠的拖力也随着减少。

98. **附近就响起一个声音**：即本章一二三行贝拉夸（Belacqua）的声音。贝拉夸是翡冷翠人，生性懒惰，以制造乐器为业，在阳间是但丁的朋友。

103–105. **那里有人 /……到该处养神**：这些亡魂大概像贝拉夸一样，生性懒惰，"命终时……仍然没有悔过"（一三二行）。

107–108. **正坐在那里……低垂**：这一姿势，把慵怠劳累的神态刻画得鲜明而逼真。

109. **我的好先生啊**：指维吉尔。

123–124. **以后我无须 / 为你担忧了**：但丁发觉贝拉夸不在地狱，而在炼狱，于是感到放心。

126. **还是恢复了故态，一如往昔？**：意思是：还是像以前一样，懒惰慵怠？

128. **入口**：指炼狱本身的入口。

129. **让我去承受痛苦**：让我去忏悔涤罪。

130. **穹苍**：指诸天。

131. **久暂跟我的前生相同**：贝拉夸在世时，耽搁了忏悔的机会，因此要在炼狱前等待；等待的时间，相等于天穹在他前生运行的时间。

133–134. **祷告……改善**：蒙恩的人为亡魂祷告，可以减轻亡魂要受的刑罚。参看《炼狱篇》第三章一四〇至一四一行："刑期因虔诚的祈祷 / 而缩短"；《炼狱篇》第三章一四五行："那边的人，能够给这边大帮助"。祷告何以能纾缓天律，但丁在《炼狱篇》第六章三四至三九行就会交代。

135. **祷告而不获天听，又有何用？**：意思是：没有蒙恩的人祈祷，不会获上帝倾听；不获上帝倾听，祈祷就没有用处。

136. **诗人**：指维吉尔。

137–138. **太阳已触着 / 子午线**：时间是中午，太阳正位于子午线。

138–139. **在远方的海岸，/ 黑夜的脚已经践落摩洛哥**：摩洛哥的位置与直布罗陀相等，在但丁时期属已知世界的西极，与北半球的耶路撒冷、南半球的炼狱山都相距九个度。这时，黑夜正开始降落摩洛哥。

第五章

一个亡魂，见光线没有穿过但丁而感到诧异。但丁回身后望，被维吉尔轻责，于是继续前进。迎面碰见另一群亡魂横过山坡，唱着“Miserere”。这些亡魂，在世上遭暴力而丧生，因临终时忏悔而有幸到炼狱涤罪。其中一人，请但丁转告法诺人为他祈祷，并叙述他如何中伏。另一个叫邦孔特的，也请但丁助他舒展心愿，同时详说自己怎样遇难，遇难后尸体的处境如何。第三个求助的亡魂叫琵亚，是锡耶纳人，婚后遭丈夫谋杀。

我离开了刚才那些幽灵，
　并且跟着导师的足迹上路。
　突然间，后面有一个亡魂的暗影
戟指叫道：“看哪，光线似乎
　没有照落下方那个人的左边。
　看举动，他好像是个活的人物！”
我听见这话声，就回身望向后面，

只见众幽灵惊诧不已，都骇然
望着我，也望着被我遮断的光线。
“你的心绪为什么这样纠缠？”
老师说，“使得步子也慢了下来。
那边的喃喃跟你有什么相干？
就让这些人喋喋吧；你跟着我离开。
你要像一座坚塔，稳固地屹立，
塔顶从不因烈风的吹袭而摇摆。
一个人，如果心中一念未已，
一念又生，他就会跟目标远隔，
因为诸念会虚耗彼此的元气。”
除了一句“来了”，我还能答什么呢？
我说完这话，脸上微露羞惭——
有时候，羞惭是赚得原谅的颜色。
此刻，在我们稍前的地方，一班
亡魂正朝着我们横越过山坡，
一边走，一边把“Miserere”逐行咏叹。
当他们发觉，我没有让光线穿过
身体，从身体之内穿射而出，
咏叹变成了悠长沙哑的“哦！”。
其中两个人，貌如送信之徒，
见了我们就跑过来这样发问：
“告诉我们，你们此身何属？”
老师答道：“可以回去了，你们。
向那边派遣你们的同伴这样讲：

临终忏悔者

此刻，在我们稍前的地方，一班 / 亡魂正朝着我们横越过山坡，/
一边走，一边把“Miserere”逐行咏叹。

（《炼狱篇》，第五章，二二至二四行）

这个人的躯体，是真正的肉身。
他们如果像我的猜想一样——
要驻足看他的影子，这样答就够了。
尊敬此人，会有好处分享。”
那两个亡魂听后，就飞快地
疾驰向上；和众伴刚聚在一起，
就和他们旋回来，像骑兵不掣
马缰般冲至。在我过去的经验里，
燃烧的蒸汽疾擘过入夜的晴空
或八月的暮云，也绝不会这么迅疾。
“拥向我们的亡魂人多势众，”
诗人说，“都为了求你而向你奔赴。
你尽管一边听，一边向前方走动。”
“生灵啊，为了求快乐，你走上这征途，
带着有生俱来的肢体前行，”
众亡魂边走边叫喊，“请稍微留步，
看看你可曾见过哪一个幽灵，
以便把他的情况转告世上。
欸，怎么还在走？请你停一停。
我们这些人，都遭暴力而死亡，
到临终的一刻仍有罪愆。
然后，我们醒悟于上天的灵光，
结果在忏悔和宽恕中离开凡间，
摆脱尘躯而恬然跟上主契合，
内心深受其驱使，要目睹其容颜。”

于是我说：“那安恬，令我跟随着
这位大向导，跨界去把它寻索。
我细察你们的容颜，却没有一个
认得出。不过，有福的灵魂哪，如果
有什么可以效劳，就请见告。
看在那安恬份上，我必会办妥。”
“不必发誓，”其中一人答道，
“我们大家都相信你的好意——
除非你能力不足，意志受阻挠。
因此，在众人之前，我独自请求你：
有一天，如果你见到那片位于
罗马亚和沙尔王国之间的土地，
烦劳尊驾做以下的善举：
恳求法诺人好好为我祷拜。
我这样做，只为了把重罪洗去。
我生于法诺，以为安忒诺尔后代
最可靠；想不到会在他们手中
遭受重创。前世的生命所在——
我体内的血液——就从创口外涌。
叫人下手的是埃斯特人。他对我
施怒，是大违公义准则的行动。
不过，在奥里阿科被赶上时，如果
我朝着拉米拉那边的方向逃逸，
我仍会置身于生灵呼吸之所。
可是，我奔进了沼泽，被芦苇和烂泥

绊住。我倒了下来，在那里眼看
血管把一摊鲜血倾泻于大地。”
然后，另一个说 ：“但愿牵引你上攀
那座高山的意欲能够成真。
请发慈悲，也助我把心愿舒展！
我叫邦孔特，是蒙特菲尔特罗人。
卓凡娜跟其他人都没有对我关怀，
我才会低着头，跟这些人趋奔。”
于是我说 ：“是什么力量或意外，
把你从坎帕尔迪诺向远方曳卷？
迄今无人得知你埋葬所在。”
“啊！”他回答说，“有一道山泉，
名叫阿基阿诺。它流过卡森提诺之麓，
在亚平宁的修道院之上发源。
我喉部受了伤，流溅的鲜血汩汩
染红了平原。我倚靠双足窜匿，
最后逃到了该河失名的去处，
在那里失去了说话和观视的能力 ；
呼唤着玛利亚的名字，在那里跌倒，
结束了生命，只留下血肉的躯体。
下述的真相，请你向人间转告 ：
‘哼，天上来的，干吗要劫我？’
魔鬼见天使接了我，就这样大吵，
‘一滴泪，就从我手中把他掳夺，
叫你把他的不朽魂魄救起。

蒙特菲尔特罗人邦孔特

“……‘哼，天上来的，干吗要劫我？’/魔鬼见天使接了我，就这样大吵……”

（《炼狱篇》，第五章，一〇四至一〇五行）

他的另一半，我会用他法去消磨！’
你十分清楚，天空怎么样聚集
湿气；湿气上升，一旦遇冷，
就凝结为水，再度成为液体。
魔鬼让唯恶是务的念头萌生，
使它与心智结合，并且以上天
所赋的能力，掀起雾气和大风。
然后，当白日消逝，他就驱云烟
把普拉托马约到大岳的山谷覆垂，
并且令上面的苍穹浓云布遍，
使积聚凝滞的空气变而为水。
大雨滂沱下泻；没有被泥土
吸收的，就滔滔在溪谷里相汇。
这些水流，聚成了浩浩湍瀑，
就汹汹向王者之河奔腾澎湃，
迅猛得什么东西都无从拦阻。
激湍的阿基阿诺河，在出口地带
遇上我冻硬的尸体，于是把它
冲入阿尔诺河，把胸前的十字解开。
那十字，是我不胜痛苦时所画。
河水卷着我沿河岸和河床向前，
然后用渣滓把我覆盖包扎。”
“啊，当你从这里返回阳间，
在漫长的旅途后恢复了精神，”
第三个灵魂随着第二个发言，

琵亚

"请你不要忘记琵亚这个人：/ 吾生由锡耶纳赐胚，遭马雷马摧毁。……"

（《炼狱篇》，第五章，一三三至一三四行）

“请你不要忘记琵亚这个人：
　吾生由锡耶纳赐胚，遭马雷马摧毁。
　这件事，那个订婚时表示坚贞，
然后以宝石娶我的，会知道原委。”

注释：

1. **刚才那些幽灵**：指《炼狱篇》第四章里面因怠惰而来不及忏悔的人。

4–6. **看哪……人物**：此刻，但丁和维吉尔面向西边，背向东边，太阳从右边照来，但丁的影子乃投向左边，使不会投影的亡魂感到惊奇。

19. **除了……什么呢？**：但丁的神态和动作，活现纸上。

20. **脸上微露羞惭**：指但丁因羞惭而脸红。

22–23. **此刻……山坡**：这批亡魂在世间横死，其罪恶虽未获赦免，但临终时能够忏悔，因此都到了炼狱。此刻，他们正在逆时针方向前进。

24. **“Miserere”**：指拉丁通行本《圣经 · 诗篇》第五十篇（希伯来文本第五十一篇）。该篇第三至五节（希伯来文本第一至三节）提到涤罪和忏悔：

> Miserere mei, Deus, secundum magnam misericordiam tuam; et secundum multitudinem miserationum tuarum dele iniquitatem meam. Amplius lava me ab iniquitate mea, et a peccato meo munda me. Quoniam iniquitatem meam ego cognosco, et peccatum meum contra me est semper.
>
> 神啊，求你按你的慈爱怜恤我！
> 按你丰盛的慈悲涂抹我的过犯！
> 求你将我的罪孽洗除净尽，
> 并洁除我的罪！
> 因为，我知道我的过犯；
> 我的罪常在我面前。

36. **尊敬此人，会有好处分享**：但丁回到阳间，可以请亡魂的亲属为他们祈祷。而阳间的祈祷，对亡魂会有好处。参看《炼狱篇》第三章一四〇至一四一行和一四五行。

41–42. **燃烧的蒸汽……暮云**：中世纪的人相信，流星和闪电都由燃烧的蒸汽形成。流星会“疾擘过入夜的晴空”；闪电会疾擘过“八月的暮云”。

50. **以便……转告世上**：众亡魂希望但丁在阳间为他们传递信息。

51. **欸……停一停**：从这行可以看出，但丁听亡魂说话时，在继续前进。

56. **恬然跟上主契合**：参看《炼狱篇》第十三章一二五行：“我跟上主讲和。”

59. **大向导**：指维吉尔。

64. **不必发誓**：所谓“誓”，指第六十三行但丁的话。但丁的“看在那安恬份上”，是发誓之词。**其中一人**：但丁没有交代亡魂的姓名，但论者一致认为指雅科坡·迪乌古绰内·德尔卡塞罗（Jacopo di Uguccione del Cassero，约一二六〇年至一二九八年）。雅科坡出身于法诺（Fano）的一个贵族家庭，一二八八年至一二八九年助翡冷翠的圭尔佛党攻打阿雷佐（Arezzo），八年后任波隆亚（Bologna）的最高行政官（podestà）；因反对埃斯特（Este）侯爵阿佐八世（Azzo VIII）并吞波隆亚，招阿佐八世忌恨，于一二九八年，由帕多瓦（Padova）往米兰途中，在奥里阿科（Oriaco，今日称 Oriago）遭阿佐八世预埋杀手击毙。但丁在这里没有提雅科坡的名字，因为这一事件，当时尽人皆知。参看 Bosco e Reggio, *Purgatorio*, 84-85; Porena, 381; Sapegno, *Purgatorio*, 52; Vandelli, 392-93; Singleton, *Purgatorio 2*, 97-98。

69. **罗马亚和沙尔王国之间的土地**：法诺在罗马亚（Romagna）和那波利（Napoli）王国之间；罗马亚在北，那波利王国在南。后者由法国的安茹伯爵沙尔二世统治，因此又叫“沙尔王国”。

71. **法诺**：位于佩萨罗（Pesaro）和安科纳之间，濒临亚德里亚海。

72. **把重罪洗去**：阳间的人为亡魂祈祷，对亡魂有好处。参看第三章一四〇至一四一行和一四五行，本章第三十六行。

73. **安忒诺尔**：安忒诺尔是特洛亚的叛徒，特洛亚陷落后他到意大利建立帕多瓦城。这里提到安忒诺尔，目的是暗示帕多瓦人出卖了雅科坡，同时响应《地狱篇》第三十二章的安忒诺尔界，强调出卖这一主题。参看《地狱篇》第三十二章第八十九行注。

76. **我体内的血液**：古人认为血液是生命所在。譬如《圣经·旧约·利未记》第十七章第十四节就说：“anima enim omnis carnis in sanguine est”（“论到一切活物的生命，就在血中”）。

77. **埃斯特人**：指阿佐八世，一二九三年成为埃斯特侯爵。参看本章第六十四行注。

79. **在奥里阿科被赶上时**：Oriaco（现代称 Oriago），当年是个村庄。由威尼斯出发，先到奥里阿科，然后才到拉米拉（第八十行）。

80. **拉米拉**：原文（第七十九行）“la Mira”。拉米拉是个村庄，属于帕多瓦。

81. **我仍会……呼吸之所**：意思是：我仍会活着。亡魂言下之意是，他走错了方向。

85. **另一个**：指第八十八行的邦孔特。参看第八十八行注。

88. **邦孔特**：Bonconte，全名邦孔特·达蒙特菲尔特罗（Buonconte da Montefeltro），圭多·达蒙特菲尔特罗（Guido da Montefeltro）之子，吉伯林党领袖。一二八七年与党人把圭尔佛党逐出阿雷佐。一二八九年，进攻翡冷翠的圭尔佛党，在坎帕尔迪诺（Campaldino）战败身死，尸体不知所终。在该场战役中，但丁是翡冷翠行伍的成员。有关圭多·达蒙特菲尔特罗的生平，参看《地狱篇》第二十七章第十九行注。参看 Bosco e Reggio, *Purgatorio*, 86-87; Sapegno, *Purgatorio*, 53; Toynbee, 105,“Bonconte”条；Singleton, *Purgatorio 2*, 101-02。

89. **卓凡娜**：Giovanna，邦孔特的妻子。**其他人**：指邦孔特的亲人，其中包括他的女儿和兄弟。

90. **我才会低着头，跟这些人趋奔**：意思是：卓凡娜和其他人在世上没有理我，我才沦落到这一地步。言下之意是：如果他们还记得我，为我祈祷，我的处境会好些。

92. **坎帕尔迪诺**：位于卡森提诺（Casentino）平原，在坡皮（Poppi）和比比恩纳（Bibbiena）之间。一二八九年六月十一日，邦孔特在这里战死。参看第八十八行注。

95. **阿基阿诺**：Archiano，发源于亚平宁山脉的河，经众水倾注后流过卡森提诺平原，然后在比比恩纳（Bibbiena）附近汇入阿尔诺河。**卡森提诺**：托斯卡纳的一个地区，位于阿尔诺河上游，在翡冷翠以东，包括亚平宁山山坡。参看《地狱篇》第三十章第六十四行。参看 Toynbee, 150-51,“Casentino”条。

96. **在亚平宁的修道院之上发源**：指卡马尔多利（Camaldoli）修道院，创立于十一世纪，属本笃会，建于高山之上，下临卡森提诺平原，距翡冷翠约五十公里。阿基阿诺的一条支流，发源于修道院附近。

99. **该河失名的去处**：指阿基阿诺河汇入阿尔诺河的地方，距坎帕尔迪诺约数公里。在这里，阿基阿诺河不再是阿基阿诺河（“失名”）。

103–108. **下述的真相……消磨**：这几行写邦孔特死后，天使和魔鬼的争辩。基督教相信，一个人死后，天使和魔鬼会争夺死者的灵魂。在《地狱篇》第二十七章一一二至一二二行，方济各也与黑天使争夺邦孔特父亲圭多的灵魂，结果黑天使赢了，把圭多送进地狱。参看

Bosco e Reggio, *Purgatorio*, 88; Vandelli, 396; Singleton, *Purgatorio 2*, 103。**天上来的**：指天使。魔鬼见天使带走了邦孔特的灵魂，认为他（"天上来的"）在抢劫。**一滴泪**：指邦孔特临终的忏悔。**他的另一半**：指邦孔特的肉体。**用他法去消磨**：用别的方法加以整治。有关魔鬼整治邦孔特肉体的方法，参看一一二至一二〇行。

112–114. **魔鬼……和大风**：Sapegno（*Purgatorio*, 55）、Vandelli（396）、Singleton（*Purgatorio 2*, 105）指出，魔鬼有意念，有心智，并能结合二者作恶。在这里，魔鬼掀起雾气、大风，是要"用他法去消磨"（一〇八行）邦孔特的遗体。在古代的欧洲，许多人相信，天使不论正邪，都有兴风作浪的能力。魔鬼是邪恶天使,因此能"掀起雾气和大风"。《圣经·新约·以弗所书》第二章第二节称魔鬼为"princeps potestatis aeris"（"空中掌权者的首领"）。恶意和心智结合后会有什么后果，可参看《地狱篇》第三十一章五五至五七行。

116. **普拉托马约**：高山名，在卡森提诺平原和阿尔诺河谷之间。**大岳**：指卡森提诺东北部亚平宁山脉的高峰。**山谷**：指卡森提诺平原。西南和东北都有大山，平原上面有阿基阿诺河流过，因此称"山谷"（也可称为"河谷"或"流域"）。

122. **王者之河**：原文"lo fiume real"，指阿尔诺河。参看 Porena，384。布提（Buti）指出，在意大利，奔流入海的河都称为"王者之河"；阿尔诺河之水，最后都注入大海，因此有"王者"之号。转引自 Sapegno, *Purgatorio*, 55-56。

126–127. **把胸前的十字解开……不胜痛苦时所画**：邦孔特受伤后，肉体痛苦，知道不久于人世，于是把双臂在胸前合成十字，表示忏悔，并皈依上帝。阿基阿诺河的急湍把他冻硬的尸体冲进阿尔诺河后，他的双臂松开，所以说"把胸前的十字解开"。

129. **渣滓**：指河泥、碎石等冲积物。

132. **第三个灵魂**：指一三三行的琵亚。原文的"Pia"既是亡魂的名字，也是"pio"（虔诚，善良，慈悲）的阴性形容词。琵亚的全名为琵亚·德托洛梅（Pia dei Tolomei），她出身于锡耶纳的一个贵族家庭。丈夫涅洛（Nello），又名潘耶洛（Pagnello），属潘诺基耶斯基（dei Pannocchieschi）家族，是圭尔佛党领袖，曾任沃尔泰拉（Volterra）和卢卡（Lucca）最高行政官，拥有马雷马（原文"Maremma"又指"近海沼泽地"。参看《地狱篇》第二十九章第四十八行注）的德拉皮耶特拉城堡（Castello della Pietra，也可意译为"石城"）。涅洛为了再娶，以残忍手段把琵亚谋杀。至于谋杀过程，论者有不同的说法。一说涅洛命手下把琵亚从窗口掷下摔死。参看 Bosco e Reggio,

Purgatorio, 90; Porena, 384; Singleton, *Purgatorio 2*, 107-08; Toynbee, 502, "Pia la" 条。原文在"Pia"之前加定冠词"La"，是意大利语表示亲切的说法。琵亚请但丁"在漫长的旅途后恢复了精神"（一三一行）才"不要忘记"（一三三行）她，可见琵亚谦卑善良，又能为他人设想。有的论者见琵亚没有请阳间的人为她祈祷，推测她在世上再无亲友。参看 Sayers，*Purgatory*，109。至于琵亚何以与临终忏悔的亡魂为伍，但丁没有交代。读者只能肯定，她在阳间横死，因此与横死的亡魂在一起。

134. **吾生……遭马雷马摧毁**：指琵亚在锡耶纳出生，在马雷马遭丈夫谋杀。Singleton（*Purgatorio 2*, 109）指出，这行的句法大概出自维吉尔的墓志铭："Mantua me genuit, Calabri rapuere."（"曼图亚生我，卡拉布里亚杀我。"）。原文"Siena mi fé; disfecemi Maremma"的"fé"和"disfece"分别出现于句子前半部之后和后半部之前，是修辞学所谓的"交错配列法"（chiasmus）。

135–136. **那个订婚时表示坚贞，/ 然后以宝石娶我的，会知道原委**：Sayers（*Purgatory*, 109）指出，在古代的意大利，订婚是庄严的仪式。订婚后，双方就立了盟约，受到约束，此后除了特许，不得解约；接着的婚礼，只是仪式的完成。琵亚的丈夫经过订婚仪式而见异思迁，把妻子谋杀，其罪之大，不言而喻。此外，参看 Vandelli, 398; Bosco e Reggio, *Purgatorio*, 91; Sapegno, *Purgatorio*, 56; Singleton, *Purgatorio 2*, 109-10。

第六章

亡魂纷纷趋前，求但丁返回阳间后嘱他们的亲人祈祷。但丁问维吉尔，祈祷何以能改变天律。维吉尔向但丁解释后，两人继续前进，看见索尔德罗。接着，诗人因索尔德罗出现，一一声讨意大利和翡冷翠的弊端，同时口诛失职的政治人物。

在赌场里，掷骰赌博结束，
　输了的一个就会留下来，怃然
　重掷，沮丧地从中吸取启悟。
胜利者则离开，并获众人随伴；
　这个在前，那个在后面拉他，
　另一个自称故友的在旁边侃侃。
他一边前行，一边听各人讲话；
　手伸向谁，谁就停止苦索。
　就这样，他把周围的人群打发。

那堆拥挤的亡魂，也这样缠着我。
我在人群中把脸孔左转右移，
答应着请求才能把他们摆脱。
人群中，有阿雷佐人。他曾遭袭击，
在基诺·迪塔科凶残的手中遇害。
另一个，则在兵败逃窜时溺毙。
那边是费德里戈·诺维洛，正张开
双手祈求。还有那个比萨人，
曾彰显贤人马祖科的强态。
我看见奥尔索伯爵，以及因仇恨、
嫉忌而与躯体分离的魂魄。
据说那魂魄并非因罪孽而离身。
我是指皮耶·德拉布罗斯。如果
阳间的布拉邦女士，不想堕入
更坏的人群，她就要好自为之哟！
众幽灵但求别人祈祷，帮助
他们快一点到达神圣之境。
摆脱了所有亡魂后，我突围而出，
并且说：“啊，我的光明，
我好像读过尊著的某一节，明言
祈祷不能够扭转天上的律令。
这些人祈祷，正想把天律改变。
那么，是亡魂的希望要归于空无，
还是我未能领会你的论点？”
维吉尔答道：“作品中，我说得很清楚。

如果你用正确的观点审察，
这些亡魂的希望也没有错误。
仁爱之火如果在短暂的刹那
为这里的人完成了应尽的事功，
不等于把天道的崇高标准下拉。
在记录上述论点的段落中，
缺失之所以没有借祈祷变好，
是因为祈祷不能向上主传送。
老实说，对于这么高深的天道，
你不要有主张，除非那位女士——
真理与心智间的明灯——向你昭告。
你明白吗？贝缇丽彩是此语所指。
你会看见她置身高处，在这座
大山的巅峰粲然，怡悦而舒弛。”
“老师呀，我们走得快些吧，”我说，
“我已经没有刚才那么累了。
你看，这座山已投下影子的轮廓。”
“我们趁着这一天的余光，走得
多远就走多远，”维吉尔答道，
“不过，事实跟你的想象有别呢；
这座山的巅峰你尚未登造，
太阳就会重现。它现在隐蔽
于山后，光线没有受你干扰。
不过你看那边的亡魂。他自己
一个人坐着，正望向我们这边。

他会为我们指出最快的捷蹊。”
我们走到那伦巴第亡魂跟前。——
亡魂哪，你的举止何其傲岸！
两眼缓转间又何其尊严！
亡魂对我们什么都不说，只默然
让我们走过，自己在旁边觑察，
就像一头狮子俯卧着旁观。
可是，维吉尔走了上去，求他
给我们指示上山的最佳途径。
亡魂听维吉尔说完，并没有回答，
只是询问我们的籍贯和生平。
于是，和蔼的导师这样答复：
“曼图亚……”幽灵听后就无比高兴，
从独坐的地方跃到了维吉尔那处，
说：“曼图亚人哪，我是索尔德罗，
跟你同乡！”说时把维吉尔搂住。
啊，遭奴役的意大利——那愁苦之所，
没有舵手的船只受袭于大风暴，
你不是各省的公主；是娼妓窝！
那位高尚的灵魂，只因为听到
自己故城的美名，就这样急切，
立即在那里欢迎同乡的文豪。
此刻，你境内的生人还未终结
无休无止的战争；由一城一沟
围起来的人，也在彼此咬啮。

可怜虫啊，请你在自己海域的四周
　搜遍沿岸，然后望入你怀里，
　看看你哪一部分有和平享受。
鞍鞯空虚，有查士丁尼给你
　重配缰绳又有什么用处？
　没有缰绳，倒不致这么可鄙。
你们哪，如果好好听上主吩咐，
　做人就应该虔虔敬敬，应该
　让凯撒大帝坐在马鞍上做主。
看吧，自从那条马缰落在
　你们手中，这畜生如何因缺乏
　鞭策教导而变得邪恶败坏。
德国人阿尔贝特呀，你弃了这匹马，
　让她变得桀骜难驯。你应当
　骑在她的鞍上，把她控拉。
但愿公正的判决，从众星朗朗
　落在你的家族，奇异而明显，
　好使你的继承人为之惊惶！
因为，贪婪把你和父亲拘牵，
　结果你们在远方留在另一地，
　让帝国的花园变得荒凉芜蔫。
过来呀，看看蒙特基、卡佩列提、
　莫纳尔迪、菲利佩斯基等家族哇，无心人。
　前两族已没落；后两族充满了惊疑。
过来呀，硬心人过来，看看你们

家乡的贵族受厄，替他们医病！
你会发觉圣菲奥拉一蹶不振。
过来呀，看看你的罗马在伶仃
孤寡地啼泣，而且日夜都厉呼：
“我的凯撒呀，为什么不跟我同行？”
过来呀，看众人相爱到什么程度！
你对我们毫无怜惜的心肠，
也该怕名声蒙羞而来到此处。
至尊的宙甫哇，你为了我们，在地上
遭十字架钉死。请问一声，
你正直的目光此刻移到了他方，
还是你另有深邃的宏谟，为完成
某种懿行而预先做好准备，
使我们的理解隔绝，要领会而不能？
不然，意大利所有的城市，怎会
充满了暴君？结党结派的粗人，
怎会成为马克鲁斯的同类？
这段打岔的话，跟你本身
无关，我的翡冷翠呀，你可以心安。
你能够如此，要归功于市民的勤奋。
许多人心怀公道，裁决却射得慢，
因为它来时不能不顾及那张弓；
但你的市民却把它放在舌畔。
许多人推辞公职，不肯为大众；
你的市民却敏捷地接纳；

没有人邀请，就大喊："让我来挑动！"
好啦，你有足够的理由高兴啦！
你有钱，有识见，又有平和的心境。
我说的老实话，不会被事实抹煞。
雅典和拉克代蒙两城，制定
古代的律法，使国家井然获治；
但是跟你比较，做人的德性
却微而不显。你的措施
是那么细密，十月所纺的线，
未到十一月中，就已经废弛。
在你的记忆里，你不知有多少遍
更改了律法、货币、官职、风俗，
并且把你的成员更换、罢免！
如果你了然重拥昔日的明目，
你就会发觉，自己像那个女病人，
在绒羽床上不能够安宁静处，
为了减少痛苦而转侧翻身。

注释：

1–9. **在赌场里……打发**：但丁再以日常所见的景象描摹炼狱经验。**掷骰**：原文"zara"，由阿拉伯传到西方。投掷时有人旁观，等赢者赏赐。**怃然 / 重掷……吸取启悟**：输了的人留下来，独自重温刚才的赌局。

12. **答应着请求**：答应回到阳间后，转告亡魂的亲人为他们祈祷。

13–14. **阿雷佐人……遇害**：阿雷佐人本宁卡萨·达拉特里纳（Benincasa da

Laterina）任锡耶纳法官时，把基诺·迪塔科（Ghin di Tacco）的一个亲人判死。后来在罗马遭基诺杀害。基诺是拉迪科凡尼（Radicofani）一带的大盗，本身后来也遭刺杀，是薄伽丘《十日谈》（*Decameron*, X, 2）的角色。参看 Bosco e Reggio, *Purgatorio*, 99-100。

15. **另一个……溺毙**：指古绰·德塔尔拉提（Guccio dei Tarlati）。阿雷佐（Arezzo）皮耶特拉马拉（Pietramala）人，本身属吉伯林党，因追击阿雷佐圭尔佛党人波斯托利（Bostoli）家族而掉进阿尔诺河遇溺。另一说法是：古绰在坎帕尔迪诺（Campaldino）之役中逃避圭尔佛党时罹难。参看 Bosco e Reggio, *Purgatorio*, 100; Sapegno, *Purgatorio*, 59。

16. **费德里戈·诺维洛**：Fedefigo Novello，属圭多（Guido）伯爵家族，圭多·诺维洛（Guido Novello）之子，约于一二八九年在比比恩纳（Bibbiena）遇害。当时，他与皮耶特拉马拉的塔尔拉提族并肩作战，对抗阿雷佐的圭尔佛党，结果身死。参看 Bosco e Reggio, *Purgatorio*, 100; Singleton, *Purgatorio 2*, 115。

17–18. **那个比萨人，/……强态**："比萨人"，指比萨人马祖科·德利斯科尔尼詹尼（Marzucco degli Scornigiani），于一二八六年皈依方济各会。他有两个儿子：噶诺（Gano）和法里纳塔（Farinata），其中一个（一般论者认为是噶诺）约于一二八七年遭乌戈利诺（Ugolino）伯爵的孙子尼诺（Nino）杀害。儿子遇害后，马祖科不但没有设法报复，而且原谅了杀子仇人。这里的"比萨人"指噶诺。两行的意思是：噶诺遇害，让父亲有机会表现坚强勇毅的精神。有关乌戈利诺伯爵的故事，参看《地狱篇》第三十三章。该章第八十九行的布里噶塔就是尼诺。参看 Toynbee, 434-35, "Marzucco" 条。

19. **奥尔索伯爵**：Conte Orso，纳坡雷奥内·德利阿尔贝提（Napoleone degli Alberti）伯爵之子，于一二八六年遭堂兄弟阿尔贝托（Alberto）凶残杀害。阿尔贝托是曼戈纳（Mangona）人，父亲阿列山德罗（Alessandro）和兄弟纳坡雷奥内有宿仇，结果仇延下代，导致堂兄弟相残。《地狱篇》第三十二章五五至五九行所提的，就是纳坡雷奥内兄弟。参看该章第五十八行注。参看 Bosco e Reggio, *Purgatorio*, 100; Sapegno, *Purgatorio*, 60; Singleton, *Purgatorio 2*, 116-17。

19–20. **因仇恨、/嫉忌而与躯体分离的魂魄**：指第二十二行的皮耶·德拉布罗斯（原文 Pier da la Broccia，法文 Pierre de la Brosse）。德拉布罗斯是个医生，法王腓力三世的内侍；出身寒微，受宠于腓力三世，曾指控腓力三世的第二任妻子玛丽·德布拉邦（Maie de Brabant）毒杀腓力和第一任妻子所生的王太子，为自己的儿子篡夺太子之位。一二七八年，德拉布罗斯遭法王下令拘捕，并于同年问吊。罪名是叛国（一说勾引王后）。但丁认为德拉布罗斯遭玛丽诬陷，因此在二二至二四行警告玛丽。参看 Bosco e Reggio, *Purgatorio*, 100; Sapegno, *Purgatorio*, 60-61; Toynbee, 112-13, “Broccia, Pier da la”; Singleton, *Purgatorio 2*, 117-18。

23. **布拉邦女士**：即玛丽·德布拉邦。参看一九至二〇行注。玛丽·德布拉邦卒于一三二一年。

28. **我的光明**：指维吉尔。在《炼狱篇》第四章二九至三〇行，但丁这样称呼维吉尔：“quel condotto/che speranza mi dava e facea lume”（“那位把希望和光辉 / 赐我的人”）。

29–30. **尊著的某一节……律令**：在《埃涅阿斯纪》第六卷三七三至三七七行里，女预言家对帕利努洛斯（Palinurus）的幽灵说：

> “unde haec, o Palinure, tibi tam dira cupido?
> tu Stygias inhumatus aquas anmemque severum
> Eumenidum aspicies, ripamve iniussus adibis?
> desine fata deum flecti sperare precando.
> sed cape dicta memor, duri solacia casus...”
> “帕利努洛斯呀，你怎会有这样的怪念头？
> 未下葬，就想看九曲河？看复仇三女神的
> 无情之川？想时机未到就靠近河岸？
> 不要指望借祈祷去改变上天的律令；
> 且倾听牢记我的话，好纾缓你的苦境……”

帕利努洛斯是埃涅阿斯的舵手，在意大利遇害，因未获安葬而不能渡过冥河。埃涅阿斯到了阴间，目睹他在斯提克斯河（即九曲河）畔徘徊。

37–39. **仁爱之火……下拉**：蒙恩的人借祈祷减轻亡魂的刑罚，并没有降低上帝的标准。**天道的崇高标准**：Grandgent 指出，这行叫人想起莎士比亚的《以牙还牙》（*Measure for Measure*）第二幕第二场第七十六行：“If he, which is the top of judgment...”（“如果他，最高的裁决……”）。转引自 Singleton, *Purgatorio 2*, 119。

42. **是因为祈祷不能向上主传送**：基督降生为人类赎罪前，人类还没有蒙恩，因此当时的祈祷无效。

43–44. **老实说……不要有主张**：维吉尔在这里强调，未经天启的人智有局限，不能探测天道的深邃奥秘。

44. **那位女士**：指贝缇丽彩。

47–48. **你会看见她置身高处……怡悦而舒弛**：到了旅程的另一阶段，维吉尔就要把向导的任务交给贝缇丽彩。贝缇丽彩代表神的启示，能胜任更高层次的职责。

50. **我已经没有刚才那么累了**：这行回应《炼狱篇》第四章八九至九〇行。

51. **这座山已投下影子的轮廓**：此刻约为下午三时，但丁和维吉尔在炼狱山的东边上攀，因此看见山的投影。

54–56. **不过……重现**：维吉尔告诉但丁，攀登炼狱山，并不会像但丁想象的那么快。

58. **那边的亡魂**：指第七十四行的索尔德罗（Sordello，约一二〇〇年至一二七〇年）。索尔德罗生于曼图亚附近的戈伊托（Goito），是个诗人，先后在意大利、普罗旺斯（Provence）的宫廷任侍臣，善于用普罗旺斯语（Provençal）写抒情诗和说教诗，其哀悼贵族兼诗人布拉卡斯（Blacatz）的挽歌（planch）是首出色的作品。由于索尔德罗善于写政治题材，但丁在这里提到他的时候，顺便声讨当时的政治弊病。参看 Bosco e Reggio, *Purgatorio*, 103-04; Sapegno, *Purgatorio*, 63-64; Singleton, *Purgatorio 2*, 123-24; Toynbee, 585-88, "Sordello" 条。

61. **伦巴第亡魂**：曼图亚属伦巴第大区，因此但丁称索尔德罗为"伦巴第亡魂"。

62–63. **亡魂哪……何其尊严**：这两行并非但丁对索尔德罗所说的话，而是近乎旁白的呼语（apostrophe）。

76. **遭奴役的意大利**：但丁认为，在神圣罗马帝国皇帝的统治下，意大利能获自由；现在神圣罗马帝国皇帝的治权还未能伸张，因此意大利仍遭奴役。参看 *Monarchia*, I, XII, 6-8; *Epistole*, VI, 5; Ariosto, *Orlando Furioso*, XVII, 76。

77. **舵手**：指神圣罗马帝国皇帝。**船只**：指意大利。

78. **你不是各省的公主**：指意大利未能当主人去领导各省。

79. **那位高尚的灵魂**：指索尔德罗（见第五十八行注）。

81. **同乡的文豪**：指维吉尔。

88. **查士丁尼**：Flavius Anicius Justinianus（四八三年至五六五年），一译"尤士丁尼安"（根据拉丁文发音，可译为"尤斯提尼安奴斯"），五二七年至五六五年为拜占庭帝国（东罗马帝国）皇帝，娶塞奥多拉（Theodora）。在位期间力谋恢复罗马帝国的大一统，灭北非的汪达尔王国、意大利半岛的东哥特王国，征服西班牙东南部，加强国内的官僚结构，下令编纂《国法大全》（*Corpus iuris civilis*，一译《民法大全》），其中包括《查士丁尼法典》。《国法大全》日后成为欧洲的重要法典。在《天堂篇》第六章，查士丁尼会再度出现。参看 Bosco e Reggio, *Purgatorio*, 105; Sapegno, *Purgatorio*, 65; Vandelli, 405; Toynbee, 327,“Giustiniano”条;《辞海》及《世界历史词典》有关词条。

89. **重配缰绳又有什么用处**：意思是：有查士丁尼为你定立法典，而没有人掌控，又有何用？

91–96. **你们哪……变得邪恶败坏**：这行是但丁对教会人士说话。**应该 / 让凯撒大帝坐在马鞍上做主**：参看《圣经 · 马太福音》第二十二章第二十一节："Tunc ait illis: Reddite ergo quae sunt Caesaris Caesari, et quae sunt Dei Deo."（"耶稣说：'这样，凯撒的物当归给凯撒；神的物当归给神。'"）。

97. **德国人阿尔贝特呀，你弃了这匹马**：指奥地利的阿尔贝特一世，德意志国王、神圣罗马帝国皇帝、哈布斯堡（Hapsburg 或 Habsburg）王朝建立者鲁道尔夫一世（Rudolf I，又译"鲁多尔夫一世""鲁德福一世"，一二一八年至一二九一年）之子。一二九八年继任神圣罗马帝国皇帝。因疏于政事，结果意大利纷争不断。因此但丁说他"你弃了这匹马"。其后，阿尔贝特遭侄儿杀害（据当时的传说，阿尔贝特也曾杀害拿骚〔Nassau〕的阿道夫〔Adolf〕而篡位）。《炼狱篇》第七章第九十四行，提到鲁道尔夫一世。参看 Bosco e Reggio, *Purgatorio*, 106; Vandelli, 406; Singleton, *Purgatorio 2*, 129, Toynbee, 21, "Alberto tedesco"条。

100–102. **但愿……惊惶**：一三〇七年，阿尔贝特的长子鲁道尔夫（Rudolph）遭刺杀；一三〇八年六月，阿尔贝特本人也遭侄儿谋害。但丁创作《神曲》时，这些事件已经发生。但丁在这里当事件未曾发生，作品乃有预言意味。**继承人**：指亨利七世（Heinrich VII，约一二七五年至一三一三年），原为卢森堡伯爵，一三〇八年至一三一三年任德意志国王兼神圣罗马帝国皇帝。一三一〇年入侵意大利，因教皇克莱门特五世和那波利国王的反抗而失败，卒于锡耶纳附近。但丁写《神曲》时，这些事件已经发生；不过在诗中的虚构时空中，这些话都是"预言"。

103–105. **因为……荒凉芜薉**：阿尔贝特和父亲鲁道尔夫一世（参看第九十七行注）只顾在德国（"另一地"）扩张领土，增加家族的权力，不理会神圣罗马帝国（"帝国的花园"）。阿尔贝特和父亲鲁道尔夫一世，都没有到过意大利。

106–111. **蒙特基……一蹶不振**：**蒙特基**：Montecchi，韦罗纳家族，支持吉伯林党。**卡佩列提**：Cappelletti，克雷莫纳家族，后来伦巴第的圭尔佛党以这个家族为名。**莫纳尔迪**：奥尔维埃托（Orvieto）家族，支持圭尔佛党。**菲利佩斯基**：Filippeschi，奥尔维埃托（Orvieto）家族，支持圭尔佛党。**圣菲奥拉**：Santafior，详写 Santafiora，阿尔多布兰德斯基（Aldobrandeschi）家族的领地，在锡耶纳，因战争失利而面积日蹙。但丁列出这些家族的名字，目的是谴责他们，指他们互相倾轧，导致意大利分裂。

118. **宙甫**：原文“Giove”，等于英语的 Jove，源出拉丁文 Iuppiter（一译“朱庇特”）的所有格 Iovis。宙甫是罗马神话的主神，相当于希腊神话的宙斯，在这里指基督。

126. **马克鲁斯**：Marcus Claudius Marcellus。公元前五十一年任古罗马执政官，支持庞培，反对凯撒。有的论者（Bosco e Reggio, *Purgatorio*, 107-08）指出，马克鲁斯究竟是谁，难以确定。这里泛指反对神圣罗马帝国皇帝的人。

127–129. **这段打岔的话……勤奋**：但丁所说，语语有讽刺意味。下文一三〇行到结尾，都是斥责翡冷翠的话。

139. **雅典和拉克代蒙：拉克代蒙**：拉丁文 Lacedaemon，希腊文 Λακεδαίμων，拉科尼亚的首都。拉科尼亚是古希腊的国家，位于伯罗奔尼撒（Πελοπόννησος, Peloponnesus）半岛。拉克代蒙之名源出同名的神祇，即宙斯和塔宇革忒（Ταυγέτη，Taygete）的儿子。拉克代蒙娶河神欧洛塔斯和克列塔之女斯巴达（Σπάρτα，Sparta）为妻。后来把自己的名字赐予拉科尼亚人，把妻子的名字赐予拉科尼亚首都。在这里，拉克代蒙也指斯巴达。雅典和拉克代蒙的法律，分别由梭伦（Σόλων，Solon）和来库古（Λυκοῦργος，Lycurgus）制定。

142–144. **你的措施 /……废弛**：这几行以比喻手法讽刺翡冷翠朝令夕改。

147. **并且……罢免**：指翡冷翠敌对党派互相放逐，然后又把被逐的人召回。

149. **那个女病人**：Singleton（*Purgatorio 2*, 137）认为，这一典故指奥古斯丁（Aurelius Augustinus，公元三五四年至四三〇年）《忏悔录》（*Confessiones* VI, 16）中的一段描写。在该段文字中，奥古斯丁把自己的灵魂比喻为一个女人，辗转反侧都得不到安宁。

第七章

索尔德罗问维吉尔是谁；听了维吉尔的自我介绍后，十分高兴。维吉尔接着解释，自己何以置身幽域，并请索尔德罗指点上山的道路。索尔德罗说，太阳已经西斜，到了夜里，谁也不能上山。然后带领维吉尔和但丁来到一个小谷，里面的花草绚烂得无与伦比。索尔德罗请维吉尔和但丁在高崖上停下俯望，然后逐一为他们介绍谷里的亡魂。

当两人相逢时庄严而欣喜的
　问候和招呼重复到第三、第四回，
　索尔德罗就退后说："您是谁呢？"
"这些有资格上升、有资格回归
　上主的灵魂未向这座山奔顾，
　我的骨殖已由屋大维葬于坟内。
我是维吉尔，不是因罪过之污，
　只是因缺乏信仰而失去高天。"

我的导师听后这样答复。
像一个人，突然在自己面前
看见某种事物而惊奇的时候
“是呀……不是……”地叫嚷于半信半疑间，
索尔德罗闻言，低下了头，
并且谦恭地再向维吉尔走去，
如下属搂抱上司般把他紧搂。
“拉丁人的辉煌啊！”他说，“我们的母语
以您为媒介，赫赫把力量昭宣。
啊，您是吾乡的恒荣所聚。
您向我现身，是什么恩典、因缘？
如果我有资格聆听您发言，
请见告，您来自地狱吗？——来自哪一圈？”
“惨恻的王国中，众圈我都已走遍，”
维吉尔答道，“然后到达这座山。
我的动力和帮助来自上天。
那崇高的太阳为你所期盼；
我却因无为——非因有为——而错过；
后来认识他，为时已经太晚。
下面有一个地方，不因折磨——
只因黑暗——而愁惨。在那里，悲哀
不以号啕而只以叹息来传播。
在那里，与我为伍的是无罪的婴孩。
他们遭死亡的利齿咬噬之际，
还没有洗去人类原罪的祸灾。

索尔德罗与维吉尔

索尔德罗闻言，低下了头，/并且谦恭地再向维吉尔走去，/

如下属搂抱上司般把他紧搂。

（《炼狱篇》，第七章，一三至一五行）

在那里与我为伍的人，未穿起
三种圣德；但他们清白无罪，
认识并遵循其他所有的公义。
要是你的智能许可，请给
我们一些指示，让我们快点
到达炼狱起点的正确方位。”
亡魂答道：“我们并没有方位之限。
我可以向上，也可以环山盘绕；
我可以按自己的能力陪您向前。
不过，您看，日光已经斜照；
夜色里，我们不可以攀登向上；
该找个安稳的去处留宿才好。
这里的右边，有亡魂聚在一旁。
要是您允许的话，我带您见他们；
您会因这次结识而感到欢畅。”
“怎么啦？”维吉尔答道，“要是有人
在夜里攀登，他会受阻？还是
会发觉本身无力而不能上臻？”
贤者索尔德罗听后，以手指
画着地面说：“注意呀，太阳一走，
就连这条线也是不可越的雷池。
至于原因，是夜色太黑；并没有
别的东西阻您向上面攀赴。
夜色中，意志受拘牵，会无力奔投。
当然，您可以摸黑降回来路，

趁白昼未从水平线下面上爬，
重返山麓一带去徘徊踯躅。”
听了这番话后，老师有点惊诧，
答道：“你说有去处供我们栖息，
使我们怡然；那么，带我们去吧。”
我们出发后，只走了一小段距离，
我就发觉山边向内部凹陷，
情形和凡间峡谷的内陷无异。
幽灵说：“一会儿，我们会去那边。
那边山坡的地势如怀抱兜搂。
在那里，我们会等待新的一天。”
一条曲径，一时平坦一时陡，
把我们向一个小谷之畔引带——
边缘下降到小谷的一半都不够。
黄金、纯银、猩红、碳酸铅白，
鲜明和纯净的木本靛青，
以至纯绿宝石刚被人劈开——
和生长在谷底的花草相形，
无论哪一种颜彩都会见绌，
就如次一品输于大一品的豪英。
在那里，大自然不仅在绘图，
而且使一千种香气的芬芳
浑然交融成不知名的馥郁一股。
从那里，我看见亡魂在绿草和花上
坐着，齐唱“Salve, Regina”。外面

小谷

从那里，我看见亡魂在绿草和花上 / 坐着，齐唱“Salve，Regina”。

（《炼狱篇》，第七章，八二至八三行）

看不见他们，是因为有山谷遮挡。
“太阳快要下沉了。太阳归巢前，”
引导我们前进的曼图亚人说，
“不要叫我带你们到亡魂那边。
在这处高崖看他们的容貌、动作
会更加清楚。这样看，会胜过置身
其中，受他们欢迎而成为同一伙。
那个坐得最高的，没有跟别人
一起翕动着嘴唇唱赞美诗，
仿佛忘记了应该履行的本分。
他是鲁道尔夫皇帝，本来可治
意大利所受的致命伤，不让它崩殂；
现在，要别人医治已经太迟。
另一个，看来仿佛在安慰鲁道尔夫。
那流入伏尔塔瓦，再经易北河
入海的水，就发源自他的领土。
他叫鄂图卡，身在襁褓的时刻，
已远比于思儿瓦茨拉夫高超，
因为后者只耽于闲逸和淫奢。
那个鼻子细小的人，逃跑、
窜遁、使百合蒙污时身亡。看来
在跟他密谈的男子，有优雅的容貌。
看他怎样捶打自己的胸怀！
再看另一个，他正在叹息不住；
叹息时还以手掌把面颊承盖。

他们是法国害虫的父亲和岳父；
都知道害虫的一生肮脏邪恶，
因此才会有这么刺心的痛苦。
另一个呀，四肢真粗壮。他正跟那个
鼻子雄伟的男子一起歌唱。
他用来做腰带的尽是美德。
坐在他后面的小伙子如果安康，
能继承他的王位，他的德行
就真的会由此杯向彼杯流淌。
其余的子嗣，绝无这样的好评。
海梅和费德里戈是一国之主，
继承的素质都不能跟他相竞。
人的德行，很少在新枝重出——
因为神要如此。他这样做，
是要众生有求时向他祈呼。
我的话，对于大鼻之用得其所，
不下于对佩德罗——那跟他合唱的人。
为此，普利亚和普罗旺斯才这么愁惙。
为父的种子，优于这植物本身，
犹如康斯坦丝对夫婿的自豪，胜过
玛格丽特和贝阿特丽丝类似的福分。
看英国的亨利。在世时，这君王生活
单纯；此刻正独自坐在那边。
这个人的枝干所出较为超卓。
人丛中位置最低、坐在地面

向上仰望的是圭利艾尔莫侯爵。
因为他，阿列山德里亚及其兵燹
使蒙费拉托、卡纳韦塞哭泣受虐。”

注释：

1–2. **当两人……第四回**：这两行在故事的情节中，应该紧接第六章第七十五行；第六章七六至一五一行算是但丁的旁白。

6. **屋大维**：盖约·屋大维（Gaius Octavius，公元前六十三年至公元十四年），凯撒的甥孙、养子，凯撒死后称盖约·尤利乌·凯撒·屋大维（Gaius Julius Caesar Octavianus），罗马的第一位皇帝。凯撒遇刺身亡后，屋大维与安东尼、李必达结为三头同盟，打败布鲁图的军队。其后削李必达军权，与安东尼决裂，打败安东尼，灭埃及托勒密王朝。公元前二十七年获元老院奉以“奥古斯都”（Augustus）的称号。奥古斯都是“至尊”“神圣”“崇高”的意思。屋大维在位期间，文治武功俱盛。政治上有所谓“罗马的和平”（Pax Romana）；文学上有所谓“黄金时代”。参看 Toynbee, 73-74, “Augusto[2]” 条；《辞海》《世界历史词典》有关词条。**葬于坟内**：维吉尔卒于公元前十九年，其骨殖由屋大维埋葬。

8. **缺乏信仰……高天**：基督降生时，维吉尔已去世，没有机会皈依基督教，因此失去上天堂的机会。

15. **如下属搂抱上司般**：索尔德罗如何搂抱维吉尔呢？迄今未有定论。或说搂抱膝盖，或说搂抱腰部，也有论者认为是搂抱足部。参看 Bosco e Reggio, *Purgatorio*, 115; Sapegno, *Purgatorio*, 72; Vandelli, 411; Singleton, *Purgatorio 2*, 139-40。

16. **拉丁人**：既指说拉丁语的意大利人，也指说罗曼语的民族。由于罗曼语由拉丁语衍变而来，说罗曼语的人也算是拉丁人。**我们的母语**：普罗旺斯语源出拉丁语，索尔德罗用普罗旺斯语写作，因此索尔德罗说“我们的母语”。

18. **吾乡**：索尔德罗和维吉尔都在曼图亚附近出生，算是同乡。

21. **您来自地狱吗？**：索尔德罗听见维吉尔说“因缺乏信仰而失去高天”

（本章第八行），知道他不能上天堂，因此推测他来自地狱。

25. **那崇高的太阳**：指上帝。

26. **我却因无为……非因有为**：维吉尔卒后十九年，基督才降生，不能有为（信仰基督），结果因无为（没有信仰基督）而长困幽域（即地狱边境）。

27. **后来认识他**：基督进地狱拯救亡魂时（参看《地狱篇》第四章五二至六三行），维吉尔才知道基督降生，但为时已晚，不能成为基督徒。

28. **下面有一个地方**：指本章第二十六行注所提到的幽域。

28–30. **不因折磨——/……来传播**：在幽域里，亡魂得不到上帝的光，但不会受刑；既然不会受刑，也就不会惨叫。这些亡魂，是没有领洗而夭折的婴儿和基督降生前的贤圣，唯一要受的"刑罚"是欲见上帝而不能，结果要永远叹息，叹自己的愿望不能实现。

31–33. **在那里……祸灾**：夭折的婴孩没有犯罪，不过死前来不及领洗，身上的原罪未除，因此要进幽域。

34. **与我为伍的人**：指基督降生前的贤圣，包括维吉尔本人。这些贤圣未能信仰基督，因此要永留幽域。

35. **三种圣德**：指基督教的三超德（virtù teologali）：信德（Fede）、望德（Speranza）、爱德（Carità）。这三种圣德要由基督的圣恩赐予，不能靠凡人的力量争取。三超德的定义是："le virtù che portano a Dio"（"通向神的德行"）。见 *Dizionario Garzanti della lingua italiana*, 1957, "virtù" 条。

36. **其他所有的公义**：指三种圣德以外的德行，尤其指四枢德（virtù cardinali）：智德（Prudenza）、节德（Temperanza）、义德（Giustizia）、勇德（Fortezza）。英语叫 prudence, temperance, justice, fortitude。四种枢德可以靠后天的力量达到，不若三种圣德那样来自天授。四枢德的定义是："le virtù che riguardano la vita attiva"（"与世俗生活有关的德行"）。见 *Dizionario Garzanti della lingua italiana*, 1957, "virtù" 条。

37–39. **要是……正确方位**：维吉尔要向亡魂问路，再次显示其智能有局限。

40–41. **我们并没有方位之限。/……盘绕**：指亡魂在炼狱的进口前四处飘荡。原文的"Loco certo non c'è posto"与《埃涅阿斯纪》呼应。该诗第六章六六九至六七五行，写库迈的女预言家向亡魂穆赛奥斯（Musaeus）询问安基塞斯（Anchises）的居所，写亡魂给她答案：

> "dicite, felices animae, tuque, optime vates,
> quae regio Anchisen, quis habet locus? illius ergo
> venimus, et magnos Erebi tranavimus amnes."

atque huic responsum paucis ita reddidit heros:
"nulli certa domus; lucis habitamus opacis,
riparumque toros et prata recentia rivis
incolimus."
"福乐之魂啊，——尤其是你呀，好诗人，请见告：
安基塞斯在何区何处可以找到？我们越过
厄瑞玻斯的大河来到这里，就是为了找他。"
于是，那位英雄对女预言家简略地回答：
"谁也没有固定的居所；我们都住在幽林中，
居于柔软的河畔或者由溪涧滋润灌溉的
芳草地上。"

50. **他会受阻**：遭他人阻挠。

53–54. **注意呀，太阳一走，/……雷池**：这两行除现实意义外，也有象征意义：太阳象征神的启示；没有神的启示，亡魂就寸步难行。

72. **边缘……不够**：小山谷可行的边缘未降到一半，已斜成陡坡。

83. **Salve, Regina**：这是天主教晚祷后唱给圣母玛利亚的赞美诗的开头，意为"万福哇，天后"。此诗流行于十一至十二世纪，里面有下列句子："mater misericordiae; /Vita, dulcedo et spes nostra"（"慈悲的天后哇；/我们的生命、幸福、希望"）；"Ad te suspiramus gementes et flentes in hac lacrimarum valle"（"我们在泪谷里呻吟、悲泣，向你哀叹"）。此刻，炼狱正是黄昏，亡魂都需要玛利亚庇荫，其情操以"Salve, Regina"表达，至为恰当。拉丁文赞美诗转引自 Singleton, *Purgatorio 2*, 147。

86. **曼图亚人**：指索尔德罗。

94. **鲁道尔夫皇帝**：指鲁道尔夫一世（Rudolf I，一二一八年至一二九一年，又译"鲁德福一世""鲁多尔夫一世"）。德意志国王，哈布斯堡王朝的建立者，一二七三年至一二九一年为神圣罗马帝国皇帝，"德国人阿尔贝特"（参看《炼狱篇》第六章第九十七行）的父亲。他和儿子都没有把神圣罗马帝国管治好。参看《世界历史词典》有关词条。

97. **另一个**：指一〇〇行的鄂图卡。

98–99. **那流入……就发源自他的领土**："他的领土"指波希米亚。伏尔塔瓦（意文称"Molta"）河发源于波希米亚西南，先流向东南，然后向北，经布拉格流入易北（Elbe）河。易北河，在捷克称拉贝（Labe）河，意大利文称"Albia"，先流向西北，最后注入北海。参看 Singleton, *Purgatorio* 2, 149-50。

100–102. **鄂图卡**：指鄂图卡二世（Ottokar II，约一二三〇年至一二七八年），又称普舍美斯二世（Přemysl II），波希米亚国王（一二五三年至一二七八年）。在位期间兼并奥地利等国家，势力强盛。一二七三年，鲁道尔夫一世获选为神圣罗马帝国皇帝时，鄂图卡二世不服，遭到征伐，结果要割地求和。媾和后数年，鄂图卡再度造反，一二七八年八月在战争中被杀。参看 Bosco e Reggio, *Purgatorio*, 121; Sapegno, *Purgatorio*, 77；以及《世界历史词典》有关词条。**身在襁褓……高超**：鄂图卡二世仍是个婴儿时，已胜过成年的儿子（即一〇一行的瓦茨拉夫）。**瓦茨拉夫**：瓦茨拉夫二世（Václav II，英译 Wenceslaus II，意译 Vincislao II），鄂图卡二世的儿子兼继承人，一二七八年至一三〇五年任波希米亚国王，在位期间对鲁道尔夫一世卑躬屈节，后来娶鲁道尔夫一世的女儿为妻。《天堂篇》第十九章一二四行的"波希米亚王"，就是瓦茨拉夫二世。参看 Bosco e Reggio, *Purgatorio*, 122; Singleton, *Purgatorio 2*, 151; Toynbee, 640,"Vincislao"条。

103–104. **那个鼻子细小的人……身亡**："鼻子细小的人"，指腓力三世（Philippe III，一二四五年至一二八五年），法国君王（一二七〇年至一二八五年），路易九世的儿子兼继承人，安茹伯爵沙尔一世的侄儿。对西班牙阿拉贡（Aragón）的佩德罗三世（Pedro III）开战，结果惨败，使法国蒙羞，于一二八五年卒。因此维吉尔说他"逃跑、/ 窜遁、使百合蒙污时身亡"。腓力三世的儿子是腓力四世（美男子，Philippe IV le Bel），即一〇九行的"法国害虫"。参看 Bosco e Reggio, *Purgatorio*, 122; Sapegno, *Purgatorio*, 77; Singleton, *Purgatorio 2*, 151。**百合**：法国王朝的徽号，象征法国。

105. **在跟他密谈的男子**：指亨利一世（胖子），一二七〇年至一二七四年任纳瓦拉（西班牙语 Navarra；法语 Navarre）国王，蒂博一世（Thibault I）的儿子，蒂博二世（Thibault II）的兄弟，腓力四世的岳父。参看 Bosco e Reggio, *Purgatorio*, 122; Sapegno, *Purgatorio*, 77; Singleton, *Purgatorio 2*, 152。

106. **他**：指腓力三世。

107. **另一个**：指亨利一世（胖子）。

109. **法国害虫**：指腓力四世（美男子），腓力三世的儿子，亨利一世的女婿，一二八五年至一三一四年为法国国王。在位期间迫害圣殿骑士团（Knights Templars），助教皇克莱门特五世即位。克莱门特五世即教皇位后，于一三〇九年把罗马教廷迁往阿维雍（Avignon）。在《神曲》中，但丁对腓力四世极度鄙视，不屑直道其名；《地狱篇》第十九章第八十七行只称为他"法王"（"chi Francia regge"）；《炼狱篇》

第二十章第九十一行称他为“彼拉多第二”（“il novo Pilato”）。

112. **另一个呀**：指佩德罗三世（参看一〇三至一〇四行注），一二七六至一二八五年任阿拉贡国王。一二八二年西西里晚祷起义后，夺安茹伯爵沙尔一世的西西里王位。沙尔一世虽获教皇马丁四世支持，并且向佩德罗挑战，要跟他单独决斗，但无补于事。佩德罗三世于一二六二年娶西西里国王曼弗雷德的女儿康斯坦丝为妻，因此有继承西西里王位的权利。参看《炼狱篇》第三章一一五行注。

113. **鼻子雄伟的男子**：指安茹伯爵沙尔一世（一二二六年至一二八五年），西西里国王（一二六六年至一二八二年）和那波利国王（一二六八年至一二八五年），路易八世的儿子，路易九世的兄弟。支持罗马教皇，名义上是意大利圭尔佛党的领袖。参看《炼狱篇》第三章一〇七至一〇八行注，第三章一一五行注。佩德罗三世和沙尔一世在阳间是死敌，到了炼狱，却能和谐相处（“一起歌唱”），说明炼狱是另一境界，不再为凡间的仇怨所扰。

114. **他用来做腰带的尽是美德**：这行是比喻。《圣经·以赛亚书》第十一章第五节有同样的意象：“Et erit iustitia cingulum lumborum eius, et fides cinctorium renum eius.”（“公义必当他的腰带；/ 信实必当他胁下的带子。”）。

115–117. **坐在……流淌**：指阿拉贡国王阿方索三世（Alfonso III，一译“阿尔丰沙三世”），阿拉贡国王佩德罗三世的长子，在位六年，一二九一年卒。有些论者认为，这几行指佩德罗三世的幼子佩德罗。这个幼子先父亲而卒，有其父风范；如非早卒，该是继承父亲的最佳人选。

119–120. **海梅……相竞**：**海梅**：西班牙语 Jaime，意大利语 Iacomo，英语 James，指海梅二世，阿拉贡和西西里国王佩德罗三世的次子。一二八五年，佩德罗三世卒，长子阿方索三世继阿拉贡王位，次子海梅二世继加泰罗尼亚（Cataluña，即 Catalonia）和西西里王位。一二九一年，阿方索三世卒，海梅二世继阿拉贡王位，把西西里王位让与弟弟费德里戈。后来，海梅二世把阿拉贡王位让给未婚妻的父亲，即那波利的沙尔二世，遭西西里人反对，导致兄弟二人开战。一二九九年，海梅撤兵，卒于一三二七年。**费德里戈**：指费德里戈二世（西班牙语 Federigo 的拼法与意大利语同），海梅二世的弟弟，佩德罗三世的三子，一二九六年至一三三七年任西西里国王。参看《炼狱篇》第三章一一五行注。

120. **他**：指阿方索三世或佩德罗三世。参看一一五至一一七行注。

121–123. **人的德行……祈呼**：但丁相信德行由上帝赐予，不能遗传给后代。这一论点，也见于《筵席》（*Convivio*, IV, XX, 5），可以上溯到《圣经·新约·雅各书》第一章第十七节："Omne datum optimum et omne donum perfectum desursum est, descendens a Patre luminum."（"各样美善的恩赐和各样全备的赏赐都是从上头来的，从众光之父那里降下来的。"）。

124. **大鼻**：指安茹伯爵沙尔一世。

125. **不下于对佩德罗**：意思是：沙尔一世和佩德罗三世都不能把自己的德行传给儿子。

126. **普利亚和普罗旺斯才这么愁慑**：一二八五年，安茹伯爵沙尔一世卒，儿子沙尔二世继位，任那波利（即普利亚〔Puglia〕）国王兼普罗旺斯（Proenza）伯爵。沙尔二世的德行、才能均逊于父亲，一再遭但丁低贬。参看《炼狱篇》第二十章七九至八一行；《天堂篇》第十九章一二七至一二九行；*Convivio*, IV, VI, 20; *De vulgari eloquentia*, I, XII, 5。

127–129. **为父的种子……福分**：这三行的意思是：沙尔一世（"为父的种子"）优于儿子沙尔二世（"植物本身"），犹如佩德罗三世（西西里公主康斯坦丝的夫婿）优于沙尔一世。佩德罗三世娶西西里国王曼弗雷德的女儿康斯坦丝；沙尔一世先娶普罗旺斯的贝阿特丽丝，再娶勃艮第的玛格丽特。说"康斯坦丝对夫婿的自豪，胜过/玛格丽特和贝阿特丽丝类似的福分"，等于说"佩德罗三世优于沙尔一世"。

130. **英国的亨利**：指亨利三世（Henry III），英王约翰之子，一二一六年至一二七二年任英国君王，其子爱德华一世（Edward I）在法律体制上有过改革，较有才能。根据维兰尼（Giovanni Villani）的《卓凡尼·维兰尼编年史》（*Cronica di Giovanni Villani*），亨利三世是狮心王理查一世（Richard I，一一五七年至一一九九年）之子（这一说法与正史有别），为人单纯，笃信宗教而疏于政事，诸侯视他如无物。《神曲》中亨利三世的描写以维兰尼的编年史为蓝本。在哀悼布拉卡斯的挽歌里，索尔德罗批评亨利慵怠怯懦。参看《炼狱篇》第六章第五十八行注。

131. **独自坐在那边**：这行有象征意义：英国并非神圣罗马帝国的一部分，因此其君王独坐一旁。

132. **这个人……超卓**：指亨利三世的子嗣较为出色。

133–136. **人丛中……受虐**：圭利艾尔莫（Guiglielmo），一二五四年至一二九二年任蒙费拉托（Monferrato）侯爵，利用伦巴第各地的分裂扩大势力，与安茹伯爵沙尔一世结盟，并支持他入侵意大利，因沙尔一世觊觎伦巴第而成仇。其后，圭利艾尔莫征讨阿列山德里亚（Alessandria）时被虏，囚于铁笼中任人观赏，十七个月后（一二九二年）身亡。

其子为了复仇，率蒙费拉托和卡纳韦塞（Canavese）人进攻阿列山德里亚。阿列山德里亚人获马特奥·维斯康提(Matteo Visconti)之助，攻陷蒙费拉托的多处地方。一三五行的“兵燹”，指圭利艾尔莫的儿子为父亲复仇之战。参看 Bosco e Reggio, *Purgatorio*, 125; Sapegno, *Purgatorio*, 79。

第八章

索尔德罗不再说话，众亡魂开始唱圣诗。唱毕，两个天使从天上降下来守卫山谷。接着，但丁和索尔德罗进山谷跟亡魂说话，在那里碰见了尼诺。尼诺一方面请但丁转告卓凡娜为他祈祷，一方面责备妻子不能为他守节。这时候，但丁看到了象征三超德的三颗星，跟维吉尔谈论间，一条小蛇在防护遮掩不到的地方爬行着前来，见天使起飞才逃逸。天使驱蛇时，另一个亡魂库拉多二世一直望着但丁，毒蛇逃逸后他就跟但丁谈话，并且为但丁预言未来。

已经是黄昏的时辰。这时辰，叫水手
　思归；在他们告别挚友的那天，
　叫他们的心变得善感而温柔。
刚启程的旅人，如果在远处听见
　钟声仿佛在哀悼白昼将没，
　这时候也会受眷恋之情扎砭。

就在这样的时辰，我的耳朵
　不再聆听。我看见一个幽灵
　起立，以手势表示有话要说。
他把双掌合起来，举向头顶，
　两眼朝向东方，紧紧地凝望着，
　仿佛向神说：“别的事我都看轻。”
“Te lucis ante”那么虔诚地
　逸自他双唇，音调十分甜美，
　把我的灵魂往躯壳外牵扯。
然后，其他亡魂也虔诚地娓娓
　跟着他把整首赞美诗吟唱完毕，
　一边唱，一边向着天轮仰睢。
在此呀，读者，请擦亮眼睛看真理，
　因为这时候，那幅帷纱实在
　薄得很，要走进里面已十分容易。
那群高贵的亡魂静了下来。
　同时，我看见他们举头仰望，
　脸色苍白，谦卑地若有所待。
接着，我看见两位天使从天上
　下降，手中握一把无锋的断剑，
　剑身烨烨，喷射着熊熊的火光。
天使的衣裳如嫩叶般碧鲜，
　以绿色的翅膀把它扇拍时，
　它就随天使的牵曳飘举向前。
一个走到稍高于我们的位置

站着；另一个降落对面的山崖。
结果，亡魂在中间受到护持。

我了然看见两位天使的金发，
眼睛却眩于他们脸上的辉光，
如官能因不胜负荷而失措惊诧。

“两位天使，都来自玛利亚身旁，”
索尔德罗说，“来这里保卫山谷，
因为毒蛇很快就到达这地方。”

我不知毒蛇来时会走哪条路，
闻言竟通体冰冷，转过身来
紧紧地挨向维吉尔可靠的肩部。

索尔德罗继续说：“我们现在
到谷内，跟那些显赫的幽灵说说话。
他们见了你，会感到十分愉快。”

我猜，我向下只走了三步左右吧，
就到了谷内，见一个亡魂，仿佛
要认出我是谁，正凝眸向我窥察。

这时候，空间已经冥暗欲暮，
不过前些时在亡魂和我的视程间，
被黑暗障蔽的景物已看得清楚。

他走向我这边，我也走向他那边。
尊贵的尼诺法官哪，看见你此刻
并非与罪人为伍，我深感舒恬。

和善的问候向彼此表达完了，
他就问我：“你越过遥远的水域，

来到这座山的脚下，有多久了呢？”
“啊，”我答道，“我是今晨跨履
苦域来此的。我仍在第一生停驻，
希望获得另一次生命而来趋。”
他和索尔德罗听了我的答复，
都不禁瞿然，刹那间同时退后，
就像一个人，惊惶失措于倏忽。
后者转向维吉尔，前者回头，
对一个坐着的亡魂喊：“库拉多呀，你起来，
看上主降恩时如何施展巧手。”
然后对我说：“上主把天意深埋，
凡人都无从量度。你对上主
该特别感激。你一旦离开
辽阔的水域，请怀着这种情愫
告诉卓凡娜，请她在无罪的人
能获眷顾的地方为我祈福。
我不相信她的母亲以寡妇之身
脱下白色的面纱后仍然爱我，
尽管愁苦时她会为此而悔恨。
她呀，真是个好例子，说明触摸
和眼缘如果不能够经常点燃，
女人心中有多持久的爱火。
蝰蛇带着米兰人扎营征战，
如果要为她筑陵，也不能建造
噶鲁拉公鸡要建造的炳焕。”

他说这话时，义愤在心中燃烧，
　强度恰到好处。他的脸容
　也反映了这感情所留的记号。
我贪婪的眼睛一直仰望天空，
　凝视星星运行得最慢的轨辙；
　其部位，与最近轮轴的地方相同。
之后，导师问：“孩子呀，在仰望什么？”
　我闻言答道：“仰望那三把火炬。
　这里的极地都叫它们燃着了。”
“你今天早上，”维吉尔听后，继续
　对我说，“见到的四颗亮星已低藏
　在那边。这三颗，已升入它们的旧域。”
正说着，索尔德罗已把他拉到身旁，
　说：“你看，敌人已经在那边。”
　说时指着该方向叫维吉尔眺望。
就在小小的山谷里，在防护遮掩
　不到的地方，有一条细小的蛇——
　给夏娃苦果的，也许就是这邪奸。
那条坏家伙，在草丛和花间爬行着
　前来，不时掉着头舔着背部，
　就像一头畜生在舔着毛革。
我没有看见——因此也不能讲述——
　那两只天鹰如何振翅起飞，
　却清楚目睹两者一起在高翥。
一听见绿色的翅膀疾掠于穹苍内，

毒蛇

一听见绿色的翅膀疾掠于穹苍内，/ 毒蛇就逃逸。

于是，天使们一起 / 盘旋着回翔……

（《炼狱篇》，第八章，一〇六至一〇八行）

毒蛇就逃逸。于是，天使们一起
盘旋着回翔，飞上了原来的岗位。
听到法官呼唤，向法官挨挤
紧靠的幽灵，一直向我凝望，
事件中，眼睛片刻都没有他移。
“但愿在上面引导你的炯光，
在你的意志里找到蜡样的婉柔，
足够助你升到釉青的峰巅上。”
亡魂启口对我说，“如果你有
马格拉谷和邻近的翔实见闻，
请见告。在那里，我有过显赫的时候。
库拉多·马拉斯皮纳是我的前身
（不是老库拉多，而是他的后裔），
把净化于此地的情怀献给家人。”
“啊，”我对他说，“贵邑的土地
我从未到过；但整个欧洲，人烟
所至处，其美誉无人不知悉。
你们一族的家声，荣耀而赫显，
公侯、梓里都因此而大名远彰；
大家未到贵邑，就已经听见。
我向您发誓——但愿我能到上方——
您尊崇的家族，不会玷污
祖先在财力和武功上的辉煌。
贵家族禀赋独厚，代代超殊，
不管那罪魁怎样把世界扭歪，

都会鄙弃歧途，只遵循正路。”
他闻言说：“对，白羊现在
正四脚全用，把太阳的卧榻骑掩。
如果天决的进程不受阻碍，
太阳第七度返回卧榻之前，
刚才你对吾族的嘉许，必定
钉进你脑中；所用的钉子牢坚，
会胜过人家对我们一族的述评。”

注释：

1–6. **已经是黄昏的时辰……扎砭**：指七个祈祷时刻（canonical hours）的最后一个。“钟声”，指晚课（vespers）之后的晚祷（compline）钟声。论者指出，这几行为拜伦（Byron）的《唐璜》（*Don Juan*）所模仿。参看 Sayers, *Purgatory*, 131; *Don Juan*, iii, 108。

7–8. **我的耳朵 / 不再聆听**：指索尔德罗已经沉默，但丁再听不到声音。

10. **把双掌合起来**：指幽灵开始祈祷。

11. **两眼朝向东方**：在基督教的传统里，东方象征美善，教堂的祭坛都向东，信徒祈祷时也朝着这个方向。

13. **“Te lucis ante”**：天主教晚祷圣诗的开头，据说是拉丁教父圣安布罗斯（Sanctus Ambrosius，约三三九年至三九七年）所作。全诗三节，内容主要求上主驱除恶梦、鬼怪。该诗的第一节（转引自 Singleton, *Purgatorio 2*, 161）如下：

Te lucis ante terminum,
Rerum Creator, poscimus,
Ut pro tua clementia
Sis praesul et custodia.

白昼结束前，我们
求你呀，造物之主，
本着一贯的恩慈，
充当我们的监护。

18. **天轮**：指诸天（行星）旋动的轨迹。

19–21. **在此呀……十分容易**：但丁叫读者以警醒的精神看即将发生的事情，从中领悟其深意。

24. **脸色苍白**：众亡魂脸色苍白，是因为下文所写的“毒蛇”即将出现。

25–27. **接着……火光**：Singleton（*Purgatorio 2*, 163）指出，这三行描写两个天使的文字，与《圣经·创世记》第三章第二十四节相呼应：“Eiecitque Adam et collocavit ante paradisum voluptatis Cherubim et flammeum gladium atque versatilem, ad custodiendam viam ligni vitae.”（“于是把他赶出去了；又在伊甸园的东边安设基路伯和四面转动发火焰的剑，要把守生命树的道路。”）。此外，Vandelli（421）指出，“两”（“due”）字上承《圣经》的说法，可参看《马可福音》第六章第七节，《路加福音》第二十四章第四节，《约翰福音》第二十章第十二节，《使徒行传》第一章第十节。**无锋的断剑**：天使的剑只用来防卫，不用来攻击，因此“断”而“无锋”。

28–30. **天使……向前**：绿色象征希望，天使的衣裳和翅膀都是绿色。参看《炼狱篇》第二十九章一二四至一二五行。

36. **如官能……失措惊诧**：“官能”指各种感官；在这里专指视觉。但丁的这一论点出自亚里士多德的《论魂魄》。参看 Sayers, *Purgatory*, 131。

44. **显赫的幽灵**：指幽灵在阳间有过显赫的一生。

49–51. **这时候……清楚**：但丁和亡魂现在的距离较近，刚才看不到的此刻可以看到。

53. **尼诺法官**：指尼诺（乌戈利诺）·维斯康提（Nino〔Ugolino〕Visconti），比萨卓凡尼·维斯康提（Giovanni Visconti）的儿子，撒丁岛（当时隶属比萨）噶鲁拉（Gallura）的法官。一二八五年与外祖父乌戈利诺·德拉格拉尔德斯卡（Ugolino della Gherardesca）伯爵共任比萨最高行政官（podestà）之职，并与之争权。一二八八年，遭外祖父出卖，结果遭大主教鲁吉耶里·德利乌巴尔迪尼（Ruggieri degli Ubaldini）逐出比萨。比萨在鲁吉耶里的统辖下转而支持吉伯林党。一二九三年，尼诺领导圭尔佛党联盟（Taglia guelfa）攻打比萨，重返故城。尼诺的撒丁岛代理人戈米塔修士（Fra Gomita），受贿而释放囚犯，结果遭尼诺处死。尼诺本人则于一二九六年卒。一二八八年至一二九三年间，尼诺到过翡冷翠多次，可能认识但丁。参看 Bosco e Reggio, *Purgatorio*, 138; Sapegno, *Purgatorio*, 86; Toynbee, 469, "Nino[2]"条。有关乌戈利诺·德拉格拉尔德斯卡的生平事迹，参看《地狱篇》第三十三章一三至一八行注；有关戈米塔的生平事迹，参看《地狱篇》第二十二章八一至八七行注。

56–57. **他就问我："……有多久了呢？"**：尼诺询问时不感惊诧，显然未知但丁是血肉之躯，以为但丁已经死亡，灵魂刚到炼狱。

59. **在第一生停驻**：指但丁未死，仍是阳间的人。

60. **希望获得另一次生命而来趋**：希望得到永生而再来炼狱。

61–63. **他和索尔德罗……于倏忽**：索尔德罗此刻才知道但丁是血肉之躯。

65. **库拉多**：指库拉多二世（Currado II），马格拉谷（Val di Magra）维拉弗兰卡（Villafranca）侯爵，出身煊赫的吉伯林家族马拉斯皮纳（Malaspina），费德里戈一世（Federigo I）的儿子，老库拉多（参看本章一一九行）的孙子，卒于一二九四年。一三〇六年秋，但丁被逐出翡冷翠时，曾受老库拉多的另一个孙子弗兰切斯基诺（Franceschino）在鲁尼詹纳（Lunigiana）善待，因此马拉斯皮纳家族获但丁赞赏。在本章一〇九行，库拉多二世再度出现。参看 Bosco e Reggio, *Purgatorio*, 142; Sapegno, *Purgatorio*, 91; Toynbee, 412, "Malaspina, Currado[2]" 条。

66. **施展巧手**：指上帝让但丁以血肉之躯来到炼狱。

69–70. **你一旦离开 / 辽阔的水域**：你一旦返回人间。"辽阔的水域"，强调炼狱与人间的距离遥远。

70. **怀着这种情愫**：怀着感激。

71. **卓凡娜**：尼诺·维斯康提和贝阿特丽切·德斯特（Beatrice d'Este）的女儿。一二九六年，尼诺卒后，卓凡娜被送到沃尔特拉（Volterra），其后嫁特雷维索（Treviso）领主里扎尔多·达卡米诺（Rizzardo da Camino）。丈夫卒后，生活贫困。一三二三年居于翡冷翠。卒年不详。参看 Bosco e Reggio, *Purgatorio*, 139; Sapegno, *Purgatorio*, 87; Toynbee, 321, "Giovanna[2]" 条。

71–72. **请她在无罪的人 / 能获眷顾的地方为我祈福**：意思是：请她为我向天堂祈福。在天堂，小孩（"无罪的人"）的祈祷会获上帝回应。一三〇〇年，卓凡娜八岁，仍是个小孩，为父亲向天堂祈福会有效果。

73–75. **我不相信她的母亲……悔恨**：这几行写尼诺的妻子、卓凡娜的母亲贝阿特丽切·德斯特。尼诺卒后，贝阿特丽切·德斯特于一三〇〇年改嫁（"脱下"寡妇所戴的"白色的面纱"）米兰的噶雷阿佐·维斯康提（Galeazzo Visconti）。可是两年后（一三〇二年），噶雷阿佐就被逐出米兰，要靠别人支持方能过活，贝阿特丽切也要分担“愁苦”。一三二八年，噶雷阿佐卒。但丁于一三〇〇年春天到炼狱；一三〇〇年以后的事情，当然仍未发生。尼诺在这里是“预言”未来。

76–78. **她呀……爱火**：这几行慨叹女人善变。

79–81. **蝰蛇……炳焕**：噶雷阿佐·维斯康提的纹章是蝰蛇，能带领噶雷阿佐的部队扎营征战。尼诺·维斯康提的纹章是噶鲁拉公鸡。在中世纪的意大利，已婚的妇女死后，陵墓之上会有丈夫的纹章。尼诺的意思是：其妻改嫁米兰人后，处境不若守节。

85. **我贪婪的眼睛**：但丁敏于观物，在此可见一斑。《炼狱篇》第三章一二至一三行说但丁“局促不安的心神，开始 / 跃跃欲试，向四周顾盼移动”，第十章一〇三至一〇四行说“我的眼睛，这时正凝神观看，/ 渴望见到新事物”，表现的是同一性格。

86–87. **凝视……相同**：指但丁望向南极。

89–93. **我闻言答道……“……旧域。”**：在《炼狱篇》第一章第二十三行，但丁看到象征四枢德（智德、义德、勇德、节德）的四颗星；现在看到的三颗（“三把火炬”），象征基督教的三超德（信德、望德、爱德）。这几行有象征意义：基督教三超德（三颗星）代替了四枢德（起初的四颗星），表示但丁的旅程已进入另一境界。参看《炼狱篇》第一章第二十三行注。有关基督教的三超德和四枢德，参看《炼狱篇》第七章第三十五行注和第三十六行注。

95. **敌人已经在那边**：“敌人”，指魔鬼。这行回应第十三行。在第十三行，亡魂齐唱“Te lucis ante”，是为了祈求造物主拯救他们，免受“敌人”侵犯引诱。这个“敌人”，《炼狱篇》第十一章第十九行称为“夙敌”（“l' antico avversaro”）；《圣经·新约·彼得前书》第五章第八节称为“adversarius vester diabolus”（“你们的仇敌魔鬼”）。

99. **给夏娃苦果的**：参看《天堂篇》第七章二五至二七行，米尔顿《失乐园》（*Paradise Lost*）第一卷一至四行。夏娃吃了禁果后，给人类带来种种苦难。

103. **我没有看见……也不能讲述**：此行强调下文天使的迅疾，非但丁的凡目所能追看。

104. **两只天鹰**：指上文提到的两位天使。鹰能克蛇，这里以“天鹰”（“astor celestiali”）比喻天使，聚多义于一词：鹰和天使都有翅膀，都勇敢无敌。鹰是蛇的克星；天使是魔鬼的克星。这里的蛇是魔鬼的化身，受制于天鹰般的天使，至为恰当。原文的“astor”，详写是“astore”，指苍鹰，拉丁学名“Accipiter genfilis”。

106. **绿色的翅膀**："绿色"强调希望。

109–110. **听到法官呼唤……幽灵**：指本章第六十五行的库拉多。参看该行注。

110–111. **一直向我凝望，/……他移**：在天使驱蛇的过程中，库拉多没有把视线移离但丁，可见他惊诧之情没有稍减。参看 Singleton, *Purgatorio* 2, 172。

112–113. **但愿……婉柔**：对于这几行，Fredi Chiappelli, 218 有扼要的诠释：

> possa la grazia divina che ti conduce in alto trovare tanta materia nella tua volontà di bene（libero arbitrio）quanta ce ne vuole per giungere al cielo.
>
> 但愿带领你向上的圣恩，在你的向善之心（自由意志）里找到升天的条件。

"炯光"，指神的智慧。"蜡样的婉柔"，指服从上帝之心。这一主题，在日后艾略特（T. S. Eliot）的作品（如《荒原》〔*The Waste Land*〕）中一再出现。

116. **马格拉谷**：（Val di Magra，或 Valdimacra）。马格拉河（Magra）的河谷，位于马拉斯皮纳家族的领土鲁尼詹纳（Lunigiana），在托斯卡纳的西北部。谷中有维拉弗兰卡（Villafranca）城堡。有关马拉斯皮纳家族，参看《地狱篇》第二十四章一四五至一五〇行注；本章第六十五行注。

118. **库拉多·马拉斯皮纳**：指库拉多二世。参看本章第六十五行注。

119. **老库拉多**：库拉多二世的祖父，奥比佐内（Obizzone）的儿子，马拉斯皮纳家族的始祖。参看本章第六十五行注。

120. **把净化于此地的情怀献给家人**：以家族为荣是罪愆。这种罪愆，须在炼狱里加以净化。

131. **那罪魁**："罪魁"究竟指谁，迄今尚无定论；可以指撒旦，也可以指罗马教皇（尤其是卜尼法斯八世）或神圣罗马帝国的皇帝。参看 Bosco e Reggio, *Purgatorio*, 143; Sapegno, *Purgatorio*, 91。而根据 Vandelli（429）所引，更见此行的诠释莫衷一是。

133–139. **他闻言说："……述评。"**：此刻，太阳位于白羊宫（参看《地狱篇》第一章三七至四三行注）。库拉多二世的意思是：从现在起，未满七年（太阳第七次进入白羊宫之前），但丁就会来到鲁尼詹纳，亲身体验马拉斯皮纳家族的慷慨大方；亲身经验（"钉子"）会胜过人家的述评。但丁于一三〇六年遭政敌放逐，因此库拉多二世的话有"预言"作用。

第九章

破晓时分，但丁梦见一只金羽煌煌的天鹰下扑，把他抓住，向火宇冲霄而去。但丁一惊而醒，经维吉尔解释原委才不再疑虑，继续随他上攀；到达炼狱入口时看见守门的天使。但丁遵照维吉尔的指示求天使开门。天使以剑刃在但丁的额上划了七个P，然后以金匙和银匙把炼狱之门开启，并且叫但丁进去后不要回望。炼狱之门开启时，但丁仿佛听到《赞美颂》浑然融和于乐声的甜美和铿锵。

老迈的提托诺斯，对妃子宠爱
　有加。这妃子，离开情人的怀抱后，
　此刻已在向东的阳台上发白；
一颗颗的宝石，闪耀在她的额头。
　宝石嵌成的形状是那条寒虫。
　寒虫袭人，总运用尾部的尖钩。
在我们那里，黑夜已向上移动。

黄昏

老迈的提托诺斯，对妃子宠爱 / 有加。这妃子，离开情人的怀抱后，/
此刻已在向东的阳台上发白……
（《炼狱篇》，第九章，一至三行）

上移的步伐中，第二步已经走过，
第三步正在把翅膀折拢。
我们五个人，一起在草地上并坐。
由于我仍有亚当的属性，这一顷
叫睡意征服了，正在草地上躺卧。
接近破晓，也就是燕子嘤嘤
唱出一首首哀歌的时辰——也许
因为想起了前生悲惨的处境——
我们的神智更容易脱离身躯，
受思维的约束较少，梦幻里几乎
可以预知未来。就在这须臾，
睡梦中，我仿佛看见天上的穹庐
悬着一只天鹰，金羽煌煌，
正张开了双翼准备下扑。
当年，少男噶奴梅迭斯被掳往
天庭时，留下了亲属。这时，我仿佛
置身于那些亲属所处的地方。
我暗忖 :“也许它惯于专门在此处
出击下掠吧？在别的地方，也许
它不屑用足爪把任何猎物挟掳？”
然后，我仿佛觉得，它盘旋了须臾，
就突然向下面疾降，骇人如闪电，
猝然抓住我，向火宇冲霄而去。
在那里，我好像和它一起在焚煎。
想象的烈火把我烤炙得难受，

天鹰

就突然向下面疾降，骇人如闪电，/猝然抓住我，向火宇冲霄而去。

（《炼狱篇》，第九章，二九至三〇行）

结果蓦然打破了我的睡眠。
阿喀琉斯曾经在入睡的时候
由母亲抱在怀中，从克伦那里
偷运往斯克洛斯，再被希腊人带走。
阿喀琉斯在睡梦中惊起，
睁着刚醒的眼睛向周围端详，
不知道自己当时置身于何地。
睡意一离开我的眼睛，我同样
蓦地醒转，脸色也变得苍白，
就像受惊的人猝然被吓僵，
身边只有维吉尔使我舒怀。
这时候，太阳上升的高度，已超过
两小时；我的脸孔正向着大海。
“不要害怕，”老师这样对我说，
“我们的处境并不差。信念要坚守，
尽你所能，不要让力量减弱。
现在，你已经到了炼狱外头。
你看，那边就是它周围的崖障。
你看，那状如裂岬的就是入口。
俄顷前，天未亮，黎明未放出曙光，
你的灵魂入睡于体内的卧榻，
身体则躺在下面如锦的花丛上。
一位女士走过来，说：‘我是露姹。
容我把这个入睡的人带走，
好让我加快他在旅途上的步伐。’

把索尔德罗和别的英灵留下后，
　露姹就抱着你前进。到了平明，
　就向上攀升，而我则跟在后头。
在这里，她把你放下，秀美的眼睛
　早已把洞开的入口向我展示。
　之后，她就跟睡梦一起他行。”
一个人，犹豫狐疑时一旦得知
　真相，就会释然心安，恐惧
　就化为告慰。我的转变，也不啻
这样的人。看见我不再疑虑，
　导师马上沿崖障向上攀爬。
　我呢，则跟着他向高处上趋。
读者呀，你已经看得分明，这刹那，
　我的诗思在高升。因此你见我
　在下面增加笔力，也不要惊诧。
我们上升间，到了一个处所。
　那处所，刚才从远处看来，
　只像一条裂缝把墙壁分擘；
此刻，我看见三级梯阶，色彩
　各异，通向上方一道门的前面。
　守门人一直保持沉默的姿态。
我的眼睛向着他注视凝神间，
　发觉他坐在最高的一级阶梯。
　对着他脸上的强光，我难以睁眼。
一把出鞘的剑，正握在他手里，

炼狱之门

发觉他坐在最高的一级阶梯。/ 对着他脸上的强光，我难以睁眼。/

一把出鞘的剑，正握在他手里……

（《炼狱篇》，第九章，八〇至八二行）

剑身向我们反射着烨烨的光芒，
叫我多次凝望都白费心机。
“那边哪，请答话。你们要往何方？
向导去了哪里呢？”守门人这样问，
“留神哪，上攀时别把身体弄伤。”
“那位女士，那熟悉这旅程的天上人，”
我的老师这样回答，“刚才
吩咐我们说：‘那边去。那边有门。’”
“盼她使你们趋善的步伐加快。”
守门人说话时，显得谦恭而有礼，
“欸，请你们到这边的阶梯来。”
到了他那边，只见第一级阶梯
用大理石砌成，明净而光洁，
能让我明晰真确地照见自己。
第二级的颜色，比深紫还要深些，
材料是烧焦的石头，质地粗糙，
石头的纵横两面都已破裂。
第三级阶梯，则庞然临下居高，
看来好像是斑岩建造的彩陛，
火红的颜色，如鲜血从脉管涌冒。
神使的双足，就踏在这一级阶梯。
至于供神使安坐的门坎，
在我看来，好像用金刚石筑砌。
我的导师，蔼然拉着我上攀，
跨过了三级梯阶后，对我说：“请他

拉开门闩吧，态度要谦卑和善。”
于是，圣足前，我满怀虔诚地俯趴，
求神使惠然打开炼狱之门。
祈求前，我首先三度向胸膛拍打。
于是，天使在我的额上以剑刃
之尖划了七个 P，然后说：“进入
里面之后，要洗去这些伤痕。”
就颜色而言，天使所穿的衣服，
和灰烬或干挖的泥土相仿。
就从这样的衣服内，天使掏出
两把钥匙——金匙和银匙一双。
他先用白钥匙开门，然后再用
黄钥匙，结果满足了我的愿望。
“这两把钥匙放入了锁眼之中，
只要有一条不能正确转摆，”
天使对我们说，“此路就走不通。
两把钥匙，有一把较珍贵；另外
一把，则煞费心机才替人开锁，
因为只有它，才能把顽结解开。
钥匙得自彼得。他告诉我：
只要亡魂在我脚下匍匐，
这道门，就宁可开错也不要关错。”
然后，天使在圣门前推扉启路，
说：“进去吧；不过你们要知道，
往后张望的，都要从里面退出。”

那圣门，用洪亮而沉重的金属打造，
　枢轴在合叶上转动时，就隆隆缓移。
　昔日，罗马塔尔佩亚山崖的珍宝
被洗掠前，忠贞的梅特鲁斯被带离
　现场。当时，那道门所耗的力量、
　所发的巨响，都不能和此刻相比。
我转过身来，谛听第一声音响，
　仿佛听到“Te Deum laudamus”这圣歌，
　浑然融和于乐声的甜美和铿锵。
我听了这些声音后，脑里所得的
　印象，恰如平常听人家集体
　歌唱：在风琴的伴奏声中，这一刻
是人声扬起，下一刻又转趋沉寂。

注释：

1.　**提托诺斯**：Τιθωνός（Tithonus），特洛亚王拉奥墨冬（Λαομέδων，Laomedon）和斯忒吕摩（Στρυμώ，Strymo）的儿子，普里阿摩斯的哥哥。仪容异常俊美，为曙光女神厄奥斯（Ἠώς，Eos）所恋，被拐到埃塞俄比亚后，与曙光女神生下两个儿子。厄奥斯为提托诺斯向宙斯求长生，获宙斯答允，却忘了求青春永恒，结果提托诺斯衰老时干瘪细小，获厄奥斯见怜而化为蝉（一说化为蚱蜢）。曙光女神又称奥洛拉（Aurora）。

1.　**妃子**：指曙光女神厄奥斯。

3.　**此刻已在向东的阳台上发白**：大多数论者认为，这行指意大利破晓（约早上五时），炼狱将近晚上九时。参看本章七至九行注。

4–6.　**一颗颗的宝石……尖钩**：指天蝎座。天蝎座的星子像一颗颗的宝石，在曙光女神的额头上闪耀，在天空嵌成蝎子（“寒虫”）的形状。北半球黎明时，天蝎座高悬在水平线之上，触到初升的曙光，如宝石在女神的额上闪耀。有的论者认为这几行写双鱼座，但说服力不强，早有别的论者加以驳斥。参看 Bosco e Reggio, *Purgatorio*, 150; Sapegno, *Purgatorio*, 95; Vandelli, 431; Singleton, *Purgatorio 2*, 178-79。

7. **在我们那里**：指炼狱所在的南半球。

7–9. **黑夜已向上移动……折拢**：在但丁时期，一夜的十二小时以子夜为界，每一小时等于一步。由晚上六时算起，此刻两步已过，第三步快要结束，时间已接近晚上九时。

10. **我们五个人**：指但丁、维吉尔、索尔德罗、尼诺、库拉多。

11. **由于我仍有亚当的属性**：但丁仍是血肉之躯，因此仍会困倦，结果被睡意征服。

13–18. **接近破晓……预知未来**：在中世纪的欧洲，许多人相信破晓的梦最灵验，最能预示未来。这一论点，西塞罗（Cicero）、大阿尔伯特（Albertus Magnus）、阿奎那都提过。《地狱篇》第二十六章第七行也说“不过，侵晓时做的梦如果可靠”。此外，可参考 *Convivio*, II, VIII, 13。

也就是燕子嘤嘤……处境：雅典王潘狄翁（Πανδίων，Pandion）有两个女儿：普洛克涅（Πρόκνη，Procne）和菲罗梅拉（Φιλομήλα，Philomela）。普洛克涅嫁色雷斯（Θρᾴκη，Thracia，Thraca 或 Thrace）王忒柔斯（Τηρεύς，Tereus），生儿子伊提斯（Ἴτυς，Itys，又叫伊提罗斯〔Ἴτυλος，Itylus〕）。忒柔斯因普洛克涅想念妹妹，到雅典接菲罗梅拉，途中把她强奸，并把她的舌头割掉，阻止她透露自己的遭遇。菲罗梅拉把受奸的经过绣在织物上，结果普洛克涅得悉，杀了六岁大的儿子伊提斯，当作菜肴给忒柔斯吃。忒柔斯吃了儿子的肉才瞿然惊觉，于是要追杀普洛克涅姐妹。神祇见普洛克涅姐妹可悯，于是把普洛克涅变为夜莺，菲罗梅拉变为燕子，忒柔斯变为戴胜。一说菲罗梅拉变成了夜莺，普洛克涅变成了燕子，忒柔斯变成了隼。参看奥维德《变形记》第六卷四一二至六七四行；维吉尔《牧歌集》第六卷七八至八一行；《农事诗集》（*Georgica*）第四卷第十五行，五一一至五一五行。

22. **噶奴梅迭斯**：Γανυμήδης（Ganymede），古希腊神话中俊美的男童，其父母是谁，有不同的说法。一说父为特洛亚城的创建人特洛斯（Τρώς，Tros），母为卡利洛厄（Καλλιρρόη，Callirhoe）。噶奴梅迭斯获宙斯钟爱，在伊达（希腊文 Ἴδα 或 Ἴδη，Ida）山打猎时，被宙斯派天鹰（一说天鹰是宙斯化身）掳到天庭，宴飨时为众神斟酒，取青春之神（即宙斯和赫拉的女儿）赫贝（Ἥβη）之位而代之。

30. **火宇**：地球和月亮之间的一重火天。

34–36. **阿喀琉斯……带走**：根据预言，阿喀琉斯会战死沙场。他的母亲爱子心切，为了逃避预言，不让他参加特洛亚之战，把他在睡梦中从老师克伦那里带到爱琴海的斯克洛斯（Σκῦρος，Scyrus）岛。阿喀琉斯到了斯克洛斯岛后，在国王吕科梅得斯（Λυκομήδης，Lycomedes）的宫廷男扮女装，以掩人耳目。后来被奥德修斯发现，禁不起诱说而投入特洛亚战争，结果应了预言所说，战死沙场。**克伦**：Χείρων（Chiron），人马族肯陶洛斯人，以智慧著称，是阿喀琉斯的老师。根据斯塔提乌斯的《阿喀琉斯纪》第一卷二四七至二五〇行，阿喀琉斯被带到斯克洛斯岛后，醒来时几乎认不出母亲。参看《地狱篇》第十二章第六十五行。

44–45. **这时候，太阳上升的高度，已超过 / 两小时**：指复活节后的星期一上午八时许。

51. **你看……入口**：炼狱的入口狭窄，与地狱的入口不同。参看《新约 · 马太福音》第七章第十四节。

55. **露妐**：原文“Lucia”。参看《地狱篇》第二章九七至九八行注，《天堂篇》第三十二章一三七行。

61. **秀美的眼睛**：露妐是视力的主保圣人，名字叫人联想到意大利文的“光”（luce），想起光的启迪作用，因此但丁以她的眼睛为焦点。参看《地狱篇》第二章九七至九八行注。

62. **洞开的入口**：即第五十一行“状如裂岬”的地方。

70–72. **读者呀……不要惊诧**：这几行是诗人但丁在叙事过程中的“打岔”，直接跟读者说话。

75. **只像一条裂缝把墙壁分擘**：参看本章第五十一行和第六十二行。

78. **守门人**：炼狱入口不但狭窄，而且有守门人，来者不可以随便进入，与地狱入口对照鲜明：地狱入口宽阔，而且无人把守，可以自由内进。

81. **对着他脸上的强光，我难以睁眼**：天使所发的光芒一再获但丁强调。参看《炼狱篇》第二章一三至二一行，三七至四〇行。在《神曲》里，从《炼狱篇》开始，光的意象出现得越来越频繁。

82. **一把出鞘的剑，正握在他手里**：在西方传统里，剑常常是正义、法治的象征。因此执法女神以布蒙眼，一手执剑，一手持天平。在这里，剑象征天使的力量和权威。

85–87. **那边哪……弄伤**：守门的天使友善，与地狱魔怪的凶恶形成鲜明对照。至于天使所提的问题（“向导去了哪里呢？”），则说明进炼狱需要向导。参看《炼狱篇》第一章第四十五行：“谁是引路的先驱？”

94–96. **第一级阶梯 /……自己**：第一级阶梯象征自省，也象征罪人的自觉。“明晰真确地照见自己”，表示阶梯能照出但丁犯罪的影子。也可象征忏悔（或告解）圣事中的第一部分：contritio cordis（心中忏悔）。有关各级阶梯的象征，参看 Bosco e Reggio, *Purgatorio*, 158-59; Sapegno, *Purgatorio*, 100-01; Vandelli, 436-37。

97–99. **第二级……破裂**：第二级阶梯象征悔疚。“烧焦”“破裂”可以象征悔疚时内心的剧变、痛苦或精神的波澜，表示罪魂忏悔后经历炼狱式的摧毁，然后更生。也可以象征忏悔圣事中的第二部分：confessio oris（口头忏悔）。

100–102. **第三级阶梯……涌冒**：第三级阶梯象征以善行和仁爱补赎，也可以象征基督以鲜血救赎世人，象征忏悔圣事中的第三部分：satisfactio operis（行动补赎）。

103. **神使**：指炼狱入口的守卫者。这位“神使”代表基督的权威；罪人要得救，必须依靠基督。

105. **用金刚石筑砌**：参看《圣经·新约·马太福音》第十六章第十八节耶稣对彼得所说的话：“Tu es Petrus, et super hanc petram aedificabo Ecclesiam meam.”（“你是彼得，我要把我的教会建造在这磐石上。”）。金刚石是最坚硬的物质，在这里象征稳固、永恒。

109. **圣足**：指天使之足。

111. **祈求前，我首先三度向胸膛拍打**：这行描写的是宗教仪式：祈求者一边拍打胸膛，一边以拉丁语自责：“mea culpa, mea culpa, mea maxima culpa”（“皆因我的过错，皆因我的过错，皆因我的最大过错”），承认个人在思想、言语、行动上的罪愆。参看 Singleton, *Purgatorio 2*, 189; Sisson, 592; Sayers, *Purgatory*, 141。

113. **七个 P**：P 代表拉丁文“peccatum”（罪）一词。炼狱按七种罪恶分为七个平台。但丁额上的七个字母，在七个平台的旅程结束时才全部消失。

115–116. **就颜色而言……相仿**：灰烬、泥土都象征谦卑、忏悔。Bosco e Reggio（*Purgatorio*, 160）指出，“灰烬”（原文一一五行的“Cenere”）上承《圣经·马太福音》第十一章第二十一节的灰烬意象：“‘Vae tibi Chorazain: vae tibi Bethsaida: quia si in Tyro et Sidone factae essent virtutes quae factae sunt in vobis, olim in cilicio et cinere paenitentiam egissent.’”（“‘哥拉汛哪，你有祸了！伯赛大啊，你有祸了！因为在你们中间所行的异能，若行在推罗、西顿，他们早已披麻蒙灰悔改了。’”）。此外，参看 Singleton, *Purgatorio 2*; Mandelbaum, *Purgatorio*, 339; Musa, *Purgatorio*, 106。

118. **两把钥匙……一双**：金钥匙象征神的权威，司宽恕；银钥匙象征启悟，负责引导悔罪者把罪结解开。在《圣经·新约·马太福音》第十六章第十八至十九节里，耶稣对彼得说：

Et ego dico tibi, quia tu es Petrus, et super hanc petram aedificabo Ecclesiam meam, et portae inferi non praevalebunt adversus eam. Et tibi dabo claves regni caelorum; et quodcumque ligaveris super terram, erit ligatum et in caelis; et quodcumque solveris super terram, erit solutum et in caelis.

我还告诉你，你是彼得，我要把我的教会建造在这磐石上；阴间的权柄不能胜过他。我要把天国的钥匙给你，凡你在地上所捆绑的，在天上也要捆绑；凡你在地上所释放的，在天上也要释放。

124–125. **一把较珍贵；另外/一把**：前者指金钥匙；后者指银钥匙。

125. **煞费心机才替人开锁**：这行有象征意义：使用银匙者不但要努力，而且要依靠卓见，才能辨别善恶，解开罪结。

129. **宁可开错也不要关错**：彼得求天使宽待忏悔的人，让他们进入炼狱涤罪。

132. **往后张望的，都要从里面退出**：这行的象征意义是：缺乏信心、顾恋过去的罪人，都不能完成炼狱的涤罪之旅。在《圣经·创世记》第十九章第十七节里，天使也叫罗得"不可回头看"。在同一章第二十六节，"罗得的妻子在后边回头一看，就变成了一根盐柱"。《圣经·路加福音》第九章第六十二节里，耶稣有类似的话："Nemo mittens manum suam ad aratrum et respiciens retro，aptus est regno Dei."（"手扶着犁向后看的，不配进神的国。"）。

135–138. **昔日……相比**：罗马有七丘，其中一丘叫卡庇托林山冈（Capitolinus），冈上的塔尔佩亚山崖（mons Tarpeius）建有萨图恩（Saturnus）庙，这是罗马的府库，用来贮存国家的财物珍宝。罗马内战期间，护民官梅特鲁斯（Metellus）支持庞培，反对凯撒。凯撒攻掠府库时，梅特鲁斯竭力保卫而失败。最后，府库还是打开了。

140. **Te Deum laudamus**：这是基督教《赞美颂》的开头，意思是"神哪，我们赞美你"。这首作品，主要歌颂圣父、圣子、圣灵，常在感恩礼拜中歌唱。最初据说是安布罗斯（Ambrosius）和奥古斯丁于公元五世纪合力写成，后来证明作者另有其人。

第十章

但丁和维吉尔进了炼狱，穿过一条窄道，走出空旷，来到炼狱的第一平台。这个平台用来洗涤骄傲之罪。一边下临虚空；另一边是陡立的山崖，以白色的大理石建成，上面刻着凹雕，叙述谦卑人物的故事。其中包括圣母玛利亚、大卫王、罗马皇帝图拉真。但丁正在凝望凹雕的图像，听到维吉尔叫他前望。但丁按维吉尔的指示顾盼，看见一群亡魂，在巨石的重压下向他们走来。

灵魂的邪爱把炼狱的门坎废弃，
　使歪路歧途显得正直而恰当。
　我们越过了门坎，置身通道里，
就听见大门在隆隆的轰鸣中关上。
　当时，我如果向那道大门回眸，
　真不知过失有什么借口来倚仗。
我们在一条石罅中攀向上头。
　石罅一直转左弯右地盘屈，

就像波浪，涌了上来又退后。
“在这里，要略施巧智才能继续
上攀，”导师说，“道路向哪边拐弯，
我们就得靠着哪边移动步履。”
由于这缘故，我们走得极慢，
结果我们仍置身于针眼里，
由盈转亏的月亮已经重返
床上，躺了下去准备休息。
不过当我们恢复了自由，走出
上面的空旷，看见山冈后移，
我已经疲倦，和老师一样，对路途
没有把握；于是停留在一片
平地上。那平地，比荒径还要幽独。
平地的一边下临虚空，另一边
是一堵山崖拔地向上面高耸，
中间的宽度，等于三人相连。
于是我的目光乃插翼飞动，
一会儿向左，一会儿向右；但不管
怎样，平台的宽度都完全相同。
那盘绕的山崖垂直地陡立，要登攀
向上，也没有蹊径。我们的脚
还没有移动，就发觉山崖瞰然
用白色的大理石建成，雕镂之精巧，
不但可以向坡吕克利特睥睨，
而且可以使天工显得渺小。

昔日，有天使降落凡间，奉天意
　带来人类哭求多年的安恬。
　那天意，把久被封闭的天堂开启。
就在这一刻，天使的雕像出现
　在我们面前，态度优雅得真假
　难分，不像是沉默不语的容颜。
我几乎敢发誓，他在说“万福玛利亚！”；
　因为石上也刻着玛利亚娘娘。
　她曾经旋动钥匙，启至爱于敻遐。
她的图形，印着以下的字样：
　“Ecce ancilla Dei”，笔划明显而清晰，
　仿佛是盖在蜡面之上的形相。
“不要让思想在同一处受羁。”
　和蔼的老师说。这时，我正在
　他身旁，靠近他左边的胸臆。
听了他的话，就把目光移开，
　越过玛利亚，在更远处暂停——
　也就是导师所在的一边——得睐
另一些刻在石上的叙事图形。
　于是，我越过维吉尔走到石旁，
　好让图形展示给我的眼睛。
那里，刻在同一块大理石上，
　是一幅牛车曳着神圣的约柜。
　那约柜，使后人再不敢擅自帮忙。
牛车前是人群，全部分成七队

唱诗的人，使我的两种官能
分别说“不”，说“是，他们在张嘴
歌唱”。因图中的香有烟雾上升，
我的眼睛和鼻子也同样说“是”
说“不”，彼此因矛盾而纷争。
图画里，谦恭的《诗篇》作者正蚩蚩
掀衣，在圣器之前跃动起舞。
那时候，他凌驾君王，又不称王职。
对面，是一座巍峨的王宫。在窗户
观望的，是米甲的形象；看眼光，
就像一个懊恼而轻蔑的悍妇。
我把双脚移离站立的地方，
靠向另一个故事，去近观那些画。
那些画，皦然在米甲后面闪晃。
画中描述的内容，是一位罗马
君主的伟绩。这君主的勇毅精神，
是格列高利获得大胜前的启发——
我所指的，是罗马皇帝图拉真。
一个可怜的寡妇，样子伤悲，
正挽着他的马辔流泪祈恳；
左右前后有践踏的痕迹；周围
满是骑兵；金旗上面的雄鹰
在他们头上清晰地随风翻飞。
可怜的妇人，就置身这样的环境。
仿佛在说：“主公啊，请为我报仇。

炼狱凹雕

可怜的妇人，就置身这样的环境。/ 仿佛在说："主公啊，请为我报仇。/
小儿身亡，使我伤心莫名。"

（《炼狱篇》，第十章，八二至八四行）

小儿身亡，使我伤心莫名。”
图拉真仿佛答道：“嗯，请稍候，
等我回来。”女子闻言说：“主公啊，”
语调仿佛因伤悲而变得急骤，
“不回来又怎样？”“有人代我嘛，”男的答，
“他会替你报仇的。”女子说：“本人
忘了行善，让别人代行有用吗？”
于是，图拉真说：“好吧，你放心，动身
之前，我首先要做完该做的事务。
为情为义，我都得再留一阵。”
这幅对话，可以用眼睛亲睹。
其作者，什么事物都曾经观赏；
我们觉得新，皆因凡间绘不出。
我正在聚精会神，欣然凝望
那些图像，看他们谦恭无比，
并因作者的灵巧而目悦神畅，
听到了诗人低语：“你看这里
有好多人走来，不过都走得慢。
他们会带我们到另一些梯级。”
我的眼睛，这时正凝神观看，
渴望见到新事物。经诗人一提，
立即朝着他的方向顾盼。
不过，读者呀，此刻我不想令你
为了听上主如何要人类还债
而分神，以致你坚定的决心他移。

不要把注意力集中在酷刑的状态；
　想想其后的情形。要记住，坏到了
　极点，酷刑也越不过大审判之外。
我说：“老师，在我眼前向着
　我们走来的，我看不像是人。
　我的眼睛瞀乱，看不出是什么。”
于是诗人对我说：“他们的精神
　受折磨得厉害，因此蜷缩在地上。
　我的眼睛刚才也有过纠纷。
不过请你凝神，向那边观望，
　辨出在巨石下面走来的人丛。
　你已经看得到，他们在捶打胸膛。”
高傲的基督徒哇，你们可怜而懒慵。
　在心灵里，你们的视力患了病，
　把自已的信心放在后退的步伐中。
你们没觉察吗？我们出生就注定
　是虫，然后朝天蝶的境界蜕变；
　为了受审，要赤裸飞向天庭。
老实说，你们仍是昆虫，身有缺陷，
　体形像幼虫一般，还长得不完整，
　心神凭什么条件去擅自高骞？
有时候，一个雕像要成为隅撑
　去承托楼板或屋顶，就会在
　观者的眼前让双膝和胸膛交碰，
以不真实的姿势使观者的心怀

感到真实的哀伤。当我细觑
亡魂时，所见也是这样的姿态。
他们的身躯的确是蜷曲伛偻；
伛偻的程度和背上的负担成正比。
“再也受不了了”，那个看起来最具
耐性的，哭泣间似乎在这样悲啼。

注释：

1–2. **灵魂的邪爱……恰当**：灵魂如果嗜恶，或者以恶为善，离开正道，走上歧途，炼狱之门就会废弃。爱是所有美德和邪恶的根源，爱而不得其所，就会生出邪恶。参看《炼狱篇》第十七章一〇三至一〇五行。

6. **真不知……倚仗**：意为：真不知如何去寻找开脱的理由。

14. **针眼**：指但丁和维吉尔上攀时要穿过的窄道。这一行回应了《圣经 · 马太福音》第十九章第二十四节：“Et iterum dico vobis, facilius est camelum per foramen acus transire, quam divitem intrare in regnum caelorum.”（“我又告诉你们，骆驼穿过针的眼，比财主进神的国还容易呢！”）。此外参看《圣经 · 马可福音》第十章第二十五节，《圣经 · 路加福音》第十八章第二十五节。

15–16. **由盈转亏的月亮……休息**：指月亮已经下沉。但丁和维吉尔在黑林中出发时，正是满月（参看《地狱篇》第二十章一二七行）。月亮下沉，大约是太阳上升后三小时，即上午九时后。

18. **山冈后移**：指山冈后移，成为平台。此刻，但丁和维吉尔到了炼狱的第一个平台。

19–20. **和老师一样……对路途 / 没有把握**：这里再度强调，到了炼狱，维吉尔的智慧已有局限。

24. **中间的宽度……相连**：等于三个人的身长相连（约为五米）。

32. **坡吕克利特**：约公元前四五二年至公元前四一二年，古希腊雕刻家，生于伯罗奔尼撒半岛的亚哥斯。善于雕塑人像，是亚哥斯和西基昂派的代表。与菲狄亚斯（Φειδίας, Phidias）同时。作品以匀称和谐见称，其中以“执矛者”最为有名。Steiner（*Purgatorio*, 124）指出，在十四世纪，坡吕克利特象征完美的艺术，常为作家提及。

33. **使天工显得渺小**：“天工”，指大自然。但丁认为，在艺术中，人类师法自然，自然师法上帝。这里的雕像是上帝的作品，因此使天工显得渺小。参看《地狱篇》第十一章九七至一〇五行。

34–35. **昔日……安恬**：指天使加百列向玛利亚（和合本《圣经》为马利亚）报信，告诉她，基督即将降临，人类会因此与上帝和解，得到安恬。参看《圣经·路加福音》第一章二十六至三十八节。该章的第二十六至三十一节如下：“In mense autem sexto missus est angelus Gabrihel a Deo in civitatem Galilaeae, cui nomen Nazareth, ad virginem desponsatam viro cui nomen erat Ioseph, de domo David: et nomen virginis Maria. Et ingressus angelus ad eam dixit: Ave gratia plena, Dominus tecum: benedicta tu in mulieribus. Quae cum vidisset, turbata est in sermone eius, et cogitabat qualis esset ista salutatio. Et ait angelus ei: Ne timeas, Maria, invenisti enim gratiam apud Deum: ecce concipies in utero, et paries filium, et vocabis nomen eius Iesum.”（“到了第六个月，天使加百列奉神的差遣往加利利的一座城去〔这城名叫拿撒勒〕，到一个童女那里，是已经许配大卫家的一个人，名叫约瑟。童女的名字叫马利亚；天使进去，对她说：蒙大恩的女子，我问你安，主和你同在了！马利亚因这话就很惊慌，又反复思想这样问安是什么意思。天使对她说：‘马利亚，不要怕！你在神面前已经蒙恩了。你要怀孕生子，可以给他起名叫耶稣。’”）。

36. **久被封闭的天堂**：天堂因亚当犯罪而关闭，人类不得其门而入。基督降临后，天堂之门再度开启。

37–39. **就在这一刻……容颜**：炼狱的第一个平台，用来洗涤骄傲之罪。因此本章所描写的凹雕都是寓言故事，以谦逊为主题。谦逊的美德，又以圣母玛利亚为典范，因此第一幅凹雕，记述加百列向玛利亚报喜的过程。

40. **万福玛利亚**：原文“Ave”，详写为“Ave Maria”，“Ave”是拉丁语“avere”的第二人称单数祈使语气。参看《圣经·路加福音》第一章第二十八节：“Ave, gratia plena, Dominus tecum.”（“蒙大恩的女子，我问你安，主和你同在了！”）。见本章三四至三五行注。

42. **她曾经……夐遐**：圣母玛利亚领报时，开启了神的大爱。

44. **“Ecce ancilla Dei”**：参看《圣经·路加福音》第一章第三十八节玛利亚对天使加百列的答复：“Ecce ancilla Domini; fiat mihi secundum

verbum tuum."（"我是主的使女，情愿照你的话成就在我身上。"）。

46. **不要让思想在同一处受羁**：维吉尔叫但丁不要逗留太久，因为他们还要前进。

51. **也就是导师所在的一边**：此刻，维吉尔在右，但丁在左。但丁的目光越过了维吉尔，向右观看凹雕的寓言。

55–69. **那里……悍妇**：这节描写第二幅浮雕。浮雕的内容载于《圣经·撒母耳记下》第六章第一至十七节。约柜是《圣经》中以色列人"存放《约书》的柜子，象征耶和华在以色列人中间的临在"，里面放着两块法版，上书"十诫"，是"以色列人最神圣的圣物"。最初存于以色列人帐棚里，其后获大卫迎往耶路撒冷。所罗门建成圣殿后存于圣殿。公元前五八六年因战火而失落。参看《基督教词典》页六一七至六一八。在约柜运送途中，"因为牛失前蹄，乌撒就伸手扶住神的约柜。神耶和华向乌撒发怒，因这错误击杀他，他就死在神的约柜旁"。因此，"后人再不敢擅自帮忙"。（第五十七行）浮雕毕竟是浮雕，耳朵听不到声音，知道眼前所见不是现实，于是说"不"；可是刻得太逼真了，眼睛又误以为真，于是说"是"（第六十行）。眼睛见"烟雾上升"（第六十一行），以为是真烟雾，于是说"是"（第六十二行）；鼻子嗅不到香气，知道眼前所见不过是浮雕，因此说"不"（第六十三行）。**《诗篇》作者**：指大卫。有关大卫起舞的叙述，《圣经·撒母耳记下》第六章第十四、十六节有这样的描写：

Et David saltabat totis viribus ante Dominum. Porro David erat accinctus ephod lineo... Cumque intrasset arca Domini in civitatem David, Michol filia Saul prospiciens per fenestram vidit regem David subsilientem atque saltantem coram Domino, et despexit eum in corde suo.

大卫穿着细麻布的以弗得，在耶和华面前极力跳舞。……耶和华的约柜进了大卫城的时候，扫罗的女儿米甲从窗户里观看，见大卫王在耶和华面前踊跃跳舞，心里就轻视他。

他凌驾君王，又不称王职：指大卫在耶和华面前起舞，谦逊凌驾一般君王；但在俗人眼中，这样做又有失身分，不称王职。**对面**：米甲从王宫里观望大卫，其位置恍惚与但丁相对。**轻蔑**：指米甲瞧不起大卫有失身分的举动。

73–96. **画中描述的内容……皆因凡间绘不出**：这里描述的是图拉真（Marcus Ulpius Crinitus Trajanus，一译"特拉扬"，公元五十二或五十三年至公元一一七年），公元九十八年至公元一一七年为罗马皇帝。在位期间有出色的改革和建设，罗马帝国的边境直达波斯湾，版图空前。图拉真卒时无嗣，由哈德良（Publius Aelius Hadrianus）继任。据说图拉真出征时，有妇人拦马呼冤，说儿子遇害，求图拉真惩治凶手，主持公道。图拉真答应凯旋后为妇人出头。但妇人不肯，要图拉真马上把事情办妥。最后，图拉真拗不过妇人，只好答应其要求，惩治了杀人凶手。这一事件，说明图拉真极度谦卑，能以皇帝之尊，听一个小女子的吩咐。

75. **格列高利**：指格列高利一世（Gregorius I），又称大格列高利。约于五四〇年生于罗马贵族家庭，是基督教拉丁教父，曾任罗马执政官，当过隐修士，五九〇年至六〇四年任教皇。著有《伦理丛谈》《司牧训话》。据说他曾经祈祷哭泣，出面把图拉真从地狱召回人间（参看《天堂篇》第二十章一〇六至一〇八行）。

80. **金旗上面的雄鹰**：罗马军旗以金色为底，上绘黑鹰。

81. **在他们头上**：在图拉真及其战士的头上。

93. **为情为义**：图拉真以一国之尊，而能听一个寡妇的话，是谦逊的表现。

95. **其作者**：指神。神无所不见，因此"什么事物都曾经观赏"。

98. **谦恭无比**：凹雕所记，是谦卑的典范，因此雕刻中的人物都"谦恭无比"。

99. **作者**：指上帝。

107. **要人类还债**：人类犯了罪，要在炼狱涤罪（"还债"）。在炼狱的这一平台上，亡魂要洗涤的罪愆是骄傲，因此要看描写谦卑的雕刻，从中获得补赎。

108. **坚定的决心**：指悔罪的决心。

110. **其后的情形**：指亡魂在炼狱悔罪后，在天堂安享永福。

111. **酷刑也越不过大审判之外**："大审判"，指最后审判。最后审判一结束，炼狱就会消失，炼狱和地狱的所有亡魂，就会与肉体合而为一：炼狱的亡魂上天堂享永福；地狱的亡魂归地狱受恒罚。

112–113. **在我眼前……不像是人**：这里描写的人物，在世上骄傲嚣张，昂首阔步，现在要低头弯腰，受压于巨石之下。

117. **我的眼睛刚才也有过纠纷**：维吉尔的意思是：刚才心中有不同的想法，不能确定眼前出现的是什么。Momigliano（*Purgatorio*, 340）指出："但丁……把感觉和感情戏剧化。"（"Dante... drammatizza la sensazione e il sentimento."）

121. **高傲的基督徒哇**：诗人但丁直接向世上的基督徒说话。

122. **视力患了病**：指人犯了罪，心灵的视力有障碍。

123. **后退的步伐**：这是比喻，指人在道德上后退，要走回头路。

124–126. **你们……天庭**：人类不过是虫，其灵魂是蝴蝶，最后要离开肉体，在神面前赤裸受审。

130. **隅撑**：又叫托座、托架，是建筑构件，有时造成人形，嵌入墙壁或柱子，用来承托物品或建筑的一部分。这些人形，往往上身下弯，显得十分辛苦。

132. **双膝和胸膛交碰**：指上身下弯，胸膛触到了双膝。

第十一章

众亡魂向上帝祈祷，同时负着重担在平台上绕圈前行。维吉尔向亡魂问路，得到奥姆贝尔托的指点，并听他自道身世。接着，但丁认出了袖珍画画家奥德里西，听他论述声名如何空洞，听他介绍另一个亡魂普罗文赞·萨尔瓦尼，并预言未来。

“天父哇，你身处天堂，不受约制，
　却接受大爱的包围。这大爱，你在
　高天之上向最初的造物普施。
你的威名、你的力量，应该
　接受众生的赞美，因为他们
　合当以谢忱报答你的慈蔼。
请你的天国以宁谧赐给凡尘，
　因为宁谧不降临，我们纵然
　殚精竭虑，也难以得到这天恩。

向你奉献时，你的天使心甘
情愿，而且唱着和散那。那么，
让人类也奉献吧，就像天使一般。
从今天起，天天赐甘露给我们喝。
没有甘露，人类在这个荒漠里
越是用力向前，就越会后折。
谁对我们不起，我们都一一
包涵。那么，也请你蔼然包涵
我们，放过我们获咎的劣迹。
我们的力量易折，遭夙敌悍然
驱策。请拯救我们，助我们脱险；
别考验我们，要我们跟他鏖战。
上主哇，我们祷告中的最后一点，
并非为自己——我们已无此需要——
而是为后人——他们哪，还留在人间。”
众幽灵一边为自己、为我们呼叫
祈福，一边负着重担前行，
就像一个人有时在梦中所挑。
绕着圈，怀着不同的悲伤，众幽灵
在第一层平台上慵怠地打匝，
要把凡间的烟雾瘴气涤清。
如果那边一直为我们说好话，
这边心有善根的人，可有
什么话、什么事为那边宣述代劳吗？
他们从这个世界带走的污垢，

我们大可以帮他们洗涤，让他们
洁净而轻灵地升入星轮里头。
“愿公理和悲悯早点从你们的俗身
卸下包袱，让你们鼓动翅膀，
随意高飞。请为我们指陈，
要到达那段阶梯，由哪边向上，
路程会近些？通道如超过一条，
请告诉我们，哪一条比较坦荡？
因为跟我同来的，虽然亟要
登攀，但身披亚当的血肉
包袱，上爬时不够快捷灵巧。”
我的向导说完了这番话后，
幽灵之中就有人答复。答复
不知道出自哪一个幽灵之口；
只知道话语是：“跟我们在这一处
靠着右缘向前走，你们会发现
一条生人也可以攀爬的通路。
此刻，我遭到石头的妨碍拘牵，
桀骜不驯的脖子也被它压弯，
前进时，脸孔要俯下来向着地面；
不然，我会抬起头来，看看
不知名的生灵，看看我是否认识他，
请他可怜我背负这样的重担。
我是意大利人，籍贯托斯卡纳，
圭列尔摩·阿尔多布兰德斯科是家父。

他的鼎鼎大名，你们听过吗？
我的先人出自世家望族，
有崇高的业绩。于是我傲慢嚣张，
忘了大家是同一个母亲所出，
谁都瞧不起。结果由于太狂妄
而丧生——怎样丧生呢？锡耶纳人会明白，
坎帕雅提科的每个小孩也晓畅。
我是奥姆贝尔托。遭骄傲伤害
戕贼的，不仅是我；我的亲戚
也全部遭它拖累而罹祸蒙灾。
因此，我要背负这重担，在这里
赎罪，到上主满意为止——在人寰
不曾背，因此要在亡魂中服役。”
我倾听幽灵说话时，头颅下弯。
其中一人——不是讲话的那一位——
在担子的重压下把身躯扭转，
正好看见了我，认出了我是谁，
于是呼喊着茶然向我凝睨。
我呢，则全身伛偻着在旁边相陪。
“咦！”我对他说，“你可是奥德里西？
古比奥一地因你而荣显；巴黎人
称为袖珍画的艺术因你而赫熠。”
“由波隆亚的弗兰科绘描，画本
会笑得更加灿烂哪，兄弟，”他说，
“荣誉全是弗兰科的；我只得小部分。

说句老实话：仍然在生的我，
不会这么客气。那时候，我胸怀
宏大的抱负，矢志追求超卓。
就因为傲慢，我们要在此还债。
我身怀作孽的力量，要不是皈依
上主，至今仍到不了这里来。
你的辉煌多空洞啊，世人的能力！
跟随而至的时代如非庸俗，
你头上的青翠很快就会萎靡！
契马部埃曾经自以为独步
画坛；现在流行的却是乔托。
结果前者的声名变得模糊。
同样，在我们的语言中，此圭多
夺去了彼圭多的荣耀；另一人又可能
出了世，注定把两者逐出巢窝。
尘世的喧闹不过是一阵微风，
时而打这边至，时而从那端来，而且
因方位移动，名字也跟着变更。
你的肉体衰老了才跟你告别，
跟你还说着‘包包’、‘钱钱’时就亡夭
有什么不同？一千年过后，老灭
和早亡给你的名声同样虚渺。
一千年之于永恒，比一瞬之于
天上转得最慢的轨迹还短小。
在我前面的路上前进得步履

艰难的，轰动过整个托斯卡纳；
此刻在锡耶纳，再也没有人传叙。

翡冷翠的暴民被灭时，他正在雄霸
锡耶纳，是那里的首领。暴民当时的
嚣张和现在的淫荡一样可怕。

你们的名声不过是青草的颜色，
出现了又消失。使青草碧嫩地冒出
泥土的力量，也会把青草摧折。”

“你的忠言，”我听后这样答复，
“使我心谦虚，清除了我的狂傲。
不过，刚才你提到的是什么人物？”

“那是普罗文赞·萨尔瓦尼，”亡魂回答道，
“他置身这里，是因为他傲慢专横，
企图一手把锡耶纳全部兜揽。

这就是他的遭遇。他卒后，不曾
有机会歇息。谁敢在上面狂妄，
谁就会这样还债，以补赎前生。”

我说：“没有虔诚的祈祷来帮忙，
那等待生命之边的幽灵，就必须
在忏悔完毕之前留在下方，

不可以到上面来，直到相等于
前生的时间逝去为止。那么，
他何以获准向这个地方上趋？”

亡魂说：“他在生时，在极尽荣华的
日子里尽弃自尊，毫不害羞，

在锡耶纳的广场自如地坐着。
在那里，为了把自己的朋友拯救，
以免朋友在沙尔的监狱受苦，
他令自己的每一条脉络颤扭。——
别的不讲了。我知道我说得模糊。
不过，短期之内，你同乡的举止
就会使你给这番话提供评注。——
就是这行动，使他自边界获释。”

注释：

1–24. **天父哇……留在人间**：这二十四行是但丁对《主祷文》（Pater Noster）的意译引申，由犯了骄傲罪的亡魂念诵。内容着重谦逊之德。参看《圣经·马太福音》第六章第九至十三节，《圣经·路加福音》第十一章第二至四节。此外参看 Tommaseo, *Purgatorio*, 144。

1–3. **天父哇……普施**：上帝无穷大，不为任何空间所局限；居于天堂，是出于他对“最初的造物”的慈爱。参看《天堂篇》第十四章第三十行，第二十二章第六十七行。**最初的造物**：指天穹和天使。

4–6. **威名……慈蔼**：“威名”“力量”“慈蔼”指三位一体的三种特性。“慈蔼”指圣灵。

7–9. **请你……天恩**：这三行强调，天国的宁谧要由上帝赏赐，不能靠人力获得。

10–12. **向你奉献时……天使一般**：原文“Come del suo voler li angeli tuoi/fan sacrificio a te... /così facciano li uomini de' suoi”。Singleton（*Purgatorio 2*, 223）指出，这句脱胎自《圣经·马太福音》第六章第十节：“Fiat voluntas tua sicut in caelo et in terra”（“愿你的国降临；/ 愿你的旨意行在地上，/ 如同行在天上”）。**和散那**：原文“osanna”，英文“hosanna”，“亦译‘贺三纳’，阿拉米文的音译（希伯来文为 hōsh〔i〕‘āh nnā），原意为‘求你拯救’。最早见于《圣经·旧约·诗篇》第一一八篇第

二十五节。在《圣经·新约》中演变为欢呼的感叹词"(《基督教词典》，页一九八)，用来赞美上帝或基督。

13. **从今天起，天天赐甘露给我们喝**：Bosco e Reggio（*Purgatorio*, 191）和 Singleton（*Purgatorio*, 223）指出，这行脱胎自《圣经·路加福音》第十一章第三节："Panem nostrum quotidianum da nobis hodie."（"我们日用的饮食，/ 天天赐给我们。"）**甘露**：原文为"manna"，汉译"吗哪"或"玛纳"，见《圣经·旧约·出埃及记》第十六章，"是一种从天而降的神秘食物。……据说形似芫荽子，白色，味如蜜饼，在旷野养活以色列人四十年之久，直到他们进入迦南地为止。《圣经》中称它是'天上的真粮'"（《基督教词典》，页三三七）。

14. **荒漠**：这里指炼狱。

16–18. **谁对我们不起……劣迹**：这三行脱胎自《圣经·马太福音》第六章第十二节："Et dimitte nobis debita nostra, sicut et nos dimittimus debitoribus nostris."（"免我们的债，/ 如同我们免了人的债。"）。参看 Bosco e Reggio, *Purgatorio*, 192; Singleton, *Purgatorio 2*, 224。

19. **夙敌**：指撒旦。

21. **别考验我们**：脱胎自《圣经·马太福音》第六章第十三节："Et ne nos inducas in tentationem, sed libera nos a malo."（"不叫我们遇见试探，/ 救我们脱离凶恶。"）。参看 Bosco e Reggio, *Purgatorio*, 192; Singleton, *Purgatorio 2*, 224。

22–24. **上主哇……人间**："祷告中的最后一点"，指本章一九至二一行。炼狱的亡魂已经不会受撒旦引诱，因此一九至二一行的祷告是为凡间的人而发。

25–26. **为我们呼叫 / 祈福**：为凡间的人祈祷。

26. **重担**：指亡魂所负的石头。

30. **凡间的烟雾瘴气**：指骄傲所造成的烟雾瘴气。

31–33. **如果那边……代劳吗？**：**那边**：指炼狱。**这边**：指凡间。炼狱的亡魂为凡间的人祈祷；凡间"心有善根的人"也应该为炼狱的亡魂祈祷。

34–36. **他们……里头**：凡间的人祈祷，能够帮助炼狱的亡魂洗涤罪愆，飞越行星和恒星的轨迹，直入最高天（即上帝和天使的居所）。

38. **包袱**：指亡魂的重担。

43. **跟我同来的**：指旅人但丁。

44–45. **身披亚当的血肉 / 包袱**：指但丁是凡尘的人，仍有血肉之躯。

46. **我的向导**：指维吉尔。

53. **桀骜不驯**：亡魂生时高傲，现在要低首下心，学习谦卑。

58. **我是意大利人，籍贯托斯卡纳**：说话的人是第六十七行的奥姆贝尔托（Omberto），一二五九年遭锡耶纳人杀死。

59. **圭列尔摩·阿尔多布兰德斯科**：Guiglielmo Aldobrandesco。锡耶纳近海沼泽地圣菲奥拉（Santafiora）伯爵。本来支持吉伯林党，因与锡耶纳人为敌而改变立场，转而支持圭尔佛党。有关圣菲奥拉的资料，可参看《炼狱篇》第六章一一一行及该章一〇六至一一一行注。

61–62. **我的先人……业绩**：阿尔多布兰德斯基（Aldobrandeschi，是Aldobrandesco的复数）家族势力极大，全盛时期，曾夸耀族中城堡众多，数目可与一年的三百六十五日匹敌。

63. **忘了大家是同一个母亲所出**：忘了大家来自大地（"同一个母亲所出"），都是尘土，最后都要向尘土回归。

64–65. **由于太狂妄／而丧生**：奥姆贝尔托如何因狂妄而丧生，史册没有交代。

66. **坎帕雅提科**：原文"Campagnatico"，阿尔多布兰德斯基的城堡之一，位于奥姆布洛内谷（Val d'Ombrone），为奥姆贝尔托所有。一二五九年，该地发生过战争。

68–69. **我的亲戚／也全部……蒙灾**：奥姆贝尔托被杀后不久，其家族也就衰败灭亡，财产被锡耶纳人侵占。

71. **赎罪**：赎骄傲之罪。**到上主满意为止**：到还清我欠上主的债项为止。

71–72. **在人寰／不曾背，因此要在亡魂中服役**：此语呼应阿奎那《神学大全》的论点。参看 Singleton, *Purgatorio 2*, 232。

79. **奥德里西**：原文"Oderisi"，生年约为一二四〇年，卒年一二九九年。意大利著名袖珍画画家，属波隆亚画派，曾受雇于教皇卜尼法斯八世，活跃于波隆亚和罗马。是乔托（Giotto di Bondone）和但丁的朋友，以高傲闻名。

80. **古比奥**：原文"Agobbio"，即 Gubbio，意大利中部城镇，在翁布里亚（Umbria）北部。

82. **波隆亚的弗兰科**：Franco bolognese，奥德里西弟子，曾受雇于教皇卜尼法斯八世，为教廷绘画。

84. **荣誉……小部分**：奥德里西的谦虚，与生时的态度迥异。

91. **你的辉煌多空洞啊，世人的能力**：这句是倒装，原诗为："Oh vana gloria de l'umane posse!"。

94. **契马部埃**：（Giovanni Cimabue，一二四〇年至一三〇二年），意大利画家，乔托的老师，属翡冷翠画派，曾受拜占庭艺术影响，当过镶嵌画匠。作品包括《圣母像》，但真迹早已散轶。其后，在风格上设法摆脱拜占庭遗风，对文艺复兴有启后作用。

95. **乔托**：（Giotto di Bondone，一二六六年至一三三七年），翡冷翠画家、雕刻家、建筑师，但丁的好友。生于维斯皮亚诺（Vespignano），卒于翡冷翠。其宗教画有现实意义，比老师契马部埃更进一步，摆脱了拜占庭艺术的呆板，对后世的画风有深远影响。

97–98. **此圭多 / 夺去了彼圭多的荣耀：此圭多：**指圭多·卡瓦尔坎提（Guido Cavalcanti，约一二五五年至一三〇〇年），翡冷翠诗人。参看《地狱篇》第十章第六十行注。**彼圭多：**指圭多·圭尼泽利（Guido Guinizelli）。约于一二三五年在波隆亚出生，约于一二七六年在蒙塞利切（Monselice）卒。参看《炼狱篇》第二十六章九七至九九行。

98. **另一人：**奥德里西指谁，但丁没有明言。有些论者认为，但丁在预示自己的成就。如果这一论点成立，则但丁颇有司马迁“小子何敢让焉？”的自信兼自负了。

104. **包包：**原文“pappo”，是儿语，指“pane”（面包）。**钱钱：**原文是“dindi”，也是儿语，指“denari”（钱）。

107–108. **一千年之于永恒，比一瞬之于 / 天上转得最慢的轨迹还短小：**在但丁的天文概念中，第八重天（即恒星天）在诸天中转得最慢，向东移动一度，需时一百年；绕地球一周，需时三万六千年。这一观点，又与《圣经》所言相近。参看《圣经·诗篇》第九十篇（拉丁通行本《圣经》第八十九篇）第四节：“在你看来，千年如已过的昨日，/ 又如夜间的一更。”

109–110. **在我前面的路上……艰难的：**指一二一行的普罗文赞·萨尔瓦尼（Provenzan Salvani，约一二二〇年至一二六九年）。普罗文赞是锡耶纳人，出身吉伯林党，在一二六〇年的蒙塔佩尔提（Montaperti）的战役后，掌锡耶纳大权，主张夷平翡冷翠，因法里纳塔极力反对，翡冷翠方幸免于难（参看《地狱篇》第十章九一至九三行）。一二六六年，本内文托（Benevento）之战后，权势渐弱。一二六九年，在埃尔萨谷（Val d’Elsa）科雷（Colle）之役中与翡冷翠圭尔佛党交战被虏，随后被斩首。

112. **翡冷翠的暴民被灭时：**指一二六〇年，翡冷翠人在蒙塔佩尔提之役大败。参看《地狱篇》第十章八五至八六行和第八十六行注。

115–117. **你们的名声……摧折：**参看《圣经·诗篇》第九十篇（拉丁通行本《圣经》第八十九篇）第五至六节：“……早晨，他们如生长的草，/ 早晨发芽生长，/ 晚上割下枯干。”同时参看《圣经·以赛亚书》第四十章第六至八节：“……凡有血气的尽都如草，/ 他的美容都像野地的花。/ 草必枯干，花必凋残，/ 因为耶和华的气吹在其上；/……草必枯干，花必凋残；……”

122–123. **他置身这里……兜捞：**锡耶纳是共和政体，而普罗文赞·萨尔瓦尼本来是锡耶纳的平民，却要大权独揽，跋扈专横，因此要在炼狱涤罪。

128. **等待生命之边**：等待生命结束。指生命结束时仍没有忏悔。

132. **他何以……上趋**：但丁不明白，普罗文赞在凡间死亡时没有忏悔，为什么能提前到炼狱。

133–138. **他在生时……颤扭**：这几行叙述普罗文赞谦卑的善行：普罗文赞有一个好友，因抵抗法国安茹伯爵沙尔，在塔利亚科佐（Tagliacozzo）战败被虏。沙尔要这个人交出一万弗罗林金币赎身，否则就要受死。普罗文赞应这个被虏的好友的请求，坐在锡耶纳广场上向众人乞钱。众人见他如此谦卑，一改常态，动了恻隐之心，于是纷纷捐献，结果在期限前筹到赎金，救出了好友。这一谦卑的善行，使普罗文赞提前进入炼狱，不必在炼狱外久等。

139–141. **别的不讲了……提供评注**：这几行是奥德里西的预言：不久，但丁就会遭翡冷翠人放逐。届时就会亲尝普罗文赞（"你同乡"）行乞的痛苦。因此，上述的话（指一三八行）虽然说得模糊，可是不久，就会因但丁本人近乎行乞的经验而获得阐释（"给这番话提供评注"）。

142. **使他自边界获释**：使普罗文赞不必久留在炼狱外补赎临终的过失（指临终时没有忏悔）。

第十二章

但丁前进间，按维吉尔的指示俯望脚下的雕镂。只见一幅幅儆戒骄傲的图画，生动而逼真。然后，两人碰到谦卑天使。谦卑天使欢迎他们，把但丁额上的第一个P抹去。两人正在左转，听到歌声响起，唱音之妙，文字不能够复述。但丁发觉上攀时不觉辛劳，却不知何故，就问维吉尔。维吉尔向但丁说明原委。

肩并着肩，像两头牛同轭而行，
　我和负重的亡魂继续前踏，
　距离的长短，则依照慈师的决定。
不过，当他说"告别他继续走吧；
　在这里，人人都应该尽自己的能力
　扬帆挥桨，推着船向前方进发"，
我就像一般人走路那样，把躯体
　再度伸直；不过我的思绪
　仍然像刚才那样弯曲萎靡。

骄傲者——奥德里西

肩并着肩，像两头牛同轭而行，/ 我和负重的亡魂继续前踏……

（《炼狱篇》，第十二章，一至二行）

我继续前进，并且在老师的步履
后面紧紧追随。老师和我，
这时候都以轻快的步伐前趋。
“请回首下望，”维吉尔跟着说，
“看看你脚下的地面。这样做你会有
好处——会在旅途上得到寄托。”
死者葬在地面的陵墓，上头
会有图形，描述他们的事迹，
好让他们的声名流传于后。
在这类陵墓前，回忆常会引起
怅触，叫人流泪。而回忆只会
感动悲悯的人，叫他们怜惜。
我下望时所见也相同；不过石碑
雕镂得更加逼真，从山腰向外面
突出的道路，描画的全属这类。
在这一边，我看见出身比上天
创造的万物都高的家伙，从天堂
上面向下方飞坠，迅疾如闪电。
另一边，我看见布里阿柔斯在地上
躺着，笨重的躯体被天矢穿插，
这时已受制于冰冷的死亡。
我看见西姆比莱乌斯；看见雅典娜
和戎装如故的战神围着天父，
望着巨人的尸体被丢弃抛撒。
我看见宁录，好像眩惑恍惚，

置身于他的宏伟工程之底，
望着同样骄傲的示拿民族。
妮欧贝啊，你两眼汪汪含涕。
我看见你的形象被绘于路面，
两边各有七个孩子被殛。
扫罗呀，你的形象竟然在那边！
在基利波山，你死于自己的剑刃。
此后，那里再没有雨露出现。
狂妄的阿拉克涅呀，我见你半身
变成了蜘蛛，织就的蛛网自作
自受。此刻，你就在蛛丝上饮恨。
罗波安哪，尊容在这个场所
不再可怕了；反之，你乘着战车
在无人追逐的时刻惶然窜躲。
那坚硬的路面，还展示阿尔克迈翁如何
使那件不吉的首饰在他
母亲的眼中显得太过豪奢；
展示两个儿子怎样在庙刹
向父亲西拿基立袭击，又怎样
在同一处把西拿基立诛杀；
展示托米利斯摧毁时的形象：
她把居鲁士残杀，并对他诅咒：
“既然你嗜血，就装满你的分量”；
展示何乐弗尼被人宰杀后，
亚述人如何溃败窜逃；路面

阿拉克涅

狂妄的阿拉克涅呀，我见你半身/变成了蜘蛛……

（《炼狱篇》，第十二章，四三至四四行）

还展示杀戮后余下的肢骸尸首。
我看见特洛亚在灰烬瓦砾中沦湮。
伊利昂啊，我所见到的图画，
竟把你描绘得这么卑微下贱！
是什么大师，以毛笔、尖笔的技法
在那里描出这样的轮廓和线条呢？
敏锐的心灵见了都会惊诧。
死去的像死人；活着的仿佛仍活着；
目睹实况，也不如我所见。我弯腰
前进时，脚踏的景象都看了个透彻。
自大吧，走路时神容尽管矜骄！
可是，夏娃的子孙哪，不要把头
低下来，向你们邪恶的道路俯眺。
我们继续绕着山向前方行走。
我心绪专注，没有把时辰估量，
和太阳的旅程比较竟远远落后。
这时，一直望着前面的方向
行进的人说：“再没有时间全神
贯注地缓走了；让你的头上仰。
看那边，一位天使正朝着我们
匆匆走来。看，第六个女侍
回来了，刚完成一天的伺候责任。
以虔敬美化你的仪容和举止，
好让天使欣然带我们上攀。
要记住，今天不再有破晓栖迟！”

他的告诫，我已经十分习惯；
　他一向叫我切勿耽搁。他提起
　这件事，用意不可能隐蔽晦暗。
那俊美的创造物身穿白衣，
　朝着我们走过来。他的脸庞
　恍如一颗破晓的星子在轻悸。
他展开双臂，然后把两翅舒张，
　说："来吧，梯阶就在附近。
　此后，你们能轻易攀登上方。——
我这样邀请，仍没有太多人来临。
　人类呀，你们是为了高飞而出生；
　怎么因这点微风就退缩灰心？"
天使把我们带到巨石的裂缝，
　在那里用双翼拍了拍我的前额，
　然后答应带我走安全的旅程。
鲁巴孔特桥上的山，有教堂矗立着
　下临清明的城市。在城中档案
　和量器可靠的年代，山坡建了
一列梯级。要是你跻登这座山，
　会在右边看见峭壁陡坡
　在急升中因梯级而变得舒缓可攀。
炼狱的悬崖从另一圈险峻地塌落；
　我们那里也这样减少了坡度，
　虽然巍石仍然在两边挤磨。
我们正要在那里转移脚步，

"Beati pauperes spiritu!"之声响起，
唱音之妙，文字不能够复述。
啊，炼狱和地狱的入口，差异
是多么大呀！这边是歌声迎接我；
那边，入口处却是哭声凄厉。
这时候，我们已沿着圣梯上蹿，
可是旅程中却不觉得辛劳，
躯体好像比刚才轻灵得多。
于是我说："老师呀，请你见告，
我卸下了什么重担？前行间
几乎连一点疲劳都感觉不到。"
老师回答说："在你的额头上面，
仍有极模糊的 P 字。这些字母
像刚才那一个全部消失在眼前，
你的双脚就会有善愿做主，
不但不会感觉到劳累慵疲，
反而会欣然受催，向上方奔赴。"
我的反应，就像某些人有东西
沾在头上，行走时自己不知道，
见人家示意才开始怀疑；
于是手掌伸出来代为效劳，
去负起视觉不能胜任的职责，
为了明白真相而摸索寻找。
我把右手的五指张开，摸到的
字母只有六个，都是刚才

由掌匙的卫士在我额上镌刻。

导师见状，莞尔笑了起来。

注释：

1. **肩并着肩，像两头牛同轭而行**：牛与轭的意象，充分表现了亡魂的顺从谦卑。但丁跟亡魂并肩而行，有象征意义：但丁不但亲历骄傲者的刑罚，也显示自己有骄傲的毛病。

7–8. **把躯体 / 再度伸直**：但丁跟奥德里西并肩前进时，仿佛背负重担，弯着腰举步维艰。

16–18. **死者葬在地面的陵墓……流传于后**：欧洲的陵墓往往与地面等高，墓碑平铺，上刻碑文，介绍死者的生平事迹。

25–26. **出身比上天 /……都高的家伙**：指明亮之星、早晨之子（Lucifer，第一位天使堕落成为撒旦前的称呼），众天使之中以他的地位最高。

26–27. **从天堂 / 上面向下方飞坠，迅疾如闪电**：参看《圣经 · 路加福音》第十章第十八节："Et ait illis: 'Videbam Satanam sicut fulgur de caelo cadentem.'"（"耶稣对他们说：'我曾看见撒旦从天上坠落，像闪电一样。'"）。

28. **布里阿柔斯**：参看《地狱篇》第三十一章第九十九行注。布里阿柔斯之于宙斯，犹撒旦之于上帝。

29. **天矢**：指宙斯的霹雳。

31. **西姆比莱乌斯**：阿波罗的称号，源出西姆布列（Θύμβρη, Thymbra），中亚细亚地区特洛斯的一个城镇，有阿波罗神庙。特洛亚是特洛斯的首府。

雅典娜：意大利文 Pallade，古希腊文 Παλλάς，拉丁文和英文为 Pallas，智慧女神雅典娜的姓。

33. **巨人的尸体被丢弃抛撒**：巨人族是乌拉诺斯和盖亚的儿女，攻打奥林坡斯诸神。诸神得赫拉克勒斯之助，打败了巨人，把他们的肢体撒落大地各处。参看《忒拜战纪》第二卷五九七行及其后的描写，《变形记》第十卷一五〇至一五一行。

34–36. **我看见宁录……民族**：宁录企图登天，在示拿地建造通天塔。参看《地狱篇》第三十一章第七十六行注。**宏伟工程**：指通天塔。**骄傲的示拿民族**：示拿民族要建通天塔，因此但丁说他们“骄傲”。

37. **妮欧贝**：Νιόβη（Niobe），坦塔罗斯和狄奥涅（Διώνη，Dione）的女儿，忒拜王安菲翁（参看《地狱篇》第三十二章第十行注）的妻子，生七男七女，并以此为傲，自夸胜过丽酡，因为丽酡只生一男一女——阿波罗和阿尔忒弥斯。结果，妮欧贝的十四个儿女全遭阿波罗和阿尔忒弥斯射死，自己则化为石头，泪水不歇地从眼里流落双颊。

40–41. **扫罗……剑刃**：“扫罗”，亦译“撒乌尔”。古以色列首位国王，由撒母耳册封，为人骄傲，不服从上帝（参看《圣经·撒母耳记上》第十五章），与非利士人作战，在基利波山大败自杀（参看《圣经·撒母耳记上》第三十一章第一至六节）。

42. **此后……出现**：大卫哀悼扫罗及其子约拿单时，这样对基利波山诅咒：“Montes Gelboe, nec ros nec pluvia veniant super vos.”（“基利波山哪，愿你那里没有雨露！”）。参看《圣经·撒母耳记下》第一章第二十一节。

43. **狂妄的阿拉克涅**：Ἀράχνη（Arachne），伊德蒙（Ιδμων，Idmon）的女儿。擅织绣，远近驰名，大家称她为织绣之神雅典娜的弟子，她却耻于接受这荣誉，把成就归功于自己，并且向雅典娜挑战。雅典娜化身为老妇，劝阿拉克涅谦虚些，遭阿拉克涅侮辱。于是，雅典娜现出真身，与阿拉克涅比赛。雅典娜所织是奥林坡斯山十二神，威武非凡；织物的每一角，都绣有挑战神祇而失败的例子，借此儆戒阿拉克涅。阿拉克涅织的是诸神的荒唐行为。雅典娜看后，找不出瑕疵，一怒之下，把阿拉克涅的织物撕毁。阿拉克涅羞愤之余，上吊自杀，死前被雅典娜变为蜘蛛，织物变为蛛网。参看《变形记》第六卷五至一四五行。在该书里，阿拉克涅的故事紧随妮欧贝。

43–44. **半身 / 变成了蜘蛛**：写阿拉克涅半人半蛛，变形过程尚未结束。

46. **罗波安**：罗波安是所罗门王的儿子，继位后，悍然拒绝把父亲加于人民的重税撤销，引起以色列人叛变。参看《圣经·列王纪上》第十二章第一至二十节。

47–48. **你乘着战车 / 在无人追逐的时刻惶然窜躲**：事见《圣经·列王纪上》第十二章第十八节：“Misit ergo rex Roboam Aduram, qui erat super tributa; et lapidavit eum omnis Israel, et mortuus est. Porro rex Roboam festinus ascendit currum, et fugit in Ierusalem.”（“罗波安王差遣掌管服苦之人的亚多兰往以色列人那里去，以色列人就用石头打死他。罗波安王急忙上车，逃回耶路撒冷去了。”）。

49–51. **那坚硬的路面……豪奢**：参看《地狱篇》第二十章第三十四行注。

安菲阿拉奥斯本来不愿意参加忒拜之战，因为他知道，自己会在战役中阵亡。可是，妻子厄里费勒（Ἐριφύλη，Eriphyle）为了贪一条项链，受波吕尼克斯（Πολυνείκης）之贿，把他出卖。结果安菲阿拉奥斯出战阵亡。安菲阿拉奥斯出战前，叮嘱儿子阿尔克迈翁（Ἀλκμάιων，Alcmaeon）为他复仇。后来，阿尔克迈翁遵照父命，杀死了母亲厄里费勒。厄里费勒所贪的项链，本来是爱神之物。受到惩罚，既因为她出卖丈夫，也因为她以凡人身分，占有神物。参看《天堂篇》第四章一〇三至一〇五行，《忒拜战纪》第四卷一八七至二一三行，《埃涅阿斯纪》第六卷四四五至四四六行。

52–54. **展示……诛杀**：亚述王西拿基立因为辱骂上帝，出征犹大王希西家后遭儿子杀死。参看《圣经·列王纪下》第十九章第三十六至三十七节："Et reversus est Sennacherib rex Assyriorum, et mansit in Ninive. Cumque adoraret in templo Nesroch deum suum, Adramelech et Sarasar filii eius percusserunt eum gladio, fugeruntque in terram Armeniorum."（"亚述王西拿基立就拔营回去，住在尼尼微。一日在他的神尼斯洛庙里叩拜，他儿子亚得米勒和沙利色用刀杀了他，就逃到亚拉腊地。"）。详见《圣经·列王纪下》第十八章第十三至三十七节，第十九章第一至三十七节。此外参看《圣经·以赛亚书》第三十六至三十八章。

55–57. **展示……"既然……分量"**：托米利斯（Tomyris 或 Thamyris）是中亚游牧部落马萨盖特人（Massagetae）的王后。其子遭古波斯帝国国王居鲁士（Kurush 或 Kyros 或 Cyros，约公元前六〇〇年至公元前五二九年）残杀。于公元前五二九年打败居鲁士，把他杀死，割下其首级，投入盛满人血的皮囊中，然后骂道："Satio te...sanguine quem sitisti, cuius per annos triginta insatiabilis perseverasti."（"就用你所嗜的血喂你吧……这血呀，你渴求了三十年而得不到满足。"）。这句话，见奥洛修斯（Orosius）的 *Historiarum adversum paganos libri septem*, II, vii, 6。参看 Bosco e Reggio, *Purgatorio*, 210; Sapegno, *Purgatorio*, 133; Singleton, *Purgatorio 2*, 255。

58–60. **展示何乐弗尼……尸首**：何乐弗尼是巴比伦王尼布甲尼撒的将军，攻打以色列，围困伯夙利亚时遭犹滴在营中割下头颅。亚述军队失去了将领，惶恐遁窜。何乐弗尼所以被杀，是因为他太嚣张，公然说，只有尼布甲尼撒才是神。参看《圣经次经·犹滴传》第六至十五节。

61–63. **我看见特洛亚……卑微下贱**：伊利昂是特洛亚的城堡。在《埃涅阿斯纪》里，维吉尔常常称伊利昂为"傲岸的伊利昂"。参看该诗第三卷二至三行："ceciditque superbum/Ilium et omnis humo fumat Neptunia

Troia..."（"傲岸的伊利昂陷落，/ 海神的特洛亚全部坍颓冒烟……"）。

70–72. **自大吧……俯眺**：诗人但丁向人类说话。**夏娃的子孙**：夏娃是骄傲的典型，与玛利亚相反，而且犯罪（吃禁果）先于亚当，因此诗人举夏娃而不举亚当为例。

74–75. **我心绪专注……远远落后**：但丁观看地面的图画，因过于专注，没有留意时间消逝。

76–77. **一直望着前面的方向 / 行进的人**：指维吉尔。

79. **一位天使**：这是谦卑天使。

80–81. **第六个女侍 /……一天的伺候责任**：在古代欧洲的图画中，画家常把每个小时绘成女侍，围着太阳。"第六个女侍 / 回来了"，指六个小时过去了。每天白昼，始于上午六时；此刻过了六小时，也就是复活节后的星期一正午刚过。参看奥维德《变形记》第二卷一一八行及其后相关的描写。

84. **今天不再有破晓栖迟**：今天的破晓已过，一去不返。也就是说，时间不能倒流。

86. **一向叫我切勿耽搁**：参看《地狱篇》第二十四章五二至五七行，《炼狱篇》第三章第七十八行。

91. **他展开双臂……舒张**：天使向但丁和维吉尔做出欢迎的姿势。

92. **梯阶**：指升向第二平台的梯阶。

93. **此后……上方**：但丁越是向上，就越会感到轻松。此刻他已经涤去骄傲，所以"能轻易攀登上方"。

98. **用双翼拍了拍我的前额**：天使把但丁额上的第一个 P 抹掉。也就是说，他的第一罪（骄傲）已经洗去。参看《炼狱篇》第九章一一二至一一四行，并参看该章一一三行注。

100. **鲁巴孔特桥**：翡冷翠的桥梁。于一二三七年建成，以最高行政官鲁巴孔特（Rubaconte）的名字命名，后来改名慈恩桥（Ponte alle Grazie）。**教堂**：指圣米尼阿托（San Miniato al Monte，直译是"山上的圣米尼阿托"）教堂。位于翡冷翠东南，建于十一至十三世纪，属罗马风格。从翡冷翠往圣米尼阿托教堂，要经过鲁巴孔特桥，然后拾级而上。

101. **清明的城市**：指翡冷翠。这里所谓"清明"，有讽刺意味。

101–102. **在城中……年代**：但丁时期，翡冷翠官员曾窜改政府的法律文件和量盐器。在这里，作者回想翡冷翠的清明时代。

108. **虽然……挤磨**：指路途仍然狭窄。

109. **我们正要在那里转移脚步**：但丁和维吉尔一直逆时针方向靠右前进，现在开始靠左。

110. **Beati pauperes spiritu**：拉丁语，引自《圣经·马太福音》第五章第

三节，中译是“虚心的人有福了”。这是基督在山上宝训中提到的第一真福，在炼狱里，成为但丁和维吉尔离开第一平台时所听到的祝福。《圣经 · 马太福音》第五章第三节的全文为：“Beati pauperes spiritu quoniam ipsorum est regnum caelomm.”（“虚心的人有福了！ / 因为天国是他们的。”）。

112–114. **啊……凄厉**：参看《地狱篇》第三章二二至二三行。

115. **圣梯**：指炼狱的路。遵循此路的会心地正直，获得拯救，因此称为“圣”。

121–126. **老师回答说……向上方奔赴**：参看《炼狱篇》第九章一一二至一一四行。骄傲是七种罪恶之首，但丁涤去了骄傲，其余六罪也因此变轻，结果上攀时好像“卸下了……重担”（一一九行）。参看《炼狱篇》第四章八八至九〇行。

130–132. **于是……寻找**：指但丁伸出手来抚摸额头，看看上面有多少个 P。

135. **掌匙的卫士**：指《炼狱篇》第九章第七十八行的“守门人”。

第十三章

在惩罚嫉妒者的第二层平台，但丁和维吉尔再看不到雕镂，只看见青黑的石地。他们走了一英里的旅程左右，就听见飞翔而来的话声，高喊仁爱主语。然后，他们目睹一批亡魂沿峭壁而坐，身覆粗糙的毛布，眼睑被铁线缝住。但丁跟这些亡魂谈话，听其中一个叫“智慧”的女子，叙述生平事迹。

我们置身于那列梯阶之巅。
　在该处，能使攀登的人再度
　康强的大山，又一次中断于眼前。
一环平台，和第一圈相仿佛：
　也是团团绕着大山的周围；
　分别只在于：它的弯转得更急速。
那里没有雕镂，也没有群鬼。
　我们看见悬崖，也看见前方
　素净的路，呈现石地的青黑。

“如果等人经过，问道于路旁，”
　诗人说，“然后才决定向哪边走，
　在这里的稽延恐怕会太长。”
诗人说完，就向着太阳凝眸，
　以右边为中心继续前进，
　并且让身体的左边也随着转右。
“和蔼的光啊，”他说，“我能够到临
　这条新路，是因为我对你信靠。
　在这里，你得给我们所需的指引。
你给世界温暖，向世界俯照；
　如果没有别的原因阻止我，
　你的光芒啊，永远是我的向导。”
这时候，我们所走的距离，约莫
　等于尘世之上一英里的旅程
　（因为心急，时间倒花得不多）。
这时候，我听到飞翔而来的话声。
　说话的幽灵我看不见；只听见
　他们惠然以爱宴邀请友朋。
第一个声音高喊着飞过我身边：
　“Vinum non habent”，话语清越而响亮；
　然后重复着同一句飞向后面。
这句话在后面向远处疾飘，声响
　还没有逝去，又飞过另一人，高呼
　“我是奥瑞斯忒斯”。——也没有停降。
“啊！”我说，“是什么声音呢，师父？”

我发问的时候，又有第三个
声音说：“伤害你们的，也要爱恕。”
于是，贤师说：“这个圈所鞭笞的
是嫉妒之罪。由于这原因，
鞭子的绳索都从爱恕里抽扯。
缰绳呢，却要传达相反的音信。
依我看，这音信你会听得到。那时候，
宽恕之门你还要稍后才到临。
不过，此刻你透过空间凝眸，
就会看见，在我们前方，有一批
亡魂沿峭壁坐在悬崖上头。”
于是我望向前方（和刚才相比，
眼睛睁得更大），见幽灵斗篷
披身；斗篷的颜色和石头无异。
我们向前面走了一小段路程，
就听见有人喊“玛利亚呀，为我们祷告”；
喊“米迦勒”；喊“彼得”；喊“诸圣”。
我相信，地面上走动的人，见到
我下一刻目睹的景象，心肠
不可能硬得不受怜悯的刺扰；
因为，当我走到了亡魂的一方，
近得能看清他们受罚的苦楚，
我的眼睛再也忍不住惨伤。
我看见亡魂都覆着粗糙的毛布，
都用肩膀把旁边的同伴撑托；

嫉妒者

我看见亡魂都覆着粗糙的毛布，/ 都用肩膀把旁边的同伴撑托；/
所有亡魂，则全部由悬崖承住。

（《炼狱篇》，第十三章，五八至六〇行）

所有亡魂，则全部由悬崖承住。
身无一物的盲人，为了求索
所需而置身于赦罪仪式时，情形
也如此：甲的头垂在乙的肩膊。
这样，观者会马上产生同情。
打动人心的，不仅有他们的话声，
还有感染力同样强大的实景。
失明的人，要目睹阳光而不能；
那些幽灵，在我所提到的地点，
也得不到天光慷慨的馈赠；
因为他们的眼睑都被铁线
缝住，就像雀鹰，因不肯驯服
而有同样的刑罚施诸两眼。
我由于前进时不为别人目睹，
却可以目睹别人，觉得太过分。
于是向英明的参谋回顾。
他十分清楚，缄默者有什么要询问。
于是不等我向他提出问题，
就说：“讲吧，要讲得简短而中肯。”
维吉尔陪着我，沿峭崖的外边前移。
他的一边，因没有护墙绕径，
在上面行走时，有可能坠落崖底；
在我的一边，是那些虔诚的幽灵，
挤压着眼睑上可怕的接缝，结果
洗颊的泪水从眼里汩汩下倾。

“诸位呀，”我转过身来对他们说，
　“天上的崇光，你们一心要目睹。
　这样的福分，你们已掌握稳妥。 87
但愿神的恩典早日清除
　你们良知的渣滓。这样，记忆之溪
　就能清澈澄明地在上面流注。 90
告诉我——我会珍惜你们的美意——
　你们亡魂之中，有没有意大利人。
　我知道答案，也许会对他有利。” 93
“兄弟呀，我们每一个人，原本
　都属于同一座真城。你是说，有谁
　在生时曾流落意大利的凡尘。” 96
我听到的，就是这样的应对
　（话声来自前面不远的地方）。
　为了说得更清楚，我加紧前追； 99
人丛中看见另一个幽灵，脸上
　充满期盼。怎样的期盼？默然
　像盲人那样向上翘仰着腮帮。 102
“灵魂哪，”我说，“你自我戕害而登攀。
　刚才向我答话的如果就是你，
　请告诉我你的名字或籍贯。” 105
“我是锡耶纳人，”他答道，“跟他们一起
　在这里把罪孽深重的前生涤净；
　并向他哭求，请他惠然而莅。 108
我在生的时候，虽有智慧之名，

智慧

“我是锡耶纳人，”他答道，“跟他们一起 /

在这里把罪孽深重的前生涤净……”

（《炼狱篇》，第十三章，一〇六至一〇七行）

却并不智慧；见人家受苦，欢忭
会远远超过自己走运时的欣幸。
为了不让你觉得我向你说虚言，
你听我讲：我当时的生命之弧
正在下弯。——你说我疯癫不疯癫？
我的同乡正靠近科雷之麓，
并且在战场和敌对的军旅交锋；
我竟求上主实现他原定的意图。
我的同乡当场被击溃，变成
亡命逃窜的败卒。见同乡被追袭，
我比谁都快乐，感到喜不自胜。
结果我胆敢把脸庞仰向天际，
对上主喊道：‘如今我不怕你了！’
情形和看见初阳的乌鸫无异。
在我的生命到达临终的一刻，
我跟上主讲和。我的债，本来
还不会因为悔改而变得较轻的；
幸亏卖梳者皮耶，出于仁爱
而仍然记得我，对我产生怜悯，
向上主虔诚祈祷时给我关怀。
你是谁呢？来这里询问我们的音信。
你的眼睛，我想，能自由顾眄；
而且，你是呼吸间发出话音。”
“在这个地方，”我说，“我的双眼
仍会被剥夺，不过时间不会长——

它们鲜有妒视所犯的罪愆。
我更加害怕的刑罚，反而在下方。
我的灵魂为此而怔忡不安，
令我感到重担已压在身上。”
于是，智慧说：“既然你打算重返
下方，那么，是谁带你上这里的？”
我说：“是这位没有说话的旅伴。
我呢，仍活着。如果你要我在阻隔
之外为你移动凡足，经上主
选定的灵魂哪，向我吩咐就行了。”
“啊，这件事听起来新奇而特殊，”
亡魂说，“大彰上主对你的恩幸。
那么，就请你不时为我祈福。
看在你至爱的份上，我向你恳请：
要是你踏足托斯卡纳的土地，
请恢复我在亲人之间的嘉名。
你会看见他们置身于一批
浮夸的族人间。族人寄意于塔拉莫内，
却比寻找狄安娜河时更失意；
而损失最大的还是督师之辈。”

注释：

3. **大山**：指炼狱山。

4. **一环平台**：这是炼狱的第二层平台，用来洗涤嫉妒罪。

6. **它的弯转得更急速**：炼狱山是个锥体，越是向上，圆周越小，因此但丁说"它的弯转得更急速"。

7. **没有群鬼**：指这一层的地上没有人物儆戒来者。

9. **青黑**：青黑是象征嫉妒的颜色。

13–15. **诗人说完……转右**：太阳象征神的启迪。维吉尔"向着太阳凝眸"，表示要征求上天的指点。此刻是正午过后，太阳从北方照来，维吉尔"让身体的左边也随着转右"，结果向着太阳，逆时针方向前进。Singleton（*Purgatorio 2*, 271）指出，在炼狱，正确的前进方向是逆着时针，也就是靠右。在地狱，正确的前进方向是靠左。

25–27. **这时候……邀请友朋**：说话的幽灵只是声音，但丁和维吉尔都看不见。这些幽灵所说，都是仁爱的例子，而仁爱是矫正嫉妒的情操。

29. **"Vinum non habent"**：拉丁语，意为"他们没有酒了"。《圣经·约翰福音》第二章第一至十一节，叙述玛利亚出席加利利迦拿的娶亲筵席，耶稣和门徒也获邀。当时，酒用尽了，玛利亚就说："他们没有酒了。"于是耶稣使水变酒，施行了第一件神迹。这一事件，代表第一项仁爱之举。

33. **奥瑞斯忒斯**：奥瑞斯忒斯（Ὀρέστης, Orestes），阿伽门农（Ἀγαμέμνων, Agamemnon）和克吕泰涅斯特拉（Κλυταιμνήστρα, Clytemnestra）的儿子。阿伽门农被克吕泰涅斯特拉谋杀后，奥瑞斯忒斯为父亲复仇，杀死了母亲。被捕后，其友皮拉得斯（Πυλάδης, Pylades）冒认他的身分，要替他受死。奥瑞斯忒斯却不让皮拉得斯为自己牺牲，一再强调自己是凶手。这一事件，代表第二项仁爱之举。事见西塞罗的《论友谊》（*De amicitia*）vii, 24。

36. **伤害你们的，也要爱恕**：这话脱胎自《圣经·马太福音》第五章第四十三至四十八节，《圣经·路加福音》第六章第二十七至三十六节。在《圣经·马太福音》第五章第四十四至四十五节里，耶稣说：

Diligite inimicos vestros, benefacite his qui oderunt vos, et orate pro persequentibus et calumniantibus vos; ut sitis filii Patris vestri qui in caelis est, qui solem suum oriri facit super bonos et malos, et pluit super iustos et iniustos.

要爱你们的仇敌，为那逼迫你们的祷告。这样就可以作你们天父的儿子；因为他叫日头照好人，也照歹人；降雨给义人，也给不义的人。

37. **这个圈**：指炼狱的第二层平台。

39. **鞭子……抽扯**：意思是：矫正嫉妒，就得用爱恕（诗中指三个爱恕之例）。但丁所听到的声音是鞭子，鞭策亡魂去学习仁爱，也就是学习与嫉妒相反的情操。

40. **缰绳**：嫉妒之例像缰绳，用来警惕亡魂。参看《炼狱篇》第十四章一三〇行及其后的描写。

41–42. **依我看……到临**：维吉尔的意思是：但丁听到相反音信的时候，虽已接近宽恕之门，但仍未真正到达。

48. **斗篷的颜色和石头无异**：幽灵都有嫉妒之罪，所穿斗篷青黑（嫉妒之色），颜色与石头无异。

50–51. **就听见有人喊……喊"诸圣"**：这些幽灵，此刻在念诵《圣人列品祷文》（"Litany of All Saints"）。该祷文以"Kyrie eleison"（"主矜怜我等"）开始，依次向玛利亚、米迦勒、彼得祈呼。"Kyrie eleison"源自希腊文《圣经·诗篇》第一百二十二篇（新标点和合本第一百二十三篇）第三节："Κύριε ἐλέησον..."（"耶和华啊，求你怜悯我们……"）。

58. **粗糙的毛布**：象征忏悔、穷困。**毛布**：原文是"ciliccio"（现代意大利语为 cilicio 或 cilizio），意为："以马鬃（羊毛）织的粗毛料；（苦行者穿的）苦衣，刺衣；苦带。"参看 *Dizionario Garzanti della lingua italiana* 和《意汉词典》"cilicio"条。

61–66. **身无一物的盲人……同样强大的实景**："赦罪仪式"是教堂仪式，有罪的人在仪式中可以免罪。但丁时期，在赦罪仪式举行的一天，乞丐就会聚在一起行乞。由于盲人不能观物，特别惹人同情，因此但丁说"感染力同样强大的实景"。

71–72. **就像雀鹰……施诸两眼**："雀鹰"，原文"sparvier"（sparviere 或 sparviero 的省音写法），拉丁学名 *Accipiter nisus*，用来猎捕鸟儿。驯鹰者捉来难驯的雀鹰，就会用线把它的眼睑缝起，把它驯服。

73–74. **我由于……太过分**：从这两行，读者可以看出，旅人但丁正直，富同情心。

75. **英明的参谋**：指维吉尔。

76–77. **他十分清楚……问题**：维吉尔不必询问，就知道但丁想跟亡魂谈话。

80–81. **他的一边……崖底**：维吉尔是向导，让但丁走比较安全的位置。维吉尔是幽灵，不愁下跌伤身。

86. **天上的崇光**：指圣光，也就是上帝之光。

87. **这样的福分……稳妥**：亡魂离开炼狱后，注定有目睹圣光的福分。

89. **良知的渣滓**：指嫉妒之情。

89–90. **记忆之溪 /……流注**：良知没有渣滓，记忆之溪就毫无罣碍，变得清澈澄明。

93. **我知道答案……有利**：但丁再度强调，凡尘的人可以为炼狱的亡魂祈祷求福。

95. **真城**：指上帝之城，即天堂。此刻，亡魂已确切知道，他们会飞升天堂。

96. **流落意大利的凡尘**：亡魂视凡尘为异乡，天堂为真正的家。这一论点与庄子《齐物论》所说相通："予恶乎知说生之非惑邪！予恶乎知恶死之非弱丧而不知归者邪！"

99–102. **为了说得更清楚……腮帮**：此段把动作、神态写得栩栩欲活，是但丁的拿手好戏。

103. **自我戕害**：指甘愿让双眼受缝而自苦。

108. **他**：指上帝。

109–110. **我在生的时候，虽有智慧之名，/ 却并不智慧**：原文是"Savia non fui, avvegna che Sapia/fossi chiamata"。诗中"智慧"这个幽灵，即"Sapia"，约于一二一〇年生于锡耶纳比戈兹（Bigozzi）家族，是卡斯提利翁切罗（Castiglioncello）堡主人基尼巴尔多·萨拉契尼（Ghinibaldo Saracini）的妻子，《炼狱篇》第十一章一二一行的普罗文赞·萨尔瓦尼（全名是普罗文赞诺·萨尔瓦尼，Provenzano Salvani）是她的侄儿，同情圭尔佛党。一二六九年，埃尔萨谷科雷之役中，锡耶纳的吉伯林党（其中包括普罗文赞）与翡冷翠的圭尔佛党交战，大败，智慧为之欣喜不已（参看本章一一五至一二〇行）。Sayers（*Purgatory*，172）说，智慧可能遭锡耶纳冤枉放逐，因此怀恨在心，对乡人没有好感。原文的"Savia"是 savio（智慧）的阴性形容词，源出普罗旺斯语 savi，sabi；savi 和 sabi 源出通俗拉丁语的 sapius；sapius 又由 sapĕre（洞悉，理解，具智慧）派生。但丁利用"Savia"和"Sapia"的相近词源，在此一语双关（这类双关语在中世纪的意大利至为普遍）。Savio 的词源，参看 *Dizionario Garzanti della lingua italiana* "savio"条。普罗文赞的生平，参看《炼狱篇》第十一章一〇九至一一〇行注。按照意大利语的发音，"Sapia"也可音译为"萨琵亚"。

113–114. **我当时的生命之弧 / 正在下弯**：过了人生的中途（参看《地狱篇》第一章第一行）。在但丁看来，人生是个向两边下弯的弧，三十五岁是中途，过了三十五岁开始下弯。科雷之役发生时，智慧年约六十。

115–116. **我的同乡……交锋**：一二六九年，锡耶纳的吉伯林党在科雷与翡冷翠人交战，大败。当时，智慧身在科雷，并且登楼观战。科雷在锡耶纳西北，位于埃尔萨河岸的一座山上，靠近圣吉米亚诺（San Gimignano）。参看《炼狱篇》第十一章一〇九至一一〇行注。

117. **我竟求上主实现他原定的意图**：上主本来就要锡耶纳人大败，智慧的祈求恰与上主的愿望一致。言下之意，是万事都由天定，不随嫉妒者的祷告而变化。

122–123. **对上主喊道……无异**：这两行描写骄傲的典型。在意大利的托斯卡纳和伦巴第，每年一月底会有晴天，意大利人称为"乌鸫天"（"giorni della merla"，又称"giornate della merla"）。乌鸫性畏寒，阴冷天就会躲起来。据意大利寓言的说法，逢上一二月的晴天，乌鸫就会钻出来，雀跃不已，大喊："上主呀，冬天已经过去，我再也不怕你了。"参看 Bosco e Reggio, *Purgatorio*, 230; Sapegno, *Purgatorio*, 146。

124–129. **在我的生命……给我关怀**：智慧临终才忏悔。按理，一个人忏悔得这么晚，必须在炼狱外等候一段时间。智慧无须等候，完全有赖卖梳者皮耶的祈祷。**卖梳者皮耶**：皮耶（Pier Pettinaio，全名为 Piero Pettinaio），生于锡耶纳东北的坎皮（Campi），为人诚实，其初以卖梳为业；后来加入方济各会，成为有名的圣者。因为替智慧祈祷，智慧获得减刑。

130–132. **你是谁呢？……发出话音**：亡魂发觉但丁有血肉之躯，因此发问。

135. **它们……罪愆**：但丁在这里宣称，自己没有妒忌之心。

136–138. **我更加……身上**：但丁承认，自己有骄傲的弱点，死后注定要再来炼狱，受负石之刑。因此，凡尘的生命未完，他已感到骄傲者所受刑罚的重压。

139–140. **于是……"既然……上这里的？"**：智慧听得出但丁在呼吸，却不知道他是血肉之躯；也不知道维吉尔在但丁身旁，因为维吉尔是幽灵，既不呼吸，走起路来也没有脚步声。

142–144. **如果……吩咐就行了**：意为：如果你要我在凡间（"阻隔 / 之外"）找你的亲人为你祈祷，告诉我就行了。

145–146. **"啊，这件事……恩幸……"**：但丁能够以血肉之躯到炼狱，使上主对他的恩幸大为彰显。

148. **至爱**：指但丁最钟爱的人或物。至于是何人何物，作者没有说明。

150. **请恢复……嘉名**：意为：告诉我的亲人，我置身之所是炼狱，不是地狱。

152. **浮夸的族人**：指锡耶纳人。**塔拉莫内**：Talamone，欧洲第勒尼安海岸的一个海港，位于托斯卡纳的近海沼泽地。一三〇三年，锡耶纳人把塔拉莫内买下，以扩大海上贸易，与比萨和热那亚竞争。可惜海港多疟疾，不适宜居住，而且经常淤塞，需要疏浚，花费大量金钱，结果锡耶纳人的鸿图遭到挫败。

153. **狄安娜**：Diana，罗马神话中的月神，相当于希腊神话中的阿尔忒弥斯。锡耶纳市曾有这位女神的雕像，而锡耶纳人相信市中有地下河流，乃以“狄安娜”为河名。为了寻找这梦幻之河，给全城食水，锡耶纳人曾花费大量的人力物力，可惜徒劳无功。

154. **而损失……之辈**：负责掌管塔拉莫内海港的可能会染上疟疾死亡，因此“损失最大”。

第十四章

在洗涤嫉妒的平台上，圭多·德尔杜卡斥责阿尔诺河谷的城镇、家族堕落，然后称赞罗马亚的先贤，以影射今日该区的罪恶。接着，但丁听到声音，自述嫉妒的实例。

“这个人是谁？还没有死亡
　就起飞，绕着我们这座山前趱，
　而且还随意把眼睛张开合上。”
“不知道；只知道他不是孑然
　一人。你距离较近，就由你询问，
　并且和蔼地欢迎他，跟他交谈。”
就这样，两个幽灵向彼此弯着身，
　在我右边不远的地方谈论我，
　然后仰起脸来，向我述陈。
其中一个说：“灵魂哪，你还未摆脱

肉体，就已经朝天堂上升。
请惠然给我们安慰，并述说
你的籍贯和身分。你呀，获赠
恩典，使我们惊异；惊异的程度
跟目睹前所未有的事物相等。”
于是我说：“在托斯卡纳的中部，
有一条小河在蜿蜒。这条河，发源于
法尔特罗纳，流过逾百英里的路途。
从该河的岸上，我带来这身躯。
要奉告身分，只会徒耗唇舌，
因为，我目前的声名仍不讦。”
“如果我的心智能够清楚地
明白你的意思，”刚才首先
发言的回答说，“你是讲阿尔诺河。”
第二个对第一个说：“为什么他遮掩
那条河流的名字？就像常人
说话时提到可怖的人物或事件。”
第一个幽灵见同伴向他发问，
就这样回答：“我也不知道；不过
这河谷的名字也该毁灭湮沉。
该河的源头崇山绵延，佩洛罗
高地也断自这川渎密布的山脉。
在别的地方，水量鲜会这么多。
到了下游，河水就流入大海，
去补充长天蒸发的水分，让川渎

再有流水。从河源到河口地带，
美德仿佛是毒蛇，遭所有的宗族
敌视摈弃。他们这样做，不是因该地
有灾祸，就是受驱于败坏的风俗。
这些居民，在这个邪恶的河谷里
改变了性情，就像动物一样，
与克尔凯所养的猪猡无异。
这些肮脏猪，只配以橡实为粮，
不配吃人类制造的任何食品。
瘪河滥觞时，流过脏猪之乡；
继续向下蜿蜒时见恶狗狺狺
而吠，声音超出了权力范畴。
于是，河道鄙夷地扭嘴前进。
这条不祥的壕沟，承受着诅咒
继续下降，结果是河身越粗，
就看见越多蜕变成豺狼的恶狗；
然后降落许多空洞的深谷，
碰见了狐狸。狐狸满肚子诡计，
也不惧罗网会把它们抓住。
这些事，我不怕此人听见而不提。
而他呢，要是记住什么样的真灵感
在我面前展现，就会得益：
我看见你的孙子在凶河之岸
变成了猎人，去搜捕那些豺狼，
并且叫它们全部心惊胆战。

他把活生生的狼肉售诸市上，
然后把它们当作老牛来屠宰。
他夺去多人的性命和自己的名望。
他染满血腥，从惨戚的树林出来。
由他离开的一刻起，此后的一千年，
林中再不能恢复昔日的盛态。”
通常，惨痛的祸患被宣于言，
就不管祸患从哪一方来袭，
忧色都会呈现于听者之脸。
这情形，和我目睹的并无差异：
那个转身聆听的亡魂，听到
同伴这样说，就变得忧虑而哀戚。
鉴于前者的话语、后者的神貌，
我心生好奇，想知道他们的姓名；
于是一再祈求，请他们见告。
结果那先前跟我谈话的幽灵
说道：“你是要我给你回答——
做你不愿意为我做的事情……
不过，既然上主的圣恩宏发，
要借你来耀显，我怎会拒绝呢？
告诉你：我是圭多·德尔杜卡。
我的血液因妒忌而变得灼热；
结果，我一旦目睹人家欢欣，
你就会看见我满脸青白的颜色。
我收割的麦秆，是我种的因。

人哪，为什么你的心意寄托处，
总不能有别的心意跟它为邻？
这是里涅里，卡尔波利家族
以他为荣。迄今，该家族还没有
继承的人把他的才华祖述。
在波河与群山之间，由雷诺河到海口，
在教化和技艺全部失去本质
和优点的，不仅是这个人的骨肉；
因为在上述疆界里，到处都是
有毒的荆棘。如今要把荆棘
全部耘掉，时间已经太迟。
阿里戈·马纳尔迪和贤者利兹奥在哪里？
皮耶·特拉维尔萨罗和圭多·迪卡尔皮亚呢？
罗马亚人哪，都成了杂种之裔！
波隆亚何时才长出法布罗的枝柯？
法恩扎何时才有贝尔纳丁·迪佛斯科之曹——
本根卑微、枝苗高贵的英哲？
托斯卡纳人哪，要是我想到
圭多·达普拉塔和乌戈利诺·达佐——
昔日活在我们当中的俊豪，
想到费德里戈·提约索一伙，
想起特拉维尔萨罗、阿纳斯塔吉两家来
（两个家族的子嗣都已亡殁），
想起淑女、骑士，想起当代
邪恶，古代作息都依情遵礼……

想起这一切而哭泣，请不要惊怪。
布列提诺罗呀，为什么还不销匿？
你的家人，为了逃离邪虐，
已经和许多人向他方迁徙。
巴雅卡瓦洛无子嗣，真是正确；
卡斯特罗卡罗就苦了；科尼奥更苦，
竟仍然不惮烦，生出这样的伯爵。
恶魔一旦离开，帕噶诺家族
就会好转。不过这样的契机
也不会给族人留下清白的纪录。
乌戈利诺·德范托利尼呀，你早已
奠定英声，不怕有人在未来
以堕落的行径把尊名障蔽。
好了，走开吧，托斯卡纳人。现在
我只想哭，再没有说话的心情。
刚才的交谈，伤透了我的胸怀。”
我们知道，那些可亲的亡灵
听得见我们离开。见他们无言，
我们就充满信心再度起行。
我们两个人正孤独地继续向前，
突然有声音如一刃电闪划破
空间，说话时正好在我们前面：
“不管是谁抓到我，都会杀掉我。”
然后像一声霹雳，在云堆
突然崩塌的刹那向远方隐没。

那声音刚在我们的耳边窜退，
　哎，另一声巨响，又紧接着撞来，
　音量之大，有如一个暴雷：
“我是阿格劳萝丝，曾变成石块。”
　于是，为了向诗人靠近一点，
　我向右移了一步，并没有前迈。
这时，寂静已充满四处的空间。
　“那是坚硬的马嚼子，”诗人对我说，
　“应该把人在道德的范围内拘牵。
不过你们吃下了鱼饵，老妖魔
　乃用鱼钩拉你们到他的一端；
　至此，用缰绳或诱饵都不会有结果。
诸天唤你们，并绕着你们运转，
　同时向你们展示永恒的美丽；
　你们的眼睛却只向地面谛观；
洞察一切的他乃向你们轰击。”

注释：

1–3. **“这个人是谁……张开合上”**：亡魂指出，但丁以血肉之躯来炼狱。

10. **其中一个**：指第八十一行的圭多·德尔杜卡（Guido del Duca）。圭多是拉温纳奥涅斯提（Onesti）家族成员，生年约为一一七〇，卒年约为一二五〇，属贝尔提诺罗（Bertinoro）的吉伯林党，一一九九年任里米尼（Rimini）的最高行政官，也任过罗马亚（Romagna）其他城镇的长官。党争失利时曾受皮耶·特拉维尔萨罗（Pier Traversaro）

保护。参看本章第九十八行。

13–14. **你呀，获赠 / 恩典**：指但丁未卒就能来炼狱。

17. **一条小河**：指流经翡冷翠的阿尔诺（Arno）河。

18. **法尔特罗纳**：Falterona，亚平宁山脉的一座山，阿尔诺河发源于该山南部。**逾百英里**：阿尔诺河长约一百五十英里。

19. **从该河的岸上，我带来这身躯**：意思是：我来自翡冷翠。

20–21. **要奉告身分……声名仍不讦**：但丁走完了第一层平台，洗涤了骄傲，变得客气而谦虚。

30. **这河谷**：指阿尔诺河谷。

31. **源头**：指法尔特罗纳。**佩洛罗**：意大利语"Peloro"，源出拉丁语 Pelorus（古希腊语 Πέλωρος），汉尼拔舵手的名字，西西里岛东北的海岬以之命名，即今日的法罗海岬（Punta del Faro）。亚平宁山脉纵贯意大利，佩洛罗是亚平宁山脉的一部分，被墨西拿海峡分隔。

32. **川渎密布的山脉**：指亚平宁山脉。**川渎密布**：原文为"pregno"，有两种解释：或指巍峨高大；或指多水，多河川。译者采取后一说法。

33. **在别的地方，水量鲜会这么多**：Singleton（*Purgatorio 2*, 292）指出，这是但丁的看法；事实并非如此。

34–36. **到了下游……再有流水**：这三行描写水的历程：到了阿尔诺河口，也就是距比萨不远的地方，河水就流入大海，补充太阳所蒸发的水分。太阳所蒸发的水分会升到天上，降而为雨，补充河中的水量。

36. **从河源到河口地带**：指阿尔诺河整个流域。

42. **克尔凯**：意大利语和拉丁语皆为 Circe，古希腊语为 Κίρχη，太阳神赫利奥斯（Ἥλιος，Helios）和珀尔塞伊斯（Περσηίς，或 Πέρση，英文 Perse 或 Perseis）的女儿（一说太阳神和赫卡忒〔Ἑκάτη，Hecate〕的女儿），埃厄忒斯（Αἰήτης，Aeetes）和帕西法厄（Πασιφάη，Pasiphae）的姐妹。擅巫术，性狠毒，杀害丈夫以篡夺其王位。居于埃埃厄岛（拉丁文 Aeaea，希腊文 Αἰαίη）。奥德修斯及随从经过时，除欧律罗科斯（Εὐρύλοχος，Eurylochus）和奥德修斯外，全被克尔凯变为猪。后来奥德修斯获赫尔梅斯之助，以黑根白花的魔力草化解了克尔凯的巫术，迫克尔凯把随从还原为人。奥德修斯在岛上逗留期间，与克尔凯生下儿子忒勒戈诺斯（Τηλέγονος，Telegonus）。根据某些神话版本，除忒勒戈诺斯外，奥德修斯还与克尔凯生下别的儿女。参看《奥德修纪》第十卷一三三至一五〇行，《地狱篇》第二十六章九一至九三行。

40. **这些居民……邪恶的河谷**："河谷"指卡森提诺（Casentino）河谷。"居民"指该河谷的居民。

43. **以橡实为粮**：猪喜欢吃橡实。

45. **瘪河滥觞时**：阿尔诺河发源时，水量不多，所以称“瘪河”（“povero calle”）。**脏猪之乡**：可以泛指卡森提诺河谷的居民，也可以指圭多伯爵一族（Conti Guidi）。参看《地狱篇》第三十章六六至七八行。Singleton 指出，圭多伯爵的一支，在法尔特罗纳山麓有城堡坡尔恰诺（Porciano），而坡尔恰诺与意大利语名词“猪”（“porco”）、形容词“猪的”（“porcino”）相近。但丁在这里一语双关，故意影射圭多伯爵家族中的坡尔恰诺一支。参看 Singleton, *Purgatorio 2*, 293; Torraca, 432。

46. **恶狗**：指阿雷佐（Arezzo）人。阿雷佐由吉伯林党统治，其拉丁语城训是“A cano non magno saepe tenetur Aper”（“野猪常被小狗逮”）。因此，但丁喻阿雷佐人为恶狗。

47. **声音超出了权力范畴**：这行讽刺阿雷佐人越权。

48. **河道鄙夷地扭嘴前进**：阿尔诺河向东南奔流，距阿雷佐城四五英里时突然流向西北。但丁在这里用了拟人法，把河流比作猪，因此阿尔诺河“鄙夷地扭嘴”。

50–51. **结果……恶狗**：指阿尔诺河离开阿雷佐之后，越是向下，水量越多，最后流到了翡冷翠。在但丁的心目中，翡冷翠人贪婪如豺狼。结果原先的恶狗（阿雷佐人）隐退，由刚上场的豺狼（翡冷翠人）取代。

52. **许多空洞的深谷**：这行写阿尔诺河流到比萨之前的地势。

53. **狐狸**：指比萨人。狐狸意象强调比萨人狡猾。

55. **此人**：指本章第八十八行所提到的里涅里·达卡尔波利（Rinieri da Calboli，全名 Rinieri de Paolucci da Calboli）。约于十三世纪初生于佛尔利（Forlì）的一个家族，属圭尔佛党，曾任法恩扎（Faenza）、帕尔马（Parma）、拉温纳（Ravenna）的最高行政官。积极介入吉伯林党和圭尔佛党之争，一二九四年曾遭放逐。其后在战阵中丧生。参看 Bosco e Reggio, *Purgatorio*, 245-46。圭多的预言所讲，是里涅里的孙子富尔切里·达卡尔波利（Fulcieri da Calboli）。一三〇三年，富尔切里是翡冷翠圭尔佛党中黑党的最高行政官，迫害城中的吉伯林党和圭尔佛白党时手段残忍。这里说话的人是圭多·德尔杜卡。参看本章第十行注。

56–57. **而他呢，要是记住……就会得益**：“他”，指但丁。但丁没有向圭多详告身分（参看本章二〇至二一行），因此圭多只知道但丁是托斯卡纳人，会重返故土，听了有关预言会有好处。

58. **孙子**：指里涅里的孙子富尔切里·达卡尔波利。**凶河之岸**：“凶河”指阿尔诺河。“凶河之岸”指翡冷翠。

59. **豺狼**：指翡冷翠的吉伯林党和圭尔佛白党。

61. **他把活生生的狼肉售诸市上**：这是隐喻，意思是：富尔切里·达卡尔波利与黑党讨价还价。他迫害黑党的敌人；黑党则让他继续当最高行政官。

62. **然后……屠宰**：也是隐喻，强调富尔切里·达卡尔波利如何残酷。

64. **惨戚的树林**：指翡冷翠。翡冷翠人是狼，翡冷翠城是树林。但丁在这里用了统一而延伸的比喻。

66. **林中……盛态**：富尔切里·达卡尔波利对翡冷翠破坏之巨，可见一斑。

71. **那个转身聆听的亡魂**：指本章第八十八行的里涅里·达卡尔波利，即富尔切里·达卡尔波利的祖父。

77–78. **你是要我给你回答……事情**：在本章二〇至二一行，但丁出于谦逊，不愿意表露身分或自道姓名，现在却要亡魂做自己刚才不愿意为亡魂做的事情。

84. **青白的颜色**：指嫉妒之色（原文为"livore"）。参看《炼狱篇》第十三章第九行："石地的黑青"（"livido color de la petraia"）。

85. **我收割的麦秆**：指亡魂在世上嫉妒，到了炼狱要受刑。

86–87. **人哪……为邻**：意思是：人哪，你的心为什么性喜嫉妒，不能跟人共享快乐。在这里，圭多说话的对象是人类。

88. **里涅里**："里涅里"，参看本章第五十五行注。**卡尔波利**：里涅里所属的家族。

91. **在波河与群山之间，由雷诺河到海口**：这行所言，指整个罗马亚（Romagna）大区，标出了罗马亚的边界：波河指北境的 Po di Primaro；群山指南境的亚平宁山脉，尤指蒙特菲尔特罗（Montefeltro）山；雷诺河指西境的雷诺（Reno），在波隆亚（Bologna）以西；海口指东部的亚德里亚海。但丁时期的罗马亚，相等于今日意大利艾美利亚–罗马亚大区的东部。

92–93. **在教化和技艺……骨肉**：意为：失去优良本质、仪容风范的，不仅是里涅里的后裔。参看本章一一〇行的"依情遵礼"。

97–123. **阿里戈……障蔽**：但丁列举一连串古代的贤者，以反映今人如何差劣。

97. **阿里戈·马纳尔迪**：Arrigo Manardi（或 Mainardi），贝尔提诺罗（Bertinoro）的贤者，与圭多·德尔杜卡同时，为人慷慨而爱才。**利兹奥**：全名利兹奥·达瓦尔波纳（Lizio da Valbona），罗马亚贝尔提诺罗的贵族，生于十三世纪上半叶，与里涅里·达卡尔波利同时，属圭尔佛党，追随翡冷翠最高行政官圭多·诺维洛（Guido Novello）。一二七九年仍然在生，卒年不详。参看 Toynbee, 394-95, "Lizio"条。**在哪里**：意大利原文"Ov' è"，源出拉丁语"ubi sunt"（"他们此刻在哪里呢？"），颇有“而今安在哉？”的意味；是中世纪拉丁语“Ubi sunt qui ante nos fuerunt?”（“前人在哪里呢？”）一句的开头，慨叹人生短暂，青春和美好的事物不能久留。但丁在这里稍加改动，赋自己的作品以新意。参看 Sapegno, *Purgatorio*, 156。

98. **皮耶·特拉维尔萨罗**：Pier（Piero）Traversaro，出身拉温纳特拉维尔萨罗家族，约生于一一四五年，于一二二五年卒，曾任拉温纳的最高行政官多年。属吉伯林党，获神圣罗马帝国皇帝腓特烈二世（Friedrich II，一一九四年至一二五〇年）器重。为人慷慨大度。卒后，其子保罗（Paolo）继位，转而支持圭尔佛党，家族开始没落，最后为坡伦塔（Polenta）伯爵家族取而代之。坡伦塔家族与但丁友善，曾给但丁庇荫。参看 Sapegno, *Purgatorio*, 157; Toynbee, 619, “Traversaro, Pier”条。**圭多·迪卡尔皮亚**：Guido di Carpigna，属圭尔佛党，一二五一年任拉温纳的最高行政官，一二八二年卒。为人豪爽慷慨。卡尔皮亚是罗马亚的一个望族，约于十世纪在蒙特菲尔特罗兴起。卡尔皮亚一族有两个圭多，大圭多于一二二一年已卒。这里可能指他的孙子小圭多。卡尔皮亚也是罗马亚的一个城镇，今日叫 Carpegna。参看 Bosco e Reggio, *Purgatorio*, 247; Singleton, *Purgatorio 2*, 302; Toynbee, 148, “Carpigna”条。

100. **波隆亚**：Bologna，一译“波洛尼亚”，或译“波伦亚”，今日是艾美利亚—罗马亚（Emilia-Romagna）的首府。**法布罗**：全名法布罗·德拉姆贝尔塔兹（Fabbro de’Lambertazzi），波隆亚吉伯林党领袖，是贤者兼智者，一生位高权重，曾任法恩扎（Faenza）和其他城市的最高行政官，卒于一二五九年。其子与杰雷美（Geremei）一族冲突，导致拉姆贝尔塔兹家族衰亡，结果波隆亚的吉伯林党也随着式微。参看 Vandelli, 488; Singleton, *Purgatorio 2*, 302-03。

101. **贝尔纳丁·迪佛斯科**：Bemardin di Fosco，原名贝尔纳多（Bernardo），佛斯科（Fosco）之子，是个农夫，出身卑微。由于才干出众，为人慷慨大方，贵族视为同侪。一二四〇年抵御腓特烈二世进侵法恩扎有功，一二四九年任锡耶纳和比萨的最高行政官，权重一时。参看 Sapegno, *Purgatorio*, 157; Singleton, *Purgatorio 2*, 303-04。

104. **圭多·达普拉塔**：Guido da Prata。Prata（今日叫 Prada）是个村庄，在佛利、法恩扎、拉温纳之间。圭多在村中有权有势，而且有不少财产，约于一二三五年至一二四五年间卒。**乌戈利诺·达佐**：Ugolino d’Azzo，托斯卡纳人，卒于一二九三年。有的论者认为他出身于托斯卡纳望族乌巴尔迪尼（Ubaldini），是阿佐·德利乌巴尔迪尼·达森诺（Azzo degli Ubaldini da Senno）的儿子，与《地狱篇》

第十章一二〇行的“红衣主教”奥塔维阿诺、《地狱篇》第三十三章第十四行的“大主教鲁吉耶里”、《炼狱篇》第二十四章第二十八行的乌巴尔迪诺·达拉皮拉属同一家族，娶普罗文赞·萨尔瓦尼（Provenzan Salvani）之女贝阿特丽切·兰恰（Beatrice Lancia）为妻。在生时有大量产业。享上寿。参看 Sapegno, *Purgatorio*, 157; Singleton, *Purgatorio 2*, 304; Toynbee, 76-77, “Azzo, Ugolin d’” 条。

106. **费德里戈·提约索**：Federigo Tignoso，里米尼贵族，富有而慷慨，大约是十三世纪初叶的人。**一伙**：与费德里戈相交的人。

107. **特拉维尔萨罗**：特拉维尔萨罗家族，以皮耶·特拉维尔萨罗（Pier Traversaro）最为有名，是拉温纳的吉伯林党望族，十世纪中叶崛起。参看本章第九十八行注。**阿纳斯塔吉**：拉温纳贵族，在罗马亚有权势。到了一三〇〇年左右，阿纳斯塔吉家族已经式微。

109. **当代**：指当时的罗马亚。

112. **布列提诺罗**：Brettinoro，即今日的 Bertinoro。罗马亚的一个小城，位于佛利和切塞纳（Cesena）之间。城中的人以慷慨著称。其城堡为马纳尔迪家族所有。一三〇〇年，马纳尔迪家族已经灭亡。参看本章第九十七行注。布列提诺罗的贵族以慷慨好客见称。参看 Bosco e Reggio, *Purgatorio*, 248; Singleton, *Purgatorio 2*, 307。

113–114. **你的家人……迁徙**：指马纳尔迪家族。

115. **巴雅卡瓦洛**：Bagnacaval（Bagnacavallo），拉温纳附近的城镇，在罗马亚，位于森尼奥（Senio）和拉莫内（Lamone）两河之间，离卢戈（Lugo）不远。但丁时期属吉伯林党的马尔维契尼（Malvicini）伯爵家族。一二四九年，马尔维契尼家族曾放逐圭尔佛党。圭多的意思是：这家族将会绝后。到了一三〇五年，再无子嗣。参看 Toynbee, 79-80, “Bagnacaval” 条；Singleton, *Purgatorio 2*, 307。

116. **卡斯特罗卡罗**：Castrocaro，罗马亚佛尔利（Forlì）附近的一个村庄，以前是一座城堡，属吉伯林党卡斯特罗卡罗伯爵家族。卡斯特罗卡罗家族，后来转而归顺教会。参看 Singleton, *Purgatorio 2*, 307-08。**科尼奥**：伊莫拉（Imola）附近的一座城堡，一二九五年之后遭摧毁。

118. **帕噶诺家族**：法恩扎的吉伯林家族，十三世纪末统辖佛尔利、法恩扎、伊莫拉。一三〇〇年，该族的家长为马基纳尔多·帕噶诺（Maghinardo Pagano）。马基纳尔多残酷狡狯，有“恶魔”之称，卒于一三〇二年。马基纳尔多·帕噶诺又叫迈纳尔多·帕噶诺（Mainardo Pagano）。参看 Bosco e Reggio, *Purgatorio*, 248; Singleton, *Purgatorio 2*, 308；《地狱篇》第二十七章第五十、五十一行注。

118. **恶魔**：指马基纳尔多。

119–120. **不过……纪录**：意为：马基纳尔多·帕噶诺即使死了，也无补于家族声誉所受的损害。

121–123. **乌戈利诺·德范托利尼**：Ugolin de' Fantolin（详写"Fantolini"），法恩扎人，属圭尔佛党，为人刚正贤良，拥有多座城堡。卒于一二七八年。其子无嗣，因此不愁后人不肖，辱没其"英声"。

128. **听得见我们离开**：但丁强调，亡魂没有视觉，要靠听觉认知。

131–139. **突然……石块**：这几行列举的两个例子，是嫉妒的"缰绳"。

131–132. **突然有声音……在我们前面**：指该隐的声音。

133. **不管是谁抓到我，都会杀掉我**：出自该隐谋杀了弟弟亚伯后，对耶和华所说的话。参看《圣经·创世记》第四章第十四节："Ecce eiicis me hodie a facie terrae, et a facie tua. Abscondar et ero vagus et profugus in terra; omnis igitur qui invenerit me occidet me."（"你如今赶逐我离开这地，以致不见你面；我必流离飘荡在地上，凡遇见我的必杀我。"）。

139. **阿格劳萝丝**：Ἄγλαυρος（Aglaurus），阿提卡君王克克洛普斯（Κέκροψ, Cecrops）的女儿，赫尔梅斯爱上了她的妹妹赫尔塞（Ἕρση, Herse）。出于嫉妒，阿格劳萝丝阻止赫尔梅斯与妹妹幽会，结果被变为石头。参看《变形记》第二卷七〇八至八三二行。

140–141. **于是……没有前迈**：但丁给巨响吓了一跳，于是要靠近维吉尔来壮胆。

143. **那是坚硬的马嚼子**：指刚才的巨响，能儆戒嫉妒的人。

144. **应该……拘牵**：把人规限在道德范围内。

145–146. **不过……他的一端**：指上了魔鬼的当。Vandelli（491）指出，这两行与《圣经·传道书》第九章第十二节呼应："Nescit homo finem suum, sed sicut pisces capiuntur hamo..."（"原来人也不知道自己的定期。鱼被恶网圈住……也是如此。"）。拉丁通行本《圣经》的"hamo"（hamus的夺格〔ablativus〕）是"钩"或"鱼钩"的意思，与和合本《圣经》的"网"有别。**老妖魔**：指魔鬼撒旦。魔鬼是最早背叛上帝的天使，所以说"老"。

147. **至此……不会有结果**：到了这地步，就无药可救了。**缰绳**：指嫉妒者所受的刑。**诱饵**：指获得上帝赏赐的仁爱典范。

148–151. **诸天……轰击**：维吉尔向但丁解释，耳际有巨响，作用何在。**洞察一切的他**：指上帝。上帝无所不知，所以说"洞察一切"。

第十五章

但丁和维吉尔从第二层平台向第三层平台进发，途中遇见天使给他们指路，并为但丁抹去额上的第二个 P。两人听到山中圣训第五真福的歌声。维吉尔向但丁讲述仁爱之道。到了惩罚愤怒者的第三平台后，但丁在幻境中看见三个平和性情的典范：玛利亚、佩西斯特拉托斯、司提反。

在第三个时辰结束到白天
　开始的时段，始终像孩子蹀躞
　玩耍的天体会移动一段空间。
而这一刻，太阳已开始西斜。
　入黑前它走的，是相等的路途。
　那边是黄昏；这边呢，正是午夜。
当时，阳光正迎头照落面部，
　因为我们已绕山走了好远的
　旅程，这时正朝着正西赶路。

就在这刹那，我突然觉得烜赫
　压额的光辉远比前一阵子盛大。
　我不知所以，感到惶惑惊愕；
于是，为了遮盖骄阳，乃把
　两只手掌举到眼眉之上，
　使过盛的光线受到抑压。
科学和实验已经证明，光芒
　一旦射落水面或镜面，就会
　朝反方向跃起。跃起的光，
上升时轨迹和下降的光相类；
　坠石的直线，能把二者的距离
　在中间分成左右均等的一对。
这时，我觉得前方的强光也以
　同样的方式反射向我的脸，
　结果我的目光要迅速逃徙。
“那是什么呢？好师父。我要把双眼
　遮好，免受它的照射也不能。”
　我说，“它好像在前移，向我们这边。”
“要是你仍因天族的光芒太盛
　而目眩，”师父答道，“不要惊疑。
　他是天使，来邀请大家上登。
一会儿，这些景物就不会令你
　观看维艰的了；反之，天性所授，
　会使你按能力感到极大的惊喜。”
我们到了神圣的天使那头，

天使就欣然说："这边进来。
这阶梯，远不像其他阶梯峭陡。"
我们攀登着，已经离开那地带，
突然听到"Beati misericordes!"的歌声
在后面响起，还听到"胜利者呀，请开怀！"。
老师和我两个人一起上征，
再没有别的人。我想从老师的话
获益；而这时我在向上攀登。
于是，为了解惑，就这样问他：
"罗马亚那个幽灵刚才说'不能有'，
说'为邻'，可有什么意思吗？"
"他觉察自己的大过，"老师听后
对我说，"知道其害处而加以怒詈。
请不要惊奇：他想减少尤诟。
那是由于你们的欲望聚集
之处，会因分享而变得薄弱，
嫉妒乃鼓动风箱为叹息打气。
不过至高天体的大爱，如果
把你们的想望向上方拉扯，
这种顾虑就不会留存在心窝。
因为，在那里，他们越是说'我们的'，
每一个个体就越能得到益处，
神翕的仁爱也燃烧得越炽热。"
"此刻，我的求知欲更需满足。"
我说，"发了问，反而更需要饱餐；

我的思想，此刻也变得更糊涂。
为什么多数的大众共享一善，
共享者当中，每个人所获的分配
会比少数人占有更富足丰满？”
维吉尔回答说：“由于你仍给
凡尘所限，措意于世间的东西，
乃从真光之中采集到漆黑。
天上无穷的至善，不可以寻绎
言传。至善一旦向仁爱奔涌，
就会像阳光照向发亮的物体，
施放的能量和物体的亮度相同；
结果，仁爱越是向外面伸张，
永恒之善就越往它身上传送。
同时，越是有人施爱于上方，
上方就越多仁爱，越多人值得爱，
就像镜子反射彼此的光芒。
我的话不能消除你的饿态，
你就得见见贝缇丽彩。她会
彻底把你从饥饿等欲望救出来。
只要你努力，五个伤痕必消退，
像刚消失的两道伤痕一般：
经过了痛苦再向康强回归。”
我正要说“你使我感到心安”，
发觉自己到了另一圈的土地上。
于是不作声，只是定神观看。

就在那里，突然间，我欣喜若狂，
　仿佛卷进了幻境而无比兴奋。
　我看见许多人挤满了神庙的殿堂。
一位女子，露出慈母的态度和眼神，
　在入口的地方说：“好孩子呀，
　为什么竟然这样对待我们？
你看，戚然神伤地，我跟你爸爸
　在找你。”她的话，就说到这里；
　先前出现的景物也逝于同一霎。
接着，我看见另一个女子，泪滴
　正淌落两颊——那是因为深恶
　他人而生悲，因悲而哭泣流涕。
女子说：“诸天的神祇大伤和睦，
　是为了吾城而争名。众学的光焰
　由吾城射出。你是吾城的君主；
佩西斯特拉托斯呀，应该惩谴
　搂我们女儿的手！——真是斗胆！”
　在我眼前，女子的夫婿满脸
安详，以宽厚的态度蔼然
　答道：“爱我们的，遭我们定罪虐杀；
　想害我们的，又该受怎样的惩办？”
然后，我看见一群人怒火迸发，
　掷着石屠杀一个少年，并一直
　大声向彼此叫嚷：“杀死他！杀死他！”
我看见少年跌在地上（这时，

司提反遭众人掷石

然后，我看见一群人怒火迸发，/ 掷着石屠杀一个少年，并一直 /

大声向彼此叫嚷：“杀死他！杀死他！”

（《炼狱篇》，第十五章，一〇六至一〇八行）

死亡已经沉重地把他压倒），
但始终从眸扉向天堂上驰；
极度痛苦中，仍向上主祷告，
求上主原谅那些迫害者的罪愆。
他的眼神，能释放哀悯宽饶。
当我的灵魂再度返回外边，
接触到本身以外的真实事物，
发觉自己的错误真实而明显。
导师看得出，我的举动有如
一个人从睡眠中惺忪醒来，
就说："什么事呢？竟不能撑住；
竟这样走路，走了半里格开外：
眼睛模糊，前行时两脚踉跄，
就像一个人被酒意或睡意击败。"
"我的贤师呀，要是你听我讲，
我会告诉你，"我说，"我的双脚
被拉走时，我见到怎样的景象。"
维吉尔听后，回答说："你的外表
即使有一百个面具，也不能遮昧
心事——不管这心事怎样微小。
刚才那景象向你展现，你才会
开启心扉；这样，你才能接受
从永恒之泉泻出的安宁之水。
我刚才问你'什么事呢？'，发问的理由
和视而不见者有别：后者的身体

魂散下躺，就失去能视的双眸；
我问你，是为了给你的双足打气。
怠慢的人需要催促；他们
醒转时不懂得迅速掌握时机。”
黄昏中，我们继续赶路，凝神
向远方极目间，视线一直往前面
推移，迎着晔晔的斜晖远臻……
啊，突然间，只见一大堆黑烟，
一如暗夜，徐徐向我们进逼。
当时，周围都没有躲避的空间，
黑烟一刹那就夺去视线和清气。

注释：

1–6. **在第三个时辰……正是午夜**：按照但丁的计时法，上午六时为白天之始，晚上六时为黑夜之始。上午九时，第三个时辰结束。在第一、二行，但丁由上午九时倒数向上午六时。**而这一刻，太阳已开始西斜**：指炼狱的太阳开始西斜。**入黑前它走的，是相等的路途**：指太阳从这一刻走到下午六时，所需的时间，相等于上午九时与上午六时的距离；也就是说，再过三小时，太阳就要告别白天，进入黑夜。炼狱此刻是下午三时，耶路撒冷是凌晨三时。但丁计时这么迂回，目的是强调时间的对称：以正午为中央后移，是上午九时到上午六时的时段；前推，是下午三时到六时的时段。在但丁的心目中，正午十二时有象征意义。在《筵席》（*Convivio*, IV, XXIII, 15-16）中，但丁说过："...la sesta ora, cioè lo mezzo die, è la più nobile di tutto lo die e la più virtuosa..."（"……第六个时辰，即一天中的正午，在一天里最为尊贵、最为崇高……"）；然后指出，教会的祷告时辰，也尽量以正午为参考系来计算。参看 Singleton, *Purgatorio 2*, 314。Musa（*Purgatory*, 166）认为，但丁的计时法，有“镜像”（“mirror image”）效果。**始终像孩子蹉跌 / 玩耍的天体**：指太阳。太阳在黄道来回移动，位置随时间变化：有时在赤道之北，有时在赤道之南。但丁在这里用拟人法把太阳比作玩耍的孩子。不过论者对这两行的诠释仍未有定论。参看 Sayers, *Purgatory*, 185。**那边是黄昏**：指炼狱那边是黄昏。**这边呢，正是午夜**：指意大利是午夜。但丁从炼狱返回意大利后，才以诗人身分追记过去的经历，因此称意大利为“这边”。

7–9. **当时……赶路**：这三行充分说明，但丁的方位描写如何细致。此刻，他和维吉尔到了炼狱山的北边，正朝着西方前进，西斜的太阳刚好向他们直射。

10–11. **就在这刹那……盛大**：此刻有天使向他们走来，所以光芒特别盛大。关于这点，二八至三〇行会有交代。

16–21. **科学和实验……均等的一对**：这几行包含了但丁时期的物理和几何知识。**坠石的直线**：这里指垂直线。在物理学上，入射角和反射角的度数相等。

24. **结果我的目光要迅速逃徙**：但丁不能直视，要把眼睛转向别的地方。

28. **天族**：原文（第二十九行）是“la famiglia del cielo”。直译是“天上的家庭”，指众天使。

32–33. **反之……惊喜**：指但丁的本性会让他按自己的能力从中得到欣悦。

38. **Beati misericordes**：山中圣训中的第五真福。参看《圣经 · 马太福音》第五章第七节：“Beati misericordes, quoniam ipsi misericordiam consequentur.”（“怜恤人的人有福了！ / 因为他们必蒙怜恤。”）。

44. **不能有**：指圭多 · 德尔杜卡在《炼狱篇》第十四章第八十七行提问时所用的字。原文是“divieto”。

45. **为邻**：指圭多 · 德尔杜卡在《炼狱篇》第十四章第八十七行提问时所用的字。原文是“consorte”。

46. **自己的大过**：指圭多本身的嫉妒罪。

47–48. **加以怒詈。/……想减少尤诟**：圭多怒詈嫉妒，一方面想减轻自己的罪过，一方面要世人知所警惕。

49–51. **那是……打气**：圭多在论述嫉妒的常态，说话的对象是人类。人类欲望祈求的事物，都是凡尘的名、利、权、色。名、利、权、色不可以与人分享；一经分享，就会减少。于是，嫉妒趁机煽动人类，叫他们产生嫉妒之情；见别人得到好处，就感到不快（“叹息”）。**鼓动风箱为叹息打气**：但丁在这里用了比喻。

52. **至高天体**：指最高天，即神和天使的居所。**大爱**：指神的大爱。

53. **把你们的想望向上方拉扯**：提高你们的情操，使你们的心灵飞升天宇。

54. **这种……心窝**：意为：你们就不怕好处因分享而减少。

55–57. **因为……炽热**：在最高天，好处无穷无尽，取之不竭，不会因分享而减少。大家说"我们的"（一起分享），每一福灵所得反而更多，而天堂的仁爱也变得更旺盛。"最高天"的意大利语是"empireo"（古代意大利语为 empirio 或 empiro）。英语是 empyrean，源出拉丁语 empyreus 或 empyrius。拉丁语 empyreus 或 empyrius 出自通用希腊语后半期（从二世纪末至六世纪所用的希腊语）ἐμπύριος。ἐμπύριος 出自古希腊语 ἔμπυρος。古希腊语 ἔμπυρος 是"燃烧""着火"的意思，由前置词 ἐν（"在……之上"，"在……之中"）和名词 πῦρ（火）组成。因此，有的译者又把"最高天"译为"净火天"，因为该天界全是仁爱之火，至清，至净，至纯，至澄澈；既会"燃烧"，也会"炽热"。

58–60. **此刻……更糊涂**：意为：〔但丁〕发问之后，比发问之前更难了解底蕴。

66. **乃从真光……漆黑**：但丁有凡躯的局限，未能从真光中采集到真光。

67–68. **天上……言传**：凡智有局限，无从测度上帝（"天上无穷的至善"）。

69–70. **就会像阳光……相同**：物体的亮度越大，所受的亮度越高，结果叫人以为，太阳所放的能量随物体的亮度增加。

71–72. **结果……传送**：心灵的仁爱越多，所获的永恒之善就越丰厚。

73–74. **同时……值得爱**：**上方**：指最高天。在最高天里，爱上帝的福灵越多，仁爱就越多，彼此之爱也越厚。

75. **就像镜子反射彼此的光芒**：镜子越多，彼此反射的光芒越强。

76–78. **我的话……救出来**：维吉尔再度承认自己的局限；同时指出，但丁要满足求知欲，要得到更高深的启迪，必须求诸贝缇丽彩。

79. **五个伤痕必消退**：但丁额上原有七个 P，现在只剩五个。也就是说，刚才的仁爱天使迎接他的时候，已经抹去第二个 P。至于如何抹，但丁在诗中没有交代。Bosco e Reggio（*Purgatorio*, 262）指出，但丁在这里只间接暗示，天使已抹去第二个 P。

81. **经过了痛苦再向康强回归**：这行言简而意赅，撮述了炼狱里涤罪受罚的过程和目标。

87–92. **我看见……在找你**：Singleton（*Purgatorio 2*，329）指出，在炼狱的第三层，受罚之罪是愤怒。与愤怒相反的性情是平和。从八五至一一七行，但丁看到三个平和性情的典范。这几行所写是第一例，出自《圣经·路加福音》第二章四一至四八行，叙约瑟、玛利亚与耶稣在逾越节"上耶路撒冷去。守满了节期"，回家的路上不见了耶稣，于是"回耶路撒冷去找他。遇见他在殿里，坐在教师中间，一面听，一面问。……他母亲对他说：'我儿，为什么向我们这样行呢？看哪，你父亲和我伤心来找你！'”

94–105. **接着……惩办**：在某一场合，一个陌生青年出于爱慕，拥吻了雅典君王佩西斯特拉托斯（Πεισίστρατος, Pisistratus）的女儿。佩西斯特拉托斯的妻子见女儿遭轻薄，十分愤怒，要求丈夫把青年处死。佩西斯特拉托斯态度平和，不愠不怒，说出了一〇四至一〇五行的话。这里所写，是平和性情的第二典范。

97–98. **诸天的神祇……而争名**：智慧女神雅典娜（Ἀθηνᾶ，Athena）和海神波塞冬（Ποσειδῶν，Poseidon），曾为克克洛庇亚（雅典城原名）争胜：谁能给该城最佳的礼物，该城就以其名为名。波塞冬赠以泉水；雅典娜赠以橄榄树。结果，任评判的奥林坡斯诸神裁定雅典娜胜利，该城遂称为“雅典”（Ἀθῆναι，拉丁文 Athenae，英文 Athens）。参看《变形记》第六卷七〇至八二行。

106–114. **然后……宽饶**：这节写平和性情的第三例，出自《圣经·新约·使徒行传》第七章第五十四至六十节，叙述基督教第一个殉教者司提反因被控“糟践圣所和律法”（第六章第十三节）而提出申辩，申辩后遭人用石头打死。

115. **当我的灵魂再度返回外边**：当但丁的神志离开幻境，返回炼狱的现实。也就是说，但丁刚才所见，并非现实。

117. **发觉……明显**：但丁发觉，刚才所见虽是幻境，却出于神的意旨，是真实的人物和形象（更高层次的真实），一点也不假。

121. **里格**：原文“lega”，相等于英语的“league”。至于实际长度，各地的标准有别：或曰一英里，或曰三英里。

128–129. **也不能……怎样微小**：维吉尔再度指出，他知道但丁在想什么。参看《地狱篇》第十六章一一八至一二三行，第二十三章二五至二九行。

130. **刚才那景象**：指但丁在八七至一一四行所见的三种幻景。

132. **永恒之泉**：指上帝。参看《圣经·新约·约翰福音》：“...fons aquae salientis in vitam aeternam”（“我所赐的水……直涌到永生”）。在 *Monarchia*, II, V, 5 和 *Epistole*, V, 7, 但丁称上帝为“Fons（原文为夺格 Fonte）pietatis”（恩慈之泉）。

第十六章

但丁和维吉尔在黑烟里前进，听到犯了愤怒罪的亡魂在念诵 Agnus Dei。马尔科与但丁谈话，论及自由意志，同时批评尘世的管治失当，指出教皇夺取世俗的统治权是症结所在。然后，阳光照入黑烟，使黑烟转白，马尔科向但丁和维吉尔道别。

地狱的晦冥，或者在乌云四盖、
　一物全无的贫天瘠穹下面
　失去每一颗行星的黑夜，从来
不会像那堆黑烟，给我的视线
　造成那么厚的帷幕，也不能
　用那么粗糙的物质把感觉覆掩；
结果我的双目竟难以久睁。
　我那智慧而可靠的向导，这一顷
　走近了我，以肩膀给我支撑。

像瞎子一般跟着向导前行，
以免迷失方向，以免和外物
相撞而受伤，甚至因此而丧命，
我在辛臭的空气中前进举足，
行走间听见导师不断对我讲：
“小心哪，不要离开我，以免迷路。”
这时，我听到一些声音，都像
祷告的人在祈求哀矜和安宁；
对象呢，是神的羔羊——洗罪的羔羊。
祈祷都以“神的羔羊”起兴；
祷词的语句和韵律完全一致，
听起来仿佛在绝对谐协中共鸣。
“我此刻听到的是幽灵吗，老师？”
我问。老师答道：“你猜对了。
他们正在使愤怒之结松弛。”
“你是谁呢，竟能把烟雾剖割。
听你提到我们的语气，你量度
光阴时好像仍以朔月为准则。”
亡魂之中，有一个声音这样说。
于是，师父这样吩咐我：“回答他。
问问从这里能不能攀上高坡。”
我说：“生灵啊，你是把身体洗刷，
要皎然重见那造你的威灵。
来吧，我的故事会令你惊诧。”
“我会按许可的范围跟你前行，”

伦巴第人马尔科

“你是谁呢，竟能把烟雾剖割。/ 听你提到我们的语气，你量度 /
光阴时好像仍以朔月为准则。”

（《炼狱篇》，第十六章，二五至二七行）

伦巴第人马尔科

“我会按许可的范围跟你前行，”/他答道，“烟雾不让我们眼看，/我们仍可以一起用耳朵聆听。”

（《炼狱篇》，第十六章，三四至三六行）

他答道，“烟雾不让我们眼看，
我们仍可以一起用耳朵聆听。”
于是我说：“我身裹襁褓上攀，
穿越了地狱的大苦来到这处所。
那襁褓，死亡最终会把它拆散。
既然上主已经用恩典接我，
要我新径是遵，绝不须依追
常轨就可以参观他的天国，
请不要隐瞒；告诉我，你卒前是谁。
告诉我，我走的可是登跻的正路。
你的话会成为向导，给我们指挥。”
“我叫马尔科，属伦巴第一族。
谙达世情，也热爱贤者的优点。
这优点，再无人为之张弓注目。
要向上攀登，你只须一直向前。”
亡魂回答完毕，再补充说：“请你
到了上面，为我祷求进言。”
于是，我对他说：“我怀着诚意
保证遵命；不过此刻我心中
困惑难当，要马上得到舒启。
这困惑，以前是单一；现在是双重。
在此，你的话证实他说无误，
使我把两种说法结合聚拢。
世界就像你刚才对我的叙述：
所有德行，的确在里面绝了迹。

在里面，到处有邪恶充塞掩覆。
不过原因何在呢？请为我剖析，
让我明白后向其他人敷陈，
因为有的人责天，有的人怪地。”
他首先是长叹，再因心伤难忍
而大呼“哎呀！”然后说：“兄弟呀，
你的确从瞎眼的世界来臻。
你们这些凡人，什么偏差
都归咎诸天，仿佛诸天
按着定数把万物旋动牵拉。
果真如此，你心中的自由意念
就被摧毁。那时候，行善致福、
为恶遭殃的公理就不再得见。
诚然，诸天把行动向你传输——
不能说全部；即使能这样说，
你仍有光明向善恶照耀流布，
同时有自由意志。与诸天初搏，
自由意志如果能承受颓疲，
又善获培养，就会凡攻必破。
自由人哪，你们受更大的神力、
更好的本性主宰。你们的心灵
由神力创造，非诸天的管辖所及。
那么，现世偏离了正确的途径，
你们是原因所在，原因所藏。
这一点，我会为你说个分明。

灵魂诞生前，会蒙创造者眷望，
　然后离开他的手，撒着娇，
　就像一个小孩，边笑边哭嚷。
单纯的小灵魂，什么都不谙晓；
　不过一受欣悦的造物主驱推，
　就会向自己喜欢的事物趋飘。
首先，它尝到了小玩意的滋味，
　并因此而受绐。向导或羁勒不引走
　它的迷情，它就会在后面紧追。
所以要立法加以约束控扣；
　要有一位君主——这位君主，
　至少要辨得出真城的塔楼。
法是有的，但执行的责任谁负？
　没有谁。由于在前面引导的牧人
　只能反刍，却不是偶蹄之属，
结果大众只看见领袖狠狠
　攫取他们也贪嗜的好处，于是
　也不再他求，而以同一物养身。
你已经看清了，不善于导引牵持，
　是世界由善变恶的症结所在；
　你内心的本性，并没有败坏变质。
创造美好世界的罗马，素来
　有两个太阳。人路和神路，分别
　因它们的照耀而变得清楚明白。
甲太阳扑灭了乙太阳，利剑已直接

与弯柄杖相连。两者一起
相并，结果必然会导致歪斜。
因为相连后，再没有彼此的顾忌。
要是你不信，请端详一下麦穗：
每株植物，都可以凭种子辨析。
在阿迪杰河和波河的土地内，
在腓特烈卷入倾轧之前，
一度曾有过勇敢慷慨的好行为。
现在呢，不管是谁，凡是没脸
跟贤人说话或接近贤人的，都安然
横越该地，安然在上面履践。
诚然，那里还有三老的典范
以昔谴今。这三老，只觉天国
来得太迟，上主的接引太缓慢。
他们是库拉多·达帕拉佐、贤者格拉尔多、
圭多·达卡斯特尔。圭多的称呼，
法语是‘伦巴第憨汉’——这叫法更稳妥。
今后请述说，罗马的教会，因一度
把两种权力强行混淆结合
而堕入泥淖，把本身和重任沾污。”
我答道：“申论得真好哇，马尔科。
如今，我明白利未族子孙继承
遗产的权利为什么遭到取消了。
不过，你说格拉尔多的仁风
留下，是要做绝世的楷模，以数落

粗俗的当代——他又是什么贤圣？”
“你的话，不是诳我就是考我。
你对我讲托斯卡纳语，却似乎
对贤者格拉尔多一无所知，”他说，
“除非我称他为女儿盖亚之父，
否则，我再想不到他有别的姓。
我不能陪你们了。愿上主伴你们前徂。
你看，烟已转白，里面有光明
照射而出。天使就在前面。
他就要看见我了；我不能再停。”
说完就后踅，不再听我申辩。

注释：

6–7.　**粗糙的物质……难以久睁**：黑烟辛辣（“粗糙”），眼睛受刺激而“难以久睁”。

8.　**我那智慧而可靠的向导**：指维吉尔。

18–19.　**神的羔羊……起兴**：天主教弥撒中的祷文，原文出自《圣经·约翰福音》第一章第二十九节，强调基督温顺仁爱。“Agnus Dei, qui tollis peccata mundi, miserere nobis. Agnus Dei, qui tollis peccata mundi, miserere nobis. Agnus Dei, qui tollis peccata mundi, dona nobis pacem.”（“神的羔羊啊，你洗脱世人的罪孽，哀矜我们。神的羔羊啊，你洗脱世人的罪孽，哀矜我们。神的羔羊啊，你洗脱世人的罪孽，赐我们安宁。”）在炼狱里，这三句是祷文的开端，由犯了愤怒罪的亡魂念诵，以补赎前愆。

20–21.　**祷词的语句……共鸣**：指亡魂念诵祷文时，声音的高低抑扬绝对和谐。

24.　**愤怒之结**：这里用了比喻：愤怒像个结，把发怒的人牢牢捆住；亡魂此刻念诵祷文，是要把愤怒之结解开。

25. **你是……剖割**：但丁不是幽灵，有血肉之躯，前行时把烟雾擘开，叫幽灵感到惊讶。

27. **仍以朔月为准则**："朔月"，原文为"calendi"，源出拉丁文"calendae"，在古罗马以至但丁时期，都指一个月的第一天。"仍以朔月为准则"，指但丁是尘世中人，仍行尘世的历法。亡魂这样询问，是因为他从第二十二行的问题听得出，但丁并非幽灵。

32. **那造你的威灵**：指上帝。

35. **烟雾不让我们眼看**：烟雾象征愤怒，而愤怒会障蔽人的视力。

37. **襁褓**：指肉体。

39. **那襁褓……拆散**：凡人死亡，肉体就会溃散。

40–42. **既然……天国**：指常人死后才能进地狱、炼狱或天堂；但丁与常人有别，阳寿未尽即能亲临地狱、炼狱、天堂。"恩典"，指上帝对但丁的殊遇。"新径是遵"，指但丁不必循一般途径，就能来到炼狱。

46. **马尔科**：意大利北部（"伦巴第"）的朝中之士，有贤德，大约活于十三世纪。

48. **这优点……注目**：这行是比喻，用了射箭意象，指世人不再以贤德为修身的目标。

51. **上面**：指天堂。

55. **这困惑……现在是双重**：在《炼狱篇》第十四章三七至四二行，圭多·德尔杜卡说到阿尔诺河谷的居民"受驱于败坏的风俗"而改变了性情，叫但丁感到"单一"的困惑。现在亡魂又说"贤者的优点"（第四十七行），"再无人为之张弓注目"（第四十八行），证实了圭多的说法，于是但丁的困惑乃变成双重（不再是"单一"），不明白世间为何会如此堕落；结果要在第六十一行探询究竟。

63. **有的人责天，有的人怪地**：有的人把人类的堕落归咎于诸天星辰的影响，有的归咎于凡人的劣根（"怪地"）。在但丁时期，许多人相信天上的星辰能影响凡人的性情和命运。

70–72. **果真如此……不再得见**：意为：如果星辰真能决定一切，就没有自由意志或赏善惩恶的公理可言了。然而，上帝绝对公正，绝不会让不公正的赏惩发生。

73. **诚然……传输**：这是托马斯·阿奎那《神学大全》的看法：诸天星辰能影响人的感觉嗜欲，却不能直接左右其自由意志。但丁受阿奎那的影响极深，因此也相信这一说法。Bosco e Reggio（*Purgatorio*, 279），Sapegno（*Purgatorio*, 177），Vandelli（507）都征引阿奎那的著作说明这点：*Summa contra Gentiles*, III, 85; *Summa theologica*, I-II, q.9,

a.5, resp; *Summa theologica*, II-II, q.95, a.5, resp. *Summa contra Gentiles*, III, 85 说："corpora coelestia non sunt causa voluntatum nostrarum neque nostrarum electionum.Voluntas enim in parte intellectiva animae est."（"诸天不能决定我们的意志如何运作，也不能决定我们如何去抉择。实际上，意志属于有理性的灵魂。"）。

75. **光明**：指分辨善恶是非的能力。

76. **自由意志**：这是基督教的重要教义，与原罪等概念息息相关。简而言之，上帝造了人类，赐他自由意志。此后，趋善趋恶，都由人类自己去决定。*Summa theologica*, II-II, q.95, a.5 说："contra inclinationem corporum homo potest per rationem operari."（"人类可以凭理性抵抗天体的影响。"）。此外，参看 *Summa theologica*, I-II, q.17, a.I, ad 2; *Monarchia*, I, XII, 2-4。

76–77. **与诸天初搏，/……颓疲**：诸天星辰能够影响人的情欲。但是，如果自由意志坚强，能抵抗诸天星辰的影响（"与诸天初搏"），情形就不一样。参看阿奎那 *Summa theologica*, I, q.115, a.4, ad.3.。

78. **善获培养**：指人类培养善根，习惯善行。

79–80. **自由人哪……主宰**："更大的神力"，指上帝。"更好的本性"，指人类生而向善，有"更好的本性"。Singleton（*Purgatorio 2*, 356）指出，在基督教教义中，这两行似非而是：只有服从上帝，自由意志才会真正自由，不受任何邪恶影响。

82. **现世**：指尘世的人。

83. **你们是原因所在，原因所藏**：人类偏离正途，是咎由自取。

85–93. **灵魂诞生前……在后面紧追**：这几行的原文为："Esce di mano a lui che la vagheggia/prima che sia, a guisa di fanciulla/che piangendo e ridendo pargoleggia, /l'anima semplicetta che sa nulla, /salvo che, mossa da lieto fattor, /volentier torna a ciò che la trastulla./Di picciol bene in pria sente sapore; /quivi s'inganna, e dietro ad esso corre, /se guida o fren non torce suo amore."。曾获艾略特在"Sir John Davies"（《约翰·戴维斯爵士》）一文中盛赞。参看 T. S. Eliot, *On Poetry and Poets*（London: Faber and Faber Limited, 1957）, p.137。

86. **然后离开他的手**：指第八十八行的"单纯的小灵魂"离开上帝的手。这行隐约有塑造意象：上帝创造人的灵魂，像陶人埏埴，先在手中把黏土搓揉，工作完毕，才让灵魂离开。

89. **欣悦的造物主**：造物主会"欣悦"，是因为他乐于创造人类。

92. **向导或羁勒**：指后天的教育或社会的律法。

95. **君主**：指有为有德的贤君。在《帝制论》中，但丁曾设想一位贤明公正的君主，在凡间建立理想世界。参看 *Monarchia*, III, XVI, 10: "Imperatore, qui...genus humanum ad temporalem felicitatem dirigeret." ("皇帝……则把世人带往凡间的幸福境界。")。但丁所谓的"皇帝"，指神圣罗马帝国的皇帝。

96. **真城**：这是比喻，指凡间理想幸福的社会。天下大治时，这样的境界就会来临。在《帝制论》中，但丁指出，教皇负责"根据神的启示，把世人带向永生"("qui secundum revelata humanum genus perduceret ad vitam eternam")。这里的"真城"并非教皇统治的结果，因此不指天堂。参看 *Monarchia*, III, XVI, 10。**塔楼**：在古代，一座城市在远方出现时，旅人首先会看到塔楼。

97–98. **法是有的……没有谁**：查士丁尼已经立了法，可惜后继无人，结果神圣罗马帝国没有皇帝来执掌。参看《炼狱篇》第六章第八十八、八十九行注。但丁认为，自从腓特烈二世于一二五〇年卒后，神圣罗马帝国再没有好皇帝，帝位等于虚悬。参看《炼狱篇》第六章九七至一〇五行，《炼狱篇》第七章九一至九六行。

98. **牧人**：指教皇。

99. **只能反刍，却不是偶蹄之属**：《圣经·旧约·利未记》第十一章第一至七节，提到耶和华对摩西、亚伦所说的话，指出"蹄分两瓣"("偶蹄")而又"倒嚼"("反刍")的走兽方可吃。该章第三节说："Omne quod habet divisam ungulam et ruminat in pecoribus comedetis." ("凡蹄分两瓣、倒嚼的走兽，你们都可以吃。")。在这里，反刍代表对《圣经》的沉思，偶蹄代表分辨能力（分辨《圣经·旧约》和《圣经·新约》，分辨圣父和圣子，分辨基督的神性和人性）。对《圣经》的这一诠释，源出阿奎那的《神学大全》。参看 Bosco e Reggio, *Purgatorio*, 280-81; *Summa theologica*, I, II, 102, 6。但丁所指的教皇，是卜尼法斯八世。一三〇二年，卜尼法斯八世颁布教皇令，指出教皇既有教会权力，也有俗世权力。但丁在这里批评卜尼法斯两者不分，虽然阅读《圣经》，却没有分辨能力，因此"不是偶蹄之属"。但丁在这里把教皇比作动物，讥讽的味道不言而喻。

100–101. **结果……好处**："大众"，指教众。"领袖"，指教皇。这两行指教皇和教众的嗜欲相同。教皇是牧者，应该领导启迪，带羊群走向崇高的目标；现在却玩忽职守，可见其罪过如何严重。

102. **同一物**：世俗的名利。

103–104. **你已经看清了……所在**：这两行指神圣罗马帝国的皇帝没有尽责去领导世人，结果世界由善变恶。

105. **你内心的本性……变质**：马尔科言下之意，是世人的本性没有变坏，罪咎应由领导无方的教皇和皇帝承担。

106. **创造美好世界的罗马**：这行究竟指罗马帝国的哪一时期，论者的说法不一。Singleton（*Purgatorio 2*, 365-68）认为指奥古斯都时期；Sayers（*Purgatory*, 194）认为指君士坦丁、查士丁尼时期。此外，参看 Sapegno, *Purgatorio*, 179-80。

107. **两个太阳**：指教皇和神圣罗马帝国皇帝。**人路**：指俗世社会。**神路**：指精神世界、宗教领域。

109–110. **甲太阳……相连**："甲太阳"指教皇，"乙太阳"指神圣罗马帝国皇帝。"利剑"象征皇帝的权力；"弯柄杖"指牧者的手杖，也指教皇的令牌。这句的意思是：教皇夺去了皇帝的权力，直接介入俗世的统治，使"利剑"和"弯柄杖"合而为一。

110–112. **两者一起 /……顾忌**：指教皇之权和皇帝之权不再彼此制衡。

115. **在阿迪杰河和波河的土地内**：指伦巴第，也泛指意大利北部。

116. **腓特烈**：指神圣罗马帝国皇帝腓特烈二世。**卷入倾轧之前**：在腓特烈二世与教皇展开斗争前，意大利北部还未陷入混乱。

118–120. **现在呢……履践**：现在，意大利北部再没有贤人，结果佞人、坏人到处招摇，不必害羞。

121. **三老的典范**：三老的典范，但丁在下面就会提及。三个典范，代表了伦巴第古代的贤德。

124. **库拉多·达帕拉佐**：Currado da Palazzo，布雷沙（Brescia）人，属圭尔佛党，十三世纪末叶曾任多个官职，其中包括翡冷翠的最高行政官（一二七六年）和皮亚琴扎的最高行政官（一二八八年）。推行仁治，为人冲穆而有贤德。**格拉尔多**：Gherardo da Camino（一二四〇年至一三〇六年），一二八三年至一三〇六年任特雷维索（Treviso）将领，生时奖掖文艺。但丁以他为贵族典范。参看 *Convivio*, IV, XIV, 12。

125–126. **"……圭多·达卡斯特尔……'伦巴第憨汉'……"**：Guido da Castel，全名圭多·达卡斯特罗（Guido da Castello），特雷维索（Treviso）人，出身罗贝提（Roberti）家族，原属雷焦·艾米利亚（Reggio Emilia），以贤智、慷慨著称，对法国人尤其如是。在但丁看来，在法国人眼中，伦巴第人都贪婪，常以高利贷为业。法国人称圭多为"憨汉"，是强调他为人忠直。

127–129. **今后请述说……沾污**：参看本章一〇九至一一一行。罗马的教会夺取了皇帝的权力，结果堕入泥淖，也弄污了自己的重任。

131–132. **如今……取消了**：利未人任职祭司，不能继承财产，是为了避免贪污。参看《圣经·民数记》第十八章第二十至二十四节，《圣经·申命记》第十八章第二节。

139. **盖亚之父**：格拉尔多的女儿叫盖亚（Gaia），卒于一三一一年。有的论者说盖亚貌美，但不守妇德；有的论者说她德貌俱备。孰是孰非，迄今尚无定论。

142–144. **你看……我不能再停**：落日的光芒（"光明"）照过烟雾，使之"转白"。亡魂要留在烟雾内涤罪，因此必须回头，不能再跟但丁谈话（"不能再停"）。Bosco e Reggio（*Purgatorio*, 284）指出，有些论者认为光芒由天使发出，其实并不正确。

第十七章

但丁跟随维吉尔在第三平台上前进，看到愤怒的三个实例。接着，和平天使为但丁抹去额上的另一个P。但丁和维吉尔到达第四平台时，黑夜降临。由于两人不能在夜里前进，维吉尔就利用这段时间，为但丁讲解炼狱的结构和里面受惩的罪孽。

读者呀，请回想一下，假如
　在高山，你被大雾围困，只可以
　像欧鼹一般，用皮肤代替双目
去观物；当又湿又浓的水汽
　开始消散退逸，太阳的圆盘
　穿射而过时会如何微弱迷离；
这样，你的想象就可以倏然
　而至，轻易揣度出，此刻，斜晖
　在日落的时辰如何再让我得瞻。

就这样，我在老师的一旁紧随
　他坚定的步伐，从雾中走向曛芒。
　那曛芒，已在下方的涯岸隐退。
想象啊，有时候，你把我们恍恍
　惚惚地牵走，一千支喇叭齐鸣
　于周围，我们也不会听在心上。
感觉不助你，是谁在令你驰行？
　是成形于天上的光，自发于本身
　或由天意下遣后遵天意之令。
传说中，有一个化身为鸟的人，
　变形后最喜欢唱歌。她的劣迹
　这时在我的想象中留痕。
为此，我的心志把观照之力
　内移，全部集中于本身，结果
　外物都不获它的吸纳注意。
然后，在高妙的神思中，泻落
　一个人，钉在十字架上，其容颜
　鄙夷凶恶，其生命则奄奄将殁；
显赫的亚哈随鲁在他的旁边，
　和妻子以斯帖、公正的末底改一道
　（末底改的言谈举止都正直无愆）。
然后，当这个形象如水泡
　刹那间自动破裂，仿佛周围
　没有了水分把它拢合裹包，
一个女孩升入了我的视域内，

一边伤心地哭泣，一边说："王后哇，
为什么一怒之下决定要自毁？
竟为了保存拉维尼亚而自杀！
现在你失去了我。——是我呀，母亲，
先悼你自戕，然后才哀悼他。"
当外来的光芒突然击进
闭着的眼睛，睡意就会迸破，
但仍会晃悠片刻才全部消隐。
一束强烈的光芒也这样击落
我的脸庞时，神思也这样逝去。
那强光，比我们常见的明亮得多。
我回头，看看置身于什么境域，
却听到有人说："这就是上升之地。"
我一听，抛掉了其他一切思绪，
渴念顿生间心中好奇不已，
亟想看清刚才是谁在开腔，
而且要和他面对才肯休憩。
可是，一如我们的目力被太阳
压倒时，因强光而看不到其面貌，
这时候，我也缺乏胜任的力量。
"这是天使。他不需我们祈祷，
就把我们带领到上升之路，
并以光芒把自己掩盖围绕。
他照顾我们，犹常人对自己照顾；
等待请求才看得见人家所需，

已经峻然走上了拒绝之途。
现在，让我们应邀去调整步履，
趁着天未黑，设法向上面攀爬，
否则天亮之前就不能再上趋。”
导师说完了这番话，我就和他
一起把脚步转向一道阶梯。
在我踏上第一步梯级的刹那，
我已感到身边有鼓动的翼
扇着我的脸；听见有声音说：
“Beati pacifici，没有乖戾的怒气！”
黑夜降临前的余晖将没，
这时已经升到了我们头顶，
多个方向都已经众星历落。
“我的力量啊，你为何消融于无形？”
我心中暗忖。因为，这时我竟然
觉得两腿的力量已经用罄。
这时候，梯阶下再向上方伸展；
我们停留在那里不再移挪，
就像一条船，航行间驶到了海岸。
于是，我凝神片刻，侧着耳朵
倾听，看新圈里有没有声息；
接着启口，对我的老师说：
“好师父哇，告诉我，在这个圈里，
是哪一种罪愆受到涤除。
步履虽停，却别让尊言休憩。”

老师闻言，对我说："因善心不足
　而失职的，在这里复原振作。
　在这里，懈怠的桨再度挥舞。
不过要对底蕴了解得更多，
　就听我细说。这样，在滞留中，
　你就会采到一些美好的佳果。"
"孩子呀，造物主和创造物相同，"
　维吉尔说，"都不会没有先天
　或后天的爱心。这一点，你应该懂。
先天的爱心绝对不会有乖偏；
　后天的爱心却会有舛讹：因目标
　错误，因爱得太深或太浅。
它只要集中贯注于首善，只要
　在亲近次善时适可而止，
　就不会使人沉湎于邪乐而失调。
不过，当它被扭向邪恶，求善时
　太过急切，或心意花得不够，
　创造物就和造物主背道而驰。
这样看，你就会明白，一切该受
　惩罚的行为和一切美德，都必然
　在你本身的爱心中找到根由。
好了，由于爱心绝不会他盼
　转脸而忽视所属主体的利益，
　一切事物对本身都不会有恶感。
同时，想象中，本体不可能脱离

太一而独自存在，所有的创造物
都绝不可能恨太一，与太一为敌。
那么，如果我的分析合乎理路，
众人所爱之恶，该是他人的灾障。
这种爱，泥躯中以三种形式冒出：
有的人，希望凌驾于旁人之上；
办法是盼旁人遭贬。就因为这一蔽，
他们盼人家在显赫中倾荡。
又有一些人，怕遭人凌驾后，自己
会失去权力、恩宠、荣誉、声名，
结果郁郁不乐而祸耻是祈。
有的人，自觉受了侮辱欺凌
而发怒，心中乃充满复仇之念；
于是竭力去构想害人的行径。
这三种形式的爱，就在下边
使人泣悔。现在，我要你明悉
另一种爱。这种爱，求善时乖偏。
人人都乱找至善，希望在至善里
精神能安息。这种善，为众人所索，
结果成了众人争趋的目的。
你受了爱的牵引，要了解或寻获
至善时行动迟缓，这个平台，
等你忏悔完毕，就把你折磨。
此外，还有另一善，不给人愉快，
不给人至乐，又不是善之实体

（即诸善的果实和根本所在）。
一个人，爱上此善而不知其宜，
就要在我们上面的三圈哀忏；
至于何以是三种形式，此际
我不说，好让你自己去找寻答案。”

注释：

3. **欧鼹**：原文“talpe”（talpa 的复数）。在但丁时期，一般人相信欧鼹没有视力。不过现代的科学证明，欧鼹也有视力；眼睛虽然为皮毛所覆，却能透过皮毛观物。

5. **太阳的圆盘**：指太阳。太阳的形状如盘，故称圆盘。

7. **想象**：原文是“imagine”。第十三行的“想象”，原文是“imaginativa”；第二十一行的“想象”，原文是“imagine”；第三十一行的“形象”，原文是“imagine”；第四十四行的“神思”，原文是“imaginar”。这里的想象指创造或接收意象的能力。

8. **此刻**：大约是下午六时。

13. **想象**：指接收外界形象的能力，是“认知的基础”（“il fondamento del conoscere”）。参看 *Enciclopedia dantesca*, vol.2, 793。Singleton（*Purgatorio 2*, 378）认为，这里的“想象”（“imaginativa”）相等于第二十五行的“神思”（“fantasia”）。“神思”（“fantasia”）一词，在《天堂篇》第三十三章一四二行会再度出现。此外，参看 Anonimo fiorentino, Tomo 2, 274-75; P.Petròcchi, *Nòvo dizionario scolastico della lingua italiana dell'uso e fuori d'uso*, 422-23,“fantasia”条；Prati, 412-13,“fantasia”条。

16–18. **感觉……天意之令**：根据亚里士多德的说法，想象是内在感官之一，能借感官储存外界印象。Sapegno（*Purgatorio*, 184）说：“Normalmente, l'immaginativa opera sulla materia che le è fornita dalle percezioni sensibili degli oggetti reali...”（“通常，感觉感知了现实客体后向想象提供数据，想象就凭这种数据运作……”）。但丁受了新柏拉图派哲学家的影响，认为在幻象或灵视境界中，想象能够由上帝激发。参看 *Summa* *theologica*, I, q.78, a.4, resp.; *Convivio*, III, IV, 9-13。

19–20. **传说中……唱歌**：这里指普洛克涅杀子餐夫，结果化为夜莺的神话。参看《炼狱篇》第九章一三至一八行注。在本章里，普洛克涅是三个愤怒实例的第一例。

25. **高妙的神思**：景象来自天上，所以说“高妙的神思”。

26–30. **一个人……无愆**：“一个人”，指哈曼。波斯王亚哈随鲁的主要宰臣哈曼，因犹太人末底改不肯向他跪拜（“哈曼见末底改不跪不拜”），要杀尽犹太人。后来，末底改的侄女（一说堂兄妹）以斯帖介入，结果哈曼被亚哈随鲁王吊死，刑具是哈曼为末底改预备的绞架（“于是人将哈曼挂在他为末底改所预备的木架上”）。这几行写愤怒罪的第二例。但丁在第二十六行说哈曼“钉在十字架上”，与《圣经》的说法略有出入。参看《圣经·以斯帖记》第三至八章。

34–39. **一个女孩……哀悼他**：这几行写愤怒的第三例。“一个女孩”，指拉维尼亚（Lavinia），拉丁乌姆（Latium）王拉丁诺斯（Latinus）和阿玛塔（Amata）的女儿。拉丁诺斯要把拉维尼亚许配与埃涅阿斯，遭阿玛塔反对。后来，阿玛塔以为拉维尼亚的未婚夫图尔诺斯身亡，绝望中愤然自杀。参看《埃涅阿斯纪》第十二卷五九三行及其后的相关描写。“哀悼他”，指哀悼“身亡”的图尔诺斯。**保存拉维尼亚而自杀**：指阿玛塔不想把女儿嫁给埃涅阿斯而自杀。**现在你失去了我**：阿玛塔自杀，反而要离开（也等于失去）女儿。

43. **一束强烈的光芒**：由第三层平台的天使发出。

47. **听到有人说**：指但丁听到天使说话。

68. **扇着我的脸**：指天使抹去但丁额上的第三个P。

69. **Beati pacifici**：这是耶稣的山上宝训。见《圣经·新约·马太福音》第五章第九节：“使人和睦的人有福了！”**乖戾的怒气**：原文为“ira mala”。在《神学大全》中，阿奎那论及“正义的怒气”（“bona ira”）和“乖戾的怒气”（“mala ira”）。参看 *Summa theologica*, II-II, q.158, a.2, resp.。

73–75. **我的力量……用罄**：在《炼狱篇》第七章四三至五七行，索尔德罗已经指出，在黑夜，但丁不可以上攀炼狱山。此刻，但丁奇怪，他的“力量……为何消融于无形”。

76–78. **这时候……海岸**：指但丁和维吉尔到了第三层平台的最后一级，面向第四层平台。

80. **新圈**：指第四层平台。

85–87. **老师闻言……挥舞**：指第四圈是懒惰者涤罪之所。

89–90. **在滞留中，/……佳果**：指但丁继续上攀前，会听到维吉尔解释神道，介绍炼狱的结构。

91–93. **造物主……或后天的爱心**：上帝和万物都有爱心。《圣经·约翰一书》第四章第八节和第十六节，都说“神就是爱”。但丁也认为万物都有爱。所谓万物，包括人、动物、植物、泥土、矿物等等。参看*Convivio*, III, III, 2-5。**先天/或后天的爱心**：“先天……的爱心”，是万物回归本源、趋赴至善的倾向，由上帝赋予。就人而言，这倾向是朝上帝回归。

94. **先天的爱心绝对不会有乖偏**：由于先天的爱心是万物的本性，由上帝赋予，因此不会出错，不会有乖偏。参看*Summa theologica*, I, q.60, a.I, resp.; I, q.60, a.I, ad 3。

95–96. **后天的爱心……或太浅**：后天的爱心，是天使和人类所独有，因为只有天使和人类才有自由意志。就天使而言，后天的爱心不会改变，因为天使永远亲近神，与神一起；人的自由意志却会变化，产生偏差。参看*Summa theologica*, I-II, q.8, a.I, resp.。

97. **首善**：指上帝。

98. **次善**：指上帝以外的善，包括尘世的欲求，诸如友谊、财富、安舒等等。但一个人对次善如果爱错了（选了坏对象），或爱得不足，爱得过分，不能适可而止，就会有偏差。

102. **创造物就和造物主背道而驰**：创造物爱次善时，如有偏差，就会和先天之爱背道而驰，违反造物主的意旨。参看*Summa theologica*, I-II, q.27, a.4, resp.。

103–105. **这样看……根由**：后天之爱施放得宜，就成为美德之源；反之，则会沦为招罚之因。

106–108. **好了……恶感**：一切主体（尤其是人类），都不会憎恨自己。即使自杀者也认为死亡对自己有利，能结束痛苦，给自己带来解放。“主体”的原文“subietto”是经院哲学术语，指施爱的人。参看*Summa theologica*, I.II, q.29, a.2。

110. **太一**：原文是“primo”，指上帝。

114. **三种形式**：指骄傲、嫉妒、愤怒。

115–117. **有的人……倾荡**：这三行写骄傲。犯骄傲罪的亡魂在第一平台受刑。

118–120. **又有一些人……而祸耻是祈**：这三行写嫉妒。**祸耻是祈**：指一心望别人有祸耻。犯嫉妒罪的亡魂在第二平台受刑。

121–123. **有的人……行径**：这三行写愤怒。犯愤怒罪的在第三平台受刑。

124–125. **这三种形式的爱……泣悔**：指犯过骄傲、嫉妒、愤怒罪的亡魂在第一、第二、第三层平台受罚。

126. **另一种爱。这种爱，求善时乖偏**：这种爱，求善时或太过，或不及。

即第九十六行所说："爱得太深或太浅"。

127. **人人都乱找至善**：意为：人人都想寻觅至善，却寻而不得其法，变成"乱找"。这句的意大利文为："Ciascun confusamente un bene apprende"；所表达的思想源出阿奎那的 *Summa contra Gentiles* III, 38: "Est enim quaedam communis et confusa Dei cognitio, quae quasi omnibus hominibus adest."（"几乎所有人都意识到神。这一意识，混乱而欠明确，为大家所共有。"）。这里的"至善"（"bene"）指上帝。Vandelli（521）的诠释是："ogni uomo ha un'idea vaga, indistinta di un sommo bene, nel quale si acqueti l'animo suo, e lo desidera, e si sforza di conseguirlo."（"人人都依稀模糊地意识到有至善存在，在至善中，其精神会得到安宁。于是渴求至善，要努力达到至善之境。"）。

127–128. **希望在至善里 / 精神能安息**：希望在上帝的永爱、永光、永宁中得到安息。参看 *Convivio*, IV, XII, 14。

128. **这种善，为众人所索**：热爱上帝之心，是先天之爱，人皆有之。因此人人都寻索上帝。

130–131. **你受了爱的牵引……行动迟缓**：指爱上帝时爱得不足，也就是一二六行注里所说的"不及"。

131–132. **这个平台，/ 等你忏悔完毕，就把你折磨**：亡魂到炼狱前，都已忏悔。忏悔完毕，就到炼狱受刑涤罪。"这个平台"，指炼狱的第四层平台，是惩罚懒惰罪的场所。

133. **另一善**：指"次善"（见本章第九十八行）。"首善"（第九十七行）以外的善，都是"次善"。

133–134. **不给人愉快，/ 不给人至乐**："次善"不能给人完全的满足；只有"首善"（即上帝）才能完全满足人的渴求，给他至乐。

134–135. **又不是善之实体 /（即诸善的果实和根本所在）**：意为：又不是上帝；只有上帝，才是诸善的果实和根本所在。Bosco e Reggio（*Purgatorio*, 301）说："questo bene imperfetto non può produrre la felicità, perché non è l'Essenza perfetta...che è origine e premio di ogni bene."（"此善〔指次善〕并不完美，不能带来至乐，因为它并非完美的本体〔即上帝〕……完美的本体是众善之源、众善之果。"）。参看 *Summa theologica*, I, q.VI, a.3。

136. **爱上此善而不知其宜**：爱上次善而不知适可而止（即爱得过分）。

137. **上面的三圈**：指炼狱第五、第六、第七圈。这三圈分别惩罚贪婪、贪饕、邪淫罪。

138. **三种形式**：人类爱次善而不得其宜，结果就会由三种形式（即贪婪、贪饕、邪淫）表现出来。人类对邪恶的爱也有三种形式表现出来，并且在第一、第二、第三平台受刑；中间的平台（即第四平台）则用来惩罚爱首善而爱得不足的亡魂。在《地狱篇》第十一章一六至九〇行，维吉尔在下降地狱途中暂停时，也简介了三重结构。

第十八章

维吉尔应但丁的请求，阐述爱的意义以及爱与自由意志的关系。一群生时犯懒惰罪的亡魂在第四平台跑过；前面两个，哭泣着宣示勤快的范例。韦罗纳圣泽诺隐修院院长自述身世。两个殿后的亡魂，讲述以色列人和埃涅阿斯随从如何懒惰。胡思乱想间，但丁把沉思变成了梦幻。

尊显的老师结束了上面的论述
　之后，就凝神注视着我的面孔，
　看我的颜容有没有表示满足；
而我，正受新的求知欲推动，
　表面是缄默，内心却说："也许
　我问得太多，使他的负担加重。"
但这位名副其实的师父，鉴于
　我当时胆小，不公开自己的愿望，
　乃开口说话，把我向言语推驱。

于是我说："老师，在你的炯光
　之中，我的视力增加，已清楚
　你的话所包含和解释的情况。
你指出，众善及其反面，全部
　从爱中衍生。那么，和蔼可亲的
　师父哇，我求你把爱的意义阐述。"
老师答道："让你的理解力此刻
　以锐目望着我，你就会看见
　自封为向导的盲人有什么差忒。
心灵生下来就敏于产生爱怜；
　事物取悦于它而唤起行动，
　它就会直趋该事物的旁边。
你的感官从现实世界中
　获得印象，把印象在内心展开，
　然后使心灵向着该印象聚拢；
如果心灵聚拢时向对象趋摆，
　这种趋摆就是爱，也就是天性，
　由欣悦重新系于你的胸怀。
然后，像火焰向着高空飞凌，
　因自己的先天本质而上跻，
　长返所属的物质中才会久停，
心灵被攫后，也这样进入欲望里。
　这过程是精神活动。被爱的事物
　使心灵欣喜，心灵才会止息。
你现在明白啦，真相是怎样隐伏，

不为某些人觉察；这些人都坚持，
认为凡是爱，本身都值得称述——
也许因为，表面看来，爱之质
总是那么美好吧？不过，蜡虽好，
盖在蜡上的印记未必都如是。”
“你的话语，把我的心智引导，”
我回答说，“为我昭示了爱；
但这样一来，我就更充满困扰；
如果我们的爱获赐于外，
而灵魂再没有其他的脚行走，
走对或走歪，就不是其功劳所在。”
老师说：“在这里，我只能为你析剖
理智的识见；进一步的奥义，须期
贝缇丽彩去阐发——那是信仰的范畴。
每一种实质，既与物质分离，
又与物质浑然相连在一处；
实质本身，又蕴含殊性于本体。
这种殊性，在行动中方会昭露，
也只会在效果中获得彰显，
一如植物的生命靠绿叶发抒。
所以，人类不知道最初的意念
在哪里认识，也不知道感情
何以对最初的客体产生眷恋。
这些特点，是你们固有的本性，
一如酿蜜的热忱之于蜜蜂。

这原始的意念，超越褒贬的鉴评。
那么，为了使众志以它为规程，
乃有本能在心中剖情析理，
并负责把持允诺和拒绝的准绳。
个人该得赏或是受罚，就以
这原则为依归；结果如何，要看
他怎样把善爱或恶爱收集扬弃。
有些人，推论时能向根本研探，
就会觉察到这种先天的自由，
并因此把伦理道德向后世宣颁。
那么，即使爱在你的心头
燃起，是受了必然的规律驱推，
操纵的力量仍属内心的范畴。
这种崇高的能力，贝缇丽彩称为
自由意志。因此，如果她跟你
提起，你务必把这点记在心内。”
几乎是夜半了。月亮此际
在我们眼中使众星显得更稀疏。
其形状，仿佛是水桶在焚烧不已。
在罗马人眼中，太阳西赴，
烧过撒丁岛、科西嘉之间的蹊径，
正是这一刻月亮横空的道路。
那崇高的幽灵，使皮耶托拉的声名
凌驾于曼图亚其他城镇之上；
此刻把我所加的担子下倾，

懒惰者

不过，我的这一种迷离恍惚，/ 突然之间被人群驱散。那群人，/
这时跑到了我们背后的去处。

（《炼狱篇》，第十八章，八八至九〇行）

结果，疑问解决后我豁然开朗，
　得到了清晰而明确的答复
　而开始胡思乱想，迷迷茫茫。
不过，我的这一种迷离恍惚，
　突然之间被人群驱散。那群人，
　这时跑到了我们背后的去处。
上古时代，忒拜人一需要酒神
　巴克科斯，伊斯梅诺斯、阿索坡斯在夜里
　就看见人群在两岸扰攘纷纷。
类似的人群，也绕着圆圈急移。
　就我当时所见的情况判断，
　他们正受到佳意和善爱推挤。
浩荡的人群由于奔跑甚遄，
　俄顷间，就来到了我们身边。
　在前面的两个哭泣着叫唤：
“匆匆忙忙，玛利亚跑进了山间。
　凯撒呢，为了制服伊列尔达
　而直取马赛，然后向西班牙疾掩。”
“快点哪，快点！要不是这样，恐怕
　因寡爱而失时，”后面的众伴嚷道，
　“乐善，恩宠的绿意就再度萌发。”
“众人哪，你们过去曾怠于行好
　而有疏忽延宕的表现。在此地，
　强烈的热情也许在补偿代劳。
这个活人（我实在不敢见欺）

盼太阳再度照落我们时上爬。
那么，请见告，就近的出口在哪里。”
上面引述的一番话，由导师抒发。
其中一个幽灵听后，说 ：“跟在
我们后面，出口就可以到达。
前进之心充满了我们的胸怀，
使我们停不了。我们为悔罪而奔忙 ；
显得无礼，也请你不要见怪。
我是韦罗纳圣泽诺修道院院长。
统治我的，是红胡子这位明主。
今日，米兰人提起他，仍感到哀伤。
还有一个人，一只脚已踏进坟墓。
这个人，不久就要为修道院哭泣，
并因掌过修道院的权而悲苦。
因为，尽管他的儿子体有残疾，
出身卑贱，精神比身体更劣窳，
仍获他立为院长，取代了正席。”
我不知道亡魂有没有讲下去，
因为这时候，他已经远远超前，
只让我听到我乐意记述的语句。
救我于所有急难的老师，闻言
说道 ：“后望啊，那两个人正在
一边走，一边以嚼子把懒散羁限。”
两人在整群人的后面说道 ：“大海
曾为一些人分开。到这些人身亡，

约旦才看见继承他们的后代。
至于没有跟安基塞斯之子同当
患难且坚持到底的，则使自己
默默无闻，一生得不到荣光。”
之后，这群幽灵与我们分离。
到他们远去，走出了视域之外，
另一个念头又在我脑里升起，
并且使更加纷繁的思绪展开。
我胡思乱想，从此念向彼念辗转，
两眼竟在徘徊间合了上来。
然后，我把沉思变成了梦幻。

注释：

1. **尊显的老师**：指维吉尔。

7–9. **但这位……推驱**：维吉尔知道但丁想什么，于是鼓励他发问。

13–14. **你指出……衍生**：指维吉尔在《炼狱篇》第十七章一〇四至一〇五行所说的话。

16–17. **让你的理解力……望着我**：这是拟人法。维吉尔把但丁的理解力比作有视力的人。

18. **自封为……差忒**：参看《圣经·马太福音》第十五章第十四节："Caeci sunt et duces caecorum: caecus autem, si caeco ducatum praestet, ambo in foveam cadunt."（"他们是瞎眼领路的；若是瞎子领瞎子，两个人都要掉在坑里。"）。此外参看《圣经·路加福音》第六章第三十九节："Dicebat autem illis et similitudinem: 'Numquid potest caecus caecum ducere? nonne ambo in foveam cadent?"（"耶稣又用比喻对他们说：'瞎子岂能领瞎子，两个人不是都要掉在坑里吗？'"）。但丁在这里以"自

封为向导”的盲人影射当时伊壁鸠鲁派的学说。伊壁鸠鲁派强调自然的嗜欲是人性的重要部分。

19–21. **心灵生下来……旁边**：这几行与《炼狱篇》第十六章八五至九三行呼应。

23. **印象**：原文为“intenzione”，出自拉丁文 intentio。Bosco e Reggio 的解释是：“la rappresentazione dell'oggetto”（客体的复现表象）。Singleton（*Purgatorio 2*, 412-13）指出，“intentio”一词，是经院哲学家所用的名词，指司知觉的官能从客体所得来的形象，为亚里士多德一派的心理学所沿用。阿奎那在这方面有详细的论析。参看阿奎那的 *Summa theologica*, I, q.XXII, a.2; *Summa contra Gentiles*, I, 53。

25. **向对象趋摆**：这是爱的第一阶段。

26. **也就是天性**：指先天的爱心。参看《炼狱篇》第十七章第九十四行。

28–30. **然后……才会久停**：先天之爱总要重返本身的归宿，即造物主的怀抱。这一趋势，就像火焰必须向高空飞凌一样。《天堂篇》第一章一〇九至一二〇行，也论及先天之爱。**所属的物质**：指火焰天，在地球和月亮之间。

31. **心灵被攫后，也这样进入欲望里**：指心灵见了对象，产生渴求，然后为渴求所攫。这是爱的第二阶段。

33. **心灵才会止息**：这是爱的第三阶段。心灵得到所欲，进入圆满状态，不再有别的企求，所以能够止息。参看 *Summa theologica*, I-II, q.26, a.2, resp.: “Appetitus tendit in appetibile realiter consequendum, ut sit ibi finis motus ubi fuit principium.”（“欲望前趋，冀图达到可欲，归于其始。”）。

35–36. **这些人都坚持，/……值得称述**：这两行回应第十八行。言下之意是：持这种观点的与盲人无异。“这些人”，指信奉伊壁鸠鲁学说的人。参看 Sapegno, *Purgatorio*, 196; Vandelli, 525; Singleton, *Purgatorio 2*, 420。

37. **爱之质**：指潜在于人心（即天赋）的爱。

38. **蜡**：指第三十七行的“爱之质”。

39. **盖在蜡上的印记**：指外在事物对天赋之爱的影响，也就是二二至二三行的“现实世界〔的〕……印象”。但丁的意思是：人类虽有天赋的爱心，所爱的对象却未必恰当。

43–45. **如果……所在**：这三行的意思是：爱既然来自上帝，那么，一切都已命定，人类别无选择，施爱错误或正确都与人类无关。

46–48. **在这里……范畴**：维吉尔再度承认自己的局限，指出“理智”逊于信仰。

49. **实质**：指万物的本质。万物之所以存在，之所以有独特个性，全赖这一本质。就人而言，这种本质就是灵魂。

49–50. **既与物质分离，/ 又与物质浑然相连在一处**：就人而言，灵魂既与肉体有别，又与肉体一起。

51. **殊性**：指灵魂的两重属性，即理智和自由意志（Singleton, *Purgatorio 2*, 424）。

52–54. **这种殊性……发抒**：理智和自由意志，要在行动中才为人察觉，否则就不会彰显，就像植物中的生命，得由绿叶呈现。“由绿叶呈现”，Sapegno称为“verdeggiare delle fronde”（*Purgatorio*, 198）。

55–57. **所以……眷恋**：指人类不明白自己何以有天赋的理智，能认识公理、范畴；也不明白，他们对某些客体何以会产生自然的爱意。

61. **众志**：指灵魂受外物吸引所产生的嗜欲。**它**：指原始的意念，即意志或天赋的嗜欲。

62. **本能在心中剖情析理**：指理智或判断力在心中发挥作用。

63. **把持允诺和拒绝的准绳**：负责说“是”或“否”，然后让意志决定，是否要追求外物。

66. **善爱或恶爱**：指正当和不正当的爱欲。

67. **有些人，推论时能向根本研探**：指古代的哲学家，如亚里士多德和柏拉图等人，能穷探究竟，悟出伦理道德的精义。参看 Bosco e Reggio, *Purgatorio*, 308; Vandelli, 528; Singleton, *Purgatorio 2*, 437; *Monarchia*, I, 12。

68. **先天的自由**：指自由意志。自由意志能选择善恶，伦理、道德才有意义。如果一切前定，伦理、道德就没有意义可言。

69. **并因此……宣颁**：古代的哲学家认为人类的意志自由，才向后世劝善。如果意志前定，毫无自由，善恶之间再无选择可言；人类犯了罪，就不再有责任可负。

70–72. **那么……范畴**：心中的爱，虽然来自上帝，出于必然；但如何去爱，仍由个人的意志来操纵。

73–74. **这种崇高的能力……自由意志**：参看《天堂篇》第五章一九至二四行。

76–78. **几乎是夜半了……焚烧不已**：旅人但丁于濯足节（即复活节前的星期四）开始地狱之旅时，正值满月；此刻，月亮由盈转亏，形状像个水桶。在旅人但丁所处的地方，月亮上升的时间大约是晚上十时至十时三十分，因此诗人说：“几乎是夜半了”。参看 Bosco e Reggio, *Purgatorio*, 308; Sapegno, *Purgatorio*, 199; Singleton, *Purgatorio 2*, 438-39。

79–81. **在罗马人眼中……横空的道路**：太阳在撒丁岛和科西嘉岛之间（即罗马的西南方向）落下时，会进入罗马人的视域。月亮此刻所走的途径，与罗马人眼中太阳所走的途径相同。以黄道十二宫的位置计算，此刻的月亮大约在人马宫。参看 Bosco e Reggio, *Purgatorio*, 309。

82. **崇高的幽灵**：指维吉尔。**皮耶托拉**：原文“Pietola”，今日叫 Pietole，古代叫安第斯（Andes），是维吉尔的诞生地，靠近曼图亚。

84. **此刻把我所加的担子下倾**：但丁提问，维吉尔要回答，于是要负起但丁“所加的担子”。现在维吉尔解答完毕，等于放下了担子。

89. **人群**：指犯了懒惰罪的亡魂。

91–93. **上古时代……扰攘纷纷**：伊斯梅诺斯（Ἰσμηνός，Ismenus）和阿索坡斯（Ἀσωπός，Asopus）是希腊玻奥提亚（Βοιωτία，Boetia）的两条河流，忒拜（Θήβη，Thebe）人为葡萄求雨时，就会在夜里擎着火炬沿两河之岸奔走，向巴克科斯（Βάκχος，Bacchus）祈告。巴克科斯即酒神狄奥尼索斯（Διόνυσος，Dionysus），是忒拜的守护神，在奥林坡斯十二神之中年纪最轻。

96. **他们正受到佳意和善爱推挤**：在阳间，亡魂受驱于不正当的欲望；到了炼狱，则受驱于佳意和善爱，处境有了明显的分别。

100. **匆匆忙忙……进了山间**：一〇〇行和一〇一行描写勤快（懒惰的反面）。玛利亚从天使加百列口中得知自己会以童贞女之身成孕，立刻找亲戚伊利莎白。这一行动所表现的，是勤快这一美德。参看《圣经·新约·路加福音》第一章三十九至四十节：“Exurgens autem Maria in diebus illis abiit in montana cum festinatione, in civitatem Iuda. Et intravit in domum Zachariae, et salutavit Elisabeth.”（“那时候，玛利亚起身，急忙往山地里去，来到犹大的一座城；进了撒迦利亚的家，问伊利莎白安。”）。

101–102. **凯撒呢……疾掩：凯撒**：指凯撒大帝。**伊列尔达**：原文“Ilerda”，西班牙卡塔卢尼亚（Cataluña；另一汉译“加泰罗尼亚”以英语的“Catalonia”为准）的一座古城，今日叫莱里达（Lérida）。凯撒在进攻庞培途中，顺道围困了法国的马赛（Marseille）；由于兵贵神速，没有继续督师，只留下部分军队，完成未竟之功；自己则率军直取伊列尔达，以电闪的速度打败敌人。这是勤快的另一例。参看《法萨罗斯纪》第三卷四五三至四五五行。

104. **因寡爱而失时**：由于缺乏爱而耽误时间。

105. **乐善……萌发**：“乐善”，神的恩宠就会像叶子萌发新绿，亡魂就能完成涤罪之旅，进入天国。

108. **强烈的热情也许在补偿代劳**：亡魂在凡间懒惰，现在“受到佳意和善爱推挤”（第九十六行），走得特别迅速，因此说“热情（即佳意和善爱）也许在补偿代劳”。

109. **这个活人**：指但丁。

110. **盼太阳再度照落我们时上爬**：希望白天一到就继续上攀。

112. **导师**：指维吉尔。

116. **我们为悔罪而奔忙**：亡魂忏悔生时懒惰，因此走得特别快。

118. **我是……院长**：泽诺（Zeno），韦罗纳（Verona）四世纪的一位主教，圣泽诺修道院以他为名。不过这一行确实指谁，一直没有定论。大多数论者认为指格拉尔多（Gherardo）。格拉尔多曾任圣泽诺修道院院长，卒于一一八七年。圣泽诺修道院离韦罗纳古城极近。参看 Bosco e Reggio, *Purgatorio*, 312; Sapegno, *Purgatorio*, 201-02。

119. **红胡子**：原文“Barbarossa”，意为“红胡子”，指腓特烈一世（红胡子）（Friedrich I, Barbarossa，约一一二三年至一一九〇年），德意志国王（一一五二年至一一九〇年），神圣罗马帝国皇帝（一一五二年至一一九〇年）。在第三次十字军东征途中溺死。详见 Toynbee, 81,“Barbarossa”条, 262-63,“Federigo[1]”条。

120. **今日……哀伤**：腓特烈一世在位期间，六度入侵意大利，一一六二年摧毁米兰，把城墙夷为平地。因此亡魂说：“米兰人提起他，仍感到哀伤。”

121–126. **还有一个人……取代了正席**：指阿尔贝托·德拉斯卡拉（Alberto della Scala）。韦罗纳领主，有三个婚生儿子，一个私生子；婚生儿子包括但丁流放期间的主人坎·格兰德（Can Grande）。德拉斯卡拉置合法子嗣于不顾，委任私生子朱塞佩（Giuseppe）为圣泽诺修道院院长（一二九二年至一三一三年）。德拉斯卡拉卒于一三〇一年，于一三〇〇年已经老迈。朱塞佩生于一二六三年，是个瘸子。诗中说他“体有残疾”，是指他腿瘸；说他“出身卑贱”，指他是私生子；说他“精神比身体更劣窳”，指他伤风败俗。参看 Bosco e Reggio, *Purgatorio*, 312; Sapegno, *Purgatorio*, 202; Toynbee, 20,“Alberto della Scala”条。**取代了正席**：“正席”，指应该任修道院院长的人；不过这个人是谁，诗中没有提及，也无从考证。

131. **那两个人**：亡魂队伍中殿后的两个人。

132. **一边走……羁限**：殿后的两个亡魂，一边走，一边述说懒惰的例子（见一三三至一三八行），以羁限亡魂的懒惰心理。这一行用了策马意象。

133–135. **大海/……后代**：这是第一个懒惰例子：以色列人出埃及，遭埃及人追赶，红海的水为他们擘开，让他们脱身，却把埃及人淹死。以色列人渡过红海之后，拒绝随摩西越过约旦河往迦南地，结果死于沙漠。最后，能看到迦南地的，只有迦勒和约书亚。参看《圣经·出埃及记》第十四章，《圣经·民数记》第十四章，《圣经·申命记》第一章。

136–138. **至于没有跟安基塞斯之子……得不到荣光**：**安基塞斯之子**：指埃涅阿斯。安基塞斯（拉丁文 Anchises，希腊文 Ἀγχίσης）是卡皮斯（拉丁文 Capys，希腊文 Κάπυς）之子，是个美男，与爱神生下埃涅阿斯。埃涅阿斯往拉丁乌姆时，部分下属怕海程艰苦，与阿克斯忒斯（Acestes）留在西西里岛上，没有跟随埃涅阿斯前进，结果得不到荣光。参看《埃涅阿斯纪》第五卷六〇四至六四〇行。

第十九章

破晓前，但丁梦见海妖塞壬；梦见一位女士出现，叫维吉尔撕开塞壬的衣裳，展示其真相。但丁醒来，时间已是白天。他们碰见热诚天使。天使向但丁祝福。但丁和维吉尔一起走上第五层平台，即贪婪者和挥霍者悔罪之所。但丁碰见了教皇阿德里安五世，听他自述生平。

一天的某一时辰，白昼的热力
　会叫地球压倒——有时则会
　叫土星征服——暖不了月亮的寒意；
土占者见大运先于破晓的熹微
　从东方升起，大运的轨迹很快
　就放亮。在这一时辰，我的梦内
有女子出现。女子有口吃的障碍，
　有斜视的双眼。她两足畸挛，
　两手残缺，皮肤的颜色苍白。

我凝望着她；如太阳使某些叫夜晚
冻僵了的肢体重感舒恬，
我的眼神也使她口舌好转，
说话也流利起来；然后，须臾间
使她挺直了身子，并且按情爱
所好，把丽色敷在苍白的容颜。
她见说话的能力解放了开来，
就开始唱歌；歌声很是美妙，
使我的心神粘着她，难以挣开。
“我是……”她唱道，“我是温柔的海妖，
专在大海的中心蛊惑水手；
我的歌声真叫人魄荡魂销。
尤利西斯急于还家，却被我引诱，
来听我的歌声。跟我同居的，
都鲜会离去。我能使他们乐透。”
女妖张开的嘴唇还没有拢合，
一位神圣而警醒的女士就在
我身旁出现，使女子慌乱惊愕。
“维吉尔呀，维吉尔，她是什么妖怪？”
女士怫然问道。维吉尔呢，目光
注视着贞女，同时向这边走来，
抓住女妖，撕开了她的衣裳，
露出前面，让我看她的腹部。
女妖的恶臭使我醒自惝怳。
我望着贤师。“至少有三度，

我呼唤你！”贤师说，“起来吧，到这边；
我们且找回让你进来的通路。”
我站了起来，发觉化日光天
已经在圣山众圈的每一处满盈。
于是，我们背着旭日向前。
我跟着维吉尔，脸上的表情
就像一个人的颜容为思虑堆积，
把自己弯成半道拱桥的体形。
突然，我听见话声：“过来呀，此地
就是通道。”声调柔美而和蔼，
不是人间的言语所能比拟。
向我们说话的把双翼张开，
就像天鹅展翅，把我们上送；
送到两堵坚石墙的中间地带，
就对着我们把羽毛鼓动，
宣布“qui lugent”会获佑的信息，
因为，慰藉会进入他们的心中。
“什么事呀？要一直俯首望地。”
我们上攀间，稍微高出天使时，
向导就对我提出这样的问题。
我答道：“我是受了新景象的驱驰，
前进间充满了疑虑。这景象把我
牵引；我要不想它也无从自制。”
“你看见了上古的巫婆，”维吉尔说，
“在上面，灵魂全为她哭泣；

升上炼狱第五层

“什么事呀？要一直俯首望地。”/我们上攀间，稍微高出天使时，/
向导就对我提出这样的问题。

（《炼狱篇》，第十九章，五二至五四行）

你也看见了人类把她摆脱。
好了，请继续举足，使脚步加疾，
把你的目光转向由万世君主
以巨轮纺成，用来呼鹰的彩翼。”
像一只猎鹰，首先向足爪注目，
然后应声而来，因渴求引他
回翔的食物而把身体前俯，
我在岩石中上裂的通道攀爬；
上裂的通道有多长，我就爬多长。
路尽处，就可以环绕高山的另一匝。
我走到了第五圈，置身空旷，
只见沿圈有一群人在哭号。
他们都脸庞向下，俯卧地上。
“Adhesit pavimento anima mea.”我听到
他们说话时，发出长长的叹息，
结果说什么，我也听不到多少。
“啊，神的选民，你们的苦疾
有公道和希望放缓减轻。
请把我们带到下一列阶梯。”
“你们若无须匍匐就身临此境，
又希望以最快的速度觅路，
请一直左内右外地前行。”
诗人的探询以及前方不远处
传来的答复，就如上述。接着，
我循声前眺，只见另一人在匿伏。

于是我望着师父，看他的眼色。
　师父见我望着他，就欣然示意，
　对我神情的渴望给予许可。
我见行动能遵循内心的求祈，
　就走了过去，站在亡魂身边；
　他说话引起我注意时，就在那里。
我说：“亡灵啊，你的哭泣使条件
　成熟；否则就难返神的怀抱。
　为了我，请你让要务稍微迁延。
告诉我，你死前是谁？背脊上朝
　是何故？我活着从阳间来到这里。
　在阳间，也许我可以为你祈祷？”
他答道：“你会明白，上天何以
　把我们的背脊转向它。不过，首先
　scias quod ego fui successor Petri.
在谢斯特里和基阿韦里之间，
　奔流着一条美丽的河，其名号
　使吾族的荣衔得以高骞。
不过一个月多些，我就领略到，
　使大披风不沾泥是多大的重担；
　相形下，别的担子都轻如羽毛。
我皈依宗教时，唉，已经很晚；
　不过由获任罗马牧者的一刻起，
　我就发觉生命虚伪不堪；
发觉心灵在高位得不到休息，

也不能从彼生飞向更高的终点；
于是对此生的热爱乃燃自胸际。 111
直到那时候，我这个灵魂，可怜
而又无厌，而且跟上主分开。
现在，你见到啦，我受惩于前愆。 114
贪婪之罪在这里自我交代，
以净化那些皈依了上主的灵魂。
这座山，再没有痛苦比这种厉害。 117
我们的眼睛曾为俗物所困，
没有向上方高瞻。于是，在这里，
天法也使眼睛向地面俯瞬。 120
我们对诸善的爱被贪婪——
扑熄；于是努力变成了空虚；
天法呢，乃把我们牢牢地捆系。 123
我们被紧抓，手脚都被絷拘；
公正的上主要我们留多久，我们
就留多久，兀自摊直了身躯。” 126
我跪了下来，正要向他发问……
不过我一开口，他光是聆听，
就知道我的态度尊敬诚恳。 129
于是说：“为什么这样把身体下倾？”
我对他说：“您有尊崇的身世；
我站着说话，良知会刺戳心灵。” 132
“兄弟呀，站起来，把你的脚伸直。”
他答道，“别弄错。我跟你是会友，而且

贪婪者——阿德里安五世

于是说："为什么这样把身体下倾？" / 我对他说："您有尊崇的身世；/

我站着说话，良知会刺戳心灵。"

（《炼狱篇》，第十九章，一三〇至一三二行）

跟别人一样，为同一君主驱驰。
‘Neque nubent...’圣经的这段描写，
如果你能充分地明白洞达，
我的推论，你就会清楚了解。
好啦，不要再勾留了。上路吧。
勾留会妨碍我哭泣。哭泣之举
是使你所提的条件成熟之法。
阳间有一个阿拉嘉，是我的侄女。
她生性善良。但愿我们的家族
不以坏榜样使她变得邪窳。
在阳间，我只剩下她这个亲属。”

注释

1–3. **一天……寒意**：在古人的心目中，地球本身有寒气，土星和月亮也把寒意向地球倾注。这三行所述的时辰，大约是破晓之前。在《农事诗集》第一卷三三六行，维吉尔称土星为“frigida...stella”（“冷星”）。在“Io sono venuto...”（《我来自……》）一诗中，但丁称土星为“pianeta che conforta il gelo”（“增冷的行星”）。但丁即将叙述的梦，是他在炼狱里所做的第二个。这个梦像第一个一样，也发生在破晓前。参看《炼狱篇》第九章一三至三三行。在但丁时期，据说破晓前所做的梦最灵验。参看 Bosco e Reggio, *Purgatorio*, 320-21; Sapegno, *Purgatorio*, 206; Singleton, *Purgatorio 2*, 447-48。

4–6. **土占者……就放亮**：“土占者”，原文“i geomanti”。土占之法，是把尘土上面的点连成图形，再把图形与天上的星座附会。与宝瓶座、双鱼座星子相应的图形，拉丁文叫 fortuna maior（意大利文为“Maggior Fortuna”，即第四、五行中的汉译“大运”），是吉祥之兆，能带来好运。

宝瓶座和双鱼座从地平线上升后，紧接着升起的是白羊座。但丁身在炼狱时，太阳位于白羊宫。因此宝瓶座和双鱼座上升后，就是日出。但丁说“大运的轨迹很快 / 就放亮”，正是这个意思。宝瓶座和双鱼座东升时，北半球和南半球都可以看见。参看 Bosco e Reggio, *Purgatorio*, 321; Sapegno, *Purgatorio*, 206; Singleton, *Purgatorio 2*, 448。

7–9. **有女子出现……苍白**：这几行描写的女子是塞壬（Σειρῆνες, Sirens）。塞壬是半人半鸟的海妖，居于地中海的岛上，能以悦耳的歌声引诱航海者触礁毁灭；或以歌声把他们迷住，叫他们不知思归，饿死海上。在荷马的《奥德修纪》里，奥德修斯获克尔凯的指示，驶过海妖所居的岛屿时，以蜜蜡封住水手的耳朵，同时叫人把自己紧绑在桅杆上，并吩咐水手不要为他松绑。结果避过了塞壬的引诱。塞壬见引诱奥德修斯失败，都投海而死。见《希腊罗马神话词典》页三三三；Grimal, 403-04。在这里，塞壬象征肉体所犯的罪恶：贪婪、贪饕、邪淫。三种罪恶分别在炼狱的第五、第六、第七层平台受罚。塞壬的象征意义，但丁在《书信集》里也有提到：“Nec seducat alludens cupiditas, more Sirenum nescio qua dulcedine vigiliam rationis mortificans”（“也不要让贪婪以塞壬般的虚幻诱惑你，以她的媚态窒息理智的警醒”）。参看 *Epistole*, V, 13。荷马的《奥德修纪》里，塞壬有两个。在其他神话里，塞壬的数目为二至四个不等。

10–18. **我凝望着她……难以挣开**：海妖样貌奇丑，经但丁一望而变得美丽，象征表象本来虚幻；其所以诱人，完全因观者的心窍被迷，把主观欲望投射于外。这一意念和佛家“我执”“本来无一物”等思想暗通。旅人但丁凝望海妖而觉得她美丽，犹如《红楼梦》里的贾瑞，多情揽镜而与凤姐云雨。

22. **尤利西斯急于还家，却被我引诱**：在荷马的《奥德修纪》里，塞壬虽设法引诱奥德修斯（即尤利西斯），却没有成功。但丁不谙古希腊文，不能直接阅读荷马，提到尤利西斯时也许另有所本。

26. **一位神圣而警醒的女士**：这位女士不像贝缇丽彩，并非诗中的实际人物，在这里象征判别是非、善恶的直觉。这一直觉，使理智（维吉尔）采取行动，“撕开……〔塞壬〕的衣裳”（第三十一行）。在《炼狱篇》第十六章第七十五行，马尔科说过，“你仍有光明向善恶照耀流布”。这位女士，在这里象征“照耀”“善恶”的光明。在《炼狱篇》第十八章六二至六三行，维吉尔也说：“有本能在心中剖情析理，/ 并负责把持允诺和拒绝的准绳。”因此这位女士也象征“剖情析理”的“本能”。经“本能”“剖情析理”后，行动就由理智或自由意志来执行。

33. **女妖的恶臭**：这一描写的象征意义，颇像《红楼梦》里贾瑞照镜时看到的骷髅。

34–36. **我望着贤师……“……通路。”**：这三行把幻境和现实接迭，写但丁从睡梦中醒转的过程。

39. **背着旭日**：但丁和维吉尔这时在炼狱山（第三十八行的“圣山”）向西行走，初升的太阳从东方照落他们的背部。

43–44. **突然……和蔼**：第四平台的天使在说话。

50. **qui lugent**：拉丁文，意为“哀恸的人”。参看《马太福音》第五章第四节（拉丁通行本《圣经》第五节）：“Beati qui lugent, quoniam ipsi consolabuntur.”（“哀恸的人有福了！ / 因为他们必得安慰。”）。指亡魂为前生的罪过哀恸后，就会得福。

55. **新景象**：指六至三三行所写的梦。

58. **上古的巫婆**：指但丁在梦中所见的女子。但丁在这里以女子象征肉体的罪恶，而肉体的罪恶始于远古，所以女子称为“上古的巫婆”。

59. **在上面……哭泣**：在第五、第六、第七层平台上，亡魂所哀悼的罪恶都与肉体有关。

60. **你也看见……摆脱**：在梦中，但丁看见人类如何摆脱巫婆。

62–63. **把你的目光……彩翼**：上帝（“万世君主”）创造诸天，使之运转，呼唤人类向上攀登，就像鹰猎者以彩羽诱猎鹰回翔。有关诸天的巨轮，参看《炼狱篇》第十四章一四八至一四九行。有关鹰猎意象，参看《地狱篇》第十七章一二七至一三二行。

64–68. **像一只猎鹰……爬多长**：但丁把自己比作猎鹰。

69. **路尽处……另一匝**：路尽处，是炼狱另一匝的开始。

73. **Adhesit pavimento anima mea**：拉丁文，出自拉丁通行本《圣经·诗篇》第一一八篇（钦定本、和合本第一一九篇）第二十五节：“我的性命几乎归于尘土。”由贪婪者念诵，表示忏悔。在本章，这句话的意思是：我们的灵魂只顾卑下的利益。

76. **“啊，神的选民……”**：维吉尔向众亡魂说话。炼狱的亡魂有机会涤罪，最后飞升天堂，所以是“神的选民”。

77. **有公道和希望放缓减轻**：亡魂知道自己受罪，是公理和天律使然；也知道目前受罪，只是暂时的过程；受罪完毕，就会飞升天堂；因此都怀着希望，不觉得苦疾过重。《炼狱篇》第三章第七十三行说众亡魂“蒙选于天堂”，也是此意。

79. **无须匍匐**：不必受刑。

81. **左内右外**：左边是山，右边是崖；也就是说，逆时针方向前进（Singleton, *Purgatorio 2*, 458）。

82–83. **诗人……上述**：七六至七八行是维吉尔的请求，七九至八一行是亡魂的答复。

86–87. **师父……许可**：维吉尔从但丁的神情看出，但丁想上前跟亡魂说话，于是示意批准。

91–92. **"你的哭泣使条件／成熟……怀抱……"**：亡魂悔罪（"哭泣"），重返天堂的条件就会成熟。但丁说"返"，是因为亡魂都从神那里来。参看《炼狱篇》第十六章马尔科对灵魂的看法。

93. **要务**：指悔罪。悔罪是亡魂的首要任务。

99. **scias quod ego fui successor Petri**：拉丁文，意为：告诉你（直译是"你要知道"），我是彼得的继承人。说话的人是教皇阿德里安五世，卒于一二七六年，即教皇之位只有三十八天。阿德里安五世在阳间是教皇，因此在这里说教会所用的语言拉丁语，以示严肃、庄重。彼得是天主教第一任教皇，以后的教皇都是他的继承人。文献没有记载阿德里安五世如何贪婪（一一五行），也没有提到他如何皈依宗教（一〇六行）。有的论者指出，但丁这样描写，是因为他把阿德里安五世和阿德里安四世（一一五四年至一一五九年）混为一谈。参看 Bosco e Reggio, *Purgatorio*, 329; Sapegno, *Purgatorio*, 212; Vandelli, 540; Singleton, *Purgatorio 2*, 459-60。

100. **谢斯特里和基阿韦里**：原文为"Siestri"和"Chiaveri"（即今日的Chiavari），利古里亚的两个城市，位于热那亚东南。

101–102. **一条美丽的河……得以高骞**：指拉瓦尼亚（Lavagna）河，流入热那亚湾。阿德里安五世出身热那亚菲耶斯基（Fieschi）家族，世袭拉瓦尼亚侯爵之位。拉瓦尼亚的爵衔，以拉瓦尼亚河为名，所以亡魂说"吾族的荣衔得以高骞"。参看 Bosco e Reggio, *Purgatorio*, 329; Sapegno, *Purgatorio*, 212-13; Singleton, *Purgatorio 2*, 459-60。

104. **大披风**：为教皇所穿。

107–113. **不过……跟上主分开**：论者指出，据文献所载，"发觉生命虚伪不堪"的，并非阿德里安五世，而是阿德里安四世。参看 Singleton, *Purgatorio 2*, 459。**彼生**：指凡尘的生命。**此生**：指肉体死后的生命。

115–116. **贪婪之罪……灵魂**：指亡魂借悔罪行动去洗涤灵魂。

120. **天法……俯瞬**：亡魂生时没有仰望天堂，死后得到报应，要向地面俯瞬。

121–122. **我们对诸善的爱……空虚**：亡魂被贪婪蒙蔽，不以正确的事物为爱欲对象，努力也是徒然。

131–132. **"您有尊崇的身世……刺戳心灵。"**：但丁见亡魂身世尊崇，于是下跪跟他说话。但丁不下跪，良心就感到痛苦。在这里，但丁用了尊称“您”（原文一三一行的“vostra”，直译是“您的”；汉译时用了移位手法，改变了“vostra”的词性）。

133–135. **兄弟呀……驱驰：**亡魂叫但丁不要下跪，因为他本身也信奉上帝（“同一君主”），是但丁的会友、同工，地位平等。这一主题，《圣经·启示录》第十九章九至十节也有提到：

Et dixit mihi: Scribe: beati qui ad cenam nuptiarum Agni vocati sunt. Et dixit mihi: Haec verba Dei vera sunt. Et cecidi ante pedes eius ut adorarem eum, et dicit mihi: Vide ne feceris; conservus tuus sum, et fratrum tuorum habentium testimonium Iesu: Deum adora; testimonium enim Iesu est spiritus prophetiae.

天使吩咐我说："你要写上：凡被请赴羔羊之婚筵的有福了！"又对我说："这是神真实的话。"我就俯伏在他脚前要拜他，他说："千万不可！我和你，并你那些为耶稣作见证的弟兄同是作仆人的。你要敬拜神。"因为预言中的灵意乃是为耶稣作见证。

136–138. **'Neque nubent...'……清楚了解：**"Neque nubent"，拉丁文，意为“人也不娶”。这三行的典故出自《圣经·新约·马太福音》第二十二章二十三至三十节：

In illo die accesserunt ad eum sadducaei, qui dicunt non esse resurrectionem; et interrogaverunt eum, dicentes: Magister, Moyses dixit: Si quis mortuus fuerit non habens filium, ut ducat frater eius uxorem illius, et suscitet semen fratri suo. Erant autem apud nos septem fratres; et primus, uxore ducta, defunctus est, et non habens semen reliquit uxorem suam fratri suo. Similiter secundus et tertius, usque ad septimum. Novissime autem omnium et mulier defuncta est.In resurrectione ergo, cuius erit de septem uxor? Omnes enim habuerunt eam.Respondens autem Iesus ait illis: Erratis, nescientes scripturas neque virtutem Dei. In resurrectione enim neque nubent, neque nubentur; sed erunt sicut angeli Dei in caelo.

撒都该人常说没有复活的事。那天，他们来问耶稣说："夫子，摩西说'人若死了，没有孩子，他兄弟当娶他的妻，为哥哥生子立后。'从前，在我们这里有弟兄七人，第一个娶了妻，死了，没有孩子，撇下妻子给兄弟。第二、第三，直到第七个，都是如此。末后，妇人也死了。这样，当复活的时候，她是七个人中哪一个的妻子呢？因为他们都娶过她。"耶稣回答说："你们错了；因为不明白圣经，也不晓得神的大能。当复活的时候，人也不娶也不嫁，乃像天上的使者一样。”

同一故事，也见于《圣经·马可福音》第十二章第十八至二十五节，《圣经·路加福音》第二十章第二十七至三十五节。亡魂引述《圣经》，是为了说明，他死后，尘世的名位（包括教皇与教会、教区之间所订的盟约）、尊荣，再没有任何意义。

140–141. **哭泣之举……成熟之法**：参看本章九一至九二行注。

142. **阿拉嘉**：Alagia，全名阿拉嘉·德菲耶斯基（Alagia de' Fieschi），在意大利代表神圣罗马帝国皇帝的副主教尼科洛·德菲耶斯基（Niccolò de' Fieschi）的女儿，阿德里安五世的侄女，莫罗耶洛·马拉斯皮纳（Moroello Malaspina）之妻，生三子。为人贤淑而慷慨。但丁流放期间，于一三〇六年秋天，在鲁尼詹纳（Lunigiana）获马拉斯皮纳家族款待。参看 Bosco e Reggio, *Purgatorio*, 332; Sapegno, *Purgatorio*, 215; Singleton, *Purgatorio 2*, 466-67。有关莫罗耶洛的生平，参看《地狱篇》第二十四章一四五至一五〇行注。

143–144. **但愿我的家族/……邪癖**：菲耶斯基家族的女子大都没有德行，阿拉嘉是例外。Benvenuto 说："mulieres illorum de Flisco fuerunt nobiles meretrices."（"菲耶斯基家族的妇女都是高贵的娼妓。"）。参看 Bosco e Reggio, *Purgatorio*, 332; Pieuobono, *Purgatorio*, 258-59; Sapegno, *Purgatorio*, 215; Vandelli, 543; Singleton, *Purgatorio 2*, 467。

145. **我只剩下她这个亲属**：这行的意思是：在我的阳间亲属当中，有德行的只剩阿拉嘉一人。只有她的祈祷，才能助我缩短在炼狱涤罪之期。

第二十章

在第五平台上，但丁听贪婪者和挥霍者念诵慷慨之例，然后听休·卡佩斥责子孙的劣行。休·卡佩告诉但丁，到了晚上，这一平台的亡魂就会吟唱有关贪婪者的事例。接着，但丁发觉大山摇摇欲坠，然后听到众音在歌唱“Gloria in excelsis Deo”。

意志拙于和更强的意志对敌；
　因此，我只好勉强唯命是从，
　把尚未饱和的海绵从水中抽起。
我继续前行。导师的走向也相同：
　沿着石旁畅通的地方向前，
　仿佛在城墙上贴着城堞走动——
因为亡魂太接近悬空的一边。
　他们的眼睛，有滴滴罪恶下淌。
　这罪恶，能够把整个世界浸淹。

哼！真是该死，你这头老狼！
　你饥馋无厌，胃口既空且宽；
　所掳的猎物超出了众兽之上。
天穹啊，大家都仿佛相信，在尘寰，
　生命的境况因你的运行而更改。
　那动物，何时才到来叫老狼逃窜？
我们前进时，脚步缓慢而短窄。
　我只注意幽灵，并细心倾听。
　他们的哭泣和呻吟充满了悲哀。
偶然，我听见前面有一个幽灵
　哭泣着喊叫：“和蔼的玛利亚呀！”
　就像女子快要临盆的俄顷。
听到他继续说：“你就在那家
　旅馆卸下圣担。世人一见
　那旅馆，就知道你怎样贫贱卑下。”
还听到：“法比里克乌斯呀，你是大贤；
　为了德行，你宁愿选择贫困
　为家产，而不要财富与罪愆。”
我的心，深喜上述的一番言论；
　于是赶了上去，目的是认识
　那人——说话的好像就是该亡魂。
亡魂还讲到尼古拉把福祉
　慨然施赠与三个未婚少女，
　让她们贞洁的青春得以保持。
“好灵魂哪，你讲的都是善举，”

贪婪者

我们前进时，脚步缓慢而短窄。/ 我只注意幽灵，并细心倾听。/

他们的哭泣和呻吟充满了悲哀。

（《炼狱篇》，第二十章，一六至一八行）

我说，“请见告，你前生是谁；为什么
该受称颂的善行只由你重叙。
我返回阳间续度余生时，你的
话语不会不获报。吾生之途
短暂，此刻正向着终点飞驰呢！”
亡魂说：“我会奉告的——至于缘故，
不是求那边的安舒；是因为宏恩
在你卒前就由你体内闪布。
一株树，把整个基督教遮得昏沉。
为了这缘故，教内采不到佳果。
而我，就是那株恶树的劣根。
杜埃、里尔、根特、布鲁日倘若
有力量，很快就会为复仇惩罪。
为此，我向万事的裁判祈托。
在阳间，我的名字叫休·卡佩；
所有的腓力、路易都叫我为先祖
（到最近，法国仍在他们的治内）；
我的父亲是巴黎的一个屠夫。
当王朝剩下一个灰衣僧来继承，
而其先的古代君王全部崩殂，
我发觉管治国家的那条缰绳
移了位，紧紧地握在我的手掌。
我大权初控，到处都是友朋，
结果吾儿的头颅得以显昌
而戴上那顶寡冕。由他那一代

开始，骨殖都获祝圣的荣光。
只要普罗旺斯的大嫁妆未拿开
我的子孙原有的羞耻之心，
他们即使卑微，还不致为害；
之后，就用暴力和欺诈推进
劫掠行动；接着，为补偿损失
而把庞底厄、诺曼底、加斯科尼吞侵。
沙尔来到意大利，为补偿损失。
他使康拉丁成为牺牲，然后
驱托马斯回天堂，为补偿损失。
距现在不久，我预见另一年头
从法国带来另一个沙尔，并且
使他和同宗成为更有名的侣俦。
他不带武器，仅仅长矛是携——
犹大所用的那种。他善于出击，
结果把翡冷翠的肚子捅裂。
他这样做，赢来的并不是土地，
只是罪愆和羞耻。他越是厚颜，
罪愆就越深重，其人也越可鄙。
另一个家伙，一度被虏于船边；
此刻正讨价还价，把女儿出售，
像海盗贩卖女奴去赚取金钱。
你还能怎样对我们？贪婪的胃口！
你已把我的子孙向你诱扯，
叫他们不再理会自己的骨肉。

接着的景象，使过去、未来的罪恶
显得轻微：鸢尾花进入阿南夷，
使基督因主教被掳而遭羁勒。
又一次，我看见基督被人嘲戏。
又一次，我看见酸醋和胆汁并陈，
基督在活着的盗贼中间被殛。
我看见彼拉多第二，冷酷凶狠，
见了这景象还不够，还无法无天，
把贪婪的风帆驶进庙门。
上主哇，何时我才能心怀欢忭，
看天罚施展？天罚深隐于天机，
使你的赫赫震怒变得美倩。
我的话述及圣灵的唯一贤妻，
并感动了你，叫你回身须臾，
听我讲解了一些微言大义。
在白天未尽的时间，这些语句
是全部祷词；在黑夜降临的时辰，
我们就会吟唱相反的歌曲。
我们会回想皮格玛利翁这个人，
因为被贪金的强烈欲望驱遣
而弑叔劫掠，变得阴险而凶狠。
我们也回想弥达斯，因贪得无厌
而追求黄金，下场是如何堪嗟；
如何因此而永远贻笑人间。
之后，大家会忆起亚干的愚劣，

记得他如何偷盗战利品，在这里
仍仿佛遭约书亚的愤怒咬啮。
然后，我们控诉撒非喇夫妻。
海里奥道拉被马踢，我们要称述。
波吕梅斯托尔曾置波吕多洛斯于死地。
他的恶名会绕着整座山往复。
‘你尝过黄金了，克拉苏。告诉我们，
黄金是何味。’这是最终的号呼。
有时，说话的声音有高亢，有低沉；
音量的大小，要看说话之际，
我们的情绪是平和还是兴奋。
因此，刚才我谈为善的真义
（这是白天的引述），并非在独评，
只不过附近没有声音堪比拟。”
我们离开了休·卡佩的幽灵，
正在把全身的力量使出，
以最快的速度跨步前行，
突然发觉大山如下塌之物
摇摇欲坠。刹那间，我毛骨悚然，
就像赴死的人一样惶怖。
丽酡曾在得洛斯岛临蓐，生产
天穹的双眸。在准备分娩之际，
该岛肯定没试过这样的摇撼。
接着，洪亮的吼声从四方响起，
结果令老师一边向我靠近，

一边说："不要怕；有我在这里引领你。"
"Gloria in excelsis Deo." 众音
在一起歌颂。我从较近的一方
听出的，就是这样的一个音信。
我们呆立着，感到焦虑而紧张，
就像第一次听见这歌声的牧人。
到山停歌歇，精神才恢复正常。
之后，我们在圣道上继续前臻，
俯望一个个幽灵在地上躺卧，
并且像先前一样啜泣呤呻。
如果我对经验的记忆没有错，
我当时觉得，由于不明白真相，
我的心里众念交集，要寻索
究竟的欲望比任何时候都强。
但因为要赶路，又不敢探问详情，
自己也没有洞悉原委的力量，
只好满怀心事，惴惴然前行。

注释：

1. **意志……对敌**：在第十九章一三九行，阿德里安叫但丁"不要再勾留"，但丁拗不过他，只好遵他的意思去做。在这里，阿德里安是"更强的意志"。

3. **把尚未饱和的海绵从水中抽起**：但丁求知之念像海绵，在水中尚未饱和，就要抽出。

7. **悬空的一边**：指靠近悬崖的一边。

8. **滴滴罪恶**：指贪婪之罪。也就是本章第十行的"老狼"（"lupa"）；在《地狱篇》第一章第四十九行称为"母狼"（"lupa"）。

11. **胃口既空且宽**：指贪婪之狼，胃口大而深。

12. **众兽**：指其他罪恶。

13–14. **天穹啊……更改**：凡间相信，人类的命运由天体来决定。参看 Campi, *Purgatorio*, 416。

15. **那动物**：指《地狱篇》第一章一〇一行的"猎狗"或《炼狱篇》第三十三章第四十三行"一个数字属五百一十五的英才"，即基督教世界的救主。

20. **"和蔼的玛利亚呀！"**：圣母玛利亚，在这里代表放弃物质享受的高洁品行。

22–24. **"你就在……卑下。"**：指玛利亚在伯利恒生下基督，"用布包起来，放在马槽里"。参看《圣经·路加福音》第二章第六至七节。**圣担**：指玛利亚所怀的胎儿。

25–27. **法比里克乌斯……罪愆**：法比里克乌斯，全名 Gaius Fabricius Luscinus，公元前二八二年和二八七年任罗马执政官，公元前二七五年任监察官。伊庇鲁斯（Epirus）国王皮洛士（Pyrrhus，亦称 Pyrrhos）入侵意大利时，法比里克乌斯代表罗马与之谈判，不受利诱。法比里克乌斯以廉洁著称，卒时，家产只有其本人的田地。由于太穷，要动用公费殓葬。参看 Bosco e Reggio, *Purgatorio*, 338; Campi, *Purgatorio*, 417; Vandelli, 545; Singleton, *Purgatorio 2*, 472。但丁的《帝制论》对法比里克乌斯推崇备至。参看 *Monarchia*, II, V, 11。

31–33. **尼古拉……保持**：（每拉的）尼古拉（Nicholas of Myra），约为公元四世纪的人，生平事迹不可考。据说生于小亚细亚，曾任每拉城主教，为人乐善好施，是水手、盗贼、旅人、商人、处女的恩公。曾遭罗马帝国皇帝戴克里先（Gaius Aurelius Valerius Diocletianus，约二四三年至约三一三年）迫害，其后于三二五年出席尼西亚（Nicaea）大公会议。其传说于六世纪左右在每拉等地流传。日后，尼古拉更成为西方的圣诞老人。这几行叙述尼古拉给一个父亲施金的故事。当年，尼古拉继承了父母的一笔遗产，见一个没落贵族因贫困而要三个女儿当娼。尼古拉见状，心生怜悯，夜里把一袋金子抛入贵族家里。结果贵族的大女儿得到妆奁，能够出嫁，不必当娼。第二夜、第三夜，尼古拉以同样的方法把第二袋、第三袋金子向贵族施赠；贵族的二女、三女同样得到妆奁。在基督教传统中，尼古拉的瞻礼日是十二月六日。但丁举尼古拉的慷慨为例，目的是反衬贪婪者如何可鄙。参看 Bosco e Reggio, *Purgatorio*, 338; Sapegno, *Purgatorio*, 220; Vandelli,

545; Singleton, *Purgatorio 2*, 473。

37–38. **我返回……不会不获报**：凡间的人能够为炼狱的亡魂说好话。

41–42. **不是……闪布**：亡魂的意思是：我向你奉告，不是希冀你替我说好话，而是因为你离开人世之前就获上帝的恩宠。

43–45. **一株树……劣根**：这几行用了树的意象。在但丁时期，系谱不像今日那样由上向下分布，而是像树木那样，由下向上生长。因此这几行的意象用得特别贴切。说话的亡魂是休·卡佩（Hugh〔Hugues〕Capet，约九三八年至九九六年）。九八七年，西法兰克王国卡洛林王朝国王路易五世（Louis V le Fainéant）卒，卡佩获教会、贵族拥立为王，开创了法国卡佩王朝。

46. **杜埃、里尔、根特、布鲁日**：即 Douai, Lille, Ghent, Bruges，佛兰德的几个城市，在这里代表了佛兰德。所谓佛兰德（Flanders），包括今日比利时、法国、荷兰的部分土地，为中世纪的一个伯爵所辖。一二九七年至一三〇四年间，卡佩王朝的国王腓力四世（美男子）（Philippe IV le Bel，一二六八年至一三一四年）侵占了这四个城市，于一三〇二年七月十一日在库尔特雷（Coutrai）战败（即本章第四十七行所说的"复仇"）。一三〇五年，腓力四世与佛兰德媾和，归还北边的部分土地。腓力四世攻打佛兰德时，曾背信弃义。参看《炼狱篇》第七章一〇九行注，《天堂篇》第十九章一一八至一二〇行。参看 Bosco e Reggio, *Purgatorio*, 339; Sapegno, *Purgatorio*, 221; Vandelli, 546; Singleton, *Purgatorio 2*, 473-76。

48. **万事的裁判**：指上帝。"裁判"，原文为"lui che tutto giuggia"。"giuggia"（giuggiare 的第三人称单数）出自普罗旺斯语 jutjar，意大利语一般用 giudica。但丁在叙述法国历史，因此用这一词。

50. **所有的腓力、路易**："腓力"，法语 Philippe；"路易"，法语 Louis。指卡佩王朝中以腓力和路易为名的君王。到一三〇〇年为止，卡佩王朝的君主当中，有四个腓力、四个路易，都是休·卡佩的后裔。

51. **到最近……治内**：休·卡佩说话的一刻（一三〇〇年），法国仍由腓力（腓力四世）统治。

52. **我的父亲是巴黎的一个屠夫**：休·卡佩的父亲是法兰克公爵，出身巴黎贵族。在这里，但丁引用了当时的一个错误传说。

53. **灰衣僧**：公元九八七年，加洛林王朝末代君王路易五世（Louis V le Fainéant）无后而卒。按理，王位应由路易四世（九三六年至九五四年为法王）之子洛林的（Lorraine）沙尔（Charles，一译"查理"）继承，却遭休·卡佩篡夺。参看本章四三至四五行注。不过在信史中，洛林的沙尔是路易五世的叔父，并非僧侣。据论者考证，但丁的叙述有舛讹，把沙尔与施尔德里克三世（Childeric III）混为一谈。施尔德里克三世是法兰克王国第一个王朝墨洛温王朝最后一个继承人。公元七五一年，施尔德里克三世遭宫相丕平二世（Pépin II，？至七一四年）之孙矮子丕平（Pépin le Bref）篡位，被囚于修道院中。沙尔遭休·卡佩篡位后，也被幽囚，卒于九九二年。参看 Bosco e Reggio, *Purgatorio*, 341; Sapegno, *Purgatorio*, 222; Singleton, *Purgatorio 2*, 478。

54. **其先的古代君王**：指在此之前的加洛林君王。

58. **吾儿**：休·卡佩的儿子是罗伯赫（Robert）一世，于九九六年继位，卒于一〇三一年。

59. **寡冕**：但丁也许记忆不确，混淆了史实，也许所据的历史版本有舛讹。按亡魂休·卡佩的说法，加洛林王朝终结，王冕因没有国君戴上而虚悬，也就是变"寡"，如妇女丧偶。休·卡佩立儿子为王，让他戴上"寡冕"。据信史的说法，加洛林王朝结束，首先戴上王冕的是休·卡佩本人。但丁在这里把休·卡佩当作休·卡佩父亲老休·卡佩来叙述。从老休·卡佩的观点看，儿子休·卡佩是卡佩王朝第一位戴王冕的君主。参看 Singleton, *Purgatorio 2*, 479。

60. **骨殖……荣光**：法国君王，都在兰斯（Reims）大教堂由大主教加冕。"骨殖"，原文"ossa"，表示这些君王都已作古。"祝圣"，原文"sacrate"。Sapegno（*Purgatorio*, 223）指出，"休·卡佩用这个词来讽刺……以创造反语效果，也大有可能"（"è ben possibile che...Ugo l'adoperi ironicamente, per antifrasi"）。

61–62. **只要……羞耻之心**：加洛林帝国于公元八四三年分裂时，普罗旺斯归洛泰尔（Lothair）。虽于一〇三三年与帝国复合，但实际上仍有不少自主权。一二四六年，法王路易九世之弟安茹（Anjou）伯爵沙尔一世，与普罗旺斯雷蒙·贝朗热（Raymond Bérenger，又称 Raymond Berengar）四世的继承人贝阿特丽丝（Beatrice）结婚，普罗旺斯成为法王属地；一四八六年更为法王沙尔八世兼并。在掠夺普罗旺斯的过程中，法国王室曾玩弄权术，行为诡诈，逐渐失去羞耻之心。换言之，普罗旺斯（"大嫁妆"）拿走了法国王室（休·卡佩"子孙"）的"羞耻之心"。参看 Bosco e Reggio, *Purgatorio*, 341-42; Pietrobono, *Purgatorio*, 266; Sapegno, *Purgatorio*, 223; Singleton, *Purgatorio 2*, 479。

64–65. **就用暴力……为补偿损失**：这两行和下一行的主词都是卡佩王朝。

66. **而把庞底厄、诺曼底、加斯科尼吞侵**：一二九四年，法王腓力四世（Philippe IV le Bel）从英王爱德华一世（Edward I）手中夺去庞底厄（Ponthieu）和加斯科尼（Gascony）二郡，然后加以兼并。诺曼底

（英语 Normandy，法语 Normandie）则于一二〇六年纳入法国版图。庞底厄，今日属法国索姆（Somme）省，位于索姆河口。诺曼底在法国西北部，古代是公爵领地。加斯科尼在法国西南部，历史上曾属英王所有。参看 Pietrobono, *Purgatorio*, 267; Singleton, *Purgatorio 2*, 480-83。

67–69. **沙尔……为补偿损失**：教皇乌尔班四世（Urban IV，一二六一年至一二六四年在任）曾邀安茹伯爵沙尔出任那波利和西西里国王。一二六五年，沙尔应新近上任的教皇克莱门特四世（Clement IV，一二六五年至一二六八年在任）之请，率军开入意大利，于一二六六年二月二十六日在本内文托打败曼弗雷德，于一二六八年八月二十三日在塔利亚科佐打败康拉丁。在这场斗争中，沙尔助圭尔佛党和教皇击溃了霍亨施陶芬（Hohenstaufen）势力。参看《地狱篇》第二十八章第十三行注、第十五行注，《炼狱篇》第三章一〇七至一〇八行注，《炼狱篇》第三章一二四至一三二行注。**为补偿损失**：此语重复使用，有讽刺意味。意大利但丁学会版原文为“per vicenda”, Bosco e Reggio、Sapegno 版均为“per ammenda”。汉译根据后者。**使康拉丁成为牺牲**：康拉丁（Conradin）是神圣罗马帝国康拉德四世的儿子。康拉德四世于一二五四年卒后，康拉丁是那波利和西西里王国的合法继承人。然而康拉丁尚未继位，就遭叔父曼弗雷德阴谋篡权。一二六六年二月二十六日，曼弗雷德在本内文托战死。翌年，康拉丁应那波利和西西里王国之请，进军意大利，企图行使其继承权，却于一二六八年在塔利亚科佐（Tagliacozzo）被安茹伯爵沙尔一世击败，于同年十月二十九日被杀。参看 Bosco e Reggio, *Purgatorio*, 342; Sapegno, *Purgatorio*, 223; Singleton, *Purgatorio 2*, 483-84。

69. **驱托马斯回天堂：托马斯**：指托马斯·阿奎那。阿奎那，生于一二二五或一二二六年，一二七四年应教皇格列高利十世（Gregory X，一二七一年至一二七六年）之召，出席里昂公会议（Councils of Lyons），于同年三月卒。据但丁时期的传说，阿奎那遭安茹伯爵沙尔毒杀。不过日后的论者指出，这传说并无根据。参看 Bosco e Reggio, *Purgatorio*, 342; Vandelli, 548。

70. **我预见**：休·卡佩开始预言未来。

71. **另一个沙尔**：指瓦路瓦的沙尔伯爵 Charles de Valois（一二七〇年至一三二五年）。法王腓力三世之子，（美男子）腓力四世之弟。应教皇卜尼法斯八世之请，率军进入意大利，助那波利国王沙尔二世攻打阿拉贡裔的西西里王腓特烈二世；并于一三〇一年至一三〇二年调解翡冷翠圭尔佛黑、白二党之争；在调解过程中出卖白党，纵容黑党攻进翡冷翠。但丁遭到放逐，也归咎于这个瓦路瓦的沙尔。参看《地狱篇》第六章第六十一行注,《地狱篇》第六章六七至六八行注,《地狱篇》第二十四章一四三至一四四行注。

73. **不带武器**：这句不过是比喻，极言瓦路瓦的沙尔所带的军队不多，因此严格说来，并没有带什么武器。Vandelli（549）指出，沙尔只带了"五百名法国骑士"（"cinquecento cavalieri franceschi"）。**长矛**：也是比喻，指阴险手段。

74. **犹大所用的那种**：犹大出卖耶稣，其阴险手段犹如长矛。

76. **赢来的并不是土地**：瓦路瓦的沙尔经历多次战争，始终当不了君王。因此遭法人讥嘲："fils de roi, frère de roi, oncle de trois rois, père de roi, et jamais roi"（"父为王，兄为王，子为王，三个侄儿都为王，自己始终不成王"）。一三〇二年，沙尔远征意大利后归国，一无所得，徒招"Carlo Sanzaterra"（"无地的沙尔"）之讥。沙尔卒后，儿子腓力于一三二八年即位为王，是为腓力六世（Philippe VI）。参看 Singleton, *Purgatorio 2*, 485-86。

79–81. **另一个家伙……赚取金钱**：指安茹（Anjou）的沙尔二世（一二四三年至一三〇九年）,安茹的沙尔一世之子,绰号"跛子"。一二八二年，西西里发生晚祷起义（史称"西西里晚祷起义"），王权旁落。其后，沙尔二世奉父亲沙尔一世之命，于一二八四年率战船攻西西里，遭阿拉贡的佩德罗三世手下鲁杰罗·迪洛里亚（Ruggiero di Loria）的海军打败，被虏，一二八八年才获释。一三〇五年，沙尔二世把幼女贝阿特丽丝嫁给埃斯特（Este）老迈而又声名狼藉的阿佐八世（Azzo VIII），从中赚取一大笔嫁妆。论者视之为买卖婚姻。参看《炼狱篇》第五章第六十四行注，同一章第七十七行注。此外，参看 Bosco e Reggio, *Purgatorio*, 343-44; Sapegno, *Purgatorio*, 224; Vandelli, 549; Venturi, Tomo II, 248。

82. **你还能……贪婪的胃口**：休·卡佩用拟人法，直接对"贪婪的胃口"说话。

85. **接着的景象**：休·卡佩继续预言未来。

86–87. **鸢尾花……羁勒**：**鸢尾花**：法国国王权力的象征。**阿南夷**：Anagni，古称阿兰亚（Alagna），意大利拉丁乌姆（Latium）的一个城镇，在罗马东南约四十英里，位于小山之上，是教皇卜尼法斯八世的出生地。在法王腓力四世（美男子）与教皇卜尼法斯八世的斗争中，卜尼法斯禁止法国僧侣向法王纳税。于是，腓力四世不再向卜尼法斯八世捐献，以为报复。一三〇三年九月八日，卜尼法斯八世在阿南夷的大教堂发出训令，要开除腓力四世的教籍，遭腓力四世的使者吉尧姆·德诺加赫（Guillaume de Nogaret）及意大利人沙拉·科伦纳（Sciarra Colonna）挟持三天，各国大为震惊。后来，阿南夷人把卜尼法斯救出，吉尧姆·德诺加赫和沙拉·科伦纳遁逃。卜尼法斯获救后不久，于同年十月十二日卒。一三〇九年，另一任教皇克莱门特五世把教廷迁往阿维雍（Avignon）。**主教**：指教皇卜尼法斯八世。教皇被挟持，等于基督遭羁勒。在《炼狱篇》第七章一〇九行，腓力四世被称为"法国害虫"（"mal di Francia"）。在《神曲》中，卜尼法斯是但丁的头号敌人，一再遭但丁猛烈抨击，因为但丁被放逐，完全由卜尼法斯一手造成。可是腓力侵犯教皇，等于侵犯基督，罪大恶极，因此也遭但丁声讨。参看 Bosco e Reggio, *Purgatorio*, 344-45; Pietrobono, *Purgatorio*, 269-70; Sapegno, *Purgatorio*, 225; Venturi, Tomo II, 249。

88–90. **又一次……被殛**：基督第一次被嘲、被殛的过程，见《圣经·马太福音》第二十六章第四十七至七十五节，第二十七章第一至五十六节。**酸醋和胆汁并陈**：参看《圣经·马太福音》第二十七章第三十四节："Et dederunt ei vinum bibere cum felle mistum; et cum gustasset, noluit bibere."（"兵丁拿苦胆调和的酒给耶稣喝；他尝了，就不肯喝。"）。

91–93. **彼拉多第二……庙门**："彼拉多第二"，指腓力四世。腓力四世既于一三〇三年囚禁教皇卜尼法斯八世，又于一三〇七年构陷圣殿骑士团（Knights Templar），控以渎圣及异端之罪，对他们残酷迫害；同时唆使教皇克莱门特五世于一三一二年在维埃纳会议（Council of Vienne）上颁布教令，加以镇压。圣殿骑士团遭到镇压后，其庞大财产全部遭腓力四世侵吞。圣殿骑士团于十二世纪成立，获教皇洪诺留二世许可，负责保护圣城耶路撒冷。参看《圣经·路加福音》第二十三章第二十四至二十五节："Et Pilatus adiudicavit fieri petitionem eorum. Dimisit autem illis eum qui propter homicidium et seditionem missus fuerat in carcerem, quem petebant: Iesum vero tradidit voluntati eorum."（"彼拉多这才照他们所求的定案，把他们所求的那作乱杀人、下在监狱里的释放了，把耶稣交给他们，任凭他们的意思行。"）。**贪婪的风帆**：比喻腓力四世的恶行。

95. **天罚深隐于天机**：上天的惩罚仍隐而未显。

97. **圣灵的唯一贤妻**：指本章第二十行提到的玛利亚。

100–102. **在白天……相反的歌曲**：白天，亡魂的祷词以慷慨、无私的典范为主题；到了晚上，他们就吟唱与贪婪有关的例子（"相反的歌曲"）。

103. **皮格玛利翁**：古希腊语 Πυγμαλίων，英语 Pygmalion，提尔（Τύρος，英语 Tyre）君王，穆托（Mutto）之子，蒂朵（Dido）的兄弟。为了财货，害杀了蒂朵的丈夫西凯奥斯（Sichaeus）。在这一事件中，蒂朵带着丈夫的财物逃走，叫皮格玛利翁谋财行动失败。西凯奥斯有时又称阿克尔巴斯（Acerbas），是赫拉克勒斯在提尔的祭司，是蒂朵和皮格玛利翁的叔父。在建立迦太基之前，蒂朵又叫艾莉萨（Elissa）。参看《埃涅阿斯纪》第一卷三四〇行及其后的相关描写以及《地狱篇》第五章六一至六二行注。一〇三至一〇五行所描叙的，是有关贪婪的第一例。

106. **弥达斯：** Μίδας（Midas），神话中弗里基亚（Φρύγια，Phrygia）君王。根据奥维德《变形记》的说法，弥达斯款待过抚养狄奥尼索斯的西勒诺斯（Σιληνός，Silenus）。狄奥尼索斯为了答谢他，慨然让他许愿。弥达斯祈求万物经自己一触，就变成黄金。结果他触过的水、食物，甚至女儿，都变成了黄金。弥达斯懊悔之余，求狄奥尼索斯收回成命。狄奥尼索斯接受了他的恳求，叫他到帕克托罗斯河（Πακτωλός，Pactolus）沐浴。弥达斯身触河水，河水也变成了黄金。

109. **亚干：** 谢拉的曾孙，撒底的孙子，迦米的儿子，属犹大支派。耶利哥城陷落时，不听约书亚的训示，偷取了当灭之物，其中包括金子、银子和"一件美好的示拿衣服"，结果"耶和华的怒气""向以色列人发作"，以色列人攻打艾城时败北。最后，亚干遭以色列人用石头打死。参看《圣经·旧约·约书亚记》第六章第十八至十九节，第七章第一至二十六节。

112. **撒非喇夫妻：** 亚拿尼亚是耶路撒冷的信徒，与妻子撒非喇卖了田产，把"价银私自留下几分"。结果两人遭彼得斥责，当场仆倒地上，断气身亡。参看《圣经·使徒行传》第五章第一至十一节。

113. **海里奥道拉：** 叙利亚王西流古的总理大臣，奉西流古之命掠夺耶路撒冷圣殿的金库，遭上帝遣马匹踢昏重伤，伤愈后赞美上帝。参看《圣经次经·马卡比传下》第三章第一至四十节。

114. **波吕梅斯托尔……波吕多洛斯：** 波吕梅斯托尔（希腊文 Πολυμήστωρ，拉丁文 Polymestor 或 Polymnestor），色雷斯（Θράκη，拉丁文 Thracia，英文 Thrace）国王，娶普里阿摩斯的长女伊利奥涅（Ἰλιόνη，拉丁文 Ilione 或 Iliona）为妻。特洛亚陷落前，普里阿摩斯把儿子波吕多洛斯（Πολύδωρος，Polydorus）交给波吕梅斯托尔保护。波吕梅斯托尔却谋财害命，杀了波吕多洛斯。其后，遭波吕多洛斯的母亲赫卡贝（又称"赫库巴"）报复，双眼被弄瞎，两个儿子也身死。参看《变形记》第十三卷四二九至四三八行。

116. **克拉苏：**（Marcus Licinius Crassus，约公元前一一二年至公元前五十三年），古罗马的统帅，曾追随苏拉（Lucius Cornelius Sulla，公元前一三八年至公元前七十八年），为人极度贪财，有富豪（Dives）

之称。公元前七十二年至公元前七十一年任独裁官，公元前七十年与庞培同任执政官。公元前六十年与凯撒、庞培组成三头同盟，自己为三执政之一（triumvir）。出掌叙利亚期间大量敛财，贪得无厌。出征伊朗高原东北部古国帕提亚（即安息）时战败被杀，死后遭帕提亚王以熔金灌口。参看 Singleton, *Purgatorio 2*, 494；《辞海》和《世界历史词典》“克拉苏”条。

123. **只不过……堪比拟**：意思是：别的亡魂在低语，声音不高，因此你只听见我说话。

127–128. **突然……悚然**：大山何以“摇摇欲坠”，《炼狱篇》第二十一章会有交代。

130–132. **丽酡……摇撼**：丽酡（Λητώ, Leto）妊娠，生阿波罗和阿尔忒弥斯时，宙斯把漂浮的得洛斯岛（Δῆλος，Delos）用金钢石链系住，另一端直缚海底。于是，丽酡在岛上生育，避过善妒的赫拉。得洛斯岛又叫奥尔提基亚（Ὀρτυγία，Ortygia），位于爱琴海，是基克拉迪群岛（Κυκλάδες，Cyclades）中的岛，丽酡生产前一直在海上随风漂浮。**天穹的双眸**：指阿波罗和阿尔忒弥斯兄妹，即太阳和月亮。参看《埃涅阿斯纪》第三卷七三至七七行，《变形记》第六卷一八六至一九一行。

136. **“Gloria in excelsis Deo.”**：拉丁文，是天使向牧羊人宣布基督诞生的喜讯，意为“在至高之处荣耀归与神！”。见《圣经·路加福音》第二章第十三、十四节。原文为：“Et subito facta est cum angelo multitudo militiae caelestis, laudantium Deum et dicentium: Gloria in altissimis Deo, et in terra pax hominibus bonae voluntatis.”（“忽然，有一大队天兵同那天使赞美神说：‘在至高之处荣耀归与神！ / 在地上平安归与他所喜悦的人！’”）。在《圣经·路加福音》中，“在至高之处”的拉丁文说法是“in altissimis”，而不是“in excelsis”。

140. **就像第一次听见这歌声的牧人**：参看《圣经·路加福音》第二章第八至十节：

> Et pastores erant in regione eadem, vigilantes et custodientes vigilias noctis super gregem suum. Et ecce angelus Domini stetit iuxta illos, et claritas Dei circumfulsit illos; et timuerunt timore magno. Et dixit illis angelus: Nolite timere.
>
> 在伯利恒之野地里有牧羊的人，夜间按着更次看守羊群。有主的使者站在他们旁边，主的荣光四面照着他们；牧羊的人就甚惧怕。那天使对他们说：“不要惧怕！……”

第二十一章

但丁和维吉尔在炼狱山的第五层碰见斯塔提乌斯。斯塔提乌斯向两人解释山震的原因。并且告诉他们，这地方不会受制于任何变易。然后，斯塔提乌斯自我介绍，说出他对维吉尔的钦仰。但丁获维吉尔许可，告诉斯塔提乌斯，他面前的幽灵就是维吉尔。斯塔提乌斯闻言，马上弯腰去搂抱维吉尔的脚，却被维吉尔劝止。

自然而然的口渴折磨着我。
　这种感觉，没有撒马利亚那贤女
　求耶稣赏赐的水，就永远不获
纾解。而这时候，我正急于
　赶路，随导师踏着拥挤的窄径，
　并为炼狱公正的惩罚而唏嘘。
突然间，路上出现一个幽灵，
　就像《路加福音》中，基督刚刚
　从墓穴中复活，在路上显形，

靠近两个门徒。我们正俯望
　躺在脚下的人群，幽灵从后面
　移来，说话时，才知道他到了身旁。
幽灵说："兄弟呀，愿神赐你们安恬。"
　我们蓦地转身。维吉尔向幽灵
　示意，所做的动作不倚不偏；
然后说："把我永远放逐的法庭
　真诚而可靠；但愿它能够安然
　引你往幸福的众魂间享受永宁。"
"什么？"幽灵回答时，我们在急趱，
　"你们是幽灵，得不到上主爱惜；
　沿他的阶梯上攀时，由谁来陪伴？"
老师说："这个人的身上带有标记，
　是一位天使亲自描绘的印痕。
　你看了就明白。他是义者的俦匹。
纺锤上，克罗托为众生把麻纱卷分，
　让另一位女神日夜纺搓。
　女神的纺搓，还未轮到此人。
他的灵魂——你我的姐妹精魄——
　此刻还不能独自向天堂飞升，
　因为他的视境有别于你我。
于是，我在地狱的大喉应征，
　出来当他的向导。我的学派
　有多强，就带他走多远的旅程。
如果你知道，请告诉我，刚才

这座山为什么会剧震，为什么众人
仿佛从这里齐号到山脚的大海。”
老师的问题，为我的渴望穿针。
结果，光是因为我有了希望，
口渴的感觉就退减了几分。
幽灵听后，回答说 ：“违背大常
或有乖秩序的任何东西，
都不会见容于此山的神圣规章。
这地方不会受制于任何变易。
只有属于天堂的向天堂回趋，
这里才可能出现变化的动力。
由于这缘故，冰雹、寒雪、大雨、
露水、白霜，都不会降落这空间，
在这道三级短阶之上飘聚。
云呢，不管厚薄，都不会出现。
在这里，不会有陶玛斯的女儿常常
在各处游徙，也不会有雷电轰天。
干燥的蒸汽即使涌升向上，
也不会超越梯阶最上的一级，
即彼得的代理着足的地方。
其下也许有大小不同的震栗 ；
可是，不知是什么原因，这一带
从来没受过地底烈风的摇袭。
某一灵魂自觉超脱了氛埃，
能够起立或准备上升时，这里

才会震动，然后是刚才的喝彩。
只有意志，能证明灵魂已经净洗。
意志一旦有迁庙的自由，
就会猝然动念，给灵魂助力。
灵魂也动过念，但欲望他走，
因天律否决了意志而受刑，一如
昔日，欲望曾经向罪恶奔投。
我在这个痛苦的地方匍匐，
已经超过五百年；这一刻才发现
意志自由，可以有更好的出路。
因此，你才会听见地震，听见
虔诚的幽灵在整座大山赞美
上主——愿上主快点送他们上天！”
斯塔提乌斯说道。一个人越想喝水，
水质就越可口。因此我无从
解释斯塔提乌斯给了我多大的恩惠。
接着，英明的导师说：“你们在网中
被缠后脱身，我已经得睹；知道
你们赞什么，大地又何以震动。
你是谁呢？但愿你可以见告。
同时，请你亲口解说，千百年来，
为何要躺在这里一直受煎熬？”
“宝血遭犹大出卖而流出伤口外。
贤主提图斯，蒙至高的君王
帮助，为基督报了仇。在提图斯时代

我在世间所享的荣衔最辉煌、
　最不朽，”幽灵回答说，“但尽管有名，
　还没有加入信仰基督的上邦。
由于我的歌吟律美韵清，
　我这个图卢兹人，就见招于罗马，
　且实至名归，获桂叶覆额饰顶。
斯塔提乌斯是世人对我的叫法。
　我先吟忒拜，次吟大英雄阿喀琉斯；
　从事第二项任务时中途颓垮。
燃起我怀中热情的星火，来自
　一朵圣焰。迄今，逾千的炯光
　得以点亮，皆拜这圣焰之赐。
我指的是《埃涅阿斯纪》。我开创
　诗境时，它是我的娘亲、我的保姆。
　没有它，我不会有分毫声望。
如果能跟维吉尔同代相处，
　我愿意多留太阳一绕的时辰，
　然后才离开这里，结束放逐。”
这一番话，使维吉尔转身
　望着我，以静默的神情说：“别作声。”
　可是意志的力量未能胜任。
因为笑声和热泪会由情感飞迸；
　情动于中，两者就紧紧伴随；
　情越真，两者越喜欢和意志抗衡。
我微微一笑，以神情表示意会。

幽灵见状，就沉默不语，凝眸
望着吾目——神情最逼真的部位。
然后说 ：“愿你的艰辛有好报酬。
刚才，我在你的脸上看到
一丝欣喜，不知是什么理由。”
这一刻，我真是两边不讨好 ：
一边叫我沉默，一边叫我说话。
于是叹了口气。我的苦恼，
老师也明白了。于是说 ：“不要怕，
尽管说吧。看他急切的神态，
不妨把事情的原委告诉他。”
于是我说 ：“年长的灵魂哪，我刚才
面露笑容，你也许感到惊奇。不过
我还有更大的意外使你就逮。
这贤者，带我的目光高瞻碧落。
他，就是维吉尔。他的作品，
使你有力量吟颂人神的嘉谟。
如果你以为尚有其他原因，
请相信我，把这些假原因扬弃 ；
你说我老师，才叫我忍俊不禁。”
我话声未落，幽灵已弯腰前移，
去搂抱老师的脚。老师说 ：“兄弟呀，
别这样 ；我们是幽灵，都没有形体。”
幽灵一边起立，一边回答 ：
“现在，你可以明白了 ：我一旦忘掉

我们的虚幻，视幽灵为实体，激发
孺慕、叫我敬爱你的，是多强的火苗。”

注释：

1. **自然而然的口渴**：“口渴”，指追求真理、追求上帝的欲望。参看 Benvenuto, Tomus Quartus, 2。在这里，象征真理的是“活水”。参看《圣经·约翰福音》第四章第一至十六节撒马利亚妇人与耶稣的对话。人类有求知的本能，因此说“自然而然”。在《筵席》(*Convivio*, I, I, 1) 里，但丁一开始就提到亚里士多德的说法：“Si come dice lo Filosofo nel principio de la Prima Filosofia, tutti li uomini naturalmente desiderano di sapere...ciascuna cosa...è inclinabile a la sua propria perfezione...”（“正如哲学家〔指亚里士多德〕在第一哲学开头时所说，人人都自然有求知之欲。……万物……都亟趋本身的至善。……”）。此外，参看 *Convivio*, I, I, 9; III, XV, 4。

2. **撒马利亚那贤女**：这里指《圣经·约翰福音》第四章第一至十六节的故事。一个撒马利亚妇人来雅各井打水，耶稣向她要水喝，并说自己可以给妇人活水。

5. **拥挤的窄径**：前进的路径到处躺着亡魂。因此但丁说“拥挤的窄径”。

6. **公正的惩罚**：指上帝的判决绝对公正。

7–10. **突然间……两个门徒**：参看《圣经·路加福音》第二十四章第十三至三十二节。**幽灵**：指斯塔提乌斯（Statius）。参看本章第六十七行注。

10–11. **俯望／躺在脚下的人群**：但丁和维吉尔要俯望躺在脚下的人群，避免踩到他们。

16–18. **“把我……永宁。”**：维吉尔在回答幽灵。**法庭**：指天庭。上帝绝对公正，把维吉尔安置于地狱边境也“真诚而可靠”，维吉尔毫无怨言。

20. **你们是幽灵**：但丁此刻在山影中前进，身体没有投影，因此幽灵看不出他是血肉之躯。

22. **标记**：指天使划在但丁额上的七个 P 字。

25–27. **纺锤**：希腊神话中有命运三女神，又称摩赖（Μοῖραι，Moirae 或 Moerae）。三女神分别叫克罗托（Κλωθώ，Clotho）、拉克西斯（Λάχεσις，Lachesis）、阿特洛波斯（Ἄτροπος，Atropos），是宙斯和忒弥斯（Θέμις，

Themis）的女儿，荷莱依（Ὧραι，Horae，一译“时序三女神”）的姐妹。命运三女神掌人的生死、寿夭。克罗托年纪最小，手持纺锤纺生命之线。拉克西斯手持缠线轴，把克罗托所纺之线绕到上面，以决定人寿的长短。阿特洛波斯则手持剪刀，负责把生命之线切断，掌世人的死期。命运三女神，罗马人叫帕尔凯（Parcae）。在古罗马城的大广场（Forum），三女神的雕像又称 tria Fata（the three Fates）。参看 Grimal, *A Dictionary of Classical Mythology* 和《希腊罗马神话词典》的有关词条。**女神……此人**：指拉克西斯的纺搓还未轮到但丁。也就是说，但丁的阳寿未尽。

28. **他的……精魄**：灵魂（“精魄”）都由上帝创造。但丁的灵魂是维吉尔和斯塔提乌斯灵魂的姐妹。

29. **此刻……飞升**:但丁的灵魂还未脱离肉体,因此不能升天。在《地狱篇》第三章第九十三行，但丁已借卡戎之口预言自己会升天。参看该章八八至九三行注。

30. **他的视境……你我**：指但丁的眼睛仍要透过肉体外视，不像维吉尔和斯塔提乌斯那样，无须再倚靠肉体。

31. **地狱的大喉**：指幽域，即地狱边境。幽域面积最广，直通地狱各层，所以称“大喉”。Sapegno（*Purgatorio*, 234）说“dove più s'allarga la voragine infernale”(“地狱的深渊在这里张得最大”),道出了幽域之广。

32. **我的学派**：指维吉尔的识见（即人智）。

44. **只有……回趋**：指灵魂向天堂回趋。

48. **这道三级短阶**：指炼狱本身的入口。参看《炼狱篇》第九章七六至七八行。

50–51. **不会有陶玛斯的女儿……游徙**：**陶玛斯的女儿**：指伊丽丝（Ἶρις，Iris），即彩虹女神。伊丽丝专为诸神（尤其是宙斯和赫拉）报信，父为陶玛斯（Θαύμας，Thaumas），母为厄勒克特拉（Ἠλέκτρα，Electra）。整句的意思是：不会有彩虹到处飘荡。参看《变形记》第十四卷八四五至八四六行：“nec mora, Romuleos cum virgine Thaumantea/ingreditur colles.”（“于是，她跟陶玛斯的女儿直趋洛慕罗斯山。”）。

52. **干燥的蒸汽**：据亚里士多德的说法，大气的变化源自蒸汽：湿蒸汽化为雨，干蒸汽变成风；地震则因既干且稠的蒸汽被困在地底而形成。蒸汽不能凌越大气的第二层（即冷空气层）。

53. **梯阶最上的一级**：即三级梯阶的最高一级。掌彼得所付钥匙的天使，双足就踏在上面。参看《炼狱篇》第九章九三至一〇五行。

54. **彼得的代理**：指把守炼狱入口的天使。参看《炼狱篇》第九章一二七行。

57. **地底烈风的摇袭**：指困在地底的烈风所造成的地震。

58. **超脱了氛埃**：变得洁净。

59. **起立或准备上升**：炼狱中躺卧的亡魂起立；已起立的就准备上升。

60. **然后是刚才的喝彩**：参看《炼狱篇》第二十章一三三行。这行是对维吉尔第二个问题（本章三五至三六行）的回答。

62. **迁庙**：离开炼狱之庙，升上天堂之庙。

64–66. **灵魂……奔投**：灵魂也想趋善，但相对的意志（也就是欲望，原文"talento"）因上帝的意旨而要在炼狱受刑（受报应之刑），一如昔日在尘世趋恶那样。但丁相信阿奎那的说法，认为意志分绝对意志（volontà assoluta）和相对意志（volontà relativa）。相对意志又称受制意志（volontà condizionata）。在凡尘，绝对意志也想趋善，可是一动念，相对意志就开始运作，结果就可能走上歧途。参看 Bosco e Reggio, *Purgatorio*, 366-67。

67. **我**：指第七十三行的斯塔提乌斯。斯塔提乌斯（Publius Papinius Statius，约公元四十五年至约公元九十六年）。古罗马白银时代的著名诗人，父为语法学家兼修辞学家，也是罗马皇帝多米提安努斯（Titus Flavius Domitianus，公元五十一年至九十六年，又译"图密善"或"杜米提安努"）的老师，因此能进入宫廷。耗时十二年，完成史诗《忒拜战纪》（*Thebais*）。此外又著有《阿喀琉斯纪》（*Achilleis*）第一卷和未完成的第二卷，以及《诗草集》（*Silvae*）。受维吉尔的影响极大。参看 Toynbee, 589-91, "Stazio" 条；《中国大百科全书 · 外国文学》，II，页九五四。

67–68. **在这个痛苦的地方……超过五百年**：斯塔提乌斯在炼狱第五层洗涤挥霍罪，花了五百年以上的时间；在第四层洗涤懒惰罪，花了四百多年（参看《炼狱篇》第二十二章九二至九三行）；自他卒后的其余时间，则逗留在其下三层或在炼狱前区（Antipurgatorio）。

69. **意志自由……出路**：意志不再受欲望驱牵（即本章六二至六九行所写的境界）。

71. **赞美**：指颂唱《荣归主颂》（"Gloria in excelsis Deo"）。参看第二十章一三六行注。

76–77. **在网中 / 被缠**：指亡魂被受制意志（即相对意志）羁绊，留在炼狱里受刑。

82. **宝血……伤口外**：指犹大出卖耶稣，令耶稣在十字架上受伤流血。但丁认为，基督之死，犹太族要负责。

83. **提图斯**：（Titus Vespasianus，公元三十九年至公元八十一年，又译

"狄托"或"第度"），古罗马皇帝，韦斯帕斯阿努斯（Titus Flavius Vespasianus，公元九年至公元七十九年，又译"韦斯巴芗"）之子。公元六十七年随父亲镇压犹太人的起义，公元七十年攻陷耶路撒冷，大肆杀戮。但丁认为此举是提图斯替天行道，蒙上帝（"至高的君王"）帮助，为基督向犹太人报仇。参看 Bosco e Reggio, *Purgatorio*, 368; Singleton, *Purgatorio 2*, 512-13; Toynbee, 610,"Tito"条；《世界历史词典》，页三一六。

85. **荣衔**：指诗人之衔。

87. **还没有……上邦**：指斯塔提乌斯仍未信仰基督。

88. **我的歌吟律美韵清**：原文"Tanto fu dolce mio vocale spirto"。但丁在《筵席》（*Convivio*, IV, XXV, 6）里称斯塔提乌斯为"il dolce poeta"（"韵律优美的诗人"）。古罗马诗人尤维纳利斯（Decimus Junius Juvenalis，约公元六十年至约公元一四〇年）这样描写斯塔提乌斯："Curritur ad vocem iucundam et carmen amicae/Thebaidos...; tanta dulcedine captos/adficit ille animos."（"大家都跑去听他悦耳的声音和可爱的《忒拜战纪》……；他们的灵魂实在叫他〔斯塔提乌斯〕的优美韵律迷住了。"）。参看 *Satirae*, VII, 82-89。

89. **图卢兹人**：斯塔提乌斯约于公元四十五年生于那波利，约卒于公元九十六年。中世纪有不少人误以为斯塔提乌斯是法国图卢兹（Toulouse）人。但丁也相信这一说法。其实，生于图卢兹的是一个与斯塔提乌斯同名的演说家。参看 Bosco e Reggio, *Purgatorio*, 368。

90. **获桂叶覆额饰顶**：指获封为诗人。斯塔提乌斯的确以《诗草集》在罗马获奖（虽然但丁未必知道这一史实）。

92. **先吟忒拜**：先写《忒拜战纪》。**次吟……阿喀琉斯**：接着写《阿喀琉斯纪》。

93. **从事……颓垮**：指斯塔提乌斯未完成《阿喀琉斯纪》就去世了。

94. **燃起我怀中热情**：燃起我怀中的诗情。也就是说，我〔斯塔提乌斯〕的诗，源自维吉尔的《埃涅阿斯纪》。

95. **圣焰**：指《埃涅阿斯纪》。但丁的典故出自《忒拜战纪》（*Thebais*, XII, 816-17）："vive, precor; nec tu divinam Aeneida tempta, /sed longe sequere, et vestigia sempre adora."（"请你呀，继续传扬；但休想追上神圣的《埃涅阿斯纪》，/ 你只宜远远跟随，一直仰瞻其足迹。"）。

95–96. **逾千的炯光 / 得以点亮**：指许多诗人受《埃涅阿斯纪》的启发，或从中得到灵感。

100–102. **如果……放逐**：意为：如果能够跟维吉尔一起，即使再过一年（"太阳一绕的时辰"）才离开这里，我也愿意。在斯塔提乌斯眼中，置身炼狱，等于被逐出天堂。

105. **可是……胜任**：指但丁想遵依维吉尔的指示（一〇四行的“别作声”），意志却有心无力。

107. **两者**：指“笑声和热泪”（一〇六行）。

108. **情越真，两者……抗衡**：指情感越真，笑声和热泪就越不听意志支配。

111. **神情最逼真的部位**：指眼睛（因为眼睛是灵魂向外展示得最明显的部位）。

112. **你的艰辛**：指但丁在炼狱山的上攀旅程。

116. **一边叫我沉默，一边叫我说话**：维吉尔叫但丁沉默，斯塔提乌斯叫但丁说话。

123. **还有……就逮**：意为：还有更大的意外之喜把你捕捉。

127–129. **如果……忍俊不禁**：意思是：我之所以“面露笑容”，唯一的原因是，你提到我老师（“你说我老师”）；此外再没有别的原因。

132. **别这样；……没有形体**：这话与《圣经·启示录》第十九章第十节呼应：“Et cecidi ante pedes eius, ut adorarem eum. Et dicit mihi: Vide ne feceris.”（“我就俯伏在他脚前要拜他。他说：‘千万不可！’”）。此外，参看《炼狱篇》第十九章一二七至一三五行。

第二十二章

天使指引但丁、维吉尔、斯塔提乌斯上攀炼狱山的第六层，并从但丁额上抹去另一个P。斯塔提乌斯说明自己在凡间犯了什么罪，如何成为基督徒。维吉尔为斯塔提乌斯陈述一些古代人物的下落。之后，三人看见一棵树，听到树丛中有声音喊出节德的范例。

此刻，天使已留在我们后面。
　他曾经指引我们进入第六圈，
　把一道伤痕抹离我的容颜；
并且向我们宣布：凡是心愿
　正直的，都获天佑。他的话语，
　以 sitiunt 结束，其余的再没有言宣。
我在通道前进的时候，步履
　比攀登其他通道要轻快，一点
　气力也没花，就随着迅灵上趋。

这时候，维吉尔说：“由美德之焰
　燃起的爱，总会把他爱燃起，
　只要前者的光焰出现在外面。
自从尤维纳利斯在地狱的边鄙
　降落，跟我们这些亡魂为伍，
　让我知道你对我的情谊，
我对你的眷念一直牢固，
　胜过任何陌生人所受的关怀。
　因此，这些梯阶只算是短途。
不过，告诉我——如果我一时恃爱
　而放纵，请看在朋友份上原谅我；
　请看在朋友份上，陈述梗概——
你用力甚勤，胸中的智慧广博。
　那么，这样的襟怀怎么又能够
　在慧心间容纳贪婪之所？”
这番话，开始时叫斯塔提乌斯颔首
　微笑了一下。接着，他这样答复：
　“你的话都亲切，证明你情谊深厚。
其实，世界常常会这样：事物
　由于真正的原因潜藏隐晦，
　乃产生假象，叫人眩惑糊涂。
从你的问题，我知道，你是认为，
　我在前一生曾经贪得无厌——
　也许由我所处的圈子类推。
告诉你，贪婪之心很久之前

已离开了我；我当年的过失，
早经数千个月去惩治雪湔。
你仿佛有感于人性的可耻，
佛然在诗中疾呼：‘贪金之情啊，
该死！你驱遣凡欲去无所不至！’
如果不是获你的作品启发
而幡然改途，恐怕此刻我仍然
推运着巨石，惨然跟别人厮打。
之后，我知道，我们的手，舒展
翅膀挥霍时会张得太大，结果
我后悔莫及，如后悔余罪一般。
因无知而秃然复起的人真多！
这些人头毛疏落，因为无知，
生时或临终都不能痛悔这差错。
我还要告诉你：在这里，过失
撞向性质相反的任何罪孽，
两者就干枯，绿意不能再坚持。
这些人，由于贪婪之过而抽噎。
我要净化自己时，跟他们为伍，
是因为我的罪孽是相反的乖邪。”
“善行缺乏了信仰，会于事无补。”
《牧歌集》的吟唱者说，“你的文字，
讽咏过兄弟相残时，如何演出
约卡丝妲的双重悲剧。在咏史缪斯
跟你一起合奏的歌曲里，好像

没有咏信仰叫你来归之辞。
那么，后来是什么样的太阳，
什么样的烛光为你驱暗去痴，
叫你随那位渔夫张起帆樯？”
斯塔提乌斯说：“最先把我引至
帕那索斯山喝洞中之水的是你。
你是带我走向上主的启蒙师。
你的做法，就像个先导者，在夜里
后擎着火炬，照亮后面的来路；
不为自己，只为了给后人启迪。
因为你说：‘时代在更生复苏；
公道和人类的太初年代正重来；
一代新人从天堂降落下土。’
我成为基督徒和诗人，皆因你引带。
为了让你看清这图画的轮廓，
我会动手在上面填上颜彩。
当时，在尘世里面，每一个角落
都孕着真正的信仰；真正的信仰
由永恒的天国遣使者传播。
上面引述的话语是你所讲。
话语和新教士的宗旨相承，
结果我常常出没于他们的里巷。
之后，我发觉他们的言行神圣，
他们遭多米提安努斯迫害时，
饮泣中乃不乏我的涕泪和悲哽。

当我仍然在凡尘之世栖止，
　我一直支持他们。他们的懿行
　使我觉得其他教派都可耻。
之后，我还未在诗中引领
　希腊人往忒拜的河流，就受了洗；
　但出于恐惧，要隐藏基督徒之名；
经过多年，都佯装与基督为敌。
　这样的不冷不热，使我环绕
　第四圈的时间超过了四个世纪。
我提到的美善，曾遭翳障笼罩
　而不能窥觑。此刻，你已经扫除
　翳障。趁我们继续在途中上蹈，
请就你所知告诉我，古代人物
　泰伦提乌斯、凯奇利乌斯、普劳图斯的下落——
　还有瓦里乌斯。是否都遭了天诅？”
“他们跟许多亡魂，跟佩修斯，跟我
　一起处于黑狱的第一圈，所居
　与那位希腊人相同。”导师说，
“那位希腊人，最获缪斯的哺育。
　我们常常谈到那座大山——
　那里恒住着抚养我们的圣女。
欧里庇得斯、安提芬是我们的侣伴；
　还有西摩尼得斯、阿噶同和许多
　希腊同胞（额上都戴过桂冠）。
那里，也有你所提的一伙：

安提戈涅、德伊菲蕾、阿尔癸亚也在里面；
还有伊斯梅涅——如昔日一般愁惙。
展示兰格亚泉的人也在那边。
还有得伊达弥亚姐妹、忒瑞西阿斯的爱女
以及忒提斯这位海中女仙。”
两位诗人这时都沉默不语，
由于摆脱了梯阶、垣墙的束缚，
都再度聚精会神向四周窥觑。
这时候，职司时辰的四个女仆
已落在后面；第五个则车辕在手，
继续牵引着熊熊的尖端上翥。
就在这一刻，导师对我说：“这时候，
我们该转身了，右胛靠崖缘那边，
像先前一样环绕着人山盘走。”
于是，习惯就给我们指点。
获得选魂的首肯后，我们继续
前进时，心中的疑虑已经退减。
两位诗人在前，我踏着步履
后随间，凝神听他们交谈，
从中领悟了一些作诗的规矩。
可是过了不久，一棵树赫然
在路心出现，打断了悦耳的对话。
树上的果子，香气芬芳而美善。
一般的冷杉是枝接着枝斜拔
上尖；这棵树却向下方收窄。

目的是，我想，不让人家上爬。
脚下的路，一面以岩壁为屏隘。
就在岩壁的一边，清水柔柔
自高崖下洒，纷纷把树叶沾溉。
两位诗人向奇树靠近的时候，
枝叶丛中有声音这样呼喊：
“树上的果子，你们不可以享受。”
然后说：“玛利亚要婚宴得体美满，
甚于自己的嘴。此刻，她的嘴
正在发声，去为你回话交谈。
古罗马的妇女，光是喝清水，
就已经满足；先知但以理，
则由于鄙薄口腹而得到智慧。
上古之世，是美如黄金的时期。
那时候，橡实因腹饥而甘香，
众溪因口渴而化为仙醴流溢。
沙漠里，供施洗者充饥的糇粮
不过是蜜糖和蝗虫一类食物；
可是，施洗者却因此而荣名高扬，
如福音宣示的那样伟大特出。”

注释：

1–2. **此刻……第六圈**：论者指出，《炼狱篇》其余各章的开头，都详叙旅程转变的经过；这里故意缩简，是因为但丁不想打断维吉尔和斯塔提乌斯的对话。参看 Bosco e Reggio, *Purgatorio*, 372; Sapegno, *Purgatorio*, 242。

3. **一道伤痕**：指但丁额上的 P。参看《炼狱篇》第九章一一二至一一四行。

6. **以 sitiunt……没有言宣**：指八福（一译"真福八端"）之一。在《圣经·马太福音》中，耶稣告诉信众，有八种人可获上帝祝福（全文见第五章第一至十节，称为"山上宝训"）。这里指八福中的第四福。见《圣经·马太福音》第五章第六节："Beati qui esuriunt et sitiunt iustitiam, quoniam ipsi saturabuntur."（"饥渴慕义的人有福了！ / 因为他们必得饱足。"）。

10–11. **由美德……燃起**：由美德燃起的爱向外展示，受爱的人也会以爱回敬。参看《地狱篇》第五章一〇三行。

12. **只要前者……在外面**：只要"由美德之焰 / 燃起的爱"出现在外面，"总会把他爱燃起"。

13. **尤维纳利斯**：（Decimus Junius Juvenalis，约公元六十年至约公元一四〇年），一译"玉外纳"（见《辞海》，下册，页三一〇五），古罗马诗人。一生历尽辛酸。仰慕斯塔提乌斯的《忒拜战纪》。著有讽刺诗五卷十六首。参看 Toynbee, 325, "Giovenale"条；《中国大百科全书·外国文学》，II，页一二二三。但丁对尤维纳利斯的讽刺诗虽无直接认识，但在 *Convivio*, IV, XII, 8; XXIV, 4; *Monarchia*, II, III, 4 里，曾经提到他。参看《炼狱篇》第二十一章第八十八行注。

地狱的边鄙：指幽域。

18. **因此……短途**：这行的意思是：我想跟你一起走，所以不觉路途漫长。

22. **你用力甚勤……广博**：维吉尔出于客气，说斯塔提乌斯的智慧是自己用功的结果，并没有靠他的启迪。参看 Sapegno，*Purgatorio*，243。

23–24. **"那么……贪婪之所？"**：这两行的意思是：斯塔提乌斯有这样的襟怀，何以会犯贪婪罪？

32–33. **我在前一生……类推**：意为：你见我处于惩罚贪婪罪的一圈，所以推断我前生贪婪。

38–39. **"……'贪金之情啊，/……无所不至！'……"**：见《埃涅阿斯纪》第三卷五六至五七行："quid non mortalia pectora cogis, /auri sacra fames?"。

42. **推运着巨石……厮打**：跟挥霍者一起，在地狱的第四层，推着巨石和贪婪者互撞。参看《地狱篇》第七章。

45. **余罪**：指其他罪恶。

46. **复起**：指最后审判时，亡魂要起来接受审判。

47. **头毛疏落**：指挥霍者。参看《地狱篇》第七章第五十七行及该行的注释。

51. **两者就干枯**：指两者互相消耗。Sapegno（*Purgatorio*, 245）的解释是："si consuma, come una pianta che inaridisce"（"消损，如植物般干枯"）。

54. **我的罪孽……乖邪**：指斯塔提乌斯所犯，是贪财罪的相反，即挥霍罪。

55. **"善行……于事无补"**：参看《地狱篇》第二章二九至三〇行，《地狱篇》第四章三一至四二行，《圣经·希伯来书》第十一章第六节。

56. **《牧歌集》的吟唱者**：指维吉尔。维吉尔著有《牧歌集》（*Eclogae*）。

56–58. **你的文字，/……双重悲剧**：《忒拜战纪》吟咏约卡丝妲的悲剧。约卡丝妲（Ἰοκάστη，Jocasta）是古希腊神话人物，遭命运摆布，误与儿子奥狄浦斯（Οἰδίπους，Oedipus）结婚，生下的两个儿子厄忒奥克勒斯（Ἐτεοκλῆς，Eteocles）和波吕尼克斯（Πολυνείκης，Polynices）为争夺王位而相残，结果同归于尽。**双重悲剧**：指约卡丝妲两个儿子同时死亡。

58–60. **咏史缪斯 /……来归之辞**：意为：在《忒拜战纪》中，看不到你信仰基督的证据。维吉尔言下之意是：你没有信仰基督，怎能来炼狱涤罪？**咏史缪斯**：意大利文 Cliò，希腊文 Κλειώ，拉丁文和英文为 Clio。一译"克利娥"（见《希腊罗马神话辞典》，页二〇六）。是宙斯（Ζεύς，Zeus）和记忆女神谟涅摩辛涅（Μνημοσύνη，Mnemosyne）所生的九个女儿（九缪斯）之一，司历史。缪斯的希腊原名单数为 Μοῦσα，复数 Μοῦσαι，拉丁文单数为 Musa，复数为 Musae。按希腊原文单数译为"穆萨"或"穆莎"会更近原音。不过"缪斯"（英文 Muse 的汉译）既然成了俗，在此只好从俗。Bosco e Reggio（*Purgatorio*, 377）指出，维吉尔卒于公元前十九年，不可能认识他卒后才面世的作品《忒拜战纪》或书中人物（参看本章一〇九至一一四行）。但丁这样安排，大概出于笔误。

61. **什么样的太阳**：意为：什么样的圣光。

62. **什么样的烛光**：意为：什么样的后天教导。**驱暗**：在基督徒眼中，基督降生前的世界是黑暗世界。

63. **那位渔夫**：指彼得。彼得本来是渔人，后来因耶稣叫他"得人如得鱼"，放弃了本身的职业。参看《圣经·马太福音》第五章第十八至十九节，《圣经·马可福音》第一章第十六至十七节，《圣经·路加福音》第五章第十节。**张起帆樯**：走信仰基督的航道。

64–65. **最先……是你**：最先教我喝诗的灵感之泉的是你。**帕那索斯山**：希腊

文 Παρνασός，其后衍变为 Παρνασσός（拉丁文 Parnasus 或 Parnasos，英文 Parnassus），希腊福基斯（Φωκίς，Phocis）境内的一座山，是阿波罗、狄奥尼索斯、九缪斯的圣地。此山有二峰，德尔佛伊（Δελφοί，另一译法为“得尔斐”，是英语“Delphi”的译音）位于其中一峰的山坡。帕那索斯山有圣泉，名叫卡斯塔利亚（Κασταλία，Castalia）。**喝洞中之水**：喝卡斯塔利亚圣泉之水。

66–69. **你是……启迪**：维吉尔照亮了斯塔提乌斯走向基督的道路。但丁相信，基督之前的大贤大智，预示了基督降临，就如擎着火炬的人照向背后，启迪了来者，本身却得不到救赎。

70–72. **“时代……下土”**：这几行出自维吉尔的《牧歌集》。参看 *Eclogae*, IV, 5-7: “magnus ab integro saeclorum nascitur ordo./iam redit et Virgo, redeunt Saturnia regna; /iam nova progenies caelo demittitur alto.”（“伟大的新纪元接踵而来；/ 此刻，室女回归了，萨图恩王朝也回归；/ 一代新人从高天下降。”）。这几行其实在恭维奥古斯都，说黄金时代在他的治下重临。诗中的室女指公正女神阿斯特瑞亚（Astrea 或 Astraea），并不指圣母玛利亚。“萨图恩王朝”指人类的淳朴时代。不过有的基督徒牵强附会，认为这几行诗在预言救世主基督降临。在这里，经过附会后，“萨图恩王朝”指亚当和夏娃犯罪前的天真时期。参看 Sapegno, *Purgatorio*, 247; *Monarchia*, I, XI, 1。

74–75. **为了……颜彩**：为了让你把我的梗概看得更清楚，我会详细解说。

76–77. **当时……真正的信仰**：在斯塔提乌斯时期，已经有许多人信仰基督教，但是基督教信仰还没有公开传播。

78. **使者**：指耶稣的使徒。但丁相信，使徒由上帝遣派。

79. **上面引述的话语**：指本章七〇至七二行所引述的维吉尔的话。

80. **话语……相承**：维吉尔的话语和传播福音的人所讲相互印证，预示了救世主会降临。**新教士**：指最初传播基督教信仰的人。

82. **他们的言行神圣**：指新教士的言行神圣。

83. **遭多米提安努斯迫害**：多米提安努斯（Titus Flavius Domitianus Augustus），公元五十一年生。韦斯帕斯阿努斯（Titus Flavius Vespasianus）的次子，提图斯（Titus Vespasianus）的弟弟，公元八十一年继承哥哥任罗马皇帝，直到公元九十六年。参看 Toynbee, 233-34, “Domiziano”条；《炼狱篇》第二十一章第八十三行注。在基督教教会记述中，多米提安努斯曾残酷迫害基督教徒。参看奥古斯丁的 *De civitate Dei*, xviii, 52。

84. **饮泣中……悲哽**：指基督徒遭迫害时，斯塔提乌斯曾表示同情而饮泣。

88–89. **之后……河流**：斯塔提乌斯的《忒拜战纪》第七卷四二四至四二五行有这样的描写：“Iam ripas, Aesope, tuas Boeotaque ventum/flumina.”

（“埃索普斯呀，他们已来到你的河岸 / 和波奥提亚的流川。”）。有些论者认为，指斯塔提乌斯当时正在写《忒拜战纪》但还未写到这两行；有的论者认为，这里泛指斯塔提乌斯还未开始写《忒拜战纪》。参看 Bosco e Reggio, *Purgatorio*, 380; Sapegno, *Purgatorio*, 248; Singleton, *Puragorio 2*, 530; Cary, *Purgatorio and Paradiso*, 165。

93. **第四圈**：指炼狱的第四层，专供犯懒惰罪的亡魂涤罪。

94. **我提到的美善**：指基督教的真理。

96. **趁我们……上蹈**：趁我们仍在上陟。

98. **泰伦提乌斯**：Publius Terentius Afer，古罗马著名喜剧作者，公元前一九二年生于迦太基，公元前一五九年卒于希腊，生年早于斯塔提乌斯。但丁对其作品的认识，大概来自西塞罗。**凯奇利乌斯**：Caecilius Statius，古罗马的喜剧作者，与恩尼乌斯（Quintus Ennius，公元前二三九年至公元前一六九年）同期，早于泰伦提乌斯。**普劳图斯**：Titus Maccius Plautus（约公元前二五四年至公元前一八四年），古罗马喜剧家，是古罗马最早有完整作品传世的作者。据说写过百多部剧本。不过经后人研究，证明只有二十一部为其手笔。普劳图斯对莎士比亚、莫里哀都有影响。但丁对他的认识，可能来自奥古斯丁的《论上帝之城》（*De civitate Dei*）。

99. **瓦里乌斯**：Lucius Varius Rufus，古罗马诗人，属奥古斯都一朝，维吉尔和贺拉斯的好友。有史诗写凯撒之死，有悲剧写神话人物提厄斯忒斯（Θυέστης, Thyestes）。

100. **佩修斯**：Aulus Persius Flaccus（公元三十四年至公元六十二年），古罗马作家，写过讽刺作品。

101. **黑狱的第一圈**：指幽域。

102. **那位希腊人**：指荷马。参看《地狱篇》第四章八六至八八行。

104. **那座大山**：指帕那索斯山。参看本章六四至六五行注。

105. **我们的圣女**：指九缪斯。

106. **欧里庇得斯**：Εὐριπίδης, Euripides（约公元前四八五年至公元前四〇六年），希腊三大悲剧作家之一，出身贵族家庭。著有九十二部戏剧，得过五次奖。**安提芬**：Ἀντιφῶν, Antiphon，希腊悲剧作家，亚里士多德和普路塔克在作品里曾提到他。

107. **西摩尼得斯**：Σιμωνίδης, Simonides（公元前五五六年至公元前四六七年），希腊克沃斯（Κέως，拉丁文 Ceos，Cea 或 Cia，英文 Ceos）岛人，抒情诗和挽歌作者。但丁曾在《筵席》（*Convivio*, IV, XIII, 8）里提到他。**阿噶同**：希腊悲剧作家（约公元前四四八年至约公元前四〇二年），作品现已散佚。亚里士多德曾经提到他。

108. **戴过桂冠**：指这些诗人都有过殊荣。

109. **你所提的一伙**：指斯塔提乌斯在作品中所提的人物。

110. **安提戈涅**：Ἀντιγόνη（Antigone），奥狄浦斯王和约卡丝妲的女儿。**德伊菲蕾**：又称德伊皮蕾（Deipyle），阿哥斯王阿德拉斯托斯（Αδραστος，Adrastus）的女儿，提丟斯（Τυδεύς，Tydeus）的妻子，阿尔癸亚（Argeia，Argia）的姐妹。**阿尔癸亚**：Argeia或Argia，阿德拉斯托斯的女儿，波吕尼克斯（Πολυνείκης，Polynices）的妻子。波吕尼克斯曾以哈尔摩尼亚（Ἁρμονία，Harmonia）的项链，买通安菲阿拉奥斯（Ἀμφιάραος，Amphiaraus）的妻子厄里费勒（Ἐριφύλη，Eriphyle），而得知其夫的行踪。安菲阿拉奥斯预知自己会阵亡，于是藏匿起来，不愿意参加忒拜之战。后因行踪泄露，被迫出战，结果真的阵亡。参看《炼狱篇》第十二章四九至五一行注。但丁（*Convivio*, IV, XXV, 8）以阿尔癸亚和德伊菲蕾为淑德的典范。

111. **伊斯梅涅**：Ἰσμήνη（Ismene），奥狄浦斯王和约卡丝妲的女儿，安提戈涅的姐姐，厄忒奥克勒斯和波吕尼克斯是她的兄弟。**如昔日一般愁惙**：伊斯梅涅如昔日一般愁惙。所以如此，是因为她目睹了家人的惨剧：未婚夫惨死，父亲把自己的眼睛弄瞎，母亲自杀，兄弟自相残杀而同归于尽。

112. **展示兰格亚泉的人**：指希蒲西琵丽，列姆诺斯岛的女王。列姆诺斯岛的女人要把所有男人杀掉，只有希蒲西琵丽给父亲托阿斯（Θόας，Thoas）网开一面。后来，阿尔戈船的英雄来到岛上，与所有女人交欢，使她们成孕。希蒲西琵丽为伊阿宋生下孪生子后，遭伊阿宋遗弃。岛上的女人发觉她放过了父亲，就要杀死她。希蒲西琵丽逃离列姆诺斯岛后，遭海盗掳去，沦为女奴，经重重波折后才返回故岛。**兰格亚泉**：伯罗奔尼撒（Πελοπόννησος，Peloponnesus）半岛的一条泉水。阿德拉斯托斯（Ἀδραστος，Adrastus）及其战友获希蒲西琵丽带引，曾经来过这里。参看《地狱篇》第十八章第八十八行。

113. **得伊达弥亚**：Δηϊδάμεια（Deidamia），斯克罗斯（Σκῦρος，Scyros）岛王吕科梅得斯（Λυκομήδης，Lycomedes）的女儿。忒提斯为了保护儿子阿喀琉斯，不让他参加特洛亚之战，令他男扮女装，在吕科梅得斯的宫廷受保护。得伊达弥亚受阿喀琉斯诱奸，生下皮洛斯（Πύρρος，Pyrrhus），即涅奥普托勒摩斯（Νεοπτόλεμος，Neoptolemus）。**忒瑞西阿斯的女儿**：指曼托（Μαντώ，Manto），能预知未来。阿吉甫人（即希腊人）攻陷忒拜城，把她俘虏，送到德尔佛伊（一译"得尔斐"）阿波罗神庙。其子摩普索斯（Μόψος，Mopsus），也有预知未来的能力。

114. **忒提斯**：海中仙女，佩琉斯（Πηλεύς，Peleus）的妻子，阿喀琉斯的母亲。是《阿喀琉斯纪》中的人物。

118–120. **职司时辰的四个女仆……上翥**：时辰是侍候太阳的女仆。参看《炼狱篇》第十二章八〇至八一行注。此刻约为上午十时半。**熊熊的尖端**：上午，日车的车辕指向子午圈，所以说尖端。这时日光大盛，所以说"熊熊"。

122. **右胛靠崖缘那边**：也就是说，逆时针方向。

124. **习惯……指点**：但丁和维吉尔在其下各层已经熟习路途，登山变成了习惯，所以说"习惯给我们指点"。

125. **选魂**：指斯塔提乌斯。

133–134. **一般……收窄**：树的形状是一般树形的颠倒：不是下阔上尖，而是下尖上阔。

137. **就在岩壁的一边**：即但丁的左边。

140. **声音**：但丁虽听到声音，却不知其来源，情形就像《炼狱篇》第十三章二八至三六行所描写的一样。在《炼狱篇》第二十三章一至三行，但丁望入树中找声音的来源，却徒劳无功。

142. **玛利亚……得体美满**：在加利利迦拿的娶亲筵席中，酒用尽了，玛利亚说："她们没有酒了。"（"Vinum non habent."）。于是耶稣施展神迹，令水变酒。参看《圣经·约翰福音》第二章第一至十一节。在本章所描写的一层，涤罪的亡魂卒前是贪饕者；玛利亚是节制行为的典范，与贪饕者相反，所以但丁在这里以她为例。

144. **正在发声……回话交谈**：指玛利亚在天堂为悔改者斡旋。这一典故，在《炼狱篇》第十三章第二十九行也曾出现。Benvenuto 的解释是："quae bucca nunc orat ad Deum pro nobis."（她的口为我们向上帝祈求。）。

145–146. **古罗马的妇女……已经满足**：参看 Valerius Maximus, *Factorum et dictorum memorabilium libri novem*, II, I, 5: "Vini usus olim Romanis feminis ignotus fuit, ne scilicet in aliquod dedecus prolaberentur."（"昔时，未闻有罗马妇女饮酒的，因为她们怕饮酒失仪。"）。（转引自 Bosco e Reggio, *Purgatorio*, 385; Singleton, *Purgatorio 2*, 537。）这句话后来为阿奎那所引述："Mulieres apud Romanos antiquitus non bibebant vinum."（"在古罗马人当中，妇女并不喝酒。"）。参看 *Summa theologica* II-II, q.149, a.4, resp.。

146–147. **先知但以理，/……智慧**：但以理在尼布甲尼撒宫中，"立志不以王的膳和王所饮的酒玷污自己"。参看《圣经·但以理书》第一章第三至二十节。该章第八节说："Proposuit autem Daniel in corde suo ne pollueretur de mensa regis neque de vino potus eius, et rogavit eunuchorum praepositum ne contaminaretur."（"但以理却立志不以王的膳和王所饮的酒玷污自己，所以求太监长容他不玷污自己。"）。第十七节说："Pueris autem his dedit Deus scientiam et disciplinam in omni libro et sapientia, Danieli autem intelligentiam omnium visionum et somniorum."（"这四个少年人，神在各样文字学问上赐给他们聪明知识；但以理又明白各样的异象和梦兆。"）。

148. **上古之世……时期**：参看奥维德《变形记》第一卷八九至一一二行。参看《炼狱篇》第二十八章一三九至一四四行。

151. **施洗者**：指施洗约翰（John the Baptist）。

152. **蜜糖和蝗虫**：参看《马太福音》第三章第四节："Ipse autem Ioannes habebat vestimentum de pilis camelorum et zonam pelliceam circa lumbos suos; esca autem eius erat locustae et mel silvestre."（"这约翰身穿骆驼毛的衣服，腰束皮带，吃的是蝗虫、野蜜。"）。同时参看《圣经 · 马可福音》第一章第六节。

153–154. **可是……伟大特出**：参看《圣经 · 马太福音》第十一章第十一节："Amen dico vobis, non surrexit inter natos mulierum maior Ioanne Baptista."（"我实在告诉你们，凡妇人所生的，没有一个兴起来大过施洗约翰的"。）。

第二十三章

但丁望进绿叶丛中，要看个究竟而不得要领。这时，一群贪饕的亡魂从后面纷纷赶来，其中一人是佛雷塞。佛雷塞就贪饕者所受的刑罚提出解释，然后称赞妻子内拉贤淑，谴责翡冷翠的妇女不守妇道。接着，但丁向佛雷塞介绍维吉尔和斯塔提乌斯。

正当我用尽目力，设法望进
　绿叶丛中，像放鹰的人，因酷爱
　捕鸟活动而虚耗毕生光阴，
我亲逾生父的老师说："别再
　耽搁了，孩子，我们手头的时间
　不能滥用，该好好加以安排。"
我回过脸来，两脚也迅速趋前，
　紧跟着两位智者。两人的对话，
　使我的步履变得从容而轻便。

突然，我听到歌泣之声迸发；
是“Labia mea, Domine”，声调
叫人喜悦，也叫人戚然忉怛。
“慈爱的大人哪，是谁在歌唱号叫？”
我说。老师答道：“也许是幽灵，
在设法解除债结的绞缭。”
接着，一群亡魂，沉默而虔敬，
以更快的脚步从后面纷纷
赶来，超越我们时，以惊愕的神情
向我们凝望，就像一群旅人
越过路上的陌生男女，出神间
一边回顾，一边继续远臻。
每个亡魂的眼睛都昏晦凹陷，
脸色苍白难看，萎缩的身体
剩下外皮包着骨头的表面。
相信厄利西克同最害怕萎缩之际，
也不会因饥饿而变得如此干瘪：
像一枚水果，一直向核心萎靡。
我在心中自言自语：“这些
亡魂失去耶路撒冷的时候，
玛利亚正在把儿子啄剥咬啮。”
亡魂的眼眶像戒指的宝石被抠。
有谁在众脸读出 OMO 这个字符，
就会轻易看见字母 M 的结构。
一个人，如果不知道其中缘故，

怎会相信，果香和水香引起
饥渴时，会把人类这样摆布？
当时，我还不知道他们何以
会如此瘦削，被苍白的疥癣覆盖，
因此在思索，他们为什么要挨饥。
突然，一个幽灵转过身来，
用头颅深处的眼睛盯着我，
大声喊道：“这是天恩所在！”
我完全认不出亡魂五官的轮廓；
不过，脸形虽然失去了痕迹，
身分却可以了然借声音揣摩。
灵光一闪间记忆全部亮起，
让我认出一张被毁的面目，
认出佛雷塞昔日的容貌威仪。
“噢，干瘪的疮痂使我的皮肤
变色。请不要光留意疮痂，”亡魂说，
“也不要介意我嶙峋的瘦骨。
请老实告诉我，你是谁；跟你一伙
前进的两个亡魂是什么来历？
请尽快把事实的真相告诉我。”
“你去世时，我曾为尊容饮泣。
现在见尊容损毁得这么严重，”
我答道，“想哭的程度并没有减低。
请看在神的份上，告诉我，尊容
被什么销毁。别叫我边说边讶异；

心不在焉时，真是欲说无从。”
亡魂听后，对我说：“德性按天机
降落水中，降落后面那株树，
结果使我日渐消瘦萎靡。
这些亡魂，生时都纵欲无度；
现在一边哭泣一边歌唱，
使自己在饥渴中重归圣土。
水花纷飞，洒落鲜碧的绿叶上。
溢自水花和果子的芬芳，点燃
我们心中要吃要喝的欲望。
在这层炼狱的路上，我们绕山
而走，要一次接一次吃尽苦头。
我说‘苦头’；其实应该说‘慰安’。
因为，基督立心给我们自由
而流血时，叫他欣然喊‘Eli’的意旨，
正引领我们走向果树的四周。”
于是我说：“佛雷塞，从你以尘世
交换永生的一天算到现在，
第五年仍在眼前淹留栖迟。
你的作孽能力结束时，安排
我们跟上主复合的悲喜时辰
还未来临，你怎能成为例外，
提前到这上界来净化前身？
我以为在下面才会找到你；
以时在那里赎时呀，才有这福分。”

贪饕者——佛雷塞

“噢，干瘪的疮痂使我的皮肤 / 变色。请不要光留意疮痂，”亡魂说，/

“也不要介意我嶙峋的瘦骨。……”

（《炼狱篇》，第二十三章，四九至五一行）

亡魂说：“我能够提前到这里
　吸饮苦痛的甜艾，是因为内拉
　把我引领，为我悲恸地哭泣。
她叹息着，以虔诚的祈祷设法
　把我从那个供亡魂等候的山坡
　拉上来，助我从别的圈子自拔。
我极爱妻子内拉。自从我亡殁，
　留下她一人，她行善时越孤独，
　上主就越喜悦，赐她的天恩就越多。
论妇德，撒丁岛的巴尔巴扎也迥出
　我们的巴尔巴扎。我死时，吾妻
　就继续留在这样的一片故土。
啊，你要我说什么呢，好兄弟？
　一个新时代已经向我展现。
　届时，教堂的讲坛会制定法例，
禁止翡冷翠无耻的女人厚着脸
　裸露胸前的大奶。而这一刻
　和目前，只隔着很短的时间。
自古迄今，何须立法定策——
　包括精神律法和其他律法——
　令蛮邦或撒拉逊妇人把身体掩遮？
不过，这些贱家伙如果觉察，
　飞穹怎样为她们预设报应，
　就一定会张着口呼号喧哗。
如果我们真的有先见之明，

此刻听安眠曲的婴儿，颊上未长
毛发，这些人就要哀号求情。
兄弟呀，请不要再把实况隐藏。
你看，不仅是我，连芸芸鬼族
都望着你遮盖太阳的地方。”
于是，我对他说：“如果你回顾
我们在一起时彼此的身分，
往事还会给你我带来愁苦。
几天之前，走在我前面的人，
把我从他生带到这里。那时候，
日妹正向你盈照。”我一边敷陈，
一边指了指太阳。“就是他，在前头
带我越过真正的死灵魂，越过
深邃的黑夜，以凡躯在后面行走。
他的扶持，助我把黑夜挣脱，
再攀绕这座高山。你们遭尘凡
扭曲，在这里获高山救偏改错。
他说，他会一直当我的旅伴，
到我遇上了贝缇丽彩才离开。
届时，我们两个人就要分散。
这是维吉尔告诉我的梗概。”
我说时指了指维吉尔。“在他身旁
是另一个幽灵。刚才贵国摇摆
所有的山坡，就是要把他释放。”

注释：

1–2. **我用尽目力……绿叶丛中**：但丁设法找寻声音的来源。

2. **绿叶丛**：指《炼狱篇》第二十二章一四〇行的“枝叶丛”。**放鹰**：古代的一种运动，以受过训练的猎鹰猎捕雀鸟。

8. **两位智者**：原文“savi”，指维吉尔和斯塔提乌斯。《地狱篇》第四章一一〇行，称诗人为“savi”（“圣哲”）。

11. **“Labia mea, Domine”**：出自《圣经·诗篇》第五十一篇（拉丁通行本《圣经》第五十篇），意为“主啊，……我嘴唇”。原文第十五节为：“Domine, labia mea aperies; et os meum adnuntiabit laudem tuam.”（“主啊，求你使我嘴唇张开，/ 我的口便传扬赞美你的话！”）。《圣经·诗篇》第五十一篇又称“Miserere”（启篇的第一字）。“miserere”是拉丁文，“求你怜恤”之意。

13. **大人**：原文为“padre”，直译是“父亲”。

15. **在设法解除债结的绞缭**：指亡魂在设法解除罪孽的捆绑。**债结**：指亡魂所犯的罪孽。这一用法，已见于《炼狱篇》第九章一二六行：“perch'ella è quella che nodo disgroppa”（“因为只有它，才能把顽结开解”）；《炼狱篇》第十六章第二十四行：“e d'iracundia van solvendo il nodo”（“他正在使暴怒之结松弛”）。

25. **厄利西克同**：Ἐρυσίχθων（Erysichthon），色萨利王忒里奥帕斯（Τριόπας, Triopas）之子。因为罔顾警告，砍伐得梅忒尔（Δημήτηρ, Demeter）的圣树，遭得梅忒尔诅罚，要受饥饿之苦，最后吃自己的身体充饥。参看《变形记》第八卷七三八至八七八行。**害怕萎缩之际**：指厄利西克同害怕饥饿，而要吃自己的身体之际。

29–30. **亡魂……咬啮**：提图斯（Titus Vespasianus，公元三十九年至公元八十一年），于公元七十年攻陷耶路撒冷时，有一个叫玛利亚的妇人饿极杀子，以其肉充饥。关于提图斯，参看《炼狱篇》第二十一章第八十三行注。

32–33. **有谁……结构**：中世纪的人（尤其是神学家和传道的教士）相信，OMO（人）三个字母，可以在人的脸上看到。OMO 即拉丁语 homo，意大利语 uomo。M（指安色尔〔uncial〕字体 M 或哥特式大写 M）这个字母，由两颧、两道眉弯、两颊的曲线和鼻子组成，鼻子是 M 的中间线。两个眼眶是两个 O，分别位于眉弯之下，M 的中线两边。这两行的意思是：有谁在人的脸庞看得出 OMO 三个字母，此刻就更能看出亡魂脸上的 M（由于亡魂饥饿，两颧和眉骨特高，M 这个字母乃特别显著）。Bosco e Reggio, *Purgatorio*, 397; Singleton,

Purgatorio 2, 546 均有图解，可参看。本页图解复制自 Singleton 译本。

安色尔字体 M 与人类脸庞关系示意图

34–36. **一个人……摆布？**：但丁在这里预说六一至七五行的叙述，但暂时没有详细交代，以引起读者的好奇，增加悬疑效果。

48. **佛雷塞**：指佛雷塞·迪西莫内·多纳提（Forese di Simone Donati），绰号比奇·诺韦洛（Bicci Novello），黑党首领，科尔索（Corso）的兄弟，琵卡尔妲（见《炼狱篇》第二十四章第十行，《天堂篇》第三章第四十九行）所属的黑党就由他领导。卒于一二九六年七月二十八日，是但丁的好友。于一二九〇年后，但丁和他写过争论诗（tenzone），在诗中互相讽谑。

59–60. **别叫我……欲说无从**：但丁没有答复佛雷塞的询问，却首先要他说明，他的容颜为何会异于往昔；不然，惊诧间自己会心不在焉。

61–69. **德性按天机……要喝的欲望**：佛雷塞的意思是：德性按上帝的公正意旨降落树中、水中，结果我因为这德性而消瘦。换言之，德性降落树中和水中后，树的果子和水都发出香气，叫亡魂亟欲吃喝；吃喝的欲望得不到满足，亡魂就耗损消瘦。不过在饥渴中，亡魂会涤去罪恶，回复上帝初造人类时的圣洁境界（"重归圣土"）。参看《炼狱篇》第二十二章一三〇至一三八行。此外，参看 *Convivio*, IV, XXVIII, 2: "...ella〔la nobile anima ne l'ultima etade〕fa due cose: l'una, che ella ritorna a Dio, sì come a quello porto onde ella si partio quando venne ad intrare nel mare di questa vita; ......"（"……她〔晚年的崇高灵魂〕会做两件事：第一，是重返上帝的怀抱，就像重返故港一样。当年，她航进此生的大海时，就从该港口出发。……"）。

73–75. **"……因为……四周"**：意为：叫基督欣然受难的意旨，也叫我们欣然走向果树来受罚。"果树"在原文是复数（"alberi"），可见但丁所描写的果树不止一株。有关基督在十字架上临终的情形，《圣经·马太福音》第二十七章第四十六节有这样的记载："Et circa horam nonam clamavit Iesus voce magna dicens: Eli, Eli, lamma sabachtani? Hoc est: Deus meus, Deus meus, ut quid dereliquisti me?"（"约在申初，耶稣大声喊着说：‘以利！以利！拉马撒巴各大尼？’就是说：‘我的神！我的神！为什么离弃我？’”)。《圣经·马可福音》第十五章第三十四节有同样的叙述。**给我们自由**：意为：把我们从原罪里救赎出来。**意旨**：指基督欣然受难、亡魂欣然受罚的意愿。这一意愿，与上帝的圣旨相符。

76–78. **从你以尘世/……淹留栖迟**：指佛雷塞离开尘世不足五年。这里的“五年”与史实略有出入：《神曲》故事发生于一三〇〇年春天，佛雷塞卒于一二九六年七月二十八日，因此由佛雷塞辞世的一天算起，到但丁说话的一刻，实际上不足四年。

79–82. **你的作孽能力……净化前身？**：但丁知道，佛雷塞卒时（也就是失去犯罪能力的一瞬）仍没有忏悔。这样的人应该在炼狱前区等候；等候的时间相等于尘世的一生。然而佛雷塞不须等候，就上了炼狱山。为此，但丁感到诧异。参看《炼狱篇》第四章一三〇至一三四行，第十一章一二七至一三二行。**作孽能力结束时**：人一旦死亡，就不再有作孽能力。“作孽能力结束时”，指佛雷塞死亡的俄顷。**安排……时辰**：指凡人在尘世上忏悔的时辰。这里的“我们”(原文“ne”)泛指人类。但丁的意思是：你卒前没有忏悔，怎能提前来到这里（“上界”）净化前身的罪孽呢？**悲喜**：原文为“buon dolor”，直译是“良好的悲戚”或“喜悲”。忏悔是悲戚之举，但同时能洗脱罪愆，带来永生，所以又是喜乐。参看 Sayers, *Purgatory*, 252。

83. **下面**：指炼狱前区（Antipurgatorio）。

84. **以时……赎时**：在凡间临终前没有忏悔的亡魂，得在炼狱前区等候，等候的时间相等于该亡魂在尘世的一生。所以说“以时……赎时”。**才有这福分**：才能进炼狱涤罪。

86. **吸饮苦痛的甜艾**：指忏悔涤罪。艾是味苦的植物，在这里代表炼狱的苦痛。不过苦痛后，亡魂可以得到永生，苦后有“甜”，所以说“甜艾”。**内拉**：原文“Nella”。佛雷塞之妻，生平事迹不详。在争论诗（tenzone）中，但丁描写过内拉。Singleton 认为“Nella”是 Giovanella 的缩写，而 Giovanella 又是 Giovanna 的昵称。参看 Singleton, *Purgatorio 2*, 552。

89. **供亡魂等候的山坡**：指炼狱前区的山坡。

90. **别的圈子**：指佛雷塞下面的炼狱各圈。由于妻子的助力，佛雷塞不必经其下各圈，就直接来到他此刻置身之所。

94. **撒丁岛的巴尔巴扎**：巴尔巴扎（Barbagia），撒丁岛中部真纳尔真图（Gennargentu）一带的地区。在当时，由于该地区的居民以野蛮为人所知，巴尔巴扎的地名常叫人想起“蛮荒”。

94–95. **也迴出 / 我们的巴尔巴扎**：也迴出"翡冷翠"（"我们的巴尔巴扎"）。九四至九五行的意思是：论妇女的道德，撒丁岛的巴尔巴扎远胜于翡冷翠。

96. **这样的一片故土**：指翡冷翠。

99. **届时……法例**：枢机主教拉丁诺（Latino）颁过法令，禁止妇女穿曳地的长裙。

101. **裸露胸前的大奶**：Benvenuto 这样描写撒丁岛巴尔巴扎的妇女："Pro calore et prava consuetudine vadunt indutae panno lineo albo, excollatae ita, ut ostendant pectus et ubera."（"由于天气热，加以习俗淫邪，妇女外出都穿低胸的白麻衣。她们颈项下袒，连大奶也露了出来。"）。参看 Singleton, *Purgatorio 2*, 553。但丁在这里指出，翡冷翠的妇女把乳房裸露，同样没有羞耻之心。

104. **精神律法**：教会所颁的律法。**其他律法**：世俗政府所颁的民事法。

105. **撒拉逊妇人**：原文（一〇三行）为"saracine"（saracino 阴性的复数，"saracino"又作"saraceno"），英语 Saracens，汉译"撒拉逊人"，原指罗马帝国时中东的一个游牧民族，居于叙利亚附近。后来这一词也指抵抗十字军的阿拉伯人。在但丁心目中，"撒拉逊人"是个贬义词，与"野蛮""异教""不信基督"等含义相连。

107. **飞穹**：指旋动的诸天。**为她们预设报应**：佛雷塞没有明言是什么报应。

109–111. **如果……求情**：这三行强调报应来临迅速，婴儿的颊上未长胡子，翡冷翠就会受惩。自一三〇〇年起，翡冷翠的确经历种种灾难；一三一五年更在蒙特卡提尼（Montecatini）战役中尝到败绩。不过有的论者认为，蒙特卡提尼一役不至于令人"张着口呼号喧哗"（一〇八行）；认为报应大概指其他事件，如德意志国王兼神圣罗马帝国皇帝亨利七世（Heinrich VII）入侵（一三一〇年至一三一二年），富尔切里·达卡尔波利（Fulcieri da Calboli）遭屠杀（参看《炼狱篇》第十四章），卡赖亚（Carraia）桥倒塌，等等。参看 Bosco e Reggio, *Purgatorio*, 403。

112. **兄弟呀……隐藏**：意思是：告诉我，你怎能以活人之躯来到这里；陪伴你的两个幽灵又是谁。参看佛雷塞在本章五二至五四行所提的问题。该问题，但丁当时没有答复。

113–114. **你看……地方**：但丁再度强调他是活人，身体阻挡了太阳的光线。

115–117. **如果你回顾 /……愁苦**：如果你回顾我们在阳间走过什么歧途（指佛雷塞和但丁荒唐贪饕的生活），此刻你和我仍会愀然（"给你我带来愁苦"）。

118. **走在我前面的人**：指维吉尔。

119. **他生**：指一一五至一一六行所写的凡尘生活。

120. **日妹**：太阳的妹妹，指月亮。在希腊和罗马神话中，太阳和月亮是兄妹。阿波罗（太阳神）和阿尔忒弥斯（月神）都是宙斯和丽酡的子女。有关阿波罗和阿尔忒弥斯的诞生，参看《炼狱篇》第二十章一三〇至一三二行。**盈照**：指月圆时。参看《地狱篇》第二十章一二七行。

122. **真正的死灵魂**：指万劫不复、在地狱接受永罚的阴魂。

123. **深邃的黑夜**：指地狱的晦冥、黑暗。**以凡躯……行走**：指但丁以血肉之躯跟着维吉尔越过地狱。

125. **这座高山**：指炼狱山。

125–126. **遭尘凡 / 扭曲**：遭尘世诱离正道，走向歧途。

126. **在这里……改错**：在炼狱洗涤前生所犯的罪。

132. **另一个幽灵**：指斯塔提乌斯。

132–133. **贵国摇摆 /……释放**：指刚才炼狱山震动，目的是释放斯塔提乌斯，让他升天。

第二十四章

佛雷塞提到妹妹琵卡尔妲，并且为但丁三人介绍同行的一些亡魂。其中一个叫博纳谆塔的预言，日后，一位女子会使但丁觉得卢卡妍姹。博纳谆塔和但丁谈到可喜新风格。贪饕的众亡魂离开后，剩下佛雷塞。佛雷塞预言科尔索·多纳提之死。佛雷塞告别后，三人来到另一棵树下，听到绿叶丛中有声音列举贪饕的例子。三人继续前进，碰见节德天使。节德天使从但丁额上抹去另一个P。

交谈和赶路两种活动，都没有
　使彼此减速。我们谈着话急行，
　就像一艘蒙惠风推动的飞舟。
一个个的幽灵，像死了再死的魅影，
　见我仍活着，都诧异地望着我，
　从眼眶深处射出惊奇的神情。
我呢，则继续把未完的话题申说：
　“为了迁就另一人，他的上跻

贪饕者

一个个的幽灵，像死了再死的魅影，/ 见我仍活着，都诧异地望着我，/
从眼眶深处射出惊奇的神情。

（《炼狱篇》，第二十四章，四至六行）

也许慢了些，未能按心志移挪。
是了，你可知道，琵卡尔妲在哪里。
告诉我，这些呆望着我的人之中，
可有哪一位值得我们去注意。”
“我不知道，我妹妹的品德和姿容，
哪一样更出众；只知道此刻，她已经
欣然戴冕，在奥林坡斯之巅受尊崇。”
接着，他继续说：“在这里，点名
说谁都可以——我们因为挨饥，
五官已经干瘪得失去了原形。
那是博纳谆塔，”说时以手指示意，
“卢卡的博纳谆塔。再过去是另一位。
他的脸，比其他亡魂都要萎靡。
神圣的教会，曾落在他的怀抱内。
他来自图尔，凭斋戒去涤清
波尔塞纳的鳗鲡、维尔纳查的酒秽。”
亡魂还一一提到了多人的姓名。
而这些人也似乎乐于被提起，
脸上并没有露出不悦的反应。
我看见乌巴尔迪诺·达拉皮拉以及
波尼法佐，饿得以牙齿咬噬空无。
后者以手杖眷牧过许多庶黎。
我看见马尔凯塞先生，曾经安舒
从容；旱况较轻时在佛尔利喝醉；
但是无论怎么喝都不会满足。

我们看人，有时会专注某一位。
我当时也如此：以卢卡人为中心。
这个卢卡人，似乎最清楚我是谁。
他正在喃喃自语，发出的声音
好像是“Gentucca”。发音的部位，因众魂
共受的惩罚而感到焦渴难禁。
“亡魂哪，”我说，“你既然充满诚悃，
急于跟我说话，那就说吧！
我乐于听你自得地发表高论。”
“我的故城尽管会遭人辱骂，
一位女子出生后，未披上头巾，”
亡魂说，“就使你觉得该城妍姹。
这段预言，上路时要牢记在心。
如果你理解我的喃喃时有错漏，
事实会向你说明后果前因。
不过，告诉我，我眼前的人是否
新体诗歌的作者，第一首诗
以‘心灵受爱所感悟的女士’开头。”
于是，我对他说：“我这个人，心智
受爱的启悟而留神，再追摹
内心的感应而记下它的训敕。”
“兄弟呀，可喜新风格我已经听过；”
亡魂说，“现在才看出，公证人、圭托内
跟我都学不来，是受了死结牵拖。
你们的笔，怎样在后面紧随

训敕者，我已经看得十分清楚。
我们的笔，却绝无这样的作为。
有谁进一步把两种风格评估，
也不会有别的见解提供。”
亡魂说完，就显得心满意足。
鸟儿在尼罗河之畔过冬，
有时会在空中成群地挤聚，
然后以纵列疾飞，行色更加倥偬。
所有的亡魂也是这样前趋，
因为体瘦心急而变得更轻灵。
他们一回脸，就加快了步履。
佛雷塞先让圣宠的众魂奔竞
而过，然后和我走在一起，
就像一个人跑累了，一边步行，
一边让同伴超前；起伏的胸臆
平静下来，才恢复原来的步伐。
然后，佛雷塞问：“何时才能再见你？”
“我不知会活多久，”我这样回答，
“不过，归期不管来得多迅速，
我仍然希望登岸于刹那。
因为按神旨长育我的故土，
正一天复一天砍剥本身的优点；
看来终有一天在悲惨中倾覆。”
“别操心，”亡魂说，“此刻，我看得见
罪魁被一头畜生以尾部拖往

深谷，此后再无从洗脱前愆。
畜生前进时一步比一步匆忙，
速度一直在增加，最后劈啪
一声，把他摔得遍体鳞伤。
那些轮子，”亡魂一边说话，
一边仰望着天空，“转不了多久，
我不能尽言的，你就会明察。
再会了，这国度光阴宝贵；因停留
陪你，跟你肩并着肩一同
前进，太多的光阴已经白丢。”
有时候，某个骑士会从骑队中
劲射而出，高速向前方飞奔，
去夺取最先与敌方交锋的殊荣。
亡魂也这样大踏步抛离我们，
让我和两位尘世的大统帅
立于路心，无从在后面紧跟。
正当亡魂远远地把我们抛开，
令我的目光难以在后面追捕，
一如我的心，难猜其语意所在，
离我不远处，出现另一株果树，
枝椏长满了果子，绿意油油。
这时候，我们刚拐弯来到该处。
我看见树下有人群高举着双手
向叶丛呼喊（喊什么呢？我也听不明），
就像憨小孩，都在痴然张口，

炼狱之树

我看见树下有人群高举着双手 / 向叶丛呼喊（喊什么呢？我也听不明）……

（《炼狱篇》，第二十四章，一〇六至一〇七行）

向别人央求，结果得不到反应。
聆听央求的，把他们央求的东西
张扬高举，撩拨他们的痴情。
然后，他们仿佛摆脱了痴迷
而离开；我们也来到了那棵大树。
那棵树，总不理亡魂的祈祷和哭泣。
“不要靠近；继续你们的征途。
上面的树，曾经被夏娃偷吃。
这里的一棵，就是该树所出。”
绿叶丛中，不知是谁在训示。
我和维吉尔、斯塔提乌斯闻言，
都一起紧贴着岩壁登陟。
那声音说：“要记住那些在云间
成形的凶物。饱餐后，那些恶魔
竟以双胸与忒修斯搏击争先。
也不要忘记，希伯来人因喝水而示弱。
结果基甸下山向米甸族
进攻时，不愿带领示弱的一伙。”
就这样，我们靠着路边，再度
向前登攀；并且得知，在往昔，
暴饮暴食的结果是多么痛苦。
之后，寂寞的路上，千多步的距离
展开，引带着我们继续前行。
大家都不发一言；沉思之际，
突然听到话声：“三个幽灵

在踽踽，默想的是什么？”我大为惊讶，
悚然像一头胆小的牲畜受惊；
并且抬头，看看是谁在说话。
映入眼帘的人哪，熔炉的金属
或玻璃，也绝难如此红光焕发。
那人说：“如果你们要朝着高处
攀升，就必须在这地方转弯。
凡是为安宁而来的，都要走这条路。”
说话者的容颜把视线切断；
我只好转身，随两位老师摸索，
就像失明的人凭听觉往还。
五月的微风宣示夜尽晓破，
就会带着浓郁的花香草香
开始荡漾，使芬芳涌溢远播。
这时候，我感到一股风，也这样
直吹前额；感到有翅膀轻扇，
使我闻到天香朝着我飘降。
接着，我听到有人说：“如此灿然
受天恩俯照的有福了。饮食之欲，
不会在他们怀中不羁地弥漫；
他们饥饿时，也不过求其所需。”

注释：

4. **死了再死**：原文“rimorte”，强调亡魂因消瘦耗损，像死了两次，比死一次还要凄惨。

8–9. **为了迁就另一人……移挪**：这两行上承《炼狱篇》第二十三章的结尾，仍是但丁跟佛雷塞说话。**另一人**：指维吉尔。**他**：指斯塔提乌斯。斯塔提乌斯获释后，本可直接升天，但因仰慕维吉尔，故意把步伐放缓，陪他一起慢走。这种钦敬情怀，斯塔提乌斯已于《炼狱篇》第二十一章一〇〇至一〇二行向维吉尔表白。

10. **琵卡尔妲**：全名琵卡尔妲·多纳提（Piccarda Donati），佛雷塞的姐妹。年轻时当了修女。哥哥科尔索（Corso）为了私利，逼她嫁给翡冷翠人罗塞利诺·德拉托萨（Rossellino della Tosa）。出嫁后不久，因病去世。到了月亮天（天堂第一重天），但丁会跟琵卡尔妲相遇。参看《天堂篇》第三章三四至一二三行。在本章八二至八七行，但丁会再度提到科尔索。

15. **戴冕**：指天堂福灵的荣耀。**奥林坡斯之巅**：“奥林坡斯”，一译“奥林匹斯”（据英文“Olympus”的音译），意大利文 Olimpo，希腊文 Ὄλυμπος。希腊北部的一座高山，位于马其顿境内，海拔九千七百九十四英尺，在希腊神话中，是宙斯和众神所居。在这里，“奥林坡斯之巅”指天堂。

16–17. **“在这里，点名 / 说谁都可以”**：Bosco e Reggio（*Purgatorio*, 407）和 Sapegno（*Purgatorio*, 265）均指出，这话用了曲言法（litote），意思是：大家瘦得“失去了原形”，必须点名，才说得分明。

19. **博纳谆塔**：全名博纳谆塔·奥尔比查尼·德利奥维拉尔迪（Bonagiunta Orbicciani degli Overardi），约生于一二二〇年。是个公证人，嗜酒。与但丁相识（参看本章第三十六行），且为彼此写过十四行诗。参看 Toynbee, 103-04,“Bonagiunta”条。但丁谈到博纳谆塔一类作家时说过：“quorum dicta, si rimari vacaverit, non curialia, sed municipalia tantum invenientur.”（“如果有空深究，就会发现，他们的作品狭隘而欠恢弘。”）。参看 *De vulgari eloquentia*, I, XIII, 1; Bosco e Reggio, *Purgatorio*, 407。

20–24. **另一位。/……酒秽**：指教皇马丁四世（Martin IV），约于一二一〇年生于法国布里（Brie）的蒙本塞（Montpincé），曾任图尔（Tours）圣马丁教堂的司库。一二八一年至一二八五年任教皇。但丁的死敌本内迭托·卡耶塔尼（Benedetto Caetani）能成为枢机主教（最后更成为教皇卜尼法斯八世），完全得力于马丁。马丁是个老饕，喜欢以维尔纳查白干葡萄酒（vernaccia）浸烤鳗鲡；有一次，因吃鳗鲡过饱而死。维尔纳查葡萄酒，得名于产地维尔纳扎（Vernazza）。参看 Bosco e Reggio, *Purgatorio*, 408; Toynbee, 433, "Martino[2]" 条；Singleton, *Purgatorio 2*, 561-62。

25. **亡魂**：指佛雷塞。

28. **乌巴尔迪诺·达拉皮拉**：全名乌巴尔迪诺·德利乌巴尔迪尼·达拉皮拉（Ubaldino degli Ubaldini dalla Pila）。大族出身，约卒于一二九一年，是枢机主教奥塔维阿诺（参看《地狱篇》第十章一二〇行注）和乌戈利诺·达佐（参看《炼狱篇》第十四章一〇四行注）的兄弟，大主教鲁吉耶里（参看《地狱篇》第三十三章第十四行）的父亲。以贪饕出名。参看 Sapegno, *Purgatorio*, 266; Singleton, *Purgatorio 2*, 563-65; Vandelli, 587 ；

29. **波尼法佐**：全名波尼法佐·菲耶斯基（Bonifazio Fieschi），热那亚人，教皇英诺森四世（Innocent IV）的侄儿。一二七四年至一二九五年任拉温纳大主教。财雄势大，为人豪爽，却因此赢来豪奢之名。参看 Toynbee, 107, "Bonifazio[2]" 条。

31. **马尔凯塞先生**：Marchese，佛尔利（Forlì）人，属阿尔戈利奥西（Argogliosi）家族，一二九六年任法恩扎（Faenza）最高行政官（podestà）。一生嗜酒，说自己永远口渴（即永远要喝酒）。参看 Bosco e Reggio, *Purgatorio*, 409; Singleton, *Purgatorio 2*, 565。

32. **旱况较轻**：指马尔凯塞在世时酒瘾比现在大。

35. **卢卡人**：指第十九行的博纳谆塔。

36. **似乎最清楚我是谁**：原文据 Giorgio Petrocchi 版："...parea di me aver contezza."

38. **Gentucca**：这词的正确意义，迄今未有定论。有的论者认为是"gente"（人）的贬义词，相等于"gentuccia"；有的论者认为是一位女子的名字；但丁流放时，曾获该女子款待。两种说法之中，以第二种说法较为可信。参看 Bianchi, 416; Bosco e Reggio, *Purgatorio*, 410; Singleton, *Purgatorio 2*, 566-67。**发音的部位**：指口。

43. **尽管会遭人辱骂**：参看《地狱篇》第二十一章三九至四二行但丁对卢卡的讽刺。

44. **未披上头巾**：在中世纪，意大利的市镇规定，女子婚后要披上头巾。"未披上头巾"，指未成年。

49. **我眼前的人**：指但丁。

51. **"心灵……女士"**：这是但丁《新生》（*Vita Nuova*）中的一首诗的第一行，原文为："Donne ch'avete intelletto d'amore..."。参看 *Vita*

Nuova, XIX。因为这首诗以“可喜新风格”（参看第五十五行注，原文为“dolce stil novo”）写贝缇丽彩，所以称为“第一首诗”。但丁开创这一风格之前，意大利诗坛有西西里派和中心派。前者包括贾科莫·达伦提尼（Giacomo da Lentini，即第五十六行的“公证人”）、斯特凡诺·普罗托诺塔罗（Stefano Protonotaro）、皮耶·德雷维耶（Pier delle Vigne）等人。后者包括圭托内·达雷佐（Guittone d'Arezzo）和博纳谆塔。当时的抒情诗，常以普罗旺斯作品为楷模。参看Sisson, 623-24。“贾科莫·达伦提尼”，在Bosco e Reggio, *Purgatorio*, 412中的意大利文拼法是“Jacopo da Lentini”，在Sapegno, *Purgatorio*, 269中的意大利文拼法是“Iacopo da Lentini”。

52–54. **“我这个人……训敕”**：这三行是但丁谦逊之辞。指但丁只是爱（“Amor”）的记录者。不过从这几行自白中，读者也可以看出，“可喜新风格”的作者如何强调灵感。

55. **可喜新风格**：原文“dolce stil novo”。*Dizionario Garzanti della lingua italiana*（567）这样解释：“scuola di poesia dei secc. XIII e XIV i cui seguaci esaltarono l'amore come fonte di rinnovamento morale e mezzo di elevazione spirituale.”（“十三、十四世纪的一个诗派。该派诗人歌颂爱情，认为爱情是道德更新的泉源、精神提升的手段。”）。Sayers（*Purgatory*, 261）说得更详细：可喜新风格指翡冷翠一派诗人的作品风格。这些诗人受波隆亚（Bologna）诗人圭多·圭尼泽利（Guido Guinizelli）的影响，“形成可喜新风格”。这风格的信条，最初见于圭尼泽利的颂歌“Al cor gentil rempaira sempre Amore”（“爱情总藏在温柔的心中”）。这一信条是：爱情经过净化，脱离了感官之欲后，是一股神圣的力量，与崇高的灵魂浑然难分，能够使人升华。这派诗人包括拉坡·詹尼·德里切瓦提（Lapo Gianni de'Ricevati）、奇诺·达皮斯托亚（Cino da Pistoja）、圭多·卡瓦尔坎提（Guido Cavalcanti），而以但丁为大师。但丁的可喜新风格，最早见于《新生》，再见于《筵席》，最后在《神曲》里升到前所未有的高峰。有关圭尼泽利的描写，参看《炼狱篇》第二十六章九一至一三二行；有关卡瓦尔坎提的描写，参看《地狱篇》第十章第六十行及该行的注释。

56. **公证人**：指贾科莫·达伦提尼（Giacomo da Lentini）。贾科莫是个公证人（Notaro），在意大利诗史中属西西里派，受过普罗旺斯诗人的影响。约卒于一二五〇年。西西里派活跃于腓特烈二世（见《地狱篇》第十章一一九行）和曼弗雷德（见《炼狱篇》第三章一一二行）两朝。**圭托内**：全名圭托内·达雷佐（Guittone d'Arezzo），意大利诗人，属圭尔佛党。托斯卡纳模仿普罗旺斯文学的诗人中，以他为翘楚。

约于一二三〇年在阿雷佐（Arezzo）附近的菲尔米纳（Firmina）出生，其后出家，在翡冷翠创立隐修院。约卒于一二九四年。但丁对他的评价不高。参看 *De vulgari eloquentia*, I, XIII, 1; II, VI, 8;《炼狱篇》第二十六章一二四至一二六行。

57. **死结**：指障碍。

58. **你们的笔**：Singleton（*Purgatorio 2*, 571）指出，原文的复数“le vostre penne”曾引起文学史家的争论：有的论者认为，“可喜新风格”是个诗派；有的则认为，所谓“可喜新风格”，只是但丁一人的写诗取向，并没有蔚然成派。

59. **训敕者**：指第五十三行的“爱”。

61–62. **有谁……提供**：博纳谆塔的意思是：两派的分别我已经说得透彻，其他人也不会说得更深入了。参看 Sapegno, *Purgatorio*, 269。

64–66. **鸟儿……倥偬**：这一意象，上承卢卡努斯。参看 Lucanus, *Pharsalia*, V, 711-13。

69. **一回脸**：指亡魂回过脸继续前望。

77. **归期**：指但丁卒后，经炼狱返回天堂的日期。

78. **登岸于刹那**：指但丁希望尽快（在“刹那”间）回归天堂。

79. **按神旨……故土**：指翡冷翠。

83. **罪魁**：指科尔索·多纳提（Corso Donati）。科尔索是佛雷塞和琵卡尔妲的兄弟、翡冷翠黑党的领袖，与白党倾轧。在但丁心目中，是翡冷翠祸乱之源。一三〇〇年，翡冷翠的行政长官（但丁是其中之一）为了平息党争，决定把两党的首脑放逐。科尔索得教皇卜尼法斯帮助，于一三〇一年大杀白党。后来被黑党追捕，窜逃间堕马而死（一说被士兵杀死）。参看 Bosco e Reggio, *Purgatorio*, 414; Sapegno, *Purgatorio*, 270; Singleton, *Purgatorio 2*, 574-77。

83–84. **一头畜生……深谷**：有些论者按字面解释这行，认为科尔索被马拖入地狱（“深谷”）。不过有的论者认为，科尔索并非被马拖死，而是被士兵杀死。把这两行当作比喻来解释，似乎更加稳妥。参看 Bosco e Reggio, *Purgatorio*, 415; Sapegno, *Purgatorio*, 270; Singleton, *Purgatorio 2*, 577-79。

88. **那些轮子**：指旋动的诸天。

89. **转不了多久**：指过不了多少年。科尔索卒于一三〇八年。

98. **尘世的大统帅**：指维吉尔和斯塔提乌斯。

116. **上面的树**：指分别善恶树。该树位于炼狱山之顶的伊甸园。有关伊甸园，参看《圣经·创世记》第二章第十七节。

121–123. **那些在云间/……搏击争先**：指半人半马部族肯陶洛斯人（Κένταυροι,

Centaurs），色萨利王伊克西翁（Ἰξίων，Ixion）的后裔。在拉庇泰（Λαπίθαι，Lapithae）族君王庇里托奥斯（Πειρίθοος，Pirithoüs）和希波达弥亚（Ἱπποδάμεια，Hippodamia）的婚宴上喝醉了酒，要强奸希波达弥亚和其他在场的女子，被忒修斯和拉庇泰人打败。参看《变形记》第十二卷二一〇至五三五行。伊克西翁以残忍手段杀了岳父，罪孽缠身，获宙斯搭救，却恩将仇报，企图强奸宙斯的妻子赫拉。宙斯召来乌云，伊克西翁以为乌云是赫拉，与之交欢，生下肯陶洛斯（Κένταυρος，Centaurus）。肯陶洛斯再生下肯陶洛斯人，所以这里称肯陶洛斯人为"在云间 / 成形的凶物"。

124–126. **希伯来人……一伙**：基甸向米甸族进攻时，拒绝带跪下喝水的希伯来人（以色列人）同去。参看《圣经·士师记》第七章第一至八节。

127. **路边**：指近山的一边。

137–138. **映入……焕发**：这两行描写天使。Vandelli（594-95）和 Singleton（*Purgatorio 2*, 587）都指出，这一描写上承《圣经》。参看《圣经·启示录》第一章第十四至十六节："Caput autem eius et capilli erant candidi tamquam lana alba et tamquam nix, et oculi eius tamquam flamma ignis, et pedes eius similes aurichalco, sicut in camino ardenti, et vox illius tamquam vox aquarum multarum. Et habebat in dextera sua stellas septem, et de ore eius gladius utraque parte acutus exibat, et facies eius sicut sol lucet in virtute sua."（"他的头与发皆白，如白羊毛，如雪；眼目如同火焰；脚好像在炉中锻炼光明的铜；声音如同众水的声音。他右手拿着七星，从他口中出来一把两刃的利剑；面貌如同烈日放光。"）。此外，参看《圣经·以西结书》第一章第七节，《圣经·但以理书》第十章第六节。

142. **把视线切断**：指天使的容颜叫但丁目眩，睁不开眼睛。

144. **凭听觉**：指但丁在这里失去了视力，要听天使的指示。

149. **感到有翅膀轻扇**：但丁"感到有翅膀轻扇"，是因为天使以翅膀从他的额上抹去另一个 P。

150. **使我闻到……飘降**：这行描写，与《埃涅阿斯纪》第一卷四〇二至四〇五行呼应："Dixit et avertens rosea cervice refulsit, /ambrosiaeque comae divinum vertice odorem/spiravere; pedes vestis defluxit ad imos, /et vera incessu patuit dea."（"维纳斯说完就转身，玫瑰色的颈项闪着光，/ 芬芳的秀发在头上飘散着天香；/ 丽裳向下，一直垂到双足；/ 步姿显示，她是无可置疑的女神。"）。

152–153. **饮食之欲，/……弥漫**：意为：他们会适可而止，不会贪求过量的饮食。

第二十五章

但丁、维吉尔、斯塔提乌斯向炼狱山第七层上攀。斯塔提乌斯解释生命如何形成，灵魂如何进入肉体；人死后，魂魄会走什么样的旅程。到了炼狱山的第七层，但丁见崖壁向外激射着火焰，听到邪淫者在火中歌颂贞洁的范例。

上攀的旅程再不容我们久留，
　因为此刻，黑夜和太阳
　已把子午圈让与天蝎和金牛。
一个人迫于情势，就不再思量
　前景是什么而只管走路，须臾
　也不停息。我们的情形也相像：
为了赶时间而向隘道急趋。
　梯级太窄，我们攀登时要分离；
　要一个在前，一个在后地上履。

想飞的小鹳，由于缺乏勇气
　离巢，会首先鼓起翅膀，然后
　再垂下。我呢，与小鹳的情形无异：
我的心中燃起发问的念头，
　然后又熄灭。我当时欲言又止，
　像一个人要说话，却没有启口。
旅程虽急，亲如慈父的老师
　却没有沉默。老师说：“话语之弓
　既套上了铁镞，就不妨松弛。”
我听了他的话，信心生于胸中，
　启口说：“这里的人不需要食物，
　怎么仍会有这样消瘦的脸容？”
“如果你记得梅雷阿格罗斯的典故，
　知道他怎样寿终于焦木的火焰，”
　老师说，“了解原因时就不再辛苦。
只要你想想，你微微摇晃间，
　镜中的影像怎样紧紧跟随你，
　看似艰难的道理就变得显浅。
不过，为了使你的求知欲平息，
　这里有斯塔提乌斯；让我请他
　在这一刻医疗你的疮痍。”
“要是我在你面前向他传达
　永恒的景物，”斯塔提乌斯答道，
　“唯一的借口，是不能不听你的话。”
然后他说：“孩子呀，你的头脑

如果肯倾听接受，我的话语
就会把事情的原因向你昭告。
经脉即使口渴，也不会吸取
完美的血液；却让它像食物一样
在桌上留下，被人拿了去存聚；
然后在心脏接受生化的力量，
再把力量传送给肢体；一如
别的血，在经脉中给肢体形相。
经过再消化，这种精血就下输，
从一个不便明言的部位中
滴入天造地设的器皿，接触
另一人的血，并与之相融。
其中一种，因源头美善而秉持
活跃的属性；另一种则生性被动。
前者融入了后者，就蠢然开始
把它凝结；后者成了形，会再由
前者赋生，成为可塑的物质。
主动的能量成为灵魂的时候，
跟植物的灵魂相同；不同的地方，
在于后者已抵岸，前者在游走
生变，且具备感觉，可以弛张，
像海绵一样。然后，它进一步
成为种子，为创造官能而派用场。
孩子呀，这能量会成长，也会伸舒；
它的源头是生化者的心。

在那里，天性会照顾所有的手足。
不过，一个人怎样由动物演进，
你还未明白。说到这关键理论，
有人出过错。这个人比你聪敏，
在自己的申述里把人的灵魂
跟潜在的心智截然剖劈，
因为他见不到心智在器官寄存。
你呀，请敞开胸怀去接受真理。
告诉你，一旦脑部的接合过程
结束，在胎内变得完美无比，
万动之源就眷顾它，因自然的大能
造出这样的精品而欣悦，并呼入
力量充盈的新精神为它催生。
在脑里，新精神见到活跃的外物
就加以吸收而合为魂魄，靠自己
就可以生长观照，自给自足。
上述的话，不该叫你太讶异。
请你看看暖阳：暖阳一触到
滴自葡萄树的汁液，就化为醇醴。
拉克西斯再没有麻纱可绕，
魂魄就脱离肉体，潜带着人性
和神性的精华一起向远方高翱。
其他官能，这时都喑哑不灵。
不过这时候，记忆、脑力、意志
运作时，却比以前更活跃、更澄明。

说来神妙：魂魄并不会栖迟，
　却自动向河岸之一下堕，
　在那里首先对旅程取得认识。
在那里，一旦有空间把它包裹，
　生生不息的能力就射向四方，
　形态跟活于肢体的时候相若。
大雨后，空气中如果水云茫茫，
　并且有外来的光线映照聚集，
　就会色彩缤纷而焕然成章。
魂魄的力量也如此：它停在哪里，
　就在哪里以潜力盖下印信，
　使空气的形态也随着转移。
新的形态，会跟着魂魄前进，
　就像火舌之于火焰：火焰
　去到哪里，火舌就同时来临。
由于形态以这种方式彰显，
　因此又称为魂影。就这样，魂影
　为视力等感觉而器官是添。
因此，我们有了说笑的本领，
　并且能流泪，能叹息。我们的叹息，
　你在山上也许已听得分明。
就这样，魂影按欲望和其他情意
　对我们的影响而具备形态。
　你所以惊诧，就是这个道理。”
这时，我们来到了末圈一带，

炼狱第七层

眼前的崖壁向外激射着火焰；/ 平台的边缘则向上喷出烈风，/

把火焰吹退，使它射不到平台前。

（《炼狱篇》，第二十五章，一一二至一一四行）

并且拐了个弯走向右边，
开始叫另一景象牵萦心怀。
眼前的崖壁向外激射着火焰；
平台的边缘则向上喷出烈风，
把火焰吹退，使它射不到平台前。
于是，我们被迫沿外崖攀升，
而且要一个跟一个。结果
我一边怕火，一边怕堕入深坑。
“在这个地方，”导师对我说，
“必须对眼睛严加羁牵，
因为一不小心，就会出错。”
“Summae Deus clementiae...”接着，我听见
熊熊大火的中心有歌声响起，
叫我回望的意欲没有稍敛。
我目睹一个个亡魂穿行于火里，
就一边凝睎，一边望自己的脚步。
结果视线分散，要不时游移。
亡魂唱完了歌，把乐音收住，
就高喊“Virum non cognosco”的经文；
然后降低声调，把圣歌重复。
圣歌唱完，众亡魂再高叫：“女神
狄安娜留在森林里，把身中
维纳斯之毒的赫丽凯逐进荒榛。”
喊完了再唱歌，然后再高声赞颂
贞洁的夫妇。这些夫妇，遵照

炼狱第七层

“Summae Deus clementiae...”接着，我听见 /
熊熊大火的中心有歌声响起，/ 叫我回望的意欲没有稍敛。
（《炼狱篇》，第二十五章，一二一至一二三行）

炼狱第七层——邪淫者

我目睹一个个亡魂穿行于火里，/ 就一边凝睇，一边望自己的脚步。/ 结果视线分散，要不时游移。

（《炼狱篇》，第二十五章，一二四至一二六行）

道德和婚姻的律法而嘉行是从。
我相信，只要亡魂受火焰焚烧，
这样的情景就一直会继续。
要有这样的疗程、这样的菜肴，
最后的伤口才获得缝合而痊愈。

注释：

1. **上攀……久留**：但丁攀登炼狱山的时间有限，因此不能稽延。“久留”的原文为“storpio”，现代意大利语解作“跛子”；这里解作“impedimento”（“妨碍”）。参看 Rossi e Frascino, *Purgatorio*, 337。

2–3. **此刻……金牛**：此刻是下午二时，位于白羊宫的太阳已经西斜，把子午圈让给了金牛宫；与太阳相对的黑夜，也在耶路撒冷那边西沉，把子午圈让给了天蝎宫。也就是说，此刻在炼狱中天的是金牛宫；在耶路撒冷中天的是天蝎宫。

黄道带示意图

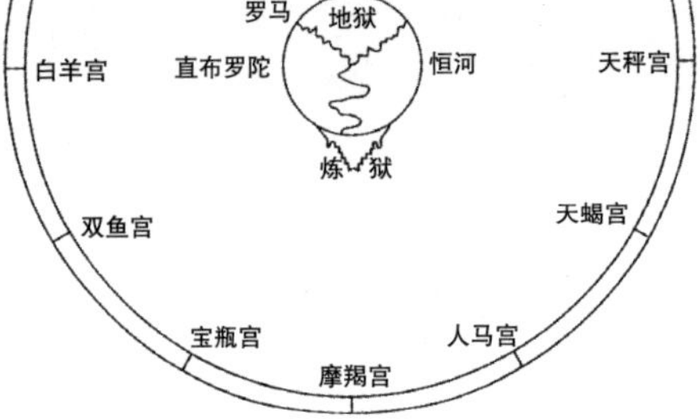

17–18. **“话语之弓/……松弛。”**：意思是：你要说的话既已如箭在弦，就说出来吧。

22–24. **梅雷阿格罗斯……不再辛苦**：梅雷阿格罗斯（Μελέαγρος，Meleager），卡吕冬（Καλυδών，Calydon）奥纽斯王（Οἰνεύς，Oeneus）之子，阿尔戈船英雄，曾在卡吕冬参与会猎野猪的行动。出生时，命运女神预言，炉中的焦木烧完，其生命就会终结。其母阿尔泰亚（Ἀλθαία，Althaea）为了替爱儿延寿，把焦木熄掉，然后收藏起来。众英雄会猎成功，梅雷阿格罗斯把野猪皮送给情人阿塔兰忒（Ἀταλάντη，Atalanta），却给两个舅父普勒克西波斯（Πλήξιππος，Plexippus）和托克修斯（Τοξεύς，Toxeus）抢去。梅雷阿格罗斯一怒之下，把两个舅父杀死。阿尔泰亚见儿子杀舅，把焦木投入火中，结束了梅雷阿格罗斯的阳寿；自己也因儿子之死而上吊身亡。故事见《变形记》第八卷二六〇至五四六行。维吉尔引用这一典故，是为了说明，肉体变化消亡的原因神秘莫测，就像梅雷阿格罗斯之死，表面上跟焦木无关，其实却关系密切。明乎此，“了解原因时就不再辛苦”了。参看 Steiner, *Purgatorio*, 330。

25–27. **只要……显浅**：影子和肉体，表面上没有关连，事实却并非如此：肉体稍微一动，镜中的影子就马上产生变化。

30. **疮痍**：原文为“piage”。Singleton（*Purgatorio 2*, 594）指出，但丁为了迁就韵脚，以“疮痍”喻无知，诗义有点牵强。这行的“piage”和第二十六行的“image”（“影像”）、第二十八行的“adage”（“平息”）押韵。

37–42. **经脉……形相**：斯塔提乌斯开始解释生命如何形成。经脉中的血，给肢体形相和营养。另一种更完美的血（即精液），则由心脏形成，具有生化的力量。**生化的力量**：参看 *Convivio*, IV, XXI, 4: “la vertù de l’anima generativa”（“灵魂的生化力量”）。

43–46. **经过再消化……相融**：意为：这些完美的血液，经历了变化过程后，就成为精液，降落男性的生殖器（“一个不便明言的部位”），然后滴入子宫（“天造地设的器皿”），与女子的经血（“另一人的血”）相融。参看 Steiner, *Purgatorio*, 331。

47–48. **其中一种……被动**：男性的精子生性主动（“秉持活跃的属性”），负责化生；女性的经血生性被动，负责接受。**源头美善**：指心脏是美善的源头。血液进了心脏，就变成精液。但丁的说法，源自亚里士多德和托马斯·阿奎那。参看 *Summa theologica*, III, q.XXXII, a.4。

49. **前者**：指精液。**后者**：指经血。这行描写胚胎成形的过程。但丁时期的人，对生殖过程所知不多，乃有种种附会。

54–55. **后者……游走 / 生变**：意为：植物的灵魂一旦生成，就到了终点，不再发展；动物的灵魂则不然，生成后仍继续发展。

56. **海绵**：意大利但丁学会版原文为"fungo marino"，Giorgio Petrocchi 版原文为"spungo（即'spugna'）marino"。译文以后者为准。

56–57. **它进一步 /……派用场**：成为各种官能的种子。

59. **生化者**：指男子。

60. **手足**：指肢体。

61–62. **一个人……未明白**：指旅人但丁仍未明白，精子和经血结合成胚胎后，如何再由动物变为人。

63. **有人**：指阿威罗伊（Averroës），即伊本·路西德（Ibn-Rushd，一一二六年至一一九八年）；出生于西班牙，是个"哲学家、自然科学家、医学家"，"认为物质和运动是永恒存在的，……否认个人灵魂不朽"（《辞海》上册，页三八〇）；曾注释亚里士多德的作品。参看《地狱篇》第四章一四四行。

64–66. **在自己的申述里……寄存**：阿威罗伊认为，心智和灵魂分离，彼此互不连属。但丁和传统的神学家一样，反对这一论点；因为接受了这一论点，就等于否定基督教灵魂不朽之说。

70. **万动之源**：指上帝。原文"motor primo"，相等于英语的"first mover"（第一推动者，原始推动者）。

71–75. **并呼入 /……自给自足**：上帝赋胎儿以"新精神"。这"新精神"就是潜在的心智，充满了力量。潜在的心智把其他活跃的官能（"活跃的外物"，也就是植物和动物的官能）集中起来（"吸收"），胎儿就能生长、观照、自省，知道自己如何运动。

79. **拉克西斯……可绕**：指死亡来临时。命运三女神之一的拉克西斯，再没有麻纱为某人卷绕时，那人的阳寿就会结束。参看《炼狱篇》第二十一章二五至二七行注。

80–81. **潜带着……精华**：人的阳寿结束，灵魂就潜带着人的官能（包括植物官能、感觉官能）和神的官能（心智）离开肉体。

82. **其他官能**：指人的官能。

83–84. **不过……更澄明**：这时候，神的官能（记忆、脑力、意志），由于摆脱了肉体的羁牵，会变得更敏锐、更清晰。

85–87. **说来神妙……认识**：由于上帝的神秘安排，灵魂脱离肉体后，首先会向两条河的岸边下堕，在那里知道该走什么样的旅程（"对旅程取得认识"）。所谓"两条河"，指意大利的特韦雷河（Tevere）和冥界五河之一的阿刻戎河（即祸川）。堕向特韦雷岸边的，会往炼狱悔罪升天；堕向阿刻戎河畔的，会往地狱接受永罚。有关特韦雷河的描写，参看《炼狱篇》第二章一〇〇至一〇二行；有关阿刻戎河的描写，参看《地狱篇》第三章一二二至一二四行。

88. **把它包裹**：把灵魂包裹。

89–96. **生生不息的能力……随着转移：生生不息的能力**：原文为"virtù informativa"，指子宫里形成人体的能力，即本章第四十行的"生化的力量"（原文第四十一行的"virtute informativa"）。这一能力，此刻再发挥作用，向空气散射，组成另一形体，并且让该形体重获五种感官。**外来的光线**：指太阳的光线。**以潜力盖下印信**：向周围的空气发生作用，赋予人体在生时所具的力量。**使空气……转移**：使空气成为人形。

100. **以这种方式彰显**：借着由空气形成的肢体来彰显。

101–102. **就这样……是添**：利用这样的物质（"就这样"），灵魂得以造就各种器官，包括视觉器官（即眼睛）。

103. **因此……本领**：借着这个躯体，我们就能够说笑。

106–108. **就这样……道理**：借着上述过程，魂影会按照欲望或其他情意，以不同的形态出现。在炼狱的这一圈，魂影感到饥饿，要吃食物，因此显得消瘦。换言之，亡魂所以消瘦，是因为有吃的欲望，而不是因为他们像阳间的人那样挨饿。但丁不明白个中原因，乃感到惊诧（见本章二〇至二一行）。

109. **末圈一带**：原文"l'ultima tortura"的"tortura"，既可解作"拷打"、"酷刑"、"折磨"、"痛苦"，也可解作"绕山的路程"。本译文采取的是第二种解释。参看 Sapegno, *Purgatorio*, 283。

112–117. **眼前的崖壁……深坑**：近山的一边，烈火平射而出；靠崖的一边，有烈风上喷，把烈火吹退，开出通路，让斯塔提乌斯、维吉尔、但丁一个跟着一个单行前进。但丁前进时，既怕左边的烈火，又怕右边的深崖。

118–120. **"在这个地方……出错。"**：Sapegno（*Purgatorio*, 284）指出，这三行有象征意义：烈火象征情欲；悬崖象征危险；眼睛是爱欲之所由入，一不小心，就会罹祸（坠落深崖）。

121. **"Summae Deus clementiae..."**：这三个拉丁词的一般拼法是"Summae Deus clementiae"。意大利但丁学会（Società Dantesca Italiana）版《神曲》的 Summae 和 clementiae 省去 a，变成 Summe 和 clementie，是天主教《日经课》的一首圣诗之始，意为："至仁慈的天主"。不过根据《日经课》的正式版本，这行的开头该为"summae parens clementiae"（"至仁慈的天父"）。圣诗的主题在于警诫淫欲。参看 Garboli, 384。

123. **回望的意欲没有稍敛**：但丁虽然要注意脚步所履，以免堕进深崖，但仍然抑制不住回望的意欲。

126. **结果……游移**：意为：结果要一边望向亡魂，一边注意步履，不能把视线集中于同一焦点。

128. **"Virum non cognosco"**：拉丁文，意为："我没有跟男人发生过性关系"（和合本的译文是"我没有出嫁"，较拉丁原文含蓄）。在英语中，"know"既可解作"认识"，也可解作"与……发生性关系"。参看 *The Shorter Oxford English Dictionary on Historical Principles*（一九七〇年版）页一〇九三"know"的定义 II，3："*trans.*To have carnal acquaintance with."。天使加百列告诉玛利亚，说她要"怀孕生子"，玛利亚就说了上引的话。参看《圣经·路加福音》第一章第三十四节："Quomodo fiet istud, quoniam virum non cognosco."（"我没有出嫁，怎么有这事呢？"）。众亡魂唱完圣诗，就喊出与贞洁典范有关的话语。

130–132. **"女神 / 狄安娜……荒榛"**：月神狄安娜（即希腊神话中的阿尔忒弥斯）是狩猎女神，也是贞洁之神。追随她的山林仙女赫丽凯（Ἑλίκη，Helice）遭宙斯强奸成孕，出浴时被狄安娜发现，结果遭狄安娜驱逐。赫丽凯生下阿卡斯（Ἀρκάς，Arcas）后，被赫拉变为母熊。阿卡斯长大，出猎时碰见母亲，却不知其真正身分，于是举矛直刺；千钧一发间，宙斯以旋风把母子俩卷到天上，分别变为大熊星座和小熊星座。根据某些神话版本，赫丽凯又叫卡丽丝酡（Καλλιστώ，Callisto），是阿卡迪亚（Ἀρκαδία，Arcadia）王吕卡翁（Λυκάων，Lycaon）的女儿。赫丽凯遭宙斯强奸成孕，是因为宙斯心生爱欲，所以但丁说她"身中 / 维纳斯之毒"。这一故事，见于《变形记》第二卷四〇一至五三〇行。《天堂篇》第三十一章第三十一行，再度提到赫丽凯。

134. **贞洁的夫妇**：为彼此守贞的夫妇。

137. **这样的情景**：指亡魂为自己赎罪的做法：唱完圣歌，再高声说出与嘉行典范有关的话；之后再唱圣歌……

138. **这样的疗程**：指火焰。因为火焰有治疗罪恶之效，所以说"疗程"。**这样的菜肴**：指精神上的食粮，即圣歌和亡魂所喊的话。

139. **最后的伤口**：指亡魂因犯罪而招致的最后一道伤口，即但丁额上的第七个（也是最后一个）P。

第二十六章

炼狱第七层的亡魂，在凡间是邪淫者。这时都觉察但丁是个活人。其中一个向但丁探询究竟。但丁还未回答，另一群亡魂已经从另一边走来，与这边的亡魂相遇；彼此打完亲切的招呼后，就喊出所多玛、蛾摩拉、帕西法厄的淫乱事例。然后，但丁回答刚才发问的亡魂。亡魂也向但丁解释他和同伴所犯的罪和所受的刑；并且告诉但丁，他是诗人圭多·圭尼泽利。但丁向圭尼泽利表示钦仰。圭尼泽利向但丁介绍普罗旺斯行吟诗人阿诺·丹尼尔。丹尼尔和但丁说话。

就这样，我们沿着平台之边
　鱼贯前进。途中，贤师一再
　提醒我：“小心哪，要注意路上的危险。”
这时候，太阳向我的右肩射来；
　整个西天，由于斜晖的照耀，
　渐渐由蔚蓝的颜色变成淡白。

火焰因为有我的身影相较，
　　也显得更红。然而，迹象虽微，
　　眼前的幽灵走动间已向我瞻瞧。

也因为如此，他们在炼狱内
　　开始谈论我，七嘴八舌地说：
　　“那个躯体，并不像空幻的鬼类。”

接着，有些人尽量向我移挪；
　　不过移挪时总小心翼翼，生怕
　　走出了焚烧他们的熊熊烈火。

“大概你出于虔敬——而并非想拖拉——
　　才会在后面跟随其他同辈。
　　口渴和烈火在烧我。请给我回答。

不仅是我急于要聆听原委，
　　这些人的渴望之情，也甚于印度人
　　或埃塞俄比亚人想喝冷水。

告诉我们，你怎么能够把己身
　　化为墙壁，挡住太阳——你仿佛
　　还没有向死神的罗网投奔。”

一个亡魂刚说完，我的双目
　　就叫另一幕奇景吸引；不然
　　我早已把自己的身分表露。

就在熊熊的火道中心，另一班
　　亡魂正朝着这边的亡魂走来，
　　令我屏着息，无比惊诧地观看。

亡魂相会时，我看见人人都赶快

趋前，行进间亲吻另一边的同类，
并在短暂的团聚中畅然开怀。
蚂蚁在黑压压的队伍里，也会
这样碰头：彼此以鼻子相触，
也许在问路和探询前程的安危。
亡魂向彼此打完亲切的招呼，
两足还没有在路上继续前跨，
就竭力大喊，要声压整个队伍。
后至者喊“所多玛和蛾摩拉”；
先来者喊“帕西法厄钻进母牛里，
让公牛冲过来帮她把淫欲散发”。
然后，那些亡魂像灰鹤举翼，
分别向里派山和沙漠飞翔而去。
后者避霜；前者避太阳的袭击。
两批人，朝相反的方向踏出步履，
并且流着泪，继续刚才的唱腔，
重喊最合他们身分的忏悔语。
曾经求我的依旧朝我的方向
围拢过来，靠近我的身边，
脸上露出了凝神倾听的模样。
他们的愿望既然一再展现，
我只好对他们说：“诸位幽灵，
你们迟早都注定获得安恬。
我的肢体，是成熟还是年青，
都不在尘世那边，而在此处，

有血，也有骨，正跟我一起前行。
我攀登这里，是不想继续瞎目。
上方有女士为我祈求恩典，
让我以凡躯越过你们的国度。
不过（但愿你们最大的渴念
快点得偿；愿天堂给你们居所。
天堂啊，至辽至广，仁爱无边），
为了让我记诸卷帙，告诉我，
你们是谁；在你们背后一起
朝另一方向远去的又是哪一伙。”
山民土头土脑地走进城里，
张望间会惊诧得说不出话来。
亡魂听我说完，脸上的讶异
不下于山民进城时流露的愕骇。
不过，当亡魂的高贵心灵
克服了讶异，让他们释然开怀，
曾经向我提问的就这样响应：
“你有福了。你呀，为了善终，
到我们的国境运取内情！
那些没有跟我们同来的人丛
犯有罪愆。凯撒因同样的过错，
凯旋时有人喊着‘王后’起哄。
因此，他们要喊着‘所多玛’奔波
自责。这情形，你刚才已经耳闻。
他们的内疚，会加强燃烧的烈火。

我们所犯的，是两性之间的淫奔。
　不过我们违反了人间礼法，
　像禽兽一般去纵欲忘身，
因此离开时我们把自己辱骂，
　办法是呼喊那淫妇的恶名。那淫妇，
　在木头畜生里像禽兽俯趴。
现在，我们的罪行你已经清楚。
　要是你想知道我们的姓名，
　我既无时间，也不能一一讲述。
关于本人，我倒能按尊意回禀：
　我是圭多·圭尼泽利。我还未死亡，
　就已经用痛悔之情洗涤罪行。”
吕库尔戈斯悲愤时，有两个儿郎
　因重见母亲而欣悦。我当时的欢喜
　虽略微收敛，却大致和古人相仿。
因为，把大名向我宣告的，我自己
　视为慈父；咏情时风格婉柔，
　且胜我一筹的，也拿他与显考相比。
我耳无闻，口无语，沉思着向前走；
　走了好久，仍对他目不转睛；
　却由于烈火而没有向他奔投。
我以双目看饱了这个亡灵，
　就全心全意地听他吩咐；
　为了说服他，还恳切陈情。
他答道：“你说的话清清楚楚，

在我脑里留下深刻的印象，
经忘川洗涤也不会漫漶模糊。
假如事实就像你的表白所讲，
告诉我，是什么原因，叫你用容颜、
用话语表示对我的敬爱钦仰。”
我听后回答说：“您的美妙诗篇，
只要白话仍流传，在任何时候
都会使您所用的墨水荣显。”
“兄弟呀，”亡魂说，“他是更佳的能手。”
说时用手指指着前面的幽灵：
“驾驭母语时比我要胜一筹。
作家以散文写传奇，以诗篇咏爱情，
都被他凌驾。——也有笨蛋在胡说，
认为那个里摩日人更秀颖。
他们只相信浮名，不察看成果，
就对作家的高低下了定论；
也不问因由，不辨技艺的巧拙。
古人评圭托内，就往往用这种标准，
结果众口交誉，所褒的都是他。
到的论赢得了大众，谬奖才隐遁。
既然你受的恩宠是那么大，
有特别的权利向上面攀跻，
到基督治理的修道院去观察，
请为我以天主经文在那里求祈。
经文的长短，请按照这里所需。

在这里，我们再没有犯罪的能力。”
也许要给后来者让路吧，这话语
说完，亡魂就隐入烈火深处，
就像鱼儿，刹那间向水底疾趋。
我稍微前移，靠近被指的人物，
告诉他，我的渴求已经准备
府宅，接他的大名进里面居住。
幽灵听了我的话，就欣然应对：
“Tan m'abellis vostre cortes deman,
qu'ieu no me puesc ni voill a vos cobrire.
Ieu sui Arnaut, que plor e vau cantan;
consiros vei la passada folor,
e vei jausen lo joi qu'esper, denan.
Ara vos prec, per aquella valor
que vos guida al som de l'escalina,
sovenha vos a temps de ma dolor!”
之后就隐没，受烈火继续净化。

注释：

4. **太阳向我的右肩射来**：这时，太阳正在西沉，但丁、维吉尔、斯塔提乌斯正在炼狱西边朝南方前进。

6. **由蔚蓝的颜色变成淡白**：太阳在高天时，天空的颜色蔚蓝。这时候，由于太阳西斜，天空的颜色变为淡白。

8–9. **迹象虽微，/……瞻瞧**：指但丁的血肉之躯虽然不太触目（“迹象虽微”），众幽灵已经觉察，眼前出现的人与幽灵有别，于是向但丁瞻望。

14–15. **不过……烈火**：众亡魂遵从忏悔的天律，乐意受炼狱之火净化，因此都设法留在烈火内，生怕离开了烈火，会失去涤罪的机会。

16–17. **“大概……跟随其他同辈”**：众亡魂见但丁跟在斯塔提乌斯和维吉尔后面，于是揣测他落后的原因。

20–21. **甚于印度人/……想喝冷水**：由于天气酷热，印度和埃塞俄比亚的人都想喝冷水解渴。

22–24. **告诉我们……投奔**：众亡魂不知道但丁仍活着，因此都感到奇怪，他怎能像个活人，以身体挡住阳光。

34–36. **蚂蚁……安危**：这三行的意象，上承《埃涅阿斯纪》第四卷四〇四至四〇七行，《变形记》第七卷六二四至六二六行，大普林尼（Gaius Plinius Secundus，公元二十三年至七十九年）的《自然史》（*Naturalis historia*, XI, 39）。

40. **后至者**：指刚到但丁面前的亡魂。这些亡魂所走的方向与但丁所走相反，都在顺时针方向前进。**所多玛和蛾摩拉**：《圣经》中的两座城市，因邪恶而遭上帝的天火烧毁。参看《圣经·创世记》第十九章第一至二十九节，《地狱篇》第十一章四九至五〇行，《地狱篇》十四至十六章。众亡魂喊“所多玛和蛾摩拉”，有警诫作用。

41–42. **“帕西法厄……把淫欲散发”**：帕西法厄爱上了公牛，与之行淫，结果生下人牛怪米诺陶洛斯。参看《地狱篇》第十二章十二至十三行注。

43. **灰鹤**：这一意象，与《地狱篇》第五章第四十六行另一灰鹤意象、《炼狱篇》第二十四章六四至六六行的飞鸟意象相呼应。

44. **里派山**：希腊文 Ῥῖπαι，拉丁文 Rhipaei 或 Rhiphaei，是古希腊传说中欧洲穷北的一座高山，山顶终年积雪。不过，山的确实位置迄今仍没有定论。**沙漠**：指利比亚的沙漠。参看《地狱篇》第二十四章第八十五行。

45. **后者**：指飞往沙漠的一批。**前者**：指飞往里派山的一批。

46. **两批人……踏出步履**：喊“所多玛和蛾摩拉”的众亡魂，前进时顺时针方向；喊“帕西法厄……把淫欲散发”的，则逆时针方向，也就是说，与但丁、斯塔提乌斯、维吉尔所走的方向相同。

47. **刚才的唱腔**：指《炼狱篇》第二十五章一二一行的“Summae Deus clementiae...”。

48. **重喊……忏悔语**：论者对这行有不同的解释，但是都说得不清楚。Bosco e Reggio（*Purgatorio*, 444）也承认这点，并提出了自己的猜想。其实要解这句，也不必太落实。Singleton（*Purgatorio 2*, 630）的诠释较可信：两批亡魂喊出与他们身分有关的事例。参看《炼狱篇》第二十五章一二八至一三五行。

49–51. **曾经求我的……模样**：指本章一三至一五行所描写的亡魂。

52. **愿望……一再展现**：愿望的首度展现，本章一九至二四行已经交代过。

58. **不想继续瞎目**：意为：不想让邪行叫我的眼睛继续瞎下去。参看《炼狱篇》第二十一章一二四行。

59. **上方有女士**：指贝缇丽彩。有些论者（如 Scartazzini 和 Porena）认为指圣母玛利亚。不过，正如 Bosco e Reggio, *Purgatorio*, 445 所言，在《神曲》里，维吉尔和但丁提到“donna del cielo”（“天上的女士”）时，总指贝缇丽彩。

60. **你们的国度**：指亡魂的国度。

61. **你们最大的渴念**：指亡魂要升天安享永福的愿望。

62. **天堂**：指最高天。

63. **天堂啊……仁爱无边**：参看《天堂篇》第三十章三九至四二行；*Convivio*, II, III, 11: “Questo〔lo cielo Empireo〕è lo soprano edificio del mondo, nel quale tutto lo mondo s’inchiude, e di fuori dal quale nulla è; ed esso non è in luogo...”（“这〔最高天〕是宇宙的最高结构，整个宇宙都笼罩在里面，其外再没有任何事物；它不在空间之内……”）。在《地狱篇》第二章第八十三行（原文第八十四行），维吉尔称最高天为“广居”（“ampio loco”）。

74. **善终**：指临终前能够忏悔，感谢主恩。

75. **我们的国境**：指炼狱。

76. **那些……人丛**：指朝着相反方向离开的亡魂。

77–78. **犯有罪愆**：走相反方向的人犯了鸡奸罪。**凯撒……起哄**：有一次，凯撒凯旋时，群众中有人大喊“王后”（“regina”）。根据当时的传言，凯撒在比提尼亚（Βιθυνία，Bithynia）时曾甘心当女人，让该国君主尼科梅德斯（Νικομήδης，Nicomedes）鸡奸。比提尼亚是古代的一个国家，位于小亚细亚西北。这两行用了修辞学所谓的迂回说法。

82. **两性之间的淫奔**：原文“ermafrodito”，出自拉丁文 hermaphroditus，而拉丁文又出自希腊文 ἑρμαφρόδιτος。原指赫尔梅斯（Ἑρμῆς，Hermes）和阿芙萝狄蒂（Ἀφροδίτη，Aphrodite）之子赫尔玛芙萝蒂托斯（Ἑρμαφρόδιτος，Hermaphroditus）。赫尔玛芙萝蒂托斯生得异常俊美，湖中仙女萨尔玛姬丝（Σαλμακίς，Salmacis）对他恋慕不已，向他示爱，却遭斥拒，于是趁他到湖中洗澡时突然把他紧抱，并祈求天上诸神把两人合为一体，此后永不分离。诸神应了萨尔玛姬丝之请。此后，赫尔玛芙萝蒂托斯乃一人而兼具男女二性。

83. **人间礼法**：人间礼法不容人兽交合。

86. **那淫妇的恶名**：指帕西法厄的名字。

87. **在木头畜生……俯趴**：指帕西法厄钻入木制的母牛中，像母牛一样俯趴着，然后让公牛骑上来，从后面肏她，帮她发泄淫欲。

90. **我既无时间，也不能一一讲述**：亡魂急于涤罪，因此没有时间一一讲述；何况犯罪者太多，亡魂也认识不了所有的人。

92. **圭多·圭尼泽利**：圭多·圭尼泽利（Guido Guinizelli），十三世纪意大利波隆亚诗人，生卒年份不可考，约卒于一二七六年前。一度对圭托内·达雷佐推崇备至；著有抒情诗（canzoni）和十四行诗（sonetti）；是当时的诗坛祭酒，可喜新风格由他开创。其抒情诗（canzone）"Al cor gentil rempaira sempre Amore"（"爱情总藏在温柔的心中"）最为有名，与可喜新风格的关系也最密切。在但丁的作品中，圭多·圭尼泽利获得很高的评价。参看 Bosco e Reggio, *Purgatorio*, 447-48; Toynbee, 342-43, "Guido Guinizelli" 条；*Convivio*, IV, XX, 7; *De vulgari eloquentia*, I, IX, 3; I, XV, 6; II, V, 4; *Vita Nuova*, XX, 3；《炼狱篇》第十一章九七至九八行。有关意大利的可喜新风格，参看《炼狱篇》第二十四章第五十五行注。

92–93. **"……我还未死亡，/……洗涤罪行。"**：指《炼狱篇》第十三章一二四至一二五行和第二十三章第八十行所提到的忏悔。

94–95. **吕库尔戈斯……而欣悦**：吕库尔戈斯（Λυκοῦργος，Lycurgus）是涅梅亚（Νεμέα，Nemea）的国王，托希蒲西琵丽（Ὑψιπύλη，Hypsipyle）照顾儿子阿尔凯摩洛斯（Ἀρχήμορος，Archemorus）。希蒲西琵丽为了当向导，放下阿尔凯摩洛斯，把攻打忒拜的七将带往兰格亚泉喝水（参看《炼狱篇》第二十二章一一二行注），回来时发觉阿尔凯摩洛斯被毒蛇咬死。吕库尔戈斯一怒之下，要把希蒲西琵丽宰杀。千钧一发间，希蒲西琵丽的儿子托亚斯（Θόας，Thoas）和欧涅奥斯（Εὔνεως，Euneus）赶到，拯救了母亲。故事见《忒拜战纪》第五章四九九至七三〇行。"两个儿郎"，指托亚斯和欧涅奥斯；"母亲"指希蒲西琵丽。

99. **且胜我一筹的**：但丁在这里自谦。不过没有明言，胜过自己"一筹"的是谁。一般论者认为，他大概指圭多·卡瓦尔坎提（Guido Cavalcanti）、奇诺·达皮斯托亚（Cino da Pistoia）、拉坡·詹尼（Lapo Gianni）等人。参看 Bosco e Reggio, *Purgatorio*, 448。

112. **您的**：原文的"vostri"是敬称，汉译也用敬称。

113. **白话**：指意大利口语诗，相对于拉丁文诗作而言。

115–117. **"他是更佳的能手……要胜一筹……"**：指阿诺·丹尼尔（Arnaut Daniel）。普罗旺斯（Provence）的行吟诗人（troubadour，普罗旺斯语为 trobador），以普罗旺斯语（Provençal）写作。约生于一一八〇年，卒于一二一〇年。出身贵族之家，出入于理查一世（Richard I，即狮心王，一一五七年至一一九九年）的宫廷。可能与另一个普罗旺斯诗人贝特洪·德波恩（参看《地狱篇》第二十八章一三四行注）认识。所创的六行诗（sestina）曾是但丁仿效的对象。参看 Toynbee, 59-60, “Arnaldo Daniello”条。阿诺·丹尼尔的抒情诗结构严谨，感情强烈。圭多·圭尼泽利听了但丁的称赞，为了表示谦虚，乃推崇另一位用母语写作的诗人。但丁对阿诺的称誉，见于 *De vulgari eloquentia*, II, II, 9; II, VI, 6; II, X, 2; II, XIII, 2。

118. **作家以散文写传奇**：指以奥依语（langue d' oïl）写传奇的作家。奥依语是中世纪法国卢瓦尔（Loire）河以北地区所用的方言。这一地区的人说“是”时，用“oïl”。“oïl”是古代法语词，源出拉丁语 hoc+ille（hoc 是中性代名词兼形容词，意为“这”；ille 是指示代词，意为“那”）。**以诗篇咏爱情**：指以奥克语（langue d' oc）写成的爱情诗。奥克语是中世纪法国卢瓦尔河以南地区所用的方言。oc 是“是”的意思，相等于法语的 oui，源出拉丁语中性代名词兼形容词 hoc。有的论者（如 Sapegno, *Purgatorio*, 294）认为，这里所谓的“爱情诗”，包括以普罗旺斯语、法语、意大利语写成的抒情诗。

119. **都被他凌驾**：此语并不是说阿诺·丹尼尔用奥依语写过传奇；只是说，他凌驾一一八行所提到的作家。

120. **那个里摩日人**：指另一个行吟诗人吉罗·德波内伊（Giraut de Bornelh 或 Giraut de Borneil）。约于十二世纪中期在法国里摩日（Limoges）出生，约卒于一二二〇年。博闻强识，与狮心王理查有交往，诗名极盛。但丁在作品中曾经提到他。参看 *De vulgari eloquentia*, I, IX, 4; II, II, 9; II, V, 4; II, VI, 6; Convivio, IV, XI, 10。

124–126. **古人评圭托内……隐遁**：参看《炼狱篇》第二十四章五六至五七行。但丁在这里借圭尼泽利之口指出，古人未能看出新风格的优点，结果歪论流传；到中肯的评论成立，大家才看得出，圭托内的成就并不是那么高。

129. **基督治理的修道院**：指天堂。

130. **天主经文**：指《天主经》。原文 paternostro（意大利文还有 paternoster, Pater noster, padrenostro, Padre nostro 等写法）。《天主经》，英文叫“Lord's Prayer”（《主祷文》），由耶稣授予门徒，以拉丁文“Pater noster”（“我们在天上的父”）启篇，日后成为基督教最常用的一篇祷文。见于《圣经·马太福音》第六章第九至十三节。**在那里**：指在天堂。

131–132. **经文的长短……犯罪的能力**：这两行的意思是：念《天主经》时，可省去最后一节，因为在炼狱里（“在这里”），我们再没有犯罪的能力

（也就是说，亡魂不再犯罪）。《天主经》最后一节（即《圣经·马太福音》第六章第十三节）的拉丁文为："ne nos inducas in tentationem, sed libera nos a malo."（"不叫我们遇见试探；救我们脱离凶恶。"）。由于亡魂不再犯罪，不再受引诱，他们念《天主经》时，就可以把这节省去。在《炼狱篇》第十一章，亡魂求上帝"助我们脱险；/ 别考验我们"（二〇至二一行）时，"并非为自己……而是为后人"（二三至二四行）。

136. **被指的人物**：指阿诺·丹尼尔（参看本章一一五至一一六行）。

137–138. **我的渴求……居住**：但丁的话，说得客气而迂回。简单的说法是：我渴望知道亡魂的名字。

140–147. **"Tan m'abellis...de ma dolor!"**：这八行是阿诺·丹尼尔对但丁的回答，全用普罗旺斯语写成。因此，下面的汉译设法以文言风格表达意大利语和普罗旺斯语的分别：

> "承蒙垂询，在下感到高兴。
> 在下既不能，也不想让鄙貌隐没。
> 鄙人是阿诺，前进时唱歌又涕零。
> 过去的愚行，鄙人正怃然回望，
> 也对期待中的欢欣雀跃憧憬。
> 伟力把阁下带到梯顶之上。
> 看在他份上，让鄙人向阁下恳祈：
> 机会来时，请眷念在下的怊怅！"

承蒙垂询：指但丁在一三七至一三八行提出的请求（请求亡魂说出名字）。**前进时唱歌又涕零**：前进时，一边唱"至仁慈的天主"（"Summae Deus clementiae"）；一边哭泣，为过去的愚行忏悔。参看《炼狱篇》第二十五章一二一行注。**也对期待中的欢欣雀跃憧憬**：喜见我所盼望的欢乐在天堂出现。**伟力**：原文为"valor"，指上帝。参看《炼狱篇》第十一章第四行的"力量"（意大利原文为"valore"）。**带到梯顶之上**：攀登炼狱山的梯级，直到顶峰。Sapegno（*Purgatorio*, 296）指出，但丁在这里以奥克语写对话，语法并不纯熟，字里行间夹杂着意大利词风，有些语句更引自其他诗人（包括阿诺·丹尼尔）的作品。尽管如此，以外国语（奥克语）写阿诺·丹尼尔的话，能强调说话者超然离世的态度，使凡尘经验与悔罪境况对照。

148. **净化**：原文"affina"，含有"精炼"（作动词用）、"涤罪"的意思；同时又与普罗旺斯和西西里的情诗呼应。参看 Bosco e Reggio, *Purgatorio*, 452。

第二十七章

白昼将尽之际，一位天使出现，叫但丁走入火里。但丁恐惧不已；经维吉尔鼓励督促，才不再抗拒；行进间听到歌声在前方引领。黑夜降临时，趁天空尚有余光，但丁、维吉尔、斯塔提乌斯躺了下来，以石级为枕床。但丁入睡后，梦见利亚和拉结。破晓醒来，再随两位诗人飞腾上升，不久就到了最高的一级梯阶。维吉尔跟但丁告别前，说了最后的一番话。

这时候，朝晖在造日者溅血处
　向下投射；天秤座悬在高天；
　其下是埃布罗河在逶迤匍匐；
恒河的波浪，正遭晌午烤煎。
　就在此刻，在白昼将尽之际，
　上主的天使欣然向我显现。
天使在烈火外的平台上伫立，
　唱着“Beati mundo corde!”的佳音，

歌声远比我们的嗓子清晰。
然后，天使见我们向他靠近，
就说：“圣洁的灵魂哪，要走向前方，
必须先经历烈火刺蜇的苦辛。
走进火里呀，细听更远的歌唱。”
我听了这番话，不禁大惊，
就像一个活人遭到埋葬。
我两手相扣，身体前倾，
一边望着烈火，极力追溯
以前遭焚的躯体是怎样的情形。
两位好向导转身向我回顾。
“好孩子呀，”维吉尔对我说，
“这里没有死亡；只有痛苦。
你忘了吗？既然在格里昂的肩膊，
我都可以安全地把你引导，
难道靠近了神，我反而会出错？
请放心，即使在烈火中央焚烧，
在里面留足一千年的时间，
你的头发也不会受损分毫。
嗯，你如果以为我把你哄骗，
你可以走近烈火，去说服自己，
用双手把衣服边缘捺向红焰。
现在，你可以抛掉所有的惊疑，
望过来……来呀，不要怕，走进去！”
我呢，却违背心意，在原处呆立。

老师见我呆立着固守一隅，
　就有点不悦，说：“孩子呀，你看，
　要见贝缇丽彩，就别受这堵墙牵拘。”
昔日，皮拉摩斯在冥府之畔
　听到蒂丝贝的名字；于是启眸，
　看见了情人，桑树就变为朱丹。
同样，我听见英明的导师启口，
　说出我脑中一直涌现的芳名，
　就向他回首，固执也变得温柔。
“怎么啦？”他见状就摇着头回应，
　“都呆在这边吗？”说完就莞尔展颜，
　仿佛大人以苹果叫小孩忘形。
然后，吩咐着斯塔提乌斯在后面
　紧随，导师先于我走进火里
　（好久了，斯塔提乌斯都走在中间）。
我一进火里，就想立刻把自己
　投进沸腾的玻璃去减低高温。
　火里的酷热呀，真是无从比拟。
慈父般的老师，前进间一直在谈论
　贝缇丽彩，好把我的痛苦减轻。
　老师说：“我好像看见她眸光的渥润。”
我们前进时，有歌声在远方引领。
　我们一边走，一边凝神紧随，
　终于来到了一条上升的陡径。
“Venite, benedicti Patris mei!”

一朵炯光里，传来这样的声音。
炯光太亮了，叫我无从凝窥。
“太阳西斜了，暮色就要降临，”
声音继续说，“快点走，不要延宕，
因为黑夜就要向西天逼近。”
山径穿过了巨石一直向上。
这时候，太阳已经低垂。前行间，
我的背部截断了夕曛的光芒。
只走了数级石梯，大家就发现
身影不见了。两位智者和我
乃瞿然惊觉，太阳已没在后边。
于是，趁地平线无垠的寥廓
尚未模糊而变得浑然难分，
趁天空尚未隐入黑夜的王国，
我们躺下来，把石级当作床枕，
因为山规虽然使我们力竭，
却没有夺去我们上攀的精神。
反刍前，高山的羊群迅疾而狂野；
反刍的时候，就会静静地俯伏，
在烈日晒不到的阴凉处一边安歇，
一边温驯地咀嚼口里的食物。
看守羊群的牧人，则倚着木杖
在旁看管，让它们歇得安舒。
有时候，牧人会露宿野外的空旷，
在安静的羊群旁通宵不寐，

防止猛兽把它们驱往四方。
我们三个人，此刻的情形也相类：
我像山羊，由两位牧者照看，
两边都叫高峻的岩壁包围，
外面的景物只容我稍稍上瞻。
但稍稍上瞻，就看见了星星。
这些星星，比平时更大更璀璨。
正在沉思，仰望得目不转睛，
睡眠征服了我。而睡眠往往
在事件发生前向人透露隐情。
仰观的人看来，库忒瑞亚似乎经常
焕发着爱火。当她从东方的海区
上升，刚刚向群山倾照光芒，
我似乎梦见一位少艾淑女，
在草地上一边采花，一边缓步，
并且歌咏着，唱出下面的话语：
“不管是谁，要我把名字吐露，
都不妨记住，我叫利亚，要烦劳
纤手为我造花环而到处伸舒。
我在此饰容，好欣赏镜中的美貌。
我的妹妹拉结，却始终离不开
镜子，整天在镜前静坐揽照。
她喜欢凝望自己眼睛的神采；
我呢，则乐于为自己亲手打扮。
她喜欢看；我呢，要动手才开怀。”

利亚

我似乎梦见一位少艾淑女，/在草地上一边采花，一边缓步……

（《炼狱篇》，第二十七章，九七至九八行）

此刻，破晓前的光彩已灿然
　涌起；还家的朝圣者，故土将到
　而投宿时，见了这晓辉就分外喜欢。 111
这一刻，黑暗向四面八方窜逃，
　睡梦随黑暗溃散。我醒了过来，
　见两位大师比我醒得更早。 114
“那甜蜜的果子，凡人为了采摘
　而竭力在众枝间寻觅。今天，
　这枚果子会让你尝个痛快。” 117
上述的话，由维吉尔在我面前
　为我申说。叫人欢腾的礼物中，
　什么都比不上这样的恩典。 120
上升的冲动接着上升的冲动
　涌上心头，结果我每走一步，
　都觉得飞羽添劲，要振翮上翀。 123
我们飞腾着，把所有的梯阶踩入
　下方，刹那间到了最高的一级。
　于是，维吉尔望着我这样叮嘱： 126
“孩子呀，短暂和永恒的烈火，都已
　叫你目睹。此刻，你置身的范围，
　不容我继续施展个人的智力。 129
我带你来到这里，用的是巧慧。
　此后，你就以本身的意欲为向导。
　你正在窄路陡径的上方腾飞。 132
看哪，太阳向你的前额映照。

看哪，这些碧草、鲜花、绿树，
靠地面本身就可以茁长升高。
眼泪盈眶间，曾经有一双美目
叫我找你。在美目欣然莅临前，
你可以在花草树木间休憩踯躅。
不必再等我吩咐，望我指点；
你的意志自由、正直而健康，
还不随心所欲，就是差偏。
那么，我就把冠冕戴在你头上。”

注释

1–5. **这时候……白昼将尽之际**：这几行以太阳的位置说时间：耶路撒冷（“造日者溅血处”）是日出；西班牙（“埃布罗河”）是子夜；印度（“恒河”）是正午；炼狱是黄昏。在但丁时期，大家都认为耶路撒冷是人类所居半球的中央，恒河是东极（在耶路撒冷以东九十度），直布罗陀是西极（在耶路撒冷以西九十度），炼狱和耶路撒冷是对跖地。在《炼狱篇》第二章一至九行、第三章二五至二七行、第四章一三七至一三九行、第九章一至九行，但丁也以类似的手法交代时间。

1. **造日者溅血处**：基督是三位一体的第二位格，是神，因此也是太阳的创造者（“造日者”）。基督在耶路撒冷受难（“溅血”），因此“造日者溅血处”指耶路撒冷。

2–3. **天秤座……匍匐**：埃布罗河（西班牙语 Ebro，意大利语 Ibero）是西班牙的河流。西班牙此刻是子夜，因此埃布罗河在天秤座之下。

4. **恒河的波浪**：指印度。**晌午**：原文“nona”，英语 None，源自拉丁文 nona（复数 nonae）；在古罗马指白昼的九点钟，相当于现代的下午三时。不过正如 Villani 所说，“nona”在这里指正午。太阳此刻在东亚的上空，位于白羊宫内。参看 Singleton, *Purgatorio*, 2, 650。

6. **上主的天使**：指守护炼狱第七圈的天使。

8. **"Beati mundo corde!"**：出自《圣经·马太福音》第五章第八节："Beati mundo corde, quoniam ipsi Deum videbunt."（"清心的人有福了！ / 因为他们必得见神。"）。是耶稣山上宝训中八福中的第六福。在这里，天使为即将升天的福灵歌唱。

9. **我们的嗓子**：指凡人的嗓子。

12. **必须……苦辛**：这行有象征意义，指亡魂必须以烈火涤罪。

13. **更远的歌唱**：指另一位天使在烈火另一边的歌唱。参看本章五五至五九行。

16. **我两手相扣，身体前倾**：原文为"In su le man commesse mi protesi"。不少论者解释这句时都化简为繁，颇为牵强。参看 Pietrobono, *Purgatorio*, 360; Bosco e Reggio, *Purgatorio*, 458-59。其实，这行的意思并不隐晦：但丁听了天使的话，大为惊慌，两手从自然下垂的姿势缩了上来，手指相扣，贴近腹部或胸部（不少论者说"高举"双手，是因为未能准确想象人在惊恐时的姿势），同时身体前倾，望入火中，要探看究竟。

22–23. **既然……把你引导**：参看《地狱篇》第十七章七九至一三六行所描写的旅程。

33. **却违背心意，在原处呆立**：由于恐惧，但丁虽想服从，却仍然站着不动。

36. **这堵墙**：指厚墙一般的烈火。

37–39. **昔日……朱丹**：皮拉摩斯（Πύραμος, Pyramus）和蒂丝贝（Θίσβη, Thisbe）是一对少男、少女，活在古代的巴比伦，彼此相爱，因父母阻挠而不能结合。于是在夜里隔墙谈情，并约定在尼诺斯（Νίνος, Ninus）的坟墓前幽会。蒂丝贝先到，见一只狮子刚噬完一头牛，满口鲜血。蒂丝贝一惊之下，逃入洞中，慌忙间丢下一件衣服，被狮子撕烂，并把牛血沾在上面。后至的皮拉摩斯目睹蒂丝贝的破衣，以为她遭了不测，绝望中拔剑自杀。鲜血溅在雪白的桑葚上，桑葚变成了紫红。不久，蒂丝贝从洞里出来，见情人奄奄一息，口不能言，不一瞬就气绝身亡。蒂丝贝失去了情人，悲伤中自杀身亡。皮拉摩斯和蒂丝贝的故事，见于奥维德的《变形记》第四卷五五至一六六行。但丁在本章所述，直接与《变形记》第四卷一四二至一四六行呼应：

> vulnera supplevit lacrimis fletumque cruori
> miscuit et gelidis in vultibus oscula figens

‘Pyrame,’ clamavit, ‘quis te mihi casus ademit?
Pyrame, responde! tua te carissima Thisbe
nominat; exaudi vultusque attolle iacentes!’
ad nomen Thisbes oculos a morte gravatos
Pyramus erexit visaque recondidit illa.
蒂丝贝的眼泪滴满了他〔指皮拉摩斯〕的伤口，与鲜血
相混。她一边吻着皮拉摩斯僵冷的嘴唇；
一边喊：“是什么不测夺去了我的皮拉摩斯？
应我呀！皮拉摩斯！是你深爱的蒂丝贝
在唤你呀。听见吗？仰起你下垂的头哇！”
皮拉摩斯听见蒂丝贝的名字，就张开
奄奄的怠眸仰望；得睹情人的脸后再合上。

41. **一直涌现的芳名**：指贝缇丽彩的名字。

49–50. **我一进火里……高温**：这两行极言火焰之热，“沸腾的玻璃”与之相比，也会变得凉快，有减低高温之效。

58. **“Venite，benedicti Patris mei!”**：这是炼狱最后一位天使（即第五十九行的“一朵炯光”）所说的话，出自《圣经·马太福音》第二十五章第三十四节：“Tunc dicet Rex his qui a dextris eius erunt: Venite, benedicti Patris mei, possidete paratum vobis regnum a constitutione mundi.”（“于是王要向那右边的说：‘你们这蒙我父赐福的，可来承受那创世以来为你们所预备的国。’”）。根据福音，这是基督在最后审判时对选民（“绵羊”）所说的话。

59–60. **一朵炯光里……无从凝窥**：说第五十八行的话的，是最后一位天使；不过这位天使所发的光芒太强，但丁只听见炯光里面的声音，看不到天使的真面目。

61–63. **“太阳西斜了……向西天逼近”**：这番话既有字面意义，也有象征意义，叫人想起耶稣在《圣经·约翰福音》第十二章第三十五节所说：“Ambulate dum lucem habetis, ut non vos tenebrae comprehendant.”（“应当趁着有光行走，免得黑暗临到你们。”）。参看 Sapegno, *Purgatorio*, 301。

67–69. **大家就发现/……没在后边**：但丁的血肉之躯遮去了阳光，向前面投下影子。他虽在维吉尔和斯塔提乌斯后面，但影子投得远，两个亡魂也可以看见。现在影子突然消失，大家才“瞿然惊觉”，太阳已经西沉（“太阳已没在后边”）。

74–75. **山规……精神**：炼狱山有规定，黑夜降临，亡魂就不可以上攀。

90. **这些星星……更璀璨**：但丁与恒星天的距离缩短，此刻的空间更清明，所以星星显得更大、更璀璨。据Landino的说法，这行有象征意义：精神越是向上，天上的事物就显得越宏大。参看Sapegno, *Purgatorio*, 303。

91. **沉思**：指但丁沉思所见的事物和刚发生的事情（Bosco e Reggio, *Purgatorio*, 464-65）。原文的"ruminando"既指"沉思"、"反复思考"，也指"反刍"，与第七十六行、七十七行的"反刍"，第七十九行的"咀嚼"呼应。在这里，如把"ruminando"译为"反刍"，诗义会显得突兀，只好取其转义。**仰望得目不转睛**：指但丁聚精会神地仰望天上的星星。

92–93. **而睡眠……隐情**：但丁时期的人相信，梦中所见会成为事实。九七行至一〇八行的描写，是但丁的第三个梦。由于这个梦发生在黎明将临的俄顷，预示的力量特强。参看《地狱篇》第二十六章第七行，《炼狱篇》第九章一三至一八行。至于破晓的梦如何灵验，可参看《炼狱篇》第九章一三至一八行注。

94. **库忒瑞亚**：指金星。库忒瑞亚（Κυθέρεια, Cytherea）是爱神阿芙萝狄蒂（即维纳斯）的称号，源自库忒拉（Κύθηρα, Cythera）一词。库忒拉是希腊的一个岛屿，位于爱奥尼亚海，在拉科尼亚（伯罗奔尼撒半岛的一个古国）之南。爱神曾到过这里，因此以岛名为称号。有关金星的描写，参看《炼狱篇》第一章一九至二一行。

101. **利亚**：拉班的大女儿，嫁雅各，因眼睛无神，不为雅各所宠。于是耶和华使她生育。在基督教传统里，利亚象征动态生活（意大利语vita attiva）；一〇四行的拉结象征静态生活（意大利语vita contemplativa）。有关这一说法，参看阿奎那的*Summa theologica*, II-II^{ae}, q.CLXXIX, a.2: "Istae duae vitae significantur per duas uxores Iacob: activa quidem per Liam, contemplativa vero per Rachelem."（"这两种生活〔动态生活和静态生活〕由雅各的两个妻子代表：利亚代表动态生活；拉结代表静态生活。"）。参看《圣经·创世记》第二十九章第十六节及其后各节，第三十章第十七节及其后各节，第四十九章第三十一节。参看Sapegno, *Purgatorio*, 304; Bosco e Reggio, *Purgatorio*, 465。

102. **纤手为我造花环**：象征建立有德行的事功（Sapegno, *Purgatorio*, 304）。这些事功能给行事功的人荣耀（即一〇三行的"饰容"）。

103. **镜中**：指良心中。利亚行了事功，在良心中加以检视，觉得事功美丽。也有论者认为，这里的"镜"指上帝。参看Bosco e Reggio, *Purgatorio*, 465。

104. **拉结**：拉班的小女儿，利亚的妹妹，雅各的第二位妻子。样貌美丽，却不能生育。在基督教传统中，拉结象征静态生活（vita contemplativa）。静态生活主沉思、冥想、默祷。参看 Bosco e Reggio, *Purgatorio*, 466。

105. **整天……揽照**：整天沉思、瞻想。

106. **她喜欢……神采**：这行有象征意义。参看 *Convivio*, IV, II, 18: "...essa filosofia...se medesima riguarda, quando apparisce la bellezza de li occhi suoi a lei; ...l'anima filosofante non solamente contempla essa veritade, ma contempla lo suo contemplare medesimo e la bellezza di quello..."（"……当哲学双眸的美妍向哲学显现时，哲学就会自我谛视；……从事哲学活动的灵魂不单观照真理，而且观照本身的观照，观照本身观照的美妍……"）。

109–111. **此刻……分外喜欢**：这三行有象征意义，暗示但丁快要归家（到达天堂）。

114. **两位大师**：指维吉尔和斯塔提乌斯。

115. **那甜蜜的果子**：指伊甸园的至乐。但丁说过："...beatitudinem...huius vite...per terrestrem paradisum figuratur..."（"……此生的至福，由伊甸园为象征……"）。参看 *Monarchia*, III, XVI, 7。

120. **这样的恩典**：指"上述的话"（一一八行）。

124–125. **我们飞腾着……最高的一级**：但丁、维吉尔、斯塔提乌斯腾升的速度奇快，就像飞鸟在上翔，一如维吉尔的预言（参看《炼狱篇》第四章九一至九四行，第十二章一二一至一二六行）。此刻，诗人但丁虽然没有明言，最后的一个 P，已经从旅人但丁的额上抹去。

127. **短暂和永恒的烈火**：指炼狱和地狱的烈火。参看阿奎那，*Summa theologica*, Suppl., q.1, a.2: "Poena damnatorum est aeterna...sed purgatorius ignis est temporalis."（"在地狱受罚者，所受之罚永无休止……而炼狱之火只焚烧于一时。"）。

128–129. **此刻……个人的智力**：维吉尔承认，到了这一境界，自己的智力再也帮不了但丁。从这一刻开始，维吉尔就要把引导但丁的任务交与贝缇丽彩。换言之，人智与理性要退下，让天启之智和信德继续未竟的任务。

131. **你就以本身的意欲为向导**：但丁获得了自由，已能从心所欲。

132. **窄路**："窄路"有象征意义，暗示通向永生之路并不宽阔。参看《圣经·马太福音》第七章第十四节："Quam angusta porta et arcta via est quae ducit ad vitam, et pauci sunt qui inveniunt eam!"（"引到永生，那门是窄的，路是小的，找着的人也少。"）。但丁通过了窄路，已具备到达永生的条件，能够向天堂飞升。

133. **看哪，太阳……映照**：此刻，太阳照落但丁额上，表示他面向东方。这行也有象征意义：但丁额上的P已全部消失（表示罪恶已经涤尽），开始接受神恩临照。

134. **看哪……绿树**：这行预示伊甸园即将出现（参看《天堂篇》第二十八章）。

135. **靠地面本身……茁长升高**："这些碧草、鲜花、绿树"，何以"靠地面本身就可以茁长升高"，参看《炼狱篇》第二十八章一一九至一二〇行的解释。这里的描写与《变形记》第一卷一〇一至一〇二行所描写的黄金时代呼应："ipsa quoque inmunis rastroque intacta nec ullis/saucia vomeribus per se dabat omnia tellus..."（"自然而然，大地就长出万物 / 所需，不必锄犁去触动分毫……"）；与基督教传统吻合：在伊甸乐园里，人类偷吃禁果前绝无劳苦。

136–137. **眼泪盈眶间……叫我找你**：指贝缇丽彩流着泪，到幽域吩咐维吉尔拯救但丁。参看《地狱篇》第二章一一五至一一七行。**一双美目**：指贝缇丽彩的眼睛。

138. **你可以……踯躅**：意为：你可以像拉结那样静观自己的美貌，或像利亚那样采集花朵以饰容。参看 Pietrobono, *Purgatorio*, 371。

139. **不必……指点**：指但丁此刻不必等维吉尔吩咐，凡事都可以自己做主。

140. **你的意志自由、正直而健康**：但丁的自由意志，此刻是真正自由，不会受邪思淫行左右。

142. **把冠冕戴在你头上**：意为：把君主的权力授予你。也就是说："从现在开始，你是自己的主人。"原文的"corono"和"mitrio"，拆开来的意思是：（为人）戴上皇冠；（为人）戴上主教冠。在这里指"授予权力"，是两词一义；不必拆解为"皇权"和"教权"。参看 Bosco e Reggio, *Purgatorio*, 468; Sapegno, *Purgatorio*, 307。

第二十八章

但丁进入圣林，来到忘川。玛泰尔妲出现，告诉但丁，他此刻置身的地方是伊甸园。然后向他解释，伊甸园何以有风，圣土怎样向凡间播种，忘川和忆涧又有什么功能；并且推测，古人在诗歌里颂赞的黄金时代，可能就以伊甸园为蓝本。

这时候，我已急于在圣林内外
　探索。那座圣林，茂密而碧鲜，
　在我眼前给晓光调配柔彩。
我迫不及待，匆匆离开了崖边，
　十分缓慢地走过眼前的平野，
　踏过处处散发着芬芳的地面。
一股香风，温软而不衰歇，
　正柔柔向我的前额吹拂，
　其力度和轻飓并无分别。

在风中，树枝都在摇晃轻舒。
　　在树枝摇晃的方向，圣山
　　正让影子开始在地面流布。
不过树枝虽然在柔柔外弯，
　　树身仍不失其正直，树顶的小鸟
　　仍能把灵巧的歌技尽情施展。
绿叶丛中，小鸟在婉转鸣叫，
　　以充满欣喜的歌声迎接黎明；
　　绿叶则发出低音来伴奏轻摇；
就像风神把东南风泠泠
　　放出时，基亚西海岸的丛丛松树
　　让低吟涌起，彼此在枝叶间呼应。
走着走着，我缓缓前进的双足
　　已带我深入古树林。从那里回望，
　　刚才入林的来处再也认不出。
接着呢，是一条小溪把去路阻挡。
　　在小溪之畔，油油的绿草叫柔漪
　　漂浴，都纷纷摆动着荡向左方。
凡间最清澈的流水和小溪相比，
　　水质多少都显得肮脏混浊。
　　流动的小溪长久隐在树阴里，
终年照不到太阳和月亮，柔波
　　显得幽暗；但是溪水澄清，
　　容不下任何外物在里面藏躲。
我的脚步停了下来，目光盈盈

向前方眺望，望过小溪的另一边，
凝视嫩枝上繁花满布的美景。
一位美女，突然在那里出现，
像奇迹蓦地彰显，令目击的人
在惊诧的刹那忘掉所有的思念。
女子在唱歌徘徊，孑然一身
在花丛里采花，所践的路上
是繁花处处，点染得七彩缤纷。
“美丽的女士呀，你以爱的光芒
照暖自己。如果常言不虚：
人的容貌神情是内心的显彰，
请俯允我的请求，稍微前趋，”
我说，“走近这条小溪的边沿，
让我听听你唱的是什么语句。
你叫我想起佩瑟芙涅被掳的地点；
想起她当时的模样。当时，她母亲
失去了女儿；她本人失去了春天。”
像一位跳舞的女子，两足紧紧
在地面相靠，再蹁跹转过身来，
彼此不分先后地相牵相引，
我眼前的美人践着缤纷的色彩，
在朱红、灿黄的小花上转向我，目光
下垂，露出贞女端穆的神态，
让我在祈求之后愿望得偿。
美人前趋的时候，歌声柔美，

伊甸园

走着走着，我缓缓前进的双足 / 已带我深入古树林。从那里回望，/
刚才入林的来处再也认不出。

（《炼狱篇》，第二十八章，二二至二四行）

歌词随歌声向我耳际飘荡。
离她不远的地方，莹丽的河水
漂浴着芳草。她到了那里，
就惠然上盼，目光不再低垂。
我相信，当维纳斯误遭儿子袭击
而中箭时，眼睫明亮的盼闪，
也不能和眼前的女子相比。
女子微笑着，婷婷伫立在对岸，
编织着缤纷的色彩。这些色彩，
不需种子，就在高地上萌绽。
河流以三步的距离把我们隔开，
不让我通过。我对该河的嫌憎，
甚于雷安德洛斯恨赫勒斯蓬的大海。
在塞斯托斯和阿布多斯间，该海曾翻腾，
淹死了雷安德洛斯；让泽尔士横渡后，
迄今依然是人类气焰的缰绳。
“此地是人类的家，由人类承受，”
那位女子说，“专供他们栖息。
你们初到，看见我笑着歌讴，
惊诧之间也许会半信半疑。
不过，诗篇 Delectasti 会发出光辉，
驱散笼罩着你们心中的雾气。
你呀，求过我；现在又跟我相对。
有问题，请尽管提出。我到这里来，
已准备为你尽道诸事的原委。”

“我刚听人描述过这里的梗概，
且信以为真。”我说，“可是，这小溪，
这林音，却否定我心中所想的状态。”

女子答道：“那么，我就告诉你，
令你惊诧的现象怎样形成，
好把你心中弥漫的阴霾荡涤。

至善按自己的意志施展大能，
造了向善的善人，把这片乐土
赐给他，当做他永享安宁的保证。

不久，他因为犯规而不能立足；
因为犯规，他纯真的欢娱、
惬意的玩耍换来了忧虑和痛苦。

在下方，陆地和大海的骚动狂遽，
紧随着热力向上方汹汹腾涌。
为了防止动荡袭人而上趋，

下面有屏障阻遏这纷扰的澒洞。
在屏障之上，大山向天堂上升，
上升的高度凌越了动荡的进攻。

好了，空气都随天体的最外层
绕着圈子旋转，如非在某一点
受阻，这样的运动会持续到永恒，

并且激荡这高处的空间。
这高处，在清气里又完全超脱，
结果茂密的丛林乃发出喧阗。

林木受到激荡，气势磅礴，

雄壮的动力沛然贯注在空气中，
再由旋动的空气向四方散泼。
另一边土地，因土质和气候不同，
借着各种力量，按本身的禀赋
而孕育萌发各式各样的植物丛。
明白了这一道理，当某类草木
无需有形的种子而扎根生枝，
你们在下方就不会感到突兀。
告诉你，此刻你在圣地上栖迟。
圣土里，不同的种子应有尽有，
能长出凡界从未采过的果实。
你眼前的水流，不是一般的涧沟，
不必靠遇冷即凝的水气挹注；
不像河流，把水势放放收收。
这些水，从稳定可靠的泉源流出，
再向两边倾泻；失去的水量，
能按照神的意志获得添补。
在这边下泻的水，力量极强，
能够令人类忘却从前的罪愆；
那边呢，则叫人把一切善行追想。
这边的河水叫做忘川；那边
叫做忆涧。亡魂如果不先饮
此川，就无从领略彼涧的甘甜。
彼涧之水，是百味当中的最上品。
此刻，即使我不再披露天机，

也已完全满足了你求知之心。
不过我乐于为你展释义理。
我的话，在原定的范围外舒张，
相信你也不会把它贬低。
古代的诗人，曾在作品里歌唱
黄金时代，歌唱该时代的幸福。
帕那索斯山上，他们或梦过这地方。
在这里，人类的本根天真而纯朴。
这里是终年皆春，是百果所在。
这就是琼浆，获所有诗人传述。”
我听了这番话，马上转过身来
回顾；见两位诗人，听到末句
都微笑着露出欣悦的神态。
之后，我再度凝望那位美女。

注释：

1–2. **这时候……探索**：这时，但丁到了炼狱山的峰顶。峰顶是一片平野，上面是个树林。

2. **那座圣林，茂密而碧鲜**：这座树林与《地狱篇》第一章的黑森林形成强烈的对照。参看《地狱篇》第一章二至七行。

3. **在我眼前……柔彩**：这行所描写的时间是早晨，在这里象征希望。

7. **温软而不衰歇**：指“香风”柔柔吹拂，不强不弱，永远不会停止，也不受大气干扰。参看 Mazzini, 367。

11. **在树枝摇晃的方向**：指西边。**圣山**：指炼狱山。

19. **风神**：意大利文 Eolo，希腊文 Αἴολος，拉丁文 Aeolus，音译“埃奥罗斯”，宙斯之子（一说希波塔斯之子），司风。风神把各种风关在山洞中，然后释放出来。**东南风**：原文（第二十一行）“Scirocco”，从非洲北岸吹过意大利。

20. **基亚西**：原文 Chiassi，今日的克拉塞（Classe），在意大利，古罗马时期是拉温纳的一个海港。在基亚西一带的亚得里亚海沿岸，松树绵延不绝，长达数英里。

22–23. **走着走着……古树林**：不知不觉间，但丁已深入古树林。参看 Pietrobono, *Purgatorio*, 374。

25. **一条小溪**：指忘川。参看本章一三〇行注。

28–33. **凡间……藏躲**：但丁在这里不假雕饰，直接用白描手法写小溪，文字剔透晶莹。

37. **一位美女**：美女的身分，但丁没有交代。到了《炼狱篇》第三十三章一一九行，读者才知道这位美女叫玛泰尔妲（Matelda）。玛泰尔妲究竟是谁，迄今仍无定论。根据 Bosco e Reggio（*Purgatorio*, 477-78）的说法，古代的论者认为她是玛蒂尔德·迪卡诺萨（Matilde di Canossa）；现代的一些论者，则认为她是《新生》（*Vita Nuova*）里面的一个人物……可谓众说纷纭，谁也不能说服谁。至于这位女子的象征意义，论者也莫衷一是；大概代表人类犯罪前的天真至乐吧。玛泰尔妲在《炼狱篇》的职责，是为升天前的亡魂净化，并引导但丁升天。

41. **在花丛里采花**：女子采花的活动，与利亚的活动相呼应。参看《炼狱篇》第二十七章九七至九八行。

43. **爱的光芒**：这里的“爱”指精神之爱、慈爱之爱（Bosco e Reggio, *Purgatorio*, 478）。

49. **佩瑟芙涅**：Περσεφόνη（Persephone, Proserpina, Proserpine），宙斯和得梅忒尔（Δημήτηρ，Demeter）的女儿，在西西里的恩那（Ἔννα，Enna）平原采花时，遭冥王哈得斯（Ἅιδης，Hades）掳去阴间当冥后。得梅忒尔即罗马神话中的农神兼谷物女神克瑞斯（Ceres）。哈得斯又叫普路托（Pluto）、普路同（Πλούτων，Pluton）、狄斯（Dis）。参看《希腊罗马神话辞典》页三〇五“珀尔塞福涅”条。

51. **她本人失去了春天**：原文中的“primavera”通常指春天，也可指“开花季节”（fioritura）。佩瑟芙涅被掳时，怀里的花掉到地上，象征她失去花季，因此说“失去了春天”。参看 Bosco e Reggio, *Purgatorio*, 479。有关佩瑟芙涅被掳的故事，参看《变形记》第五卷三八五至四〇八行。

64–65. **当维纳斯……中箭时**：丘比特（拉丁文 Cupido，英文 Cupid）亲吻其母维纳斯时，所佩之箭误伤了维纳斯胸部，令维纳斯狂恋阿多尼斯（Ἄδωνις, Adonis）。“丘比特”，一译“库比德”（见《希腊罗马神话辞典》页二二〇），希腊神话叫厄洛斯（Ἔρως）。有关丘比特误伤维纳斯的故事，参看《变形记》第五卷五二五至五三二行。

68. **编织……色彩**：以缤纷的花朵（“色彩”）编织花环。

68–69. **这些色彩，/……萌绽**：参看《炼狱篇》第二十七章一三四至一三五行，《圣经·创世记》第一章第二十九节。与这两行呼应的，还有《变形记》第一卷一〇七至一〇八行有关黄金时代的描写：“ver erat aeternum, placidique tepentibus auris/mulcebant zephyri natos sine semine flores...”（“那时候，终年皆春，和风暖暖 / 轻拂着不种而生的百花……”）。

72–75. **雷安德洛斯……缰绳**：雷安德洛斯（希腊文 Λείανδρος 或 Λέανδρος，拉丁文和英文 Leander，一译“利安得”），小亚细亚阿布多斯（Ἄβυδος, Abydos 或 Abydus）城的一个青年，与阿芙萝狄蒂的女祭司赫萝（Ἡρώ，Hero）相爱。赫萝住在赫勒斯蓬海（Ἑλλήσποντος，拉丁文 Hellespontus，英文 Hellespont）另一边的塞斯托斯（Σηστός，拉丁文和英文 Sestus 或 Sestos）。每天夜里，雷安德洛斯凭赫萝所点的灯引导，游过大海与赫萝幽会。可是，在一个暴风雨之夜，大风吹灭了引导之灯，结果雷安德洛斯迷失了方向，在海中遇溺。第二天，赫萝发现了情人的尸体，悲伤不已而自尽。故事见奥维德《列女志》（*Heroides*）第十八卷一三九至一四六行。**泽尔士**：指泽尔士一世（Xerxes I，约公元前五一九年至公元前四六五年，又译“薛西斯一世”），古波斯帝国国王，大流士一世（Darius I 或 Dareios I）之子。公元前四八〇年以战船为桥，横渡赫勒斯蓬海，发动希波战争。战争初期获胜，其后在萨拉米（Σαλαμίς, Salamis）海战中大败，仓皇窜逃时要乘小渔船经过赫勒斯蓬，震栗惊慌，不复昔日的勇武。参看《世界历史词典》页四三九；Singleton, *Purgatorio 2*, 674-75。**迄今……人类气焰的缰绳**：泽尔士一世过于嚣张，才会远征希腊。泽尔士一世惨败后，赫勒斯蓬海足以成为缰绳，约束后来者的气焰。

80. **诗篇 Delectasti**：指《圣经·诗篇》第九十二篇第四至五节（拉丁通行本《圣经》第九十一篇第五至六节）：

> Quia delectasti me, Domine, in factura tua;
> Et in operibus manuum tuarum exsultabo.
> Quam magnificata sunt opera tua, Domine.
> 因你——耶和华借着你的作为叫我高兴，
> 我要因你手的工作欢呼。

耶和华啊，你的工作何其大！

85–87. **“我刚听人……状态。”**：在《炼狱篇》第二十一章四三至七二行，斯塔提乌斯向但丁解释说，炼狱山本身，“不会受制于任何变易”，也就是说，不受气象影响；唯一的例外，是亡魂涤罪完毕，炼狱山就会震动。但丁此刻见伊甸园既有风，又有水，因此大惑不解，觉得所见“否定我心中所想的状态”。

91. **至善**：指上帝。

92. **向善的善人**：由上帝初造时，人是十全十美的，而且有趋善的禀赋。

93. **当做他永享安宁的保证**：伊甸园只是上帝给人类的信物；人类在里面逗留一段时间后，就会到天堂安享永宁。

94. **犯规**：指人类的始祖亚当和夏娃偷吃禁果，犯了上帝所立的规则。

95–96. **纯真的欢娱、/ 惬意的玩耍**：玛泰尔妲的欢娱、玩耍就属这类。

97. **在下方**：指炼狱山下方。

97–98. **陆地……腾涌**：陆地和大海的湿蒸汽会变成雨（参看《炼狱篇》第五章一一〇至一一一行）；干蒸汽会变成风，不能吹上炼狱梯阶最上的一级，也就是说，升不到炼狱山本身（参看《炼狱篇》第二十一章五二至五四行）。

103–105. **好了……持续到永恒**：原动天旋转，把运动传给其他诸天，一直传到地球的大气层。由于运动自东向西，结果地球之上的空气也自东向西旋动。

106. **这高处**：指炼狱山之巅。

107. **这高处……超脱**：炼狱山巍峨高峻，峰顶位于清纯而不受大地变化影响的空气（“清气”）中，因此不受任何干扰，“完全超脱”。未经玛泰尔妲解释，斯塔提乌斯本人也不明白这道理。参看《炼狱篇》第二十一章五六至五七行。

109–111. **林木……散泼**：林木受空气激荡，把生发力量（“雄壮的动力”）贯注在空气中。这一生化力量，是有形或无形的种子，由旋动的空气播向四方（包括大地）。

112. **另一边土地**：指北半球，即人类所居的半球。

113. **借着各种力量**：指空气所散泼的各种生化力量（即各类种子）。**本身的禀赋**：指北半球各地的特性。

115–117. **明白了……突兀**：意为：你们明白了这一道理，看见北半球仿佛不需种子而长出各种植物，就不会感到奇怪了。托马斯·阿奎那相信，世界所有的植物都由伊甸园衍生。这一说法，为但丁所采纳。参看 *Summa theologica*, I, q.LXIX, a.2。

119–120. **圣土里……果实**：参看《圣经·创世记》第二章第九节："Produxitque Dominus Deus de humo omne lignum pulchrum visu et ad vescendum suave, lignum etiam vitae in medio paradisi, lignumque scientiae boni et mali."（"耶和华神使各样的树从地里长出来，可以悦人的眼目，其上的果子好作食物。园子当中又有生命树和分别善恶的树。"）。

121–126. **你眼前的水流……获得添补**：这几行解答了但丁的另一疑问：炼狱山之巅何以有河流？

127. **这边**：在玛泰尔妲和但丁的一边。

130. **忘川**：又叫"勒忒河"（希腊文 Λήθη，英文 Lethe），原意为"遗忘"。忘川是冥河之一，亡魂喝了里面的水，就会忘记前生的罪愆。古希腊和古罗马的文学中，忘川位于阴间（参看《埃涅阿斯纪》第六卷七一三至七一五行，第六卷七四九行）。出于艺术的需要，但丁把这条河置于炼狱山之巅。维吉尔在《地狱篇》第十四章一三六至一三八行，圭多·圭尼泽利在《炼狱篇》第二十六章一〇八行，都分别提到忘川。

131. **忆涧**：原文"Eunoè"，是但丁所创之词，出自希腊文 εὔνους（"心善"之意）。而 εὔνους 又是 εὔνοος 的阿蒂卡（Attic，即雅典）缩音写法。但丁在 *Convivio*, II, III, 11 提到"Protonoè"（元神）一词；在这里以希腊文的 eu（好；佳；优）+noè（神）自铸"Eunoè"。参看 Singleton, *Purgatorio 2*, 686-87。

131–132. **亡魂如果……甘甜**：亡魂要先饮忘川之水，才能领略忆涧的甘甜。对于这两行，论者有两种诠释：一派认为：原文一二一行的"L'acqua"是一三一至一三二行"si chiama; e non adopra, /se quinci e quindi pria non è gustato"的主词。亡魂必须同喝两泉之水，才能领略其甘甜。另一派认为：亡魂必须先喝忘川之水，才能领略忆涧的甘甜。Singleton（*Purgatorio 2*, 687）采取前说，Bosco e Reggio（*Purgatorio*, 484）采取后说。就诗义、逻辑、上下文理，以及作品的艺术效果而言，后说优于前说。因此译者在这里采取了后说。

134–135. **此刻……求知之心**：玛泰尔妲的意思是：即使我不再说下去，我已经完全解答了你的疑难。

136–138. **不过……贬低**：意为：我决定"在原定的范围外"提出进一步的解释，相信你也不会轻视我所说的话。有关"原定的范围"，参看本章八八至九〇行。

139–140. **古代的诗人……幸福**：在但丁之前，不少诗人吟咏过人类的黄金时代。在这里，但丁主要指奥维德《变形记》第一卷八九至一一二行的描写。

141. **帕那索斯山**：阿波罗和九缪斯的圣山，象征诗歌的灵感。参看《炼狱篇》第二十二章六四至六五行注。**他们或梦过这地方**：基督降生前，诗人们不知有伊甸园，但在创作中已经憧憬类似的乐土，给当时的人某种预示。

142. **人类的本根**：指人类的始祖亚当和夏娃。**天真而纯朴**：亚当和夏娃未犯原罪时，天真而纯朴。参看奥维德《变形记》第一卷八九至九〇行："Aurea prima sata est aetas, quae vindice nullo, /sponte sua, sine lege fidem rectumque colebat."（"第一时代是黄金时代。不需强制，/ 不需法律，大家就自然奉公守诚。"）。

143. **这里是终年皆春，是百果所在**：但丁的描写，上承维吉尔《农事诗》（*Georgica*）第二卷一四九行："hic ver adsiduum atque alienis mensibus aestas..."（"这里四季如春，众月皆夏……"），奥维德的《变形记》第一卷一〇七、一〇九行："ver erat aeternum.../mox etiam fruges tellus inarata ferebat..."（"那时候，终年皆春……土地不需耕作，就直接长出庄稼……"）。

144. **这就是琼浆……传述**：参看《变形记》第一卷一一一行："flumina iam lactis, iam flumina nectaris ibant..."（"牛奶之河、琼浆之河在流溢……"）。

146. **两位诗人**：指维吉尔和斯塔提乌斯。**听到末句**：指维吉尔和斯塔提乌斯听了有关黄金时代的进一步阐发（也就是玛泰尔妲对伊甸园的描述）。

147. **露出欣悦的神态**：指维吉尔和斯塔提乌斯都露出"莫逆于心"的欣悦，同意玛泰尔妲的说法。

第二十九章

玛泰尔妲说完了话，就逆水流的方向沿溪畔前趋；但丁则在另一边跟随。走了没多久，歌声飘荡间，一列凯旋队伍出现：七枝大烛台在前，后面依次跟着二十四位穿白衣的长老、四头六翅生物、一只拉着一辆双轮凯旋车的鹰狮。凯旋车右边是三位女子，分别穿红衣、绿衣、白衣；左边是四位穿紫衣的姑娘。凯旋车后面，有七个人物在跟随。车子驶到但丁对面时，隆然一声霹雳，凯旋队伍停了下来。

那位美女说完了上述的话，
　就像热恋的情人唱着歌，继续说：
　“Beati quorum tecta sunt peccata!”。
然后，像仙女独自婀婀娜娜
　漫步过林荫，或迎向太阳的温煦，
　或避开太阳，在树丛里闪躲，
美女逆水流的方向沿溪畔前趋。

我则在另一边，以相同的速度
缓缓前进，伴随她姗姗的步履。
我和她隔水前进，不足一百步，
溪的两岸就平行地弯向一边，
结果前进时，我再度向东方举足。
走着走着，走了没多长的时间，
女子一旋踵，全然回过身来，
对我说 ："兄弟呀，请侧耳睁眼。"
接着呀，是燿然一道夺目的光彩
射过大森林，照亮了每个角落，
使我以为是电闪而惊疑满怀。
不过由于电闪是陡起陡没，
而光彩却炯炯然越来越亮，
我不禁自忖 ："是什么呢，这昭焯？ "
接着，悦耳的旋律开始飘扬，
荡过发光的空气。我见状，正义
陡生，于是怪夏娃大胆逞强。
连天堂和尘世都服从天机，
区区一个小女子，且刚刚成形，
竟不甘在任何薄纱下安分守礼。
在薄纱下，如果她一直虔敬，
这不可名状的欣悦我早已尝到，
而且尝得比现在更长久更充盈。
永乐的第一批鲜果十分繁茂。
我在果子间前行，一边屏息，

一边渴望在更多欢乐中餍饱，
突然间，在翠绿的枝干下，空气
在我们面前火焰般发出光辉，
而妙音也变成歌声在飘荡涌溢。
至圣的众贞女呀，为了你们，饥馁、
寒冷、斋戒，我已经一一亲尝。
此刻，容我向你们乞取厚馈：
赫利孔圣泉务必为我涌涨，
乌拉尼亚也要派歌手相助，
让我把难描的事物识诸诗行。
稍微前行，只见七棵金树
虚幻地出现——那是因为该景
与我们之间，还有一段长路。
共感客体，自远处虽无从看清，
却没有因此而失去任何特征。
当我靠近它，察看真实的情形，
为我们思考时提供资料的官能，
就认出一个枝形大烛台的形状，
也听到“和散那”的颂赞歌声。
在上面，华丽的烛台吐焰扬光。
在望月的夜半，皓月在青天
照耀，也远逊于烛台此刻的辉煌。
我满怀惊愕地转身，向后面
回望贤师；贤师也对我凝眸；
唯一的答复是同样诧异的容颜。

于是，我再向高华的景物回首，
见烛火移向我们，缓慢而安舒，
和新娘并行也会落在后头。
这时，女士佛然说："怎么只顾
把视线投落那充满生气的光辉，
不看光辉后面的人物前徂？"
于是我前望，看见一群人，跟随
领袖似的跟随着烛光，身上
白衣皓皓，非尘俗可以得窥。
溪水在我的左边反映着光芒；
我向下俯望，溪面就像明镜
把我左边的身躯反映于左方。
然后，我在河畔的某一处暂停。
在该处，只有河面把我们隔离。
我停了步，以便看得更分明。
只见火焰在前进，没有稍息；
火焰过处，空中留下了彩痕。
这时候，众焰恍若飘扬的旌旗，
使七色在河岸上空粲然纷陈，
仿佛是七条带子。太阳造弓弩，
黛丽亚织腰带，也用相同的成分。
这些旗帜向后方延伸，直伸出
视域之外。就个人的判断而言，
旗帜的两边，相距有十步之数。
在美如我所描述的天穹下面，

启示式巡游队伍

二十四位长老，每两位组成一排，/ 戴着百合花的冠冕在缓步向前……

（《炼狱篇》，第二十九章，八三至八四行）

二十四位长老，每两位组成一排，
戴着百合花的冠冕在缓步向前，
一起歌唱着：“你呀，为神所爱，
是亚当的好女儿。愿你的丽容
永远获得保佑。善哉，善哉。”
不久，那些获上帝甄选的徒众
离开，留下对岸的繁花翠卉
依然对着我，独自舒展郁葱。
接着，如天光去后有天光追随，
四头生物在后面迅疾赶上，
头顶都有翠绿的叶冠披垂。
四头生物，都有六只翅膀，
翅羽上满是眼睛；阿尔戈斯的众目
如果不死，会与它们相仿。
要写它们的形状，也没有篇幅
可用了，读者呀——别的景物正催我
命笔；眼睛呢，我不能详加叙述。
不过，请看以西结如何描说
自己所见：这些生物从寒地
驰来，挟着旋风云气和烈火。
在他的章节里，你看到的威仪
一如我所见——只是就翅膀而言，
约翰和以西结有别而和我相契。
在上述的四头生物之间，
一辆双轮凯旋车向前驰去，

车子由一只鹰狮用脖子拉牵。
鹰狮让左右两翼高高地上举，
三带之内掖着中带的两旁；
这样，就没有翼切光带的顾虑。
鹰翼上举间，巍峨得无从仰望。
像鸟的部分，黄金为颈翼头颅；
其余部分，是雪白和朱红互彰。
罗马贺阿非利加（甚至贺奥古斯都），
所用的车子也没有这么华丽；
即使太阳的战车，也会相形见绌。
（太阳的战车出轨，曾遭焚于往昔。
当时，大地虔诚地祈祷鸣冤，
宙斯乃在渊默中主持正义。）
在右轮旁边，三位女子绕着圈
跳舞前进。一位浑身赤红，
在火中会难以觉察而叫人迷眩。
另一位全身艳绿，头顶至脚踵
恍如绿宝石造成的肉体和筋骨。
第三位则如初雪飘降自天空。
白姑娘和红姑娘，似乎轮流以舞步
带头蹁跹；而红姑娘的歌声，
则调节其余两位的旋舞速度。
车子的左边，有四位姑娘在欢腾。
她们都穿紫衣。其中一位
头有三目，以步伐引领着友朋。

整列队伍之后，还有人跟随：
　我看见两位老者，衣饰互殊，
　举止却同样严肃，同样尊贵。
其中一位的样貌姿态，表现出
　希波克拉底一族的特征——大自然
　为至爱之灵造就这显赫的大夫。
另一位关心的，则恰恰相反：
　手握宝剑，剑刃明亮而锋利，
　隔着小溪，也叫我恐惧不安。
接着，是样貌谦卑的四个人一起。
　而在队伍的最后面，是一个老者，
　脸容矍铄，打着盹独自前移。
这七个人，衣服的样子、颜色
　和第一批相同；只是，他们
　并没有百合花冠覆绕着头额——
他们的花冠以玫瑰和红花编纫。
　从稍远的距离观看，你会断言，
　他们的眼眉之上在熊熊烧焚。
当车子驶到我对面，突然间
　隆然一声霹雳，尊贵的队伍
　仿佛听到了禁令，不敢再向前，
当场跟着领先的旌旗驻足。

爱德、望德、信德

一位浑身赤红，/ 在火中会难以觉察而叫人迷眩。/ 另一位全身艳绿，头顶至脚踵 / 恍如绿宝石造成的肉体和筋骨。/ 第三位则如初雪飘降自天空。

（《炼狱篇》，第二十九章，一二二至一二六行）

注释：

2. **就像热恋的情人唱着歌**：Bosco e Reggio（*Purgatorio*, 492）指出，这行叫人想起卡瓦尔坎提（Cavalcanti）诗作“In un boschetto”（《在一个小林中》）的第七行：“cantava come fosse'namorata.”（“她唱着歌，仿佛在热恋中。”）。

3. **“Beati，quorum tecta sunt peccata!”**：出自《圣经·诗篇》第三十二篇（拉丁通行本《圣经》第三十一篇）第一节：“Beati quorum remissae sunt iniquitates, et quorum tecta sunt peccata.”（“得赦免其过、遮盖其罪的，/这人是有福的！”）。Buti 指出，由于但丁即将越过洗罪之河，引文特别切当。参看 Sapegno, *Purgatorio*, 322。

7. **逆水流的方向**：Singleton（*Purgatorio 2*, 694）指出，忘川此刻流向北边；“逆水流的方向”就是朝南。

11. **弯向一边**：右转九十度，开始向东（参看第十二行的“向东方举足”）。

12. **向东方**：东方代表希望，代表圣恩之所自来。参看 Singleton, *Purgatorio 2*, 694-95。

19–20. **不过……越来越亮**：电闪是一闪即没；但丁眼前所见，却没有一闪即没，而是越来越亮。

23. **正义**：参看《炼狱篇》第八章第八十二行的“义愤”（即原文第八十三行的“dritto zelo”），《天堂篇》第二十二章第八行的“义诚”（原文第九行的“buon zelo”）。

24. **怪夏娃大胆逞强**：怪夏娃胆大妄为，偷吃禁果。在阿奎那的心目中，夏娃是祸首，所犯的罪比亚当所犯的大。参看 *Summa theologica*, II-II, q.163, a.e, resp.。

25. **连天堂……天机**：意为：连天堂的天使和地上的万物（“尘世”）都服从上帝的意旨。

26. **且刚刚成形**：指夏娃刚由上帝创造。

27. **薄纱**：指上帝给夏娃的规限。这规限把她与善恶隔离。称为“薄”，是因为按照常理，要遵守这规限并不难。所谓“薄纱”，有的论者认为是“无知之纱”（“il velo dell'ignoranza”）；有的论者认为是“对律法谦从之纱”（“di umile obbedienza alla legge”）。参看 Bosco e Reggio, *Purgatorio*, 494; Sapegno, *Purgatorio*, 323; Singleton, *Purgatorio 2*, 697。

37. **至圣的众贞女**：指九缪斯。在《地狱篇》第二章第七行、第三十二章一〇至一二行，《炼狱篇》第一章七至一二行，但丁已向九缪斯祈求过，现在再度向她们祈求。Anonimo fiorentino（Tomo 2, 469）指出，这里的祈求有“比喻意义”（“senso tropologica”），强调一切事功都需神的帮助。

40. **赫利孔圣泉**：赫利孔（Ἑλικών，Helicon）是希腊玻奥提亚（Βοιωτία，Boeotia）的一座山，海拔一千七百四十八米，是阿波罗和九缪斯的圣山。山上有两道泉水，叫阿噶尼佩（Ἀγανίππη，Aganippe）和希波克瑞涅（Ἱπποκρήνη，Hippocrene），都是九缪斯的圣泉。后者由双翼飞马帕伽索斯（Πήγασος，Pegasus）之蹄蹴踏而成。有的论者指出，但丁误认赫利孔为圣泉，所以在原文用"涌涨"一词。其实，但丁并没有出错，因为说"Or convien che Elicona per me versi"，不等于肯定赫利孔山（"Elicona"）是泉水。赫利孔山既然有圣泉，但丁自然可以叫该山倾泻（圣泉）。这里的祈呼上承维吉尔《埃涅阿斯纪》第七卷六四一至六四二行："Pandite nunc Helicona, deae, cantusque movete, /qui bello exciti reges..."（"诸位女神哪，请打开赫利孔山，并鼓动诗兴，/ 是哪些君王因激励而奋然出战……"）。参看 Bosco e Reggio, *Purgatorio*, 495; Sapegno, *Purgatorio*, 324; Singleton, *Purgatorio 2*, 702。

41. **乌拉尼亚**：希腊文 Οὐρανία 或 Οὐρανίη（Urania），九缪斯之一，司天文。其名源出希腊文 οὐρανός（天）。《炼狱篇》开始时（第一章第九行），但丁祈呼的对象是卡莉奥佩（希腊文 Καλλιόπη，拉丁文 Calliope 或 Calliopea），即司史诗的缪斯。此刻，但丁即将吟咏天堂的事物，所以向乌拉尼亚祈呼。参看《炼狱篇》第一章七至一一行注。

46. **共感客体**：原文"obietto comun"，即亚里士多德和经院哲学家所谓的"sensibile commune"，指多种感官都可以感觉到的客体或对象，如形状、大小、多少、运动、静止，相对于"专感客体"（如颜色、声音、味道）而言。"专感客体"不会叫感官出错。譬如耳朵，听到声音，虽然未必会知道声音来自哪里，却一定辨得出，入耳的是声音。"共感客体"则不然。譬如运动，视觉和触觉都可以辨别，可是判断时可能出错。对于这一问题，亚里士多德、阿奎那、但丁都有详细讨论，研究但丁的学者也有解释。参看 Sapegno, *Purgatorio*, 325; Bosco e Reggio, *Purgatorio*, 496; Pietrobono, *Purgatorio*, 392; Singleton, *Purgatorio 2*, 703-04。

49. **为我们……官能**：指知觉能力。

50. **一个枝形大烛台**：这个烛台分为七枝（即第四十三行的"七棵金树"），有象征意义，使人想起《圣经·启示录》第一章第十二至十三节："Et conversus vidi septem candelabra aurea, et in medio septem candelabrorum aureorum similem filio hominis..."（"既转过来，就看见七个金灯台。灯台中间有一位好像人子……"）。烛台出现，象征基督降临世界。

在《启示录》中，七个金灯台象征亚洲的七个教会（参看《启示录》第一章第二十节），象征"神的七灵"（参看《启示录》第四章第五节："et septem lampades ardentes ante thronum, qui sunt septem spiritus Dei."〔"又有七盏火灯在宝座前点着；这七灯就是神的七灵。"〕。）；也象征圣灵的七种恩赐（参看《圣经·以赛亚书》第十一章第二节）。但丁的描写既以《启示录》为蓝本，这里的象征也应该相同。参看 Bosco e Reggio（*Purgatorio*, 497）和 Singleton（*Purgatorio 2*, 705-06）的论述。

51. **和散那**：《基督教词典》（页一九八）指出，"和散那"，又译"贺三纳"，是赞美上帝的用语，阿拉米文的音译，"求你拯救"的意思。"耶稣进耶路撒冷时"，众人曾一起呼喊"和散那"。《圣经·马太福音》第二十一章第九节有这样的记载："Hosanna filius David; benedictus qui venit in nomine Domini; hosanna in altissimis."（"和散那归于大卫的子孙！/奉主名来的是应当称颂的！/高高在上和散那！"）。

61. **女士**：指玛泰尔妲。到了这里，但丁仍不向读者交代女子的名字，以增加故事的悬疑气氛。

67. **溪水在我的左边**：此刻，但丁在沿河向东前进。

71. **只有河面把我们隔离**：只有河面把但丁、维吉尔等人和前进的队伍隔开。

77. **七条带子**：七条带子，象征七种真福（le sette Beatitudini）。参看 Bosco e Reggio, *Purgatorio*, 499。**太阳造弓弩**：指太阳造彩虹。在这里，但丁以弓弩喻彩虹。

78. **黛丽亚**：原文"Delia"，指月神。月神生于得洛斯（Δῆλος, Delos）岛，黛丽亚为其代号。**织腰带**：指造月晕。**也用相同的成分**：也用彩虹的七种颜色。

81. **十步之数**：象征十诫。遵守十诫，人类就可享圣恩。参看 Chiappelli, 316。

82. **天穹**：指色如彩虹的旗帜。

83–84. **二十四位长老……戴着百合花的冠冕**：参看《圣经·启示录》第四章第四节："Et in circuitu sedis sedilia vigintiquattuor, et super thronos vigintiquattuor seniores sedentes circumamicti vestimentis albis, et in capitibus eorum coronae aureae."（"宝座的周围又有二十四个座位；其上坐着二十四位长老，身穿白衣，头上戴着金冠冕。"）。这里的二十四位长老相等于《启示录》的二十四位长老，象征《圣经·旧约》二十四篇（根据哲罗姆的划分）。"百合"色白，象征纯洁。

85–87. **"你呀……善哉。"**：天使加百列向玛利亚报喜时，说了类似的话。参看《圣经·路加福音》第一章第二十八节："Et ingressus angelus ad eam dixit: Ave, gratia plena, Dominus tecum, benedicta tu in mulieribus."（"天使进去，对她说：'蒙大恩的女子，我问你安，主和你同在了！'"）。

91. **如天光去后有天光追随**：如一个星座去后，另一个星座出现。这行象征《圣经 · 旧约》二十四篇在基督降临前给人启示；去后有福音书相继，带来更大的光明。参看 Bosco e Reggio, *Purgatorio*, 500; Singleton, *Purgatorio 2*, 714。

92. **四头生物**：象征四部福音（又称"福音书"），即《圣经 · 新约》第一至四卷：《马太福音》、《马可福音》、《路加福音》、《约翰福音》。四部福音，记述耶稣的生平事迹。

93. **翠绿的叶冠**：在《神曲》里，绿色是希望的颜色。在这里，绿叶象征希望，象征人类会得救，也可以象征福音书万古长青。

94–96. **四头生物……相仿**：但丁的描写源自《圣经 · 以西结书》第一章第四至十四节，第十章第一至二十二节；《圣经 · 启示录》第四章第六至八节（参看本章一〇〇至一〇五行）。"六只翅膀"象征福音书四处宏扬，导人向上；"满是眼睛"，象征福音书能知过去未来，其视力、先见无处不在。在基督教传统中，马太是天使，马可是狮子，路加是牛，约翰是鹰。

95. **阿尔戈斯**：希腊文 Ἄργος（Argos 或 Argus），是个百眼巨怪。宙斯对伊那科斯（Ἴναχος，Inachus）的女儿伊娥（Ἰώ，Io）产生爱欲；为了隐瞒妻子赫拉，把伊娥变成一头小牛。赫拉出于妒忌，派阿尔戈斯看守伊娥。阿尔戈斯对主人尽忠职守，却遭宙斯派赫尔梅斯杀死。阿尔戈斯死后，众多的眼睛被赫拉镶在孔雀尾的羽毛上。

100–102. **不过……烈火**：参看《圣经 · 以西结书》第一章第四节。

103–104. **在他的章节里……一如我所见**：但丁的描写和以西结的描写相同；相异之处在于翅膀。

105. **约翰……相契**：约翰所描写的活物有六只翅膀（见《圣经 · 启示录》第四章第六至八节），以西结所描写的只有四只（见《圣经 · 以西结书》第一章第四至十四节）。约翰的描写与但丁的描写相同（"相契"），都有六只翅膀。

107. **一辆双轮凯旋车**：这一描写象征教会。双轮的象征意义有不同的说法：基督的神性和人性；《圣经 · 旧约》和《圣经 · 新约》；动态生活（vita attiva）和静态生活（vita contemplativa）。不过有的论者（如 Chiappelli, 317）指出，基督的神性和人性已由鹰狮象征（一〇八行），再动用双轮就会犯重复之忌。

108. **鹰狮**：原文 grifon，grifone 的缩音拼法。鹰狮是鹰头、鹰翼、狮身的动物，象征基督。**用脖子拉牵**：教会由基督拉牵的意象，出自《圣经 · 雅歌》

第一章第四节（拉丁通行本《圣经》第一章第三节）新娘对新郎所说的话："Trahe me, post te curremus."（"愿你吸引我，我们就快跑跟随你。"）。在基督教传统中，教会是基督的新娘。拉丁文的"Trahe"是祈使式（不定式 trahere），也可解作"拉"或"牵"。

109–111. **鹰狮……顾虑**：鹰狮的左翼插在最左三带和中间一带之间，右翼插在最右三带和中间一带之间。有的论者（Singleton, *Purgatorio 2*, 718）认为，"三"字象征三位一体；有的论者（Sapegno, *Purgatorio*, 329）认为，"没有翼切光带的顾虑"一语，象征耶稣教义和圣灵智慧融和一致，彼此没有矛盾。

112. **鹰翼……无从仰望**：象征鹰翼直通上帝的圣智。圣智的高度，人智无从企及。

113–114. **像鸟的部分……互彰**：鹰的部分（像鸟的部分）象征基督的神性；狮的部分（其余部分）象征基督的人性。金色象征基督的神性不朽；白色象征基督的人性纯洁；朱红象征基督为拯救人类而受难流血。

115. **阿非利加**：指大斯克皮奥（Publius Cornelius Scipio Africanus，一译"大西庇阿"，公元前二三六年至公元前一八四年），古罗马军队的统帅，率军与迦太基鏖战，公元前二〇九年占领迦太基，公元前二〇二年打败迦太基统帅汉尼拔。由于战功彪炳，有"阿非利加斯克皮奥"之称。大斯克皮奥打败迦太基的军队后凯旋，获罗马人夹道欢迎。参看《地狱篇》第三十一章一一六至一一七行注。**奥古斯都**：奥古斯都凯旋时，也获罗马人热烈欢迎。但丁所指，见于《埃涅阿斯纪》第八卷七一四至七二八行。该卷七一四行这样描写奥古斯都："...Caesar, triplici invectus Romana triumpho/moenia..."（"……凯撒〔指奥古斯都〕三度大捷，进入罗马 / 城墙……"）。此外，参看苏维同尼乌斯（Suetonius）的《十二凯撒传记》（*De vita Caesarum*）第二卷第二十二节第一段（II, xxii, 1）。

117–120. **即使太阳的战车……主持正义**：奥维德《变形记》第二卷一〇五至一一〇行，这样描写阿波罗（又叫"佛伊波斯"，希腊文 Φοῖβος，拉丁文和英文 Phoebus）的战车：

> ergo, qua licuit, genitor cunctatus ad altos
> deducit iuvenem, Vulcania munera, currus.
> aureus axis erat, temo aureus, aurea summae
> curvatura rotae, radiorum argenteus ordo;
> per iuga chrysolithi positaeque ex ordine gemmae
> clara repercusso reddebant lumina Phoebo.

于是，父亲〔阿波罗〕拖延到最后，只好
把儿子〔法厄同〕带到武尔坎所造的巍巍战车前。
战车以黄金为轴，黄金为辕；辋缘
也是黄金；众辐则为灿银打造；
车轭上，贵橄榄石和烨烨镶嵌的
众宝石，煌煌反射着佛伊波斯的辉光。

此外，参看《地狱篇》第十七章一〇六行的注释中，有关法厄同闯祸的故事；并参看《变形记》第二卷二七九至二八一行大地向宙斯的祈告。**渊默中主持正义**：上帝或宙斯的法则，不是凡人所能窥测，所以说"渊默中"。"渊"，极言其深；"默"，形容其静。

121. **在右轮旁边**：Singleton（*Purgatorio 2*, 721）指出，右边的地位比左边显要。**三位女子**：象征三超德（virtù teologali），即信德（Fede）、望德（Speranza）、爱德（Carità）。三超德能带人走向永生，地位高于一三〇行所写的四枢德，所以在右轮旁边。参看 Sisson, 641。

122. **一位浑身赤红**：指三超德中的爱德。在《神曲》里，红色象征爱。

124. **另一位全身艳绿**：指三超德中的望德。在《神曲》里，绿色象征希望。

126. **第三位**：指三超德中的信德。在《神曲》里，白色象征信仰、信念。

127–129. **白姑娘……速度**：Pietrobono（*Purgatorio*, 398）认为，三者当中，信德（"白姑娘"）的地位似乎最高，因为没有信德，就不会有望德（一二四行的"另一位全身艳绿"）和爱德（"红姑娘"）。而爱德是其余两者的动力；没有爱德，信德就会死亡。《圣经·雅各书》第二章第二十六节说："Fides sine operibus mortua est."（"信心没有行为也是死的。"）。此外，参看《圣经·哥林多前书》第十三章第十三节。

130. **车子的左边**：左边的地位次于右边。**四位姑娘**：象征四枢德，即智德（Prudenza）、勇德（Fortezza）、义德（Giustizia）、节德（Temperanza）。四枢德的地位次于三超德，所以在车子的左边。

131. **穿紫衣**：在中世纪，所谓"紫"，常指深红。四枢德"穿紫衣"，象征四者都受爱德感染。参看 Singleton, *Purgatorio 2*, 723。有的论者（如 Sapegno, *Purgatorio*, 331）则认为，"紫衣"象征王者之权；四枢德"穿紫衣"，表示四者负责驾驭、调节世俗的行为、举止。

131–132. **其中一位/头有三目**：指智德。Singleton（*Purgatorio 2*, 723）指出，"三目"象征智德能知过去、现在、未来。四枢德之中，以智德的地位最高，负责领导其余三德。参看 *Convivio*, IV, XXVII, 5。

134–141. **我看见两位老者……恐惧不安**：两位老者当中，第一位是路加；第二位是保罗。路加象征《圣经·使徒行传》（一译《宗徒大事录》）。保罗象征使徒书信。根据《圣经·歌罗西书》第四章第十四节，路加是“所亲爱的医生”，因此在这里“表现出 / 希波克拉底一族的特征”。

137. **希波克拉底**：Ἱπποκράτης（Hippocrates），希腊爱琴海科斯（Κῶς，Κόως，拉丁文 Cos，Cous，Coos）岛人，约生于公元前四六〇年，卒于公元前三七七年，是西方医学之父。创立体液说，“认为人体由血液、黏液、黄胆〔、〕黑胆四种体液组成”（《辞海》第二册，页五七四）；认为人的体质，由体液分配的多寡来决定。希波克拉底医理圆通，认为医生不但要治病，也要治人；指出一个人要身体健康，必须同时注意饮食和卫生。

137–138. **大自然 /……大夫**：大自然为人类（“至爱之灵”）造就了希波克拉底（“这显赫的大夫”），让他护理人类。参看《地狱篇》第四章一四三行注。

139. **另一位关心的，则恰恰相反**：保罗要伤害邪恶，路加要救治人类。两人所关心的恰巧相反：分别以伤害和救治为己任。

140. **手握宝剑**：自十二世纪起，在基督教的传统形象中，保罗常常握剑，一如《圣经·以弗所书》第六章第十七行所述：拿着“圣灵的宝剑，就是神的道”（“gladium Spiritus, quod est verbum Dei”），与邪恶作战。这里的描写上承基督教传统。

141. **隔着小溪，也叫我恐惧不安**：这行形容“神的道”（“verbum Dei”）如何犀利。

142. **样貌谦卑的四个人**：这四个人象征雅各、彼得、约翰、犹大的使徒书信。“谦卑”指这些作品的地位比不上《圣经》其他各篇。不过也有论者持不同的看法，认为“四个人”另有象征意义。参看 Sapegno, *Purgatorio*, 331-32。

143. **而在队伍的最后面……老者**：这个老者象征《启示录》。《启示录》是《圣经》的最后一篇，所以说“在队伍的最后面”。

144. **脸容矍铄**：象征《启示录》能预言未来，直探神秘（Sapegno, *Purgatorio*, 331）。**打着盹**：《启示录》写灵魂出窍时所见的圣景，与梦幻相像，是约翰“打盹”时所见。

145. **这七个人**：指一三四行的“两位老者”，一四二行的“四个人”，一四三行的“一个老者”，一共是“七个人”。

145–146. **衣服的样子、颜色 /……相同**：“这七个人”就像第八十三行的“二十四位长老”（“第一批”）一样，所穿的衣服也是白色。

148. **以玫瑰和红花编纫**：玫瑰和其他红花都是红色，在这里象征三超德中的爱德。《圣经·旧约》二十四篇，期待并预言救世主降临，建基于信仰，因此以白花为冠（象征信仰）；《圣经·新约》写于基督降临后，象征爱德的体现，因此以玫瑰和其他红花为冠。参看 Bosco e Reggio, *Purgatorio*, 505。

150. **他们……烧焚**：形容花冠如火，强调爱德炽盛。

152. **隆然一声霹雳**：Bosco e Reggio（*Purgatorio*, 505）指出，这是天上发出的信号，命巡游队伍停止前进。由于炼狱的这一高度，不再受大气影响，"霹雳"不可能是自然现象。

154. **领先的旌旗**：指第五十行的"枝形大烛台"，也就是第四十三行的"七棵金树"。

第三十章

凯旋队伍一停，二十四位长老就转向车子，三唱“Veni, sponsa, de Libano”。接着，千百名天使在空中散花，贝缇丽彩在花云中出现。忐忑不胜间，但丁转向左边，要跟维吉尔说话，却发觉维吉尔早已离开。之后，贝缇丽彩斥责但丁。天使见但丁受责，表示慈怜。贝缇丽彩回答天使，说明但丁所犯是什么过错。

第一重天的北斗七星，从来
　不知道何谓升，何谓降；除非罪过
　遮蔽，也不会有雾霭覆盖。
这天上的七颗星，为人人申说
　职守，就像下界的北斗，指引
　掌舵者归航。当七点星火
停了下来，前些时在缓步前进、
　置身鹰狮和七星间的悫悫群贤
　就转向车子，仿佛等安宁降临。

其中一人，仿佛由上天派遣，
　三唱“Veni, sponsa, de Libano”；礼成，
　其余的人也跟着唱了三遍。
有福的众生听到最后的号声，
　都会从墓中翻身，迫不及待，
　以新声唱着“哈利路亚”上腾。
这时候，圣车也是这样的情态：
　圣车之上，ad vocem tanti senis，
　千百名安享永生的使臣升起来，
齐声高唱：“Benedictus qui venis!”
　并且把鲜花撒向天空和四周。
　“Manibus o date lilia plenis!”
黎明将临，带来晨曦的时候，
　我见过东方叫彩霞染成绛红，
　其余的天域也明丽无俦；
太阳呢，露脸时为云霞轻笼，
　强光在雾气里变得柔美，
　让观者之眸长时间望入光中。
我的眼前也如此：花云纷飞，
　从天使手里上升再向下飘散，
　降落车上和四周。鲜花的彩云内，
是一位女士，戴着橄榄叶冠，
　披着雪白的面纱；翠绿的披风下，
　长袍的颜色如烈火熊熊欲燃。
我的魂魄，在她跟前惊讶

贝缇丽彩

鲜花的彩云内，/ 是一位女士，戴着橄榄叶冠，/

披着雪白的面纱；翠绿的披风下，/ 长袍的颜色如烈火熊熊欲燃。

（《炼狱篇》，第三十章，三〇至三三行）

　颤抖，是多年前的事了；现在，
　这魂魄还未获视觉感官增加
它对外间的认识，仅仅依赖
　这位女士隐而不宣的懿能，
　就感到巨大的力量发自旧爱。
当年，我童龄还未结束，就亲承
　这伟力刺穿。此刻，我的视线
　再受到轰击，刹那间忐忑不胜。
于是，一如小孩子受惊或逢艰，
　期盼地奔向妈妈去寻求慰解，
　我马上以同样的心理转向左边，
对维吉尔说：“我体内的血液，
　这时候没有一滴不在颤抖；
　旧焰的标志，此刻我可以识别。”
但是，维吉尔已不在我们四周；
　维吉尔，我最和蔼的父执师长；
　维吉尔，我为了得救，曾向他奔投。
我的双颊曾经用露水涤荡；
　此刻再遭到沾污。元古先妣
　所失的一切，也难阻眼泪流淌。
“但丁啊，不要因维吉尔离开了你
　而流泪。请你暂时不要流泪；
　你的泪，会为另一把宝剑下滴。”
如舰队司令在舰首、舰尾来回，
　看其他舰只的船员如何服务，

并鼓励他们，叫他们不要气馁，
我听到声音响起，并且直呼
我的名字时（在这里只好按实况
记录下来），我看见了最初
出现在天使花云中的女子在车上
再度出现，并靠着车子的左边，
隔着溪流在对岸向我凝望，
头顶以弥涅尔瓦的叶饰为冕；
从头顶下垂的面纱，虽然
不让人了然看到她的容颜，
但严峻高贵的仪态仍可仰瞻。
听她说话的语调，仿佛在等待
训词结束时向我厉斥一番：
“留神看我。我就是，就是贝缇丽彩。
这座山峰，你怎会纡尊攀跻？
你不知这里的人都幸福和恺？”
我听后，目光望落清澈的泉水里；
一瞥见自己，就立刻望向青草，
感到额上的羞赧沉重无比。
贝缇丽彩展示的，是严厉的容貌，
如母亲之于孩子；因为，
严峻的慈恩总带点苦涩的味道。
她话声一停，就扬起天使的赞美
歌声：“In te, Domine, speravi”；
但到了“pedes meos”，就不再飘飞。

沿着意大利山脊的巍峨高地，
受斯拉沃尼亚的寒风吹凌，
飘雪就会在活梁间凝结堆积；
然后，只要失影的地区轻轻
呵气，融雪就会向本身滴注，
看来仿佛是火融蜡烛的情景；
就像我那样：在众天使唱出
颂赞前没有流泪，也没有唏嘘
（那歌声，总随永恒的天籁飘舞）；
可是一听到歌声和谐的旋律
有天使的慈悲，胜过以下的说明：
“女士呀，何必给他这样的委屈？”
刹那之间，把我心紧封的寒冰
就融化为气，为水，挟悲痛
经嘴巴和双目，源源由胸中外倾。
这时，贝缇丽彩仍动也不动，
伫立在车子的左边，然后以申陈
回答满怀悲悯的芸芸大众：
“在永昼里，你们用志不分，
看得见尘世在路上所走的每一步，
黑夜和睡梦都不能盗实乱真。
因此，我得加倍用心地答复，
让那边哭泣的人听个明白，
让罪咎得到分量相等的愁苦。
每颗种子，按所属星辰的形态，

由巨大的转轮导向不同的目标。
为荡荡圣恩酝酿甘霖的云霭
在高天氤氲，我们的目光仰眺，
也无从靠近。借着圣恩的洪典，
而不是光靠巨轮运行的机巧，
这个人，年轻的时候极具先天；
本身所具的每种善性，本可以
使他成为非凡的大圣大贤。
不过，越是肥沃堪耕的土地，
一旦荒弃而又为稗子缠爬，
就越易沦为芜秽有害的劣泥。
有一个时期，我曾经以面容支持他，
粲然对着他展示年轻的双眸，
引导他在路上迈出正确的步伐。
不过我一转生，在形骸的出口
越门坎进入灵魂的第二阶段，
他就离开了我，向别人奔投。
当我脱离了肉身向灵界上抟，
比昔日凡尘之我更美丽更端淑，
他就贱视我，见了我也不再心欢；
然后，步子离开了真理的道路，
去追随一些伪善虚假的幻影。
这些幻影，总不把承诺付足。
我为他祈求启悟，也徒劳神明；
借着这启悟，我在梦内和梦外

　喊他归来，都难以叫他倾听！
他堕落得厉害，一切安排
　都不能在歧途中把他拯救——
　除非带他去目睹亡魂的悲哀。
这，就是我亲临冥界的缘由。
　也是同样的缘故，我才潸然
　求那人带他上攀，当他的领袖。
如果不流点眼泪，为哀忏
　付一点点的代价，以补赎过失，
　就越过忘川，亲尝里面的甘澜，
上主崇高的天命就会废弛。”

注释：

1–9.　**第一重天……等安宁降临**：意为：带领队伍的枝形大烛台（见《炼狱篇》第二十九章第五十行）一停，二十四位长老（见《炼狱篇》第二十九章第八十三行）就转向车子。但丁在这里故意用繁复的说法表现简单的意思，是为了把文字提升到高华层次，以配合庄严的主题。

1.　**第一重天**：指最高天。**北斗七星**：比喻七枝烛台。而七枝烛台又象征“神的七灵”。参看《炼狱篇》第二十九章第五十行注。

1–2.　**从来／不知道……何谓降**：“神的七灵”永恒不灭，没有所谓上升或下降，日出或日落，也没有所谓开端或结束；就像凡间所见的北斗七星一样，永无升降。

2–3.　**除非……覆盖**：最高天没有雾霭、氛埃，不受凡间的大气影响；能影响最高天的，只有罪恶（另一种雾霭、氛埃）。

4–5.　**为人人申说／职守**：为二十四位长老中的每一位申说，告诉他们该履行什么责任。

5. **下界的北斗**：北斗在第八重天，处于最高天之下，所以说“下界”。下界的北斗七星，英文有多种说法：the Big Dipper, Charles's Wain, the Wain, the Wagon，由大熊座的α、β、γ、δ、ε、ζ、η七星组成；中国的名称是天枢（北斗一）、天璇（北斗二）、天玑（北斗三）、天权（北斗四）、玉衡（北斗五）、开阳（北斗六）、摇光（北斗七）。七星中的前四颗（即天枢、天璇、天玑、天权）组成斗形，叫斗魁，又叫魁星，又名璇玑。后三颗（玉衡、开阳、摇光）组成斗柄，又叫斗杓。天枢和天璇相距五度。把二星连成一线，由天璇至天枢的方向延长约五倍，就是北极星（引自《中国大百科全书·天文学》，页十五）。“北斗七星”，原文为“settentrion”（settentrione 的缩音拼法），由拉丁文 septem（七）和 triones（耕牛）组成。由于意大利文的 settentrione 又可解作小熊座，有的论者（如 Bosco e Reggio, *Purgatorio*, 512; Sapegno, *Purgatorio*, 334; Singleton, *Purgatorio 2*, 727）认为，但丁在这里指小熊座七星。

5–6. **北斗……指引 / 掌舵者归航**：航海者凭借北斗七星，可以找到北极星，然后靠北极星辨别方向，所以说“北斗……指引 / 掌舵者归航”。

9. **转向车子**：象征《圣经·旧约》二十四篇转向教会。基督的降临，由《圣经·旧约》预示。此刻，二十四篇转向车子，仿佛“等安宁降临”。参看《圣经·以弗所书》第二章第十四节：“Ipse enim est pax nostra.”（“因他使我们和睦。”）。《圣经》这一句的拉丁原文，也可译为“因他使我们安宁”。

10. **其中一人**：象征《圣经·旧约》中的《雅歌》。

11. **“Veni，sponsa，de Libano”**：引自《雅歌》第四章第八节。原文为：“Veni de Libano, sponsa mea, veni de Libano, veni.”（“我的新妇，求你与我一同离开黎巴嫩，/ 与我一同离开黎巴嫩。”）。在天主教传统中，教会是基督的新娘；不过这里的“新妇”指上帝的启示、上帝的智慧，由即将出现的贝缇丽彩代表。参看 *Convivio*, II, XIV, 20; III, XV, 16。

12. **其余的人……三遍**：指《圣经·旧约》其余各篇也一起应和了三遍。

13–15. **有福的众生……上腾**：最后审判时，福灵（在基督右边的灵魂）就会与他们在墓中的肉体结合。福灵一旦和肉体结合，灵魂和声音就重新穿上了衣服（他们的肉体），所以称为“新声”（原文“revestita voce”，直译是“重新穿上了衣服的声音”）。有的版本（如 Società Dantesca Italiana 版）中，“revestita voce”为“revestita carne”（“重新穿上了衣服的肉体”）。不过就东、西方的文学传统而言，诗人通常都以衣服喻肉体，表示肉体的地位低于灵魂；说“revestita carne”，等于以灵魂喻衣服；不但主（灵魂）从（肉体）颠倒，艺术效果也大为逊色。

15. **唱着“哈利路亚”**：原文“alleluiando”是现在分词，不定式为“alleluiare”，意为“唱‘哈利路亚’”。“哈利路亚”，意大利文alleluia，英文halleluiah或hallelujah，源出希伯来文**hallělū.yāh**，是犹太教和基督教的欢呼语，意为“赞美神”。**hallělū** =赞美（第二人称复数），jab=Jah = Jehovah（耶和华）。参看*The Shorter Oxford English Dictionary on Historical Principles*（third edition）“Hallelujah”条。

17. **ad vocem tanti senis**：拉丁文，意为：“蒙德高望重的长者邀请”。原文的结构如用英语表达，相等于“at the voice of such an elder”（直译是“听到这样的大长者的声音”）。Singleton（*Purgatorio 2*, 732）指出，在这里，但丁不用意大利文而用拉丁文，一方面由于押韵的需要，一方面为了使作品的语调显得更庄严。

18. **千百名**：原文（第十七行）“cento”，直译是“一百”；不过“cento”在这里泛指数目之多，不必实指“一百”。参看Singleton, *Purgatorio 2*, 732。**安享永生的使臣**：指天使。**升起来**：原文（第十七行）“si levar”（即“si levarono”），直译是“站起来”；不过按照原诗语境，应解作“飘飞而起”，相等于“si levarono in volo”。参看Bosco e Reggio, *Purgatorio*, 513。

19. **“Benedictus qui venis!”**：拉丁文，意为：“即将来临的应当称颂”。指贝缇丽彩即将出现，并且该受到称颂。出自《圣经·马太福音》第二十一章第九节：“Turbae autem quae praecedebant et quae sequebantur clamabant dicentes: Hosanna filio David! Benedictus qui venit in nomine Domini; hosanna in altissimis!”（“前行后随的众人喊着说：和散那归于大卫的子孙！/奉主名来的，是应当称颂的！/高高在上和散那！”）。《圣经》的这一节写耶稣进耶路撒冷时众人对他的欢呼。但丁的引文把原文的“venit”（第三人称单数）改为“venis”（第二人称单数）。过去有的论者认为，“Benedictus qui venis”这句话应该指耶稣或但丁，因为“Benedictus”（“应当称颂”）是阳性。但今日的论者（如Bocso e Reggio, *Purgatorio*, 513-14）指出，阳性可以泛指另一性别的人；此刻，贝缇丽彩尚未出现，用阳性的“Benedictus”既合逻辑，也合语法。《马太福音》的引文也见于《圣经·马可福音》第十一章第十节，《圣经·路加福音》第十九章第三十八节。

21. **“Manibus o date lilia plenis！”**：拉丁文，意为：“给我盈手的百合呀！”引自维吉尔《埃涅阿斯纪》第六卷八八三至八八六行：“manibus date lilia plenis/purpureos spargam flores animamque nepotis/his saltem

accumulem donis, et fungar inani/munere."("给我盈手的百合呀! / 让我抛撒紫花;至少让我向子孙之灵 / 堆放这些礼物,以履行徒劳的 / 职责。")。在这段文字里,安基塞斯(Anchises)预言马尔克路斯(Marcellus)早夭。为了凑合音节的数目,但丁引述时在"manibus"和"date"之间增添了一个感叹词"o"(有的版本为"oh")。由于《埃涅阿斯纪》原文的后半部充满伤悲,不是但丁所需,读者在这里要"断章取义";因为此刻,贝缇丽彩即将出现,是应该欢腾的俄顷,与"向子孙之灵 / 堆放这些礼物,以履行徒劳的 / 职责"所表现的气氛迥异。

22-27. **黎明将临……望入光中**:贝缇丽彩的出现,既有日出的赫戏,也有柔光的和谐。

30-31. **鲜花的彩云内,/ 是一位女士**:这一意象,与 *Vita Nuova*, XXIII, 7, 25 相呼应,可参看。

31-33. **戴着橄榄叶冠,/……熊熊欲燃**:橄榄叶象征和平;而且因为与弥涅尔瓦(即智慧女神雅典娜)有关(参看本章第六十七行),又象征智慧。白色的面纱象征信德。翠绿的披风象征望德。红色的长袍象征爱德。参看《炼狱篇》第二十九章一二一至一二六行有关三超德的象征。贝缇丽彩在生时,曾穿过红色和白色的衣裳在但丁眼前出现(见 *Vita Nuova*, II, 3; III, 1, 4; XXXIX, 1)。在梦中,但丁也见过贝缇丽彩穿白色的衣裳(见 *Vita Nuova*, XXIII, 8)。

34-35. **我的魂魄……是多年前的事了**:指但丁在贝缇丽彩生时,见其丽颜而惊为天人。贝缇丽彩卒于一二九〇年,到现在(一三〇〇年,即但丁身在炼狱的时间)已有多年。有关贝缇丽彩的出现,参看 *Vita Nuova*, II, 4; XI, 1-3; XIV, 4-6; XXIV, 1。

35-39. **现在,/……发自旧爱**:此刻,贝缇丽彩披着面纱,但丁看不见她的真颜;但仅凭贝缇丽彩以往引起的爱("旧爱"),就感觉到她的力量巨大。

40-41. **当年……刺穿**:但丁九岁,初见贝缇丽彩,如遭电殛。*Vita Nuova*, II, 1-2 有以下的描写:

Nove fiate già appresso lo mio nascimento era tornato lo cielo de la luce quasi a uno medesimo punto, quanto a la sua propria girazione, quando a li miei occhi apparve prima la gloriosa donna de la mia mente, la quale fu chiamata da molti Beatrice li quali non sapeano che si chiamare. Ella era in questa vita già stata tanto, che ne lo suo tempo lo cielo stellato era mosso verso la parte d'oriente de le dodici parti l'una d'un grado, sì che quasi dal principio del suo anno nono apparve a me, ed io la vidi quasi da la fine del mio nono.

此刻，我心之目看见了那位女士，光华璀璨。她初次在我眼前出现时，光芒之天，从我出生的一刻算起，已自转了九次，几乎返回了起点。许多人都叫她贝缇丽彩，虽然这些人不知道这名字的真义。当时，她在尘世的年龄，相等于恒星天东转了十二分之一度的时间。因此，她在我眼前出现时，刚满九岁不久；而我初见她的时候，是将近十岁。

48. **旧焰的标志……识别**：这行原文是“conosco i segni dell' antica fiamma”；译自维吉尔《埃涅阿斯纪》第四卷第二十三行：“agnosco veteris vestigia flammae.”（“我仍感觉到旧焰的余烈。”），是蒂朵（Διδώ，Dido）所说的话。但丁的意思是：昔日，贝缇丽彩曾在我怀里燃起爱焰；此刻我仍能感觉那爱焰所留的温暖。

49–51. **但是……奔投**：但丁在这里一连三行都用“维吉尔”（“Virgilio”），目的是强调自己一直在信靠老师。

52. **我的双颊……涤荡**：指维吉尔用露水为但丁洁脸，抹去地狱的秽气（见《炼狱篇》第一章一二一至一二九行）。

53. **此刻再遭到沾污**：指但丁不见了维吉尔，慌得哭了起来，眼泪再度把双颊沾污。

53–54. **元古先妣 /……流淌**：指夏娃（“元古先妣”）因偷吃禁果而失去的乐园（“所失的一切”），也不能使但丁止哭。也就是说，但丁置身乐园，应该欢欣；但因为不见了维吉尔，还是悲从中来，泪流不止。

57. **另一把宝剑**：指更大的悲伤。参看下文（七三至七五行，九七至九九行，一〇六至一四五行）贝缇丽彩对但丁的训斥。

58. **如舰队司令**：这一比喻强调贝缇丽彩的严峻。

62–63. **在这里只好按实况 / 记录下来**：在但丁时期，作家通常不在自己的作品中自道名字，以免罹自夸之嫌。因此但丁引述了自己的名字后（见第五十五行），要提出解释。有关作家不可以自道的说法，参看 *Convivio*, I, II, 3: “Non si concede per li retorici alcuno di se medesimo sanza necessaria cagione parlare...”（“修辞学有这样的规矩：如无必要理由，作者不可以自道……”）。

67. **以弥涅尔瓦的叶饰为冕**：弥涅尔瓦（Minerva）是罗马神话中的女神，相当于希腊神话中的雅典娜，是战神，也是智慧女神；橄榄是她的圣树。“以弥涅尔瓦的叶饰为冕”，指贝缇丽彩戴着以橄榄叶编成的冠冕。弥涅尔瓦，又译“米涅尔瓦”“密涅瓦”。

74. **这座山峰……攀跻**：贝缇丽彩这句话显然有讽刺意味。“纡尊攀跻”，原文为"Come degnasti d' accedere al monte"。有的论者认为"degnasti"该解作"值得"或"能够"，整行的意思应该是："你怎能攀上这座山峰呢？"这样解释，既不能配合贝缇丽彩此刻的严峻，也使她显得啰唆或明知故问；因为她一早知道，但丁能到达伊甸园，完全因为她从天堂降落幽域，吩咐维吉尔当但丁的向导。从上下文判断，贝缇丽彩的话也不是客观求证的问题。

82–84. **她话声一停……就不再飘飞**：天使（第十八行的"使臣"）等贝缇丽彩的话声一停，就齐唱《圣经·诗篇》第三十一篇第一至八节（拉丁通行本《圣经》第二至九节）："In te, Domine, speravi, non confundar in aeternum; in iustitia tua libera me...In manus tuas commendo spiritum meum; redemisti me, Domine, Deus veritatis...nec conclusisti me in manibus inimici: statuisti in loco spatioso pedes meos."（"耶和华啊，我投靠你；/ 求你使我永不羞愧；/ 凭你的公义搭救我！ /……我将我的灵魂交在你手里；/ 耶和华诚实的神啊，你救赎了我。/……你未曾〔译为"你没有"较符合拉丁文原意〕把我交在仇敌手里；/ 你使我的脚站在宽阔之处。"）。众天使唱完了"statuisti in loco spatioso pedes meos"（"你使我的脚站在宽阔之处"），就没有唱下去（"歌声……不再飘飞"）。Bosco e Reggio（*Purgatorio*, 518）和 Singleton（*Purgatorio 2*, 746）指出，在这里，众天使一方面颂赞上帝，一方面代但丁向贝缇丽彩求情。

85. **意大利山脊**：原文（第八十六行）为"dosso d' Italia"，直译是"意大利之脊"，指亚平宁山脉。

86. **斯拉沃尼亚的寒风**：指来自意大利东北方向的斯拉沃尼亚（Slavonia）的寒风。

87. **活梁**：指山上的树。山上的树木可以成为房屋的栋梁；未砍时，则是"活梁"。

88. **失影的地区**：非洲的太阳有时直射而下，到处都找不到投影，所以称为"失影的地区"（原文第八十九行"la terra che perde ombra"）。

88–89. **轻轻 / 呵气**：指南风从非洲吹来。南风柔和，所以说"轻轻"。

89. **融雪就会向本身滴注**：指雪融时，雪水首先会下渗，不会横流。

91–92. **在众天使唱出 /……也没有唏嘘**：但丁遭贝缇丽彩训斥，内心如寒冰凝结，失去了流泪或唏嘘的能力。

93. **那歌声……飘舞**：天使总跟随诸天的和谐运行（"永恒的天籁"）而歌唱。

94–95. **可是一听到……天使的慈悲**：但丁听得出天使歌唱《诗篇》，是为他求情。

95–96. **胜过……“女士呀……委屈？”**：众天使虽没有明言，可是但丁听来，其歌声胜过以“女士呀……委屈？”的话语为他求情。

97. **把我心紧封的寒冰**：指但丁因贝缇丽彩的训斥而产生的委屈、悲伤。

102. **满怀……大众**：指众天使。

103. **永昼**：指永恒的白天，即上帝不灭的光明。**用志不分**：指时刻警醒，精神永远集中。

104. **尘世**：指凡间的人。

105. **黑夜**：比喻无知、愚昧的状态。**睡梦**：比喻糊涂、昏瞀的状态。**不能盗实乱真**：天使能直接谛视上帝的圣智，凡间的一举一动都瞒不过他们，所以“黑夜和睡梦都不能盗实乱真”。

106. **因此……答复**：Bosco e Reggio（*Purgatorio*, 510）指出，贝缇丽彩“得加倍用心地答复”，不是要向天使说明什么（因为天使什么都明白），而是要让但丁听到她的训斥。

107. **哭泣的人**：指但丁。

109–110. **每颗种子……目标**：每个由上帝创造的生灵（“种子”），会由诸天（“巨大的转轮”）按照他出生时所属的星座，决定他此后的发展和结局（“导向不同的目标”）。参看《炼狱篇》第十六章第七十三行，《天堂篇》第八章九七至一三五行。在 *Convivio*, IV, XXI, 7 里，但丁也说：

> E però che la complessione del seme puote essere migliore e men buona, e la disposizione del seminante puote essere migliore e men buona, e la disposizione del Cielo a questo effetto puote essere buona, migliore e ottima（la quale si varia per le constellazioni, che continuamente si transmutano）, incontra che de l'umano seme e di queste vertudi più pura〔e men pura〕anima si produce; e, secondo la sua puritade, discende in essa la vertude intellettuale possibile che detta è, e come detto è.
>
> 由于种子的质地优劣不同，播种者的禀赋互异，而诸天施功，又有“佳”、“较佳”、“最佳”的几种可能（诸天施功，因星座的不同而有所分别，而星座本身也不断变化），结果人类的种子以及上述的潜能就会造就纯度不一的灵魂；而心智的潜力也会降落灵魂之中〔多寡视乎灵魂的纯度〕。至于何谓心智的潜力，心智的潜力如何降落灵魂之中，上面已经谈过。

111–112. **为荡荡圣恩……在高天氤氲**：比喻上帝的圣恩如润物的雨水，由云霭形成。参看 *Convivio*, IV, XXI, 11。

112–113. **我们的目光……靠近**：意为：即使贝缇丽彩和天使，也无从看到神恩的源头。

114. **而不是……机巧**：种子有什么结果，也要看上帝如何赏赐神恩，不光靠诸天施功（"巨轮运行的机巧"）。

121. **有一个时期**：指但丁初见贝缇丽彩的一年（一二七四年）到贝缇丽彩去世的一年（一二九〇年）。有关贝缇丽彩对但丁产生的鼓舞，参看 *Vita Nuova*, XI, 1; XIX, 9; XXI, 2; XXVI, 1, 3。

124. **转生**：原文（一二五行）为"mutai vita"，指贝缇丽彩去世。

124–125. **在形骸的出口/越门坎进入灵魂的第二阶段**：贝缇丽彩卒时二十四岁。据但丁的说法，人的一生分为四个时期：青年期（Adolescenzia）、盛年期（Gioventute）、老年期（Senettute）、暮年期（Senio）。第一、第二、第三时期，分别于二十五岁、四十五岁、七十岁结束。七十岁后，一个人的生命约剩十年左右，约可活到八十岁。这个时期，称为暮年。贝缇丽彩于二十四岁卒，青年期即将结束，已置身生命"第二阶段"的"门坎"。有关人生四个时期的划分，参看 *Convivio*, IV, XIV, 1-6。

126. **他就离开了我，向别人奔投**：在《新生》（XXXV, 2）里，但丁说过，他在贝缇丽彩卒后，爱上了一位"高贵而年轻的绝色女士"（"gentile donna giovane e bella molto"）。历来的论者，就这位"女士"的身分提出了不同的假设，但迄今未有公认的结论。参看 *Vita Nuova*, XXXV-XXXVII。其实，这位"女士"不必是历史人物；可以是寓言或象征，泛指但丁对哲学或其他事物的爱好（即《炼狱篇》第三十一章五八至五九行所提到的"不管是小女孩，还是同样易湮/而空虚的东西"）。这样的爱好，偏离了天启的神道，因此遭贝缇丽彩指责。这样解释，才能与《新生》的寓言和象征意义配合，与贝缇丽彩在下面所说的话（一二七至一三八行）呼应。参看 Bosco e Reggio, *Purgatorio*, 522; Sapegno, *Purgatorio*, 343; Vandelli, 658。

127. **当我……上抟**：指贝缇丽彩离开凡界，升上天堂。

128. **比昔日……更端淑**：参看 *Vita Nuova*, XXXIII, 8:

> perché'l piacere de la sua bieltate,
> partendo sé da la nostra veduta,
> divenne spirital bellezza grande,
> che per lo cielo spande
> luce d'amor, che li angeli saluta,
> e lo intelletto loro alto, sottile
> face maravigliar, sì v'è gentile.

因为，她的美丽所生的欣悦
离开后，再不让我们瞻窥；
却化为灵体之美，胜于尘凡，
在天堂上面朝八方舒展
向芸芸天使致敬的爱辉。
那爱辉，婉然叫天使既细
且深的灵智为之惊诧不已。

130. **然后……真理的道路**：这行与《地狱篇》第一章第三行的“正确的道路消失中断”呼应。

131–132. **去追随……总不把承诺付足**：参看《炼狱篇》第十六章九一至九三行；第十七章九七至九九行，一三三至一三五行。波伊提乌（Boethius）在《哲学的慰藉》（*De consolatione philosophiae*）第三章第八节说：“Non igitur dubium est, quin hae ad beatitudinem viae devia quaedam sint, nec perducere quemquem eo videant, ad quod se perducturas esse promittunt.”（“因此，毫无疑问，这些道路，本该导人走向至福，其实却并非正路，而是歧途；答应带人走向至福，结果却不能履诺。”）。在第三章第九节里面，波伊提乌继续说：“Haec〔res mortales et caducae〕igitur vel imagines veri boni, vel imperfecta quaedam bona dare mortalibus videntur; verum autem atque perfectum bonum conferre non possunt.”（“因此，这些东西〔尘世易逝的东西〕似乎能给人真善之象或某些不全之善；却不能给人真正而完美之善。”）。

133–135. **我为他祈求……叫他倾听**：有关但丁的梦境，参看 *Vita Nuova*, XXXIX, 1; XLII, 1 和 *Convivio*, II, VII, 6。

136. **他堕落得厉害**：指但丁在阳间有过荒唐的日子。参看《炼狱篇》第二十三章一一五至一一七行及注释。

138. **目睹亡魂的悲哀**：指目睹地狱亡魂的悲哀。

139. **冥界**：指地狱。在《地狱篇》第二章，贝缇丽彩亲临幽域（地狱边境），吩咐维吉尔帮助但丁。Porena，Bosco e Reggio 都指出，原文的“l'uscio de'morti”，相等于《圣经》的“portae inferi”（指地狱，直译是“地狱之门”）。参看 Singleton, *Purgatorio 2*, 755; Bosco e Reggio, *Purgatorio*, 522。

140. **我才潸然**：指贝缇丽彩流泪。参看《地狱篇》第二章一一五至一一六行，《炼狱篇》第二十七章一三六至一三七行。

141. **那人**：指维吉尔。

143. **过失**：指但丁在阳间偏离正道的行为。

144. **甘澜**：原文（一四三行）“vivanda”，通常指食物，粮食，给养，军需；在这里指忘川的水。

145. **上主崇高的天命**：原文（一四二行）“Alto fato”。关于这一词组，奥古斯丁《论上帝之城》第一卷第八章第九节（*De civitate Dei*, I, VIII, 9）有这样的解释：“ipsa Dei voluntas vel potestas, fati nomine appellatur.”（“神本身的意旨或力量，称为‘fatum’〔拉丁文引文中‘fati’的主格〕。”）。此外，参看阿奎那 *Summa theologica*, I, q.CXVI, a.4。一四二至一四五行的意思是：上主惩恶的天律严峻，不容违反。如果但丁不“补赎过失”就“越过忘川”，等于违反上主的天律。

第三十一章

贝缇丽彩继续斥责但丁，直到但丁昏厥为止。但丁苏醒后，由玛泰尔妲拉入忘川；接近彼岸时喝了川中之水。接着，玛泰尔妲带但丁走入四美的舞蹈中。四美则带引但丁走近鹰狮，让他谛视贝缇丽彩的双眸，看眸中鹰狮的形象以双重属性闪耀游走。另外三位女子，则跟随天使的回旋曲向前跳着舞，以歌声求贝缇丽彩把颜貌和朱唇向但丁揭示。

“你呀，在圣河的另一边徙倚。”
　她语气一转，辞剑的尖端指向我。
　光看侧刃，我已觉辞剑锋利。
她话声未落，就一口气继续说：
　“你说，说呀！我可有说错？我的话，
　需要你回答，并承认自己的过错。”
我闻言，神志不禁惶乱惊怛，
　想要回答；声音刚要上扬，

就已经消失，不能由喉口抒发。
她停了一下，继续说：“你跟我讲，
心中在寻思什么？那河水汩汩，
还未曾涤尽你对愁苦的回想。”
慌乱的心情浑然夹杂了惶怖，
把一个“是”字挤出我的唇间。
但声音太低，耳目并用中听得出。
如劲弩发射时，由于过猛的扳牵，
使弓、弦在强力下砰然折断，
以致箭杆触鹄时力度大敛，
在沉重的责备下，我塌然崩涣，
唏嘘太息间眼泪在潸潸滂沱，
而声音也哽咽得无从外传。
于是，贝缇丽彩说：“由于爱我，
你曾让爱意把你向至善引牵。
至善外，再无他物值得你求索。
在向善途中，有什么壕沟或锁链
横亘于你的去路，逼你半途
放弃继续向前方探索的意念？
追寻别的事物时，有什么好处、
什么引诱出现于它们的面容，
使得你这样低首下心地奔逐？”
我叹了口气，感到满怀悲痛，
鲜有声音去回答她的问题。
但两唇还是勉强把答案传送。

"您的容颜一消失，"我一边饮泣，
　一边回答，"眼前的事物就献陈
　虚假的福乐，使我向歧路徙移。"
贝缇丽彩说："你即使沉默，或否认
　刚才的口供，所犯的愆尤
　也同样昭彰，逃不了法官的裁审！
不过，当犯罪的人亲口谴咒
　自己的过失，在我们的法庭上，
　砂轮会逆转，磨钝利剑的锋口。
可是，你想好好地承受放荡
　所带来的羞耻，想在下一回
　听到岩礁女妖的歌声时更坚刚，
就别再撒播眼泪；请静听原委。
　这样，你才会知道，我的肉身
　下葬后该把你带往怎样的正轨。
天工或人巧把美貌向你献陈，
　从来比不上我的形体。那形体
　曾裹我灵魂；现在已化为尘粉。
既然至美的容颜也会萎靡，
　随我的死亡离开你，凡间何物，
　能把你的神魂吸引牵系？
其实，当虚幻的形体不再我属，
　换言之，当虚幻向你射出第一箭，
　你就该跟在我后面一起上翥。
不管是小女孩，还是同样易湮

而空虚的东西，都不该把你的翅膀
下压，再去冒利箭穿射的危险。
初生的幼鸟会受一两次箭伤；
壮禽呢，目光锐利，不会受迷惑，
足以叫利箭空射，网罗徒张。”
小孩子感到羞愧，就会沉默；
两眼只望着地下，一边聆听，
一边满怀悔疚地承认过错。
当时，我也是如此。见了这情形，
贝缇丽彩就说：“你闻过而愁。仰起
胡子上望，你会有更大的悲情。”
罡风无论从我们北方的土地
还是从伊亚尔巴斯的国疆吹来，
把劲栎拔起时，都会遭遇阻力；
却不若贝缇丽彩命令我举腮。
她要我仰脸时，却叫我仰胡——
我十分明了话中所含的毒害。
我仰起脸来，向前方盼顾，
只见刚才那一群太初之灵
停了下来，不再把花朵撒布。
接着，怯畏惊惶间，我的眼睛
见贝缇丽彩转身望向那异兽。
那异兽，一身而兼具两重属性。
清溪外，贝缇丽彩以轻纱蒙头，
仍艳胜往昔；其颜貌之于前身，

甚于她在凡尘时凌驾同俦。
于是，我遭到忏悔的荨麻砭针，
结果其他所有的事物，一度
最叫我恋慕的，此刻变得最可恨。
自谴咬着我的心；一阵痛苦
使我昏了过去。接着的情形，
叫我失去知觉的人最清楚。
其后，当知觉重返我的心灵，
发觉不久前独自出现的女士
立于上方。“拉住我！”在吩咐的俄顷，
她把我拉进了河中，让河水淹至
喉部；然后把我牵曳着，翩然
如投梭一般，在水上盈盈飞驰。
当我接近那充满幸福的彼岸，
我听见“Asperges me”的圣讴。那圣讴，
美妙得无从追忆；要描述就更难。
那位绰约的女士张开双手，
搂住我的头，把我按入河里，
让河水汩汩呛进我的喉头。
我沐浴完毕，她把我从河中提起，
然后带着我，走入四美的舞蹈中。
四美都伸出手来，把我覆庇。
“我们是这里的仙女，天上的星丛；
贝缇丽彩下凡前，我们奉令
当她的侍女，供她差遣使用。

我们会引领你，让你看她的眼睛。
　不过那三位眺得更深远，可以
　替你拭目，看眸内欣悦的光明。”
她们就这样开始歌唱，随即
　带着我，让我走向鹰狮的胸膛。
　那里，贝缇丽彩正向着我们伫立。
众仙女说 ：“不要退缩呀，你的目光。
　我们把你带到了绿宝石之前。
　宝石内，小爱神曾发箭把你射伤。”
千百种欲望，刹那间炽如火焰，
　逼我的目光谛视光辉的双眸。
　那双眸，这时仍以鹰狮为焦点。
一如镜中的太阳，那头异兽
　以双重的属性闪耀于眸里 ；
　时而如此，时而又如彼游走。
读者呀，当我看见事物的本体
　凝寂不动，其影像却一直在变，
　你自能推想我当时的惊疑。
我的心，在无比骇诧和欣悦间，
　品尝着眼前的食物 ；而这一品尝，
　就更把我当时的胃口增添。
这时候，三位女子，仪态万方，
　随天使的回旋曲向前跳着舞。
　看样子，她们的地位似乎更显彰。
“回眸哇，贝缇丽彩，让你的圣目

但丁受忘川浸洗

那位绰约的女士张开双手，/ 搂住我的头，把我按入河里，/ 让河水汩汩呛进我的喉头。

（《炼狱篇》，第三十一章，一〇〇至一〇二行）

回顾你的信徒，”众女子唱道，
“为了见你，他走了漫长的旅途。
请你为我们展布懿恩，把颜貌
和朱唇揭示；让他知道，隐在
面纱内的第二美颜是何等姣好。”
永恒的活光啊，你充满了神采。
你在空中尽显真颜的瑰玮，
天穹就翕然为你垂下华盖。
诗人喝了帕那索斯山的泉水，
或在山影中劳碌得血色退减，
然后设法把你的样貌描绘，
仍觉得神思受到妨碍和拘牵。

注释：

1. **圣河**：指忘川。

2–3. **辞剑的尖端……锋利**：这一比喻，极言贝缇丽彩的词锋凌厉。参看《炼狱篇》第三十章第五十七行。

11. **那河水汩汩**：指忘川之水流动。

12. **还未曾涤尽你对愁苦的回想**：指但丁所犯的罪愆仍留在他的记忆里。

15. **声音太低……听得出**：但丁说“是”的时候，声音太低，听者要靠眼睛唇读，才知道他说“是”。

17. **弓、弦**：原文“la sua corda e l’arco”，指弓和弦。

18. **鹄**：原文“il segno”，指箭靶的中心。

23. **至善**：指上帝。

29. **它们的面容**：指第二十八行“别的事物”的面容。

30. **奔逐**：指追逐第二十八行的“别的事物”。

34. **您的容颜一消失**：指贝缇丽彩一去世。“您的”，原文（第三十六行）为“vostro”，是敬称，因此不译“你的”。

39. **法官**：指上帝。上帝无所不知，犯人的罪恶逃不过他的圣目。

40. **犯罪的人亲口谴咒**：指犯人开口自责。“口”原文为“gota”（一般指面颊或脸腮），在这里可以指“口”或“唇”。参看 Bosco e Reggio, *Purgatorio*, 530。

41. **我们的法庭**：天上的法庭。

42. **砂轮……锋口**：“砂轮”是磨刀匠用来磨刀的圆轮。这一比喻的意思是：犯人如亲自忏悔，天上的法庭就会开恩，把犯人该受的惩罚宽减。

43–44. **好好地……羞耻**：好好地承受犯罪后所感觉到的羞耻。感到羞耻，才会认真忏悔。

45. **岩礁女妖的歌声**：指尘世的各种引诱，如第三十六行的“虚假的福乐”。参看但丁的 *Epistole*, V, 13：“...cupiditas, more Sirenum nescio qua dulcedine vigiliam rationis mortificans.”（“……贪婪像岩礁女妖，利用柔情撤除理智的警惕；至于是什么样的柔情，我也不知道。”）。“岩礁女妖”，原文“serene”，又叫“海妖”（见《炼狱篇》第十九章第十九行）或“塞壬”。有关“岩礁女妖”的解释，参看《炼狱篇》第十九章七至九行注。

52–54. **既然……牵系？**：意为：既然至美如我，也会消逝，凡间还有什么事物能吸引你呢？言下之意是：但丁不应再追求世间的虚幻事物。

55. **当虚幻……不再我属**：贝缇丽彩的意思是：当我离开尘世，不再有虚幻的形体。

56. **当虚幻向你射出第一箭**：贝缇丽彩之逝，是虚幻向但丁袭击，证明至美短暂，并不实在。

57. **你就该……上翥**：意为：你（指但丁）就该抛弃尘世的虚幻，以天堂为目标。也就是说，在精神上，该随贝缇丽彩向天堂飞升。

58. **小女孩**：原文（第五十九行）“pargoletta”。由于但丁在《诗歌集》（*Rime*）里，也用过“pargoletta”一词（参看 *Rime*，LXXXVII, LXXXIX），论者乃提出各种猜测，认为但丁在这里实指历史上某一人物。不过这些猜测都止于猜测。在这里，就诗义而言，“小女孩”不必落实，泛指情爱或异性就够了。Singleton（*Purgatorio 2*, 764）指出，要“小女孩”实指某人，反而叫贝缇丽彩的心胸显得狭隘，不配天上福灵的身分。此外，参看 Bosco e Reggio（*Purgatorio*, 531-32）的论析。

59–60. **都不该……下压**：意为：都不该把你上翥的心志（“翅膀”）压回尘世。

60. **再去冒利箭穿射的危险**：意为：再让虚幻的事物利箭般射你；也就是说，再度让这些事物欺骗你，向你袭击。

69. **胡子**：原文（第六十八行）"barba"，既可指"胡子"，也可指"脸孔"或"下巴"；翻译成汉语只能保留其中一义。贝缇丽彩训斥旅人但丁时，语调刻薄辛辣，"barba"一词与训斥口吻配合；言下之意是："你呀，不再是小孩了，该为自己的行为负责。"

你会有更大的悲情：贝缇丽彩的意思是：但丁仰脸，见了她此刻的丽颜，惊觉自己在凡间逐幻追虚，错过了真正的福乐，会更感懊悔伤悲。

70. **罡风**：凛烈的寒风。**我们北方的土地**：欧洲北方的土地。

71. **伊亚尔巴斯**：Ἰάρβας（Iarbas），非洲的一个国王，是宙斯和一个仙女所生的儿子。曾赐蒂朵土地，让她在上面建立迦太基；向蒂朵求婚不遂。就意大利而言，"从伊亚尔巴斯的国疆吹来"的风指南风。

73. **却不若……举腮**：指但丁抗拒贝缇丽彩的命令，比劲栎抗拒北风或南风还要坚决。换言之，但丁极不愿意仰望。

75. **我十分……毒害**：指但丁十分明白贝缇丽彩的用语是何等尖刻。

77. **太初之灵**：原文为"prime creature"，指天使。天使由上帝创造，时间在太初，早于万物，所以叫"太初之灵"。即《地狱篇》第七章第九十五行的"上帝所造的太初众生"。Bosco e Reggio（*Purgatorio*, 533）指出，"prime"可以指天使受造的时间最早，也可以指他们的地位高于万物。汉译只能保留其中一义。

80. **那异兽**：指鹰狮，象征基督。

81. **一身而兼具两重属性**：指基督一身而兼具神性和人性。

83–84. **其颜貌……凌驾同俦**：在凡间，贝缇丽彩的丽颜远胜其他女子。此刻的贝缇丽彩，比凡间的贝缇丽彩还美；前后的差别，大于贝缇丽彩当日和其他女子的差别。

85. **荨麻**："多年生草本植物，……茎和叶子都有细毛，皮肤接触时能引起刺痛。"参看《现代汉语词典》（一九九六年版）页一〇一〇。

90. **叫我失去知觉的人**：指贝缇丽彩。

92. **不久前独自出现的女士**：指玛泰尔妲。玛泰尔妲在《炼狱篇》第二十八章第三十七行（原文第四十行）初度出现。不过，到了《炼狱篇》第三十三章一一九行，但丁才交代她的名字。

94. **把我拉进了河中**：把我拉进了忘川里。

96. **梭**：原文"scola"。有的论者（Chiappelli, 327; Bosco e Reggio, *Purgatorio*, 535）认为"scola"指"gondola"（威尼斯轻舟），有的论者（Sapegno, *Purgatorio*, 351; Sinclair, *Purgatorio*, 407; Singleton, *Purgatorio 2*, 769）认为指"梭"。两种说法都言之成理，不过"梭"的轻盈意象，似乎更配合诗意。**在水上盈盈飞驰**：但丁浸在忘川里，由玛泰尔妲牵曳；玛泰尔妲本人则在水面驰行。凡人和福灵之别，但丁在短短的一两行

内就交代得活灵活现。

97. **那充满幸福的彼岸**：指忘川的另一岸。说另一岸“幸福”，是因为天使、玛泰尔妲、贝缇丽彩都在那里；而且一到彼岸，但丁就可以踏上真福之途。有关各个论者的说法，参看 Bosco e Reggio, *Purgatorio*, 535。

98. **“Asperges me”**：出自《圣经·诗篇》第五十一篇第七节（拉丁通行本《圣经》第五十篇第九节）：“Asperges me hyssopo, et mundabor; lavabis me, et super nivem dealbabor.”（“求你用牛膝草洁净我，我就干净；/ 求你洗涤我，我就比雪更白。”）。在天主教赦罪仪式中歌唱。在但丁的洗涤仪式中，众天使唱出《圣经·诗篇》的句子（“圣讴”），与诗的情节配合。

100. **那位绰约的女士**：指玛泰尔妲。

102. **让河水……喉头**：玛泰尔妲让但丁喝忘川之水，目的是叫他忘记以前的罪愆。

104. **走入四美的舞蹈中**：“四美”，指象征四枢德的四位女子。这时候，四位女子正在凯旋车的左边，围成一个圆圈跳舞，所以说“走入”。

105. **四美都伸出手来，把我覆庇**：象征四枢德给但丁护佑。原文“e ciascuna del braccio mi coperse”，没有具体说明四美的动作。Singleton（*Purgatorio 2*, 773）认为，四位女子，大概围着中心的但丁，同时伸出互握的双手，放在但丁头顶的上空，表示护佑。

106. **天上的星丛**：即《炼狱篇》第一章二二至二四行所描写的“四颗星”。

107. **奉令**：奉上帝之令。

108. **当她的侍女，供她差遣使用**：这行有象征意义：贝缇丽彩是四枢德的主人。由于贝缇丽彩代表天启的智慧，因此四美是她的“侍女”。四枢德是人力可致的最高德境，在基督降生前遥呼天启的智、德。《地狱篇》第二章第七十六行称贝缇丽彩为“donna di virù”（“贤慧的娘娘”，可直译为“贤德的女主人”），*Vita Nuova*, X, 2 称她为“regina de le vertudi”（“德行的女王”），都与这行呼应。

109. **看她的眼睛**：Singleton（*Purgatorio 2*, 773）指出，贝缇丽彩象征智慧，而智慧的拟人描写，在《圣经·箴言》第九章第一节已经出现：“Sapientia aedificavit sibi domum，excidit columnas septem...”（“智慧建造房屋，/ 凿成七根柱子……”）。四枢德要但丁透过贝缇丽彩的眼睛看上帝的圣智。

110–111. **“……不过那三位……光明”**：不过象征三超德的三位（在凯旋车右边跳舞的美女），看得更深、更远，更能助但丁望入贝缇丽彩的眼睛，窥看里面的圣智（“欣悦的光明”）。

114. **那里……伫立**：在《炼狱篇》第三十章第六十五行，贝缇丽彩“靠着车子的左边”；在同一章一〇一行，“伫立在车子的左边”；现在则站在鹰狮的胸前。

115. **“不要退缩呀，你的目光……”**：四枢德在鼓励但丁凝望贝缇丽彩的双眸。

116. **绿宝石**：指贝缇丽彩的眼睛。在中世纪，绿宝石象征贞洁、正直，最能形容贝缇丽彩的眼睛。

117. **宝石内……射伤**：指但丁年轻时碰到贝缇丽彩，一见钟情，无异于遭她眼神中的小爱神（即爱神维纳斯的儿子丘比特）发箭射伤。

118–120. **千百种欲望……焦点**：但丁受多种欲望驱使，不得不凝视贝缇丽彩的眼睛；贝缇丽彩则望着象征基督人神二性的鹰狮。但丁的千百种欲望，包括对贝缇丽彩的敬爱和追求圣智的意愿。贝缇丽彩凝望鹰狮，象征她的智慧得自神授，是神智和圣光的反映。

121–123. **一如镜中的太阳……游走**：鹰狮映入贝缇丽彩的眼睛，向但丁展示基督既神且人的属性。两种属性在但丁凝望时一直游走，象征基督教教义中最大的神秘，即使有贝缇丽彩传递，也只能向但丁展示部分。到了《天堂篇》（第三十三章一一五至一四五行），但丁直接目睹圣光时，会再度窥看基督教最深的天机。“太阳”在这里象征大光明，也就是神的光明。贝缇丽彩的眼睛是镜子，表示她能传达圣智。Singleton（*Purgatorio 2*, 775）指出，拉丁文 Sapientia（“智慧”）是贝缇丽彩的名字之一。但丁在这里间接引用了《圣经 · 智慧篇》第七章第二十六节：“她〔指智慧〕是永远光明的反映，是天主德能的明镜”（见思高圣经学会一九六八年版《圣经》页一〇七三）。因此，贝缇丽彩在这里反映的是“永远〔的〕光明”和“天主德能”。

124. **事物的本体**：指鹰狮本身。

125. **其影像**：指鹰狮在贝缇丽彩眼中反映出来的影像。**却一直在变**：鹰狮本身一直不变，在贝缇丽彩眼中的影像却一直在变：时而是神，时而是人，叫但丁难以捉摸。换言之，但丁此刻的智慧仍无从揣摩基督教最深的义理。

128. **眼前的食物**：指但丁所见的景象。

128–129. **而这一品尝，/……增添**：指但丁越是凝望，就越想凝望。

130. **三位女子**：指原先在凯旋车右边跳舞的三位女子（见《炼狱篇》第二十九章一二一至一二九行）。上面已经说过，三位女子象征三超德。

131. **回旋曲**：意大利的一种舞曲。

132. **她们……显彰**：三超德（“她们”）的地位高于四枢德。

138. **第二美颜**：原文“seconda bellezza”，指贝缇丽彩升天后的美丽容颜。有的论者认为指贝缇丽彩的嘴唇。不过按原文一三六至一三八行

（“Per grazia fa noi grazia che disvele/a lui la bocca tua, sì che discerna/la seconda bellezza che tu cele”），第一种解释较有说服力。因为一三七行已经说了“bocca”（“朱唇”），下一行再说，就会显得啰唆，不像大师简练的笔法；何况贝缇丽彩此刻的颜貌，是真正的天人之貌，早已超越凡俗的肉体或肉欲层次；把焦点集中在嘴唇上，未免过于形而下。有的论者（Sinclair, *Purgatorio*, 410）认为“第二美颜”指贝缇丽彩的微笑。这一解释舍实务虚，也不圆满。有关“seconda bellezza”的各种诠释，参看 Bosco e Reggio, *Purgatorio*, 538; Chiappelli, 328; Sapegno, *Purgatorio*, 353; Singleton, *Purgatorio 2*, 777-78。

139. **永恒的活光**：贝缇丽彩反映上帝的光华，所以称为“永恒的活光”。

141. **天穹就翕然……华盖**：诸天和谐地（“翕然”）运转间，天穹把贝缇丽彩荫庇。

142–145. **诗人喝了……妨碍和拘牵**：诗人喝了缪斯圣山（“帕那索斯山”）的卡斯塔利亚圣泉，或为了诗艺，“在山影中”劳碌，以致身体受损（“血色退减”），也无法描绘你的美颜。有关帕那索斯山和该山的卡斯塔利亚圣泉，参看《炼狱篇》第二十二章六四至六五行注。

第三十二章

但丁凝望着贝缇丽彩，刹那间完全失明。恢复视力后，发觉凯旋队伍已经转向；于是和玛泰尔妲、斯塔提乌斯在后面跟随。队伍在一棵树前停下。贝缇丽彩下车。鹰狮把车子的辕木向树上系挂，本来枯秃的树枝就添上了新彩。但丁入睡，醒来时见贝缇丽彩坐在树根上，有一群人把她围绕；另一群人则跟随鹰狮升向天国。贝缇丽彩看管着凯旋车，七个仙女把她护卫。突然，一只神鹰从高处疾掠而下，摧毁了树的叶子、花朵、表皮，把车子击打得左右蹉跌。一只狐狸，朝凯旋车内猛冲，遭贝缇丽彩斥逐。刚才下掠的神鹰再降到车里，留下自己的羽毛。接着，一条龙从地下冒出，以尾巴插穿车底，扯走了车底的一部分。然后是七个怪头从车子萌生，一个娼妓在车上向四方抛着媚眼，旁边站着一个巨人。巨人和娼妓接吻；发觉娼妓向但丁抛送秋波，就把她鞭打。最后，巨人把怪物解开，连娼妓一起拖进林里。

我的眼睛聚精会神地凝望，

　　设法把长达十载的渴念纾解，

结果，其余的官能全部沦丧；
无论在左边或右边，视线都分别
遭冷漠之墙阻隔；那圣洁的笑容，
以昔日之网把我的眼睛拘曳。
而这时候，我不得不把面孔
转过来，向左，望向三女神那边。
因为她们说：“目光不应太集中。”
我的双眸，像刚遭太阳的光焰
炫击，在刹那之间完全失明，
对周围的景象一无所见。
不过，当眼睛逐渐调整了感应，
能察看细物（我所谓的“细物”，
相对于逼我他望的巨物伟景），
就发觉辉煌的队伍已悉数
转向右边；这时正向着太阳，
也向着原先的七朵火焰前赴。
一中队士兵，为了自卫而转向
举盾时，会与旗帜一起旋动，
先于行伍的其他士兵和战将。
眼前的天国之军，情形也相同：
所有前卫都到了我们前面，
车子才摆动车辕开始跟从。
之后，众女士返回了车轮旁边；
鹰狮也拉着受福的负担缓驰，
前进时，半根羽毛都没有翻掀。

把我牵过清溪的那位女士，
　则和我、和斯塔提乌斯追随以小弧
　转弯的车轮，并没有在后面停滞。
当我们穿过高大空虚的林木，
　步伐就跟随天乐而行止得宜。
　林木会空虚，归咎于信蛇的愚妇。
贝缇丽彩从车子下降之际，
　我们已向前走了一段路；其远近，
　约等于利矢在空中三射的距离。
“亚当啊”，众人低沉地发出柔音，
　然后向一棵树围拢。那棵树，
　花叶全无，枝桠变成了秃薪。
这些枝桠，越是向上方高矗，
　面积就越广；树的高峻崔嵬，
　会在森林里叫印度人惊呼。
“鹰狮呀，你有福了；你没有伸喙
　去啄食果子。果子有甜的味道，
　吃后却会叫肚子绞扭摧颓。”
其余的人，就这样围着又高
　又大的树干呼喊。二形兽则回答：
　“这样，公义的种子才可以确保。”
说完就回身继续把车辕牵拉，
　到了守寡的树才停下来，
　把该树所出向原处系挂。
当大光融入天鱼后的星彩，

　　再照落凡间的草木，草木就纷纷
　　充盈萌发，挟更生的意态，
一一披上簇新的色彩，且棽棽
　　茁长；到草木都换了新颜，太阳
　　才在别的星子下拴马停奔。
那棵树的情形也如此：树枝一向
　　枯秃；这时都添了新彩，比玫瑰
　　要紫些，却比堇菜更接近红绛。
人群所唱的颂赞我不能领会；
　　在凡间，我从未听过这样的歌声，
　　虽然我当时也没有听到末尾。
无情的百眼，听到絮玲丝的遭逢
　　而迷糊入睡，因长期警醒而付出
　　沉重的代价。这入睡的过程
如能复述，我也会像绘画的师傅，
　　按原物绘画我怎样进入梦海。
　　这过程，要由胜任的人去描述；
我呢，就只能叙说醒后的情态：
　　强烈的光华一闪，把睡梦的纱帷
　　撕破。然后有人喊：“怎么不起来？”
那株神圣的苹果树，叫婚宴的盛会
　　在天国永不停息；它的鲜果，
　　叫天使嘴馋。因获得引导而觇窥
树花时，彼得、约翰、雅各一伙
　　被完全震慑，直到话声响起

才恢复过来，发觉队伍单薄，
不见了摩西、以利亚；老师的裳衣
也变回了原状。更深沉的睡眠
曾经因上述的话声破裂分擗。
我当时也这样醒转：仰视时看见
那位带领过我、沿河畔一带
前行的善女子，立在我身边。
我茫然问道："去了哪里呢，贝缇丽彩？"
"坐在新树的根上，"那女子回答说，
"你看，此刻她正受嫩叶丛荫盖。
你看，一群人正围着她；另一伙
则唱着更美妙、更深永的颂歌上翥，
跟随着鹰狮冉冉升向天国。"
我不知道那女子有否进一步
描叙。我的双眸，只向心上人凝望；
其他事物，早已被她覆堵。
贝缇丽彩一个人坐在空地上，
为了看管那一辆由双形野兽
系在树干的大车而留在现场。
七个仙女，这时在她的四周
环绕着把她护卫，所握的火炬
长明，再不怕南风或北风鞭抽。
"在这片林地上，你会逗留须臾，
然后再跟我成为永久的罗马人。
这个罗马，是基督所在的城区。

因此，为了帮助作孽的凡尘，
请你凝望着车子。之后，当你
返回了人间，请把你所见写真。”
贝缇丽彩说话时，我肃然旁立，
恭听训谕，并且虔敬地按叮嘱
把注意力和目光向车子推移。
突然，我目睹宙斯的神鸟从高处
疾掠而下；电火在长空至辽
至敻处从浓云下殛的奇快高速，
也绝不会如此迅疾。神鸟
猛扑过树中，不但摧毁了嫩叶
和花朵，还把枝干的表皮撕掉；
击打车子时，力度是无比猛烈，
使它像舟楫一样，在暴风雨中
遭浪涛拍打得向左右两舷蹉跌。
然后，我看见一只狐狸，颜容
羸顿，仿佛长期吃不到好食物
而上扑，朝着凯旋车的内部猛冲；
却遭到我所尊敬的女士斥逐。
狐狸见秽行遭谴，刹那间拼命
窜逃，用尽了瘦骨的所有力度。
然后，我看见刚才下掠的神鹰
从原处再次飞降到车身里，
并且在上面铺盖自己的毛翎。
接着，我听到天上有声音响起，

仿佛满心哀伤的人在发言：
“你负载的祸患真重啊，小舟楫。”
然后，在大车的两轮间，地面
仿佛在坼裂；一条龙从地下冒出，
尾巴插穿了车底再伸向上边；
接着，如黄蜂把螯针收回腹部，
恶龙把毒尾从车上扯回来，
扯走了部分车底再浪荡他赴；
其余的面积则为羽毛所覆盖，
就像肥沃的泥土被狗牙根铺缠；
两个轮子和车上辕木，也很快
被羽毛掩埋，比张开两唇嗟叹
所需的时间还短。神鹰把羽毛
献给车子，也许是诚心为善。
那辆圣车经过了这样的改造，
一个个怪头就从各部位萌生；
四角各一个，辕上是三个一道。
辕上的三个，像公牛有利角横撑；
其余四个，前额有独角鬅鬅。
这样的怪物真是逢所未逢。
车子之上，我看见一个娼妓，
带弛衣宽，向四方抛着媚眼，
恍如坚堡在高山之上矗立。
一个巨人，站在娼妓的身边，
生怕第三者随时把她抢走。

娼妓与巨人

一个巨人，站在娼妓的身边，/ 生怕第三者随时把她抢走。/

两个人，就这样一起接吻连连。

（《炼狱篇》，第三十二章，一五一至一五三行）

两个人，就这样一起接吻连连。
不过，因娼妓以淫荡的眼眸
向我抛送秋波，结果由头颅
到脚踵，都遭凶狠的情夫鞭抽。
之后，怀着猜忌和狂怒，情夫
解开了怪物，把它拖进林里，
直到林木变成了屏障，把怪物
和娼妓掩盖，遮去两者的踪迹。

注释：

2. **长达十载的渴念**：贝缇丽彩于一二九〇年卒，此刻是一三〇〇年。十年来，但丁一直想见贝缇丽彩，所以说“长达十载的渴念”。参看《炼狱篇》第三十章三四至三五行。

3–5. **结果……冷漠之墙阻隔**：但丁凝望贝缇丽彩，视觉太集中，结果其他感官全部停顿，眼睛不能注意周围的事物（“左边或右边”）。参看《炼狱篇》第四章一至一六行及有关注释。

5. **圣洁的笑容**：指贝缇丽彩的笑容。

6. **昔日之网**：指贝缇丽彩昔日笑容的魅力，像网一样把但丁“拘曳”。

8. **三女神**：指象征三超德的三位女神。

9. **“目光不应太集中。”**：这行的解释颇为纷纭。有的论者（如 Bosco e Reggio, *Purgatorio*, 540-41; Singleton, *Purgatorio 2*, 781）认为：贝缇丽彩象征智慧，与凡间的情爱再无关系；但丁却视之为昔日的贝缇丽彩，因此三超德要提醒他，不要再涉凡情。不过按照下文（一〇至一二行）的描写，Mandelbaum（*Purgatorio*, 400）、Musa（*Purgatory*, 348）、Sayers（*Purgatory*, 328）的解释较有说服力：但丁的眼睛仍禁受不住贝缇丽彩颜容的光华，因此不要凝望得太集中。

10–12. **我的双眸……一无所见**：指但丁的双眼暂时被“击盲”。由此可见，贝缇丽彩的光华有多强大。

15. **逼我他望的巨物伟景**：指贝缇丽彩的笑颜。贝缇丽彩的笑颜，光辉太盛，逼但丁的眼睛他望。

16–18. **就发觉……前赴**：巡游队伍转右，跟着七枝烛台（"原先的七朵火焰"）朝东方（"向着太阳"）前进。

25. **众女士**：指四枢德和三超德。

26. **受福的负担**：指凯旋车。凯旋车受天之佑，所以说"受福"。

27. **前进时……没有翻掀**：论者对这行的解释也颇为纷纭。Benvenuto的解释是："quia nichil de divinitate mutatum est, quamvis mutaretur forma Ecclesiae."（"虽然教会的形式有变，神性却完全不变。"）。参看Bosco e Reggio, *Purgatorio*, 542; Sapegno, *Purgatorio*, 542; Singleton, *Purgatorio 2*, 783。其实，"鹰狮……前进时，半根羽毛都没有翻掀"，是显示基督引导教会时极其从容。其他各种说法，都有点牵强。

28. **把我……女士**：指玛泰尔妲。

29–30. **以小弧 / 转弯的车轮**：指凯旋车的右轮。车子右转时，左轮所转的弯较大，右轮所转的弯较小。

32. **天乐**：原文（第三十三行）"angelica nota"，指动听的音乐或歌曲。

33. **信蛇的愚妇**：指夏娃。在《圣经·创世记》里，夏娃听信蛇的引诱而偷吃禁果。

37. **"亚当啊"，众人……发出柔音**：亚当偷吃禁果，违背了上帝的圣旨。"众人""低沉"的"柔音"，既蕴伤悲，也含谴责。参看Sapegno, *Purgatorio*, 358; Bosco e Reggio, *Purgatorio*, 543。

38. **一棵树**：指"分别善恶的树"。参看《圣经·创世记》第二章第九节，第十六至十七节，第三章第一至六节。这棵树象征上帝的律法。这一律法，即《炼狱篇》第三十三章第七十二行（原文第七十一行）的"上主的公正法规"（"la giustizia di Dio"）。

39. **花叶全无……秃薪**：象征上帝的律法，因亚当和夏娃偷吃禁果而受损；到鹰狮把凯旋车系向该树（象征基督替世人赎罪，上帝的律法复原），叶子才再度萌生（见四九至六〇行）。

40–41. **这些枝桠……就越广**：这棵树的形状和一般的树有别：一般的树是下宽上窄，这棵树是下窄上宽。在惩罚贪饕罪的一层，也出现过同一形状的树（见《炼狱篇》第二十二章一三〇至一三五行）。该树是伊甸园"分别善恶的树"所出（参看《炼狱篇》第二十四章一一五至一一七行）。

41–42. **树的高峻……惊呼**：印度森林的树木特别高大。分别善恶树会叫印度人惊呼，高大到什么程度就可以想见了。有关印度森林的描写，参看维吉尔 *Georgica*, II, 122-24: "aut quos Oceano propior gerit India lucos, /extremi sinus orbis, ubi aëra vincere summum/arboris haud ullae iactu potuere sagittae?"（"也不必说印度所植的森林；这些森林，/ 更靠近海洋，位于天涯的一角；在那里，/ 没有任何劲矢，可以凌越树顶的空间。"）。此外，参看大普林尼的 *Naturalis historia*, VII, 2。

43–45. **"鹰狮呀……摧颓。"**：这是众人歌颂基督之词：歌颂他遵从天父的法令，行为与亚当相反，不吃有害（"吃后……会叫肚子绞扭摧颓"）的果子。

47. **二形兽**：指兼具神性和人性的鹰狮。

48. **"这样……确保。"**：这行是基督（"二形兽"）的话，回应他在《圣经·马太福音》第三章第十五节所说："Sic enim decet nos implere omnem iustitiam."（"因为我们理当这样尽诸般的义。"）。

50. **守寡的树**：指失去了花叶的树。秃干秃枝，就像守寡的女子。参看第三十九行。

51. **把该树所出向原处系挂**："该树所出"，指车辕，象征十字架。"原处"，指树。鹰狮把车辕系在树干上（"原处"），象征基督救赎世人，恢复天父的律法。据中世纪的传说，制造十字架的木材，伐自伊甸园的分别善恶树。

52. **当大光……星彩**：指时间正值春天。春天，太阳未到金牛宫（Taurus），却已进入双鱼宫（Pisces）后的白羊宫（Aries），所以说"大光（太阳光）融入天鱼后的星彩"（指白羊座的星光）。原文（第五十四行）指双鱼宫的"celeste"（天）和"lasca"（软口鱼属），是意大利文的常用字，因此译文用"天鱼"而不用较正式的"双鱼宫"。

56–57. **到草木……拴马停奔**："太阳……停奔"，指太阳才进入黄道的下一宫（即金牛宫）。两行的意思是：一个月的时间结束前，"草木"已"换了新颜"。太阳拴马的典故，出自《埃涅阿斯纪》第一卷五六八行："nec tam aversus equos Tyria Sol iungit ab urbe."（"太阳系马处，离提罗斯城也不太远。"）。

59–60. **比玫瑰 /……红绛**：指介乎红色和紫色之间，即紫红色；在这里象征基督的血，也象征基督救赎世人。基督的血，又是教会的基础。

63. **虽然……末尾**：由于歌声太悦耳，结束前但丁已经入睡。

64–66. **无情的百眼……沉重的代价**：百眼巨怪阿尔戈斯，奉赫拉之命监视宙斯的情人伊娥，结果遭赫尔梅斯杀害。赫尔梅斯杀害阿尔戈斯，是奉了宙斯之命；下手前，先以牧神潘（Πάν, Pan）追求絮玲丝（Σύριγξ, Syrinx）的故事把他催眠。絮玲丝（一译"绪任克斯"），阿卡迪亚的一个树仙，因为被牧神潘追恋而变成芦苇。其后，牧神把芦苇折下，制成排箫（又称"牧神排管笛"），即英文的 syrinx。赫尔梅斯击杀阿尔戈斯的故事，见奥维德《变形记》第一卷五六八至七四七行；故事的撮要见《炼狱篇》第二十九章第九十五行注。

69. **这过程……去描述**：但丁的意思是：没有人能描述自己由清醒到入睡的经过。这经过，要由胜任的人去记摹。

71. **强烈的光华**："强烈的光华"究竟何指，迄今未有定论：或指巡游的队伍"升向天国"（八八至九〇行）；或指四枢德和三超德握着七枝烛台围绕贝缇丽彩时（九七至九九行）所发的光芒。参看 Bosco e Reggio, *Purgatorio*, 546。

72. **有人**：指玛泰尔妲。

73. **那株神圣的苹果树**：指基督。以苹果树比喻基督的说法，出自《圣经·雅歌》第二章第三节："Sicut malus inter ligna silvarum, sic dilectus meus inter filios."（"我的良人在男子中，/ 如同苹果树在树林中。"）。

73–74. **叫婚宴的盛会 / 在天国永不停息**：意为：叫天国的天使永享盛大的婚宴。在天主教传统中，婚宴比喻天堂的永福（意大利文 beatudine celeste，英文 beatitude of Heaven），也就是享见天主（意大利文 visione di Dio，英文 beatific vision）。

74. **它的鲜果**：指享见基督。

75. **叫天使嘴馋**：指基督的圣颜叫天使渴望而不感餍足。

75–81. **因获得引导……破裂分擗**：这七行写耶稣向彼得、约翰、雅各显圣。事见《圣经·马太福音》第十七章第一至八节：

Et post dies sex assumit Iesus Petrum et Iacobum et Ioannem fratrem eius; et ducit illos in montem excelsum seorsum. Et transfiguratus est ante eos; et resplenduit facies eius sicut sol, vestimenta autem eius facta sunt alba sicut nix. Et ecce apparuerunt illis Moyses et Elias cum eo loquentes. Respondens autem Petrus dixit ad Iesum: Domine, bonum est nos hic esse; si vis, faciamus hic tria tabernacula, tibi unum, Moysi unum, et Eliae unum. Adhuc eo loquente, ecce nubes lucida obumbravit eos, et ecce vox de nube dicens: Hic est Filius meus dilectus, in quo mihi bene complacui; ipsum audite. Et audientes discipuli ceciderunt in faciem suam, et timuerunt valde. Et accessit Iesus, et tetigit eos, dixitque eis: Surgite, et nolite timere. Levantes autem oculos suos, neminem viderunt, nisi solum Iesum.

过了六天，耶稣带着彼得、雅各，和雅各的兄弟约翰，暗暗地上了高山，就在他们面前变了形像，脸面明亮如日头，衣裳洁白如光（译者按：拉丁文"nix"该译"雪"，和合本的"光"和《英译钦定本圣经》的"light"相同）。忽然，有摩西、以利亚向他们显现，同耶稣说话。彼得对耶稣说："主啊，我们在这里真好！你若愿意，我就在这里搭三座棚（译者按：拉丁文"faciamus"〔"搭"〕是第二人称复数，主词该作"我们"），一座为你，一座为摩西，一座为以利亚。"说话之间，忽然有一朵光明的云彩遮盖他们，且有声音从云彩里出来，说："这是我的爱子，我所喜悦的。你们要听他！"门徒听见，就俯伏在地，极其害怕。耶稣进前来，摸他们，说："起来，不要害怕！"他们举目不见一人，只见耶稣在那里。

耶稣改变形象的经过，也见于《圣经·马可福音》第九章第二至八节（拉丁通行本《圣经》第一至七节），《圣经·路加福音》第九章第二十八至三十六节。

75–76. **觇窥 / 树花时**：指预先享见基督的光华。

77. **直到话声响起**：直到"耶稣进前来，摸他们，说：'起来，不要害怕！'"。

79. **不见了摩西、以利亚**：指摩西、以利亚消失。参看七五至八一行注的《圣经》引文："Et ecce apparuerunt illis Moyses et Elias cum eo loquentes."（"忽然，有摩西、以利亚向他们显现，同耶稣说话。"）。

79–80. **老师的裳衣 / 也变回了原状**：指耶稣的衣裳不再"洁白如光"。

80–81. **更深沉的睡眠 /……破裂分擗**：指死亡（"更深沉的睡眠"）也被耶稣的声音打破。这两行指耶稣使人复活的神迹。参看《圣经·路加福音》第七章第十一至十五节，《圣经·约翰福音》第十一章第三十八至四十四节。

83–84. **那位……善女子**：指玛泰尔妲。

86. **坐在新树的根上**：指坐在分别善恶树（见五八至六〇行）的根上。这棵树，此刻长出了新叶，象征上帝的律法因基督受难而复原，此刻由贝缇丽彩守护。

87. **此刻……荫盖**：象征贝缇丽彩受上帝荫庇。

88. **一群人**：指四枢德和三超德。参看本章九七至九八行，《炼狱篇》第三十一章一〇六至一〇八行。**另一伙**：指第二十九章第八十三行的"二十四位长老"（象征《圣经·旧约》二十四篇）、第九十二行的"四头生物"（象征四部福音书）、一三四至一四四行的七位老者（象征《圣经·使徒行传》，使徒书信，雅各、彼得、约翰、犹大的使徒书信，《圣经·启示录》）都跟随鹰狮（基督）升了天。

89. **更美妙……颂歌**：比六一至六三行所描写的颂赞"更美妙"、"更深永"。

91–93. **我不知道……覆堵**：但丁聚精会神地凝望贝缇丽彩，再没有留意玛泰尔妲有没有说下去。也就是说，但丁的神志全被贝缇丽彩占据，再不能兼顾别的事物。

94. **空地**：大多数论者都认为，“空地”象征教会早期朴素贫困。参看 Bosco e Reggio, *Purgatorio*, 547-48; Sapegno, *Purgatorio*, 361。

95–96. **为了看管……留在现场**：象征基督（“双形野兽”）把教会（“大车”）和上帝的律法（“分别善恶树”）结合在一起（“系在树干”）。两者的新关系，此刻由贝缇丽彩守护（“看管”）。

97. **七个仙女**：指象征四枢德和三超德的七个美女。

98. **所握的火炬**：指七枝烛台。

100–102. **在这片林地上……所在的城区**：贝缇丽彩预言但丁会升天。但丁卒后，会先到炼狱，在伊甸园（“这片林地上”）逗留一段时间，然后成为天国的人（“罗马人”）。“罗马”在这里指天国，即上帝之城，遥应奥古斯丁的《论上帝之城》（*De civitate Dei*）。

104–105. **当你 / 返回了人间，请把所见写真**：贝缇丽彩叫但丁记录所见，以教导凡间的人。这两行与《圣经·启示录》第一章第十一节呼应：“quod vides, scribe in libro...”（“你所看见的当写在书上……”）。

109–117. **突然……向左右两舷蹉跌**：指“宙斯的神鸟”（指鹰）袭击分别善恶树和凯旋车。据 Singleton（*Purgatorio 2*, 798）的引述，这一袭击行动，象征罗马帝国由尼禄（Nero Claudius Caesar，公元三十七年至公元六十八年）到戴克里先（Gaius Aurelius Valerius Diocletianus，约公元二四三年至约公元三一三年）对基督徒的镇压迫害。Bosco e Reggio（*Purgatorio*, 549）则引 Chimenz 的说法，认为天鹰把枝干的表皮撕掉，象征上帝的律法遭侵袭；嫩叶和花朵遭摧毁，象征基督救赎人类的成果遭破坏。

109. **宙斯的神鸟**：在古希腊、古罗马的神话中，“宙斯的神鸟”都指鹰。《埃涅阿斯纪》第一卷三九四行称鹰为“Iovis ales”（“宙斯之鸟”），但丁《天堂篇》第六章第四行称鹰为“l' uccel di Dio”（“神鹰”，直译为“神之鸟”）。

118–123. **然后，我看见一只狐狸……所有力度**：Singleton（*Purgatorio 2*, 799）引 Moore 的说法，指出狐狸“朝着凯旋车的内部猛冲”然后“遭到我所尊敬的女士斥逐”，象征异端侵袭教会，结果遭神圣的教理斥逐。

119. **吃不到好食物**：指异端所吃，都是坏食物。

124–129. **然后，我看见刚才……小舟楫**：中世纪有这样的传说：罗马帝国君主君士坦丁大帝患了麻风，药石无灵，后来由教皇西尔维斯特一世（Sylvester I，于公元三一四年至公元三三五年任教皇）治愈。君士坦丁迁都拜占庭后，把罗马帝国西部地区的世俗统治权、罗马以外四个教区及一切宗教事务的管辖权，赠予教皇西尔维斯特一世及其继承者。这一举动，世称“君士坦丁赠礼”（Donation of Constantine），指君士坦丁以罗马帝国君主的身分给教会的赠礼。这一做法，但丁绝不赞同，认为会导致帝权旁落，教会腐败，君权和教权混淆。在《地狱篇》第十九章一一五至一一七行，《炼狱篇》第十六章一〇九至一一一行和第十六章一二七至一二九行，《天堂篇》第二十七章一三九至一四〇行，但丁都提出了反对意见。这六行象征罗马帝国（“刚才下掠的神鹰”）从树上（“原处”）飞下来，给教会（“车身里”）赠礼（“铺盖自己的毛翎”），结果有声音（“天上有声音”）为教会（“小舟楫”）惋惜。有关“君士坦丁赠礼”，参看《地狱篇》第十九章一一五至一一七行注。

127. **天上有声音**：大多数论者都认为指彼得的声音；也有论者认为指基督的声音。参看 Singleton, *Purgatorio 2*, 801; Bosco e Reggio, *Purgatorio*, 551。

129. **小舟楫**：原文“navicella”，指教会。“navicella”是 nave（船）的指小词或昵称（diminutivo）。意大利语“la navicella di Pietro”（“彼得的小舟”）指“la Chiesa”（教会）。参看 *Dizionario Garzanti della lingua italiana* 页一一〇五“navicella”条。但丁在本章一一六行称凯旋车为“舟楫”（“nave”），在《天堂篇》第十一章一一九至一二〇行以“barca/di Pietro”（“彼得的巨舶”）比喻教会，在《书信集》第六篇第三句（*Epistole*, VI, 3）称教会为“navicula Petri”（“彼得的小舟”）。

130–140. **然后，在大车的两轮间……所需的时间还短**：象征教会分裂或教会遭敌对力量（如异端）攻击，并因帝国的赠礼（参看一二四至一二九行注）而走上芜秽败坏之途。

131. **一条龙**：有关“龙”在这里的象征意义，意见纷纭：或指撒旦，或指敌基督（又称“假救主”、“假耶稣”）。众说都言之成理。总而言之，是破坏教会的力量。

135. **扯走了部分车底**：象征基督教的敌对势力把教会的基础破坏，或把信众诱走。**浪荡他赴**：象征基督教的敌对势力在世上到处招摇撞骗。

136. **其余的面积……覆盖**：指教会受了君士坦丁的赠礼后，已被贪欲玷污，不再圣洁。

137. **狗牙根**：原文（一三六行）“gramigna”，又称“绊根草”，学名 *Cynodon dactylon*（《意汉词典》页三四九），是一种莠草，生长极其迅速。

139–140. **比张开……还短**：指教会在极短的时间内，遭世俗的贪欲玷污。

140–141. **神鹰把羽毛/……诚心为善**：指君士坦丁施赠，可能出于好意，结果却做了坏事。参看《天堂篇》第二十章第五十七行：“他用意虽好，却以恶果为收成”（原文第五十六行：“sotto buona intenzion che fé mal frutto")。在 *Monarchia*, II, XII, 8,但丁也提到"pia intentio"("好意")。

143–147. **一个个怪头……逢所未逢**:这里的描写源出《圣经·启示录》第十二章第三节:"Et ecce draco magnus rufus, habens capita septem et cornua decem..."("有一条大红龙,七头十角……");第十七章第三节:"vidi...bestiam coccineam plenam nominibus blasphemiae, habentem capita septem et cornua decem."("我就看见……朱红色的兽……有七头十角,遍体有亵渎的名号。")。《地狱篇》第十九章一〇九至一一一行有类似的描写。参看该章一〇六至一一一行注。不过在《地狱篇》第十九章里面,七头象征圣神七恩或七件圣事,十角象征十诫,有正面意义;在这里,根据 Benvenuto 的说法,七头只有负面意义:象征教会有了世俗的财富后变得贪婪。这里的七头象征七大罪(i peccati capitali)。车辕的三头,各有二角("像公牛有利角横撑"),象征较严重的三大罪:骄傲(superbia)、嫉妒(invidia)、愤怒(ira);其余四头,各有一角,象征较轻的四大罪:懒惰(accidia)、贪婪(avaritia)、贪饕(gula)、邪淫(luxuria)。前三罪属精神层次,后四罪属肉体层次。属精神层次的罪更犯神怒。参看 Sapegno, *Purgatorio*, 364。

148–149. **一个娼妓,/带弛衣宽**:娼妓象征罗马教廷,尤其是教皇卜尼法斯八世(一二九四年至一三〇三年在任)和克莱门特五世(一三〇五年至一三一四年在任)任内的教廷;也可专指阿维雍教廷(Avignon Papacy)。"带弛衣宽",原文为"sciolta",有的论者(Sapegno, *Purgatorio*, 364; Bosco e Reggio, *Purgatorio*, 552)解作"sfrontata, senza retegno"(厚颜无耻),也说得通。不过"带弛衣宽"的形象鲜明,与前面各项描写一样逼真,更能配合上下文风格。Chimenz 和 Sinclair 都以"带弛衣宽"解"sciolta"。这里的娼妓形象,大概出自《圣经·启示录》第十七章第一至五节:

> "Veni, ostendam tibi damnationem meretricis magnae, quae sedet super aquas multas. Cum qua fornicati sunt reges terrae et inebriati sunt qui inhabitant terram de vino prostitutionis eius" ...Et vidi mulierem sedentem super bestiam...Et in fronte eius nomen scriptum...: "Babylon magna, mater fornicationum et abominationum terrae."
>
> "你到这里来,我将坐在众水上的大淫妇所要受的刑罚指给你看。地上的君王与她行淫,住在地上的人喝醉了她淫乱的酒。"……我就看见一个女人骑在……兽上;……在她额上有名写着说:"大巴比伦,作世上的淫妇和一切可憎之物的母。"

149. **向四方抛着媚眼**：参看一五四行的“淫荡的眼眸”。

151. **一个巨人**：象征操控教廷的法国王朝，尤其是腓力四世（美男子）（Philippe IV le Bel，一二六八年至一三一四年）。腓力四世与卜尼法斯八世有过冲突，教皇克莱门特五世听命于他。

154–156. **不过……鞭抽**：象征教廷（以教皇卜尼法斯八世为代表）一有异心或违抗法国王朝（以腓力四世为代表）之命，就会遭到惩罚。

158. **解开了怪物**：把变了怪物的凯旋车（象征教会）从树上解下来。**拖进林里**：象征法国于一三〇五年把教廷迁到法国阿维雍（Avignon），教皇克莱门特五世完全由法王操控。参看《地狱篇》第十九章八二至八三行注。

159–160. **直到……踪迹**：此刻是一三〇〇年；一三〇五年发生的事已属预言，其后如何，但丁无从得见（“林木变成了屏障，把怪物 / 和娼妓掩盖”）。这章共一百六十行，是《神曲》中最长的一章。《地狱篇》第六章、第十一章各有一百一十五行，是《神曲》中最短的两章。

第三十三章

众仙女流着泪，唱出了赞美诗。贝缇丽彩一边倾听，一边唏嘘太息。然后预言未来，并吩咐但丁把信息向尘世传达。但丁不明白预言所指，就向贝缇丽彩询问。贝缇丽彩趁机告诉但丁，他在凡间追随的学派有何不足。然后，玛泰尔妲带但丁和斯塔提乌斯到忆涧喝水。喝完忆涧之水后，但丁像新苗新青，全部换上了新嫩的叶子，美善而纯洁，随时可以飙举向群星。

“Deus，venerunt gentes.”众仙女流着泪，
　时而三个人、时而四个人一组，
　唱出了赞美诗，声音婉转而柔美。
贝缇丽彩倾听着，一边流露
　悲悯的神情，一边在唏嘘太息，
　不下于十字架旁圣母的愁苦。
不过，当其余的童贞女一起
　让她说话，她就站起来，娓娓

发言，彤彤如火焰一样明丽：
“Modicum，et non videbitis me；
et iterum，亲爱的姐妹呀，
modicum，et vos videbitis me。”
说完就命七贞女在前面并驾，
同时以手势叫我和贤妇人
跟随，也叫没走的智者别留下。
安排停当后，她就继续前臻。
可是，相信她走不上十步，
我的视线就触到她的眼神。
然后，她蔼然望着我，向我招呼：
“快点哪。这样，听我说话的时候，
你才能靠近我，好好听清楚。”
当我按吩咐趋前和她一起走，
她就对我说：“兄弟呀，跟我在一起，
该提出问题呀！怎么不开口？”
一个人说话时，如果面对上级，
往往因过于踟蹰而言辞不清，
无从把明确的声音向口齿传递。
我也是一样：回答时战战兢兢，
嗓子含糊：“娘娘啊，您已经明白
我要问什么；知道该怎样回应。”
她听后，就对我说：“羞耻和惶骇，
从现在开始，希望你能够摆脱。
这样，说话就没有做梦的痴态。

告诉你，器皿已经被毒蛇打破
　而原状不再；但罪人可以肯定，
　啖食湿面包，神谴仍无从闪躲。
那只老鹰在车上留下羽翎，
　使车子变成恶魔，再变成猎物。
　老鹰无后继，也只是短暂的情形。
我看得明白，所以在这里讲述：
　吉星已靠近，要把良辰带来。
　届时，谁也不能够妨碍拦阻。
一个数字属五百一十五的英才，
　会遵照上主的命令来击杀贼妇人，
　击杀与贼妇人行淫的巨怪。
也许我述说的话晦涩阴沉，
　就像忒弥斯和斯芬克斯的谜语，
　惑智歪理而缺少可信的成分。
不过转眼间事实会变成仙女，
　把这个艰难的谜语破解，
　不必有羊群、谷物受损的顾虑。
请注意，此刻我对你说的一切，
　你务必向尘世的人一一传达：
　他们的一生都在急奔向幻灭。
请记住，当你在凡间记录我的话，
　不要隐瞒所见的景象；要说出
　这棵树怎样一而再遭到剥伐。
为了自奉，上主创造了这圣树。

谁把它剥伐，或者把它折断，
谁的行动就已经把上主亵渎。
第一个生灵，以此树为私馔，
结果要五千多年在痛苦、渴望中
期待救赎他的人降临尘寰。
如果你不明白这棵树顶部倒拱，
上摩霄汉，是因为有特别缘故，
你的脑筋就仍然迟钝惺忪。
在你的脑子里，妄念当初
要不是变成艾尔萨河的流水，
妄喜又不像皮拉摩斯把桑叶玷污，
光看上面提到的特征，你就会
从道德的观点认识，禁果
怎样体现上主的公正法规。
不过，既然我发觉你脑筋混浊，
变成石头后不再通透清晰，
见我的话语发光而感到眩惑，
那就请你把上述的道理铭记：
不形诸文字，也得加以绘描，
像棕榈系在手杖上离开圣地。”
于是我说：“像印章盖于蜡料，
留下不变的痕迹，您的懿行
已留在我的脑中，再也忘不掉。
可是，您的嘉言，为什么会飞凌
我的视域，叫我越是渴求，

就越难到手，最后是全功难竟？”
“这样一来，”贝缇丽彩答道，“你就
了解你追随的学派，知道其学说
跟我的话并行时有没有悖谬；
知道你们所走的道路距天国
极遥，远离了神道，一如陆地
看至高至疾的天体运行于碧落。”
我听她说完，就答道：“我记不起
自己有疏远你的任何行为，
也没有疏远的感觉啃咬胸臆。”
“这经验，如果你不能记忆追推，
请回想一下，”贝缇丽彩笑了起来，
“今天你怎样吸饮忘川的流水。
如果烟能证实火的存在，
你的善忘正好清楚地说明，
你心不在焉，曾经对我懈怠。
不过，为了迁就你凡俗的眼睛，
从现在开始，我的话语会按照
需要，坦然展露实际的情形。”
此刻，太阳移动得更慢，杲杲
发出更夺目的光芒，并且升入
随视点移动的子午圈中辉耀。
七位女士，也突然之间止步，
同时停留在一个疏阴的影沿，
就像向导，在众人的前面引路，

蓦地看见了奇景而驻足路边。
那疏阴柔淡，一如山影寂寂，
在绿叶黑枝下投落凉凉的山涧。 111
众女之前，我仿佛看见幼发拉底
和底格里斯河自同一源头上涌，
然后像朋友话别，缓缓分离。 114
“光芒啊，你给人类带来殊荣。
这是什么水呢？自同一源流
泻出，本身分支后再向前涌动。” 117
我问。贝缇丽彩答道：“祈求
玛泰尔妲解释吧。”美丽的玛泰尔妲
闻言，仿佛要洗脱自己的罪咎， 120
回答时这样说：“我已经向他阐发
这一点和其他道理。我可以肯定，
忘川之水不会把这一点洗抹。” 123
贝缇丽彩说：“也许他心灵的眼睛
被更大的困苦遮蔽。这种困苦，
往往会夺去一个人的记性。 126
不过，你看那边，忆涧正汩汩
流涌而出；你就带他到涧中，
按常法使虚弱的官能康复。” 129
玛泰尔妲闻言，立即付诸行动，
像贤妇见示，知道别人的心意后，
就毫不推托，叫自己的心意服从。 132
秀丽的玛泰尔妲拉着我的手，

忆涧

读者呀，此章的篇幅如果增多，/ 我至少可以歌颂一下河水 /
多甜美，无论喝多久仍然想吸啜。
（《炼狱篇》，第三十三章，一三六至一三八行）

举步时，淑然对斯塔提乌斯说：
"诶，你也来呀，跟他一起走。"
读者呀，此章的篇幅如果增多，
我至少可以歌颂一下河水
多甜美，无论喝多久仍然想吸啜。
不过，诗歌的第二篇已写到末尾，
供我使用的纸张已全部写满；
艺术之缰啊，不容我继续发挥。
我饮完至圣之水后重返河岸，
已经脱胎换骨，像新苗新青，
全部换上了新嫩的叶子，美善
而纯洁，能够随时飙举向群星。

注释：

1. **"Deus, venerunt gentes."**：这是《圣经 · 诗篇》第七十九篇（拉丁通行本《圣经》第七十八篇）第一节的开头。原文为："Deus, venerunt gentes in hereditatem tuam, polluerunt templum sanctuam tuum, posuerunt Ierusalem in pomorum custodiam."（"神啊，外邦人进入你的产业，/ 污秽你的圣殿，使耶路撒冷变成荒堆。"）。《诗篇》哀悼的是耶路撒冷被外邦人摧毁的圣殿。在这里，但丁引用《圣经》，指教会遭教皇破坏，遥呼贝缇丽彩在三四至五一行的预言。《诗篇》第七十九篇其余各节，还交代了许多细节，并且祈求耶和华出面干预。**众仙女**：指四枢德和三超德。
2. **时而三个人……一组**：指七个仙女轮流歌唱，就像凡间的礼拜仪式那样。
6. **十字架旁圣母的愁苦**：耶稣在十字架上受难时，十字架下的圣母愁苦异常。这行极言贝缇丽彩充满悲悯。

8. **她就站起来**：在《炼狱篇》第三十二章八六至八七行，贝缇丽彩本来坐在树根上，现在站了起来。

9. **彤彤如火焰**：彼得声讨腐败的教皇时，容颜也差不多："变得彤彤如烈火"。参看《天堂篇》第二十七章一〇至一五行。

10–12. **"Modicum, et non videbitis me; /et iterum, .../modicum, et vos videbitis me。"**：拉丁文，引自《圣经·约翰福音》第十六章第十六节，是耶稣在最后晚餐中所说的话。在这段话里，他向使徒预言自己死亡，然后复活。和合本《圣经》的汉译是："等不多时，你们就不得见我；再等不多时，你们还要见我。"对于这段引文，有两种解释。有些论者（如 Pietrobono, *Purgatorio*, 446）认为，贝缇丽彩在这里预言，罗马教廷不久就要迁到法国阿维雍（Avignon）；但过了不久，仍会迁返罗马。另一些论者（如 Bosco e Reggio, *Purgatorio*, 557-58; Sapegno, *Purgatorio*, 368; Singleton, *Purgatorio 2*, 809-10）则认为，贝缇丽彩在泛指教会走上败坏之途，但不久之后会重返正路。两种诠释，都不能叫读者完全信服。

13. **七贞女**：指四枢德和三超德。

14. **贤妇人**：指玛泰尔妲。

15. **没走的智者**：指斯塔提乌斯。两位诗人（"智者"）之中，维吉尔已离开，只剩下斯塔提乌斯。

17. **走不上十步**：即走了九步。有的论者认为，这行象征教廷迁往阿维雍后，不到十年，就会重返罗马，恢复原状。参看 Sapegno, *Purgatorio*, 368; Bosco e Reggio, *Purgatorio*, 558。这一诠释，迄今仍非定论。

29. **您**：原文（第三十行）"voi"，是敬称。

29–30. **已经明白/……怎样回应**：但丁这样说，是因为他知道，自己心中想什么，贝缇丽彩一目了然。

33. **说话……痴态**：意为：说话就不会口齿不清，像做梦那样。

34. **器皿**：指凯旋车。**毒蛇**：指毁坏凯旋车的龙（见《炼狱篇》第三十二章一三〇至一三五行）。

35. **原状不再**：原文"fu e non è"，与《圣经·启示录》第十七章第八节呼应："Bestiam quam vidisti fuit et non est..."（"你所看见的兽，先前有，如今没有……"）。指教堂遭毁，不复原貌。《天堂篇》第二十七章二六至二七行有类似的话："不过在圣子眼中，/ 那宗座依然是无人填补的空廓。"（原文二三至二四行："che vaca/ne la presenza del Figliuol di Dio."。）**罪人**：指败坏的教皇和有罪的法国君主。

36. **啖食……闪躲**：据说古代的翡冷翠有这样的习俗：杀人犯在死者墓前，一连九天吃浓汤（原文“suppe”），就可以赎罪；死者的家人和市政府就不会追究。对于这一说法，不少论者仍有保留。这行的意思大概是：无论如何，罪人都逃不过天谴。参看 Bosco e Reggio, *Purgatorio*, 559-60; Pietrobono, *Purgatorio*, 448-49; Chiappelli, 335; Sinclair, *Purgatorio*, 442。

37–38. **那只老鹰……变成猎物**：指罗马帝国（“老鹰”）给教会赠礼，导致教会败坏（见《炼狱篇》第三十二章一二四至一四七行的有关内容）。**变成猎物**：指教会成为法国（“巨人”）的猎物，最后被“拖进林里”（见《炼狱篇》第三十二章一五一至一六〇行）。

39. **老鹰无后继……情形**：意为：罗马帝国（“老鹰”）没有君主，也只是短暂的情形。在但丁心目中，腓特烈二世（Friedrich II，一一九四年至一二五〇年）卒后，为罗马教廷所认可的神圣罗马帝国的帝位一直虚悬。这行预言上帝会出面干预。

41. **吉星**：带来好运的星辰。

43. **一个数字属五百一十五的英才**：泛指会拯救教会、打败法国的英雄。至于究竟指谁，论者的意见纷纭。有的论者认为指亨利七世（参看《炼狱篇》第六章一〇〇至一〇二行注）。不过“英才”如果指亨利七世，这行诗就应在一三一三年（亨利七世卒年）之前写成。有的论者认为“英才”指基督。有的（Sayers, *Purgatorio*, 336）认为指《地狱篇》第一章一〇一行的“猎狗”（Veltro），即《炼狱篇》第二十章第十五行的“那动物”（原文“per cui”，暗指“叫老狼逃窜”的猎狗）。参看《地狱篇》第一章九四至一〇二行注，《炼狱篇》第二十章第十五行注。古代的论者大都认为“五百一十五”的罗马数目写法是“DXV”。三个字母的次序稍为变动，就是“DVX”。由于拉丁文的 V 和 U 相通，“DVX”就是“DUX”，即“领袖”、“君主”的意思。换言之，“数字属五百一十五的英才”泛指某位“领袖”、某位“君主”；至于确指何人，则无从肯定。有关各种说法，参看 Bosco e Reggio, *Purgatorio*, 560-61; Sapegno, *Purgatorio*, 370; Madelbaum, *Purgatorio*, 405-06。

47. **忒弥斯**：Θέμις（Themis），女巨人（或称“巨神”、“提坦神”），乌拉诺斯（Οὔρανος，Uranus）和盖亚（Γαῖα，Gaia）的女儿，巨人伊阿佩托斯（Ἰαπετός，Iapetus）的妻子，掌秩序和法律。其形象是一手执剑，一手持天平，表示严明无私。洪水后，曾教导丢卡利翁（Δευκαλίων，Deucalion）和皮拉（Πύρρα，Pyrrha）重造人类。有些神话版本说忒弥斯是普罗米修斯（Προμηθεύς，Prometheus）之母，能预知未来。有关忒弥斯的典故，参看奥维德《变形记》三七九至三九四行。**斯芬克斯**：Σφίγξ（Sphinx），是个女怪，狮爪，狮胸，鸟翼。为提风（Τυφών，Typhon）和半人半蛇女怪厄基德那（Ἔχιδνα，Echidna）所生（一说为双头狗怪奥尔托斯〔Orthos〕和喷火女怪基迈拉〔Χίμαιρα，拉丁文 Chimaera，英文 Chimera 或 Chimaera〕所生）。最早见于赫西奥德（Ἡσίοδος，Hesiod）的《神谱》（*Θεογονία*，拉丁文 *Theogonia*，英文 *Theogony*）。据说斯芬克斯总喜欢伏在岩石上，要路过的人猜她的谜，猜不中的就会遭她杀害。后来，奥狄浦斯（Οἰδίπους，Oedipus）猜中了，结果斯芬克斯要跳崖自尽。

49–50. **不过……破解**：意为：不过，以后的发展，很快就会向人揭示，这位"英才"（见第四十三行）是谁。在奥维德的《变形记》中，破解斯芬克斯谜语的并非仙女，而是奥狄浦斯。但丁说"仙女"，是因为他所读的《变形记》与正版《变形记》有别。正版《变形记》第七卷七五九至七六〇行这样叙述斯芬克斯的故事："Carmina Laiades non intellecta priorum/solverat ingeniis..."（"拉伊奥斯之子奥狄浦斯解开了谜语。该谜语 / 以前无人可懂……"）。但丁所读的版本，与正本有二字之别。但丁所读的版本写为："Carmina Naiades non intellecta priorum solvunt ingeniis..."。正本的"Laiades"（"拉伊奥斯之子奥狄浦斯"）在讹本中变成了"Naiades"（"仙女"），过去完成时第三人称单数的"solverat"（"解开了"）变成了现在时第三人称复数的"solvunt"（"解开"）。参看 Bosco e Reggio, *Purgatorio*, 562 引 F. Ghisalberti 的考证。拉伊奥斯（Λάιος，Laius），奥狄浦斯的父亲，约卡丝妲（Ἰοκάστη，英文 Jocasta）的丈夫。

51. **不必……顾虑**：据奥维德《变形记》第七卷七六二至七六五行的叙述，斯芬克斯死后，忒弥斯大怒，派怪物蹂躏忒拜人的羊群和谷物。这行的意思是：我的谜语破解后，却不会有这样的恶果（羊群和谷物不会遭蹂躏）。

54. **他们的一生都在急奔向幻灭**：此语源出奥古斯丁的 *De civitate Dei*（《论上帝之城》），I, XIII, 10: "...ut omnino nihil sit aliud tempus vitae huius, quam cursus ad mortem..."（"……因此，人生不过是朝着死亡的奔竞……"）。

57. **这棵树……剥伐**：亚当、夏娃偷吃禁果，是对"这棵树"的第一次"剥伐"；第三十二章一〇九至一六〇行所描写的蹂躏是第二次"剥伐"。因此说"一而再"。

58. **为了自奉……这圣树**：意思是：上帝创造分别善恶的"圣树"，是拿来自用的（即把该树当做律法的象征），不是给凡人吃的。

59. **把它折断**：《炼狱篇》第三十二章一一二至一一四行的鹰（罗马帝国），就折断了圣树。

61. **第一个生灵……私馔**："第一个生灵"指亚当。亚当违反了上帝的意旨，偷吃这株分别善恶树的果子，就等于以"此树"为自己的食物（"为私馔"）。

62–63. **五千多年……尘寰**：据说亚当偷吃禁果后，仍活了九百三十年（参看《圣经·创世记》第五章第五节）；然后在幽域（地狱边境）逗留了四千三百零二年（参看《天堂篇》第二十六章一一九至一二〇行），基督（"救赎他的人"）才降临。

64–65. **如果……霄汉**：分别善恶树下窄上宽，形状与一般的树相反（参看《炼狱篇》第三十二章四〇至四二行）。如果但丁不明所以，其"脑筋就仍然迟钝"（第六十六行）。

67–69. **在你的脑子里……玷污**：这几行的意思是：如果你的脑子没有障蔽，不受玷污。**艾尔萨河**：阿尔诺河的支流，发源于锡耶纳以西；其水多石灰（即今日所谓的硬水），物体经河水洗浴，就有石灰粘附。**皮拉摩斯**：参看《炼狱篇》第二十七章三七至三九行及其注释。这句的言下之意是：妄念、妄喜玷污了但丁的脑子，就像艾尔萨河玷污物件，皮拉摩斯的血玷污雪白的桑葚。

70–72. **光看……法规**：这几行的意思是：分别善恶树象征上帝公正的律法。而公正的律法，必然包含"禁止"、"服从"等观念。这株树下窄上宽，而且巍峨，是要禁止凡人去触摸、攀摘。但丁如非因脑子受到障蔽玷污，光看树形，就会明白其象征意义。参看《炼狱篇》第三十二章第三十八行注。**从道德的观点**：原文为"moralmente"。但丁认为，《圣经》可以从四种观点去理解：字面（litterale）观点、寓言（allegorico）观点、道德（morale）观点、神秘（anagogico）观点。所谓"道德观点"，指理解《圣经》时从中吸取道德教训。有关这四种观点，参看 *Convivio*, II, I, 5; IV, XVII, 11。从道德观点看分别善恶树，就是从中知道，禁果象征上帝公正的律法，人类必须服从。

73–74. **发觉你脑筋混浊……不再通透清晰**：发觉你的脑筋遭"妄念"石化、玷污，不再澄明通达（参看本章六七至六九行）。

78. **像棕榈……圣地**：古代的圣徒朝圣，还家前会把圣地的棕榈缠在手杖上，证明自己曾参加朝圣之旅。

86. **你追随的学派**：指但丁昔日追随的学派（包括亚里士多德）。

86–90. **知道其学说/……运行于碧落**：但丁昔日追求的学问，缺乏启示神学的引导，只是知识（意大利文 scienza，拉丁文 scientia），而非智慧。结果所走的路远离神道。二者（但丁昔日追求的学问和启示神学）的距离，犹地球和原动天（"至高至疾的天体"）的距离。但丁在《地狱篇》第一章一至三行说自己迷失方向时，表达了多重意义，其中包括：他昔日追求凡间的学问，不靠启示神学的引导，结果迷了途。在《炼狱篇》第三十章一三〇至一三五行，贝缇丽彩曾就这点指责过但丁。有关启示神学的重要性，阿奎那有详细的阐释。参看 *Summa theologica*, I, a.I, a.6, ad 1: "Sacra doctrina non supponit sua principia ab aliqua scientia humana, sed a scientia divina, a qua, sicut a summa sapientia, omnis nostra cognitio ordinatur."（"神圣的教义并非建基于凡间的某一学说，而是建基于神道。借着神道，我们一切的认知才井然有序，服从于至高的智慧。"）。

96. **今天……流水**：但丁喝了忘川之水，不再记得过去所犯的罪愆。因此贝缇丽彩叫他回想"吸饮忘川"之水的经验。参看《炼狱篇》第二十八章一三〇至一三二行。

97–99. **如果……懈怠**：在这里，贝缇丽彩是以果证因：忘川能涤去昔日的罪愆；现在你忘了我所指的罪愆，证明你有过该罪愆。这一论证，犯了逻辑上的谬误；因为但丁"记不起"罪愆，也可以因为他根本从未有过罪愆。

100–102. **不过……实际的情形**：指但丁的领悟力有限，贝缇丽彩会迁就他，把道理说个明白。

103–105. **此刻……辉耀**：此刻是正午，太阳位于子午圈。太阳在中天时，好像移动得较慢，不若在地平线的时辰。子午圈的位置，会随观者的位置（"视点"）变化。

106. **七位女士**：指四枢德和三超德。

112–113. **幼发拉底 / 和底格里斯河**："幼发拉底"，意大利文"Eufratès"，拉丁文和英文"Euphrates"。"底格里斯河"，意大利文"Tigri"，拉丁文和英文"Tigris"。两者均为西亚河流，都发源于土耳其的不同地区。幼发拉底河发源后，经叙利亚、伊拉克流入波斯湾，中途与底格里斯河汇合。《圣经 · 创世记》第二章第十至十四节提到伊甸园有河水流出，然后分而为四：比逊、基训、底格里斯、幼发拉底。

113. **自同一源头上涌**：Singleton（*Purgatorio 2*, 822-23）指出，在现实世界，幼发拉底和底格里斯两河并非同源。但丁这样描写，大概受了波伊提乌（Boethius）的影响。参看波伊提乌 *De consolatione philosophiae*, V, 1, 3-4: "Tigris et Euphrates uno se fonte resolvunt/et mox abiunctis dissociantur aquis."（"底格里斯和幼发拉底同源涌出；/ 然后分支，成为不同的水流。"）。

115. **光芒啊**：这里的"光芒"指贝缇丽彩。

119. **玛泰尔妲**：这是但丁首次（也是唯一的一次）提到这女子的名字。

120. **仿佛……罪咎**：从但丁的观点看，玛泰尔妲向贝缇丽彩解释，仿佛为自己开脱，以免她（贝缇丽彩）误会自己（玛泰尔妲）没有尽责。

127. **忆涧**：参看《炼狱篇》第二十八章一三一行注。

129. **按常法**：玛泰尔妲恢复其他亡魂的记忆时，也用同一方法（让亡魂吸饮忘川和忆涧的水）。**使虚弱的官能康复**：指恢复但丁忆记善行的能力。

133–134. **秀丽的玛泰尔妲……举步时**：作品没有交代，但丁是否浸进了水中。

134–135. **淑然……"……跟他一起走。"**：玛泰尔妲吩咐斯塔提乌斯跟但丁一起走，以便完成涤罪过程，向天堂飞升。

136. **读者呀**：Bosco e Reggio（*Purgatorio*, 569）指出，在地狱、炼狱、天堂的旅程中，到了关键时刻，但丁就会直接向读者说话。但丁这样做，有两个目的：第一，要与读者分享特殊的精神状态；第二，要他们注意特殊的一刻。在这里，但丁是要读者注意特殊的一刻，因为这时候，旅人但丁已经"脱胎换骨"（一四三行）。

139–141. **不过……继续发挥**：Singleton（*Purgatorio 2*, 824）指出，《神曲》三篇的长度大致相若：《地狱篇》长四千七百二十行，《炼狱篇》长四千七百五十五行，《天堂篇》长四千七百五十八行；各章的长度相差也不太大。但丁在这里的意思是：为了保持各篇、各章的长度相近，此刻要服从艺术的制约，不能进一步描摹忆涧。**篇**：原文"cantica"。在 *Epistole*（《书信集》），XIII, 26 里，但丁这样提到《神曲》的结构："...totum opus dividitur in tres canticas...quelibet cantica dividitur in cantus."（"……整部作品分为三篇〔即《地狱篇》、《炼狱篇》、《天堂篇》〕，每篇分为若干章。"）。

142. **至圣之水**：指忆涧之水。**重返河岸**：重返忆涧的河岸，回到贝缇丽彩身边。

143–145. **已经脱胎换骨……飙举向群星**：在原诗里（"rifatto sì come piante novelle/rinovellate di novella fronda, /puro e disposto a salire a le stelle."），"novelle"（"新"）、"rinovellate"（"新青"）、"novella"（"新嫩"）三词利用相近的语义、相同的元音（o、e、a）彼此呼应交响，产生显著的音乐效果，强调了但丁要表达的题旨。为了保留原诗效果，汉译也一再重复"新"字。**群星**：原文"stelle"，是《地狱篇》、《炼狱篇》、《天堂篇》最后一字。三篇的最后一行，分别为："e quindi uscimmo a riveder le stelle."（"一出来，更再度看见了群星。"）；"puro e disposto a salire a le stelle."（"美善 / 而纯洁，能够随时飙举向群星。"）；"l' amor che move il sole e l' altre stelle."（"那大爱，回太阳啊动群星。"）。但丁艺术的对称手法，遍布《神曲》，在这里可见一斑。

地狱篇

Inferno

La Divina Commedia

Dante Alighieri

神曲

[意] 但丁·阿利格耶里 著

黄国彬 译注

想象另一种可能

理
想
国

imaginist

地狱篇

Inferno

La Divina Commedia

Dante Alighieri

神曲

[意] 但丁·阿利格耶里 著

黄国彬 译注

海南出版社

·海口·

本书由台北九歌出版社有限公司授权出版

图字：30-2021-081 号

图书在版编目（CIP）数据

神曲．地狱篇 /（意）但丁·阿利格耶里（Dante Alighieri）著；黄国彬译注．-- 海口：海南出版社，2021.9（2021.12 重印）

ISBN 978-7-5730-0235-8

Ⅰ．①神… Ⅱ．①但… ②黄… Ⅲ．①诗歌－意大利－中世纪 Ⅳ．① I546.23

中国版本图书馆 CIP 数据核字 (2021) 第 185199 号

神曲·地狱篇

SHENQU·DIYU PIAN

作　　者　［意］但丁·阿利格耶里
译　　注　黄国彬
责任编辑　刘　逸　陈泽恩
特约编辑　闫柳君　廖畅畅　张俊明
装帧设计　陈威伸
封面插画　［法］古斯塔夫·多雷
内文制作　陈基胜
海南出版社 出版发行
地　　址　海口市金盘开发区建设三横路2号
邮　　编　570216
电　　话　0898-66822134
印　　刷　山东韵杰文化科技有限公司
版　　次　2021 年 9 月第 1 版
印　　次　2021 年 12 月第 2 次印刷
开　　本　880mm×1230mm　1/32
印　　张　48.125
字　　数　1845千字
书　　号　ISBN 978-7-5730-0235-8
定　　价　266.00元（全三册）

目 录

但丁·阿利格耶里

导读

——开启于陌生少女的笑容，终结于转瞬即逝的上帝幻象

梁文道

曾经有这么一个小男孩，在九岁那一年，就遇上了他这一辈子都不能够再忘怀的女人。就跟很多为爱情痴狂的人一样，他要为那个女孩子写诗。虽然我们很多人都干过类似的事情，但只有这个男孩，一写就写了几十年，写完了一卷长诗还要再写一卷，而后面那一卷，竟然就成了世界文学史上的最高峰——《神曲》。

我们这个读书节目[1]，一路高低起伏，穿行过世界阅读史上的各个角落，今天终于来到了西方文学史上的制高点。如果说在整个西方文学传统，有什么人、有什么作品，足让后来者仰止，视之为阿尔卑斯群峰最雄伟、最难攀越的峻极，那么但丁和他的《神曲》必定就在其中。在西方文学史上面，有两位作

1 指梁文道主持的读书节目《一千零一夜》。

家处在这个位置，并列双璧，相当于我们中国诗坛的李白与杜甫，那就是莎士比亚和但丁了。曾经有人形容，如果说莎士比亚完全展现了人类精神世界的广度，但丁就让我们看到了人类精神世界的深度。甚至还有人说，但丁《神曲》的价值就相当于莎士比亚全部剧作的总和。

为什么《神曲》可以得到如此崇高的赞美？对很多我们一般中国读者而言，或许不太容易理解。如果我们听了一些介绍（包括我这个节目），知道其情节大概，就这么随手翻去的话，多半会觉得它有点莫名其妙。

首先，我们很容易忘记，其实它并不是一个故事集，也不是一个长篇小说；它其实是一首诗，一首很长很长的诗。其次，它还涉及了太多我们比较陌生的时代和文化背景，一路读来难免磕磕绊绊，不太容易理解。最后，这里头还有一些描写，看起来非常平凡，似乎没有传说中的那么了不起。不像莎士比亚，就算看不懂他的用字，不能欣赏他的辞藻，至少他的故事还是挺有趣的。更何况莎士比亚本来就妙语如珠，令人难忘。

不如先来了解一下但丁是个什么样的人物。在我们一连四集关于文艺复兴的经典介绍里面，但丁的位置其实是很尴尬的。因为他出生在十三世纪的中后期，去世于十四世纪早期，也就是说，他这一生其实不在文艺复兴的高峰阶段，却是正好处在欧洲漫长中世纪的秋天，以及文艺复兴正要萌芽的这个阶段。但他所开创的，却引来无数后人的仿效，更启发了太多艺术家的灵感。你且回想一下后来的西方绘画传统，尤其是文艺复兴时期，有多少大画家曾经以《神曲》为主题？但丁是佛罗伦萨人，我们都晓得，这座城市是文艺复兴运动的震央之一，文化与科学的成就硕果累累。与但丁同时，还有另一位佛罗伦萨人在艺术史上被称为“西方绘画之父”，那就是乔托了。他们两个是好朋友，乔托甚至曾经帮但丁画过一幅肖像画，可惜应该已经失传。所以我们不妨说，但丁是文艺复兴运动的其中一位精神之父。

但丁的家族背景是一个佛罗伦萨的没落贵族，虽说没落，但他自小也还是受过相当不错的教育。到了二十九岁那一年，他就像当时很多出身于类似阶级，又有才华的绅士一样，开始从政。不过但丁从政的路途并不算十分顺利。因为当时佛罗伦萨有相当严重的政争，主要发生在两党之间。当时意大利的北方，正好处在两股势力中间——一边是教皇国的势力，另一边则是神圣罗马帝国皇帝。而佛罗伦萨就有一帮人支持教宗，另一帮人支持皇帝，这两党还各自分化成好几个小派系。但丁因为所属派系的失败，被放逐出城，自此流亡。以后他这一辈子，都再没有回过让他爱恨交缠的故乡。不过，也就是在他离开佛罗伦萨，在外流亡的这段岁月，他开始潜心写作《神曲》，一共写了差不多十五年的时间。是的，这是一首需要十五年的光阴才能写完的长诗。

由于用了那么长的时间，所以这首诗我们今天读起来，可能会发现有些稍微不是那么连贯的地方。但它的结构其实已经不能更精密了。仔细地读，我们就能确定，但丁一定是在快要完稿的时候，回头又把前面十几年写的东西做了一番精心修改，于是使得整个结构更加匀称。

说到《神曲》的结构，大家都知道，它基本上讲的是一段旅程，这段旅程其实是一次朝圣。中世纪的欧洲，是属于天主教的欧洲。当时有不少教徒都会渴望能在一世之中来一次朝圣之旅。其中最漫长又最惊险，耗费又最巨的，当然就是沿着东征十字军所开辟的路线，直接抵达耶路撒冷。如果做不到，那去一趟罗马也是不错的。要不还可以去各种各样的圣地，比如说某个圣人的故乡，又或者他的埋骨之所。

可是但丁的朝圣却与众不同，那是一种当时历史上没有人干过的事情。因为他的旅程并非从凡间物理世界的一个地点前往另一个地点；却是从地狱开始，一路经过炼狱，再层层盘旋上升抵达天堂的九层高天之上。这当然是一种不可能的旅程。可但丁是一位诗人，他能在诗界的想象当中，完成尘世做不了的事情。

在这一趟不可思议的朝圣之旅，但丁先后穿越过三个截然不同的领域：分别就是地狱、炼狱和天堂。在这里，我们首先要注意“三”这个数字对但丁来讲可是很重要的。事实上，这个数字对当时的欧洲天主教徒来讲都是很重要的。因为上帝，又或者天主教徒所说的“天主”，他具有一种非常不可思议的位格，那就是圣父、圣子、圣灵（又或者圣神）的“三位一体”。由于这会牵扯到太多复杂的神学讨论，所以我们就不在这个节目跟大家展开了。总之我们只要记住天主既是父又是子，还是圣神；三种面目，三种位置，兼具于一，这便够了。

然后我们还可以发现神曲的另一大特点，就是它的《地狱篇》、《炼狱篇》、《天堂篇》分别都是由三十三章或者说三十三首 Canto（长诗的段落）所构成，这个数字自然是三的倍数。而加上《地狱篇》一开头的那一章，整部《神曲》的章节正好就是完美的一百章了。

最不可思议的，是但丁不止用“三”或者“三”的倍数来结构这首长诗，他甚至为此独创了一种叫作“三韵格”的特别韵律。翻译名家陆谷孙先生曾经把它译为“三行隔行押韵法”[1]，如此一来，这个意思就清楚得多了。三韵格本来是但丁专门为了《神曲》发明的一种韵律格式。但自此之后，它在意大利却留下了很大的影响，成为一种经典韵格。这真是一项惊人的成就，至少在中国的诗歌史上，我们也很难见到类似的例子。

那么到底什么叫作三韵格呢？请看下面这三句诗：

我在人生旅程的半途醒转，
　发觉置身于一个黑林里面，
　林中正确的道路消失中断。

有没有注意到，这三句诗第一行最后的字词是“醒转”，而第三行的最后两个字是“中断”？它们是押韵的，这个“转”跟“断”押的是同一个韵。也就是说，三行当中的第一行跟第三行要押同一个韵。然后，到了第二个三行，就再把前面那三行诗当中第二行的韵脚拿出来，变成这一段里头一行跟第三行的韵脚。像刚才那段诗里面的第二行是“发觉置身于一个黑林里面”，于是“面”这个字的读音就要用来开展和结束接下来的第二段诗了：

1　terza rima，也有翻译成“三行诗押韵法”或者“三行诗节隔句押韵法”。

啊，那黑林，真是描述维艰！
　那黑林，荒凉、芜秽，而又浓密，
　回想起来也会震栗色变。

这第二段诗中的第一行和第三行，分别以“艰”跟“变”结尾，押的正是上一句诗中第二行的尾韵。简单地讲，“三韵格”的基本结构就是：ABA、BCB、CDC……，然后一路类推下去。

说到这里，你可能会听到头昏脑涨。但我其实想要说明，准确而忠实地翻译这样一部经典，到底可以有多难！《神曲》历来的中文翻译，至少有十几个版本。而真正从意大利文直接译过来的，已经算是少数。严格按照三韵格去翻，那就更是绝无仅有。当然很多人会说，反正我们就是看个故事，能不能干脆意译呢？但我个人认为，如果没有译出这种特殊的格律，那就未免白费了但丁一番独运的匠心。好在香港学者黄国彬教授，用了二十多年的时间，参考了威尼斯语、拉丁语、法语、德语、英语多种不同语言的译本之后，再按照但丁原文，严格遵循“三韵格”，把《神曲》原汁原味地带到了中文世界。这真是一项非常惊人的成就。

好，让我们再说回到三这个数字。“三”对但丁个人而言，还有一项我们外人不好理解的特别意义。你看，九是三的倍数对不对？“九”这个数字对但丁来讲可是很重要的。因为九岁那一年，他在佛罗伦萨城里面碰到了影响了他一辈子、改变了他一生的贝缇丽彩。贝缇丽彩那时候才八岁。但九岁的但丁，看到一个八岁的小女孩，就觉得自己坠入初恋，而且自此魂萦梦系，无法忘怀。初遇之后，又隔了九年，他们才再次相逢。

这时两人都已成年，十八岁的但丁在街上看见了十七岁的美少女贝缇丽彩。贝缇丽彩当时眼见但丁痴痴地望着自己，便对他打了一个招呼。而这个招呼,就成了封印但丁命运的神秘记号。其实但丁一辈子应该就只跟贝缇丽彩见过这两面，可他就决定这是我终生的爱人了。坦白讲，在我们现在一般人听来，还挺吓人的。但丁后来其实也有结婚，并且生了孩子，甚至还发生过一些别的恋情。但是在他心目中,贝缇丽彩就是唯一的女神。贝缇丽彩后来嫁给了经营金融事业的佛罗伦萨豪族——巴迪家族的一位子弟。可惜她死得很早，二十四岁就香消玉殒。

还是别扯那么多八卦，说回我们的神秘数字“三”。但丁九岁第一次碰到贝缇丽彩，隔了九年才有机会重逢。而九恰好就是三的倍数，所以你说这个数字对他来讲要不要紧？诗人但丁平生写过的第一部重要作品《新生》，乃是贝缇丽彩去世之后，他专门呈现的颂诗。到了《神曲》这里，贝缇丽彩就变得更加重要，从一个凡人变成了几乎像是神一样的人物。一个男人爱上一个女人，究竟能走多远呢？但丁在《神曲》里头，把他的女神描写成一个天堂中的一位圣女，形象光辉灿烂，圣洁美丽。而他之所以能够走上这一段从地狱直抵天堂的朝圣之旅，也完全是因为贝缇丽彩在幕后发力，默默引导。在这个意义上来讲，贝缇丽彩简直是神曲的叙事发动机，她的作用，就是要引导但丁发现他真正的使命——做一个诗人。

在西方传统，尤其是上古年代中，诗人往往跟先知是分不开的。他们都是一种能够乞灵于上苍，跟神界沟通，知道了某些常人所不知道的事情，然后再以诗的语言来传达那些神秘讯息，从而启示他人的特殊角色。贝缇丽彩鼓励但丁，纵其才华，以先知一般的语言告诫人世，明辨善恶，以古人种种作为为镜鉴，反思自我，走上正道。这是贝缇丽彩在诗里的作用。那么这么重要的人物，又该以何种形象出现才好呢？那简直是光辉灿烂到让人不可盯视。但丁在诗里头刚上天堂的时候，基本上是没办法真确看到贝缇丽彩的，因为她通体发亮，太过耀眼，几乎到了叫人眼瞎的地步。是到了后来，随着但丁灵魂不断飞升，穿越了好几重天，净化得七七八八，这才看到贝缇丽彩对他展示的微笑。

其实我们没人晓得贝缇丽彩是个什么样的人物，也不知道她到底做了什么了不起的好事，竟然能够得到圣女的地位。反正但丁说她是圣女，她就一定是圣女了。《神曲》在这个意义上，是诗人献给只见过两面的女子的长卷。当然，与其说贝缇丽彩是一个活生生的人，倒不如说她是但丁发动想象力的着力点，但丁必须凭借她来构筑自己的整个世界。

但丁是在流亡期间动笔，并且完成《神曲》。之所以起心动念，想要创作这部长诗，应该不太可能只是因为太过想念贝缇丽彩。我们完全可以想象，事业失败，被迫流亡，离乡背井，处在这样的境遇当中，但丁当然会有许多问题。那是他一个很茫然的时刻，不知路在何方，甚至开始有了中年危机。他必须面对这一切，找到一个处理这一切问题的方法。所以他就在《神曲》里面抛出了他的疑难。这个诗一开头，就是“我在人生旅程的半途醒转”，一醒过来就已经到了地狱的门口。而在这个地狱门口，有三头野兽挡住了他的去路。请注意，是“三”头野兽。然后，诗里面就出现了他这趟朝圣之旅的第一个向导(一路上，他总共有“三”位向导)，那就是维吉尔了。

维吉尔是罗马帝国时期的国民诗人，也是但丁最崇拜的作家。维吉尔的灵魂带着他穿过地狱，见证了当中种种可怕的刑罚与灾祸，经历飓风、冰霜与火焰。然后再带着他前赴炼狱。《神曲》当中，最脍炙人口，也最受欢迎的就是这卷《地狱篇》。因为里面的想象相当可怕，也相当戏剧化，现在甚至有些网游也都用它当设定。可是我个人觉得，全诗最有趣的却是《炼狱篇》，我选了《炼狱篇》头两章的几行句子，请大家跟我一起读一读：

现在，为了航过更美好的水域，
　我才智的小舟把风帆高张
　前进，留下了后面险恶的海区。
同时，我将为第二个国度歌唱。
　在那里，人的灵魂获得涤洗，
　然后取得条件而升登天堂。
在这里，请把诗歌复兴于死地，
　因为呀，神圣的九缪斯，我属于你们。
　在这里，卡莉奥佩呀，请你升起
片刻，用你当日的妙音，紧跟
　我的歌。那妙音，可怜的众鹊听后
　遭受打击，得不到神祇开恩。
地狱的死气，叫我的胸怀和双眸
　受尽折磨。我从里面一出来，
　东方那块蓝宝石的渥彩，就柔柔

在碧空澄澈的容颜上，自天顶一带
　凝聚，一直向第一个圆圈流滴，
　使我的双眸再度感到愉快。
那颗美丽的行星——情爱的推动力，
　正使整个东方为之嫣然，
　把和她会合的双鱼座遮蔽。
我转向右边，聚精会神地观看
　另一极，并且在那里发现四颗星。
　这四颗星，只有初民得觇；
天空仿佛因它们的光焰而欢庆。
　北方的区域呀，你的匹偶先亡；
　你丧失了机会，看不到这奇景。
当我从那几颗星收回目光，
　稍稍转过身子，望向另一极，
　即北斗七星消失的地方，
见身边有一个老者单独而立。
　他的容颜所唤起的尊崇胸怀，
　不逊于至孝儿子对父亲的敬意。
他披着长胡，中间夹杂着斑白。
　他的头发，状貌和胡子相仿，
　正分成两绺向胸膛前面垂下来。

在稍微讲解这几段诗之前，我们先绕一段路，回头再说说《神曲》大概的主旨。我刚才已经介绍过了《神曲》最基本的结构，现在可以来说一说《神曲》这个题目。当初，《神曲》

诗题并没有神（divina）这个字在前面，就只有“曲”而已，也就是意大利文的commedia，相当于英文的comedy，中文一般译成“喜剧”。

为什么如斯严肃高深的一部长诗，却叫作“喜剧”？这是因为在当时欧洲人的理解里面，开头很不幸，结果却很美满的故事，就已经能叫喜剧了，结构上相对于悲剧。这和我们今天很多人所认知的喜闹剧颇有不同。请想想看，这段旅程从地狱开始，最终到了天堂，这还不是一个喜剧吗？

同时我们也千万不要以为这是一部奇幻文学，又下地狱又上天堂的，充满奇观，一定很好玩。因为它还要探访谁在地狱，谁在炼狱，谁又到得了天堂。因此，但丁就必须在这首长诗里面，逐一评价到他那个年代为止，欧洲历史上的众多名人。所以这首诗是他对史上各等人物的总评断，甚至是对整个西方历史的一个宏观判决。因此必然牵涉政治和道德的审判、神学乃至于哲学上的分析。这当然就要触及这些人物的思想与作为，也包括了对他同时代，以及欧洲历史上一连串大事的看法。所以这简直是一首包罗万有的长诗。

在评论古今这么多人事的时候由于要讨论谁要下地狱，谁上天堂，难免就要具体讨论那些罪人到底犯了什么罪。这些罪名按照当时天主教的教义分门别类，比如贪吃、好色、背叛、欺诈、杀人等等，以罪行严重程度的不同，把那些罪人判处到不同层次的地狱。

而炼狱，则是天主教独有的一种想法，介乎于天堂与地狱之间。专门容放那些虽然犯罪，但罪不至死，不用到地狱永不超生的人，给他们一个机会和空间好好洗炼罪恶，待得净化，再荣登天堂。

在分别描写这三大空间的三大卷当中，最有挑战性的，应该就是天堂了，反而描绘地狱并不算是太难。因为我们大部分人都能够想象，人痛苦起来会是什么样子；而且就算我们自己没有遭遇过，也多半听过甚至见过一些酷刑。所以只要把那些叫人痛苦的东西、那些让人遭受折磨的酷刑想象得更加惨烈，那大概就是地狱的模样了。

可天堂就不同了，我们没人见过天堂，也很难想象天堂是怎么回事。我们总是说天堂的人都很快乐很幸福，那什么东西能够让我们很快乐很幸福呢？那是不是我们都吃得好、穿得好，有帅哥、有美女呢？但天堂又怎么能有这些东西呢？这些可都是俗世肉体的快乐，纯洁的天堂怎能容得下这些让人误入歧途的东西呢？天堂如果没有这人间肉体上的一切欢愉，那它剩下什么呢？传说中的天堂，是一种永恒的宁静，至高的幸福。那是什么状态？这已经很难想象了，然后但丁还要为天堂专门写三十三章，这该怎么来写呢？所以我个人以为，但丁最大的成就，其实是写天堂这卷。他以宏奇的想象力，创造出所有我们从来没见过的东西，一种不可以言喻的体验，一种超越了时空之外的感受，然后还要把它转化成视觉形象，再一层一层地铺写出来。

又由于天堂涉及众多深奥的哲学跟神学的探讨，所以不是那么容易读懂。其实但丁已经没有用当时的文人墨客最喜欢的拉丁文了，而是采用他老家的方言，托斯卡纳地区的语言。这是因为他本来就是要和大众沟通，而不是要写给那些高级知识分子，或者教士阶级。可是这首诗陆陆续续写了十五年，越到后面写天堂的部分，他就写得越加深邃，反而背离了他要让老妪能解的初心。

但无论如何，因为他用了托斯卡纳的方言来写《神曲》，所以一般人就认为他是意大利语之父了。因为从此之后，脱胎至托斯卡纳方言的意大利文就被但丁的《神曲》固定下来，形成了后世意大利文的基础。难怪时至今日，所有意大利中小学生都要阅读《神曲》，因为他们必须了解自己国家语文的源头。

真是不好意思，又绕了一段小路，现在我们回到《神曲》的结构与炼狱。经历过地狱雷声的轰炸，枯干的山脉，但丁总算逃出来了，又能够看到碧蓝的青天、丰茂的绿草。可这并不是人间，而是炼狱。

炼狱在这三层结构中间非常独特，因为它恰似人间。天堂跟地狱都是没有时间的，是一种永恒状态，只有在炼狱里面，时间是存在的，人的生物时钟也是运转的。所以，我刚才请大家读的那几句诗里面，《炼狱篇》第一章第二段的第一行，“同时，我将为第二个国度歌唱”，意思就是，但丁现在要为他这段旅程的第二个空间——炼狱写诗了。在这里，我们要特别注意“我将”的“将”字。为什么呢？因为包括意大利文在内的所有欧洲语文，都是有时式的，比如我们每个人都熟悉的过去式，现在式，未来式。而在神曲的《天堂篇》和《地狱篇》里面，但丁都没有用过未来式。所以我们刚才读到的那个“将”字，是整首诗第一次出现了未来式。这说明时间的向度回来了，而且这个时间是指向未来的，是有希望的。在地狱里面，你是没有希望的，你要永远受苦受罚。但是来到炼狱，你就有解脱的希望了，所以这才有了个“将”字。炼狱在各方面来讲，都像我们人间尘世的一个反照，这个世界绝大部分的人都不是圣人，死了之后不可能直升天堂。但是，你说我们尽皆大奸大恶之辈，那恐怕又有点夸张。我们应该都犯了一些小错误，我们都有一些品性上的问题。而我们这种凡人要是死了，按照天主教的讲法，去处便是在炼狱好好锻炼一番，等待洗清罪恶的那一天。而炼狱，至少在但丁笔下，就跟我们这个世界是差不多的。

然后我们回头再看，《炼狱篇》第一段第二行说，“我才智的小舟把风帆高张”，就是说他刚从地狱出来，好像驾着一艘小船来到了炼狱。而他靠什么来完成这次航行呢？靠的就是他诗人的才智。在这里，诗人这个身份又再一次出现了，这艘才智的小舟，当然就是他的诗歌艺术。他要用诗歌的艺术带领我们，穿越这一重又一重的境界。所以他又接着说“在这里，请把诗歌复兴于死地”，意思就是离开了地狱，诗歌终于能够兴起。熟悉西方古典诗歌的人，应当明白他在这里是依循传统，向天上主管文艺的女神缪斯歌唱，祈请缪斯来赐他灵感。所以这里面自然是有典故的。“在这里，卡莉奥佩呀，请你升起/片刻”，卡莉奥佩就是九大缪斯女神当中，主管诗歌的那一位。除此之外，她在神话当中还有另一个身份，那就是奥耳甫斯的妈妈。奥耳甫斯曾经进过地狱，请求冥王放过他的爱人，让她返阳还生。有这么一个神话人物，于是这一行诗又蕴含了一种复活的意味。

在我们刚刚读到的这两章里面，还有一些值得注意的情节。话说来到炼狱没多久，他就遇到了一位把守炼狱大门的老人。这个老人的名字叫作小加图，他是古代罗马非常重要的一位政要。按照历史的记述，小加图品性高尚，不愿意看到他效忠的罗马共和毁于凯撒这个独裁者之手。最后他甚至宁愿自杀，也不愿意服从僭夺大权的独裁者。但丁把这个历史人物安排在炼狱的大门，是非常有趣的一种设计。因为在传统上，大部分的文学作品都会把把守地狱或者炼狱的守门人描绘为比较年轻的形象，以代表一个新阶段的开始。可是但丁却把一位老人放在这个位置上，这说明时间重新在炼狱出现之后，虽然可以开始展望未来，期待救赎，却并不表示你能完全割舍你的过去。你之所以会来到这个空间，是因为你过去所犯下的罪。而每一个人的未来，都无可避免地建立在他的过去之上。所以即便你现在要开始新生，你也还是要从这个连接过去的大门开始。其实严格来讲，按照天主教的教义，小加图并不具备在炼狱的资格。因为他是自杀而死的，这在天主教是严重的罪行。但问题是他之所以这么做，是为了良心的自由，于是但丁在这里放他一马，给了他如此重要的位置。

从开头这一段描写，我们应该能够看得出来，《炼狱篇》讲述的是一个关于自由的故事。在这里面，我们每一个人，都凭着自己的自由意志犯过错，所以才到了这里。而在这个异样的空间里面，我仍然保有我的自由意志。我现在要做的就是要用那个曾经使我误入歧途的自由意志，努力忏悔，为自己洗脱过去所犯的罪恶。

节目时间有限，再这么讲下去，那真是没完没了。但是经过刚才这么一点蜻蜓点水的介绍，我们就会发现这部经典名作的每一行，甚至是每一个字，都有值得咀嚼和推敲的意义。表面上看，情节简单的《神曲》绝对要比我们之前给大家介绍的天书《尤利西斯》容易多了。可是我觉得，要想透彻读懂这部西方文学史上的不朽名著，对我们中国一般读者而言，恐怕更不容易。

首先，它要求我们必须具有和这个时代趋向相悖的耐性，能够细读，能够慢读，要一个字、一个词地来读它。要知道在但丁那个年代，印刷术还没有诞生，所以书籍的种类和数量都不多。当时有不少具备阅读能力的人，求书若渴，往往是欲读而无书。所以一旦遇到了一本书，那他花在上面的时间和精力，完全是我们现代人不能想象的。甚至他们读书的方法也跟我们现在追求速度和数量的泛读习惯截然不同，那是一种非常精密，在字里行间反复推敲的细读。所以就连那个时代的很多写作，也都是一个一个字很用心地雕琢而成，有些作者甚至恨不得每一个词都要表现出好几重不同的含义。于是面对这样的文本，我们有时实在不能不复古，尽量学习前人的阅读方法。

其次，《神曲》毕竟是那个年代的产物，有太多《圣经》和天主教会传统的背景，又有太多古希腊和罗马的文化指涉，而这一切都离我们非常遥远。所以请不要怪我在介绍这种文学典籍的时候，竟然还要花时间去介绍一番宗教教义，这实在是切入《神曲》不可回避的前设。

但无论如何，我还是想要邀请你，准备多一点时间（请放心，绝对不用像译者黄国彬教授那样，投入二十多年的心力），慢慢走进《神曲》的世界，回到文艺复兴的源头。

译者序

由当年计划汉译《神曲》,到此刻译注工作完成,开始校对,写译者序,为译本挑选古斯塔夫·多雷(Gustave Doré)的插图,经历的时间已超过二十年。二十多年的大部分时间,译稿一直跟着我东西游走;其中部分完成于香港,部分完成于多伦多,也有一小部分,完成于太平洋之上三万尺的高空,在香港飞北美、北美返香港途中。

《神曲》的汉译工作,始于一九八四年。当时迫不及待,要到最高天窥看神的容颜,先译了《天堂篇》第三十三章,然后再返回《地狱篇》第一章,从黑林出发,断断续续,一行一行地缓进。一九八六至一九九二年在多伦多期间,断的时间远比续的时间多;其中有两年半,即一九八九年九月至一九九二年三月,因忙于其他工作,暂时把《神曲》搁在一边。一九九二年八月返港后,《神曲》汉译的步伐渐渐加快;到了完稿前数年,除了教书、行政、写学术论文、出席学术会议,时间几乎全放在《神曲》汉译的工作上，结果一向受宠的写作和文学评论活动，遭到前所未有的冷遇。

这样笔不停挥，到一九九六年十二月三十一日，完成了《神曲》汉译初稿。一九九九年十一月三十日，译稿修饰、打印完毕。二〇〇〇年二月十二日，开始注释工作。二〇〇二年七月四日，在第十七届世界杯足球赛结束后四天，注释工作完成。

与文字结缘以来，由于自娱、读书、教书、评论、写作需要，有机会与不少作家长时间神游，其中包括尹吉甫（《诗经》编者）、庄子、屈原、陶渊明、李白、杜甫、曹雪芹、莎士比亚、米尔顿、叶慈、艾略特……这些作家之所以吸引我，是因为他们的宗庙宏富，风格独特，叫我动了偷师之念。偷师的途径极多：当大学本科生时，修读系内开设的有关课程，“借力打力”，让考试的压力强迫自己熟读大师的作品，是其一。当教师时，教你喜欢教的作家，备课时“心怀不轨”，设法研究这些作家的武功，是其二。念研究院时，论文以你喜欢的作家为题目，日夕与他们相对，细读你心目中的武林秘籍，是其三。写评论时，选真正有分量的作家来评，动笔前设法窥探他们的看家本领，是其四。

由于我“居心叵测”，常常为自己制造机会，多年来乃能借文字之桥，亲承上述前贤的謦欬。不过这些前贤之中，没有一位能像但丁那样，一直在我桌上或身边与我相处，长达十又八年，且多次伴我飞越浩瀚的太平洋，在香港和北美洲之间来往。十又八年，与奥德修（Ὀδυσσεύς，Odysseus）阔别佩涅萝佩（Πηνελόπη，Penelope）的时间只差两年。十八年来，我跟着但丁一步步地走入地狱，然后攀登炼狱山，最后以天火脱云的高速飞升月亮天、水星天……穿过恒星天、原动天直冲亿万兆炯光齐聚的最高天，看“高光深邃无边的暾暾 / 本体，出现三个光环；三环 / 华彩各异，却同一大小。/ 第二环映自第一环，灿然 / 如彩虹映自彩虹；第三环则如 / 一二环浑然相呼的火焰在流转”；同时也跟但丁赞叹：

Oh quanto è corto il dire e come fioco
  al mio concetto! e questo, a quel ch'i'vidi,
  è tanto, che non basta a dicer 'poco'.
O luce etterna che sola in te sidi,
  sola t'intendi, e da te intelletta
  e intendente te ami e arridi!
言语呀，是那么贫乏，不能描述
  我的情怀！我的情怀与所见
  相比，说“渺小”仍与其小不符。
永恒之光啊，你自身显现，
  寓于自身；你自知而又自明；
  你自知，自爱，而又粲然自眄！

由此可见，在文字的旅程中，我与但丁所结之缘，深于上述任何一位作家。

要认识一位作家，最全面、最彻底的方法是翻译他的作品。而翻译一位作家的作品，又是偷师大法中的大法，境界比上面提到的四种方法都要高，对偷师者的要求也严苛多倍。翻译，用流行的术语说，是“全方位”活动，不但涉及两种语言，也涉及两种文化，涉及两个民族的思维；宏观、微观，兼而有之。翻译时，你得用电子显微镜谛观作品；作品也必然用电子显微镜检验你的语言功力，绝不会让你蒙混过关。就文字工作而言，论挑战之大，除了创作，大概没有其他活动比得上翻译了。由于这缘故，我与但丁的读者至作者关系，也远比我与上述大师中任何一位的关系密切。我这样说，并无薄彼厚此、贱远贵近的意思；凡是给我启发过的巨匠，在我心中的万神殿（Pantheon）里都有一个神龛。阿格里帕（Marcus Vipsanius Agrippa）在古罗马建造的万神殿会遭雷电轰击；我心中的万神殿，却始终有心香缭绕，无畏于暴雨烈风。不过，如果有人问我，殿中的万神，谁跟我同游的时间最长，我会不假思索地回答：“《神曲》作者”。

为了翻译《神曲》的一个字，有时会花去一整个晚上。在这样的一个晚上，我会翻阅多种注本、多位论者的著作、多种语言的工具书。在《半个天下压顶——在〈神曲〉汉译的中途》一文里，我曾经说过：

二十年前，我决定译《神曲》而放弃另一“至爱”《失乐园》，也许没有错。现在回顾，也没有后悔的意思。不过光就时间的投资而言，如果我能够重返七十年代，有再度选择的自由，我大概会选《失乐园》，甚至《伊利昂纪》来翻译；因为这样，我的英语史诗或古希腊史诗汉译，一定比《神曲》汉译出版得早一些[1]。

早多少呢，大概早五年、六年，甚至七年、八年吧？

1　此文见拙著《语言与翻译》（台北：九歌出版社，二〇〇一年十月），页一六九至一八三。

差别会这么大吗？会的。其中的一些原因，诸如超长句之绞脑，三韵体（terza rima）之缠心，我在《半个天下压顶——在〈神曲〉汉译的中途》、《以方应圆——从〈神曲〉汉译说到欧洲史诗的句法》、《自讨苦吃——〈神曲〉韵格的翻译》、《兵分六路擒仙音——〈神曲〉长句的翻译》、《再谈〈神曲〉韵格的翻译》几篇长短不一的论文里已经谈过[1]；现在稍加补充。

一般诗歌，翻译的工作完成，就可以付印了；《神曲》却另有文章：需要译者跑完了马拉松之后，立刻跑另一次马拉松——为译稿注释。上文说过，拙译的注释工作由二〇〇〇年二月十二日开始，到二〇〇二年七月四日，即第十七届世界杯足球赛结束后四天才完成。谈注释而说到世界杯，是因为拙译的注释工作，有点像世界杯的结尾阶段。到了这一阶段，已身历多个回合的苦战。不过，到了这阶段就不再出赛，也就是说，译稿完成而不加注，加注而不详尽，也只算为山九仞。

注释《神曲》，至少有两个目标：第一，给初涉《神曲》的汉语读者必需的方便，让他们经翻译之门，走进一个前所未见的世界。第二，给学者（尤其是翻译学者、比较文学学者）提供各方面的资料。要达到第一个目标，困难并不大；要达到第二个目标，就得像赫拉克勒斯（Ἡρακλῆς，Heracacles）决意接受十二件苦差了。因为，即使在世界的伟大诗人群中，但丁仍是博大中的博大、精深中的精深；注他的《神曲》，有如注一部百科全书：天文、地理、历史、社会、神话、风俗、政治、神学、哲学、医学、生物学、语言、文学、文学批评……

1　这些论文，已收入拙著《语言与翻译》里。

都不能回避[1]。于是，在注释过程中，要翻看的注本、评论、工具书虽然未必"充栋"，却至少可以"汗牛"——或者"汗人"，"汗"我这个不再力壮年轻的人。也许正是这个缘故吧，不少《神曲》译者译毕全诗，就会把注释工作交给另一人或另一些人去完成[2]。

任何有分量的古典长诗，译成另一语言后，通常都需篇幅颇长的注释。面对《伊利昂纪》、《奥德修纪》、《埃涅阿斯纪》、《失乐园》，哪一位严肃译者能逃过注释之"厄"呢？[3]然而就

1 翻开有关但丁的评论集，我们会发觉，下列题目多不胜数：《但丁与神学》、《但丁与宗教》、《但丁与天文》、《但丁与占星学》、《但丁与政治》、《但丁与经济》、《但丁与形而上学》、《但丁与物理》、《但丁与医学》、《但丁与地理》、《但丁与算术》、《但丁与维吉尔》、《但丁与奥维德》、《但丁与斯塔提乌斯》、《但丁与亚里士多德》、《但丁与奥古斯丁》、《但丁与阿奎那》……光从这些题目，我们就可以看出，但丁的涉猎有多广。参看 Fallani, *Dante: Poeta teologo*; Moore, *Studies in Dante*（First-Fourth Series）; Singleton, *Dante Studies*（1 and 2）; Iannucci, *Dante: Contemporary Perspectives*。詹安东尼奥（Giannantonio）在 *Dante e l'allegorismo* 一书（187）里所说，撮述了但丁的这一特点："但丁无疑有广博的文化经验。"（"Dante, non c'è dubbio, fruiva di una vasta esperienza culturale."）正因为如此，德桑提斯（De Sanctis，73），才说：《神曲》是"人类心灵所构思的最庞大的统一体系"（"la piú vasta unità che mente umana abbia concepita"）。穆尔（Moore, *Studies in Dante: Series 1; Scripture and Classical Authors in Dante*, 2）直接提到"但丁学问和研究的百科全书式特征"（"the encyclopaedic character of Dante's learning and studies"）；认为"〔但丁〕作品所涵盖的学科广度，在作家当中，恐怕前无古人，迄今亦无来者；在极巨的巨匠当中，他肯定无人可及"（"〔his〕works cover...a wider range of subjects than perhaps any other writer, certainly any other very great writer, ever attempted"）。这一论点，基门兹（Siro A. Chimenz）也有论及。参看 Siro A. Chimenz, a cura di, *La Divina Commedia di Dante Alighieri*（Torino: Unione Tipografico-Editrice, n.d.），pp.xi-xii。

2 譬如曼德尔鲍姆（Mandelbaum）的英译本，注释工作由六位学者（包括译者）完成；而西森（Sisson）把《神曲》译成英文后，注释工作就交与希根斯（David H.Higgins）。

3 《伊利昂纪》、《奥德修纪》、《埃涅阿斯纪》的书名为杨宪益汉译。参看《中国大百科全书》，第一册，页四二〇至四二三，"荷马"条；第二册，页一〇四五至一〇四六，"维吉尔"条。《伊利昂纪》、《奥德修纪》、《埃涅阿斯纪》几个书名译自原文，比转译自英语 Iliad、Odyssey、Aeneid 的《伊利昂纪》、《奥德赛》、《埃涅伊德》准确。

注释所花的时间而言，这几部伟著都要屈居《神曲》之下。

荷马的史诗，是论者所谓的“第一期史诗”（primary epic），不太引经据典，对于注释者的要求不算太苛。维吉尔的《埃涅阿斯纪》和米尔顿的《失乐园》，是所谓的“第二期史诗”（secondary epic）[1]，开始大引经典，不断与前人呼应，与第一期史诗迥异[2]。因此，就注释而言，《埃涅阿斯纪》和《失乐园》的要求远苛于《伊利昂纪》和《奥德修纪》；但是和《神曲》比较，《埃涅阿斯纪》和《失乐园》又“仁慈”多了。以《失乐园》为例，道格拉斯·布什（Douglas Bush）注本里的注释[3]，即使扩而充之，所需的时间也颇为有限。米尔顿和杜甫一样，都是渊博型大诗人；其作品需要大量注释，谁都不感意外。可是就注释的工作量而言，《失乐园》和《神曲》比较，又颇像泰山之于昆仑。正如上文所说，注释《神曲》，有点像注释百科全书；结果译文的一行，甚至一字，常会花去一整个晚上[4]。

---

1 有关“primary epic”和“secondary epic”的说法，参看 C.S.Lewis, *A Preface to Paradise Lost* (New York: Oxford University Press, 1961), pp.13-51。

2 有兴趣的学者，可以按姝莉亚·克里斯特瓦（Julia Kristeva）的文学理论，全面研究第二期史诗和第一期史诗的互文关系（intertextualité）。有关但丁《神曲》的互文关系，参看 Jürgen Wöhl, *Intertextualität und Gedächtnisstiftung: Die Divina Commedia Dante Alighieris bei Peter Weiss und Pier Paolo Pasolini*（Frankfurt am Main/Berlin/Bern/New York/Paris/Wien: Peter Lang, 1997）。

3 见 John Milton, *Poetical Works*, ed. Douglas Bush（London: Oxford University Press, 1966）, pp.201-459。

4 翻译如是，注释过程亦如是。不过与但丁学者的工作比较，我的注释只算小巫。譬如“carità”这一词条，在 *Enciclopedia dantesca* 一书里占了三页（vol.1, pp.831-33）；“virtù”占了十页（vol.5, pp.1050-59）。此外如 Benvenuto 的 *Benvenuti de Rambaldis de Imola Comentum super Dantis Aldigherij Comoediam*，洋洋洒洒，厚达五巨册，也足以叫一般读者却步。

在注释拙译的过程中，我参考了各种注本、评论、工具书；然后直接征引或间接转引；直接征引或间接转引时先录原文（包括意大利文、英文、法文、德文、西班牙文、拉丁文、古希腊文），然后把原文译成中文。这种做法，又是另一次“自讨苦吃”[1]，结果注释工作所耗的时间超过了两年；注释文字所占的篇幅，也超过了正文。这项工作如何繁重，译本第三册所附的参考书目，以至每章之后的注释，都是具体而详细的说明。

一九七七年夏天，乘火车首次越过南岭到内地各省旅行。最辛苦的经历，全发生在最初的一段时间：从广州到杭州，从上海到北京，从郑州到西安，都在硬座和硬卧车厢中修炼正果，在接近四十度的高温中受炙熬；尤有甚者，是以自苦为极：旅程中不管是昼是夜，一律像百眼巨怪阿耳戈斯（Ἄργος，Argus）那样，拒绝睡眠。旅程的最后阶段，是从南京乘软卧列车南下无锡，悠然滑行在江南的凉风中。经过挫骨劳筋的大苦之后，这段旅程的轻松、舒服竟无与伦比，叫我觉得，在地球上驰行的交通工具之中，没有一种比得上江南的火车。

十八年的汉译工作结束；此后，我的翻译旅程，应该是南京到无锡的凉风了吧？

黄国彬

二〇〇二年十月八日

1 第一次“自讨苦吃”，指译者以三韵体翻译《神曲》。参看拙文《自讨苦吃——〈神曲〉韵格的翻译》，见《语言与翻译》，页七三至七七。

译本前言

《神曲》——上帝之曲

意大利诗人但丁·阿利格耶里（Dante Alighieri），于一二七四年与贝缇丽彩·坡提纳里（Beatrice Portinari）相遇。当时，但丁将近九岁，贝缇丽彩刚满八岁。九年后，两人再度相遇。这两次相遇，只算是惊鸿一瞥（充其量是惊鸿二瞥）。然而就因为这惊鸿一瞥，但丁不由自主地受到爱情的伟力推动，写成了名著《新生》（*Vita Nuova*）。在《新生》的结尾，但丁为自己许下宏愿："希望能歌颂〔贝缇丽彩〕；希望在此之前，这样的歌颂没有施诸任何女子[1]。"这一愿望，多年后终于形诸文字，成为世界上数一数二（也许是数一）的伟大长诗《神

1 "...io spero di dicer di lei quello che mai non fue detto d'alcuna." *Vita Nuova*, XLII, 2.

曲》（*La Divina Commedia*）[1]。

但丁以意大利语创作《神曲》之前，当代的一位诗人兼学者乔凡尼·德维尔吉利奥（Giovanni del Virgilio）用拉丁文写信给他[2]，劝他写作时用拉丁文;认为只有这样，才会扬名后世。但丁没有接受乔凡尼·德维尔吉利奥的建议[3]；因为他热爱母语，对母语有信心，认为母语不逊于拉丁语[4]，也不逊于其他当代语言（如普罗旺斯语）[5]。由于这一远见和信心，今日的意大利人（以至世界的其他民族），才会有《神曲》这一伟著。

《神曲》成诗时，作者只称为"Commedia"（但丁本人念

---

1 丹尼尔·哈尔彭（Daniel Halpern）对但丁有这样的说法："Dante came as close as any poet ever has to God's word, that ineffable tongue beyond our own..."（"古往今来，没有任何诗人的语言比但丁的语言更接近神的语言——那超越凡语、无从言说的语言……"）见 Daniel Halpern, ed., *Dante's Inferno: Translations by Twenty Contemporary Poets*（Hopewell: Ecco Press, 1993）, p.x。

2 维尔吉利奥曾在波隆亚（Bologna）教大学，是研究维吉尔的学者（其名字Virgilio 是"维吉尔"的意大利语拼法），评过奥维德（Publius Ovidius Naso）的著作。

3 参看 *Egloghe*, II〔Dantes Alagherii Iohanni de Virgilio.Ecloga I〕。见 *Le opere di Dante*, pp.420-22。

4 但丁在《筵席》里提到自己"对母语的自然热爱"（"naturale amore a propria loquela"）。参看 *Convivio*, I, V, 2。见 *Le opere di Dante*, p.151。

5 在《筵席》里，但丁说："〔naturale amore a propria loquela〕Mossimi ancora per difendere lui da molti suoi accusatori, li quali dispregiano esso e commendano li alri, massimamente quello di lingua d'oco, dicendo che è più bello e migliore quello che questo; partendose in ciò da la veritade.Ché per questo comento la gran bontade del volgare di sì〔si vedrà〕; però che si vedrà la sua vertù, sì com'è per esso altissimi e novissimi concetti convenevolemente, sufficientemente e acconciamente, quasi come per esso latino, manifestare..."（"〔出于对母语的热爱，〕我也会驳斥许多低贬意大利语、揄扬其他方言（尤其是普罗旺斯语）的批评者。揄扬普罗旺斯语的批评者指出，该语言比意大利语美丽，也比意大利语优胜，结果乖离了事实。因为，从这篇述评〔指《筵席》的意大利语述评〕可以看出，意大利语如何卓越；意大利语的优点可以从中得睹：像拉丁语一样，意大利语能把最崇高、最新颖的概念表达得恰到好处……"）参看 *Convivio*, I, X, 11-12。见 *Le opere di Dante*, p.159。

"Comedía")，原意为"喜剧"[1]；"Divina"一词，是后人所加[2]。但丁何时动笔写《神曲》，迄今仍无定论；大概始于一三〇二年作者流放之后，也许在一三〇四和一三〇七年之间；成诗的日期，大约是但丁去世的一年，即一三二一年[3]。作品称为"Commedia"，有两大原因，但丁的《书信集》(*Epistole*)第十三封（致坎·格兰德的信）曾经提及：第一，作品与悲剧(tragedia)不同：悲剧始于喜而终于悲；《神曲》始于悲而终于喜。第二，悲剧的语言高华；《神曲》的语言平易[4]。但丁创作《神曲》，除了要歌颂贝缇丽彩，也要写人类的罪恶和救赎过程，"把活在世上的人从苦境中解放出来，把他们带往福乐[5]"。

《神曲》的情节，许多读者已经耳熟能详：旅人但丁在黑林里迷路，因圣母玛利亚、拉结、贝缇丽彩之助而获维吉尔搭救，随维吉尔进入地狱，目睹各种受刑的阴魂，包括背叛上帝的撒旦。然后穿过地心，走出地狱，在南半球攀登炼狱山，看一批批的亡魂升天前涤去前生的罪孽。炼狱的旅程将尽时，象征人智的维吉尔把但丁交给象征天启的贝缇丽彩。到了炼狱山之顶，但丁随贝缇丽彩飞升，一层层地穿越诸天，看上帝所宠的福灵如何安享天福；最后经恒星天、原动天到达最高天，借

---

1 正因为如此，今日仍有不少意大利文《神曲》版本，以 *Commedia* 为书名。参看 Leonardi、Pasquini e Quaglio、Petrocchi 的版本。

2 一五五五年，《神曲》的一个版本开始在"Commedia"之前加上"Divina"一词。参看 C.H.Grandgent, *La Divina Commedia di Dante Alighieri* (Boston: D.C.Heath and Company, 1933), p.xxxvi。

3 有关但丁作品的写作日期，参看本册页八七至九五的《但丁简介》。

4 详见 *Epistole*, XIII, 28-31。

5 "...removere viventes in hac vita de statu miserie et perducere ad statum felicitatis." *Epistole*, XIII, 39.

圣贝尔纳的祷告和圣母玛利亚的转求，在神思不能到达的高度蒙神恩眷宠，得睹凡眸无从得睹的三位一体；自己的意志，也像均匀的转轮，见旋于动日回星的大爱[1]。

这样的故事，何以能成为惊世的伟著呢？要在短短的前言尽道《神曲》之妙，无异要水文工作者用三言两语尽描太平洋的浩瀚、深广[2]。当然，一定要概括言之，也无不可；二十世纪最具影响力的大诗人兼大评论家艾略特（T.S.Eliot）[3]，在《但丁》（"Dante"）一文里综述但丁和《神曲》如何伟大时，已经做了这项工作，而且做得比谁都好，叫喜爱西方文学的读者击节称善：

The Paradiso is not monotonous. It is as various as any

1 Grandgent（*La Divina Commedia di Dante Alighieri*，xxvii-xxviii）指出，《神曲》"细加分析，至少可分为六个不同的部分，而这六个部分又经作者的天纵之资熔铸为一部杰作"（"resolves itself, upon careful analysis, into six diverse elements, fused by genius into a single masterpiece"）；同时还指出（xxxii-xxxvi），《神曲》有四重意义：表面（literal）意义、寓言（allegorical）意义、道德（moral）意义、神秘（anagogical）意义。

2 《神曲》的意义丰繁，既有表面情节的层次，也有寓言层次、神话层次、象征层次；既讲人类的罪恶，也讲人类的救赎；既微观，也宏观。谈到但丁的作品时，雅姆·多芬内（James Dauphiné）说过："Traiter des dieux, des sphères célestes, des éléments de l'univers, n'était pas l'unique objectif de Dante."（"但丁的目的，不仅是论述诸神、诸天以及宇宙的各种力量。"）拿这话来形容《神曲》，至为切当。见 James Dauphiné, *Le cosmos de Dante*, p.95。有关《神曲》的寓言层次，参看 Pompeo Giannantonio, *Dante e l'allegorismo*（Firenze: Leo S.Olschki Editore, 1969）; Rocco Montano, *Storia della poesia di Dante*, vol.1（Napoli: Quaderni di Delta, 1962）, cap.III——L'allegorismo medievale e il simbolismo dantesco", Cap.IV——L'introduzione allegorica。有关《神曲》的神话和象征层次，参看 Marthe Dozon, *Mythe et symbole dans la Divine Comédie*（Firenze: Leo S.Olschki Editore, 1991）。

3 一九九九年，艾略特获《时代》（*Time*）杂志推选为二十世纪最具影响力的诗人，凌驾了爱尔兰大诗人叶慈（W.B.Yeats）。

> poem. And take the *Comedy* as a whole, you can compare it to nothing but the *entire* dramatic work of Shakespeare...Dante and Shakespeare divide the modern world between them; there is no third.[1]
>
> 《天堂篇》并不单调；其变化不逊于任何诗作。整部《神曲》合而观之呢，则只有莎士比亚的全部剧作堪与比拟……现代天下，由但丁和莎士比亚均分，再无第三者可以置喙。

一部《神曲》，竟"只有莎士比亚的全部剧作堪与比拟"[2]；其分量有多重，就不难想象了[3]。

那么，《神曲》有什么特色，能叫本身是大师的大诗人兼大评论家艾略特毫不保留地加以推崇呢？细读《但丁》全文，就可以找到答案。为了方便未读过这篇鸿文的读者，在这里姑且撮引文中的一些论点，并稍述个人意见。

艾略特说过："莎士比亚所展示的，是人类感情的至广；

1 T.S.Eliot, *Selected Essays*, pp.265。该论文是但丁研究的经典之作，在二十世纪的英语世界中，论但丁的文章，再没有任何一篇能出其右，无论是初识但丁还是已识但丁的读者，都不应错过。"Dante"一文，我在《半个天下压顶——在〈神曲〉汉译的中途》一文中已经引述并详谈过。为了方便未看拙文的读者，在此再度复述。著名的但丁学者 C.H.Grandgent 对但丁有类似的崇高评语："Especially when we consider the poverty of the poetic idiom before Dante, does the master's creative power seem almost beyond belief."（"在但丁之前，意大利诗歌的语言贫瘠。鉴于这一因素，我们尤其会觉得，这位大师的创造力简直匪夷所思。"）见 Grandgent, ed., *La Divina Commedia di Dante Alighieri*, pp.xxxvi-xxxvii。

2 艾略特原文特别以斜体强调"entire"（"全部"）一词。

3 二十世纪结束时，莎士比亚获选为过去一千年（即公元第二个一千年）之中全世界最伟大的诗人。但丁和莎士比亚一样，都是大师（如艾略特）的大师。参看本册四一页注。

但丁所展示的，是人类感情的至高和至深。”[1] 这句话又是评论家艾略特的拿手好戏：一语中的，触到了笨拙论者花数十万言仍触不到的核心[2]。读毕《地狱篇》、《炼狱篇》、《天堂篇》，我们会深觉此言不假。在《神曲》中，但丁的神思像《般若波罗蜜多心经》所写的观自在菩萨那样："行深般若波罗蜜多"，在最高、最深而又最精、最微处潜行，穿过凡智无从穿越的大寂静，最后到达至辽至敻的彼岸。是的，但丁的神思，在《神曲》一万四千二百三十三行里入仄穿幽，"行深般若"，在智慧的至深处行进，最后是Pāramitā——到彼岸，度无极。而这一"无极"，在凡尘之中，只有但丁这样的大智能够到达。以基督教和《神曲》的语言说：但丁的神思像神灵运行于大水之上，深入无边的黑暗，再在无边的黑暗里呼光而有光：

Ne la profonda e chiara sussistenza
  de l'alto lume parvermi tre giri
  di tre colori e d'una contenenza;
el'un da l'altro come iri da iri
  parea reflesso, e'l terzo parea foco
  che quinci e quindi igualmente si spiri.

（*Paradiso*, XXXIII, 115-20）

1 "Shakespeare gives the greatest width of human passion; Dante the greatest altitude and greatest depth." T. S. Eliot, *Selected Essays*, p.265.

2 当然，要说这样的话，论者至少得具备两个条件：第一，有超凡的睿智和识见；第二，能看通、看透世界文学的形势，清楚知道世界作家群中谁低谁高，不为错误的流俗或暂时被"炒高"的行情所左右，就像置身于卫星里俯察地貌，既准确，又客观。

在高光深邃无边的皦皦
　本体，出现三个光环；三环
　华彩各异，却同一大小。
第二环映自第一环，灿然
　如彩虹映自彩虹；第三环则如
　一二环浑然相呼的火焰在流转。

（《天堂篇》，第三十三章，一一五至一二〇行）

这样的视境，神思高骞至凡眸不能到达处才能得窥[1]。因此，艾略特的名言，在这里不妨加以引申：现代天下的坐标系，由但丁和莎士比亚组成，再无第三者可以置喙。但丁的至高和至深是纵坐标（y）；莎士比亚的至广是横坐标（x）。任何一位作家，一进入这个坐标系，就马上获得准确的定位，一如飞机落入庞大的雷达网[2]。

在《但丁》一文中，艾略特还指出了但丁的另一绝招：

One can feel only awe at the power of the master who could thus at every moment realize the inapprehensible in visual

1 当然，读者要进一步找印证，最好细读《神曲》全诗。

2 今日，不少文学理论家、文学批评家喜欢向科学看齐，动辄诉诸图解和貌似科学、架势十足的大术语，因此笔者愿意“成人之美”，建议这些文学理论家、文学批评家衡量、评价一位作家时不必多费笔墨，直截了当地采用“但—莎坐标系”。在这一坐标系中，纵（但丁）、横（莎士比亚）坐标值均为“0”至“10”。诗人甲进了“但—莎坐标系”，所得的结果是“但 5 莎 4”；小说家乙的坐标，是“但 4.63 莎 4.28；戏剧家丙吗？是“但 0.7 莎 1.5”……照此类推。

images[1].

但丁就有这样的本领，可以随时把无从捕捉的经验形诸视觉意象。对于这样一位大师的功力，我们只能既惊且佩。

艾略特在文中所举的例子，在此不必重复，因为《神曲》中类似的片段多不胜数；“把无从捕捉的经验形诸视觉意象”的本领，但丁能“随时”（不是偶尔）展示，随手拈来。先看《地狱篇》的阴魂如何遭飓风疾卷、吹刮：

Io venni in luogo d'ogni luce muto,
　che mugghia come fa mar per tempesta,
　se da contrari venti è combattuto.
La bufera infernal, che mai non resta,
　mena li spirti con la sua rapina:
　voltando e percotendo li molesta.
Quando giungon davanti a la ruina,
　quivi le strida, il compianto, il lamento;

1　T.S.Eliot, *Selected Essays*, p.267. Grandgent（*La Divina Commedia di Dante Alighieri*, xix）有类似的说法：“One other gift he〔Dante〕possessed that belongs to no period, but is bestowed upon the greatest artists of all times 至 the power of visualization, the ability to see distinctly in his mind's eye and to place before the mental vision of the reader not only such things as men have seen, but also the creations of a grandiose imagination, and even bodiless abstractions.”（“他〔但丁〕还有另一天赋的本领——想象实景的能力。这一能力，可以借想象把景物清晰地形诸视觉，然后呈现在读者的心眸前。呈现的景物不仅包括凡目所见，也包括想象所创造的伟景，甚至包括抽象而虚无的事物。这种本领，并不是个别时期的技巧，而是上天所赐的才华，属于古往今来最伟大的艺术家。”）

bestemmian quivi la virtù divina.
Intesi ch'a così fatto tormento
enno dannati i peccator carnali,
che la ragion sommettono al talento.
E come li stornei ne portan l'ali
nel freddo tempo a schiera larga e piena,
così quel fiato li spiriti mali:
di qua, di là, di giù, di su li mena;
nulla speranza li conforta mai,
non che di posa, ma di minor pena.
E come i gru van cantando lor lai,
faccendo in aere di sé lunga riga,
così vidi venir, traendo guai,
ombre portate da la detta briga...

（*Inferno*, V, 28-49）

我来到一个众光喑哑的场所，
听见咆哮如大海在风暴中荡激，
并遭两股相冲的烈风鞭剥。
地狱的飓风，一直在吹刮不已，
用狂暴的威力驱逐着那些阴魂，
把他们疾卷、折磨，向他们攻袭。
这些阴魂逃到崩陷的土墩，
就在那里尖叫、哀号、痛哭，
并且破口辱骂神武的至尊。
我知道，受这种刑罚折磨的人物，

生时都犯了纵欲放荡的罪愆，
甘于让自己的理智受欲望摆布。
恍如欧椋鸟一双双的翅膀，在寒天
把他们密密麻麻的一大群承载，
狂风也如此把邪恶的阴魂驱掀。
他们被吹上、吹下、吹去、吹来，
得不到希望的安慰；不要说稍息，
想减轻痛苦也无望啊，唉！
恍如灰鹤唱着歌曲在鼓翼，
在空中排成一列长长的队伍，
只见众幽灵哀鸣不绝，一起
被那股烈风向我这边吹拂。

（《地狱篇》，第五章，二八至四九行）

“飓风”、“欧椋鸟”、“灰鹤”等意象，把凡间所无的经验具体而鲜明地传递给读者，绝不模糊浮泛。

再看诗人如何写天使驾飞舟向旅人但丁驶来：

Ed ecco qual, sul presso del mattino,
per li grossi vapor Marte rosseggia
giù nel ponente sovra'l suol marino.
cotal m'apparve, s'io ancor lo veggia,
un lume per lo mar venir sì ratto,
che'l mover suo nessun volar pareggia.

（*Purgatorio*, II, 13-18）

之后，突然间，如将近黎明的时辰，
　低悬在西方海面之上的火星
　闪耀，红彤彤射穿浓厚的雾氛，
一道光，疾掠入眼帘——能再睹这奇景
　就好了——并射过海面，速度之快，
　远胜过任何方式的翱翔飞凌。

（《炼狱篇》，第二章，一三至一八行）

但丁所写，是凡间经验所无；可是，这凡间所无的经验，却能借凡间事物变得准确而深刻。

关于《神曲》的视觉形象，画坛人士啸声也有类似的好评：

> 《神曲》是可视的。并不是任何一件文学作品都可以被艺术家接过去作画的；艺术家自有其严格的选择。对艺术家来说，《神曲》最重要之处，在于它的可视性。用现成的中国说法，就是“诗中有画”。《神曲》的读者都有这种共同的感受：读《神曲》，如读长卷图画，如看系列电影。但丁不愧为用文字写形状景的大师！[1]

光就“可视性”而言，但丁的确胜过另一位大诗人米尔顿

1　啸声编，《〈神曲〉插图集》（上海：上海人民美术出版社，一九九四年十月第一版），页五二。

(John Milton)[1]。正因为如此，波提切利（Sandro Botticelli）、米开朗基罗（Michelangelo Buonarroti）、弗拉克斯曼（John Flaxman）、布莱克（William Blake）、罗塞蒂（Dante Gabriel Rossetti）、科赫（Koch）、多雷（Gustave Doré）、罗丹（Auguste Rodin）、纳蒂尼（Natini）、李少文等画家、雕刻家才会挥动彩笔和雕刻刀，为《神曲》的人物、场景一一赋形，留下精彩的艺术品[2]。

《神曲》的视觉想象，只是但丁想象的一小部分。但丁的整个想象世界，是琼楼玉宇，万户千门；要尽观其宏富，得细读全诗。而且每读一次，就往往有新的发现。因为但丁的世界不仅宏富，而且细密，颇像上帝的作品：其大无尽，以宇宙边陲的类星体叫人魂迷；其小无穷，以原子深处的轻子（lepton）叫人魄醉。关于这点，但丁学者格兰真特（C.H.Grandgent）有这样的评语：

> Of the external attributes of the Divine Comedy, the most wonderful is its symmetry.With all its huge bulk and bewilderingly multifarious detail, it is as sharply planned as a Gothic cathedral. Dante had the very uncommon power of fixing his attention upon the part without losing sight of the whole: every incident,

---

1 艾略特在“Milton I”一文中，对米尔顿有偏见：不过，以但丁和莎士比亚这两位诗国至尊为衡量标准，艾略特的下列论点，也许不无道理：“At no period is the visual imagination conspicuous in Milton's poetry.”（“在任何时期，米尔顿诗中的视觉想象都未曾突出过。”）见 Eliot, *On Poetry and Poets*, p.139。艾略特说完这话，马上举莎士比亚的作品为例，以证明米尔顿的“不足”。是的，现代天下，除了但丁，有谁能与莎士比亚匹敌呢？

2 参看啸声编的《〈神曲〉插图集》。

every character receives its peculiar development, but at the same time is made to contribute its exact share to the total effect. The more one studies the poem, the clearer become its general lines, the more intricate its correspondences, the more elaborate its climaxes.[1]

就《神曲》的外在特点而言，最奇妙的莫过于作品的匀称结构。《神曲》虽是鸿篇巨制，各种各样的细节多得叫人眩惑，其构思却准确得像一座哥特式大教堂。但丁有非常罕见的本领，能把注意力集中于局部，而又不忽视整体：每一事件、每一角色，在他的笔下都能按本身的需要发展，同时又为整体效果服务，而且恰到好处。这部作品越是细读，其轮廓就越见清晰，其呼应就越见精微，其高潮也越见细密。

《神曲》，是个采之不尽的金矿，无论是进去自娱的读者还是进去偷师的作者，每次出来，总会有新的收获，发现前所未见的金子[2]。

---

1 Grandgent, *La Divina Commedio di Dante Alighieri*. p.xxxvii.

2 在二十世纪，因《神曲》而获益的，大概没有人能够超过艾略特了。艾略特能成为大诗人，固然因为他是天才；也因为他善于吸收。在他成为大师之前，给他启发最大的，莫过于但丁。有一次，艾略特出席美国小说家斯科特·菲茨杰拉德（Scott Fitzgerald）的一个宴会，与一位女士交谈。艾略特问这位女士，最近看过什么书。这位女士说："I have just finished reading the Divine Comedy."（"刚读完《神曲》。"艾略特闻言，微笑着说："You have just begun."（"你不过刚开始。"）言下之意是：《神曲》博大精深，要读"完"《神曲》，真是谈何容易！在艾略特的心目中，一部《神曲》的分量，既然相等于莎士比亚的全部剧作，有谁可以轻易说"读完"呢？大诗人苏轼有《读孟郊诗》二首，其一有这样的句子评孟诗："夜读孟郊诗，细字如牛毛。寒灯照昏花，佳处时一遭。初如食小鱼，所得不偿劳。又似煮彭蜞，竟日持空螯。……人生如朝露，日夜火消膏。何苦将两耳，听此寒虫号。（转下页）

《神曲》，《神曲》，上帝之曲[1]！汝名岂有虚哉？岂有虚哉？

《神曲》的一般读者，大概最喜欢《地狱篇》，因为《地狱篇》动魄惊心，万怪惶惑，冶哥特式小说、魔幻、恐怖、动作、特技电影于一炉，仿佛是玛丽·雪莱（Mary Shelley）、埃德加·爱伦·坡（Edgar Allan Poe）、希区柯克（Alfred Hitchcock）[2]、斯蒂芬·斯皮尔伯格（Steven Spielberg）、詹姆斯·卡梅伦（James Cameron）的集体创作。《地狱篇》是但丁手笔，自然不同凡响；任何一位作者能写出这样的鸿篇，就可以航向不朽。不过，但丁的神功，在《地狱篇》里面还未臻至高境界；要瞩然极目而不见其极，读者得攀登炼狱，飞升天堂。美国前总统里根[3]，第一任结束时，已一洗卡特的庸颓、软弱；同时因舌动风雷间有手挥目送的从容，获传媒冠以"大说客"（"The Great Communicator"）的美称。然而里根知道，他心目中还有更大的伟业要完成[4]。因此在第一任结束，第二任开始时，他

不如且置之，饮我玉色醪。"见《苏轼诗集》，第三册（北京：中华书局，一九八二年二月第一版），页七九六至七九八。苏轼言下之意是：孟诗佳处不多；读孟诗，好像吃小蟹，所花的精神和收获不成正比。坡公如果晚生三百年，有机会读到《神曲》，大有可能把这部伟著喻为香港老饕的至爱——"膏蟹"。他的《读但丁诗》，一定有"竟日尝腴膏"之句（东坡喜欢食肉，诗中一定有"膏"字）。

1 有些德语译者（如 George、Gmelin、Kannegießer、Philalethes），把 *Divina Commedia* 译为 *Göttliche Komödie*。按德语 *Göttliche Komödie* 中的"*Göttliche*"，由"Gott"（"神"，"上帝"）字派生，因此像汉语《神曲》中的"神"字一样，更能强调"上帝"这一语义。

2 "Hitchcock"，香港人叫"希治阁"。以粤语念，"希治阁"比普通话的"希区柯克"更接近原音，传神多了——不，传音多了。普通话就声母、韵母而言，不若粤语丰繁，更没有管用的入声，译英语之音往往左支右绌。粤语"希治阁"的"阁"字，译起英语"Hitchcock"的"-cock"，会叫普通话的"科克"显得笨口拙舌，嗫嚅了大半天仍嗫嚅不出个所以然来。

3 里根（Ronald Reagan），香港人叫"列根"。

4 里根心目中的伟业是什么，我们无从猜测。

再度展示了“大说客”的风范，笑语美国人民：“You ain’t see nothing.”（“好戏还在后头呢。”）《地狱篇》的读者跟但丁目睹了撒旦，从宇宙最深的坎窞“一出来，……再度看见了群星”（《地狱篇》第三十四章一三九行）时，但丁也会对他们说：“好戏还在后头呢。”

《神曲》的“好戏”为什么“在后头呢”？因为《地狱篇》虽然出色，毕竟还有维吉尔《埃涅阿斯纪》（*Aeneis*）、奥维德《变形记》（*Metamorphoses*）的痕迹。在《地狱篇》里面，但丁还未展示戛戛独造之境[1]。到了《炼狱篇》，特别是到了圣光辉耀的《天堂篇》，但丁的神思才像飞得兴酣的大鹏，簸鸿蒙，扇星斗，把翼展扩到至大至广，直翀其他巨鸟不曾到过的空间。但丁的《天堂篇》，是整部《神曲》的高潮；而且前无古人，完全是自出机杼的惊世之作。[2]真正的《神曲》爱好者，固然会喜爱《地狱篇》，就像喜爱贝多芬《第五交响曲》、莫扎特《安魂曲》的爱乐人士那样，会喜爱这两首乐曲的每一部分[3]；但是最叫他们神驰天外，有神灵附身之感的，是两首乐曲的最高潮。贝多芬、莫扎特的绝世本领，是到了最高潮仍能在高处长时间怒飞、大飞，不但毫无倦态，而且变中生变，越飞越勇，越飞

1 维吉尔《埃涅阿斯纪》第六卷，对《地狱篇》的影响特别深。关于这点，译本的注释会有详细交代。

2 当然，创作世界的情形，也可以用约翰·德恩的名言来形容：“No man is an island”（“谁也不是孤岛一座”）。但丁的《炼狱篇》和《天堂篇》，也吸纳前人的作品；不过这一吸纳是推陈出新，换骨脱胎，比《地狱篇》更进一步。有关《炼狱篇》和《天堂篇》与前人作品的关系，参看 Grandgent, *La Divina Commedia di Dante Alighieri*, pp.xxviii-xxx。

3 因为结构精绝的作品，高潮与非高潮部分往往相辅相成；高潮要靠非高潮来衬托，方能充分发挥其高潮作用。以贝多芬的《第五交响曲》为例，高潮中的大声音，如果没有高潮前的大寂静与之对比，效果必大打折扣。

越盛。在艺术领域中，不管是中国还是外国，不管是当今还是上古，这一本领，只为极少数的大宗师所拥有；真正是“虽在父兄，不能以移子弟”[1]；虽在明师，不能以授门徒。在《天堂篇》里面，尤其在《天堂篇》的最后几章——尤其在《天堂篇》的最后一章，读者所经历的，就是这样的至高境界——古今世界文学的至高境界。关于这点，约翰·辛克莱（John D.Sinclair）说得好：

> Nowhere else does Dante attain to the greatness of the last canto of the *Paradiso*, and in it more than any other it must be remembered that a *canto* is a song. Here his reach most exceeds his grasp, and nothing in all his work better demonstrates the consistency of his imagination and the integrity of his genius.In the culmination of his story he reports his experience with such intensity of conviction, in a mood so docile and so uplifted, and in terms so significant of a vision at once cosmic and profoundly personal, that we are persuaded and sustained to the end.[2]
>
> 无论在其他任何片段，但丁都不曾升至《天堂篇》末章（canto）的崇伟境界。我们不要忘记，“canto”是“歌”的意思；而这一定义，拿来描写末章比描写其他任何一章都要贴切。在这一章，但丁力有不逮的现象至为明显。在他所有的作品中，没有任何一处能像这一章那样，确切无讹地证明：他的想象一以贯之；他的天纵之资稳牢

1 曹丕，《典论·论文》。

2 John D.Sinclair, trans., The Divine Comedy of Dante Alighieri: III Paradiso（London/Oxford/New York: Oxford University Press, 1971）, p.487.

可靠。在故事升向高潮间，他复述本身的经验，复述时信念笃切，心境柔顺而昂扬，所用的语言叫人想起涉及全宇宙、而又无比个人的境界。结果我们也受到感染而深信不疑，直到篇终。

到了这一境界，频率与大宗师相接的读者会欲罢不能，既像叶慈所说，完全“沉醉于节奏”（“rhythm-drunk”）；又像一小点铁屑，落入了无所不崻的大磁场，叫上帝之曲完全震慑、征服，不由自主地与但丁一起歌颂：

A l’alta fantasia qui mancò possa;
　ma già volgeva il mio disio e il velle,
　sì come rota ch’igualmente è mossa,
l’amor che move il sole e l’altre stelle.

（*Paradiso*, XXXIII, 142-45）

高翔的神思，至此再无力上攀；
　不过这时候，吾愿吾志，已经
　见旋于大爱，像匀转之轮一般；
那大爱，回太阳啊动群星。

（《天堂篇》，第三十三章，一四二至一四五行）

在西方文学中，但丁是大师的大师[1]，可以给写作的人无穷

1　艾略特说过，在他的创作生涯中，对他影响最大的是但丁。细读艾略特的作品，我们不难看出，这位大师级的诗人，受但丁的影响如何深远。因此称但丁为“大师的大师”，至为恰当。

的启示。这位大师的大师，除了上述神功，还有说不完的绝技，在这里姑且略举数端。

第一，像大画家一样，但丁施彩总恰到好处，半笔都不会浪费。细读他的作品，我们会叫里面直接、经济而又准确的语言所吸引：

Quale per li seren tranquilli e puri
　discorre ad ora ad or subito foco,
　movendo li occhi che stavan sicuri,
e pare stella che tramuti loco,
　se non che da la parte ond'el s'accende
　nulla sen perde, ed esso dura poco;
tale dal corno che'n destro si stende
　a piè di quella croce corse un astro
　de la costellazion che lì resplende.
Né si partì la gemma dal suo nastro,
　ma per la lista radial trascorse,
　che parve foco dietro ad alabastro.

（*Paradiso*, XV, 13-24）

有时候，当夜空明净，毫无云霾，
　广漠中会突然有炯焰划过，
　倏地把凝定不动的目光引开，
仿佛一颗星子由原位移挪；
　不过光亮只闪耀于短暂的瞬息，
　原来的天域没有一颗星会失脱。

十字架的情形也如此：那座熠熠
发光的星宿中，一颗亮星从伸向
右方的一端射向十字的脚底。
那宝石，没有脱离饰带而飞扬，
却沿着径向的直线激射而去，
如光焰在雪花石膏后发亮。

（《天堂篇》，第十五章，一三至二四行）

这节文字写但丁的高祖卡查圭达（Cacciaguida）在火星天看见了但丁，在光十字上飞射来迎，用字剔透，完全是归真返璞的大师手笔。

上引的例子，既印证了但丁用字之功，也说明了他的意象如何透明[1]。再看下面一例：

Parev'a me che nube ne coprisse
lucida, spessa, solida e pulita,
quasi adamante che lo sol ferisse.
Per entro sé l'etterna margarita
ne ricevette, com'acqua recepe
raggio di luce permanendo unita.

（*Paradiso*, II, 31-36）

1 但丁的"quale—tale"或"comc——sì"的比喻格式，在《神曲》里一再出现，是极重要的修辞技巧，笔者在"Translating Garcilaso de la Vega into Chinese：With Reference to 'His Égloga Primera'"一文中有详细的讨论，可参看。见 *Translation Quarterly*, Nos.21&22（2001），pp.11-33。

这时，我觉得光云把我们覆裹，
　致密、坚稳、光滑，皓辉静舒，
　与阳光照射的钻石相若。
这颗永恒的珍珠，把我们接入
　体内，就像一滴晶莹的水，
　接入一线光芒后仍完整如故。

（《天堂篇》，第二章，三一至三六行）

白描式的文字不用曲笔，不抄秘道，是“坦荡荡”的中锋，与莎士比亚的作品大异其趣[1]，却颇像杜甫杰作《月》中的“四更山吐月，残夜水明楼”这一名句，是作者直观事物，到了入神处方能创造的珠玑。就诗法而言，这样的中锋有迹可循，是诗国的正道，容易给后来者启发；后来者即使学虎不成，也鲜会类犬。不像莎士比亚的诗笔那么神幻无方，轻轻一挥就雾聚云屯，文成八阵，叫后来者望阵兴叹，欲学无从；不揣才疏而勉强模仿的，会随时出尽洋相[2]。

但丁的语言，高升时可以升到至高：下降时又可以降到至低。这里所谓的“低”，并非“低下”、“低微”的“低”，而是指语言平易，有时甚至“平凡”、“俚俗”。为了取得所需的艺术效果，但丁会采用音域较狭的诗人不敢采用的意象。譬如《炼

1　有关但丁意象和莎士比亚意象的分别，可参看艾略特“Dante”一文。

2　有关但丁可学、莎士比亚不可学（至少是难学）的论点，可参看“Dante”一文。在这篇经典论文中，艾略特说过以下的名言：“If you follow Dante without talent, you will at worst be pedestrian and flat; if you follow Shakespeare...without talent, you will make an utter fool of yourself.”（“无才而学但，大不了是平凡沉闷；无才而学莎……你会出尽洋相。”）。

狱篇》第六章开头的一节，写亡魂纷纷趋前，求旅人但丁回到阳间后向他们的亲人传递信息[1]，所用的赌场意象就属这类：

Quando si parte il gioco de la zara,
  colui che perde si riman dolente,
  repetendo le volte, e tristo impara:
con l'altro se ne va tutta la gente;
  qual va dinanzi, e qual di dietro il prende,
  e qual da lato li si reca a mente:
el non s'arresta, e questo e quello intende;
  a cui porge la man, più non fa pressa;
  e così da la calca si difende.
Tal era io in quella turba spessa,
  volgendo a loro, e qua e là, la faccia,
  e promettendo mi sciogliea da essa.

（*Purgatorio*, VI, 1-12）

在赌场里，掷骰赌博结束，
  输了的一个就会留下来，怃然
  重掷，沮丧地从中吸取启悟。
胜利者则离开，并获众人随伴；
  这个在前，那个在后面拉他，
  另一个自称故友的在旁边侃侃。

1 在《神曲》中，作者（诗人）但丁与旅人但丁有别。关于这点，参看《地狱篇》第一章第一行注。

他一边前行，一边听各人讲话；
　手伸向谁，谁就停止苦索。
　就这样，他把周围的人群打发。
那堆拥挤的亡魂，也这样缠着我。
　我在人群中把脸孔左转右移，
　答应着请求才能把他们摆脱。

（《炼狱篇》，第六章，一至一二行）

亡魂的神态、动作，以至但丁应付亡魂时的情景，像电影一样向读者栩栩呈现。其所以如此，全因作者能借日常事物描写凡间所无的经验。

在叙事和语言的速度上，但丁也极尽变化之能事。但丁可以遥应荷马，利用单刀直入法（in medias res）[1]，一开始就把读者卷进故事的中心：

Nel mezzo del cammin di nostra vita
　mi ritrovai per una selva oscura,
　ché la diritta via era smarrita.

（*Inferno*, I, 1-3）

我在人生旅程的半途醒转，
　发觉置身于一个黑林里面，

1 "in medias res"是拉丁文（英译"in the middle of things"），意为"直入事件（或动作）的中心"，是罗马作家兼批评家贺拉斯（Quintus Horatius Flaccus，公元前六十五年至公元前八年）在《诗艺》(*Ars poetica*)里的术语，用来形容荷马的叙事手法。《诗艺》是贺拉斯的《书札》之一，"用六音步扬抑抑格诗体写成"（《中国大百科全书·外国文学》，第一册，页四二四）。

林中正确的道路消失中断。

（《地狱篇》，第一章，一至三行）

也可以在必要时极尽迂回，带读者观完千帆，方至沧海。譬如《天堂篇》第三十章开头的九行：

Forse semilia miglia di lontano
  ci ferve l'ora sesta, e questo mondo
  china già l'ombra quasi al letto piano,
quando il mezzo del cielo, a noi profondo,
  comincia a farsi tal, ch'alcuna stella
  perde il parere infino a questo fondo;
e come vien la chiarissima ancella
  del sol più oltre, così'l ciel si chiude
  di vista in vista infino a la più bella.

（*Paradiso*, XXX, 1-9）

大约在六千英里以外的远方，
  第六时在燃烧。在我们所处的空间，
  地球的阴影差不多已经平躺。
这时候，在深窅莫测的中天，
  已经出现了变化：一些星星，
  陆续在穹窿深处消失隐潜。
在太阳最明亮的婢女盈盈
  移近的刹那，天空就逐一关灯；
  末了，最美的一盏也失去了光明。

要表达的意思不过是："将近黎明的时辰"；间接处和《地狱篇》第一章一至三行完全相反[1]。同样是交代时辰，《地狱篇》第一章一至三行开门见山；这里却旋绕盘曲，目的何在呢？在于放慢速度，让读者先受宏大的场景、庄严的气氛震慑，叫他隐隐觉得这一时辰重要，预感到非同小可的事件即将发生。在《地狱篇》的开头，叙事者还未把读者带进主题深处，因此要力求经济，直截了当地交代时间，以收一语定音之效；在这里，读者已经知道，《神曲》的主题是大主题，短短的一个时辰，牵涉的范围极广，因此要提到"六千英里以外的远方"，提到"第六时在燃烧"，提到"地球的阴影差不多已经平躺"，"中天""深窅莫测"。这样一来，故事的重量大大增加，但丁个人的故事乃变为全人类——甚至全宇宙——的故事。而实际上，这个故事的确重要，因为它涉及众生，涉及天上的福灵，也涉及至高无上的三位一体。

再看下面一节：

Quando ambedue li figli di Latona,

1 有些译者，读了《神曲》里某些快速片段，容易遽下定论，以为快速是《神曲》的唯一速度，并且把这一错误的理解付诸实践；结果全诗有快无慢，缺乏变化之姿。譬如西森（Sisson）的英译，就有这一倾向。其实，但丁的语言可快可慢，变化无穷，速度完全为全面的艺术效果服务。《贝奥武夫》（*Beowulf*）、《罗兰之歌》（*La Chanson de Roland*）、乔叟（Chaucer）的《坎特伯雷故事集》（*The Canterbury Tales*）、亨利·詹姆斯、海明威等作家的语言或叙事速度，也许（仅是"也许"而已）可以一言以蔽之；但丁的语言速度，像莎士比亚的语言速度一样，绝不容我们这样简化、概括。

coperti del Montone e de la Libra,
fanno de l'orizzonte insieme zona.
quant'è dal punto che'l cenit inlibra,
infin che l'uno e l'altro da quel cinto,
cambiando l'emisperio, si dilibra,
tanto, col volto di riso dipinto,
si tacque Beatrice, riguardando
fisso nel punto che m'avea vinto.

（*Paradiso*, XXIX, 1-9）

丽酡所生的两个孩子，被白羊
和天秤覆盖时，会一起把地平
拉成长带。一瞬间，天顶会等量
牵引他们，直到此端上凌，
彼端下堕，双方变换半球间
在带上失去平衡。在同样的俄顷，
贝缇丽彩露出光辉的笑颜，
同时在沉默不语的刹那，妙目
凝神，瞻望着把我震慑的一点。

（《天堂篇》，第二十九章，一至九行）

所表达的意思也十分简单。一至七行要说的不过是为时约一分钟，贝缇丽彩展露了光辉的笑颜。可是，这样快言快语，“简义简说”，贝缇丽彩的笑颜就只是无关宏旨的孤立事件，升不到史诗或寓言层次；诗人迂回言之，则不但能说明时间之短，而且能给主题增加重量，给场景、人物增添肃穆、庄严，结果其重要性乃扩至整个宇宙[1]。

除了上述各点，《神曲》还有许多特色，非其他作品可及。不过在短短的一篇前言中，这些特色难以一一缕述。读者要尽览全豹，就得细细欣赏这长达一百章的上帝之曲了。

《神曲》的格式和结构

《神曲》分为三篇，即《地狱篇》、《炼狱篇》、《天堂篇》。《地狱篇》三十四章，《炼狱篇》和《天堂篇》各三十三章，共一百章[2]。

---

1 《神曲》中迂回修辞法的例子极多，产生的效果也不尽相同，这里所举只是其中之一。

2 “章”的意大利原文是“canto”，复数“canti”，原意为“歌”，用作《神曲》的单元，是“章”的意思。“篇”的意大利原文是“cantica”，复数“cantiche”。就译者所知，“canto”的汉译迄今有四种：“篇”（王维克译）、“歌”（朱维基译）、“首”（黄文捷译）、“章”（田德望译）。其中以“章”较符合意大利文原义。据 *Dizionario Garzanti della lingua italiana*（页二九三）的定义，“canto”虽然有“歌”、“乐曲”、“诗歌”的意思，但用作长诗的单元，应取该词第六义中的第二分义：“ciascuna delle parti componenti un poema o una cantica”（“组成一首诗或《神曲》三篇〔部〕中每一篇〔部〕的每一部分”）。因此该译为“章”。法语译者（如 Alexandre Masseron、Jacqueline Risset）、德语译者（如 Philalethes、Rudolf Borchardt）把“canto”译为法语的“chant”、德语的“Gesang”，是因为“chant”和“Gesang”两个词像意大利语的“canto”一样，兼有“歌曲”和“章”的意思。据 Abel Chevalley and Marguerite Chevalley 所编的 *The Concise Oxford French Dictionary*（页一五一），“chant”的定义包括：“song...; ...poem, division of epic poem; canto”。据 Harold T. Betteridge 编的 *Cassell's German&English Dictionary*（页一九〇），“Gesang”的定义也包括“song”和“canto”。西班牙语的“canto”，更和意大利语的“canto”同源、同义，而且是同一拼法；除了解作“歌曲”外，也可解作“诗歌”或“（史诗的）章”（《新西汉词典》，页一八七“canto”条）。因此三国译者都有一个兼具双义的词来翻译意大利语的“canto”，方便而省力。汉语的“歌”，却没有这样的双重身分，用来译意大利语的“canto”仍嫌生涩。至于“首”字，则会引起读者的误解，以为“首”是独立单元，不像“canto”那样彼此连贯。王维克的“篇”字比“歌”、“首”稍胜，但以“篇”译“canto”，更大的单元“cantica”就恐怕别无选择，只能译为“部”了。

《地狱篇》第一章是全诗的总序（proemio generale al poema）[1]，因此严格说来，《地狱篇》也是三十三章。这一安排，与但丁重视“三”、重视“十”（包括“十”的倍数）、重视对称的态度吻合[2]。《神曲》旨在歌颂上帝，歌颂上帝的三位一体，因此诗人自创三韵格（terza rima）的押韵方式[3]，每三行自成单元，韵格为 aba, bcb, cdc……[4] 每一单元的第一行与第三行相押，第二行与前一单元的第三行、后一单元的第一行相押；每章的末行只与倒数的第三行相押，就像每章的第一行只与每章的第三行相押一样；开头和结尾，如镜像互映，形成中外文学史上绝无仅有的均衡对称。

至于诗行的音步形式[5]，是每行十一个音节，意大利语称为 endecasillabo[6]，英语称 hendecasyllable，汉译“十一音节诗句”（郑易里，《英华大词典》），是意大利诗歌常用的音步形式。《地狱篇》原诗第一章第一行，是这种形式的代表：

1 Bosco e Reggio, *Inferno*, p.1.

2 中世纪的人，视“十”为完美之数、吉祥之数。

3 terza rima 有不同的译法。郑易里的《英华大词典》译为“三行诗隔句押韵法”，三联书店版《新英汉词典》译为“三行诗押韵法”，陆谷孙主编的《英汉大词典》的译法与郑易里《英华大词典》的译法相同：“三行诗隔句押韵法”。这些译法，在某一程度上都描述了 terza rima 的特点；可惜太长，像解释而不像翻译。terza rima 如果就全诗而言，可以称为“三韵体”；就每三行一节的单位而言，可以称为“三韵格”或“三韵式”，至于三韵格或三韵式如何押韵，可以进一步详作解释；就像意大利语的“terza rima”一样，也需解释，读者才知道详细的押韵方式是什么。

4 韵格，英语 rhyme scheme，有的论者称为“韵式”或“（诗的）韵律安排”（三联书店版《新英汉词典》，页一一五八）。

5 英语叫“metre”，或译“格律”、“韵律”。

6 此词源出拉丁语 hendecasyllabi，而拉丁语 hendecasyllabi 又源自古希腊语 ἑνδεκασύλλαβοι。

Nel/mez/zo/del/cam/min/di/nos/tra/vi/ta...

在这一形式中，每行最末的一个重音必须落在第十个音节（即倒数第二个音节）[1]。其余重音的位置则可自由变化。最常见的重音分布方式大致有四类：第二、第六、第十音节；第三、第六、第十音节；第四、第八、第十音节；第四、第七、第十音节[2]。

对于处理《神曲》格律的意见，大致可分两派：第一派主张以自由诗译格律[3]；第二派主张以格律译格律。我个人属第二派。因为我觉得，译格律诗而放弃格律，等于未打仗就自动放弃大幅疆土；而放弃了大幅疆土后，所余的疆土未必会因这样的"自动放弃"、"自动退守"而保得更稳。某些译者放弃（有时是逃避）格律时，所持的理由往往是："格律会扭曲诗义。"其实，这一说法并不准确。所谓"诗义"，至少包括两种：语

---

1 在上引的诗行中，最末一个重音落在"vita"的"vi"。

2 参看 *Dizionario Garzanti della lingua italiana*，页六〇六，"endecasillabo"条。意大利的十一音节音步形式，异于古希腊语和拉丁语的十一音节音步形式。前者以音节的抑扬（或轻重）为准，英语称"accentual"；后者以音节的长短为准，英语称"quantitative"。有关古希腊语诗歌（如荷马的《伊利昂纪》）的韵律，可参看 Clyde Pharr, *Homeric Greek: A Book for Beginners*, revised by John Wright（Norman/London: University of Oklahoma Press, 1985）, pp.29-32；有关拉丁语诗歌（如维吉尔、卡图卢斯、马尔提阿利斯的作品）的韵律，可参看 Peter V.Jones, and Keith C. Sidwell, *Reading Latin: Grammar, Vocabulary, and Exercises*（Cambridge/New York/New Rochelle/Melbourne/Sydney: Cambridge University Press, 1986）, pp.313-21, pp.419-21, pp.446-47。不过，但丁的十一音节音步形式，也有变化。有时候，第十一个音节（轻音音节）可能省去，以重音殿一行之末。这样的诗行称为"断音"（"tronco"）诗行。有时候，但丁可能在一行之末加一个轻音，成为十二个音节，最后三个音节组成一个扬抑抑音步。这样的诗行，称为"扬抑抑结尾句"（"sdrucciolo"）。"sdrucciolo"一词，《意汉词典》（页七一五）译为"重音落在倒数第三个音节的……诗句"。此外，参看 Grandgent, ed., *La Divina Commedia di Dante Alighieri*, xxxviii-xxxix。

3 自由诗，英语称"free verse"，法语称"vers libres"。

义（semantic）层次的诗义和语音（phonological）层次的诗义（包括音步、押韵所产生的种种效果）；两者的比例究竟是多少，往往因人而异。就英诗而言，在蒲柏（Alexander Pope）和丁尼生（Alfred Lord Tennyson）的作品里，语音层次的诗义比例较高；在拉金（Philip Larkin）的作品里，语音层次的诗义比例较低。在格律诗中，格律是诗义的重要部分；放弃格律，差不多等于在语音层次的诗义上甘心拿零蛋。可是，拿了这个零蛋，就会在语义层次的诗义上自动拿高分吗？恐怕未必。综观历来的实践，许多由格律译过来的"自由诗"，即使在语义层次上也不见得怎么出色；不但不出色，而且往往逊色于高手的格律译法[1]。

以一张要求考生答两题的试卷为例，答两题的考生，成绩通常比答一题的考生高。译格律诗时既译语义层次，也译语音层次，等于两题皆答；两题各拿四十分的考生，总分会高于答一题而拿满分的考生[2]。译格律诗时，译者由于照顾格律，也许要语义稍微迁就语音，并因此在语义上稍微失分；但如果这"稍微失分"，能帮助译者在语音方面大大得分，有时还是划得

1 何以有这一现象呢？恐怕不容易找到定论。译者放弃了格律，在其他方面也开始松懈，应该是原因之一。除了个别例外，我们甚至可以说，不敢接受格律挑战的都是低手；既然是低手，则无论译什么，无论怎么译，都难有出色表现。因为所有低手，不管是作者还是译者，都有一个共通的特点：手头的语言资源十分有限，所懂也不过是那么两三度的板斧。这类作者或译者一出手，就马上叫人暗忖："本来是多姿多彩、变化无穷、弹性十足的语言，居然可以写得这么笨拙、单调、乏味、呆板、僵硬，真的服了他！"是的，要写这类文字，必须具备"别才"。

2 除了少数例外，没有能力接受格律挑战的译者，即使避过了"畏途"而走他们的"康庄"，成绩也不见突出。

来的[1]。

由于这些原因，在《神曲》汉译里，我保留了三韵格[2]。因为对于但丁，三韵格至为重要：不但象征三位一体牢不可破，点出了三位一体的“三”，而且在韵律和结构上同时发挥作用：一方面叫音声彼此呼应；一方面叫诗行互相紧连；一如等轴晶系之于金刚石[3]。

至于音步形式[4]，除了某些诗行由于专有名词太多，音节难以化繁为简外，我的汉译，每行都有五个音步（也就是五顿），每个音步有一至四个音节不等。譬如《天堂篇》第一章一至六

---

1 我的这一论点，此起其他论者所提出的，已经十分温和。譬如休利特（Maurice Hewlett）就认为，《神曲》译者，“只有两种选择：译出原诗的三韵格；否则等于没译”（“can only choose between terza rima or nothing”）。塞耶斯（Dorothy Sayers）也支持这种说法。引自 Angel Crespo, “Translating Dante's *Commedia*: *Terza Rima* or Nothing”, in Giuseppe di Scipio and Aldo Scaglione, ed., The Divine Comedy *and the Encyclopedia of Arts and Sciences*: *Acta of the International Dante Symposium, 13-16 November 1983, Hunter College, New York*（Amsterdam/Philadelphia: John Benjamins Publishing Company, 1988）, pp.373-85。此文对三韵格的重要性说得详细而透辟，可参看。

2 有关三韵格，我在《自讨苦吃——〈神曲〉韵格的翻译》和《再谈〈神曲〉韵格的翻译》两篇论文里已经谈过。两篇论文，见拙著《语言与翻译》（台北：九歌出版社，二〇〇一年十月），页七三至七七，页一二九至一三三。译三韵格如何困难，我在《半个天下压顶——在〈神曲〉汉译的中途》一文里已经谈过。此文见《语言与翻译》，页一六九至一八三。

3 “宝石的晶系分等轴系、三方系、六方系、单斜系、三斜系、正方系、斜方系、非晶质八种。金刚石属等轴系；晶格中每个碳原子直接与其他四个碳原子以坚强的共价键相结合，每一个原子的中心，和相邻的任何一个原子的中心距离相等。对每一个原子而言，其余四个相邻原子都排列在‘正四面体’的四个顶点上，原子结合得特别牢固；因此也特别坚硬，不导电，不易传热；比重大，达三·五到三·六。”见拙著《微茫秒忽》（香港：天琴出版社，一九九三年十二月），页三一。这段文字，撮述自梁永铭著的《宝石和玉石》（北京：地质出版社，一九七九年十二月北京第一版）。

4 新诗的音步概念，源出西方诗律学的 foot，经卞之琳等诗人的实验，过去几十年已有长足进展。可惜许多诗人误解了自由诗的所谓“自由”，写起诗来，再也不注意节奏、韵律，一切皆任意为之，把一切交给“偶然”，颇像香港的六合彩搅珠。

行，展示的就是这样的音步形式：

万物的 / 推动者，/ 其 / 荣耀的 / 光亮
照彻 / 宇宙；/ 不过 / 在 / 某一区
会 / 比较弱，/ 在 / 另一区 / 比较强。
此刻 / 我置身 / 神光 / 最亮的 / 区域，
目睹了 / 那里的 / 景象，/ 再降回 / 凡间，
就不能 /——也 / 不懂得 /——把经验 / 重叙。

当然，这不过是韵律分析（scansion），看起来有点机械[1]，朗诵时未必要像分析时那样一板一眼地紧跟。有时候，一个单音节音步由于节奏、诗意等种种因素的影响，可以跟一个双音节音步合而为一，变成一个三音节音步。有时候，一个四音节音步，也可以化为两个双音节音步。在西方诗歌（如英诗）的传统中，即使最严谨的韵律，也有类似的破格。至于紧随原诗的格律，在翻译过程中要接受怎样的挑战，我在《语言与翻译》所收录的几篇文字里已经讨论过，在此不再重提。

放弃或逃避格律的译者也许不知道，格律能给译者适当的挑战，然后让艺高者驾驭之，利用之，并且在驾驭、利用的过程中创造变化无穷的音乐效果。足球和篮球有球例要参赛者

1 无论是汉语还是外语诗歌，其韵律分析起来都有点机械；朗诵时就得灵活处理，不能再像节拍器（metronome）那样数节拍。譬如英国诗人雪莱（Percy Bysshe Shelley）《西风颂》（"Ode to the West Wind"）的名句："If Winter comes, can Spring be far behind?"，是标准的抑扬五步格（iambic pentameter）："If'win/ter'comes, /can'Spring/be'far/be'hind?"（引文的重音符号为笔者所加），每一音步（foot）的第一音节是轻音（抑），第二音节是重音（扬）；但真正朗诵时，五个音步的快慢、轻重、缓急，仍可视情感、诗义而变化。

遵守，足球场上才有贝利，篮球场上才有乔丹。奥林匹克运动会如果拆掉单杠、双杠，世人就看不到精彩绝伦的体操。一头牛，如果没有大郄、大窾，我们也看不到庖丁解牛的绝技。对于有能力接受挑战的诗人、译者，格律是大郄、大窾，是奥运中的单杠、双杠，是篮球和足球的球例；对于杜甫、但丁这样的大宗师，更是列子所御而泠然称善之风。

超近亲翻译、近亲翻译、远亲翻译、非亲翻译

按语言学家雅各布森（Roman Jacobson）的分类，翻译有所谓语际翻译（interlingual translation）和语内翻译（intralingual translation）[1]。按照这样的分类，意译汉、意译英、意译法……都是语际翻译。不过这样分类，仍未能尽道《神曲》翻译的各种差别。为了把《神曲》翻译的差别说得更精确，不妨增加方言翻译（interdialectal translation）一类，用来形容《神曲》译成其他意大利方言的过程[2]。以亲属关系为喻，《神曲》翻译可分为超近亲翻译、近亲翻译、远亲翻译、非亲翻译四种。由托斯卡纳语（今日的标准意大利语）翻成威尼斯语或拉丁语[3]，是超近亲翻译；翻为西班牙语、法语等罗曼语（Romance languages），是由超近亲关系转向近亲关系；翻为英语、德语，是远亲翻译，因为意大利语、英语、德语同为印欧语，彼此虽

1　参看 Roman Jacobson, "On Linguistic Aspects of Translation." *On Translation*, ed.Reuben A.Brower.New York: Oxford University Press, 1966.pp.232-39。

2　《神曲》所用的意大利语，本为托斯卡纳郡（Toscana）方言，后来成了标准意大利语。

3　如果视托斯卡纳语为意大利的方言之一，则《神曲》翻成威尼斯方言的过程，是方言之间的翻译，即上文所提的方言翻译。

有距离，但仍是亲属；至于由意大利语翻成汉语，则属距离最远的非亲翻译了。

这几种翻译之中，以超近亲翻译最容易，原诗的意义、神韵可以大量保留。试看路易吉·德佐尔吉（Luigi de Giorgi）的威尼斯语《神曲·天堂篇》第三十三章最后四行的翻译：

> E qua me xe mancà la fantasia.
>   Ma la brama e el voler, come rodele
>   spenzea, che in modo egual le core via,
> l'Amor che move el sol e le altre stele.
>
> （de Giorgi, 479）[1]

再看原诗：

> A l'alta fantasia qui mancò possa;
>   ma già volgeva il mio disio e il velle,
>   si come rota ch'igualmente è mossa,
> l'amor che move il sole e l'altre stelle.

读者就会发觉，两个文本口面毕肖，几乎像孪生兄弟：译文与原文的分别微乎其微；译文的元音、辅音都是原文的高度传真。

如果威尼斯语和托斯卡纳语的关系是孪生兄弟，那么，

1　此外，Luigi Soldati 的意大利罗马亚方言（romagnolo）译本 *La Cumégia*（*La Divina Commedia*）也可参看。

拉丁语和意大利语的关系，就相等于父子了。父子的血缘亲密，因此把《神曲》翻成拉丁语而要避免失真，也是轻而易举的事。请看《地狱篇》第三章一至六行的原文和拉丁语翻译：

Per me si va ne la città dolente,
　per me si va ne l'etterno dolore,
　per me si va tra la perduta gente.
Giustizia mosse il mio alto fattore;
　fecemi la divina potestate,
　la somma sapienza e'l primo amore.

Per me itur in civitatem dolentium,
　Per me itur in eternum dolorem,
　Per me itur intra perditam gentem.
Iustitia movit meum altum Factorem;
　Fecit me divina potestas,
　Summa sapientia et primus amor.

（Iohannis de Serravalle, *Translatio et comentum totius libri Dantis Aldigherii*, 50-51）

这是地狱入口的告示。原诗字字千钧；进了拉丁语后，重量没有稍减，有如老爹重演儿子的武功，绝不让儿子专美。说得准确点，是虎父见虎子发虎威，一时技痒，跳上了舞台，让观众知道，虎子的虎威来自哪里。

进了西班牙语、法语，传真程度仍高[1]，因为这两种语言像意大利语一样，都是拉丁语的儿子。由西班牙语、法语到英语、德语，近亲关系变为远亲，语义、句法、词序等要素仍不难保留，音韵效果的失真程度却渐渐增加。试看赫尔曼·格梅林（Hermann Gmelin）德译《天堂篇》第三十三章最后四行：

Die hohe Bildkraft mußte hier versagen,
  Doch schon bewegte meinen Wunsch und Willen,
  So wie ein Rad in gleichender Bewegung
Die Liebe, die beweget Sonn und Sterne.

（Gmelin, *Das Paradies*, 401）

语义以至原文“volgeva.../l'amor”中及物动词（“volgeva”）和主词（“l'amor”）的倒装都译出了[2]；但是意大利语的和谐天籁，德语却碍于先天之别，重奏维艰：原诗“alta fantasia”抑扬起伏，变成德语的“hohe Bildkraft”后，悦耳效果荡然无存。“ma già volgeva il mio disio e il velle”中“a”、“o”、“e”、“i”的滑动交响，进了德语音域，全在喉音“-ch”（“Do**ch**”）、擦音“sch”或“-sch-”（“**sch**on”、“Wun**sch**”）和浊音“W”（“be**w**egte”、“**W**unsch”、“**W**illen”）里消失[3]。意大利语圆润的“rota”（“转轮”），译为德语后，竟变成裂帛的“Rad”，真是不忍卒听。原诗末行（“l'amor che move il sole e l'altre

1 参看第三册书末参考书目所列的《神曲》西班牙语、法语译本。
2 德译是“bewegte....../Die Liebe”（“bewegte”是及物动词，“Die Liebe”是主词）。
3 粗体为笔者所加。

stelle”)，则以“a”、“o”、“e”等元音奏出动听的天乐，仿佛大爱在旋动诸天，在高度和谐中把《神曲》一百章的一万四千二百三十三行收结，成为西方诗史中大名鼎鼎的殿后之句，不愧为高潮中的高潮。这一名句进了德语，却再无类似的元音和谐呼应、交响，去叫读者随神的大爱柔和地旋动，如均匀的转轮；代之而来的是刺耳的“Sonn”和“Sterne”；“Sonn”的浊音“S-”和“Sterne”的擦音“S-”，仿佛两把钢刀狠划过玻璃，在险急的音声中叫读者耳坼魂裂。德语有取之不竭的喉音和擦音，最善于“切齿咬牙”[1]，与意大利语有极大的分别，完全是另一种乐器；要奏《神曲》终卷的和谐天籁，真是欲奏无从。

除了意大利方言，在欧洲的主要语言中，最能重奏《神曲》而又能保留原诗天籁的，是西班牙语。读者只要朗诵《神曲·天堂篇》第三十三章最末四行的西班牙语翻译，即可听出，西班牙语和意大利语在频率上接近到什么样的程度：意大利语动听；西班牙语同样动听。意大利语和谐；西班牙语同样和谐：

ya mi alta fantasía fué impotente;
　mas cual rueda que gira por sus huellas,
　el mío y su querer movió igualmente,

1　这一特色，歌德在“Promctheus”一诗中善加利用，创造了其他欧洲语言难以复奏的音响效果。见 Goethe, *Gedichte*, Herausgegeben und kommentiert von Erich Trunz（München: Verlag C.H.Beck, 1981）, pp.44-46。

el amor que al sol mueve y las estrellas.

(Mitre, 307) [1]

即使就拼写和发音而言，译文也与原文相近，甚至相同。德语译者格梅林、菲拉雷特斯（Philalethes）、博尔夏特（Borchardt）见了，会一边羡慕西班牙语译者有“rueda”（“轮子”）一词来译意大利语的“rota”；一边厌恶德语的“Rad”，觉得它声哑如鸦，在黄莺“rueda”之前自惭声秽。在翻译上，这是无可奈何的事；意大利语和西班牙语是同胞姐妹，血型相同，心脏移植时互不排斥；德语译者呀，你们要觅相近的频率，就到日耳曼语支（German branch）里去吧；意大利语支（Italic branch）的世界，实在“非公世界”[2]！

---

1 参考书目所列的《神曲》西班牙语译本，虽有高下之分，但复奏《神曲》的意大利语时，都有先天的优势，非日耳曼语支中的德语、英语可比。譬如 Arce 的西班牙语译本，用的虽是散文，结尾的音乐仍拜西班牙语和意大利语的血缘关系之助，保留了《神曲》的不少天籁：“Pero a mi fantasía faltó fuerza; y ya deseo y voluntad giraban como rueda con uniformidad, impulsados por el Amor que mueva al sol y a las demás estrellas”（Arce, 451）。

2 “非公世界”一语，出自唐人杜光庭的传奇《虬髯客传》，是道士对虬髯客所说的话。原文有这样的描写：“虬髯默然居末座，见之〔指李世民〕心死。”，其后，虬髯客请来道士，暗中看李世民的相。道士见了李世民后，对虬髯客说：“此世界非公世界。他方可也。”意为：“李世民是真命天子，天下注定是他的；你虬髯客虽有逐鹿之心，却注定无望。这个世界不是你的世界；到别的地方去吧。”笔者引述《虬髯客传》，无意扬意语，抑德语，因为翻译另一些情调和场景时，德语又非意大利语可及。在《地狱篇》第三十二章，但丁要写地狱第九层的惨状时，说过以下的话（一至六行）：

S'io avessi le rime aspre c chiocce,
  come si converrebbe al tristo buco
  sovra'l qual pontan tutte l'altre rocce,
io premerei di mio concetto il suco
  più pienamente; ma perch'io non l'abbo, （转下页）

以西班牙语译意大利语的译者，还有独一无二的优势，用英语、德语、法语为译入语的同行绝难望其项背，那就是：采用三韵格（terza rima）时，西班牙语的韵脚能完全紧跟《神曲》原诗。稍微涉猎过《神曲》原诗的读者都知道，这首诗的韵格是aba，bcb，cdc……一般译本（包括拙译）随原诗押韵时，都采用这一韵格。跟随《神曲》押韵会如何艰难，我在《语言与翻译》所收录的多篇文字里已经谈过。不过押韵时，哪一种语言最能高度传真呢，还不曾深入讨论，因此在这里稍加补充。

《神曲》译本的三韵格，通常只在每行最后的一个音节

---

non sanza tema a dicer mi conduco...

眼前阴沉的深坑，所有的巨石
　都压向那里。如果我的诗够嘶哑，
　够刺耳，描写深坑的情景时称职，
我会榨尽印象的精髓，记下
　当时所见；但我没有这诗才，
　叙述起来不免恐惧倍加。

意大利语当然也有嘶哑的字。譬如“scacazzare”（“defecare con frequenza o qua e là〔detto spec.di animali〕” 至 *Dizionario Garzanti della lingua italiana*，1542；“大小便很勤，到处拉屎〔尤指动物〕”——《意汉词典》，页六九二）一词，音、义俱“丑”，有借音达意、借音辅意之妙；不过与粤语的入声字和德语的喉音、擦音比较，还是技逊一筹。但丁是标准意大利语之父，又是意大利诗人中的至尊，耳朵比所有同行都敏锐，说意大利语不够嘶哑，不够刺耳，有无上的权威。而读者朗诵上引的《神曲》原诗时，大概也会同意但丁的论点。以超现实语言说，但丁写这几行诗时，会羡慕晚生数百年的歌德；或羡慕押入声韵的中国古典诗词作者。试看南宋萧泰来的词——《霜天晓角·梅》：“千霜万雪。受尽寒磨折。赖是生来瘦硬，浑不怕、角吹彻。清绝，影也别。知心惟有月。原没春风情性，如何共、海棠说。”萧泰来的词（尤其是“雪”、“折”、“彻”、“绝”、“别”、“月”、“说”等字），用粤语来念，不但“够嘶哑”、“够刺耳”，而且够险急、够惨烈；写《地狱篇》第三十二章的但丁听了，怎能不羡慕？

押韵，也就是说，押阳性韵（masculine rhyme）[1]。比克斯特斯（Geoffrey L.Bickersteth）的译本，就属这类：

...whose light

…………

Then did the fear a little lose its might,
which in my heart's deep lake had bided there
through the long hours of such a piteous night.
And as a man, whom, gasping still for air,
the sea lets scape and safe on shore arrive,
turns to the dangerous water, and doth stare,
so did my spirit, still a fugitive,
turn back to view the pass from whose fell power
no person ever yet escaped alive.

（Bickersteth, 3）

各行之末，只有一个音节与其余两行最末的音节押韵（"**light**"、"**might**"、"**night**"……）。尽管如此，译者还被迫采用不算全韵的视韵（eye rhyme）："arrive"、"fugitive"、"alive"[2]。英译押韵，通常比汉译押韵困难，因为英语中可押的韵脚少于

1 "masculine rhyme"，又称"male rhyme"或"single rhyme"（"一音韵"）。见三联书店版《新英汉词典》页一一五八"rhyme"条。"single rhyme"又译"单韵"。见郑易里，《英华大词典》页一一九二"rhyme"条。

2 粗体为笔者所加。"eye rhyme"又译"不完全韵"（见郑易里，《英华大词典》，页四八〇）。

汉语，更远逊于意大利语。正因为这样，翻开三韵体的英译[1]，我们不难发觉，英语译者要紧跟原诗的韵格时举步维艰，常要令诗义过分地迁就韵脚。数百多年前，英国大诗人米尔顿用无韵体写《失乐园》，实在是明智之举；穆萨（Mark Musa）有鉴于英语押韵之难，译《神曲》时舍难趋易，也无可厚非[2]。

可是，英语、法语、德语、汉语译者费尽九牛二虎之力才能取得的一点点“成绩”（即这些译本中的三韵格），以《神曲》原诗的韵格衡量，就显得微不足道了；因为“原汁原味”的三韵格，是每行最后两个音节与其他两行最后两个音节押韵的，也就是说，押二重韵（double rhyme），即阴性韵（feminine rhyme 或 female rhyme）[3]：

ma non eran da ciò le proprie **penne**:
    se non che la mia mente fu per**cossa**
    da un fulgore in che sua voglia **venne**.
A l'alta fantasia qui mancò **possa**;
    ma già volgeva il mio disio e il **velle**,
    sì come rota ch'igualmente è **mossa**,
l'amor che move il sole e l'altre **stelle**.[4]

（*Paradiso*, XXXIII, 139-45）

---

1 如 Anderson、Binyon、Sayers 的译本。

2 不过，穆萨为自己放弃三韵格而辩护时，说三韵格没有什么艺术效果，其论点就不能成立。参看 Musa，*Inferno*，61-63。

3 参看三联书店版《新英汉词典》页一一五八和郑易里《英华大词典》页一一九二“rhyme”条。

4 粗体为笔者所加。

要英语、法语、德语、汉语译者押这样的三韵格，不啻要他们登天。但是，请看米特雷（Mitre）的西班牙语翻译：

Con mis alas tan alto no vo**laba**,
  cuando repercutir sentí en la **mente**
  un fulgor que su anhelo conden**saba**:

ya mi alta fantasía fué impo**tente**;
  mas cual rueda que gira por sus hu**ellas**,
  el mío y su querer movió igual**mente**,

el amor que al sol mueve y las est**rellas**.[1]

（Mitre, 307）

目睹西班牙语译者轻而易举地笔到韵来，一万四千二百三十三行中行行如是[2]，英、法、德、汉的译者只有羡慕的份儿。是的，意—西血缘，胜过意—英或意—德，也胜过意—法[3]。意大利语要换心、换肾，在芸芸的欧洲语言中，最有资格捐心、捐肾的，

1 粗体为笔者所加。Borchardt 的德译本也押二重韵，可惜语义因迁就韵格而大哥委屈，效果不能与西班牙译本相提并论。

2 《神曲》全诗，共一万四千二百三十三行，行行押韵。

3 法语、意大利语、西班牙语虽然同为拉丁语所出，属现代意大利语支，但意、西的关系又远胜意、法。因此意大利语和西班牙语的许多词，在音义和拼写方面都十分接近，甚至完全相同。汉语属另一语系（汉藏语系）。对于这样的一个“非我族类”，意大利语当然会“视同陌路”了。

是西班牙语[1]。在《筵席》(*Convivio*)里，但丁说过：

> E però sappia ciascuno che nulla cosa per legame musaico armonizzata si può de la sua loquela in altra transmutare, sanza rompere tutta sua dolcessa e armonia[2].
>
> 不过谁都知道，借缪斯音律来调谐的作品，都不能由原文的语言译为另一种语言；一旦译为另一种语言，原作的婉丽、和谐就荡然无存。

但丁的话深中肯綮，指出了翻译的难处。不过把《神曲》译为西班牙语，但丁所提到的损失可以降到最小。原作的“婉丽、和谐”，不至于“荡然无存”。这一结果，大概是《神曲》作者所乐见的。

在句法上，上述的欧洲语言，追随《神曲》的意大利语时大致没有困难。欧洲译者，译起但丁的句法，一般都能跟着诗人左回右旋，颠前倒后，因此不少欧洲语言的译本，行序几乎与原诗相同。

这一特点，法国译者马塞洪(Alexandre Masseron)谈到自己的译本时就曾经指出：

> Comme Henri Hauvette, j'ai traduit tercet par tercet, et non pas vers par vers, et, dans l'intérieur de chaque tercet, je

1 葡萄牙语和西班牙语也十分接近。惟笔者不懂葡萄牙语，不敢就葡萄牙语的捐心、捐肾资格妄加论断。

2 *Convivio*, I, VII, 14.

> me suis permis toutes les inversions qui m'ont paru de nature à rendre la phrase française plus claire, plus facilement intelligible. Contrairement à Hauvette, j'ai préféré appliquer cette méthode avec rigueur. même lorsqu'elle m'a obligé à introduire dans ma traduction quelques《contorsions qui répugnent》à notre langue... (Masseron, *La Divine Comédie: Enfer*, iv-v)
>
> 像昂利·奥维特一样，我的译文也以三行一节为单元，而不以每行为单元。在每节之内，我会视法语特性而因时制宜，运用所需的各种倒装，尽量把词句译得清晰易明。与奥维特不同的是：我采用这一译法时不会破格，——尽管严守这样的原则，某些语句会违背法语习惯……

马塞洪能够"以三行一节为单元"来翻译，是因为法语像许多印欧语一样，句法的弹性与意大利语相差不大，可以随原诗回环扭摆[1]；即使偶尔受调整，调整的工程也可在三行的乾坤内完成。

汉译《神曲》的意大利语时，上述音声和句法的方便，汉语译者完全沾不到边，因为，不巧得很，汉语与意大利语的关系，完全是"非亲非故"。因此汉语译者译《神曲》时要"自求多福"，不能靠亲属关系占便宜。翻译韵律，固然如是；翻译句法（尤其是长达十多行的长句），也常要覆地翻天，颠阴倒阳。结果但丁的原著进了汉语世界后，往往是星移斗转，叫

1 有关印欧语的句法与《神曲》翻译的关系，参看拙文《以方应圆——从〈神曲〉汉译说到欧洲史诗的句法》、《兵分六路擒仙音——〈神曲〉长句的翻译》。二文均收录于拙著《语言与翻译》（台北：九歌出版社，二〇〇一年十月）。

从事近亲翻译的同行难以想象。[1]

神名、人名、地名的翻译

神名、人名、地名是专有名词。专有名词的翻译看似容易，在《神曲》中出现，却不易讨好。首先，译者要知道，所译的专有名词本来属哪一种语言。属意大利语的专有名词（如 Beatrice〔贝缇丽彩〕、Guido〔圭多〕、Farinata〔法里纳塔〕）比较简单，直接按意大利语发音去翻译就十拿十稳了。但是《神曲》有许多专有名词，本来属古希腊语、拉丁语、法语、德语、西班牙语……在但丁的作品中出现，已经绕了个圈子，变成了古希腊语、拉丁语、法语、德语、西班牙语……的意大利语翻译。为了力求精确，在汉译过程中，译者得追本溯源，直接翻译原文的发音。譬如《天堂篇》第一章第六十八行的"Glauco"，是古希腊语 Γλαῦκος 的意大利语翻译，拉丁语和英语均译为 Glaucus，汉译应该是"格劳科斯"，不应由意大利语转译为"格劳科"，或者由拉丁语转译为"格劳库斯"，由英语转译为"格罗克斯"。《天堂篇》第三十一章的"Bernardo"，按意大利语可译为"伯尔纳多"或"贝尔纳多"。但是"Bernardo"是意大利语的说法，译自法语 Bernard。Bernard 是法国枫丹（Fontaines）人，明谷（Clairvaux）隐修院院长，又叫"Bernard de Clairvaux"。要译得准确，译者就得扬弃译自意大利语的"伯尔纳多"或"贝尔纳多"，而采取译自法语且早已约定俗成的

1 有关《神曲》长句的翻译，参看拙文《以方应圆——从〈神曲〉汉译说到欧洲史诗的句法》、《兵分六路擒仙音——〈神曲〉长句的翻译》。在此不赘。

"贝尔纳（明谷的）"。此外，又如《天堂篇》原文第三章第一一九行的"Soave"，是德语 Schwaben 的意大利语翻译，英译是"Swabia"。面对这样的一个地名，直接翻译《神曲》原文的译者，如果不知道这个字原为德语，就可能按意大利语发音译为"索阿维"。由英语转译《神曲》的，也许会译为"斯维比亚"。而两种译法，都不若译自德语的"施瓦本"准确。"特洛伊"一名，译自英语的 Troy，而 Troy 本身又译自古希腊语的 Τροία；因此译为"特洛亚"比较接近原音。希腊神话里众神的居所，有的人称为"奥林匹斯"，有的人称为"奥林波斯"，有的人称为"奥林匹克山"。这些译名，揆诸古希腊原文的 Ὄλυμπος（拉丁文和英文叫"Olympus"），都不算准确[1]。因此不妨译为"奥林坡斯"。

译名既以原音为准，一些不常见的译名，如果与原音相差太远，我会加以调整。譬如希腊神话中的报信之神，原文为 Ἑρμῆς，《希腊罗马神话词典》和其他不少词典都译为"赫尔墨斯"。其中"墨"字是原文"-μῆ-"的汉译。按"η"在古希腊语的发音相等于国际音标中的 / ε :/，译为"梅"较近原音，因此我把 Ἑρμῆς 译为"赫尔梅斯"。Περσεφόνη（拉丁语和英语为 Persephone），《希腊罗马神话词典》译为"珀尔塞福涅"。按古希腊原文第一个音节的" ε "该念 /e/，译为"珀"（汉语拼音 pò），与原音相差太远，因此译为"佩"。法语 Charles

1 原文 Ὄλυμπος 的"π"送气，"奥林波斯"的"波"不送气，因此未臻完善。"奥林匹克"，译自英语 Olympic，用粤语念，"匹"、"克"两个入声字紧跟英语的"-pic"，如响斯应，十分传神，可惜兜了英语这个圈子，未能直传古希腊原音，有违专业翻译的原则。

一名，许多人都当作英语，译成“查理”。按法语的 Charles 念 /ʃarl/，译为“沙尔”较为恰当。

不过这原则不可以一成不变；一些早已成俗的译名，即使与原音相差极远，我也会竭力按下“不服气”的心情，低首下心地随俗。譬如希腊神话中至尊之神“宙斯”，译自英语的 Zeus，而 Zeus 又译自古希腊语的 Ζεύς，念 /z'deus/，译为“斯得乌斯”会更准确[1]。奥林坡斯山的另一个神祇阿波罗，古希腊语的原名是 Ἀπόλλων。按古希腊语的发音，可译为“阿坡隆”或“阿坡伦”；常见的“阿波罗”，近拉丁语或英语的 Apollo 而不近古希腊语的 Ἀπόλλων。不过“阿波罗”既已成俗，也就只好按“行规”随俗了。常见的文艺、诗歌、音乐女神“缪斯”，是英语“Muse”、“Muses”的汉译。这位女神（或九位女神）的名字，源出希腊神话，古希腊语为 Μοῦσα（念 /'mu:sa/），复数 Μοῦσαι（念 /'mu:sai/），译为“穆萨”比“缪斯”更近原音。法语 Charlemagne，念 /ʃarləmaɲ/，译为“沙勒曼亚”较近原音；不过这一人名已经成俗，在汉语世界成了人所共知的“查理大帝”或“查理曼”，译者要另起炉灶，必招“无事生非”之讪。何况大家互不服气，各拥新译以自重，势必天下大乱。因此我调整前人的译音时，虽然发觉许多约定俗成的译名与原文的发音相差太远，有重译的余地[2]，可是也尽量做到适可而止。至于

---

1 这里的“得”字，该念“我得走了”的“得”（汉语拼音 děi）。

2 叫我一直耿耿于怀的，自然是《神曲》汉译中最重要的专有名词 Dante（但丁）了。“Dante”的“-te”，明明没有 / ŋ / 音，却变成了含有 / ŋ / 音的“丁”，用普通话念：耳朵听了虽然不舒服，却又无可奈何。谁叫当年说标准普通话的人不捷足先登，结果让不说标准普通话的人蹩足先登，占据了绝对优势，把“-te”乱译成“丁”字？后来的众英雄，也只好逆来顺受，无话可说了。“译权”像政权一样，要掌握在贤者之手，大家才会有好日子过。

"适可而止"的"止"以什么为标准，自然是见仁见智，多少有点主观了。

汉字（指现代楷书中文）是意音文字；欧洲文字大致是表音文字。以意音文字译表音文字，往往言人人殊，不若以表音文字译表音文字那么方便、准确，更不若表音文字译表音文字时那么容易统一。譬如意大利人名 Giacomo，汉语译者可以译为"贾科摩"，也可译为"贾科莫"、"贾科磨"、"贾科摸"、"贾科谟"、"贾科魔"、"贾科墨"……因为"摩"、"莫"、"磨"、"摸"、"谟"、"魔"、"墨"……都准确地传递了"-mo"的发音[1]。正因为如此，一个外语人名，在一百个汉语译者的笔下，可以化作一百个不同的身分，顽皮如齐天大圣的仙毛，无理如一夫多妻的陋制。由于谁也不服谁，一个简单的 Clinton 可以变为"克林顿"、"柯林顿"、"科林顿"、"可林顿"……；在故意不敬的译者笔下，更可以变为"克林吞"、"刻吝吞"[2]。结果，汉语译名往往"百花齐放"得叫人眼花缭乱。为了避免这样的"缭乱"，中国大陆多年前乃推行一音（包括音节和音素）一字的人名、地名翻译法：不管译任何外语，译者只要按国际音标表找出原文的发音，就可以在汉语译音表里找到所需的字。这种翻译法推行后，所有音节和音素有了固定的汉字相配，外语译

1 此外，"Gia-"和"-co"也可以生出不同的译音。譬如"-co"这个音节，就可以译为"可"，也可以译为"克"、"恪"、"柯"、"珂"、"客"。

2 英语的 Toronto，汉译早已固定为"多伦多"，可是多伦多市中心的一家华人商店，仍坚决称 Toronto 为"托朗托"，可见汉语译外语的专有名词时，不容易统一规范。全世界的华人都称美国首都为"华盛顿"吗？慢来。只要一头悍小牛（maverick）闯进译界，"华盛顿"就可以变成"沃星屯"。这头小牛冒天下之大不韪，你也不能怪他，因为就发音而言，"沃星屯"的确更接近 Washington，而且也更有"诗意"。

名有了统一规范，读者也可以按字索音，得到不少方便[1]。

不过这一原则只适用于新闻或类似的翻译，不宜施诸文学翻译。因为按一音一字的原则翻译文学中的人物，有时会大煞风景。譬如古希腊语的爱神 Ἀφροδίτη（英语译为“Aphrodite”，即罗马神话中的 Venus），《希腊罗马神话词典》译为“阿佛洛狄忒”，把附于原文所有的美丽联想一笔勾销。此外又如 Λητώ（英译“Leto”），是宙斯之美妾（也可说“情人”），太阳神阿波罗和月神阿尔忒弥斯的母亲；《希腊罗马神话词典》译为“勒托”，也把这位大名鼎鼎的人物“漂洗”得面目全非，淡乎寡味。到了这地步，我会“忍无可忍”，不再低首下心，决意“逆反”，把“Ἀφροδίτη”译为“阿芙萝狄蒂”，把“Λητώ”译为“丽酡”。汉字不若表音文字：表音文字除了某些拟声词或经过诗人点化的声音，所表的音节、音素通常都属中性，没有什么语义；各种联想要经过颇长的时间方会在名字上累积。比如说，爱神 Ἀφροδίτη 中的“φ”，本身不褒不贬，化为英语的“ph”后，同样不褒不贬，始终属中性；译成汉字中的“佛”，汉语读者不必等时间累积联想，“神思”就飞到了弥勒“佛”、大肚“佛”、大头“佛”那边去，要自我约束也约束不来。看过波提切利（Sandro Botticelli）名画《维纳斯诞生》的读者，怎能忍受这样的联想呢？同样，“Λητώ”的“Λη”（念 /lɛː/），也属中性，译成“勒”后，却马上驱读者想起“勒”索、“勒”毙、希特“勒”……。在新闻翻译的课程中，教到人名翻译时，

1 参看辛华编、商务印书馆出版的各种译名手册，如《英语姓名译名手册》、《意大利姓名译名手册》、《德语姓名译名手册》、《西班牙语姓名译名手册》等等。

笔者一向叫学生遵守一音一字的原则。可是到了文学翻译的领域，为了避免毁凡间女子或天上女神之容，笔者只好与辛华分道扬镳了。因此，在笔者的《神曲》汉译里，女主角叫“贝缇丽彩”，而不叫“贝亚特里切”[1]。

在《神曲》里，有关基督教的人名极多。在这方面，译者要处处跟随流行的《圣经》，一点自由也没有，尽管我不喜欢“巴多罗买”、“以马忤斯”、“各各他”、“蛾摩拉”、“非拉铁非”、“拿细耳人”、“推雅推拉”、“摩押地”、“辣黑耳”……[2]。然而，尽管我不顾个人尊严，愿意硬着头皮，跟随当年的《圣经》译者去滑稽，问题仍未解决；因为在跟随之前，我要面临抉择：跟随天主教译者还是新教译者去滑稽呢？常见的《圣经》汉译，无论是天主教思高圣经学会本还是新教的和合本，都未如理想，有待精于希伯来语、希腊语和汉语的译者重译或修饰。翻译和注释时，我既然要引录《圣经》，自己又不能重译所有的原文，自然要依靠现有的《圣经》汉译了。现有的《圣经》汉译，该选哪一本呢？几经考虑，终于选了和合本。但丁写《神曲》时，基督教改革运动还未发生，新教还未成立；按理，引录《圣经》时应该以天主教思高圣经学会的译本为准，何况思高本的

1 “贝亚特里切”是按一音一字的原则产生的规范化译名。见辛华编，《意大利姓名译名手册》，页六〇。

2 到澳门旅游，随处可以看见滑稽的葡语汉译街道名。你一边走，一边会忍俊不禁，心中纳罕：“当年的译者，有那么多的汉字可用，却搁着不用，偏要选这些怪字，是什么原因呢？”稍微寻思，你想起了一九六七年香港“前进分子”的“光辉抗暴行动”，不禁恍然大悟：“啊，是当年的译者以文字跟‘帝国主义’‘抗争’，因此远在一九六七年之前，就在澳门进行‘地下工作’，故意把统治阶级的街道丑化。”看了《圣经》的汉语译名，你也有类似的感觉，认为当日翻译《圣经》的神职人员，故意跟上帝开玩笑，或者恶意“柴上帝的台”（粤语，意为“拆上帝的台”，“捣上帝的蛋”）。

译者翻译时“依据原文，即希伯来、阿拉美和希腊文”[1]？而和合本却转译自英语。不过在汉语世界里，和合本的译名似乎比思高本的译名更普遍。读者以和合本的“阿伯拉罕”、“摩西”、“约书亚”、“约翰”、“提摩太”、“雅各”、“彼得”和思高本的“亚巴郎”、“梅瑟”、“若苏厄”、“若望”、“提茂德”、“雅各伯”、“伯多禄”比较，就会同意这一论点。你提到《出埃及记》（和合本汉译），一般人大概知道你指什么；说《出谷记》，非天主教徒就未必摸得着头脑了。基于这一考虑，拙译所录的《圣经》汉译，除非另有注明，均出自和合本。至于但丁原诗的“Dio”，进了汉语后，可以是“上帝”，也可以是“神”、“上主”、“天主”，再无天主教和新教之别。拙译的读者当中，也许有天主教徒和新教徒，不过非教徒的比例应该较高。而非教徒大概不介意你以天主教还是新教的语言向神祈祷；大家心中所想，是同一所指（signifié）就够了；能指（signifiant）是什么[2]，已经不太重要。

《神曲》翻译概况

《神曲》翻译，有悠久的历史。据恩佐·埃斯坡斯托（Enzo Esposito）的研究，今日的《神曲》翻译，牵涉多种语言，其中包括：阿尔巴尼亚语、阿拉伯语、保加利亚语、捷克语、汉语、朝鲜语、丹麦语、希伯来语、世界语、佛拉芒（一译“佛兰芒”）

1 思高圣经学会本《圣经》，页 iii。

2 法语“signifié”（英译“signified”）和“signifiant”（英译“signifier”）是西方语言学、符号学的术语，最初见于瑞士语言学家德索胥（Ferdinand de Saussure）的《综合语言学课程》（*Cours de linguistique générale*）一书。

语、芬兰语、法语、盖尔语、日语、希腊语、英语、爱尔兰语、挪威语、波兰语、罗马尼亚语、俄语、塞尔维亚语、克罗地亚语、斯洛文尼亚语、西班牙语、瑞典语、德语、土耳其语、匈牙利语，其中以英语、法语、德语、西班牙语的翻译最盛[1]。

就英语世界而言，据吉尔伯特·坎宁安（Gilbert F.Cunningham）[2]的 *The Divine Comedy in English: A Critical Bibliography 1782-1900* 一书所提供的数据，一七八二年至一九〇〇年间，英语世界共有八十二位译者，译了一百七十九篇（cantiche）[3]。《神曲》的第一本英译于一七九二年出版时，西班牙语、法语、德语已有多个译本，其中以西班牙语的《神曲》翻译最为蓬勃。八十二位译者当中，译整部《神曲》的有四十六位，译其中两篇的有五位，只译《地狱篇》的有二十二位，只译《炼狱篇》的有六位，只译《天堂篇》的有三位（以上数据见该书页一），可见《地狱篇》最受英语译者欢迎。

至于译文形式，有散文、韵文、无韵诗（blank verse）、六行一节押韵体（rhymed six-line stanzas）、四行一节不规则押

---

1 参看 Enzo Esposito, "Traduzioni di opere dantesche", in Umberto Parricchi, a cura di, *Dante*（Roma: De Luca Editore, 1965）, pp.257-72。

2 "吉尔伯特"的"吉"字，译不出"Gilbert"中的"G"（辅音 /g/）；因此不妨改为"格尔伯特"。

3 按翻译的分量划分，《神曲》译者大致分为三类：第一类三篇（《地狱篇》、《炼狱篇》、《天堂篇》）俱译；第二类只译其中一篇或两篇；第三类只译某些章节。《神曲》洋洋一万四千二百三十三行，翻译需时，自不待言。由于种种原因，译者（尤其是另有"正业"的非专业译者）只能译出作品的一部分，或者只选一部分来翻译，完全可以理解。譬如著名的英语译者多萝西·塞耶斯（Dorothy Sayers），只译了第一、二篇（《地狱篇》和《炼狱篇》），第三篇《天堂篇》尚未译完，就不幸辞世，由巴巴拉·雷诺兹（Barbara Reynolds）续译。丹尼尔·哈尔彭（Daniel Halpern）所编的 *Dante's Inferno: Translations by Twenty Contemporary Poets*（Hopewell: Ecco Press, 1993），由二十位英语诗人合译，则是另一有趣的新尝试了。

韵体（quatrains and irregular rhyme）、不规则押韵体（irregular）、三行一节无韵体（blank terzine）、马维尔诗节（Marvellian stanzas）、斯宾塞诗节（Spenserian stanzas）、三韵体（terza rima）……其中以三韵体最受欢迎，尽管三韵体对译者的挑战最大[1]。根据坎宁安的另一书——*The Divine Comedy in English: A Critical Bibliography 1901-1966*，一九〇一至一九六六年出版的《神曲》英译中，也以三韵体最受欢迎。

至于译者，据坎宁安的划分，有律师、医生、神职人员、学者、作家五类[2]。其中以律师的成绩最差：除了威廉·达格代尔（William Stratford Dugdale, 1828-1882），没有一个律师在《神曲》英译史中有堪陈之善。最成功的译者，都出自学者和作家群中。

《神曲》英译，虽然起步较晚，落后于西班牙语、法语、德语翻译[3]，但后来居上，很快就开始领先。今日，几乎每隔两三年，甚至一两年，就有一种——甚至数种——《神曲》英译

1 坎宁安（Cunningham）指出（同书页二），三韵体之外，又有"不完整三韵体"（"defective terza rima），用来形容施莱格尔（Schlegel）的押韵方式，即每三行组成的押韵诗节（意大利语叫"terzina"，英语叫"tercet"）中，只有第一、第三行押韵，第二行不押韵。这一押韵方式对译者的要求较宽，因此有不少人采用。

2 坎宁安指出（页二），五类译者有时会重叠。譬如有些作家，往往又是学者。

3 就笔者所接触的《神曲》法译而言，以莫赫尔（C. Morel）编的 *Les plus anciennes traductions françaises de la Divine Comédie*, 3 vols.（Paris: Librairie Universitaire, 1897）面世最早。这一法译，收录了两个版本：一个是都灵版（Manuscrit de Turin），一个是维也纳版（Manuscrit de Vienne）。前者只有《地狱篇》，后者有《地狱篇》、《炼狱篇》、《天堂篇》。这两个译本的法语，在拼写上与雅克琳·里塞（Jacqueline Risset）等人的现代法语译本有别。都灵版《地狱篇》第一章一至三行是："Au millieu du chemin de la vie presente/Me retrouvay parmy une forest obscure, /Ou mestoye esgaré hors de la droicte sente"（vol 1, 3）。里塞译本《地狱篇》第一章一至三行是："Au milieu du chemin de notre vie/je me retrouvai par une forêt obscure/car la voie droite était perdue"（*L'Enfer*, 25）。拼写的差别显而易见。

面世，叫读者目不暇接。

在汉语世界，《神曲》翻译仍然寂寞。就坊间所见，目前只有王维克、朱维基、田德望、黄文捷的四种译本。就译者数量而言，但丁受注意的程度似乎远逊于莎士比亚，尽管“现代天下”由两位超级大师“均分”，“再无第三者可以置喙”。

但丁研究简介

就文学研究而言，在西方的学术界，论规模之大，参与人数之多，能够与但丁研究相比的，大概只有莎士比亚研究[1]；在汉语世界，则只有红学堪与并论相提。就研究对象而言，但丁比莎士比亚和曹雪芹“可靠”。因为但丁的主要著作《神曲》，各种版本虽有出入，但这些出入只属小节，不像莎士比亚，连身分仍在漂移；也不像曹雪芹，一百二十回的小说，竟有四十回的著作权遭人质疑[2]。

---

1 如果视《圣经》为文学而不仅视为宗教典籍，则《圣经》研究应该是所有文学研究之冠。

2 笔者并非考证家，更非红学家，但就个人读《红楼梦》的经验以及所读过的红学论文而言，倒相信《红楼梦》一至一百二十回是同一人的手笔，至于有没有人参与润色工作，则是另一回事。认为后四十回是高鹗所续的学者和考证家所写的论文、所举的例证（其中包括各种解释、统计），都欠缺说服力。读《红楼梦》的人如果不是先入为主，展卷前没有听过“后四十回为高鹗所续”或“红楼梦未完”的说法,大概不会觉得后四十回是“狗尾”。后四十回的许多描写（如一百二十回宝玉出家后在毗陵驿与贾政相见的一节），绝对不逊于前八十回的精彩片段。笔者觉得，续写别人的作品，由于种种局限、种种牵掣，通常比自出机杼、自由创作困难多倍。高鹗如果能“续出”《红楼梦》后四十回，本身就是个曹雪芹，甚至是个高于曹雪芹的高手。这样的高手，会放弃自求不朽的良机，而浪费宝贵的时间去续别人的作品吗？有些论者就前八十回和后四十回所用的某种词类比例立论，也不见得怎样可靠。就以现代的作家为例吧，我们能因《边城》后半部的“的”字比前半部的“的”字多（或少），就率尔断定，（转下页）

但丁有血有肉，其生平事迹彰彰可考，卒后还有长子皮耶特罗（Pietro）为整部《神曲》写拉丁文评注，有次子雅科坡（Jacopo）为《地狱篇》写意大利文评注[1]，绝不像莎士比亚那么迷离[2]。史家维兰尼（Villani）、作家薄伽丘（Boccaccio），在时间上与但丁相距不远，都一一为大诗人“作了证”。由于这缘故，研究但丁肯定比研究莎士比亚和曹雪芹“实在”[3]。

几百年来，有关但丁的研究浩如烟海[4]，所用文字不限于意大利文；本书的参考书目所列，只是笔者所接触到的一部分。不过这些书籍，可以为喜欢但丁的读者提供基本的参考。研究但丁的最佳途径，是阅读其作品的意大利文版本、有关的意大利文论文、意大利文典籍。但丁作品的版本当中，以意大利但

后半部并非沈从文手笔吗？考证时迷于细节而看不到大体，所得的结论往往不可靠。就文学作品而言，“局外人”有时反而会旁观者清。英人韦里（Arthur Waley）读《诗经》，就是一例。韦里不是中国的诗经学者，是个“局外人”，不，域外人，没有“先人”之“主”，没有被“后妃之德”一类废话迷惑、毒害，诠释《诗经》时反而更接近真貌；不像先入为主而又穷毕生精力于《诗经》的古今学者，在《毛诗序》、《诗集传》的八阵图里打转，著书百万言、千万言后，仍在闭目摸象。这样研究《诗经》，真是“虽多，亦奚以为？”有关《诗经》的真貌，参看拙文《石破天惊识吉甫——李辰冬的〈诗经通释〉、〈诗经研究〉、〈诗经研究方法论〉读后》，见拙著《文学的欣赏》（台北：远东图书公司，一九八六年三月），页一三五至一五〇。

1 参看 Grandgent, ed., *La Divina Commedia di Dante Alighieri*, p.xli。

2 当然，我们也可以说，正因为莎士比亚身分迷离，研究起来会更有趣，更加欲罢不能。

3 这里所谓“实在”，当然也是相对的；因为与现当代作家比较，但丁仍颇为“迷离”。正如格兰真特（C.H.Grandgent）所说，“有关但丁的履历，我们所知不多。”（“We know little of his career.”）见 Grandgent, ed., *La Divina Commedia di Dante Alighieri*, p.xii。

4 根据格兰真特的说法，在但丁研究史上，最早的笺注于一三二四年出版，注者为格拉兹奥洛·德巴姆巴利奥利（Graziolo de' Bambaglioli）。参看 Grandgent, ed., *La Divina Commedia di Dante Alighieri*, p.xl。

丁学会（Società Dantesca Italiana）的《但丁全集》（*Le opere di Dante*）最为可靠。波斯科和雷佐（Boso e Reggio）、佩特罗基（Giorgio Petrocchi）、萨佩约（Sapegno）的版本也有权威[1]。至于有关但丁本人及其作品的数据，由翁贝托·博斯科（Umberto Bosco）等学者主编、皇皇五大巨册的《但丁百科全书》（*Enciclopedia dantesca*）是首选。如要追踪意大利但丁研究的潮流，则可参考意大利但丁学会在翡冷翠出版的《但丁研究》（*Studi danteschi*）。

意语世界之外，其他各国（如英、美、法、德）的但丁研究也有杰出的成就。其中以美国但丁学会（The Dante Society of America）出版的《但丁研究》（*Dante Studies*）、德国但丁学会（Der Deutschen Dante-Gesellschaft）出版的《德国但丁年报》（*Deutsches Dante-Jahrbuch*）为代表。此外，英国的牛津、法国的巴黎、荷兰的奈梅亨（Nijmegen）、阿根廷的布宜诺斯艾利斯，也设有但丁学会[2]。与这些文献、学会保持联络，读者

1 近年来，佩特罗基的版本越来越受欢迎。不过，这版本虽然"根据古本"（"secondo l'antica vulgata"）定稿，但笔者在翻译过程中，发觉就文理和诗义而言，佩特罗基版往往比不上意大利但丁学会版。据格兰真特（*La Divina Commedia di Dante Alighieri*，xxxix）的说法，今日流传的《神曲》手稿，差不多有六百本；而众多的手稿当中，没有一本出自但丁之手。即使在但丁卒前，《神曲》在传抄中已大有可能出现舛讹或异文。因此，《神曲》的版本虽然比莎士比亚的剧作和曹雪芹的《红楼梦》可靠，但没有一本可以自诩为绝对的权威。由于这缘故，各译者翻译时仍有选择的余地。

2 牛津、巴黎、奈梅亨、布宜诺斯艾利斯的但丁学会，分别叫 Oxford Dante Society、Società Dantesca Francese、Nederlands Dante-Genootschap、Sociedad Argentina de Estudios Dantescos。参看 Umberto Parricchi, a cura di, *Dante*, p.349。

就可以掌握但丁研究的发展大势了[1]。

二〇〇二年十月八日

1　不过所谓“掌握”，也只是粗略的掌握而已。至于原因，格兰真特（*La Divina Commedia di Dante Alighieri*，xli）早已说过：“To keep well abreast of the Dante literature that now appears from year to year would require a man's whole time.”（“要真正追上每年出现的但丁文献，得穷一个人的毕生时间。”）格兰真特的话说于一九三三年，六十九年后的今天，但丁文献的出现速度，不知增加了多少倍。那么，有谁敢说，他已经“掌握”但丁研究的大势呢？

译本说明

一 译本原文，以 M. Barbi, E.G.Parodi, F.Pellegrini, E.Pistelli, P.Rajna, E.Rostagno, e G.Vandelli. Alighieri, Dante, *Le opere di Dante: testo critico della Società Dantesca Italiana*. Seconda Edizione（Firenze: Nella Sede della Società, 1960）为准[1]，并参考其他意大利语版本。各版本有分歧时，译者视文意加以取舍[2]。但丁其他作品的引文、译文，也以此版本为准。

二 汉译中每章开头前的楷体撮要，为译者所加。

三 每章行序为汉译行序，未必与原诗行序相符。

四 注释以诗行为序，正文不加注释标记，以免干扰读者。

---

1 此版一般称为“意大利但丁学会版”。但丁的《神曲》（*La Divina Commedia*）在书中页四四五至七九八，由 Giuseppe Vandelli 编。

2 比如说，《炼狱篇》原文第二章第四十四行，意大利但丁学会版为“tal che parea beato per iscripto”，Giorgio Petrocchi 版为“tal che faria beato pur descripto”。就诗义而言，后者不若前者鲜明，故弃后者而取前者。Petrocchi 版虽然从之者众，但就诗义而言，大致逊于意大利但丁学会版。

五　注释涉及两行或两行以上的正文时，行序以横线（即“–”）相连。例如第一章注释中的“1–6”，指注释内容与第一至第六行有关。为了方便读者，六行并注。如注释只与正文中单独一行有关，则只列该行行码。

六　每章注释参考各种注本、评论、工具书。注释中的数据，或直接征引，或间接转引。参考书目详见第三册（《天堂篇》）书末。参考书目的作者姓名以原文为准。例如希腊诗人荷马，先列古希腊文 Ὅμηρος，再在括号内附英文名字 Homer；罗马作家维吉尔，先列拉丁文 Vergilius，Publius Maro，再在括号内附英文名字 Virgil。至于书名，也以原文为准。譬如荷马古希腊文原著《伊利昂纪》，先列古希腊文书名 *Ιλιάς*，再在括号内附英文书名 *Iliad*；《奥德修纪》，先列古希腊文书名 *Ὀδύσσεια*，再列英文书名 *Odyssey*；维吉尔的《埃涅阿斯纪》，先列 *Aeneis*，再附 *Aeneid*。

七　注释中的古希腊神名、人名、地名，先列希腊文名字，再附加拉丁文和英文名字，以方便读者查阅、对照。拉丁文和英文名字相同时不附说明；拉丁文和英文有别时，分别附加拉丁文和英文名字。

八　注释中的古希腊神名、人名、地名，以 Pierre Grimal 的 *A Concise Dictionary of Classical Mythology* 和 *Cassell's Latin Dictionary: Latin-English/English-Latin* 为准，并参考其他同类词典。

九　引文尽量先引原文，然后附加汉译。

十　《圣经》引文，以拉丁通行本《圣经》（即西方所谓的 Vulgate，也就是但丁所用的《圣经》）为准。拉丁通行本《圣经》

各版有别时，译者有所取舍[1]。

十一《圣经》汉译，录自和合本《圣经》。

十二《圣经次经》汉译，录自赵沛林、张钧、殷耀合译的《圣经次经》。

十三　注释中的古希腊文和拉丁文古典作品引文，以 The Loeb Classical Library 版为准；部分引文也参考其他版本。这些古典作品的引文，各版本的出入不大，引录时一般按西方习惯，只列卷数、章数、行数。

十四　译名尽量按原文发音翻译。已经约定俗成的译名，即使与原文发音相违，也尽量采用，避免引起混淆。

十五　译本的但丁像和插图，复制自美国纽约 Dover Publications，Inc. 出版的 *The Doré Illustrations for Dante's Divine Comedy: 136 Plates by Gustave Doré*。在此谨向 Dover Publications，Inc. 及该出版社版权部的 Terri Torretto 女士致谢。古斯塔夫·多雷（Gustave Doré）是法国十九世纪的大插图家[2]，一百三十余幅木刻作品，尽展但丁原作的神韵，大大扩阔了读者的想象空间；就译者见过的《神曲》插图而言[3]，堪称神品。在多雷的木刻中，看似简单不过的黑白线条，竟能神乎其技，变化无穷，勾尽地狱、炼狱、天堂的神韵；要光有光，

1　拉丁通行本《圣经》（Vulgate），于公元一五六四年十一月十三日，由"教皇庇护四世根据特兰托大公会议的决议宣布……为天主教会法定本《圣经》，是信仰的正确、可靠的泉源"（《基督教词典》，页二八九）。不过拉丁通行本《圣经》也有不同的版本。一九七九年由梵蒂冈出版的 *Nova Vulgata Bibliorum Sacrorum editio*，是译者所见到的最新版。

2　Doré 是法语，译为"多黑"会更近原音，不过"多雷"既已成俗，在此只好从俗。

3　译者所见过的插图，包括波提切利（Sandro Botticelli）、布莱克（William Blake）、罗丹（Auguste Rodin）等大师的作品。

要暗有暗，要光暗之间的微明，微明就应笔而至；而且能随时唤起惊怖、震恐、欣悦、崇敬之情和难以言宣的非凡之念、神秘之感，温馨、细密、雄伟、壮丽，兼而有之；把观者从凡间经验的边陲带到另一度空间，叫他们魂摇魄荡，啧啧称奇。由黑林到卡戎到吹刮不已的地狱飓风到保罗和芙兰切丝卡……到最高天的万光齐聚，观者神迷目饫，气也透不过来，恍恍惚惚间被卷进贝多芬《第五交响曲》和《第九交响曲》、莫扎特《安魂曲》、米开朗基罗《创世记》[1]和《最后审判》的境界——当然，也卷进了但丁的上帝之曲，完完全全叫魔术无边的黑白线条征服，愕视骇瞩间如梦似幻地叹为观止。在《神曲》的插图史上，知但丁者莫若多雷；在中外绘画史上，能够把黑白线条发挥到无所不能，完全超越黑白局限的，舍多雷外，也不作第二人想。正如啸声所说："多雷的木刻与但丁的诗歌，称得上珠联璧合。"[2]怪不得二百多年来，就《神曲》版本的插图而言，以多雷的作品最受欢迎。据啸声的说法，多雷的一百三十余幅木刻插图完成时，"没有受到当时法国画坛的重视，反而是英国首先出版了他的插图集《多雷画廊》。可是，他的才华和成就毕竟得到举世公认，许多国家的《神曲》译本（包括我国的两种译本）都喜欢选择多雷的插图作装帧[3]。这是世人对他的插图艺术所给

1 《创世记》，又称《创世纪》。由于拙译引录《圣经》时以和合本为准，这里舍"纪"取"记"。

2 啸声编，《〈神曲〉插图集》（上海：上海人民美术出版社，一九九四年十月第一版），页二九。

3 就译者所见，王维克、朱维基、田德望、黄文捷的《神曲》汉译都采用了多雷的插图。可见多雷是众望所归。多雷的精彩作品，笔者最初见于 John D.Sinclair 英译本的封面，印象深刻。现在，在译本中收入多雷的插图（包括但丁像）一百三十余幅，数目远高于其他译本，为汉语读者呈献前所未有的视觉空间。

予的最高评价了[1]。”在此谨向大插图家兼但丁的大知音多雷致敬，也希望汉语读者能借这位丹青手的妙笔[2]，对《神曲》世界了解得更透彻。

十六　译本的《地狱结构图》、《炼狱结构图》、《天堂结构图》，复制自 Celestina Beneforti 编的 *Inferno*: *canti scelti*（Roma: Bonacci Editore, 1996）；*Purgatorio*: *canti scelti*（Roma: Bonacci Editore, 1996）；*Paradiso*: *canti scelti*（Roma: Bonacci Editore, 1996）。在此谨向版权持有人 Alessandra Bonacci 女士衷心致谢。二〇〇二年十月，译者去信罗马 Bonacci Editore 查询版权事宜，很快就收到 Bonacci 女士的答复，获准复制插图，不须付任何费用。Bonacci 女士的慷慨，是江南以外的惠风，由罗马吹来。

十七　《地狱篇》的《但丁旅程时间示意图》，《炼狱篇》的《安色尔字体 M 与人类脸庞关系示意图》、《黄道带示意图》，《天堂篇》的《赤道圈、黄道圈、分至圈、地平圈示意图》、《众光灵组成 M、百合、神鹰过程示意图》、《但丁心目中将近黎明的天空示意图》、《天堂玫瑰示意图》，获美国普林斯顿大学出版社（Princeton University Press）准许，复制自该出版社出版的 Singleton, Charles S., trans., with a commentary, *The Divine Commedy*, by Dante Alighieri, *Inferno 2*: *Commentary*, 1970, *Purgatorio 2*: *Commentary*, 1973, *Paradiso 2*: *Commentary*, 1975。在此谨向普林斯顿大学出版社、该出版社版权部 Loan Osborne 女士、《神曲》译者兼评注者 Charles Singleton 教授致谢。

1　啸声，《〈神曲〉插图集》，页三〇。

2　多雷的木刻只有黑白二色。“丹青”的原意为“红色和青色的颜料”。不过“丹青”既然“借指绘画”，“丹青手”是“画师”的意思（《现代汉语词典》，繁体字版，页二二二），在此也不必拘泥于“丹青”的原义或字面意义了。

但丁简介

但丁，全名但丁·阿利格耶里（Dante Alighieri）[1]，中世纪意大利托斯卡纳郡（Toscana）人，一二六五年五月底在翡冷翠（Firenze）圣彼耶罗门城区（Porta San Piero）出生[2]，属双子座，一三二一年九月在拉温纳（Ravenna）去世。高祖父为卡查圭达（Cacciaguida，约一一八九年至约一一四七年）。“阿利格耶里”一姓，源出高祖母阿利格耶拉·德利阿利格耶里

1 “Dante”是“Durante”的缩写。见 C. H. Grandgent, ed., *La Divina Commedia di Dante Alighieri*（Boston: D. C. Heath and Company, 1933）, xiii。“Alighieri”，一译“阿利吉耶里”。“吉”字的韵母 /iː/ 与 /“-ghi-”/ 中的 /iː/ 相同，声母却译不出“-gh-”（/g/）。“格”的韵母 /ə/ 虽然异于 /iː/，但相差不算太远；其声母 /g/ 却完全译出了“-gh-”。故舍“吉”取“格”，译为“阿利格耶里”。

2 “翡冷翠”为诗人徐志摩的汉译，较近 Firenze 原音。另一汉译“佛罗伦萨”，大概是该城的拉丁名字 Florentia 英语化（Anglicized）发音（/flɔːˈrenʃə/ 或 /flɔːˈrenʃɪə/）的汉译。如按 Firenze 的早期意大利语拼法——Fiorenze，则可译为“翡奥伦萨”或“翡奥伦泽”，不该译为“佛罗伦萨”，因为 Fiorenze 没有 /l/。按拉丁文 Florentia 的正确发音，该译为“佛罗伦提亚”或“弗罗伦提亚”。至于同一城市的另一名字“佛罗伦斯”，则译自该城的英文名字 Florence。

(Alighiera degli Alighieri)[1]。父亲阿利格耶罗二世(Alighiero II, 全名 Alighiero di Bellincione d'Alighiero)和母亲伽布丽艾拉(Gabriella)[2],生长子但丁、次子弗兰切斯科(Francesco)、幼女妲娜(Tana)。但丁的先人本为望族,不过但丁出生时,家道已经中落,家声也不复往昔[3]。

中世纪的翡冷翠,商业、金融、贸易、手工业蓬勃,物质富庶,是欧洲的名城;一二五二年发行的弗罗林金币(fiorino),是信誉昭著的欧洲通货,为不少国家所仿造。由于经济强大,翡冷翠吸引了各行各业的俊杰,不但是商贸、文化、艺术的中心,也是培养伟人之地。正如格兰真特(C.H.Grandgent, *La Divina Commedia di Dante Alighieri*, xi)所说,"这个迅速发展的城市,其大刚好为各种人才提供施展身手的场所;其小则足以让大家成为邻居,结果卓越的成就鲜会不获赏识"[4]。

一二一五年,由于阿米德伊(Amidei)和博恩德尔蒙提(Buondelmonti)两个家族冲突,翡冷翠分裂为吉伯林党

1 "Alighiera degli Alighieri"也可意译为"阿利格耶里家族中的阿利格耶拉"。

2 但丁的母亲又名贝拉(Bella)。在作品中,但丁只提到母亲,没有提到父亲。

3 本简介的部分资料,引自恩佐·埃斯坡西托(Enzo Esposito)的《但丁生平及其时代大事年表》("Prospetto cronologico della vita di Dante e dei tempi suoi")。见 Umberto Parricchi, *Dante*(Roma, De Lucca Editore, 1965), pp.23-27。有关但丁先世的详细资料,可参看 Umberto Bosco et al., ed., *Enciclopedia dantesca*, vol.2, pp.125-30,"Alighieri(Alaghieri)"条。

4 原文为:"...the swiftly growing town was big enough to afford a field for all kinds of talent, and yet so little that all were neighbors and merit could scarcely go unrecognized."。在世界史上,没有一个城市能够像翡冷翠那样,在二百年左右的时间,出三个超级天才:但丁、雷奥纳多·达芬奇(Leonardo da Vinci,一四五二年至一五一九年)、米开朗基罗(Michelangelo Buonarroti,一四七五年至一五六四年)。这三位巨匠有这样的成就,固然因为他们有天纵之资,也因为他们的天纵之资获翡冷翠的理想环境培养。

（ghibellino）和圭尔佛党（guelfo）[1]，把多个家族卷入纠纷中。这些家族，主要包括：阿米德伊、乌贝尔提（Uberti）、博恩德尔蒙提、多纳提（Donati）。阿米德伊和乌贝尔提属吉伯林党；博恩德尔蒙提和多纳提属圭尔佛党。吉伯林党“主要代表封建贵族”[2]，支持神圣罗马帝国的皇帝，反对教皇干政，因此又称“皇帝党”。圭尔佛党“主要代表新兴的市民阶级和城市小贵族”[3]，主张城市国家（comune）自主，拥护教皇，因此又称“教皇党”。但丁的家庭虽属圭尔佛党，但丁本人却反对教皇干政，支持神圣罗马帝国的皇帝。其后，圭尔佛党分裂为黑、白二党。但丁是白党成员，与黑党斗争失败，于一三〇二年被放逐[4]。其后虽设法重返故城，却没有成功，结果客死拉温纳。

在翡冷翠期间，但丁曾积极参与政治。一二九五年十一月一日至一二九六年四月三十日，任市民特别议会委员；一二九五年十二月十四日任城中各区贤人咨询委员会委员，负责就选举执政长官事宜提出意见；一二九六年五月至九月，任百人咨询委员会委员，负责商讨市中财政及其他重要事务。一三〇〇年五月，出使圣吉米亚诺，助托斯卡纳郡的圭尔佛党

1 “吉伯林”的意大利文 ghibellino 源出中世纪高地德语 Wibelingen，而 Wibelingen 又派生自 Wibeling。Wibeling 是霍亨斯陶芬（Hohenstaufen）王室个城堡的名称。“圭尔佛”又译“归尔甫”（见《意汉词典》，页三五六），源出中世纪高地德语 Welf（巴伐利亚一个公爵的名称）。参看 *Dizionario Garzanti della lingua italiana*，“ghibellino” 和 “guelfo” 条；*The Random House Dictionary of the English Language*（second edition，unabridged），“Ghibelline”和“Guelf”条。

2 见《中国大百科全书·外国文学》，第二册，页二一六，田德望：“但丁·阿利吉耶里”条。

3 见《中国大百科全书·外国文学》，第二册，页二一六，田德望：“但丁·阿利吉耶里”条。

4 但丁遭翡冷翠人放逐，薄伽丘为之愤慨不已。参看 Giovanni Boccaccio, *Il comento alla* Divina Commedia *e gli altri scritti intorno a Dante*, Volume Primo, p.4。

再度缔盟。一三〇〇年六月十五日至八月十五日，任翡冷翠执政长官之一，反对教皇干政。同年六月二十三日，黑、白二党内争。为了表示公平，但丁提议放逐两党的领袖各七名，其中包括其好友兼白党领袖圭多·卡瓦尔坎提（Guido Cavalcanti）。

但丁不仅从过政，而且参过军，有实际的作战经验。一二八九年六月十一日，在坎帕尔迪诺之役（Battaglia di Campaldino）[1]中，是个轻骑兵。同年八月，在翡冷翠人与比萨人的战役中，再度为故城效命。

一二七七年，但丁娶杰玛·迪马涅托·多纳提（Gemma di Manetto Donati），生二子一女：皮耶特罗（Piego）、雅科坡（Jacopo）、安东尼娅（Antonia）[2]。不过但丁毕生最恋慕的女子，并不是妻子杰玛，而是《神曲》的女主角贝缇丽彩（Beatrice）。贝缇丽彩本名贝彩（Bice），姓坡提纳里（Portinari），与但丁见过两次面。第一次在一二七四年。当时但丁未满九岁，贝缇丽彩刚满八岁。第二次在九年后。然而，就因为惊鸿一瞥（或者应该说"两瞥"），但丁对贝缇丽彩无限钟情，并因此写成《新生》和《神曲》两部杰作。

贝缇丽彩的姓，但丁在作品中没有提及。不过大多数论者认为，现实生活中的贝缇丽彩，是佛尔科·德坡提纳里（Folco dei Portinari）的女儿，出身翡冷翠望族；其后嫁银行家西莫

1 翡冷翠人与阿雷佐（Arezzo）人之战。

2 据论者考证，安东尼娅后来出了家当修女，改名贝亚特里切（Beatrice）。参看 Paget Toynbee, revised by Charles S.Singleton, *A Dictionary of Proper Names and Notable Matters in the Works of Dante*（Oxford: At the Clarendon Press, 1968）, p.686。"Beatrice"，与《神曲》主角贝缇丽彩（Beatrice）一名的拼法相同。为了避免混淆，但丁女儿的名字按辛华的《意大利姓名译名手册》译为"贝亚特里切"。

内·德巴尔迪（Simone dei Bardi），去世时（一二九〇年）只有二十四岁。但丁惊闻贝缇丽彩的噩耗后，伤心不已，一度意志消沉，埋首哲学和神学以寻求慰藉[1]。

但丁博览群书[2]，在哲学和神学方面，亚里士多德（公元前三八四年至公元前三二二年）、奥古斯丁（Aurelius Augustinus，三五四年至四三〇年）、彼德·郎巴德（Petrus Lombardus，约一一〇〇年至一一六〇年）、大阿尔伯特（Albertus Magnus，约一二〇〇年至一二八〇年）、雨格（Hugues de St-Victor，约一〇九七年至一一四一年）、波拿文都拉（Bonaventura，约一二一七年至一二七四年）、托马斯·阿奎那（Thomas Aquinas，约一二二五年至一二七四年）等名家都是他挹取的对象[3]。哲学家之中，以亚里士多德对他的影响最大，因此在《地狱篇》里面，地位高出同侪。至于神学，除了《圣经》，以托马斯·阿奎那对但丁影响最深；在《神曲》里，其思想、学说随处可见[4]。

---

1 这一时期，但丁喜欢读波伊西乌（Boethius）的《论哲学的慰藉》（*De consolatione philosophiae*）和西塞罗（Cicero）的《论友谊》（*De amicitia*）；同时经常到圣十字（Santa Croce）教堂和新圣玛利亚（Santa Maria Novella）教堂研习神学。

2 有关但丁在学问上用力之勤，参看 Giovanni Boccaccio, *Il comento alla* Divina Commedia *e gli altri scritti intorno a Dante*, Volumc Primo, pp.8-10。维兰尼（Giovanni Villani）指出，但丁"几乎娴于每一门学科"（"fu grande letterato quasi in ogni scienza"）。参看 Giovanni Villani, *Cronica di Giovanni Villani a miglior lezione ridotta coll' aiuto de' testi a penna*, Tomo IV, p.129。

3 有关但丁思想的发展，参看 Bruno Nardi, "Sviluppo dell' arte e del pensiero di Dante", in Umberto Parricchi, a cura di, *Dante*（Roma: De Luca Editore, 1965）, pp.91-109。

4 有关但丁的宗教和神学思想，参看 Giorgio Petrocchi, "L' esperienza religiosa di Dante", Umberto Parricchi, a cura di, *Dante*（Roma: De Luca Editore, 1965）, pp.131-35; Giovanni Fallani, "Il pensiero teologico di Dante", Umberto Parricchi, a cura di, *Dante*, pp.137-47。

在文学和历史方面，对但丁有过影响的作家包括西塞罗（Marcus Tullius Cicero，公元前一〇六年至公元前四十三年）[1]、维吉尔（Publius Vergilius Maro，公元前七十年至公元前十九年）、贺拉斯（Quintus Horatius Flaccus，公元前六十五年至公元前八年）、奥维德（Publius Ovidius Naso，公元前四十三年至公元前十八年）、卢卡努斯（Marcus Annaeus Lucanus，三十九年至六十五年）、斯塔提乌斯（Publius Papinius Statius，约四十五年至约九十五年）、李维乌斯（Titus Livius Patavinus，公元前五十九年至公元十七年）……有关但丁和古典作家的关系，帕拉托雷（Ettore Paratore）在《但丁与古典世界》（“Dante e il mondo classico”）一文中说过：“……与古典文化（尤其是拉丁文化）接触时，但丁恰到好处、完美无瑕地踵武了当代的文化潮流[2]。”但丁不懂古希腊文；却娴于拉丁文，能以拉丁文写作[3]，尽管他的拉丁文“没有他的意大利文那么流畅出色”[4]。

1　“西塞罗”的“西”字，译不出拉丁文“Cicero”中的“Ci-”。不过由于普通话没有 /kɪ/ 这一音节，“西”字虽有“缺陷”，也只好接受了。有关“Cicero”一名的译法，参看拙文《兵分六路擒仙音——〈神曲〉长句的翻译》注十三。见拙著《语言与翻译》，页一一六。

2　“...nei suoi contatti con la cultura classica e specialmente latina Dante non è stato niente più e niente meno di un perfetto seguace degli orientamenti culturali dell'età sua.” 见 Umberto Parricchi, a cura di, *Dante*（Roma: De Luca Editore, 1965）, p.113。有关但丁所涉猎的作家，参看 Grandgent, ed., *La Divina Commedia di Dante Alighieri*, pp.xxvi-xxvii。

3　但丁的《俗语论》（*De vulgari eloquentia*）、《帝制论》（*Monarchia*）、《书信集》（*Epistole*）、《牧歌集》（*Egloghe*），都是拉丁文作品。《水土探究》（*Questio de aqua et terra*）一书，也用拉丁文写成，不过此书是否但丁手笔，迄今尚无定论。

4　参看 Grandgent, ed., *La Divina Commedia di Dante Alighieri*, p.xxvii: “Latin, of the rhetorical, mediaeval sort, he wrote well, but with less ease and brilliancy than Italian.”（“论辩式、中世纪式的拉丁文，他〔但丁〕写得很不错，只是没有他的意大利文那么流畅出色。”）

此外，但丁也懂法语。至于普罗旺斯语（Provençal），他既能阅读，也能书写[1]。

但丁流放后，到过提贝里纳谷（Val Tiberina）、卢卡（Lucca）、韦罗纳（Verona），最后在拉温纳（Ravenna）定居。在韦罗纳、拉温纳期间，分别获大公坎·格兰德·德拉斯卡拉（Can Grande della Scala）、圭多·诺维洛·达坡伦塔（Guido Novello da Polenta）厚待。对于两位恩公，但丁曾在作品中表达感激之情。

但丁流放后，一直想重返翡冷翠[2]，却没有成功。这一遭遇对他的打击极大；结果在作品中，他深刻地描写了流放之苦，并对翡冷翠的堕落、腐败加以挞伐；声称自己的籍贯虽属翡冷翠，"性格上却不是翡冷翠人"，流露了"耻与翡冷翠人为伍"的鄙夷[3]。

但丁卒前，已有文名。年轻时是可喜新风格（dolce stil nuovo）一派的成员，在作品中曾按照这一风格歌颂爱情，认

1 参看 Grandgent, ed., *La Divina Commedia di Dante Alighieri*, p.xxvii。

2 在《神曲》里，但丁经常提到翡冷翠：或歌颂淳朴的往昔，或诅咒堕落的当代，同时也表达了重返翡冷翠的愿望。有关但丁和翡冷翠的关系，参看 Michele Barbi, "Dante e Firenze", *La Divina Commedia nella critica: introduzione e saggi scelti ad uso delle scuole: I L'Inferno*, ed. Antonino Pagliaro（Messina/Firenze: Casa Editrice G. D'Anna, 1968）, pp.65-67。

3 但丁在《书信集》里自道："但丁，籍贯翡冷翠，性格上却不是翡冷翠人。"（"Dantis Alagherii, florentini natione, non moribus."）见 *Epistole*，XIII，28。有关但丁的生平和同代历史，参看 Giovanni Boccaccio, *La vita di Dante*, ed. Macri-Leone（Firenze, 1888）; Lionardo Bruni Aretino, *La vita di Dante*, in Lombardi, ed., *Divina Commedia*, vol.5（Padua, 1822）; F. Villani, *Liber de civitatis Florentiae famosis civibus*, vol.5, ed. Galetti（Firenze, 1847）; M. Barbi, *Vita di Dante*（Firenze: Sansoni Editore, 1965）; Umberto Parricchi, *Dante*（Roma: De Luca Editore, 1965）。有关但丁及其时代，可参看 Indro Montanelli, *Dante e il suo secolo*（Milano: Rizzoli, 1968）。

为爱情有升华作用，能使人变得高洁[1]。薄伽丘说，但丁“在尘世已经是神”[2]。帕罗迪（E.G.Parodi）认为，但丁在意大利的地位，莎士比亚之于英国，歌德之于德国，维吉尔之于古罗马，甚至荷马之于古希腊，都无从比拟[3]。在意大利人的心目中，但丁是“诗人、哲学家、神学家、法官、改革家、预言家”[4]。一人而兼负多个重要角色，的确非其他巨匠可及。

但丁卒后，长子皮耶特罗以拉丁文评注整部《神曲》[5]，次子雅科坡以意大利文评注《地狱篇》，对但丁研究的贡献颇大。

但丁的作品有：《新生》（*Vita Nuova*）、《诗歌集》（*Rime*）、《筵席》（*Convivio*）、《俗语论》（*De vulgari eloquentia*）、《帝制论》（*Monarchia*）、《书信集》（*Epistole*）、《牧歌集》（*Egloghe*）、《水土探究》（*Questio de aqua et terra*）、《神曲》（*La Divina*

1 有关可喜新风格，参看 E. G. Parodi, *Poesia e storia nella* Divina Commedia: *studi critici*（Napoli: Società Anonima Editrice F. Perrella, 1920），pp.213-29。

2 “...fosse in terra divenuto uno iddio.” Giovanni Boccaccio.*Il Comento alla Divina Commedia e gli altri scritti intorno a Dante*（Bari: Gius, Laterza & Figli, 1918），p.24。

3 “Dante Alighieri è uno dei tre o quattro massimi poeti dei tempi antichi e moderni, i quali, anche soltanto per la gloria del loro nome, è naturale siano stati assunti a simboleggiare e quasi incarnare le loro patrie. Ma nessun poeta, non Shakespeare e tanto meno Goethe, non Virgilio, e per certi rispetti neppure il greco Omero, fu per un populo cosí compiutamente e degnamente il suo simbolo com'è per gli italiani Dante.”（“但丁·阿利格耶里是古今最伟大的三四位诗人之一。这些诗人，仅凭赫赫之名，就自然而然在众人的心目中成为祖国的象征，体现祖国的精神。可是，没有一位诗人，能像但丁之于意大利民族那样，在本民族的心目中完完全全地成为该民族的象征，而又当之无愧。莎士比亚不能，歌德更不能，维吉尔也不能；就某些方面而言，即使希腊的荷马也难臻此境。”）参看 E. G. Parodi, *Poesia e storia nella* Divina Commedia, p.611。

4 “...poeta, filosofo, teologo, giudice, banditore di riforme e profeta...” Benedetto Croce, *La poesia di Dante*（Bari: Gius.Laterza & Figli.1966），p.1.

5 参看 Pietro di Dante, *Petri Allegherii super Dantis ipsius genitoris Comoediam Commentarium*, a cura di V. Nannucci（Firenze, 1845）；*Il 《Commentarium》 di Pietro Alighieri* nelle redazioni Ashburnhamiana e Ottoboniana。

Commedia）[1]。《神曲》分三篇：《地狱篇》（*Inferno*）、《炼狱篇》（*Purgatorio*）、《天堂篇》（*Paradiso*）。至于写作日期，可考的包括：一二九二年至一二九三年写《新生》；一三〇四年至一三〇八年写《地狱篇》、《俗语论》、《筵席》；一三〇七年至一三〇八年写《帝制论》；一三〇八年至一三一二年写《炼狱篇》；一三一六年至一三二一年写《天堂篇》。

1 这些作品，都收录在 M. Barbi et al., *Le opere di Dante: testo critico della Società Dantesca Italiana*（Firenze: Nella Sede della Società, 1960）；其中《地狱篇》（*Inferno*）和《炼狱篇》（*Purgatorio*）、《天堂篇》（*Paradiso*）合为《神曲》（*La Divina Commedia*）。但丁的《神曲》，作者只称为"*Commedia*"（但丁本人念"Comedía"）；"Divina"一词，为后人所加，今日一直沿用。

《神曲》的地狱、炼狱、天堂体系

但丁的宇宙体系，属中世纪流行的托勒密体系（Ptolemaic system）[1]。根据这一体系，地球固定不动，位于宇宙中央，日、月、星辰绕地球运行。《神曲》中的地狱、炼狱、天堂体系，从托勒密体系推演而来，有浓厚的基督教色彩。

《神曲》的地狱、炼狱（一译“净界”）[2]、天堂体系中，地球分为南北半球。北半球是陆地所在，为人类所居；南半球除

---

1 托勒密（Claudius Ptolemaeus，约九〇年至一六八年，又译“托勒玫”，旧译“多禄某”）。古希腊天文学家、数学家、地理学家；生于埃及，公元一二七年至一五一年在亚历山大城研究天文，吸收了前人（包括古希腊的喜帕恰斯、阿波隆尼，埃及的亚历山大学派）的天文学说，建立地心体系，主张地球位于宇宙中心，固定不变，其余天体（日、月、星辰）均环绕地球运行。这一学说，上承亚里士多德，在哥白尼（Nicolaus Copernicus，一四七三年至一五四三年）提出日心说前，一直是欧洲天文学的主流学说。由于托勒密的学说主张地球为宇宙中心，因此又称“地心说”。托勒密的著作包括《天文学大成》十三卷、《地理学指南》八卷、《光学》五卷。参看《中国大百科全书 · 天文学》，页四二三至四二四，“托勒密”条；《辞海》，上册，页一二三五，“托勒密”条。

2 参看王维克译本《神曲》，页一六九。

了极南的岛屿炼狱山外，全是大海。在北半球，耶路撒冷（耶稣受难处）是大地中央。地壳之下是地狱[1]。《神曲》的地狱是个庞大的深坑，形如漏斗或倒置的锥体，共有九层（其中第七层分为三圈。第八层分为十囊，第九层分为四界）。九层均为同心圆，用来惩罚不肯悔改的罪魂。地狱各层越是向下，圆周越小，阴魂所受的刑罚也越重。第九层之底是地狱中心，也是地球中心。在这里，撒旦永远在咬嚼罪大恶极的犹大、布鲁图、加西乌。地狱中心离上帝最远，象征撒旦、犹大、布鲁图、加西乌最得不到上帝的圣恩，最为上帝所鄙弃。在《神曲》中，诗人但丁没有描写旅人但丁如何进入地狱，只简略地告诉读者，旅人但丁循地狱的过道来到地狱第一层，也就是幽域（又称"地狱边境"）[2]。在幽域栖迟的，是卒前没有机会领洗的亡魂（因为当时基督尚未降生），其中包括维吉尔、荷马、亚里士多德等贤者和夭折的婴儿。

但丁随维吉尔进入地狱后，目睹了各层的景象，最后经地心到达南半球的炼狱山（参看页一〇二《炼狱结构图》）。[3]炼狱山是个海岛，位于南半球之顶（也可说"南半球之底"），是耶路撒冷的对跖地（antipodes），与地狱、耶路撒冷处于同一轴线，在南半球的大海中矗起；山麓的海滩，是亡魂登陆之所。炼狱前区的亡魂，因在生未能及时忏悔，结果涤罪的时辰被延迟，要在这里等候一段时间方能登山。过了炼狱前区，就

1　有关地狱的详细讨论，参看 *Enciclopedia dantesca*, vol.3, 432-35, "Inferno" 条。

2　幽域的原文为"Limbo"，意为"'orlo'，'zona marginale' dell' Inferno"（"地狱之'缘'或'边缘地带'"）。见 *Enciclopedia dantesca*, vol.3, 651；并参看 651-54, "Limbo" 条的详细讨论。

3　有关炼狱的详细讨论，参看 *Enciclopedia dantesca*, vol.4, 745-50, "Purgatorio" 条。

是炼狱之门。其上有七层平台（也就是七层炼狱），为亡魂洗涤七大重罪：骄傲、嫉妒、愤怒、懒惰、贪婪、贪饕、邪淫。平台之间由岩石的梯阶相连。亡魂涤罪完毕，就会升到炼狱山之巅的伊甸园（Paradiso terrestre，又译“地上乐园”），在那里飞向天堂。

旅人但丁随维吉尔攀登了七层炼狱后，到达伊甸园。在伊甸园，维吉尔消失，贝缇丽彩出现。但丁喝了亡川和忆涧之水后，就由贝缇丽彩带引着飞升天堂（参看页一〇三的《天堂结构图》）。

《神曲》的天堂共有九重天，由地球向外扩散，依次是月亮天（第一重天）、水星天（第二重天）、金星天（第三重天）、太阳天（第四重天）、火星天（第五重天）、木星天（第六重天）、土星天（第七重天）、恒星天（第八重天）、原动天（第九重天）。在第一至第七重天里，但丁看见了各种福灵，并和他们对话。之后是玛利亚和福灵凯旋于第八重天；天使凯旋于第九重天。第九重天（原动天）全部透明，眼睛无从得睹，因此又称“水晶天”。水晶天借上帝的大爱，以无穷的高速运行，并且推动其下的各重天（说得准确点，是“推动由其包覆的各重天”），使它们以较慢的速度旋动。水晶天之上（也可以说“之外”）是最高天[1]。最高天是上帝、天使、福灵的永恒居所，充满了纯光，位于时间和空间之外。最高天的福灵分为两类：一类信仰将临的基督；一类信仰已临的基督。两类福灵，都列坐于天堂玫瑰之中，并在凝瞻上帝的圣光间永享天恩。在天堂玫瑰之上，

1 有关最高天的性质、结构，参看 *Enciclopedia dantesca*, vol.2, 668-71,“Empireo”条。

是九级天使，由外向内地绕着三位一体的上帝运行；越是接近上帝，品级越高，运行的速度也越快。由外向内，他们依次是奉使天神、宗使天神、统权天神、大能天神、异力天神、宰制天神、上座天神、普智天神、炽爱天神，分别掌控第一至第九重天。由天使掌控的诸天以及诸天之内的天体，具有大能和精神力量，可以影响凡人的禀赋和运程。

地狱结构图

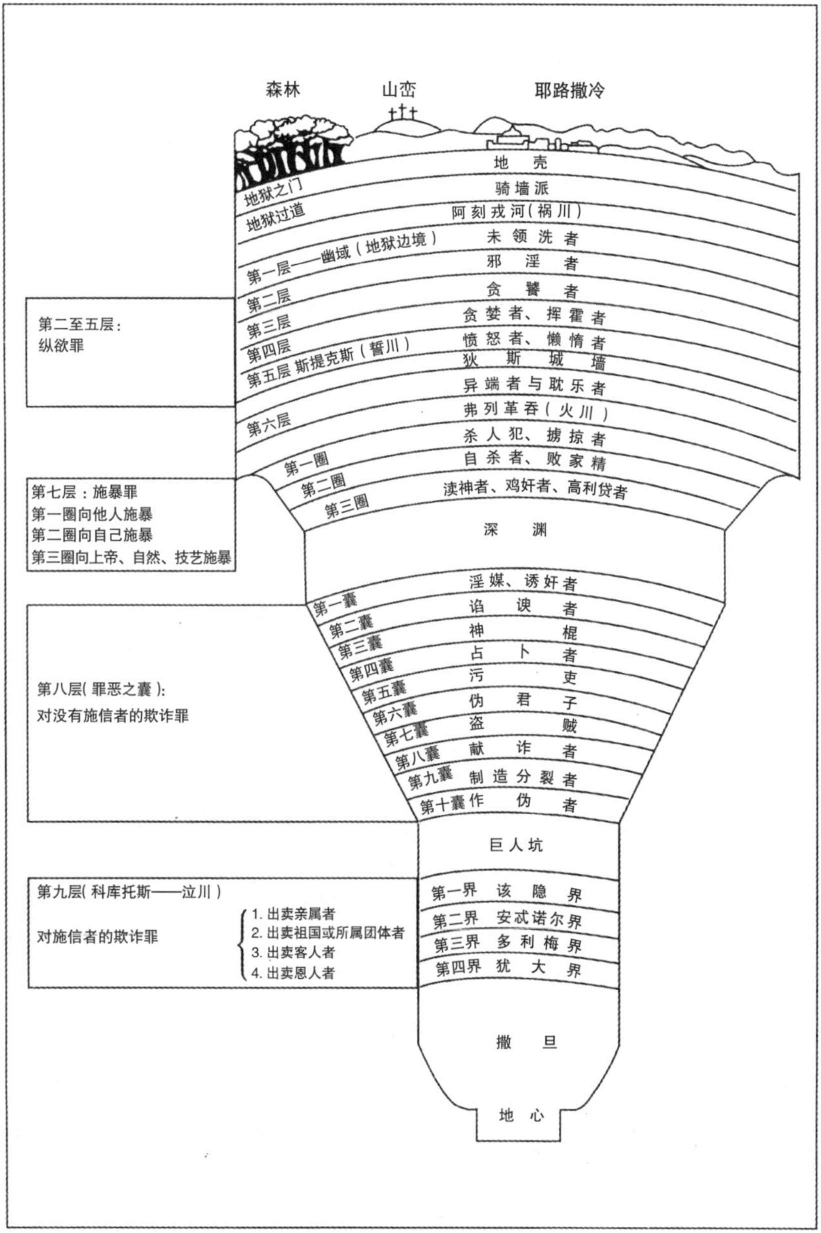
森林
山峦
耶路撒冷
地壳
地狱之门
骑墙派
地狱过道
阿刻戎河（祸川）
未领洗者
第一层——幽域（地狱边境）
邪淫者
第二层
贪饕者
第三层
贪婪者、挥霍者
第四层
愤怒者、懒惰者
第五层 斯提克斯（誓川）
狄斯城墙
异端者与耽乐者
第六层
弗列革吞（火川）
杀人犯、掳掠者
第一圈
自杀者、败家精
第二圈
渎神者、鸡奸者、高利贷者
第三圈
第二至五层：
纵欲罪
第七层：施暴罪
第一圈向他人施暴
第二圈向自己施暴
第三圈向上帝、自然、技艺施暴
深渊
第一囊 淫媒、诱奸者
第二囊 谄谀者
第三囊 神棍
第四囊 占卜者
第五囊 污吏
第六囊 伪君子
第七囊 盗贼
第八囊 献诈者
第九囊 制造分裂者
第十囊 作伪者
第八层（罪恶之囊）：
对没有施信者的欺诈罪
巨人坑
第一界 该隐界
第二界 安忒诺尔界
第三界 多利梅界
第四界 犹大界
第九层（科库托斯——泣川）
对施信者的欺诈罪
1. 出卖亲属者
2. 出卖祖国或所属团体者
3. 出卖客人者
4. 出卖恩人者
撒旦
地心

炼狱结构图

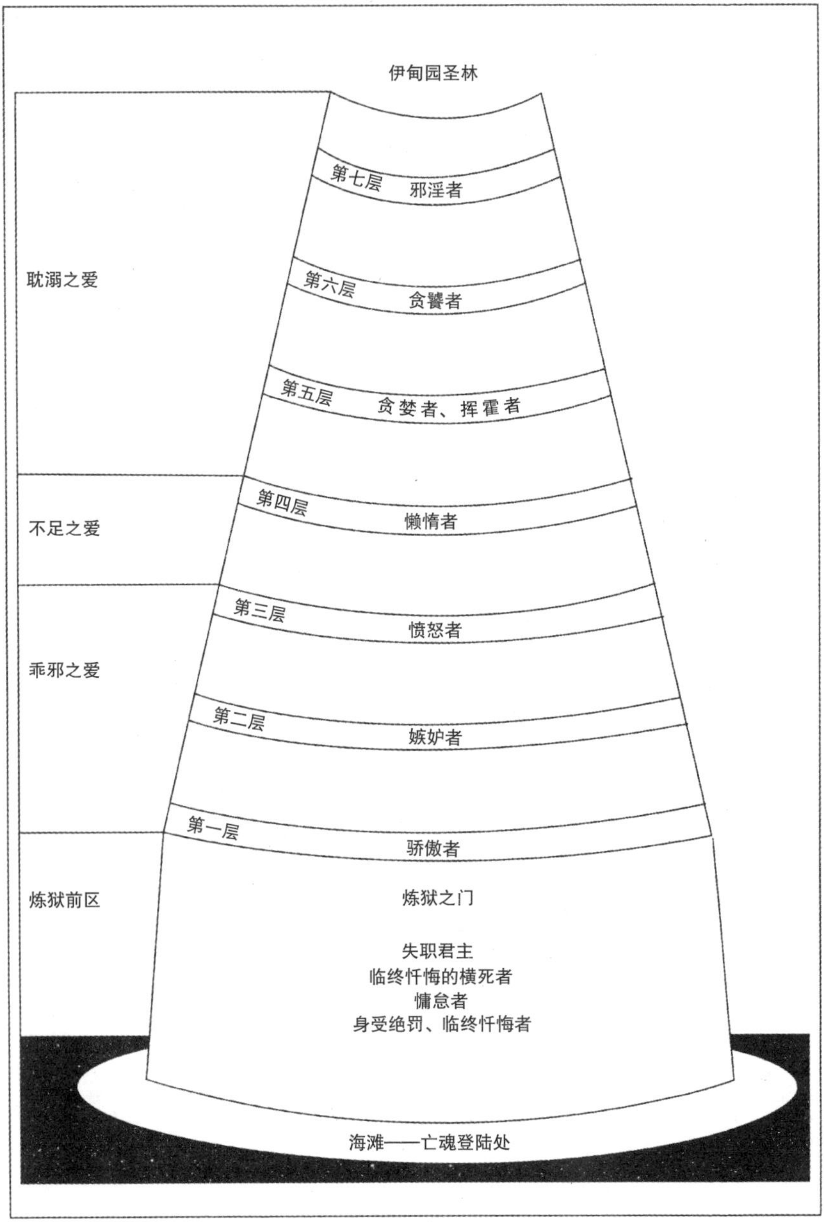
伊甸园圣林
第七层 邪淫者
第六层 贪饕者
第五层 贪婪者、挥霍者
第四层 懒惰者
第三层 愤怒者
第二层 嫉妒者
第一层 骄傲者
炼狱之门
失职君主
临终忏悔的横死者
慵怠者
身受绝罚、临终忏悔者
海滩——亡魂登陆处
耽溺之爱
不足之爱
乖邪之爱
炼狱前区

天堂结构图

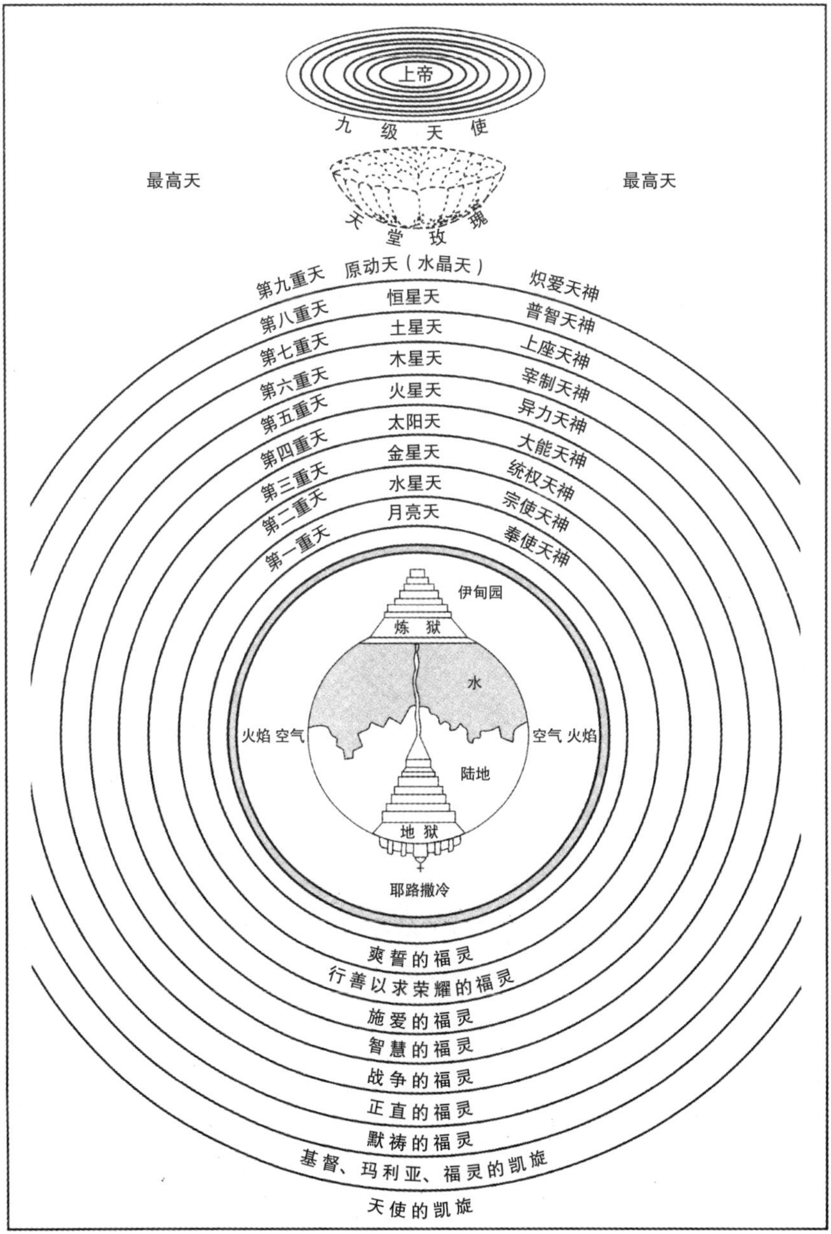

上帝
九级天使
最高天
最高天
天堂玫瑰
第九重天 原动天（水晶天） 炽爱天神
第八重天 恒星天 普智天神
第七重天 土星天 上座天神
第六重天 火星天 宰制天神
第五重天 太阳天 异力天神
第四重天 金星天 大能天神
第三重天 水星天 统权天神
第二重天 月亮天 宗使天神
第一重天 奉使天神
伊甸园
炼狱
水
火焰 空气
空气 火焰
陆地
地狱
耶路撒冷
爽誓的福灵
行善以求荣耀的福灵
施爱的福灵
智慧的福灵
战争的福灵
正直的福灵
默祷的福灵
基督、玛利亚、福灵的凯旋
天使的凯旋

第一章

在人生的中途，旅人但丁醒转，发觉置身于一个黑林里。走着走着，见到一座山，披上了太阳的光辉。正想上攀，却先后遭一只猛豹、一只狮子、一只母狼阻挡；母狼更把他逼向没有阳光处。走投无路间，但丁获维吉尔搭救。维吉尔告诉但丁，要到达阳光，必须走一条通过地狱和炼狱的路；并且答应当他的向导。于是维吉尔前行，但丁在后面跟随。

我在人生旅程的半途醒转，
　发觉置身于一个黑林里面，
　林中正确的道路消失中断。
啊，那黑林，真是描述维艰！
　那黑林，荒凉、芜秽，而又浓密，
　回想起来也会震栗色变。
和黑林相比，死亡也不会更悲凄；
　为了复述黑林赐我的洪福，

黑林

我在人生旅程的半途醒转，/ 发觉置身于一个黑林里面，/
林中正确的道路消失中断。

（《地狱篇》，第一章，一至三行）

其余的景物我也会一一叙记。

老实说，迷途的经过，我也说不出。
我离开正道，走入歧途的时候，
已经充满睡意，精神恍惚，

不知不觉间走完了使我发抖
心惊的幽谷而到达一座小山。
面对山脚，置身于幽谷的尽头

仰望，发觉这时候山肩已灿然
披上了光辉。光源是一颗行星，
一直带领众人依正道往返。

这时候，惊悸中我才稍觉安宁。
在我凄然度过的一夜，惊悸
一直叫我的心湖起伏不平。

像个逃亡求生的人，喘着气，
从大海脱得身来，一到岸边
就回顾，看浪涛如何险恶凌厉；

我的神魂，在继续窜遁间，
也转向后面，再度回望那通路，
那从未放过任何生灵的天险。

我让倦躯稍息，然后再举步，
越过那个荒凉无人的斜坡。
途中，着地的一足总踏得稳固。

哎哟，在靠近悬崖拔起的角落，
赫然出现了一只儇疾的猛豹，
全身被布满斑点的皮毛覆裹。

猛豹

哎哟，在靠近悬崖拔起的角落，/ 赫然出现了一只僄疾的猛豹，/

全身被布满斑点的皮毛覆裹。

（《地狱篇》，第一章，三一至三三行）

豹子见了我，并没有向后逃跑，
却挡住去路，叫我骇怖惊惶，
且多次转身，要向后面窜逃。
当时正值早晨之始的昧爽，
太阳刚和众星开始上升。
当神圣的大爱旋动美丽的三光，
那些星星已经与太阳为朋。
这样的良辰，加上美好的时令，
叫我充满了希望，结果乍逢
皮毛斑斓的野兽也感到欣幸。
可是，当我见一只狮子在前边
出现，我再度感到惶恐心惊。
那只狮子，饿得凶相尽显，
这时正仰着头，仿佛要向我奔来，
刹那间，空气也仿佛为之震慑。
然后是一只母狼，骨瘦如柴，
躯体仿佛充满了天下的贪婪。
就是她，叫许多生灵遭殃受害。
这头母狼，状貌叫人心寒。
见了她，我就感到重压加身，
不敢再希望攀爬眼前的高山。
因为赢了钱而感到欢喜的人，
时运转变时把赢到的钱输光，
悲痛间就会变得意志消沉。
面对那畜生，我也失去了希望。

狮子

那只狮子，饿得凶相尽显，/ 这时正仰着头，仿佛要向我奔来……

（《地狱篇》，第一章，四六至四七行）

他来势汹汹，一步一步地慢慢
把我驱向太阳不作声的地方。

当我跌跌撞撞地俯冲下山，
眼前出现了一个人。他的声音，
因久不运用而显得微弱不堪。

广阔的荒漠中，我见他向我走近，
就大声呼喊：“不管你是真人
还是魅影，我都求你哀悯！”

来者说：“我不是人；那是我前身。
伦巴第是我父母的祖籍。
他们俩生于曼图亚这个城镇。

我生时，适值凯撒王朝的末期，
在仁君奥古斯都之下的罗马生活。
那时候，世人为诳伪的神祇着迷。

我在凡间是个诗人，歌颂过
安基塞斯正直的儿子。兀傲的伊利昂
被焚后，他离开特洛亚，到他方逃躲。

你呢，怎么还重返痛苦的地方？
那座宜人的山，怎么不攀登？
百福哇，都在那里诞生萌长。”

“你就是维吉尔吗？那沛然奔腾
涌溢的词川哪，就以你为源头流荡？”
我回答时，脸上愧赧不胜。

“啊，你是众诗人的荣耀和辉光，
我曾经长期研读你，对你的卷帙

孜孜。但愿这一切能给我帮忙。
你是我的老师——我创作的标尺；
给我带来荣誉的优美文采，
全部来自你一人的篇什。
你看这畜生，逼得我要折回来。
大名鼎鼎的圣哲呀，别让她伤害我。
她使我的血脉悸动加快。”
“这里的处境险恶，你如果想逃脱，”
维吉尔见我哭了起来，就答道，
“得走别的路——这样你才能藏躲。
这只畜生，曾令你惊叫呼号。
她守在这里，不让任何人上路。
过路的会遭她截杀，不得遁逃。
这畜生的本性，凶险而恶毒，
贪婪的胃口始终填塞不满，
食后比食前更饥饿，更不知餍足。
跟她婚媾的畜生数目纷繁。
后来者还有很多。到一只猎狗
叫她惨死，她才会完蛋。
这猎狗，不吃土地，不吃铜臭，
却以智慧、仁爱、果敢为食粮。
二菲之城，在其国度的两头。
为低地意大利，卡米拉那未婚姑娘
跟欧律阿罗斯、图尔诺斯、尼索斯曾因伤牺牲。
这猎狗，必为意大利解除灾殃。

母狼

"你看这畜生，逼得我要折回来。/ 大名鼎鼎的圣哲呀，别让她伤害我。"

（《地狱篇》，第一章，八八至八九行）

他会把这头母狼逐出众城，
　把她赶回地狱才不再穷追。
　母狼由首妒放出后，就这样专横。
因此，为你的利益着想，我认为
　你最好跟着我，让我做你的向导，
　带你从这里穿过无尽的幽昧。
幽昧中，你会听到凄厉的尖嚎，
　看见古时的幽灵痛苦残存，
　各为本身的第二次死亡悲啡；
然后看别的亡魂，虽然被困
　火中，却安泰柔顺，希望有一天
　能加入那些受神恩眷宠的群伦。
那时候，如果你要向他们高骞，
　自有比我胜任的福灵引导你。
　临别时，我会把你留在她身边。
这是因为统治天界的皇帝，
　见我昔日违背了他的律法，
　不许我进入他的圣城帝畿。
统治上下、管辖四方的都是他。
　上面就是帝京和崇高的御座。
　获他选进圣城的，是多么幸福哇！”
我答道：“诗人哪，我向你祈求拜托；
　你不识上帝，也请你看在他份上，
　带我离开这困厄和更大的灾祸，
带我走向你刚才提到的地方，

维吉尔与但丁

维吉尔一启程，我就在后面紧跟。

（《地狱篇》，第一章，一三六行）

让我亲眼看到圣彼得之门，
目睹你所描述的众生苦况。”
维吉尔一启程，我就在后面紧跟。

注释：

1–6. **我在人生……震栗色变**：Mandelbaum（*Inferno*, 344）指出，《神曲》的写作日期，现在已无从考证。一般论者认为，但丁被逐出翡冷翠的时候，《神曲》还未完成，甚至还未开始。诗中旅程发生的日期，一般学者认为是濯足节（复活节前的星期四）之夜，也就是耶稣受难日的前一夜（即一三〇〇年四月七日晚上）。这一晚，但丁碰见三只野兽，进退维谷间获维吉尔搭救。到了第二章开头，叙事人进入地狱边境时，已经是耶稣受难日（四月八日）黄昏。在诗中，到了第二十一章一一二至一一四行，作者才说出故事发生的虚构日期（参看有关注释）。虚构日期置于但丁流放前，可以让叙事者“预知”未来，因为故事中的“未来”，在但丁撰写《神曲》时已变成“过去”。

古罗马诗人兼评论家贺拉斯（Quintus Horatius Flaccus，公元前六十五年至公元前八年）评荷马的作品时，谈到单刀直入法（in medias res）。所谓“单刀直入法”，指作品不兜圈子，一开始就把读者带进事件或情节的核心。《神曲》启篇，明快而直接，也有同样的效果。

1. **我在人生旅程的半途醒转：我**：Musa（*Inferno*, 72）指出，在《神曲》里，但丁以两重身分出现：有时是作者（或诗人）但丁，有时是旅人但丁、叙事者但丁。旅人但丁、叙事者但丁是作者但丁所塑造的人物。这里的“我”指旅人但丁、叙事者但丁。Vandelli (3) 指出，“醒转”有象征意义，不仅指字面上的“醒转”。**人生旅程的半途**：“人生”在原文为“nostra vita”（直译是“我们的一生”）；既指但丁的一生，也指大众或“普通人”（如十五世纪英国道德剧 *Everyman* 的主人公）的一生；象征意义显而易见。在基督教传统中，人的一生是七十岁。《圣经 · 旧约 · 诗篇》第九十篇（拉丁通行本《圣经》第八十九篇）第十节说：“Dies annorum nostrorum in ipsis septuaginta anni.”（“我们一生的年日是七十岁。”)。在《筵席》(*Convivio*, IV, XXIII, 6-10)里，但丁按照这一传统把三十五岁定为人生的中途。但丁生于一二六五年，一三〇〇年(即《神曲》故事发生的一年)，但丁三十五岁，正在人生的中途，符合《圣经》传统。参看《圣经·以赛亚书》第三十八章第十节："in dimidio dierum meorum vadam ad portas Inferi."(“正在我中年之日 / 必进入阴间的门。”)。参看 Anonimo fiorentino, Tomo I, 12; Tommaseo, *Inferno*, 3。这行的旅程意象，兼具现实和象征意义，因为中世纪的人常把人生视为走向上帝、走向天堂的旅程。“醒转”一词，既指叙事者在黑林中“醒转”，也指他觉今是而昨非，从罪恶和无知中醒悟过来。

《地狱篇》共有三十四章。一般论者视第一章为《神曲》的引子或序言(Bosco e Reggio, *Inferno*, 5 称为“Proemio generale”〔总序〕)。这样算来，《地狱篇》、《炼狱篇》、《天堂篇》各有三十三章，加上《地狱》的引子第一章，共一百章。“三”和“三”的倍数、“十”和“十”的倍数，在中世纪都是重要数字："三"与三位一体有关；“十”则象征完美。因此但丁自创三韵体(terza rima)，用来在《神曲》里写三位一体；同时把《神曲》分为三篇，每篇三十三章，共一百章。

2. **一个黑林**：维吉尔(Publius Vergilius Maro，公元前七十年至公元前十九年)的《埃涅阿斯纪》(*Aneis*)有类似的描写，例如第六卷七至八行："pars densa ferarum tecta rapit silvas"(“有的攻掠密林——野兽的隐伏处”)；一七九行："itur in antiquam silvam, stabula alta ferarum..."(“他们进入远古的森林——众兽的深窝……”)；一八六行："aspectans silvam immensam, et sic...precatur..."(“〔埃涅阿斯〕望着看不到尽头的森林……这样祈告……”)；《筵席》(*Convivio* IV, XXIV, 12)也说："la selva erronea di questa vita"(“此生的歧林”)。“黑林”在这里象征歧途，象征罪恶，象征人类的堕落，以至教会的腐败。参看 Benvenuto, Tomus Primus, 25; Bosco e Reggio, *Inferno*, 5; Sapegno, *Inferno*, 5; Mandelbaum, *Inferno*, 344。

《神曲》三篇，启篇的时间不同(《地狱篇》始于黑夜，《炼狱篇》始于黎明，《天堂篇》始于正午)，也有象征意义。大致说来，黑夜象征死亡，黎明象征希望，正午象征光芒大盛的时刻(但丁在正午飞向天堂的大光芒，至为恰当)。

3. **正确的道路**：有字面和象征意义。有关“正确的道路”，参看 Torraca, 1。

8. **黑林赐我的洪福**：指黑林的经历，最终会给但丁带来洪福。“洪福”既指但丁获维吉尔拯救，也指他最终获得超升。

12. **睡意**：“睡意”也有象征意义，指罪恶的生活中，人类会忘记善性。

14.　**小山**：象征向善、向上之途。

17.　**披上……行星**：这行所写的时间，是耶稣受难日的早晨。"行星"指太阳。在但丁时期的天文体系（即古希腊天文学家托勒密体系）中，"太阳"绕地球旋转，是"行星"之一。在这里，太阳象征上帝的光明，能引导世人向善。

18.　**正道**：参看第十一行的"正道"。

21.　**心湖**：根据但丁时期的生理学，"心湖"（"lago del cor"）指心脏的内室，是恐惧之所由生。

22–27.　**像个逃亡求生的人……天险**：这几行也可象征但丁逃离罪恶的一生。天险：也可以指上文黑林中的险恶处境。

30.　**着地的一足总踏得稳固**：此行有多种诠释。Singleton（*Inferno 2*，9-10）认为：在欧洲传统里，人的官能常以双足为喻。据亚里士多德的说法，所有的动作都始于右方。于是大家相信，一个人通常以右足起步，起步时左足停留下动。左足是"较稳的一足"（pes firmior）。其后，这种观念为基督教采用。波拿文都拉（Bonaventura）等人认为，首先移动的一足（即右足）是理智（apprehensivus）；另一足（即左足）是意志（affectus 或 appetitivus）。亚当犯罪后，理智（右足）受无知之伤；意志（左足）受欲念之伤，结果犯了原罪后的人类是个瘸子（homo claudus）。由于原罪之伤（vulneratio）主要是欲念之伤，因此人类的左足瘸得特别严重。Musa（*Inferno*，73）认为：人的双足，一足代表他对上帝的爱；另一足（即稳固的一足〔piè fermo〕）代表他对现世的爱。在旅程的这一阶段，旅人但丁对现世的爱显然强于他对上帝的爱。此外，较强的一足趋下，结果总处于较低的位置。要向上帝飞升，但丁必须努力把较强（也就是较低）的一足拉起。此外，参看 Anonimo fiorentino, Tomo 1, 14; Bosco e Reggio, *Inferno*, 8; Sapegno, *Inferno*, 7-8。

Singleton（*Inferno 2*，9-10）指出，在《地狱篇》第一章的开头，旅人但丁想攀向山上的光辉，却发觉自己有瘸子的弱点：看到了光明（右足司视），可是意志（左足）受了欲念之伤，"较稳的一足"（pes firmior）变成了"较不稳的一足"，结果只能一瘸一拐地前行。

32.　**猛豹**：象征淫欲或克制力的不足。猛豹和下文的狮子、母狼都出自《圣经·耶利米书》第五章第六节："Idcirco percussit eos leo de silva, lupus ad vesperam vastavit eos, pardus vigilans super civitates eorum...（"因此，林中的狮子必害死他们；/ 晚上的豺狼必灭绝他们；/ 豹子要在城外窥伺他们……"）。《圣经·约翰一书》第二章第十六节又说："omne quod est in mundo, concupiscentia carnis, et concupiscentia oculorum est, et superbia vitae: quae non est ex Patre, sed ex mundo est."（"因为，凡世界上的事，就像肉体的情欲、眼目的情欲，并今生的骄傲，都不是从父来的，乃是从世界来的。"）。

37–43. **当时正值……感到欣幸**：诗中描写的时间是春天。太阳于春分（大约是三月二十一日）进入白羊宫。据说上帝创造世界、旋动诸天时，正值春天，太阳正在白羊宫；道成肉身也在春天（三月二十五日）。因此，在传统中，春天一直是希望的季节。但丁的旅程在春天开始，有重要的象征意义。参看 Norton，3。

40. **那些星星**：指白羊座。

44. **狮子**：象征骄傲、恶意或暴力。暴力是地狱中受罚的第二种罪过。

55–57. **因为……消沉**：《神曲》有许多意象，都诉诸读者熟悉的日常经验。这几行以赌博为喻，是第一例。

60. **太阳不作声的地方**：指黑暗处，也象征上帝的光芒照不到的地方。在这一意象里，视觉（"太阳"）和听觉（"不作声"）交融，是通感（synaesthesia）手法，和《地狱篇》第五章第二十八行类似："众光喑哑的场所"（"luogo d' ogni luce muto"）。

62. **一个人**：严格说来，应该是"一个阴魂"或"一个幽灵"。指维吉尔。Musa（*Inferno*，74）指出，在《神曲》里，维吉尔象征凡人的智慧、文化、理性、诗歌、艺术，其成就是人力所臻的最高境界，因此能在行动和意识世界里当但丁的向导。不过要继续向上，就得依靠大爱，依靠上帝的恩典。因此到了后来，向导的任务要交给贝缇丽彩和贝尔纳（一译"伯尔纳"）。在诗中，贝缇丽彩象征爱，象征启示，象征更高的知见能力；贝尔纳则象征直觉。至于但丁在飞升天堂前为什么以维吉尔为向导，Musa（*Inferno*，75）认为，维吉尔是诗人，又是意大利人；其史诗《埃涅阿斯纪》有主人公埃涅阿斯进地狱的描写。此外，在中世纪，由于维吉尔的《牧歌》第四篇有诗句提到和平、繁荣的黄金时代，后人附会为基督降临的预言，结果作者被视为先知；在但丁心目中介乎帝国罗马和使徒开始传道后的罗马之间。但丁的《帝制论》（*Monarchia*）所反映的，正是维吉尔作品中有关罗马帝国的观念。

68–69. **伦巴第……曼图亚**：但丁时期的伦巴第，泛指意大利北部地区。维吉尔的出生地（曼图亚附近的安德斯〔Andes〕），位于意大利北部，因此伦巴第也算是维吉尔的祖籍。

70. **我生时，适值凯撒王朝的末期**：凯撒（Gaius Julius Caesar，又译"恺撒"，公元前一〇〇年至公元前四十四年），即凯撒大帝。维吉尔生于公元前七十年。公元前四十四年凯撒被布鲁图、卡西乌为首的元老派贵族刺杀时，维吉尔只有二十五岁，尚未写不朽的史诗《埃涅阿斯纪》(*Aeneis*)。

71. **奥古斯都**：Augustus，公元前六十三年至公元十四年，首位罗马帝国皇帝（公元前二十七年至公元十四年）。凯撒的甥孙兼养子。原名盖约·屋大维（Gaius Octavius），获凯撒收养后，改名盖约·尤里·凯撒·屋大维安努斯（Gaius Julius Caesar Octavianus）。凯撒被刺后，与马可·安东尼（Marcus Antonius）、李必达（Marcus Aemilius Lepidus）组成三头政治（Triumviratus），打败元老院贵族。其后，与安东尼决裂。公元前三十一年打败安东尼，乘胜攻埃及，灭托勒密王朝。公元前二十七年获元老院奉以 Augustus（拉丁文，"神圣"、"庄严"的意思）的称号。在位期间，文治武功煊赫，史称"黄金时代"。参看 Toynbee，73-74，"Augusto²"条；《世界历史词典》和《辞海》"奥古斯都"条。

72. **诳伪的神祇**：原文"dei falsi e bugiardi"，意思与奥古斯丁（Aurelius Augustinus，三五四年至四三〇年）《论上帝之城》的"deos falsos fallacesque"（*Ad Marcellinum De civitate Dei contra paganos*, II, xxix, 2）相近。

74. **安基塞斯正直的儿子**：指维吉尔的史诗《埃涅阿斯纪》所咏的英雄埃涅阿斯（Aeneas）。埃涅阿斯是安基塞斯（Anchises）和爱神维纳斯的儿子，罗马人的祖先。**伊利昂**：拉丁文 Ilion 或 Ilium，古希腊文为 Ἴλιον，即特洛亚（拉丁文 Troia，源出古希腊文 Τροία；另一汉译"特洛伊"源自英文"Troy"），在荷马的长篇叙事诗《伊利昂纪》（*Ἰλιάς*）中，与希腊鏖战多年后陷落。

77. **宜人的山**：指山顶。

78. **百福**："百福"是什么，下文会有交代。

79. **维吉尔**：Publius Vergilius Maro，古罗马诗人，著有《牧歌集》（*Bucolica*）、《农事诗集》（*Georgica*）、《埃涅阿斯纪》（*Aeneis*）。对但丁有极大的影响。在《地狱篇》、《炼狱篇》里，维吉尔是但丁的导师，象征智慧。

83. **你的卷帙**：指《埃涅阿斯纪》。

86. **优美文采**：一三〇〇年之前，但丁仿维吉尔的风格写过一些诗歌。这些诗歌，曾给他带来荣耀。

88. **这畜生**：指母狼。

89. **圣哲**：就但丁及其时代而言，古代的大诗人是圣哲，既有智慧，也有学问，其作品是智慧之书。因此，在《神曲》中，但丁把荷马、维吉尔、贺拉斯、奥维德、卢卡努斯称为"圣哲"（《地狱篇》第四章一一〇行）。

93. **得走别的路**：Musa（*Inferno*, 75）指出，此语也有象征意义：但丁要扬弃罪恶，幡然改途，才能到达圣光境界。

94–102. **这只畜生……才会完蛋**：母狼象征贪婪（cupiditas），是三大重罪之一。《提摩太前书》第六章第十节对这种罪过有以下的说法："Radix enim omnium malorum est cupiditas; quam quidam appetentes erraverunt a fide, et inseruerunt se doloribus multis."（"贪财是万恶之根。有人贪恋钱财，就被引诱离了真道，用许多愁苦把自己刺透了。"）**一只猎狗**：有关"猎狗"的身分，不同的论者有不同的说法，迄今仍没有定论。可以指理想中神圣罗马帝国的皇帝，可以指某位教士，可以指基督，可以指韦罗纳（Verona）总督坎·格兰德·德拉斯卡拉（Can Grande della Scala，一二九〇年至一三二九年）、亨利七世（一三〇八年十一月二十七日获选为神圣罗马皇帝）、沙尔·玛特（Charles Martel），甚至但丁本人。正如 Bosco e Reggio（*Inferno*, 14）所说，由于但丁在预言，所指隐晦难明，是理所当然。Sapegno（*Inferno*, 13）也认为，"猎狗"是历史上哪一位人物，很难断定。尽管如此，Musa（*Inferno*, 76）的论点似乎言之成理："猎狗"指韦罗纳总督坎·格兰德·德拉斯卡拉，其出生地韦罗纳位于菲尔特罗（Feltro）和蒙特菲尔特罗（Montefeltro）之间，而意大利文 cane 是"狗"的意思；加以德拉斯卡拉是但丁的恩公，以"智慧、仁爱、果敢"（第一〇四行）著称；但丁在作品中加以揄扬，也有可能。不过，无论"猎狗"指谁，维吉尔的预言可视为但丁的理想：一个精神世界会在凡间建立，以智慧、仁爱、果敢等德性取代兽性。"猎狗"象征绝对公正、贤明的力量。

103. **不吃土地，不吃铜臭**：这只猎狗不会求地，也不会贪财。"铜臭"，原文是"peltro"，直译是"白镴"（锡基合金），通常用来制餐具。

105. **二菲之城**：原文"Feltro e Feltro"。这行的解释，也是言人人殊。有的论者认为，"二菲之城"，指菲尔特雷（Feltre）和蒙特菲尔特罗（Montefeltro），是德拉斯卡拉统辖的界限。Sapegno（*Inferno*, 13）认为此语泛指猎犬出身卑微。Allen Mandelbaum 认为，Feltro 应该小写（feltro），是"毡"或"毡帽"的意思；指选举神圣罗马皇帝时所用的器皿（器皿以毡为衬里）。因此，第一〇一行的"猎狗"应该指神圣罗马皇帝。Singleton（*Inferno 2*, 18）则认为，原文的"nazion"如果指"诞生"，则"tra feltro e feltro"可以指"猎狗"诞生的时间属双子座，因为双子星卡斯托尔（Κἀστωρ, Castor）和波吕丢克斯（Πολυδεὐχης, Polydeuces）在传统中都戴毡帽，古罗马人称为"pilleati fratres"（"戴毡帽的兄弟"）。

106. **低地意大利**：原文"umile Italia"和《埃涅阿斯纪》第三卷五二二至

五二三行的“humilemque videmus Italiam”（“我们看见地势低下的意大利”）有别：前者有象征意义，指意大利道德卑下；后者仅指地理位置）。**卡米拉**：Camilla，普里维努姆城（Privernum）之君梅塔布斯（Metabus）之女，助图尔诺斯（Turnus）与埃涅阿斯为敌，被阿伦斯（Arruns）杀死。见《埃涅阿斯纪》第十一卷七五九至八三一行。

107. **欧律阿罗斯、图尔诺斯、尼索斯**：意文“Eurialo”、“Turno”、“Niso”，均为《埃涅阿斯纪》中的人物。欧律阿罗斯（Euryalus）、尼索斯（Nisus）为特洛伊人，随埃涅阿斯往意大利，在战争中丧生。见《埃涅阿斯纪》第九卷一七六至四四九行。图尔诺斯（Turnus）为鲁图路斯（Rutulus）族君主，死于埃涅阿斯手下。

111. **首妒**：最初的嫉妒。指撒旦对上帝的嫉妒。撒旦堕落前称为“晓星”、“明亮之星”、“早晨之子”，英文“Lucifer”。Lucifer 源出拉丁文 lux/fero，有“带光”之意。

114. **无尽的幽昧**：原文为“luogo etterno”（直译是“永恒的处所”），指地狱。地狱的刑罚永远不变，所以说“无尽”。

117. **第二次死亡**：指判入地狱受永无休止的刑罚。参看《圣经·启示录》第二十章第十四节：“Et infernus et mors missi sunt in stagnum ignis; haec est mors secunda.”（“死亡和阴间也被扔在火湖里；这火湖就是第二次的死。”）。《圣经·启示录》第二十一章第八节：“...Pars illorum erit in stagno igne et sulphure: quod est mors secunda.”（“……他们的分就在烧着硫磺的火湖里；这是第二次的死。”）。有关这行的其他解释，参看 Anonimo fiorentino, Tomo 1, 25-26; Bosco e Reggio, *Inferno*, 16。

118. **别的亡魂**：指炼狱的亡魂。

119. **火中**：指炼狱中涤罪之火，与地狱中“永恒之火”（“l'etterno foco”）相对。在《炼狱篇》第二十七章一二七行，涤罪之火又称为“短暂的烈火”（“Il temporal foco”）。参看 Singleton, *Inferno 2*, 20。

120. **受神恩眷宠的群伦**：指天堂的福灵。

122. **比我胜任的福灵**：指贝缇丽彩（Beatrice）。飞升天堂的旅程，非维吉尔所能胜任。参看第六十二行的注释。贝缇丽彩，一二六六年（晚但丁一年）出生。但丁九岁，一见贝缇丽彩而钟情。一二九〇年，贝缇丽彩卒。其后，但丁写《新生》歌颂她。据薄伽丘和十四世纪意大利的评论家考证，贝缇丽彩是佛尔科·坡提纳里（Folco Portinari）之女，嫁西莫内·德巴尔迪（Simone dei Bardi）。参看 Toynbee, 83-85, “Beatrice[2]” 条。

124. **天界的皇帝**：指上帝。上帝住在最高天（一译“净火天”），也就是第十重天。

126. **不许我进入他的圣城帝畿**："圣城帝畿"，指天堂。从但丁的观点看，只有信仰基督的人方能进天堂。维吉尔卒时，基督的教义还未传到罗马，无缘沾基督之恩，所以不能进天堂。在《神曲》（尤其是《地狱篇》）里，罗马帝国（参看《地狱篇》第二章一三至二四行）常与上帝之城相提并论。

134. **圣彼得之门**：即炼狱之门。参看《炼狱篇》第九章第七十六行及其后的描写。《神曲》一共描写了三道门：地狱之门（见《地狱篇》第三章一至一一行），冥王狄斯之门（见《地狱篇》第八章七九至一一五行，第九章八九至九〇行），这里所提的炼狱之门。

第二章

白天退隐，但丁开始犹疑，不知道能否胜任埃涅阿斯和保罗经历过的旅程。维吉尔责但丁怯懦；并且告诉他，圣母玛利亚出于哀怜，乃叫露姹吩咐贝缇丽彩施以援手；贝缇丽彩受了露姹的遣派，就降落地狱边境，请维吉尔相助。但丁听了维吉尔的解释后，恢复了信心，于是跟着维吉尔走入深邃的荒途。

白天在退隐，晦冥的暮色黯默，
　正让大地之上的芸芸众生
　停止劳碌。只有我，一个人，孑然
准备去面对一场将临的斗争：
　既畏前路，又为所见而悯恻。
　这场斗争，由无讹的记忆来吟讽。
缪斯呀，超迈的诗思呀，立刻帮助我。
　记忆呀，是你记录了我的观察，
　这里就是你表现才华的场所。

维吉尔与但丁

白天在退隐……

（《地狱篇》，第二章，第一行）

于是我这样说："指引我的诗人哪，
　请先看我有没有胜任之力，
　再让我向艰难的前路进发。
你说过，西尔维乌斯的父亲，肉体
　未脱离死亡而仍属朽败的一群，
　就凭凡躯走进了永恒之地。
如果那镇伏万恶的上主答允，
　而且考虑到该旅程的崇高宏谟，
　考虑到其苗裔是什么样的贤俊，
明理的人就不会觉得这决定欠妥。
　因为，他早已获得最高天的选派，
　去开创辉煌的罗马及其帝国。
该城、该国——如要把真相说出来——
　早已建立，成了神圣的领土，
　是著名的彼得传授衣钵所在。
他的旅程，你曾经颂之于书。
　他在旅程中所获的见闻、经验
　使他凯旋，并制定教皇的圣服。
后来，获选的器皿也去了一遍，
　目的是证实、巩固那宗教的信仰——
　导苍生走上救赎之路的起点。
至于我，去干吗呢？谁给我力量？
　我不是埃涅阿斯，不是保罗，
　能胜任吗？我跟别人都不会这样想。
因此，我要是为这次旅程许诺，

恐怕行动只会是鲁莽之举。
你是智者；我不必说，你也能揣摩。”
一个人，立了志仍会后悔犹豫，
三思之后会改变原来的目标，
结果全身而退，刚启程已不再继续。
幽坡上，我的初衷也这样动摇，
因为我的旅程开始得太仓猝，
现在一想，就马上把计划打消。
“你讲的话，要是我了解无误”——
那个伟大心灵的影子回答说，
“显示你的心已经遭怯懦征服。
怯懦常会羁绊人，使他踬踣，
使他面对壮举也趑趄不前，
就像牲畜，因错觉而受惊后躲。
为了帮你摆脱恐惧的意念，
我且告诉你，我为何来此；最初
萌生哀矜时，听到过什么传言。
我本来跟其他亡魂飘忽为伍。
有一天，一位圣美的女士唤我。
我就回答说：‘有事请尽管吩咐。’
她的眸子，比星辰明亮得多，
开始说话时，声调婉柔而优雅，
一如天使在发言。她这样对我说：
‘曼图亚的灵魂哪，你温文可嘉，
美名仍然在世上流传不朽，

此后会与世同寿，传诵迩遐。
吾友运蹇，此刻正遭逢灾咎，
在荒芜的山坡遇到了险阻
而怵然转身，不敢在旅途上稍留。
据我在天上所听到的描述，
我现在搭救他，恐怕已经太晚，
恐怕此刻他早已深入歧路。
因此，请你快点用嘉言的婉转
或足以助他脱险的其他方法
帮他。这样，我才会转愁为欢。
我是贝缇丽彩，来请你搭救他。
我离开了居所，现在就要回去。
出于仁爱，我把这信息转达。
我一旦返回我的上主所居，
就会经常赞颂你的嘉美。'
说到这里，就沉默不语。
于是我说：'贤慧的娘娘啊，人类
完全因为您才能超越凡生，
从诸天最小的圈子向上凌飞；
您差遣的任务，我乐于担承。
命令刹那间履践，我仍嫌太迟。
尊意一宣，我马上就会遵奉。
告诉我，您为何会来此审视，
肯从您此刻亟要回归的广居
降落深穴，直达核心的位置。'

贝缇丽彩与维吉尔

“我是贝缇丽彩，来请你搭救他。”

（《地狱篇》，第二章，第七十行）

‘你对事情既然有这样的兴趣，’
贝缇丽彩说，‘我不妨简单地说一回。
我降落这里，不怕置身异域，
是因为我们只害怕能够作祟
害人的东西；除此之外，再不怕
别的；别的东西并不可畏。
我借神恩而超升啊——，感谢他——
你们的苦痛再也触不到我。
这里的火焰，也不能向我攻伐。
我请你搭救的人在中途受挫，
天上高贵的娘娘对他哀怜，
乃把那里严峻的天条打破；
并且把殉教的露姹唤到身边，
对她说：“这一刻，你的信徒需要你，
请你帮助他脱离所处的险艰。”
于是，露姹——一切残忍的夙敌——，
起立，来到我跟前。我的座位
在拉结的一旁。（她是天上的宿耆。）
“贝缇丽彩呀，你是神的真辉，”
露姹说，“为什么不搭救那个曾经
爱你的人呢？为了你，他离开了俗类。
你听不见他可怜的哭泣吗？比沧溟
还汹涌的大水上，死亡正在侵袭他。
难道你看不见？”露姹的话刚停，
我就从福乐之座下降，一刹那

　　来到了这里。世人在凡尘
　　趋吉避凶，也不会这么快就到达。 111
我从福乐之座下降，因为我信任
　　你高华的言辞。它给你荣誉；
　　你的听众也享受它的清芬。’ 114
贝缇丽彩说出了自己的心绪，
　　明眸就流着泪，望向别的地方，
　　叫我前来的心情更加匆遽， 117
叫我按她的意思来到你身旁。
　　那猛兽，阻挡了捷径，叫你上不了
　　美丽的山峰。我已经给你帮忙， 120
你现在还怕什么？为什么还要
　　拖延？你的心怎么充满了怯懦，
　　没有一点半点的豪放骠骁？ 123
何况此刻，三位娘娘在天国
　　眷顾你，在天庭里给你庇荫；
　　众多的福乐我已经为你预说。” 126
恍如小花遭黑夜的寒霜凛凛
　　禁闭、压弯，然后因受照于曙光
　　而全部翘首开放，在茎上欣欣 129
向荣，我的力量也恢复了原状，
　　浩浩的勇气沛然流入了心中。
　　于是我释然说话，不再惊惶： 132
“救我的女士呀，她的慈悲真渊泓！
　　你也真仁厚，这么快就已经

把她所说的嘉言付诸行动！
你的话，使我的心里充满豪情，
热切要上路，继续向前的步伐。
原来的计划，我此刻再希望实行。
我们两人一心，现在就出发吧——
由你当我的领导、贤主、老师。”
我对维吉尔说完了这番话，就跟他
走入深邃的荒途，没有再停滞。

注释：

1–3. **白天……孑然**：这几行与《埃涅阿斯纪》描写黑夜的片段相呼应（*Aeneis*, III, 147; IV, 522-28; VIII, 26-27; IX, 219-220）。

1. **白天在退隐，晦冥的暮色黯默**：参看《埃涅阿斯纪》第三卷一四七行："Nox erat et terris animalia somnus habebat."（“黑夜降临，大地上，睡眠统御了众生。”）。旅人但丁，从日出走到日落，希望攀登第一章提到的那座山；此刻，已经是暮色晦冥。

2. **芸芸众生**：既指动物，也指人类。

3. **只有我，一个人**：维吉尔只是幽灵，不是人，所以但丁说“只有我，一个人”。

4. **斗争**：指此后的旅程。

5. **悯惙**：指路上所见，会引起但丁的悲悯愁惙。

7. **缪斯呀**：诗人开始向缪斯祈求。在西方的史诗传统中，诗人启篇时都有向缪斯祈求的惯例。这惯例可以上溯到荷马的《伊利昂纪》第一卷第一行：“Μῆνιν ἄειδε, θεὰ, Πηληϊάδεω’Ἀχιλῆος”（“女神哪，请你吟咏佩琉斯之子阿喀琉斯的愤怒”）；《奥德修纪》第一卷第一行：“Ἄνδρα μοι ἔννεπε, Μοῦσα, πολύτροπον”（“缪斯呀，请为我讲述足智多谋的好汉”）；《埃涅阿斯纪》第一卷八至一一行：“Musa, mihi

causas memora, quo numine laeso/quidve dolens regina deum tot volvere casus/insignem pietate virum, tot adire labores/impulerit.tantaene animis caelestibus irae?"（"告诉我事情的原委呀，缪斯。何事忤逆了 / 天后之意，何事激怒了她，叫她驱 / 这仁厚男儿经历这么多的风险，面对 / 这么多的艰辛？天神的胸怀，有这样的深仇？"）；米尔顿（John Milton）的《失乐园》（*Paradise Lost*）第一至六行："Of man's first disobedience.../Sing Heav'nly Muse..."（"人类最初违背神旨……这一切，请你吟咏啊，天神缪斯……"）。在《炼狱篇》和《天堂篇》的开头，也有同样的祈求。Sapegno（*Inferno*, 18）指出，第二章是《地狱篇》的真正开端，所以诗人向缪斯的祈求在这里出现。《炼狱篇》（第一章七至一一行）和《天堂篇》（第一章一三至三三行），也有类似的公式。

13–21. **你说过……帝国**：埃涅阿斯离开特洛亚后，与从属来到意大利，最后建立罗马。不过在伟业完成之前，先要经历地狱之旅。

13. **西尔维乌斯**：Silvius，埃涅阿斯的儿子。埃涅阿斯进地狱时，父亲安基塞斯告诉他，他会跟第二位妻子拉维尼亚（拉丁诺斯之女）生下最后一个儿子（西尔维乌斯）。《埃涅阿斯纪》卷六有主人公进地狱的描写。

14. **朽败的一群**：指未能脱离死亡的凡人。

15. **永恒之地**：既指天堂，也指地狱。Singleton（*Inferno* 2, 25-26）指出，古书《圣保罗所见》（*Visio Sancti Pauli*），有圣保罗升天的描写。但丁可能认识此书。

25. **颂之于书**：指维吉尔在《埃涅阿斯纪》里吟颂上面提到的事迹。

27. **制定教皇的圣服**：基督教日后会在埃涅阿斯创立的罗马帝国建立。教皇是一教之首，标举教皇等于标举教会。

28. **获选的器皿也去了一遍**："获选的器皿"指保罗。原文为"Vas d'elezione"，拉丁文《圣经》为"vas electionis"。《圣经 · 使徒行传》第九章第十五节说："Dixit autem ad eum Dominus: Vade, quoniam vas electionis est mihi iste, ut portet nomen meum coram Gentibus et regibus et filiis Israel."（"主对亚拿尼亚说：'你只管去！他是我所拣选的器皿，要在外邦人和君王，并以色列人面前宣扬我的名。'"）。"去了一遍"，指保罗"被提到乐园里"（《圣经 · 哥林多后书》第十二章第四节）。Sinclair（*Inferno*, 44）指出，在《神曲》里，但丁常把《圣经》和基督教以外的古代神话、典故、历史人物并举，表示教内、教外的一切都服务于天命。作者在这一章把埃涅阿斯和保罗并论相提，是众多例子之一。

30. **导苍生走上救赎之路的起点**：《圣经 · 希伯来书》第十一章第六节："Sine fide autem impossibile est placere Deo..."（"人非有信，就不能得神的喜悦……"）。

40. **幽坡**："幽"，指黑暗，没有光明，也有字面和象征意义：一方面指天色黑暗，一方面指但丁心中充满疑虑。

44. **伟大心灵的影子**：指维吉尔。由于维吉尔是亡魂，所以称为"影子"（"ombra"）。

50–51 **最初 / 萌生哀矜时**：指维吉尔最初对但丁产生怜悯之情时。

52. **飘忽**：原文为"sospesi"，指维吉尔和其他有德行的亡魂置身地狱边境，飘忽于天堂的至乐和地狱的至苦之间，"没有忧戚或喜乐"（《地狱篇》第四章第八十四行）；想见上帝的心愿永难实现。

53. **圣美的女士**：指下文的贝缇丽彩。这是《神曲》中贝缇丽彩的首度出现。Sinclair（*Inferno 2*，44）指出，贝缇丽彩代表理想的教会，维吉尔代表理想的帝国。但丁认为，教会与帝国合作无间，天下才会太平。正因为如此，但丁的旅程才由维吉尔和贝缇丽彩共同促成。

66. **歧路**：有字面和象征意义。

70. **我是贝缇丽彩**：第一章一二二行首次提到贝缇丽彩（即该行所指的"福灵"）。

71. **居所**：指天堂。为了拯救但丁，贝缇丽彩从天堂进入幽域（即地狱边境）找维吉尔。

73. **上主**：指上帝。

76–78. **贤慧的娘娘啊……向上凌飞**：这几行所表现的，并非基督教思想。在维吉尔的心目中，贝缇丽彩对全人类都重要。有了她，人类才能超越凡躯的局限，飞升天堂。（Musa, *Inferno*, 86-87）在《神曲》的天文体系（大致与托勒密的地心体系相同）中，地球位于宇宙中心，静止不动。绕着地球运转的，依次是月球、水星、金星、太阳、火星、木星、土星、恒星天、原动天。从月球到恒星天的所有天体，都由原动天推动。原动天外是最高天（或称"净火天"）。最高天是上帝、天使和众福灵所居，无边无际，无始无终，存在于时间和空间之外。"最小的圈子"，指月亮的轨迹；由于轨迹里只有地球，所以称"小"。有关地心体系，参看《中国大百科全书 · 天文学》，页六〇至六一。

83–84. **肯从……位置**："广居"（"ampio loco"），指最高天。最高天在所有天体之外，广阔无边，所以称为广居。"核心"，指地狱，在这里有贬义；因为根据《神曲》的天文体系，地球在宇宙中心，离上帝最远，地位最低；而地狱在地球的中央，更是远中之远、低中之低，最被上帝鄙弃。

91–93. **我借神恩……攻伐**：光看这几行，读者会觉得贝缇丽彩冷酷无情，对地狱和幽域的苦痛无动于衷。但丁在这方面的态度，主要受托马斯·阿奎那（Thomas Aquinas）的影响。在《神学大全》（*Summa theologica*, III, Supplementum, qaestio 94, articulus 2, respondeo）里，阿奎那说："Et ideo beati qui erunt in gloria nullam compassionem ad damnatos habebunt."（"因此，置身荣耀中的福灵不会同情被上帝罚入地狱的人。"）。这种态度，其实言之成理，因为据《圣经》的说法，上帝绝对公正。那么，被罚入地狱或幽域的亡魂得不到上帝的恩宠，是罪有应得，不值得天堂的福灵同情。参看 Vandelli，20。

92. **你们的苦痛再也触不到我**：上文（第八十五行）用"你"，仅指维吉尔；这里用"你们"，指地狱所有的亡魂。

93. **火焰**：指地狱的惩罚。

95–96. **天上高贵的娘娘……天条打破**："天上高贵的娘娘"指圣母玛利亚。在天堂，圣母玛利亚一直居中为人类祈祷，上帝严峻的天条乃变得宽厚。参看《天堂篇》第二十章九四至九九行。在《地狱篇》里，但丁只用间接手法提述圣母和圣子。

97–98 **并且……需要你**："露妩"，锡腊库扎（Siracusa）贞女圣露妩，公元三世纪殉教，是视力的主保圣人。在这里，露妩象征启蒙的力量和普照的恩宠。《炼狱篇》第九章第六十一行提到露妩"秀美的眼睛"；《天堂篇》第三十二章一三七至一三八行复述露妩当日如何遣贝缇丽彩营救但丁。

102. **拉结**：亦译"辣黑耳"。《圣经》人物。据《圣经·创世记》第二十九、三十、三十五章所载，拉结是拉班的次女，利亚的妹妹。雅各先娶利亚，后娶拉结。拉结初嫁时未能生育，向耶和华求告而生约瑟；生第二个儿子便雅悯时死于难产。在《神曲》里，拉结象征沉思、瞻想、默祷、娴静；利亚则象征活跃。用现代心理学的术语说，拉结内向，利亚外向。在天堂，贝缇丽彩坐在拉结旁（参看《天堂篇》第三十二章第九行）。**宿耆**：原文是"antica"（直译是"古代的"），带有尊敬之意。拉结是《圣经·旧约》人物，因此以"antica"一词来形容。

103. **神的真辉**：原文为"loda di Dio vera"，指神的光辉、荣耀借贝缇丽彩来彰显。在《新生》（*Vita Nuova*）第二十六节里，但丁说过，许多人见了贝缇丽彩，都说："Questa non è femmina，anzi è uno de li bellissimi angeli del cielo."（"这不是凡间女子；简直是至美的天使之一。"）。

104–105. **那个曾经 / 爱你的人……离开了俗类**："爱你的人"，指但丁。这句的意思是：但丁为了贝缇丽彩，在精神和肉体上都变得脱俗超群。

106–107. **比沧溟/还汹涌的大水上，死亡正在侵袭他**：这里的"大水"（原诗一〇八行的"fiumana"）基本上与第一章二二至二七行所写的"大海"（"pelago"）无异；指罪恶激荡的尘世生命。由于这条大水（或大河）不是一般的大水，不会流入大海，因此比大海（"沧溟"）还汹涌。"死亡"，指精神死亡。

119. **那猛兽**：指第一章所写的母狼。

第三章

但丁和维吉尔来到地狱之门，目睹门上可骇的文字，听到叹息、恸哭、嚎咷在没有星星的空中回荡旋涌。维吉尔告诉但丁，这里受罪的亡魂，在世上不招闲言，也无令誉可矜。接着，他们看见一群亡魂追随着一面旗帜。但丁认出了一些人，看见他们遭马蜂和大黄蜂刺螫；然后见卡戎把亡魂收扣，渡向冥河的另一边。晦冥的平原剧震间，但丁昏了过去。

“由我这里，直通悲惨之城。
　由我这里，直通无尽之苦。
　由我这里，直通堕落众生。
圣裁于高天激发造我的君主；
　造我的大能是神的力量，
　是无上的智慧与众爱所自出。
我永远不朽；在我之前，万象
　未形，只有永恒的事物存在。

来者呀，快把一切希望弃扬。”
我所见到的文字，毫无光彩，
用暗色刻在地狱之门的高处。
于是我说 ：“老师呀，讲得真可骇。”
如识途之人，维吉尔这样答复 ：
“一切疑虑，必须在这里摆脱。
一切怯懦，必须在这里结束。
这个地方，我已经向你解说。
悲惨的群伦，你会在这里看见。
他们都享受不到心智的成果。”
维吉尔说完，就按着我的手，其和颜
使我放心。然后，他把我带到
凡眸不能目睹的景物之前。
那里，叹息、恸哭、凄厉的嚎咷
在星光全无的空中回荡旋涌。
起先，这景象使我哭泣哀号。
陌生的语言、可怕的话声、各种
充满痛苦的言辞、愤怒的腔调、
尖厉而沙哑的嗓子和众手乱动
乱打的巨响，在骚然涡转咆哮，
在无始无终的幽冥中永不休止，
就像风沙在回飙里疾旋急搅。
我的脑子被惊恐包围。于是
说道 ：“老师呀，这是什么声音？
听起来好像有人在受着凌迟。”

地狱之门

“来者呀，快把一切希望弃扬。”

（《地狱篇》，第三章，第九行）

维吉尔答道：“这些人处境可悯，
他们都是可怜的亡魂，在世上
不招闲言，也无令誉可矜。
他们跟一群卑鄙的天使同党。
这些天使，不是上帝的叛徒
或信徒；他们为私利而自成一帮。
天穹嫌他们不够好，把他们放逐；
深坑呢，又不愿给他们栖身之地，
怕坏人因此而显得光荣突出。”
于是我说：“老师呀，是什么悲戚，
使他们哀悼恸哭得这么厉害？”
维吉尔答道：“扼要简单地告诉你：
他们想死而无望，要死也死不来。
他们盲目的一生又这么卑下，
觉得处境比谁都更加可哀。
世间容不了他们的声名或评价。
他们不值得怜悯，不值得审判。
别谈他们了，小心往前去呀！”
我举目前望，见一面旗帜招展，
旋转飞驰间，速度是那么迅疾，
仿佛永远都不能停留转慢。
在旗帜之后，一列阴魂在逶迤
而来。如非目睹，我真的不肯
相信，这样的一大伙，因死亡而毁弃。
行列当中，我认出了一些人，

然后看见一个熟悉的幽灵。
由于怯懦，他生时拒绝献身。
于是我猛省，而且可以肯定，
这，就是那败坏而邪恶的一伙，
不受上帝和上帝的仇敌欢迎。
这班卑鄙的家伙，从没有生存过。
此刻，他们正裸着身体，在那里
遭牛虻和马蜂狠狠刺螫折磨。
鲜血从他们的脸庞流淌下滴，
和眼泪混在一起滴落脚边，
再遭令人恶心的蛆虫吮吸。
之后，我的目光再望远一点，
只见人群聚在大河之畔。
于是我说："老师呀，请为我明言，
他们是谁，受什么律令驱赶，
要这么行色匆匆，急于摆渡？
冥暗中，他们好像在纷纷前趱。"
维吉尔答道："一会儿，待我们驻足，
在惨恻的阿刻戎河边稍停，
事情的真相你就会一清二楚。"
我闻言，不禁赧然垂下了眼睛，
生怕说话鲁莽，叫老师不快；
于是默默向河岸那边前行。
哎哟，一只小舟驶了过来，
一个头发斑白的老人在上面

卡戎与阿刻戎河

哎哟，一只小舟驶了过来，/ 一个头发斑白的老人在上面 /

大喊 :“邪恶的阴魂哪，活该当灾！”

（《地狱篇》，第三章，八二至八四行）

大喊："邪恶的阴魂哪，活该当灾！
你们不要再指望见到蓝天。
我此来，是要把你们渡往对岸，
渡入永冥，渡入冰霜和烈焰。
那个活着的人哪，你得幡然
离开，别在这里当亡魂的侣俦。"
可是，当他看见我仍在久耽，
就说："循别的道路、别的渡头，
你才会找到通往出口的水滨。
你搭乘的，该是轻一点的小舟。"
于是，我的导师说："卡戎，别操心！
这是上方的旨意。上方皇皇，
要怎样就怎样；别再问原因。"
这个船夫，两颚蓬松，两眶
围绕着火焰，专管青黑的沼泽。
他听了这话，下巴不再擘张。
可是，疲倦而赤裸的亡魂，听了
维吉尔所说的残忍言辞，无不
咬牙切齿，突然间变了脸色。
他们辱骂上帝，辱骂父母，
辱骂人类，辱骂自己的时辰、
八字、老家，以至生命之所出。
之后，他们聚在一起，纷纷
痛哭着向那可憎的凶岸趑趄。
那凶岸，等待着所有不畏神的人。

恶魔卡戎，红炭般的眼睛睢盱，
　打着手势把他们一并收扣。
　稽延不前的，他就挥桨打过去。
在秋天，树上的叶子会嗖嗖
　零落，一片接一片的，直到枝干
　目睹所有的败叶委堕于四周。
亚当的坏子孙见召，也这样从河岸
　一个接一个的向船里投扑下坠，
　恍如鹰隼听到了主人的呼唤。
他们就这样出发，航入冥水。
　在冥河的另一边，船还没有停泊，
　让他们登陆，这边又聚满了一堆
亡魂。“孩子呀，”和蔼的老师说，
　“因招惹神怒而亡的一切死者，
　从各地拥来，在这里聚成一伙 ；
而且都急于渡过这条冥河，
　因为天上的律法鞭笞他们，
　使恐惧变成了欲望，不可阻遏。
取道这里的，没有一个好人。
　因此，卡戎虽然没有言宣，
　他何以训你，你现在应能明审。”
维吉尔的话刚说完，晦冥的平原
　就剧烈震动。想起当时的惊悸，
　满身的冷汗仍会流淌如泉。
含泪的土地把一阵阴风吹起，

亡魂登船

恶魔卡戎，红炭般的眼睛睢盱，/ 打着手势把他们一并收扣。/

稽延不前的，他就挥桨打过去。

（《地狱篇》，第三章，一〇九至一一一行）

霍然闪出一道朱红的光芒，
吓走我所有的知觉，使我昏迷
不醒，像沉睡的人倒在地上。

注释：

1–9. **由我这里……希望弃扬**：这几行是刻在地狱之门的文字，犹第十一章第八至九行是刻在坟墓之上的文字。一至三行，句式相同（“由我这里，直通……”），开门见山，而且一再重复，有雷霆万钧之势，仿佛地狱在说话；有“地狱之门常开”的意思。其主题与《埃涅阿斯纪》第六卷一二七行所写的相同：“Noctes atque dies patet atri ianua Ditis.”（“冥冥狄斯，其门日夜常开。”）。

1. **悲惨之城**：泛指地狱，也专指狄斯（Dis）之城，是上帝之城、天堂之城的反面。狄斯即冥王，相当于中国神话中的阎王或阎君、希腊神话中的哈得斯（Ἅιδης，Hades）或普路托（Πλούτων，Pluto）。

4. **造我的君主**：指“上帝”。地狱由上帝创造，用来惩罚叛变后的撒旦及跟随撒旦的堕落天使。地狱完成的时间先于人类。撒旦堕落前称为“明亮之星”、“早晨之子”（Lucifer）。

5–6. **造我的大能……所自出**：这两行所描写的是三位一体：圣父、圣子、圣灵，分别代表“神的力量”（“divina potestate”）、“无上的智慧”（“somma sapienza”）、“众爱所自出”（“primo amore”）。参看《筵席》第二卷第五章第八节：“la potenza somma del Padre...la somma sapienza del Figliuolo...la somma e ferventissima caritade de lo Spirito Santo”（“圣父的无上大能……圣子的无上智慧……圣灵炽烈而无上的慈爱”）。

7–8. **我永远不朽……事物存在**：诸天、天使、原始物质，直接由上帝创世时造就，因此永恒不灭（参看《天堂篇》第二十九章二二至四八行）。之后，撒旦及其随从叛变，上帝再创造地狱去囚禁这批坏天使；因此地狱也永恒不灭。参看《圣经 · 马太福音》第二十五章第四十一节：“Tunc dicet et his qui a sinistris erunt: Discedite a me, maledicti, in ignem aeternum, qui paratus est diabolo et angelis eius.”（“王又要向那左边的说：‘你们这被咒诅的人，离开我！进入那为魔鬼和他的使者所预备的永火里去！’”）。（Singleton, *Inferno 2*, 41）。

11. **暗色**：此词有两重意义：既指文字用黑色写成，也指文字死气沉沉。

14–15. **一切疑虑……结束**：原文“Qui si convien lasciare ogni sospetto ；/ogni viltà convien che qui sia morta”，用了修辞学所谓的交叉法（chiasmus）。Singleton（*Inferno 2*, 41）指出，就内容而言，这两行遥呼《埃涅阿斯纪》第六卷二六一行：“nunc animis opus, Aenea, nunc pectore firmo.”（“埃涅阿斯呀，此刻要勇敢，要坚定。”）。

18. **他们都享受不到心智的成果**：思索真理，对心智有好处；思索至高的真理，对心智有最大的好处；上帝是至高的真理，思索上帝对心智有最大的好处。最高天的福灵得睹上帝的圣颜，所以能享受心智的成果。地狱的阴魂犯了罪，又不肯改悔，结果永远不能认识上帝，享受不到心智的成果。思索真理，对心智有好处这一论点，源出亚里士多德的《伦理学》。参看《筵席》第二卷第十三章第六节。（Singleton, *Inferno 2*, 41-42）

21. **凡眸不能目睹的景物**：地狱非一般凡人可以到达，里面的景物不是凡眸所能目睹。

23. **星光全无**：星星象征光明。星光全无的境况，是地狱的一大特征。此句遥应《埃涅阿斯纪》第六卷五三三至五三四行：“quae te fortuna fatigat, /ut tristes sine sole domos... adires?”（“是什么样的命运逼迫你，/ 要你来到没有阳光的惨地……？”）。

29. **无始无终**：地狱直接由上帝创造，永恒不灭，存在于时间之外，所以无始无终。

31. **惊恐**：原文“orror”（惊恐）：有的版本（包括 M.Barbi 等学者所编的意大利但丁学会版）为“error”（错误）。不过根据原诗的上下文，“orror”更能配合但丁当时的处境。《神曲》描写地狱的片段，受《埃涅阿斯纪》的影响极大；看了下列《埃涅阿斯纪》的句子，读者也许觉得，“orror”更能配合文理：第二卷五五九行：“at me tum primum saevus circumstetit horror”（“于是，我首度遭无名的恐慌征服”）；第四卷二七九至二八〇行：“at vero Aeneas aspectu obmutuit amens, /arrectaeque horrore comae, et vox faucibus haesit”（“埃涅阿斯目睹此景，吓得目瞪口呆，/ 头发悚然，声音哽塞在喉咙中”）；第六卷五五七至五五九行：“hinc exaudiri gemitus, et saeva sonare/ verbera, tum stridor ferri, tractaeque catenae./constitit Aeneas strepitumque exterritus hausit”（“里面传来清晰的呻吟声和残酷的 / 拷打声，然后是铁链被拖曳的当啷声。/ 埃涅阿斯驻足，骇然倾听着巨响和吼声”）。（Chiappelli, 37）。

35–42. **他们……突出**：这里描写的，是卑怯、胆小、不敢承担、不热不冷、“明哲保身”的骑墙派阴魂，其中包括撒旦叛变时没有鲜明立场的天使。这些阴魂既上不了天堂，也下不了地狱；由于地狱也瞧不起他们，他们只能置身于地狱外的过道。这八行的字里行间，充满了但丁的鄙夷。但丁有这种态度，主要是性格使然：但丁为人正直，面对是非、善恶时态度分明，恰与这些阴魂相反。也因为这个缘故，他才会介入政治纷争，最后被逐出翡冷翠。这几行表达的主题，可以上溯《圣经》。参看《圣经·启示录》第三章第十五至十六节对老底嘉（Laodicea）教会的描写：

“Scio opera tua, quia neque frigidus es neque calidus; utinam frigidus esses aut calidus! Sed quia tepidus es, et nec frigidus nec calidus, incipiam te evomere ex ore meo.”

“我知道你的行为，你也不冷也不热；我巴不得你或冷或热。你既如温水，也不冷也不热，所以我必从我口中把你吐出去。”

本章三五至四二行所表现的鄙夷，和“我必从我口中把你吐出去”一句分量相当。

46. **他们想死而无望，要死也死不来**：这些阴魂，觉得死比现状胜一筹。当然，进了地狱，“死”了仍要受永恒的刑罚。《圣经·启示录》第九章第六节有类似的描写：“Et in diebus illis quaerent homines mortem et non invenient eam, et desiderabunt mori et fugiet mors ab eis.”（“在那些日子，人要求死，决不得死；愿意死，死却远避他们。”）。这一观点，佩特罗尼纽（Gaius Petronius Arbiter，生年不详，卒于公元六十六年）的《萨蒂利孔》（*Satyricon*）第四十八章也提过：“Nam Sibyllam quidem Cumis ego ipse oculis meis vidi in ampulla pendere, et cum illi pueri dicerent: Σίβυλλα τί θέλεις: respondebat ilia: ἀποθανεῖν θέλω.”（“我亲眼看见那个女预言家，挂在库迈的一个瓶子里。当孩子们问她：‘女预言家呀，你要什么？’她就会说：‘我要死。’”）。这段文字，艾略特在《荒原》（*The Waste Land*）里用作卷首引语。引文中说话的人是特里玛尔基奥（Trimalchio）。

49–51. **世间……小心往前去呀**：这几行所表现的极度鄙夷，即使在整部《神曲》里也不易找到。

50. **不值得审判**：从某一角度看，连审判也不值得，就连地狱的其他阴魂也不如了。对地狱里罪大恶极的阴魂，但丁也鲜会这么鄙夷。

52–56. **我举目……而来**：《地狱篇》第二十八章一四二行有“报应”

（contrapasso）一词，指亡魂生时积什么善，犯什么罪，死后就会接受相应的赏惩。在但丁《致坎·格兰德的信》（*Epistole* XIII, 33）中，这种报应称为“灵魂死后的状态”（“status animarum post mortem”）。在凡间或天堂没有立场、避免表态的人或天使，死后就这样跟着一面无名的旗帜奔走，漫无目的。（Singleton, *Inferno 2*, 47）

59–60. **然后……献身**：大多数笺注家，包括但丁的儿子皮耶特罗（Pietro di Dante），都认为这两行所写，是教皇西莱斯廷五世（Celestine V）。西莱斯廷五世于一二九四年上任，当了五个月零九天教皇就逊位。数天后，即一二九四年十二月二十四日，奸险狡诈的本内迭托·卡耶塔尼（Benedetto Caetani）接任教皇，成为卜尼法斯八世（Boniface VIII）。据史家记载，卡耶塔尼是靠阴谋诡计把教皇之位夺来的。有些论者认为，这两行另有所指：诸如以扫、于三〇五年逊位的古罗马皇帝戴克里先（Gaius Aurelius Valerius Diocletianus）、西方末任罗马皇帝罗慕路斯·奥古斯图路斯（Romulus Augustulus）、彼拉多、翡冷翠白党的无能领袖维耶利·德切尔基（Vieri de'Cerchi）等等。参看 Bosco e Reggio, *Inferno*, 39-40; Sapegno, *Inferno*, 34; Vandelli, 27; Singleton, *Inferno 2*, 47-52。不过就但丁的生平事迹而言，但丁儿子的说法最可信，因为西莱斯廷五世不逊位，本内迭托·卡耶塔尼就不会当教皇；本内迭托·卡耶塔尼不当教皇，但丁就不会受尽放逐之苦。

61–64. **于是……生存过**：他们的灵魂没有生存过，因此置身世上，也等于行尸走肉。这几行的鄙夷更强。这伙亡魂，不为上帝、凡人、天堂、地狱所欢迎。

65–69. **此刻……吮吸**：这是《地狱篇》第一段描写刑罚的文字，也首次展示了但丁的匠心。在《地狱篇》里，所有的刑罚都和阴魂的罪过相称。“蛆虫”吸吮之景叫人毛骨悚然，强调了这些阴魂的卑下低劣。

70. **之后……再望远一点**：从这行开始，描写的细节和《埃涅阿斯纪》第六卷二九五行以后写埃涅阿斯地狱之旅的片段相近。但丁景仰维吉尔，受他的影响是自然不过的。

71. **大河**：指阿刻戎河（'Αχέρων, Acheron），但丁在第七十一行和第八十一行称为“fiume”；维吉尔在《埃涅阿斯纪》第六卷三至八行称为“amnis”，是冥界五河之一，又叫祸川。在这里，船夫卡戎把亡灵渡往冥府。冥界的其余四河为泣川科库托斯（Κωκυτός，拉丁文 Cocytos 或 Cocytus）、忘川勒忒（Λήθη, Lethe）、火川弗列革吞（Φλεγέθων, Phlegethon）、誓川斯提克斯（Στύξ, Styx）。斯提克斯称为誓川，是因为众神常指此河发誓。参看张霖欣编译《希腊罗马神话辞典》，页二五；《埃涅阿斯纪》第二卷；米尔顿的《失乐园》第二卷。《埃涅阿斯纪》第六卷二九五至三三〇行对阿刻戎河及亡魂有详细的描写；三一七至三二〇行写埃涅阿斯询问库迈（Cumae）的女预言家时有下列叙述：

Aeneas miratus enim motusque tumultu,
"dic," ait, "o virgo, quid vult concursus ad amnem?
quidve petunt animae？ vel quo discrimine ripas
hae linquunt, illae remis vada livida verrunt?"
于是，埃涅阿斯惊视着混乱的骚动，
说："姑娘啊，告诉我，为什么都拥往河上？
这些亡魂要找什么？他们何以会离岸？
那些人又何以用船桨扫刮这青黑的河流？

83. **头发斑白的老人**：指卡戎（Χάρων，Charon），冥神之一，黑暗之神厄瑞玻斯（Ἔρεβος，Erebus）和夜女神尼克斯（Νύξ，Nyx）之子，负责把亡灵摆渡过冥河，使其能去冥府。在希腊神话里，只有举行过葬礼的亡魂才能获他摆渡，否则要在冥河之岸游荡一百年方能上船。少数的例外，包括色雷斯（Θράχη, Thrace）的著名乐师奥尔甫斯（Ὀρφεύς, Orpheus）、赫拉克勒斯（Ἡρακλῆς, Heracles）、奥德修斯（Ὀδυσσεύς, Odysseus）、埃涅阿斯（Αἰνείας, Aeneas）。参看《希腊罗马神话辞典》页一九一。但丁的描写（九七至九八行的"两颚蓬松，两眶／围绕着火焰"；一〇九行的"红炭般的眼睛"）大致模仿维吉尔的《埃涅阿斯纪》第六卷二九八至三〇四行）。参看Singleton, *Inferno 2*, 53。米开朗基罗（Michelangelo Buonarroti）在意大利梵蒂冈西斯廷教堂所绘的壁画《最后审判》有卡戎像。据专家考证，壁画的人物以但丁在此章的描写为蓝本。

88–93. **那个活着的人哪……轻一点的小舟**：卡戎认出了但丁，而且知道他是活人，预言他将来死后不会进地狱，却会乘较轻的船去炼狱。《炼狱篇》第二章一〇至五一行就描写了这艘"轻一点的小舟"。卡戎的话，颇受《埃涅阿斯纪》第六卷三八八至三九一行影响：

"quisquis es, armatus qui nostra ad flumina tendis,
fare age, quid venias, iam istinc, et comprime gressum.
umbrarum hic locus est, somni noctisque soporae;
copora viva nefas Stygia vectare carina。"
"武装来到这条河的，不管你是谁，

都要停下来，说明来意，不要再前行。
这是亡魂之地，属于睡眠和大寐之夜。
把生人摆渡过斯提克斯会冒犯天条。”

95–96. **这是上方的旨意。上方皇皇，/ 要怎样就怎样**：“上方”，指天堂，代表上帝。“上方的旨意”就是上帝的旨意。上帝要怎样，就会怎样。原文（“vuolsi così colà dove si puote/ciò che si vuole”）的结构错综，繁复的音韵一再重复交响，互相呼应，其艺术效果在汉译里难以全部保留。

98. **青黑的沼泽**：原文“livida palude”。“livida”是形容词，可解作“青黑”、“青灰”、“铅色”、“苍白”。在《埃涅阿斯纪》第六卷三二〇行里，维吉尔称这条冥河为“vada livida”（“青黑的河”）。维吉尔的《埃涅阿斯纪》不押韵，用字较自由；但丁在这里要找一个与一〇〇行的“nude”（“赤裸”）、一〇一行的“crude”（“残忍”）押韵的字，自由较少，不能再用意大利文的“河”（“fiume”）字。

106–107. **纷纷 /……趑趄**：这里的描写和《埃涅阿斯纪》第六卷三〇五行相近：“所有的人群都拥向河岸这边”（“huc omnis turba ad ripas effusa ruebat”）。

112–117. **在秋天……呼唤**：在欧洲的史诗传统中，以叶子比喻人群的意象，最初见于荷马的《伊利昂纪》第二卷四六七至四六八行：“ἔσταν δ' ἐν λειμῶνι Σκαμανδρίῳ ανθεμόεντι/μνρίοι ὅσσα τε φύλλα καὶ ἄνθεα γίγνεται ὥρη.”（“就这样，他们在斯卡曼德洛斯多花的平原上列阵 / 密密麻麻，如叶子和繁花盛放。”）；八〇〇至八〇一行：“λίην γὰρ φύλλοισιν ἐοικότες ἢ ψαμάθοισιν/ἔρχονται πεδίοιο μαχησόμενοι προτὶ ἄστυ.”（“他们进军平原攻城时 / 像极了密密麻麻的叶子和泥沙。”）。但丁这几行的灵感，则来自《埃涅阿斯纪》第六卷三〇九至三一二行（但丁不懂希腊文，不可能直接师事荷马）：

quam multa in silvis autumni frigore primo
lapsa cadunt folia, aut ad terram gurgite ab alto
quam multae glomerantur aves, ubi frigidus annus
trans pontum fugat...
密如林叶在秋天的初霜下
纷纷飘落；或如群岛，每年
被寒冷的气候驱过大海，
向海岸飞聚……

不过但丁在承先之余，又能创新："枝干 / 目睹……败叶委堕"、"鹰隼听到了主人的呼唤"等句子，都别出心裁。同时，诗人还用了拟人法："枝干 / 目睹所有的败叶委堕于四周。"参看 Singleton, *Inferno 2*, 55。日后，米尔顿《失乐园》第一卷三〇一至三〇三行也用类似的意象："His legions, angel forms, who lay entranced, /Thick as autumnal leaves that strow the brooks/In Vallombrosa."（"他的军团——一个个天使之身——呆躺着，/ 密集如秋天的落叶，布满了 / 瓦洛姆布罗萨山谷的溪涧。"）。

127. **取道这里的，没有一个好人**：此行与《埃涅阿斯纪》第六卷五六三行相近："nulli fas casto sceleratum insistere limen"（"洁魂都不可以踏过这道凶门槛"）。

133–134. **含泪的……光芒**：这两行描写地震。古人相信，地震由禁锢在地下的蒸汽造成。这股蒸汽化为一阵风，吹起一道红色的光芒。《炼狱篇》第二十一章五五至五七行也提到地震，可参看。

第四章

但丁在沉睡中被响雷惊醒，置身悬崖之上。崖下是深不见底的痛苦之谷，里面回荡着无尽的嚎咷。但丁跟维吉尔绕着深渊的第一圈走向下方，看见没有犯罪的亡魂，因没有领洗而失去目睹上帝的希望。接着，他们遇见荷马等四位古典大诗人，并且获他们欢迎。然后一起前行，进入一座城堡。穿过了七道门之后，他们在一个翠坪上看见许多古代的伟人，其中包括著名的哲学家和历史人物。之后，维吉尔和但丁离开城堡，重返无光的地带。

一个响雷，把我脑中的沉睡
　轰隆打破。霍然间，我一惊而醒，
　恍如入睡者受扰而醒自梦寐。
我站了起来，以休息后的眼睛
　向四周顾盼，并且凝神细望，
　看看这时我身在何处幽冥。
发觉我原来身在悬崖之上，

下临深不见底的痛苦之谷。
无尽的嚎咷如雷声在里面回荡。
峡谷黑而深，而且浓雾飘忽。
我向谷底探看，到眼睛疲茶，
还看不到里面的任何景物。
“让我们下去，看看盲目的世界，”
诗人说话时，脸色白如死灰，
“我在前，你在后面与我相偕。”
我见他的脸如此苍白憔悴，
就说：“惶惑时，我一向有你鼓舞；
现在连你也害怕，我怎敢跟随？”
维吉尔答道：“下面这些人，痛苦
不堪，惨状在我的脸容涂上
怜悯的颜色，你就误认为惊怖。
走吧，路途遥远，容不得延宕。”
就这样，维吉尔在前面带着我，一起
绕深渊的第一圈走向下方。
就我听到的声音而言，那里
没有任何恸哭，只有唏嘘
始终不停，一直使空气荡激。
那是无痛的哀叹。而这种境遇，
为数目庞大的一群人共有。这群人
包括小孩、成年的男子和妇女。
我的良师对我说：“怎么不问问
眼前所见的这些幽灵是谁？

你离开之前，我要告诉你，他们
都有优点，而且没有犯罪。
但这样还不够；他们没有领洗，
无从向你所信的宗教回归。
他们在生时，如果基督教未成立，
他们对神的崇拜就仍欠理想。
而我本身，跟他们并无差异。
我们会沦落，非因我们有罪殃；
只因我们在这方面有所舛乖，
遂苦于有欲望而无希望可讲。”
听了这番话，我的心充满了悲哀，
因为我认识的一些人，才能
超卓，却要在地狱的边境徘徊。
“老师呀，告诉我，告诉我呀，先生，”
说时，我希望肯定，我的信仰
能赢得每一场与邪恶的斗争，
“有没有人，靠自己或别人的力量
离开这里而获得福荫的呢？”
维吉尔听了，明白我心中所想，
答道：“初来的时候，我看见一个
雄伟显赫的人曾到此一行。
戴的是胜利之冕哪，这位来者。
从我们当中，他带走一些豪英：
把人类的始祖及其子亚伯解放；
还有挪亚和守法的摩西（法令

幽域——无罪的亡魂

“我们会沦落，非因我们有罪殃；/ 只因我们在这方面有所舛乖，/
遂苦于有欲望而无希望可讲。”

（《地狱篇》，第四章，四〇至四二行）

都由他颁布）；有族长亚伯拉罕和大卫王；
有以色列及其儿子和父亲；
有拉结——令以色列辛劳的女郎；
还有众多的人，都得了福荫。
我要告诉你，在这些人之前，
幽灵中从来没有获救的生民。”
维吉尔说话时，和我都没有流连，
却一直穿越森林，继续向前走。
（所谓森林，指幽灵聚集连绵。）
离开我刚才入睡的地点没有
多远，就看见一朵火在燃烧不熄，
半球形的亮光，把黑暗摒于外头。
我们和火焰间虽有一段距离，
但不算太远，因此我隐约看得出，
那里有一群可敬的贤良聚集。
“啊，你一向尊崇科学和艺术。
这些人是谁？荣耀这么昭懋，
而且境况独特，不与他人为伍。”
维吉尔答道：“他们为世人称道，
美名在你们上面的阳间传播
而获天恩，地位乃得以提高。”
这时候，有声音传入我的耳朵：
“致敬啊，向地位崇高的诗灵。
他一度离开了我们的魂魄
回来了。”话声停止后，剩下寂静。

我看见四个人走来，身影硕大，
容颜没有忧戚或喜乐的表情。
我的良师再一次开始说话：
“你看，持剑在手的那位幽魂
如君王领先，三人随后跟着他。
他就是荷马，诗人当中的至尊。
跟在后面的，是讽刺诗人贺拉斯，
是奥维德和卢卡努斯等群伦。
由于刚才那声音独宣的名字
为他们各人跟我一起所拥有，
他们都尊重我，惠然不分彼此。”
就这样，我看见这些英杰聚首。
其领袖在诗歌上踔绝无敌，高骞
如苍鹰，卓然凌驾了其他同俦。
他们共聚商量了一段时间，
就转过身来向我表示欢迎。
为了这缘故，老师怡然展颜。
之后，他们使我更感到荣幸：
因为他们竟邀我加入其行列。
于是我位居第六，和众哲齐名。
我们前进着，到了那火光才停歇，
途中谈着那地方该谈的话题。
那些话题，此刻就应该终结。
我们来到一个城堡的脚底，
发觉外面有七重高墙环绕，

幽域——诗人和英杰

就这样，我看见这些英杰聚首。/ 其领袖在诗歌上踔绝无敌，高骞 /
如苍鹰，卓然凌驾了其他同俦。

（《地狱篇》，第四章，九四至九六行）

周围有一条秀水护卫逶迤。
我们足履平地般越过城壕，
和上述圣哲进城，穿过七道门，
来到一个翠坪。翠坪的青草
茏葱，聚集着目光凝重的人。
他们脸上的神情充满了威严，
说话不多，语调却尔雅温文。
于是，我们大家都退到一边，
置身于一处高亮而开敞的地方。
结果，那些人都映入我们眼帘。
在我面前，在釉绿的草地上，
那些伟大的幽魂都展现无遗。
见了他们，我为之蹈厉昂扬。
我看见厄勒克特拉和许多人在一起。
当中，我认得出赫克托尔、埃涅阿斯
和全副武装、眸如鹰眼的凯撒大帝。
我看见卡米拉和彭忒西勒亚等女子
置身另一边。我看见拉丁诺斯这君主
坐着，旁边是女儿拉维尼亚的席次。
我看见驱逐塔昆尼乌斯一族的布鲁图，
看见卢克瑞提亚、尤利亚、玛克亚、科内丽亚，
还有撒拉丁，离了群独自在一处。
当我稍微举目去望远察遐，
我看见了有识之士的老师
坐在那里，周围是一群哲学家。

人人都向他致敬，向他仰止。
　那里，我看见苏格拉底和柏拉图，
　先于其他人，和他相距咫尺。
德谟克利特——视世界为偶然的通儒，
　第欧根尼、阿那克萨哥拉和泰勒斯、
　恩培多克勒、赫拉克利特和芝诺等人物。
我看见那位采集草药的好夫子——
　我是说狄奥斯科利德斯——以及
　奥尔甫斯、西塞罗、利诺斯、利用言辞
劝世的塞涅卡、几何学家欧几里得、托勒密、
　希波克拉底、阿维森纳、盖仑、
　写下了著名疏论的阿威罗伊。
我不能逐一描尽所有的亡魂，
　因为故事太长，正催我快说，
　描摹实况时文字常感困顿。
六个人剩下两个——维吉尔和我。
　明师带我循另一条路离开
　寂静，进入空气震颤的角落。
然后，我来到一个无光的地带。

注释：

4. **我站了起来……眼睛**：但丁在第三章昏过去的时候，曾倒在地上，因此要站起来。“休息后的眼睛”，指他的眼睛在沉睡中获得休息。

7–8. **发觉……痛苦之谷**：在沉睡中，但丁已渡过冥河；至于怎样渡过，作者没有交代。

13. **盲目的世界**：“盲目的世界”指地狱。Sapegno（*Inferno*, 43）指出，“盲目”有两重意义，既指真正失明，也指黑暗无光。

17. **惶惑时，我一向有你鼓舞**：参看《地狱篇》第一章九一至一二九行，《地狱篇》第二章四三至一二六行。

25. **就我听到的声音而言**：地狱黑暗，眼睛看不远，但丁要靠耳朵去听。

29–30. **这群人 / 包括小孩、成年的男子和妇女**：参看《埃涅阿斯纪》第六章三〇五至三〇八行：

> huc omnis turba ad ripas effusa ruebat,
> matres atque viri, defunctaque copora vita
> magnanimum heroum, pueri innuptaeque puellae,
> impositique rogis iuvenes ante ora parentum.
> 此地，所有的人群纷纷拥向河岸：
> 有妈妈，有大汉，有品质崇高、在凡间
> 完成伟业的英雄，有男孩，有未婚少女，
> 有双亲眼前被置于火葬柴堆上的幼儿。

在两段描写中，但丁受维吉尔的影响显而易见。在《神曲》原文里，“成年的男子”是“viri”，源出拉丁文“vir”，含褒义，有“男子汉”的意思。

34. **没有犯罪**：“犯罪”，指出生后所犯的罪，不是指原罪。“没有犯罪”，指没有在尘世犯罪。

35–36. **他们没有领洗，/……回归**：原文为：“perché non ebber battesmo, / ch'è porta de la fede che tu credi”。“porta”是门的意思，指领洗是通向信仰之门。佩特洛基（Giorgio Petrocchi）在《神曲·引言》（*La Commedia: I Introduzione*）页一七〇至一七一谈到其他例子，并引述奥古斯丁（Aurelius Augustinus）的《忏悔录》第十三章第二十一节：“Non enim intratur aliter in regno caelorum ex illo.”（“因为，再没有别的道路可以进入天国。”）。

38. **他们对神的崇拜就仍欠理想**：Singleton 解释这一论点时，引述了托马

斯·阿奎那的说法：

Vel dicendum, quod licet infideles bona facerent, non tamen faciebant propter amorem virtutis, sed propter inanem gloriam. Nec etiam omnia bene operabantur, quia Deo cultum debitum non reddebant.（*In Ioan. evangel.*III, iii, 5）

或者我们可以说，虽然异教徒可能做了善事，但他们这样做，并非因为他们好善，而是因为他们慕虚荣。同时，他们做事时，也不会样样都做得好，因为他们没尽本分尊崇上帝。

《圣经·约翰福音》第三章第十九节也说："Lux venit in mundum, et dilexerunt homines magis tenebras quam lucem; erant enim eorum mala opera."（"光来到世间，世人因自己的行为是恶的，不爱光，倒爱黑暗。"）。参看 Singleton, *Inferno 2*, 59。

47. **我的信仰**：指但丁对基督的信仰。

50. **离开这里**：指离开地狱。

52. **初来的时候**：维吉尔卒于公元前十九年。基督进地狱时，维吉尔置身幽域（地狱边境）的时间尚短，是"初来"。

52–53. **一个 / 雄伟显赫的人**：指基督。"基督"之名，在《地狱篇》里面从不出现。但丁的这一安排具有深意：不让地狱玷污"基督"，也表示地狱配不上"基督"。

54. **胜利之冕**：指基督头上的十字光轮。

56. **人类的始祖**：指亚当。Singleton（*Inferno 2*，61）指出，这里提到的女性只有拉结（第六十行），没有夏娃，因为夏娃获救是理所当然。

59. **以色列**：雅各·亚伯拉罕之孙，以撒之子，与亚伯拉罕、以撒合称以色列三大圣祖。雅各在毗努伊勒跟天使摔跤，天使给他改名为"以色列"（"神的战士"之意）。参看《圣经·创世记》第三十二章第二十二至三十二节。

60. **拉结……女郎**：为了娶拉结（雅各母舅拉班的次女），雅各"服事"了拉班两个七年。参看《圣经·创世记》第二十九章第九至三十节。

68–69. **一朵火……外头**：Singleton（*Inferno 2*，61-62）指出，这朵火象征理智的自然光辉。基督降临前，非基督徒中的贤者，只能靠这种光辉立德、立功、立言。

78. **得以提高**：指能够置身光中。

83. **我看见四个人走来，身影硕大**：Singleton（*Inferno 2*，62）指出，在《神曲》以至中世纪的绘画和雕刻里，高大的身型通常象征崇高、伟大的精神。

86–88. **持剑在手……诗人当中的至尊**：荷马（Ὅμηρος），古希腊诗人，拉丁文名字为 Homerus。但丁本人不懂希腊文，加以中世纪没有荷马的全译本，因此只能从古典作家的引文和叙述特洛亚战役的一首拉丁诗中，认识荷马的《伊利昂纪》和《奥德修纪》。荷马所写，是特洛亚战争的英雄事迹，“持剑在手”一语，跟他的身分配合。参看 Bosco e Reggio, *Inferno*, 59; Sapegno, *Inferno*, 48; Singleton, *Inferno 2*, 62-63。

89. **讽刺诗人贺拉斯**：贺拉斯（Quintus Horatius Flaccus，公元前六十五至公元前八年），古罗马诗人兼评论家，生于意大利南部的韦努西亚，曾在罗马和雅典求学。父亲为奴隶。作品包括《颂诗》四卷、《讽刺诗》二卷、诗体《书简》二卷、评论《诗艺》。贺拉斯作品的内容包括伊壁鸠鲁学派和斯多葛学派的伦理哲学，也有道德说教。最初拥护共和派；其后依从奥古斯都的新政，获奥古斯都的亲信赠送庄园。奉奥古斯都之命所写的《世纪之歌》，上半部为罗马祝福，下半部歌颂奥古斯都的政绩。贺拉斯的成就不限于讽刺诗。不过他在《诗艺》里称自己为讽刺作家，而但丁谙熟《诗艺》一书，称贺拉斯为讽刺诗人也顺理成章。有的论者认为，贺拉斯的作品当中，但丁只认识《讽刺诗》和《书简》，因此称他为讽刺诗人。参看 Fredi Chiappelli, 43; Toynbee, 477-78,“Orazio”条；《辞海》和《中国大百科全书·外国文学》有关词条。

90. **奥维德**：Publius Ovidius Naso（公元前四十三年至公元十八年），古罗马诗人，生于意大利中部的小城苏尔莫（Sulmo），出身富裕。曾在罗马、雅典求学。因得罪奥古斯都而被流放到黑海托姆地区。一直想重返罗马而不果，最后死于异乡。作品包括《恋歌》（*Amores*）、《列女记》（*Heroides*）、《爱的艺术》（*Ars amatoria*）、《爱的医疗》（*Remedia amoris*）、《变形记》（*Metamorphoses*）等。《变形记》受古希腊哲学家“灵魂轮回”的理论影响，以希腊、罗马神话为素材，有二百五十多个故事，引人入胜。但丁、莎士比亚、歌德等欧洲诗人都从中取材或获得启发。这种启发，在《地狱篇》里面至为明显。参看 Toynbee,“Ovidio”条；《辞海》、《中国大百科全书·外国文学》有关词条。

卢卡努斯：Marcus Annaeus Lucanus（公元三十九年至六十五年），生于西班牙科尔杜巴，为老塞内加之侄。曾在罗马和雅典受教育，支持共和制度。在尼罗治下，因参与谋反而自杀。主要著作有《法萨罗斯纪》（*Pharsalia*，一译《法萨利亚》）。《法萨罗斯纪》又称《内战纪》（*De bello civili*），是十卷未完成的史诗，以公元前四十九年至公元前四十七年凯撒与庞培的内战为题材。内战中，庞培败于希腊北部塞萨利亚（Θεσσαλία，拉丁文Thessalia，英文Thessaly）的法萨罗斯（Φάρσαλος, Pharsalus）城，史诗以该城为名。但丁《神曲》的史实，有不少取自《法萨罗斯纪》。参看Toynbee, 398-99, "Lucano"条。

91–93. **由于刚才那声音……不分彼此**：在这几行诗里，但丁把自己与古典诗人同列，表现了极大的自信。所谓"名字"，就是"诗人"。

95. **在诗歌上踔绝无敌**：原文"de l'altissimo canto"，较直接的翻译是"写最崇高的诗歌"。"最崇高的诗歌"指史诗。在古代的欧洲，史诗在读者心目中是诗中至尊，地位最崇高。荷马写了两首史诗，所以"在诗歌上踔绝无敌"。在《地狱篇》（第二十章一一三行），维吉尔提到自己的作品《埃涅阿斯纪》时，称为"高华的悲剧"（"l'alta tragedìa"）。

97–102. **共聚……和众哲齐名**：但丁让古典大诗人欢迎自己，"加入其行列。/……位居第六"，表示自己也是大诗人，其抱负可见一斑。

102. **众哲**：在欧洲文学传统中，诗人一向叫人想到智慧，常与智者、哲人、先知相提并论。拉丁文"vates"一词，原指"先知"或"预言家"；自维吉尔开始，兼指"诗人"。但丁称这些大诗人为"众哲"，正符合这一传统。

103. **火光**：指六八至六九行的半球形火光。

106–111. **我们来到……一个翠坪**：辛格尔顿（Singleton）指出，这几行的寓意不易确定，不过显然受了《埃涅阿斯纪》的影响。参看Singleton, *Inferno 2*, 64-65。穆萨认为，城堡可能指未经启示的自然哲学。"七重高墙"则象征七种德行：谨慎、公正、坚忍、节制、才智、科学、知识。"七道门"指中世纪课程中的七个文科科目：音乐、算术、几何、天文、语法、修辞、逻辑。在拉丁文里，前者称为"quadrivium"（"大学的四个高级学科"）；后者称为"trivium"（"三学科"）。"秀水"可以指口才，能让维吉尔一类智者轻易跨越。参看Musa, *Inferno*, 104。有的论者认为，"七道门"指哲学的七个部分；"秀水"指经验。参看Chiappelli, 44。

115–117. **于是……眼帘**：这几行遥呼《埃涅阿斯纪》第六卷七五四至七五五行。

121. **厄勒克特拉**：Ἠλέκτρα（Electra），阿特拉斯（Ἄτλας，Atlas）之女，与宙斯生下达达诺斯（Δάρδανος, Dardanus）。达达诺斯建立特洛亚城，是特洛亚人的祖先。参看《埃涅阿斯纪》第八卷一三四至一三七行。

122. **赫克托尔**：Ἕκτωρ（Hector），特洛亚王普里阿摩斯（Πρίαμος, Priam）和赫卡贝（Ἑκάβη, Hecuba）的儿子，安德洛玛克（Ἀνδρομάχη, Andromache）的丈夫，阿斯提阿那克斯（Ἀστυάναξ, Astyanax）的父亲。是特洛亚最善战的英雄，希腊的许多勇士都死于他手中，其中包括阿喀琉斯（Ἀχιλλεύς，Achilles）的好友帕特洛克罗斯（Πάτροκλος，Patroclus）。不过由于他注定遭阿喀琉斯杀死，因此尽管有战神阿瑞斯（Ἄρης，Ares）和太阳神阿波罗（Ἀπόλλων, Apollo）保护，最终仍逃不过劫数。

122. **埃涅阿斯**：Αἰνείας（Aeneas），维吉尔《埃涅阿斯纪》的主人公。安基塞斯（Ἀγχίσης, Anchises）和爱神阿芙萝狄蒂（Ἀφροδίτη，Aphrodite）的儿子，阿斯卡尼奥斯（Ἀσκάνιος, Ascanius）的父亲。特洛亚英雄，与阿喀琉斯格斗时处于下风。因为注定要创立罗马帝国，获海神波塞冬（Ποσειδῶν, Poseidon）拯救。其后经历无数艰辛，终于完成大业。但丁不懂希腊文，对荷马的作品认识不深，对拉丁文作品《埃涅阿斯纪》却十分熟悉；因此，《埃涅阿斯纪》对但丁的启发至为重要。

123. **眸如鹰眼的凯撒大帝**：根据绥通纽斯（Gaius Suetonius Tranquillus）的《凯撒列传》（*De vita Caesarum*, I, xlv, I），凯撒大帝有"敏锐的黑眼睛"（"nigris vegetisque oculis"）。参看 Bosco e Reggio, *Inferno*, 62; Singleton, *Inferno* 2, 65。

124. **卡米拉**：见《地狱篇》第一章一〇六行注。

124. **彭忒西勒亚**：Πενθεσίλεια（Penthesilea），战神阿瑞斯之女，阿玛宗女部族（Ἀμαζόνες, Amazons）的女王，在特洛亚战争中曾帮助特洛亚人，而且战绩彪炳。其后被阿喀琉斯杀死。死时引起阿喀琉斯的爱意。

125. **拉丁诺斯**：意文 Latino，拉丁文 Latinus。意大利拉丁姆（Latium）区的国王，其女拉维尼亚（Lavinia）嫁埃涅阿斯。

126. **拉维尼亚**：Lavinia，拉丁诺斯之女，嫁埃涅阿斯。

127. **塔昆尼乌斯**：骄王塔昆尼乌斯（Tarquinius Superbus），传说中罗马最后的一个君王。与卢克乌斯·塔昆尼乌斯·科拉提努斯（Lucius Tarquinius Collatinus）有别。

127–128. **布鲁图……卢克瑞提亚**：古罗马有三个布鲁图：L.Iunius Brutus、M.Iunius Brutus、D.Iunius Brutus。这里指 L. 布鲁图。L. 塔昆尼乌斯·科拉提努斯之妻卢克瑞提亚（Lucretia）遭塞克斯图斯·塔昆尼乌斯（Sextus Tarquinius）强奸而自杀。这一罪行，也涉及骄王塔昆尼乌斯。于是 L. 布鲁图鼓动罗马人把他放逐，其后与 L. 塔昆尼乌斯·科拉提努斯获选为罗马执政官。

128. **尤利亚**：Julia，凯撒之女，嫁庞培（Gnaeus Pompeius Magnus）。**玛克亚**：Marcia，小加图（Marcus Porcius Cato，公元前九十五年至公元前四十六年）之妻，以贤淑著称。小加图是大加图（Marcus Porcius Cato，公元前二三四年至公元前一四九年）的曾孙，是斯多亚学派的信徒，支持元老院共和派，反对凯撒。萨普素斯（Thapsus）之役后，在乌提卡（Utica）自杀。**科内丽亚**：Cornelia，大斯克皮奥（Publius Cornelius Scipio Africanus，公元前二三六年至公元前一八四年）之女，提贝利乌斯·瑟姆普罗尼乌斯·格拉库斯（Tiberius Sempronius Gracchus）之妻，提贝利乌斯（Tiberius）、盖约（Gaius）之母。

129. **撒拉丁**：Saladin（Ṣalāḥ-al-Dīn Yūsuf ibn-Ayyūb），埃及与叙利亚君主。约于公元一一三八年出生，一一九三年卒于大马士革。曾与基督教军队争战。其后攻克巴勒斯坦的阿卡（Akko，英译 Acre）。被理查一世（绰号“狮心”）打败后，缔结休战协议。协议缔结后一年去世。以宽宏大量见称。详见 Sapegno，*Inferno*，50；Singleton *Inferno 2*，66-67；Toynbee，555-56，“Saladino”条。

131. **有识之士的老师**：指柏拉图的学生亚里士多德（‘Αριστοτέλης，Aristotle，公元前三八四年至公元前三二二年）。在但丁心目中，这位古希腊哲学家的境界，是不靠天启的人智所能达到的巅峰。

134-135. **苏格拉底和柏拉图……和他相距咫尺**：苏格拉底（Σωκράτης，Socrates，公元前四七〇年至公元前三九九年）和柏拉图（Πλάτων，Plato，约公元前四二七年至公元前三四七年），都先于亚里士多德。不过希腊哲学家之中，以亚里士多德对但丁的影响最大，因此所有的哲学家都“向他致敬，向他仰止”。苏格拉底和柏拉图的地位稍逊，所以“相距咫尺”。但丁对这两位哲学家的认识，主要来自西塞罗（Cicero）的著作。

136. **德谟克利特**：Δημόκριτος（Democritus），约公元前四六〇年至公元前三七〇年，古希腊哲学家。原子说的创始人，认为宇宙由原子构成；对数学和解剖学都有贡献；政治思想倾向民主。马克思的博士论文以他为题材。

137. **第欧根尼**：Διογένης（Diogenes），约公元前四〇四年至约公元前三二三年，在小亚细亚的锡诺帕（Σινώπη，Sinope）出生，因此又称“锡诺帕的第欧根尼”（Diogenes of Sinope），以别于古希腊哲学史家第欧根尼·拉尔修（Diogenes Laërtius，二至三世纪间）。是古希腊犬儒学派的哲学家，认为除自然需要外，其他一切需要都不重要。

阿那克萨哥拉：Ἀναξαγόρας（Anaxagoras），约公元前五〇〇年至约公元前四二八年，古希腊哲学家。民主派政治家伯里克利（Περικλῆς，Pericles）和戏剧家欧里庇得斯（Εὐριπίδης，Euripides）的老师兼朋友。著有《论自然》。

泰勒斯：Θαλῆς（Thales），约公元前六二四年至约公元前五四七年，古希腊哲学家，米利都（Μίλητος，Miletus）学派的创始人。在数学和天文学上也有成就。是古希腊七哲之一。

138. **恩培多克勒**：Ἐμπεδοκλῆς（Empedocles），公元前四九〇年至约公元前四三〇年，古希腊哲学家兼诗人，是研究修辞学的第一人。倡四根说，认为宇宙有四种原素：火、水、土、气；因爱而构成万物，因恨而溃散坍毁。著有《论自然》和《论净化》。卢克莱修（Titus Lucretius Carus，约公元前九十九年至约公元前五十五年）的《物性论》（*De rerum natura*）曾受其著作影响。

赫拉克利特：Ἡράκλειτος（Heraclitus），约公元前五四〇年至约公元前四八〇年与四七〇年之间，古希腊哲学家，以晦涩难明著称。认为火是万物之源，宇宙万物恒在变化生灭，永不休止。相信万物既对立，又统一。认为"上升的道路和下降的道路是同一道路"（"ὁδὸς ἄνω κάτω μία καὶ ὡυτή"），表示宇宙永远在变化循环，周而复始。

芝诺：古希腊有三个芝诺（Ζήνων，Zeno）：（一）（季蒂昂的）芝诺（Zeno of Citium），约公元前三三六年至约公元前二六四年。古希腊哲学家，生于塞浦路斯岛的季蒂昂（Κίτιον），是斯多亚学派的创始人。（二）（埃利亚的）芝诺（Zeno of Elea），约公元前四九〇年至约公元前四三六年。古希腊埃利亚学派哲学家，伯里克利的老师。生于埃利亚（'Ελέα）。以讨论"一"与"多"、"静"与"动"等概念著称。（三）芝诺，较后期的希腊哲学家。西塞罗和阿提库斯（Atticus）的老师。属伊壁鸠鲁学派。但丁在诗中指谁，笺注家迄今未有定论；一般认为指季蒂昂的芝诺或埃利亚的芝诺。

140. **狄奥斯科利德斯**：佩达纽斯·狄奥斯科利德斯（Pedanius Dioscorides），古希腊医生，当过兵。著有植物学和草药学的书籍，颇像中国的李时珍。

141. **奥尔甫斯**：Ὀρφεύς（Orpheus），古希腊神话中的诗人兼乐师。阿波罗和缪斯卡莉奥佩（Καλλιόπη，Calliope）之子。以阿波罗所赠的竖琴奏乐，能感动禽兽、山河、木石。与仙女欧吕蒂凯（Εὐρυδίκη，Eurydice）结婚后，过着幸福的生活。其后，欧吕蒂凯为了逃避阿里斯泰奥斯（Ἀρισταῖος，Aristaeus）的淫辱而遭毒蛇咬死。于是，奥尔甫斯到阴间拯救妻子。他的音乐使伊克西翁（Ἰξίων，Ixion）之轮停转，西绪福斯（Σίσυφος，Sisyphus）的巨石悬于虚空，达那奥斯（Δαναός，Danaus）的女儿忘了向无底水槽注水，坦塔罗斯（Τάνταλος，Tantalus）忘了饥渴。冥王普路托（Πλούτων，Pluto）和冥后佩瑟芙涅（Περσεφόνη，Persephone）答应让欧吕蒂凯跟奥尔甫斯返回阳间，条件是：旅途中，奥尔甫斯不可以回望欧吕蒂凯。两人将抵阳间时，奥尔甫斯一时忍不住，回过头来看妻子，结果功亏一篑，欧吕蒂凯因丈夫一望而永堕阴间。

西塞罗：Marcus Tullius Cicero，（公元前一〇六年至公元前四十三年），古罗马著名演说家、哲学家、政治家。但丁在著作里一再引述他，称他为“Tullio”。

利诺斯：Λίνος（Linus），希腊神话中的诗人、乐师。其身分有不同的说法。最流行的说法是：利诺斯是阿波罗和舞蹈缪斯忒尔普西科瑞（Τερψιχορή，Terpsichore）之子，奥尔甫斯和赫拉克勒斯的老师。遭赫拉克勒斯用竖琴击毙。

142. **塞涅卡**：Lucius Annaeus Seneca（约公元前四年至公元六十五年），古罗马哲学家兼戏剧家，属斯多亚学派。曾任罗马暴君尼禄的老师。其后为尼禄所逼而自尽。相信宿命，认为人类应接受命运的安排。其戏剧对英国伊丽莎白时代和十七世纪法国的戏剧家都有深远影响。

欧几里得：Εὐκλείδης（Euclid），约公元前三三〇年至公元前二七五年。古希腊数学家，亚历山大人。对平面几何的贡献极大。著有《几何原本》。

托勒密：Πτολεμαῖος（Ptolemaeus 或 Ptolemy，约公元九十年至公元一六八年），古希腊天文学家、数学家、地理学家。生于埃及，长期在亚历山大活动。著有《天文学大成》，地心体系以他命名。但丁《神曲》所采用的天文体系主要是托勒密体系。

143. **希波克拉底**：Ἱπποκράτης（Hippocrates），约公元前四六〇年至公元前三七七年。古希腊医师。生于爱琴海科斯（Κῶς，Cos）岛。西方奉为医学之父。认为人体由四种体液组成，是“体液学说”的创始人。著有《格言》等书。其著作对古代西方的医学界有重大影响。

阿维森纳：（公元九八〇年至一〇三七年），阿拉伯哲学家、医学家、文学家、自然科学家，原名 abu-ʻAli al-Ḥusaynibn-Sīna，又称伊本·西拿（ibn-Sīna），阿维森纳是中世纪欧洲人对他的称呼。伊斯兰教早期最有名的思想家，学问渊博，著作丰富，受过新柏拉图主义的启发，对亚里士多德、盖仑有深入研究。本身对十三世纪的经院哲学有深远影响。重要著作包括《医典》、《知识之书》、《隐喻故事》等。

盖仑：Galen（约公元一三〇年至二〇〇年），古罗马的著名医师，曾在希腊、埃及行医，对解剖学、生理学都有贡献。论述遍及当时医学的所有范畴，对西方医学的发展有深远影响。

144. **阿威罗伊**：Averroës（一一二六年至一一九八年），原名伊本·路西德（ibn-Rushd），Averroës 是他的拉丁名字，是欧洲人对他的称呼。生于西班牙的科尔多瓦（Córdoba），是阿拉伯的哲学家、自然科学家、法学家。认为物质和运动永恒存在，非真主所创；否定灵魂不朽的说法，是“双重真理”的创始人，曾论析亚里士多德的作品，有“疏论大家”之称。对中世纪欧洲的哲学有深远影响。

148. **六个人剩下两个**：但丁和维吉尔离开其余四人，继续上路。

149–150. **离开 / 寂静，进入空气震颤的角落**：离开城堡，走入充满唏嘘的空间（即二五至二七行所写之景）。

151. **无光的地带**：指地狱第二层。

第五章

但丁和维吉尔从第一层降到第二层，看见亡魂接受地狱判官米诺斯判决。米诺斯以为但丁也来受刑，经维吉尔斥责才明白真相。但丁和维吉尔听到痛苦凄厉的声音，然后在黑暗中看见亡魂如欧椋鸟和白鹤遭地狱的飓风疾卷、驱掀。亡魂丛中，但丁和维吉尔认出了谢米拉密丝、蒂朵、克蕾婀帕特拉、海伦、阿喀琉斯、帕里斯、特里斯坦……最后看见保罗和芙兰切丝卡这对情侣如鸽子滑翔而来，并且听芙兰切丝卡叙述一个凄艳的悲剧。

就这样，我从地狱的第一层降到
　第二层。第二层环绕的空间较小，
　里面的痛苦却大得令人嚎咷。
那里，米诺斯在悍然伫立吼叫。
　他守着入口，审察亡魂的罪状；
　判决、处分，都看他如何缭翘……
我的意思是，当命舛的亡魂到场，

米诺斯

那里，米诺斯在悍然伫立吼叫。/ 他守着入口，审察亡魂的罪状；/

判决、处分，都看他如何缭翘……

（《地狱篇》，第五章，四至六行）

就会在他跟前把一切招供；
那个洞悉种种罪孽的阎王，
就知道亡魂该进地狱的哪一重。
他会以尾巴盘身；盘绕的次数
决定把亡魂向第几层地狱发送。
米诺斯前面，总挤着亡魂的队伍。
亡魂一个接一个地接受裁夺，
发言、倾听后，就被掷入深处。
“你呀，竟来到这个悲惨的黑窝。”
米诺斯见我出现，就马上丢掉
审判亡魂的重大职责，对我说，
“来得好，看你把自己向谁托交。
啊，别因为进口宽敞而上当！”
我的导师说：“怎么你也要叫嚣？
不要阻挡啊，他注定来到这地方，
其他事情别再问。上面的意旨
要怎样就怎样，容不了半点阻障。”
这时候，痛苦凄厉的声音开始
传入我的耳朵。接着，在我
置身处，嚎咷的巨响把我鞭笞。
我来到一个众光喑哑的场所，
听见咆哮如大海在风暴中荡激，
并遭两股相冲的烈风鞭剥。
地狱的飓风，一直在吹刮不已，
用狂暴的威力驱逐着那些阴魂，

邪淫者

地狱的飓风，一直在吹刮不已，/ 用狂暴的威力驱逐着那些阴魂……

（《地狱篇》，第五章，三一至三二行）

把他们疾卷、折磨，向他们攻袭。
这些阴魂逃到崩陷的土墩，
就在那里尖叫、哀号、痛哭，
并且破口辱骂神武的至尊。
我知道，受这种刑罚折磨的人物，
生时都犯了纵欲放荡的罪愆，
甘于让自己的理智受欲望摆布。
恍如欧椋鸟一双双的翅膀，在寒天
把他们密密麻麻的一大群承载，
狂风也如此把邪恶的阴魂驱掀。
他们被吹上、吹下、吹去、吹来，
得不到希望的安慰；不要说稍息，
想减轻痛苦也无望啊，唉！
恍如灰鹤唱着歌曲在鼓翼，
在空中排成一列长长的队伍，
只见众幽灵哀鸣不绝，一起
被那股烈风向我这边吹拂。
于是我说：“老师呀，这些人丛
是谁，要遭黑风这样鞭戮？”
“你向我问及的这一群人之中，”
维吉尔闻言答道，“第一个是女皇，
说各种语言的民族都由她辖统。
她在生的时候败坏放荡，
竟颁布律令规定淫乱合法，
以清洗自己的秽行，免受讪谤。

保罗与芙兰切丝卡

“诗人哪，我希望能够/跟这两位讲几句话。他们一起/
在风中似乎飞得轻灵而悠游。”

（《地狱篇》，第五章，七三至七五行）

她是谢米拉密丝。记载说她
　是尼诺斯之妻，继承了夫君的帝位，
　统领的土地现在由苏丹收纳。
第二个，因为痴情而把生命摧毁，
　且对西凯奥斯的骨灰不忠。
　然后是克蕾娲帕特拉，生时淫颓。
你看海伦。为了她，灾难重重
　随岁月运转。你看，显赫的阿喀琉斯。
　他与爱神交战而生命断送。
你看帕里斯，看特里斯坦……”他如此
　边指边说，介绍了千多个幽灵。
　他们丧生，都因为让爱欲纵恣。
听完了老师这样一一点着名
　介绍古代的英雄美人之后，
　我有点眩惑，心中涌起了悲情。
于是说道：“诗人哪，我希望能够
　跟这两位讲几句话。他们一起
　在风中似乎飞得轻灵而悠游。”
维吉尔说：“等他们和我们的距离
　近一点再说吧。届时借牵引
　他们的爱来相邀，他们会依你。”
于是，当风向一改，把他们吹近，
　我就高声喊道：“劳累的幽灵啊，
　可能的话，请你们过来谈谈心。”
如鸽子受了欲望的呼召牵拉

而平展双翅，向温馨的鸽巢
回归，在空中乘自己的意志翔滑，
幽灵离了群，不再和蒂朵一道，
翩过凶邪的冥霭向我们飞来。
诚挚的呼唤，竟能把他们感召。
“生灵啊，你大方而又充满友爱，
肯穿过黯黮的空间，到这里探访
我们。我们曾用血把世界沾揩。
如果我们的朋友是宇宙的君王，
我们必定会求他赐你安宁。
因为呀，你怜悯我们悲惨的境况。
你们讲的话，我们会细听；
喜欢听的，我们会一一奉启。
趁烈风在这里暂停，且交谈半顷。
在上面的阳间，我的出生地
位于岸边。就在那里，波河
带着支流泻入大海才歇息。
爱欲，把柔肠迅速攻克，俘虏了
这男子。俘虏的手段——我的美态——
已被夺去。为此，我仍感怆恻。
爱欲，不容被爱者不去施爱。
猛然借此人的魅力把我虏住。
你看，他现在仍不肯把我放开。
爱欲，把我们引向同一条死路。
该隐界在等候毁灭我们的人。”

保罗与芙兰切丝卡

"爱欲，把我们引向同一条死路。/ 该隐界在等候毁灭我们的人。"

（《地狱篇》，第五章，一〇六至一〇七行）

他们就把这番话向我们倾诉。
听了这些悲惨的亡魂自陈，
我不禁垂首，垂了颇长的时间。
“在想什么呢？”诗人见了就问。
我回答说：“啊，真是可怜。
欲望何其强，柔情蜜意何其多！
竟把他们引向这样的惨变！”
之后，我再度转身对他们说：
“芙兰切丝卡呀，你所受的苦，
叫我感到悲悯而潸然泪落。
不过告诉我，在甜蜜的叹息之初，
爱神在什么时候，用什么方法
叫你体验到这些危险的情愫？”
芙兰切丝卡答道：“别的痛苦即使大，
也大不过回忆着快乐的时光
受苦。这点哪，令师早已觉察。
不过你既然兴趣浓厚，希望
知道我们的爱苗怎样滋延，
就告诉你吧——说时会眼泪盈眶。
有一天，我们一起看书消遣，
读到兰斯洛特怎样遭爱情桎梏。
那时，我们俩在一起，毫无猜嫌。
那个故事，多次使我们四目
交投，使我们的脸色泛红。
不过把我们征服的只有一处。

保罗与芙兰切丝卡

“那天，我们再没有读其余部分。”

（《地狱篇》，第五章，一三八行）

保罗与芙兰切丝卡

为此，我哀伤不已，/ 刹那间像死去的人，昏迷不醒，/

并且像一具死尸倒卧在地。

（《地狱篇》，第五章，一四〇至一四二行）

当我们读到那引起欲望的笑容
被书中所述的大情人亲吻，
我这个永恒的伴侣就向我靠拢，
吻我的嘴唇，吻时全身颤震。
书和作者，该以噶尔奥为名。
那天，我们再没有读其余部分。”
当这个幽灵叙述当时的情景，
另一个就哭泣。为此，我哀伤不已，
刹那间像死去的人，昏迷不醒，
并且像一具死尸倒卧在地。

注释：

1. **第一层**：意大利文和英文都称 Limbo，汉译“幽域”或“地狱边境”。在《地狱篇》里，地狱边境虽不算正式的地狱，却算是地狱的第一层。
2. **第二层……较小**：从地狱第二层开始，但丁和维吉尔进入了本狱本身。《神曲》里的地狱形如漏斗，从上而下，环绕的空间由大趋小；越是向下深入，受刑者的罪恶越重。最小、最深的地带是撒旦受刑处。在第二至第五层，受罚者是生时缺乏克制、放纵欲望的阴魂。
3. **里面……嚎咷**：表示里面的刑罚难以忍受。
4. **米诺斯**：Μίνως（Minos），神话和传说中的人物，为宙斯（Ζεύς, Zeus）与欧罗巴（Εὐρώπη, Europa）之子，克里特（Κρήτη, Crete）的君王。生时执法严明，死后成为冥界三判官之一。米诺斯这一角色，在《埃涅阿斯纪》的塔尔塔洛斯（Tartarus，希腊文 Τάρταρος）里也有出现。参看《埃涅阿斯纪》第六卷四三二至四三三行。塔尔塔洛斯是地狱的最底层，在维吉尔的《埃涅阿斯纪》里由火川围绕；在赫西奥德（Ἡσίοδος，拉丁文 Hesiodus，英文 Hesiod）笔下，比黑夜黑数倍。

7. **命舛**：原文“mal nata”，指出生不如不生，因为地狱的阴魂注定永受苦刑。

9. **阎王**：指第四行的米诺斯。

18. **重大职责**：米诺斯负责给犯罪的阴魂判刑，身负重责。

19. **来得好……托交**：米诺斯以为但丁是犯罪的阴魂，来地狱接受判决。

20. **进口宽敞**：这一说法有字面和象征意义：一方面指米诺斯伫立处宽阔；一方面指通向灭亡之路方便易走。参看《圣经·马太福音》第七章第十三节：“Intrate per angustam portam, quia lata porta et spatiosa via est quae ducit ad perditionem, et multi sunt qui intrant per eam.”（“你们要进窄门。因为引到灭亡，那门是宽的，路是大的，进去的人也多。”）。《埃涅阿斯纪》第六卷一二七行也有类似的描写：“noctes atque dies patet atri ianua Ditis”（“黑狄斯之门日夜都敞开”）。

23–24. **上面的意旨/……容不了半点阻障**：“意旨”，指上帝的意旨。在《地狱篇》第三章九五至九六行里，维吉尔也说过类似的话。

28. **众光喑哑的场所**：这是通感（synaesthesia）手法的另一例子。参看第一章第六十行：“太阳不作声的地方”。synaesthesia 又译“联觉”。

29–33. **听见……攻袭**：这几行的描写相当强烈刚猛，跟第四章所描写的地狱边境大不相同。在地狱边境，“没有任何恸哭，只有唏嘘/始终不停”（二六至二七行）。

34. **崩陷的土墩**：Singleton（*Inferno 2*，76）指出，但丁暂时不解释土墩何以崩陷，以营造悬疑气氛。

36. **神武的至尊**：指上帝。

39. **甘于……摆布**：但丁的《筵席》也有类似的说法。见 *Convivio* II, VII, 3-4。

40–45. **恍如欧椋鸟……唉！**：但丁在《神曲》里用了许多鸟儿意象。欧椋鸟是其一。这几行的描写，表现出阴魂如何凌乱众多。

46–49. **恍如灰鹤……向我这边吹拂**：另一个鸟儿意象。产生的效果跟欧椋鸟意象有别：欧椋鸟意象所展示的是凌乱；灰鹤意象所展示的是秩序。灰鹤原文为“gru”，拉丁学名为 Grus grus。

58. **谢米拉密丝**：Σεμίραμις（Semiramis），亚述女皇，以美貌和淫荡见称，曾立法肯定乱伦行为。在位四十二年间，攻城略地，战绩彪炳，建立了巴比伦城。最后被儿子杀死。诗中有关谢米拉密丝的描写，直接引自奥罗修斯（Paulus Orosius）的《攻伐异教的七史书》（*Historiarum adversum paganos libri VII*）。

59. **尼诺斯**：Νίνος（Ninus），亚述国君，谢米拉密丝的丈夫。

60. **统领的土地现在由苏丹收纳**：某些伊斯兰国家最高统治者的称号叫

苏丹。在但丁时代，埃及由苏丹统治。亚述帝国内，有一个王国叫巴比伦尼亚。埃及尼罗河上有一座城市叫巴比伦（即古代的开罗）。但丁在这里显然未能把两者区分。这一错误，在但丁时期十分普遍。参看 Venturi, Tomo 1, 65; Singleton, *Inferno 2*, 79。

61–62. **第二个……不忠**："第二个"，指蒂朵（拉丁文 Dido，希腊文 Διδώ）。蒂朵，古代巴比伦国王贝罗斯（Βῆλος，Belus）的女儿，嫁给赫拉克勒斯的祭司西凯奥斯（Sichaeus）。西凯奥斯遭内弟皮格玛利翁（Pygmalion）谋财害命后，向蒂朵托梦。蒂朵得悉真相后逃往非洲，建立迦太基王国。在《埃涅阿斯纪》第一卷和第四卷里，蒂朵曾发誓为亡夫守节，其后却与埃涅阿斯相恋，结为夫妇。最后遭埃涅阿斯抛弃，绝望中自杀身亡。

63. **克蕾婀帕特拉**：又译"克勒奥帕特拉"、"克娄巴特拉"，埃及女王，美艳而淫荡，凯撒和安东尼的情妇。在艾提乌姆（Actium）之役出卖安东尼，并用诡计把他害死。最后企图勾引屋大维不遂而自杀。是莎士比亚《安东尼与克蕾婀帕特拉》（*Antony and Cleopatra*）、约翰·德莱顿（John Dryden）《爱情至上》（*All for Love*）两个剧本的女主角。

64. **海伦**：希腊文称赫勒娜（Ἑλένη，拉丁文 Helena 或 Helene，英文 Helen），又称"特洛伊的海伦"（Helen of Troy），是个绝代佳人，为拉克代蒙（Λακεδαίμων，Lacedaemon）国王廷达柔斯（Τυνδαρέος，Tyndareus）之妻丽达（Λήδα 或 Λήδη，Leda）与宙斯所生，卡斯托（Κάστωρ，Castor）和波吕丢克斯（Πολυδεύκης，Polydeuces 或 Pollux）为其兄弟，与克吕泰涅斯特拉（Κλυταιμνήστρα，Clytemnestra）为姐妹，是斯巴达（Σπάρτη，Sparta）梅涅拉奥斯（Μενέλαος，Menelaus）的妻子，赫尔弥奥涅（Ἑρμιόνη，Hermione）的母亲，与特洛亚王子帕里斯（Πάρις，Paris）私奔而引起特洛亚（又称特洛伊）之战。

65. **阿喀琉斯**：Ἀχιλλεύς（Achilles），佩琉斯（Πηλεύς，Peleus）和海洋女神忒提斯（Θέτις，Thetis）之子，特洛亚之战中最出色的希腊英雄。在荷马的《伊利昂纪》里，阿喀琉斯神勇超凡。不过但丁不懂希腊文，对阿喀琉斯的认识主要来自达勒斯（Dares Phrygius，弗里基亚人）《特洛亚灭亡记》（*De excidio Trojae historia*）的拉丁文译本和狄克提斯（Dictys Cretensis，克里特人）《特洛亚战记》（*De bello Trojano*）的拉丁文译本。在这两本著作中，阿喀琉斯较为平凡，因爱上特洛亚公主波丽瑟娜（Πολυξένη，Polyxena）而被赫卡贝和帕里斯用计害死。在本瓦·德圣摩尔（Benoît de Sainte Maure）和圭多·德雷科朗内（Guido delle Colonne）的著作中，阿喀琉斯为了波丽瑟娜，更不惜出卖希腊军队。参看 Toynbee, 4-5,“Achille”条；Singleton, *Inferno 2*, 80。

66. **他与爱神交战而生命断送**：原文是：“che con amore al fine combatteo”。直译是“到了最后，他与爱神交战”。阿喀琉斯因为爱上了波丽瑟娜而命丧。就象征层次而言，这是他最后的一场战争，对手是爱神。

67. **帕里斯**：Πάρις（Paris），特洛亚王普里阿摩斯之子，是凡间最英俊的男子。天后赫拉（Ἥρα，Hera）、智慧女神雅典娜（Ἀθηνᾶ，Athena）、爱神阿芙萝狄蒂（Ἀφροδίτη，Aphrodite）要他评定，三位女神当中，谁最美丽。爱神答应帕里斯，只要帕里斯选她，她就会把海伦（凡间最美丽的女子）送给帕里斯。帕里斯受贿后，把苹果（代表最美丽女神的荣衔）交给爱神。在希腊神话中，帕里斯是个纨绔，对情场的兴趣多于战场。在《伊利昂纪》里，阿喀琉斯死于帕里斯之箭，也象征这个纨绔只懂暗算，不懂光明磊落的战争。

特里斯坦：Tristan，中世纪（约十二世纪末叶至十三世纪初叶）法国、德国、意大利诗歌或散文传奇中的人物，圆桌武士之一。与康沃尔（Cornwall）君王马克（Mark）的妻子伊索尔特（Isolt）通奸，用许多诈伪手段掩饰奸情，其后被马克用毒矛刺死。Singleton（*Inferno 2*, 81-82）指出，记载特里斯坦之死的古法语著作《特里斯坦传奇》（*Roman de Tristan*），大概为但丁所熟悉。

74. **这两位**：指芙兰切丝卡·达坡伦塔（Francesca da Polenta）和保罗·玛拉特斯塔（Paolo Malatesta）。芙兰切丝卡是拉温纳（Ravenna）领主圭多·达坡伦塔（Guido da Polenta）的女儿，约于一二七五年因政治原因嫁给里米尼（Rimini）的詹绰托·玛拉特斯塔（Gianciotto Malatesta）。其后与詹绰托之弟保罗通奸。约于一二八五年，詹绰托识破奸情，把两人杀死。据薄伽丘（Giovanni Boccaccio）的说法，詹绰托貌寝而瘸（Gianciotto 即 Gian ciotto，是“瘸子詹”的意思），其弟保罗则俊美非凡。芙兰切丝卡嫁给詹绰托，是受了欺骗，因此值得同情。但丁流放期间，曾获小圭多（Guido Novello）之邀，于一三一七至一三二一年间寄居拉温纳。芙兰切丝卡是小圭多的姑母，她被杀时但丁在翡冷翠也有所闻，印象深刻。因此写得特别悱恻，字里行间流露了同情。参看 *Enciclopedia dantesca*, vol.2, 1-13,“Francesca”条。

81. **可能的话**：原文为“s'altri nol niega”。“altri”直译是“别人”、“他人”，在这里指上帝。整句直译是“如果那一位不禁止的话”。在《神曲》的地狱里，除了亵渎神明的恶魂，谁也不直呼上帝之名，因此旅人但丁要用“altri”代替。

83-84. **向温馨的鸽巢 / 回归**：此句与维吉尔的《农事诗集》（*Georgica*）第一卷四一四行相近：“dulcisque revisere nidos”（“重看它们温馨的鸟

巢”）。

88–107. **生灵啊……我们的人**：说这段话的阴魂是芙兰切丝卡。

91. **宇宙的君王**：指上帝。

94. **你们**：从这行开始，单数“你”变了复数“你们”，指但丁和维吉尔。芙兰切丝卡开始对二人说话。

97. **出生地**：指拉温纳。拉温纳是意大利城市，位于亚得里亚海之滨，在波河（Po）和鲁比科河（Rubico）之间。“鲁比科”，按拉丁文Rubico汉译，意大利文为Rubicone，英文为Rubicon，因此又译“卢比孔”（按照英语发音）。

98. **波河**：Po，意大利最长的河流，发源于阿尔卑斯山，横贯意大利北境，注入亚得里亚海。

100–106. **爱欲……一条死路**：在这几行里，但丁用了修辞学所谓的“首语重复法”（anaphora）：“爱欲”在诗行的开头出现了三次。一〇〇行的意念源自新体诗人圭多·圭尼泽利（Guido Guinizelli）的诗歌“Al cor gentil rempaira sempre Amore”（“爱神总在柔肠定居”）。参看《新生》第二十首：“Amore e'l cor gentil sono una cosa”（“爱神和柔肠是二而一”）。芙兰切丝卡所说的话，代表了欧洲所谓的“宫廷爱情”（courtly love，又译“骑士爱情”或“高雅爱情”）传统的主导思想。这种传统源出法国的普罗旺斯（Provence），其后传至意大利西西里、波隆亚、翡冷翠，也影响了但丁所属的新体诗人。“宫廷爱情”的重点，包括：（一）爱情是无可避免、难以逃遁的力量，一个人面对这股力量，就会成为俘虏。（二）被爱的人要以爱去回报。不过芙兰切丝卡的这番话，不会获《神曲》时期的但丁首肯，因为这时候的但丁，已接受基督教的重要信条：人有择善拒恶的自由意志，应该善加利用，不应该任欲望驱使。本章第三十九行、第四十三行就间接表现了但丁的后期思想。

101. **这男子**：指芙兰切丝卡的情夫保罗。

102. **已被夺去**：指芙兰切丝卡被詹绰托所杀，美态被夺去。**为此**：指詹绰托的谋杀行径。

103. **爱欲……不容被爱者不去施爱**：Bosco e Reggio（*Inferno*, 80）指出，这行与安德雷阿斯·卡佩拉努斯（Andreas Capellanus）《论爱情》（*De amore* II, 8）的说法相近：“Amor nil posset amore denegari.”（“爱绝不能拒绝爱。”）。在《炼狱篇》第二十二章一〇至一二行，这一观点再度出现。

107. **该隐界在等候毁灭我们的人**：《圣经·创世记》第四章一至十六节写该隐谋杀弟弟亚伯，是人类第一宗谋杀亲人的案件，有原型

(archetype) 意义。“该隐界”是地狱第九层(科库托斯)的四界之一,专门惩罚出卖亲人的阴魂。“毁灭我们的人”,指第七十四行注里所提到的詹绰托。

123. **令师早已觉察**:“令师”,指维吉尔。整句指维吉尔也叙述过类似的经验。参看《埃涅阿斯纪》第二卷一至一三行,第四卷六五一行。

124–126. **不过……盈眶**:参看《埃涅阿斯纪》第二卷一〇至一三行:

> sed si tantus amor casus cognoscere nostros,
> et breviter Troiae supremum audire laborem,
> quamquam animus meminisse horret luctuque refugit,
> incipiam.
> 不过,如果你真的要知道结局,
> 要听我略述特洛亚最终的苦痛,
> 尽管想起来会战栗,且悲伤欲绝,
> 我也会复述的。

128. **读到……桎梏**:指叙述亚瑟王(King Arthur)和圆桌骑士的古法语传奇《湖上骑士兰斯洛特》(*Lancelot du lac*)。

兰斯洛特:Lancelot,亚瑟王的圆桌骑士之一,与亚瑟王后茛妮维尔(Guinevere)相恋。为此,他追寻圣杯之举以失败告终。英语“Lancelot”一词进了法语,词末的“t”不发音,可译为“朗斯洛”;不过由于名字原为英语,因此仍汉译为“兰斯洛特”。

129. **毫无猜嫌**:不虞有坏结果。

133. **引起欲望的笑容**:指茛妮维尔微笑的嘴。

134. **大情人**:指兰斯洛特。

135. **我这个永恒的伴侣**:指保罗。“永恒”一词,指两人一吻,此后要在地狱长期厮守。言者无意,所言却有反讽味道。

137. **书和作者,该以噶尔奥为名**:“噶尔奥”,意大利文为“Galeotto”。在《湖上骑士兰斯洛特》一书里,噶尔奥(Gallehault)与亚瑟王争战,其后因兰斯洛特的斡旋而媾和。噶尔奥作客亚瑟王的宫廷期间,当起亚瑟王后和兰斯洛特的媒人,安排二人幽会,并怂恿王后吻兰斯洛特。就芙兰切丝卡而言,她的噶尔奥是传奇及其作者。在今日的意大利语里,“galeotto”一词也解作“扯皮条”。

139. **这个幽灵**:指芙兰切丝卡。

140. **另一个**:指保罗。

第六章

听完芙兰切丝卡的故事，但丁昏了过去；醒来，已置身地狱的第三层，看见凶雨滂沱不绝，三头狗在剥撕贪饕者的亡魂。三头狗见了但丁和维吉尔，就向他们张开大口，噬到了维吉尔掷去的泥土才静下来。二人前行间碰到了翡冷翠人恰科。恰科认出了但丁，预测翡冷翠的未来，并叙述一些翡冷翠人的现况；然后跌倒，不再说下去。维吉尔告诉但丁，在最后审判之前，恰科会继续昏睡。接着，二人谈到最后审判，前进间来到财神看守的一层。

那两个亲属的故事可怜又可哀，
　使我伤痛欲绝，使我的神志
　为此而闭塞。我从昏迷中醒来，
无论怎样移动，怎样扫视，
　也无论我怎样转身，都目击
　新的惨状和新的亡魂受凌迟。
此刻，我置身于第三层。那里，

寒冷的凶雨一直在滂沱不绝，
雨势始终不变，也永不稍息。
粗大的冰雹、污水以及飞雪
从晦冥黯黮的空中澎湃下倾；
承受它们的地面则臭气肆虐。
守护冥府的三头狗——一只既可惊
又凶残的三颈兽，声貌和凡犬相似，
正居高临下，狂吠被淹的亡灵。
它有垢腻的黑须、血红的眸子、
庞大的巨腹，手上长着利爪，
这时候正把亡魂剥撕抓刺。
大雨使亡魂像群狗一样厉嚎。
这些渎神的可怜虫，在不断翻身，
以躯体的这边为那边遮挡雨雹。
那条三头的大虫见了我们，
就狠狠张开长着獠牙的大口，
全身的肢体无一不在怒震。
于是，我的导师张开双手，
抓起两把泥土，在拳里握紧，
使劲地掷进那些贪婪的咽喉。
一头恶犬，因求食而狺狺；
咬到了食物后，就会静下来，
只管狂吞猛咽，毫不分心。
三头狗的秽脸得到了食物，神态
也如此。这头魔狗，吼声如雷，

三头狗

于是，我的导师张开双手，/ 抓起两把泥土，在拳里握紧，/
使劲地掷进那些贪婪的咽喉。

（《地狱篇》，第六章，二五至二七行）

叫亡魂宁愿失聪，变成聋骇。
我们继续前行，越过被雨霈
击倒的阴魂，双脚所踩的虚幻，
仿佛是人的躯体而不是鬼。
全部阴魂都躺在地上。单单
有一个，一见我们在他的前面
走过，就马上坐起来，大声呼喊：
“你呀，竟有人带你穿越阴间。
看你是否仍能够把我认出。
我还未辞世，你已经在尘世张眼。”
于是我答道：“也许你的大痛苦
改变了你的形象，使我不能
记起你。尊颜哪，我好像从未得睹。
不过告诉我：你是谁？要来这层
愁土受这样的罪。别的刑罚
就算更重，也不会这么可憎。”
“我在阳间的时候，”于是他回答，
“老家在你的城市。那里充满了
猜忌，简直是麻袋装不下倾轧。
你的同乡，都叫我做恰科。
你看见啦，我在雨中摊着颓躯，
是罪有应得……生时只懂得吃喝。
受苦者不止我一个。这些人的境遇
相同，也因为犯了同样的罪愆
而受刑。”恰科说完，就不再继续。

贪饕者——恰科

“你看见啦，我在雨中摊着颓躯，/是罪有应得……生时只懂得吃喝。”

（《地狱篇》，第六章，五三至五四行）

我答道："恰科，看见你境遇可怜，
我为之戚然，心情沉重得想哭。
不过，可能的话，请为我明言，
这分裂的城中，居民有什么前途。
当中可有义人？同时告诉我，
该城遭受分裂，是什么缘故。"
恰科说："他们会长期互斗，结果
会诉诸流血的战争。然后，乡土派
会悍然驱逐同他们为敌的一伙。
然后，三年内，乡土派又注定垮台。
当年被逐的一派会再度强盛。
使这派复兴的，此刻在左哄右绐。
胜利的一派会久久厉色盱衡，
一直把重压加诸敌人的头顶，
也不管失败者怎样含辱悲哽。
义人有两个，说的话大家都不听。
傲慢、嫉妒、贪婪这三种罪孽，
是点燃这些坏心肠的三点火星。"
至此，他就把惨戚的话语收结。
于是我说："我还想请你见告……
请继续说下去，不要就这样停歇。
法里纳塔、特格埃约这两位英豪，
雅科坡·鲁斯提库奇、阿里戈、莫斯卡
和致力于善行的其他俊髦，
他们的下落和近况，你也说说吧！

我极想知道，他们在天堂享福，
还是在地狱受着折磨的刑罚。”
恰科说：“他们跟最邪恶的灵魂为伍。
种种罪行使他们坠入了地极。
往下走，这些人物你就会得睹。
不过，当你返回阳间的福地，
请向身在福地的世人提起我。
好啦，你再问，我也不再回答你。”
语毕，他不再正视，却以斜睃
睨了我一会，然后头颅下垂，
整个人跌倒，低如瞎眼的同伙。
于是，导师对我说：“他会昏睡
下去的，到天使的号声响起，
敌法官降临，才会结束大寐。
那时候，众魂会重见悲哀的窀穸，
各自取回原来的骨肉和体形，
聆听巨响在永恒里回荡不已。”
就这样，我们走过雨水和幽灵
相混的污秽，前进时放缓了脚步，
一边简略地谈论未来的生命。
谈论时，我说：“老师呀，这些痛苦，
在大审判结束之后会增多
还是减少，还是会严酷如故？”
维吉尔答道：“请参考你信奉的学说。
根据该种学说，生命越美善，

就越能深切感受快乐和忧惙。
这些遭到天谴的人，虽然
从未到达真正圆满的程度，
却指望届时变好，比现在圆满。”
我们拐弯绕过了那条回旋路，
所谈的话，不能一一重提。
然后，我们来到了一个斜谷，
在那里碰见了财神这个大敌。

注释：

4–6. **无论……受凌迟**：这几行的语气，强调了地狱的苦痛，让读者明白，地狱的刑罚无处不在。

7. **第三层**：这层地狱所惩罚的是贪饕者。但丁昏迷后醒来，发觉自己置身于地狱第三层。至于进入第三层的过程，则没有直接交代。这一描写手法，至少有两种效果：第一，叙事节奏更明快，就像《地狱篇》第一章所说那样，叙事者“在人生旅程的半途醒转”，就“置身于一个黑林里面”。第二，说明但丁进地狱的旅程出于上帝的旨意，不受物理时空的局限。阅读《神曲》，就像阅读其他文学作品一样，要有柯勒律治（Samuel Taylor Coleridge）所谓的“姑信之”（“suspension of disbelief”）的心理。Chimenz（55）指出，在《地狱篇》第六章第七行，诗人但丁没有说明旅人但丁如何来到地狱第三层，情形就像《地狱篇》第四章第七行、第五章一至二行一样。

8. **寒冷的凶雨**：这一描写，显示地狱第三层的刑罚和第二层的刑罚有别。

9. **雨势始终不变**：指凶雨的速度始终如一。

13–18. **守护冥府的三头狗……剥撕抓刺**：守护冥府的三头狗，希腊文称克尔贝罗斯（Κέρβερος, Cerberus），荷马的《奥德修纪》、维吉尔的《埃涅阿斯纪》、鲍萨尼阿斯的《希腊道里志》均有记载。在赫西奥德的《神谱》里，这只畜生有五十个头。克尔贝罗斯的职责是守住冥府的入口，不让活人进去。奥尔甫斯、奥德修斯、埃涅阿斯获得放行，是三个例外；至于赫拉克勒斯徒手把它制服，然后把它硬拽回凡间，更是例外中的例外了。但丁不懂希腊文，描写这头畜生时，蓝本主要来自维吉尔的《埃涅阿斯纪》第六卷四一七至四二三行、《农事诗集》第四卷四八三行、奥维德《变形记》第四卷四四八至四五三行，其中以维吉尔的《埃涅阿斯纪》第六卷四一七至四二三行对但丁的影响最大：

> Cerberus haec ingens latratu regna trifauci
> personat, adverso recubans immanis in antro.
> cui vates, horrere videns iam colla colubris,
> melle soporatam et medicatis frugibus offam
> obicit. ille fame rabida tria guttura pandens
> corripit obiectam, atque immania terga resolvit
> fusus humi, totoque ingens extenditur antro.
> 庞大的克尔贝罗斯以三喉吼吠，统御这一带，
> 声震遐迩；巨硕的身躯伏在对面的洞穴。
> 智者见群蛇在狗颈上纷纷竖立舞动，
> 就抓了一把食物，混了蜜糖、药谷以促睡，
> 掷向那畜生。那畜生饿疯了，就大张三喉，
> 噬住抛来的食物，然后松弛了硕背，
> 倒回地上，身躯横摊在整个洞穴内。

但丁借用前人作品时，有创新的地方：首先，在《埃涅阿斯纪》里，三头狗看守的是整个冥府；在《神曲》里，这头畜生只负责守护地狱的一层；第二，细节的描写生动恐怖，自出机杼，与《埃涅阿斯纪》有别。

22. **大虫**：原文为"gran vermo"，"gran"是"巨大"的意思；"vermo"相等于"verme"，直译是"虫"，在这里指"巨大的怪物"、"巨大的妖魔"。汉语中的"大虫"，一般指老虎；在这里加以引申，拿来形容三头狗。在《地狱篇》第三十四章一〇八行里，"vermo"再度出现：但丁称撒旦为"vermo reo"（直译是"充满罪愆的虫"）。译者处理"vermo reo"这一词组时，用了翻译中的移位手法："那条虫……满身罪愆"。

25–27. **于是……咽喉**：在《埃涅阿斯纪》里，库迈的女预言家以蜜饼掷向三头狗；在这里，维吉尔所掷的却是泥土。但丁自出机杼的描写，强调了三头狗如何馋嘴；同时间接说明，这层的阴魂在阳间犯了贪

饕罪。

35. **虚幻**：阴魂没有实质，因此以"虚幻"一词来形容。

38. **有一个**：指阴魂恰科（Ciacco）。恰科是十三世纪翡冷翠的一个饕餮，为人机智，大概是但丁的相识。薄伽丘的《十日谈》称他为"有史以来最大的饕餮"。有的论者认为，意大利文中的 Ciacco 也许源出 Giacomo 一名；但小写的"ciacco"也可以解作"suino"、"maiale"（都是"猪"的意思）；用作形容词，又有"sozzo"（肮脏、污秽）、"chi ispira ripugnanza"（可厌）之意。由于这章写贪饕者，把 Ciacco 解作"猪"，似乎最恰当。

42. **我还未辞世，你已经在尘世张眼**：原文"tu fosti, prima ch'io disfatto, fatto"，以"disfatto"和"fatto"营造声音上的共鸣回响，同中有异，异中有同，颇能表现恰科喜欢开玩笑（尤其喜欢玩弄文字）的个性。原文的诙谐效果，译者在这里设法以"辞世"、"尘世"两个词来模拟。

50. **你的城市**：指翡冷翠。恰科和但丁都是翡冷翠人，所以恰科对但丁说"你的城市"。在这里，《神曲》首次提到翡冷翠。

60–63. **不过……是什么缘故**：但丁请恰科为翡冷翠预言未来，描叙现在，检讨往昔。六四至七二行是预测之言。到了第十章，但丁才会明白，亡魂何以能预测未来。

61. **分裂的城**：一二一六年，翡冷翠开始分裂，形成两党对立的局面。所谓两党，是圭尔佛（Guelfo）党和吉伯林（Ghibellino）党。前者又称"教皇党"，拥护教皇，主要由城市小贵族和新兴的市民阶级组成，赞成小邦自治。后者又称"皇帝党"，拥护神圣罗马帝国皇帝，主要由封建贵族组成，赞成大一统和中央集权。到了十三世纪末叶，也就是一二八九年坎帕尔迪诺（Campaldino）和卡普罗纳（Caprona）两役之后，两党的长期斗争结束，圭尔佛党取得最后胜利。可是过了不久，圭尔佛党又分裂为白（Bianchi）、黑（Neri）两党，分别由切尔基（Cerchi）和多纳提（Donati）两个家族领导。白党倾向民主，反对教皇干政，是但丁所属；黑党为了经济利益，支持教皇。一三〇〇年五月一日，在五月节庆（Calendimaggio）中，白党和黑党在翡冷翠的圣三一广场（Piazza di Santa Trinità）火并。翌年六月，白党把黑党逐出翡冷翠。三年后，黑党借教皇卜尼法斯八世（Bonifacius VIII，意大利文为 Bonifazio VIII）之助重返翡冷翠，并且把白党放逐。但丁在市议会任过职，曾本着公平的原则，在同一时间放逐白党和黑党成员，得罪了黑党，结果遭到报复，开始漫长的放逐生涯。

64–75. **他们……三点火星**：但丁为《神曲》写这段历史时，事件已经发生，因此诗中人物能"预测"未来。

64. **长期互斗**：由黑、白二党分裂的一年算起，到一三〇〇年五月，两党互斗的历史长达二十年。

65. **乡土派**：原文为“la parte selvaggia”，指白党。“selvaggia”的直译是“粗野”、“野蛮”、“欠教化”。黑党的多纳提家族长期居于城市（翡冷翠）；白党的切尔基家族来自乡村，称为“乡土派”。

67–68. **然后……再度强盛**：黑党被逐后，其首领科尔索·多纳提（Corso Donati）向教皇卜尼法斯八世求助。卜尼法斯八世开始时态度两可；后来为了扩张权力，派法国瓦路瓦（Valois）的沙尔（Charles）伯爵（法王腓力四世的兄弟）以调停为名，于一三〇一年十一月率军前来，替黑党控制了翡冷翠，并且把六百名白党成员放逐，其中包括但丁。但丁要流放他乡，最后客死异地，皆因受了卜尼法斯的阴谋之害，因此卜尼法斯是但丁的头号敌人，在《神曲》里一再遭到挞伐。在诗中，恰科于一三〇〇年四月向但丁“预示”未来，一三〇二年一月至十月，白党遭黑党放逐。由一三〇二年十月回溯，恰巧是“三年内”（原文“infra tre soli”，指“太阳绕地球转动三回的时间内”）。

69. **此刻在左哄右绐**：指恰科说话的俄顷，卜尼法斯八世貌充公允，在两党的纷争里摆出中立姿态，谋渔人之利。在《地狱篇》第十九章五二至五七行里，卜尼法斯八世再度出现。

70. **胜利的一派会久久厉色盱衡**：“胜利的一派”，指黑党。“久久”，指但丁被放逐的一刻，到他动笔写《神曲》的一段时间。

71. **敌人**：指白党。

73. **义人有两个**：“义人……两个”指谁，迄今没有定论。有的论者认为，恰科所说是预言，内容自然隐晦难猜；另一些论者则认为，但丁以“两个”来强调翡冷翠“义人”不多。有的论者指出，这行使人想到《圣经·创世记》第十八章第二十至三十三节所写：“所多玛和蛾摩拉罪恶甚重”，连十个义人都没有。许多论者，更倾向于但丁把自己列为正直之士。参看 Bosco e Reggio, *Inferno*, 95; Sapegno, *Inferno*, 73-74; Vandelli, 56; Durling, 110; Zappulla, 70。

77–87. **我还想……得睹**：这十一行所写，是教皇党分裂成黑、白二党前的政治人物。

79. **法里纳塔**：全名为法里纳塔·德利乌贝尔提（Farinata degli Uberti），属吉伯林党，在《地狱篇》第十章里，与信仰异端的亡魂为伍。

特格埃约：全名为特格埃约·阿尔多布兰迪（Tegghiaio Aldobrandi），属圭尔佛党。在《地狱篇》第十六章与鸡奸者为伍（见该章第四十一行）。

80. **雅科坡·鲁斯提库奇**：属圭尔佛党。在《地狱篇》第十六章与鸡奸者为伍（见该章第四十四行）。

阿里戈：翡冷翠人，生平不详。此后再没有出现。

莫斯卡：全名莫斯卡 · 德拉姆贝尔提（Mosca de' Lamberti），属博恩德尔蒙提（Buondelmonti）一族。在《地狱篇》第二十八章与挑拨离间者为伍（见该章一〇三行及其后的描写）。

81. **和致力于善行的其他俊髦**：这行极富反讽。在叙事者但丁的心目中，上述人物在阳间都致力于善行，结果却全部置身地狱。可见叙事者但丁拙于观人；而上帝和凡间判别好坏的准则也常常迥异。

85. **他们跟最邪恶的灵魂为伍**：此行与第八十一行相距极近，两者呼应间攻读者于不备，反讽效果锐不可当。

86. **地极**：原文是"fondo"，指地底深处，也就是地狱。

91–93. **语毕……瞎眼的同伙**：贪饕者的头脑被饮食影响，思想模糊，跟瞎子无异。

94–96. **他会昏睡 /……结束大寐**：到了世界末日，天使就会吹响号角，宣布基督已再度降临，展开最后审判。亡魂听到号声前，都会昏睡（"大寐"）不醒。有关基督（人子）再度降临的描写，参看《圣经 · 马太福音》第二十四章第二十七至三十一节。

96. **敌法官**：原文"nimica podesta"，指基督。世界末日来临时，基督会主持最后审判，所以称为"法官"。基督是邪恶之敌，所以又称"敌法官"。在地狱里，基督之名不可以直呼，这里代之以"敌法官"一词。

106–108. **请参考……和忧惙**："你信奉的学说"，指但丁所信奉的亚里士多德和托马斯 · 阿奎那的学说。亚里士多德认为，人类由灵魂和肉体组成。托马斯 · 阿奎那把亚里士多德的说法引申，认为最后审判结束时，灵魂就会与肉体合而为一，变得更加完美。届时，在天堂享福的光灵更能感受其福，在地狱受苦的亡魂更能感受其苦。

115. **财神这个大敌**：原文"Pluto"，希腊神话中的财神，希腊文叫普路托斯（Πλοῦτος, Plutus），德梅忒尔（Δημήτηρ, Demeter）和伊阿西翁（Ἰασίων, Iasion）的儿子。据说宙斯为了要财神施财时不分忠奸正邪，故意把财神的眼睛弄瞎。但丁把这个形象稍加改动，让他看守地狱的第四层（惩罚贪婪者和挥霍者的一层）。财神象征贪婪，因此是人类的大敌。

第七章

但丁和维吉尔进入地狱的第四层，碰见了财神。财神向他们叫嚷，遭维吉尔斥责而倒地。二人进入地狱深处，看见挥霍者和贪婪者推着巨物绕半圆互撞。维吉尔告诉但丁，命运是上帝创造的天使，负责依时把世间的财富化为虚空。之后，二人降落第五层，看见一条无名的涌泉；然后在斯提克斯的泥沼目睹暴怒者和愠怒者。前进间，他们来到了狄斯之城。

“啪呸撒旦，啪呸撒旦阿列呸！”
　财神普路托斯用咯咯的声音叫嚷。
　那位和蔼的哲人，有全知的智慧，
听后安慰我说：“不要沮丧
　惊惶，因为，不管他有什么神通，
　都阻不了我们降落这巨石的下方。”
说完就转身对着那肿胀的面孔
　叱道：“你这只恶狼，还不住口！

财神普路托斯与维吉尔

“你这只恶狼，还不住口！/要发怒，何不把你的五内烧熔？”

（《地狱篇》，第七章，八至九行）

要发怒，何不把你的五内烧熔？
他降临这深坑，自然有他的理由。
这是天上的旨意。(米迦勒在那里
惩罚了傲慢的奸宄，为上帝报仇。)”
一如船上的帆，因受风而鼓起，
再因桅杆断折而塌成一堆，
那凶残的畜生也这样闻言倒地。
于是，我们走入第四层的深邃，
继续降落那阴沉愁苦的悬崖。
那里的崖壁间，塞满了宇宙诸罪。
天理呀，是谁在大量硬堆强捺
这些新的劳苦，并置诸我眼前？
我们的罪孽，又为何使我们毁垮？
一如巨浪在卡律布狄斯大漩涡上面
和涌来的激涛相撞而轰然崩破，
亡魂在这里要高速舞动偃蹇。
眼前的人，数目比别处都多。
他们从相对的方向吼叫着，
用胸膛把一块块的巨物滚挪，
再迎面相撞，在相撞的一刻
转过身来，把巨物向后推动，
大叫着：“干吗要挥霍？干吗要吝啬？”
就这样，他们在阴暗的圆坑中
转身，各自绕回对面的一点，
一再喊着那句话向彼此讽诵。

到了目的地，动作再重复如前：
绕着半圆在另一个回合相搏。
为此，我的心痛苦得如遭针砭。 36
于是我说：“老师呀，请你告诉我，
他们是谁？那些可又是僧侣？
我是指左边削了头发的一伙。” 39
维吉尔答道：“这些人眼光扭曲，
心灵在前生不能辨别是非，
对于钱财不能恰当地驾驭。 42
他们的声音，已昭然吠出了原委。
在圆坑的两点，他们都这样喧哗，
并因相反的罪孽分成两类。 45
这些人都是僧侣，都没有头发
盖顶，享红衣主教和教皇的尊荣；
在生的时候，贪婪比谁都大。” 48
于是我说：“老师，这些人当中，
我肯定会认出一两个人的模样。
他们的污点跟你所说的相同。” 51
于是，维吉尔说：“你在徒然空讲。
盲目的一生使他们肮脏得面目
模糊，再无人认得他们的形象。 54
他们会分成两派，永远抵牾。
这一派的人从陵寝里升起，
握着拳；另一派则剪光了头颅。 57
滥花滥省把他们在世上的福地

剥夺，把他们卷入这场混战。
事实如此，我无须靠美言比拟。
你见到啦，小伙子，财富易散，
只配供命运嘲笑一顷半顷；
人类却为了财富而纷争纠缠。
即使把月下现有的黄金合并，
再加上古代的藏量，都不能给这伙
倦魂中的任何一个带来安宁。”
“老师呀，”我恳求维吉尔，“还请你说说，
你跟我提到的那个命运是谁？
竟能用指爪把世上的财富紧握。”
维吉尔答道：“众生何其昏愦！
他们竟会无知到这个地步！
好啦，你听我评讲她的作为。
在太初，那位智慧无比的造物主
创造了诸天，并命群伦去执掌，
好使各部分能够遍照各处，
浑然把光芒分配到四面八方。
对世上的荣耀，她的做法也相同：
命一个公使兼领导位居其上，
依时把世间的财富化为虚空，
由此宗到彼宗，此族到彼族转移，
完全不受人类的巧智摆弄。
于是，一族作主，另一族就萎靡，
盛衰之势悉随她的决定。

贪婪者与挥霍者

“即使把月下现有的黄金合并，/ 再加上古代的藏量，都不能给这伙 / 倦魂中的任何一个带来安宁。”

（《地狱篇》，第七章，六四至六六行）

她的决定，隐秘如蛇藏草里。
你们的才智，真是莫之与京。
她能裁决，能预知未来，能长保
其王国，就像天使把诸天持秉。
她掌管的变化不会停止减少；
必然的规律使她行动僄疾，
盛衰之局也就接踵来到。
这，就是遭人谩骂的神祇。
谩骂的人，其实该对她颂赞；
不该错怪她，不该以恶言丑诋。
不过，她在至福中并无所感，
正欣然跟上帝所造的太初众生
推动天体，享受天赐的美善。
现在，我们向下面更惨恻的一层
走吧。众星都下沉了。它们刚升起，
我就出发；想在此久留也不能。”
我们越过圆坑，在另一边崖壁
越过一道涌泉。涌泉的水
在沸腾，泻落由泉内流出的壕沟里。
水的颜色属于最深的紫黑。
我们前进时，随黪黩的波涛
沿一条险径走入下方的幽晦。
这条阴沉的溪水，滔滔流到
险恶而灰暗的斜坡，泻到山脚，
就流入一个叫斯提克斯的泥沼。

我停了下来，聚精会神地凝眺，
　见沼中尽是人，沾满了泥垢，
　全都赤裸，仿佛愤怒未消。
他们在互相猛击，不但用手，
　而且用脚，用头，用他们的胸部，
　且逐片用牙撕咬彼此的皮肉。
贤师说："小伙子呀，现在你目睹
　怒魂了。他们都艴然不能自已。
　同时，你还要知得清清楚楚：
这些水的下面，还有人在叹息，
　结果他们使水面冒出气泡。
　不管怎么看，眼睛都这样告诉你。
污泥中的幽灵说：'以前，我们爱牢骚，
　不管阳光下舒畅的空气多清新，
　心里总有一股滞雾在缭绕；
现在，愠怒时却要在黑淖里浸。'
　这赞歌，他们只在喉咙里咕噜，
　因为他们说不出完整的语音。"
就这样，在干岸和湿沼间的路途，
　我们循宽阔的半圆绕过污水坑，
　眼睛注视着吞咽泥淖的人物，
最后来到一座高塔的底层。

愤怒者

“小伙子呀，现在你目睹 / 怒魂了。他们都赩然不能自已。”

(《地狱篇》，第七章，一一五至一一六行)

注释：

1. **“啪呸撒旦，啪呸撒旦阿列呸！”**：原文为“Papé Satàn, Papé Satàn aleppe!”这句话的解释，至今仍无定论。Bosco e Reggio（*Inferno*, 106）所引述的其中一说，认为该解作：“Oh Satana, oh Satana, Dio!”（“啊，撒旦，撒旦哪，上帝！”）。Sapegno（*Inferno*, 78）则引但丁儿子皮耶特罗（Pietro di Dante）的说法，认为这行的意思是：“Oh Satan, oh Satan, caput et princeps daemonum, quid est hoc vedere?”（“撒旦哪撒旦，众魔之首哇，众魔之王，你看，这是什么？”）。有的论者指出（参看 Mandelbaum, *Inferno*, 356），“Papé”是拉丁文惊叹之词，“Satàn”是魔鬼撒旦，“aleppe”是希伯来文的第一个字母 aleph，表示撒旦在地狱的地位“崇高”。换言之，财神见但丁的凡躯在地狱出现，不禁向自己的上司撒旦惊呼。另一种解释（参看 Ciardi, *Inferno*, 76）是：“Papé”是“教皇”的意思，地狱的撒旦等于人间的教皇，是教皇的反面。有的论者则干脆肯定，这句话除了“撒旦”一词，全部是胡言，只有维吉尔听得懂。也有论者认为，财神说这句话，目的是威吓但丁和维吉尔，并向下面的撒旦示警。参看 Sinclair, *Inferno*, 104。有关其余各种论点，可参看 Vandelli, 60; Anderson, *Inferno*, 68; Durling, 120; Musa, *Inferno*, 133-34; Sisson, 517; Singleton, *Inferno 2*, 108-109。译者以“啪呸”“阿列呸”译“Papé”和“aleppe”，目的是兼顾两种说法：一方面可作胡言乱语解，一方面音译拉丁文和希伯来文。
2. **财神**：原文“Pluto”，有的论者认为指财神普路托斯；有的论者认为指冥王（希腊文叫哈得斯 Ἅιδης, Hades）；也有论者认为，但丁用“Pluto”一词时，既指冥王，也指财神，对两者没有细加区分。在古希腊的神话中，两者确有相通之处。希腊文的冥王是 Πλούτων，本为田野之神，也可解作“富人”。这一神祇，日后又与罗马神话中的冥王 Dis Pater 相融相迭。Dis Pater 也是田野之神。田野出产农作物，是富饶的象征，与财富拉上关系，是自然不过的。此外，希腊文的 Πλοῦτος，拼法跟 Πλούτων 接近，是“财富”的意思，后来变成了财富之神，也就是财神，在希腊神话中与丰饶之角（cornucopia）一起出现。但丁不懂希腊文，却精于拉丁文，受罗马神话的影响较为直接，其冥王大概以象征财富的 Dis Pater 为蓝本，所塑的形象，自然兼具两重属性了。参看 Bosco e Reggio, *Inferno*, 99; Sapegno, *Inferno*, 76; Singleton, *Inferno 2*, 109-10; Toynbee, 517-18,“Pluto”条。
3. **有全知的智慧**：指维吉尔洞悉一切，明白一切，知道财神说什么。

6. **这巨石的下方**：过了“这巨石”，二人就会到达地狱的第四层。

7. **肿胀的面孔**：这一描写有象征意义，暗示财富丑恶。

8. **恶狼**：原文是“maladetto lupo”。狼的意象回应了《地狱篇》第一章的母狼意象。

11. **这是天上的旨意**：维吉尔再度强调，但丁能够进地狱，是上帝的意旨，任何力量都阻挡不了。参看《地狱篇》第三章九五至九六行：“这是上方的旨意，上方要怎样 / 就会怎样，别再问什么原因。”

11–12. **米迦勒在那里 /……为上帝报仇**：指米迦勒打败了背叛上帝的撒旦。参看《圣经·新约·启示录》第十二章七至九节。

13–15. **一如船上的帆……闻言倒地**：这形象十分生动。作者拿来比喻的事物，是日常所见。到了第三十四章第四十八行，但丁再度取譬于帆：以海帆比喻撒旦的翅膀（“我见过的海帆，都无法和它颉颃”）。

22. **卡律布狄斯大漩涡**：卡律布狄斯（Χάρυβδις，Charybdis），是大地女神盖亚（Γαῖα，Gaia）和海神波塞冬的女儿，居于墨西拿（Messina）海峡附近的一块巨石上。因为偷吃赫拉克勒斯所运的牛群而遭宙斯以雷电击落水中，成为妖怪，要每天狂吞海水三次，同时也把海上的一切吞入肚子里。后来，卡律布狄斯变成了大漩涡，位于墨西拿海峡靠近西西里岛的一边，另一边是意大利。靠近意大利的一边，住着岩礁女妖斯库拉（Σκύλλη，拉丁文为 Scylla）。驶经墨西拿海峡的船只，要躲避大漩涡时，往往会撞向斯库拉而沉没（在某些神话版本里，斯库拉是一块海礁）。参看《奥德修纪》第十二卷八五至一一〇行，二三五至二五九行；《埃涅阿斯纪》第三卷四二〇至四二三行。

22–35. **一如巨浪……在另一个回合相搏**：这段描写贪婪者和挥霍者。两者对钱财的态度虽然不同，却都控财失当。两者所犯，是相反的两极，因此要推着巨物朝“相对的方向”“高速舞动”，“再迎面相撞”。

25. **眼前的人，数目比别处都多**：参看《埃涅阿斯纪》第六卷六一一行：“quae maxima turba est”（“这样的人〔指阴间受刑的罪人〕真多”）。

27. **用胸膛把一块块的巨物滚挪**：此句大概脱胎自《埃涅阿斯纪》第六卷六一六行：“saxum ingens volvunt alii”（“有的在滚动巨石”）。

39. **我是指左边削了头发的一伙**：指贪婪者。贪婪者在左边，表示罪孽更重。

40. **眼光扭曲**：表示阴魂失去了判别是非的能力。

42. **对于钱财不能恰当地驾驭**：指不能恰到好处地利用钱财。这一道理，颇近儒家的中庸思想：胡乱花钱是挥霍，一毛不拔是吝啬。关于钱财的驾驭，托马斯·阿奎那有以下的说法：“Ille qui superabundat in

dando, vocatur *prodigus*; qui autem deficit in dando, vocatur *avarus*."（"花费无度，谓之'挥霍'；靳而不予，谓之'吝啬'。"）。见 *Summa theologica*, II-II, q.119, a.I, ad I。但丁受阿奎那的影响极大，本章谴责两种极端，完全符合阿奎那的思想。

57. **握着拳……剪光了头颅**："握着拳"，象征不肯花钱；"剪光了头颅"，象征乱花乱耗。

64. **月下**：指尘世。

66. **倦魂中的任何一个**：这里主要指贪婪者。

72. **她**：指命运。

74. **群伦**：指天使。

78. **公使**：在《神曲》里，命运是天使之一，直接由上帝创造。

94–96. **不过……美善**：在传统的神话中，命运有多种形象。希腊的命运女神叫提克（Τύχη，Tyche）。提克瞎眼，象征盲目施赏或施罚。罗马的命运女神叫福尔图娜（Fortuna），掌丰饶之角及船舵，象征控制人类的贫富和方向。在其他神话中，命运女神恒在转动一个轮子；或者瞎眼，立在转轮上。两者都象征命运善变难测，反复无常。但丁的命运是一位天使。这一形象，极富基督教色彩：表示即使命运，也在上帝的掌握之中。

98–99. **众星都下沉了。它们刚升起，/ 我们就出发**：但丁和维吉尔在耶稣受难日的黄昏（也就是众星刚升起的时候）出发，开始地狱之旅。此刻，耶稣受难日的午夜刚过。

101–108. **涌泉的水 /……斯提克斯的泥沼**：Singleton（*Inferno 2*, 117）指出，这道涌泉没有名字，在《神曲》里只出现过一次，其水泻落第五层的冥河斯提克斯（Στύξ）。

108. **斯提克斯**：希腊文 Στύξ（Styx），冥界五河之一，在《埃涅阿斯纪》里盘曲九回，把哈得斯围住。根据赫西奥德的《神谱》（*Θεογονία*，拉丁文 *Theogonia*，英文 *Theogony*）斯提克斯是提坦神（希腊文 Τιτᾶν，拉丁文 Titan 或 Titanus，英文 Titan；一译"巨神"或"巨人"）奥克阿诺斯（Ὠκεανός, Oceanus，即海洋之神）和另一个提坦神忒提斯（Τηθύς, Tethys）的长女。因帮助宙斯打败了提坦神，获赐监誓之权。奥林坡斯的神祇要立誓时，宙斯就会命彩虹女神伊丽丝（Ἶρις，Iris）到斯提克斯河打来一壶水，然后命神祇指水发誓。发假誓者会受罚，一年内不可以呼吸，不可以吃神食（ἀμβροσία，一译"安酪喜"，英译"ambrosia"）、饮神酒（νέκταρ，一译"玉液琼浆"，英译"nectar"）。罪愆更重者，九年内不得参与诸神的会议和宴飨。参看《埃涅阿斯纪》第六卷三二一至三二四行：

olli sic breviter fata est longaeva sacerdos:
"Anchisa generate, deum certissima proles,
Cocyti stagna alta vides Stygiamque paludem,
di cuius iurare timent et fallere numen."
长寿的女祭司简短地回答他，说：
"安基塞斯之子呀，你这堂堂神裔，
这是科库托斯之渊、斯提克斯之沼；
后者的威力，是众神立誓之所凭。"

《奥德修纪》第五卷一八五至一八六行有类似的描写：

καὶ τὸ κατειβόμενον Στυγὸς ὕδωρ, ὅς τε μέγιστος
ὅρκος δεινότατός τε πέλει μακάρεσσι θεοῖσι...
还有下泻的斯提克斯之水。指着它，
获得福佑的众神会发最重的毒誓……

110–116. **见沼中尽是人……不能自已**：这里描写的是暴怒者。

118. **这些水的下面，还有人在叹息**：指愠怒之人。亚里士多德和阿奎那对暴怒和愠怒有详细的诠释。参看 Singleton，*Inferno 2*，118-19。但丁描写暴怒者和愠怒者的手法，颇富匠心：暴怒者可见，表示暴怒外张；愠怒者不可见，表示愠怒内敛。

130. **最后来到一座高塔的底层**：在地狱的上层（即阿刻戎河和斯提克斯河之间），阴魂因克制不足而受罪；到了狄斯之城（第八章），则因凶暴、欺诈而遭惩。

第八章

但丁跟维吉尔来到狄斯城，看见弗勒古阿斯驾飞舟出现。二人登船，越过充满死水的沼泽，途中碰见多银翁菲利波。但丁见他受罚，表现了义愤，结果获维吉尔嘉许。渐渐，他们靠近了狄斯城，见烈火把里面的寺院烧得通红。他们沿着城沟前进间，见上千个恶魔从天上泻下来，挡住去路。维吉尔上前跟恶魔交涉。不久，恶魔就跌撞着飞奔进城，把大门关上。维吉尔回到但丁身旁，十分生气，叫但丁不要惊愕；并且告诉但丁，这类无礼的事件以前也发生过；此刻，门内正有人循峭壁下移，越过众圈，为他们把城池开启。

说到这里，我必须指出，早在
　我们置身于高塔脚下之前，
　我们的眼睛已经向塔顶仰睐，
因为，我们见两朵火焰放在塔巅，
　和闪着信号的另一朵遥遥相望。
　第三朵距离远，眼睛几乎看不见。

于是我转身，对一切智慧的汪漭
说道 ：“这信号是什么意思？另一朵
在回答什么？谁点的呢？这些火光。”
维吉尔答道 ：“你望过这些秽波，
就可以看见那边有人在等候 ；
看不见吗？是因为沼雾正把他掩没。”
一枝箭，由强弓的劲弦射出，嗖
的疾掠过空中，速度虽快，
也快不过在这时出现的小舟。
那小舟掠过水面向我们驶来，
船桨只有一个船夫在控摇，
见了我就喊道 ：“孽鬼来啦，善哉！”
“弗勒古阿斯，弗勒古阿斯，别乱叫！”
老师说，“这一次，你是白费气力 ：
过了这泥池，我们就把你甩掉。”
像一个人，得知坏蛋以大奸计
施诸其身而为之怫然不欢，
弗勒古阿斯闻言，不禁满肚怒气。
我的导师走到下面的小船，
然后叫我跟着他一起进去。
我进了去，小舟才不再虚软。
导师和我一站稳，不过须臾，
古老的摆渡已经离岸，切割
沼面时，吃水要深于别的行旅。
当我们越过那充满死水的沼泽，

斯提克斯——弗勒古阿斯

古老的摆渡已经离岸，切割 / 沼面时，吃水要深于别的行旅。

（《地狱篇》，第八章，二九至三〇行）

前面冒出了一个人，满身泥泞，
说道：“你是谁？未到时辰就来了！”
于是我说：“我是来而不停。
你是谁呀？竟变得这么污秽！”
他答道：“你看见啦，我是哭泣的幽灵。”
我说：“就这样哭泣，这样伤悲，
这样长留此地吧，可恶的鬼物！
你满身肮脏，我仍能认出你是谁。”
他伸出双手，要触摸摆渡，
警惕的老师见了，就把他推走，
喝道：“你滚开！走那些狗的路！”
然后用双臂把我的脖子紧搂，
亲了亲我的面颊，说：“愤慨的灵魂，
怀你的那位女子，福分何其厚！
这个人在世间嚣张，性情并不柔顺。
他前生没有修美供他缅怀，
因此，盛怒的心灵在这里沉沦。
在上面称王的人何止千百？
有一天，都要像脏豕躺在泥污。
他们世上的名声狼藉得可骇。”
于是我说：“老师，我很想目睹
他浸淹在这盆泥汤里面，
然后才跟你一起离开这个湖。”
老师说：“湖岸在前方出现前，
你一定可以见到这情景，

斯提克斯——多银翁菲利波

他伸出双手，要触摸摆渡，/警惕的老师见了，就把他推走……

（《地狱篇》，第八章，四〇至四一行）

因为你的愿望注定会饱餍。”
不久，我看见那个家伙被泥泞
满身的一群同伴狠狠地折磨。
为此，我要赞颂并感谢神灵。
“打倒多银翁菲利波！”人群喊着说。
之后，这个暴躁的翡冷翠亡魂，
就用牙齿把自己的身体撕剥。
接着，我们远去，没有了下文。
我的耳际这时却响起悲嘶。
于是向前方凝望，瞬也不瞬。
我的贤师说：“现在呀，小伙子，
狄斯之城已经向我们前迈，
沉重的居民和重兵都集中于此。”
我回答说：“它的清真寺就在
那边谷内——我肯定不会看错——
都是红的，仿佛从火中冒出来。”
维吉尔闻言，说道：“永恒的烈火
在里面燃烧，乃使寺院变红，
在地狱下界向你彤然灼烁。”
我们直入一道深壕之中。
深壕把那座愁城围在里头；
高城的墙壁恍如铁造的垣墉。
我们绕着大圈沿城沟行走，
来到某一处，船夫就高声叫嚷：
“在这里出去吧，那边就是入口。”

举目，只见上千个阴魂从天上
大雨般下泻。他们都勃然大怒，
喝道：“这个人是谁？竟无须身亡
就在死人的王国里通行无阻。”
于是，睿智的老师向他们示意，
要跟他们到一旁说明缘故。
至此，阴魂的激愤才稍微收戢，
说道：“只许你一个来；那个敢于
闯进这王国的，必须离开这里。
让他一个人沿自己的疯途回去，
看他是否认得路。你带他走过了
幽暗的冥府；此刻要成为羁旅。”
听了这可怕的言辞，想想啊，读者，
我当时会感到多么沮丧失望，
因为我自分要永远跟阳间分隔。
“好导师呀，已经有七次以上，
你使我恢复信心；我大难当前，
你又救了我，助我脱离险障；”
我说，“别丢下我，叫我受蹇。
要是我们不可以继续往前走，
就马上一起循原来的路线
回头吧！”带我进地狱的先生听后，
就对我说：“不要怕，我们的旅程，
谁都阻不了——通行权是上天所授。
不过，你在这里稍微等一等，

并抚慰倦魂，让它以希望为餐。
我是不会在地狱的下层 108
丢下你的。”和蔼的师父说完，
就把我留在那里狐疑趑趄，
让矛盾在我的脑中争持激战； 111
听不见他对阴魂所说的话语。
不过他逗留的时间并不长；
转眼间，阴魂就跌撞着奔进去， 114
当着我主人的面把大门关上。
结果让他一个人留在外边。
维吉尔步子缓慢地走回我身旁， 117
目光望着地下，眉宇之间
失去了所有的英气，唏嘘着说：
“何方神圣？阻我在苦宅向前！” 120
然后对我说：“不要因我光火
而惊愕；这场斗争中我注定胜利——
不管里面用什么伎俩阻止我。 123
他们这样无礼，已不算新奇；
在更公开的门前，他们也顽抗。
我说的那道门，至今仍没有闩闭。 126
你已经见过冥书刻写在门上。
此刻，门内正有人循峭壁下移，
越过众圈，没有伙伴在旁； 129
然后，他会为我们把城池开启。”

狄斯城之门

听不见他对阴魂所说的话语。/ 不过他逗留的时间并不长；/

转眼间，阴魂就跌撞着奔进去……

（《地狱篇》，第八章，一一二至一一四行）

注释：

1–2. **说到这里……脚下之前**：在《神曲》各章之中，只有这章的开头重提上一章的结尾。有的论者（包括薄伽丘）认为，但丁这样做，是因为前七章在一三〇二年前写成。但丁于一三〇二年遭放逐后，收到翡冷翠寄来的手稿（即一至七章），写第八章时，乃重提第七章。这一说法难以服人。以但丁这样一位精雕细镂的巨匠，大概不会粗疏到这一地步。即使一般作者，接过十多二十年前初稿的一部分，也不至于这样笨拙，会重提前稿。其实，在第八章重提第七章末行之前的情节，至为自然，不必找其他解释。第七章倒数第二行是："眼睛注视着吞咽泥淖的人物"。加一句"最后来到一座高塔的底层"，就收一语竟章之功，有"欲知后事如何，且听下回分解"的作用。到了"下回"（第八章）的开头，作者已经在第七章结尾"前跳"一步，引起了读者的好奇心，于是放慢节奏，从容"分解"，回溯第七章末句之前的情节。中外写小说、讲故事的作家，都可以采用这种技巧，不必牵强附会，舍近图远。

7. **一切智慧的汪洋**：指维吉尔。

10. **秽波**：此行所写是地狱之水，所以说"秽"。

17. **一个船夫**：指第十九行的弗勒古阿斯（Φλεγύας，Phegyas）。在希腊神话中，弗勒古阿斯是战神阿瑞斯和克里塞之子，拉庇泰人（Λαπίθαι，Lapiths）的君王，伊克西翁和科洛尼斯（Κορωνίς，Coronis）之父。因阿波罗向科洛尼斯施暴而火烧德尔佛伊（Δελφοί，Delphi）的阿波罗神庙，结果遭阿波罗击毙，打落塔尔塔洛斯受罪。在《埃涅阿斯纪》第六卷六一八至六二〇行里，弗勒古阿斯也出现过：

> "...Phlegyasque miserrimus omnis
> admonet, et magna testatur voce per umbras:
> 'discite iustitiam moniti et non temnere divos.'"
> "……弗勒古阿斯极度惨戚，在警告所有的
> 阴魂，并且在冥暗中高声呼喊着作证：
> '提醒你们哪，要公义是遵，别轻蔑神灵。'"

《神曲》中的弗勒古阿斯没有受刑，只是斯提克斯泥沼上的船夫，负责在地狱的第五层运载亡魂。

18. **孽鬼来啦**：弗勒古阿斯以为但丁是阴魂，也来地狱受罪。

20–21. **这一次……把你甩掉**：维吉尔语气严厉，就像他在第三章九四至

九六行训斥卡戎、第七章八至一二行吆喝财神那样。

27. **小舟才不再虚软**：阴魂没有重量，登上了小舟，小舟也不吃水，仍会虚软。但丁是凡人，不是阴魂，有血肉之躯的重量；登上了小舟，小舟开始吃水，因此不再虚软。

29. **古老的摆渡**：指弗勒古阿斯的渡船。这艘渡船从太初开始，已经运载亡魂，因此称为"古老"。

30. **吃水要深于别的行旅**：但丁再度强调自己是血肉之躯。

32. **前面冒出了一个人**：在这里，但丁暂时不交代阴魂的身分，以引起读者的好奇心，并产生悬疑效果。参看本章第六十一行注。

37–39. **我说……我仍能认出你是谁**：旅人但丁初进地狱时，未想到上帝绝对公正，亡魂无论受什么刑，都罪有应得，不值得同情。结果看见亡魂受罚，就心生怜悯。现在渐渐明白，天道、天判、天刑都绝对公正；见恶魂受罚，不再有同情之心。因此说话的语气跟维吉尔相近。

42. **走那些狗的路**："那些狗"，指第五层的怒魂。在欧洲传统里，愤怒使人联想到狗。这一观点，早已见于阿奎那的《神学大全》："naturaliter disponuntur ad excessum alicuius passionis, ut leo ad audacium, canis ad iram, lepus ad timorem, et sic de aliis"（"〔畜生〕总是某种性情过多：狮子多勇，狗类多怒，兔子多畏，等等"）。参看 *Summa theologica*, I-II, q.46, a.5, ad I。

44. **愤慨的灵魂**：指但丁。

45. **怀你的那位女子，福分何其厚**："怀你的那位女子"，指但丁的母亲。意思是："你母亲有这样的儿子，真是有福了。"维吉尔称赞但丁，是因为他心生义愤，懂得斥责地狱的恶魂。

52–54. **老师……离开这个湖**：但丁初进地狱时，未能分辨善恶，见了罪有应得的亡魂会产生同情；现在却要看恶魂受罚，在心路历程中已大有进步。

60. **为此，我要赞颂并感谢神灵**：但丁分辨善恶的能力又进了一步。

61. **多银翁菲利波**：原文为"Filippo Argenti"。"Argenti"是 argento（银）的复数。根据薄伽丘的说法，菲利波出身于翡冷翠阿迪玛里（Adimari）家族的德卡维丘利（de' Cavicciuli）一支，身材魁梧，脾气暴躁，十分富有，因些微小事就会动怒。曾经用银片裹钉马蹄，因此有"多银翁"（Argenti）之称。菲利波是黑党的成员、但丁的宿敌。有论者指出，但丁见逐后，财产被充公，最后落入菲利波兄弟手里，因此但丁在诗中对菲利波痛加挞伐。参看 Bosco e Reggio, *Inferno*, 123; Sapegno, *Inferno*, 94; Toynbee, 52-53, "Argenti, Filippo"条。在本章第三十二行，菲利波已经出现，不过当时读者还不知道他是谁；但丁到这里才说明他的身分，有增加作品悬宕之功。

68. **狄斯之城已经向我们前迈**：作者说“狄斯之城已经向我们前迈”，而不说“我们已经向狄斯之城前迈”，结果视点变换，狄斯之城显得更慑人。“狄斯”，意大利文是 Dite，拉丁文是 Dis，相等于希腊文的 Πλούτων（冥王），在《神曲》里是撒旦的别称。狄斯城属地狱下层，用来惩罚凶暴、欺诈、阴险的亡魂。

69. **沉重的居民和重兵都集中于此**：“沉重的居民”指狄斯城的亡魂。这些亡魂受压于罪恶和愁苦，因此说“沉重”。“重兵”指城中的恶魔、鬼怪，都是撒旦的手下。这些恶魔、鬼怪，数目众多，因此称“重兵”。

70. **清真寺**：指伊斯兰教的寺院。从基督教观点看，伊斯兰教是异教。但丁是基督徒，因此把清真寺安置在狄斯城内。

75. **地狱下界**：从狄斯城开始，但丁进入了地狱下界。

82–83. **只见上千个阴魂从天上 / 大雨般下泻**：指背叛上帝、随撒旦坠进地狱的堕落天使。

84–85. **竟无须身亡 /……通行无阻**：这些阴魂也看得出，但丁是血肉之躯。

86. **睿智的老师**：指维吉尔。

91. **沿自己的疯途回去**：“疯途”，指但丁以凡人之身进地狱，其旅途愚不可及。

93. **成为羁旅**：阴魂叫维吉尔留下来，让但丁返回阳间。

97. **七次以上**：“七”是泛指，形容数目之多。参看 Benvenuto, Tomus Primus, 297; Bosco e Reggio, *Inferno*, 125; Sapegno, *Inferno*, 97。

103. **带我进地狱的先生**：指维吉尔。

108. **地狱的下层**：即地狱的下界。

109. **和蔼的师父**：指维吉尔。在但丁心目中，维吉尔亲如授艺之师，所以称为“师父”。

120. **苦宅**：指地狱。原文为“dolenti case”，大概脱胎自《埃涅阿斯纪》第六卷五三二至五三四行：

> “...pelagine venis erroribus actus,
> an monitu divum? aut quae te fortuna fatigat,
> ut tristis sine sole domos, loca turbida, adires?”
> “……你是在大海迷途而被逼来此，
> 还是遵神谕来此？还是某种命运，驱你
> 来到这无日的愁宅，这混乱的处所？”

“dolenti case”（“苦宅”）和“tristis domos”（“愁宅”）的意思十分接近。

125–126. **更公开的门前……至今仍没有闩闭**："更公开的门"，指地狱的大门。参看《地狱篇》第三章一至一一行。这道大门，是地狱的第一道门，也就是地狱的入口，并不隐蔽。基督到地狱边境拯救部分亡魂时，恶魔也企图阻止他，于是基督把地狱之门砸开。这道门被基督砸开后，再没有关上。参看《地狱篇》第四章五二至六三行。《圣经·新约·马太福音》第十六章第十八节有类似的描写：

Et ego dico tibi, quia tu es Petrus, et super hanc petram aedificabo Ecclesiam meam, et porta inferi non praevalebunt adversus eam.

我还告诉你，你是彼得，我要把我的教会建造在这磐石上；阴间的权柄〔权柄：原文是"门"〕不能胜过他。

在这段文字中，彼得的拉丁文名字"Petrus"源出希腊文"πέτρος"，是"石头"的意思，因此耶稣说"在这磐石上"（在彼得身上）。基督教复活节前夕所诵的一句祷文，也可参看："Hodie portas mortis et seras pariter Salvator noster dirupit"（"今天，我们的救世主砸碎了死亡之门、死亡之锁"）。《埃涅阿斯纪》第六卷一二七至一二九行有类似的描写：

noctes atque dies patet atri ianua Ditis;
sed revocare gradum superasque evadere ad auras,
hoc opus, hic labor est.
黑狄斯的大门，日夜常开，
不过要拾级重返上界，
就要耗气费力了。

不过诗中"大门……常开"的原因与基督无关，因为维吉尔写《埃涅阿斯纪》时，基督还未出生。

127. **你已经见过冥书刻写在门上**："冥书"，指《地狱篇》第三章一至九行的文字。参看《地狱篇》第三章一至一一行。

128–130. **此刻，门内正有人……他会为我们把城池开启**：指《地狱篇》第九章开启狄斯城的天使。参看该章六四至一〇二行。

第九章

维吉尔见但丁受惊，马上镇静下来，并且驻足凝神。谈话中，维吉尔的语气叫但丁感到不安。但丁问维吉尔，以前可有人到过地狱这一层。维吉尔说，他以前来过。仰望间，但丁见高塔之顶耸起复仇三女神。然后是天使赫然从浊浪外降临，幽灵在前面窜遁。天使以神棒叩开狄斯之门，对恶魂训斥了一番，就匆匆离开。但丁和维吉尔进了冥城，见火焰遍布的墓地里，坟冢没有合拢，里面传来伤悲的嚎咷。维吉尔告诉但丁，石棺里的亡魂死前信仰异端，数目之多，超乎但丁的想象。说完，维吉尔转右，但丁在后面跟着他前进。

怯懦绘涂在我表面的容颜
　见我的导师向我这边转身，
　很快使他的脸色镇静如前。
他驻足、凝神，如侧耳倾听的人；
　因为地狱的烟雾浓密，空气
　晦冥，眼睛在里面不能远臻。

"在这场斗争中，我们要取得胜利，"
维吉尔说，"不然……我们已有过天助……
啊，我等人帮忙等得真焦急！"
他一改口，我就听得出，他最初
不是这意思；说了一半，才用
别的话掩饰，后语和前言不符。
可是，他的话毕竟令我惊恐，
因为我已把他的断语引申；
他的原意，怕没有那么严重。
"这样惨恻的深坑，可曾有人
从地狱的第一圈亲自来过？
那里的刑罚，不过是希望断根。"
维吉尔听了我的问题，对我
这样说："在我们当中，走上
我这个旅程的亡魂可不多。
不错，我以前也到过这里一趟，
是奉了凶女巫艾利克托之命。
她能够招魂返体，起幽灵于死亡。
我的肉身，把我脱下只半顷，
她就使我进入那一幅墙壁，
从犹大的一层拖出一个幽灵。
那是最低下而又最黑暗的境地，
跟围绕一切的天堂相隔
最远。你放心，这条路我很熟悉。
这个把恶臭呼喷出来的沼泽，

就在缭绕着愁苦之城的四方；
我们要进去，非争持一番不可。”
他其余的话，我此刻已经遗忘，
因为视线把我全部的注意力
牵到了高塔。塔顶炽热发光。
那里，在同一刹那，突然间耸起
三个染着鲜血的地狱女妖，
躯体、神态和一般女人无异，
身上被一条条鲜绿的多头蛇缠缭，
头发则是一窝小毒蛇和角蛇，
虬然盘结在她们可怕的鬓角。
这些女侍，维吉尔已识得透彻：
都由地狱的永哀之后差遣。
维吉尔说：“你看，这些女妖多凶恶！
这是梅盖拉。她此刻就在左边。
在右边嚎咷的一个是阿勒克托。
提斯福涅在中间。”说完就沉默无言。
女妖们都用指甲把胸脯撕剥，
用手掌猛击自己，大叫大吼，
声音吓得我要挨向诗人瑟缩。
“蛇发女妖哇，快把他变成石头！”
她们一边叫喊，一边俯望，
“我们还未报忒修斯袭击之仇。”
“用背向着她们，把两眼合上。
戈尔贡女妖一出来，你见她一面，

复仇三女神

“这是梅盖拉。她此刻就在左边。/ 在右边嚎咷的一个是阿勒克托。/ 提斯福涅在中间。”

（《地狱篇》，第九章，四六至四八行）

就永远离不了地狱返回上方。”
老师说完这番话，就亲自上前；
使我转身时对我的手欠信心，
就亲自用双手盖住我的双眼。
你们哪，心智健康，灵巧聪敏，
请留意训诲呀。那训诲，就在
这些奇词异句的纱幔下深隐。
就在这一刹那，混浊的波浪外
传来巨响。巨响令听者恐慌；
沼泽两岸也为之震动起来。
情形完全像一股烈风，莽莽
荡荡，因热气互冲而激搏相遘，
猛厉地撞过森林，锐不可当，
把树木的枝干劈开击落卷走，
赫然向前方狂扫，疾鞭着尘土
吓散了牧羊人和凶猛的走兽。
维吉尔放开我双眼，说：“请极目
让视线在远古的残滓上前移，
凝望浪沫最汹涌的那一处。”
像一群青蛙，在恶蛇这个天敌
之前，往水中消失得全无踪影，
到了最后，都一一在水底蹲匿；
这时，我看见上千个堕落的幽灵，
在一个人之前窜遁。那人在徒步，
双脚不濡，跨过斯提克斯的幽冥，

天使

只见他走到巨门前，用一根小棒 / 把门叩开，遇不到半点阻力。

（《地狱篇》，第九章，八九至九〇行）

拨开那里重浊的瘴气和烟雾，
　一次又一次，以左手在脸前挥拍。
　看来，他只为这一点不便所苦。
我十分清楚，他是奉天命而来。
　于是，我转向老师……老师示意
　叫我别作声，只须向那人朝拜。
啊，在我看来，他显得恚怒无比。
　只见他走到巨门前，用一根小棒
　把门叩开，遇不到半点阻力。
“啊，天厌的人，可鄙的一党，”
　他站在可怕的门槛之上说道，
　“你们心中的傲气来自何方？
那意旨，你们为什么要抗拒阻挠？
　意旨注定的一切，永不容违迕；
　抗拒呀，已多次招来更大的煎熬。
跟命运抵牾，究竟有什么好处？
　你们还记得吗？克尔贝罗斯就因为抗逆，
　下颚和咽喉仍受着撕剥之苦。”
他说完，就转身返回脏道所经之地，
　对我们一句话也没有说，神态
　倥倥偬偬，仿佛为别的事而焦急；
对眼前的一切，并不那么介怀。
　于是，我们举足走向冥城，
　心绪因听了圣言而安定下来。
我们进城时，没经过任何斗争。

而我，因为心中在渴望看清
被城堡禁闭的人如何偷生，

一进了里面，就纵望四边的情形。
只见每边都是一大片原隰，
充满了愁苦和受着酷刑的幽灵。

在阿尔勒——罗讷河滞流成沼泽之地；
在坡拉，在靠近那个冲拍围绕
意大利国境的卡纳罗海湾那里，

坟墓把整区堆得一低一高。
眼前的每一处，也这样凹凹凸凸；
唯一的分别，是这里的情形更怛忉：

累累的坟墓之间有火焰遍布，
坟墓因为被焚炙而变得通红，
超过了任何铁工所需的热度。

所有坟墓的盖子都没有合拢，
里面传来的嚎咷是那么伤悲，
显然是可怜的亡魂因受苦而哀恸。

于是我说："老师，这些人是谁？
要一个个埋在石棺里头，
让人听他们凄惨的呻喟。"

维吉尔答道："他们是异端之首，
跟各派门徒在一起，数目之多，
会远远超出你想象的范畴。

葬在一处的，是相同的一伙；
坟墓的热度，视乎罪孽的重轻。"

焚炙的坟墓——异端者

“老师，这些人是谁？/要一个个埋在石棺里头，/

让人听他们凄惨的呻喟。”

（《地狱篇》，第九章，一二四至一二六行）

然后，维吉尔转右；而后面是我，
在酷刑和巍峨的城墙间前行。

注释：

1–3. **怯懦绘涂……镇静如前**：旅人但丁见维吉尔无功而还，不禁脸露怯懦之色。维吉尔见了，乃保持镇静，以减少但丁的恐慌。

4. **他驻足……如侧耳倾听的人**：维吉尔在等待前来开门的天使。

8. **已有过天助**：指贝缇丽彩从天而降，吩咐维吉尔引导但丁。见《地狱篇》第二章五三至一一四行。

7–15. **在这场斗争中……怕没有那么严重**：这九行的心理描写细腻而逼真，把维吉尔的犹豫狐疑完全表现了出来。

9. **等人**：指等待开门的天使。

17–18. **从地狱的第一圈……希望断根**："第一圈"，指地狱边境(即幽域)。"希望断根"，指地狱边境的刑罚只是失去希望。

22–24. **不错……起幽灵于死亡**："艾利克托"，拉丁文 Erichtho，希腊文 Ἐριχθώ，希腊北部色萨利亚（Θεσσαλία, Thessalia）的一个女巫，曾助庞培之子萨克斯都（Sextus）召唤死去的战魂（见《法萨罗斯纪》）。但丁熟悉《法萨罗斯纪》，所用的大概是该书的资料。至于维吉尔是否奉过艾利克托之命进地狱，笺注家迄今仍找不到但丁所本。有的论者认为，中世纪某些传说也许提到过维吉尔进地狱；这些传说也许是但丁所本。有的论者则认为，但丁指出维吉尔进过地狱，不过在杜撰情节，以满足故事的要求。在找不到确实出处之前，第二种说法比较可信。参看 Bosco e Reggio, *Inferno*, 135; Sapegno, *Inferno*, 103。

27. **犹大的一层**：指《地狱篇》第三十四章一一七行的"犹大界"（"Giudecca"），也就是地狱第九层第四界。这一界以受刑者的名字为名，就像《地狱篇》第五章一〇七行的"该隐界"一样。但丁加入这一细节，大概是为了说明，维吉尔不但进过地狱，而且进过地狱的最底层。

29–30. **跟围绕一切的天堂相隔 / 最远**："围绕一切的天堂"，既可指原动天（Primum Mobile），也可指最高天。原文是"e'l più lontan dal ciel che tutto gira"。"gira"可解作"旋动",也可解作"围绕"。解作旋动,则"天堂"应该改为"天",指"原动天",因为旋动诸天的是原动天。解作"围绕","天堂"应该指最高天。辛格尔顿认为,犹大的一界是惩罚极恶之所,应该与至善之所相对,因此"ciel"应该解作上帝、天使、福灵所居的最高天。这一说法较为合理,也是译文所本。参看 Singleton, *Inferno 2*, 135。

37–48. **那里……就沉默无言**:这里描写的复仇三女神,英语叫 Furies,古希腊语叫厄里尼厄斯('Ερινύες, Erinyes),又称欧梅尼得斯(Εὐμενίδες, Eumenides),罗马神话中的狄莱(Dirae),跟命运三女神(古希腊称 Μοῖραι,古罗马称 Parcae)类似。乌拉诺斯(Οὔρανος, Uranos)跟妻子兼母亲的盖亚(Γαῖα, Gaia)交媾,生了许多儿女。后来,盖亚厌倦了生育,与幼子克洛诺斯(Κρόνος, Cronus)合谋,把乌拉诺斯阉割。乌拉诺斯的血液淌到了地上,化为复仇三女神。在有关神话的初期,复仇女神常有不同的数目,后来才固定为三名:不安女神阿勒克托(Αλήκτω, Alecto)、嫉妒女神梅盖拉(Μεγαίρα, Megaera)、报仇女神提西福涅(Τισιφόνη, Tisiphone)。三个女神居于阴间的最底层厄瑞玻斯("Ερεβος, Erebus),身有翅膀,头发与群蛇纠缠,手握火炬或鞭子,专门惩罚奸邪,对伤害人伦、社会(如谋杀)之罪深恶痛绝。施刑时可以把人逼疯。梅勒阿革洛斯(Μελέαγρος, Meleager)因弑亲而受罚,阿伽门农(Ἀγαμέμνων, Agamemnon)因献女而遭惩,都是复仇三女神施威的结果。此外,奥狄浦斯(Οἰδίπους, Oedipus)罹咒,也是复仇三女神的安排。维吉尔《埃涅阿斯纪》第六卷五五四至五五八行、五七〇至五七五行,第七卷三二四至三二九行,第十二卷八四五至八四八行;奥维德《变形记》第四卷四五一至四五四行、四八一至四九六行;斯塔提乌斯(Statius)《忒拜战纪》(*Thebais*)第一卷一〇三至一〇七行、一一二至一一六行,都描写了复仇三女神。对但丁影响最大的,是《埃涅阿斯纪》第六卷五五四至五五八行:

> ...stat ferrea turris ad auras,
> Tisiphoneque sedens, palla succincta cruenta,
> vestibulum exsomnis servat noctesque diesque.
> hinc exaudiri gemitus, et saeva sonare
> verbera: tum stridor ferri.tractaeque catenae.
> ……一座铁塔矗入高空,
> 上面坐着提西福涅,以血袍裹身,

永不睡眠，日夜监守着入口的前殿。
殿里，呻吟声清晰可闻；还有虐打声
和铁链拖曳、当当啷啷的刺耳巨响。

和第六卷五七〇至五七五行：

continuo sontis ultrix accincta flagello
Tisiphone quatit insultans, torvosque sinistra
intentans angues vocat agmina saeva sororum.
tum demum horrisono stridentes cardine sacrae
panduntur portae. cernis, custodia qualis
vestibulo sedeat? facies quae limina servet?
提西福涅，惩罪的复仇女神，马上
握鞭跃起，去笞打罪魂，一边用左手
舞着凶蛇，呼唤着恶姐妹，叫她们拥来。
看哪，可怕的大门打开了，铰链在
发出骇人的巨响。看得出什么样的守卫
坐在入口吗？什么样的怪物镇着门槛？

同书第七卷四四七行写阿勒克托以九头蛇（希腊文 Ὕδρα，一译“许德拉”）为发，给但丁的启发也不少。

43. **维吉尔已识得透彻**：在《埃涅阿斯纪》里，维吉尔详细描写过复仇女神，因此对她们“识得透彻”。

44. **地狱的永哀之后**：即赫卡忒（Ἑκάτη，Hecate）或佩瑟芙涅（Περσεφόνη）。罗马神话称为普洛塞尔庇娜（Proserpina），主神宙斯和德梅忒尔之女，在西西里恩那（Enna）平原上采集花朵时被冥王普路托掳走，到阴间成为冥后。

52. **蛇发女妖**：希腊文是 Μέδουσα，拉丁文是 Medusa，音译“梅杜萨”或“墨杜萨”。福尔库斯（Φόρκυς，Phorcys）和克托（Κητώ，Ceto）有三个女儿，叫戈尔贡（Γοργόνες，Gorgons）。大女和二女有不死之身，三女梅杜萨是凡躯。梅杜萨神话有多个版本。其一是：梅杜萨本来是个美女，生性骄傲，妄图与雅典娜斗艳，头发被雅典娜变成了群蛇。其二（见奥维德《变形记》第四卷七九四至八〇三行）是：梅杜萨在雅典娜的神庙遭海神强奸，竟因此触怒了雅典娜，头发被变为群蛇。梅杜萨向谁瞪视，谁就会身死或变成石头。最后，梅杜萨遭佩尔修斯（Περσεύς，Perseus）杀死，首级装在雅典娜的神盾上，以瞪视克敌。

54. **我们还未报忒修斯袭击之仇**：有关忒修斯（Θησεύς, Theseus）的身世，希腊神话至少有两个版本。其一是：忒修斯是雅典王埃格乌斯（Αἰγεύς, Aegeus）和埃特拉（Αἴθρα, Aethra）的儿子。其二是：埃格乌斯与埃特拉交欢的晚上，埃特拉遵雅典娜在梦中的嘱托，到某一海岛去献祭，在岛上遭海神波塞冬（Ποσειδῶν, Poseidon）强奸成孕，生下忒修斯；埃格乌斯却懵然不知，以为新生婴儿是己出。就年份而言，忒修斯晚于赫拉克勒斯，早于特洛亚英雄，曾参与寻找金羊毛之旅。不过在某些神话里，忒修斯和赫拉克勒斯同代。根据但丁采用的版本，忒修斯曾与好友佩里托奥斯（Πειρίθοος, Peirithous）进地狱劫持冥后佩瑟芙涅而事败被擒。佩里托奥斯遭三头狗克尔贝罗斯（Κέρβερος, Cerberus）吞噬；忒修斯遭囚，后来获赫拉克勒斯拯救。在维吉尔的《埃涅阿斯纪》和斯塔提乌斯的《忒拜战纪》里，忒修斯则永囚地狱。参看《埃涅阿斯纪》第六卷六一七至六一八行："sedet aeternumque sedebit/infelix Theseus"（"不幸的忒修斯坐在那里，/要永远坐在那里"）。《忒拜战纪》第八卷五二至五六行也有类似的描写。复仇三女神说"我们还未报忒修斯袭击之仇"，意思是："让忒修斯逃掉了，未能杀死他，以儆效尤"。

55–57. **用背向着她们……返回上方**：维吉尔叫但丁别让眼睛接触梅杜萨的目光。

56. **戈尔贡女妖**：希腊原文的单数是 Γοργώ（拉丁文 Gorgo；英文 Gorgon），指梅杜萨，复数 Γοργόνες（拉丁文 Gorgones，英文 Gorgons），指梅杜萨及其姐妹。参看本章第五十二行注。按照希腊文原音，单数 Γοργώ 该译为"戈尔戈"。不过以英语发音为准的"戈尔贡"似已成俗，译者在此只好从俗。

61–63. **你们哪……纱幔下深隐**：这三行呼语，笺注家和评论家有不同的解释。一派认为"奇词异句"指前述的文字；一派持相反的看法，认为"奇词异句"指接着几行有关天使的描写。两种说法都言之成理。不过细看原诗：

> O voi ch'avete li'ntelletti sani,
> mirate la dottrina che s'asconde
> sotto il velame de li versi strani.

读者就会发觉，就文气而言，以"奇词异句"代表前文比较自然。也就是说，但丁引述了维吉尔的话（五五至五七行）后，加入呼语

(apostrophe),直接向读者发表意见。如果作者在读者看到“奇词异句”(“li versi strani”)之前就叫他留意,读者就不容易明白,自己该留意什么;何况接着写天使来临的部分颇长,读者即使留意,一时也不容易知道,哪几行是留意的焦点。加以呼语中有“训诲”(“dottrina”)一词,但丁此时正跟老师维吉尔在一起,叫读者“留意”(“mirate”)自己的“训诲”而不留意老师的“训诲”,难免有僭越之嫌。较可信的解释是:“读者呀,你们该留意老师在上文所说的话(指五五至五七行;当然,加上五二至五四行复仇女神的话也无不可)。这些话里,有训诲存焉。”那么,所指的训诲是什么呢?基阿佩利(Fredi Chiappelli, 65)的说法较为可信:在地狱,罪恶兼具个人和社会意义。进入地狱的过程中,最大的危险是麻木不仁,变成石头。觉察到这点,并获理性帮助,就可以保持敏感,继续经历地狱的经验而从中获益。

67–72. **情形完全像……凶猛的走兽**:不少论者指出,这几行写风的文字,可以上溯到维吉尔《埃涅阿斯纪》第二章四一六至四一九行:

> adversi rupto ceu quondam turbine venti
> confligunt, Zephyrusque, Notusque, et laetus Eois
> Eurus equis; stridunt silvae, saevitque tridenti
> spumeus atque imo Nereus ciet aequora fundo.
> 有时候,飓风爆发间,诸风会彼此
> 激荡:西风啦,南风啦,还有昂然驱策着
> 晓驹的东风。林吼沫涌中,涅柔斯
> 狂挥着三叉戟,从海底卷起巨浪滔滔。

不过但丁参考了维吉尔的意象后,又能自出机杼,有青出于蓝的表现。

73–75. **请你极目……凝望浪沫最汹涌的那一处**:这几行的焦点在广阔无边的空间移动,气魄浩大,是欧洲史诗的当行本色。**远古的残滓**:指沸腾的沼泽,像地狱一样古老。

76–78. **像一群青蛙……在水底蹲匿**:这一意象来自奥维德《变形记》第六卷三七〇至三八一行,表现了但丁风格的一大特色:以常见的事物为喻,让读者领略作品的思想、观念、题旨时毫无阻隔。尤其难得的是,七三至七五行是宏大的史诗重笔,到这里笔锋陡移,降落日常事物的层次,益见诗人音域之广。

78. **蹲匿**:原文为“s' abbica”,由“bica”(麦垛)一词衍生而来,指青蛙蹲匿水底,状如田野上一个个的小麦垛。参看 Chiappelli, 66。

98–99. **克尔贝罗斯……撕剥之苦**：赫拉克勒斯的十二件苦差中，最后一件是把地狱的三头狗克尔贝罗斯拖回凡间。三头狗要抗拒，结果遭“撕剥之苦”。参看《埃涅阿斯纪》第六卷三九一至三九七行。

100. **脏道所经之地**：指天使的来路。

105. **听了圣言**：天使来自天上，代表上帝，所说的话就是圣言。

112. **在阿尔勒——罗讷河滞流成沼泽之地**：在法国普罗旺斯的阿尔勒（Aries），也就是罗讷河流入地中海的河口附近，有不少古罗马石棺。

113–115. **在坡拉……一低一高**：“坡拉”，意大利文 Pola，即 Pula，塞尔维亚-克罗地亚语为 Pulj，南斯拉夫伊斯的利亚（Istria）半岛（西北端属意大利）的一个港口。**卡纳罗海湾**：即夸尔涅罗（Quarnero）海湾（今日南斯拉夫的 Veliki Kvarner），在伊斯的利亚半岛以东。坡拉一带，夸尔涅罗海湾附近，有古罗马墓地。

132. **维吉尔转右**：不少论者（如 Singleton, *Inferno 2*, 143; Sisson, 520）指出，在地狱里，维吉尔和但丁前进时只向左转；维吉尔在这里转右，是两次例外之一（另一例外，是《地狱篇》第十七章第三十一行）。诗人但丁大概要指出，这层的罪恶是信仰异端，而异端是心智的过失；要加以矫正，象征智慧的维吉尔必须走相反方向，“把颠倒的颠倒过来”。

第十章

但丁随维吉尔循秘道前进，经过惩恶的坟岗，想看看里面的阴魂。维吉尔告诉他，坟墓所埋，是伊壁鸠鲁师徒。两人对答间，法里纳塔在一个石棺里出现，跟但丁谈到翡冷翠的党争。接着，卡瓦尔坎特在另一个石棺里跪起来，询问儿子圭多的下落；见但丁犹豫，就跌回墓中。法里纳塔继续未完的话题，预测但丁会遭放逐；同时指出，吉伯林党要夷平翡冷翠时，他曾力排众议，扭转了该城的命运。然后，但丁询问法里纳塔，亡魂何以能预测未来，却不知道目前发生的事件。明白了原委，知道腓特烈二世也在坟中之后，就随维吉尔左转，走落一个山谷。

此刻，老师循一条秘道前进，
　两边是冥城的高墙、惩恶的坟岗。
　我则跟在后面，由他带引。
“至德呀，在邪恶的众圈向前方
　带领我，”我说，“乐意让我追随。
　请你告诉我，满足我求知的愿望，

在这些墓穴里躺卧的鬼类，
可以看看吗？因为，坟墓的盖
都已经揭开，而且没有人守卫。”
维吉尔说：“他们带着遗留在
世上的肉体从约沙法谷回来时，
就会全部在这里遭到紧埋。
伊壁鸠鲁师徒，使灵魂随肉体见褫。
卒后，这个老师跟所有的徒弟
就在这地方找到了坟墓栖止。
至于你刚才向我提出的问题，
很快就会在里面得到答案。
得偿所愿的，还有你未宣的心意。”
我闻言说道：“好导师呀，实在不敢
瞒你：我没说心意，是不想多作声。
多言的毛病，你以前曾叫我别犯。”
“托斯卡纳人哪，你走过火焰之城
而不死。你说起话来也真客气。
请你在这个地方等一等。
你的口音，说明你的出生地
是托斯卡纳这片显赫的故土。
以前，也许我对它过于严厉。”
突然间，其中一个石棺发出
这样的声音。于是，我向向导
靠近了些，心中充满了惊怖。
维吉尔说：“转身哪，你受了什么困扰？

你看，法里纳塔已耸身而起；
你可以看清他腰部以上的身高。”
这时候，我已经对着他的目光凝睇。
而他，则扬着眉，挺起了胸膛，
对地狱仿佛显出了极大的鄙夷。
导师有力的手一直在旁，
这时把我轻推向法里纳塔那边，
说：“你的话务必要得体恰当。
当我来到法里纳塔的坟墓前，
他望了我一眼，就轻蔑地开腔，
对我这样问：“谁是你的祖先？”
我的心中充满了服从的渴想；
见他说话，就向他披露无遗。
他听后，两眉向上扬了一扬，
说道：“他们曾经悍然为敌，
对我，对我的先人、我的党派。
因此我两度令他们分崩离析。”
“他们被逐后，却能从各处回来，”
我答道，“两次都返回了故土。
这艺术，您的人学得并不精彩。”
接着，一个幽灵在旁边冒出，
只露出头顶到下巴的模样。
我猜他升起的时候，是跪在坟墓。
他打量着我的周围，好像
要看看有没有人和我来这里。

法里纳塔

当我来到法里纳塔的坟墓前，/ 他望了我一眼，就轻蔑地开腔，/

对我这样问 :“谁是你的祖先？”

（《地狱篇》，第十章，四〇至四二行）

当冀望落空，化为虚幻的思量，
他就哭着说：“如果这个封闭
晦冥的牢房，你可以凭巧智来往，
我的儿子呢？他怎么不跟你一起？”
于是我答道：“我并非单独来访；
在那边等候的，是我的向导。
也许您的圭多没把他放在心上。”
这个人的话和所受的煎熬，
已经把他的名字告诉了我。
因此我就详尽地向他奉告。
突然，他伸直了身子，喊道：“你说
过去时的‘没把’；难道他不在阳间？
他的眼睛再没有柔光击落？”
他见我有点犹豫，似乎在拖延，
迟迟仍未回答他的问题，
就向后跌了回去，再没有出现。
可是，另一位——要我遵从其心意
而驻足的大魂魄——却面不改容，
脖子不动，也没有弯腰屈膝；
只继续把刚才的话加以补充：
“那艺术，”他说，“如果他们学不好，
给我的折磨会比这张床严重。
不过统治这里的女王，其面貌
由暗转亮间未到第五十回，
你就会知道，那艺术是何等艰奥。

如果你要向美好的世界回归，
　就告诉我，该族为什么这样狠心，
　条条法令都要我的亲人受罪？”
我听后回答说：“大屠杀和蹂躏，
　染红了阿尔比亚河的水波。
　这，是我们的宗庙制礼之因。”
他听后叹了口气，摇着头说：
　“参与其事的不止我一个。如非
　我自问有理，也不会加入那一伙。
不过，当大家赞成把翡冷翠摧毁，
　只有我，单独一个人提出异议：
　只有我，单独一个人公开反对。”
“但愿您的子孙哪，得享安息。
　请您，”我对他恳求说，“为我解结。
　这个结，在这里绊住了我的判断力。
你们好像——如果我听得确切——
　可以预知未来发生的事情；
　对于现在，却跟传言有别。”
“我们像某些人，视觉有了毛病，”
　他说，“只看见离我们较远的景物——
　至尊的上主仍这样给我们光明；
近一点或眼前的东西，我们就全部
　理解不到；而消息不来自他方，
　人世的事情我们也绝不清楚。
那么，你现在可以明白了，通往

未来的门一关，我们的感悟
就在那一瞬间全部夭殇。”
于是，我因为冒失而歉然恼苦，
答道：“那么，请告诉那后跌的人，
他的儿子仍跟活人在一处；
并且向他解释，刚才那一阵，
我沉默不答，是因为当时我正在
寻思您刚刚为我解答的疑问。”
这时候，老师在唤我，要我离开。
于是我更加匆忙，请那位幽灵
告诉我，和他一起的，是什么同侪。
他说：“我跟逾千人躺在这墓茔。
里面有腓特烈二世在长眠；
有红衣主教……其余的不必再说明。”
说完就藏了起来。我则向古典
诗人那边走；一边走，一边再度
思索那句含有敌意的恶言。
诗人继续前行，然后在半途
对我说：“为什么这样痴痴迷迷？”
于是，我只好详细地答复。
“听到恶言相向，就用记忆
把它保存吧。”智者这样吩咐我，
手指一指，说，“现在该注意这里。
你会碰到一个人。她的美目无所
不察。置身于她的柔光之前，

此生走什么路，她就会给你点拨。”
维吉尔说完，就举足走向左边。
我们离开了城墙，向中间缓走，
所循的小径以一个山谷为终点。
里面的恶臭一直臭到谷口。

注释：

1. **秘道**：但丁跟维吉尔所走的道路，隐秘而狭窄，位于狄斯城内。

2. **两边是……坟岗**：两人转右，向前走动间，左边是坟岗，右边是狄斯城的高墙。

4. **至德**：最高的德行，指维吉尔。所谓“最高”，是相对于凡人而言。维吉尔的德行无论多高，都不能与贝缇丽彩同日而语，因此不能胜任天堂之旅。**邪恶的众圈**：指地狱各层。

10–12. **他们……紧埋**：据《圣经》的说法，最后审判会在约法沙谷（分隔耶路撒冷和橄榄山的河流在这里发源）举行。审判完毕，阴间的亡魂会与阳间的遗体结合。也就是说，但丁和维吉尔眼前的恶魂，届时把世上的肉体带回来，一起进入石棺，棺盖才会合上。参看《圣经·约珥书》第三章一至二节，第三章十二节；《圣经·马太福音》第二十五章三十一至三十二节。

13. **伊壁鸠鲁师徒，使灵魂随肉体见褫**：伊壁鸠鲁（Ἐπίκουρος，Epicurus，公元前三四二年至公元前一七〇年），古希腊雅典的哲学家，伊壁鸠鲁学派的创始人。阐发了德谟克利特的原子说，认为宇宙万物由原子组成，强调感性，倡宁静、克制、中庸之道，认为人生的最高目标是避免痛苦（并非一般人所谓的享乐）。其学说为不少人所误解，与物质主义、享乐主义相提并论。伊壁鸠鲁留下的著作不多，主要包括《论自然》、致友人书信三篇。伊壁鸠鲁在世时并没有否定神的存在，但由于不相信灵魂不灭之说，遭奥古斯丁猛烈抨击。但丁在《筵席》第二篇第八节第八至十句（*Convivio*，II，VIII，8-10）里，也对他的学说痛加批评：

Dico che intra tutte le bestialitadi quella è stoltissima, vilissima e dannosissima, chi crede dopo questa vita non essere altra vita; però che, se noi rivolgiamo tutte le scritture, sì de' filosofi come de li altri savi scrittori, tutti concordano in questo, che in noi sia parte alcuna perpetuale...Ciascuno è certo che la natura umana è perfettissima di tutte l'altre nature di qua giù; e questo nullo niega...

我认为，在一切愚行之中，最愚蠢、最卑下、最有害的，莫过于相信死后没有来生。因为翻开所有的经典，不管是哲人还是圣人所写，作者都一致认为，我们体内有某一部分是永恒不灭的。……所有作者都确信，在凡间诸性中，以人性最为完美。这一点，谁也不会否认……

在但丁时期，圭尔佛党常把伊壁鸠鲁的学说与吉伯林党学说混为一谈。但丁受了影响，乃把吉伯林党的显赫人物法里纳塔（Farinata）置于地狱的第六层。有的论者指出，把伊壁鸠鲁视为异端的创始人，显然与时代背景不符，因为伊壁鸠鲁生于基督之前，不应以异端入罪，更不应列为异端之首。详见 Sisson, 521; Singleton, *Inferno 2*, 146。

18. **得偿所愿的，还有你未宣的心意**：维吉尔不待言宣，就知道旅人但丁想见法里纳塔。诗人但丁这样描写维吉尔，间接肯定了他的智者角色。

22–27. **托斯卡纳人哪……过于严厉**：但丁跟维吉尔谈话间，突然有亡魂插嘴，给作品增添了颇强的戏剧效果。接着，读者就会知道，说话的亡魂是法里纳塔（Farinata）。法里纳塔（约一二〇五年至一二六四年），原名蒙南特·德利乌贝尔提（Monente degli Uberti），翡冷翠人，雅科坡·德利乌贝尔提（Jacopo degli Uberti）之子。身材高硕，器宇轩昂，儒雅而有才智，善用兵，为人正直勇敢，极获时人（包括敌人）敬重。法里纳塔于一二三九年取得乌贝尔提家族和吉伯林党的领导地位，一二四八年放逐圭尔佛党。一二五八年，圭尔佛党重返翡冷翠，法里纳塔和吉伯林党人遭逐，逃往锡耶纳（Siena）。一二六〇年九月四日，法里纳塔领导吉伯林党大败圭尔佛党于蒙塔佩尔提（Montaperti）；其后，在厄姆坡利（Empoli）的会议上独力反对吉伯林党把翡冷翠夷为平地，挽救了翡冷翠。法里纳塔返回翡冷翠后，于一二六四年（但丁出生前一年）去世。一二六六年，翡冷翠再度落入圭尔佛党手中。一二八三年，法里纳塔与妻子阿达蕾妲（Adaleta）同遭翡冷翠的宗教法庭审判官萨洛莫内·达卢卡（Salomone da Lucca）判为异端，坟墓被掘，骨殖遭焚，骨灰被撒落秽地，财产被没收充公。详见 Bosco e Reggio, *Inferno*, 153; Sapegno, *Inferno*, 114-15; Singleton, *Inferno 2*, 146-48; Toynbee, 260-61,“Farinata”条；Durling, *Inferno*, 163。法里纳塔虽然置身地狱，可是但丁对他的敬意仍流露于字里行间。

23. **也真客气**：指但丁跟维吉尔说话时有礼貌。

33. **你可以看清他腰部以上的身高**：这行强调了法里纳塔的魁梧体型。

46–47. **他们……我的党派**：但丁的家族属圭尔佛党。

48. **两度令他们分崩离析**：指法里纳塔分别于一二四八年、一二六〇年领导吉伯林党打败了圭尔佛党。

51. **这艺术，您的人学得并不精彩**：“艺术”，指重返翡冷翠掌权。吉伯林党于一二六六年被圭尔佛党打败后，再不能重返翡冷翠。旅人但丁在这里跟法里纳塔顶嘴，幽了法里纳塔一默。不过到了下面（七九至八一行），法里纳塔就会还击。“您的人”，指吉伯林党人。在对答过程中，但丁用了敬称“您的”（“vostri”），流露了内心对法里纳塔的敬意。在《神曲》中，但丁的敬称“您”（“voi”）只施诸少数人：法里纳塔、卡瓦尔坎特（Cavalcante）、布鲁涅托·拉提尼（Brunetto Latini）、卡查圭达（Cacciaguida）、阿德里安五世（Adriano V，英文 Adrian V）。他跟贝缇丽彩说话时，除了《天堂篇》第三十一章七九至九〇行，也一律用敬称。

52–54. **接着……跪在坟墓**：这个幽灵是卡瓦尔坎特（Cavalcante）。在这章，两个亡魂的姿势有别（法里纳塔站立，卡瓦尔坎特下跪），象征二者的精神地位有高下之分。Singleton（*Inferno 2*，150）指出。在中世纪的艺术中，魁梧的体型通常象征崇高的精神和德行。

52. **一个幽灵**：指卡瓦尔坎特·德卡瓦尔坎提（Cavalcante de' Cavalcanti），圭多·卡瓦尔坎提（Guido Cavalcanti）的父亲，属圭尔佛党。据薄伽丘和本文努托（Benvenuto）的记载，卡瓦尔坎特是个富有而风雅的骑士，注重物质享受，信仰伊壁鸠鲁派学说，否定灵魂不灭，认为人生的最高目标是追求感官快乐。因此被但丁打入信仰异端者的行列。一二六七年，法里纳塔的女儿贝亚特里切（并非《神曲》主角贝缇丽彩）与卡瓦尔坎特的儿子圭多订婚，两个家族的关系暂时获得改善。参看 Bosco e Reggio, *Inferno*, 155-56; Sapegno, *Inferno*, 117; Toynbee, 160,“Cavalcanti, Cavalcante”条。

60. **我的儿子**：指圭多·卡瓦尔坎提（Guido Cavalcanti）。圭多约于一二五五年至一二五九年出生，比但丁年长十岁左右，才情横溢，是个出色的抒情诗人，支持圭尔佛党中的白党，对但丁的影响极大。在《新生》（*Vita Nuova*）第三节，但丁称圭多为“我的第一位好友”

（“primo de li miei amici”）。《新生》成书时（一二九二年），但丁把该书献给圭多。参看 *Vita Nuova*, III, 14; XXIV, 6; XXV, 10; XXXII, 1）。一三〇〇年六月二十四日，黑、白两党的主要人物被翡冷翠的执政长官（priore）放逐，其中包括圭多。但丁于同年六月至八月任执政长官；有关放逐圭多的决议，但丁也曾参与。但丁支持当时的决定，大概有两个原因：第一，他身居要职，为了表示公允，不得不忍痛赞成；第二，他早已超越党派，以翡冷翠的整体利益为念。根据本章的描写，一三〇〇年四月，圭多仍然在生，同年八月，他才去世。圭多像其父亲一样，信仰伊壁鸠鲁的物质主义。参看 Bosco e Reggio, *Inferno*, 156; Vandelli, 92; Toynbee, 160-62,“Cavalcanti, Guido” 条。

63. **也许您的圭多没把他放在心上**：但丁跟卡瓦尔坎特谈话时也用敬称“您的”（“vostro”）。圭多不把维吉尔（即诗中的“他”）放在心上，大概因为维吉尔的宗教情操与圭多的伊壁鸠鲁信仰相违。

64–65. **这个人的话和所受的煎熬……告诉了我**：指卡瓦尔坎特询问儿子下落的话和他本人所受的刑罚，已向但丁展露了身分。

68. **过去时的‘没把’**：“没把他放在心上”的原文（第六十三行）为“ebbe a disdegno”（较直接的译法是“看不起他”）。在意大利语里，“ebbe”属远过去时（passato remoto）。

73. **另一位**：指法里纳塔。

77. **那艺术**：指重返翡冷翠的艺术。这行是法里纳塔回应旅人但丁在五十一行所说的话。

79–81. **不过……何等艰奥**：法里纳塔在预测未来，同时也幽了旅人但丁一默。

79. **统治这里的王后**：指赫卡忒（’Εκάτη，Hecate），即佩瑟芙涅（Περσεφόνη，Persephone），佩尔塞斯（Πέρσης, Perses）和阿斯忒里亚（’Αστερία, Asteria）的女儿，罗马神话称普洛塞尔庇涅（Proserpine）或普洛塞尔庇娜（Proserpina），一身而兼三职：既是月神卢娜（Luna），也是大地女神狄安娜（Diana）和冥王狄斯（Dis）的妻子。维吉尔所谓的“tria virginis ora Dianae”（“狄安娜的三个形态”），就是指天上的卢娜、地下的狄安娜、阴间的赫卡忒。

80. **由暗转亮间未到第五十回**：月亮“由暗转亮”一次，需时一月。“未到第五十回”，就是未满五十个月。法里纳塔的意思是：五十个月结束之前，但丁就会知道，流放后要重返翡冷翠是何等困难。在诗中，旅人但丁跟法里纳塔见面的时间是一三〇〇年四月九日。第四十九个月约在一三〇四年三月五日，第五十个月约在一三〇四年四月四日。在三月五日和四月四日之间（即三月十日），红衣主教尼科洛·达普拉托（Niccolò da Prato）会奉教皇本笃十一世（Benedict XI）之命，调解黑、白二党之争，希望让放逐在外的白党（包括但丁）返回翡冷翠，可是并不成功。详见 Singleton, *Inferno 2*, 155。法里纳塔的话，是《地狱篇》的第二次预言（第一次见《地狱篇》第六章六四至七五行），描述的事件全部肇因于第一次预言。在本章第五十一行，旅人但丁幽了法里纳塔一默；在这里，形势逆转，法里纳塔反幽旅人但丁一默。

82. **如果你要向美好的世界回归**：意思是：如果旅人但丁要重返阳间。

83–84. **该族为什么……受罪**："该族"，指翡冷翠人。意思是：翡冷翠人颁布的法令，为什么对乌贝尔提一族特别残酷，一再禁止他们重返翡冷翠；最后还把他们的房子夷平，改建为僭主广场（Piazza della Signoria）。

86. **阿尔比亚河**：意大利的一条小河，在锡耶纳以东，流入奥姆布罗内（Ombrone）河；东岸的蒙塔佩尔提（Montaperti），是一二六〇年吉伯林党大败圭尔佛党之地。

87. **这，是我们的宗庙制礼之因**：翡冷翠针对乌贝尔提的律令，大概在圣约翰教堂颁布。"宗庙"指教堂。"制礼"指颁布律令的过程。圭尔佛党在蒙塔佩尔提被法里纳塔所领导的吉伯林党打败，日后反败为胜，向法里纳塔一族报复，是不难理解的。

89–90. **如非 / 我自问有理**：意为：如果我不是有特别的理由。所谓"理由"，指法里纳塔盼打败圭尔佛党后重返翡冷翠。

90. **那一伙**：指吉伯林党。

91–93. **不过……公开反对**：吉伯林党胜利后，在厄姆坡利开会，决定夷平翡冷翠。由于法里纳塔单独抗争，翡冷翠才幸免于难。详见二二至二七行注。

95. **为我解结**：为旅人但丁解惑。

97. **你们**：指众亡魂，诸如法里纳塔和卡瓦尔坎特。

99. **对于现在，却跟传言有别**：根据传言，亡魂能预测未来；对于目前发生的事，却似乎一无所知。譬如卡瓦尔坎特，虽能预知一三〇四年发生的事，却不知道儿子此刻的下落，也不知道一三〇〇年（旅人但丁进地狱的一年）吉伯林党仍遭流放。

100–108. **我们像某些人……全部夭殇**：在这几行里，法里纳塔说明了亡魂能预知未来的原因。并且指出，人世的事情，亡魂要靠他人来传达。

107–108. **未来的门一关……全部夭殇**：亡魂有预知未来的本领，是因为他们能透过一道门，看到未来发生的事件。最后审判结束，这道门就永远关上，时间就不再存在，此后也不再有未来（说得准确点，当然也不再有"此后"），结果亡魂的"感悟"（预知未来的能力）就会"夭殇"。

110–111. **那么，请告诉那后跌的人……在一处**：“后跌的人”，指卡瓦尔坎特。但丁请法里纳塔告诉卡瓦尔坎特，他的儿子圭多仍活在世上。

114. **寻思您刚刚为我解答的疑问**：指本章九五至九六行所提到的“结”。但丁发觉亡魂不知道目前发生的事，心生困惑，于是分神思索，未能回答卡瓦尔坎特的问题。

119. **腓特烈二世**：Friedrich II（一一九四年至一二五〇年），腓特烈一世（红胡子）的孙子，亨利六世的儿子，德国霍亨斯陶芬王朝（Hohenstaufen 或 Staufen）君主，神圣罗马帝国皇帝（一二一二年至一二五〇年），西西里和那波利（一译“那不勒斯”）君主，名义上也统领耶路撒冷（一二二七年），有“世间奇迹”（“Stupor Mundi”）之称。本身风流儒雅，在西西里帕勒尔摩（Palermo）的宫廷奖掖文艺、学术，促进东西方文化（尤其是阿拉伯与意大利文化）的交流。任内，吉伯林党的势力上升。不过由于他领导的十字军东征失败，皇权与教权冲突，结果遭教皇开除教籍。对于腓特烈二世，但丁大致持肯定态度（参看《地狱篇》第十三章）；在本章视为异端，主要受了当代的影响。

十三世纪的史家萨林贝内·达帕尔玛（Salimbene da Parma）这样形容腓特烈二世：

> Erat enim Epycurus, et ideo quicquid poterat invenire in divina Scriptura per se et per sapientes suos, quod faceret ad ostendendum quod non esset alia vita post mortem, totum inveniebat.
>
> 他信仰伊壁鸠鲁学说，因此竭尽所能，和手下的学者在《圣经》里找寻一切可以找寻到的证据，以说明死后没有来生。

另一位作者于戈（Ugo di Sain Circ）也说：“Ni vida apres mort ni paradis non cre: /E dis c’om es nienz despueis que pert l’ale.”（“〔腓特烈二世〕既不相信死后会有来生，也不相信死后会有天堂。/ 他说：一个人断了气，就化为乌有。”）。这些论者的看法，充分反映了时人对腓特烈二世的态度；也直接左右了但丁的看法。

此外，腓特烈二世在生时，与不少伊斯兰教君主友好，以和平谈判方式从伊斯兰教领袖手中取回耶路撒冷，邀请伊斯兰国家的学者、科学家到他的宫廷交流，并且为治下的伊斯兰教徒建造城市，让他们膜拜自己的神祇。如此开明的作风，已遥呼二十世纪的多元风气，自然不会见容于当世，也难以见容于反对异教的但丁了。详见 Bosco e Reggio, *Inferno*, 161; Sapegno, *Inferno*, 122; Singleton,

Inferno 2, 159; Sisson, 523-524; Durling, *Inferno*, 168; Toynbee, 263-64, “Federigo2” 条;《世界历史词典》，页六六二。

120. **红衣主教**：指奥塔维阿诺·德利乌巴尔迪尼（Ottaviano degli Ubaldini）。德利乌巴尔迪尼于一二四〇年（当时还未满三十岁）获任为波隆亚（Bologna）主教，一二四四年获任为红衣主教，卒于一二七三年。由于他盛名远播，时人提到“红衣主教”时，所指的就是他。德利乌巴尔迪尼是个忠贞的吉伯林党员。《地狱篇》第三十三章第十四行的大主教鲁吉耶里（Ruggieri）是他的侄儿；《炼狱篇》第二十四章第二十八行的乌巴尔迪诺·达拉皮拉（Ubaldino della Pila）是他的兄弟。据本文努托（Benvenuto）的记载，他生吉伯林党的气时，说过：“si anima est，ego perdidi ipsam millies pro ghibelinis”（“如果世上有灵魂的话，为了吉伯林党，我已经把灵魂丢了一千次”）。德利乌巴尔迪尼为人可亲，有强烈的个性。不过由于他在但丁的心目中捍卫教义不力，本文努托又觉得他“在言行上是伊壁鸠鲁的信徒”，拉纳（Lana）认为他好像不相信死后会有来生，结果被打落地狱第六层。参看 Bosco e Reggio，*Inferno*, 161; Sapegno, *Inferno*, 122; Vandelli, 96; Singleton, *Inferno 2*, 160。

121–122. **古典 / 诗人**：指维吉尔。

123. **含有敌意的恶言**：指法里纳塔预言但丁会遭放逐的话（见本章七九至八一行）；不是说法里纳塔讲话时对旅人但丁怀有敌意。

130–131. **你会……不察**：“一个人”：指贝缇丽彩。贝缇丽彩能直观上帝，从上帝那里洞悉一切。维吉尔缺乏天启，只能靠人智察物，没有贝缇丽彩的视境。参看 Singleton, *Inferno 2*, 162 ; Vandelli, 97 ;《地狱篇》第七章第三行。

133. **维吉尔……走向左边**：在《地狱篇》第九章一三二行里，“维吉尔转右”，一反常态；此刻开始走地狱之旅的正常方向。

第十一章

但丁跟维吉尔在地狱第六层前进间，闻到一股恶臭。恶臭来自地狱的深渊，强烈得难以抵挡。结果他们要暂时驻足，让嗅觉先习惯恶臭。他们停留的地方有一个大坟，坟盖写着“阿拿斯塔斯之囹圄”。为了善用停留的时间，维吉尔向但丁解释了地狱的概况，说明各层惩罚什么样的亡魂。

一座座巨大而巉岩的乱石围成
　高峻的悬崖。我们在崖边踅旋，
　来到一个更残酷的坎坑。
置身该处，由于无底的深渊
　喷出恶臭，强烈得难以抵挡，
　我们要朝着一个大坟急蜷。
藏身在坟盖后面，只见盖上
　有文字说：“教皇阿拿斯塔斯之囹圄；
　佛提努斯把他诱离了康庄。”

阿拿斯塔斯之墓

我们要朝着一个大坟急蜷。/ 藏身在坟盖后面，只见盖上 /

有文字说："教皇阿拿斯塔斯之囹圄……"

（《地狱篇》，第十一章，六至八行）

"我们要在这里等一等才下去。
这样一来，嗅觉就可以适应
恶臭；此后，其困扰就无须再畏惧。"
老师这样说。我答道："即使暂停，
也不要浪费光阴；要利用这时机
看看。"老师说："你道出了我的心情。"
"小伙子呀，在这些石砌的悬崖里，"
老师接着说："有三个小层并存——
依次向下，跟刚才所见无异：
全部挤满了接受天谴的亡魂。
要此后记取你所见到的经验，
得明白他们如何及因何被困。
招惹上天之怒的一切恶愆，
都以害人为目的；要达到目的，
就会伤人；手段或粗暴，或奸险。
不过奸险是人类独有的恶疾，
所以更触神怒；因此奸人
在更低处，受更大的痛楚攻袭。
第一层的亡魂，都有凶暴的前身。
由于暴力使三个人受苦，
第一层乃有三圈，分为三部分。
暴力能施诸神，施诸本人，施诸
邻居，即三方面的本身和财产。
至于原因，我会为你说清楚。
暴力可使邻居遭重伤的灾难；

可以杀害他，使他的财物被毁、
被掠，或者被恶人纵火焚燃。
因此，杀人犯、恶意伤人之辈、
蹂躏者、掳掠者，就在第一圈分批
受刑；受刑时分成不同的种类。
一个人，还可以把暴力施诸自己
或私产。因此，这些亡魂乃要
在第二圈忏悔；却悔而无益。
里面的亡魂，把你们的世界丢掉，
或拿他们的财富挥霍输倾；
然后痛哭，失去了原来的欢笑。
上述的暴力也可以施诸神灵：
在心中对他亵渎或加以摈弃，
并蔑视大自然，蔑视其充盈。
因此，最小的一圈乃把印记
盖在所多玛和卡奥尔两个地方。
这刑罚，也是腹诽上帝者所罹。
奸计会把所有的良心咬伤。
受害者可能对奸人推心置腹；
也可能不易信人，以避免上当。
把奸计施诸第二种受害者，似乎
只会把自然建立的关系割切。
因此，在下一层地狱建屋
筑巢的，是伪君子、佞人，以及专业
巫术之辈，是骗子、盗贼、神棍、

淫媒、污吏，以及同类的奸邪。
向信任者逞奸，则不再依遵
先天之情以及后天所摛，
以至由后天产生的信任诚悃。
因此，在最小的一层，也就是
宇宙的中心——冥王狄斯的御座，
一切出卖人的奸贼在永遭焚炙。”
我听后答道：“老师，你的解说
已经很清楚。这个深渊，以及
它囚禁的亡魂，你也详细缕析过。
告诉我，被那一大片湿沼禁闭、
被烈风猛刮，以及被暴雨击打、
相撞时以恶言彼此痛诋的一批，
如果也触了神怒，他们的刑罚
为什么不在那座赤城里执行？
不然，处境为什么这样可怕？”
于是，维吉尔对我说：“你的心情
竟如此恍惚，有别于平时的神志——
是你的神志，对别处目不转睛？
那些话，你的记忆不能再控持？
那些话，你的《伦理学》曾拿来细说
人性中违背天意的三种过失：
不知克己、心肠狠毒、堕落
如禽兽。该书又解释，不能克己，
神怒会小些，天谴的力量也较弱。

如果你好好研究这个道理，
　　并且回想一下，什么样的亡灵
　　在上面的城外遭刑罚折磨身体，
你就会清楚，为什么他们身在幽冥，
　　却跟这些坏蛋隔离；天堂
　　惩罚他们时，为什么锤击得较轻。”
“太阳啊，你恢复所有病眸的健康；
　　解答了我的疑难后，给我欣慰，
　　使困惑之乐不下于识见的增长。
请稍微重复，向过去的话题回归。
　　你讲过，放高利贷之举，”我说，
　　“有违圣善。请把这疑结摧毁。”
“哲学，在通人眼中，”维吉尔向我
　　解释，“处处都在观察览阅，
　　看大自然运行时怎样描摹
神的睿智，向神工勤习苦学。
　　同时，如果你把《物理学》细读，
　　展卷后读不了多少页，就会发觉，
只要能力许可，你们的艺术
　　就紧随自然，如徒弟之于老师。
　　因此，神可以说是艺术的祖父。
回想《创世记》的开头，你就会得知，
　　人类要靠这两者，在这个世界
　　发展；靠这两者把生计维持。
放高利贷的人，取向有别，

乃鄙弃自然本身，鄙弃遵依
自然的徒弟，而寄望于别的事业。
好啦，我走啦，请跟随我的足迹。
因为双鱼已经在地平上颤闪，
北斗已全在考鲁斯之上倚栖；
在那一边，悬崖已开始下翻。”

注释：

8. **阿拿斯塔斯**：指教皇阿拿斯塔斯二世（Anastasius II，公元四九六年至四九八年）。据中世纪的流行说法，阿拿斯塔斯二世受了萨洛尼卡的执事佛提努斯（Photinus）的影响，信奉君士坦丁堡牧首阿卡西乌（Acacius）的“异端”。根据这一“异端”，基督只有人性，并无神性。但丁相信基督既有人性，也有神性，因此把阿拿斯塔斯二世打入地狱。不过辛格尔顿指出，阿拿斯塔斯二世其实是阿拿斯塔斯一世之误。后者于公元四九一年至五一八年任神圣罗马皇帝。参看 Bosco e Reggio, *Inferno*, 166; Singleton, *Inferno 2*, 163-64; Vandelli, 98; Toynbee, 36-37, “Anastasio” 条。

16. **石砌的**：“石”，指第一行“巨大而巉岩的乱石”。Singleton（*Inferno 2*, 165）指出，这些乱石铺砌在第七层的深谷之壁。深谷之下，是第八层和第九层。

17. **三个小层**：原文为“tre cerchietti”，指地狱第七、第八、第九层。这三层的圆周比其上各层小，因此称为“小层”。

22. **招惹上天之怒的一切恶慾**：“恶慾”，原文为“malizia”。有关这词的意义，可参看阿奎那的《神学大全》（*Summa theolgocia*, I-II, q.78）。这一句的意思，可以和《圣经 · 诗篇》第五篇第五至六节对照：“Odisti omnes qui operantur iniquitatem, perdes omnes qui loquuntur mendacium; virum sanguinum et dolosum abominabitur Dominus.”（“凡作孽的，都是你所恨恶的。/ 说谎言的，你必灭绝；/ 好流人血弄诡诈的，都为耶和华所憎恶。”）。

23. **以害人为目的**：上层地狱所惩罚的罪愆，都出于无意，是犯罪者软弱、不能克制自己的情欲所致。下层地狱所惩罚的罪愆出于蓄意，因此在程度上更严重。托马斯·阿奎那在《尼可玛可斯伦理学评注》（*In decem libros Ethicorum ad Nicomachum expositio*, V, lect.17, n.1104）里说："non solum voluntarie, sed electione. "（"不单出于自愿，而且是蓄意。"）。

24. **手段或粗暴，或奸险**：根据西塞罗的说法，蓄意的罪恶分暴力罪恶和奸诈罪恶两大类。参看 Cicero, *De officiis*, I, 13。

25. **奸险是人类独有的恶疾**：理智是人类所独有。奸险之罪，是滥用、错用理智的结果。

28. **第一层**：指第七层，不是指整个地狱的第一层。所谓"第一"，在这行是相对于但丁和维吉尔此刻的立足点而言，也就是他们面临的一层。

29. **使三个人受苦**：指第三十一行和三十二行的"神"、"本人"、"邻居"。

31–32. **施诸神，施诸本人，施诸 / 邻居**：Vandelli（100）和 Singleton（*Inferno 2*, 167-68）指出，在这两行里，罪恶的次序由重至轻，其题旨源出阿奎那的《神学大全》（*Summa theologica*, II-II, q.118, a.I, obj.2）："Omne peccatum aut est in Deum, aut in proximum, aut in seipsum."（"每一罪恶，不是针对上帝，就是针对本人或邻居。"）。人类固然不能向上帝施暴，不过恶念生自心中，也会亵渎神明。《神学大全》（I-II, q.73, a.8, ad 2）说："Et tamen potest dici quod etsi Deo nullus possit nocere quantum ad eius substantiam, potest tamen nocumentum attentare in his quae Dei sunt, sicut extirpando fidem, violando sacra, quae sunt peccata gravissima."（"此外，我们虽然可以说，没有人能够伤害上帝本体。可是人却可以伤害与上帝有关的事物，例如摧毁信仰，冒犯圣物。这一切都罪大恶极。"）。

44–45. **或拿他们的财富……欢笑**：指挥霍财富的亡魂。

47. **在心中对他亵渎或加以摈弃**：参看《圣经·诗篇》第十四篇第一节："Dixit insipiens in corde suo: Non est Deus."（"愚顽人心里说：没有神。"）

48. **并蔑视大自然，蔑视其充盈**：大自然由上帝创造。蔑视大自然及其充盈，等于蔑视上帝。Vandelli（101）对此行另有解释，可参看。Singleton（*Inferno 2*, 170-71）则认为，此行与阿奎那的《神学大全》（II-II, q.154, a.12, ad I）相通："Sicut ordo rationis rectae est ab homine, ita ordo naturae est ab ipso Deo.Et ideo in peccatis contra naturam, in quibus ipse ordo naturae violatur, fit iniuria ipsi Deo ordinatori naturae."（"大自然受控于上帝，一如正确的理智受控于人。是故，违背大自然之罪，是对上帝的伤害。因为违背大自然时，大自然的秩序本身

会遭到侵犯。”)。

49–50. **把印记/盖在所多玛和卡奥尔两个地方**:意思是:以火球为印记。**所多玛**:罪恶之地,因鸡奸之罪而臭名昭彰。参看《圣经·创世记》第十八章二十至三十三节,第十九章一至二十九节。**卡奥尔**:法国南部的一个城市,位于洛特(Lot)河岸,是现代法国洛特省的首府。在中世纪是个高利贷中心;“Caorsinus”一词,与“放高利贷的人”同义。

51. **腹诽上帝者**:原文“chi, spregiando Dio col cor, favella”。上应第四十七行。

52. **奸计会把所有的良心咬伤**:由这行起,作品开始描述地狱的第八、九层。

55–56. **把奸计施诸第二种受害者……割切**:“第二种受害者”,指五十四行的“不易信人,以避免上当”的受害者。人与人之间,有天生的亲切关系。参看 *Convivio*, I, I, 8:“ciascuno uomo a ciascuno uomo naturalmente è amico”(“人与人之间,都有自然的情谊”)。阿奎那的《尼可玛可斯伦理学评注》(*Ethicorum ad Nicomachum expositio*, VIII, lect.I, n.1541)也有类似的说法:“Est etiam naturalis amicitia inter eos, qui sunt unius gentis adinvicem, inquantum communicant in moribus et convictu. Et maxime est naturalis amicitia illa, quae est omnium hominum adinvicem, propter similitudinem naturae speciei.”(“同一族人之间,如果习俗相同,生活与共,也会有自然的友谊。如果所有的人性情相同,彼此尤其会产生自然的友谊。”)。转引自 Singleton, *Inferno 2*, 173。

57. **下一层**:指地狱的第八层,用来惩罚欺诈之罪。

58–60. **是伪君子……奸邪**:地狱的第八层再细分为十部分(十囊),用来惩罚十种罪恶。

64. **最小的一层**:指地狱的第九层,也是最后一层。

68. **这个深渊**:指但丁尚未亲临的三层地狱。

70–75. **告诉我……这样可怕**:此刻,但丁和维吉尔置身于地狱的第六层。这几行所谈是上层地狱的四层,已由但丁亲历。上层所罚,是不知克制之罪。但丁的意思是:上层的亡魂如果没有触犯神怒,为何要那样受罪?如果触犯了神怒,为什么不在狄斯城内受罚?其实,上下两层所罚的罪恶不同:上层亡魂犯罪,只因不能克己,并没有恶意,受害者是亡魂本身;下层亡魂犯罪,是出于恶意,受害的是他人。诗人但丁安排旅人但丁发问,目的是借维吉尔之口带出下文。

74. **赤城**:原文“la città roggia”,直译是“红色的城”,指狄斯城。狄斯城“永恒的烈火在/……燃烧,……使寺院变红”(第八章七三至七四行),

因此叫“赤城”。地狱分上下两层，以狄斯城的墙壁为界。

80. **你的《伦理学》**：指亚里士多德的《伦理学》，由其子尼可玛可斯编纂，又称《尼可玛可斯伦理学》。但丁对亚里士多德的著作有深入研究，因此维吉尔向但丁提到此书时，称为“你的《伦理学》”。

91. **太阳**：指维吉尔。维吉尔给但丁启示，如太阳给人光明。参看《地狱篇》第一章第八十二行。

93. **使困惑之乐不下于识见的增长**：因困惑而获维吉尔启示，是一大乐；其乐不下于识见增长。

95–96. **放高利贷之举……有违圣善**：根据犹太教义，放高利贷有违上帝的意旨。

97. **哲学**：“哲学”一词，有的论者认为泛指亚里士多德的哲学；也有论者认为专指他的《形而上学》。参看 Bosco e Reggio, *Inferno*, 173; Sapegno, *Inferno*, 132; Singleton, *Inferno 2*, 179。

99–100. **看大自然运行时怎样描摹／神的睿智，向神工勤习苦学**：参看但丁的《帝制论》（*Monarchia*, I, III, 2）："Deus eternus arte sua, que natura est..."（“永恒的上帝，借其神工，即大自然……”）；《帝制论》（II, II, 3）："celo，quod organum est artis divine, quam naturam comuniter appellant"（“天堂是神工的工具；神工呢，大家都称为大自然”）。

101. **物理学**：指亚里士多德的《物理学》。亚里士多德在该书（II, 2, 194^{a}）说过："ars imitatur naturam"（“艺术模仿自然”）。转引自 Singleton, *Inferno 2*, 180。

107–108. **在这个世界／发展**：参看《圣经·创世记》第一章第二十八节："Crescite et multiplicamini"（“要生养众多”）。

108. **这两者**：指大自然和人力。关于人力的说法，可参看《圣经·创世记》第三章第十七至十九节："In laboribus comedes ex ea [terra]cunctis diebus vitae tuae...in sudore vultus tui vesceris pane."（“你必终身劳苦才能从地里得吃的。……你必汗流满面才得糊口。”）。

109. **取向有别**：亚里士多德的《伦理学》（IV, I, 1121^{b}-1122^{a}）对高利贷有恶评。这一论点，阿奎那在《神学大全》（II-II, q.78, a.I, ad 3）里加以引申。在《〈政治学〉评注》（*Politicorum expositio*）里，也有类似的说法："quia secundum naturam est, ut denarii acquirantur ex rebus naturalibus, non autem ex denariis."（“因为，根据自然法则，该由自然的货物生财，不该由金钱本身生财。”）。转引自 Singleton, *Inferno 2*, 182。

110–111. **乃鄙弃自然本身……徒弟**：“遵依／自然的徒弟”，指人力。放高利贷的人，在加倍鄙弃大自然：既违反自然，也违反人力的法则。

113–114. **因为双鱼……考鲁斯之上倚栖**："双鱼"（原文"i Pesci"），指双鱼座。太阳位于白羊座里，东升的时间在双鱼座之后。**考鲁斯**：拉丁文 Caurus，指西北风。这两行所写的时间，是圣星期六（Holy Saturday）早上四时，在日出前不久。这时候，北斗七星位于西北的地平线上，正要下沉。双鱼座"在地平上颤闪"，表示日出的时间将至。

第十二章

但丁和维吉尔经山石崩陷处来到地狱第七层第一圈，在深谷边缘看到了人牛怪。人牛怪遭维吉尔斥责后乱跳乱蹦。二人继续前进，来到一道沸腾的血河，河里浸着暴力伤人的亡魂。在血河和崖脚之间，一列人马怪在挽着利矢奔跑，见亡魂不守本分或逃避刑罚，就把他们射杀。人马怪中的克伦跟维吉尔对话。维吉尔要求克伦派人当向导，把但丁载到血河的另一边。克伦闻言，把向导任务交给了涅索斯。前进间，涅索斯介绍了河里受刑的亡魂。

我们下崖的时候，所到的地方
　是高峻陡峭的山坡。那里的景物
　会使所有的眼睛避而不望。
如崩塌的山，由于支撑不足
　或由于地震，在特伦托的这边
　向阿迪杰河的侧面陷落倾覆，
从峰顶那里，摇动着泻向下面，

人牛怪

而就在断壑靠近边缘之处，/ 克里特之丑——借假牛这爱伴 /
生下的怪物——正把兽体展舒……
（《地狱篇》，第十二章，一一至一三行）

直达平原，把石头一块块地砸烂，
给上面的人一条下行的路线，

深谷在我们的眼前陡然下坍。
而就在断壑靠近边缘之处，
克里特之丑——借假牛这爱伴

生下的怪物——正把兽体展舒；
见我们走来，就咬噬自己的身躯，
仿佛被五内的怒火所征服。

我机智的老师向它喝道：“也许
你以为，在阳间把你处死的那位
雅典公爵，到了地狱的这一隅？

给我滚！畜生！这个人来到地狱内，
并没有得到你姐姐的指点；
他是路过这里，看你们受罪。”

公牛受了致命的一击，刹那间
会挣脱缰绳，想往前走又不能，
就横冲直撞，从这边窜跃到那边。

眼前的人牛怪，也这样乱跳乱蹦。
导师见了，喊道：“向出路跑哇！
趁他发怒，快继续下降的旅程。”

于是，我们继续沿险径下踏。
斜坡的乱石被踩，由于压力
增加，常在我们的脚下滚滑。

暗忖间，我听到维吉尔说：“我已
令守卫这断崖的畜生烧光

怒火。你还在寻那坍圮之地？
那么，我告诉你，就在上一趟
我来这里，深入地狱的下界时，
这一块石头还没有跌落下方。
当年，那圣者曾经从上方下驰，
把最高一层的重要人质，从冥主
狄斯的手中夺去。据我所知，
他降临前的须臾，污臭的深谷确乎
全面震动。当时，我以为乾坤
为仁爱所感。这种现象，世俗
有人相信，曾多次变天下为混沌。
就在那时候，这一大块古老的
石头到处损毁，隆然向下面翻滚。
此刻，请你向深谷里凝望。血河
已经向我们靠近。里面的水波
沸腾着那些以暴力伤人的死者。”
啊，盲目的贪欲、愚蠢的怒火，
在短促的一生中把我们鞭御，
然后就永远把我们浸入愁惙！
我看见一道大沟，形状弯曲，
把一整个平原围在里面，
就像我的向导先前所叙。
在这道大沟和崖脚之间，
一列人马怪在奔跑，都挽着利矢，
就像他们在世上那样游畋。

人马怪见我们下降，都不再骋驰。
　其中三个，倏地离开了队众，
　把预先选定的弓箭在手里紧执。
其中一个在远处喊道：“刚从
　陡坡下来的，受的是什么刑罚？
　在那边报上来，不然我就拉弓。”
于是，我的老师说：“我们的回答，
　只跟站在你身旁的克伦说。
　你这么急躁，只会把自己害煞。”
“那是涅索斯，”老师轻轻地触了我
　一下，继续说，“因美丽的黛安内拉丧命；
　然后，报仇的工作由自己去做。
站在中间、俯望着胸膛的幽灵
　是有名的克伦；抚育阿喀琉斯的就是他。
　另一个是佛洛斯，生时有暴烈的性情。
大沟的周围，千万头人马怪在穿插。
　见亡魂不守本分而冒出血沟，
　想逃避刑罚，就会把他们射杀。”
当我们靠近这些骠捷的野兽，
　克伦就捡起一枝箭，然后用箭凹
　把胡子向上下颌的后面一兜。
当他露出了那张大口的形貌，
　就对同伴说：“你们有没有注意，
　后面那个人所履的地方被搅扰——
死者的脚，通常不会把东西踢起。”

人马怪——涅索斯

人马怪见我们下降，都不再骋驰。/ 其中三个，倏地离开了队众，/ 把预先选定的弓箭在手里紧执。

（《地狱篇》，第十二章，五八至六〇行）

克伦

克伦就捡起一枝箭，然后用箭凹 / 把胡子向上下颔的后面一兜。

（《地狱篇》，第十二章，七七至七八行）

贤师这时已面对他的胸膛，
也就是半人半马两种形体

接合处；闻言道：“是活的。他独自来往，
是要看我展示这冥谷幽隈。
他注定要来这里；不是来闲逛。

有一个人，停下了哈利路亚的赞美，
从上方下降，给了我这个新使命。
他不是贼；我也不是盗窃鬼。

我能够走过这么凶险的荒径，
是因为有神力助我。凭这股神力，
我请你派一个人跟我们同行；

好告诉我们，哪里是涉河之地；
并且用背部把这个人负载——
他不是幽灵，不能在空中攀跻。”

克伦屈着右胸向后面一摆，
对涅索斯说：“你过去，给他们带路。
要是碰见另一群人，就叫他们走开。”

我们和可靠的向导再上征途，
一直沿着沸腾的血河前进，
途中听到亡魂被煮时的惨呼。

我看见河水浸到了亡魂的眉心。
“都是暴君，”显赫的人马怪说，
“生时专事抢掠和血腥的蹂躏，

因昔日的暴行在此嚎咷悔过。
这里是亚历山大跟残暴的狄奥尼修斯。

后者曾带给西西里多年的灾祸。
那是阿佐利诺，眉毛竟如此
乌黑。皮肤白皙的那个亡灵，
则是埃斯提的奥皮佐。他的养子
的确结束了他在阳间的生命。”
之后，我转身望着诗人。诗人说：
“现在让他先走，我跟着他前行。”
走不多远，人马怪停了下来，望落
下面。沸河里有群鬼浸在血澜，
看来都只有咽喉伸出水波。
人马怪把离群的一个指给我们看，
说道：“那个人在神的怀里曾擘开
一个心，至今仍把泰晤士河滴染。”
之后，我目睹一些人冒出了水外，
头颅和整个胸膛都可以看见；
当中有许多人，我都能辨认出来。
渐渐，河里的血越来越浅。
到了最后，只煮烫着亡魂的脚，
而我们也到了横越壕沟的地点。
“当你从血流的这一边俯眺，
沸河的流量会不断减退，”
人马怪说，“可是你得明了，
在另一边看，它的河床却会
越来越深，萦绕着向前，一直
流返刚才令暴君呻吟的血水。

那里，天上神圣的法律会刺螫
　阿提拉，别号叫‘地上之鞭’的家伙；
　刺螫皮洛斯和塞克斯都。遭凌迟
折磨的，还有科内托的里尼埃，有里尼埃·帕佐。
　他们在路上挑起过频仍的争斗；
　此刻，眼泪遭煮出后，永被挤索。”
人马怪说完，转身再横过渡口。

注释：

3. **会使所有的眼睛避而不望**：但丁暂时不说“眼睛避而不望”的是何景何物，以增加读者期待之情。

5–6. **在特伦托的这边／向阿迪杰河的侧面陷落倾覆**：“这边”，即南边。一般论者认为，这两行所描写的，是斯拉维尼·迪马尔科（Slavini di Marco）。斯拉维尼·迪马尔科是一大片崩陷的岩石，位于意大利北部，在特伦托之南二十英里。斯拉维尼是该地的名称，马尔科是旁边的一座城堡。

12–13. **克里特之丑……正把兽体展舒**：到了这里，但丁才说出“眼睛避而不望”（第三行）的是什么；不过说时仍没有明言，只以“克里特之丑”来交代。所谓“克里特之丑”，是指米诺陶洛斯（Μινώταυρος, Minotaur）。根据古希腊神话，海神波塞冬（Ποσειδῶν, Poseidon）送了一头公牛给克里特王米诺斯（Μίνως, Minos）二世。这头公牛全身雪白，引起了米诺斯妻子帕西法厄（Πασιφάη, Pasiphae）的淫念。于是，帕西法厄叫代达罗斯（Δαίδαλος, Daedalus）造了一头木母牛，上铺牛皮，自己藏身木母牛内，像母牛一样俯伏。白公牛见了，就扑上去，趴在木母牛身上，与里面的帕西法厄交媾。结果帕西法厄成孕，生下牛头人身的怪物，称为米诺陶洛斯。也正是这个缘故，米诺陶洛斯的希腊名字“Μινώταυρος”由“Μίνως”（米诺斯）和“ταυρος”（公牛）构成。米诺陶洛斯出生后，米诺斯命代达罗斯造了一座迷宫，把他关在里面。由于雅典人曾经杀害米诺斯和帕西法厄的儿子安德洛革奥斯（Ἀνδρόγεως, Androgeos），米诺斯为了报仇，要雅典每年送来七个童男、七个童女，供米诺陶洛斯吞噬。后来，忒修斯（Θησεύς, Theseus）冒充牺牲，借米诺斯和帕斯法厄的女儿阿里阿德涅（Ἀριάδνη, Ariadne）的帮助进入迷宫，杀死了米诺陶洛斯。在传统神话里，米诺陶洛斯是牛头人身；但丁在这里把传统的说法稍加改动，把怪物写成人头牛身；所以说"正把兽体展舒"。有关米诺陶洛斯的典故，可参看维吉尔《牧歌集》第六卷四五至六〇行；《埃涅阿斯纪》第六卷二四至二六行，四四七行；奥维德《变形记》第八卷一三一至一三七行。《炼狱篇》第二十六章，再度描写帕西法厄："帕西法厄钻进母牛里，/ 让公牛冲过来帮她把淫欲散发"（四一至四二行）；"那淫妇，/ 在木头畜生里像禽兽俯趴"（八六至八七行）。

14. **咬噬自己的身躯**：形容怪物怒不可遏。

18. **雅典公爵**：指忒修斯。忒修斯是雅典国王的儿子。参看《地狱篇》第九章第五十四行注。Singleton（*Inferno 2*, 187）指出，"公爵"是中世纪的头衔。因此严格说来，称忒修斯为"公爵"并不准确。

20. **你姐姐**：指阿里阿德涅（Ἀριάδνη, Ariadne）。阿里阿德涅爱上了忒修斯，把线团和宝剑交给他，助他杀死米诺陶洛斯。后来，阿里阿德涅嫁给忒修斯。但过了不久，阿里阿德涅就遭忒修斯抛弃在那克索斯（Νάξος, Naxus 或 Naxos）岛上，嫁给酒神巴克科斯（Βάκχος, Bacchus），并为他生儿育女。有关此后的发展，神话有多种版本。其中之一叙阿尔忒弥斯（Ἄρτεμις, Artemis）应巴克科斯之请，杀掉了阿里阿德涅。

22–24. **公牛……窜跃到那边**：参看《埃涅阿斯纪》第二卷二二三至二二四行描写拉奥孔遭巨蟒缠死前的比喻："qualis mugitus, fugit cum saucius aram/taurus et incertam excussit cervice securim."（"一如斧头砍歪了，公牛把它 / 从脖子甩掉，窜离祭坛时惨嚎。"）。

25. **眼前的人牛怪**：即米诺陶洛斯。但丁在二至三行说"那里的景物 / 会使所有的眼睛避而不望"。至于景物是什么，到这里才真正交代，以加强悬疑效果。

34. **就在上一趟**：指维吉尔上一次进地狱的时候。参看《地狱篇》第九章二二至二七行。

35. **地狱的下界**：地狱可简分为上下两层。这里指下层。

37–41. **当年……全面震动**：指基督入地狱拯救亡魂。在地狱里，所有角色提到基督时都不会直指其名。因此，这里也只说"colui"（"那圣者"，直译是"那个人"）。据《圣经·马太福音》第二十七章第五十一节，基督受难时，“地也震动，磐石也崩裂”（“terra mota est, et petrae scissae sunt”）。参看《地狱篇》第四章。

38. **最高一层**：指地狱边境。

39. **狄斯**：指撒旦。基督进地狱时，撒旦的手下曾妄图阻挡。参看《地狱篇》第八章一二四至一二六行。

41–43. **当时……混沌**：古希腊诗人兼哲学家恩培多克勒（Ἐμπεδοκλῆς, Empedocles，约公元前四九〇年至公元前四三〇年）称火、水、土、气四种元素为“四根”，宇宙由四根组成。四根因爱而聚，因恨而散。聚时回复和谐，重归为混沌；散时化为万物，形成森罗。亚里士多德在《形而上学》（III, 4, 1000[b]）里也提到这一学说。参看阿奎那的《形而上学评注》（*Metaphysicorum expositio*, III, lect.II, n.478）。

44–45. **古老的 / 石头**：上帝创世不久，就创造了地狱，用来惩罚叛变的天使。因此地狱的石头极其古老。参看《地狱篇》第三章七至八行：“我永远不朽；在我之前，万象 / 未形，只有永恒的事物存在。”

46. **血河**：这条血河，即《地狱篇》第十四章一一六行的“弗列革吞”（希腊文叫“φλεγέθων, Phlegethon”），是冥界五川之一的火川。与泣川科库托斯（Κωκυτός, Cocytus）相汇，成为祸川阿刻戎（Ἀχέρων, Acheron）。“φλεγέθων”是“φλέγω”（燃烧）的现在分词。

48. **沸腾着那些以暴力伤人的死者**：此行回应《地狱篇》第十一章三七至三九行：“因此，杀人犯、恶意伤人之辈、/ 蹂躏者、掳掠者，就在第一圈分批 / 受刑……。”

49–51. **啊，盲目的贪欲、愚蠢的怒火，/……浸入愁惙**：“盲目的贪欲”和“愚蠢的怒火”是伤害邻居的两大原因：“愚蠢的怒火”伤人身体，“盲目的贪欲”侵人财货。

56. **人马怪**：希腊原文为“Κένταυροι”（复数），英文 Centaurs，一译“肯陶洛斯人”。肯陶洛斯（Κένταυρος）与多种牝马交媾，生下人马怪。人马怪上身为人，有两手；下身为马，有四足、四蹄。居于山林，以生肉为食物。不过人马怪克伦（Χείρων, Chiron）和佛洛斯（Φόλος, Pholus）的血统与一般的人马怪有别。所有的人马怪之中，以克伦最有智慧（详见第六十五行注）。至于佛洛斯，曾以醇酒款待赫拉克勒斯。除了克伦和佛洛斯，人马怪都贪食、好色，生性暴烈。其中一个出席拉庇泰族（Λαπίθαι, Lapiths）君王佩里托奥斯（Πειρίθοος, Peirithous）的婚宴时醉酒闹事，想强奸新娘希波达弥亚（Ἱπποδάμεια, Hippodamia），并企图和同党掳走在场的女子。结果与拉庇泰人大战，伤亡惨重。

65. **克伦**：克伦的父母是谁，古代神话有不同的说法。一说其父为克洛诺斯（Κρόνος, Cronus），其母为海洋仙女菲吕拉（Φιλύρα, Philyra）；一说其父为宙斯（Ζέυς, Zeus）；一说其父为伊克西翁（Ἰξίων, Ixion），其母为涅斐勒（Νεφέλη，Nephele）。克伦仁慈而聪明，与人类友善，精于音乐、武术、打猎、伦理、医术，是多才多艺的智者。帮佩琉斯（Πηλεύς，Peleus）娶得忒提斯（Θέτις, Thetis），教导过伊阿宋、赫拉克勒斯、阿斯克勒庇奥斯（Ἀσκληπιός, Asclepius），抚育、医治过阿喀琉斯，阿波罗也跟他学过艺。据上述第一种说法，克洛诺斯爱上了菲吕拉，怕妻子瑞亚（Ῥεία, Rhea）妒忌，于是化身为马，与菲吕拉欢好，结果生下半人半马的儿子克伦。

67–69. **那是涅索斯……自己去做**：涅索斯（Νέσσος, Nessus）是人马怪之一。据希腊神话的一般说法，涅索斯为伊克西翁和涅斐勒（云）所生。因强奸赫拉克勒斯之妻得伊阿尼拉（Δηιάνειρα, Deianeira），被赫拉克勒斯射杀。赫拉克勒斯射杀涅索斯的利箭沾有勒尔那地区九头水蛇许德拉（Ὕδρα, Hydra）的毒血，中毒者无药可救。涅索斯临死时，把有毒的血衣交给得伊阿尼拉，并且告诉她，只要让赫拉克勒斯穿上，赫拉克勒斯就永远爱她。后来，赫拉克勒斯爱上了伊奥勒（Ἰόλη, Iole）。出于妒忌，得伊阿尼拉把毒衣给赫拉克勒斯穿上，叫他毒发难耐，跳到火葬用的柴堆上自焚而死。得伊阿尼拉目睹丈夫惨状，悔疚不已，结果自缢身亡。所谓“报仇的工作由自己去做”，指涅索斯以毒衣杀死赫拉克勒斯。这句话回应了奥维德《变形记》第九卷一三一至一三二行涅索斯所说：“Ne que enim moriemur/inulti.”（“我死后必定报仇。”）。

70. **俯望着胸膛**：克伦是最有智慧的人马怪。Singleton（*Inferno 2*, 192）指出，说克伦“俯望着胸膛”，表示他沉着凝重；同时也强调他半人半马的形态。参看八三至八五行：“他的胸膛，/ 也就是半人半马两种形体 / 接合处。”

72. **佛洛斯**：人马怪之一。参看第五十六行注。佛洛斯以美酒款待赫拉克勒斯时，酒香招致其他人马怪跟赫拉克勒斯混战。混战中，有不少人马怪丧生。佛洛斯埋葬人马怪的尸体时，被毒箭的箭头擦伤。经赫拉克勒斯抢救无效，中毒身亡。

81. **所履的地方被搅扰**：指旅人但丁有形体，踩动了脚下的石头。这行再度强调，旅人但丁以凡躯入地狱，与维吉尔有别。

83. **这时已面对他的胸膛**：指维吉尔恰与克伦的胸膛等高。

87. **他注定要来这里**：维吉尔强调，旅人但丁进地狱，是出于上帝的意旨。

88–89. **有一个人……新使命**：指贝缇丽彩从天堂下降，叫维吉尔带引但丁。参看《地狱篇》第二章五三至一一八行的叙述。

98–99. **对涅索斯说……走开**：据《变形记》第九卷一〇八行所说，涅索斯“身体强壮，熟悉各渡口的情形”（“membrisque valens scitusque vadorum”）。但丁对《变形记》十分熟悉，把向导的任务派给涅索斯，大概是受了该书影响。

104–105. **都是暴君……蹂躏**：在《帝制论》（*Monarchia*, III, IV, 10）里，但丁这样形容暴君：“qui publica iura non ad comunem utilitatem secuntur, sed ad propriam retorquere conantur.”（“设法扭曲律令——不是为公益，而是为私利。”）。

107. **这里是亚历山大……狄奥尼修斯**：亚历山大，大多数评注家认为指马其顿君王亚历山大大帝（公元前三五六年至公元前三二三年）。有些论者有不同的看法，认为指希腊北部色萨利亚（Θεσσαλία, Thessalia）菲莱（Θέραι, Pherae）城的暴君亚历山大（在位期间约为公元前三六八年至公元前三五九年）。前一派论者（如 Singleton, *Inferno 2*, 196-98）指出，但丁提到古史时，常以奥罗修斯（Orosius）的著作为蓝本；而奥罗修斯对亚历山大大帝有以下的评语：“真是……痛苦之渊，是席卷整个东方的旋风……嗜血之欲永不餍足……总想进行新的屠杀”（“vere...gurges miseriarum atque atrocissimus turbo totius orientis...sanguinis inexsaturabilis...recentem tamen semper sitiebat cruorem”），临死“仍要饮血”（“adhuc sanguinem sitiens”）。另一位作者卢卡努斯，也是但丁参考的对象。而卢卡努斯的《法萨罗斯纪》（又名《内战记》）第十卷三四至三六行这样描写亚历山大大帝：“他是大地的瘟疫，是霹雳，/ 轰击所有的民族，无一幸免。/ 他是人类的灾星。”（“Terrarum fatale malum fulmenque, quod omnes/Percuteret pariter populos, et sidus iniquum/Gentibus.”）。因此，但丁所指，应该是马其顿君王亚历山大大帝。一般史家，常视亚历山大为正面人物；但丁在这里却持相反观点。可见《神曲》不尚勇力、征战，与《伊利昂纪》一类长篇叙事诗有所不同。

狄奥尼修斯：有的论者认为指西西里岛锡腊库扎的暴君老狄奥尼修斯（公元前四〇五年至公元前三六七年在位）。有的论者认为指其子小狄奥尼修斯。小狄奥尼修斯在位十一年（公元前三六七年至公元前三五六年）。公元前三五六年被放逐，逃往洛克里城，在那里建立残暴政权。

109. **阿佐利诺**：原文 Azzolino 或 Ezzelino，全名为埃泽利诺 · 达罗马诺三世（Ezzelino III da Romano）。生于一一九四年，卒于一二五九年，是神圣罗马帝国皇帝腓特烈二世的女婿，吉伯林党首领。统治帕多瓦特雷维索边区期间极端残暴，有“撒旦之子”的恶名。在位期间，滥施酷刑，史家维兰尼（Villani）称为“有史以来，基督教世界最残忍、最可怕的暴君”（“fu il più crudele e ridottato tiranno che mai fosse tra’cristiani”）。在位三十四年间坏事做尽。后来被教皇召集的正义之师打败而系狱。参看 Sapegno, *Inferno*, 143; Toynbee, 77-78, “Azzolino”条；Singleton, *Inferno 2*, 198。

111–112. **埃斯提的奥皮佐。他的养子 / 的确结束了他在阳间的生命**：奥皮佐，原名奥比佐（Obizzo）二世，生于一二四七年，卒于一二九三年，一二六四年至一二九三年任费拉拉（Ferrara）和安科纳（Ancona）边区的侯爵，为人残忍。据说遭儿子谋杀。其子继位后称阿佐（Azzo）八世。“养子”，原文为“figliastro”，有“私生子”的意思，暗示阿佐之母（奥皮佐之妻）对丈夫不忠。

113–114. **之后，我转身望着诗人。诗人说：/“……前行”**：这两行言简意繁。旅人但丁听了人马怪的话后，未知是否可信，于是“转身望着”维吉尔，等待指示。维吉尔跟但丁心意相通，不待但丁发言，已经知道他在想什么。维吉尔叫但丁前行，但丁就知道人马怪的话可信。

116–117. **沸河里……伸出水波**：这两行描写的是杀人犯。杀人犯的罪恶没有暴君重，因此“咽喉”尚能“伸出水波”。“水波”，原文为“bulicame”，是古罗马的温泉，臭名昭彰。在这里借指地狱之水，至为恰当。参看《地狱篇》第十四章第七十九行注。

119–120. **那个人……仍把泰晤士河滴染**：那个人，指基·德蒙佛赫（Guy de Montfort，约一二四三年至一二九八年）。德蒙佛赫为莱斯特（Leicester）伯爵西蒙·德蒙佛赫（Simon de Monfort）之子，曾任安茹的沙尔一世（Charles d’Anjou）驻托斯卡纳的使者。西蒙死于亨利三世部众之手。基·德蒙佛赫在维特尔波（Viterbo）的一座教堂里谋杀了亨利三世的亲人亨利王子（康沃尔伯爵理查德之子）。就基督教观点而言，在教堂里谋杀是极大的罪恶，因此说“在神的怀里曾擘开 / 一个心”。亨利王子被杀时，法王腓力三世、安茹的沙尔一世、教会的红衣主教正共聚教堂内选举教皇。亨利王子被杀后，其心脏盛于伦敦桥头的一个金杯里。参看 Villani, *Cronica di Giovanni Villani*, VII, 39; Bosco e Reggio, *Inferno*, 185; Toynbee, 340-41, “Guido di Monforte”条。

134. **阿提拉……‘地上之鞭’的家伙**：阿提拉约生于公元四〇六年，卒于公元四五三年。匈奴国王。在位期间（四三三年至四五三年）侵占欧洲大量土地，要东、西罗马纳贡，为人极端残暴，叫欧洲人闻风丧胆，有“上帝之鞭”（拉丁文“flagellum Dei”）的称号。“地上之鞭”，原文是“flagello in terra”的汉译（也可译为“大地之鞭”）。

135. **皮洛斯**：皮洛斯的身分有两种说法。有些论者认为指阿喀琉斯（Ἀχιλλεύς，Achilles）和得伊达弥亚（Δηιδάμεια，Deidamia）之子Πύρρος（Pyrrhus）。在希腊神话中又叫涅奥普托勒摩斯（Νεοπτόλεμος，Neoptolemus），绰号"红头"。在特洛亚之战中勇敢善战，却十分残忍。是第一个藏在木马的希腊战士。特洛亚陷落后，他杀死普里阿摩斯，把赫克托尔之子阿斯提阿那克斯（Ἀστυάναξ，Astyanax）从城楼之顶掷下摔死，在父亲坟前手刃波丽瑟娜，以之为牺牲。其残忍行径见于《埃涅阿斯纪》第二卷五二六至五五九行。另一些论者，则认为"皮洛斯"指希腊西北埃佩洛斯（Ἤπειρος，Epirus）的国王（约公元前三一八年至公元前二七二年）。曾与罗马人为敌，于公元前二七五年败北。曾为但丁提及（*Monarchia*, II, IX, 8）。

塞克斯都：一般论者认为指庞培（Gnaeus Pompeius Magnus，公元前一〇六年至公元前一四八年）的幼子 Sextus Pompeius Magnus。是个凶残的海盗。见 Lucanus, *Pharsalia*, VI, 113-15。

136. **科内托的里尼埃**："科内托"（Corneto），意大利城镇，位于马尔塔（Marta）河岸。据翡冷翠无名氏（Anonimo fiorentino）的说法，"科内托的里尼埃"是意大利近海沼泽地（Maremma）的一个大盗，与但丁同期。见 Sapegno, *Inferno*, 144。

里尼埃·帕佐：据翡冷翠无名氏（Anonimo fiorentino）的说法，里尼埃·帕佐是恶名昭彰的大盗。专门劫掠教会显贵，横行于翡冷翠和阿雷佐之间。与但丁同期。参看 Sapegno, *Inferno*, 144; Singleton, *Inferno 2*, 203。

138. **此刻，眼泪遭煮出后，永被挤索**：这行极富象征和讽刺意义：铁石心肠的大盗，在这里要流泪。

第十三章

但丁和维吉尔来到地狱的第七层第二圈。在这一圈受刑的，是自杀而死的亡魂，即生时向自己施暴的人。但丁随维吉尔进入一个可怕的丛林，发觉里面有妖鸟在榛莽中筑巢，听到哀号从四面八方响起。但丁按维吉尔的指示，从一株巨棘折下一根小枝，发觉巨棘竟是阴魂，而哀号就来自树丛。巨棘讲述自杀者的命运时，左边窜出两个鬼物，后面有一大群黑色的母狗追来。但丁在阴魂的呼喊中认出了拉诺和贾科摩。母狗群追了上来，把藏在一丛矮树的贾科摩撕成碎片。矮树丛因贾科摩的牵累受了伤，回答维吉尔的询问时说出了翡冷翠的一段历史。

涅索斯还未返回血河的另一边，
　我们已经在一个丛林里前行；
　看不到任何蹊径印在地面，
看不到绿叶丛；只见一片晦冥，
　枝干都纠缠扭曲，并不光滑。
　林中没有果子，只有毒荆；

榛莽是那么浓密，那么芜杂，
在切齐纳和科内托的沼地上，
恶田的野兽所居也不会更可怕。
讨厌的妖鸟筑巢于这里的榛莽。
这些妖鸟，曾经以凶兆把特洛亚人
从斯特洛法迪斯驱往别的地方。
它们有人颈人面，有阔翼附身，
足部有爪，肚子上覆着羽毛，
都在林中的怪树上哀鸣怨恨。
“趁我们还未深入，我向你明告，
你现在置身于第二圈，”我的贤师
这样对我说，“而且，在我们来到
火沙之前，都会在这里栖迟。
所以你要留心，你见到的东西，
单凭我口讲，会叫你惊疑不置。”
我听到哀号从四面八方响起，
却看不见发出声音的阴魂。
于是，我驻足，感到惶惑不已。
维吉尔大概以为，我这时在暗忖，
那些声音统统由树干间传来，
发声者为了避开我们而隐遁。
因此，他对我说：“你要是扭摘
这些树木，把一条小枝折落，
你的猜想就会显得舛乖。”
于是，我的手稍微向前面一挪，

妖鸟之林

都在林中的怪树上哀鸣怨恨。

（《地狱篇》，第十三章，第十五行）

自杀者

于是，我的手稍微向前面一挪，/ 刚从一株巨棘折下了小枝，/
就听到主干喊道：“干吗撕我？”
（《地狱篇》，第十三章，三一至三三行）

刚从一株巨棘折下了小枝，
就听到主干喊道："干吗撕我？"
然后，当它的伤口被血液染赤，
它就说："干吗要把我摧攀？
难道你怜悯之心已全部丧失？
我们本来是人，现在变成了树干。
我们即使是毒蛇，曾经在世间
作恶，你的手也不该这么凶残。"
像一条着了火的绿枝，一边
在熊熊燃烧，另一边汁液下滴，
吱吱发响间冒着水汽和湿烟，
话语和鲜血，同时从断枝涌起。
我见了这情景，马上把那截断薪
丢掉，像受惊的人呆立在那里。
"受伤的灵魂哪，他只在我的作品
读过类似的事件，"我的明师说，
"他如果一早相信我诗中所吟，
就不会伸手把你这样撕剥。
事情太不可思议，我才怂恿他
动手。为此，我也感到难过。
不过告诉他，你是谁，好让他抵达
凡界时，把你的名声再度传颂，
以功劳把刚才的罪过抹擦。"
于是，树干说："经你用美言怂恿，
想缄默也不能了。要是我忍不住

而议论滔滔，请不要嫌我烦冗。
腓特烈心中的两把钥匙，一度
全由我转动，也全由我控持。
我以钥匙开关，动作娴熟，
结果其秘密，几乎无人得知。
身居显要的职位，我忠心耿耿，
以致体力耗损，睡眠消失。
那娼妇，一对淫眼始终不曾
放过凯撒的家。那个坏女人，
那宫廷的罪愆，大众的绝症，
煽动所有的人心对我怀恨。
被煽动的人再煽动奥古斯都，
结果幸福的恩荣变成了忧忿。
我的心灵，由于不甘受侮，
以为死了就没有受侮之虞，
乃使公平的我被我不公平地对付。
对着刚从这棵树长出来的根须，
我向你发誓：我从来不曾欺骗
我的主人；他该获尊崇和抬举。
你们两位，有谁会重返阳间，
都务必重建我的名誉。它遭
嫉妒打击，如今仍偃蹇颠连。”
“既然他不再讲，”维吉尔稍稍
等了一下，就对我说，“别错过这一霎。
如果你还有问题，就让我转告。”

于是，我对维吉尔说："就请你问他
　　一些你认为我想知道的事情；
　　我心中太难过了，不能再跟他对答！"
于是，维吉尔说："囹圄中的亡灵，
　　那就请这个人欣然照你的愿望
　　去做吧；不过，请说给我们听听，
灵魂怎么会遭这些树结捆绑？
　　可能的话，还请你告诉我们，
　　从这些肢体，可有人获得释放？"
树干使劲地呼气。过了一阵，
　　那股气变成了这样的声音，说：
　　"我只能简单地向你们述陈：
当一个暴烈的灵魂摆脱
　　躯体，把自己从里面连根拔起，
　　米诺斯就把他送往第七层深窝。
他会跌入森林；着足之地
　　不容选择；一切由命运摆布。
　　落地后，他开始发芽，一如麦粒，
成为萌蘖，再成为野树一株。
　　于是，众妖鸟就以他的叶子为馈，
　　给他痛苦，给痛苦一个门户。
我们像别人一样，也会向残躯回归，
　　但不是为了重新把它披起，
　　因为自弃的东西，没理由再取回。
我们会把躯壳拖到这里；

在阴暗的树林中，这些躯壳会追认
其主，在恶魂的荆棘上悬系。”
我们对着面前的树干凝神，
以为他还有别的东西见告，
突然间听到一声巨响。我们
都吓了一跳，就像猎人听到
野猪被追逐，窜向他把守之处，
耳中是枝叶断折兽声嗷嗷。
哎哟，左边窜出了两个鬼物，
裸身满是伤痕；奔窜得太快，
竟一一冲破了满林纠缠的树木。
前面的在大嚷：“死亡啊，快来！快来！”
另一个似乎远远落后的则大叫：
“拉诺呀，参加托坡的那些比赛，
你的双脚可没有这么灵巧！”
接着，也许呼吸不能再支持，
他一蹲，就和一丛矮树相纠缭。
在他们后面的树林中，到处都是
黑色的母狗，饥馋，迅疾，
像一群猎犬刚刚挣脱羁絷；
一见那亡魂匿藏，就露齿进袭，
把他撕成一片片的碎肉；
然后衔走那些被撕的肢体。
于是，我的向导执着我的手，
把我带到那树丛。树丛正透过

自杀者

哎哟，左边窜出了两个鬼物，/ 裸身满是伤痕；奔窜得太快，/

竟一一冲破了满林纠缠的树木。

（《地狱篇》，第十三章，一一五至一一七行）

淌血的裂口，空哭自己的哀愁。
“圣安德雷亚的贾科摩呀，”它说，
“你拿我做屏障有什么用呢？
你一生邪恶，为什么要连累我？”
我的老师驻足于树丛之侧，
说：“你是谁？要从这么多的伤口
把悲痛的话语跟鲜血一起呼呵。”
树丛闻言，对我们说：“能够
来见证暴行的灵魂哪，你们看，多卑鄙！
竟把我身上的叶子这样剥抽！
可怜哪！请把落叶捡拾回树底。
我所属的城市信奉施洗者，让他
取代了首任守护神。因为这关系，
首任会恒用法术对该城施罚。
今日，要不是阿尔诺河的过渡处
仍留着他形貌的一些残碴，
这座城市的人，即使再度
在阿提拉留下的灰烬之上
把城市重建，也会白费工夫。
我把自己的家，变成了绞刑场。”

注释：

2–9. **我们……也不会更可怕**：这个丛林，颇像《地狱篇》第一章的黑林，也极尽可怕之能事。原文第四、第五、第六、第七行开头都用不定词“non”（“不”、“否”），发挥了修辞学所谓的语首重复法（anaphora），强调了地狱第七层第二圈如何可怕。

3. **看不到任何蹊径印在地面**：进入林中而不知方向，旅人但丁感到更惊慌。

4–5. **看不到绿叶丛……并不光滑**：这两行描写，与人间丛林的可爱景象相反，使地狱显得更可怖。

6. **没有果子，只有毒荆**：树林无果，已反常态；无果而有毒荆，更叫人震骇。

8–9. **在切齐纳和科内托的沼地上，/也不会更可怕**：在意大利西部，里沃诺（Livorno，一译“里窝那”）之南，有一大片沼泽地带，称为托斯卡纳沼泽区（Maremma toscana），里面布满了荒芜的丛林，是野兽聚居之地，以北边的切齐纳（Cecina）河、南边的科内托（今日叫塔尔昆尼亚〔Tarquinia〕）城为区界。但丁以这个沼泽地区跟第七层第二圈的丛林比较，目的是强调地狱的丛林更可怕。野兽喜欢森林，不喜欢有人耕种的田地，因此说“恶田”（“in odio hanno...i luoghi colti”）。

10–12. **讨厌的妖鸟……驱往别的地方**：“妖鸟”，希腊原文为“Ἅρπυαι”（英文 Harpies），一译“哈尔皮埃”（按原文音译），意为“攫夺者”。据希腊神话的描写，妖鸟是有翼的女妖，鹰身女首，长有利爪，满身恶臭，专门夺人食物，摄死者之魂。至于其父母是谁，历来有两种说法：（一）父为海神波塞冬（Ποσειδῶν, Poseidon），母为地母盖亚（Γαῖα，Gaia）；（二）父为塔乌玛斯（Θαύμας, Thaumas），母为厄勒克特拉（Ἠλέκτρα, Electra）。赫西奥德（Ἡσίοδος, Hesiod）的著作中，妖鸟有三：埃罗、奥库珀忒、克勒诺。在荷马的著作中，也有一个妖鸟叫波达尔革。

斯特洛法迪斯：Strophades，爱奥尼亚海的群岛，是妖鸟所居之地。妖鸟曾把埃涅阿斯及随员赶离岛上，弄脏了他们的食物，并预言他们往拉丁乌姆途中会遭遇险阻。参看《埃涅阿斯纪》第三卷（二〇九行及其后的描写）和《变形记》第二卷。

17. **第二圈**：指地狱第七层第二圈。这一圈惩罚自杀者（向自己身体施暴的人）和败家精（向本身财物施暴的人）。

19. **火沙**：在地狱第七层第三圈。

31–45. **于是……呆立在那里**：这段描写，上承《埃涅阿斯纪》第三卷二二至四八行。在该诗里，说话的人是波吕多洛斯（Polydorus）。

32. **巨棘**：指皮埃·德拉维雅（Pier della Vigna，约一一九〇年至一二四九年）。德拉维雅是卡普瓦（Capua）人，出身卑微，在波隆亚受教育，是西西里派的著名诗人。在神圣罗马帝国皇帝腓特烈二世治内历任要职，权重一时。自夸拥有"腓特烈心中的两把钥匙"（"ambo le chiavi/del cor di Federigo"）：一把叫腓特烈二世的心打开，一把叫腓特烈二世的心关上。后来失宠，一二四八年被弄瞎，一二四九年在狱中撞墙自杀。有关德拉维雅失宠的原因，史家有两种说法：（一）受谗言所害；（二）他与教皇合谋，企图把腓特烈毒杀，结果罹祸。本章第五十五行及其后的话，是皮埃·德拉维雅所说。

40–43. **像一条着了火的绿枝……涌起**：但丁善于以日常事物表现凡间所无的经验。这几行又是个突出的例子。

46–47. **他只在我的作品／读过类似的事件**：指《埃涅阿斯纪》第三卷二二至四八行所写。

58–59. **腓特烈……由我控持**：有关腓特烈二世，参看《地狱篇》第十章一一九行的注释。"两把钥匙"比喻开关腓特烈二世心锁之匙。

64. **那娼妇**：比喻宫廷的妒忌。皮埃·德拉维雅的意思是：他之所以失宠入狱，是因为遭宫廷的人妒忌。

65. **凯撒的家**：指腓特烈二世的宫廷。原文是"ospizio/di Cesare"。"Cesare"，拉丁文为"Caesar"，在这里不指凯撒大帝，而泛指罗马帝国的君主。自奥古斯都开始，所有罗马皇帝都以凯撒（Caesar）为名，再加上奥古斯都（Augustus）之衔。到了哈德里阿奴斯（Hadrianus，公元一一七年至一三八年任罗马皇帝），称号有所改变：在任的皇帝叫"凯撒·奥古斯都"（Caesar Augustus），获任为继承人的仅称"凯撒"（Caesar）。哈德里阿奴斯，又译"哈德良"（见《世界历史词典》）和《辞海》"哈德良"条）。

65–66. **那个坏女人……大众的绝症**：指妒忌。

68. **奥古斯都**：指腓特烈二世。

69. **幸福的恩荣变成了忧忿**：指皮埃·德拉维雅后来失宠，于一二四八年被弄瞎，一二四九年自杀。

72. **乃使公平的我被我不公平地对付**：此行模仿皮埃·德拉维雅矫揉造作、运用大量修辞技巧的风格。这种风格，六七至六八行是一例："infiammò contra me li animi tutti; /e li'nfiammati infiammar sì Augusto"（"煽动所有的人心对我怀恨。／被煽动的人再煽动奥古斯都"）；这行又是一例："ingiusto fece me contra me giusto"（"乃使公平的我被我不公平地对付”)。自杀是个人对自己不公平的行为，所以说“公平的我被我不公平地对付”。圣奥古斯丁认为，无罪而自杀，比有罪而自杀的罪过更重。

75. **我的主人……抬举**：尽管皮埃失宠自杀，到了地狱仍不怪他的主人。

82. **就请你问他 / 一些你认为我想知道的事情**：维吉尔不必询问，就知道旅人但丁在想什么。

85. **囹圄中的亡灵**：亡灵被困树中，因此称为“囹圄中的亡灵”。

86–87. **请这个人欣然照你的愿望 / 去做吧**：“这个人”，指旅人但丁。亡灵希望维吉尔或但丁返回阳间后为他重建名誉。参看本章七六至七七行。

94–102. **当一个暴烈的灵魂……一个门户**：《神曲》的特色极多，描写刑罚时匪夷所思，是其中之一。但丁有这样的本领，虽然有前人（如维吉尔、奥维德）之助，但主要仍出自本人的机杼。这九行又是个突出的例子。

96. **米诺斯**：参看《地狱篇》第五章第四行及其后各行的描写。

99. **麦粒**：原文为“spelta”，拉丁学名为 Triticum spelta。一译“斯佩尔特小麦”。

101–102. **于是……一个门户**：妖鸟会啄食野树的叶子，叫野树感到痛苦；不过创伤能给野树一个表达痛苦的出口（“门户”）。结果众树呼痛，整个丛林就发出哀号。参看本章二二至二三行：“我听到哀号从四面八方响起，/ 却看不见发出声音的阴魂。”

103. **我们像别人一样，也会向残躯回归**：根据基督教的说法，世界末日来临，亡魂就会接受最后审判，然后返回凡间的遗体。参看《地狱篇》第六章。

104–105. **但不是……没理由再取回**：最后审判结束，一般亡魂就会披上遗体，灵魂就会和肉体合而为一。这里的亡魂自杀而死，而自杀是嫌弃自己躯体的表现，因此没有理由再披上遗体。参看《地狱篇》第六章九四至九九行，并参看同章九四至九六行注。

106–108. **我们会……悬系**：《地狱篇》描写的惩罚，有所谓“报应”（contrappasso）：亡魂在地狱里所服之刑，与他们在阳间所犯的罪恶相称。

115. **两个鬼物**：指两个败家精的亡魂。一一五至一二一行所描写的亡魂，也是施暴者——施暴的对象是自己的财产。

118. **前面的**：指本章一二〇行的拉诺（Lano）。一般论者认为指锡耶纳（Siena）的阿尔科拉诺（Arcolano），属马科尼（Maconi）家族，全名 Arcolano da Squarcia di Riccolfo Maconi。拉诺是“挥霍会”（brigata spendereccia）的成员，与其他成员竞尚豪奢，把自己的财物大肆挥霍。其后出征阿雷佐（Arezzo），在皮埃韦 · 德尔托坡（Pieve del Toppo）

被杀。参看 Sapegno, *Inferno*, 154-55。

118. **死亡啊，快来！快来**：这行有两种解释。（一）拉诺希望死亡快来，好给他解脱，不再受罪；（二）拉诺生时把财产挥霍殆尽，为了求解脱，乃参加征战求死。现在到了地狱，仍没有忘记当日赴死的经验。按照本章的文气，两种解释都说得通。

119. **另一个**：指一三三行的“圣安德雷亚的贾科摩”。贾科摩是帕多瓦人，原名 Giacomo da Sant'Andrea，于一二三九年被埃泽利诺三世杀死（有关埃泽利诺的生平，参看《地狱篇》第十二章一〇九行注）。也是个败家精。据说为了观火，曾一时兴起，焚烧自己的房屋。

120–121. **参加托坡的那些比赛，/ 你的双脚可没有这么灵巧**：“托坡”指皮埃韦·德尔托坡（Pieve del Toppo），在阿雷佐附近。“托坡的那些比赛”，指皮埃韦·德尔托坡（Pieve del Toppo）的战争。此语挖苦拉诺贪生怕死，只顾逃命，讽刺味道极浓。

122–129. **接着……被撕的肢体**：这八行上承奥维德《变形记》第三卷一九八至二五二行。《变形记》的那段文字，写猎人阿克泰翁（Actaeon，希腊文，Ἀκταίων）因偷窥月亮兼狩猎女神狄安娜（Diana，即希腊神话中的阿尔忒弥斯〔Ἄρτεμις〕）裸浴，而被狄安娜化为鹿，然后再被自己的猎犬咬死。“黑色的母狗”把亡魂的身体撕碎，一如亡魂在生时把本身的财物挥霍。在这段描写里，读者又可以看到但丁所用的报应（contrappasso）惩罚法。基阿佩里指出，在古代的意大利语中，一般人提到动物，通常会用阴性。例如谚语“Tanto va la gatta al lardo che ci lascia lo zampino”（《意汉词典》译为“常在河边走，哪有不湿鞋”），也用阴性“gatta”（母猫）而不用阳性的“gatto”。参看 Chiappelli，85。

143–144. **我所属的城市……守护神**：这行的“我”是谁，论者有不同的说法。有的认为是翡冷翠的一个法官，名叫洛托·德利阿利（Lotto degli Agli），因判案不公而自缢身亡。有的认为是翡冷翠人鲁科·德莫兹（Rucco de Mozzi）。德莫兹本来是个富翁，后来因穷困而上吊。参看 Bosco e Reggio, *Inferno*, 203; Singleton, *Inferno 2*, 222-23。有的认为，但丁故意轻描这个亡魂，强调他对自杀者的鄙夷。参看 Sinclair, *Inferno*, 178。“所属的城市”，指翡冷翠。在基督教传到翡冷翠之前，城中的人都信奉战神马尔斯；后来改信施洗约翰后，流通的金币弗罗林（florin）都有他的肖像。“首任守护神”，指战神。

145. **首任……施罚**：“首任”，指一四四行的“首任守护神”，也就是战神马尔斯。“法术”，原文为“arte”，指战争，尤其指内战。由于翡冷翠改信施洗约翰，战神乃向该城施罚，叫它受内战之灾。一二一五年，在战神像旁边，博恩德尔蒙提家族的博恩德尔蒙特（Buondelmonte de' Buondelmonti）被谋杀，引起翡冷翠圭尔佛和吉伯林两党之争。

146–150. **今日……白费工夫**："过渡处"，指横跨阿尔诺河的旧桥（Ponte Vecchio）。公元一三三三年之前，翡冷翠阿尔诺河的旧桥旁仍有战神马尔斯残缺的石像。

149. **在阿提拉留下的灰烬之上**："阿提拉"（"Attila"），应该是东哥德王托提拉（Totila）之误。这一错误，在中世纪十分普遍。据说公元六世纪，托提拉曾把翡冷翠夷为平地。后来，翡冷翠能获查理大帝重建，是因为战神的石像犹存。Chiappelli（86）指出，翡冷翠虽遭托提拉劫掠、摧毁，却没有被焚，因此"灰烬"之说不确。Singleton（*Inferno 2*, 225）则认为，翡冷翠被夷为平地，再由查理大帝重建的说法并无历史根据。

第十四章

但丁和维吉尔来到地狱第七层第三圈，在自杀者之林的边缘见沙地在眼前展开，上面有渎神者、高利贷者、鸡奸者受刑。大片大片的烈火从天空缓泻，折磨着沙地的亡魂。卡帕纽斯在辱骂宙斯；一条小河奔流过沙地，里面是沸腾的血。但丁向维吉尔询问河水所自来。维吉尔答道，克里特岛有一个老人，眼中流出的泪水是地狱众河的源头。

想起亡魂和我属同一老家，
　我拾起散落地上的树叶
　还给他。这时，他已经嗓子嘶哑。
之后，我们来到第二圈接迭
　第三圈的地方。就在该处，
　我们又看见酷刑把亡魂惩戒。
为了清楚地解释这些新事物，
　我得说明，我们立足的地点

是个荒原，上面是寸草不容的瘠土。

那个凄惨的树林，则在外面
环绕。树林外，又绕着哀愁的深沟。
在那里，我们驻足于边缘之边，

脚下所踩的沙地又干又厚。
那一片沙地，和加图双足
所履的一样，结构完全相侔。

神的报应啊，任何人只要一读
这昭然在我眼前展现的情景，
都要悚然以惊，向你慑服！

这时候，我看见一群群赤裸的亡灵
在痛哭，人人都哭得十分哀伤，
似乎在受着各种不同的天刑。

有的人仰卧着，脸部朝着上方；
有的则坐着，身体瑟缩做一堆；
另一些人，则不停地来来往往。

走来走去的，是数目最多的一类。
躺在地上受刑的，则属最少数。
不过，他们的舌头最多怨恚。

向着那一大幅广阔的沙土，
大片大片的烈火缓泻自天空，
一如飞雪，在无风的高山静逐；

又如亚历山大，在印度的征途中，
经过酷热地带时见火焰泼落
他的行伍，着地仍不消融；

渎神者——卡帕纽斯

向着那一大幅广阔的沙土，/ 大片大片的烈火缓泻自天空……

（《地狱篇》，第十四章，二八至二九行）

结果要他的军队在地上把烈火
　一一践踏，趁恶焰势孤，快点
　把它们踩熄，以免它们聚集散播。
这情景，也可以形容永恒的火焰。
　那些沙，则像火石之下，火头
　勃发自火绒，使痛苦在那里倍添。
悲惨的手在挥舞，一会儿挞右，
　一会儿拍左，只为了把更生
　不已的烈焰从身上挥走。
我说：“老师呀，所有困难，你都能
　克服；唯一的例外，是闸口的顽魔——
　他们跟我们为难时竟那么强横！
那硕大的亡魂是谁？躺卧着见烈火
　焚身，也好像不介意；鄙夷怒视间，
　仿佛火雨也不能令他驯服悔过。”
那个硕大的亡魂见我发言，
　知道我向老师问他的情形，
　就喊道：“我在生是英雄；死了也不变。
尽管宙斯令铁匠疲于奔命，
　怫然向他取来锋利的霹雳，
　在最后的一天叫我霹雳轰顶，
尽管他令其余的铁匠一个个筋疲
　力尽于蒙吉贝罗山污黑的作坊，
　喊着‘沃尔卡奴斯呀，助我一臂！’
像昔日在弗列格拉的战场叫嚷，

并且用尽全力把雷矢掷向我，
也不会因此而得到复仇的欢畅。”
于是，我的领袖断然向他反驳，
语气比我听过的都要强硬：
“卡帕纽斯呀，你傲慢之过
不灭，所以要受更重的酷刑。
除了你自己的狂怒，一切凌迟
都未足以惩罚你暴烈的性情。”
然后，他转向我，容颜和悦而恳挚，
说道：“那是围攻忒拜城的七个
国王中的一个。他曾经藐视
神；现在似乎仍藐视如故，不见得
比以前更尊重。不过，我已经告诉他：
蔑视，只会为他的胸膛生色。
现在，跟我来，并且注意步伐：
仍不要把双脚踏落炙热的沙上；
要一直把脚步紧靠着树林踩踏。”
沉默中，我们来到了一个地方，
看见一条小河从林中流出，
红色的河水叫我颤栗惊惶。
像源出布利卡美的川渎，
然后由声名狼藉的女人分汲，
小河也泻下来，流过沙地的炙土。
小河之底和两边倾斜的岸壁
由石头构成，一如两岸的表面。

在那里，我看见一条可走的径蹊。
“我们刚才穿过的那道门，其门限
谁都不拒绝。进了地狱的这一重，
我已带你四处观览。就重要性而言，
映入你两眼的景物，没有一种
跟眼前的这条小河相若：
它能使众火熄灭于河的上空。”
上述的话，是我的导师所说。
我见他给了我求知的胃口，当下
就求他把解饥的食物也赐我。
“大海中央有一个破落的国家，
名叫克里特，”他闻言之后说道，
“在国王的统治下，曾经淳朴高雅。
那里有一座山，名叫伊得，因水绕
叶覆而曾经一度欣悦葱茏；
现在却荒芜得像废物般枯槁。
瑞亚曾选它为可靠的摇篮来收容
儿子。为了把儿子藏得更安稳，
还命侍从把啼哭盖在喧哗中。
这座山里，屹立着一个高大的老人，
达米阿塔海港在他的背后；
在前方，他望着罗马如镜子横亘。
他有一个用精金制成的头；
手臂和胸膛都以纯银铸冶；
胸膛以下到两股，由黄铜营构；

两股以下全是上等的精铁；
只有右脚用赤陶塑造而成；
其承受的重量比左脚多些。
除了金头颅，他全身都有裂缝
一道。这道裂缝，有眼泪下淌。
眼泪汇聚后，滴穿洞穴的岩层，
经一块块的巨石冲落这深邃的下方，
流成阿刻戎、斯提克斯、弗列革吞
再泻入这条狭窄的壕沟流荡，
到不能向下淌滴才完全停顿，
汇成科库托斯。那是个什么池，
你一会就知道；在此无须再谈论。”
于是，我对维吉尔说：“这河流，要是
这样从我们上面的世界发源，
为什么只出现于这疆界位置？”
维吉尔回答说：“你知道，这是个圆圈；
你虽然走了很长的一段路，
一直靠着左边向地底绕旋，
可是你还没有兜遍圆圈的全部。
因此，我们眼前出现了奇观，
你也不必感到诧异和惊怵。”
于是我再说：“老师，弗列革吞和忘川
在哪里呢？后者你不曾讲给我听；
前者，据你说，是由泪雨发端。”
“你所有的问题，我听了都感到高兴，”

维吉尔答道，“不过，红河的沸腾，
也许已经把其中一题澄清。
忘川，你会见到的，却不在这个坑。
灵魂忏悔后，罪孽获得洗脱，
就会到那里去沐浴，以忘记前生。”
“现在，得离开树林了，”他接着说，
“前进时，你务必跟在我后面：
岸边的地带有路。那里没有火；
在它的上方，所有烈焰都熄敛。”

注释：

1. **老家**：指翡冷翠。

8–13. **我得说明……又干又厚**：《神曲》有数不尽的片段可以入画。但丁善于用文字绘描景物，是重要原因之一。第八至一三行，就展现了作者在这方面的本领。读者看了这段描写，就能以想象追摹地狱的实际情况。

9. **是个荒原……瘠土**：Singleton（*Inferno 2*, 227）指出，这行也有报应象征：鸡奸者生时违背自然；死后，受罚的地方也违背自然：寸草不容。

10. **那个凄惨的树林**：由自杀者变成的树林。参看《地狱篇》第十三章二至九行。

14. **加图**：指小加图（Marcus Porcius Cato，公元前九十五年至四十六年），大加图（Marcus Porcius Cato，公元前二三四年至公元前一四九年）的曾孙，古罗马政治家，支持元老院反抗凯撒大帝，属斯多亚派。后来去了北非的乌提卡（Utica），因凯撒大帝在法萨罗斯获胜而自杀。卢卡努斯的《法萨罗斯纪》第九卷三七一至四一〇行，描写公元前四十六年，小加图如何越过利比亚的沙漠。

19. **赤裸的亡灵**：Singleton（*Inferno 2*, 228）指出，除了《地狱篇》第二十三章所描写的伪君子，地狱所有的亡灵都赤裸。但丁为了强调亡灵受罪，在这里加以重申，所以才用“赤裸”（“nude”）一词。

21. **不同的天刑**：原文为“diversa legge”。指上帝的天律要亡魂受罚时姿态各异（即二二至二四行所写）。

22–24. **有的……来来往往**：这几行写《地狱篇》第十一章四九至五一行所提到的三组罪人：第二十二行写渎神者，第二十三行写放高利贷者，第二十四行写鸡奸者。

25–27. **走来走去的……最多怨恚**：这几行写鸡奸者和渎神者。“走来走去的”是鸡奸者，“躺在地上受刑的”是渎神者。辛格尔顿指出，在地狱的这一层，渎神是直接针对上帝的罪愆，因此所受的刑罚最重。渎神是向天的动作；现在渎神者受惩，刑罚与罪恶相配：仰卧地上，面向天空，抵受下泻的天火。参看 Singleton, *Inferno 2*, 229。

28–30. **向着……在无风的高山静逐**：这几行写无声的动境，有慢镜头效果。第二十八至二十九行可能脱胎自《圣经·创世记》第十九章第二十四节：“Dominus pluit super Sodomam et Gomorrham sulphur et ignem a Domino de caelo”（“耶和华将硫磺与火从天上耶和华那里降与所多玛和蛾摩拉”）。同时参看《圣经·以西结书》第三十八章第二十二节。第三十行则可能受圭多·卡瓦尔坎提（Guido Cavalcanti）的十四行诗“Biltà di donna e di saccente core”（《娘娘之美，慧心之美》）：“e bianca neve scender senza venti”（“无风，雪在下降”）影响。参看 Bosco et Reggio, *Inferno*, 211; Singleton, *Inferno 2*, 229。

31. **亚历山大**：参看《地狱篇》第三十一行注。

31–36. **亚历山大……以免它们聚集散播**：据传说，亚历山大大帝攻打印度时，曾写信给老师亚里士多德，报告征途的情况。题为《亚历山大致老师亚里士多德，报告印度征途及情况》（*Epistola Alexandri ad Aristotelem, magistrum suum, de itinere suo et de situ Indiae*）。信中提到，他曾命士兵踩雪，以免军营遭埋。大阿尔伯特（Albertus Magnus，约一二〇〇年至一二八〇年）在 *De meteoris*（I, iv, 8）一书里加以误引，以雪为火。但丁熟悉该书，在《筵席》（*Convivio*）中一再引述（如 III, V, 12; II, XIII, 21）。结果以讹传讹，《神曲》乃有亚历山大命士兵踩火之说。参看 Bosco e Reggio, *Inferno*, 211; Sapegno, *Inferno*, 159-60; Vandelli, 129; Singleton, *Inferno 2*, 230-31。

37. **这情景，也可以形容永恒的火焰**：艾略特在“Dante”（《但丁》）一文里说过：“〔但丁〕能够随时以视觉意象为不可意会的经验赋形”（“who could...at every moment realize the inapprehensible in visual images”）。参看 Eliot, *Selected Essays*, 267-68。这行就表现了但丁在这方面的本领：诗人先把凡间经验（三一至三六行）传递给读者；读者有了具体印象，到了第三十七行，就能够充分感知地狱的情景。

39. **痛苦在那里倍添**：亡魂同时受天上降落的火焰和脚下的火沙折磨，所以说“痛苦……倍添”。

41–42. **更生/不已的烈焰**：指天上的烈火不断下降，永不熄灭。

44–45. **唯一的例外……那么强横**：指群魔在狄斯城阻挡维吉尔的行动。参看《地狱篇》第八章八二至一三〇行的描写。

46. **那硕大的亡魂**：指卡帕纽斯（Καπανεύς, Capaneus）。卡帕纽斯是攻忒拜的七将之一，因向宙斯挑战，被宙斯殛毙。参看斯塔提乌斯（Statius）的《忒拜战纪》（*Thebais*）第十至十一卷的描写。在第十卷九〇四至九〇六行，卡帕纽斯这样向宙斯叫嚣：

> “nunc age, nunc totis in me conitere flammis,
> Iuppiter! An pavidas tonitru turbare puellas
> fortior et soceri turres exscindere Cadmi?”
> “来吧，朱庇特，拿你所有的烈火来跟我
> 较高下吧！难道你仅仅勇于拿雷霆吓唬
> 胆小的女孩，勇于摧毁你岳父卡德摩斯的高楼？”

《地狱篇》第二十五章第十五行，再度提到这渎神的人物。

51–57. **就喊道……‘助我一臂’**：卡帕纽斯死后，仍桀骜不驯，向宙斯叫嚣。参看本章第四十六行注。卡帕纽斯的形象与歌德《普罗米修斯》（“Prometheus”）的主人公、米尔顿《失乐园》（*Paradise Lost*）的撒旦相似。歌德笔下的普罗米修斯这样渎神：

> Bedecke deinen Himmel, Zeus,
> Mit Wolkendunst!
> Und übe, dem Knaben gleich,
> Der Disteln köpft,
> An Eichen dich und Bergeshöhn!
>
> （“Prometheus”, 1-5）
>
> 宙斯呀，用蒸腾的云雾，
> 覆起你的天空吧；
> 像小孩劈砍蓟顶那样，
> 把你的蛮力向栎树
> 向山巅施威吧！
>
> （《普罗米修斯》，一至五行）

米尔顿的撒旦则这样呼喊：

> All is not lost ; the unconquerable will.
> And study of revenge, immortal hate,
> And courage never to submit or yield...
>
> (Paradise Lost, I, 106-08)
>
> 还不是全败；不败的意志、
> 复仇的苦心、不朽的憎恨、
> 永远不屈不服的勇气……
>
> （《失乐园》第一卷，一〇六至一〇八行）

三个角色，都是挑战权威的典型。

52. **铁匠**：指火神兼冶炼之神赫菲斯托斯（Ἥφαιστος，Hephaestus），罗马神话称 Volcanus 或 Vulcanus（沃尔卡奴斯，英语 Vulcan，一般译“武尔坎”），宙斯和赫拉之子。一说赫拉见宙斯不靠女性而生雅典娜，于是也不靠男性而生赫菲斯托斯。有的版本指他生而瘸腿，遭母亲赫拉扔落大海，获忒提斯（Τηθύς，Tethys）和欧律诺梅（Εὐρυνόμη，Eurynome）拯救。不过虽然生还，却终生瘸腿。有的版本说宙斯因赫拉克勒斯而跟赫拉吵架，赫菲斯托斯支持母亲，遭宙斯踢出奥林坡斯山，下坠了整整一天，跌落楞诺斯（Λῆμνος，Lemnos）岛；虽然获救，却因伤而瘸腿。据说赫菲斯托斯想娶雅典娜而不遂，乃娶爱神阿芙萝狄蒂，生小爱神厄洛斯。赫菲斯托斯负责统辖火山，与独眼三怪库克罗普斯（Κύκλωπες，Cyclopes）在埃特那山的地底设有规模庞大的作坊。宙斯的雷霆、阿喀琉斯和埃涅阿斯的兵器、赫拉克勒斯的盾牌、阿伽门农的节杖都由他制造。

55. **其余的铁匠**：指独眼三怪库克罗普斯。这几个神话角色的身世有多种说法。较流行的一种，认为独眼三怪库克罗普斯是天父乌拉诺斯和地母盖亚的三个儿子（布戎忒斯、斯忒洛珀斯〔Στερόπης，Steropes〕、阿尔革斯），分别相等于雷、电、霹雳。

56. **蒙吉贝罗**：埃特那山的意大利名。

57. **沃尔卡奴斯**：拉丁文 Volcanus 或 Vulcanus，即赫菲斯托斯。见本章第五十二行的注释。常见的“武尔坎”是英语 Vulcan 的译音。拉丁文译音应为“沃尔卡奴斯”或“武尔卡奴斯”。

58. **弗列格拉**：Φλέγρα（Phlegra），原意为“燃烧之地”。有关其位置有不同的说法：一说在马其顿境内的弗列格拉田野，一说在那波利以西、库迈以东的火山区。宙斯在这里获赫拉克勒斯之助，打败了提坦巨神族（又译“巨人族”）。

68. **忒拜**：Θήβαι，一译“底比斯”（英语 Thebes 的音译），玻奥提亚首府，由卡德摩斯（Κάδμος，Cadmus）创建，先后遭七将及其后辈英雄攻打。忒拜战争是希腊神话的四大故事之一。斯塔提乌斯以这场战争为题材，写成《忒拜战纪》。忒拜有三个国王：拉伊奥斯（Λάιος，Laius）、奥狄浦斯（Οἰδίπους，Oedipus）、厄忒奥克勒斯（Ἐτεοκλῆς，Eteocles），都多灾多难。攻打忒拜的七将为：卡帕纽斯、阿德拉斯托斯（Ἄδραστος，Adrastus）、安菲阿拉奥斯（Ἀμφιάραος，Amphiaraus）、希波梅冬（Ἱππομέδων，Hippomedon）、帕尔忒诺派奥斯（Παρθενοπαῖος，Parthenopaeus）、波吕尼克斯（Πολυνείκης，Polynices）、提德乌斯（Τυδεύς，Tydeus）。忒拜战争的起因如下：忒拜国王奥狄浦斯的两个儿子厄忒奥克勒斯和波吕尼克斯相约轮流执政。厄忒奥克勒斯即位后却不肯让位。波吕尼克斯被迫离国，到了阿哥斯，与国王阿德拉斯托斯的女儿阿尔癸亚结婚。其后获岳父等人的帮助攻打忒拜。在忒拜战争中，波吕尼克斯与厄忒奥克勒斯同归于尽。

70. **神**：原文为“Dio”。宙斯是基督教以外的神祇，在希腊神谱中位居至尊，因此但丁把卡帕纽斯的渎神行为看成冒犯上帝的行动。

79. **布利卡美**：古罗马时代有名的温泉，位于维特尔波（Viterbo）附近。泉水颇深，颜色带红，有硫黄成分，为不少娼妓引到家中作沐浴之用。但丁以这道泉水与地狱的河流比较，至为切当。在《地狱篇》第十二章一一七行，此泉之名已经出现。

85. **那道门，其门限**：指地狱的入口，被基督打开后不再关闭。参看《地狱篇》第三章一至一二行，第八章一二六行。但丁的描写，大概以《埃涅阿斯纪》第六卷一二五至一二七行为蓝本：

> “sate sanguine divum,
> Tros Anchisiade, facilis descensus Averno;
> noctes atque dies patet atri ianua Ditis...”
> “啊，神的苗裔，
> 特洛亚人，安基塞斯之子，落地狱呀易极了；
> 日日夜夜，黑狄斯之门都豁然洞开……”

94–95. **大海中央有一个破落的国家，/ 名叫克里特**：这两行大概脱胎自《埃涅阿斯纪》第三卷一〇三至一〇四行：

"audite, o proceres," ait, "et spes discite vestra.
Creta Iovis magni medio iacet insula ponto..."
"听我讲，特洛亚君王，"他说，"认识希望所在。
克里特是赫赫宙斯的岛屿，位于大海的中央……"

诗中的"大海"指地中海。在中世纪，一般人相信，克里特是罗马文明的发源地，公元前有辉煌的文明。

96. **在国王的统治下，曾经淳朴高雅**："国王"指克洛诺斯（Κρόνος，Cronus），古罗马称 Saturnus（萨图诺斯），英文 Saturn（音译"萨图恩"），宙斯之父，是农业和文明之神，掌播种和收获，以长镰刀为标志。据神话传说，克洛诺斯是克里特的第一任君主。统治期间，民风淳朴高雅，称为"黄金时代"。参看奥维德《变形记》第一卷八九至九三行，一一三至一一五行。据奥维德的说法，由宙斯的统治开始，世界进入白银时代，但仍比黄铜时代胜一筹。

97. **伊得**：希腊文 Ἴδη（Ide）或 Ἴδα（Ida），克里特岛上的一座山。仙女伊得在这里哺养过宙斯，因此，山以"伊得"为名。

100. **瑞亚**：Ῥεία（Rhea），天父乌拉诺斯和地母盖亚的女儿，克洛诺斯的妹妹和妻子，宙斯、波塞冬、哈得斯、赫拉的母亲，有"众神之母"的称号。又叫库柏勒（Κυβέλη，或 Κυβήλη，英文 Cybele）、玻那得亚（拉丁文 Bona Dea，"嘉善女神"之意）、奥普斯（Ops，即丰饶女神）、大母（Magna Mater）。

100. **它**：指伊得山。

101. **儿子**：指宙斯。

101–102. **为了把儿子……盖在喧哗中**：克洛诺斯统治宇宙时，有预言指出，他终会被儿子推翻。为了扭转命运，克洛诺斯把妻子瑞亚所生的儿子全部吞掉。之后，瑞亚再度妊娠，怀了宙斯。为了防止丈夫再度吞噬儿子，瑞亚跑到伊得山去，在夜间偷偷地生下宙斯。第二天，把一块石头包在毛毯里，交给克洛诺斯，说毛毯所包是刚生的婴儿。克洛诺斯信以为真，把石头吞进肚里。瑞亚智胜丈夫的同时，命女祭司敲盾击剑，大叫大嚷，以免宙斯的啼声外传。宙斯吃蜜糖长大后，迫克洛诺斯吐出肚里的儿女；并且一如预言所说，把他推翻。

103. **高大的老人**：指克里特山里的一座雕像。这典故源出古罗马作家大普林尼（Gaius Plinius Secundus，公元二十三年至七十九年）的《自然史》（*Naturalis historia*, VII, xvi, 73）。圣奥古斯丁的《论上帝之城》（*Ad Marcellinum De civitate Dei contra paganos*, XV, 9）也有述及。

104–105. **达米阿塔……横亘**：穆萨认为这两行有象征意义：达米阿塔象征东方

的异教世界；罗马象征现代基督教世界。参看 Musa, *Inferno*, 203。

104. **达米阿塔海港**：古埃及的一个港口。

106–111. **他有一个……比左脚多些**：Musa（*Inferno*, 203）指出，雕像象征人类不同的时代。"精金制成的头"象征黄金时代；用基督教的说法，是人类堕落之前。那时候，人类的始祖未吃禁果，纯朴而天真。纯银、黄铜、精铁代表三个日渐式微的时代。赤陶的右脚也许象征教会遭世俗和权力斗争腐蚀。人类的不同时代，《圣经·但以理书》第二章三十一至三十五节，《变形记》第一卷八九至九三行、一一三至一一五行也有描述。不过但丁虽然以这些典籍为蓝本，却能推陈出新，赋象征以独特的意义。

112–120. **除了金头颅……在此无须再谈论**：Musa（*Inferno*, 204）指出，"裂缝"象征原罪所带来的瑕疵；雕像在头颅以下都有裂缝，表示人类的始祖犯了原罪之后，人类不再完美。老人的眼泪，大概象征原罪所带来的悲哀。而眼泪沿裂缝下淌，直达冥界的河流，则可以表示原罪与地狱的惩罚一脉相连，浑然难分。眼泪直达冥界五川中的四川（即祸川阿刻戎、誓川斯提克斯、火川弗列革吞、泣川科库托斯）的构思，也展示了但丁别出心裁的一面。

115. **深邃的下方**：指地狱。

117. **这条狭窄的壕沟**：指流过火沙的一条壕沟，即本章第七十七行的"小河"（"un picciol fiumicello"）。

118. **到不能向下淌滴**：指眼泪流到地狱的核心，不能再前进。到此，眼泪的象征也就有了结论：人类犯了原罪，其深重处只有地狱的核心堪与比拟。但丁想象的翼展如何广阔，于此可见一斑。

119. **池**：原文为"stagno"。这一描写，脱胎自维吉尔《埃涅阿斯纪》第六卷三二三行："Cocyti stagna alta vides"（"你眼前所见，是科库托斯的深池"）。

121–138. **于是……以忘记前生**：这段文字详写地狱的水系，骤看不易明白。根据辛格尔顿的解释，在《神曲》中，地狱的河流如环，其水凝滞不动，彼此有小河贯通。在某一定点观察，冥河跟一般河流无异，其环形不易觉察。旅人但丁的第一道问题，讲的是林中流出的小河（见本章七六至七八行）。参看 Singleton, *Inferno 2*, 244-48。

123. **为什么……疆界位置**："疆界"，指第二圈最接近内部的边界，也就是树林边缘，即但丁和维吉尔立足处。有的论者指出，旅人但丁于《地狱篇》第七章一〇一至一〇八行已经见过该河。在这里提问，大概由于诗人但丁的记忆失误。参看 Chiappelli, 90。

126. **靠着左边**：但丁和维吉尔前进时，都一直靠左，只有两次是例外。

参看《地狱篇》第九章一三二行的注释。

132. **泪雨**：指滴自裂缝的泪水。

134–135. **红河的沸腾，/……澄清**：这两行的意思是：在地狱第七层第一圈里，血液沸腾的河，就是火川弗列革吞。参看《埃涅阿斯纪》第六卷五四九至五五一行及其后的描写。

136. **忘川**：在《神曲》里，忘川位于炼狱山之顶。参看《炼狱篇》第二十八章一二一行及其后的描写，并参看该章一三〇行的注释。**这个坑**：指整个地狱。

141–142. **岸边的地带……熄敛**：本章第九十行已经提到这点。"岸边的地带"，指河的两边。

第十五章

但丁和维吉尔在河岸前进，碰见布鲁涅托·拉丁尼。拉丁尼问但丁为什么来地狱，并向他预言未来，同时述及其他的一些亡魂。交谈间，拉丁尼见远方有烟雾腾飞，知道另一群亡魂就要靠近，于是告诉但丁，他羞与这群亡魂为伍。说完就飞奔向前，追赶刚才的同伴。

此刻，坚岸的一边承载着我们，
　河流的水汽则在头上庇荫，
　使流水和两边的河岸免遭火焚。
如维桑和布鲁日之间的佛拉芒居民，
　因害怕潮水向他们滔滔涌来
　而建造堤坝，使大海不能入侵；
又如帕多瓦人，沿着布兰塔河一带，
　在克阿兰塔纳河回暖之前
　筑起屏障，叫市镇、城堡免遭破坏。

上述的庇荫是样子相同的堤堰；
唯一的分别，是没有那么高那么宽；
也不知道是谁负责兴建。
我们离开了树林已有好一段
路程；这时候即使向后转身，
要辨别所处的地点已经太晚。
突然，我们见一群亡魂前臻。
他们沿河岸走来，都一一驻足
注视我们，一如黄昏时分，
人与人在新月之下彼此凝顾。
众亡魂注视我们时，都蹙起双眉，
像年老的裁缝向针孔注目。
面对整群亡魂的众目睽睽，
我突然给其中一个认了出来。
他执着我的衣角喊道：“嘿，
好极了！”当他伸手要把我拉开，
我两眼盯着他被炙的容颜。
这样，他烧焦的五官，就不会妨碍
我的神智认出他的庐山真面。
我俯向他的脸庞，弯着身体
答道：“布鲁涅托先生啊，您也在此间？”
亡魂说：“老弟呀，请不要介意
布鲁涅托·拉丁尼跟你稍微
后退，让这个行列向前迤逦。”
我对他说：“请悉随尊意后退；

布鲁涅托·拉丁尼

“布鲁涅托先生啊，您也在此间？”

（《地狱篇》，第十五章，第三十行）

如果您要我跟您一块儿并坐——
只要同来的人高兴，我也会依随。”
“老弟呀，”他说，“这群人，有谁想蹉跎
而稍停片刻，就要躺上一百年，
烈火鞭笞他们时无处闪躲。
走吧，我会紧随着你的袍边；
然后再加入我原来的一党，
前行时因永遭天罚而号哭自怜。”
我不敢从通道之上走落他身旁
和他并肩；只是头颅微垂，
像个虔敬的人向前低昂。
于是，他说：“是什么因缘际会
把你在寿终之前下引到这里？
这位给你带路的人又是谁？”
“在上面，我本来活在阳间的雍曦，”
我答道，“不幸在山谷中迷途。
当时，我还未到达成熟的年纪。
昨天早上，我才离开那山谷。
我刚要后退，他就在我眼前出现，
然后把我带上这还家之路。”
亡魂说：“只要跟着你的星向前，
你总会到达一个光辉的海港。
在可爱的前生，如果我明智一点；
如果我不是那么年轻就夭亡，
而看见上天赐你这样的洪恩，

我也会给你的事业一点帮忙。
可是，那些恶毒而没有心肝的族人，
见了你的善举，会跟你为敌。
昔日，他们降自翡耶索雷镇，
至今仍然有岩石和山野之气。
他们为敌得有理：苦涩的山梨中，
甜美的无花果怎会有结果之理？
世间自古说他们盲目懵懂，
说这些人贪婪、善妒、矜骄。
这风习，你得从身上扫刷一空。
你的鸿运，留给你这么多的荣耀，
结果呢，两个党派会同时渴望
吞噬你。可是，羊与草会相距迢迢。
且让翡耶索雷的牲畜自己充当
草料吧。他们的一堆粪土，如果
有植物再生，也别让他们弄脏。
当粪堆成为那么多罪恶的巢窝，
一些罗马人留了下来。这群
罗马人的圣裔，正在粪堆里复活。”
“要是我所有的祈求都获得应允，”
我回答说，“到此为止，您还
可以在人间留下您的音讯。
因为，在上面的人世，您曾经一再
教我怎样去建立不朽的业绩。
您的父执形象，可亲而仁爱，

已深印我脑中，此刻更进了我心里。
　我在生一天，就应该用口去复述，
　说明这形象叫我感激不已。
您对我此生的解说，我将会笔录，
　跟另一篇章保存；见了通晓
　文义的女士就请她解释清楚。
就是这一点，我希望您会明了。
　这样，我才不会被良心斥咄，
　而能够随时等命运任意征调。
这预言，已非第一次传入我的耳廓。
　那么，就让命运随己意转动
　她的轮子吧，让村夫挥他的锄耜。”
我的老师闻言，向右边旋踵，
　向后面转过身来，望着我说道：
　“这番话，善听者在心中会牢牢记诵。”
我没有回答老师，却继续滔滔
　跟布鲁涅托对谈，继续询问
　他的同伴中，谁最显赫、最崇高。
于是，他对我说：“有些人，
　倒值得认识；其余的最好恝置。
　因为时间太短了，不容我铺陈。
总而言之，他们都是教士、
　学者，有显赫的地位和声名，
　在阳间因相同的罪过而蒙耻。
皮里斯克恩和那可怜的一群同行；

还有弗兰切斯科·达科索。对虫蠹
有兴趣的话，那边的亡灵
也可以看看。他曾被众仆之仆
从阿尔诺河徙到巴克里奥内，
并把多罪的硬肌肉留在该处。
我还想讲下去，只是继续奉陪
交谈已经不行，因为我看见
浩瀚的沙地上又有烟雾在腾飞。
我羞与为伍的一群正走向这边。
我别无他求；只推荐我的《文库》
给你——我仍活在这本书里面。”
说完，亡魂把身子一旋，恍如
健儿在韦罗纳的运动场上
竞逐那幅绿绸——像压倒众庶
而获胜的人；不像失败的儿郎。

注释：

4. **维桑**：Wissant，佛拉芒城市，中世纪商埠，在卡莱（Calais）西南。**布鲁日**：Bruges（一译“布吕赫”），佛拉芒城市（位于今日的比利时），中世纪商埠，在商业上与意大利有密切关系。参看 Bianchi, 124。

7. **布兰塔河**：意大利北部的河流。

8. **克阿兰塔纳河**：位于今日奥地利西南部，在布兰塔河以北。克阿兰塔纳河回暖，融雪会造成河水泛滥。

12. **也不知道是谁负责兴建**：负责兴建堤堰的自然是上帝。不过诗人但丁没有说明，因为在旅人但丁的心目中，堤堰可能由魔鬼兴建。

16–19. **突然……凝顾**：但丁虽没有明言，但显而易见，这群亡魂是鸡奸者，因为在地狱第七层第三圈受罚的亡魂当中，只有鸡奸者会走动。这几行也以日常经验传递地狱情景。

20–21. **众亡魂……向针孔注目**：这两行是以日常经验传递地狱情景的另一例。

30. **布鲁涅托**：Brunetto Latini（约一二二〇年至约一二九四年），翡冷翠人，属圭尔佛党，作家、哲学家兼政治家。曾从事法律。其古法语著作《文库》（*Li livres dou Tresor*）是一部百科全书，包罗中世纪的各种知识。寓言诗《小宝库》（*Tesoretto*）则用意大文写成。曾翻译西塞罗的著作。一二六〇年，圭尔佛党在蒙塔佩尔提战败，布鲁涅托被迫流放。一二六六年，吉伯林党战败，布鲁涅托重返翡冷翠，重新投入政治，直到卒年（一二九四年）为止。在诗中，但丁称他为"先生"（"ser"），是因为他从事法律。但丁受过他的影响，对他十分尊敬，因此说话时用敬称"您"（"voi"）。尽管如此，旅人但丁发觉拉丁尼置身鸡奸者行列，仍感到惊讶。参看 Toynbee, 113-16; Bosco e Reggio, *Inferno*, 223-24; Sapegno, *Inferno*, 172-73; Vandelli, 140。

36. **同来的人**：指维吉尔。辛格尔顿指出，在地狱里，但丁和维吉尔从来没有直道彼此的名字。参看 Singleton, *Inferno 2*, 258。

37–39. **有谁想蹉跎 /……闪躲**：鸡奸者要不断走动，不然就要受更重的刑罚：像渎神者那样，躺着遭天火焚炙。

46–47. **是什么因缘……下引到这里**：布鲁涅托已经觉察，旅人但丁以血肉之躯下临地狱。

50. **山谷**：即《地狱篇》第一章的黑林。

51. **成熟的年纪**：指三十五岁。即第一章第一行的"人生旅程的半途"。

53. **他**：指维吉尔。

54. **家**：指天堂，也就是灵魂的真正归宿。

55. **星**：指人生的目标。

58. **如果……夭亡**：布鲁涅托卒时，但丁年约三十。

60. **事业**：指但丁的政治活动。

61–62. **可是……跟你为敌**：指翡冷翠人跟但丁为敌。

63–64. **昔日……山野之气**："翡耶索雷"（原文第六十二行的"Fiesole"），意大利城镇，位于翡冷翠东北的一座山上。罗马共和国末期，因参与喀提林纳（Lucius Sergius Catilina）企图夺取政权的事件而遭夷平。其后，罗马人建立翡冷翠，并成为该城的贵族；昔日的翡耶索雷人则沦为平民。因此但丁说他们"仍然有岩石和山野之气"。

65. **苦涩的山梨**：指翡冷翠人当中的翡耶索雷人后裔。

66. **甜美的无花果**：指翡冷翠人当中的罗马人后裔（诸如但丁）。比喻但丁置身坏人当中，不能有所作为。

67. **世间……懵懂**：意大利有讽刺翡冷翠人盲目懵懂的谚语。

70. **你的鸿运**：指但丁在文学上的成就。

71. **两个党派**：指白党和黑党。

72. **羊与草会相距迢迢**：指两个党派都不能加害于但丁。

73–74. **且让……草料吧**：意为：让翡耶索雷人自相残杀。

75. **植物**：指但丁。

78. **罗马人的圣裔**：但丁相信罗马人有神圣的血统，在《筵席》（*Convivio*, IV, V, 12）里这样形容他们："non umani cittadini, ma divini"（"并非凡人，而是神圣的公民"）。

83. **教我怎样去建立不朽的业绩**：在布鲁涅托的著作《文库》里，作者提到，荣耀能给智者另一生命；也就是说，一个人如有不朽业绩，死后会名留青史。

88. **您对我此生的解说**：指本章五五至七八行布鲁涅托的预言。

89. **另一篇章**：指法里纳塔（见《地狱篇》第十章七九至八一行）和恰科（见《地狱篇》第六章第六十四行及其后的描写）的预言。

89–90. **通晓 / 文义的女士**：指贝缇丽彩。

95–96. **那么……锄耠**：意思是，但丁不介意命运怎样运转，就像他不介意村夫如何"挥动锄耠"一样。

99. **这番话……记诵**：维吉尔认为布鲁涅托的话值得牢记。

109. **皮里斯克恩**：意大利文 Prisciano di Cesarea，拉丁文全名 Priscianus Caesariensis，公元六世纪的拉丁语法家。曾在君士坦丁堡教语法。一般评论家不明白这位语法家何以会置身鸡奸者的行列。有些论者（如薄伽丘）认为，皮里斯克恩的同行常犯这类罪行，但丁乃举一以概全。

110. **弗兰切斯科 · 达科索**：Francesco d'Accorso，翡冷翠律师，生于一二二五年，卒于一二九四年。阿库西奥（拉丁名字 Accursius；意大利名字 Accorsio da Bagnolo）的儿子，先后在波隆亚大学、牛津大学任教。

112. **他**：指安德雷 · 德摩兹（Andrea de Mozzi），翡冷翠贵族，一二八七年至一二九五年任翡冷翠主教，属圭尔佛党中的白党。一二九六年，因行为不检而被教皇卜尼法斯八世调往维琛扎（Vicenza）。**众仆之仆**：指教皇卜尼法斯八世。教皇是上帝仆人的仆人，因此卜尼法斯是众仆之仆。

113.　**巴克里奥内**：原文"Bacchiglione"，意大利北部河流，发源于阿尔卑斯山，流经维琛扎。因此"巴克里奥内"又代表维琛扎。一如"阿尔诺河"代表翡冷翠。

114.　**多罪的硬肌肉**：原文是"mal protesi nervi"，暗示安德雷·德摩兹喜欢鸡奸。鸡奸时，性器官的肌肉发硬勃起而不得其宜，因此说"多罪"。

117.　**又有烟雾**：这些烟雾发自另一队亡魂。他们的足部和肌肉被焚冒烟，远看仿佛升自沙漠。

119.　**《文库》**：指布鲁涅托的古法语著作百科全书 *Li livres dou Tresor*。

121–124. **说完……不像失败的儿郎**：十三世纪，在大斋节（Lent）的第一个星期日，韦罗纳城外的运动场会举行赤裸赛跑，奖品是一幅绿绸。参看 Bosco e Reggio, *Inferno*, 232; Sapegno, *Inferno*, 179; Singleton, *Inferno 2*, 272-73。但丁以这项比赛形容赤裸的鸡奸者布鲁涅托急奔，形象十分生动。

第十六章

前进间，但丁和维吉尔听到隆隆的水声。三个阴魂发觉但丁是翡冷翠人，就冲出人丛，奔了过来，以轮形围集，像摔角手那样团团旋转。其中一人（雅科坡·鲁斯提库奇）开始说话，不但自我介绍，还介绍了其余两人（圭多·规拉和特格埃约·阿尔多·布兰迪），同时询问翡冷翠的近况。阴魂离开后，但丁和维吉尔来到一个悬崖，听到水声震耳欲聋。维吉尔用但丁身上的一条绳索为饵，抛落崖下。不一会，一个怪物从深泉升起，在昏浊的冥霭中游了上来。

这时候，我们置身的地方，已隆隆
　传来巨响，流水正向另一环
　下泻，声音如蜂巢的嗡嗡雷动。
刹那间，三个亡魂一起，突然
　冲出了人丛，任火雨继续滂沱
　下泻，残酷地折磨前进的同伴。

他们奔向我们，人人都喊着说：
　“这个人不要走！看你所穿的衣服，
　好像来自我们堕落的城郭。”
天哪，这样的伤口，我竟要目睹：
　新伤和旧创，被烈火烙在肢体上！
　光是回想，我仍会感到痛苦。
老师听完了他们大叫大嚷，
　就转过身来，对我说：“你稍等片刻。
　对于这些人，态度要客气得当。
要不是此地的环境使然，飞射着
　这些火焰，我可以这样告诉你：
　他们的匆遽，见诸你会更适合。”
我们一停下来，他们又踏起
　刚才的步伐，朝我们这边举足；
　一靠近，三个人就以轮形围集；
如传统的摔角手，裸身经过膏沐，
　这时正觑伺机会，想抓住敌方，
　然后才展开真正的攻击相扑。
他们就这样团团转，人人的面庞
　都向着我，结果他们要一直
　后扭脖子，两脚却向前奔忙。
“要是这沙地的愁苦和肤发被褫
　而又变黑的面貌，”其中一人
　说道，“使我们和祈求同遭鄙视，
但愿我的声誉，能请你劳神

告诉我们你是谁。你血肉之足
竟能在地狱走得这么安稳。
你看，我此刻踏着这个人的脚步。
他虽然肌肤剥落，赤裸着身体，
地位却比你所想象的杰出，
跟贤淑的瓜尔德拉达有祖孙关系。
他名叫圭多·规拉，在生的时候，
以智谋和宝剑立下了丰功伟绩。
另一个踩着沙，跟着我在后面奔走。
他名叫特格埃约·阿尔多布兰迪，声音
在人世间本该获大家接受。
在这里，我陪着他们受折磨囚禁。
我叫雅科坡·鲁斯提库奇。我老婆害我，
比谁都凶残——这点你可以确信。”
如果我有掩护而不忌烈火，
我会下扑到这些亡魂里面；
而老师呢，相信也让我这样做。
不过这样做，我会遭烈火熬煎。
所以虽亟想和这些亡魂相拥，
恐惧还是打消了我的渴念。
于是我说：“你们的处境在我心中
留下的，是哀伤而不是鄙夷；印象
是这么深刻，历久都不会消融。
当我的这位主人跟我一讲，
言词中使我知道，来者是你们

这些人，当时的感觉已经是这样。

我来自你们的城镇。世人
叙述你们的功名时，我总会情殷
意切地倾听，然后再向人条陈。

此刻，我正在离开苦汁前进。
可靠的导师答应了给我甘果——
不过我先得降落地狱的核心。”

“那么，但愿灵魂哪，”那人回答说，
“能够长时间引导你的四肢；
但愿大名在身后闪烁远播。

请告诉我们，礼仪和勇气是不是
仍一如过去，在我们的故城留存，
还是全部在那里消失废弛。

圭里埃尔摩·波尔西埃雷的言论，
使我们大为伤心。他最近才跟
我们受苦，追随着前面的亡魂。”

“翡冷翠呀，暴发之利和新来之人
在你体内产生了傲慢奢靡。
为了这一点，你已经在啜泣悲呻。”

我仰着脸，这样对上方太息。
三个亡魂，以为这就是答复，
都面面相觑，仿佛听到了真理，

齐声说：“在别的时候，你如果付出
这样的小代价，就能够随意条陈，
使他人满足，无疑是幸福之属。

因此，要是你从这冥府脱身，
返回阳间，重见美丽的群星，
而且欣然说：‘地狱吗，我已经得臻，’
请向人提一提我们这些亡灵。”
说完，他们就不再绕圈，逃跑时
敏捷的双脚如翅膀一般轻盈；
“阿门”二字，发自祈祷者的唇齿，
也不像他们消失时那么迅速。
因此，老师认为不宜再停滞。
我跟着他，只走了短短的一段路，
就听到水声。水声离我们太近了，
我们谈话时，对方说什么也听不出。
名叫维索的一座山，是一条河流的
源头。该河在亚平宁山脉的左面，
以自己的路线向东奔流着，
向下泻落低一层的河床之前，
称为静河在上游逶迤（名字
到了佛尔利这个地方才改变），
然后在阿尔卑斯的圣本内迭托寺
之上轰然下坠，本该分为
一千次的缓泻就陡然崩塌于此。
这时候，我们见那条血红的冥水
也这样隆然从陡峭的崖岸下捣；
再过一阵子，耳朵就会被震聩。
我当时有一条绳索在中腰围绕

（有一次，我曾经想过用它来捕捉
皮毛布满了花纹的那只斑豹）。
导师叫我从身上解下绳索。
我遵照吩咐把它从身上解开，
递给导师时仍然纠结缠裹。
接着，导师的身体向右边一摆，
再一扔，绳索脱崖有一段距离，
再坠落那个深壑深处的激濑。
“啊，必定有某些新奇的东西
回应这新奇的信号了，”我暗忖，“不然，
老师不会紧盯着绳索的轨迹。”
啊，有些人，不但可以察看
行藏，而且还可以洞悉肺腑。
跟他们在一起，真的不可以怠慢！
老师对我说：“一会儿，下面将冒出
我所等待、你所梦想的奇事。
这奇事，你不久就应该可以目睹。”
经历了貌似虚假的灼见真知，
一个人应该尽量把嘴巴堵塞；
否则，清白的真相会带给他羞耻。
在这里，我却不能沉默。读者呀，对着
这歌曲的调子，我向你发誓（但愿
这些调子是长受欢迎的乐歌）：
我亲眼看见一个怪物从深泉
升起，在昏浊的冥霭中游了上来，

足以令大胆的人心惊目眩；
就像一个人，有时候因船锚夹在
礁石或大海所藏的其他物件
而潜入水中，去把铁锚解开，
冒升时把上肢伸直，下肢收敛。

注释：

2.　**另一环**：指第八层地狱。

9.　**堕落的城郭**：指翡冷翠。

18.　**他们的匆遽……更适合**：维吉尔言下之意，是这些亡魂不应该这么匆遽；他们如此匆遽，实在有失身分。

28–32.　**要是……你是谁**：这句话极尽间接迂回之能事，是英语所谓的 circumlocution（迂回说法）。这类修辞手法，在《神曲》里经常出现。

34.　**这个人**：指第三十八行的圭多·规拉。规拉是瓜尔德拉达的孙子，圭尔佛党的领袖。约生于一二二〇年，卒于一二七二年。

37.　**瓜尔德拉达**：翡冷翠人，贝林绰内·贝尔提·德拉维亚尼（Bellincione Berti de' Ravignani）的女儿，嫁圭多·规拉四世（Guido Guerra IV）。以贤良淑德著称。

41.　**特格埃约·阿尔多布兰迪**：翡冷翠圭尔佛党人，是权重一时的阿迪玛里（Adimari）家族的成员。史家维兰尼（Villani）称他为“饶勇足智的骑士”（“cavaliere savio e prode”）。

41–42.　**声音/……接受**：一二六〇年，翡冷翠的圭尔佛党征讨锡耶纳而败北。出征前，特格埃约·阿尔多布兰迪曾劝该党不要鲁莽远袭，意见不获接纳。

44.　**雅科坡·鲁斯提库奇**：十三世纪翡冷翠的一个骑士，出身平民阶级而致富，人缘极佳，行动果敢。参看《地狱篇》第六章第八十行。

44–45.　**我老婆害我，/……你可以确信**：据史家翡冷翠无名氏（Anonimo fiorentino）的记载，雅科坡·鲁斯提库奇的妻子是个悍妇，难以跟丈夫相处，结果被丈夫送回娘家。另一位作者本文努托（Benvenuto）

更毫不模棱地指出，由于雅科坡·鲁斯提库奇不能跟妻子相处，结果染上了断袖之癖。参看 Bosco e Reggio, *Inferno*, 240-41; Porena, 198; Vandelli, 151; Singleton, *Inferno 2*, 280。

50. **亟想和这些亡魂相拥**：亡魂都是翡冷翠人，是但丁的同乡，而且卒前声名显赫，引起了但丁敬重之情。

52–53. **你们的处境……不是鄙夷**：雅科坡·鲁斯提库奇在本章二八至三〇行表示，他们的处境和样貌可能引起但丁的鄙夷。现在，但丁就这点向亡魂回应。

61. **苦汁**：比喻罪恶。

62. **答应了给我甘果**："甘果"，指天堂，即但丁最终归宿，《地狱篇》第十五章第五十四行的"家"。在《地狱篇》第一章一一二至一二二行，维吉尔曾向旅人但丁预示升天的行程。

64–65. **但愿灵魂哪……你的四肢**：灵魂为君，四肢为臣；灵魂正确，就会导四肢升向天堂。

66. **但愿大名在身后闪烁远播**：这行表现了但丁的自信。

67–69. **请告诉我们……消失废弛**：亡魂即使置身地狱，仍对故土翡冷翠念念不忘。

70. **圭里埃尔摩·波尔西埃雷**：翡冷翠骑士，起先以制造荷包为业；后来放弃本行，出入于上流社会，以行善为乐；既是媒人，也是和事佬。薄伽丘的《十日谈》（*Decameron* I, 8）以他为题材。**言论**：指圭里埃尔摩·波尔西埃雷有关翡冷翠近况的报道。从圭里埃尔摩·波尔西埃雷的报道中，亡魂得悉，在翡冷翠，礼仪和勇气已经废弛。

71–72. **他最近才跟/我们受苦**：意思是：圭里埃尔摩·波尔西埃雷最近才离开人间，进入地狱。据笺注家考证，圭里埃尔摩·波尔西埃雷约卒于一三〇〇年。

73. **新来之人**：指移居翡冷翠的人。这些人是暴发户，来自乡间，生活奢靡，败坏了翡冷翠的民风。

74. **你**：指翡冷翠。但丁在这里用了拟人法，上承第七十三行的呼语（"翡冷翠呀"）。

76. **对上方太息**："上方"所指，有不同的说法：既可指翡冷翠，也可指上苍。不过就一般人的所呼习惯而言，指上苍的可能性较大。参看 Porena, 200; Vandelli, 153; Singleton, *Inferno 2*, 284。

77. **三个亡魂，以为这就是答复**：旅人但丁说话的对象虽然是翡冷翠，亡魂却以为但丁在回答他们。

78. **都面面相觑，仿佛听到了真理**：这行描写栩栩如生：亡魂对翡冷翠的想法，得到旅人但丁证实，于是互望对方。

85. **请向人提一提我们这些亡灵**：三个亡魂，身在阴间，仍关心自己在凡间的声名。

92. **就听到水声**：指火川弗列革吞流入地狱第八层的声音。

94–102. **名叫维索的一座山……崩塌于此**：维索（Monte Viso 或 Monviso），意大利的一座山，距意、法边境不远，在亚平宁山脉的东边（原文为"la sinistra costa"）。诗中所提的河流叫蒙托内（Montone）。不过在到达佛尔利（Forlì）之前，这条河称为静河（Acquacheta）。河而称"静"，是因为该河越过平坦的高原，水势缓慢。今日，两条河一并称为蒙托内。这几行的比喻，说明弗列革吞下泻时如何陡峭。

97. **低一层的河床**：位于佛尔利附近，在罗马亚平原。

101–102. **本该分为 / 一千次的缓泻就陡然崩塌于此**：原文为"per cadere ad una scesa/dove dovria per mille esser recetto"。许多笺注家对这两行有不同的解释。不过就文气而言，诗义并不隐晦，意思不过是：水流下泻时坡度峻急。

103. **血红的冥水**：指火川弗列革吞。参看《地狱篇》第十四章第七十八行和一三四行。

106. **我当时有一条绳索在中腰围绕**：这行的意思言人人殊，主要因为前文没有说过旅人但丁身系绳索。穆萨指出，诗中的"绳索"象征但丁的自信；而自信并不能抵御欺诈。但丁必须依靠理智（维吉尔）才能在地狱前进。与自信相反的是谦卑。在《炼狱篇》第一章，加图叫旅人但丁系上灯芯草，方能攀登山顶，象征谦卑胜过自信。参看 Musa, *Inferno 2*, 221-22; Bosco e Reggio, *Inferno*, 245; Porena, 201; Sapegno, *Inferno 2*, 189。Vandelli（155）指出，但丁曾当过小兄弟会修士,"绳索"象征某种德行（小兄弟会的创始人圣方济出外传道时，腰系麻绳，以示刻苦）。

107–108. **有一次……皮毛布满了花纹的那只斑豹**：参看《地狱篇》第一章第四十三行。但丁企图用自信抵御斑豹,却没有成功,表示自信有局限。

112–114. **接着……激濑**：维吉尔以绳索（自信）为饵，吸引下面的怪物（象征欺诈）。

118–120. **啊，有些人……不可以怠慢**：下文（一二一至一二三行）描写维吉尔洞悉旅人但丁心里所想。因此但丁在这三行惊叹维吉尔的睿智。

124–126. **经历了……羞耻**：这几行强调真相不易骤得。辛格尔顿认为，这几行脱胎自马丁奴斯（Martinus Dumiensis）的《诚实人生的良方》（*Formula honestae vitae*）：

> Nihil inexpertum affirmes quia non omne verisimile statim verum est;

sicut et saepius quod primum incredibile videtur, non continuo falsum est. Crebro siquidem faciem mendacii veritas retinet. Crebro mendacium specie veritatis occulitur.

亲历的事情方可肯定，因为貌似真实的事物未必全是真理。同样，起先看似难以置信的，到后来往往真确不假。现实往往是这样：真理貌似谬误，谬误往往貌似真理。

参看 Singleton, *Inferno 2*, 292。此外，这几行也与其他作家的说法相近。参看 Bosco e Reggio, *Inferno*, 246; Sapegno, *Inferno*, 190。

128. **歌曲**：原文是"comedìa"。在《神曲》里，但丁首次用"comedìa"一词提到自己的作品（《神曲》全名为 *Divina Commedia*），不过发音（重音在"ì"而不在"e"）和拼写（只用一个 m）都属中世纪。在《地狱篇》原文第二十一章第二行，"comedìa"再度出现。但丁称自己的作品为"comedìa"，是因为作品的题材和风格平易，结局圆满。参看 Bosco e Reggio, *Inferno*, 246; Sapegno, *Inferno*, 190。Porena（202）指出，但丁初用"Comedia"一词时，只指《地狱篇》，后来才指整部《神曲》。Vandelli（157）指出，但丁要"发誓"，表示他不但对自己的作品珍之重之，而且评价极高，视之为圣诗。

133–136. **就像一个人……下肢收敛**：但丁再用日常意象描摹地狱难描之景。

第十七章

怪兽格里昂游了上来。维吉尔向但丁讲述怪兽的特点。接着，两人走近怪兽。维吉尔叫但丁继续向前，去观看生时放高利贷的阴魂，自己则跟格里昂说话，要借用它的肩项。但丁前行，目睹受刑的阴魂，并且认出了他们家族的纹章。之后，但丁返回原处，与维吉尔骑上格里昂的背脊，盘旋着降落地狱的第八层。

“啊！看眼前这头尖尾的野兽。
　它可以穿山、破垣、摧毁刀斧。
　啊，就是它，使天下玷污蒙垢！”
我的导师就这样对我讲述，
　并且向野兽打手势示意，叫它
　靠近石堤尽头的地方登陆。
代表欺诈的脏形象乃向上一爬，
　脑袋和胸膛同时趴到了岸上，
　却没有从水中拖起它的尾巴。

格里昂——欺诈的象征

代表欺诈的脏形象乃向上一爬，/ 脑袋和胸膛同时趴到了岸上……

（《地狱篇》，第十七章，七至八行）

它的面庞是一张义人的面庞，
表皮由那么善良的外貌裹包，
其余却全是毒蛇的躯干和心肠。
它有两只爪，爪端到腋底全是毛。
它的胸膛、两胁以及背脊
有绘画而成的小圈和结子在缠绕。
鞑靼和土耳其人织造的布匹，
也绝无这么斑斓的刺绣和画面；
阿拉克涅纺出的丝网也不能比拟。
一如小舟，有时停留在岸边，
船身的一半在水中，一半在干土；
又如彼方，在德国的酒徒中间，
河狸蓄好了势，去捕捉猎物；
那卑劣的畜生，也这样伏在那条
以石头围住大幅沙地的道路，
整条尾巴都在虚空中颤摇，
一个蝎尾般长在末端的毒叉，
这时也随着摇动的尾巴上翘。
我的导师说："现在，我们要把
路线稍微改变，去看那头
恶毒的畜生——它正在那边俯趴。"
于是，我们靠着右边往下走，
沿着堤岸的边缘走了十步，
以便远离沙地和火焰的范畴。
之后，当我们走近了那头怪物，

就看见沙地上，离我们较远的一边，
在深渊的外缘，坐着亡魂一组。
这时候，老师对我说：“继续向前，
观看一下他们的处境吧。这样，
你才能带走这一圈的全部经验。
到了那边，话不必多讲。
你回来之前，我先跟它说几句，
希望能借用它那有力的肩项。”
于是，我在地狱的第七层，继续
一个人走向边缘的末端。那些
悲伤的亡魂，就坐在那里的一隅。
他们的痛苦，使他们睚眦欲裂；
双手在左挥右拍；一会儿拨抛
炎土，一会儿想把烈火抓灭。
就像一些狗只，在夏天遭到
跳蚤、苍蝇或牛虻咬叮，
一会儿用嘴，一会儿用爪去抵搔。
我的目光，在一些人的脸上栖停，
只见愁火泻落他们的身上。
魂丛里，我认不出一个亡灵；
只发觉人人的颈上挂着一个囊；
每个囊都有本身的颜色和徽号，
人人都好像紧盯着囊面不放。
当我顾盼着来到他们的周遭，
只见一个黄色的钱包，上面

是一只狮子，有天蓝的形体和面貌。
然后，我的目光在扫视间
看见另一个钱包，血红的底色
有一只奶白的鹅出现在眼前。
又有一个人，白荷包印着一个
颜色天蓝、怀有身孕的母猪。
他对我说："你在这深坑干吗呢？
快点走开吧。既然你还未作古，
你听着，我的邻居维塔利阿诺
将坐在我的左边，就在这一处。
我是帕多瓦人，跟这些翡冷翠人一伙。
他们曾多次在我耳边吵闹。
'大爵士快来呀！'他们这样噪聒，
'他会带来印着三羊的钱包！'"
那人说完，就歪着嘴，把舌头
伸出来，像一只牛把鼻子舔扫。
想起老师曾叫我不要久逗，
我怕再待下去，他会生气，
于是离开了那些倦魂往后走。
回到原地，见导师已跨上那匹
凶残的野兽，坐在它的臀部。
导师对我说："现在要有勇力。
我们就凭这样的楼梯下徂。
跨上前面吧，我自己要坐中间。
这样，尾巴就不会引起事故。"

患了四日热的人，发抖之前，
所有指甲的颜色会全部变青，
光看见阴影就会浑身抖遍。
我听了这些话，也是这样反应。
不过羞耻之心压服了惊惶：
贤主前，仆人竟变得勇敢而坚定。
我骑上了怪兽硕大的肩膀……
“你得把我抱住哇！”我想这样说；
可是声音竟违背了愿望。
不过那位在前一次把我
救离险境的人，见我一坐定，
立即用双臂把我搂扶承托，
并且说：“格里昂，现在马上启行；
兜的圈要大，下降的速度要低。
要注意，你负着一个新的生灵。”
如舟楫启航，从停泊之地缓移
而渐渐后退，格里昂也这样出发。
当它见前路不再为障碍所羁，
就回过头来，同时把尾巴
扭转、伸直，像鳗鱼一般摆动，
并且用爪把空气朝自己拨爬。
昔日，法厄同的马缰脱手，穹隆
至今仍有炙痕。但是我相信，
法厄同当时也没有我那样惊恐。
昔日，倒霉的伊卡洛斯离日轮太近，

蜡融时发觉两胁失去了翅膀，
听见父亲大叫“你走错了”的声音。
当时，他也没有我那么惊惶。
我发觉身体完全凌空，除了
怪兽，一切景物都隐入了茫茫。
那匹怪兽，缓缓地、缓缓地游着，
回旋着下降。我并无下降之感，
只觉拂面的烈风涌自深壑。
这时，我听见右边有湍急的涡澜
在我们下面发出可怕的喧聒。
于是我伸出头来，用眼睛俯瞰……
一俯瞰，就更怕从怪兽之背下堕。
因为我看见烈火，又听到哭泣；
结果我浑身哆嗦着往后瑟缩。
接着，我目睹了下降的轨迹，
目睹怪兽在八方的酷刑逼近时
盘旋下降——都是未见过的东西；
像一只猎鹰，在空中久久展翅
仍不见诱囮或雀鸟等猎物，
令鹰猎者诧呼“怎么，想停止？”
再怠然降落它迅疾起飞之处，
旋完了上百个圈，满怀怒火，
艴然在远离主人的地方着陆；
格里昂在坑底，紧紧地靠着那座
巉岩不平的峭崖把我们放送；

骑着怪兽下降

那匹怪兽，缓缓地、缓缓地游着，/ 回旋着下降。

（《地狱篇》，第十七章，一一五至一一六行）

把我们的重量卸落了肩膊，
就像疾矢脱弦，消失了影踪。

注释：

1–18. **啊！……也不能比拟**：这十八行所描写的怪物叫格里昂。不过，为了增加悬疑，但丁到了第九十七行才借维吉尔之口说出怪物的名字。在古希腊神话里，格里昂又叫格里奥涅奥斯（Γηρυονεύς，Geryon），是克律萨奥尔（Χρυσάωρ，Chrysaor）和卡利洛厄（Καλλιρρόη，Callirrhoe）的儿子，有三个头颅、三个相连的身子，住在西班牙的伽得斯，与赫拉克勒斯门柱相距二十五英里。格里昂有许多牛群，由双头狗奥尔特洛斯（Ὄρθρος，Orthrus）和牧人欧律提翁（Εὐρυτίων，Eurytion）看守。赫拉克勒斯的十二件苦差之一，是抢走格里昂的牛群。为了完成这一苦差，他到伽得斯扼死了格里昂、奥尔特洛斯、欧律提翁，最后抢走了牛群。据中世纪的说法，格里昂喜欢诱人作客，然后把客人杀死。在《神曲》里，格里昂不仅写实，同时还象征欺诈。本章一〇至一二行，直接触及象征。Musa（*Inferno*, 227-28）指出，维吉尔把格里昂引诱上岸，象征理智（维吉尔）战胜了欺诈（格里昂）；也就是说，欺诈反而为理智所欺。格里昂一怪而兼具三性（人性、兽性、蛇性），是上帝三位一体的扭曲。但丁笔下的格里昂，融会了希腊神话和《圣经》等典籍的形象。有关这一形象的蓝本，可参看维吉尔《埃涅阿斯纪》第八卷二〇二行，大普林尼（Gaius Plinius Secundus，二十三年至七十九年）的《自然史》（*Naturalis historia*）第八卷第三十行，《圣经·创世记》第三章第一节，《圣经·哥林多二书》第十一章第三节，《圣经·启示录》第九章第七至十一节。

2. **它可以……刀斧**：这行强调欺诈的威力。Porena（203）指出，维吉尔的话，在这行不再指怪物格里昂，而指格里昂所象征的欺诈。

6. **石堤**：指弗列革吞的石岸。这时候，旅人但丁正与维吉尔在岸上前进。

16–17. **鞑靼……画面**：在中世纪，鞑靼和土耳其以刺绣著称，产品十分斑斓名贵，极受欧洲人欢迎。Singleton（*Inferno 2*，297）指出，以中世纪基督徒的观点看，鞑靼和土耳其人都阴险善变。参看《地狱篇》第八章第七十行。在该行里，阿拉伯人的清真寺是中世纪欧洲基督徒敌视的对象。

18. **阿拉克涅**：Ἀράχνη（Arachne），吕底亚（Λυδία，Lydia）人，伊德蒙（Ἴδμων，Idmon）的女儿，工织绣，认为所织的布无懈可击，向雅典娜挑战。失败后愤而上吊，被雅典娜变为蜘蛛；自缢用的绳子变成了蛛网。参看奥维德《变形记》第六卷五至一四五行。阿拉克涅象征巧艺，与格里昂的欺诈一样，都是反面描写。

19–22. **一如小舟……捕捉猎物**：这是史诗比喻（epic simile），从不同的角度把事物的形象传递给读者。

21. **在德国的酒徒中间**：据传统的说法，德国人是暴饮暴食的民族。

22. **河狸**：据传说，河狸善于捕鱼。方法是靠近水边，把尾巴放进水中摆动，并挤出油液，引来鱼儿，然后把它捕捉。由于河狸善于欺诈，拿来跟格里昂相比，至为切当。

24. **以石头围住大幅沙地的道路**：指岸边的这一地带，没有烈火焚烧。

31. **靠着右边往下走**：但丁和维吉尔在地狱前进时，一般都靠左。只有两次例外：在《地狱篇》第九章一三二行，“维吉尔转右”；在这里，但丁则和维吉尔“靠着右边往下走”。据弗雷彻罗（Frecero）的解释，为了把颠倒的颠倒过来，但丁和维吉尔故意走相反的方向。参看 Singleton, *Inferno 2*, 299。

32. **十步**：有些论者（如 Chiappelli, 101, Bosco e Reggio, *Inferno*, 252; Singleton, *Inferno 2*, 299）认为，“十步”也许有象征意义；至于象征什么，迄今仍没有定论。

36. **在深渊的外缘，坐着亡魂一组**：在第十四章第二十三行，放高利贷者都“坐着，身体瑟缩做一堆”；因此读者可以从坐姿断定，这组亡魂是放高利贷的人。参看《地狱篇》第十一章四六至五一行，一〇九至一一一行，第十四章一九至二四行。

41. **它**：指怪物。

49–51. **就像……抵搔**：这几行以日常意象写亡魂受刑，生动而逼真。

54–57. **魂丛里……紧盯着囊面不放**：放高利贷的人死后，不再有什么身分，只有钱囊供人识别。钱囊的徽号属于亡魂的家族和商号。但丁故意不去辨认这些亡魂，表示鄙夷。

59–60. **黄色的钱包……面貌**：诗中描写的徽号（金底蓝狮）属于翡冷翠的詹菲利阿兹（Gianfigliazzi）家族。该家族属圭尔佛党；圭尔佛党分裂为黑、白二党后归黑党。分别于一二四八年、一二六〇年被逐出翡冷翠。诗中的亡魂是卡斯特洛·迪罗索·詹菲利阿兹老爷（Messer Castello di Rosso Gianfigliazzi）。

62–63. **血红的底色 / 有一只奶白的鹅出现在眼前**：这徽号（红底白鹅）属乌

布里阿基（Ubriachi，Obriachi 或 Ubbriachi）家族。该家族属吉伯林党，于一二五八年被逐出翡冷翠。

64–65. **白荷包……母猪**：这一徽号（白底之上绘着一只蓝色的母猪）属帕多瓦的斯克罗维伊（Scrovegni）家族。亡魂是里纳尔多·斯克罗维伊（Rinaldo Scrovegni），生时以放高利贷著称。

68. **我的邻居维塔利阿诺**：维塔利阿诺，帕多瓦人。卒前有势有财，专门放高利贷。维塔利阿诺可能指维塔利阿诺·德尔丹特（Vitaliano del Dente），也可能指维塔利阿诺·迪雅科坡·维塔利阿尼（Vitaliano di Jacopo Vitaliani）。亡魂说话时，维塔利阿诺还未死。详见 Toynbee, 647, "Vitaliano"条。

72. **大爵士**：指詹尼·迪布亚蒙特·德贝基（Gianni di Buiamonte dei Becchi）。生于一二六〇年，卒于一三一〇年。属吉伯林党。在阳间，这个亡魂的徽号是金底之上绘着三头黑羊。

82. **楼梯**：比喻怪兽格里昂及其下降的途径。

84. **尾巴就不会引起事故**：维吉尔坐在但丁和怪兽的尾巴之间，但丁就不会有危险。

85. **四日热**：疾病的一种，以四日为周期。

90. **贤主前……仆人**：羞耻之心为主，惊惶为仆。

94–95. **前一次把我 / 救离险境**：参看《地狱篇》第八章九七至九九行，第九章五八至六〇行。

106. **法厄同**：Φαέθων（Phaethon），太阳神阿波罗和克吕美涅（Κλυμένη，Clymene）的儿子，坚持要驾驭父亲的日车一天。因不善驭术，拉车的天马失控，结果日车出轨：不是驶得太低，几乎把大地烧毁；就是驶得太高，叫群星怨声载天。最后，宙斯应大地的祷告，以霹雳把法厄同殛毙，再把他打进厄里达诺斯（Ἠριδανός，Eridanus）河。其姐妹赫利阿得斯（希腊文 Ἡλιάδαι 或 Ἡλιάδες，拉丁文和英文 Heliades）在厄里达诺斯河边哀悼他，因悲伤过度而变成白杨。厄里达诺斯河，一说是今日意大利北部的波（Po）河，一说是今日法国的罗讷（Rhône）河。但丁在《天堂篇》第十七章再度提到法厄同。有关法厄同的神话，参看《埃涅阿斯纪》第五卷，《变形记》第二卷。《变形记》第二卷一至三二四行，大概是但丁所本。

106–107. **穹隆 / 至今仍有炙痕**：据神话的说法，银河是当日法厄同驾日车驰过的炙痕。

109. **伊卡洛斯**：Ἴκαρος（Icarus），古希腊神话中巧匠代达罗斯（Δαίδαλος，Daedalus）的儿子。插上父亲用蜡和羽毛制成的双翼，与父亲飞离克里特（Κρήτη，Crete）岛。途中飞近了太阳，父亲警告无效，结果蜡融翼脱而堕海。参看《埃涅阿斯纪》第六卷,《变形记》第八卷，《神话全书》第三卷。

111. **你走错了**：这是代达罗斯呼喊儿子的声音。在《变形记》里，代达罗斯说："Icare," dixit/ "Icare," dixit, "ubi es? qua te regione requiram?"（"伊卡洛斯呀，"他喊道 / "伊卡洛斯呀，"他喊道，"你在哪里？我到哪里找你呢？"）。参看《变形记》第八卷二三一至二三二行。

116–117. **我并无下降之感，/ 只觉……深壑**：但丁凭上涌的烈风，知道格里昂在下降。

125. **八方的酷刑逼近时**：由于怪兽兜着圈子下降，酷刑就从四面八方逼近。

127–136. **像一只猎鹰……消失了影踪**：原诗只有一句，却长达十行，中间起伏弛张，时速时缓，时放时收，以节奏摹拟猎鹰和格里昂的上升、下降、盘旋，充分表现了但丁调控语言的匠心。

128. **诱囮**：诱囮是鹰猎者用来召鹰的工具：两只鸟翅系在一起，中间是一块缚在绳上的肉，可以让猎鹰吞食。鹰猎者把诱囮在空中飞旋，猎鹰就会下降。

129. **令鹰猎者诧呼"怎么，想停止？"**：受过训练的猎鹰，起飞后通常要捕到猎物或看见主人旋动诱囮才会下降。猎鹰未捕到猎物，也未见主人旋动诱囮就下降，主人就会惊呼。

131–132. **满怀怒火，/ 艴然**：猎鹰"满怀怒火"而"艴然"，是因为捕不到猎物。格里昂"满怀怒火"而"艴然"，是因为上了维吉尔的当而抗命无从，要当运输工具。

第十八章

但丁和维吉尔来到地狱的第八层，也就是罪恶之囊。罪恶之囊的第一囊用来惩罚淫媒和诱奸者，两批阴魂在里面朝相反方向窜遁，后面有妖怪挥鞭追赶。两人看见淫媒温内迪科·卡恰内米科和诱奸者伊阿宋。之后来到惩罚谄谀者的第二囊，看见阿列西奥·因泰民内伊和娼妇泰伊丝在粪便里受刑。

地狱有一个地方，叫罪恶之囊，
　全部由铁青色的石头建筑
　而成，颜彩和四周的墙壁相仿。
就在这个邪恶处所的中部，
　有一个又深又阔的窖坑裂开
　（窖坑的结构，届时我会讲述），
结果豁出了一个圆圈般的地带，
　环回于高峻的石崖和窖坑间。
　这地带，由十个峡谷分隔开来。

有时候，一条接一条的护城壕堑
　会围绕一座城堡去防护城墙。
　那个地带所展示的建筑平面，
也由峡谷构成类似的模样。
　上面提到的堡垒，自门槛开始
　到外面的河岸，有一道道的桥梁；
在岩石的底部，也有石脊一直
　向外面伸延，越过河堤和壕沟，
　伸入了窞坑才不再向前奔驰。
我们从格里昂的背脊着地后，
　就置身于这样的地方。诗人举足
　靠左边前进，而我则跟在后头。
在右边，我见到新的痛苦、
　新的折磨、新的鞭笞之吏，
　因为，第一沟全是这类痛楚。
沟底的罪人，全部赤裸着身体。
　在沟心这边的，向着我们走；另一边
　是罪人以更大的步幅和我们并移；
就像罗马人，逢上天主教的大赦年，
　由于人群太多而采取疏导
　措施，让他们列队越过桥面。
于是，在桥的这边，大家都面朝
　城堡，向圣彼得大教堂拥聚；
　另一边，人群则向着山冈嬉遨。
当我沿着幽暗的石岸前趋，

到处都看见有角的妖怪挥动
巨鞭，在后面狠笞这阴魂的行旅。
啊，只一鞭，就叫阴魂举踵
窜遁了。至于第二鞭和第三鞭，
肯定没有阴魂会等待冀祟。
我正在石岸上前进，两眼瞥见
一个阴魂。于是我马上说：
“他这个人，曾使我眼睛饱餍。”
为了谛观，我乃把脚步中辍。
和蔼的老师也跟我一起驻足，
并且允许我稍微向后面移挪。
那个遭鞭笞的阴魂脸庞下俯，
想避过我的视线，却徒劳无功。
我说：“你呀，只顾向地下垂目。
你的脸，如果不是冒充的颜容，
你就是温内迪科·卡恰内米科。
咦，是什么把你送进这大苦痛？”
阴魂答道：“我实在不想费唇舌。
但你的直言使我不能再缄默；
它又使我想起古代的世界了。
不管世上的坏话怎么传说，
使那位姬娑拉贝拉不能自持，
使她任那个侯爵摆布的就是我。
在这里，嚎咷的波隆亚人不止
我一个；反之，他们拥挤于各处；

妖怪与诱奸者

啊，只一鞭，就叫阴魂举踵 / 窜遁了。

（《地狱篇》，第十八章，三七至三八行）

在萨维纳和雷诺两河之间学讲‘是，
是吧’的舌头，也不会大于此数。
如果你要我以事实证明这点，
请回想，我们的心是怎样的不知足。”
他正在说话，一个妖怪已挥鞭
打他，喝道：“给我滚，你这个淫媒！
这里没有女人替你赚钱。”
我返回向导那里，和他相会；
然后，走了不过数步，就到达
一个从堤岸向外伸延的石陂。
我们轻而易举地向上攀爬，
然后在崎岖的危岩上右拐，
让亡魂无休止地绕着圈子旋踏。
当我们来到一个向下裂开、
让那些被笞的亡魂通过的地方，
导师说：“等一下，让另一些生来
可鄙的灵魂把印象留在你心上。
他们的面孔，你还没有目睹，
因为他们都走在我们身旁。”
从古老的桥上，我们看一群鬼物
从另一方列队走向我们这边，
像首批亡魂那样遭劲鞭驱逐。
我的贤师，不待我询问发言，
就对我说：“你看那个大魂，
尽管受苦，也不让眼泪滴溅。

他的神态呀，王者之气犹存！
　他是伊阿宋，曾靠智勇夺取
　金羊毛而使科尔基斯人受损。
当列姆诺斯岛残忍而勇武的妇女
　叫她们的男人全部命殂，
　伊阿宋安然驶过了那座岛屿。
在那里，他以花言巧语和情愫
　欺骗了希蒲西琵丽。这个女郎，
　当初曾欺骗所有其他的悍妇。
她怀孕后，孑然遭伊阿宋弃于岛上。
　结果后者因犯罪而受此灾劫。
　这灾劫，也帮了美狄亚报仇算账。
用这类骗术的，都加入了同一行列。
　关于第一个深谷，以及深谷
　所咬的亡魂，你只须知道这些。”
此刻，在我驻足的地方，那窄路
　已经和第二条堤坝相会交叉，
　并使它成为另一个圆拱的基础。
在那里，我们听见亡魂在另一匝
　深沟里呻吟，用嘴巴咻咻地喷气，
　并且以手掌向自己猛烈掴打。
沟里的气体不但刺眼，还侵袭
　我们的鼻子；向上面一喷吐，
　就结成块状的霉菌黏住石堤。
坑底太深了，无论在何处立足

谄谀者

见沟内 / 有一群人，陷身于一堆粪便中 / (粪便好像是厕所排出的污秽)。

(《地狱篇》，第十八章，一一二至一一四行)

都无从得窥——除非向石拱之背
攀爬（在那里，石脊最为突出）。
我们爬上了石脊下望，见沟内
有一群人，陷身于一堆粪便中
（粪便好像是厕所排出的污秽）。
我的目光在下面扫视移动……
突然看见一个人，满头粪便，
不知是俗人还是僧侣的脸孔。
那人喊道："干吗目不转睛，用两眼
盯着我？干吗不盯别的脏人物？"
我答道："因为——但愿我记性仍健——
我以前见过你——头发未被沾濡；
你是阿列西奥·因泰民内伊，原籍卢卡；
因此你比任何人都更受我注目。"
他听了我的话后，捶着脑袋回答：
"谀辞巧言，在这里淹埋了我；
我的舌头总是无厌于奉承话。"
导师闻言，就这样对我说：
"把头向外伸得远一点去俯观，
就可以看清那个荡妇的轮廓。
她的身体污秽，头发散乱，
在那里用沾粪的指甲刮体抓身；
一会儿站起来，一会儿蹲足下弯。
她是娼妇泰伊丝。当她的情人
问她：'你衷心感谢我？'她这样回答：

泰伊丝

“她是娼妇泰伊丝。当她的情人 / 问她：‘你衷心感谢我？’
她这样回答：/‘何止衷心？简直是无限感恩。’”
（《地狱篇》，第十八章，一三三至一三五行）

‘何止衷心？简直是无限感恩。’——
就让我们的眼睛满足于此吧。”

注释：

1. **罪恶之囊**：原文为“Malebolge”，是“罪恶之囊”的意思，由 malo（罪恶）和 bolgia（囊）二字构成（bolge 为 bolgia 的复数），是但丁所创，用来形容地狱的第八层，也是地狱里纵断面最广的一层，分为十个同心圆的深坑，也就是十个囊（即第九行的“峡谷”），专门惩罚欺诈罪。

10–13. **有时候……模样**：罪恶之囊的十个峡谷是十个同心圆，像护城的壕堑一样。

15. **到外面的河岸……桥梁**：“外面的河岸”，指距离城堡较远的一边。“桥梁”，指跨越护城壕堑的小桥。

16–18. **在岩石的底部……才不再向前奔驰**：这些石脊，也把十个同心圆的峡谷连在一起。“窖坑”，指地狱的第九层。

24. **第一沟**：这一沟惩罚淫媒和诱奸者。

25. **赤裸着身体**：地狱的亡魂都赤裸。为了强调亡魂所受的皮肉之苦，但丁有时会直接说明他们“赤裸着身体”。

26–27. **在沟心这边的……和我们并移**：但丁和维吉尔顺时针方向前进，左边是岩壁，右边是壕沟。淫媒逆时针方向前进，是迎面而来；色鬼顺时针方向，与但丁、维吉尔朝同一方向前进。

27. **以更大的步幅和我们并移**：意为：走得比维吉尔和但丁快。

28–33. **就像罗马人……嬉遨**：“大赦年”，指天主教第一个大赦年，由卜尼法斯八世于一三〇〇年宣布，结果招来大批善信（平均每天多达二十万）拥向圣彼得和圣保罗大教堂。由罗马城往圣彼得大教堂途中，有一条横跨特韦雷（Tevere）河的桥，叫圣安杰罗桥（Ponte Sant’Angelo）。桥的一边通向圣安杰罗堡（Castel Sant’Angelo）和圣彼得大教堂，另一边通向海拔不高的卓尔达诺山（Monte Giordano）。诗中的“桥”，指圣安杰罗桥，“城堡”指圣安杰罗堡，“山冈”指卓尔达诺山。

42. **他这个人……饱餍**：指但丁不是首次碰见这个人。

46–47. **那个……徒劳无功**：亡魂不想展示真面目，但仍给但丁看见了。

50. **温内迪科·卡恰内米科**：全名为温内迪科·德卡恰内米齐·德罗尔索（Venedico de'Caccianemici dell'Orso），波隆亚圭尔佛党领袖阿尔贝尔托·德卡恰内米齐（Alberto de'Caccianemici）之子，属圭尔佛党。曾在不同时期任意大利北部城市伊莫拉（Imola）、米兰（Milano）、皮斯托亚（Pistoia）的总督。支持埃斯特（Este）侯爵（别名奥比佐二世〔Obizzo II〕或阿佐八世〔Azzo VIII〕）。曾遭放逐。据说因贪财而当淫媒，出卖妹妹，让她供埃斯特侯爵行淫。

51. **大苦痛**：原文"pungenti salse"，直译是"酸醋"，英语有"in a pretty pickle"的说法，指处境不妙，意思相近（英语的"pickle"大致等于意大利语的"salse"）。波隆亚附近有一个峡谷，也叫 Salse（音译"萨尔塞"），是抛弃罪犯尸体之地。波隆亚的小孩互相谩骂，要侮辱对方时，就会说："Tuus pater fuit proiectus ad Salsas."（"你老子在萨尔塞摊尸。"）。参看 Singleton, *Inferno 2*, 317-18。

55–57. **不管……就是我**："姬娑拉贝拉"，温内迪科·卡恰内米科的妹妹。遭哥哥出卖，供埃斯特侯爵发泄淫欲；之后见弃，嫁费拉拉（Ferrara）的尼科洛·达方塔纳（Niccolò da Fontana）。参看 Singleton, *Inferno 2*, 319-20; Toynbee, 315, "Ghisolabella"条。

60–61. **在萨维纳……也不会大于此数**：萨维纳河（Savena）和雷诺河（Reno）是意大利北部的河流，分别在波隆亚西部和东部。列举两河等于概括该城的东西境。"是，/是吧"的原文为"sipa"，是波隆亚方言（现代的说法是"sepa"），意大利语"sia"的意思，可解作"是"。两行的意思是：这里的波隆亚人比阳间的波隆亚人还要多。参看 Singleton, *Inferno 2*, 320; Toynbee, 564, "Savena"条 , 540, "Reno"条。

63. **我们的心是怎样的不知足**：据本文努托（Benvenuto）的说法，波隆亚人并不吝啬，反而喜欢挥霍，而且支出往往比收入大，结果常常靠赌博、盗窃，甚至出卖妻女、姐妹供人淫欲来赚钱。因此温内迪科·卡恰内米科说："我们的心是怎样的不知足。"参看 Singleton, *Inferno 2*, 320-21。

83. **大魂**：指希腊神话的伊阿宋（第八十六行），阿尔戈船的首领，带领希腊英雄往科尔基斯寻找金羊毛。曾诱骗希蒲西琵丽、美狄亚而始乱终弃。

88. **列姆诺斯岛**：Λῆμνος（Lemnos），在古希腊神话中，列姆诺斯岛的女人都把自己的丈夫杀死，同时也杀死岛上男人和雅典女人所生的子女。该岛的女王希蒲西琵丽（Ὑψιπύλη，Hypsipyle）爱上了伊阿宋（Ἰάσων，Jason），并为他产下孪生子，后来却遭遗弃。

93. **曾欺骗所有其他的悍妇**：列姆诺斯岛的女人，因忽略爱神阿芙萝狄蒂的祭礼而遭惩罚，身体发出恶臭，结果丈夫把她们抛弃，另恋女奴或外国女子。列姆诺斯岛的女人为了报复，要杀死岛上所有的男人。国王托阿斯（Θόας，Thoas）获女儿希蒲西琵丽用计拯救，逃往克奥斯（Χίος，Chios 或 Chius）岛，把王位让给希蒲西琵丽。

96. **美狄亚**：Μήδεια（Medea），科尔基斯（Κολχίς，Colchis）国王埃厄忒斯（Αἰήτης，Aeeta 或 Aeetes）的女儿。伊阿宋要她帮助阿尔戈船英雄（Ἀργοναῦται，Argonauts）盗取岛上的金羊毛，答应成功后娶她为妻。后来伊阿宋移情别恋，爱上了克瑞乌萨（Κρέουσα，Creusa，又名格劳克〔Γλαύκη，Glauce〕）。美狄亚心怀怨毒，为了报仇，杀了克瑞乌萨，也把自己和伊阿宋所生的两个儿子置于死地。然后逃往雅典，嫁与雅典王埃格乌斯（Αἰγεύς，Aegeus）。因嫉妒丈夫和埃特拉（Αἴθρα，Aethra）所生的儿子忒修斯（Θησεύς，Theseus）而重返科尔基斯。

98. **第一个深谷**：即罪恶之囊的第一囊。

103–104. **另一匝 / 深沟**：指罪恶之囊的第二囊，用来惩罚谄谀者。

117. **不知……脸孔**：指阴魂头上的粪便太多，但丁看不出他有否剃度。

122. **阿列西奥·因泰民内伊**：Alessio Interminei，又叫 Alessio Interminelli，十三世纪下半叶的卢卡（Lucca）人，属白党。据本文努托的记载，阿列西奥·因泰民内伊不论贤愚、身分，逢人都加以谄谀。其余生平不详。

133. **泰伊丝**：古罗马喜剧家泰伦提乌斯（Publius Terentius Afer，约公元前一九〇年至公元前一五九年）剧本《宦官》（*Eunuchus*）中的角色。

133–135. **当她的情人 /……感恩**：这三行是《宦官》中的一个情节。但丁大概不谙泰伦提乌斯的作品。这里的情节大概转引自西塞罗的《论友谊》（*De amicitia*, XXVI）。

第十九章

但丁和维吉尔来到罪恶之囊的第三囊。这一囊用来惩罚神棍，也就是教会中徇私枉法、任人唯亲、鬻卖圣职、勾结权贵的神职人员，其中以教皇为代表。但丁看见一个个的圆孔，里面有阴魂倒插，只露出腿肚以下的脚掌。阴魂的脚掌都在焚烧，并且在剧烈扭摆。但丁与教皇尼古拉三世说话。尼古拉预言，另外两个教皇（卜尼法斯八世和克莱门特五世），也会到第三囊的圆洞受刑。但丁严厉训斥了尼古拉和其他神棍。维吉尔见状，感到高兴，把但丁抱回圆拱之顶。

巫师西门哪！——还有你们这班
　可耻的弟子呀，上主的东西，
　该是善行的新娘；你们却贪婪，
为了金银而把它变成娼妓。
　现在，号角该为你们吹奏了，
　因为第三囊是你们身后所栖。

我们这时候到了邻墓之侧，
并爬上了石脊。我们立足的地方，
正在虚空的中央下临深壑。
至高的智慧呀，你的神工真深广——
在天堂、地面和邪恶的世界显露；
你的力量，施展得何其允当！
在深坑四边的崖壁和底部，我目睹
青灰的石上布满了一个个小洞，
每个都是同一口径的圆窟，
看来不比圣约翰洗礼堂的圆孔
更小，也不比它们更大。后者
凿在洗礼盆里，用来浸洗教众。
不久之前，我砸破了其中一个，
去拯救当时在盆中遇溺的人：
我以此为钤，以正大家的差讹。
圆孔都有罪人的双脚撑伸：
腿肚以下的脚掌和脚胫外戳，
孔内则藏着身体的其余部分。
罪人的两边脚掌都着了火。
为此，他们的关节都剧烈扭摆，
力量之大，挣得断柳条和绳索。
通常，沾了油的东西，火焰只会在
表面向四方蔓延。在我眼前，
烈火也这样从脚踵向脚趾烧来。
“那个人是谁呀，老师？他扭摆间，

比其他任何同伴都要痛苦，”
我说，“舔他的，是更红的火焰。”
维吉尔答道：“如果你让我从坡度
较陡峭的石堤背着你下趋，
就能听他把身世和罪孽自述。”
我说：“一切遵照老师的意欲。
你是主人，知道我不会背离
你的意旨，知道我怎样思虑。”
于是，我们走到第四条石堤，
在那里转身靠左，沿着路旁
朝狭窄而满布孔穴的坑底下移。
我的贤师，两胁背着我不放，
到了那坑穴，见亡魂扭胫挣扎
嚎咷，才从两胁把我放到地上。
“可怜的亡魂哪，你的身体倒插，
就像一根木桩。不管你是谁，”
我说，“要是能讲话，就请你讲话。”
我站在那里，如修士听凶手忏悔：
阴险的凶手已经在地上插好，
仍叫住修士，要他把死刑后推。
“你已经站在那里啦？”亡魂喊道，
“卜尼法斯，你已经站在那里啦？
竟差了好几年，文字真不可靠！
这么快就取够了那些财物了吗？
为了那些财物，你胆敢欺骗

神棍

“可怜的亡魂哪，你的身体倒插，/就像一根木桩。不管你是谁，”/

我说，“要是能讲话，就请你讲话。”

（《地狱篇》，第十九章，四六至四八行）

那位美女；然后，还胆敢蹂躏她。”
听了他的话，我呆立在那里，刹那间
仿佛遭到嘲弄，既不能揣摩
对方的答复，又不懂如何申辩。
于是，维吉尔说：“快对他说
‘我不是那人，不是你想象的人。’”
于是，我依照他的吩咐去做。
阴魂听后，把双脚同时扭拧，
然后叹息着，以哭泣的声音
对我说：“那么，你有什么要询问？
既然我的身世能令你一心
要探看究竟，要走下石堤来此，
告诉你，我曾经身加阔袍大锦。
实际上，我不过是母熊之子，
急于抬高各个小熊的身价；
结果在阳间为利，在这里为私。
其他亡魂被曳到了我的头下。
这些神棍，资格比我还要老——
现在都扁了，在石隙里被压。
刚才我问你，问得那么急躁，
以为你是另一个人。那人来时，
我也会跌到下面，跟他们一道。
不过，我烤炙着双脚，在这里一直
倒竖的岁月，已经超过他将来
在这里倒插、任双脚烧红的时日。

因为，在他之后，一个遗害
更大、无法无天的牧者会来自西土。
这个人，足以把我和他掩盖。
此人会成为另一个伊阿宋，一如
《马卡比传》所载的一样：古时的那个
获君王宽待；他也获法王帮扶。”
我不知道当时对他的指责
是否太鲁莽；我只是这样对他说：
“现在请你告诉我，当日，我们的
主哇，把钥匙向圣彼得付托
之前，要他交了多少财富？
除了说‘跟我来’，他什么也不求索。
当马提亚膺选为使徒，去填补
那邪恶的灵魂所失去的地位，
彼得跟别的人都不索金银之物。
那么，留在那里吧，你活该受罪！
且把那不义之财好好看管。
凭这些财富，你胆敢跟沙尔作对。
你在欢乐的人世，掌握过那串
至高无上的钥匙。要不是钥匙
还有威严，令我说话委婉，
我会用更重的语气向你呵斥；
因为你们践踏忠良，举抬
坏人，以贪婪叫人世蒙灾受絷。
当福音的作者见那个坐在

水上的女人跟那些君王交媾，
就想到你们这些牧者在作歹。
那个女子，生下来有七个头；
只要夫婿对德行感到欢喜，
就能从十根角里把力量吸收。
你们已经把金银奉为神祇；
你们跟崇拜偶像者相异的一点，
是他们拜一个，你们拜百个而已。
君士坦丁啊，这么大的罪愆——
它不是因你皈依基督而产生；
是因你给了首位富父大捐献！”
正当我把这调子向他吟讽，
也许遭到愤怒或良知咬噬，
亡魂的双脚突然向外猛蹬。
我确信，调子正合导师的意旨——
他一直用那么自得的神态
听我以充满真理的话语训斥。
结果他用双臂把我抱起来；
然后，到我和他的胸膛相齐，
就从下降之路把我往上载。
他虽然紧抱着我，却没有倦意；
只径自把我载到圆拱之顶。
那圆拱，可从第四堤通往第五堤。
维吉尔轻轻放下了负担——要轻轻
放下，是因为石脊陡峭而巉岩，

即使对山羊而言，也是条险径。
在那里，另一个山谷在眼前出现。

注释：

1. **巫师西门**：原文“Simon mago”，撒玛利亚的巫师，后来受基督门徒的启迪，皈依基督。曾试图购买赐人圣灵的权力，遭彼得训斥，贩买圣职之罪以他为名：意大利语称为“simonia”，英语称为“simony”；贩买圣职的人英语称为“simonist”或“simoniac”。其事迹见《圣经·使徒行传》第八章第九至二十四节。该章第二十节有以下的记载：“Petrus autem dixit ad eum: Pecunia tecum sit in perditionem: quoniam donum Dei existimasti pecunia possideri.”（“彼得说：‘你的银子和你一同灭亡吧！因你想神的恩赐是可以用钱买的。’”）。
你们：指西门的追随者，以鬻卖圣职为业。

5. **号角**：Bosco e Reggio（*Inferno*, 214-15）和 Singleton（*Inferno 2*, 329-30）指出，在中世纪，官方宣布裁决时通常有人吹号。这里的“号角”也可以指最后审判时天使所吹的号角。

7. **邻墓**：“墓”，指罪恶之囊的第三囊。但丁从第二囊出发，因此初提第三囊时说“邻囊”。

10. **至高的智慧**：指上帝。

16. **圣约翰洗礼堂**：翡冷翠的守护神是圣约翰，其洗礼堂称圣约翰洗礼堂。但丁小时候在该堂领洗。

17. **后者**：指圣约翰洗礼堂的圆孔。

19–20. **不久之前……遇溺的人**：但丁曾因这一事件遭到谴责。但丁情急智生，砸盆救人，颇像中国的司马光。

21. **我以此为铃……差讹**：但丁砸破了洗神盆，有人指责他亵渎神圣；他在这里想纠正一般人的想法，说明他旨在救人，没有亵渎神圣。

34–35. **坡度 / 较陡峭的石堤**：罪恶之囊的十个囊，一个接一个地向中心倾斜，每一囊的内壁都较外壁短，坡度也较外壁舒缓。

39. **知道我怎样思虑**：但丁一再指出，维吉尔知道他心里想什么。

46–47. **可怜的亡魂哪，你的身体倒插，/……就像一根木桩**：这个亡魂是教皇尼古拉三世。中世纪有一种酷刑，意大利语叫“propagginazione”（直译是“栽葡萄”），把杀人犯倒插洞中，然后向里面倾泻泥土，把他闷死。参看 Sapegno, *Inferno*, 217。

50–51. **阴险的凶手……把死刑后推**：凶手倒插洞中，有时会呼叫神父，把自己的忏悔过程延长，以推迟受死的时间。

53. **卜尼法斯**：指卜尼法斯八世，罗马天主教教皇，原名本内迭托·卡耶塔尼（Benedetto Caetani）。约于一二三五年生于阿南夷（Anagni），一二九四年获选为教皇，卒于一三〇三年十月十一日。卜尼法斯以狡猾的手段逼前任教皇让位，取得教皇一职后曾公开说：教会的财富就是他个人的财富。在位期间，用人唯私、唯亲，把许多高位分派给叔父、子侄。为人极度贪婪，把大量的公有财富据为己有。在《神曲》里，卜尼法斯是但丁一再挞伐的坏蛋。参看《地狱篇》第六章第六十九行，第十五章一一二至一一四行。卜尼法斯一手导致圭尔佛党中的白党惨败。但丁遭到放逐，皆因卜尼法斯险诈。尼古拉倒插洞内，不知洞外的情形，以为自己跟卜尼法斯说话。参看本章第六十九行注。有关卜尼法斯的详细生平，参看 Scartazzini, vol.1, 243-44,“Bonifazio VIII”条；Toynbee, 102-06,“Bonifazio”条；Singleton, *Inferno 2*, 334-36。

53–54. **你已经站在那里啦？ / 竟差了好几年，文字真不可靠**：地狱的亡魂都能预知未来，也就是说，他们能读到未来之书（“文字”）。根据尼古拉的先见，卜尼法斯会于一三〇三年死，然后到地狱填补他目前所在的位置。此刻，他以为说话的人是卜尼法斯，于故事发生的年份（一三〇〇年）已死，比未来之书所说的年份早了好几年。

57. **那位美女**：指天主教会。教会是基督的新娘。

胆敢蹂躏她：指卜尼法斯为了私利，出卖教会（“蹂躏她”）。

59–60. **不能揣摩 / 对方的答复**：不明白对方的答复是什么意思。

69–70. **告诉你，我曾经身加阔袍大锦。/……母熊之子**：“我”，指教皇尼古拉三世。尼古拉三世原名卓凡尼·噶耶塔诺·奥尔西尼（Giovanni Gaetano Orsini），罗马贵族，一二四四年获选为红衣主教，一二七七年十一月二十五日获选为教皇，继承约翰二十一世。一二八〇年八月二十二日卒。尼古拉任红衣主教时，有正直的盛誉。任职教皇的短短三年，却一反常态，贪婪徇私，兼并土地，买卖圣职，安排政治婚姻，把红衣主教之位赐予多个亲人。“奥尔西尼”（Orsini）是母熊之意，因此，奥尔西尼家族以母熊为徽号。尼古拉三世在第七十行也自称“母熊之子”。在一般人的心目中，母熊是极端贪婪的动物，为了小熊的利益，会奋不顾身。

71. **急于抬高各个小熊的身价**："各个小熊"，指尼古拉的家族。"抬高身价"，指尼古拉用人唯亲，为了家族的利益而伤害教会。

73. **其他……头下**：在这个洞里，受刑者会倒插身体，两脚朝天，遭火焰焚烧，直到另一个罪犯来临，在他上面把他按入洞的深处。

77. **以为你是另一个人**：指尼古拉刚才以为但丁是卜尼法斯八世。

77–78. **那人来时，/……跟他们一道**：卜尼法斯来地狱时，就会倒插进同一个洞中，把尼古拉塞向洞的深处。

79–81. **不过……时日**：尼古拉于一二八〇年卒，说话时已经在洞里倒插了二十年。三年后（即一三〇三年），卜尼法斯就会取其位而代之。而卜尼法斯插入洞中后差不多十一年，又会有另一个教皇（克莱门特五世）来取代。

82–83. **一个遗害/更大、无法无天的牧者**：指教皇克莱门特五世。克莱门特原名贝特洪·德戈（Bertrand de Got），一二六四年生于加斯科尼（法文 Gascogne，英文 Gascony，法文汉译为"加斯科涅"），一三〇五年六月五日获选为教皇。在位期间把教皇的宗座（Holy See）迁往阿维雍（Avignon）。卒于一三一四年四月二十日。他能够当教皇，完全得益于法国君主"美男子"腓力四世（Philippe IV le Bel，即第八十七行的"法王"），因此上任后唯命是听。克莱门特当教皇期间，教会的一切圣职、利益都可以出卖。

85–87. **此人……帮扶**："伊阿宋"（一译"耶孙"），大祭司西门之子，靠贿赂安提阿哥四世（Antiochus IV）获得大祭司之位。上任后，废止犹太人的习俗，引进希腊神祇，导致犹太人起义。参看《圣经次经·马卡比传下》第四章第七至二十四节；第六章第一至十六节。

90–92. **我们的/主哇，把钥匙向圣彼得付托/之前**：参看《圣经·马太福音》第十六章十八至十九节："Et ego dico tibi, quia tu es Petrus, et super hanc petram aedificabo Ecclesiam meam...Et tibi dabo claves regni caelorum..."（"我还告诉你，你是彼得，我要把我的教会建造在这磐石上……。我要把天国的钥匙给你……。"）。

93. **跟我来**：耶稣对彼得兄弟所说的话。参看《圣经·马太福音》第四章第十八至十九节："Ambulans autem Iesus iuxta mare Galilaeae vidit duos fratres, Simonem qui vocatur Petrus, et Andream fratrem eius, mittentes rete in mare（erant enim piscatores）. Et ait illis: Venite post me, et faciam vos fieri piscatores hominum."（"耶稣在加利利海边行走，看见弟兄二人，就是那称呼彼得的西门和他兄弟安得烈，在海里撒网；他们本是打鱼的。耶稣对他们说：'来跟从我，我要叫你们得人如得鱼一样。'"）。

94–96. **当马提亚……金银之物**：犹大被逐出十二门徒之列后，其余的门徒以抽签方式选出新人，来填补犹大的空缺。**那邪恶的灵魂**：指犹大。**别的人**：指耶稣其余的门徒。参看《圣经·使徒行传》第一章第十五至二十六节。

99. **凭这些财富，你胆敢跟沙尔作对**：尼古拉三世，与那波利和西西里的君王安茹伯爵沙尔（Charles d' Anjou）为敌，借希腊皇帝迈克尔·帕赖奥洛戈斯（Michael Palaeologus）的金钱支助，策动西西里人反抗沙尔。该反抗行动于一二八二年爆发，称为西西里晚祷起义。经过这一流血事件后，西西里人从法国人的统治下获得解放。沙尔又称"查理"（英语发音的汉译）。

100–101. **掌握过那串 / 至高无上的钥匙**：指控制教会的大权。

101–103. **要不是……向你呵斥**：这句的意思是：如果我不是看在教会份上，我会更严厉地训斥你。

104–105. **因为你们践踏忠良……受繁**：但丁跟尼古拉三世说话时，一直用第一人称的单数"你"（"tu"）；现在开始用复数"你们"（"voi"），呵斥的对象变成所有腐败的教皇。

106–111. **当福音的作者……吸收**：**那个坐在 / 水上的女人**："坐在 / 水上的女人"，在使徒约翰（《圣经·启示录》作者）的心目中，是帝国时代的罗马；在但丁心目中是教会。**跟那些君王交媾**：指教会跟俗世的君王勾结，一起为非作歹。**你们这些牧者**：泛指败坏的教皇。**七个头**：指圣神（或圣灵）七恩或七件圣事（Seven Holy Sacraments）：洗礼、坚振礼（又称"坚信礼"）、圣餐礼、告解礼、授职礼、婚配礼、终傅礼。可以使人"未义成义，既义益义，失义复义"。圣事又称"圣礼"。参看《基督教词典》，页四四六至四四七。**夫婿**：指教皇。**十根角**：指十诫。**只要夫婿……就能从十根角里把力量吸收**：意思是：只要教皇推行德政，教会就能从十诫中得到力量。参看《圣经·启示录》第十七章。

112. **你们**：泛指败坏的教皇。

113–114. **你们……而已**：言下之意是：你们比"崇拜偶像者"更坏。

115–117. **君士坦丁啊……大捐献**：中世纪流行这样的传说：罗马帝国君主君士坦丁大帝，因教皇西尔维斯特一世（Sylvester I，三一四年至三三五年）治愈了他的麻风而皈依基督教；迁都拜占庭后，把帝国西部地区的世俗统治权、罗马以外的四个教区、宗教事务的管辖权赠予教皇西尔维斯特及其继承人。这一行动，世称"君士坦丁赠礼"（Donation of Constantine）。到了十五至十七世纪，罗伦佐·瓦拉（Lorenzo Valla）等人才证明，所谓的"君士坦丁赠礼"毫无根据，全由罗马教廷伪造。参看 Sapegno, *Inferno*, 222-23。**君士坦丁**：指君士坦丁大帝（Caius Flavius Valerius Aurelius Constantinus，约二〇八年至三三七年），公元三〇六年至三三七年为罗马帝国君主，生于尼什（Niš，在今日的南斯拉夫境内），初为副帝，三〇七年称正帝；公元三一二年皈依基督教，公元三三〇年迁都君士坦丁堡。在位期间统一罗马帝国全境，政治稳定。三一三年与李锡尼（Licinius，约二七〇年至三二五年）颁布《米兰敕令》，宣布帝国境内有信仰基督教的自由；释放教士与教徒；归还遭没收的教会财产。卒前接受洗礼，正式皈依基督教。参看《基督教词典》，页二七五；《世界历史词典》，页三四四至三四五；《辞海》上册，页一三六九。在"Of Reformation touching Church Discipline"（《有关英伦教会律的改革》）一文中，米尔顿（John Milton）曾翻译但丁的这三行呼语。参看 Anderson, *Inferno*, 187。**首位富父**：指教皇西尔维斯特一世。参看《地狱篇》第二十七章九四至九五行注。

118. **调子**："调子"一词有讽刺味道。

121. **正合导师的意旨**：指维吉尔见旅人但丁有高度觉悟，能训斥坏教皇尼古拉三世，大为高兴。

132. **即使对山羊而言，也是条险径**：山羊善于在险峻崎岖的高山走动跳跃。连山羊也觉得危险的险径，就十分危险了。

第二十章

但丁和维吉尔在第四囊看见占卜者在受刑。他们在深谷里缓行、饮泣，头颅扭向背后。维吉尔向但丁介绍这些阴魂，其中包括安菲阿拉奥斯、忒瑞西阿斯、阿伦斯、曼托。维吉尔告诉但丁，曼托在他的故乡曼图亚定居，曼图亚就因曼托而得名。之后，维吉尔继续介绍了欧律皮洛斯、迈克尔·斯科特、圭多·波纳提、阿斯典特。维吉尔把阴魂介绍完毕，月亮已经在西方下沉。

我要吟咏新的痛苦了，并且
　把题材提供给第一篇第二十章。
　第一篇所讲，是陷于深渊的奸邪。
此刻，我已经完全准备妥当，
　等着俯瞰在眼前展开的坑底。
　那坑底，一直浴于惨痛的泪浪。
我看见人群循着圆谷迤逦
　而来，都在默默饮泣，步伐

和这个世界的连祷行列无异。
当我的目光向更下的部分视察，
发觉每个人自下巴一直到胸脯，
都好像变了形，扭曲得令人惊怕；
其面庞也转了过来，望着两股；
移动时则要向着背后倒退——
他们前望的能力已经被褫除。
由于风瘫的打击，说不定有谁
曾经这样，全然扭转了身体。
但我不信有这种可能，也从未
见过这样的人。读者呀，愿上帝
让你在书中采果。请你想一下，
当我在身边这么近的距离，
见同类的形相遭到这样的扭压，
双眼的泪水在臀沟湿透了屁股，
我怎能避免弄湿自己的面颊？
是的，我哭了；一边哭，一边倚住
巉崖的石头。于是，我的向导
对我说：“你也像其他人一样愚鲁？
在这里，怜悯死透了才长得繁茂。
试问谁的罪愆，会超过以感情
把上天所颁的神圣判决干扰？
抬起头来，抬头看这个亡灵。
在忒拜人眼前，地面曾为他裂开。
于是，大家都喊道：‘你要奔竞

到哪里呀，安菲阿拉奥斯？你自甘战败？’
接着，他一直坠向深坑的下方，
最后被攫捕众生的米诺斯紧逮。
你看，他怎样把两肩变成了胸膛。
他喜欢向太远的未来瞻照，
所以现在要后退着向后面张望。
你看忒瑞西阿斯。他改变形貌，
由男子之身化为一个女人，
肢体的每一部分都舛易颠倒。
之后，他要再度用原来的那根
棍子，向再度交缠的双蛇击打，
才能再度恢复昔日的男身。
那是阿伦斯，正朝他的腹部移踏。
在卢尼的山峦之麓，卡拉拉人耕田
聚居。在那个地方，为了观察
星辰和大海时，避免叫视线
受阻，阿伦斯在山洞里居住。
那山洞，位于白色的大理石中间。
另一个女人，以乱发盖着双乳。
双乳你看不见；毵毵的毛皮
都在那长着乳房的一边覆布。
她是曼托，探索过许多土地，
然后在我出生的故乡定居。
请稍稍听我述说此事的底细：
自从她的父亲在阳间死去，

而巴克科斯之城遭遇奴役的困厄，
在很长的一段时间里，她浪迹寰宇。
在蒂罗尔之北，阿尔卑斯山阻隔
环抱着德国；在山脚，在美丽的意大利
北部，躺着一个湖，名叫贝纳科。
一千道——甚至逾千道——泉水，我估计，
在噶尔达和卡摩尼卡山谷间涤淘
亚平宁山脉，再向贝纳科漂洗。
湖的中央有一个地方；取道
该处，特伦托、布雷沙、韦罗纳的牧师
就可以在那里给人赐福祷告。
佩斯克耶拉——漂亮而坚固的城池——
就位于沿岸降得最低的地点，
跟布雷沙、贝尔噶摩等族对峙。
物质不能在贝纳科的胸怀间
停留，就要全部向下面溅跌，
成为河流，在绿色的草原上蜿蜒。
当这些水开始奔腾外泄，
就不再称为贝纳科，而称为门绰，
在戈维尔诺下泻而跟波河相接，
奔流得不太远，就在低地上移挪，
然后散开，形成沼泽之地，
在夏天，有时会变得恶臭污浊。
那个凶残的处女经过这里，
见沼泽的中央有一块荒土

无人耕耘，也没有居民的踪迹；
为了与世人绝缘，就在该处
和奴仆留了下来，占卜蓍龟，
度过了一生，只留下空骸一副。
之后，那些被驱诸四方的族类
在那里聚集。那里的形势安稳，
因为它有沼泽在四边环回。
这些人在骨殖上建了一座城镇。
由于卜居该地的第一人是曼托，
就称曼图亚，而无须占卦求神。
在卡萨罗迪糊里糊涂地跌落
皮纳蒙特所布的圈套之前，
城中的人口要比今日繁多。
因此，我要提醒你：如果你听见
敝城的前身跟我的说法有别，
不要让真相见屈于任何谣言。”
于是我答道：“老师呀，你的讲解
这么明确，我已经坚信真谛；
异端于我，会像死灰般熄灭。
不过，请告诉我，经过的阴魂里，
你可曾看见值得一提的人物？
我的心意，只向这一点聚集。”
老师答道：“你看那个人，长胡
从两边面颊披落黝黑的双肩。
当年，希腊的壮丁都踏上了征途，

摇篮都几乎没有男婴在安眠。
　当时，这个人是占卜官，和卡尔卡斯
　卜出了何时开始在奥利斯砍纤。 111
他名叫欧律皮洛斯。我那文辞
　高华的悲剧，有一节曾歌咏过他。
　你熟知这点——深谙全诗的每一字。 114
另外一个人，两胯瘦得可怕——
　他是迈克尔·斯科特。这个人的心智，
　真能用巫术的把戏去欺诈。 117
你看圭多·波纳提跟阿斯典特这巫师。
　此刻，后者悔当年没有把精神
　用于皮革和粗线；但悔得太迟。 120
你看这些可怜妇。她们抛针
　弃梭，丢掉了纺锤，改行当巫婆，
　用药草、偶像施降魔法去害人。 123
现在你过来。该隐已抱棘下堕，
　把地球的东西两半同时持按，
　并且触到了塞维利亚之下的沧波。 126
此外，月亮在昨夜已经盈满。
　这一点，你应该牢记。你在黑林
　深处时，她曾经助你脱灾解难。” 129
维吉尔说话时，一直在和我前进。

注释：

1. **我要吟咏新的痛苦了**：这里的“我”，指诗人但丁而非旅人但丁。“吟咏新的痛苦”，指进一步讲述地狱的刑罚。

2. **第一篇第二十章**：指《地狱篇》第二十章，也就是本章。

3. **第一篇……奸邪**：指《地狱篇》所讲，是陷溺于地狱的奸邪。

7. **圆谷**：罪恶之囊（地狱第八层）的第四囊，专门惩罚巫觋、预言者、占卜者。

8. **默默**：这一囊的亡魂都不作声。

9. **连祷**：天主教的祈祷仪式，祈祷者列队缓缓前进。

22. **同类的形相**：指人类的形相。

28. **怜悯死透了才长得繁茂**：意思是残忍地对待这里的罪恶，才是真正的怜悯。地狱的亡魂既然罪有应得，上帝既然绝对公平，旅人但丁就不该自以为是，对罪魂表示同情。

29–30. **试问……干扰**：上天（即上帝）的裁决绝对公正，亡魂受这样的刑罚是罪有应得，同情这些罪无可恕的亡魂，等于以个人感情干扰上帝的裁决。

34. **安菲阿拉奥斯**：Ἀμφιάραος（Amphiaraus），攻打忒拜的七将之一，也是阿尔戈船英雄之一，七个预言家之一。在忒拜之战发生前，安菲阿拉奥斯预知自己会战死，于是躲藏起来。但妻子受了贿，把他出卖，结果被迫出征，在战场上驾战车遁逃间，因大地被宙斯擘裂，连人带车堕进了深壑。后来，其子杀死了母亲，为他报仇。参看《地狱篇》第十四章六八至六九行。**你自甘战败**：指安菲阿拉奥斯逃避敌人的追击时遭大地吞噬。

36. **米诺斯**：Μίνως（Minos），参看《地狱篇》第五章四至一五行。

38–39. **他喜欢……向后面张望**：安菲阿拉奥斯是预言家，喜欢前瞻未来；死后要接受报应式刑罚：后退着向后面张望。

40–45. **你看忒瑞西阿斯……恢复昔日的男身**：忒瑞西阿斯（Τειρεσίας，Tiresias），忒拜（Θῆβαι，拉丁文 Thebae，英文 Thebes）预言家，厄维瑞斯（Everes）和仙女卡里克罗（Χαρικλώ，Chariclo）的儿子，龙种武士的后裔。寿命特长，经历了忒拜的七代人事。有一次，他用手杖把交媾的双蛇分开，结果自己变成了女人。七年后，再次看见当日的双蛇，再用手杖向它们击打，于是恢复了男身。后来，宙斯和赫拉争辩，就“男女交媾，谁的快感更大”这问题展开争辩，各执一见。于是请兼具男女经验的忒瑞西阿斯仲裁。忒瑞西阿斯的结论与宙斯的看法相同：男女交媾中，女性的快感大于男性，两者约为九与一之比。这样的仲裁触怒了赫拉，结果忒瑞西阿斯被赫拉击盲。为了给忒瑞西阿斯补偿，宙斯赐他预知未来的能力。忒瑞西阿斯预言过赫拉克勒斯伟业大展，奥德修斯会灾劫是逢，攻忒拜的七将出师不捷，后辈英雄出师成功。这些预言，后来都一一应验。

46. **阿伦斯**：古代穴居于埃特鲁利亚（Etruria）的预言家。预言罗马内战以庞培之死结束，胜利者是凯撒。其后，内战的发展一如他的预言。参看卢卡努斯的《法萨罗斯纪》第一卷五八四至六三八行。“阿伦斯”，拉丁文叫 Arruns，意大利文叫 Aronta，汉译以拉丁文原音为准。

47. **卢尼**：指古代埃特鲁利亚（Etruria）濒海的城市路纳（Luna），也叫卢尼（Luni），在意大利托斯卡纳郡阿普阿尼亚（Apuania）之西，马格拉（Magra）河口附近，离著名的大理石产地卡拉拉（Carrara）不远。

52–54. **另一个女人……覆布**：指第五十五行的“曼托”。“双乳你看不见”，是因为这个女巫的胸部在前，头颅扭到了背后。

55. **曼托**：Μαντώ（Manto），忒拜预言家忒瑞西阿斯的女儿，能预知未来。移居意大利后，建立了以她为名的曼图亚城（拉丁文和英文为 Mantua，意大利文为 Mantova），也就是维吉尔的故乡。一说建立曼图亚的，是曼托与特韦雷（Tevere）河神所生的儿子。有关曼托的身世，但丁的《神曲》和维吉尔的《埃涅阿斯纪》不尽相同。参看 Bosco e Reggio, *Inferno*, 300; Sapegno, *Inferno*, 229; Singleton, *Inferno 2*, 351-52。

56. **我出生的故乡**：指曼图亚，也就是维吉尔的出生地。

58. **她的父亲**：指忒瑞西阿斯。

59. **巴克科斯之城遭遇奴役的困厄**：巴克科斯（Βάκχος，Bacchus），酒神，即狄奥尼索斯（Διόνυσος，Dionysus），相等于罗马的 Liber Pater（直译是“酒父”，又译“利柏尔”，即 Liber 的译音）。相传酒神在忒拜城出生，受忒拜人奉祀，因此忒拜城又称巴克科斯城。忒拜遭七将攻打后，复遭暴君克瑞翁（Κρέων，Creon）奴役。

61. **蒂罗尔**：指蒂罗尔城堡，意大利文“Tiralli”，英文 Tyrol。在美拉诺（Merano）附近，建于十二世纪。

63. **贝纳科**：意文“Benaco”，意大利伦巴第的一个湖泊，今日叫噶尔达湖（Lago di Garda），罗马时代叫贝纳库斯湖（Lacus Benacus）。

65. **噶尔达**：噶尔达湖东岸的一个城镇，距离韦罗纳（Verona）约十五英里。参看 Toynbee, 305,“Garda”条。**卡摩尼卡山谷**：在噶尔达湖西北，长约五十英里。参看 Singleton, *Inferno 2*, 254。

67–69. **湖的中央……给人赐福祷告**：特伦托（Trento）、布雷沙、韦罗纳是意大利北部的三个城镇，其位置刚好构成一个三角。三角的中央是噶尔达湖，湖心有一个叫勒奇（Lechi）的小岛，岛上有圣玛格丽达（Margherita）教堂。由于勒奇岛位于三个教区的共同边界，三区的神父都可以在教堂内赐福祷告，主持宗教仪式。

70–72. **佩斯克耶拉……对峙**：Peschiera，噶尔达湖东南的一个城堡。在但丁时期，由韦罗纳斯卡利杰里（Scaligeri）家族掌控。

77–78. **门绰，/……相接**："门绰"（Mencio），今日称 Mincio。意大利河流，发源于佩斯克耶拉附近的噶尔达湖，南流至曼图亚；再向东南，在戈尔维诺罗（Governolo）流入波河时成为湖泊。

82. **那个凶残的处女**：指曼托。

93. **就称曼图亚，而无须占卦求神**：在古代，城市命名前要占卦求神。曼图亚命名时，没有经过这一程序。

94–96. **在卡萨罗迪……比今日繁多**："卡萨罗迪"，全名阿尔贝托·卡萨罗迪（Alberto da Casalodi）。布雷沙伯爵，属圭尔佛党。据 Benvenuto（见 Sapegno, *Inferno*, 231-32）所说，卡萨罗迪于一二七二年取得曼图亚的统治权。其后遭民众反对。为了保权，听信吉伯林党的皮纳蒙特·德波拿科尔西（Pinamonte de'Buonaccorsi）的建议，把城中贵族（包括卡萨罗迪本人的支持者）放逐。结果皮纳蒙特乘虚而入，煽动民众夺取政权，把卡萨罗迪和许多显贵逐出曼图亚，铲除了许多大户。

105. **我的心意，只向这一点聚集**：原文"chè solo a ciò la mia mente rifiede"，用了迂回的修辞法。意思是：我只想知道这一点。

106–107. **那个人……双肩**：指一一二行的欧律皮洛斯。

108–109. **当年……安眠**：指特洛亚战争中，希腊的壮丁都要出征，家家户户再没有男孩。

110. **卡尔卡斯**：Κάλχας（Calchas），希腊神话中的预言家，阿尔戈船英雄之一，随希腊联军出发，远征特洛亚。联军出征前，预言统帅阿伽门农（Ἀγαμέμνων, Agamemnon）要以女儿伊菲格尼亚（Ἰφιγένεια, Iphigenia）为牺牲，向阿尔忒弥斯（Ἄρτεμις，Artemis）奉献，联军方能从奥利斯（Αὐλίς，Aulis）启航。

112. **欧律皮洛斯**：Εὐρύπυλος（Eurypylus），希腊神话中的预言家。特洛亚沦陷后，奉联军之命求索阿波罗的神谕。但丁说他在希腊联军出发前"卜出了何时开始在奥利斯砍纤"，可能是记忆之误。

113. **悲剧**：原文"tragedìa"，指维吉尔的《埃涅阿斯纪》。在但丁时期，"悲剧"的意义与今日有别，风格高华的作品都可以称为"悲剧"。关于但丁称维吉尔作品为"悲剧"的原因，可参看他致坎·格兰德的信（*Epistole* XIII, 29）和《俗语论》（*De vulgari eloquentia*, II, IV, 5-7）。

有一节曾歌咏过他：见《埃涅阿斯纪》第二卷一一三行及其后的描写。

114. **你熟知这点——深谙全诗的每一字**：诗人但丁间接指出，他如何谙熟维吉尔的《埃涅阿斯纪》。

116. **迈克尔·斯科特**：苏格兰天文学家、炼金术士、巫师、哲学家、占卜家、预言家、占星家，约生于一一七五年，约卒于一二三五年。曾出入帕勒尔摩（Palermo）腓特烈二世的宫廷。由阿拉伯文转译过亚里士多德部分著作。据说能预测自己如何死亡，也预测了意大利一些城市的命运。

118. **圭多·波纳提**：佛尔利（Forlì）的占星者、占卜者，曾为腓特烈二世、圭多·达蒙特菲尔特罗（Guido da Montefeltro）占卜。达蒙特菲尔特罗能战胜法国的教皇军队（一二八二年），据说得力于他的预言。**阿斯典特**：原文"Asdente"，意为"无牙汉"，真名本文努托（Benvenuto），帕尔玛（Parma）人，生于十三世纪下半叶。原为鞋匠，其后转业占卜，预言颇为灵验。参看但丁《筵席》（*Convivio* IV, XVI, 6）。

119–120. **后者悔当年没有把精神/用于皮革和粗线**：指阿斯典特当年不务本业，否则就不致有今日的下场。皮革和粗线都是鞋匠用来制鞋的材料。

121–123. **你看这些可怜妇……施降魔法去害人：可怜妇**：泛指一般巫婆。不过维吉尔没有逐一点名。**针**：指缝纫。**梭**：指织布。**纺锤**：指纺纱。**药草**：指巫婆用来制春药、毒药的药草。**偶像**：指蜡或其他物料制成的人像。古人相信，用针刺戳或用火销毁这些人像，人像所代表的人物就会受伤或死亡。其原理和中国的迷信相似。

124–126. **现在你过来……沧波：该隐已抱棘下堕**：《圣经·旧约》记载，该隐（Cain）是亚当和夏娃的长子，谋杀了弟弟亚伯（Abel）。据意大利的传统说法，该隐谋杀了亚伯后，由于想掩饰罪行，被上帝囚禁在月亮里；月亮的阴影是该隐和荆棘。"该隐已抱棘下堕"，指月亮已经西沉。在《神曲》里，地球分南北半球：南半球是大海，北半球是陆地，以耶路撒冷为中心。**把地球的东西两半同时持按**：指月亮从东极上升，向西方的边陲（西班牙塞维利亚以外的大海）下堕。东极的起点和西极的终点恰巧是东西半球的两极。月亮运行的轨迹，位于南北半球交界的上空。这几行所写的时间，是上午六时。摩尔（Moore）指出，但丁谈到地狱新的一天，喜欢以月亮的轨迹计时。参看 Singleton, *Inferno 2*, 362。至于维吉尔身在地狱，何以知道月亮的位置，《神曲》没有交代。

127. **月亮在昨夜已经盈满**：此刻，耶路撒冷是下午一时，恒河是下午六时，炼狱是午夜。参看 Vandelli, 199。

128–129. **你在黑林/深处时，她曾经助你脱灾解难**："她"，指月亮。《地狱篇》

不曾提过月亮助但丁脱灾解困。在该篇里面，助旅人但丁“在黑林 / 深处……脱灾解难”的是黎明的太阳（参看《地狱篇》第一章第二行，第一章一五至一八行）。许多论者对这两行有不同的诠释，可是都显得牵强，在此不再引述。

第二十一章

但丁和维吉尔来到惩罚污吏的第五囊，只见沥青沸腾，折磨着罪人。监察罪人的是一群叫邪爪的妖怪。其中一个，这时正穿胯拖着一个罪人，把他掷下，再去捕捉别的阴魂。一群邪爪从桥下冲出，要伤害维吉尔。维吉尔与妖怪之一的马拉科达理论，众妖才知道眼前的人伤不得。不过马拉科达给维吉尔指路时，仍然以谎言误导他。

就这样，我们由此桥走往彼桥，
　谈论着此曲无意歌咏的东西。
　当我们驻足，看罪恶之囊的另一条
裂缝，以及另一些空流的涕洟，
　我们已到达囊上石桥的高巅；
　在那里，发觉地方黑暗得出奇。
在威尼斯的船坞，到了冬天，
　就有人把黏力强大的沥青熔煮，

拿来修补他们破漏的船舰，——
他们不能够航行。由于这缘故，
乃有人自造新船；有人替多回
出海归来的舟楫把伞骨抹堵；
有人在这边锤船头，在那边锤船尾；
有人在造桨；有人在搓结绳索；
有人把三角帆和主帆修补缝缀。
上述的裂缝，因神工——非因烈火——
而有厚浓的沥青在下面沸腾，
并且把堤壁的每一处黏涴。
我看得见沥青；沥青里只能
看见泡儿沸腾着涌冒向上。
沥青在一起平伏，也一起涨升。
我正在聚精会神向下面凝望，
听到我的导师说：“小心哪，小心！”
同时被他从立足处拉到他身旁。
于是我转身，就像某些人，要赶紧
看一眼他们应该逃避的事物，
回望时却突然吓得魄散心懔；
于是一边望，一边继续奔突。
我看见一个黑妖在背后飞奔
而来，沿巉岩的峭壁冲出深谷。
啊，他的相貌何其恶狠！
在我眼中，举止也凶神恶煞。
他的双足轻灵，两翅平伸，

尖削的肩膀高峻而又峭拔，
这时正穿胯把一个罪人曳拖，
并且把他的肌腱牢牢紧抓。
“喂，邪爪们，”他在我们的桥上说，
“这里是圣兹塔的元老之一。
把他插下去，让我回城中多捉
一些。这类人，该城贮存了一大批。
除了邦图罗，全城是赃官一班。
为了钱，他们以‘诺’把‘否’字代替。”
黑妖掷下了阴魂，就猛地回弹
而离开石堤。脱绳的猛犬追逐
盗贼，也快不过他这样疾赶。
那罪人下沉后，又蜷着身体上浮。
可是，那些藏匿于桥下的妖魔
都喊道：“神圣的颜容可不在此处。
在此处游泳可不像塞尔格奥的洗濯！
所以，如果你不想尝我们的利钩，
就不要冒出焦油之上的处所。”
然后用百多个长叉把他压扣，
并且说：“你应该藏匿在下面跳舞，
这样，你才能暗暗地夺取抓偷。”
他们的做法，就像厨师令奴仆
在厨房里用他们的叉子把肉块
戳进锅里，使它不能够上浮。
贤师见状，就对我说：“蹲下来，

妖怪与污吏

然后用百多个长叉把他压扣……

（《地狱篇》，第二十一章，第五十二行）

在巨石后面找一个地方藏身，
别让人家见你置身于这地带。
如果你见到有谁冒犯本人，
不要怕：我谙晓这里的实情，
而且也经历过这类纠纷。”
说完就越过桥头继续前行。
然后，当他走上了第六道石堤，
就不得不硬着头皮，故作镇定。
如一群暴怒的恶狗咆哮出击，
从背后向一个贫丐猛扑，
使他骤然在停步处求乞，
那些妖怪从桥下蓦地冲出，
把所有的利钩向他捅来。
“谁都不许胡来！”老师在喝呼，
“要我在你们的利钩下就逮，
得先派一个人上前听我讲几句；
然后，再商议怎样把我钩摘。”
众妖齐喊道：“让马拉科达上去！”
于是，众妖兀立间，一妖走向
维吉尔。“于事有补吗？”妖怪在自语。
“马拉科达，你以为，目睹我这样
来到这里，”老师正色训斥他，
“在你们所有的抵御下一直康强，
会没有天意在善为安排吗？
快给我们让路！上天的圣敕

众妖怪与维吉尔

“谁都不许胡来！”老师在喝呼……

（《地狱篇》，第二十一章，第七十二行）

要我带一个人到这条荒径视察。”
妖怪听后，傲慢刹那间消失，
手中那支利叉也丢在脚前。
“他呀，伤不得。”妖怪向众伴劝止。
于是，导师对我说：“你呀，借桥面
藏身，在那些石头中间蹲伏；
现在安全了，请返回我身边。”
我闻声而起，匆匆向老师举步；
那些妖怪也全部冲了上来。
我悚然以惊，怕他们把协议废除。
我见过的步兵，曾表现这样的神态：
在和约订立后，走出卡普罗纳堡，
见四周有那么多的人而感到惊骇。
我挨了过去，把整个身体紧靠
我的导师，目光始终不曾
移离那些妖怪的丑恶颜貌。
群妖放下了利叉。“我去碰碰
他的屁股，好吗？”其中一个说。
众妖齐嚷道：“好哇，去撑他一撑！”
那个和我的导师说话的妖魔
闻言，却猝然向后扭转了身体，
说道：“斯卡米里奥内，别这样做！”
然后对我们说：“沿这道石脊
不能再向前。——第六道拱桥已经
全部折断，此刻正躺在坑底。

不过，要是你们俩仍然要前行，
　就请走在这条石堤的表面。——
　不远处会另有石脊把你们引领。 111
昨天，比此刻晚五个钟头的时间，
　这里的路，由被毁之日到那一刻，
　刚满一千二百六十六年。 114
我会派这里的一些同伴去观测，
　看那边有没有人在乘凉徘徊。
　跟他们一道吧；他们会守规矩的。” 117
“阿利克诺、卡尔卡布里纳，你们上来；”
　马拉科达说，“还有你呀，卡亚佐。
　巴巴里恰，你负责把卫队统率。 120
里比科科和德拉格亚佐也加入这一伙。
　獠牙的奇里阿托，还有格拉菲阿卡内、
　法法勒洛，还有鲁比坎特这狂魔。 123
你们先探索这些沸焦油的周围，
　让他们到下一条石脊时免受困厄，
　沿完整的路凌跨众窟之背。” 126
“哎呀，老师，我眼前所见的是什么？”
　我说，“我不要他们陪；你认得路。——
　我们就独行吧，无须他们护送了。 129
你一向谨慎，现在该谨慎如故。
　他们在磨牙，难道你没有觉察？
　而且还怒目横眉，对我们吓唬？” 132
老师听后，对我说：“不要害怕。

他们要磨牙就让他们磨个够；
其怒气，是针对被煮的可怜虫而发。”
群妖转身，向左边的堤坝行走；
动身前都先把舌头吐出口腔，
以等待号令的神态望着魔首。
于是，魔首把屁眼当喇叭吹响。

注释：

1. **由此桥走往彼桥**：由第四囊之上的桥走到第五囊的桥。

2. **谈论着此曲无意歌咏的东西**：指但丁和维吉尔谈到别的事情，不过所谈与《神曲》无关，在此没有吟咏。

3–4. **另一条 / 裂缝**：指罪恶之囊的第五囊。第五囊用来惩罚买卖圣职者。**空流的涕洟**：指亡魂痛苦流泪，也无济于事。

5. **囊上石桥的高巅**：指石桥拱起的最高处。

7–15. **在威尼斯的船坞……修补缝缀**：威尼斯的船坞，建于公元一一〇四年，在中世纪的欧洲规模最大，活动最繁忙。这段描写的音义、节奏相辅相成，强调船坞的活动繁忙。Steiner（*Inferno*, 259）指出，这里的描写，是《神曲》有名的比喻。

16. **上述的裂缝**：指第四行的“裂缝”，即第五囊。

25–28. **于是我转身……继续奔突**：在这四行的描写中，旅人但丁的动作、神态如在目前。

37. **邪爪们**：原文“Malebranche”，指负责监管第五囊的众妖怪。这行描写刚出现的邪爪呼唤同类。一二八〇年二月十八日，教皇尼古拉三世（参看《地狱篇》第十九章三一至一二〇行）的侄儿拉丁诺·马拉布兰卡（Latino Malabranca）到翡冷翠调停敌对派系的纠纷。当时，但丁刚好十五岁。“Malebranche”一词，可能源出“Malabranca”。参看 Chiappelli，118。

38. **圣兹塔**：santa Zita，生于一二一八年，约卒于一二七八年，意大利城市卢卡（Lucca）的保护神。兹塔卒前是个女用人，卒后成为用人的始祖。这里以“圣兹塔”代表卢卡。**元老之一**：“元老”是卢卡的执政官。“元老之一”，指贪官马尔提诺·波泰约（Martino Bottaio）。波泰约在世时，浅薄而骄矜。

41. **除了邦图罗，全城是赃官一班**：邦图罗，全名为邦图罗·达提（Bonturo Dati），十四世纪卢卡一个党派的领袖，也是城中最大的贪官。“除了邦图罗”一语，有极浓的讽刺意味。

42. **为了钱，他们以‘诺’把‘否’字代替**：原文的“诺”是“ita”，拉丁文“对”或“就是这样”的意思。在但丁时期，“ita”也可当作意大利语的“sì”（是）字来用。“否”，原文为“no”。整行的意思是：为了钱，这些贪官应该对人说“不”的时候却说“是”。

43–45. **黑妖……疾赶**：指妖怪放下了阴魂，又赶着捕捉别的贪官。

48. **神圣的颜容**：指卢卡圣马尔提诺（San Martino）大教堂十字架上的耶稣受难像。该受难像是圣物，用黑木制成，由拜占庭运来。

49. **在此处……洗濯**：“此处”指地狱。**塞尔格奥**：托斯卡纳的河流，自亚平宁山脉发源，南流向卢卡，在卢卡以北向西南流入利古里亚海。参看 Toynbee，571，“Serchio”条。卢卡人喜欢在塞尔格奥河张开两臂仰泳，一如十字架上受难的耶稣。在地狱里，“游泳”却是另一回事。邪爪的话有强烈的讽刺味道。

54. **这样，你才能暗暗地夺取抓偷**：这行也有强烈的讽刺味道。暗示亡魂在阳间的政治世界浑水摸鱼。

55–57. **他们的做法……不能够上浮**：这三行又是但丁利用日常经验为喻的好例子。

63. **而且也经历过这类纠纷**：参看《地狱篇》第八章八二至一三〇行，第九章二二至三〇行。

66. **故作镇定**：从这行可以看出，维吉尔有点紧张。

67–71. **如一群……向他涌来**：但丁再度利用日常经验为喻。

76. **马拉科达**：原文为“Malacoda”，是“邪尾”的意思。

95. **卡普罗纳堡**：比萨的一座城堡。一二八九年，托斯卡纳的圭尔佛党以卢卡人、翡冷翠人为首，攻占了卡普罗纳堡。当时，但丁是翡冷翠军队的成员，曾参与这次征讨。

96. **见四周……感到惊骇**：但丁在叙述个人目睹的经验。

100–102. **我去碰碰/……去撑他一撑**：但丁不避俚俗，写妖怪的态度和言谈，为严肃的题材增添了诙谐效果。

103. **那个和我的导师说话的妖魔**：指第七十六行的马拉科达。

105. **斯卡米里奥内**：在一〇〇至一〇一行说话的妖怪。

106–111. **然后……把你们引领**：Singleton（*Inferno 2*，375）指出，妖怪的话半

真半假，因为在第六囊的范围里，折断的拱桥不止眼前的一条。参看《地狱篇》第二十三章一三三至一四四行。因此，“不远处会另有石脊把你们引领”一句是妖怪的谎言。

112–114. **昨天……刚满一千二百六十六年**：妖怪说话的时间是耶稣受难后的星期六上午七时。再过五小时，就是正午。耶稣于公元三十四年受难日身亡。昨天（受难日）正午，耶稣受难刚满一千二百六十六年。耶稣受难时发生地震，罪恶之囊的桥都被震塌。

115–116. **我会派……乘凉徘徊**：Singleton（*Inferno 2*, 376）指出，这两行也是谎言，旨在叫维吉尔和但丁上当。**乘凉徘徊**：指亡魂冒出沸腾的沥青。

118–123. **阿利克诺……鲁比坎特这狂魔**：邪爪呼唤的都是妖怪的名字。有些论者指出，这些名字是但丁所创，不但有音，而且有义：马拉科达（Malacoda）是“邪尾”，巴巴里恰（Barbariccia）是“虬髯”，卡亚佐（Cagnazzo）是“劣狗”，德拉格亚佐（Draghignazzo）是“邪龙”，奇里阿托（Ciriatto）是“猪脸”，格拉菲阿卡内（Graffiacane）是“搔狗”，鲁比坎特（Rubicante）是“红脸”，斯卡米里奥内（Scarmiglione）是“蓬头”。参看 Sinclair, *Inferno*, 279。但丁在这里也可能借妖怪之名嘲讽十四世纪初翡冷翠和卢卡的官吏。参看 Musa, *Inferno*, 266。

125–126. **让他们……凌跨众窟之背**：这两行也是谎言，因为第六囊的桥都已崩塌（Singleton, *Inferno 2*, 377）。

139. **于是……吹响**：《地狱篇》的基调可怖而阴沉。这行为第二十一章营造了滑稽效果。

第二十二章

但丁、维吉尔与十个邪爪一起前进，看见阴魂在沸腾的沥青里受刑。阴魂为了减轻痛苦，不时露出背脊，然后迅速隐匿。恰姆坡洛来不及躲避，遭邪爪格拉菲阿卡内钩住。维吉尔应但丁的请求，询问恰姆坡洛的身世。恰姆坡洛说出了身世后，答应唤来更多的污吏，条件是众邪爪稍微后退。卡亚佐怀疑恰姆坡洛的动机；阿利克诺却接受了恰姆坡洛的请求。众邪爪一后退，恰姆坡洛马上逃遁，刹那间影灭踪消。卡尔卡布里纳见恰姆坡洛的诡计得逞，跟阿利克诺厮打起来，双双跌进沸腾的池沼。巴巴里恰命四个邪爪追捕恰姆坡洛，已经迟了一步。但丁和维吉尔离开时，池中的两个邪爪已受尽煎熬。

以前，我曾经见过骑兵拔营，
　开始攻击，检阅中集合在一起，
　有时又奔驰遁窜着四散逃命；
我见过侦骑驰过你们的土地，
　阿雷佐人哪，我见过骑兵入侵，

骑士比武时集体或单独出击；
一会儿是号角，一会儿是钟铃之音，
一会儿是鼓声以及城堡的信号，
以及本国和外国的各种物品；
却从未见过步兵或骑士依照
这么古怪的号角奔驰；也未见过船舶
如此让星星或陆地的信号引导。
我们继续前进，与十个妖魔一伙——
多凶的伙伴哪！——不过，“在教堂得跟
圣徒相交；在酒馆则跟酒鬼厮磨”。
我对着焦油凝视，倾注了全神，
去把壕沟的状貌看个彻底，
同时谛视亡魂在里面被焚。
一如一只只的海豚，把风来的信息
传给船上的海员时拱起背部，
好叫他们想办法拯救舟楫，
焦油中的罪人，为了减轻痛苦，
也接二连三，不时把背脊露出来，
然后倏地隐匿得比电闪还迅速。
又如沟渠里面，水边一带，
群蛙在一一潜伏，只伸出嘴巴，
不让四肢和身躯露出水外，
罪人纷纷在坑里到处俯趴。
可是，当巴巴里恰从远处走近，
他们就马上缩回沸腾的焦油洼。

我看见——那景象现在仍叫我心懔——
　一个人在迟疑，像一只青蛙，突然
　见同伴溜掉，自己却没有退隐，
被面前的格拉菲阿卡内钩住他满沾
　焦油的头发，从壕沟里拖出，
　在我眼前，就像只水獭一般。
众妖的名字，我已经全部谙熟；
　他们被挑时，我曾经细辨其样貌，
　也听过他们彼此之间的称呼。
“嘿，鲁比坎特，你得用利爪
　抓他的背脊，剥下他的皮！”
　所有可恶的群妖一起喊叫道。
于是我说：“老师呀，要是你可以，
　就看看这个可怜的亡魂是谁吧！
　看他怎么会落在敌人手里。”
我的导师走了上去，靠近他，
　问他从哪里来。他回答说：
　“我出生的故土，是王国纳瓦拉。
母亲安排我为一个贵族干活；
　她遇人不淑——我父亲是个无赖，
　毁了自己，也吃了荡产的苦果。
后来，我在贤君提博尔家发财，
　在那里从事卖官鬻爵的勾当。
　为此，我乃在沸油里偿还旧债。”
于是，奇里阿托——嘴巴两旁

野猪般各长一只獠牙的恶妖，
叫他把一牙撕皮的滋味品尝。
这时候，老鼠已经被恶猫围剿；
巴巴里恰却用双臂把他抱持，
并且说："别上来，让我把他叉撩。"
接着就回首，向着我的老师
说话："要向他打听，就得抢先，
趁他未遭别的人撕擘拘系。"
于是，导师说："那么，告诉我们，在下面
溺于沥青的罪人当中，有没有
见过意大利人？"亡魂说："不久之前，
我才跟一个与意大利人为邻的分手；
真希望仍跟他一起让沥青覆盖
而不惧利爪，也无须害怕利钩！"
于是，里比科科说："我们的忍耐
太过分了。"说完用利叉钩住他的臂
一撕，把一块臂肉扯了下来。
德拉格亚佐也伸出利叉攻击，
要钩他的两腿。魔首见状，
猛然转过身来，向群魔怒睨。
当群魔稍静，震慑于他们的大王，
我的导师就不再让时间蹉跎，
向凝望伤口的亡魂询问情况：
"你说自己倒霉，离开了同伙，
告别了那人而登岸——那人是谁？"

"是戈米塔兄弟，"亡魂回答说，
"他是噶鲁拉人，是容纳众伪之杯：
他的手，本该监管主人的仇敌；
却放走他们，获得他们的赞美。
他'拿了钱，就悄然让他们逃逸'；
他自己也这样说。做别的事情
而舞起弊来，也无所不用其极。
洛戈多罗的米凯勒·赞凯先生，曾经
跟他为伍。他们谈到撒丁岛时，
舌头不会累，可以谈个不停。
哎呀，你们看，又一个在咬牙切齿；
我本想跟你说下去，只是怕他
会随时把我的头皮搔刮整治。"
法法勒洛翻动着眼珠，要钩插
亡魂。群妖的大元帅见状，转身
喝道："走开，你这个可恶的傻瓜。"
"如果想见托斯卡纳或伦巴第人，"
惶恐的亡魂接着说，"听他们发言，
让我叫几个来此勾留一阵。
不过众邪爪得稍稍退到后面。
这样，他们才不必怕众邪爪复仇；
而我，则坐在这儿的同一地点，
单独一人吹响口哨，就能够
唤来七个人。我们一向的做法
是吹起口哨，叫人往外面走。"

卡亚佐听罢此言，翘起了嘴巴，
摇着头说：“你听，这个人为了
纵身跳下去，竟想出这样的鬼话！”
阴魂满肚子计谋，听了斥喝，
就回答说：“我实在是诡计多端，
为我的朋友带来更多的灾厄。”
阿利克诺还是沉不住气，不管
同伴的反应，就对阴魂说：“你下沉，
我就从后面抓你——不是靠驰窜，
而是展翼向沥青之上纵身。
我们且离开堤顶，在堤后隐蔽，
看你一个人是否敌得过我们。”
读者呀，下面就是新奇的把戏：
众妖把目光移到了另一边斜坡；
反对最烈的，目光移得最迅疾。
纳瓦拉人的时间拣得好稳妥！
他的双脚踏稳了地面，就突然
一跃，摆脱了充当元帅的妖魔。
众妖见状，都感到歉疚不安；
而歉疚最深的则是出错的祸首。
“抓住你了！”阿利克诺扑起来大喊。——
却于事无补，因为翅膀不能够
超越恐慌：一个潜入了坑底；
一个飞了起来，挺着胸口。
情形就像野鸭见猛隼下击，

污吏——恰姆坡洛

“抓住你了！”阿利克诺扑起来大喊。

（《地狱篇》，第二十二章，一二六行）

突然间头一缩，钻入了水中；
猛隼则再度上飞，懊恼而泄气。
卡尔卡布里纳，因受骗而勃然震动，
也跟在后面飞翔，心底却要
亡魂逃得脱，以便有机会内讧；
于是，当那个污吏影灭踪消，
他就转往同伴，以利爪相向，
和他在壕沟之上抓缠扭搅，
但敌手也是只猛隼，凶鸷而顽强，
抓得他很厉害。于是，两个魔怪
都跌落了沸腾的池沼中央。
池中的高温马上把他们分开。
可是，两者都没有脱身的可能；
他们的翅膀被紧黏，再飞不起来。
巴巴里恰，哀痛如其余的友朋；
命四个妖怪飞往池沼的另一边，
个个都拿着利叉迅疾飞腾，
分别降落他们要去的地点，
把长钩伸向被黏的两个同伴。
池中的妖怪，骨肉已尽受熬煎。
我们离开时，他们仍在纠缠。

阿利克诺与卡尔卡布里纳

但敌手也是只猛隼，凶鸷而顽强，/ 抓得他很厉害。

于是，两个魔怪 / 都跌落了沸腾的池沼中央。

（《地狱篇》，第二十二章，一三九至一四一行）

注释：

1–12. **以前……引导**：公元一二八九年，翡冷翠和卢卡的圭尔佛党在坎帕尔迪诺（Campaldino）打败了阿雷佐的吉伯林党。但丁曾参与这场战争。这节描写的意象，大概取材自但丁的个人经验。

14–15. **在教堂……厮磨**：在但丁时期，这是句有名的谚语，其句法使人想起《圣经·诗篇》第十七篇第二十五节："Cum sancto sanctus eris, et cum viro innocente innocens eris."（"慈爱的人，你以慈爱待他；完全的人，你以完全待他。"）。参看 Singleton, *Inferno 2*, 379-80。这句的意思大概是：做人要懂得适应。

19–20. **一如……背部**：海上风来时，海豚会浮上海面游动。

25–28. **又如……俯趴**：但丁在海豚意象后加上群蛙意象，亡魂所受的刑罚就更清晰、更具体地呈现在读者眼前。以相连的意象加强效果，是史诗常用的技巧。

31–36. **我看见……一般**：在海豚、青蛙意象之后，但丁再增添一个动物意象。一方面把罪恶之囊的景物写活；一方面暗示，贪官与动物同流。**格拉菲阿卡内**：妖怪之一。参看《地狱篇》第二十一章一二二行。

38. **他们被挑时**：妖怪被首领挑选时，但丁曾听过他们的名字。参看《地狱篇》第二十一章一一八至一二六行。

48. **我出生的故土……纳瓦拉**：这个亡魂是谁，迄今没有定论。早期的笺注家指出，亡魂叫恰姆坡洛（Ciampolo 或 Giampolo，法语 Jean-Paul），大概是纳瓦拉（Navarre）提博尔二世（Thibault II）的侍臣。不过这一说法，仍未为一般论者接受。

52. **提博尔**：指提博尔二世。提博尔于一二五三年至一二七〇年任纳瓦拉君王。据本文努托（Benvenuto）的说法，提博尔是个贤君。

55. **奇里阿托**：妖怪之一。参看《地狱篇》第二十一章一二二行。

57. **一牙撕皮**：奇里阿托有两只獠牙。说"一牙撕皮"，更能强调獠牙的厉害。

67. **与意大利人为邻**：指靠近意大利。撒丁（Sardinia）岛靠近意大利，因此撒丁岛的人"与意大利人为邻"。

68. **真希望仍跟他一起让沥青覆盖**：亡魂宁愿被沥青覆盖，也不愿落入妖怪手中。

70. **里比科科**：妖怪之一。见《地狱篇》第二十一章一二一行。

73. **德拉格亚佐**：妖怪之一。见《地狱篇》第二十一章一二一行。

74. **魔首**：指领导群妖的巴巴里恰。

79–80. **你说……是谁**：参看本章六六至六九行。

81–87. **是戈米塔兄弟……无所不用其极**：据翡冷翠无名氏（Anonimo fiorentino）的记载，戈米塔兄弟（frate Gomita）是撒丁岛的男修士，比萨人尼诺·维斯康提（Nino Visconti）的管家。一二七五年至一二九六年，维斯康提任撒丁岛噶鲁拉法官期间，戈米塔贪赃枉法，权重一时，维斯康提对其劣行却不闻不问。后来，维斯康提发觉戈米塔受贿后放走囚犯，才处以绞刑。转引自 Sapegno，*Inferno 2*，250。所谓"主人的仇敌"，指戈米塔暗中释放的囚犯。

88. **洛戈多罗的米凯勒·赞凯先生**：此人的身世迄今没有定论。一般的笺注家认为，赞凯曾任洛戈多罗的总督。十三世纪，撒丁岛君王恩佐（Enzo）征战期间，该岛分为四区，西北部的洛戈多罗是其中之一。恩佐战败被擒，米凯勒·赞凯迎娶与恩佐离异的王后为妻，并接收撒丁岛各区的治权。其后，米凯勒被女婿布兰卡·多里亚（Branca d'Oria）谋杀。详见 Bosco e Reggio, *Inferno*, 330; Rossi, *Inferno*, 286; Sapegno, *Inferno*, 250; Singelton, *Inferno 2*, 384-86; Toynbee, 446, "Michel Zanche" 条。有关布兰卡·多里亚的描写，参看《地狱篇》第三十三章一三七至一四七行。

93. **把我的头皮搔刮整治**：指妖怪以利钩刺戳亡魂。

94. **法法勒洛**：妖怪之一。

95. **群妖的大元帅**：指巴巴里恰。

105. **叫人往外面走**：引诱沥青里的亡魂冒出来。

106. **卡亚佐**：妖怪之一。见《地狱篇》第二十一章一一九行。

107–108. **你听……鬼话**：卡亚佐看出了恰姆坡洛的诡计，知道他说谎，以求脱身。

109–111. **阴魂……灾厄**：恰姆坡洛公然"承认"，他在用诡计欺骗同伴冒出来。当然，后来的发展说明，恰姆坡洛并没有这样做。他"答允"施诡计，不过是为了逃离邪爪。

112–117. **阿利克诺……是否敌得过我们**：妖怪之一的阿利克诺中了恰姆坡洛的计，愿意隐身崖后，让他呼唤别的亡魂。不过隐身前，阿利克诺警告，如果恰姆坡洛逃走，他就会展翼追捕。

119. **众妖……斜坡**：众妖回过身来，背向第五囊。

120. **反对最烈的，目光移得最迅疾**："反对最烈的"，指卡亚佐，因为他一开始（见本章一〇七至一〇八行）就不相信恰姆坡洛。他的"目光移得最迅疾"，指他回身背向第五囊的速度最快，希望阿利克诺上当，好让他受其余的妖怪攻击。

121. **纳瓦拉人**：指恰姆坡洛。

127–128. **因为翅膀不能够 / 超越恐慌**：意思是：妖怪阿利克诺虽有翅膀，却追不上恰姆坡洛；恰姆坡洛出于恐慌，窜逃得更迅疾。参看《埃涅阿斯纪》第八章二二四行："pedibus timor addidit alas."（"恐慌给他的双足添翼。"）。

133–135. **卡尔卡布里纳……内讧**："卡尔卡布里纳"，妖怪之一。卡尔卡布里纳表面是"勃然震动"，内心却希望恰姆坡洛逃脱。从这句描写，可见众妖各怀鬼胎。

136–138. **于是……扭搅**：指卡尔卡布里纳与阿利克诺扭打起来。

第二十三章

但丁跟随维吉尔前进，因邪爪的结局想起伊索的一则寓言。但丁怕邪爪迁怒，把心中的想法告诉了维吉尔；维吉尔也有同感。维吉尔的话还未说完，众邪爪已展翅追来。两人逃脱后，来到第六囊，见伪君子在那里穿着镀金的铅衣缓步悲泣。两人认识了快乐修士卡塔拉诺和洛德灵戈，并看到该亚法被三根桩子钉在地上。维吉尔向修士询问去路时，知道邪爪马拉科达在第五囊向他说谎。之后，但丁随维吉尔继续前行。

我们两个，孤独无伴，默默地
　一个前，一个后，继续地狱的征途，
　步姿一如小兄弟会的修道者。
我的思绪，因刚才的争斗事故
　而转向伊索所撰的一则寓言，
　想到作者讲述的青蛙和老鼠。
因为半斤和八两的相似之点，

也无以过之。我们专心细察
其始末，相似之处就会显现。
同时，一如念头会彼此触发，
我接着又为另一种想法出神；
结果和先前比较，是倍感惊怕。
我这样想："这些妖怪，因我们
而遭到愚弄嘲戏，自尊备尝
打击，相信他们会大感羞愤。
如果怒火使原来的恶意增长，
他们必会追上来；其攻势之凶残，
将凌驾于咬噬幼兔的恶狗之上。"
这时候，我已经感到毛发悚然，
并且驻足凝神，向后面细察，
同时说："老师呀，不能再怠慢；
我们得快点躲起来，不然我怕
邪爪们加害。他们已经追来了；
是思虑太过吧，我听到步声杂沓。"
维吉尔说："我以铅镜为躯骼，
去摄取你的外貌，恐怕也不能
像我领会你内心那么快呢。
刚才，你我的想法正好相逢；
在行动和表面上都没有出入。
因此，我建议两者走相同的旅程。
如果右边堤岸的倾斜坡度，
容许我们向另一条壕沟降落，

我们就可以摆脱想象中的追捕。”
维吉尔还未把计划全部述说，
我已看见众妖怪展翅飞来，
在不远处趋前，想把我们活捉。
导师立刻抱住我，速度奇快，
就像母亲睡梦中听到喧嚷
而惊醒，见身边着了火而无比惶骇，
抱起了孩子，就一溜烟逃离现场，
担心孩子甚于担心自己，
结果连衬衣也来不及披上。
维吉尔仰着身，从石堤之顶下移，
沿一块倾斜的岩石滑下去
（岩石是障蔽下一坑的一面峭壁）。
陆地上，磨坊的大水向渠中奔聚，
去推动巨轮。当大水靠近车叶，
速度最为湍急，却不像这须臾
老师滑落堤壁时那么迅捷。
老师把我在怀里紧紧地搂抱——
不像朋友；像紧拥儿子的爹爹。
他的双脚在下面的深坑刚踏到
地底，众妖怪已经追到我们
头上的小山；却不能给我们惊扰，
因为高天的意旨要他们充任
臣侍，专为第五道深坑而来，
并且使他们无力向别处窜奔。

逃离众妖

他的双脚在下面的深坑刚踏到 / 地底，众妖怪已经追到我们 / 头上的小山……

（《地狱篇》，第二十三章，五二至五四行）

伪君子

他们都披着斗篷，头巾下捂，/ 盖住了眼睛。

（《地狱篇》，第二十三章，六一至六二行）

深沟里，只见一群人，满身颜彩，
兜着圆圈，十分缓慢地徒步，
一边走，一边哭，样子萎靡而疲怠。

他们都披着斗篷，头巾下捂，
盖住了眼睛。斗篷的样式和外形，
一如克吕伊僧侣所穿的衣服：

外面镀了金，明亮得炫人眼睛；
里面却全是铅。与之相比，
腓特烈的刑衣会像稻草一般轻。

劳累的斗篷啊，他们要永远拖披！
我们再度朝左手的方向拐弯，
伴着众阴魂，凝神听他们悲泣。

不过，那些倦魂都负着重担，
所以前进得极慢，结果我们
每走一步，就有了新的旅伴。

因此我对导师说：“请你留神
找一个名字或事迹彰显的一叙；
前进时，请你打量四周的人。”

亡魂之一，听到托斯卡纳语，
就从后面喊我们：“可以停留吗？
晦冥中，你们竟走得这么匆遽。

也许我可以给你们完满的回答。”
导师闻言，就转身说：“请止步，
然后再陪他走同样的步伐。”

我停了下来，看见两个人，露出

亟欲赶上来和我同行的神情；
但由于衣重路挤，都遭到障阻。
他们追了上来，就用眼睛
默默向我斜睨了好一阵子，
然后转过身去，交谈品评：
“这个人的喉咙在动，似乎还没死；
不然，他们凭什么特权，有办法
脱下身上沉重的圣衣来此？”
然后对我说：“托斯卡纳人哪，
你碰到愁容满面的伪君子集团了。
请不要鄙夷，说说你的身分吧！”
于是我对他们说：“我在美丽的
阿尔诺河之畔的名城出生、成长，
所披的肉体一直是目前这个。
你们是谁呢？我看得见哀伤
纷纷从你们的面颊下滴。
是什么刑罚，使你们的身体闪光？”
其中一人答道：“橙色的大衣
都是铅做的；秤杆在重压之下，
都在大衣里面嘎嘎唧唧。
我们是快乐修士，籍贯是波隆亚。
我叫卡塔拉诺；这个同胞
叫洛德灵戈。我们都蒙你祖家
挑选委任。那里的传统，是找
一个人来维护和平。我们的乖张，

伪君子——被钉的法利赛人

“向法利赛徒众 / 献计的，就是这个人。

他说：最好 / 叫一个人为大家受折磨之痛……”

（《地狱篇》，第二十三章，一一五至一一七行）

在噶尔丁戈一带还可以看到。”
于是我说：“修士呀，你们的坏勾当……”
还未说完，就看见一个亡灵，
被三根桩子牢牢地钉在地上。
他见我出现，就作出以下的反应：
吹须叹息间，全身不停地扭动。
卡塔拉诺修士见了这情形，
就对我说：“向法利赛徒众
献计的，就是这个人。他说：最好
叫一个人为大家受折磨之痛。
你可以看见，他被摊在通道，
赤裸着身体；有谁经这里走过，
他先要感受那人的重量有多少。
他的岳父也这样摊着受折磨，
而且在同一深坑。会议的其他
成员——犹太人的祸种，也在这处所。”
那永遭放逐者被摊成十字扯拉，
状貌可鄙。就在这时候，我看见
维吉尔俯视着他，表示惊诧，
然后对修士说出了以下数言：
“如果许可的话，请告诉我们，
这里有没有通路，让我们在右边
离开这地方，让我们俩脱身；
这样，那些黑天使就无须为了
抓我们，把我们拖离这深坑而来臻。”

修士回答说：“有一块石，近得
出乎你意料之外。它伸自一堵
巨大的围墙，跨越险峡危壑；
可惜在此折断，越不过这深谷。
你可以依循那沿坡斜靠、在坑底
堆积的断垣败砾向上方攀赴。”
导师低着头，在原地稍微停息，
然后说：“在那边钩取罪人的妖魔，
讲述这件事时与真相乖离。”
修士说：“我在波隆亚听人讲过，
魔鬼是骗子，又是谎言之父。
魔鬼的其他罪恶，还有很多。”
导师听完，就跨开宽阔的脚步
前行，脸色颇受微愠的干扰。
于是我离开了受压之徒，
依循珍贵的履迹在后面践蹈。

注释：

1. **孤独无伴**：指但丁和维吉尔离开了众邪爪，此刻不再跟他们一起。

3. **步姿一如小兄弟会的修道者**：“小兄弟会”，指方济各会（属灵派）。该修道会的传统是：修士外出，通常是两个人一起；地位较高的在前，地位较低的在后。

4–6. **我的思绪……青蛙和老鼠**：据中世纪的说法，伊索有一则寓言，讲一只老鼠想过河，于是向青蛙求助。青蛙把老鼠绑在脚上，游到河心时潜入水中，要把老鼠淹死。老鼠拼命挣扎间，一只鹞子飞过，把老鼠连青蛙抓走。寓言的另一版本，结尾时稍有分别：鹞子释放了老鼠，吃掉了青蛙。至于这则寓言与“刚才的争斗事故”有何关连，论者有不同的说法。其一是：阿利克诺是老鼠；卡尔卡布里纳是青蛙。其二是：旅人但丁和维吉尔是老鼠；要欺骗但丁和维吉尔的邪爪是青蛙。结果是害人反害己。两种说法都不完美，不过以第一种说法较为可信。

7–9. **因为半斤和八两……就会显现**：“半斤八两”，原文为“‘mo’e ‘issa’”。“mo”和“issa”，意大利语中的卢卡方言都解作“现在”。这几行的意思是：伊索寓言中青蛙与老鼠的故事，跟卡尔卡布里纳和阿利克诺的情形相似，就像“半斤”之于“八两”。

12. **结果和先前比较，是倍感惊怕**：但丁先前见到众邪爪，已经惊怕；现在想起本章一三至一八行的情形，惊怕倍增。

25–27. **我以铅镜为躯骼/……那么快呢**：但丁再度强调，维吉尔不须明言，已知道旅人但丁想什么。

28–30. **刚才……相同的旅程**：维吉尔和但丁的想法相同，也有同样的顾虑。

49. **堤壁**：指地狱第八层第六囊的堤壁。

56. **第五道深坑**：指第五囊。

57. **并且……窜奔**：指妖怪不能超越第五囊。

58. **一群人，满身颜彩**：指第六囊所惩罚的伪君子。

63. **一如克吕伊僧侣所穿的衣服**：指法国勃艮第（Burgundy）克吕伊（Cluny）修道院本笃会修士所穿的衣服。这些僧侣的衣服，以布料精细、款式繁缛著称。Sapegno（*Inferno*, 259）称为“vesti abbondanti e vistose”（繁缛艳丽的衣服）。

64–65. **外面镀了金……炫人眼睛；/里面却全是铅**：这两行描写罪人所穿的刑衣：衣外华丽，衣内丑陋。象征伪君子表里不一。

66. **腓特烈……一般轻**：“腓特烈”，指《地狱篇》第十章一一九行的腓特烈二世。据说腓特烈惩罚囚犯的方法之一，是把铅制的斗篷穿在囚犯身上，然后把铅熔掉。

71–72. **结果我们/每走一步，就有了新的旅伴**：但丁和维吉尔的步伐比亡魂快，每走一步，就追上一个新的亡魂；也就是说，每走一步，就有一个新旅伴。

76. **托斯卡纳语**：原文为“la parola tosca”，即标准意大利语。

80–81. **导师闻言……同样的步伐**：维吉尔走在但丁前面，所以要转过身来，才能跟但丁说话。维吉尔的意思，是叫但丁稍停，等说话的亡魂赶上来，然后再以相同的步伐跟亡魂一起前进。

84. **衣重路挤**：亡魂身穿铅衣，走得不快，因此路面变得拥挤。

86. **斜睨**：由于斗篷太重，亡魂掉头不易，所以要"斜睨"。

88. **这个人……似乎还没死**："喉咙在动"，指旅人但丁仍在呼吸。诗人再度强调，亡魂发觉旅人但丁还没有死亡。

89–90. **不然……脱下身上沉重的圣衣**："身上沉重的圣衣"，指铅制的斗篷。这两行的意思是：如果他（指旅人但丁）已经死去，怎能有特权不穿铅制的斗篷呢？

92. **愁容满面的伪君子集团**：此语大概出自《圣经·马太福音》第六章第十六节："Cum autem ieiunatis, nolite fieri sicut hypocritae tristes; exterminant enim facies suas, ut appareant hominibus ieiunantes."（"你们禁食的时候，不可像那假冒为善的人，脸上带着愁容；因为他们把脸弄得难看，故意叫人看出他们是禁食。"）。

95. **阿尔诺河之畔的名城**：指翡冷翠。

101–102. **秤杆……唧唧**：这两行把人的身体比作秤或天平。

103. **快乐修士**：原文为"Frati Godenti"，意大利教派，拉丁文称为 Ordo Militiae Beatae Mariae（真福玛利亚骑士会），意大利文称 Cavalieri di Beata Santa Maria，全名为 Cavalieri della Milizia della Beata Maria Vergine Gloriosa（荣耀真福童贞玛利亚骑士会）。玛利亚骑士会于一二六一年在波隆亚创立，致力保护孤寡，捍卫天主教，调解党派、家庭纠纷。不过教规太宽，容许教派中人家居、娶妻、享乐，因此称为"快乐修士"。参看 Sapegno, *Inferno*, 262。

104. **卡塔拉诺**：全名卡塔拉诺·德玛拉沃尔提（Catalano de'Malavolti），约于一二一〇年在波隆亚出生，卒于一二八五年。属圭尔佛党，曾任意大利多个城市的市长（podestà），一二六五年至一二六七年，与属于吉伯林党的洛德灵戈（见一〇五行）同任翡冷翠市长。当时的人以为，两党党员同任市长，翡冷翠会比较和平。不料在他们任内，纷争更加频仍。一二六六年，吉伯林党更被逐出翡冷翠。参看 Bosco e Reggio, *Inferno*, 344; Sapegno, *Inferno*, 262; Singleton, *Inferno 2*, 400-02。

105. **洛德灵戈**：全名洛德灵戈·德利安达洛（Loderingo degli Andalò），约于一二一〇年生，于一二九三年卒，快乐修士教派的创办人之一，曾任意大利多个城市的市长，一二六五年至一二六七年与卡塔拉诺同任翡冷翠市长。参看 Sapegno, *Inferno*, 262-63。

107–108. **我们的乖张，/ 在噶尔丁戈一带还可以看到**："噶尔丁戈"（Gardingo），翡冷翠的一区，在故宫（Palazzo Vecchio）附近。是吉伯林党领袖乌贝尔提（Uberti）家族的府第所在。卡塔拉诺和洛德灵戈任市长期间，该府第遭民众摧毁，后来变成了僭主广场（Piazza della Signoria）。据史家的说法，摧毁乌贝尔提府第的行动，是卡塔拉诺和洛德灵戈所为，由教皇克莱门特四世（Clement IV）主使。除此之外，卡塔拉诺和洛德灵戈也涉及贪污行为。

109. **于是我说："修士呀，你们的坏勾当……"**：在地狱的旅程中，旅人但丁起初曾同情受罪的亡魂。渐渐，由于智慧增加，明白亡魂罪有应得，上帝的天律绝对公平，见了亡魂受罪，不但不表示同情，反而直斥其非。

111. **被三根桩子牢牢地钉在地上**：亡魂像耶稣一样被钉：两脚一钉，左右手各一钉。被钉的是下文描述的该亚法。

115–117. **向法利赛徒众/……受折磨之痛**：指大祭司该亚法。参看《圣经·约翰福音》第十一章第四十九至五十二节：

> Unus autem ex ipsis, Caiphas nomine, cum esset pontifex anni illius, dixit eis: Vos nescitis quidquam; nec cogitatis, quia expedit vobis ut unus moriatur homo pro populo, et non tota gens pereat. Hoc autem a semetipso non dixit: sed cum esset pontifex anni illius, prophetavit quod Iesus moriturus erat pro gente, et non tantum pro gente, sed ut filios Dei, qui erant dispersi, congregaret in unum.
>
> 内中有一个人，名叫该亚法，本年作大祭司，对他们说："你们不知道什么。独不想一个人替百姓死，免得通国灭亡，就是你们的益处。"他这话不是出于自己，是因为他本年作大祭司，所以预言耶稣将要替这一国死；也不但替这一国死，并要将神四散的子民都聚集归一。

118–120. **你可以看见……重量有多少**：该亚法要躺在地上，遭人践踏。

121. **他的岳父**：指该亚法的岳父亚那。参看《圣经·约翰福音》第十八章第十三节："Et adduxerunt eum ad Annam primum. Erat enim socer Caiphae, qui erat pontifex anni illius."（"先带到亚那面前，因为亚那是本年作大祭司该亚法的岳父。"）。

122. **会议**：指祭司长和法利赛人召集的公会。参看《圣经·约翰福音》第十一章第四十五至四十八节：

> Multi ergo ex Iudaeis qui venerant ad Mariam, et viderant quae fecit Iesus, crediderunt in eum. Quidam autem ex ipsis abierunt ad Pharisaeos, et dixerunt eis quae fecit Iesus. Collegerunt ergo pontifices et Pharisaei

concilium, et dicebant: Quid facimus? Quia hic homo multa signa facit. Si dimittimus eum sic, omnes credent in eum; et venient Romani, et tollent nostrum locum et gentem.

那些来看玛利亚的犹太人见了耶稣所做的事，就多有信他的；但其中也有去见法利赛人的，将耶稣所做的事告诉他们。祭司长和法利赛人聚集公会，说："这人行好些神迹，我们怎么办呢？若这样由着他，人人都要信他，罗马人也要来夺我们的地土和我们的百姓。"

123. **犹太人的祸种**：犹太人杀害了耶稣，结果耶路撒冷被毁，犹太人长期流放各地。因此说公会的人是"犹太人的祸种"。

124. **那永遭放逐者**：指该亚法。

126. **维吉尔俯视着他，表示惊讶**：维吉尔见了该亚法，何以会惊讶，论者有不同的说法。穆萨的论点较可信：该亚法因为陷害耶稣，要像耶稣一样在十字架上被钉，受报应式惩罚，叫维吉尔意料不到。参看 Musa, *Inferno*, 284-85。

131. **黑天使**：指上文提到的妖怪。

140. **在那边钩取罪人的妖魔**：指《地狱篇》第二十一章第七十六行的马拉科达。

141. **讲述这件事时与真相乖离**：维吉尔终于知道邪爪说谎。

147. **受压之徒**：指受刑的伪君子。

148. **依循珍贵的履迹在后面践蹈**：指旅人但丁在后面跟着维吉尔的足迹前行。

第二十四章

但丁见老师脸露愠色，不禁感到气馁，经维吉尔鼓励才再度振作。两人继续前行，见盗贼在第七囊受毒蛇之刑。但丁认出了凡尼·富奇，并听他自述身世，预言未来。

在新岁刚启、生机勃发的月份，
　即太阳在宝瓶宫下把头发濯洗、
　长夜开始向白昼看齐的时辰，
白霜在大地上抄写白姐姐的美仪，
　设法在下方把她的形象描绘，
　却鲜能握着笔坚持到底；
一个年轻的农夫，饲料乏匮，
　起床向外面张望时看见田野
　白茫茫的一片；于是拍着大腿，
返回屋中，走动着抱怨不迭，

像个可怜的人不知该怎么办；
然后再走出来，比刚才乐观了些，
因为这时，他看见世界已猝然
改变了面貌，于是拿起牧杖
去放牧，把羊群往外面驱赶。
看见老师的前额遭愠色蔽挡，
我也像农夫一样，失去了勇气，
也很快就有膏药来替我敷伤；
因为，到了那断桥所在之地，
导师就转身，和颜悦色地望着我，
和我先前在山脚所见无异。
这时，他已把断桥仔细观察过，
心里有了打算。只见他把
两臂张开，然后把我紧捉。
恍如办事的人细算精打，
事前总好像有了妥善的安排，
他把我抱上一块巨石的刹那，
目光已经前移，望着另一块
说道：“过了这块，把那块踏牢；
不过要先看石头是否堪踩。”
那可不是身披大氅者的通道——
维吉尔身轻，我要被推——我们
鲜能在巉岩的石崖间跃低爬高。
如非斜坡在我们所处的部分
比另一面崖壁矮——不知道老师

会怎样；我呢，必会在那里败阵。
不过，由于罪恶之囊都一致
朝着深坑最深处的入口倾斜，
每个峡谷都是一面陡驰，
另一面较矮的则向下方缓跌；
到后来，我们还是登上了高处，
看最末的石块在那里收结。
这时，我的肺已经空气全无，
结果一到那里，就马上坐下来，
再也不能够跨出一步半步。
“现在，你得把所有的怠惰抛开，”
老师说，“因为在羽垫上安坐，
在毛毯下安躺，都不会扬名百代。
一个人，没有嘉名而一生白活，
留在尘世之上的残痕余迹，
就会像风中的轻烟、水中的泡沫。
那么，起来吧，用你的精神平息
气喘。精神不让体重拖垮，
就可以取胜，赢得所有的战役。
还有更长的梯级需要攀爬；
离开了这些人还不够。要是你明白
我的意思，就为自己振作吧。”
于是，我虽觉气促，仍站了起来，
表示气息并不是那么柔弱。
说：“走吧，我康强了，再没有惊骇。”

我们继续前行，攀上那石坡。
我们的路，巉岩、狭窄而崎岖，
比先前所走的一条陡峭得多。
我边走边说话，以掩饰我的心虚。
这时，另一个深坑传来了人声。
那人声，未能说出清晰的话语。
我虽在拱桥之背，下临深坑，
却不知道声音所说的内容。
不过说话者似乎在奔跑挪腾。
我弯了身，竭力望入坑中，
可是里面太暗，望不到坑底。
于是我说："老师呀，到下一重
围堤吧，然后让我们沿石壁下移。
在这里，我侧耳倾听，却听不清楚；
俯身下望，又看不到任何东西。"
维吉尔说："我给你唯一的答复，
是依你的说法做；要求恰当，
就该有沉默无声的行动为从属。"
拱桥的尾部，通向第八道堤防。
在那里，我们沿拱桥降落深坑，
里面的景物就豁然变得开朗。
我看见许多毒蛇在坑里挤成
可怕的一窝，而且有怪异的种类。
现在想起来，热血仍会变冷。
啊，多沙的利比亚不要再乱吹；

因为，她即使孕育爪蛇、标枪蛇、
摇尾蛇、飞蛇，以及两头蛇等毒蝰，
即使这些毒蝰再加上整个
埃塞俄比亚和红海地区所产，
也从来没有这么繁多凶恶。
这凶残的蛇群，样子异常黯黮。
中间，赤裸惊怖的阴魂在奔走；
都没有隐身石，也休想有地方避难。
他们的双手，被毒蛇捆在背后。
这些毒蛇，在亡魂的腰间把头颅
和尾部伸出，在前面纠结缠扣。
哎哟，在这边堤上，在我们立足处，
一条蛇突然向一个阴魂飞袭，
在肩胛处贯穿了他的颈部。
刹那间，比书写O字或I字都要迅疾，
那阴魂突然着火焚烧，且注定
要全部化为灰烬而垮塌崩离。
阴魂在地上瓦解后，不到半顷，
那些灰烬就自动聚拢在一块，
然后，转瞬间又恢复了原形。
情况就恍如古代大哲的记载。
大哲们一致认为，五百年将没，
不死鸟就死亡，然后复活过来。
她一生不靠百草或五谷过活；
只吃流自乳香和香脂的珠滴，

盗贼

这凶残的蛇群，样子异常黯黮。/ 中间，赤裸惊怖的阴魂在奔走……

（《地狱篇》，第二十四章，九一至九二行）

最后以甘松和没药把尸体包裹。
阳间的人，遭到妖魔的邪力
下扯，或遭其他的障碍羁拉
而跌倒地上，常会不明所以，
爬起来之后，由于羞恼太大，
会感到无比困惑，睁大了眼睛，
一边四顾，一边唏嘘叹咤。
罪人爬起来，也是这样反应。
多么严峻哪，为了治恶惩罪，
神的力量竟倾泻这样的严刑！
过了一会，导师问他是谁。
他闻言答道：“不久之前，我才由
托斯卡纳泻落这可怕的谷内。
我喜欢的生活，不像人而像兽。
我简直是骡。我叫凡尼·富奇，
是畜生，正好以皮斯托亚为窦。”
于是，我对导师说：“叫他别逃逸；
问问他，掷他到这里的，是什么罪愆。
依我看，他既好杀，又恣睢暴戾。”
有罪的阴魂听了，并不饰掩，
却扭转面孔，聚精会神地望着我，
感到无地自容而羞赧满面。
然后说：“我的处境凄惨愁惙，
你已经知道；此刻叫你目睹，
我的痛苦甚于阳寿被剥夺。

你提出的问题，我不能不答复。
　我被掷得这么深，是因为我偷了
　圣器收藏室里的名贵器物—— 138
罪状却错误地转嫁给第三者。
　不过，我怕你一旦离开这阴间，
　会因这里的情景获幸灾之乐。 141
因此，请你侧耳听我的预言：
　皮斯托亚会首先整肃黑党；
　接着，翡冷翠会把人事改变。 144
战神马尔斯会从乌云和翳瘴
　满布的马格拉谷把岚气曳拉；
　然后，如烈风暴雨之不可抗， 147
战争会在皮切诺的原野爆发。
　在那里，战火会突然把云层撕破，
　结果白党会全部遭到鞭挞。 150
为了困扰你，我先向你言说。”

注释：

1–3. **在新岁刚启……时辰**：在一月二十日和二月十八日之间，太阳位于宝瓶宫。但丁在这里用拟人法，指太阳的光辉渐暖。“长夜开始向白昼看齐”，指黑夜渐短，到了春分，长短就跟白昼相等。

4–6. **白霜……坚持到底**：这三行用了拟人法：“白姐姐”指雪。三行的意思是：白霜在地上抄写白雪，可是不能持久，太阳一出，就会融化。

7–15. **一个年轻的农夫……往外面驱赶**：这部分也用日常意象，比喻旅人但丁失望后再度充满希望。

21. **和我先前在山脚所见无异**：参看《地狱篇》第一章第六十一行及其后的描写。

31. **身披大氅者**：指上一囊的伪君子。

32. **我要被推**：但丁是血肉之躯，比维吉尔的幽灵重，因此"要被推"。

34–36. **如非……在那里败阵**：罪恶之囊的每一囊，都有两面崖壁：一边离中心较近，一边离中心较远。离中心较近的一面，高度较矮，坡度也较缓。三行的意思是：幸亏"我们所处的部分 / 比另一面崖壁矮"。不然，我"必会在那里败阵"。

37–40. **不过，由于罪恶之囊……缓跌**：这几行解释各囊的形状：峡谷中，靠近地狱中央的崖壁较矮，坡度也较缓；另一面较高，也较峻陡。各囊的地势，是逐步向地狱中心下倾。

42. **最末的石块**：指崩塌处最高的一块石头。

46–48. **现在……扬名百代**：但丁强调，如要争取荣耀，必须奋斗。

49–51. **一个人……水中的泡沫**：这几行响应了《埃涅阿斯纪》和《圣经》中类似的意象。参看 Sapegno, *Inferno*, 271; Vandelli, 234; Singleton, *Inferno 2*, 412。

55. **更长的梯级**：既可指地狱攀回地面的旅程，也可指炼狱的梯级。

56. **这些人**：指伪君子集团。

69. **在奔跑挪腾**：亡魂"奔跑挪腾"的原因，下文会有交代。

85–90. **啊，多沙的利比亚……繁多凶恶**：在古代，利比亚一般指埃及以外的北非，包括埃塞俄比亚。这一地区，以出产各种凶猛的毒蛇著称。诗中毒蛇的种类，都引自卢卡努斯的《法萨罗斯纪》："爪蛇"、"标枪蛇"、"摇尾蛇"、"飞蛇"、"两头蛇"的意大利文为"chelidri"、"iaculi"、"faree"、"cencri"、"anfisibena"，拉丁文为"chelydrus"、"jaculus"、"parias"、"cenchris"、"amphisbaena"。见《法萨罗斯纪》(*Pharsalia*)第九卷七〇一至七二一行。爪蛇爬行时会放烟；标枪蛇在空中飞射，无物不穿；摇尾蛇移动时以尾部划地留痕；飞蛇行动时总循直线；两头蛇两端各有一头。

89. **埃塞俄比亚**：Singleton (*Inferno 2*, 416) 指出，在古代，埃塞俄比亚的范围比现代广，包括非洲东北的地区。今日的埃及南部、苏丹东部也在其范围内。

92. **赤裸惊怖的阴魂**：指第七囊所惩罚的盗贼。但丁强调亡魂赤裸，是为了叫读者知道，亡魂的肉体受多大的痛苦。

93. **隐身石**：神话中的石头，能治蛇毒，又能使人隐身。薄伽丘的《十日谈》(*Decameron* VIII, 3) 有一则讲隐身石的故事。

100. **比书写O字或I字都要迅疾**：O和I两个字母，可以一笔写成，无须转折，写起来特别迅速。

106. **古代大哲**：指古代作家，如奥维德、毕达哥拉斯等。参看Torraca, 191。

107–111. **大哲们一致认为……把尸体包裹**："不死鸟"，指凤凰。据阿拉伯神话的说法，凤凰每五百年就会自焚一次，自焚后从灰烬里复活，成虫，第三天再度更生为凤凰。这个故事，奥维德的《变形记》第十五卷三九二至四〇二行也有记载，大概是但丁所本。

112–117. **阳间的人……唏嘘叹咤**：但丁以日常经验传递地狱经验。在古代，一般人相信，患癫痫的人突然倒地，是因为魔鬼附身。**障碍羁拉**：指血管遭到堵塞，使人不能正常活动。

120. **倾泻**：指神的严刑像大雨一样倾泻。

125. **凡尼·富奇**：全名凡尼·迪富缔·德拉泽里（Vanni di Fuccio de'Lazzeri），皮斯托亚（Pistoia）贵族的私生子。性情暴虐，是黑党成员。一二九三年与同谋者在皮斯托亚圣泽诺（San Zeno）教堂爆窃。犯罪后一直逍遥法外。卒于一三〇〇年。

126. **是畜生**：富奇在世时兽行太多，有"畜生凡尼"（"Vanni bestia"）之称。见Sapegno（*Inferno*, 276）引Anonimo fiorentino。因此在一二五行说："我简直是骡。"

136. **我不能不答复**：富奇不能不答复，因为但丁知道，置身第七囊的，都是盗贼。富奇即使不回答，也不能掩饰自己的身分。

137–139. **我被掷得这么深……第三者**：富奇和同党爆窃圣泽诺教堂圣雅科坡（San Iacopo）圣器所后，逍遥法外，却由拉姆皮诺·迪·弗兰切斯科·佛雷西（Rampino di Francesco Foresi）代罪，于临刑的一刻获释，与富奇同名的同党凡尼·德拉·蒙纳（Vanni della Monna）被正法。富奇说"我被掷得这么深"，表示他心里觉得，但丁大概没有料到，他会在罪恶之囊的第七囊受罚。但丁知道富奇恣睢暴戾，大概以为他会在火川弗列革吞受罪。**第三者**：指几乎含冤受死的佛雷西。

140–141. **不过……幸灾之乐**：富奇属黑党，但丁属白党。富奇揣想，但丁见他在地狱受刑，会幸灾乐祸。

143–144. **皮斯托亚……改变**：大约在一三〇一年五月，皮斯托亚白党获翡冷翠白党支持，把城中的黑党放逐。同年十一月，翡冷翠黑党与皮斯托亚黑党获瓦路瓦的沙尔（Charles de Valois）之助，把白党放逐，其中包括但丁。所谓"翡冷翠会把人事改变"，就是这个意思。

145–150. **战神马尔斯……遭到鞭挞**：战神马尔斯（Mars），希腊神话叫阿瑞斯（Ἄρης, Ares）。这几行的意思一直未有定论。不过基阿佩利（Chiappelli,

134）的说法最为简洁可信：

> il dio della guerra tira fuori dalla Valdimagra un minaccioso vapore（il marchese Moroello Malaspina, capitano dei Lucchesi alleati dei Neri contro Pistoia rimasta ai Bianchi）; si combattterà sopra Campo Piceno e la parte Bianca（*la nebbia*）sarà dissolta（Postoia fu perduta nel 1306）.
>
> 战神会从马格拉谷曳出凌厉的岚气（指侯爵莫罗耶洛·马拉斯皮纳。卢卡人当中，有一部分与黑党联盟，与皮斯托亚的白党为敌。马拉斯皮纳是这些卢卡人的首领）;皮切诺原野会有战事，白党（"云层"）会被击溃（皮斯托亚于一三〇六年失陷）。

马拉斯皮纳是圭尔佛党的领袖，一二八八年率领翡冷翠人征伐阿雷佐（Arezzo）的吉伯林党。其后屡任要职，一再以武力支持托斯卡纳的黑党。马格拉谷是莫罗耶洛·马拉斯皮纳的领土。

151. **为了困扰你，我先向你言说**：从这一行可以看出，富奇的心里充满仇恨。

第二十五章

凡尼·富奇向上帝做出极其淫亵的手势，然后被毒蛇紧缠。富奇逃逸，人马怪卡科斯从后面追来，背上伏着一条喷火的龙。紧跟人马怪的，是三个幽灵，因不见了同伴孃法而讶异。其实，孃法变成了六脚蛇，这时蓦地射起，向阴魂之一的阿耶洛袭击，然后彼此混合，扭曲的形状两者都像，两者都不像。接着，另一条蛇，身型细小，由斜眼弗兰切斯科·德卡瓦尔坎提变成，突然飞扑而起，钉住波索的肚脐，再跌在他面前，摊直了身体，跟受伤的波索互相注目。浓烟从阴魂的伤口和蛇的嘴巴外涌、相混间，人蛇彼此易形。没有变形的只有跛子普奇奥。

盗贼把上述的一番话说完，
　就举起双手，做出肏人的姿势，
　并喊道：“拿呀，瘟神，我向你奉还！”
刹那间，毒蛇和我成了相知；
　因为有一条，闻言就缠住他的
　脖子，仿佛说：“不准你再动唇齿；”

另一条，则绕他双臂，再把他捆扼，
然后以蛇身把他的前面紧钉，
结果他的双手完全受掣。
啊，皮斯托亚，皮斯托亚，你怎么不令
自己焚成灰烬，以了结此生？
你呀，比自己的后裔还要邪佞！
我走遍地狱所有的冥圈，都未曾
见幽灵这样嚣张地对待上帝；
忒拜的坠城人也没有这么强横。
阴魂不再言语，就已经逃逸。
之后，我看见一个暴怒的人马怪
叫喊着冲来：“在哪里？那恶汉在哪里？”
他的臀部到人形开始的一带，
缠满了蛇。若论蛇的数目，
相信沼泽区也不能成为同侪。
在人马怪颈项后面的背部，
伏着一条龙，正作出展翅之姿。
谁碰到它，都会遭到焚戮。
我的老师对我说：“那是卡科斯，
以前曾经在阿芬丁山的石洞中
汇血成湖，而且不止一次。
他走的道路，跟兄弟所走的不同。
因为他偷过东西，手法险恶，
把附近的一大群牲畜往洞里送。
为此，他的邪行在赫拉克勒斯的

棒下了结。那英雄揍了他大约
一百下；他能够感受的却不到一折。”
维吉尔说话时，人马怪已经疾掠
而过；三个幽灵也到了脚底。
但是，我和导师都没有发觉。
听到他们大喊“你们是谁”才为意。
于是，我们让话题骤停于中途，
只顾凝神窥觇幽灵的底细。
我并不认识他们，但是，正如
常见的巧合，其中一人刚要
在这时提起另一个同伴，要说出
他的名字：“巉法在哪里驻脚？”
我闻言，为了请导师继续凝神
听下去，就把手指在颏鼻前上翘。
读者呀，此刻，要是你怀疑，不肯
相信我所说，也不会令人惊奇；
我亲自目睹，也不愿信以为真。
我正在盱衡着向这些幽灵睥睨，——
哎呀，一条六脚蛇，在其中一人的
面前射起，把他整个人紧系。
那条蛇，用中爪把他的大肚皮紧扼，
前爪把他的两只手臂擒拿，
然后用利齿噬他脸庞的两侧，
两只后爪在他的两股垂搭，
尾巴在他的两股之间穿绕，

再向后面伸上了他的腰胯。
常春藤在树上扎根，把树干紧抱，
也绝不像这可怕的畜生以肢体
纠缠阴魂的肢体时那么坚牢。
然后，两者热蜡般融在一起，
身上原来的颜色也彼此混合，
结果都失去了原来的形迹；
就像凑向火焰前的纸张，白色的
部分渐渐消失，一斑焦黄
在上面蔓延，还没有变成黑色。
其余两人，一边观望一边嚷：
“阿耶洛呀，你的变化竟至于斯！
你看，你现在已经不单不双。”
这时，两个头已经分不出彼此；
在我们眼前，两张容颜混在
一张，都失去了原来的样子。
四臂肿成了两臂，再也分不开；
大腿和小腿，以及胸膛、腹肚
全部变成了见所未见的形骸。
原来的每种颜貌都被删除；
那扭曲的形状两者都像，两者
都不像。就这样，它在移动、缓步。
一条蜥蜴，在三伏天遭到酷热的
鞭笞，就会跳跃于树篱之间，
跃过路面时就会疾如电掣；

阴魂变蛇

“阿耶洛呀，你的变化竟至于斯！ / 你看，你现在已经不单不双。”

（《地狱篇》，第二十五章，六八至六九行）

一条细小的蛇，也这样出现，
　　飞扑向另外两个人的肚皮；
　　青黑如胡椒子的蛇身燃烧着火焰。
小蛇钉住了其中一人的肚脐——
　　人身的养料最先由这里输播——
　　然后跌在他面前，摊直了身体。
被钉者凝望着小蛇，什么都不说，
　　只是打着呵欠，木立在一边，
　　仿佛被睡意或发热病侵迫。
阴魂和蛇彼此向对方注目间，
　　浓烟从阴魂的伤口和蛇的嘴巴
　　猛烈地外涌，然后相混相连。
现在，卢卡努斯也要缄口哇——
　　别再说萨贝路斯、纳西迪乌斯的惨况。
　　现在，请他细听下面的话。
讲卡德摩斯、阿蕾图莎的奥维德也别声张。
　　他虽在诗中变男的为毒蛇，变女的
　　为溪流，我并不会把他放在心上；
物性相对时，他从来不能使二者
　　改变，使二者与原来的状态相违，
　　让物质如此迅速地交换融和。
毒蛇和阴魂依次序彼唱此随：
　　毒蛇把尾部像叉儿般分成两边；
　　受伤的阴魂则把脚印收回，
两边的腿部和股部自动相连；

转眼之间，两腿和两股相接处，
再没有一点痕迹向人展现。
那条分叉的尾巴，变成了腿股
在另一边失去的形状。尾巴的皮
变软；腿股的皮则增加了硬度。
我看见畜生的两只短足一起
延长，阴魂的双臂向腋间缩小，
延长和缩小的速度互成正比。
然后，蛇的后足彼此缠缭，
成为男子身上要隐藏的是非根；
那个可怜鬼的阴部则长出了双脚。
这时候，烟雾用一种新的彩雰
把两者笼起来，在蛇的身上生发
长毛，在阴魂的身上脱毛除鬓；
一个起立，一个向地上趺趴；
可是两者都没有把邪灯移开，
仍在灯下让嘴脸变换转化。
起立者把嘴脸拉向颞颥一带；
物质舒张，满足了脸形所需，
就成为耳朵，从平滑的双颊伸出来。
没有后移的部分在原处停聚，
以多出的物质把鼻子添在脸上，
并且按需要使两唇变得厚腴。
俯伏者则把口鼻推向前方，
并且把两只耳朵拉入脑袋里，

像蜗牛的触角向壳里退藏。
舌头呢，本来完整而又可以
讲话的，就一裂为二；在另一边，
裂开的，则二合为一。然后雾息，
那个亡魂已经在刹那间
变成了畜生，在谷中嘶嘶地逃窜。
另一个则讲着话在后面吐口涎；
接着，把新生的双肩一转，
对另一人说：“我要波索沿这条路
匍匐着遁走；——这动作我刚刚做完。”
就这样，我目睹第七囊的压舱物
变化换形。我落笔有错，也请
包涵——那是题材太新的缘故。
我的眼睛，尽管不十分清明，
神智尽管眩然遭受了干扰，
可是他们仍不能秘密潜行；
我还是了然看见了跛子普奇奥。
首先到这里的三个友朋之中，
只有他一个没有改形换貌。
另一个呢，噶维雷，你仍为他哀恸。

注释：

1–2. **盗贼……侮人的姿势**："侮人的姿势"，原文是"le fiche"，是侮辱人的姿势：拇指插入食指和中指之间，意思是："我侮你！"盗贼的双手做同一姿势，侮辱意味更浓。这一姿势，用诸上帝（"举起双手"），其渎神之罪就无以复加了。

4. **毒蛇和我成了相知**：指毒蛇在五至九行惩罚亡魂的行动，表达了旅人但丁的心意：这些亡魂如此对待上帝，实在该死。

10–12. **啊，皮斯托亚……还要邪佞**：皮斯托亚（Pistoia），即皮斯托里亚（Pistoria），据说由喀提林纳（Lucius Sergius Catilina）部队的残余建立。喀提林纳出身贵族，三度竞选执政官失败，阴谋武装政变，于公元前六十三年被执政官西塞罗在元老院揭发弹劾。是罗马一次叛乱的首领，于公元前六十二年在皮斯托里亚附近战败被杀，随从都是罪犯和盗贼。**自己的后裔**：指建立皮斯托里亚的人。

15. **忒拜的坠城人**：指《地狱篇》第十四章四六至七二行所描写的卡帕纽斯。卡帕纽斯在宙斯面前强悍不屈，结果被殛。

16. **阴魂不再言语，就已经逃逸**：阴魂要逃逸，是因为人马怪在后面追来。

19. **臀部到人形开始的一带**：人马怪的上半身是人，下半身是马。"人形开始的一带"，就是马形和人形相交的部位。

21. **沼泽区**：原文"Maremma"。参看《地狱篇》第十三章八至九行及其注释。

25. **卡科斯**：意大利原文"Caco"，希腊文 Κάκος，拉丁文和英文 Cacus，半人半羊、口喷火焰的妖怪兼大盗，火神赫菲斯托斯（Ἥφαιστος，Hephaestus）和梅杜萨（Μέδουσα，Medusa，一译"墨杜萨"）的儿子。居于罗马七丘之一的阿芬丁（Aventine）山冈的洞穴，为祸百姓。因偷盗赫拉克勒斯从三头巨怪格里昂（Γηρυονεύς，Geryon）那里抢来的牛，被赫拉克勒斯杀死。参看《埃涅阿斯纪》第八卷一九三至三〇五行。不过在《埃涅阿斯纪》里，卡科斯是被赫拉克勒斯扼死；在这里，根据维吉尔的说法，是遭赫拉克勒斯用大棒击毙。两处描写之所以有出入，大概因为但丁以奥维德的《变形记》为蓝本。此外，诗人但丁还按照作品的需要改动维吉尔《埃涅阿斯纪》的描写：在维吉尔的《埃涅阿斯纪》里，卡科斯能够喷火，并非人马怪；在《神曲》里，卡科斯是人马怪，并不喷火。在本章，卡科斯既因盗窃罪而受刑，同时又是第七囊的守卫。参看 Bosco e Reggio, *Inferno*, 367; Toynbee, 124, "Caco"条；Singleton, *Inferno 2*, 431-32。

26–27. **以前曾经在阿芬丁山的石洞中/……不止一次：阿芬丁**：罗马山冈，是罗马七丘之一。拉丁文原文为 Aventinum 或 Aventinus。一般译者从英语“Aventine”转译为“阿芬丁”。**汇血成湖**：指卡科斯嗜杀。参看维吉尔《埃涅阿斯纪》第八卷一九五至一九六行：“semperque recenti/caede tepebat humus.”（“而地上的泥土／总有新的血腥在蒸腾。”）。

28. **他走的道路，跟兄弟所走的不同**：“兄弟”，指《地狱篇》第十二章所描写的人马怪。在该章里面，人马怪负责守卫地狱第七层第一圈的火川弗列革吞。卡科斯的行为有别，因此说“他走的道路，跟兄弟所走的不同”。

29. **因为他偷过东西，手法险恶**：卡科斯偷了赫拉克勒斯的四只公牛、四只小母牛。为了瞒过赫拉克勒斯，卡科斯偷牛时把牛只倒拖，让蹄迹看来仿佛是牛只从他的山洞外逃，不知所终。后来，牛哞惊动了赫拉克勒斯（一说卡科斯的姐妹卡卡〔Caca〕向赫拉克勒斯告发），牛只才失而复得。卡科斯偷牛的手法诡诈，所以说“手法险恶”。参看《埃涅阿斯纪》第八卷二〇五至二一一行，奥维德《节令记》（*Fasti*）第一卷五五〇行：“Traxerat aversos Cacus in antra ferox.”（“凶悍的卡科斯把牛只倒拖进洞里。”）。

30. **把附近的一大群牲畜往洞里送**：赫拉克勒斯夺得三头巨怪格里昂的牛只后，运到阿芬丁山。阿芬丁山距卡科斯的洞穴不远，因此说“附近”。

31–33. **为此……不到一折**：指赫拉克勒斯用巨棒把卡科斯打了一百下，不过卡科斯挨不到十下就死了。在这里，赫拉克勒斯棒打卡科斯的数目，与奥维德、利瓦伊（Titus Livius，公元前五十九年至公元十七年）的说法稍有出入。参看 Singleton, *Inferno 2*, 431-33, 434。

38. **话题骤停于中途**：指维吉尔讲述卡科斯的话中止。

43. **巉法**：翡冷翠多纳提（Donati）家族的成员，有骑士衔，是臭名昭彰的偷牛贼。

45. **把手指在颏鼻前上翘**：把手指（通常是食指）放在嘴上，请对方不要说话。

47. **我所说**：指本章第四十九行及其后的叙述。

50–57. **哎呀……他的腰胯**：但丁描写六脚蛇的姿势具体而准确，在读者眼前栩栩如生。**一条六脚蛇**：指第四十三行的巉法。巉法变成了蛇，同伴没有觉察，还以为他失了踪。**其中一人**：指第六十八行的阿耶洛。

58–66. **常春藤……变成黑色**：但丁再用日常景物传递地狱经验。

68. **阿耶洛**：指本章第五十行的“其中一人”。“阿耶洛”，全名阿耶洛·德布鲁涅勒斯基（Agnello 或 Agnolo de'Brunelleschi），翡冷翠吉伯林党的家庭出身，起先为白党成员，一三〇〇年后转投黑党。幼时偷父母的荷包，后来转而在商店偷窃。作案时乔装成穷光蛋，戴上假胡子。

因此诗人但丁在这里要他易形。参看 Sapegno，*Inferno*，283。

82. **一条细小的蛇**：指一五一行的"另一个"，即弗兰切斯科·德卡瓦尔坎提（Francesco de' Cavalcanti）。

85. **其中一人**：指一四〇行的波索。

94–95. **卢卡努斯也要缄口哇……惨况**：卢卡努斯在《法萨罗斯纪》（*Pharsalia*）里描述萨贝路斯（Sabellus）和纳西迪乌斯（Nasidius）遭毒蛇咬死的恐怖情形。参看该书第九卷七六二至七七六行：

> ...Sed tristior illo
> Mors erat ante oculos, miserique in crure Sabelli
> Seps stetit exiguus; quem flexo dente tenacem
> Avolsitque manu piloque adfixit harenis.
> Parva modo serpens sed qua non ulla cruentae
> Tantum mortis habet. Nam plagae proxima circum
> Fugit rupta cutis pallentiaque ossa retexit;
> Iamque sinu laxo nudum sine corpore volnus.
> Membra natant sanie, surae fluxere, sine ullo
> Tegmine poples erat, femorum quoque musculus omnis
> Liquitur, et nigra destillant inguina tabe.
> Dissiluit stringens uterum membrana, fluuntque
> Viscera; nec, quantus toto de corpore debet,
> Effluit in terras, saevum sed membra venenum
> Decoquit, in minimum mors contrahit omnia virus.
> ……不过，更可怕的
> 死亡，就在眼前：一条细小的腐体蛇，紧黏
> 哀哉萨贝路斯的腿，用有钩的毒牙咬着他。
> 萨贝路斯把它撕开，用标枪把它钉在沙上。
> 毒蛇的体型虽小，致命的剧毒却没有别的蛇
> 可以匹敌。萨贝路斯接近伤口的皮肤
> 开始溃烂，向周围收缩，露出白色的骨头；
> 最后，伤口扩大，豁然张开，再没有肉体。
> 四肢浴在坏血里，小腿销蚀，膝部失去了
> 所有的覆盖，大腿所有的肌肉也全部
> 腐烂；腹股沟里，乌黑的腐液汩汩外滴。
> 分隔腹腔的薄膜嘣然爆裂，里面的肠脏
> 迸流而出。可是他已经不复原来的体积；

他倒毙地上，剧毒销毁了他的肢体，
死亡把整个人缩成极小的腐液一摊。

第九卷七八九至七九七行：

Ecce subit facies leto diversa fluenti.
Nasidium Marsi cultorem torridus agri
Percussit prester. Illi rubor igneus ora
Succendit，tenditque cutem pereunte figura
Miscens cuncta tumor; toto iam corpore maior
Humanumque egressa modum super omnia membra
Efflatur sanies late pollente veneno;
Ipse latet penitus congesto copore mersus，
Nec lorica tenet distenti pectoris auctum.
哎哟，还有另一种死法，与销融有别。
纳西迪乌斯，一度在马尔斯耕作的农民，
遭熊熊的膨体蛇击中。他的脸孔
变成火红，肿胀拉紧了他的皮肤，
使所有的状貌消失，轮廓相混；接着，
剧毒扩散，伤口胀遍所有的肢体，
比整个身躯，比任何凡躯都要大；
人呢，则埋在肿胀的形骸深处，
胸甲再也不能包裹那肿胀的胸膛。

97. **卡德摩斯**：Κάδμος（Cadmus），腓尼基国王阿革诺尔（Ἀγήνωρ，Agenor）和忒勒法萨（Τηλέφασσα，Telephassa）的儿子，欧罗巴（Εὐρώπη，Europa）的兄弟，忒拜城的创建者。因杀死战神阿瑞斯的龙而被变为花斑蛇。参看奥维德《变形记》第四卷五七六至五八〇行，五八六至五八九行。**阿蕾图莎**：Ἀρέθουσα（Arethusa），奥克阿诺斯（Ὠκεανός，Oceanus）的女儿，是森林仙女，为月神阿尔忒弥斯的随从。河神阿尔斐奥斯（Ἀλφειός，Alpheus）见她貌美而追求她。她向阿尔忒弥斯求救。阿尔忒弥斯把她变为溪流。之后，阿尔斐奥斯仍然在海底追求她，把自己的水混入溪流。见《变形记》第五卷五七二至六四一行。

100–102. **物性相对时……交换融和**：但丁的意思是：奥维德《变形记》的描写，也不像眼前景象那么难以置信。

105. **受伤的阴魂**：指第八十五行的"其中一人"，也就是一四〇行的波索。

116. **是非根**：指男性的阴茎。

117. **那个可怜鬼的阴部则长出了双脚**：一一五至一一六行写蛇的两只后足变成了阴茎。这行写亡魂的阴茎变成蛇的两只后足。

122. **可是两者都没有把邪灯移开**："邪灯"，指亡魂和蛇的眼睛。他们都在地狱，所以称为"邪"。参看《圣经·马太福音》第六章第二十二行："Lucerna corporis tui est oculus tuus."（"眼睛就是身上的灯。"）。整行的意思是：亡魂和蛇继续"彼此向对方注目"（见第九十一行）。

124–129. **起立者……变得厚腴**：这几行指蛇变为人。

130–132. **俯伏者……退藏**：这几行写人变为蛇。

133–135. **舌头呢……则二合为一**：人舌可以讲话，这时却开始分叉，成为蛇舌；蛇舌本来分叉，不能说话，这时合而为一，成为人舌。

138. **另一个……吐口涎**：在中世纪，大家相信口涎能克蛇。蛇变为人后，见了人（波索）变成的蛇，就吐口涎把他驱赶。

140. **另一人**：指本章一四八行的"跛子普奇奥"。**波索**：波索的身分，一直没有定论。较多的论者认为，他是波索·多纳提（Buoso Donati），并非詹尼·斯基吉（Gianni Schicchi）所伪装的波索·多纳提（见《地狱篇》第三十章第三十二行，四二至四五行）。前者是后者的侄儿。笺注家认为，波索在职时曾犯盗窃罪，也怂恿弗兰切斯科·德卡瓦尔坎提仿效。因此，弗兰切斯科在这里亟要报复。

142. **压舱物**：原文"zavorra"，既指压舱物，也指没用的东西。这里指第七囊受刑的亡魂。邪恶之囊下凹，因此但丁把它比作船，把亡魂比作压舱物。

148. **跛子普奇奥**：原文"Puccio Sciancato"。"Sciancato"是"跛"、"瘸"的意思，是第三个亡魂普奇奥的绰号。普奇奥是翡冷翠噶利盖（Galigai）家族的成员，腿瘸，属吉伯林党。一二六八年遭放逐，一二八〇年重返翡冷翠。他在阳间是个盗贼，在白天作案，明目张胆，不介意被人发现，因此在地狱里无须易形。参看 Bosco e Reggio, *Inferno*, 374-75; Sapegno, *Inferno*, 288; Singleton, *Inferno 2*, 446; Toynbee, 532,"Puccio Sciancato"条。

151. **另一个呢，噶维雷，你仍为他哀恸：另一个**：指第八十二行的"一条细小的蛇"。这个亡魂名叫弗兰切斯科·德卡瓦尔坎提（Francesco de' Cavalcanti），翡冷翠卡瓦尔坎提家族的成员，绰号"斜眼"（"Guercio"）。因行为暴虐而遭阿尔诺上谷噶维雷（Gaville）的村民杀死。其家族随即为他复仇，把噶维雷的村民屠杀殆尽。参看 Sapegno, *Inferno*, 288。

第二十六章

在第八囊，但丁望入坑底，看见全坑闪烁着火焰，数目之多，恍如夏夜的萤火虫；每朵火焰，都裹着一个阴魂。这些阴魂，生时都曾经向人献诈，把心智用于歪途。其中一朵，裹着尤利西斯和狄奥梅得斯。维吉尔请尤利西斯讲述他迷途后，生命在哪里断送。尤利西斯应邀，详述他如何向西航行，越过赫拉克勒斯的界标，驶入南半球，看见炼狱所在的大山时一场风暴刮起，把他的船卷入深海。

欢腾啊，翡冷翠，因为你这么尊荣，
　在海上、陆上，都拍着翅膀翱翔；
　大名又在地狱里广受传诵！
群贼当中，我发觉五个强梁
　是你的公民。为此，我感到害臊。
　你的名声，不会靠他们高扬。
不过，侵晓时做的梦如果可靠，

别的地方不用说；普拉托为你
渴求的命运，你很快就感受得到。
命运现在兑现，就最合时宜。
既然它注定来临，就早点来临吧！
我年纪越大，就越难抵受这压力。
我们离开后，导师再度上爬，
并且在前面拉我。梯级由石头
砌成，曾供我们下降时踩踏。
在脊垄的岩石和碎砾之间行走，
沿一条荒僻无人的小径前进，
双脚要迅捷，就得借助双手。
我当时所见的情景真令我伤心；
现在回想起来仍感到悲痛。
虽然不习惯，我仍得把才思控引，
以免它越轨，不再唯德行是从。
这样，吉星或更大的恩典给我
赐福时，我才不致把才思滥用。
在天下的照明者最少隐没，
把容颜展露得最明显的季节，
当苍蝇飞退，蚊子逐渐增多，
一个农夫，要是在山上停歇，
会看见山谷里——也许就是他垦土壤、
采葡萄的地方——萤火虫时明时灭。
当第八个深坑的谷底在望，
只见全坑闪烁着火焰，数目

之伙，和农夫眼中的萤火虫相当。
那位有二熊代为复仇的人物，
在众马骧首腾跃、向天上飞升时，
曾看见以利亚的战车冲上征途；
他的双目在后面追随着一直
仰视，却什么都看不见；只看见烈焰
像一朵小小的云彩向高处飞驰。
深坑的火，也这样在峡谷里面
移动；每一朵都盗走一个
罪人，所盗的赃物不让人看见。
我站在桥上，直着身望落深壑，
如非抓住巉崖上的一块石头，
恐怕无人推搡也早已下堕了。
导师见我这样专心地凝眸，
就说：“这些炯焰里都是亡魂；
都以焚体的烈火把自己裹搂。”
“老师呀，”我答道，“听了你的言论，
我更加肯定了。在此之前，未听
你解说，我已经这样想，而且心存
疑窦，想问你：谁藏在那朵裂顶
而来的火焰？那火焰，仿佛升自
焚烧厄忒奥克勒斯兄弟的柴荆。”
维吉尔答道：“里面是尤利西斯
和狄奥梅得斯在受刑。两个人获怒
于神，现在为了受罚而来此。

献诈者

“这些炯焰里都是亡魂；/ 都以焚体的烈火把自己裹搂。”

（《地狱篇》，第二十六章，四七至四八行）

他们在自己的火焰中呻吟受苦，
　因他们以木马设伏，打开了门口，
　让罗马人高贵的子孙涌出。
他们在火中哀恸，悔自己的计谋
　使得伊达弥亚死后仍哀悼阿喀琉斯。
　帕拉斯之罚，他们也正在承受。”
“在火中，如果他们能亲自
　讲话，”我说，“我向你诚恳祈求
　复祈求，望祈求一次相等于千次，
望你不会阻我在这里停留，
　等待双角的火焰飘向这边。
　你看，我已经亟欲向它趋就！”
他听后对我说：“你祈求的一点，
　该大受称许，因此就应你所请；
　不过你得把舌头约束拘牵。
话呢，则由我说，因为我已经
　知道你想问什么。他们是希腊人；
　你讲话，他们可能不屑去倾听。”
当火焰飘近，老师看得明审，
　见时机和火焰的距离都恰当得宜，
　我就听见他这样发言述陈：
“你们两个人，置身同一朵火里。
　如果我生时值得你们敬重；
　在世上写高词伟句之际，
还值得你们一点半点的尊崇，

就不要离开；你们当中的一个
说说，迷途后，生命在哪里断送。”
古焰听后，较大的一条火舌
喃喃自语间就开始晃动扭摆，
恰似遭强风吹打而震颤攲侧；
然后，火舌把顶端摇去摇来，
像一条向人讲话倾诉的舌头
甩出一个声音，说道：“早在
埃涅阿斯为卡耶塔命名前，魔后
克尔凯在该地附近把我留住，
超过了一年时间。当我远走
他处，我虽然深爱儿子，对老父
要尽孝，而且该怜惜佩涅萝佩，
使她快乐；可是这些情愫
却不能把我的渴思压抑于心内；
因为我热切难禁，要体验世情，
并且要洞悉人性中的丑与美。
不过，当我航入深广的沧溟，
我只有一艘船；伴我航行的，只有
一小群不曾把我抛弃的士兵。
视域的这一头是西班牙；另一头
是摩洛哥。我看见撒丁这海岛，
看见列屿任大海拍击于四周。
当日，赫拉克勒斯在窄峡里插好
界标，叫后来的旅人不致逾越。

我跟同伴们航得体貌衰老，
行动迟钝，才到达这边界的阻绝。
在右边，我们把塞维利亚抛开；
在左边，我们早已看休达后掠。
‘弟兄啊，’我说，‘你们经历了千灾
万难，才来到这西边的疆土。
我们的神志还有一点点的能耐。
这点能耐，可以察看事物。
那么，别阻它随太阳航向西方，
去亲自体验没有人烟的国度。
试想想，你们是什么人的儿郎；
父母生你们，不是要你们苟安
如禽兽，而是要你们德智是尚。’
这三言两语，就煽得我的同伴
跃跃欲试。他们启程之心
太热切了，我也不能再阻拦。
我们的船背着黎明前进。
我们以桨为翼，疯狂地飞驰，
航程中一直靠向大海的左垠。
这时，黑夜已经在另一极遍视
天上的列宿；我们这边的星星
则低得不能从海平向高处上陟。
自从我们走上艰险的途径，
辉光在月亮底部熄了五遍，
同时又有五遍熄而复明，

就有一座山出现在我们眼前；
　山形因距离而暗晦；其巍峨峭陡，
　我好像从未见过。我们首先
是喜不自胜；但很快就由喜入愁。
　因为，一场风暴突然从新陆
　卷起，猛烈地击打我们的船头，
一连三次撞得它跟大水旋舞；
　到了第四次，更按上天的安排，
　使船尾上弹，船头向下面倾覆，
直到大海再一次把我们掩盖。”

注释：

1–3.　**欢腾啊……广受传诵**：这几行极尽讽刺之能事。作品的第一、二行完全肯定翡冷翠；到了第三行猝然逆转，攻读者于不备，讽刺的力量更大。翡冷翠旧警署（Palazzo del Bargello）刻有这样的句子："que mare, que terram, que totum possidet orbem."（"它拥有大海、广陆，以至整个地球。"）。参看 Bosco e Reggio, *Inferno*, 381-82; Sapegno, *Inferno*, 290。对这一典故有认识的，读了"在海上、陆上，都拍着翅膀翱翔"一行，更能感受但丁的刻意挖苦。

4–6.　**群贼当中……不会靠他们高扬**：这里所提到的"五个强梁"，都在第七囊受刑。

7–12.　**侵晓时做的梦如果可靠……抵受这压力**：根据中世纪传统，侵晓时所做的梦最可靠。西塞罗（Marcus Tullius Cicero，公元前一〇六年至公元前四十三年）的《论预言》（*De divinatione*）、大阿尔伯特（Albertus Magnus，约一二〇〇年至一二八〇年）的有关著作都说过，人在睡眠中能够前瞻未来。贺拉斯的《讽刺诗》、奥维德的《列女志》（*Heroides*）则明言侵晓时的梦特别可靠。贺拉斯《讽刺诗》第一卷

第十章第三十三行说："post mediam noctem...cum somnia vera."（"午夜后……当众梦真确可靠。"）。奥维德《列女志》第十九卷一九五至一九六行则说："namque, sub auroram, iam dormitante Lucina, /tempore quo cerni somnia vera solent."（"因为，接近破晓，当月亮下沉，/ 在真梦常常出现的时辰。"）。在《炼狱篇》第九章一三至二〇行、第十九章第一行及其后的描写、第二十七章第九十一行及其后的描写中，旅人但丁都在侵晓的时辰做梦，而这些梦都一一应验。**普拉托：** 原文"Prato"，托斯卡纳的一个小镇，在翡冷翠西北十一英里，位于翡冷翠往皮斯托亚（Pistoia）途中。这里所提的预言究竟指什么，迄今未有定论。大多数论者认为有两种诠释：第一，普拉托于一三〇九年叛乱，反对势力雄厚的翡冷翠；第二，一三〇四年，教皇本笃十一世派普拉托的红衣主教尼科洛（Niccolò）到翡冷翠调停党争，要翡冷翠与流亡的圭尔佛白党（但丁是白党成员）和解，翡冷翠坚执不从，于是尼科洛向翡冷翠施咒。参看《地狱篇》第十章七九至八一行和七九至八〇行的注释。

21. **才思：** 原文"'ngegno"（即 ingegno 的省音拼法），也有"才华"、"天才"的意思。在《神曲》里，但丁一再强调自己的才华，自负之情随处可见。

23. **吉星：** 指双子星。但丁属双子星。因此他在《天堂篇》第二十二章一一二至一一四行说："啊，辉煌的双星，你的光辉 / 充满了大能；我的才华——别理 / 其性质如何——都是这大能的厚馈。"

25–26. **在天下的照明者……季节：** 天下的照明者：指太阳。**季节：** 这里指夏季。夏季日长夜短，太阳隐没的时间最短。

27–30. **当苍蝇飞退……时明时灭：** 但丁再次以日常经验设譬。

31. **第八个深坑：** 指第八囊。

34. **那位有二熊代为复仇的人物：** 指《圣经》人物以利沙。参看《圣经·列王纪下》第二章第二十三至二十四节：

> Ascendit autem inde in Bethel, cumque ascenderet per viam, pueri parvi egressi sunt de civitate et illudebant ei, dicentes: Ascende, calve, ascende, calve. Qui cum respexisset, vidit eos et maledixit eis in nomine Domini; egressique sunt duo ursi de saltu, et laceraverunt ex eis quadraginta duos pueros.
>
> 以利沙从那里上伯特利去，正上去的时候，有些童子从城里出来，戏笑他说："秃头的上去吧！秃头的上去吧！"他回头看见，就奉耶和华的名咒诅他们。于是有两个母熊从林中出来，撕裂他们中间四十二个童子。

35–36. **在众马……冲上征途**：参看《圣经·列王纪下》第二章第十一至十二节：

Cumque pergerent, et incedentes sermocinarentur, ecce currus igneus, et equi ignei diviserunt utrumque: et ascendit Elias per turbinem in caelum.

Eliseus autem videbat, et clamabat: Pater mi, pater mi, currus Israel, et auriga ejus. Et non vidit eum amplius...

他们正走着说话，忽有火车火马将二人隔开，以利亚就乘旋风升天去了。

以利沙看见，就呼叫说："我父啊！我父啊！以色列的战车马兵啊！"以后不再见他了。

39. **像一朵小小的云彩向高处飞驰**：原文为"sì come nuvoletta, in su salire"。参看但丁《新生》（*Vita Nuova*）第二十三章第二十五节：

Levava li occhi miei bagnati in pianti,
e vedea, che parean pioggia di manna,
li angeli che tornavan suso in cielo,
e una nuvoletta avean davanti...
我泪水盈眶，眸子向高处仰瞻，
看见一群天使正飞返天堂，
就像一阵吗哪甘霖在倾泻，
一朵小小的云彩引领于前方……

41–42. **每一朵都盗走一个／罪人**：第八囊惩罚的，是阳间呈献诈伪的人。这些亡魂，各被一朵火焰包裹。

43. **直着身望落深壑**：指旅人但丁设法望入第八囊。

52. **裂顶**：指火焰的顶部分裂为二。

53–54. **那火焰，仿佛升自／焚烧厄忒奥克勒斯兄弟的柴荆**：厄忒奥克勒斯（Ἐτεοκλῆς，Eteocles），忒拜王奥狄浦斯（Οἰδίπους，Oedipus）和约卡丝妲（Ἰοκάστη，Jocasta）的儿子，波吕尼克斯（Πολυνείκης，Polynices）的孪生兄弟。两兄弟一起迫忒拜王奥狄浦斯逊位。奥狄浦斯一怒之下，求神祇令两个不孝子彼此为敌。奥狄浦斯失位后，孪生兄弟约定轮流统治忒拜。厄忒奥克勒斯掌权后拒绝退下。结果波吕尼克斯求阿戈斯王阿德拉斯托斯（Ἄδραστος，Adrastus）帮助，攻打忒拜。忒拜战争由此爆发。战争中，厄忒奥克勒斯和波吕尼克斯在单独决斗中双双阵亡。两人的尸体火葬时，从柴堆升起的火焰竟一分为二，证明两人死后对彼此仍怀着大恨深仇。但丁的描写可能取材自斯塔提乌斯的《忒拜战纪》第十二卷四二九至四三二行和同卷四四一行。参看 Bosco e Reggio, *Inferno*, 385; Sapegno, *Inferno*, 294; Singleton, *Inferno 2*, 456.

55. **尤利西斯**：Ulysses，一译“乌利西斯”，拉丁文为 Ulixes，相等于希腊神话中的奥德修斯（Ὀδυσσεύς, Odysseus）。伊大卡（Ἰθάχη, Ithaca）国王，拉厄尔忒斯（Λαέρτης, Laertes）之子，佩涅萝佩（Πηνελόπη, Penelope）之夫，忒勒玛科斯（Τηλέμαχος, Telemachus）之父。为人狡黠多智，特洛亚陷落后，还家途中极尽险阻，是荷马（Ὅμηρος，拉丁文 Homerus，英文 Homer）史诗《奥德修纪》（*Ὀδύσσεια*，拉丁文 *Odyssea*，英文 *Odyssey*）的主人公。在《伊利昂纪》（*Ἰλιάς*，拉丁文 *Ilias*，英文 *Iliad*）里，奥德修斯出主意令阿喀琉斯参与特洛亚之战。木马计也是他的谋略。在本章，尤利西斯之死与忒瑞西阿斯（Τειρεσίας, Tiresias）在《奥德修纪》所说的预言，以至中世纪流行的版本有别。

56. **狄奥梅得斯**：Διομήδης（Diomedes），提德乌斯（Τυδεύς, Tydeus）和得伊费勒（又称得伊皮勒）之子，埃托利亚（Αἰτολία, Aetolia）国王，曾向海伦（又称“赫勒娜”，希腊原文 Ἑλενη，英文 Helen 的汉译）求婚，特洛亚战争中的著名英雄，阿伽门农的得力助手。阿喀琉斯与阿伽门农闹翻，拒绝出征时，狄奥梅得斯与奥德修斯说服了阿喀琉斯。希腊军队向特洛亚进攻时，狄奥梅得斯藏身木马中。除了阿喀琉斯，他是希腊联军中最善战的勇士，曾击伤爱神阿芙萝狄蒂。特洛亚陷落后，以狄奥梅得斯的归程最愉快。可惜妻子不忠，设阴谋杀他，迫他躲到赫拉的祭坛才逃过一死。其后，狄奥梅得斯去了意大利，在那里建立了许多城池。

56–57. **两个人获怒 / 于神，现在为了受罚而来此**：两人由于欺诈而罹神怒。

59–63. **因他们以木马设伏……也正在承受**：特洛亚战争中，希腊军队包围了特洛亚，却久攻不下。后来，用奥德修斯之计，造了一匹大木马，内藏希腊战士。派希腊人席农（Σίνων，Sinon）让特洛亚人俘虏，骗取他们的信任。席农讹称希腊人已经退兵，而且为了补赎奥德修斯偷盗特洛亚智慧女神像（Παλλάδιον，Palladium）之罪，造了一匹木马，献给雅典娜。只要奉祀木马，特洛亚就可以打败希腊。特洛亚人信以为真，把木马拖进城里。到了夜里，席农把木马打开，放出希腊战士，大肆屠杀。特洛亚因此陷落。埃涅阿斯逃到了意大利，建立罗马帝国。“罗马人高贵的子孙”也就由此而来（“涌出”）。**得伊达弥亚**：Δηϊδάμεια（Deidamia），斯基罗斯岛（Σκῦρος, Scyrus 或

Scyros，今日叫 Skyros）君王吕科梅得斯（Λυκομήδης，Lycomedes）的女儿。忒提斯知道儿子阿喀琉斯会死于战争，于是把他化装为宫女，送到吕科梅得斯的王宫避战。后来，阿喀琉斯诱奸了得伊达弥亚，生下儿子涅奥普托勒摩斯（Νεοπτόλεμος〔Neoptolemus〕，又称皮洛斯，Πύρρος〔Pyrrhus〕）。奥德修斯和狄奥梅得斯为了在特洛亚之战取胜，隐瞒阿喀琉斯会战死的预言，骗他出战，结果得伊达弥亚哀伤而死。**帕拉斯之罚**：指奥德修斯和狄奥梅得斯偷盗特洛亚护城之宝智慧女神像，因而受到惩罚。智慧女神像来自天上，特洛亚有了它，就永享安宁。后来，神像被尤利西斯和狄奥梅得斯盗去（参看《埃涅阿斯纪》第二卷一六二至一七〇行），导致特洛亚陷落。偷盗神像是欺诈行为，犯罪者要在第八囊受刑。

73–75. **话呢，则由我说……不屑去倾听**：希腊人一向高傲，未必看得起意大利人但丁。在《神曲》中，维吉尔任中介人物，与亡魂说话，比较合适。

85. **较大的一条火舌**：指尤利西斯。

89. **像一条向人讲话倾诉的舌头**：Singleton（*Inferno 2*, 460）指出，尤利西斯在世时诈伪诡谲，用的是舌头；现在火焰像舌头一样向人讲话，是报应式惩罚。

91–93. **埃涅阿斯为卡耶塔命名前……超过了一年时间**：**卡耶塔**：意大利文“Gaeta”，在《埃涅阿斯纪》里为“Caieta”，埃涅阿斯的保姆；死后，埃涅阿斯为她建了一座城池，并且以她的名字为名。这座城池是第勒尼安海岸的一个海港，在意大利中部，位于拉丁乌姆以南，在那波利西北四十五英里。参看《埃涅阿斯纪》第七卷一至四行；《变形记》第十四卷一五七行。**魔后 / 克尔凯**：Κίρκη（Circe），太阳神赫利奥斯（Ἥλιος, Helios）和仙女佩尔塞伊丝（Πέρση〔Perse〕或 Περσηίς〔Perseis〕）的女儿，是个魔女，精通巫术，能以毒草害人，住在埃埃厄（Αἰαίη，拉丁文 Aeaea）岛上。奥德修斯（尤利西斯）还家途中经过时，同伴遭克尔凯用神药变为猪。奥德修斯本人，预先吃了黑根白花草药，得以幸免。后来奥德修斯强迫克尔凯把同伴还原为人，并在岛上住了一年，与她生下儿子忒勒戈诺斯（Τηλέγονος, Telegonus）。参看《埃涅阿斯纪》第三卷，《奥德修纪》第十卷。

94–96. **我虽然深爱儿子……使她快乐**：奥修德斯的父亲是拉厄尔忒斯，妻子佩涅萝佩，儿子忒勒玛科斯（Τηλέμαχος, Telemachus）。

103–104. **视域的这一头……摩洛哥**：指地中海西部。尤利西斯向西航行，视域的北岸是西班牙，南岸是摩洛哥。

106–107. **当日……不致逾越**：赫拉克勒斯掠夺格里昂的牛群时，曾到非洲的利比亚和西欧一带，即今日的直布罗陀海峡两岸，在那里竖立两根门柱，称为赫拉克勒斯门柱（Pillars of Heracles），以为纪念。两根门柱，即今日的直布罗陀两岸的海岬。在非洲的叫阿比拉（Abyla）山；在西班牙的叫卡尔佩（Calpe）山。其后，二柱成了界标，航行者不得超越，否则回航无望。另一种说法是：直布罗陀海峡本来只有一座山，由赫拉克勒斯劈为两根门柱。

108–109. **我跟同伴们……这边界的阻绝**：从“航得体貌衰老，/ 行动迟钝”一句，可见尤利西斯的航程如何耗时。

110. **塞维利亚**：Sevilla，西班牙南部城镇（按西班牙语发音，该译为“塞维亚”），位于内陆。这里泛指塞维利亚所在的区域。

111. **休达**：原文“Setta”，欧洲人称 Ceuta，北非城市，在直布罗陀海峡南边，属西班牙。航行者西行，先经休达，然后才经过塞维利亚所属区域。

112–120. **弟兄啊……德智是尚**：这番话反映了尤利西斯的意志和冒险精神，也间接说明了他在地狱受罪的原因：以巧言骗人远行，把人带上死路。

125. **疯狂地飞驰**：“疯狂”，原文为“folle”，指尤利西斯现在回顾，知道当时的旅程没有好结果，所以说“疯狂”。在《天堂篇》第二十七章八二至八三行，旅人但丁在高天下望，也说“彼端，我看见尤利西斯的疯道路 / 越过加的斯”（“sì ch'io vedea di là da Gade il varco/ folle d'Ulisse”）。

126. **航程中一直靠向大海的左垠**：指尤利西斯向西南航入南半球。

127. **另一极**：指南极。

128. **我们这边**：指我们的一极（北极）。

130–132. **自从……复明：月亮底部**：指月亮向着地球的一面。月亮亏了又盈，一共有五次之多，也就是说，尤利西斯的航程持续了五个月。参看 Momigliano, *Inferno*, 202。

133. **一座山**：指南半球唯一的高山。这座山矗立海中，是炼狱所在，也就是炼狱山。

134–135. **其巍峨峭陡，/ 我好像从未见过**：尤利西斯何以这样说，《炼狱篇》有进一步的交代。

139–142. **一连三次……把我们掩盖**：参看《埃涅阿斯纪》第一章一一三至一一七行：

> unam, quae Lycios fidumque vehebat Oronten,
> ipsius ante oculos ingens a vertice pontus
> in puppim ferit: excutitur pronusque magister
> volvitur in caput; ast illam ter fluctus ibidem

torquet agens circum et rapidus vorat aequore vertex.
其中一艘，载着吕基亚人和忠贞的奥隆忒斯。
埃涅阿斯目睹一个巨浪挟高耸的浪峰
砸落船尾；舵手被抛出了船外，头前脚后地
俯撞入海中。船呢，则在原来的地点遭巨浪
剧旋了三次；然后被一个险涡卷入深海。

Momigliano（*Inferno*, 202）指出，一四二行"恍如墓上碑文"（"sembra scritto sopra una lapide funeraria"）。

140–142. **按上天的安排……把我们掩盖**：当时，尤利西斯未知命运由上天安排，此刻在地狱回顾，才明白天意所在。**上天**：原文为"altrui"，直译是"他人"、"别人"，属与格，跟"piacque"（"符合……意愿"、"叫……喜欢"的意思，不定式为"piacere"）搭配。在《地狱篇》里，所有的人物都不会直接提上帝，因此这里也用"altrui"，而不用意大利文中的"神"或"上帝"。尤利西斯生性狡诈，被上帝淹死，是罪有应得。

第二十七章

尤利西斯说完了话，另一朵火焰里的阴魂听出了维吉尔的口音，就请两个陌生人告诉他故土罗马亚的近况。但丁详述了罗马亚的纷争，再询问阴魂的身分。原来阴魂叫蒙特菲尔特罗，在阳间是个诈伪的人。他以为但丁不会重返阳间，就应但丁的请求，叙述他本人如何向教皇卜尼法斯八世呈献诡计，结果被打落第八囊受刑。

这时，火焰已经寂然竖起，
　不再说话，并获得和蔼的诗人
　准许，离开了我们驻足之地。
另一朵火，正从它后面来臻，
　移动时发出一种混乱的声响，
　使我们向它的尖端注目凝神。
昔日，有人当西西里暴君的工匠，
　用锉刀造了一头牛。牛的第一声

吼叫，是工匠的嚎咷。——他活该遭殃！

此后，牛以受刑者的声音鸣哼；
结果，该畜生虽然用铜来铸炼，
但是听起来却好像饱受折腾。

那朵火焰也如此：由于起先
找不到出口，也没有孔道外通，
哀号乃变成了火焰的语言。

这些哀号向上面升起，途中
受舌头摇曳；不过当哀号到达
火焰的顶端，并同样把它摇动，

我们就听见它说：“啊，我有话
跟你讲。你刚才言谈，是用伦巴第语，
说：‘不留你了；现在你走吧。’

我也许迟了些，未能及时来趋。
但不要恼怒；留下来跟我谈谈。
你看，我虽然被焚，也没有怒绪。

我带来的罪愆，都在意大利罹犯。
如果你刚从那个可爱的国土
堕进这个盲塞世界的黑暗，

告诉我，罗马亚人在动武呢，还是偃武？
因为，我老家就在那里的群岑，
夹于乌尔比诺和发放特韦雷的高谷。”

我正在弯身，倾听得聚精会神，
老师在旁触了触我的腰胯，
说：“你也讲话呀；他是意大利人。”

由于我早有答复，听了他的话，
　就不再迟疑，马上启口这样说：
　“嘿，在下面匿藏的灵魂哪，
在你的罗马亚，各暴君的心摆不脱
　战祸，那始终不歇的劫灾。
　不过我走时，见不到公开的战火。
拉温纳像过去一般：多年来，
　坡伦塔的苍鹰仍在上面展翼，
　并且以羽翰把切尔维亚覆盖。
那座城池，击溃了长时间的围袭，
　把法国人化为一堆血肉；
　现在正由绿色的利爪荫庇。
此外，维鲁克奥的老少恶狗，
　曾经一度把蒙坦亚戕贼整治，
　仍然如常用利牙尝着甜头。
拉莫内、三特尔诺两河的城池，
　仍由幼狮在白色的兽穴里摆弄。
　幼狮的党派，变换如冬夏四时。
另一座城池，有萨维奥河浴着垣墉，
　位于平原地带和高山之间；
　居民的生活，依违于暴政和自由中。
好了，你是谁呢？请为我们明言，
　像我之待你，毫无吝啬之态，
　好使你世上的名字继续荣显。”
火焰以惯常的方式咆哮起来；

须臾，再把火舌来回摇晃，
然后把这样的信息呼出火外：
“要是我认为听我答复的一方
是个会重返阳间世界的人，
这朵火焰就不会继续晃荡。
不过，这个深渊如果像传闻
所说，从未有返回人世的生灵，
就回答你吧。——我不必怕恶名玷身。
任方济各会修士前，我当过兵。
然后束上僧袍，立心去赎罪；
在全部愿望将成事实的俄顷，
遭大神父破坏——他该去见鬼！
他呀，使我重犯过去的愆尤。
其手法和目的吗？请听我述说原委。
当我的形相仍是凡间的血肉，
承受着母亲所赋，我的言行
并不像狮子，却跟狐狸相侔。
种种计谋以及秘密的行径，
我都曾实践过，而且全部通晓，
结果天下都回荡着我的令名。
活到某一个阶段，人人都要
落帆，把桅上的绳索收起。
当我见自己和这一阶段相交，
往昔的各种乐事就叫我腷臆。
于是我认罪、忏悔，并幡然改途——

哎哟！这样的行动本该得体。
新法利赛人的那个独夫，
鏖战于拉特兰附近的地方。
敌对者不是撒拉逊人，也不是犹太族：
他的大敌，都是信基督的儿郎。
这些人，都不是攻掠阿卡之辈；
也没有到过苏丹的土地去经商。
而他，却没有顾及自己的高位
和圣职。我的衣带，一向都能
使佩者消瘦；但是他没有理会。
当年，君士坦丁为医治麻风，
到索拉克特山把西尔维斯特寻索。
这个人，也这样找我做他的医生，
使他的身体复原自傲慢之火。
他征求我的意见。我缄默不语，
因为他的话仿佛是醉汉的胡说。
之后，他又说：‘别让你的心疑虑；
我现在就赦免你。你教我良方，
把佩涅斯特里诺掷到地上去。
你知道啦，我有能力把天堂
关上、打开，因为，我执掌的
两条钥匙，前任没有放在心上。’
接着，他以大条道理把我驱策，
使我觉得，缄默比说话更糟；
于是说：‘老爷呀，我要犯的罪恶，

既然有你去替我涤濯洗淘，
　那么，慷慨的承诺不放在心怀，
　你就会高居座上，把敌人打倒。’
之后，我不过刚死，方济就来
　找我。可是，却有一个黑天使
　对他说：‘别犯我，不要把他夹带；
他要到下面去，跟我的奴才栖迟，
　因为他出过坏主意，教人去行骗，
　令我一直把他的头发紧执。
不忏悔的人不能够获得赦免；
　悔改和犯罪，也不能共存于须臾。
　这两种行为对立，不可以并兼。’
然后，他抓住了我，说：‘也许
　你没想到，我是个逻辑家吧？’
　哎哟！我听了，不禁无限惊惧。
他带我去见米诺斯。米诺斯一搭
　尾巴，把它在粗硬的背上盘绕，
　缠结成八个圈，再勃然大怒地咬它。
然后说：‘这坏蛋，该受盗火焚烧。’
　因此，我就在你所见的地方遇难，
　穿起这样的衣服抱恨奔跑。”
阴魂把上述的一番话说完，
　火焰就愀然离开，怀着悲情，
　一边飘，一边把火舌摇晃扭缠。
我和导师两个人继续前行，

走过了石脊，直达下一道拱桥。
拱桥越沟而去。沟中的亡灵
因离间而获罪，债项在沟中缴交。

注释：

1. **火焰**：指包裹尤利西斯和狄奥梅得斯的火焰。

2. **和蔼的诗人**：指维吉尔。

7–12. **昔日……饱受折腾**：西西里西南部的阿格里根图姆（Agrigentum，今日的阿格里琴托，Agrigento）的暴君法拉里斯（Φαλαρίς, Phalaris），以铜牛烙刑处死人民。受害者被关在铜牛里，外面烧起烈火，里面的惨号会变成牛鸣，使受害者无从求情。最初受刑者，是发明这种刑具的佩里鲁斯（Perillus）。

13–15. **那朵火焰……火焰的语言**：火焰里的声音没有出口，就像铜牛里的哀号一样模糊不清。

19. **我们就听见它说**：说话者是谁，诗中没有明言。不过据大多数笺注家的看法，火焰里的亡魂叫圭多·达蒙特菲尔特罗（Guido da Montefeltro）。圭多生年约为一二二〇年，卒于一二九八年。是罗马亚（Romagna）吉伯林党的首领，曾打败圭尔佛党和教皇的军队。一二八六年与教会言归于好，不过仍遭教皇放逐。一二九二年领导乌尔比诺(Urbino)对抗里米尼(Rimini)的马拉特斯提诺(Malatestino)。其后再度与教会修好，一二九六年成为方济各会僧侣。圭多足智多谋，有"狐狸"之称。曾献计给教皇卜尼法斯八世，教他如何对付科伦纳（Colonna）家族，因此要在地狱受刑。

20. **你刚才言谈，是用伦巴第语**：指维吉尔刚才跟尤利西斯说话时，讲的是伦巴第语。

27. **盲塞世界的黑暗**：指地狱。地狱是死路一条，再无前途；同时就心智而言，地狱的灵魂都失明。因此称地狱为"盲塞世界"。

28. **罗马亚**：Romagna，在这里既指罗马亚本身，也指蒙特菲尔特罗(Montefeltro)。

29–30. **因为……高谷：老家**：指圭多的故土蒙特菲尔特罗，位于罗马亚和近海沼泽区（Maremma）所在的地带，在亚平宁山脉乌尔比诺（Urbino）和科罗纳罗（Coronaro）之间。**发放特韦雷的高谷：**指特韦雷（Tevere）河发源之地，即亚平宁山脉。

37. **各暴君：**罗马亚出过不少暴君。

40–42. **拉温纳……覆盖：**指坡伦塔（Polenta）家族，属圭尔佛党。坡伦塔家族由十三世纪末到十五世纪中叶一直统辖拉温纳。在但丁所说的时期，该家族的首领是老圭多·达坡伦塔（Guido da Polenta），即芙兰切丝卡·达里米尼（Francesca da Rimini）的父亲，圭多·诺维洛（Guido Novello）的祖父。一三二一年，圭多·诺维洛是但丁在拉温纳的主人，有恩于但丁。但丁言下之意，指坡伦塔在拉温纳推行仁政。**切尔维亚：**意大利北部小城，在拉温纳东南十四英里，面向亚得里亚海，在中世纪颇为富有。参看 Singleton, *Inferno 2*, 477-78。

43–45. **那座城池……荫庇：**那座城池：指佛尔利（Forlì），罗马亚城市。一二八一年至一二八三年遭教皇马丁四世的法国和意大利联军包围。一二八二年，佛尔利由圭多·达蒙特菲尔特罗领导，击退了敌军，敌军损失惨重。所以诗中说"把法国人化为一堆血肉"。旅人但丁说话时，还不知道聆听者是圭多。

现在正由绿色的利爪荫庇：在但丁时代，佛尔利的统治者是奥尔德拉菲（Ordelaffi）家族。该家族的纹章是金底绿狮，所以说"绿色的利爪"。

46–48. **此外……尝着甜头：维鲁克奥的老少恶狗：**指马拉特斯塔·达维鲁克奥（Malatesta da Verrucchio）和长子马拉特斯提诺（Malatestino），属圭尔佛党。一二九五年后，父子相继统治里米尼（Rimini）。**蒙坦亚：**指蒙坦亚·德帕尔奇塔提（Montagna de'Parcitati），是里米尼吉伯林党的领袖。一二九五年遭马拉特斯塔打败后，死于马拉特斯提诺手中。**仍然……甜头：**指达维鲁克奥家族仍凶残如故。

49. **拉莫内、三特尔诺两河的城池：**指法恩扎（Faenza）和伊莫拉（Imola）两个城池。法恩扎在拉温纳西南十九英里，拉莫内（Lamone）河流经该城。伊莫拉在波隆亚（Bologna）东南二十一英里，三特尔诺（Santerno）河流经该城。

50. **仍由幼狮在白色的兽穴里摆弄：**"幼狮"，指马基纳尔多·帕噶诺·达苏西纳纳（Maghinardo Pagano da Susinana）。法恩扎和伊莫拉于一三〇〇年仍然由他统治。马基纳尔多家族的纹章是白底蓝狮，因此但丁称他为"幼狮"。

51. **幼狮的党派，变换如冬夏四时：**马基纳尔多幼时在翡冷翠念书，受过该城之恩，加以妻子在该城出身，因此虽属吉伯林党，但在纷争中都支持翡冷翠圭尔佛党。

52–54. **另一座城池，有萨维奥河浴着垣墉……暴政和自由中**：指切塞纳（Cesena），位于佛尔利和里米尼之间，在托斯卡纳的亚平宁山脉之麓，萨维奥（Savio）河流经该城。切塞纳是个颇为独立的城镇，居民同情圭尔佛党。不过于一二九六年至一三〇〇年，该城由蒙特菲尔特罗家族的成员噶拉索·达蒙特菲尔特罗（Galasso da Montefeltro）统治。噶拉索·达蒙特菲尔特罗是圭多（见第十九行注）的堂兄弟，同情吉伯林党，因此在某一程度上，切塞纳的自主权受到影响。不过，该城虽不能完全自主，却仍比但丁所提到的其他城市自由，因此说该城"依违于暴政和自由中"。

56. **像我之待你，毫无吝啬之态**：旅人但丁请亡魂向他坦率倾诉，就像他本人对待亡魂一样。

61–66. **要是我……恶名玷身**：圭多虽在地狱，却仍然爱惜声名，怕但丁返回阳间后向人讲述其下场。也就是说，身在地狱的亡魂仍有羞耻之心，不愿意阳间知道他在地狱。这几行是艾略特《J. 阿尔弗列德·普鲁弗洛克情歌》（"The Love Song of J. Alfred Prufrock"）的引语。

70. **大神父**：指教皇卜尼法斯八世。

74. **承受着母亲所赋**：指承受母亲所赋的血肉。

75. **却跟狐狸相侔**：指圭多为人狡猾。

79–80. **活到了某一阶段……收起**：指晚年。

81. **当我……相交**：指圭多到了晚年。

85. **新法利赛人的那个独夫**：指卜尼法斯八世。

86. **鏖战于拉特兰附近的地方：拉特兰**：按意大利原音（Laterano），该译作"拉特兰诺"，是中世纪教皇所居的皇宫，地位相等于日后建造的"梵蒂冈"。在这里，"拉特兰"泛指罗马。教皇西莱斯廷五世让位后（参看《地狱篇》第三章五九至六〇行注），卜尼法斯于一二九四年继任为教皇。科伦纳（Colonna）家族认为卜尼法斯继位非法，一直与之抗争。一二九七年，卜尼法斯八世把科伦纳家族的两个红衣主教逐出教会。科伦纳家族退回罗马东南二十英里的帕勒斯特里纳（Palestrina）城堡，继续顽抗。一二九八年九月，卜尼法斯八世的军队攻下科伦纳城堡。

87. **撒拉逊人**：英语 Saracen，指十字军东征时的阿拉伯人或伊斯兰教徒，是希腊人和罗马人的用语。

88. **他的大敌，都是信基督的儿郎**：教皇与"信基督的儿郎"为敌，其罪过可以想见。

89. **都不是攻掠阿卡之辈：阿卡**：Acre（Akko），基督教圣地的港口，十字军东征时在这里登陆。自公元六一八年起，一直为撒拉逊人所占。一一〇四年为十字军攻占，一一八七年落入埃及的苏丹撒拉丁（Ṣalāḥ-al-Dīn，一一三八年至一一九三年）之手，引起第三次十字军东征。一一九一年为法王腓力二世（奥古斯都）（Philippe II Auguste，一一六五年至一二二三年）和绰号“狮心”（Coeur de Lion）的英王理查一世（Richard I，一一五七年至一一九九年）攻占。一二九一年再度落入撒拉逊人手中。今日是以色列海港，位于耶路撒冷西北约八十英里。这句的意思是：教皇敌视的，不是属于异教的撒拉逊人，而是基督徒。

90. **苏丹**：阿拉伯语 sultān，某些伊斯兰国家最高统治者的称号。一二九一年，阿卡落入撒拉逊人手中，教皇尼古拉四世呼吁所有基督徒停止与埃及贸易，违者会逐出教会。

92. **我的衣带**：指方济各会会士用来系衣的麻绳。

93. **使佩者消瘦**：方济各会由方济各（Francesco d'Assisi，一一八一年至一二二六年）于一二〇九年获教皇英诺森三世批准而创立，称为方济各托钵修会。方济各的会士互称“小兄弟”，因此该修会又称“小兄弟会”。修会提倡安贫乐道、节欲苦行，初期不设恒产。传道时穿粗布长袍，托钵行乞，在法兰西、西班牙、摩纳哥、埃及等地活动。后来，方济各会设立了第二会、第三会。第二会（即方济各女修会）的会员为女修道者，第三会的会员为俗世教徒。这句话的意思是：信奉方济各会的，会清心寡欲；事实却不然：卜尼法斯八世并没有受方济各会的熏陶。

94–95. **当年，君士坦丁……西尔维斯特：君士坦丁**：参看《地狱篇》第十九章一一五至一一七行注。“索拉克特山”（Soracte），在罗马以北。据说君士坦丁因镇压基督徒而染上麻风，神棍劝他以三千名婴儿的鲜血洗身，即可痊愈。后来，君士坦丁不忍，把婴儿全部释放。当天晚上，彼得和保罗在梦中告诉他，只要他到索拉克特山的洞穴找到西尔维斯特，麻风即可治好。君士坦丁按梦中指示，找到了逃避镇压的西尔维斯特。西尔维斯特治好了君士坦丁的麻风后，君士坦丁幡然改途，皈依了基督教。

101. **我现在就赦免你。你教我良方**：这行暗示圭多所教的良方是诡计。

102. **佩涅斯特里诺**：原文为“Penestrino”，指今日的帕勒斯特里纳（Palestrina），古代称普赖涅斯特（Praeneste），位于罗马东南二十英里的山上，形势险要。科伦纳家族对抗卜尼法斯八世时，固守于此。后来，卜尼法斯答应，只要科伦纳家族投降，就会获得赦免。科伦纳家族投降后，卜尼法斯八世却把帕勒斯特里纳夷为平地。参看

Singleton, *Inferno 2*, 489-90。这行遥呼本章一一〇行："慷慨的承诺不放在心怀"。

103–105. **你知道啦……没有放在心上**：参看《圣经 · 马太福音》第十六章第十九节："Et tibi dabo claves regni caelorum; et quodcumque ligaveris super terram, erit ligatum et in caelis; et quodcumque solveris super terram, erit solutum et in caelis."（"我要把天国的钥匙给你，凡你在地上所捆绑的，在天上也要捆绑；凡你在地上所释放的，在天上也要释放。"）。**两条钥匙**：指象征教会的两条钥匙。参看《炼狱篇》第九章一一七至一二七行。**前任**：指让位给卜尼法斯八世（未任教皇时，卜尼法斯叫本内迭托 · 卡耶坦尼〔Benedetto Caetani〕）的教皇西莱斯廷五世。参看《地狱篇》第三章五九至六〇行。从这几行的语气，读者可以看出，卜尼法斯如何踌躇满志，傲慢嚣张。

107. **缄默比说话更糟**：圭多身为方济各会会士，不可以不服从教皇之命，否则就大逆不道；可是服从教皇之命，也会犯重大过失。

110–111. **那么……把敌人打倒**：圭多教卜尼法斯八世诡计，叫他轻诺寡信，欺骗科伦纳家族。

112. **之后，我不过刚死**：圭多卒于一二九八年。**方济**：Francesco d' Assisi（一译"弗朗西斯"或"方济各"），即圣方济，一一八一年在意大利阿西西（Assisi）出生，卒于一二二六年。呢绒商之子，方济各会的创始人。

113. **一个黑天使**：指魔鬼之一。参看《地狱篇》第二十三章一三一行。

117. **一直把他的头发紧执**：一直紧盯着他，没有把他放过。

119. **悔改和犯罪，也不能共存于须臾**：在同一瞬，一个人不能既想忏悔，又想犯罪。

122. **你没想到，我是个逻辑家吧**：意思是：想不到我会以逻辑方法论证吧？

124. **米诺斯**：参看《地狱篇》第五章四至一二行。

126. **八个圈**：意思是：米诺斯判圭多进入地狱的第八层受罪。**勃然大怒地咬它**：指米诺斯咬噬尾巴。《地狱篇》第八章六一至六三行、第十二章第十四行也有类似的描写。米诺斯咬噬尾巴，表示内火中烧。

127. **这坏蛋，该受盗火焚烧**：**盗火**：指吞噬盗贼的火焰。**该受盗火焚烧**：指圭多该在第八囊受刑。

129. **穿起这样的衣服**：指遭受火焰包裹。**抱恨**：指圭多对自己的罪恶有悔疚之意。

135. **沟**：指第九囊。

136. **因离间而获罪，债项在沟中缴交**：指第九囊的亡魂犯了离间罪，要在囊中还债，也就是受罚。

第二十八章

但丁在罪恶之囊的第九囊看见生时搬弄是非、挑拨离间、制造分裂的阴魂。他们肢体残缺，内脏外流，叫人不忍卒睹。穆罕默德从下巴到放屁的部位豁然擘裂。阿里的头，从下巴裂到额发一带。皮耶·达美迪奇纳，喉咙早遭捅挖，在眼眉之下，鼻子全被砍劈，只有一只耳朵未遭切剐。库里奥的舌头在喉管里擘裂。莫斯卡的两只手都切去了一截，在昏暗的空气中举起残臂。贝特洪·德波恩变成了一具无头的身躯，用手抓着头发，提着砍下的头颅，像灯笼般晃动。这些阴魂都在接受报应式惩罚，有的更向但丁预言未来。

究竟有谁——即使以散文吟唱，
　把故事一再重复——能够描述
　我此刻所见的全部血污和创伤？
一切唇舌肯定会相形见绌，
　因为，我们的言辞、记忆太狭褊，
　容纳不下这么繁多的事物。

从前，有人在普利亚的凶地自怜，
因特洛亚人使他们溅血而伤悲；
有人悲另一场战争累月经年，
使指环成为战利品堆叠高垒——
李维的著作如是说；他的话不会错。
从前，也有人和圭斯卡敌对
而遭到惨重的打击。在切佩拉诺——
那里的普利亚人都俜张为幻——
以及塔利亚科佐附近，另两伙
死者的白骨如山。在塔利亚科佐，老汉
埃哈赫，徒手就打败了外敌。
如果上述的死伤者相聚相缠，
一一展示被刺或被砍的肢体，
其景象和污秽的第九坑比对，
会微不足道，鲜能成为俦匹。
我看见一个人，下巴到放屁的部位
豁然中裂。木桶失去了桶面
或狭板，也绝不会如此张嘴。
他的内脏，悬垂在两腿之间，
重要的器官外露；还有那臭囊——
下吞的东西由它化为粪便。
我正在凝神对着阴魂凝望，
阴魂也望着我，双手把胸膛擘开，
说道："看哪，你看我怎样剖张，
看穆罕默德受什么样的残害！

在我前面，阿里边走边啼哭。
他的脸，从下巴裂到额发一带。
你在这里看到的其他人物，
在生的时候都散播不和，散播
分裂，所以才这样遭剖擘的惩处。
这后面有个妖魔，把我们一伙
修理得这么残忍。我们绕毕
这条痛苦的道路，这个妖魔
会再度把这帮人一一砍劈；
因为，我们还未走到他前边，
身上的创伤已经再次闭起。
你是谁呢？竟盘桓在峭壁之巅。
也许你被控，被判去服刑，
却故意在这里稽留拖延？”
“死亡还触不到他，罪恶行径
也未令他受折磨，”老师这样回答，
“他得饱阅经验，我这个亡灵
乃须把他带到这下界，带他
在地狱之内一圈又一圈地走。
我跟你说的，句句都是真话。”
逾百个阴魂，听了老师的解说后，
都在坑里停下来，向我凝望，
惊讶中都忘了受刑的苦愁。
“你呀，也许很快就见到阳光。
请告诉多尔奇诺修士：如果

他不想迅速落入我的境况，
就储备粮饷；这样，大雪逼迫，
他也不会让那个诺瓦拉人
那么轻而易举地把胜利攫夺。”
穆罕默德一边举脚，准备动身，
一边对我说出了上述的话，
然后踏足地上，离开了我们。
另一个亡魂，喉咙早遭捅挖，
在眼眉之下，鼻子全被砍劈，
只有一只耳朵未遭切剐。
他和别的亡魂一样，因惊异
而停下来望我，并且在众人面前，
把红遍外部的喉咙开启，
然后说：“你呀，未遭罪过牵连；
要不是有人酷肖而使我看错，
在意大利的土地上，我见过你的面。
万一你回去，看见那可爱的山坡
由维尔切利向马尔卡波下倾，
请记住，皮耶·达美迪奇纳就是我。
并且告诉法诺的两个豪英，
即圭多和安卓勒罗两位先生：
我们在这里的预见如果还算灵，
他们会在自己的船上遭人外扔，
在卡托利卡这城镇附近遭淹，
为一个卑鄙暴君的奸计所乘。

制造分裂者

“请记住，皮耶·达美迪奇纳就是我。”

（《地狱篇》，第二十八章，第七十五行）

在塞浦路斯和马约卡二岛间，
海王从未见过这么重的罪孽，
海盗和希腊人未犯过这样的大愆。
那奸贼，只有一只眼睛看世界。
他统治的城市，这里有一个同伴
希望以前未有过机会去窥瞥。
那奸贼，邀请两个人跟他谈判，
但所作所为，使应邀者不必
许愿，求佛卡拉风平浪安。”
我听后，对他说："要我回到尘世里
为你报信，你首先得指出，
并且说明，谁见了该城会悲戚。”
于是，他伸出一只手来，按住
身边一个人的颌部，擘开他的口，
叫道："就是他，他不会说话倾诉。
他遭到流放之后，使凯撒的心头
消除了疑虑，并且宣称：蹉跎
耽搁，只会叫有备的人罹忧。”
啊，库里奥，过去什么都敢说；
此刻，舌头竟在喉管里擘裂，
在我眼前显得惊惶失措。
另一个人，两手切去了一截，
正在昏暗的空气中举起残臂，
结果披面的鲜血涔涔下泻。
他喊道："我是莫斯卡——你不该忘记。

他曾经说过：‘米须成炊’；唉，
这句话，是托斯卡纳祸患之所由起。”
我答道：“——也把你的家族杀害。”
他听后，哀情之上又添了哀情，
就像个伤心欲狂的人离开。
不过，我仍然驻足看那群亡灵，
并目睹一个景象。那景象，仅仅
叙述而无须证明，我就会受惊。
幸好直说时，良知使我放心。
良知是好友，能叫人问心无愧，
在无愧的甲胄下使他正气凛凛。
我的确目睹——现在仍仿佛面对——
一具无头的身躯在前行，就如
其他冤魂一样前进于周围。
那阴魂抓着头发，提着头颅，
用手把它像个灯笼般晃动。
那头颅望着我们，说：“呜呼！”
他以本身为本身做了个灯笼；
两者的关系是一而二，二而一。
何以会如此，主宰者会了然于心中。
提着头颅的阴魂刚到桥底，
就把手臂和整个头颅高举，
以缩短话语和我们之间的距离。
头颅说：“你呀，呼吸着来这里窥觑
亡魂。且看看我所受的重刑吧！

贝特洪·德波恩

那阴魂抓着头发，提着头颅，/ 用手把它像个灯笼般晃动。/

那头颅望着我们，说：“呜呼！”

（《地狱篇》，第二十八章，一二一至一二三行）

看看这一带可有更坏的遭遇。
为了请你把我的信息传达，
告诉你吧，我是贝特洪·德波恩，
昔日曾经助少君为虐犯法；
挑起父子之间的叛变纠纷。
阿希多弗的邪恶怂恿，对押沙龙
和大卫王之害也没有那么深。
我把紧连的人伦离间断送，
因此，唉，头颅要离开本茎，
与身躯分开，要我拿在手中，
好让我向人展示所得的报应。”

注释：

1. **以散文吟唱**：散文的限制比韵文少，吟唱同样的题材较自由。

3. **此刻**：此刻，但丁身在第九囊，看离间者受罚。

7. **普利亚**：Puglia，也称阿普利亚（Apulia）。今日的普利亚，指意大利东南的一个地区，沿亚得里亚海南伸，直达莫利塞（Molise），相等于地图上意大利的脚踵。不过但丁在这里泛指意大利南端，包括古代的阿普利亚，等于整个那波利王国（Sapegno, *Inferno*, 313）。

8. **因特洛亚人使他们溅血而伤悲**：罗马人的祖先埃涅阿斯是特洛亚人（参看《地狱篇》第二十六章第六十行）。这里指罗马人对塔伦图姆（Tarentum，古希腊称为 Τάρας）和萨姆尼乌姆（Samnium）之战。塔伦图姆是古希腊富有的殖民城市，属意大利南部所谓的大希腊（Magna Graecia）。萨姆尼乌姆是意大利中部的一个山区，位于坎帕尼亚（Campania）和亚得里亚海之间。诗中所提到的战争，李维（Titus Livius，也可按拉丁文发音译为“李维乌斯”，公元前五十九年至公元十七年）的《罗马史》（*Ab urbe condita libri*）第十卷有记载。

9. **有人悲另一场战争累月经年**：指古罗马与迦太基汉尼拔（Hannibal，公元前二四七年至公元前一八三年）的第二次布匿战争（公元前二一八年至公元前二〇一年）。参看李维《罗马史》第十二卷。

10. **使指环成为战利品堆叠高垒**：公元二一六年，迦太基人在坎奈（Cannae）之役大败罗马军队。从罗马士兵的尸体上掠夺大量的金指环，带回国中向元老院展示，表烈凯旋。坎奈是阿普利亚的一个小镇，靠近奥菲度斯（Aufidus）河。有关这场战争，参看李维《罗马史》第二十三卷第七节和十二节；*Convivio*, IV, V, 190。

11. **李维的著作**：指李维的《罗马史》。

12. **圭斯卡**：意文（第十四行）"Ruberto Guiscardo"，法文 Robert Guiscard，一〇一五年生于诺曼底，绰号"黄鼠狼"，是意大利阿普利亚（Apulia）和卡拉布里亚（Calabria）的公爵，曾在意大利南部和西西里与希腊人、撒拉逊人相争。一〇五九至一〇八四年的征战中，从拜占庭帝国夺回意大利南部的领土。一〇八五年在瘟疫中病逝。圭斯卡会在天堂的火星天出现（见《天堂篇》第十八章第四十八行）。参看 Toynbee, 347-48, "Guiscardo Ruberto" 条。

13. **切佩拉诺**：Ceperano，今日的切普拉诺（Ceprano），在拉齐奥（Lazio）利里（Liri）河两岸，古代与罗马同属拉丁乌姆（Latium）区。一二六六年二月二十六日，西西里王曼弗雷德（Manfred）在本内文托（Benevento）败于安茹（Anjou）伯爵沙尔一世（Charles d'Anjou）手中，并在该役丧生。据但丁的说法，曼弗雷德所以战败，是因为普利亚贵族在切佩拉诺的战略桥头，让沙尔一世的军队长驱直入，出卖了曼弗雷德。参看《炼狱篇》第三章一二八行。

15. **塔利亚科佐**：Tagliacozzo，意大利中部城镇，在阿布鲁佐（Abruzzo），位于阿奎拉（Aquila）东南二十一英里。一二六八年，曼弗雷德之侄康拉丁（Conradin）在该处与安茹伯爵沙尔一世交战，败绩被擒。沙尔能够获胜，有赖埃哈赫·德瓦雷希（Érard de Valéry）献计。

17. **埃哈赫**：意文 Alardo，法文 Érard，全名埃哈赫·德瓦雷希（Érard de Valéry），尚帕涅（Champagne）领主，约生于一二〇〇年，卒于一二七七年。一二六八年从巴勒斯坦返法途中给沙尔一世献计，助他打败了康拉丁。**徒手**：原文为"sanz' arme"，指不用武器，只凭计谋。

18–21. **如果……俦匹**：由第七至一七行，但丁列举多场战争，然后把叙述推向高潮，强调第九囊的惨况。

23–24. **木桶失去了桶面 / 或狭板**：**桶面**：原文"mezzul"（mezzule），木桶底部中间的一块木板。**狭板**：原文"lulla"，指木桶底部两块半月形的木板。整个桶底，就由这三块木板覆盖。

26. **臭囊**：指胃。

31. **穆罕默德**：旧译“摩诃末”、“马哈麻”或“谟罕蓦德”。伊斯兰教的创立者，约于公元五七〇年在麦加出生，公元六三二年在麦地那去世。幼失怙恃，由祖父和伯父抚养长大。曾经商，后来号召信仰安拉为唯一真主，与麦加的贵族、麦地那的犹太教徒武装斗争。中世纪的欧洲，传说穆罕默德原为基督徒，后来叛教。但丁囿于宗教偏见，大概相信这传说，才把他打落第九囊，叫他与分裂宗教的罪人为伍。

32. **阿里**：Alī ibn-Abī-Ṭālib（约公元六〇〇年至六六一年），阿布·塔里布之子，穆罕默德的堂弟兼女婿（其妻为穆罕默德之女法蒂玛）。由穆罕默德抚养长大，以勇力为伊斯兰教传教，是“四大正统哈里法（意为“安拉使者代理人”）之一”，“什叶派更奉为第一代伊玛目（阿拉伯语 imām，意为‘首领’、‘表率’）和从不犯错的‘超人’”（《宗教词典》页五八九）。在位期间，伊斯兰教分裂为两派。公元六六一年遭反对派刺杀。就象征意义而言，穆罕默德和阿里所受的报应惩罚相辅相成：穆罕默德由“下巴到放屁的部位 / 豁然中裂”（二二至二三行），象征国与国之间分裂相斗；阿里则“从下巴裂到额发一带”（第三十三行），象征教派内部分裂。参看 Singleton, *Inferno 2*, 504。

38. **修理**：这个词有讽刺意味。

38–39. **我们绕毕 / 这条痛苦的道路**：指绕毕第九囊。

44. **被判去服刑**：穆罕默德以为但丁被米诺斯判了刑才来到地狱。

56. **多尔奇诺**：指多尔奇诺·托尼耶利（Dolcino Tornielli）修士，基督教眼中的异端首领，提倡教徒共享财产和女人。一三〇五年被教皇克莱门特五世逐出教会后，依然强悍不驯，率领随从到诺瓦拉（Novara）和维尔切利（Vercelli）山区，抵抗教皇的军队，为期超过一年。一三〇七年被诺瓦拉主教俘虏，然后被活活烧死。多尔奇诺所属的教派，成立时以改革教会为宗旨；后来异化，被定为异端。但丁写《神曲》时，上述事件已成为历史。但由于作者把作品的虚构时间放在一三〇七年之前，穆罕默德乃能“预知”未来。

58–60. **就储备粮饷……把胜利攫夺**：多尔奇诺修士被诺瓦拉主教俘虏，是因为寒冬中被困，粮饷断绝。

64. **另一个亡魂**：指皮耶罗·达美迪奇纳，全名 Piero da Medicina，生平不详。史家只知道他是波隆亚人，认识但丁，卒前常在罗马亚（Romagna）制造分裂。美迪奇纳是个村庄，位于伊莫拉（Imola）和波隆亚之间。

74. **维尔切利**：Vercelli，皮埃蒙特（Piemonte）的一个城镇。**马尔卡波**：

Marcabò，威尼斯人在拉温纳建造的城堡，在波河河口附近。一三〇九年，威尼斯人被克莱门特五世的军队打败，马尔卡波被毁。“维尔切利”和“马尔卡波”并举，概括了意大利波（Po）河河谷的全部。

76–81. **并且……所乘：法诺：**Fano，意大利城镇。**圭多和安卓勒罗：**圭多·德尔卡塞罗（Guido del Cassero）和安卓勒罗·达卡里亚诺（Angiolello da Carignano）都是法诺的贵族。**卡托利卡：**Cattolica，濒临亚得里亚海的小镇，位于里米尼（Rimini）和佩萨罗（Pesaro）之间。**卑鄙暴君：**指里米尼的统治者马拉特斯提诺（参看《地狱篇》第二十七章四六至四八行注）。一三一二年，马拉特斯提诺继承父位。之后邀圭多和安卓勒罗到卡托利卡洽谈，途中派杀手把两人抛入海中淹死。

82. **塞浦路斯：**在地中海东部。**马约卡：**马约卡（Majorca）岛，西班牙巴利阿里群岛中最大的一个岛，在地中海西部。两岛并举，概括了整个地中海。

83–84. **海王：**意大利文为“Nettuno”，希腊神话叫波塞冬（Ποσειδῶν，Poseidon），罗马神话叫尼普顿（此为英文音译，拉丁语 Neptunus 的音译应为“涅普图奴斯”）。**希腊人：**意大利文为“gente argolica”。“argolica”为形容词，源出 Ἀργολίς（Argolis）。指希腊伯罗奔尼撒（Πελοπόννησος，Peloponnesus）半岛阿尔戈利斯州，也可指该州首府阿尔戈斯（Ἄργος，Argos）。在荷马的著作里，阿尔戈斯可以指阿尔戈利斯，甚至伯罗奔尼撒半岛。“gente argolica”指阿尔戈利斯或阿尔戈斯人，即希腊人。希腊人以航海驰名，有阿尔戈船寻找金羊毛的神话。说“希腊人未犯过这样的大愆”，是强调在海上谋杀圭多和安卓勒罗之罪罕有而可怕，以海为家的希腊人也不曾犯过。

85. **那奸贼，只有一只眼睛看世界：**马拉特斯提诺只有一只眼睛，据说另一只被人剜去，乃有“独眼龙马拉特斯提诺”（Malatestino dell'Occhio）之称。

86. **他统治的城市：**指里米尼（Rimini）。**同伴：**指第九十六行及其后描写的亡魂。

89–90. **但所作所为……佛卡拉风平浪安：**佛卡拉（Focara），卡托利卡和佩萨罗之间的海岬，海拔颇高。从佛卡拉下刮的强风常会掀起巨浪，把经过的船只吹翻。航海者到了这里，就会祈告许愿。圭多和安卓勒罗已经被杀，无须再许愿。此语颇富“黑色幽默”。

94–99. **于是……罹忧：身边一个人：**指盖约·斯克里波尼乌斯·库里奥（Gaius Scribonius Curio）。库里奥本来效忠庞培，后来被凯撒收买，转而效忠凯撒，以护民官身分对昔日的朋友倒戈相向。据说凯撒横渡鲁比科（“卢比孔”为英文“Rubicon”的汉译）河，就是他出的主意。但丁的描写取材自卢卡努斯的《法萨罗斯纪》。《法萨罗斯纪》第一卷二六九行说："Audax venali...Curio lingua"（"库里奥……嚣张巧佞"）；同卷二八一行叙述库里奥怂恿凯撒："Tolle moras; semper nocuit differre paratis"（"不要耽搁；对于有备者，拖延总会有害"）。也有论者认为，库里奥加入凯撒的军队时，凯撒已经横渡鲁比科河。Sapegno（*Inferno*, 319）指出，但丁在其他著作里（*Epistole*, VII, 16），曾肯定库里奥的主意；在这里出于道德的考虑，提出不同的看法。

103. **另一个人**：指一〇六行的莫斯卡。

106. **莫斯卡**：原文"Mosca"，在《地狱篇》第六章七九至八二行，旅人但丁向恰科问及五个翡冷翠人的下落，莫斯卡是五个人中的最后一个。莫斯卡，吉伯林党拉姆贝尔提（Lamberti）家族的成员。拉姆贝尔提与另一家族阿米德伊（Amidei）属同一阵营。圭尔佛党的博恩德尔蒙特·德博恩德尔蒙提（Buondelmonte de'Buondelmonti），与阿米德伊家族的一个女儿订婚后见异思迁，解除婚约。于是莫斯卡怂恿阿米德伊家族报复，于一二一五年在旧桥（Ponte Vecchio）桥头的战神像下刺杀博恩德尔蒙特。参看《地狱篇》第十三章一四三至一五一行。一般的史家认为，这一纷争是翡冷翠党争的开始。

107. **米须成炊**：原文为"Capo ha cosa fatta"。直译是"已发生的事都有个头（有个结束）"；意思是：博恩德尔蒙特必须受罚，不死不行。

108. **这句话，是托斯卡纳祸患之所由起**：托斯卡纳日后的纷争由莫斯卡的离间引起。

109. **也把你的家族杀害**：意思是，"米须成炊"这句话，也导致莫斯卡的吉伯林党家族拉姆贝尔提罹祸：于一二五八年、一二六八年、一二八〇年遭敌对党派放逐，最后全部覆灭。这样的下场，全由莫斯卡肇端。

119. **一具无头的身躯**：指一三四行的贝特洪·德波恩。

123. **呜呼**：原文为"Oh me"，与一一九行的"come"、一二一行的"chiome"押韵：不过两词一韵（"Oh me"），与一词一韵（"come"、"chiome"）有别，意大利诗律学称为"rima franta"（"擘韵"），又称"rima composta"（"联韵"）。参看 Campi, *Inferno*, 692。

130. **你呀，呼吸着来这里窥觑**：指旅人但丁活着进地狱。

131–132. **且看看我所受的重刑吧！/……更坏的遭遇**：参看《圣经·耶利米哀歌》第一章第十二节："O vos omnes qui transitis per viam, attendite et videte: si est dolor sicut dolor meus."（"你们一切过路的人哪……你们要观看：有像这临到我的痛苦没有。"）。

134. **贝特洪·德波恩**：Bertran de Born，意大利文为"Bertram dal Bornio"，

普罗旺斯著名的行吟诗人(troubadour,约一一四〇年至一二一五年),法国佩里格厄(Périgueux)附近奥特福(Hautefort,也可意译为“高堡”)的主人,卒时为达隆(Dalon)西多会(Cistercians)隐修会会士。但丁在《筵席》(*Convivio*, IV, XI, 14)里提到德波恩,以为慷慨大方的典范。《俗语论》(*De vulgari eloquentia*, II, II, 9)则把他列为吟唱英雄诗的杰出诗人:“scilicet Bertramum de Bornio, arma”(“例如吟唱英雄诗的贝特洪·德波恩”)。据说德波恩挑拨英王亨利二世的儿子亨利王子反抗父王,为亨利二世所憎恨。参看 Bosco e Reggio, *Inferno*, 423; Campi, *Inferno*, 694; Toynbee, 95-96, “Bertràm dal Bòrnio”条。

135. **少君**:指英王亨利二世之子亨利(一一五五年至一一八三年)。称为“少君”,是因为其父于一一七〇年和一一七二年两度为他加冕。其后,亨利王子获母亲和法王路易七世支持,要求父王预先把部分国土传给他,引起父子不和。参看 Singleton, *Inferno 2*, 521-22。有关原诗的异文,参看 Campi, *Inferno*, 694-95。

137. **亚希多弗**:基罗人,原为大卫的谋士,怂恿大卫之子押沙龙造反,事败自杀。**押沙龙**:大卫的第三子,是以色列著名的美男子,为人聪明能干,深得父王宠爱。因同母胞妹遭大卫的长子暗嫩强奸,杀死了暗嫩,逃到外祖父家里。其后与父王修好。不过因野心太大而策动政变,企图推翻父王大卫,遭大卫军队的元帅约押杀死。事见《圣经·撒母耳记下》第十三至十八章。

142. **报应**:原文“lo contrapasso”,是《神曲·地狱篇》的重要概念,译自拉丁文“contrapassum”。“contrapassum”则译自亚里士多德《伦理学》的“τὸ'αντιπεπονθός”(V, 5, 1132^b)。亚里士多德在书里指出,报应是公理的一种。托马斯·阿奎那在《神学大全》里提到《圣经》的报应法则(lex talionis)时加以引用。参看《出埃及记》第二十三章第二十四节,《利未记》第二十四章第二十节,《马太福音》第五章第三十八节。德波恩生时离间父子大伦,现在头身相离,是接受报应之刑。参看 Singleton, *Inferno 2*, 522-25。

第二十九章

但丁看见痛苦的阴魂，就想留下来恸哭，经维吉尔轻责后继续前进。但丁告诉维吉尔，刚才他想找一个同宗。维吉尔说，这个人已经出现，不过当时但丁的注意力集中在贝特洪·德波恩身上，无暇注意。之后，两人来到第十囊，看见生时作伪的阴魂一堆堆的受苦。其中两个，满身痂皮，两背相抵，像双铛一样彼此依靠着烧烘，同时怒不可遏，伸出手来狠抓着身体。两个阴魂，一个叫格里佛利诺，一个叫卡坡基奥，都先后跟但丁说话，谈到他们在阳间的罪恶。

地狱的芸芸众生和怪异的痛楚，
　使我的眼睛为之眩晕骇愕，
　想在那里留下来潸然恸哭。
可是，维吉尔对我说："还在看什么？
　在下面的坑中，你的眼睛
　为什么仍在伤残的愁魂间流连呢？

杰里·德尔贝洛

可是，维吉尔对我说：“还在看什么？ / 在下面的坑中，你的眼睛 /
为什么仍在伤残的愁魂间流连呢？”
（《地狱篇》，第二十九章，四至六行）

在别的坑坎，你没有这样的反应。
　告诉你，二十二英里的圆周，把深谷
　围绕，里面的亡魂，你休想数清。
月亮已在我们的脚下俯伏；
　我们已没有太多的时间稽延。
　别的景象，你还不曾目睹。”
于是我答道：“要是你听见
　我在这里留下来观望的原因，
　你给我的时间也许会多一点。”
我跟着前行的导师，一边前进，
　一边用上述的话向他答复，
　然后说：“刚才我对着窝穴专心
用两眼紧紧凝视，是因为该处
　好像有一个同宗在哭泣流涕，
　泣罪愆造成下方的大痛苦。”
老师听了，答道：“从现在起，
　别再让他把你的神思打破。
　请注意别的事，让亡魂留在那里，
因为，我看见他在下面的桥垛
　用手指指着你，凶神恶煞地恐吓。
　我听到人家叫他杰里·德尔贝洛。
当时你全神贯注，望着那个
　一度在世上拥有高堡的人，
　没朝那边看。现在他已经走了。”
“导师呀，他惨遭横祸而亡身，”

我说，“跟他受辱的人当中，到现在
还没有一个为他报仇雪恨，
所以他忿忿不平而怫然离开，
不跟我说话。这是我的推臆。
由于这缘故，我更加为他伤怀。”
我们谈着话，到达了一个山脊。
在那里，我们看得到另一个山谷——
光线强些，视线会直达谷底。
我们到了罪恶之囊的最末处，
在最后一个隐修院的上方，
看见世俗弟兄在展示真面目，
听到怪异的哀鸣射向我身上；
哀鸣的箭镞都以悲悯为利钩，
要我用双手覆着耳朵来遮挡。
那里的情形，如七月至九月的时候，
格阿纳谷各医院的痛苦以及
沼泽区、撒丁岛的疢疾同坑集哀，
全部相杂相糅地混在一起，
一股恶臭，从沟里向上喷薄，
和发自腐烂肢体的恶臭无异。
我们走落最后的一个堤坡，
从狭长的山脊下降时仍靠着左方。
然后，视力更趋清晰间，我望落
坑沟的底部。那里，至尊的君王
派遣侍女——绝对正确的公义——

作伪者

一股恶臭，从沟里向上喷薄，/ 和发自腐烂肢体的恶臭无异。

（《地狱篇》，第二十九章，五〇至五一行）

惩罚由她在世间登记的伪党。
我相信，埃癸纳岛患病的全体
映入眼眸，也没有那么可怜。
当年，腐朽弥漫于该岛的空气，
所有动物——包括小虫——刹那间
纷纷暴毙。然后，古代的民族，
一如众诗人确切坚持的观点，
乃再度生长，崛起于群蚁之属。
埃癸纳的景况，却没有幽谷凄怆。
幽谷里，一堆一堆的阴魂在受苦；
有的俯趴着；有的在别人的肩膀
匍匐；有的沿阴暗的蹊径
移动爬行，手足都撑在地上。
我们注视倾听着患病的亡灵，
一边默默地向着前方缓移。
那些阴魂，肢体都无力上挺。
其中两个坐着的，两背相抵，
就像两个铛彼此倚靠着烧烘，
由头至脚，都覆着斑驳的痂皮。
我曾经见过有主人等候的马僮
和勉强被唤醒的人挥舞马梳；
像阴魂那样，痕痒难禁，心中
怒不可遏，一直不断地伸出
手来，用指甲狠狠向自己的身体
抓刮戳刺的，我却不曾目睹。

作伪者

痕痒难禁，心中 / 怒不可遏，一直不断地伸出 /
手来，用指甲狠狠向自己的身体 / 抓刮戳刺……

（《地狱篇》，第二十九章，七八至八一行）

他们的指甲刮下身上的痂皮，
　像刀子刮着鲤鱼身上的鳞片，
　或把鳞片更大的鱼儿处理。
“你呀，用手指把甲胄抓刮剥掀，”
　导师对着其中一个阴魂说，
　“有时还把它们变成铁钳。
告诉我们，在里面，置身于这一伙
　阴魂中，可有意大利人？告诉了我们，
　你的指甲就永远胜任其工作。”
“你看，我们面目全非，两个人
　都来自意大利，”其中一人哭道，
　“你是谁呀？怎么会这样询问？”
导师说：“我陪这个活人来游遨，
　陪他一层一层地向下边走，
　并且为他展示地狱的真貌。”
接着，两个人同时把倚靠倒抽，
　同时一愕，突然战抖着转向我；
　听见这话的其他人也同样回头。
我的贤师靠向我这边，说：
　“跟他们谈谈吧；谈你想谈的东西。”
　于是，我依照老师的吩咐去做，
说道：“但愿你在前世的人心里，
　不会遭到遗忘；但愿在数目
　众多的太阳下，你们长存于记忆。
告诉我，你们是谁，属于哪一族。

你们受的惩罚虽然可憎可鄙，
却不要怯于把身世向我叙述。” 108
其中一人说：“阿雷佐是我的故地。
锡耶纳的阿尔贝罗把我投入烈火；
但我的死罪，没有送我来这里。 111
不错，我曾经跟他开玩笑，说：
我能够凌空而起，在太虚高飞。
他呢，好奇满胸，理智薄弱， 114
竟叫我向他示范。就仅仅因为
我没有使他变成代达罗斯，他就让
自己的私生父把我投入烈火内。 117
十个囊中，我受刑于最末一囊，
皆因我生时搞过炼金术；死后，
被永不出错的米诺斯判到这地方。” 120
于是，我对诗人说：“世间是否
有民族像锡耶纳人那么轻浮？
我确信，法国人远非他们的匹俦！” 123
另一个麻风病人正在驻足
聆听。等我说完，就答道：“斯特里卡、
尼科洛是例外吧？前者慎支出， 126
后者则在园子里以丁香花
首倡昂贵的风尚。在园子里，
这种植物得以把根须稳扎。 129
例外的还有另一群；跟他们一起，
阿山诺的卡恰，挥霍了葡萄园、大森林；

大胡涂呢，则表现了乖巧的灵机。
不过，要是你想知道，一心
跟你抨击锡耶纳人的是谁，请定睛
望着我，我的脸会给你正确的回音；
让你知道，我是卡坡基奥的幽灵，
生时以炼金术伪造黄金的灿烂。
我没有错认吧？你呀，该记得分明，
我模仿自然的工夫是多么精湛。”

注释：

6. **伤残**：遭妖魔的剑砍劈而伤残。参看《地狱篇》第二十八章三七至四二行。

8. **二十二英里的圆周**：圆周和直径的比例大概是二十二比七。因此这一囊的直径约为七英里。《地狱篇》第三十章第八十六行指出，在该章里面，地狱的圆周是十一英里，可见地狱的结构由宽而狭，形如漏斗。有些论者指出，但丁提到圆周时，大概会想到圆周率。

10. **月亮已在我们的脚下俯伏**：《地狱篇》第二十章一二七行说：“月亮在昨夜已经盈满”。这里说月亮在但丁和维吉尔脚下，等于说月亮在耶路撒冷的对极，即南半球炼狱山之上的子午线。这时，太阳在两个旅人的头顶。耶路撒冷的时间约为圣星期六下午一时。按但丁时期的说法，地狱旅程必须在二十四小时之内完成。因此《地狱篇》的描写也依循这个时限。但丁在受难节的黄昏开始地狱旅程，此刻跟维吉尔走了十八个小时左右，剩下五至六小时。

18. **窝穴**：指第九囊。

20. **同宗**：即第二十七行的杰里·德尔贝洛。

27. **杰里·德尔贝洛**：全名杰里·德尔贝洛·德里阿利格耶里（Geri del Bello degli Alighieri），阿利格耶里一世的孙子，但丁父亲的堂兄弟。杰里·德尔贝洛为人精明，喜欢挑拨离间，搬弄是非，被萨克提

(Sacchetti）家族的成员杀害。一三一〇年，但丁家族阿利格耶里为杰里复仇。一三四二年，两个家族再度修好。

29. **一度在世上拥有高堡的人：高堡：**原文“Altaforte”，指奥特福（Hautefort）。**一度在世上拥有高堡的人：**指贝特洪·德波恩。参看《地狱篇》第二十八章一三四行注。

30. **现在他已经走了：**指杰里·德尔贝洛。

32. **跟他受辱的人当中：**杰里受辱，其家族的成员也受辱。这句的意思是：他的家族成员当中。

38. **另一个山谷：**指第十囊。

41. **隐修院：**指第十囊。称为“隐修院”，有讽刺意味。

42. **世俗弟兄：**原文为“conversi”（原著第四十一行），相等于英语的lay-brothers，天主教隐修会会士的一种，穿会服，遵守会规，在田间劳动以维持生计。但丁称第十囊的亡魂为“世俗弟兄”，也有讽刺意味。

43–44. **听到……利钩：**这两行的比喻生动而鲜明，不过略嫌着迹。至于但丁有否受韵脚牵掣，则不得而知。

47. **格阿纳谷：**原文“Valdichiana”，即Val di Chiana，意译为“格阿纳河谷”。在托斯卡纳郡东南。格阿纳河为阿尔诺河的支流。在但丁时代，由于水流缓慢，河谷多疟疾，七月到九月特别肮脏。

48. **沼泽区：**原文“Maremma”，指托斯卡纳郡的近海沼泽区，多疟疾。参看《地狱篇》第十三章八至九行注，《地狱篇》第二十五章第二十一行注。

55. **至尊的君王：**指上帝。

57. **由她在世间登记的伪党：**凡人在世间犯了罪，会由公义登记，最后在地狱受刑。参看《圣经·启示录》第二十章第十二节：“Et libri aperti sunt, et alius liber apertus est, qui est vitae: et iudicati sunt mortui ex his quae scripta erant in libris secundum opera ipsorum.”（“案卷展开了，并且另有一卷展开，就是生命册。死了的人都凭着这些案卷所记载的，照他们所行的受审判。”）。此外参看《圣经·但以理书》第七章第十节、《圣经·玛拉基书》第三章第十六节。

58–64. **我相信……群蚁之属：埃癸纳岛：**河神阿索波斯的女儿埃癸娜（Αἴγινα，Aegina）为宙斯所迷恋，遭他掳到奥诺涅（Οἰνώνη，Oenone）岛强奸，生下儿子埃阿科斯（Αἰάκός，Aeacus）。埃阿科斯为了纪念母亲，把该岛改名为“埃癸纳”。宙斯之妻赫拉出于妒忌，给该岛降下瘟疫，结果除了埃阿科斯，岛上的人全部死光。后来，宙斯应埃阿科斯的祈求，把栎树下的蚂蚁变为人，称为密尔弥冬人

(Μυρμιδών, Myrmidon；复数 Μυρμιδόνες，拉丁文 Myrmidones，英文 Myrmidons)。"密尔弥冬"，源出希腊文"Μύρμηξ"(蚂蚁)，有"蚂蚁人"之意。参看 Bosco e Reggio, *Inferno*, 431; Singleton, *Inferno 2*, 532；《变形记》第七卷四七二至六六〇行；*Convivio*, IV, XXVII, 17。但丁的描写大致以《变形记》为蓝本。

66. **幽谷里，一堆一堆的阴魂在受苦**：此行回应《变形记》第七卷五四七至五四八行的描写："omnia languor habet: silvisque agrisque viisque/copora foeda iacent, vitiantur odoribus aurae."（"慵倦征服了所有的人：森林里，田野间，道路上，/腐臭的尸体枕藉，空气中恶臭弥漫。"）。引文中的重读词后词（enclitic）"que"在"silvisque agrisque viisque"里一再重复，充分发挥了拉丁文的特性，使节奏加速堆叠，叫读者透不过气，大大加强了场面的紧迫感和恐怖感。

74. **两个铛**：但丁再度用日常生活所见描摹地狱的景象。

83. **鲤鱼**：淡水鱼的一种，学名 *Cyprinus latus*。

85. **你呀，用手指把甲胄抓刮剥掀**：参看《埃涅阿斯纪》第十一卷四八七至四八八行："iamque adeo rutilum thoraca indutus aënis/horrebat squamis"（"他〔图尔诺斯〕已经披上胸甲，彤然/闪耀着，片片铜鳞在竖耸"）。

89–90. **告诉了我们，/……胜任其工作**：这两行的挖苦意味极浓。

109. **其中一人……阿雷佐是我的故地**：说话的人是格里佛利诺（Griffolino），阿雷佐（Arezzo）人，是个炼金术士。因贪财而欺骗阿尔贝罗·达锡耶纳（Albero da Siena），自称能教他飞翔。结果因阿尔贝罗告发，被控修炼妖术，受炮烙之刑而死。约卒于一二七二年前。另一些论者指出，格里佛利诺只是开玩笑，却被阿尔贝罗当真，然后遭他陷害。参看 Bosco e Reggio, *Inferno*, 434; Sapegno, *Inferno*, 330-31; Singleton, *Inferno 2*, 535-37。

110. **锡耶纳的阿尔贝罗**：Albero da Siena，据说是锡耶纳主教的私生子或门徒，为人憨直，容易受骗。后来成为萨克提（Sacchetti）《短篇小说集》(*Novelle*)的人物。参看 Bosco e Reggio, *Inferno*, 434。novelle(单数 novella）又译"中篇小说"。

111. **但我的死罪，没有送我来这里**：格里佛利诺虽因欺骗阿尔贝罗而受炮烙之刑，但是进入第十囊，却有别的缘故。参看本章一一八至一一九行。

116. **我没有使他变成代达罗斯：代达罗斯**：参看《地狱篇》第十七章一〇九行注。这行的意思是：我没有使他飞行。

119. **炼金术**：在中世纪的欧洲，炼金术有两种：一种是提炼金属的过程，正当而合法；一种是骗术，用来提炼所谓的“点金石”，歪邪而违法。这里的“炼金术”指后者。参看 Bosco e Reggio, *Inferno*, 435。

120. **米诺斯**：参看《地狱篇》第五章第四行注。

123. **法国人远非他们的匹俦**：在古代的欧洲，法国人以浮浅著称。本文努托（Benvenuto）说过：

> Galli sunt genus vanissimum omnium ab antiquo, sicut patet saepe apud Iulium Celcum, et hodie patet de facto...Portant enim catenam ad collum, circulum ad brachium, punctam ad calceum, pannos breves...et ita de multis vanitatibus.
>
> 自古以来，法国人是最浮浅的民族。尤利乌斯·凯撒也常常这样说。这一点，今日已有事实证明……法国人颈上戴链，臂上扣镯，脚踏尖鞋，身穿短衣……此外还有许多别的浮饰。

参看 Singleton, *Inferno 2*, 538。

124. **另一个麻风病人**：即一三六行的卡坡基奥。

125. **斯特里卡**：这一亡魂的身分迄今未有定论。有人认为是锡耶纳的斯特里卡·迪卓凡尼·德萨利姆贝尼（Stricca di Giovanni de' Salimbeni），即尼科洛（一二六行）的兄弟。也有论者认为，亡魂属于托洛美（Tolomei）马雷斯科提（Marescotti）家族，名字是 Stticca Baldastricca 的缩写。参看 Singleton, *Inferno 2*, 538。但丁时期，锡耶纳有一个“挥霍俱乐部”（Brigata Spendereccia），由十二个年轻人组成，斯特里卡也许是成员之一。参看 Sinclair, *Inferno*, 365。

126. **尼科洛**：这个亡魂的身分也未有定论。有的论者认为是锡耶纳卓凡尼·德萨利姆贝尼（Giovanni de' Salimbeni）之子，是城中挥霍俱乐部成员。参看 Singleton, *Inferno 2*, 538-39。麻风病人的话，显然有讽刺味道。

127–128. **后者……昂贵的风尚**：指尼科洛以丁香花蕊调味。当时，丁香花蕊极其名贵。**在园子里**：在锡耶纳。

129. **这种植物**：指豪奢的风尚。

130. **例外的还有另一群**：指一二五行的注释所提到的“挥霍俱乐部”。该俱乐部成立于十三世纪下半叶，成员竞尚豪奢，吃喝玩乐后把金银器皿当作垃圾丢出窗外。两年之内，成员花光了钱财，成为笑柄，有的更要靠赈济方能度日。参看 Bosco e Reggio, *Inferno*, 436; Sapegno, *Inferno*, 332; Singleton, *Inferno 2*, 539-41。

131. **阿山诺的卡恰**：原文 Caccia d' Ascian，阿山诺（Asciano）人，又名

Caccianemico，挥霍俱乐部成员，属沙冷基（Scialenghi）家族的一支，曾挥霍森林和葡萄园。

132. **大糊涂……灵机：大糊涂**：全名巴尔托洛美奥·德佛尔卡基耶利（Bartolomeo de' Folcacchieri），锡耶纳赖尼耶利·德佛尔卡基耶利（Rainieri de' Folcacchieri）之子，卒于一三〇〇年，生平事迹不详；如何"表现……乖巧的灵机"，也无从考证。

133–135. **不过……正确的回音：跟你抨击锡耶纳人的**：指说话的亡魂本身。亡魂的脸上有痂皮，不易为观者辨认，不过但丁细加察看，就能看出他的真面目。

136. **卡坡基奥**：Capocchio，据翡冷翠无名氏（Anonimo fiorentino）的说法，是但丁的相识，与但丁是同学，善于伪装身分，以炼金术行骗，一二九三年在锡耶纳死于炮烙刑。其籍贯是翡冷翠还是锡耶纳，迄今未有定论。参看 Sapegno, *Inferno*, 332-33。

138–139. **我没有错认吧……多么精湛**：这两行鲜明而生动，写卡坡基奥恬不知耻，以骗术为荣，毫无悔过之心。

第三十章

但丁看见两个苍白的幽灵，全身赤裸。一个咬住卡坡基奥的后颈猛拖。格里佛利诺哆嗦着告诉但丁，咬噬者叫詹尼·斯基吉，另一个叫密拉。两者在阳间都伪装过别人的身分。之后，但丁看见铸造伪币者亚当。亚当向但丁介绍了席农和波提乏的妻子，跟着与席农吵起架来。但丁倾听间遭维吉尔轻责；表示惭愧后获维吉尔原谅。

从前，朱诺因瑟美蕾之故
　勃然迁怒于忒拜王的家族、子息；
　并一再把她的激情展露，
使阿塔玛斯的精神错乱痴迷，
　见妻子抱着两个孩子，一手
　一个在面前走过，就声色俱厉，
大叫道：“撒网啊！这样，我就能够
　把母狮和幼狮抓住——它们过来啦。”

说完，就伸出无情的爪来攫扣，
把那个叫雷阿科斯的紧抓，
然后把他一甩，掷向大石上；
其妻则抱着另一子投海自杀。
特洛亚人曾无所不敢；他们的嚣张
被命运之轮低转时，特洛亚的君主
和他的王朝同时烟消灭亡；
赫卡贝惨恻凄凉，成了俘虏，
见女儿波丽瑟娜被人击毙，
并且在海滩之上戚然认出
波吕多洛斯被弃置的尸体。
她神经失常，像狗一般狂吠，
精神也由于悲伤而狂乱不已。
可是，忒拜和特洛亚的狂怒行为
也没有我当时所见的凶残狰狞；
把野兽——甚至把人的肢体——撕毁，
也不如我所见：两个苍白的幽灵，
全身赤裸，边跑边咬噬，一如
两只猪从猪圈里溜出来的光景：
一个冲向卡坡基奥，用獠牙咬住
他的后颈，接着就把他猛拖，
让坚硬的地面刮磨他的腹部。
那个阿雷佐人，一直在哆嗦，
这时对我说：“那小鬼叫詹尼·斯基吉。
他四处怒奔，对别人也这样折磨。”

作伪者

“那小鬼叫詹尼·斯基吉。/ 他四处怒奔，对别人也这样折磨。”

（《地狱篇》，第三十章，三二至三三行）

"啊，"我答道，"但愿另一个见了你，
不会用利齿咬你。但请你惠告，
它是谁——趁它这一刻还留在此地。"
阿雷佐人说："这幽魂年代古老，
前身是淫邪的密拉。她对父亲
付出的感情，曾经偏离正道。
她挖空心思，设法跟父亲行淫，
扮成另一个人诱父亲入彀。
那边的人也差不多：他背信
弃义，为了骗取种马之后，
竟然把自己扮成波索·多纳提，
并立下遗嘱，循正式条文去承受。"
我望着两个怒鬼，一直没转移
视线。到他们走了，才转过身来，
看别的孽种向前方推挤。
其中一个，沿着腹股沟切开，
去掉两股擘分为双腿的一截，
看起来，就是琵琶一般的身材。
严重的水肿，可以扰乱体液，
使病者的四肢失衡胀大，
脸孔和肚子失去比例的谐协。
也使阴魂张着口，两唇耷拉，
就像患痨病的人，因口渴
而一唇上翘，一唇翻向下巴。
"啊，真不知道，你们为何

密拉

“这幽魂年代古老，/ 前身是淫邪的密拉。她对父亲 /
付出的感情，曾经偏离正道。”

（《地狱篇》，第三十章，三七至三九行）

能置身地狱而完全不须受罪，”
阴魂说，“请看我怎样受磨折；
看亚当师傅的处境多么可悲。
生时，我得到了一切想要的东西；
现在呢，唉，只渴望一滴水。
发源自卡森提诺的众溪，逶迤
潺湲，从翠峦向阿尔诺河流溅，
途中，凉凉地滋润了溪边和涧底。
溪影一直在我面前——在我面前，
也并非徒然；因为这幻象煎熬我，
甚于这疾病消损我的容颜。
严峻不阿的法律把我寻索，
利用我昔日作歹之地为把柄，
使我唏嘘不已，叹息得更多。
那边是罗美纳。在那里，我曾经
制造印着施洗者肖像的伪币，
并因此在阳间遭受焚身之刑。
圭多、亚历山德罗跟他们的弟弟
如果也在这里，且惨然受罚，
而我又得睹，不看布兰达泉也可以。
要是绕圈的恶魂说的是真话，
这些昆季中，已有一个人在此——
但有什么用呢？肢体这样遭捆扎！
要是我轻灵如故，像当日的样子，
就算走一吋的路程需要一百年，

我也上路了，不会再滞留于斯；
尽管这伤残的人丛，至少横连
半英里，围成十一英里的圆圈，
为了找他，我也会钻入里面。
因为他们，我成了这大户的一员；
因他们怂恿，我铸了弗罗林金币；
以三开的杂质去行使诈谖。”
我答道：“那两个阴魂真可怜，一起
挺直地躺近你右边。他们是什么人？
竟这样冒烟，如手掌在冬天被洗。”
“我随大雨下泻时，就看见他们
置身壕沟，”阴魂说，“一动也不动，
相信以后也永远翻不了身。
一个是淫妇，约瑟曾遭她诬控。
一个是希腊的坏席农，来自特洛亚。
他们的高烧使身体的恶臭上冲。”
其中一人，也许见言辞欠佳，
听了这番话，不禁勃然大怒，
挥拳就向亚当的硬肚皮擂下。
咚的一声，那肚皮仿佛是一面鼓。
亚当师傅呢，也举臂向阴魂的面孔
捶击。那手臂的硬度，不逊于大腹。
臂落处，亚当骂道：“我的行动，
虽然遭沉重的肢体牵制，不过，
我还有一只手臂供我运用。”

被打的阴魂反驳道：“当日蹈火，
那只手臂倒没有这么自由；
铸钱呢，就自由了，比现在自由得多。”
患水肿的答道：“这话倒不是胡诌。
不过，在特洛亚，须要说真话、
当证人时，反而不见你诚实开口。”
“我说假话；你铸假钱。我受罚，
是犯了一次过错；你的过错，
却比群鬼都犯得多。”席农这样答。
“别忘了那匹马，发假誓的家伙！”
肚子肿胀的阴魂反唇相讥，
“活该呀，举世都知道你怎样堕落。”
“你渴得舌头坼裂，也渴得有理。”
那希腊汉子说，“臭水在你眼前
叫肚子肿胀成篱笆，也何其得宜！”
铸币者答道：“你的嘴唇翻掀
如故，叫你的过失无从隐藏。
我呢，是口渴，而且被体液塞填；
你呢，在发高烧，头昏脑涨；
要你舔那喀索斯的水镜，
也不必费唇舌怂恿，劳动喉嗓。”
我正在聚精会神地倾听，
老师对我说：“欸，还在看吗？
再看下去，我就会不高兴。”
听见他带着生气的语调说话，

我马上转向他，感到满脸羞惭。
到现在，我仍记得那羞惭的一霎。
做梦的人，在梦中受伤遇难，
会在梦中盼自己置身梦中，
把真正的现实当作虚幻来期盼。
我被老师斥责后，处境也相同：
想道歉而不能言，却的确在连连
道歉，只是不相信自己的行动。
“洗涤再大的过失，也不必愧歉
羞惭得像你那样。”老师对我说，
“那么，且放下一切忧思疚念。
以后，如果命运又要你经过
类似的地方，目睹相同的吵嚷，
要记住，你的身边总会有我，
因为，偷听的欲望是卑劣的欲望。”

注释：

1. **朱诺**：罗马神话中的女神（Iuno），即希腊神话中的赫拉（Ἥρα，Hera），奥林坡斯最重要的女神，克洛诺斯和瑞亚的女儿，宙斯的妹妹兼妻子。曾遭克洛诺斯吞噬，其后梅提斯（Μῆτις，Metis）把仙药交给宙斯。宙斯以仙药迫克洛诺斯吐出所吞的孩子，其中包括赫拉。后来，赫拉由奥克阿诺斯和忒提斯抚养长大，成为宙斯的第三位妻子。赫拉妒忌心重，而宙斯又生性风流，到处惹草拈花。与宙斯发生关系的人神，都遭赫拉报复。**瑟美蕾**：Σεμέλη（Semele），一译“塞墨勒”，卡德摩斯（Κάδμος，Cadmus）和哈尔摩尼亚（Ἁρμονία，

Harmonia）的女儿。宙斯爱上了她，跟她发生关系，生下酒神狄奥尼索斯（Διόνυσος，Dionysus）。赫拉为了报复，教瑟美蕾要求宙斯全副武装现身。由于宙斯曾经许诺，答应满足瑟美蕾的任何要求，结果被迫挟雷霆霹雳显示真颜，刹那间把瑟美蕾烧成灰烬。瑟美蕾卒后，获儿子从地狱救出，升上天堂，成为提奥涅（Θυώνη，Thyone）。

2. **忒拜王的家族、子息：**指遭朱诺报复的，都是忒拜王卡德摩斯的子息。参看本章第一行注和四至一二行注。

4–12. **使阿塔玛斯的精神错乱……投海自杀：**瑟美蕾死后，姐姐伊诺（Ἰνώ，Ino）求丈夫阿塔玛斯（Ἀθάμας，Athamas）照顾狄奥尼索斯，把他与自己的两个儿子——雷阿科斯（Λέαρχος，Learchus）、梅利克尔忒斯（Μελικέρτης，Melicertes）——一起抚养，获丈夫答应。朱诺迁怒于阿塔玛斯，令他发疯，把妻儿当作母狮和幼狮，要张网猎捕。阿塔玛斯追上伊诺后，从她的怀里把大儿子雷阿科斯夺过来掷向大石。伊诺见大儿子撞石而死，抱着幼儿投海自尽。其后，母子均获波塞冬变为海神：伊诺变为琉科忒亚（Λευκοθέα，Leucothea），司泉水和溪流。梅利克尔忒斯变为帕莱蒙（Παλαίμων，Palaemon）。在罗马神话中，帕莱蒙相等于坡尔图奴斯（Portunus），负责掌管海港。但丁的叙述主要以《变形记》第四卷四六四至五三〇行为蓝本。参看《变形记》第四卷五一二至五三〇行：

> Protinus Aeolides media furibundus in aula
> clamat "io, comites, his retia tendite silvis!
> hic modo cum gemina visa est mihi prole leaena"
> utque ferae sequitur vestigia coniugis amens
> deque sinu matris ridentem et parva Learchum
> bracchia tendentem rapit et bis terque per auras
> more rotat fundae rigidoque infantia saxo
> discutit ora ferox...
> …………
> occupat hunc（vires insania fecerat）Ino
> seque super pontum nullo tardata timore
> mittit onusque suum；percussa recanduit unda.
> 于是，埃奥罗斯〔即风神〕的儿子〔指阿塔玛斯〕暴怒间，
> 在殿中
> 大喊："嗨，同袍们，快在林中撒网！

我找到了母狮跟两个幼狮，——就在这里！”
说完就狂追妻子，如追踪兽迹一样。
他的儿子雷阿科斯，边笑边伸出小手；
却被他从妈妈怀里夺过来，投石器般
在空中剧旋了两三周，狂掷向坚硬的
石头，小脸首当其冲……
…………
疯狂中，伊诺力气陡增，再无所惧，
毫不犹疑地爬上了崖顶，抱着儿子
投入大海中，入水处涌起白浪。

5–6. **一手 / 一个**：指伊诺两手分别抱着雷阿科斯和梅利克尔忒斯。

13. **特洛亚人曾无所不敢**：特洛亚人最强盛的时候，可说无所不敢。譬如海神波塞冬和太阳神阿波罗曾惠及特洛亚，特洛亚王拉奥梅冬（Λαομέδων，Laomedon）却拒绝回报；特洛亚王子帕里斯（Πάρις，Paris），则胆敢拐走梅涅拉奥斯的妻子海伦，引起特洛亚之战。

14. **命运之轮**：在西方不少神话中，命运是个转轮，不断旋动，叫世间盛衰无常。

14–15. **特洛亚……灭亡**：特洛亚之战的结果，是特洛亚陷落，特洛亚王朝灭亡。

16. **赫卡贝**：Ἑκάβη（Hecuba），特洛亚王普里阿摩斯的第二任妻子，有五十个儿子，十二个女儿。特洛亚陷落后，却要目睹多个儿女惨死。最后，自己也变成了母狗。在西方文学传统中，赫卡贝是不幸女子的典型，是希腊悲剧作家欧里庇得斯（Εὐριπίδης，Euripides）同名剧本的主角。

17. **波丽瑟娜**：Πολυξένη（Polyxena），普里阿摩斯和赫卡贝的女儿。特洛亚陷落后，成为希腊人祭祀阿喀琉斯的牺牲。不过波丽瑟娜这一角色，在《伊利昂纪》之后的史诗里才出现。

19. **波吕多洛斯**：Πολύδωρος（Polydorus）。波吕多洛斯的故事有不同的版本。在荷马的作品里，波吕多洛斯获父亲普里阿摩斯送离战场，却自恃迅捷，胆敢向阿喀琉斯挑战，结果被阿喀琉斯杀死。根据另一版本，波吕多洛斯是普里阿摩斯和赫卡贝之子。波吕梅斯托尔（Πολυμήστωρ，Polymestor）是色雷斯（Θράκη 拉丁文 Thracia，Thraca 或 Thrace；英文 Thrace）国王，普里阿摩斯女儿的丈夫。特洛亚战争中，普里阿摩斯把波吕多洛斯和财物送到波吕梅斯托尔那里暂避。不料波吕梅斯托尔见财心起，杀了波吕多洛斯，把财物夺去。

赫卡贝见波吕多洛斯的尸体被波浪冲上海滩，决心为他报仇：杀了波吕梅斯托尔的两个儿子，再挖掉波吕梅斯托尔的双眼。

22. **忒拜和特洛亚的狂怒行为**：指阿塔玛斯和赫卡贝的狂怒行为。

31. **阿雷佐人**：指格里佛利诺。参看《地狱篇》第二十九章一〇九行注。

32. **詹尼·斯基吉**：原文“Gianni Schicchi”，出身翡冷翠卡瓦尔坎提（Cavalcanti）家族，善于模仿。其友西莫内·多纳提（Simone Donati）为波索·迪温奇圭拉（Buoso di Vinciguerra）之侄。波索死后，斯基吉为了叫西莫内多得遗产，与西莫内隐瞒死讯，然后躺在床上，伪冒波索向律师立遗嘱，把遗产的一部分传给自己，其中包括波索的名马。本章四二至四五行所描写的，就是詹尼·斯基吉。

34. **另一个**：指第二十五行“两个苍白的幽灵”中的另一个。

38. **密拉**：Μύρρα（Myrrha），塞浦路斯国王基尼拉斯（Κινύρας, Cinyras）的女儿，由于母亲夸口，说她比爱神阿芙萝狄蒂（Ἀφροδίτη, Aphrodite）更美，触怒了阿芙萝狄蒂。结果阿芙萝狄蒂向她施咒，令她对父亲产生淫念，趁母亲不在家时，由保姆设计，把她扮作母亲，到寝室与父亲欢好。父亲发觉乱伦行为后，要把密拉杀死。密拉怀着孕逃到阿拉伯，变成一株没药树，由分娩女神劈开，生下俊美的阿多尼斯（Ἄδωνις, Adonis）。参看《变形记》第十卷二九八至五一三行。密拉的神话有多种版本，往往同中有异，异中有同。《变形记》只是版本之一。

41. **另一个人**：指密拉的母亲。

42. **那边的人**：指詹尼·斯基吉。密拉和斯基吉生时都伪冒别人的身分，进了地狱后要受报应式惩罚：改变自己原来的身分，像猪一般长着獠牙。

43. **种马之后**：斯基吉要骗取的马，是传种的名马，十分珍贵，有“种马之后”的称呼。

44. **波索·多纳提**：即本章第三十二行注里的波索·迪温奇圭拉（Buoso di Vinciguerra）。有的论者认为，波索可能是温奇圭拉·迪多纳托·德尔帕佐（Vinciguerra di Donato del Pazzo）的儿子，本身没有后嗣，只有一个侄儿。参看 Singleton, *Inferno 2*, 553。

46. **两个怒鬼**：指密拉和詹尼·斯基吉。

48. **别的孽种**：指别的阴魂。从这里开始，但丁所写是制造伪币者。

49–51. **其中一个……琵琶一般的身材**：**其中一个**：指第六十一行的亚当。亚当上身肥胖，腹部向两边扩大，体形活像琵琶。

52. **水肿**：据论者考证，亚当的水肿是鼓型（timpanite）水肿：由于肝脏失调，患者极度口渴。同时，失调的肝脏会制造不洁的体液，使腹部肿胀，其他部分（尤其是脸部）则会消瘦。参看 Dowling, *Inferno*, 475。

56. **痨病**：原文“etico”，也指消耗热、肺病热。

58–61. **啊，真不知道……多么可悲**：这几行使人想起《圣经·耶利米哀歌》第一章第十二节：“O vos omnes qui transitis per viam, attendite et videte, si est dolor sicut dolor meus.”（“你们一切过路的人哪……/ 你们要观看：/ 有像这临到我的痛苦没有。”）。又与《新生》第七章第三节相近：

> O voi che per la via d'Amore passate,
>   attendete e guardate
>   s'elli è dolore alcun, quanto'l mio, grave...
> 你们哪，沿爱神之路经过，
>   请稍候，看看我，
>   看哀愁有否像我的沉重……

参看《地狱篇》第二十八章一三一至一三二行注。

61. **亚当师傅**：亚当的身分一直未有定论。不过大多数笺注家认为英国人，是卡森提诺（Casentino）罗美纳（Romena）孔提·圭迪（Conti Guidi）家族的雇员。圭迪兄弟（见本章第七十六行）管辖翡冷翠以东的地区，与翡冷翠对抗，伪造翡冷翠的弗罗林（florin）金币，含金量只有二十一开，与弗罗林金币相差三开（参看本章第八十九行）。负责铸币的亚当，于一二八一年在翡冷翠被活活烧死。

62–63. **生时，我得到了一切想要的东西……只渴望一滴水**：亚当生时铸伪币，得到了金钱，甚至黄金，无异得到了一切想要的东西。参看《圣经·路加福音》第十六章第十九至三十一节有关财主和拉撒路的寓言：生时，拉撒路要吃“财主桌子上掉下来的零碎充饥”（“saturari de micis quae cadebant de mensa divitis”）。死后，拉撒路到了天堂，在亚伯拉罕怀里；财主则到了阴间受苦，徒然盼拉撒路“用指头尖蘸点水，凉凉我的舌头”（“ut intinguat extremum digiti sui in aquam ut refrigeret linguam meam”）。在地狱里，亚当的处境与财主相仿佛。

64–66. **发源自卡森提诺的众溪……溪边和涧底**：卡森提诺在阿尔诺河上游，位于托斯卡纳的亚平宁山脉，风景优美，有多条溪涧从那里发源。在这里，卡森提诺与地狱的苦况形成鲜明的对比。有的论者指出，亚当的名字使人想起伊甸园，想起人类犯罪前和犯罪后的处境。参看 Dowling, *Inferno*, 476。

67–68. **溪影一直在我面前……这幻象煎熬我**：这种刑罚与坦塔罗斯

(Τάνταλος, Tantalus) 所受的相似。坦塔罗斯把诸神的食物送给凡人，偷盗了宙斯的金狗，并且宰杀自己的儿子佩罗普斯（Πέλοψ, Pelops）供众神食用。结果宙斯把他打落阴间，在他头顶的上空放一块随时会下坠的巨石，让水淹到他的脖子，让果子悬在他的头顶。坦塔罗斯渴了，弯身要喝水，水就后退；饿了，想摘头上的果子，果子就上升。结果要永远忍受饥渴。荷马的《奥德修纪》第十一卷五八二至五九二行这样描写坦塔罗斯所受的刑罚：

"Καὶ μὴν Τάνταλον εἰσεῖδον κρατέρ' ἄλγε' ἔχοντα
ἑστεῶτ› ἐν λίμνῃ·ἡ δὲ προσέπλαζε γενείῳ.
στεῦτο δὲ διψάων, πιέειν δ' οὐκ εἶχενέλέσθαι.
ὁσσάκι γὰρ κύψει' ὁ γέρων πιέειν μενεαίνων,
τοσσάχ' ὕδωρ ἀπολέσκετ› ἀναβροχέν, ἀμφὶ δὲ ποσσὶ
γαῖα μέλαινα φάνεσκε, καταζήνασκε δὲ δαίμων,
δένδρεα δ' ὑψιπέτηλα κατὰ κρῆθεν χέε καρπόν,
ὄγχναι καὶ ῥοιαὶ καὶ μηλέαι ἀγλαόκαρποι
συκέαι τε γλυκεραὶ καὶ ἐλαῖαι τηλεθόωσαι
τῶνόπότ' ἰθύσει' ὁ γέρων ἐπὶ χερσὶ μάσασθαι,
τὰς δ' ἄνεμος ῥίπτασκε ποτὶ νέφεα σκιόεντα."
"是的，我还看见坦塔罗斯站在海中
受着惨酷的折磨。海水淹到了下巴，
就像口渴的人，想喝水而喝不到。
因为，只要那老人弯身去吸呷，
海水就后退沉没；他的双脚之下，
就露出黑土；一切因神力而干涸。
高茂的众树，在他的头顶垂下果子：
梨树、石榴，还有苹果在烨烨闪光，
以及甜美的无花果和蓊郁的橄榄树。
但老人一伸出手来，要把果子采摘，
大风就纷纷把果子吹入黝黯的云间。"

奥维德的《变形记》第四卷四五八至四五九行则说：

tibi, Tantale, nullae
deprenduntur aquae, quaeque inminet, effugit arbor.
坦塔罗斯呀，水吗，一点

也不让你喝到；你头顶的树也会逃逸。

73. **那边**：指卡森提诺。**罗美纳**：卡森提诺罗美纳村庄的一个城堡，在但丁时期为孔提·圭迪（Conti Guidi，也可译作“圭多伯爵一族”）所有。孔提·圭迪的一支，以该城堡为名。第七十六行所提到三兄弟（“圭多、亚历山德罗跟他们的弟弟”）就是该支的后裔。亚当受雇于他们，为他们铸造伪币。

74. **制造……伪币**：翡冷翠的金币，一边铸有该城的百合花市徽，一边铸有施洗者约翰的肖像。

76. **圭多、亚历山德罗跟他们的弟弟**：指罗美纳的圭多二世、圭多二世的两个弟弟（其中之一是亚历山德罗）。

78. **而我又得睹，不看布兰达泉**：锡耶纳和罗美纳城堡附近各有一泉，都叫布兰达泉。至于这里指哪一泉，迄今未有定论。泉水能够解渴；但是亚当认为，只要看到圭迪家族受罪，得不到布兰达泉解渴也不要紧，可见他如何痛恨圭迪一家。

79. **绕圈的恶魂**：作伪者在第十囊要绕圈受罪。

81. **肢体这样遭捆扎**：亚当有“严重的水肿”（第五十二行），行动不便，有如身体被绑。

84. **我也上路了**：指亚当会上路，设法看圭多昆季受罪。

86. **围成十一英里的圆圈**：第十囊的圆周，相等于第九囊圆周的一半。参看《地狱篇》第二十九章第八行。

87. **为了找他，我也会钻入里面**：亚当对圭迪家族的仇恨有多深，这行再加以强调。

88. **成了这大户的一员**：指受雇于圭迪家族。

89. **弗罗林金币**：原文 fiorini（fiorino 的复数），源自意大利语 fiore（花），指翡冷翠的金币（因币上有翡冷翠市徽的百合花而得名）。意大利语的 fiore，则源自拉丁语的 flos（“花”的意思，属格为 floris，宾格为 florem）。在弗罗林金币铸有百合花徽的一面，有拉丁文 Florentia（即今日的翡冷翠）一词。英语的 florin 原为法语，而法语的 florin，又出自意大利语的 fiorino。参看本章第六十一行注。亚当所铸，当然是伪币。

90. **以三开的杂质去行使诈谖**：翡冷翠真正的弗罗林金币含金量为二十四开（意大利文 carato，英文 karat）；亚当所铸的伪币含金量为二十一开，其余的三开为杂质。

93. **竟这样冒烟，如手掌在冬天被洗**：在寒冷地区的冬天洗手，手未干，水分在空中遇冷，会有“冒烟”现象。

97. **一个是淫妇，约瑟曾遭她诬控**：波提乏的妻子，因勾引约瑟不遂而诬告约瑟强奸。参看《圣经·创世记》第三十九章第七至二十一节。

98. **席农**：西绪福斯（Σίσυφος，Sisyphus）的儿子，特洛亚战争中希腊联军的战士，装作俘虏，以谎言令特洛亚人接受木马，结果特洛亚陷落。参看《地狱篇》第二十六章五九至六三行的注释。

109–111. **当日蹈火，/……比现在自由得多**：这几行讥讽亚当在阳间遭炮烙之刑，也重提他铸造伪币的罪行。

112. **患水肿的**：指亚当。

113–114. **不过……开口**：这两行嘲讽席农在特洛亚说谎骗人。

118. **别忘了那匹马，发假誓的家伙：那匹马**：指希腊人的木马。特洛亚因接受木马而陷落。席农欺骗特洛亚人之前，曾指天发誓。参看《埃涅阿斯纪》第二卷一五二至一五九行：

> "...ille, dolis instructus et arte Pelasga,
> sustulit exutas vinclis ad sidera palmas:
> 'vos, aeterni ignes, et non violabile vestrum
> testor numen,' ait, 'vos arae ensesque nefandi,
> quos fugi, vittaeque deum, quas hostia gessi:
> fas mihi Graiorum sacrata resolvere iura,
> fas odisse viros, atque omnia ferre sub auras,
> si qua tegunt: teneor patriae nec legibus ullis.'"
> "……他〔席农〕娴于骗术，充满希腊人的狡诈，
> 把刚从束缚释放的手掌举向天空，说：
> '永恒的星火呀，你的大灵不容亵渎，
> 请为我作证；为我作证啊，祭坛和本人
> 逃躲的凶刀，还有捆我的牺牲之巾：
> 毁掉那仅属希腊的圣约，我不会有罪；
> 我应该恨希腊人，把他们的阴谋全部
> 揭露；按祖国的任何法例，我都无罪。'"

119. **肚子肿胀的阴魂**：指亚当师傅。

128. **那喀索斯的水镜**：有关那喀索斯（Νάρκισσος, Narcissus）的神话有多种，其中以《变形记》所载最为流行。据《变形记》的说法，那喀索斯是河神克菲索斯（Κηφισός, Cephisus）和仙女莉里奥佩（Λιριόπη, Liriope）之子，俊美非凡，为许多仙女爱恋追求，其中包括厄科（Ἠχώ, Echo）。可惜那喀索斯无动于衷。厄科见拒，感到无限忧伤，最后

在林间化为回声。其他见拒的女子心有不忿，乃上禀天庭，以雪见拒之仇。报应女神涅梅西斯(Νέμεσις, Nemesis)答应了众仙女的请求，使那喀索斯俯望水中，迷恋自己的倒影，最后憔悴而死，化为同名的水仙花（νάρκισσος, narcissus)。参看《变形记》第三卷四〇七至五一〇行。**水镜**：指那喀索斯俯望的水。

136–138. **做梦的人……期盼**：在梦中受伤的人，在梦外（即现实）没有受伤。因此在梦中盼自己没有受伤，等于把现实当作虚幻来期盼。这几行颇有“庄生晓梦迷蝴蝶”的意味。

140–141. **想道歉而不能言……不相信自己的行动**：维吉尔知道但丁想什么，因此才说出一四二至一四八行的话。

第三十一章

但丁和维吉尔离开第十囊的时候，听到一声号角响彻群山。暗昧中，但丁隐约看见许多高塔，后来才知道所见的不是塔，而是沿崖而立的巨人。其中包括宁录、厄菲阿尔忒斯、安泰奥斯。除了安泰奥斯，其余的巨人都被锁链捆绑。安泰奥斯应维吉尔的指示，把维吉尔和但丁放到地狱的最底层，也就是科库托斯冰湖——背信弃义者受刑的地方。

同样的话语，首先是向我刺戮，
　使我两颊因羞惭而泛红发烧；
　然后，同样的话语给我药物。
听说阿喀琉斯和他父亲的长矛
　也是这样：先给人送来苦头，
　接着就为他带来疗伤的酬报。
我们转身，离开了凄惨的谷口，
　沿着四周的悬崖继续上攀，

途中没有说话，只管向前走。
这里是介乎白天和夜晚的黑暗，
距离一远，景物就看得不明晰。
只听到一声号角响彻群山，
足以叫一切焦雷显得沉寂。
我听了号角声，眼睛沿来路回望，
只盯着一处，目光不再他移。
昔日，查理大帝的圣军在战场
败亡，士兵惨遭溃散的灾厄，
罗兰的号角也没有这么高亢。
我转过身来，向后只望了片刻，
就隐约看见许多巍峨的高塔。
我说："老师呀，这是什么城呢？"
"置身这里，"老师这样回答，
"距离太远了，目光要穿过阴霾，
乃产生幻觉，所见有了偏差。
到了那边，你就会了然明白，
官能会怎样受到距离眩惑。
那么，快点向前走，别再久待。"
之后，就和蔼地拉着我的手，说：
"为避免使你对真相惊奇太甚，
在继续这段旅程前，让我
告诉你，那些影子不是塔；是巨人
沿崖壁而立，肚脐以下，全部
隐没；他们都在深坑里陷沉。"

雾霭盈空时，景物就会模糊，
被覆于弥漫的水汽；到雾霭消散，
眼睛才会把景物慢慢重组。
我透过厚重而黯黯的空间远看，
情形也相同：接近崖边时，错觉
消散，心中则感到惊恐不安。
蒙特雷卓内古堡，四周的城阙
有高塔从围墙之上矗立。
我所见的景物也如是：在坑穴
周围的崖岸，可怕的巨人耸起
上半身。当宙斯在天上行雷闪电，
他们在威灵下犹惧怕轰击。
我认出了一个巨人的容颜、
肩膀、胸膛以及肚子的大部分。
他的双手，垂于身躯的两边。
对极了，自然之母，不再让战神
有这样的帮手，不再制造
这样的巨人，实在明智得很。
她造了大象、鲸鱼而不懊恼，
那么，我们对事情细加思量，
就益觉大自然决定得准确周到。
因为替心灵之智服务的意匠，
一旦和恶意和暴力结成一派，
就锐不可当，人人都要遭殃。
巨人的脸又大又长，看起来

就像罗马圣彼得教堂的松果，
其余的骨骼是同一比例的形骸。
结果，尽管崖岸像一条围幄
覆盖了中腰以下，他上身仍露出
一大截。三个弗里斯兰人要触摸
他的头发，仍欠缺足够的高度。
我发觉，自斗篷系扣的部位算起，
他的高度整整达三十拃之数。
“拉发尔麦阿美扎比阿尔弥。”
狂野的嘴巴开始大嚷大吵——
唱更美的颂歌反而不得体。
“蠢物！”导师听后，大声喝道，
“你自吹自擂好了。遭喜怒哀伤
折磨的时候，不妨这样发牢骚！
你这个失魂鬼，号角用带子紧绑；
摸摸你的脖子，不就行了吗？
你看，它就饰在你的阔胸上。”
然后，导师说：“他叫宁录，在叱咤
自己。今日，世人的语言不再
统一，完全归咎于他的鬼办法。
不要徒耗唇舌了；让我们离开。
别人说的语言，他一窍不通；
他所说的，也没有谁会明白。”
于是我们转左，向前方移动，
在一箭之遥处，见另一个阴魂，

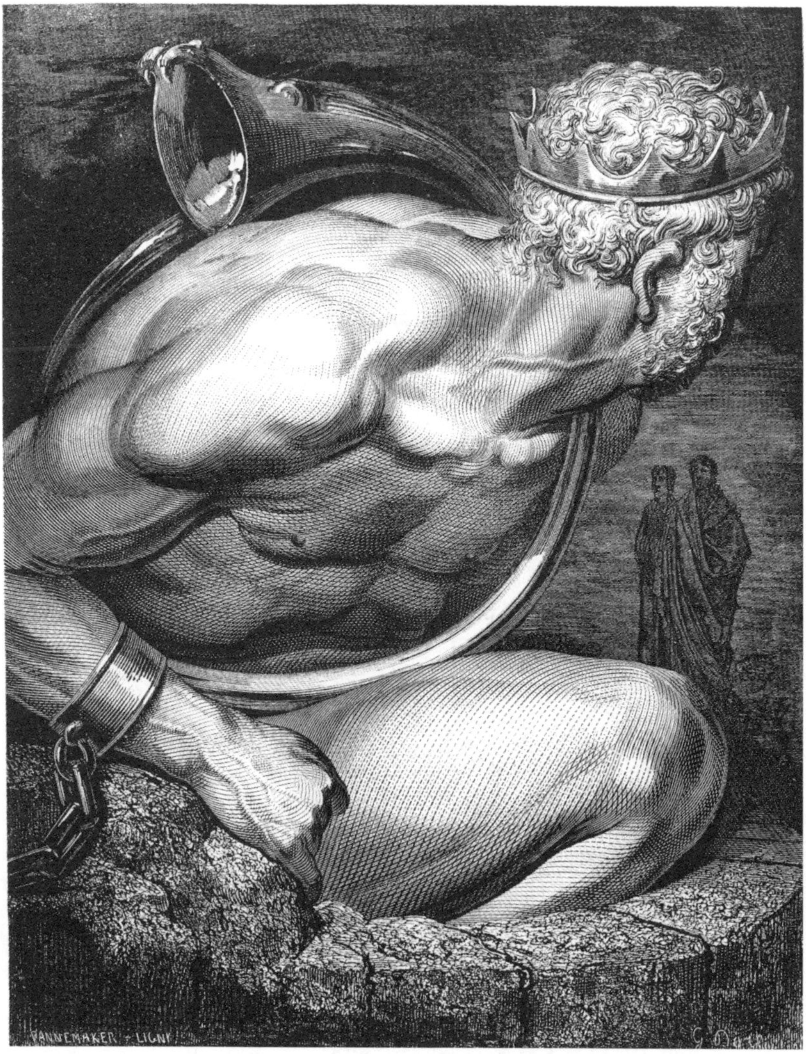

巨人——宁录

“蠢物！“导师听后，大声喝道，/“你自吹自擂好了。遭喜怒哀伤 / 折磨的时候，不妨这样发牢骚！……”

（《地狱篇》，第三十一章，七〇至七二行）

凶猛巨大得多，也置身坑中。
是哪一个巧匠把他紧捆，
我也说不出了。不过一条锁链，
把他自颈项以下牢牢绑稳；
他的右手绑在后，左手绑在前，
结果，露出深坑的一截，惨遭
锁链一圈一圈地围捆了五遍。
“这个阴魂曾经嚣张骄傲，
要跟至尊的宙斯较膂力的高低，”
导师说，“这，就是他的酬报。
他叫厄菲阿尔忒斯，巨人族吓得众神祇
惊诧震恐时，他施展过大动作。
他用过的双臂再也不能上提。”
“要是可能的话，”我对老师说，
“我希望可以用自己的眼睛，觇窥
硕大无朋的布里阿柔斯那巨魔。”
老师答道：“离这里不远，你会
见到安泰奥斯说话，不受捆绑。
他会带我们往底层看邪恶之最。
你要观看的妖魔还远在前方。
他也是被捆，跟这个妖魔无异；
只是样子会比他凶猛嚣张。”
突然，厄菲阿尔忒斯狂摇着身体。
其猛烈程度，一座巍峨高塔
被大地震撼动也无从比拟。

厄菲阿尔忒斯

“这个阴魂曾经嚣张骄傲，/ 要跟至尊的宙斯较膂力的高低……”

（《地狱篇》，第三十一章，九一至九二行）

我对死亡的恐惧，从不像这刹那。
　如果看不见妖怪被锁链捆绑，
　光是这恐惧就足以把我宰杀。 111
之后，我们继续走向前方，
　见到了安泰奥斯从岩坑矗起，
　不计头部，体高也整整有三丈。 114
“你呀，曾在利比亚的山谷里
　猎捕过一千只狮子进食。那山谷
　是决战场，有汉尼拔军队的败绩。 117
败军遁窜时，斯克皮奥是荣光所属。
　昔日，你的弟兄曾大战天神。
　你当时如果在场，也许已帮助 120
那群大地的儿子打败了敌人。
　把我们放到下面去，到寒冷
　紧锁科库托斯的地方；别发嗔； 123
别把我们带向提提奥斯或提风。
　这里渴求的，这个人能给你供应。
　那么，弯身吧，不要把嘴巴上撑。 126
他仍能恢复你在世上的声名。
　他是活人。如果圣恩在上方
　不提前宠召，他仍会享受高龄。” 129
老师说完了这番话，安泰奥斯连忙
　伸手把他举起。那双手的箝逼，
　赫拉克勒斯以前曾经亲尝。 132
维吉尔见身在安泰奥斯手里，

安泰奥斯——降落地狱最底层

幸好安泰奥斯把我放到那吞咽 / 撒旦和犹大的坑底时，动作轻灵。

（《地狱篇》，第三十一章，一四二至一四三行）

就对我说：“来，让我把你抱住。”
然后搂住我，把两人捆成一体。
在噶里森达塔倾斜的一边，举目
从塔底仰望，如上方有云冲斜角
飘过，就觉得高塔刹那间会倾覆。
我抬起头，望着安泰奥斯弯腰，
所见的情形也相同。在那一瞬间，
我真的希望沿另一条路跑掉。
幸好安泰奥斯把我放到那吞咽
撒旦和犹大的坑底时，动作轻灵。
之后，也没有让身体继续倾前，
就伸直了躯体，如船桅上挺。

注释：

1–3. **同样的话语……药物**：指《地狱篇》第三十章维吉尔的话语（一三一至一三二行，一四二至一四八行）。

4–6. **听说……酬报**：阿喀琉斯的父亲佩琉斯所用的长矛可以伤人，伤人后又可以疗伤。这支长矛，后来传给了阿喀琉斯。参看《变形记》第十三卷一七一至一七二行。

7. **凄惨的谷口**：指地狱第八层的第十囊。

16–18. **昔日，查理大帝……这么高亢**：**查理大帝**：Charlemagne（公元七四二年至八一四年），一译“查理曼”，法兰克王国卡洛林朝的统治者，在位期间（公元七六八年至八一四年）征服欧洲广大的领土，其帝国的版图东至易北河、多瑙河，西南至埃布罗（Ebro）河，北至北海，南至地中海。于公元八〇〇年的圣诞由教皇利奥三世在罗马加冕称帝。在位期间不断与阿拉伯人（即撒拉逊人）争战，捍卫基督教利益。

一一六五年获教皇谥圣。**罗兰**：查理大帝的外甥兼勇将，是法语史诗《罗兰之歌》（*La Chanson de Roland*）的主角。作品叙查理大帝征讨西班牙，除萨拉戈萨（Saragossa）外，全国已经攻克。后来，撒拉逊王玛西尔（Marsile）计诱查理大帝退出西班牙。查理大帝向谋臣咨询，谋臣的意见分歧：冈涅隆（Ganelon）赞成接受玛西尔的条件；罗兰极力反对。结果是冈涅隆的主张获得接纳。全军撤退间，罗兰率两万士兵殿后，不幸遭冈涅隆出卖，越过比利牛斯山脉时，在隆斯沃（Roncevaux）要隘被四十万撒拉逊人包围。奥利维埃（Olivier）劝罗兰吹号向前行的大军求救，遭罗兰拒绝。结果查理大帝的十二武士（Les Douze Pairs）和部下寡不敌众，全军只剩六十人幸免于死。这时，罗兰才吹响号角，但为时已晚；查理大帝的救兵到达时，罗兰已全军覆灭。其后，查理大帝打败了撒拉逊军队，攻入萨拉戈萨。罗兰的未婚妻欧蒂（Aude）得悉未婚夫的噩耗，当场气绝身亡；冈涅隆则被肢解。在历史上，查理大帝于公元七七八年撤退时，殿后的军队的确在隆斯沃要隘遭巴斯克人歼灭，一人不留。罗兰的事迹也是英国、德国、意大利作家的题材，其中以意大利的普尔奇（Pulci）、波亚尔多（Boiardo）、阿里奥斯托（Ariosto）的作品最为有名。但丁的比喻大概出自《罗兰之歌》。参看 *Chanson de Roland* 一七五三行及其后的描写。

32. **沿崖壁而立**：一个个靠着崖壁而立。

40. **蒙特雷卓内古堡**：一二一三年由锡耶纳人建成，位于锡耶纳和恩坡利（Empoli）之间的一座小山上。一二六〇年，锡耶纳人打败了翡冷翠的圭尔佛党后，增建城墙。墙上十四座城楼彼此相望，距离均等。

42. **我所见的景物也如是**：但丁以城堡比喻狄斯城（参看《地狱篇》第八章第六十八行）有外墙（参看《地狱篇》第八至九章），有城壕（即罪恶之囊），有城堡矗立于中央（科库托斯）。核心是撒旦倒悬。

43–45. **可怕的巨人……轰击**：在古希腊神话中，巨人族又称“提坦”（Τιτάν，Titan）或巨神族，是乌拉诺斯（Οὔρανος，Uranus）和盖亚（Γαῖα，Gaia）的儿女，曾与奥林坡斯诸神大战，企图推翻宙斯，战败后永囚地狱底层，即塔尔塔洛斯（Τάρταρος，Tartarus）。巨人被囚后，仍惧怕宙斯的雷霆轰击。在但丁心目中，巨人族反抗宙斯，犹撒旦反抗上帝。在中世纪，有些论者认为，《圣经》里面的伟人就是巨人族。参看《旧约·创世记》第六章第四节。此外，《圣经次经·巴录书》第三章第二十六至二十八节有这样的描写：

> Ibi fuerunt gigantes nominati illi, qui ab initio fuerunt, statura magna,

scientes bellum; non hos elegit Dominus, neque viam disciplinae invenerunt, propterea perierunt. Et quoniam non habuerunt sapientiam, interierunt propter suam insipientiam.

从前在那里〔指上帝的宇宙〕曾诞生了出名的巨人族。那是个骁勇善战的种族。但上帝没有选择他们作为自己的人民，也没有指给他们通往知识的路径。他们由于没有知识和见地而灭绝了。

46. **我认出了一个巨人的容颜**：指下文描写的宁录。参看本章第七十六行。

49–51. **对极了……明智得很**：意思是：大自然不再造这类巨人，战神就不再有帮手。

55–57. **因为……遭殃**：参看 Singleton（*Inferno 2*, 568）所引的亚里士多德《政治学》I, I, 1253[a]：

Sicut homo, si sit perfectus virtute, est optimus animalium, sic si sit separatus a lege et iustitia, pessimus omnium, cum homo habeat arma rationis.

人类如果德行完美，会是万物之灵；同理，如果偏离律法、公义，就是万恶之最，因为他有理性为武器。

阿奎那《〈尼可玛可斯伦理学〉解读》（*Ethicorum ad Nicomachum expositio*, VII, lect.6, n.1403）：

Unus homo malus decies millies potest mala facere quam bestia, propter rationem quam habet ad excogitandum diversa mala.

一个坏人为恶，可以万倍于禽兽，因为他有理智，可以用来想出各种罪恶。

59. **就像……松果**：但丁时期的圣彼得大教堂，有一个用青铜铸造的松果，高约十二英尺。起先放在罗马的万神殿，后来被教皇辛玛古（Symmachus，公元四九八年至五一四年在位）运到圣彼得大教堂。目前仍在梵蒂冈。

63. **弗里斯兰人**：弗里斯兰（Friesland）人以身材魁梧著称。

65. **自斗篷系扣的部位算起**：即从颈部算起。由于巨人的中腰以下被崖岸覆盖，只露出上身，这里指颈部到中腰。

66. **三十拃**：原文为“trenta gran palmi”。“palmo”（复数“palmi”）等于汉语的“拃”，即张开的大拇指和中指（或小指）两端之间的距离。

67. **拉发尔麦阿美扎比阿尔弥**：这行的意义迄今没有定论。一般的笺注家认为，但丁故意借不知所云的音节模拟巨人说话。由于宁录企图造通天塔，人类的语言遭到干扰，说出莫名其妙的话，也符合作品的主题。

69. **唱更美的颂歌反而不得体**：指巨人配不起更美的颂歌。

76. **宁录**：挪亚的曾孙，是个出色的猎手，也是通天塔的设计者。《圣经·创世记》第十章第九节说："robustus venator coram Domino"（"在耶和华面前是个英勇的猎户"）；第十节说："Fuit autem principium regni eius Babylon et Arach et Achad et Chalanne in terra Senaar"（"他国的起头是巴别、以力、亚甲、甲尼，都在示拿地"）。《圣经·创世记》第十一章第七和第九节这样描写耶和华：

> Descendamus, et confundamus ibi linguam eorum, ut non audiat unusquisque vocem proximi sui... Et idcirco vocatum est nomen eius Babel, quia ibi confusum est labium universae terrae...
>
> 我们下去，在那里变乱他们的口音，使他们的言语彼此不通。……因为耶和华在那里变乱天下人的言语，……所以那城名叫巴别。

宁录既然设计了通天塔，话语混乱不清，也是理所当然。不过《圣经》并没有说过宁录是巨人。在这里，神话的宁录和《圣经》的宁录重迭。在神话中，巨人族与奥林坡斯诸神战争时，宁录也为巨人族造了一座通天塔，情形跟《圣经》的描写相似。

82. **于是我们转左**：在地狱中，旅人但丁和维吉尔前进时通常转左。

94. **厄菲阿尔忒斯**：意文"Fialte"，希腊文Ἐφιάλτης，英文Ephialtes，巨人之一，海神波塞冬和伊菲梅得亚（Ἰφιμέδεια，Iphimedia或Iphimedeia）的儿子，奥托斯（Ὦτος，Otus）的兄弟。攻打奥林坡斯时年仅九岁，身宽四米，身高十七米。能把奥萨（Ὄσσα，Ossa）山堆到奥林坡斯（Ὄλυμπος，Olympus）山之巅，再把佩利昂（Πήλιον，Pelion）山堆到其余两山之上，企图攀登天堂。厄菲阿尔忒斯和奥托斯分别对赫拉和阿尔忒弥斯动了淫心，要向她们施暴，结果都被宙斯以雷霆殛毙。一说阿尔忒弥斯化身为雌鹿，诱两兄弟猎捕时自相残杀。两人进了地狱后，被蛇群缚在巨柱上，由一只猫头鹰向他们啄剥，永不休止。在但丁的《地狱篇》，捆绑巨人的不是蛇，而是锁链。

99. **布里阿柔斯**：意文"Briareo"，希腊文Βριάρεως，拉丁文和英文Briareus，三个百手巨怪之一，乌拉诺斯和盖亚的儿子，又称埃盖翁

(Αἰγαίων，Aegaeon)。在《埃涅阿斯纪》第十章五六五至五六八行，布里阿柔斯不但有一百只手，而且有五十个头。攻打奥林坡斯时被宙斯以雷霆殛毙，埋在埃特那（Aἴτνα，Etna 或 Aetna）山的地底。

101. **见到安泰奥斯说话，不受捆绑：安泰奥斯**：意文“Anteo”，希腊文 Ἀνταῖος，拉丁文和英文 Antaeus，海神波塞冬和地母盖亚的儿子。居于利比亚，是摔跤能手，只要他一直与大地接触，力量就无尽无穷。过路的人都被迫跟他摔跤，输了就遭他杀害，尸骸用来装饰其父的神庙。最后遭赫拉克勒斯举到空中扼死。安泰奥斯出生时，巨人族与奥林坡斯诸神的战争已经结束，因此在地狱“不受捆绑”。

102. **底层**：指地狱第九层，也就是地狱的最底层。

103. **你要观看的妖魔**：指布里阿柔斯（见本章第九十九行）。

106–108. **突然……无从比拟**：厄菲阿尔忒斯听见维吉尔说布里阿柔斯比自己凶猛（一〇五行），就发起怒来，狂摇身体。

115–116. **你呀……猎捕过一千只狮子进食**：参看卢卡努斯的《法萨罗斯纪》第四卷六〇一至六〇二行：“Haec illi spelunca domus; latuisse sub alta/ Rupe ferunt, epulas raptos habuisse leones.”（“那边的山洞就是他〔指安泰奥斯〕所居；/ 据说他埋伏在高崖之下，以攫来的众狮为餐。”）。维吉尔在这里用美辞争取安泰奥斯的好感。

116–117. **那山谷 / 是决战场：山谷**：在历史上，罗马与迦太基之间有过三次布匿战争，分别于公元前二六四年至公元前二四一年、公元前二一八年至公元前二〇一年、公元前一四九年至公元前一四六年发生。在第二次布匿战争中，罗马的大斯克皮奥（Publius Cornelius Scipio Africanus，一译“大西庇阿”，公元前二三六年至公元前一八四年）于公元前二〇四年率军进攻迦太基本土（在非洲北部），于公元前二〇二年在扎马（Zama）之役打败迦太基统帅汉尼拔，结束第二次布匿战争。在扎马附近，突尼斯以北，有一条叫巴格拉达斯（Bagradas）的河流（今日叫迈杰尔达〔Medjerda〕河）。河谷是罗马与汉尼拔军队决战之地。广义说来，也是安泰奥斯昔日的居所。

118. **斯克皮奥是荣光所属**：大斯克皮奥战胜了汉尼拔之后凯旋，获颁“阿非利加”之姓，称为“阿非利加斯克皮奥”。

119. **昔日，你的弟兄曾大战天神**：指巨人族与奥林坡斯诸神大战。

120–121. **你当时如果在场，也许已帮助 / 那群大地的儿子打败了敌人：大地的儿子**：巨人族是地母盖亚所生，所以称为“大地的儿子”。这句话也是美辞，用来争取安泰奥斯的好感。

123. **科库托斯**：意文“Cocito”，希腊文“Κωκυτός”，拉丁文和英文 Cocytus，指泣川，是冥界五河之一。在《地狱篇》里，科库托斯是地狱第九层的一个冰湖，异常寒冷。

124. **提提奥斯**：Τιτυός（Tityus），宙斯和厄拉拉之子，是个巨人，因侵犯丽酡而被宙斯殛毙，永囚地狱底层的塔尔塔洛斯，肝脏永遭两只秃鹫啄噬；肝脏被噬后，随月亮的盈亏更生；更生后又遭啄噬。一说提提奥斯是地母盖亚的儿子，因侮辱丽酡而被阿波罗兄妹射死，掷落塔尔塔洛斯。提提奥斯躺卧时，覆盖的面积超过两英亩。有关提提奥斯的描写，参看荷马的《奥德修纪》第十一卷五七六至五八一行：

Καὶ Τιτυὸν εἶδον, Γαίης ἐρικυδέος υἱόν,
κείμενον ἐν δαπέδῳ· ὁ δ' ἐπ' ἐννέα κεῖτο πέλεθρα,
γῦπε δέ μιν ἑκάτερθε παρημένω ἧπαρ ἔκειρον,
δέρτρον ἔσω δύνοντες, ὁ δ' οὐκ ἀπαμύνετο χερσί.
Λητὼ γὰρ ἥλκησε, Διὸς κυδρὴν παράκοιτιν,
Πυθῶδ' ἐρχομένην διὰ καλλιχόρου Πανοπῆος.
我还目睹提提奥斯——赫赫盖亚的儿子——
躺在地上，覆盖的面积超过两英亩。
两只秃鹫踞坐两边，正撕开他的肝脏，
啄入肠子深处；他的手哇，欲挡无从。
因为，往皮托途中，宙斯荣显的配偶丽酡，
曾在帕诺佩奥斯的葱葱草地遭他侮辱。

维吉尔的《埃涅阿斯纪》第六卷五九五至六〇〇行则这样描写：

nec non et Tityon, Terrae omniparentis alumnum,
cernere erat, per tota novem cui iugera corpus
porrigitur; rostroque inmanis vultur obunco
inmortale iecur tondens fecundaque poenis
viscera rimaturque epulis habitatque sub alto
pectore, nec fibris requies datur ulla renatis.
是的，我还目睹提提奥斯。他是大地——
万物之母——的养子，身躯伸展时，面积
广达九亩。一只巨大的秃鹫，以钩喙
剃割其不死之肝，并撕啄其内脏，收获
丰盛的剧痛；在里面觅食，长驻于胸中
深深的伤口。其肌肉，则一直长痛又重生。

此外尚可参看奥维德《变形记》第四卷四五六至四五八行。

124. **提风**：Τυφών（Typhon），又称“提福奥斯”或“提法翁”。地母盖亚和塔尔塔洛斯的幼子，生于巨人族被奥林坡斯诸神打败之后；是个巨人，半人半兽，身上有翼，眼睛喷火，手指是一百个龙头，腰部以下全叫群蛇缠绕，身体高于群山，头颅上摩星穹，两手伸展时可以直达东西二极。攻打奥林坡斯时，除了宙斯和雅典娜，所有的神祇都吓得化身遁逃。他与宙斯鏖战时，曾夺过宙斯手中的镰刀，割下他手足的肌腱，把他囚在山洞里，再命巨龙把守。后来，宙斯获赫尔梅斯（一译“赫尔墨斯”）和潘（Πάν，Pan）救出，再与提风鏖战，以雷霆向提风轰击。提风以大山朝宙斯掷去，宙斯就以雷霆把大山撞向提风，最后把他压在埃特那山之底。提风的身世有不同的说法。一说赫拉没有跟男性交媾，就生下了提风。提风与半人半蛇女怪厄基德娜（Ἔχιδνα，Echidna）生下许多怪物，其中包括三头狗怪克尔贝罗斯（Κέρβερος，Cerberus），格里昂（Γηρυονεύς，Geryon，又译“革律奥涅斯”或“革律翁”；参看《地狱篇》第六章一三至一八行注），勒尔那的许德拉（Ὕδρα，Hydra），双头狗怪奥尔特洛斯（Ορθρος，Orthrus），狮头、羊身、蛇尾的喷火怪物基迈拉（Χίμαιρα，Chimaera），毒龙拉冬（Λάδων，Ladon）。

125. **这里渴求的，这个人能给你供应**：**这里**：指地狱。整行的意思是：地狱的阴魂渴求阳间的名声，但丁能满足他们的渴求。

128–129. **如果……高龄**：意思是：但丁如果不提早死亡，仍会安享高龄。

136. **噶里森达塔**：波隆亚的两座斜塔之一，意文“Garisenda”。一一一〇年由噶里森迪（Garisendi）家族建造，高一百六十三英尺。

第三十二章

维吉尔和但丁置身于地狱第九层。两人首先经过该隐界，在那里看见出卖亲人的阴魂。但丁与卡米绰内·德帕兹谈话，并且认出了别的阴魂。之后，两人进入安忒诺尔界，看见出卖国土、出卖个人所属团体的阴魂受刑。但丁抓住博卡的后脖，逼他招供，认出了更多的阴魂；离开博卡后，看见两个头颅在一个洞里凝堆，上面的头颅在狂咬下面的头颅。

眼前阴沉的深坑，所有的巨石
　都压向那里。如果我的诗够嘶哑，
　够刺耳，描写深坑的情景时称职，
我会榨尽印象的精髓，记下
　当时所见；但我没有这诗才，
　叙述起来不免恐惧倍加。
因为，形容宇宙最底层的状态，
　是艰巨的工作，不可以儿戏，

咿呀学语的舌头也胜任不来。
安菲翁建造忒拜城墙时，有神祇
帮助。此刻，盼她们也这样助我，
使我的话不致与事实乖离。
啊，你们这堆坏蛋，深堕
这描述维艰的处所而低于众鬼。
你们当绵羊或山羊，会更加好过！
我们置身黑暗的深坑，其层位
远远低于巨人的两只脚掌。
我正在仰望，惊视着高墙岿岿，
听到有声音说："走路要提防，
举步时，别让你的脚掌踩到
两兄弟的头颅。他们既可怜，又颓丧。"
我回过头来，见一个湖沼
在脚下向前方伸展，冰封的湖面
仿佛被玻璃，而非被湖水覆包。
奥地利的多瑙河，或那条映着寒天
在更远处奔流的顿河，在严冬
铺起帷幔，也厚不过眼前的白帘。
坦贝尼基或皮埃特拉帕纳山隆隆
塌落湖面，恐怕厚幔的边缘
也不会在重压下破裂穿孔。
农妇不断在梦中拾穗，畦畎
就会有青蛙蹲在水中，让嘴部
露出水面，发出阁阁的阗喧。

科库托斯——众叛徒

“走路要提防，/ 举步时，别让你的脚掌踩到 /

两兄弟的头颅。他们既可怜，又颓丧。”

（《地狱篇》，第三十二章，一九至二一行）

寒冰中，受刑的阴魂也这样潜伏，
自脸红的部位以下，全部苍白。
他们敲着牙，像鹳鸟一般鸣呼。
每个阴魂的脸，都俯了下来。
他们的嘴巴，见证了天气的严寒；
他们的眼睛，见证了内心的悲哀。
我环视了一会，再向脚下察看，
见两个阴魂紧紧地贴在一起，
两个头颅的乱发在彼此纠缠。
“请见告，你们是谁呀，要贴胸紧挤？”
我问道。阴魂听后，就抬高颈部，
朝我仰起了脸。他们的眼里，
一直只有点湿润；这时竟汩汩
有泪水涌出眼睑。不过泪水
瞬即被寒霜冻结，在中间封住。
阴魂相压，比木板闩成一对
还要紧。他们按不住强烈的怒火，
竟像两头公羊般抵牾撞推。
其中一个阴魂，两只耳朵
因酷寒而丧失，这时仍向前俯首。
“干吗这样紧盯着我们？”他说，
“你们想知道这两个人的来头？
比森佐河谷，是他们的产业，
原是他们的父亲阿尔贝托所有。
他们是同母所出，即使该隐界

寻遍，你也找不到更佳的幽灵，
向这一池寒冰之内嵌揳。
那个被阿瑟王一矛贯穿身影
和胸膛的人，那个佛卡恰，以至
这个用头颅挡着我，使我的眼睛
看不远的阴魂，都不会更配这冰池。
他叫萨索尔·马斯克罗尼。如果
你是托斯卡纳人，该熟悉他的身世。
不劳你相问，让我对你实说：
‘我是卡米绰内·德帕兹，此际
正等待卡利诺。他会替我开脱。’”
之后，我看见一千张面庞被寒气
冻得发紫，不禁浑身噤抖，
此后见了冰池也同样颤栗。
我们继续朝着中央行走。
那里是一切重量所聚。正当
我在无尽的阴寒中哆嗦的时候，
不知是命，是运，还是天上
注定如此，我在头颅中前进间，
竟猛然一脚，踢中了一张脸庞。
那人哭嚷道：“干吗踩我的脸？
是为蒙塔佩尔提之役报仇
而加上一脚？不然怎会叫我烦厌？”
于是我说：“老师，请在此稍候，
让我问问他，好解开我的疑团。

之后，你要多快，我都跟你走。”
导师闻言而止步。阴魂仍不断
厉声咒骂。于是，我对他这样说：
“你是谁呀？这样骂个没了没完！”
“哼，你又是谁呢？这样越过
安忒诺尔界，”他说，“还踢人家的面颊，
力度比活着的人还要大得多。”
“我当然是活的。你要名传迩遐，”
我答道，“我活着，会给你带来幸福，
能使尊名列入群贤的流亚。”
“这样做，恰巧跟我的愿望相忤，”
阴魂说，“你走吧，别再烦扰我。
这深坑的取悦之道，你怎会清楚？”
于是，我一手抓住他的后脖，
说道：“你还是报上名字来好，
不然你的头发会全部脱落。”
“你拔光我的头发，”他听后答道，
“也不告诉你我是谁；就算你拷打
我的脑袋千遍，我也不会供招。”
这时候，我的手已握着他的头发
用力绞扭，并且拔掉了好几撮；
而他则两眼下翻，狂吠着漫骂。
“又疯啦，博卡？”另一个人嚷着说，
“用上颌下颌一起唱歌还不够？
还要这样狂吠！你着了什么魔？”

出卖所属团体者——博卡·德利阿巴提

于是，我一手抓住他的后脖，/ 说道：“你还是报上名字来好，/
不然你的头发会全部脱落。”

（《地狱篇》，第三十二章，九七至九九行）

"你听着，"我说，"我不要你张口！
　你这个卑鄙的叛徒！无论你怎样，
　我都会如实揭发你的丑陋。"
"去吧，"他说，"随便你怎么讲；
　只是你一旦离开，也不要忘记
　为刚才那个饶舌的家伙开腔。
在这里，他为法国人的白银哭泣。
　你可以说：'我看见过杜埃拉
　那个人，置身于罪人乘凉之地。'
如果有人问，还有谁在一起受罚，
　你还有贝克里亚这个人在旁边。
　遭翡冷翠人割开咽喉的就是他。
而詹尼·德索尔达涅里，我看，就在前面，
　跟冈涅隆、特保尔德洛为伍。
　法恩扎沉睡时，因后者开城而沦陷。"
我们离开了博卡，前行了一段路，
　见两个阴魂在同一个洞里凝堆：
　一个头像帽子，把另一个罩覆。
如饿汉在吞咽面包解决饥馁，
　上面的头正向下面的啃咬；
　齿落处，是脑袋和颈背相接的部位。
当年，在希腊，提德乌斯怒火内燎，
　狂噬美纳利普斯的颅骨，与幽灵
　嚼啮脑壳等部分时神情毕肖。
"啊，你要用吞噬脑袋的兽行，

乌戈利诺与大主教鲁吉耶里

上面的头正向下面的啃咬；/ 齿落处，是脑袋和颈背相接的部位。

（《地狱篇》，第三十二章，一二八至一二九行）

来发泄内心对他的憎恨，告诉我，
是什么原因？我们一言为定：
如果你对他恨得有理，”我说，
“回到凡间，只要这说话的舌头
不萎，而我又知道他的罪过、
你的身分，我就会给你报酬。”

注释：

1. **眼前阴沉的深坑**：指地狱的第九层，也就是最深的一层。

1–2. **所有的巨石／都压向那里**：第九层在地心，上面的巨石都仿佛向那里下压。

2–3. **如果我的诗够嘶哑，／够刺耳**：但丁为了暗示嘶哑、刺耳的效果，原诗一至九行尽量用嘶哑、刺耳的音素、韵脚：“aspre”、“chiocce”、“converrebbe”、“tristo”、“buco”、“rocce”、“suco”、“l' abbo”、“conduco”、“gabbo”、“babbo”。

5. **但我没有这诗才**：但丁在这里自谦，更叫读者觉得，地狱底层不容易描写。

10. **安菲翁**：'Αμφίων（Amphion），宙斯和安提奥珀（Ἀντιόπη，Antiope）的儿子。兹迭托斯（Ζῆθος，Zethus）是他的孪生兄弟。获赫尔梅斯赐赠里拉琴。兄弟二人统治忒拜城时为该城建造城墙。兹迭托斯负责运砖，安菲翁获缪斯（“神祇”）之助，负责以里拉琴奏乐，使砖块从基泰隆（Κιθαιρών，Cithaeron）山下降，各就其位而成为城墙。安菲翁娶妮欧贝（Νιόβη，Niobe）为妻。后来因妮欧贝夸口，说自己胜过丽酡。结果安菲翁与子女一起被阿波罗杀死。一说安菲翁发了疯，要毁坏阿波罗的神庙，被阿波罗射杀。安菲翁的事迹，贺拉斯的《诗艺》（*Ars poetica*）三九四至三九六行、斯塔提乌斯的《忒拜战纪》第十卷八七三至八七七行都有记载。

11. **她们**：指第十行的“神祇”，即九缪斯。但丁在这里再向九缪斯求助。在《地狱篇》第二章第七行，但丁已向缪斯直接祈求。

15. **你们当绵羊或山羊，会更加好过**：绵羊或山羊没有心智，也没有不灭的灵魂，不会堕入地狱的最深处。

19–21. **听到有声音说……又颓丧**：说话的人是谁，迄今仍无定论。一般论者认为是第五十七行的阿尔贝提兄弟单独或同时发声。参看 Sapegno, *Inferno*, 356; Singleton, *Inferno 2*, 584。

22. **湖沼**：指科库托斯，即地狱最底层的冰湖。这个冰湖分成四个同心圆区域，用来惩罚四种叛徒。撒旦的巨翼扇风，使湖水结冰。

25. **多瑙河**：欧洲第二大河，全长二千八百五十七公里，由德国西南部的黑林山发源，流经欧洲中部的奥地利、捷克、匈牙利、南斯拉夫、罗马尼亚、保加利亚，在罗马尼亚和苏联交界处流入黑海。

26. **顿河**：在欧洲南部的中俄罗斯丘陵发源，先向东南，再向西南奔流，最后注入亚速海。全长一千八百七十公里。每年的结冰期约为四个月。古代的欧洲人视为欧亚分界。

28. **坦贝尼基或皮埃特拉帕纳山**：但丁所指是哪一座山，迄今仍无定论。一般论者认为指今日的坦布拉（Tambura）和帕尼亚·德拉克罗齐（Pania della Croce）山，在意大利托斯卡纳郡西北部，是阿尔卑斯山脉的一部分。

31–33. **农妇……阗喧**：但丁再度用日常景物描摹地狱经验。《地狱篇》第二十二章二五至二八行有类似的描写。**农妇……在梦中拾穗**：指收获季，时间是初夏。

36. **他们敲着牙，像鹳鸟一般鸣呼**：鹳鸟无舌，只能以喙部砸打发声。

38. **他们的嘴巴，见证了天气的严寒**：阴魂敲着牙，冷得发抖，说明冰湖严寒。

39. **他们的眼睛，见证了内心的悲哀**：阴魂流泪，说明他们的内心有多哀伤。

41. **见两个阴魂**：指第五十五行及其后所描写的阴魂。

52. **其中一个阴魂**：即本章第六十八行的卡米绰内·德帕兹。

56. **比森佐**：原文“Bisenzo”，指比森兹奥（Bisenzio）河，流过普拉托（Prato）附近，在翡冷翠以西十英里注入阿尔诺河，河谷有阿尔贝提伯爵（Conti Alberti）家族的城堡。比森兹奥河谷由该家族统辖。

58. **他们是同母所出，即使该隐界：他们**：指阿尔贝提家族中的纳坡雷奥内（Napoleone）和阿列山德罗（Alessandro）兄弟。兄弟俩是维尔尼奥（Vernio）和切尔拜亚（Cerbaia）的僭主，父为曼戈纳（Mangona）伯爵阿尔贝托·德里阿尔贝提（Alberto degli Alberti），母为伯爵夫人瓜尔德拉达（Gualdrada）。两人因争夺父亲的产业而自相残杀，结果同归于尽。**该隐**：该隐，亚当和夏娃被逐出伊甸园后所生的第一个儿子，种地为业。其弟亚伯，则以牧羊为生。兄弟二人向耶和华献祭时，该隐献谷物，亚伯献羊羔、脂油。该隐见耶和华偏喜亚伯的祭品，心生妒忌，谋杀了亚伯，结果被耶和华逐往伊甸园以东的挪得之地。该隐杀亚伯，是人类第一宗谋杀案，也是骨肉相残之始。参看《圣经·创世记》第四章。**该隐界**：原文为"Caina"，是科库托斯的一部分，用来惩罚出卖骨肉亲人的阴魂。在《地狱篇》第五章一〇七行，芙兰切丝卡提到该隐界时，说"该隐界在等候毁灭我们的人"，意思是：科库托斯的这一部分，在等着惩罚她的丈夫詹绰托（Gianciotto），因为詹绰托谋杀了弟弟保罗（Paolo），即芙兰切丝卡的情夫。

61–62. **那个被阿瑟王一矛贯穿身影／和胸膛的人**：指阿瑟王的侄儿（一说是儿子）摩德勒德（Mordred，法语为 Mordret），因企图弑君篡位，与阿瑟王交战时被长矛贯胸刺死。由于阿瑟王怒盛力猛，长矛贯穿摩德勒德的胸膛时，阳光透过大洞干扰了身影。这一事件，《湖上骑士兰斯洛特传奇》（*Histoire de Lancelot du lac*）及该书的意大利文版都有记载，大概是但丁所本。

62. **佛卡恰**：原名凡尼·德坎切利耶里（Vanni de'Cancellieri），皮斯托亚（Pistoia）人，佛卡恰（Focaccia）是其绰号，曾谋杀堂兄弟。"focaccia"是意大利语"蛋糕"或"烤饼"的意思。

63–64. **这个用头颅挡着我，使我的眼睛／看不远的阴魂**：指第六十五行的萨索尔·马斯克罗尼。

65. **萨索尔·马斯克罗尼**：Sassol Mascheroni，翡冷翠人，托斯基（Toschi）家族的成员，为掠夺遗产而谋杀亲人。

68. **卡米绰内·德帕兹**：原文 Camicion de'Pazzi（Camicione de'Pazzi 的缩略），曾谋杀亲人乌贝尔提诺（Ubertino），以吞并两人共有的城堡。

69. **正等待卡利诺。他会替我开脱**：**卡利诺**：全名卡利诺·德帕兹（Carlino de'Pazzi），居于阿尔诺河谷（Val d'Arno，音译"瓦尔·达尔诺"），属翡冷翠白党。一三〇二年，翡冷翠黑党和卢卡人围困皮斯托亚（Pistoia）时，负责据守阿尔诺河谷的皮安特拉维耶（Piantravigne）城堡，因受贿而出卖白党，把城堡献给敌人。其事迹见 Villani, *Cronica di Giovanni Villani*（Bosco e Reggio, *Inferno*, 476; Sapegno, *Inferno*, 359; Singleton, *Inferno 2*, 592-93 均有引述）。卡米绰内这话的意思是：卡利诺的罪恶此我重，死后会堕进科库托斯第二圈。相形之下，我的罪恶就会减轻，结果他会替我"开脱"。

70. **之后……寒气**：从这句开始，但丁已进入科库托斯第二圈。

74. **那里是一切重量所聚**：根据《神曲》的宇宙结构，地狱中央也是宇宙中央，一切重量都聚向那里。

78. **一张脸庞**：指博卡·德利阿巴提（Bocca degli Abati）的脸。本章一〇六行会提到博卡的名字。一二六〇年，在蒙塔佩尔提（Montaperti）之战中，博卡是翡冷翠圭尔佛党的成员。当时圭尔佛党遭西西里王曼弗雷德（Manfred）的军队进攻，博卡把己方的军旗砍下，导致全军惶恐，结果圭尔佛党大败，吉伯林党大胜，再度统治翡冷翠。参看 Toynbee, 101, “Bocca” 条。

80. **蒙塔佩尔提**：原文 “Montaperti”，托斯卡纳郡的一个村庄，在锡耶纳以西数英里，位于阿尔比亚（Arbia）的一座山上。一二六〇年九月四日，翡冷翠的圭尔佛党与锡耶纳、翡冷翠的吉伯林党在这里决战，圭尔佛党大败。参看 Toynbee, 454, “Montaperti” 条。对于这场战争，《地狱篇》第十章八五至八六行有这样的描写：“大屠杀和蹂躏，/ 染红了阿尔比亚河的水波。”

89. **安忒诺尔界**：意文“Antenora”（原文第八十八行）。**安忒诺尔**（Ἀντήνωρ, Antenor）：特洛亚王普里阿摩斯的朋友兼谋士，梅涅拉奥斯和奥德修斯的朋友，特洛亚战争爆发前主张和平，建议把海伦送还希腊，让帕里斯与梅涅拉奥斯独斗，以解决两国的纷争。特洛亚陷落，希腊人在他的家门前悬挂豹皮一张，以资识别，免遭希腊军队劫掠。在荷马以后的传说里，安忒诺尔是个叛徒，帮助希腊人偷去特洛亚的智慧女神像，并且打开木马，让希腊战士涌出。特洛亚陷落后，安忒诺尔去了意大利北部，建立帕多瓦城。安忒诺尔界是地狱第九层第二圈，以安忒诺尔为名，用来惩罚叛徒。

93. **能使尊名列入群贤的流亚**：指但丁能在自己的著作中提及这个阴魂，使他们与群贤同列。

106. **另一个人**：指波索·达多维拉（Buoso da Dovera），即一一六行的杜埃拉（Duera）。波索是克雷摩纳（Cremona）吉伯林党的领袖。一二六五年，获西西里国王曼弗雷德委派，抵抗法国安茹的沙尔一世（Charles I d'Anjou）入侵，因为受贿，出卖曼弗雷德，让法军进入帕尔马（Parma）。次年，曼弗雷德战败身死。

109–111. **你听着……丑陋**：但丁仍在斥责博卡。

114. **刚才那个饶舌的家伙**：指一〇六行的波索（“另一个人”）。

117. **乘凉**：阴魂身在地狱的冰湖而说“乘凉”，反讽的味道颇浓。

119. **贝克里亚这个人**：全名忒骚罗·德贝克里亚（Tesauro dei Beccheria），瓦洛姆布罗萨（Vallombrosa）的住持，也是教皇驻托斯卡纳的使节。属吉伯林党。一二五八年出卖圭尔佛党。次年，吉伯林党被逐出翡冷翠，他本人也被斩首。

121. **詹尼·德索尔达涅里**：Gianni de'Soldanieri，翡冷翠贵族，属吉伯林党。一二六六年，曼弗雷德卒；翡冷翠群众向吉伯林党造反时，詹尼加入了造反派行列。

122. **冈涅隆**：意文"Ganellone"，法文"Ganelon"，曾出卖查理大帝的殿后部队。参看《地狱篇》第三十一章一六至一八行注。

122–123. **特保尔德洛……沦陷**：特保尔德洛："Tebaldello"，出身法恩扎（Faenza）扎姆布拉斯（Zambrasi）家族，吉伯林党成员。与波隆亚的拉姆贝尔塔兹（Lambertazzi）家族有仇。一二八〇年十一月十三日，趁拉姆贝尔塔兹被逐出波隆亚而受庇于法恩扎时，打开法恩扎城门，迎接波隆亚的圭尔佛党军队，出卖了吉伯林党。

130–131. **提德乌斯……美纳利普斯的颅骨**：提德乌斯（Τυδεύς, Tydeus），攻打忒拜城的七将之一，卡吕冬（Καλυδών, Calydon）王奥纽斯（Οἰνεύς, Oeneus）和佩里玻亚（Περίβοια, Periboea）的儿子。曾获阿戈斯王阿德拉斯托斯收留。攻打忒拜城时，为美纳利普斯（又称"美拉尼坡斯"〔Μελάνιππος, Melanippus〕）所伤，死前悍然还击，杀了美纳利普斯，擘开他的头颅，啖食里面的脑髓。提德乌斯卒前，雅典娜曾获宙斯准许，准备赐他永生；后来见他如此凶残，临时改变初衷。提德乌斯啖脑的情节，见斯塔提乌斯的《忒拜战纪》第八卷七三九至七六二行。

139. **给你报酬**：指但丁为阴魂公布真相。

第三十三章

乌戈利诺伯爵向旅人但丁叙述，他和四个儿子怎样遭大主教鲁吉耶里出卖，如何被囚于监狱中；父子五人，最后又如何活活饿死。但丁和维吉尔继续前进，来到科库托斯的第三界，也就是多利梅界，见另一批阴魂被寒冰狠裹，因生时出卖客人而受惩，其中包括阿尔贝利戈和布兰卡。

那个罪人放下野蛮的宴餐，
　仰起口来，用脑袋的头发拭嘴。
　那脑袋的后部，早已被他咬烂。
罪人拭嘴后，说："你要我回归
　极度的惨痛吗？那经验，光是忆记
　而不言宣，就叫我肺裂心摧。
不过，假如我的话是种子，可以
　结恶名之果给我所咬的叛徒，
　那就让你看我边说边哭泣。

我不知道你是谁，也不知道什么路
带你来这里；不过，听口音，我的确
觉得，翡冷翠该是你籍贯所属。 12
告诉你，我当年是乌戈利诺伯爵。
而这个人，是大主教鲁吉耶里。
让我告诉你，为什么我跟他同穴。 15
我怎样信赖他，怎样因他的诡计
被囚，又怎样遭到杀身之祸，
在这里，我想再没有必要重提。 18
不过我死前所受的残酷折磨，
你还没有听过；现在说给你听，
你就知道，他是否对得起我。 21
囚禁我的密室因我而出名，
叫作‘饥饿’；此后，里面还会
有别的人被囚。外面的月亮，曾经 24
从小孔的隙缝照入密室之内。
当一个恶梦为我把未来的纱幕
撕开，月亮已多次向我俯窥。 27
梦中，此人是老爷兼领主，正追捕
一头公狼和崽儿。他出猎的山头
遮住了卢卡，比萨人无从得睹。 30
他带着僄捷、勇猛而干练的猎狗，
令瓜兰迪、西斯蒙迪、兰弗冉基三家冲刺，
为他在队伍的前方开路奔走。 33
双方窜逐了俄顷，狼父和狼子

已显得筋疲力尽；我仿佛看到
它们的两胁遭利齿咬噬擘撕。
当我天亮前醒来，时间尚早，
我听见跟我一起的众儿在睡眠里
哭泣，并且嚷着要吃面包。
你知道我心中的兆头而不哀戚，
你就真正是铁石心肠了；你现在
不流涕，还有什么值得你流涕？
这时候，我的孩子们已醒了过来，
而敌方也快要给我们送饭了。人人
都因刚才的恶梦而感到惶骇。
我听到凶堡楼下的出口之门
被人钉了起来。于是，我一言
不发，只望着儿子的脸庞出神。
我没有哭，仿佛有石头梗于胸间；
孩子们却哭了。我的小安塞姆问道：
'爸爸没事吧？干吗老盯着我的脸？'
我听后没有回答，也没有哭号，
而且整个昼夜都是如此，
直到太阳再度向世界映照。
当微弱的阳光像一条细丝
射进惨恻的监狱，让我从四张
脸孔的反映中看到自己的样子，
我咬着双手，感到无限哀伤。
几个孩子看见我这样，以为

乌戈利诺

“我强作镇定，以免叫他们更悲戚。”

（《地狱篇》，第三十三章，第六十四行）

我想吃东西，都倏地在我身旁
站起来，说道：‘爸呀，把我们撕毁
吃掉，我们会好过些。这瘪肉体
是你披上的，也该由你撕褪。’
我强作镇定，以免叫他们更悲戚。
当天和翌日，我们都不发一言。
——干吗不擘裂呀，硬邦邦的大地？——
然后，当我们在狱中挨到第四天，
噶多仆在我跟前，四肢张开，
说道：‘爸爸呀，怎么不帮我脱险？’
说完就死了。剩下的三个小孩，
到了第五六天，也在我眼前逐一
丧生，就像你看见我一样。我摸来
摸去，瞎着眼摸索每个尸体，
一连两天呼唤着他们。最后，
还是饥饿的力量战胜了哀戚。”
阴魂说完了这番话，就斜睨着双眸，
继续用利齿咬噬那可怜的颅骨。
那利齿像狗牙，最善于啃啮骨头。
啊，比萨，在说 sì 的美丽国度，
你使各族的黎庶感到羞耻。
既然邻邦都缓于把你惩处，
就让卡普莱亚和戈尔戈纳改换位置，
把阿尔诺河之口堵塞起来，
让大水把全城的居民淹溺吞噬。

乌戈利诺与噶多

“噶多仆在我跟前，四肢张开，/ 说道：‘爸爸呀，怎么不帮我脱险？’”

（《地狱篇》，第三十三章，六八至六九行）

乌戈利诺

“还是饥饿的力量战胜了哀戚。”

（《地狱篇》，第三十三章，第七十五行）

即使乌戈利诺伯爵曾经有出卖
　比萨城堡的名声，你也不应
　叫他的儿子受那样的折磨之灾。
新忒拜啊，他们年纪尚轻，
　都是无辜；乌圭绰内、布里噶塔，
　以及上述两个都不该受刑。
我们继续前进。不一会，到达
　另一处时，见寒冰狠裹的另一批
　阴魂仰躺着，并没有低首俯趴。
那里，哭泣本身使他们无从哭泣，
　痛苦也在眼里遭到阻碍
　而流回眼内，使至痛变得更猛厉。
因为，先流的眼泪会凝结成块，
　结果呢，就恍如一个水晶脸盔，
　在眉毛之下把整个眼眶覆盖。
由于酷寒的缘故，我对周围
　失去了感觉，仿佛置身于趼中，
　脸上没有了冷热。然而，这一会，
我好像感到有一丝微风在吹动。
　于是说：“老师呀，这里怎会有风呢？
　这里的蒸汽，早就消散一空。”
老师答道：“你一会就明白了。
　在前面看了狂风下刮的原因后，
　你的眼睛是会给你答案的。”
这时，冰层里的一个哀魂张口

喊叫："你们这些人，真是狠毒，
竟被遣到这最深的壕沟！
你们哪，快扯开我脸上的硬幕，
在眼泪再度凝结前，让我
把充塞心中的悲哀稍稍倾吐。"
"你要我帮忙，得先告诉我，"我说，
"你是谁。之后，要是我不让你舒弛，
就让我堕进寒冰，在底层沉没。"
阴魂说："我是阿尔贝里戈修士，
因坏果园中的坏水果而出名；
我投了坏桃，结果遭坏李回掷。"
"哦！"我说，"你已经变成幽灵？"
他听后说："我也不知道，在凡间，
我的肉体现在是怎样的光景。
多利梅界这一带获得优先：
阳间的灵魂常常向这里下堕，
而不必先等阿特罗坡斯差遣。
为了使你更乐意为我洗脱
玻璃般黏在我脸上的泪水，
就告诉你吧：灵魂一旦像我
把客人出卖，肉体就马上叫魔鬼
夺取，然后就一直受魔鬼控制，
到刑期结束才可以返回原位。
当灵魂飞快地直堕这个冰池，
肉体也许仍然在上方出现，

但幽灵已在我后面欢度冬日。
如果你刚到这下界，且听我一言：
他是布兰卡先生，属多里亚家族，
遭这样的禁锢已经有多年。”
我回答说：“你在欺我耳目；
布兰卡·多里亚从来没死过，
而且一直在吃喝、睡眠、穿衣服。”
“在上面，在众邪爪的深沟，”幽灵说，
“胶黏的沥青在沸腾。米凯勒·赞凯
还没有向上面那条深沟下堕，
这个家伙的灵魂就离开了形骸，
把魔鬼留在体内。跟他一起
干阴险勾当的亲属也同样可哀。
不过，请你伸手向这里前移，
擘开我的眼睛。”我没有这样做；
对他无礼，就等于对他有礼。
啊，热那亚人哪，你们这一伙，
背离了所有嘉风，恶贯满盈，
应该尝尝遭世界放逐的苦果。
因为，我看见你们的一个幽灵，
与罗马亚最坏的阴魂为伍。
他作恶多端，阳躯似乎有生命；
灵魂早已在地狱的冰池沉浮。

注释：

1. **放下野蛮的宴餐**：指罪人放下他啃噬的脑袋。

13–18. **乌戈利诺……没有必要重提**：乌戈利诺，全名乌戈利诺·德拉格拉尔德斯卡（Ugolino della Gherardesca），约生于一二二〇年，于一二八九年活活饿死。是多诺拉提科（Donoratico）伯爵，出身吉伯林党家庭，祖裔属伦巴第。在世的大部分时间，所属城镇比萨（Pisa）都由吉伯林党统治。乌戈利诺十分富有，在撒丁岛和比萨的近海沼泽区拥有大量土地。一二七五年，与属于圭尔佛党的亲人卓凡尼·维斯孔提（Giovanni Visconti）串谋造反，企图夺取吉伯林党在比萨的统治权，事败后被放逐。一二七六年获翡冷翠圭尔佛党支持，重返比萨，取回财产，恢复昔日的权位。一二八四年八月十日，比萨与热那亚在美洛里亚（Meloria）发生海战，大败。在该场战役中，乌戈利诺负责指挥比萨的战船。尽管在战争中败绩，战后仍获任最高行政官。乌戈利诺为了保存比萨的实力，离间热那亚、翡冷翠、卢卡，曾把若干城堡让与翡冷翠和卢卡的圭尔佛党，结果敌对者指他出卖比萨利益。一二八五年，其孙子尼诺·维斯孔提（Nino Visconti）获邀，与他分担最高行政官一职。尼诺属圭尔佛党，立场有别。一二八八年，祖孙二人因权力斗争被逐出比萨。其后，大主教鲁吉耶里·德利乌巴尔迪尼（Ruggieri degli Ubaldini）打败了圭尔佛党，重建吉伯林党。在外流放的乌戈利诺答应与圭尔佛党断绝关系，然后应大主教鲁吉耶里之邀返回比萨。鲁吉耶里是吉伯林党成员，本已答应调停本党与乌戈利诺之间的嫌隙。最后却出卖了乌戈利诺，把他和儿子噶多（Gaddo）、乌圭绰内（Uguiccione）、孙子尼诺（Nino，并非 Nino Visconti，而是绰号“il Brigata”〔大伙〕的 Nino il Brigata。参看本章第八十九行注）、安塞姆（Anselm）囚禁，于一二八九年三月把五人活活饿死。乌戈利诺要在科库托斯受刑，是因为他串同圭尔佛党谋反，出卖了自己所属的党派。鲁吉耶里则因为出卖乌戈利诺而致罚。一二八九年，鲁吉耶里辞去最高行政官一职。不久，继任者退下，由圭多·达蒙特菲尔特罗（Guido da Montefeltro）取代。关于达蒙特菲尔特罗的生平，参看《地狱篇》第二十七章第十九行注。**鲁吉耶里**：鲁吉耶里·德利乌巴尔迪尼（Ruggieri degli Ubaldini），乌巴尔迪诺·达拉皮拉（Ubaldino dalla Pila，参看《炼狱篇》第二十四章第二十八行）的儿子，红衣主教奥塔维阿诺·德利乌巴尔迪尼（Ottaviano degli Ubaldini，参看《地狱篇》第十章一二〇行）的侄儿。一二七八年出任比萨大主教，其后更凭权术夺得该城最高行政官（podestà）之职。

乌戈利诺在阳间遭鲁吉耶里活活饿死，死后咬噬鲁吉耶里的头颅，是报应式惩罚的另一例。乌戈利诺说“没有必要重提”（第十八行），是因为托斯卡纳人都熟悉他的经历。

22–23. **囚禁我的密室因我而出名，/ 叫作‘饥饿’**：“密室”，原文是“muda”，可直译为“鹰笼”，是鹰用来换羽的地方。由于乌戈利诺和子孙都在这个密室里饿死，密室又称“饥饿之塔”（“Torre della Fame”）。该塔原为瓜兰迪（Gualandi）塔，原址成了今日比萨的骑兵广场（Piazza dei Cavalieri）。

23–24. **此后，里面还会 / 有别的人被囚**：这是预言，指乌戈利诺之后，还会有别的囚犯被关进去。

26–27. **当一个恶梦为我把未来的纱幕 / 撕开**：这里用了借喻（“未来的纱幕”），指恶梦向乌戈利诺预示未来。根据第三十七行的描写，乌戈利诺的梦大概在破晓时发生。中世纪的人相信，破晓的梦最灵验。参看《地狱篇》第二十六章七至一二行注。

27. **月亮已多次向我俯窥**：乌戈利诺和儿孙于一二八八年七月被囚，于一二八九年二月饿死。因此说“月亮……多次”（数月）向他俯照。

28. **此人**：指鲁吉耶里。

29. **一头公狼和崽儿**：“公狼”指乌戈利诺；“崽儿”指乌戈利诺的儿子和孙子。

29–30. **他出猎的山头 / 遮住了卢卡**：“山头”可能指比萨山（Monte Pisano），也可能指朱利阿诺山（Monte Giuliano）。后者在比萨和卢卡之间。

31. **猎狗**：象征比萨的民众，由大主教鲁吉耶里唆使。

32. **瓜兰迪、西斯蒙迪、兰弗冉基**：比萨的大族，属吉伯林党，受大主教鲁吉耶里唆使。

38. **众儿**：据但丁的说法，与乌戈利诺一起被囚的，是四个儿子；根据史实，是两个儿子、两个孙子。

44–45. **人人 / 都因刚才的恶梦而感到惶骇**：指乌戈利诺的几个儿子（孙子）也做了恶梦，而且梦境相同。

46. **凶堡**：指囚禁乌戈利诺和儿孙的城堡，即二二至二三行注的“饥饿之塔”。

50. **小安塞姆**：原文“Anselmuccio”。安塞姆（Anselm）是乌戈利诺大儿子圭尔佛（Guelfo）之子，尼诺（Nino）之弟，卒时约十五岁。“-uccio”是意大利语中的昵称或小称（diminutivo）。

54. **直到太阳再度向世界映照**：也就是说，过了一日一夜。

56–57. **让我从四张 / 脸孔的反映中看到自己的样子**：乌戈利诺可以从儿子的脸孔猜测自己的样子，因为五个人的处境相同。

62–63. **这瘪肉体／是你披上的，也该由你撕褪**：儿子是父亲所生，肉体由他赋形，该由他褪去。这句话的构思，使人想起《圣经·约伯记》第一章第二十一节："Nudus egressus sum de utero matris meae, et nudus revertar illuc. Dominus dedit, Dominus abstulit."（"我赤身出于母胎，也必赤身归回；赏赐的是耶和华，收取的也是耶和华。"）。参看 Singleton, *Inferno 2*, 616。

66. **干吗不擘裂呀，硬邦邦的大地**：这句是修辞学所谓的呼语（apostrophe）。乌戈利诺感情激动悲愤，突然离开正题，对大地说话。Vandelli 指出，这行使人想起《埃涅阿斯纪》第十卷六七五至六七六行："Aut quae iam satis ima dehiscat/terra mihi?"（"此刻呀，哪一片大地能擘开，／深得能把我吞噬？"）；第十二卷八八三至八八四行："o quae satis ima dehiscat/terra mihi"（"啊，哪里有深壑擘开？好让我扑进去"）。

68. **噶多**：乌戈利诺的四儿。

69. **爸爸呀，怎么不帮我脱险**：Durling（528）、Mandelbaum（*Inferno*, 392）、Singleton（*Inferno 2*, 617）等论者指出，这句与耶稣受难前的呼号相近。参看《圣经·马太福音》第二十七章第四十六节："Eli, eli, lamma sabacthani? hoc est: Deus meus, Deus meus, ut quid dereliquisti me?"（"以利！以利！拉马撒巴各大尼？"就是说："我的神！我的神！为什么离弃我？"）。

74–75. **最后，／还是饥饿的力量战胜了哀戚**：有些论者（如 Allen Mandelbaum, *Inferno*, 392）认为，最后，乌戈利诺虽然哀戚，却忍不住饥饿，被迫吃儿孙的尸体。不过大多数论者（如 Fredi Chiappelli, 175）认为，此句的意思是：最后，叫乌戈利诺丧生的是饥饿，并不是哀戚。

79. **说 sì 的美丽国度**：指意大利。在拉丁系语言中，意大利语的肯定式副词是 sì。参看但丁的《俗语论》（*De vulgari eloquentia*, I, VIII, 6）：

> Totum autem quod in Europa restat ab istis, tertium tenuit ydioma, licet nunc tripharium videatur; ham alii *oc*, alii *oïl*, alii *sì* affirmando locuntur; ut puta Yspani, Franci et Latini.
>
> 不过，在欧洲的另一地区，还有第三种语言，流行于各处，而又跟其余两种语言有别，尽管这第三种语言，今日已分为三种形式。因为说这种语言的人，使用肯定式的时候，有的说 *oc*，有的说 *oïl*，有的说 *sì*。他们就是西班牙人、法国人、意大利人。

81. **邻邦**：指翡冷翠人和卢卡人。他们当时属圭尔佛党，与比萨为敌。

82. **卡普莱亚和戈尔戈纳**：地中海的两个小岛，位于科西嘉东北，接近阿尔诺河的出口，在但丁时期属比萨。

85–86. **出卖 / 比萨城堡的名声**：指乌戈利诺曾被指控，把比萨的城堡让与敌方。参看本章一三至一八行注。

88. **新忒拜**：古希腊的忒拜城，尽多罪恶、杀戮、伦常惨变。现在比萨变成了另一个忒拜。有关忒拜典故，参看《地狱篇》第十四章第四十六行，第二十章第三十四行，第二十六章五二至五四行，第三十章一至一二行；《炼狱篇》第二十二章五六至五八行；《天堂篇》第二十一章第六行。

89. **乌圭绰内、布里噶塔**：乌戈利诺的儿子和孙子。乌圭绰内是乌戈利诺的幼子，排行第五，也是噶多的弟弟。布里噶塔是乌戈利诺大儿子尼诺（Nino）的绰号，原文"Brigata"（意为"一伙"，"一群"，"一帮"；"队"；"旅"）的译音。参看本章一三至一八行注。

90. **上述两个**：指小安塞姆（见第五十行）和噶多（见第六十八行）。

92. **另一处**：指科库托斯的第三圈，即多利梅界（参看本章一二四行）。生时出卖朋友、客人的阴魂，都在这里受刑。

94–96. **那里……流回眼内**：阴魂一流泪，眼泪立刻凝结，结果要哭也哭不成。

105. **这里的蒸汽，早就消散一空**：但丁时代的人相信，太阳的热量能使蒸汽变成风。这行的言外之意是：这里没有蒸汽，又没有太阳，怎会有风呢？

109. **一个哀魂**：指第一一八行的阿尔贝里戈修士。

116–117. **之后……在底层沉没**：旅人但丁在欺骗阴魂，以其人之道还治其人之身，因为到了后来，但丁并没有履行诺言（参看本章一四九至一五〇行）。这是报应式惩罚的另一例子。

118. **阿尔贝里戈**：原文"Alberigo"。阿尔贝里戈是个修士，快乐修士会（Frati Godenti）成员（参看《地狱篇》第二十三章一〇三行注），出身法恩扎（Faenza）的曼弗瑞迪（Manfredi）家族，属圭尔佛党。其近亲曼弗瑞多阴谋跟他争权，因此得罪了他。阿尔贝里戈佯作大方，不计前嫌，设宴款待这个近亲及其子。宴毕，阿尔贝里戈以暗号"拿水果来"（"Vengan le frutta"）呼召刺客，把近亲父子杀害。意大利语"le male frutta di frate Alberigo"（"阿尔贝里戈的坏水果"），成了有名的谚语。

119. **因坏果园中的坏水果而出名**：指阿尔贝里戈以"拿水果来"一语为暗号杀人。这行有反讽意味。

120. **我投了坏桃，结果遭坏李回掷**：原文是："che qui riprendo dattero per figo"。"dattero"是"海枣"，"figo"即fico，指"无花果"。句子的

直译是:"我投了海枣,结果遭无花果回掷。"意思是:我犯了罪,现在恶有恶报。

121. **哦……你已经变成幽灵**:阿尔贝里戈约于一三〇七年卒;一三〇〇年三月尚在人间,置身意大利拉温纳。此刻,但丁见他的灵魂已经到了地狱,不禁大诧。

122–123. **我也不知道,在凡间,/我的肉体现在是怎样的光景**:在《地狱篇》第十章一〇〇至一〇八行,法里纳塔指出,阴魂"只看见……较远的景物";"近一点或眼前的东西,……就全部/理解不到"。这里的话印证了法里纳塔的说法。

124. **多利梅界**:多利梅(Ptolemaeus),亚巴巴之子,由岳父大祭司西门任命为耶利哥平原的司令官。出于野心,要夺取全国的统治权,于是设宴埋伏杀手,谋杀了西门和西门的两个儿子(玛他提亚和犹大)。参看《圣经次经·马卡比传上》第十六章第十一至十七节。科库托斯的多利梅界以他命名。多利梅界,专门惩罚出卖朋友、客人的阴魂。有些论者认为,多利梅界原文为"Tolomea",以埃及国王托勒密十二世(Ptolemaios XII,或 Ptolemaeus XII,或 Ptolemy XII)为名。托勒密十二世于公元前五十一年至公元前四十七年在位。庞培被凯撒打败,逃往埃及,遭托勒密十二世谋杀。如果"Tolomea"以托勒密为名,汉译应为"托勒密界"。二说之中,以第一说较为可信,因此译者以"多利梅界"译"Tolomea"。参看 Bosco e Reggio, *Inferno*, 497; Sapegno, *Inferno*, 373; Singleton, *Inferno 2*, 622-23; Sisson, 570。

126. **阿特罗坡斯**:古希腊语Ἄτροπος(Atropos)。古希腊神话有命运三女神,即所谓摩赖(Μοῖραι,拉丁语 Parcae,或 tria Fata,英语为 the three Fates),是三姐妹,父母为厄瑞玻斯(Ἔρεβος, Erebus)和夜神尼克斯(Νύξ, Nyx)。三姐妹分别叫克罗托(Κλωθώ, Clotho)、拉克西斯(Λάχεσις, Lachesis)、阿特罗坡斯。尘世有人出生,克罗托就为他纺织生命之线;拉克西斯就拿着绕线杆,决定生命线的短长;最后由阿特罗坡斯手持剪刀,把生命之线剪断。生命之线一断,这个人的寿命就会结束。有时候,阳间的人如果太邪恶,阳寿未完,其灵魂就会提前向地狱第九层第三界下堕。Sapegno(*Inferno*, 373)指出,这一安排,是但丁所创,曾引起宗教人士非议。但丁的儿子皮耶特罗为父亲辩护,指出这一描写只是寓意,不必当真。

128. **玻璃般**:此语强调眼泪结冰,视觉效果鲜明。

132. **返回原位**:指肉体与灵魂再度结合。

135. **欢度冬日**:原文为"verna",有讽刺意味。

137. **布兰卡先生,属多里亚家族**:布兰卡,全名布兰卡·多里亚(Branca

d'Oria，约一二三三年至一三二五年)，出身热那亚多利亚家族，属吉伯林党，岳父米凯勒·赞凯（参看《地狱篇》第二十二章第八十八行注）是洛戈多罗的总督。一二七五年（一说一二九〇年），布兰卡为了夺取岳父的职权，邀岳父赴宴，然后串同一名亲属，把他杀害。见 Sapegno（*Inferno*, 374）引 Anonimo fiorentino。

142. **在众邪爪的深沟**：指地狱第八层罪恶之囊的第五囊。

146–147. **跟他一起 / 干阴险勾当的亲属**：指帮助布兰卡谋杀岳父的人。**同样可哀**：这名亲属的灵魂也堕进了科库托斯第三界。

150. **对他无礼，就等于对他有礼**：意思是：出卖出卖者，不算出卖。但丁时期，大家都认为，对于叛徒不必守信。因此，尽管旅人但丁在本章一一五至一一七行答应帮阿尔贝里戈修士的忙，现在食言，也完全正确。参看《地狱篇》第二十章第二十八行："在这里，怜悯死透了才长得繁茂。"有关这一论点，参看 Bosco e Reggio, *Inferno*, 499; Sapegno, *Inferno*, 374-75; Vandelli, 335; Singleton, *Inferno 2*, 624-25。

151. **热那亚人哪**：在这里，但丁向凡间的热那亚人讲话。

154. **你们的一个幽灵**：指布兰卡·多里亚。

155. **罗马亚最坏的阴魂**：指阿尔贝里戈修士。

第三十四章

但丁和维吉尔离开多利梅界后，到了地狱第九层的最深处，也就是科库托斯的第四界，又叫犹大界。在犹大界受刑的，是背叛恩人的罪魂。但丁和维吉尔目睹身躯庞大的撒旦冰封在湖中，用三个口分别啃龁犹大、布鲁图、卡西乌。然后，两人沿撒旦身体的粗毛下降，穿过地心，循一条深入地下的天然通道攀上南半球，再度看见了群星。

"Vexilla regis prodeunt inferni,
　正朝着我们的方向，"老师说，"如果
　你认得他，就把视线前移。"
这时候，空间仿佛有浓雾郁勃，
　又仿佛地球的这一边瞑色下覆，
　远处有风车随风旋转、起落。
我见到的，就是类似的建筑。
　由于风太强，周围又没有墙垒，

我退到导师的背后求庇护。
我置身的地方，此刻要悚然吟诵：
那里，所有的幽灵都全身被罩，
看来就像麦秆密封在玻璃中。
躺着的；竖直的；有的头足颠倒；
有的以脚底站立，上首下足；
有的弓着身，面庞向双脚紧靠。
我们向前方走了一段路途，
老师觉得时辰已届，该让我
观看一个不再嘉美的生物。
于是驻足，叫我停下来，说：
“这就是冥王狄斯。在这里，
你得以坚忍之志加强心魄。”
当时，我如何心寒得全无力气，
读者呀，别问我了，我写不出来，
因为一切言语都难以描记。
我没有死，也不再是活形骸。
如果你稍微聪明，就会领悟，
生死都被夺去是什么状态。
苦国之帝立在自己的疆土，
只有胸膛的上部从寒冰矗起；
其手臂之于巨人，远远超出
巨人与我在身型上的比例。
那么，请想想，要与这手臂相配，
苦国之帝得有多大的躯体。

犹大界——魔鬼

“这就是冥王狄斯。在这里，/ 你得以坚忍之志加强心魄。”

（《地狱篇》，第三十四章，二〇至二一行）

如果他的丑陋相等于昔日之美，
　　如果他胆敢对创造者横眉怒目，
　　成为众苦之源也在意料内。
我眼前的景象啊，叫我大为惊怵。
　　我看见他头上有三张面孔：
　　长在前面的一张鲜红如朱；
另外两张，分悬在双肩的正中，
　　与第一张面孔紧紧相连，
　　然后全在头颅的顶部聚拢。
右边的一张介乎黄白之间；
　　左边的一张，在样貌和肤色上，
　　恍如尼罗河源头部族的颜面。
每张脸的下方，有两只巨大的翅膀。
　　翅膀的面积配得上一只大鸟；
　　我见过的海帆，都无法和它颉颃。
那些翅膀都没有羽毛，却酷肖
　　蝙蝠之翼。撒旦把巨翅鼓动，
　　巨翅的下面就涌出三股寒飙；
科库托斯，就全部凝结在冰中。
　　撒旦的六只眼睛都在哭泣，
　　眼泪和血涎向三个下巴滴涌。
每个口里的牙齿恍如打麻机，
　　正在把一个罪人啃龁压碾，
　　使三者的苦痛互相匹敌。
对前边的一个而言，咬啮嚼研

和刮抓相比，真是轻微难侔：
他背脊的皮肤，有时候不剩一片。
“上面那亡魂，受的是刑罚之首，”
老师对我说，“他是加略人犹大，
头颅在口内，双脚在口外猛抖。
其余两个罪人，头颅倒挂。
一个是布鲁图，悬吊在黑嘴外——
你看，他扭着身体，一语不发。
另一个是卡西乌，有粗壮的形骸。
又是黑夜了，我们什么景物
都已经看过，现在就得离开。”
我听了指示，就抱住老师的颈部。
于是，老师觑准时间和着足点，
待两只巨翅向外边充分展舒，
就攀着长满了粗毛的肋胁两边，
然后，沿簇簇粗毛降落下方，
穿过乱毛丛和冰封的硬皮之间。
当我们降到撒旦的大腿之上，
也就是腿臀相接而隆起的部位，
导师掉头沿撒旦的毛腿上望，
气喘吁吁的，显得十分疲累，
然后紧抓着粗毛，仿佛要上跻，
叫我以为，我们向地狱回归。
“抓紧哪，我们要沿着这些阶梯，”
老师仿佛筋疲力尽，喘着气说，

“才能离开这充满罪恶之地。” 84
说完，就穿过一块岩石的孔豁，
把我抱起来，让我坐在石畔；
然后举步，小心翼翼地靠近我。 87
我举目上望，以为看到的撒旦，
处境和姿势会像先前所见；
却见他双脚朝上，身体倒翻。 90
这时候，我如何叫困惑拘牵，
蠢人也可以猜想——尽管他们
不知道我越过了空间的哪一点。 93
“站起来吧，”老师说，“用你的脚跟。
行程可艰辛哪，路途也很长，
而太阳已到了第三课的一半时辰。” 96
我们置身处，并非宫殿的走廊，
而是深入地下的天然通道——
路面崎岖，而且黑暗无光。 99
“老师呀，我从这个地狱的黑牢
上升前，跟我说几句解惑的话吧。”
我站了起来，就向老师启告， 102
“寒冰在哪里？这个家伙要倒挂，
是怎么回事？为什么俄顷之间，
太阳已经从黄昏向黎明飞跨？” 105
“你还以为自己在地心的另一边——
我紧抓害虫粗毛的地方——”老师说；
“那条虫，啮穿了世界，满身罪愆。 108

我下降时，说你在那边并没错。
　不过我转身时，你已经穿过地心——
　所有的重量都向那一点飞堕。
此刻，你置身南半球，与北半球为邻。
　北半球焘覆干陆，人类之主
　在那里出世、生活；他不是罪民——
却在那里的天顶下遭到杀戮。
　你的双脚正踏着一个小球体。
　犹大界的另一边，由小球盖覆。
在时间上，这边是朝，那边就是夕。
　那个给我们毛发之梯的家伙，
　身体仍然倒挂，跟往昔无异。
当年，他从天堂向这边下堕。
　这里的土地，本来挺拔高举，
　由于惧怕他而隐没于海波，
然后来到我们的半球。也许，
　那边的陆地见他飞坠，就逃往
　上方，在此留下这空虚的一隅。”
在我们下面，有一个地方，
　在魔鬼坟墓的尽头，远离魔鬼，
　眼睛看不见，只传来水声的激荡。
在一个不太陡的斜坡上，溪水
　蜿蜒而去，在一块石上冲出
　缺口，再沿缺口向该处下坠。
我和导师沿这条隐蔽的道路

踏上归途，向光明的世界进发；
没有稍息，我们也满不在乎。
我跟着导师一直往上方攀爬，
到后来，透过一个圆洞，眼睛
看见了天堂的一些丽景光华；
一出来，更再度看见了群星。

注释：

1. **Vexilla regis prodeunt inferni**：这行是拉丁文，意为“地狱之王的旗帜在向前”。改编自天主教歌颂十字架的一首拉丁文赞美诗。原诗于圣周（又称“受难周”，即复活节前的一周）诵唱，由苦难主日前的星期六晚课诵唱到濯足节。原诗为法国普瓦捷（Poitiers）主教温南提乌斯·佛图纳图斯（Venantius Fortunatus，公元五三五年至六〇〇年）所作，用来迎接十字架。第一节第一、二行的原文如下：

   Vexilla regis prodeunt,
   fulget crucis mysterium...
   君王的旗帜向前，
   十字架的奥秘辉耀……

   但丁引用这首赞美诗，并稍加改动，反讽的味道极浓。经改动的引文与原诗呼应间，叫读者觉得，地狱是天堂的扭曲，撒旦是基督的反面。参看 Bosco e Reggio, *Inferno*, 505; Sapegno, *Inferno*, 378; Tommaseo, *Inferno*, 404; Vandelli, 337; Singleton, *Inferno 2*, 626-27。

2. **正朝着我们的方向**：读者在下面就会发觉，第一行的所谓“旗帜”，并不能移动，与赞美诗中的旗帜有别。唯其不能移动，两者的对比更鲜明，反讽的意味也更强烈。

5. **地球的这一边**：指北半球，即翡冷翠所在。根据《神曲》的地理体系，耶路撒冷位于北半球中央。

通往阳间的道路

我和导师沿这条隐蔽的道路 / 踏上归途，向光明的世界进发

（《地狱篇》，第三十四章，一三三至一三四行）

两位诗人从地狱出来

一出来，更再度看见了群星。

（《地狱篇》，第三十四章，一三九行）

10. **我置身的地方**：指地狱第九层（科库托斯）的第四界，也就是犹大界（Giudecca）。这一界专门惩罚出卖恩人的阴魂。犹大界一名到本章一一七行才出现。

18. **不再嘉美的生物**：指魔鬼撒旦。撒旦堕落前，有"Lucifer"（意为"晓星"、"明亮之星"、"早晨之子"）的美称。Lucifer 一词，源出拉丁文，由拉丁文 lux（光）和 fero（携；带）组成，直译是"携光者"、"带光者"。

20. **冥王狄斯**：指撒旦。参看《地狱篇》第十一章第六十五行，第十二章三八至三九行。

25. **我没有死，也不再是活形骸**：这行强调旅人但丁如何骇怖。

28. **苦国之帝**：原文"Lo'mperador del doloroso regno"，是《地狱篇》第一章第一二四行"quello imperador che là su regna"（"统治天界的皇帝"）的颠倒、扭曲。撒旦为帝，所统的地狱是痛苦的狭土；上帝为君，所治的天堂是永乐的广疆。

30. **巨人**：参看《地狱篇》第三十一章有关巨人的描写。

34–35. **如果……横眉怒目**：指撒旦骄傲嫉妒，背叛上帝。

36. **成为众苦之源也在意料内**：撒旦是人类众苦的源头。Vandelli（339-40）、Bosco e Reggio（*Inferno*, 507）、Sapegno（*Inferno*, 380）均引奥古斯丁的话说明这一论点："Omnia mala mundi sua sunt pravitate commixta"（"世间万恶都源于他〔撒旦〕的邪恶"）。此外，参看《圣经·启示录》第十二章第九节："Et proiectus est draco ille magnus, serpens antiquus qui vocatur diabolus et Satanus, qui seducit universum orbem..."（"大龙就是那古蛇，名叫魔鬼，又叫撒旦，是迷惑普天下的。他被摔在地上……"）；《圣经·耶利米书》第一章第十四节："Ab aquilone pandetur malum super omnes habitatores terrae."（"必有灾祸从北方发出，临到这地的一切居民。"）；米尔顿《失乐园》第一卷一至三行：

> ...Man's first disobedience, and the fruit
> Of that forbidden tree, whose mortal taste
> Brought death into the world, and all our woe,
> With loss of Eden...
> ……其始也，人类首度忤逆；那棵
> 禁树之果，一啖就已经致命，
> 把死亡，把众苦带进世界里，
> 而伊甸之园也同时失去……

38. **三张面孔**：撒旦有三张面孔，是三位一体的颠倒、扭曲。此外，三张面孔的“三”，与三位一体的“三”也形成对比。

45. **恍如尼罗河源头部族的颜面**：“尼罗河源头部族”，指非洲的埃塞俄比亚人。非洲人脸黑，撒旦左边的脸也如是。

49. **那些翅膀都没有羽毛**：撒旦的翅膀与堕落前有别：堕落前，他是六翼天使，也就是最高一级的天使，翅膀有羽毛；堕落后，翅膀失去了羽毛，就像蝙蝠的翼。

54. **血涎**：撒旦因咬啮罪人，涎沫有血。

62. **加略人犹大**：一译“依斯加略人犹达斯”。耶稣十二门徒之一。十二门徒之中，只有他不是加利利人。犹大精明能干，负责掌管钱袋。由于贪婪，为了三十块钱而出卖耶稣。他带领大祭司的差役到达客西马尼园后，以亲吻为捉拿耶稣的信号。结果耶稣被捕，在十字架上受难。后来犹大悔疚莫名，自缢身亡。

65. **布鲁图**：Marcus Junius Brutus，古罗马政治家，生年约为公元前八十五年，卒年为公元前四十二年。公元前四十九年，庞培与凯撒的内战爆发时，布鲁图支持庞培，与凯撒为敌。公元前四十九年，庞培战败，布鲁图获凯撒赦免、宠信，于公元前四十六年、公元前四十四年分别出任山南高卢总督和城市法官。为了恢复共和政体，于公元前四十四年与卡西乌（参看本章第六十七行注）刺杀独裁者凯撒，其后逃往希腊。于公元前四十二年在腓利比附近与安东尼、屋大维鏖战。首役得胜，次役战败自杀。

67. **卡西乌**：Gaius Cassius Longinus，曾任罗马平民的护民官，内战期间支持庞培与凯撒为敌。庞培败亡后，获凯撒赦免，并于公元前四十四年出任执政官。凯撒待他甚厚，答应把叙利亚省赏赐给他。尽管如此，他仍忘恩负义，成为行刺凯撒的主谋。凯撒卒后，卡西乌和布鲁图联合抵抗安东尼和屋大维，在腓利比附近兵败自杀。

68. **又是黑夜了**：旅人但丁的地狱之行始于受难节黄昏。此刻大约是圣星期六下午六时，但丁已走了二十四小时。有关地狱之旅所需的时间，参看《地狱篇》第二十九章第十行注。

77. **也就是腿臀相接而隆起的部位**：指撒旦身体的中部，位于地狱最深处，即宇宙的中央。

80–81. **然后紧抓着粗毛……向地狱回归**：撒旦在地球的中心倒悬，头向北半球，脚向南半球，身体的中心（即“腿臀相接而隆起的部位”）刚好是南北半球的分界。因此旅人但丁和维吉尔越过了这点，就要上攀，进入南半球。两人向地狱下降的时候，是脚部向下，头部向上；现在改变方向（头部向上，脚部向下）离开地狱，上攀时但丁以为维吉尔带他“向地狱回归”，重走来路。

84. **离开这充满罪恶之地**：指离开地狱。

93. **空间的哪一点**：指地球的中心。

96. **第三课的一半时辰**：指早上七时半。天主教于第三时（上午九时）举行的祈祷仪式叫第三课。第三课的一半，就是上午六时到九时的中间，也就是七时半。

103. **寒冰在哪里？**：但丁和维吉尔离开了科库托斯，再见不到冰湖，因此但丁提出这一问题。**这个家伙要倒挂**："这个家伙"指撒旦。在南半球看来，撒旦是脚上头下，身体倒悬。

106. **地心的另一边**：指北半球。维吉尔回答但丁时，身在南半球，所以提到北半球时说"地心的另一边"。

107. **害虫**：指撒旦。

110. **不过我转身时**：指维吉尔的头部转向、朝南半球上攀时。

111. **所有的重量都向那一点飞堕**：在《神曲》的天文体系（即亚里士多德和托勒密天文体系）中，地狱的中心也是宇宙的中心，是一切重量所聚。参看 Bosco e Reggio, *Inferno*, 512; Singleton, *Inferno 2*, 638-39。

112. **与北半球为邻**：指南半球的另一边是北半球。

113. **北半球焘覆干陆**：这里所说的北半球，指地心天球（celestial sphere）的半球而言。参看《中国大百科全书·天文学》，页三七八，"天球条"。**人类之主**：指耶稣基督。

114. **他不是罪民**：耶稣基督圣洁无罪，因此维吉尔说"他不是罪民"。在《地狱篇》里面，但丁不曾直言过"耶稣"或"基督"一词。第十九章九〇至九一行的"我们的／主"（"Nostro Segnore"原文第九十一行）也不过是间接的称谓。

115. **却在那里的天顶下遭到杀戮**：耶稣在耶路撒冷遇害。在基督教传统中，耶路撒冷在北半球陆地的中央，因此维吉尔说："在那里的天顶下遭到杀戮"。参看《圣经·以西结书》第五章第五节："Haec dicit Dominus Deus: Ista est Ierusalem, in medio gentium posui eam, et in circuitu eius terras."（"主耶和华如此说：这就是耶路撒冷。我曾将她安置在列邦之中；列国都在她的四围。"）。在中世纪的世界地图（mappae mundi）上，耶稣在十字架上受刑的形象，都绘于北半球的中央。

116. **一个小球体**：这个小球体的另一面，是科库托斯的第四界（即本章一一七行的犹大界）。

117. **犹大界**：意文"Giudecca"，因犹大而得名。身在地狱的时候，维吉尔没有用过"犹大界"一词。

118. **在时间上，这边是朝，那边就是夕**：南半球的朝夕恰巧与北半球相

但丁旅程时间示意图

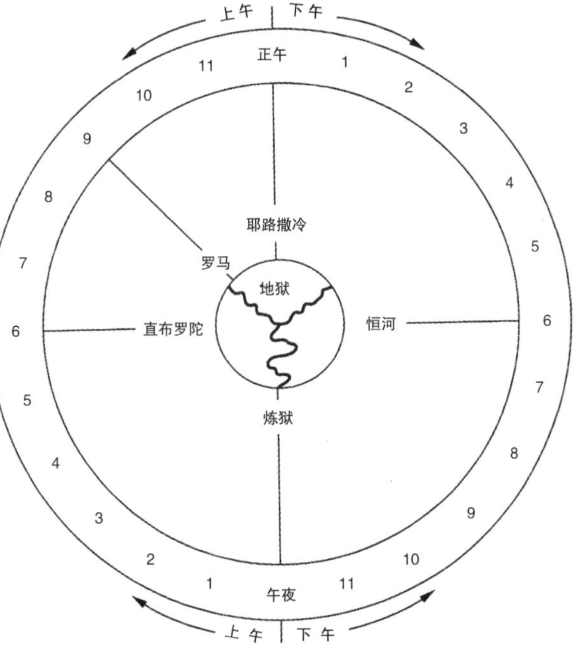

反。此刻，维吉尔身在南半球，站立的地点与北半球的耶路撒冷相对。南半球的时间是圣星期六早晨，耶路撒冷是黄昏。

121–126. **当年……空虚的一隅**：撒旦当年背叛上帝，被上帝掷出天堂，一直坠落南半球。南半球的陆地耻与撒旦的身体接触，一部分逃往北半球，使北半球的海拔上升；一部分逃往南极，成为炼狱山。南半球的陆地逃逸后，留下的虚空被海水覆盖。因此《神曲》中的南半球，除了炼狱山，全是茫茫大海。这一说法为但丁所创，但丁以前的文献（包括《圣经》）都没有类似的记载。参看《圣经·以赛亚书》第十四章第十二至十五节：

Quomodo cecidisti de caelo lucifer, qui mane oriebaris? Corruisti in terram, qui vulnerabas gentes, qui dicebas in corde tuo: In caelum conscendam, super astra Dei exaltabo solium meum, sedebo in monte testamenti in lateribus aquilonis; ascendam super altitudinem nubium, similis ero Altissimo. Verumtamen ad infemum detraheris, in profundum laci.

明亮之星，早晨之子啊，
你何竟从天坠落？
你这攻败列国的何竟被砍倒在地上？
你心里曾说：
我要升到天上；我要高举我的宝座在诸神众星以上；
我要坐在聚会的山上，在北方的极处。
我要升到高云之上；
我要与至上者同等。
然而，你必坠落阴间，
到坑中极深之处。

此外参看《圣经 · 路加福音》第十章第十八节："Et ait illis: Videbam Satanan sicut fulgur de caelo cadentem."（"耶稣对他们说：'我曾看见撒旦从天上坠落，像闪电一样。'"）。《圣经 · 启示录》第十二章第九节："Et proiectus est draco ille magnus, serpens antiquus, qui vocatur Diabolus, et Satanas, qui seducit universum orbem: proiectus est in terram, et angeli eius cum illo missi sunt."（"大龙就是那古蛇，名叫魔鬼，又叫撒旦，是迷惑普天下的。它被摔在地上，它的使者也一同被摔下去。"）。

背叛者被掷离天堂的主题，可以上溯至荷马的《伊利昂纪》第一卷五九〇至五九三行火与冶炼之神赫菲斯托斯（Ἥφαιστος, Hephaestus）所说的话：

ἤδη γάρ με καὶ ἄλλοτ' ἀλεξέμεναι μεμαῶτα
ῥῖψε ποδὸς τεταγὼν ἀπὸ βηλοῦ θεσπεσίοιο,
πᾶν δ' ἦμαρ φερόμην, ἅμα δ' ἠελίῳ καταδύντι
κάππεσον ἐν Λήμνῳ...
还记得在此之前，我极想帮你；
却被他〔宙斯〕抓着脚，甩出了天门。
我下坠了一整天，太阳西堕时
跌落列姆诺斯岛……

稍后于荷马的赫西奥德（Ἡσίοδος，拉丁文 Hesiodus，英文 Hesiod），在《神谱》（*Θεογονία*，拉丁文 *Theogonia*，英文 *Theogony*）七二〇行及其后的描写，则提到巨人族（Τιτᾶνες，拉丁文 Titanes，英文 Titans）如何被宙斯从天上甩出，坠了九日九夜才到达地面；然后再坠九日九夜，才到达地狱的最底层塔尔塔罗斯（Τάρταρος, Tartarus）。

英国诗人米尔顿的《失乐园》第一卷四四至四七行提到撒旦时，有类似的描写：

Him the Almighty Power
Hurled headlong flaming from th'ethereal sky
with hideous ruin and combustion down
To bottomless perdition...
他被全能的伟力
从天堂倒掷而出，熊熊
焚烧着，可怕地溃败毁灭，
直坠无底的永死……

127. **在我们下面**：诗人但丁说这句话时，采取的是北半球观点。“我们下面”，指维吉尔和旅人但丁在南半球的立足处。参看 Singleton, *Inferno 2*, 643。

130. **溪水**：但丁没有交代溪水的名字或源头。一般论者（如 Fredi Chiappelli, 181-82; Chimenz, 320）认为，溪水从炼狱下泻，也许源出忘川。参看《炼狱篇》第二十八章第二十五行：“接着呢，是一条小溪把去路阻挡”（“ed ecco più andar mi tolse un rio”）。

139. **一出来，更再度看见了群星**：原文“e quindi uscimmo a riveder le stelle”。《神曲》的《地狱篇》、《炼狱篇》、《天堂篇》都以“群星”（“stelle”）一词结尾。论者指出，自荷马开始，星星成了文学作品中常见的自然界壮观景物；其光芒也有超自然的壮观本质，能够把人类导向造物之主。参看 Bosco e Reggio, *Inferno*, 514; Chiappelli, 182; Chimenz, 320; Vandelli, 346; Mandelbaum, *Inferno*, 394; Musa, *Inferno*, 387; Singleton, *Inferno 2*, 644。